湖北省学术著作出版专项资金资助项目

新修康熙词谱

罗　辉　编著

长江出版传媒
湖北人民出版社

卷二十一

秋 夜 月

调见《尊前集》，因尹鹗词起结有"三秋佳节"及"夜深、窗透数条寒月"句，取以为名。《乐章集》注"夹钟商"。

《秋夜月》的长短句结构

《秋夜月》上阕，三个乐段		
乐段一（十四字或十三字）	乐段二（十字）	乐段三（十八字）
4　3　3　4	6　4	3　3　4　26
4　　36	3　7	3　3　6　6

《秋夜月》下阕，三个乐段		
乐段一（十四字）	乐段二（十字）	乐段三（十八字）
4　3　3　4	6　4	3　3　4　26
4　5　5	3　7	3　3　4　4　4

《康熙词谱》共收集两体《秋夜月》，双调，上下阕分别可分为三个乐段，其长短句结构如表所示。该调有八十四字或八十三字等格式，上阕十句或八句，五仄韵；下阕十句，五仄韵。《康熙词谱》以八十四字体尹鹗词为标谱词例。该调的正格与变格如表所示，其中，上下阕各乐段中的格式（1）为正格句式，其余为变格句式。

例一　秋夜月（八十四字）

（唐）尹　鹗

三秋佳节。罩晴空，凝碎露，茱萸千结。菊蕊和烟轻撚，酒浮金屑。徵云雨，调丝竹，此时难辍。欢极、一片艳歌声揭。　　黄昏慵别。炷沉烟，熏绣被，翠帷同歇。醉并鸳鸯双枕，暖偎春雪。语丁宁，情委曲，论心正切。夜深、窗透数条斜月。

注：该词上阕第一句至第四句为乐段一中的格式（1），第五句和第六句为乐段二中的格式（1），第七句至第十句为乐段三中的格式（1）；下阕第一句至第四句为乐段一中的格式（1），第五句和第六句为乐段二中的格式（1），第七句至第十句为乐段三中的格式（1）。全词双调，八十四字，上下阕各十句，五仄韵。

《秋夜月》的正格与变格（双调）

《秋夜月》上阕，十句或八句，五仄韵		
乐段一 （四句或二句，十四字或十三字）	乐段二 （二句，十字）	乐段三 （四句，十八字）
＋ － ＋ ｜（韵）｜ ＋ － （句）－ ＋ ｜（句） ＋ － ＋ ｜（韵） （1） － ＋ ＋ ｜（韵）＋ ＋ ＋ （读）＋ － ｜ ＋ ｜（韵） （2）	＋ ｜ ＋ － ＋ ｜ （句）＋ － ＋ ｜（韵） （1） ｜ ＋ －（句）＋ － ＋ ｜ － ｜（韵） （2）	－ ＋ ｜（句）－ ＋ ｜（句） ＋ － ＋ ｜（韵）＋ ｜（读） ＋ ｜ ＋ － ＋ ｜（韵） （1） ｜ ＋ －（句）－ ＋ ｜（句） ＋ ｜ ＋ － ＋ ｜（韵）＋ ｜ ＋ － ｜（韵） （2）

《秋夜月》下阕，十句，五仄韵		
乐段一 （四句或三句，十四字）	乐段二 （二句，十字）	乐段三 （四句或五句，十八字）
＋ － ＋ ｜（韵）｜ ＋ － （句）－ ＋ ｜（句） ＋ － ＋ ｜（韵） （1） ＋ － ＋ ｜（韵）｜ ＋ ＋ － （句）｜ ＋ － ＋ ｜（韵） （2）	＋ ｜ ＋ － ＋ ｜（句） ＋ － ＋ ｜（韵） （1） ＋ ｜ ＋ － ＋ ｜（句） ＋ ＋ ＋ ｜（韵） （2）	｜ ＋ －（句）－ ＋ ｜ （句）＋ － ＋ ｜（韵） ＋ －（读）＋ ｜ ＋ － ＋ ｜（韵） （1） ＋ －｜（句）－ ＋ ｜（句） ＋ － ＋ ｜（韵）＋ ｜ － －（句）＋ － ＋ ｜（韵） （2）

例二　秋夜月（八十三字）

（宋）柳　永

当初聚散。便唤作、无由再逢伊面。近日来，不期而会重欢宴。向尊前，闲暇里，敛著眉儿长叹。惹起旧愁无限。　　盈盈泪眼。漫向我耳边，作万般幽怨。奈你自家心下，有事难见。待音信，真个恁，别无萦绊。不免收心，共伊长远。

注：该词上阕第一句和第二句为乐段一中的格式（2），第三句和第四句为乐段二中的格式（2），第五句至第八句为乐段三中的格式（2）；下阕第一句至第三句为乐段一中的格式（2），第四句和第五句为乐段二中的格式（2），第六句至第十句为乐段三中的格式（2）。全词双调，八十三字，上阕八句，五仄韵；下阕十句，五仄韵。

祭　天　神

调见柳永《乐章集》，八十四字词注"中吕调"，八十五字词注"歇指调"。

八十四字体《祭天神》的长短句结构

八十四字体《祭天神》上阕，四个乐段							
乐段一（八字）	乐段二（十字）		乐段三（十一字）		乐段四（十字）		
8	3	7	6	5	7	3	

八十四字体《祭天神》下阕，四个乐段							
乐段一（十四字）		乐段二（十一字）			乐段三（二十字）			
33	35	3	3	5	34	4	4	5

八十五字体《祭天神》的长短句结构

八十五字体《祭天神》上阕，四个乐段						
乐段一（八字）	乐段二（十三字）		乐段三（十一字）		乐段四（十三字）	
8	34	6	4	7	34	6

八十五字体《祭天神》下阕，三个乐段		
乐段一（十二字）	乐段二（十一字）	乐段三（十七字）
5　　7	6　　5	5　　4　　35

《康熙词谱》共收集两体《祭天神》，双调。其中，对八十四字体来说，上阕六句，四仄韵，可分为四个乐段；下阕九句，四仄韵，可分为三个乐段，其长短句结构和基本格式分别如表所示。对八十五字体来说，上阕七句，四仄韵，可分为四个乐段；下阕七句，三仄韵，可分为三个乐段，其长短句结构和基本格式分别如表所示。比较两体的长短句结构，可看出它们之间的区别。

八十四字体《祭天神》的基本格式

八十四字体《祭天神》上阕，六句，四仄韵	
乐段一（一句，八字）	乐段二（一句，十字）
｜＋－＋｜－－｜（韵）	＋＋＋（读）＋｜＋－－｜｜（韵）

八十四字体《祭天神》上阕，六句，四仄韵	
乐段三（二句，十一字）	乐段四（二句，十字）
＋－＋｜－－（句）＋｜－－｜（韵）	｜＋－＋｜－－（句）－－｜（韵）

八十四字体《祭天神》下阕，九句，四仄韵		
乐段一（二句，十四字）	乐段二（三句，十一字）	乐段三（四句，二十字）
＋＋＋（读）－－｜（韵）＋＋＋（读）＋｜－－｜（韵）	－＋｜（句）＋｜（句）＋｜－｜（韵）	＋＋＋（读）＋－＋｜（句）＋｜－－（句）＋｜－｜（句）＋｜－－｜（韵）

例　祭天神（八十四字）

（宋）柳　永

叹笑歌筵席轻抛嚲。背孤城、几舍烟村停画舸。更深钓叟归来，数点残灯火。被连绵宿酒醺醺，愁无那。　　寂寞拥、重衾卧。又闻得、行客扁舟过。蓬窗近，兰棹急，好梦还惊破。念生平、单栖踪迹，多感情怀，到此厌厌，向晓披衣坐。

注：全词双调，八十四字，上阕六句，四仄韵；下阕九句，四仄韵。

八十五字体《祭天神》的基本格式

八十五字体《祭天神》上阕，七句，四仄韵	
乐段一（一句，八字）	乐段二（二句，十三字）
｜＋－＋｜－－｜（韵）	＋＋＋（读）＋｜－－（句）＋｜＋－＋｜（韵）

八十五字体《祭天神》上阕，七句，四仄韵	
乐段三（二句，十一字）	乐段四（二句，十三字）
＋－＋｜（句）＋｜－－｜（韵）	＋＋＋（读）＋｜－－（句）＋｜＋－＋｜（韵）

八十五字体《祭天神》下阕，七句，三仄韵		
乐段一（二句，十二字）	乐段二（二句，十一字）	乐段三（三句，十七字）
｜＋－＋｜（句）＋－＋｜－－｜（韵）	＋－＋｜－－（句）＋｜－－｜（韵）	｜＋｜－－（句）＋－＋｜（句）＋＋＋（读）＋｜－－｜（韵）

例　祭天神（八十五字）

（宋）柳　永

忆绣衾相向轻轻语。屏山掩、红蜡长明，金兽盛熏兰炷。何期到此，酒态花情顿辜负。愁肠断、还是黄昏，那更满庭风雨。　听空阶和漏，碎声斗滴愁眉聚。算伊还共谁人，争知此冤苦。念千里烟波，迢迢前约，旧欢省、一向无心绪。

注：全词双调，八十五字，上阕七句，四仄韵；下阕七句，三仄韵。

鹤 冲 天

该调见柳永《乐章集》。"闲窗漏永"词注"大石调";"黄金榜上"词注"正宫"。与《喜迁莺》、《春光好》别名《鹤冲天》者不同。

《鹤冲天》的长短句结构

《鹤冲天》上阕,四个乐段			
乐段一(九字)	乐段二(八字)	乐段三(十一字)	乐段四(十五字)
4　　5	5　　3	5　　33 5　3　3 5　　6	5　　4　　6

《鹤冲天》下阕,四个乐段			
乐段一 (七字或九字、十字)	乐段二 (八字)	乐段三 (十一字或十二字)	乐段四 (十五字)
7 4　　5 4　　6	5　　3	5　　33 6　　33	5　　4　　6

《康熙词谱》共收集三体《鹤冲天》,双调,上下阕分别可分为四个乐段,其长短句结构如表所示。该调有八十四字或八十六字、八十八字等格式,上阕九句或十句,五仄韵或六仄韵;下阕八句或九句,五仄韵;《康熙词谱》以八十四字体柳永词为标谱词例。该调的正格与变格如表所示,其中,上下阕各乐段中的格式(1)为正格句式,其余为变格句式。

例一　鹤冲天(八十四字)

(宋)柳　永

闲窗漏永,月冷霜华堕。悄悄下帘幕,残灯火。再三思往事,离魂乱、愁肠锁。无语沉吟坐。好天好景,未省展眉则个。　从前早是多成破。何况经岁月,相抛嚲。假使重相见,还得似、当初么。悔恨无计那。

迢迢良夜，自家只恁摧挫。

　　注：该词上阕第一句和第二句为乐段一中的格式（1），第三句和第四句为乐段二中的格式（1），第五句和第六句为乐段三中的格式（1），第七句至第九句为乐段四中的格式（1）；下阕第一句为乐段一中的格式（1），第二句和第三句为乐段二中的格式（1），第四句和第五句为乐段三中的格式（1），第六句至第八句为乐段四中的格式（1）。全词双调，八十四字，上阕九句，五仄韵；下阕八句，五仄韵。

《鹤冲天》的正格与变调（双调）

《鹤冲天》上阕，九句或十句，五仄韵或六仄韵	
乐段一（二句，九字）	乐段二（二句，八字）
＋一＋｜（句）＋｜一一｜（韵） （1）	＋｜＋一｜（句）一一｜（韵） （1）
＋一＋｜（韵）＋｜一一｜（韵） （2）	＋｜｜一一（句）一一｜（韵） （2）

《鹤冲天》上阕，九句或十句，五仄韵或六仄韵	
乐段三（二句或三句，十一字）	乐段四（三句，十五字）
＋一一｜｜（句）＋＋｜（读） ＋一｜（韵） （1）	＋｜一｜（韵）＋一＋｜（句） ＋｜＋一＋｜（韵） （1）
＋｜＋一｜（句）一＋｜（读或句） ＋一｜（韵） （2）	＋｜一一｜（韵）＋｜一一（句） ＋一＋｜（韵） （2）
＋｜一｜（句）＋｜＋一＋ ｜（韵） （3）	＋｜｜一一｜（韵） ＋｜＋一＋｜（韵） （3）

例二　鹤冲天（八十四字）

（宋）贺　铸

　　冬冬鼓动，花外沉残漏。华月万枝灯，还清昼。广陌衣香度，飞盖影、相先后。个处频回首。锦坊西去，期约武陵溪口。　　当时早恨欢难偶。可堪流浪远，分携久。小畹兰英在，轻付与、何人手。不似长亭柳。舞风眠雨，伴我一春消瘦。

注：该词上阕第一句和第二句为乐段一中的格式（1），第三句和第四句为乐段二中的格式（2），第五句和第六句为乐段三中的格式（2），第七句至第九句为乐段四中的格式（1）；下阕第一句为乐段一中的格式（1），第二句和第三句为乐段二中的格式（3），第四句和第五句为乐段三中的格式（1），第六句至第八句为乐段四中的格式（2）。全词双调，八十四字，上阕九句，五仄韵；下阕八句，五仄韵。

《鹤冲天》下阕，八句或九句，五仄韵	
乐段一（一句或二句，七字或九字、十字）	乐段二（二句，八字）
＋－＋｜＋－｜（韵） （1）	＋｜－＋｜（句）－－｜（韵） （1）
＋－＋｜（句）＋｜－－｜（韵） （2）	＋｜｜－－（句）－－｜（韵） （2）
＋－＋｜（句）＋｜＋－＋｜（韵） （3）	＋－｜｜（句）－－｜（韵） （3）

《鹤冲天》下阕，八句或九句，五仄韵	
乐段三（二句，十一字或十二字）	乐段四（三句，十五字）
＋｜－－｜（句）＋＋＋（读） －－｜（韵） （1）	＋｜－＋｜（韵）＋－＋｜（句） ＋－＋｜－｜（韵） （1）
＋｜＋－＋｜（句）＋＋＋（读） －－｜（韵） （2）	＋｜＋－｜（韵）＋－＋｜（句） ＋｜＋－＋｜（韵） （2）
	＋｜－－｜（韵）＋｜－－（句） ＋－＋－＋｜（韵） （3）
	＋－－｜｜（韵）＋｜－－（句） ＋｜＋－＋｜（韵） （4）

例三　鹤冲天（八十六字）

（宋）杜安世

清明天气。永日愁如醉。台榭绿阴浓，薰风细。燕子巢方就，盆池小，新荷蔽。恰是逍遥际。单夹衣裳，半拢软玉肌体。　　石榴美艳，一撮红绡比。窗外数修篁，寒相倚。有个关心处，难相见、空凝睇。行坐深闺里。懒更妆梳，自知新来憔悴。

注：该词上阕第一句和第二句为乐段一中的格式（2），第三句和第四句为乐段二中的格式（2），第五句至第七句为乐段三中的格式（2），第八句至第十句为乐段四中的格式（2）；下阕第一句和第二句为乐段一中的格式（2），第三句和第四句为乐段二中的格式（2），第五句和第六句为乐段三中的格式（1），第七句至第九句为乐段四中的格式（3）。全词双调，八十六字，上阕十句，六仄韵；下阕九句，五仄韵。

例四　鹤冲天（八十八字）

（宋）柳　永

黄金榜上。偶失龙头望。明代暂遗贤，如何向。未遂风云便，争不恣游狂荡。何须论得丧。才子词人，自是白衣卿相。　　烟花巷陌，依约丹青屏障。幸有意中人，堪寻访。且恁偎红倚翠，风流事、平生畅。青春都一晌。忍把浮名，换了浅斟低唱。

注：该词上阕第一句和第二句为乐段一中的格式（2），第三句和第四句为乐段二中的格式（2），第五句和第六句为乐段三中的格式（3），第七句至第九句为乐段四中的格式（3）；下阕第一句和第二句为乐段一中的格式（3），第三句和第四句为乐段二中的格式（2），第五句和第六句为乐段三中的格式（2），第七句和第八句为乐段四中的格式（4）。全词双调，八十八字，上阕九句，六仄韵；下阕九句，五仄韵。

少 年 游 慢

调见张先词，因词有"少年得意时节"句，取以为名，与《少年游令》不同。

《少年游慢》的长短句结构

上阕，四个乐段							
乐段一（十一字）		乐段二（十一字）			乐段三（十字）		乐段四（十字）	
5	6	4	4	3	5	5	4	6

下阕，四个乐段							
乐段一（十一字）		乐段二（十一字）			乐段三（十字）		乐段四（十字）	
5	6	4	4	3	5	5	4	6

《康熙词谱》只收集一体《少年游慢》，双调，上下阕分别可分为四个乐段，其长短句结构与基本格式如表所示。该调八十四字，上下阕各九句，五仄韵。

《少年游慢》的基本格式（双调）

《少年游慢》上阕，九句，五仄韵	
乐段一（二句，十一字）	乐段二（三句，十一字）
＋－－｜｜（韵）＋｜＋－＋｜（韵）	＋｜－－（句）＋－＋｜（句）－－｜（韵）

《少年游慢》上阕，九句，五仄韵	
乐段三（二句，十字）	乐段四（二句，十字）
＋｜－－｜（韵）＋｜－－｜（韵）	＋｜－－（句）＋－＋｜－｜（韵）

《少年游慢》下阕，九句，五仄韵	
乐段一（二句，十一字）	乐段二（三句，十一字）
＋｜－－｜（韵）＋｜＋－＋｜（韵）	＋｜－－（句）＋－＋｜（句）－－｜（韵）

《少年游慢》下阕，九句，五仄韵	
乐段三（二句，十字）	乐段四（二句，十一字）
＋｜－－｜（句）＋｜－－｜（韵）	＋｜－－（句）＋－－｜（韵）

例　少年游慢（八十四字）

（宋）张　先

春城三二月。禁柳飘绵未歇。仙籞生香，轻云凝紫，临层阙。歌掌明珠滑，酒脸红霞发。华省名高，少年得意时节。　　昼刻三题彻。梯汉同登蟾窟。玉殿初宣,银袍齐脱,生仙骨。花探都门晓,马跃芳衢阔。宴罢东风,鞭梢一行飞雪。

注:全词双调,八十四字,上下阕各九句,五仄韵。

兀　令

调见《东山集》。

《兀令》的长短句结构

《兀令》上阕,三个乐段		
乐段一(十一字)	乐段二(十五字)	乐段三(十六字)
7　　4	5　　5　　5	6　　5　　5

《兀令》下阕,三个乐段		
乐段一(十一字)	乐段二(十五字)	乐段三(十六字)
7　　4	5　　5　　5	6　　5　　5

《康熙词谱》只收集一体《兀令》,双调,上下阕分别可分为三个乐段,其长短句结构如表所示。该调八十四字,上下阕各八句,六仄韵,其基本格式如表所示。

《兀令》的基本格式(双调)

《兀令》上阕,八句,六仄韵		
乐段一(二句,十一字)	乐段二(三句,十五字)	乐段三(三句,十六字)
＋｜＋ー ー｜｜(韵) ＋ー＋｜(韵)	＋｜ー ー｜(韵)｜ ＋｜ー ー(句)＋｜ ー ー｜(韵)	ー｜＋｜ー ー(句) ＋｜ー ー｜(韵)｜ ＋ー＋｜(韵)

《兀令》下阕，八句，六仄韵		
乐段一（二句，十一字）	乐段二（三句，十五字）	乐段三（三句，十六字）
＋｜＋－－｜｜（韵） ＋－＋｜（韵）	＋｜－－｜（韵） ＋｜－－（句）＋｜ －－｜（韵）	＋｜－｜－－（句） ＋｜－－｜（韵） ＋－＋｜（韵）

例　兀令（八十四字）

（宋）贺　铸

盘马楼前风日好。雪消尘扫。楼上宫妆早。认帘箔微开，一面嫣妍笑。携手别院重廊，窈窕花房小。任碧罗窗晓。　　间阔时多书问少。镜鸾空老。身寄吴云杳。想辂辘车音，几度青门道。占得春色年年，随处随人到。恨不如芳草。

注：全词双调，八十四字，上下阕各八句，六仄韵。

踏　青　游

调见苏轼词，踏青作也。因词有"踏青游"句，取以为名。

《踏青游》的长短句结构

《踏青游》上阕，四个乐段			
乐段一（十字）	乐段二（七字）	乐段三（十字或九字）	乐段四（十五字）
4　　6	34	3　3　 33　4　 　　　3	3　6　6

《踏青游》下阕，四个乐段			
乐段一（十字）	乐段二（七字）	乐段三（十字）	乐段四（十五字）
4　　6	34	3　3　4 5　　5	3　6　6

《康熙词谱》共收集《踏青游》四体，双调，上下阕分别可分为四个乐段，其长短句结构如表所示。该调有八十四字或八十三字等格式，上下阕各八句或九句，六仄韵或五仄韵、四仄韵。《康熙词谱》以八十四字体苏轼词为正体或正格。该调的正格与变格如表所示，其中，各乐段中的格式（1）为正格句式，其余为变格句式。

《踏青游》正格与变格（双调）

《踏青游》上阕，九句或八句，六仄韵或五仄韵、四仄韵	
乐段一（二句，十字）	乐段二（一句，七字）
＋｜－－（句）＋｜＋－＋｜（韵） （1）	＋＋＋（读）＋＋－｜（韵）
＋｜－－（句）＋－｜－＋｜（韵） （2）	

《踏青游》上阕，九句或八句，六仄韵或五仄韵、四仄韵	
乐段三（三句或二句，十字或九字）	乐段四（三句，十五字）
｜－－（句）＋＋｜（句）＋－＋｜（韵） （1）	－＋｜（韵）＋－｜－＋｜（韵） ＋｜＋－＋｜（韵） （1）
＋＋＋（读）＋＋｜（句）－＋｜（韵） （2）	＋＋｜（韵或句）＋－｜－＋｜（句） ＋｜＋－＋｜（韵） （2）
	＋＋｜（韵）＋｜＋－＋｜（韵） ＋｜＋－＋｜（韵） （3）

例一　踏青游（八十四字）

（宋）苏　轼

改火初晴，绿遍禁池芳草。斗锦绣、大城驰道。踏青游，拾翠惜，袜罗弓小。莲步裊。腰肢佩兰轻妙。行过上林春好。　　今困天涯，何限旧情相恼。念摇落、玉京寒早。任关心，空目断，蓬山难到。仙梦杳。良宵又还过了。楼台万象清晓。

注：该词上阕第一句和第二句为乐段一中的格式（1），第四句至第六句为乐段三中的格式（1），第七句至第九句为乐段四中的格式（1）；下阕第一句和第二句为乐段一中的格式（1），第四句至第六句为乐段三中的格式（1），第七句至第九句为乐段四中的格式（1）。全词双调，八十四字，上下阕各九句，六仄韵。

《踏青游》下阕，九句或八句，六仄韵或五仄韵、四仄韵	
乐段一（二句，十字）	乐段二（一句，七字）
＋｜－－（句）＋｜＋－＋｜（韵） （1） ＋｜＋－（句）＋－｜－－｜（韵） （2）	｜＋＋（读）＋＋＋｜（韵）

《踏青游》下阕，九句或八句，六仄韵或五仄韵、四仄韵	
乐段三（三句或二句，十字）	乐段四（三句，十五字）
｜＋－（句）－＋｜（句）＋－＋｜（韵） （1） ｜＋｜－－（句）｜＋－＋｜（韵） （2）	－＋｜（韵）＋－｜－＋｜（韵） ＋－＋｜－｜（韵） （1） ＋＋｜（韵或句）＋－｜－＋｜ （句）＋｜＋－＋｜（韵） （2） ＋－｜（韵）＋｜＋－＋｜（句） ＋－｜｜－＋｜（韵） （3）

例二　踏青游（八十四字）

（宋）陈济翁

濯锦江头，羞杀艳桃秾李。纵赵昌、丹青难比。晕轻红，留浅素，千娇百媚。照绿水。恰如乍临鸾镜，妃子弄妆犹醉。　　诗笔因循，不晓少陵深意。但满眼、伤春珠泪。燕来时，莺啼处，年年憔悴。便除是。秉烛凭阑吟赏，莫教夜深花睡。

注：该词上阕第一句和第二句为乐段一中的格式（1），第四句至第六句为乐段三中的格式（1），第七句至第九句为乐段四中的格式（2）；下阕第一句和第二句为乐段一中的格式（1），第四句至第六句为乐段三中的格式（1），第七句至第九句为乐段四中的格式（3）。全词双调，八十四字，上下阕各九句，五仄韵。

例三　踏青游（八十四字）

（宋）王　诜

金勒狨鞍，西城嫩寒春晓。路渐入、垂杨芳草。过平堤，穿绿径，几声啼鸟。是处里，谁家杏花临水，依约靓妆斜照。　　极目高原，东风露桃烟岛。望十里、红围绿绕。更相将，乘酒兴，幽情多少。待向晚，从头记将归去，说与凤楼人道。

注：该词上阕第一句和第二句为乐段一中的格式（2），第四句至第六句为乐段三中的格式（1），第七句至第九句为乐段四中的格式（2）；下阕第一句和第二句为乐段一中的格式（2），第四句至第六句为乐段三中的格式（1），第七句至第九句为乐段四中的格式（2）。全词双调，八十四字，上下阕各九句，四仄韵。

例四　踏青游（八十三字）

《能改斋漫录》无名氏

识个人人，恰止二年欢会。似赌赛、六只浑四。向巫山、重重去，如鱼水。两情美。同倚画栏十二。倚了又还重倚。　　两日不来，时时在人心里。拟问卜、常占归计。拌三八清斋，望永同鸳被。到梦里。蓦然被人惊觉，梦也有头无尾。

注：该词上阕第一句和第二句为乐段一中的格式（1），第四句和第五句为乐段三中的格式（2），第六句至第八句为乐段四中的格式（3）；下阕第一句和第二句为乐段一中的格式（2），第四句和第五句为乐段三中的格式（2），第六句至第八句为乐段四中的格式（2）。全词双调，八十三字，上阕八句，六仄韵；下阕八句，五仄韵。

梦玉人引

此调有平韵、仄韵两体,字句大同小异。

《梦玉人引》的长短句结构

《梦玉人引》上阕,四个乐段			
乐段一(十字)	乐段二(十字)	乐段三(十二字或十三字、十一字)	乐段四(九字)
4　3　3	4　　6	4　　35 4　　54 4　　34	4　　5

《梦玉人引》下阕,四个乐段			
乐段一(十二字)	乐段二(十字)	乐段三(九字或十字)	乐段四(十二字或十字)
4　　35	4　　6	4　　5 5　　5	5　　34 3　　34 33　　6 4　4　4

《康熙词谱》共收集五体《梦玉人引》,双调,上下阕分别可分为四个乐段,其长短句结构如表所示。该调有八十四字或八十五字、八十二字等格式。

仄韵格《梦玉人引》上阕九句,四仄韵;下阕八句或九句,四仄韵。《康熙词谱》以八十四字体沈会宗词为标谱词例。该调的正格与变格如表所示,其中,上下阕各乐段中的格式(1)为正格句式,其余为变格句式。平韵格《梦玉人引》上阕九句,四平韵;下阕八句,四平韵,其基本格式如表所示。

《梦玉人引》（仄韵）的正格与变格（双调）

《梦玉人引》上阕，九句，四仄韵	
乐段一（三句，十字）	乐段二（二句，十字）
＋｜＋－｜（句）－＋｜（句）＋－｜（韵） （1）	＋｜－－（句）＋｜＋－＋｜（韵） （1）
＋｜＋－｜（句）｜＋－（句）＋－｜（韵） （2）	＋｜－－（句）｜－＋－＋｜（韵） （2）

《梦玉人引》上阕，九句，四仄韵	
乐段三（二句，十二或十三字）	乐段四（二句，九字）
＋｜－－（句）＋＋＋（读）＋｜＋－｜（韵） （1）	＋｜－－（句）｜＋－＋｜（韵）
＋｜－－（句）｜＋－＋｜（读）＋－＋｜（韵） （2）	

例一　梦玉人引（八十四字）

（宋）沈会宗

追旧游处，思前事，俨如昔。过尽莺花，横雨暴风初息。杏子枝头，又自然、别是般天色。好傍垂杨，系画船桥侧。　　小欢幽会，一霎时、光景也堪惜。对酒当歌，故人情分难觅。山远水长，不成空相忆。这归去重来，又却是、几时来得。

注：该词上阕第一句至第三句为乐段一中的格式（1），第四句和第五句为乐段二中的格式（1），第六句和第七句为乐段三中的格式（1）；下阕第三句和第四句为乐段二中的格式（1），第七句和第八句为乐段四中的格式（1）。全词双调，八十四字，上阕九句，四仄韵；下阕八句，四仄韵。

《梦玉人引》下阕，八句或九句，四仄韵	
乐段一（二句，十二字）	乐段二（二句，十字）
＋ － ＋ ｜ （句）＋ ＋ ＋ （读）＋ ｜ ＋ － ｜ （韵）	＋ ｜ － － （句）｜ － ＋ ＋ － ｜ （韵）（1） ｜ ＋ － ＋ （句）＋ ＋ － ｜ ＋ － ｜ （韵）（2）

《梦玉人引》下阕，八句或九句，四仄韵	
乐段三（二句，九字）	乐段四（二句或三句，十二字或十字）
－ ｜ ＋ ＋ （句）＋ ＋ － － ｜ （韵）	｜ ＋ ｜ － － （句）＋ ＋ ＋ （读）＋ － ＋ ｜ （韵）（1） ＋ － ｜ － （句）＋ － ＋ ｜ （句）＋ － ＋ ｜ （韵）（2） ＋ ＋ ＋ （读）｜ ＋ － ＋ （句）＋ ｜ ＋ － ＋ ｜ （韵）（3）

例二 梦玉人引（八十四字）

（宋）李　甲

　　渐东风暖，陇梅残，霁云碧。嫩草柔条，又回江城春色。乍促银签，便篆香、纹蜡有余迹。愁梦相兼，尽日高无力。　　这些离恨，依然是、酒醒又如织。料伊情怀，也应向人端的。何故近日，全然无消息。问伊看伊，教人到此，如何休得。

　　注：该词上阕第一句至第三句为乐段一中的格式（2），第四句和第五句为乐段二中的格式（2），第六句和第七句为乐段三中的格式（1）；下阕第三句和第四句为乐段二中的格式（2），第七句至第九句为乐段四中的格式（2）。全词双调，八十四字，上下阕各九句，四仄韵。

例三　梦玉人引（八十四字）

（宋）朱敦儒

　　浪萍风梗，寄人间，倦为客。梦里瀛洲，姓名误题仙籍。敛翅归来，爱小园、蜕箨赞笪碧。新种幽花，戒儿童休摘。　　放怀随分，各逍遥、飞鷃等鹏翼。舍此萧闲，问君携杖安适。诸彦群英，诗酒皆劲敌。太平时、向花前，不醉如何休得。

　　注：该词上阕第一句至第三句为乐段一中的格式（2），第四句和第五句为乐段二中的格式（2），第六句和第七句为乐段三中的格式（1）；下阕第三句和第四句为乐段二中的格式（1），第七句和第八句为乐段四中的格式（3）。全词双调，八十四字，上阕九句，四仄韵；下阕八句，四仄韵。

例四　梦玉人引（八十五字）

（宋）范成大

　　送行人去，犹追路，再相觅。天末交情，长是合堂同席。从此尊前，便顿然少个、江南羁客。不忍匆匆，少驻船梅驿。　　酒斝虽满，尚少如、别泪万千滴。欲语吞声，结心相对呜咽。灯火凄清，笙歌无颜色。纵别后、尽相忘，算也难忘今夕。

　　注：该词上阕第一句至第三句为乐段一中的格式（1），第四句和第五句为乐段二中的格式（1），第六句和第七句为乐段三中的格式（2）；下阕第三句和第四句为乐段二中的格式（1），第七句和第八句为乐段四中的格式（3）。全词双调，八十五字，上阕九句，四仄韵；下阕八句，四仄韵。

《梦玉人引》（平韵）的基本格式（双调）

《梦玉人引》上阕，九句，四平韵	
乐段一（三句，十字）	乐段二（二句，十字）
＋ － ＋ ｜（句）＋ ｜ ｜（句）｜ － －（韵）	＋ ｜ － －（句）＋ － ＋ ｜ －（韵）

《梦玉人引》上阕，九句，四平韵	
乐段三（二句，十一字）	乐段四（二句，九字）
＋ ｜ － －（句）＋ ＋ ＋（读）＋ ｜ － －（韵）	＋ ｜ ＋ －（句）｜ ＋ ｜ － －（韵）

《梦玉人引》下阕，八句，四平韵	
乐段一（二句，十二字）	乐段二（二句，十字）
十 一 十 丨（句）十 十 十（读）十 丨 丨 一 一（韵）	十 丨 一 一（句）十 一 十 丨 一（韵）

《梦玉人引》下阕，八句，四平韵	
乐段三（二句，十字）	乐段四（二句，十字）
十 丨 一 一（句）一 一 一 十 一（韵）	十 一 丨（句）十 十 十（读）十 丨 一 一（韵）

例　梦玉人引（八十二字）

（宋）吕渭老

上危梯望，画阁迥，绣帘垂。曲水飘香，小园莺唤春归。舞袖弓弯，正满城、烟草凄迷。结伴踏青，趁蝴蝶双飞。　　赏心欢计，从别后、无意到西池。自检罗囊，要寻红叶留诗。懒约无凭据，莺花都不知。怕人问，强开怀、细酌酴醾。

注：全词双调，八十二字，上阕九句，四平韵；下阕八句，四平韵。

蕙兰芳引

调见《清真乐府》，方千里、杨泽民、陈允平俱有和词，杨词一名《蕙兰芳》，无"引"字。

《蕙兰芳引》的长短句结构

《蕙兰芳引》上阕，四个乐段			
乐段一（十一字）	乐段二（十一字）	乐段三（十一字）	乐段四（十一字）
4　　34	5　　6	4　　34	5　　6

《蕙兰芳引》下阕，四个乐段			
乐段一（十二字）	乐段二（十一字）	乐段三（八字）	乐段四（九字）
4　4　4	5　　6	4　　4	36

《康熙词谱》只收集一体《蕙兰芳引》，双调，上下阕分别可分为四个乐段，其长短句结构如表所示。该调八十四字，上下阕各八句，四仄韵，其基本格式如表所示。

《蕙兰芳引》的基本格式（双调）

《蕙兰芳引》上阕，八句，四仄韵	
乐段一（二句，十一字）	乐段二（二句，十一字）
＋｜＋－（句）＋＋＋（读）＋－＋｜（韵）	｜＋｜－－（句）＋｜＋－＋｜（韵）

《蕙兰芳引》上阕，八句，四仄韵	
乐段三（二句，十一字）	乐段四（二句，十一字）
＋－＋｜（句）＋＋＋（读）＋－＋｜（韵）	｜＋－＋｜（句）＋｜＋－＋｜（韵）

《蕙兰芳引》下阕，八句，四仄韵	
乐段一（三句，十二字）	乐段二（二句，十一字）
＋｜＋－（句）＋－＋｜（句）＋｜－｜（韵）	｜＋｜－－（句）＋｜＋－＋（韵）

《蕙兰芳引》下阕，八句，四仄韵	
乐段三（二句，八字）	乐段四（一句，九字）
＋－＋｜（句）＋－＋｜（韵）	＋＋＋（读）＋｜＋－＋｜（韵）

例　蕙兰芳引（八十四字）

（宋）周邦彦

寒莹晚空，点青镜、断霞孤鹜。对客馆深扃，霜草未衰更绿。倦游厌旅，但梦绕、阿娇金屋。想故人别后，尽日空疑风竹。　　塞北氍毹，江南图障，是处温燠。更花管云笺，犹写寄情旧曲。音尘迢递，但劳远目。今夜长、争奈枕单人独。

注：全词双调，八十四字，上下阕各八句，四仄韵。

倾 杯 近

调见袁去华集，与《倾杯令》、《倾杯乐》二体不同。

《倾杯近》的长短句结构

《倾杯近》上阕，四个乐段			
乐段一（十一字）	乐段二（十一字）	乐段三（十一字）	乐段四（十字）
6　　5	6　　5	4　　7	37

《倾杯近》下阕，四个乐段			
乐段一（十一字）	乐段二（十一字）	乐段三（十一字）	乐段四（八字）
3　3　5	4　　7	4　　7	35

《康熙词谱》只收集一体《倾杯近》，双调，上下阕分别可分为四个乐段，其长短句结构如表所示。该调八十四字，上阕七句，四仄韵；下阕八句，四仄韵，其基本格式如表所示。

《倾杯近》的基本格式（双调）

《倾杯近》上阕，七句，四仄韵	
乐段一（二句，十一字）	乐段二（二句，十一字）
＋｜＋ － ＋｜（句）＋｜－ ｜｜（韵）	＋｜＋ － ＋｜（句）＋ － － ｜｜（韵）

《倾杯近》上阕，七句，四仄韵	
乐段三（二句，十一字）	乐段四（二句，十字）
＋ － ＋｜（句）＋｜＋ － ｜｜（韵）	＋ ＋ ＋（读）＋ － ＋｜｜｜（韵）

◇ 卷二十一 ◇

《倾杯近》下阕，八句，四仄韵	
乐段一（三句，十一字）	乐段二（二句，十一字）
＋｜－（句）＋－｜（句）＋｜－－｜（韵）	＋｜－－（句）＋｜＋－－＋｜（韵）

《倾杯近》下阕，八句，四仄韵	
乐段三（二句，十一字）	乐段四（一句，八字）
＋－＋｜（句）＋｜＋－－＋｜（韵）	＋＋＋（读）｜＋－＋｜（韵）

例　倾杯近（八十四字）

（宋）袁去华

邃馆金铺半掩，帘幕参差影。睡起槐阴转午，鸟啼人寂静。残妆褪粉，松髻敧云慵不整。尽无言、手挼裙带绕花径。　酒醒时，梦回处，旧事何堪省。共载寻春，并坐调筝何时更。心情尽日，一似杨花飞无定。未黄昏、又先愁夜永。

注：全词双调，八十四字，上阕七句，四仄韵；下阕八句，四仄韵。

清　波　引

调见《白石集》，姜夔自度曲。

《清波引》的长短句结构

《清波引》上阕，四个乐段			
乐段一（十一字）	乐段二（九字）	乐段三（十一字）	乐段四（十二字）
4　　34	4　　5	5　　6	6　　33

《清波引》下阕，四个乐段			
乐段一（十一字或十字）	乐段二（九字）	乐段三（十一字）	乐段四（十字）
4　　34 4　　6	4　　5	5　　6	6　　4

《康熙词谱》共收集两体《清波引》，双调，上下阕分别可分为四个乐段，其长短句结构如表所示。该调有八十四字或八十三字等格式，上下阕各八句，六仄韵或七仄韵。《康熙词谱》以八十四字体姜夔词为标谱词例。该调的正格与变格如表所示，其中，上下阕各乐段中的格式（1）为正格句式，其余为变格句式。

《清波引》的正格与变格（双调）

《清波引》上阕，八句，六仄韵或七仄韵	
乐段一（二句，十一字）	乐段二（二句，九字）
＋ － ＋ ｜（韵）＋ ＋ ｜（读）＋ － ＋ ｜（韵）	＋ － ＋ ｜（韵）＋ － ｜ － ｜（韵） （1） ＋ － ＋ ｜（韵）＋ ｜ ＋ － ｜（韵） （2）

《清波引》上阕，八句，六仄韵或七仄韵	
乐段三（二句，十一字）	乐段四（二句，十二字）
＋ ｜ ＋ － ｜（句）＋ ｜ ＋ － ＋ ｜（韵） （1） ＋ ｜ ＋ － ｜（韵）＋ ｜ ＋ － ＋ ｜（韵） （2）	＋ － ＋ ｜ － －（句）＋ ＋ ｜（读）＋ － ｜（韵）

例一　清波引（八十四字）

（宋）姜　夔

　　冷云迷浦。倩谁唤、玉妃起舞。岁华如许。野梅弄眉妩。屐齿印苍藓，渐为寻花来去。自随秋雁南来，望江国、渺何处。　　新诗漫与。好风景、长是暗度。故人知否。抱幽恨谁语。何时共渔艇，莫负沧浪烟雨。

况有清夜啼猿，怨人良苦。

注：该词上阕第三句和第四句为乐段二中的格式（1）；第五句和第六句为乐段三中的格式（1）；下阕第一句和第二句为乐段一中的格式（1），第五句和第六句为乐段三中的格式（1），第七句和第八句为乐段四中的格式（1）。全词双调，八十四字，上下阕各八句，六仄韵。

《清波引》下阕，八句，六仄韵或七仄韵	
乐段一（二句，十一字或十字）	乐段二（二句，九字）
＋ － ＋ ｜（韵）＋ ＋ ｜（读）－ ＋ ＋ ｜（韵） （1） ＋ － ＋ ｜（韵）＋ ｜ ＋ － ＋ ｜（韵） （2）	＋ － ＋ ｜（韵）＋ － ｜ － ｜（韵）

《清波引》下阕，八句，六仄韵或七仄韵	
乐段三（二句，十一字）	乐段四（二句，十字）
－ － ｜ － ｜（句）＋ ｜ ＋ － ＋ ｜ （韵） （1） ＋ ｜ － － ｜（韵） （2）	＋ ｜ － ｜ － －（句）＋ － ＋ ｜ （韵） （1） ＋ － ＋ ｜ －（句）＋ － ＋ ｜（韵） （2）

例二　清波引（八十三字）

（宋）张　炎

江涛如许。更一夜、听风听雨。短篷容与。盘礴那堪数。弭节澄江树。不为蓴鲈归去。怕教冷落芦花，谁招得、旧鸥鹭。　　寒汀古潋。尽日无人唤渡。此中清楚。寄情在谭麈。难觅真闲处。肯被水云留住。泠然棹入中流，去天尺五。

注：该词上阕第三句和第四句为乐段二中的格式（2）；第五句和第六句为乐段三中的格式（1）；下阕第一句和第二句为乐段一中的格式（2），第五句和第六句为乐段三中的格式（2），第七句和第八句为乐段四中的格式（2）。全词双调，八十三字，上下阕各八句，七仄韵。

簇 水

调见《惜香乐府》。

《簇水》的长短句结构

《簇水》上阕，四个乐段			
乐段一（十一字）	乐段二（十一字）	乐段三（十一字）	乐段四（七字）
4　　7	4　　34	6　　5	34

《簇水》下阕，四个乐段			
乐段一（十六字）	乐段二（十字）	乐段三（十一字）	乐段四（八字）
3　34　33	4　　6	6　　5	35

《康熙词谱》只收集一体《簇水》，双调，上下阕分别可分为四个乐段，其长短句结构如表所示。该调八十五字，上阕七句，四仄韵；下阕八句，五仄韵，其基本格式如表所示。

《簇水》的基本格式（双调）

《簇水》上阕，七句，四仄韵	
乐段一（二句，十一字）	乐段二（二句，十一字）
＋｜−−（句）＋−＋｜−−｜（韵）	＋−＋｜（句）＋＋＋（读）＋−−｜（韵）

《簇水》上阕，七句，四仄韵	
乐段三（二句，十一字）	乐段四（一句，七字）
＋｜＋−＋｜（句）＋｜−−｜（韵）	＋＋｜（读）＋｜−｜（韵）

《簇水》的长短句结构

《簇水》下阕，八句，五仄韵	
乐段一（三句，十六字）	乐段二（二句，十字）
＋ － ｜（韵）＋ ＋ ＋ ｜（读）＋ － ＋ ｜（句）＋ ＋ ｜（读）－ － ｜（韵）	＋ － ＋ ｜（句）｜ ＋ ｜ － － ｜（韵）

《簇水》下阕，八句，五仄韵	
乐段三（二句，十一字）	乐段四（一句，八字）
＋ ｜ ＋ － ＋ ｜（句）＋ ｜ ＋ － ｜（韵）	＋ ＋ ｜（读）＋ ｜ － － ｜（韵）

例 簇水（八十五字）

（宋）赵长卿

长忆当初，是他见我心先有。一钩才下，便引得、鱼儿开口。好事重门深院，寂寞黄昏后。厮觑着、一面儿酒。　试捆就。便把我、得人意处，闵子里、施纤手。云情雨意，似十二巫山旧。更向枕前言约，许我长相守。欢人也、犹自眉头皱。

注：全词双调，八十五字，上阕七句，四仄韵；下阕八句，五仄韵。

受 恩 深

一作《爱恩深》。《乐章集》注"大石调"。

《受恩深》的长短句结构

《受恩深》上阕，三个乐段		
乐段一（十七字）	乐段二（十二字）	乐段三（十四字）
5　5　7	5　7	5　5　4

《受恩深》下阕，三个乐段		
乐段一（十七字）	乐段二（十二字）	乐段三（十四字）
7　4　6	5　7	5　5　4

《康熙词谱》只收集一体《受恩深》,双调,上下阕分别可分为三个乐段,其长短句结构如表所示。该调八十六字,上阕八句,六仄韵;下阕八句,五仄韵,其基本格式如表所示。

《受恩深》的基本格式(双调)

《受恩深》上阕,八句,六仄韵		
乐段一(三句,十七字)	乐段二(二句,十二字)	乐段三(三句,十四字)
＋｜－－｜(韵)＋ －－｜｜(韵)＋－ ＋｜＋－｜(韵)	｜＋｜－－(句)＋ ＋｜｜－－｜(韵)	＋｜－－｜(韵)｜ ＋｜－－(句)－｜ ＋｜(韵)

《受恩深》下阕,八句,五仄韵		
乐段一(三句,十七字)	乐段二(二句,十二字)	乐段三(三句,十四字)
＋｜＋－－｜｜(韵) ＋｜－－(句)＋｜ ＋－＋｜(韵)	＋｜｜－－(句)＋ －＋｜－－｜(韵)	＋｜－－｜(韵)｜ ＋｜－－(句)＋ －＋｜(韵)

例 受恩深(八十六字)

(宋)柳 永

雅致装庭宇。黄花开淡伫。细香明艳尽天与。助秀色堪餐,向晓自有真珠露。刚被金钱妒。拟买断秋天,容易独步。　粉蝶无情蜂已去。要上金尊,惟有诗人曾许。待宴赏重阳,恁时尽把芳心吐。陶令轻回顾。免憔悴东篱,冷烟寒雨。

注:该词双调,八十六字,上阕八句,六仄韵;下阕八句,五仄韵。

婆罗门令

调见柳永《乐章集》。原注"夹钟商",与《婆罗门引》不同。

《婆罗门令》的长短句结构

《婆罗门令》上阕,四个乐段			
乐段一(七字)	乐段二(八字)	乐段三(十字)	乐段四(八字)
3 4	3 5	4 3 3	3 5

《婆罗门令》下阕,四个乐段			
乐段一(十四字)	乐段二(十五字)	乐段三(八字)	乐段四(十六字)
3 3 3 5	7 3 5	4 4	4 7 5

《康熙词谱》只收集一体《婆罗门令》,双调,上下阕分别可分为四个乐段,其长短句结构如表所示。该调八十六字,上阕六句,三仄韵一叠韵;下阕十句,六仄韵,其基本格式如表所示。

《婆罗门令》的基本格式(双调)

《婆罗门令》上阕,六句,三仄韵一叠韵	
乐段一(一句,七字)	乐段二(一句,八字)
＋ － ｜(读)＋ － － ｜(韵)	＋ ＋ ＋(读)＋ ｜ － － ｜(叠)

《婆罗门令》上阕,六句,三仄韵一叠韵	
乐段三(二句,十字)	乐段四(二句,八字)
＋ ｜ － －(句)＋ ＋ ＋(读)－ ｜(韵)	－ ＋ ｜(句)＋ ｜ － － ｜(韵)

《婆罗门令》下阕，十句，六仄韵	
乐段一（三句，十四字）	乐段二（二句，十五字）
— + | （句）— + | （韵）+ + + + （读）+ + | — — | （韵）	+ — + | — — | （句）+ + + + （读）| + | — — | （韵）

《婆罗门令》下阕，十句，六仄韵	
乐段三（二句，八字）	乐段四（三句，十六字）
+ — + | （句）+ | — | （韵）	+ | — — （句）+ + + — | — — | （韵）+ | — — | （韵）

例 婆罗门令（八十六字）

（宋）柳 永

　　昨宵里、恁和衣睡。今宵里、又恁和衣睡。小饮归来，初更过、醺醺醉。中夜后，何事还惊起。　　霜天冷，风细细。触疏窗、闪闪灯摇曳。空床展转重追想，云雨梦、任敧枕难继。寸心万绪，咫尺千里。好景良天，彼此空有相怜意。未有相怜计。

　　注：全词双调，八十六字，上阕六句，三仄韵一叠韵；下阕十句，六仄韵。

华 胥 引

　　按《列子》："黄帝昼寝而梦，游于华胥，既寤，怡然自得。又二十八年，天下大治，几若华胥国矣。"调名取此，词见《清真集》。

《华胥引》的长短句结构

《华胥引》上阕，四个乐段			
乐段一（十二字）	乐段二（十一字）	乐段三（十一字）	乐段四（十字）
4　4　4	4　7	6　5	4　6

《华胥引》下阕，四个乐段			
乐段一（十一字）	乐段二（十字）	乐段三（十一字）	乐段四（十字）
4　　　　34	4　　　6	6　　　5	4　　　6

《康熙词谱》只收集一体《华胥引》，双调，上下阕分别可分为四个乐段，其长短句结构如表所示。该调八十六字，上阕九句，四仄韵；下阕八句，四仄韵，其基本格式如表所示。

《华胥引》的基本格式（双调）

《华胥引》上阕，九句，四仄韵	
乐段一（三句，十二字）	乐段二（二句，十一字）
＋ － ＋ ｜（句）＋ ｜ － －（句） ＋ － ＋ ｜（韵）	＋ ｜ － －（句）＋ － ＋ ｜ － ＋ ｜（韵）

《华胥引》上阕，九句，四仄韵	
乐段三（二句，十一字）	乐段四（二句，十字）
＋ ｜ ＋ ｜ － －（句）｜ ＋ － ＋ ｜（韵）	＋ ｜ － －（句）＋ － ＋ ｜ －｜（韵）

《华胥引》下阕，八句，四仄韵	
乐段一（二句，十一字）	乐段二（二句，十字）
＋ ｜ － －（句）＋ ＋ ＋（读）＋ － ＋ ｜（韵）	＋ － ＋ ｜（句）＋ － ＋ － ｜｜ （韵）

《华胥引》下阕，八句，四仄韵	
乐段三（二句，十一字）	乐段四（二句，十字）
＋ ｜ ＋ － ＋ ｜（句）｜ ＋ － ＋ ｜（韵）	＋ ｜ － －（句）＋ － ＋ ｜ －｜（韵）

例　华胥引（八十六字）

（宋）周邦彦

　　川原澄映，烟月冥濛，去舟似叶。岸足沙平，蒲根水冷留雁唼。别有孤角吟秋，对晓风鸣轧。红日三竿，醉头扶起还怯。　　离思相萦，渐看看、鬓丝堪镊。舞衫歌扇，何人轻怜细阅。点检从前恩爱，但凤笺盈箧。愁剪灯花，夜来和泪双叠。

　　注：全词双调，八十六字，上阕九句，四仄韵；下阕八句，四仄韵。

五福降中天

调见《花草粹编》。又作《五福降中天慢》。

《五福降中天》的长短句结构

《五福降中天》上阕，四个乐段			
乐段一（十一字）	乐段二（九字）	乐段三（十二字）	乐段四（十一字）
5　　6	5　　4	6　　6	4　　7

《五福降中天》下阕，四个乐段			
乐段一（十一字）	乐段二（十字）	乐段三（十一字）	乐段四（十一字）
4　　34	6　　4	4　　7	4　　7

　　《康熙词谱》只收集一体《五福降中天》，双调，上下阕分别可分为四个乐段，其长短句结构如表所示。该调八十六字，上下阕各八句，四平韵，其基本格式如表所示。

《五福降中天》的基本格式（双调）

《五福降中天》上阕，八句，四平韵	
乐段一（二句，十一字）	乐段二（二句，九字）
｜＋－＋｜（句）＋｜＋｜－－（韵）	＋｜｜－－（句）＋｜－－（韵）

《五福降中天》上阕，八句，四平韵	
乐段三（二句，十二字）	乐段四（二句，十一字）
＋|＋－＋|（句）＋－＋－|－（韵）	＋|－－＋|（句）＋－＋－||－（韵）

《五福降中天》下阕，八句，四平韵	
乐段一（二句，十一字）	乐段二（二句，十字）
＋－＋|（句）|＋＋＋（读）＋－|－（韵）	＋|＋－＋|（句）＋|－－－（韵）

《五福降中天》下阕，八句，四平韵	
乐段三（二句，十一字）	乐段四（二句，十一字）
＋－＋|（句）|＋|＋－|－（韵）	＋|－－（句）＋－＋||－（韵）

注：下阕乐段三中的格式"\|＋\|＋－\|－（韵）"，为"上一下六"句式。

例　五福降中天（八十六字）

（宋）江致和

喜元宵三五，纵马御柳沟东。斜日映珠帘，瞥见芳容。秋水娇横俊眼，腻雪轻铺素胸。爱把菱花，笑匀粉面露春葱。　徘徊步懒，奈一点、灵犀未通。怅望七香车去，慢辗春风。云情雨态，愿暂入阳台梦中。路隔烟霞，甚时还许到蓬宫。

注：全词双调，八十六字，上下阕各八句，四平韵。

离　别　难

唐教坊曲名。按段安节《乐府杂录》："天后朝，有士人妻，配入掖庭，善吹觱篥，乃撰此曲。"盖五言八句诗也。白居易集亦有七言绝句诗。薛词见《花间集》，乃借旧曲名，另倚新声者。因词有"罗帏乍别情难"句，取以为名。宋柳永词，则又与薛词不同，《乐章集》注"中吕调"。

八十七字体《离别难》的长短句结构

八十七字体《离别难》上阕，四个乐段			
乐段一（十二字）	乐段二（十字）	乐段三（八字）	乐段四（十三字）
6　　6	5　　5	5　　3	3　　3　　7

八十七字体《离别难》下阕，四个乐段			
乐段一（九字）	乐段二（十一字）	乐段三（十一字）	乐段四（十三字）
3　3　3	6　　5	5　　33	3　　3　　7

一百十二字体《离别难》的长短句结构

一百十二字体《离别难》上阕，四个乐段			
乐段一（十一字）	乐段二（十五字）	乐段三（十五字）	乐段四（十四字）
6　　5	34　　35	34　　4　　4	36　　5

一百十二字体《离别难》下阕，四个乐段			
乐段一（十三字）	乐段二（十五字）	乐段三（十五字）	乐段四（十四字）
3　3　34	7　　8	34　　4　　4	36　　5

　　《康熙词谱》共收集两体《离别难》，双调，其中，八十七字一体，一百十二字一体。八十七字体薛词为平仄韵转换格，上阕九句，四平韵四仄韵；下阕十句，四平韵六仄韵，可分为四个乐段，其长短句结构和基本格式分别如表所示。一百十二字体柳词为平韵格，上阕九句，五平韵；下阕十句，五平韵，可分为四个乐段，其长短句结构和基本格式分别如表所示。比较两者的长短句结构，可以看出它们之间迥异。

八十七字体《离别难》的基本格式（双调）

八十七字体《离别难》上阕，九句，四平韵四仄韵	
乐段一（二句，十二字）	乐段二（二句，十字）
＋　｜　＋　｜　一　一（平韵）＋　一　＋　｜　一　一（韵）	＋　一　＋　｜　｜（仄韵）＋　一　＋　｜　｜（韵）

八十七字体《离别难》上阕，九句，四平韵四仄韵	
乐段三（二句，八字）	乐段四（三句，十三字）
＋ － － ｜ ｜（句）｜ － －（韵）	－ ＋ ｜（换仄韵）－ ＋ ｜（韵）＋ － ＋ ｜ ｜ － －（韵）

八十七字体《离别难》下阕，十句，四平韵六仄韵	
乐段一（三句，九字）	乐段二（二句，十一字）
－ ＋ ｜（仄韵）＋ － ｜（韵）－ ｜ －（换平韵）	＋ － ＋ ｜ － －（韵）＋ ｜ － －｜（换仄韵）

八十七字体《离别难》下阕，十句，四平韵六仄韵	
乐段三（二句，十一字）	乐段四（三句，十三字）
＋ ｜ － － ｜（韵）＋ ＋ ＋（读）｜ － －（韵）	－ ＋ ｜（换仄韵）－ ＋ ｜（韵）＋ － ＋ ｜ ｜ － －（韵）

例　离别难（八十七字）

（五代）薛昭蕴

　　宝马晓鞴雕鞍。罗帷乍别情难。那堪春景媚。送君千万里。半妆珠翠落，露华寒。红蜡烛。青丝曲。偏能勾引泪阑干。　　良夜促。香尘绿。魂欲迷。檀眉半敛愁低。未别心先咽。欲语情难说。出芳草、路东西。摇袖立。春风急。樱桃杨柳雨凄凄。

　　注：全词双调，八十七字，上阕九句，四平韵四仄韵；下阕十句，四平韵六仄韵。

一百十二字体《离别难》的基本格式（双调）

一百十二字体《离别难》上阕，九句，五平韵	
乐段一（二句，十一字）	乐段二（二句，十五字）
＋ ｜ ＋ － ＋ ｜（句）＋ ＋ ＋ － －（韵）	＋ ＋ ＋（读）＋ ｜ － －（韵）＋ ＋ ＋（读）＋ ｜ ｜ － －（韵）
注：上阕乐段一中的格式"＋ ＋ ｜ － －（韵）"，为"上一下四"句式。	

一百十二字体《离别难》上阕，九句，五平韵	
乐段三（三句，十五字）	乐段四（二句，十四字）
＋＋＋（读）＋｜―　―（句）＋ ―　＋｜（句）＋｜―　―（韵）	＋＋＋（读）＋｜＋―　＋｜（句） ＋｜｜―　―（韵）

一百十二字体《离别难》下阕，十句，五平韵	
乐段一（三句，十三字）	乐段二（二句，十五字）
―　＋｜（句）｜―　―（韵）＋＋ ＋（读）＋｜―　―（韵）	｜＋―　＋｜―　｜（句）｜＋―　＋ ｜｜―　―（韵）

注：下阕乐段二中的格式"｜＋―　＋｜―　｜（句）"，为"上一下六"句式。

一百十二字体《离别难》下阕，十句，五平韵	
乐段三（三句，十五字）	乐段四（二句，十四字）
＋＋＋（读）＋｜―　―（句）＋ ―　＋｜（句）＋｜―　―（韵）	＋＋＋（读）＋｜＋―　＋｜（句） ＋｜｜―　―（韵）

例　离别难（一百十二字）

（宋）柳　永

花谢水流倏忽，嗟年少光阴。有天然、蕙质兰心。美韶容、何啻直千金。便因甚、翠弱红衰，缠绵香体，都不胜任。算神仙、五色灵丹无验，中路委瓶簪。　　人悄悄，夜沉沉。闭香闺、永弃鸳衾。想娇魂媚魄非远，纵鸿都方士也难寻。最苦是、好景良天，尊前歌笑，空想遗音。望断处、杳杳巫山十二，千古暮云深。

注：全词双调，一百十二字，上阕九句，五平韵；下阕十句，五平韵。

江城梅花引

按万俟咏《梅花引》，句读与《江城子》相近，故可合为一调；程垓词，换头句藏短韵者，名《摊破江城子》；江皓词，三声叶者四首，每首有一"笑"字，名《四笑江梅引》；周密词，三声叶韵者，名《梅花引》，全押平韵者名《明月引》；陈允平词名《西湖明月引》。

《江城梅花引》的长短句结构

《江城梅花引》上阕，四个乐段			
乐段一（七字）	乐段二（六字）	乐段三（九字）	乐段四（十六字或十五字）
7	3　3	4　5	7　3　33
			7　3　6
			7　3　5

《江城梅花引》下阕，四个乐段			
乐段一 （七字或八字）	乐段二 （十七字）	乐段三 （九字）	乐段四 （十六字或十五字）
2　2　3	3　3　4　34	4　5	7　3　33
3　5	3　3　7　4		7　3　6
7			7　3　5

《康熙词谱》共收集《江城梅花引》八体，双调，上下阕分别可分为四个乐段；其长短句结构如表所示。该调有八十七字或八十八字、八十五字等格式，上阕八句，四平韵一叠韵或六平韵、五平韵；下阕十二句或十句、十一句，六平韵两叠韵或七平韵两叠韵、六平韵一叠韵、七平韵、五平韵、三叶韵三平韵、两叶韵三平韵、一叶韵四平韵。用韵以平韵为主，有的词例下阕还通叶若干个仄韵。《康熙词谱》以八十七体程垓词（换头句藏短韵）和吴文英词（换头句不藏短韵）为正体或正格。该词的正格与变格如表所示，其中，上阕乐段一至乐段三中的格式（1）、乐段四中的格式（1）和（2），下阕乐段一和乐段四中的格式（1）和（2）、其他乐段中的格式（1）为正格句式，其余为变格句式。

《江城梅花引》的正格与变格（双调）

《江城梅花引》上阕，八句，有四平韵一叠韵或六平韵等用韵格式	
乐段一（一句，七字）	乐段二（二句，六字）
＋ － ＋ | | － －（韵）	| － －（韵）| － －（叠或韵）

《江城梅花引》上阕，八句，有四平韵一叠韵或六平韵等用韵格式	
乐段三（二句，九字）	乐段四（三句，十六字或十五字）
＋ | ＋ －（句）＋ | | － －（韵）	＋ | ＋ － － | |（句）＋ ＋ |（句）＋ ＋ ＋（读）＋ | － （韵） （1） ＋ | ＋ － | |（句）| ＋ －（韵）＋ ＋ | ＋ －（韵） （2） ＋ | ＋ － | |（句）＋ ＋ |（句）－ －＋ | －（韵） （3）

例一　江城梅花引（八十七字）

（宋）程　垓

　　娟娟霜月冷侵门。怕黄昏。又黄昏。手撚一枝，独自对芳尊。酒又不禁花又恼，漏声远，一更更、总断魂。　　断魂。断魂。不堪闻。被半温。香半熏。睡也睡也，睡不稳、谁与温存。惟有床前，银烛照啼痕。一夜为花憔悴损，人瘦也，比梅花、瘦几分。

　　注：该词上阕第六句至第八句为乐段四中的格式（1）；下阕第一句至第三句为乐段一中的格式（1），第四句至第七句为乐段二中的格式（1），第十句至第十二句为乐段四中的格式（1）。全词双调，八十七字，上阕八句，四平韵一叠韵；下阕十二句，六平韵两叠韵。

《江城梅花引》下阕，十二句或十句、十一句，有六平韵两叠韵或七平韵等用韵格式	
乐段一（三句或二句、一句，七字或八字）	乐段二（四句，十七字）
＋ －（叠或韵）＋ －（叠）｜＋ －（韵） （1） ＋ － ＋ ｜ ｜ － －（韵） （2） ｜ ＋ －（叠）＋ － － ｜ －（韵） （3） ＋ ＋ ｜ － ｜ －（韵） （4） ＋ ｜ ＋ － － ｜ ｜（叶） （5） ｜ ＋ ｜ ＋ ｜ ＋ ｜（叶） （6）	｜ ＋ －（韵）＋ ｜ －（韵）＋ ＋ ＋ ｜（句）＋ ＋ ＋ ＋（读）＋ ｜ － －（韵） （1） ＋ ｜ －（韵）｜ ＋ －（韵或叠）＋ ＋ ｜ ＋（句或韵）＋ ＋ ＋ ＋（读）＋ ｜ － －（韵） （2） ｜ ＋ －（句）＋ ｜ －（韵）＋ ｜（句）＋ ＋ ＋ ＋（读）＋ ｜ － －（韵） （3） ｜ ＋ －（句）＋ ｜ －（韵）＋ － ＋ ｜ ＋ － ｜（句）＋ ｜ － －（韵） （4） ｜ ＋ －（句）－ ＋ ｜（叶）＋ ＋ ｜（叶或句）＋ ＋ ＋ ＋（读）＋ ｜ － －（韵） （5）

注：下阕乐段一中的格式"｜ ＋ ｜ ＋ ｜ ＋ ｜（叶）"，为"二二三"句式，且第二字与第四字相同。

《江城梅花引》下阕，十二句或十句、十一句，有六平韵两叠韵或七平韵等用韵格式

乐段三（二句，九字）	乐段四（三句，十五字或十六字）
＋｜－－（句）＋｜｜－－（韵）	＋｜＋－－｜｜（句）＋＋｜（句） ＋＋＋（读）｜＋－（韵） （1） ＋｜＋－－｜｜（句）｜＋－（韵） ＋－＋｜＋－（韵） （2） ＋｜＋－－｜｜（句）＋＋｜（句） －－＋｜－（韵） （3）

注：上下阕相关乐段中的格式"＋＋｜（句）"，可平可仄两处，不宜同时用仄。

例二　江城梅花引（八十七字）

（宋）吴文英

江头何处带春归。玉川迷。路东西。一雁不飞，雪压冻云低。十里黄昏成晓色，竹根篱。分流水过翠微。　　带书傍月自锄畦。苦吟诗。生鬓丝。半黄细雨，翠禽语、似说相思。惆怅孤山，花尽草离离。半幅寒香家住远，小帘垂。玉人误听马嘶。

注：该词第六句至第八句为乐段四中的格式（2）；下阕第一句为乐段一中的格式（2），第二句至第五句为乐段二中的格式（1），第八句至第十句为乐段四中的格式（2）。全词双调，八十七字，上阕八句，六平韵；下阕十句，七平韵。

例三　江城梅花引（八十七字）

（宋）赵汝茪

对花时节不曾欢。见花残。任花残。小约帘栊，一面受春寒。题破玉笺双喜鹊，香烬冷，绕云屏、浑是山。　　待眠。未眠。事万千。也问天。也恨天。髻儿半偏。绣裙儿、宽了还宽。自取红毡，重坐暖金船。惟有月知君去处，今夜月，照秦楼、第几间。

注：该词上阕第六句至第八句为乐段四中的格式（1）；下阕第一句至第三句为乐段一中

的格式（1），第四句至第七句为乐段二中的格式（2），第十句至第十二句为乐段四中的格式（1）。全词双调，八十七字，上阕八句，四平韵一叠韵；下阕十二句，七平韵两叠韵。

例四　江城梅花引（八十八字）
（宋）蒋　捷

白鸥问我泊孤舟。是身留。是心留。心若留时，何事锁眉头。风拍小帘灯晕舞，对闲影，冷清清、忆旧游。　　忆旧游。旧游今在不。花外楼。柳下舟。梦也梦也，梦不到、寒水空流。漠漠黄云，湿透木棉裘。都道无人愁似我，今夜雪，有梅花、似我愁。

注：该词上阕第六句至第八句为乐段四中的格式（1）；下阕第一句和第二句为乐段一中的格式（3），第三句至第六句为乐段二中的格式（2），第九句至第十一句为乐段四中的格式（1）。全词双调，八十八字，上阕八句，四平韵一叠韵；下阕十一句，六平韵一叠韵。

例五　江城梅花引（八十七字）
（宋）周　密

雁霜苔雪冷飘萧。断魂潮。送轻桡。翠袖珠楼，清语梦琼箫。江北江南云自碧，人不见，泪花寒、向雨飘。　　愁多病多腰素消。倚青琴，调大招。江空岁晚，凄凉句、远意难描。月影花阴，心事负春宵。几度问春春不语，春又去，到西湖、第几桥。

注：该词上阕第六句至第八句为乐段四中的格式（1）；下阕第一句为乐段一中的格式（4），第二句至第五句为乐段二中的格式（3），第八句至第十句为乐段四中的格式（1）。全词双调，八十七字，上阕八句，五平韵；下阕十句，五平韵。

例六　江城梅花引（八十七字）
（宋）王　观

年年江上见寒梅。几枝开。暗香来。疑是月宫，仙子下瑶台。冷艳一枝春在手，故人远，相思切、寄与谁。　　怨极恨极嗅玉蕊。念此情，家万里。暮霞散绮。楚天碧、几片斜飞。为我多情，特地点征衣。花易飘零人易老，正心碎，那堪闻、塞管吹。

注：该词上阕第六句至第八句为乐段四中的格式（1）；下阕第一句为乐段一中的格式（6），第二句至第五句为乐段二中的格式（5），第八句至第十句为乐段四中的格式（1）。全词双调，八十七字，上阕八句，五平韵；下阕十句，三叶韵三平韵。

例七　江城梅花引（八十七字）
（宋）周　密

瑶妃鸾影逗仙云。玉成痕。麝成尘。露冷鲛房，清泪霰珠零。步绕罗浮归路远，楚江晚，赋离骚、招断魂。　　酒醒梦醒惹新恨。褪素妆，愁涴粉。翠禽夜舞，余香恼、何逊多情。委佩残钿，空想堕楼人。欲挽湘裙无处觅，灵飚御，赶江南、万里春。

注：该词上阕第六句至第八句为乐段四中的格式（1）；下阕第一句为乐段一中的格式（6），第二句至第五句为乐段二中的格式（5），第八句至第十句为乐段四中的格式（1）。全词双调，八十七字，上阕八句，五平韵；下阕十句，两叶韵三平韵。

例八　江城梅花引（八十五字）
（金）李献能

汉宫娇额倦涂黄。试新妆。立昭阳。萼绿仙姿，高髻碧罗裳。翠袖卷纱闲倚竹，暝云合，琼枝荐暮凉。　　璧月浮香摇玉浪。拂春帘，莹绮窗。冰肌夜冷滑无粟，影转斜廊。冉冉孤鸿，烟水渺三湘。青鸟不来天地老，断魂梦，清霜静楚江。

注：该词上阕第六句至第八句为乐段四中的格式（3）；下阕第一句为乐段一中的格式（5），第二句至第五句为乐段二中的格式（4），第八句至第十句为乐段四中的格式（3）。全词双调，八十五字，上阕八句，五平韵，下阕十句，一叶韵四平韵。

寰　海　清

《宋史·乐志》："琵琶曲名，大石调。"

《寰海清》的长短句结构

《寰海清》上阕，三个乐段		
乐段一（十二字）	乐段二（十字）	乐段三（十六字）
4　4　4	6　4	5　4　34

《寰海清》下阕，四个乐段			
乐段一（十五字）	乐段二（十字）	乐段三（十四字）	乐段四（十一字）
6　　　36	4　　6	7　　7	5　　33

《康熙词谱》只收集一体《寰海清》，双调，上阕可分为三个乐段，下阕可分为四个乐段，其长短句结构如表所示。该调八十七字，上阕八句，四平韵；下阕八句，五平韵，其基本格式如表所示。

《寰海清》的基本格式（双调）

《寰海清》上阕，八句，四平韵		
乐段一（三句，十二字）	乐段二（二句，十字）	乐段三（三句，十六字）
＋∣－－（韵）－＋∣（句）＋∣－－（韵）	＋∣＋－＋∣（句）＋∣－－（韵）	－－∣－∣（句）－－∣（句）＋＋＋（读）＋∣－－（韵）

《寰海清》下阕，八句，五平韵	
乐段一（二句，十五字）	乐段二（二句，十字）
＋－＋∣－－（韵）＋＋＋（读）＋－＋∣－－（韵）	＋∣－－（句）＋∣＋∣－－（韵）

《寰海清》下阕，八句，五平韵	
乐段三（二句，十四字）	乐段四（二句，十一字）
＋－＋∣＋－∣（韵）∣＋－－（韵）	＋－－∣∣（句）＋＋＋（读）∣－－（韵）

注：下阕乐段三中的格式"∣＋－＋∣－－（韵）"，为"上一下六"句式。

例　寰海清（八十七字）

（宋）王庭珪

画鼓轰天。暗尘随马，人似神仙。天怎不教昼短，明月长圆。天应未知道，天知道，须肯放、三夜如年。　　流酥拥上香辀。为个甚、晚妆特地鲜妍。花下清阴，乍合曲水桥边。高人到此也乘兴，任横街——须穿。

莫言无国艳，有朱门、镇婵娟。

  注：全词双调，八十七字，上阕八句，四平韵；下阕八句，五平韵。

劝 金 船

  张先词序："流杯堂唱和，翰林主人元素自撰腔。"苏轼词序："和元素韵，自撰腔命名。"按元素，杨绘元素也。因张先词有"何人窖得金船酒"句，名《劝金船》。

《劝金船》的长短句结构

《劝金船》上阕，四个乐段			
乐段一 （十二字）	乐段二 （十二字）	乐段三 （十字或十二字）	乐段四 （十字）
7　　5	7　　5	4　　　6 5　　34	6　　4 4　　6

《劝金船》下阕，四个乐段			
乐段一 （十二字）	乐段二 （十二字）	乐段三 （十字或十二字）	乐段四 （十字）
7　　5	7　　5	4　　　6 5　　34	6　　4

  《康熙词谱》共收集两体《劝金船》，双调，上下阕分别可分为四个乐段，其长短句结构如表所示。该调有八十八字或九十二字等格式，上阕八句，六仄韵；下阕八句，六仄韵或五仄韵。《康熙词谱》以八十八字体《劝金船》为标谱词例。该调的正格与变格如表所示，其中，上下阕各乐段中的格式（1）为正格句式，其余为变格句式。

《劝金船》的正格与变格（双调）

《劝金船》上阕，八句，六仄韵	
乐段一（二句，十二字）	乐段二（二句，十二字）
＋ － ＋ ｜ － － ｜（韵）＋ ｜ ＋ － ｜（韵）	＋ － ＋ ｜ － － ｜（韵）｜ ＋ ＋ － ｜（韵）

《劝金船》上阕，八句，六仄韵	
乐段三（二句，十字或十二字）	乐段四（二句，十字）
＋ ｜ － －（句）＋ ｜ ＋ ｜ ＋ － ｜（韵）（1）	＋ ｜ ＋ － ｜（句）＋ ＋ － ｜（韵）（1）
＋ ｜ ＋ － ｜（句）＋ ＋ ｜（读）＋ ｜ － ＋ ｜（韵）（2）	＋ ｜ ＋ －（句）＋ ｜ ＋ － ＋ ｜（韵）（2）

例一　劝金船（八十八字）

（宋）苏　轼

　　无情流水多情客。劝我如曾识。杯行到手休辞却。这公道难得。曲水池边，小字更书年月。如对茂林修竹，似永和节。　　纤纤素手如霜雪。笑把秋花插。尊前莫怪歌声咽。又还是轻别。此去翱翔，遍赏玉堂金阙。欲问再来何岁，应有华发。

　　注：该词上阕第五句和第六句为乐段三中的格式（1），第七句和第八句为乐段四中的格式（1）；下阕第三句和第四句为乐段二中的格式（1），第五句和第六句为乐段三中的格式（1）。全词双调，八十八字，上下阕各八句，六仄韵。

《劝金船》下阕，八句，六仄韵或五仄韵	
乐段一（二句，十二字）	乐段二（二句，十二字）
＋－＋｜－－｜（韵）＋｜＋－｜（韵）	＋－＋｜－－｜（韵）＋｜＋－｜（韵） （1） ＋－＋｜－－｜（句）＋｜＋－｜（韵） （2）

注：乐段二中的格式"｜＋＋－｜（韵）"为"上一下四"名式。

《劝金船》下阕，八句，六仄韵或五仄韵	
乐段三（二句，十字或十二字）	乐段四（二句，十字）
＋｜－－（句）＋｜＋－＋｜（韵） （1） ＋｜＋－－（句）＋＋｜（读） ＋－＋｜（韵） （2）	＋｜＋－＋｜（句）＋＋｜＋－｜（韵）

例二　劝金船（九十二字）

（宋）张　先

　　流泉宛转双开窦。带染轻纱皱。何人窨得金船酒。拥罗绮前后。绿定见花影，并照与、艳妆争秀。行尽曲名，休更再歌杨柳。　　光生飞动摇琼甃。隔障笙箫奏。须知短景欢无足，又还过清昼。翰阁迟归来，传骑恨、留连难久。异日凤凰池上，为谁思旧。

　　注：该词上阕第五句和第六句为乐段三中的格式（2），第七句和第八句为乐段四中的格式（2）；下阕第三句和第四句为乐段二中的格式（2），第五句和第六句为乐段三中的格式（2），全词双调，九十二字，上阕八句，六仄韵；下阕八句，五仄韵。

醉思仙

调见吕渭老词,因词有"怎惯不思量"及"当时醉倒残缸"句,取以为名。

《醉思仙》的长短句结构

《醉思仙》上阕,四个乐段			
乐段一 (十二字)	乐段二 (九字)	乐段三(十一字或 十二字、十三字)	乐段四 (十二字)
3　5　4	5　4	3　3　5 3　3　33 3　3　34	3　3　6 3　5　4

《醉思仙》下阕,四个乐段			
乐段一(十一字)	乐段二(九字)	乐段三(十二字或十三字)	乐段四(十二字)
5　6	5　4	3　3　33 3　3　34	3　3　6 3　5　4

《康熙词谱》共收集《醉思仙》四体,双调,上下阕分别可分为四个乐段,其长短句结构如表所示。该调有八十八字或八十九字、九十一字等格式,上阕十一句,五平韵;下阕十句,四平韵。《康熙词谱》以八十八字体吕渭老词和八十九字体孙道绚词为正体或正格。该调的正格与变格如表所示。其中,上下阕各乐段中的格式(1)为正格句式,上阕乐段三中的格式(2)也为正格句式。其余为变格句式。

例一　醉思仙(八十八字)

(宋)吕渭老

断人肠。正西楼独上,愁倚斜阳。称鸳鸯鸂鶒,两两池塘。春又老,人何处,怎惯不思量。到如今,瘦损我,又还无计禁当。　　小院呼卢夜,当时醉倒残缸。被天风吹散,凤翼难双。南窗雨,西楼月,尚未散、拂天香。听莺声,悄记得,那时舞板歌梁。

注：该词上阕第六句至第八句为乐段三中的格式（1），第九句至第十一句为乐段四中的格式（1）；下阕第一句和第二句为乐段一中的格式（1），第五句至第七句为乐段三中的的格式（1），第八句至第十句为乐段四中的格式（1）。全词双调，八十八字，上阕十一句，五平韵；下阕十句，四平韵。

《醉思仙》的正格和变格（双调）

《醉思仙》上阕，十一句，五平韵	
乐段一（三句，十二字）	乐段二（二句，九字）
｜ー ー（韵）｜ ＋ ー ＋ ｜（句）＋ ｜ ー ー（韵）	｜ ＋ ー ＋ ｜（句）＋ ｜ ー ー（韵）

《醉思仙》上阕，十一句，五平韵	
乐段三 （三句，十一字或十二字、十三字）	乐段四 （三句，十二字）
ー ＋ ｜（句）ー ＋ ｜（句）＋ ｜ ｜ ー ー（韵） （1）	｜ ＋ ー（句）｜ ＋ ｜（句）＋ ー ＋ ｜ ー ー（韵） （1）
ー ＋ ｜（句）｜ ＋ ー（句）＋ ＋ ＋（读）｜ ー ー（韵） （2）	
ー ＋ ｜（句）ー ＋ ｜（句）＋ ＋ ＋（读）＋ ＋ ｜ ー ー（韵） （3）	｜ ＋ ー（句）｜ ＋ ー ＋ ｜（句）＋ ｜ ー ー（韵） （2）
	ー ＋ ｜（句）｜ ＋ ｜ ＋ ｜（句）＋ ｜ ー ー（韵） （3）

《醉思仙》下阕，十句，四平韵	
乐段一（二句，十一字）	乐段二（二句，九字）
＋｜－－｜（句）＋－＋｜－ －（韵）（1）	｜＋－＋｜（句）＋｜－－（韵）
＋｜－｜｜（句）＋－＋｜－ （韵）（2）	

《醉思仙》下阕，十句，四平韵	
乐段三（三句，十二字或十三字）	乐段四（三句，十二字）
＋＋｜（句）＋－＋（句）＋＋ ＋（读）｜－－（韵）（1）	｜＋－（句）｜＋｜（句）＋－＋ ｜－－（韵）（1）
＋＋｜（句）＋－＋（句）＋＋ ＋（读）＋｜－－（韵）（2）	＋－｜（句）｜＋－＋｜（句）＋ ｜－－（韵）（2）

注：下阕乐段三中的格式："＋＋｜（句）"可平可仄两处，以不同时用仄为宜；"＋ －＋（句）"可平可仄两处，不得同时用平。

例二 醉思仙（八十九字）

（宋）孙道绚

霁霞红。看山迷暮霭，烟暗孤松。正翩翩风袂，轻若惊鸿。心似鉴，鬓如云，弄清影、月明中。漫悲凉，岁冉冉，葬华潜改衰容。　　前事消凝久，十年光景匆匆。念云轩一梦，回首春空。彩凤远，玉箫寒，夜悄悄、恨无穷。叹黄尘，久埋玉，断肠挥泪东风。

注：该词上阕第六句至第八句为乐段三中的格式（2），第九句至第十一句为乐段四中的格式（1）；下阕第一句和第二句为乐段一中的格式（1），第五句至第七句为乐段三中的的格式（1），第八句至第十句为乐段四中的格式（1）。全词双调，八十九字，上阕十一句，五平韵；下阕十句，四平韵。

例三　醉思仙（九十一字）

（宋）朱敦儒

倚晴空。正三洲下叶，七泽收虹。叹年光催老，身世飘蓬。南冠客，新丰酒，但万里、云水俱重。谢故人，解系船访我，脱帽相从。　　人老欢易失，尊前且更从容。任酒倾波碧，烛剪花红。君向楚，我归秦，便分路、青竹丹枫。恁时节，漫梦凭夜蝶，书倩秋鸿。

注：该词上阕第六句至第八句为乐段三中的格式（3），第九句至第十一句为乐段四中的格式（2）；下阕第一句和第二句为乐段一中的格式（2），第五句至第七句为乐段三中的格式（2），第八句至第十句为乐段四中的格式（2）。全词双调，九十一字，上阕十一句，五平韵；下阕十句，四平韵。

例四　醉思仙（九十一字）

（宋）曹　勋

记华堂。对宝台绛蜡，红艳成行。斲乌云鬓映，浅浅宫妆。江梅媚，生嫩脸，莹素质、自有清香。歌喉稳，按镂版缓拍，娇倚银床。　　天外行云驻，轻尘暗落雕梁。似晓莺呖呖，琼韵锵锵。别来久，春将老，但梦里、也自思量。仗何人，细说与，为伊潘鬓成霜。

注：该词上阕第六句至第八句为乐段三中的格式（3），第九句至第十一句为乐段四中的格式（3）；下阕第一句和第二句为乐段一中的格式（1），第五句至第七句为乐段三中的的格式（2），第八句至第十句为乐段四中的格式（1）。全词双调，九十一字，上阕十一句，五平韵；下阕十句，四平韵。

玉　人　歌

调见《西樵语业》。

《玉人歌》的长短句结构

《玉人歌》上阕，四个乐段			
乐段一（十二字）	乐段二（九字）	乐段三（十二字）	乐段四（十一字）
3　5　4	4　5	7　5	34　4

《玉人歌》下阕，四个乐段			
乐段一（十四字）	乐段二（九字）	乐段三（十二字）	乐段四（九字）
5　　5　　4	4　　5	7　　5	36

《康熙词谱》只收集一体《玉人歌》，双调，上下阕分别可分为四个乐段，其长短句结构如表所示。该调八十八字，上阕九句，五仄韵；下阕八句，五仄韵，其基本格式如表所示。

《玉人歌》的基本格式（双调）

《玉人歌》上阕，九句，五仄韵	
乐段一（三句，十二字）	乐段二（二句，九字）
＋ － ｜（韵）｜ ＋ ｜ － －（句）＋ 一 ＋ ｜（韵）	＋ － ＋ ｜（句）＋ ｜ ＋ － ｜（韵）

《玉人歌》上阕，九句，五仄韵	
乐段三（二句，十二字）	乐段四（二句，十一字）
＋ － ＋ ｜ － － ｜（句）＋ ｜ － 一 ｜（韵）	｜ － ＋（读）＋ ｜ － －（句）＋ 一 ＋ ｜（韵）

《玉人歌》下阕，八句，五仄韵	
乐段一（三句，十四字）	乐段二（二句，九字）
＋ ｜ ＋ － ｜（韵）｜ ＋ ｜ － －（句）＋ － ＋ ｜（韵）	＋ ｜ － －（句）＋ ｜ ＋ － ｜（韵）

《玉人歌》下阕，八句，五仄韵	
乐段三（二句，十二字）	乐段四（一句，九字）
＋ － ＋ ｜ － － ｜（句）＋ ｜ － 一 ｜（韵）	｜ － ＋（读）＋ ｜ ＋ － ＋ ｜（韵）

例　玉人歌（八十八字）

（宋）杨炎昶

西风起。又老尽篱花，寒轻香细。漫题红叶，句里意谁会。长天不恨江南远，苦恨无书寄。最相思、盘橘千枚，脍鲈十尾。　　鸿雁阻归计。算愁满离肠，十分岂止。倦倚栏干，顾影在天际。凌烟图画青山约，总是浮生事。判从今、买取朝醒夕醉。

注：全词双调，八十八字，上阕九句，五仄韵；下阕八句，五仄韵。

惜 红 衣

姜夔自度曲，属"无射宫"，取词内"红衣半狼籍"句为名。

《惜红衣》的长短句结构

上阕，四个乐段			
乐段一 （十二字）	乐段二 （九字或十字）	乐段三 （十一字或十三字）	乐段四 （十一字或九字）
4　4　4	4　5 4　6	4　34 6　34	2　4　5 4　5

下阕，四个乐段			
乐段一（十三字）	乐段二（九字）	乐段三（十二字）	乐段四（十一字）
4　4　5	6　3 4　5	6　6	5　6

《康熙词谱》共收集四体《惜红衣》，双调，上下阕分别可分为四个乐段，其长短句结构如表所示。该调有八十八字或八十九字等格式，上阕十句或九句，下阕九句，宜用入声韵，且韵脚有些变化，上阕六仄韵或五仄韵、四仄韵；下阕六仄韵或五仄韵、四仄韵。《康熙词谱》以姜夔词为正体或正格。该调的正格与变格如表所示，其中，各乐段中的格式（1）为正格句式，其余为变格句式。

《惜红衣》的正格与变格（双调）

《惜红衣》上阕，十句或九句，六仄韵或五仄韵、四仄韵	
乐段一（三句，十二字）	乐段二（二句，九字或十字）
＋∣一一（句）＋一＋∣（韵） ＋一＋∣（韵） （1）	＋∣一一（句）一一∣一∣（韵） （1）
＋∣一一（句）＋一＋∣（句） ＋一＋∣（韵） （2）	＋∣一一（句）＋一＋∣ （韵） （2）

《惜红衣》上阕，十句或九句，六仄韵或五仄韵、四仄韵	
乐段三（二句，十一字或十三字）	乐段四（三句或二句，十一字或九字）
＋一＋∣（句）＋＋＋（读）＋ 一＋∣（韵） （1）	一∣（韵）＋∣＋一（句）＋∣ ＋∣（韵） （1）
＋一＋∣一∣（句）＋＋＋（读） ＋一一∣（韵） （2）	＋∣一一（句）＋＋一＋∣（韵） （2）

注：上阕乐段四中的格式"＋＋一＋∣（韵）"，为"上一下四"句式。

例一　惜红衣（八十八字）

（宋）姜　夔

枕簟邀凉，琴书换日。睡余无力。细洒冰泉，并刀破甘碧。墙头唤酒，谁问讯、城南诗客。岑寂。高树晚蝉，说西风消息。　　虹梁水陌。鱼浪吹香，红衣半狼籍。维舟试望故国。渺天北。可惜柳边沙外，不共美人游历。问甚时同赋，三十六陂秋色。

注：该词上阕第一句至第三句为乐段一中的格式（1），第四句和第五句为乐段二中的格式（1），第六句和第七句为乐段三中的格式（1），第八句至第十句为乐段四中的格式（1）；下阕第一句至第三句为乐段一中的格式（1），第四句和第五句为乐段二中的格式（1）。全词双调，八十八字，上阕十句，六仄韵；下阕九句，六仄韵。

《惜红衣》下阕，九句，六仄韵或五仄韵、四仄韵	
乐段一（三句，十三字）	乐段二（二句，九字）
＋ － ＋ ｜（韵）＋ ｜ － －（句） － － ｜ － ｜（韵） （1）	＋ － ＋ ｜ ＋ ｜（韵）＋ － ｜（韵） （1）
＋ － ＋ ｜（韵）＋ ｜ － －（句） － － ｜ － ｜（韵） （2）	＋ － ＋ ｜ ＋ ｜（韵）＋ － ｜（韵） （2） ＋ － － ＋ ｜（句）＋ ｜ ＋ － ｜（韵） （3）

《惜红衣》下阕，九句，六仄韵或五仄韵、四仄韵	
乐段三（二句，十二字）	乐段四（二句，十一字）
＋ ｜ ＋ － ＋ ｜（句）＋ ｜ ＋ － ＋ ｜（韵）	｜ ＋ － ＋ ｜（句）＋ ｜ ＋ － ＋ ｜（韵）

例二　惜红衣（八十九字）
（宋）李莱老

笛送西泠，帆过杜曲。昼阴芳绿。门巷清风，还寻故人书屋。苍华发冷，笑瘦影、相看如竹。幽谷。烟树晓莺，诉经年愁独。　　残阳古木。书画归船，匆匆又南北。蘋洲鸥鹭素熟。旧盟续。甚日浩歌招隐，听雨弁阳同宿。料重来时候，香荡几湾红玉。

注：该词上阕第一句至第三句为乐段一中的格式（1），第四句和第五句为乐段二中的格式（2），第六句和第七句为乐段三中的格式（1），第八句至第十句为乐段四中的格式（1）；下阕第一句至第三句为乐段一中的格式（1），第四句和第五句为乐段二中的格式（1）。全词双调，八十九字，上阕十句，六仄韵；下阕九句，六仄韵。

例三　惜红衣（八十八字）
（宋）吴文英

鹭老秋丝，蘋愁暮雪，鬓那不白。倒柳移栽，如今暗溪碧。乌衣细语伤伴，惹茸红、曾约南陌。前度刘郎，寻流花踪迹。　　朱楼水侧。雪面波光，汀莲沁颜色。当时醉近绣箔，夜吟寂。三十六矶重到，清梦冷云南北。买钓舟溪上,应有烟蓑相识。

注:该词上阕第一句至第三句为乐段一中的格式(2),第四句和第五句为乐段二中的格式(1),第六句和第七句为乐段三中的格式(2),第八句和第九句为乐段四中的格式(2);下阕第一句至第三句为乐段一中的格式(1),第四句和第五句为乐段二中的格式(2)。全词双调,八十八字,上阕九句,四仄韵;下阕九句,五仄韵。

例四 惜红衣(八十八字)
(宋)张 炎

两剪秋痕,平分水影,炯然冰洁。未识新愁,眉心倩人贴。无端醉里,添一笑、柔花盈睫。痴绝。不解送情,倚银屏斜瞥。　　长歌短舞,换羽移宫,飘飘步回雪。扶娇倚扇,欲把艳怀说。旧日杜郎重到,只虑空江桃叶。但数峰犹在,如傍那家风月。

注:该词上阕第一句至第三句为乐段一中的格式(1),第四句和第五句为乐段二中的格式(1),第六句和第七句为乐段三中的格式(1),第八句至第十句为乐段四中的格式(1);下阕第一句至第三句为乐段一中的格式(2),第四句和第五句为乐段二中的格式(3)。全词双调,八十八字,上阕十句,五仄韵;下阕九句,四仄韵。

鱼 游 春 水

《复斋漫录》:"政和中,一中贵使越州回,得词于古碑,无名无谱,录以进御,命大晟府填腔,因词中语,赐名《鱼游春水》。"

《鱼游春水》的长短句结构

《鱼游春水》上阕,四个乐段			
乐段一(十二字)	乐段二(十字)	乐段三(十四字)	乐段四(八字)
5　　7	4　　6	7　　7	4　　4

《鱼游春水》下阕,四个乐段			
乐段一(十三字)	乐段二(十字)	乐段三(十四字)	乐段四(八字)
6　　7	6　　4	7　　7	4　　4

《康熙词谱》共收集两体《鱼游春水》，双调，上下阕分别可分为四个乐段，其长短句结构如表所示。该调八十九字，上阕八句，五仄韵或六仄韵；下阕八句，五仄韵或六仄韵。《康熙词谱》以无名氏词为正体或正格。该调的正格与变格如表所示，其中，各乐段中的格式（1）为正格句式，其余为变格句式。

《鱼游春水》的正格与变格（双调）

《鱼游春水》上阕，八句，五仄韵或六仄韵	
乐段一（二句，十二字）	乐段二（二句，十字）
＋ － － ＋ ｜（韵）＋ ｜ ＋ － － ｜ ｜（韵）	＋ － ＋ ｜（句）＋ ｜ ＋ － ＋ ｜（韵）

《鱼游春水》上阕，八句，五仄韵或六仄韵	
乐段三（二句，十四字）	乐段四（二句，八字）
＋ ｜ － － ＋ ｜ －（句）＋ ｜ － ＋ － － ｜（韵） （1） ＋ ｜ ＋ － － ｜ ｜（韵）＋ ｜ ＋ － － ｜ ｜（韵） （2） ＋ － － ｜ － － ｜（句）＋ ｜ － － ＋ ｜ ｜（韵） （3）	＋ ｜ ＋ －（句）＋ － ＋ ｜（韵）

例一　鱼游春水（八十九字）

无名氏

秦楼东风里。燕子还来寻旧垒。余寒犹峭，红日薄侵罗绮。嫩草方抽碧玉茵，媚柳轻窣黄金蕊。莺啭上林，鱼游春水。　　几曲栏干遍倚。又是一番新桃李。佳人应怪归迟，梅妆泪洗。凤箫声绝沉孤雁，望断清波无双鲤。云山万重，寸心千里。

注：该词上阕第五句和第六句为乐段三中的格式（1）；下阕第五句和第六句为乐段三中的格式（1），第七句和第八句为乐段四中的格式（1）。全词双调，八十九字，上下阕各八句，五仄韵。

《鱼游春水》下阕，八句，五仄韵或六仄韵	
乐段一（二句，十三字）	乐段二（二句，十字）
＋｜＋－＋｜（韵）＋｜＋－－＋｜（韵）	＋－＋｜－－（句）＋－＋｜（韵）

《鱼游春水》下阕，八句，五仄韵或六仄韵	
乐段三（二句，十四字）	乐段四（二句，八字）
＋－＋＋｜＋－｜（句）＋｜＋－－＋｜（韵）（1） ＋｜＋－－｜｜（句或韵）＋｜＋－－｜｜（韵）（2） ＋｜－－｜－＋（句）＋｜－－｜－｜（韵）（3）	＋－＋｜（句）＋－－＋｜（韵）（1） ＋｜＋－（句）＋－＋｜（韵）（2）

例二　鱼游春水（八十九字）

（宋）张元幹

芳洲生蘋芷。宿雨收晴浮暖翠。烟光如洗，几片花飞点泪。清镜空余白发添，新恨谁传红绫寄。溪涨岸痕，浪吞沙尾。　　老去情怀易醉。十二栏干慵遍倚。双凫人惯风流，功名万里。梦想浓妆碧云边，目断孤帆夕阳里。何时送客，更临春水。

注：该词上阕第五句和第六句为乐段三中的格式（1）；下阕第五句和第六句为乐段三中的格式（3），第七句和第八句为乐段四中的格式（1）。全词双调，八十九字，上下阕各八句，五仄韵。

例三　鱼游春水（八十九字）

（宋）卢祖皋

离愁禁不去。好梦别来无觅处。风翻征袂，触目年芳如许。软红尘里鸣鞭镫，拾翠丛中句伴侣。都负岁时，暗关情绪。　　昨夜山阴杜宇。似把归期惊倦旅。遥知楼倚东风,凝颦暗数。宝香拂拂遗鸳锦,心事悠悠寻燕语。芳草暮寒,乱花微雨。

注:该词上阕第五句和第六句为乐段三中的格式(3);下阕第五句和第六句为乐段三中的格式(1),第七句和第八句为乐段四中的格式(2)。全词双调,八十九字,上下阕各八句,五仄韵。

例四　鱼游春水(八十九字)
（宋）赵闻礼

青楼临远水。楼上东风飞燕子。玉钩珠箔,密密锁红关翠。剪胜裁幡春日戏。簌柳簪花元夜醉。闲忆旧欢,漫撩新泪。　　罗帕啼痕未洗。愁见同心双凤翅。长安日日轻寒,春衫未试。过尽征鸿知几许,不寄萧郎书一纸。愁肠断也,个人知未。

注:该词上阕第五句和第六句为乐段三中的格式(2);下阕第五句和第六句为乐段三中的格式(2),第七句和第八句为乐段四中的格式(1)。全词双调,八十九字,上下阕各八句,六仄韵。

卜　算　子　慢

《乐章集》注"歇指调"。

《卜算子慢》的长短句结构

《卜算子慢》上阕,四个乐段			
乐段一(十四字)	乐段二(十字)	乐段三(八字或十字)	乐段四(十三字)
4　　4　　6	4　　6	3　5 2　8	3　4　　6 5　　8

《卜算子慢》下阕,四个乐段			
乐段一(十四字)	乐段二(十字)	乐段三(八字或十字)	乐段四(十二字)
5　　5　　4	4　　6	3　5 2　　3　5	3　4　　5

《康熙词谱》共收集两体《卜算子慢》，双调，上下阕分别可分为四个乐段，其长短句结构如表所示。该调有八十九字或九十三字等格式，上阕八句或九句，四仄韵或五仄韵；下阕八句或九句，五仄韵或六仄韵。《康熙词谱》以八十九字体柳永词为标谱词例。该调的正格与变格如表所示，其中，上下阕各乐段中的格式（1）为正格句式，其余为变格句式。

《卜算子慢》的正格与变格（双调）

《卜算子慢》上阕，八句或九句，四仄韵或五仄韵	
乐段一（三句，十四字）	乐段二（二句，十字）
＋ － ＋ ｜（句）＋ ｜ ＋ －（句） ＋ ｜ ＋ － ＋ ｜（韵）	＋ ｜ － －（句）＋ ｜ ＋ － ＋ ｜（韵）

《卜算子慢》上阕，八句或九句，四仄韵或五仄韵	
乐段三（一句或二句，八字或十字）	乐段四（二句，十三字）
＋ ＋ ＋（读）＋ ｜ － － ｜（韵） （1）	＋ ＋ ＋（读）＋ － ＋ ｜（句）＋ － ｜ － ＋ ｜（韵） （1）
＋ ｜（韵）｜ ＋ － ＋ ｜ － － ｜（韵） （2）	｜ ＋ ｜ － －（句）＋ ｜ ＋ － ＋ ｜ － ｜（韵） （2）

例一　卜算子慢（八十九字）

（宋）柳　永

江枫渐老，汀蕙半凋，满目败红衰翠。楚客登临，正是暮秋天气。引疏砧、断续残阳里。对晚景、伤怀念远，新愁旧恨相继。　　脉脉人千里。念两处风情，万重烟水。雨歇天高，望断翠峰十二。尽无言、谁会凭高意。纵写得、离肠万种，奈归鸿难寄。

注：该词上阕第六句为乐段三中的格式（1），第七句和第八句为乐段四中的格式（1）；下阕第六句为乐段三中的格式（1）。全词双调，八十九字，上阕八句，四仄韵；下阕八句，五仄韵。

《卜算子慢》下阕，八句或九句，五仄韵或六仄韵	
乐段一（三句，十四字）	乐段二（二句，十字）
＋丨－－丨（韵）丨＋丨＋－－（句） ＋丨－＋丨（韵）	＋丨－－（句）＋丨＋丨＋－＋丨（韵）

《卜算子慢》下阕，八句或九句，五仄韵或六仄韵	
乐段三（一句或二句，八字或十字）	乐段四（二句，十二字）
＋＋＋（读）＋丨－－丨（韵） （1） ＋丨（韵）＋＋＋（读）＋丨－ －丨（韵） （2）	＋＋＋（读）＋－＋丨（句）丨 ＋－＋丨（韵）

例二　卜算子慢（九十三字）

（宋）张　先

溪山别意，烟树去程，日落采蘋春晚。欲上征鞍，更掩翠帘回面。相盻。惜弯弯浅黛长长眼。奈画阁欢游，也学狂花乱絮轻散。　　水影横池馆。对静夜无人，月高云远。一晌凝思，两眼泪痕还满。难遣。恨私书、又逐东风断。纵梦泽、层楼万丈，望湖城那见。

注：该词上阕第六句和第七句为乐段三中的格式（2），第八句和第九句为乐段四中的格式（2）；下阕第六句和第七句为乐段三中的格式（2）。全词双调，九十三字，上阕九句，五仄韵；下阕九句，六仄韵。

雪 狮 儿

调见《书舟集》。

《雪狮儿》的长短句结构

《雪狮儿》上阕，四个乐段			
乐段一（十二字或十五字）	乐段二（十字）	乐段三（十一字）	乐段四（十一字）
4　4　4 4　34　4	4　6	4　34	34　4

《雪狮儿》下阕，四个乐段			
乐段一（十五字）	乐段二（十字）	乐段三（十一字）	乐段四（九字）
6　36	4　6	4　34	3　6

《康熙词谱》共收集两体《雪狮儿》，双调，上下阕分别可分为四个乐段，其长短句结构如表所示。该调有八十九字或九十二字等格式，上阕九句，五仄韵；下阕八句，七仄韵。《康熙词谱》以八十九字体程垓词为标谱词例。该调的正格与变格如表所示，其中，上下阕各乐段中的格式（1）为正格句式，其余为变格句式。

例一　雪狮儿（八十九字）

（宋）程　垓

断云低晚，轻烟带暝，风惊罗幕。数点梅花，香倚雪窗摇落。红炉对谑。正酒面、琼酥初削。云屏暖、不知门外，月寒风恶。　　迤逦慵云半掠。笑盈盈、闲弄宝筝弦索。暖极生春，已向横波先觉。花娇柳弱。渐倚醉、要人搂着。低告托。早把被香熏却。

注：该词上阕第一句至第三句为乐段一中的格式（1）；下阕第一句和第二句为乐段一中的格式（1）。全词双调，八十九字，上阕九句，五仄韵；下阕八句，七仄韵。

《雪狮儿》的正格或变格（双调）

《雪狮儿》上阕，九句，五仄韵	
乐段一（三句，十二字或十五字）	乐段二（二句，十字）
＋－＋｜（句）＋－＋｜（句）＋－＋｜（韵） （1） ＋－＋｜（句）＋＋＋（读）＋｜－－（句）＋－＋｜（韵） （2）	＋｜－－（句）＋｜＋－＋｜（韵）

《雪狮儿》上阕，九句，五仄韵	
乐段三（二句，十一字）	乐段四（二句，十一字）
＋－＋｜（韵）＋＋＋（读）＋－＋｜（韵）	＋＋＋（读）＋－＋｜（句）＋－＋｜（韵）

《雪狮儿》下阕，八句，七仄韵	
乐段一（二句，十五字）	乐段二（二句，十字）
＋｜＋－＋｜（韵）＋＋＋（读）＋｜＋－＋｜（韵） （1） ＋－＋－＋｜（韵）＋＋＋（读）＋｜＋－＋｜（韵） （2）	＋｜－－（句）＋｜＋－＋｜（韵）

《雪狮儿》下阕，八句，七仄韵	
乐段三（二句，十一字）	乐段四（二句，九字）
＋－＋｜（韵）＋＋＋（读）＋－＋｜（韵）	－＋｜（韵）＋｜＋－＋｜（韵）

例二　雪狮儿（九十二字）

（元）张　雨

含香弄粉，便勾引、游骑寻芳，城南城北。别有西村，断港冰澌微绿。孤山路熟。伴老鹤、晚先寻宿。怕冻损、三花两蕊，寒泉幽谷。　　几番花阴濯足。记归来、醉卧雪深平屋。春梦无凭，鬓底闹蛾争扑。不如图幅。相对展、官奴风竹。烧黄独。自听瓶笙调曲。

注：该词上阕第一句至第三句为乐段一中的格式（2）；下阕第一句和第二句为乐段一中的格式（2）。全词双调，九十二字，上阕九句，五仄韵；下阕八句，七仄韵。

石　湖　仙

姜夔自度曲，寿范成大作也。成大号石湖，故以《石湖仙》命调，《白石集》注"越调"。

《石湖仙》的长短句结构

《石湖仙》上阕，四个乐段			
乐段一（十三字）	乐段二（十二字）	乐段三（十一字）	乐段四（九字）
4　　5　　4	5　　　34	4　　　34	2　　　34

《石湖仙》下阕，四个乐段			
乐段一（十三字）	乐段二（十字）	乐段三（十二字）	乐段四（九字）
6　　　34	4　　　6	4　　4　　4	3　　　6

《康熙词谱》只收集一体《石湖仙》，双调，上下阕分别可分为四个乐段，其长短句结构如表所示。该调八十九字，上下阕各九句，六仄韵，其基本格式如表所示。

《石湖仙》的基本格式（双调）

《石湖仙》上阕，九句，六仄韵	
乐段一（三句，十三字）	乐段二（二句，十二字）
＋－＋｜（韵）｜＋｜－－（句） ＋＋－｜（韵）	＋｜｜－－（句）＋＋＋（读） ＋－＋｜（韵）

《石湖仙》上阕，九句，六仄韵	
乐段三（二句，十一字）	乐段四（二句，九字）
＋－＋｜（句）＋＋＋（读）＋ －＋｜（韵）	＋｜（韵）＋＋＋（读）＋＋－ ｜（韵）

《石湖仙》下阕，九句，六仄韵	
乐段一（二句，十三字）	乐段二（二句，十字）
＋－｜－＋｜（句）＋＋＋（读） ＋－＋｜（韵）	＋｜－－（句）＋｜＋－＋｜ （韵）

《石湖仙》下阕，九句，六仄韵	
乐段三（三句，十二字）	乐段四（二句，九字）
＋｜－－（句）＋－＋｜（韵） ＋－＋｜（韵）	－＋｜（韵）＋－＋｜－｜（韵）

例　石湖仙（八十九字）

（宋）姜　夔

松江烟浦。是千古三高，游衍佳处。须信石湖仙，似鸱夷、翩然引去。浮云安在，我自爱、绿香红妩。容与。看世间、几度今古。　　卢沟旧曾驻马，为黄花、闲吟秀句。见说燕山，也学纶巾敧羽。玉友金蕉，玉人金缕。缓移筝柱。闻好语。明年定在槐府。

注：全词双调，八十九字，上下阕各九句，六仄韵。

八 六 子

秦观词有"黄鹂又啼数声"句，又名《感黄鹂》。

《八六子》的长短句结构

上阕，两个乐段		下阕，三个乐段		
乐段一 （十三字）	乐段二 （十九字或十七字）	乐段一 （十八字）	乐段二 （三十二字或三十一字）	乐段三 （九字或十字）
3 4 6	7 6 6 7 6 4 7 4 6	6 6 6 6 4 4 2 4 6	5 4 4 4 36 6 5 4 4 4 6 6 5 4 4 4 8 6 36 4 4 26 6	3 6 3 34

注：《康熙词谱》共收集六体《八六子》，其中，杜牧词九十字，按照书中的分段，杜词上下阕的句子组合与其他五体不同，且上阕第九句"椒殿闲扃"的"扃"字还不在该词的韵部。综合分析这六首词的长短句结构，可以发现杜词的上下阕分段，上阕应为六句而不是九句，下阕应为十一句而不是八句。这样一来，无论是长短句结构，还是用韵都一致了。

《康熙词谱》共收集六体《八六子》，双调，上阕可分为两个乐段，下阕可分为三个乐段，其长短句结构如表所示。该调有九十一字或九十字、八十九字、八十八字等格式，上阕六句，三平韵或四平韵；下阕十一句或十二句，六平韵或五平韵、三平韵。《康熙词谱》以九十一字体晁补之词为正体或正格。该调的正格与变格如表所示，其中，各乐段中的格式（1）为正格句式，其余为变格句式。

《八六子》的正格与变格（双调）

《八六子》上阕，六句，三平韵或四平韵	
乐段一（三句，十三字）	乐段二（三句，十九字或十七字）
｜－－（韵）＋－＋｜（句）＋－＋｜－－（韵） （1）	｜＋｜＋｜－－（句）＋｜＋－＋｜（句）＋－｜－｜－（韵） （1）
｜－－（句）＋－＋｜（句）＋－＋｜－－（韵） （2）	｜＋｜＋－（句）＋＋｜－－（句或韵）＋－｜－（韵） （2）
｜－－（韵）＋－＋｜（句）＋＋｜－－（韵） （3）	｜＋｜＋｜－（句）＋－＋｜（句）＋－＋｜－－（韵） （3）
注：上阕乐段二中的格式"｜＋｜＋｜－－（句）"及"｜＋｜＋－＋｜（句）"，均为"上一下六"句式。	

例一　八六子（九十一字）

（宋）晁补之

喜秋晴。淡云萦缕，天高群雁南征。正露冷初减兰红，风紧潜雕柳翠，愁人梦长漏惊。　　重阳景物凄清。渐老何时无事，当歌好在多情。暗自想朱颜，并游同醉，宦名缰锁，世路蓬萍。难相见、赖有黄花满把，从教绿酒深倾。醉休醒。醒来旧愁旋生。

注：该词上阕第一句至第三句为乐段一中的格式（1），第四句至第六句为乐段二中的格式（1）；下阕第一句至第三句为乐段一中的格式（1），第四句至第九句为乐段二中的格式（1），第十句和第十一句为乐段三中的格式（1）。全词双调，九十一字，上阕六句，三平韵；下阕十一句，六平韵。

《八六子》下阕，十一句或十二句，六平韵或五平韵、三平韵		
乐段一 （三句或四句，十八字）	乐段二（六句或五句，三十二字或三十一字）	乐段三 （二句，九字或十字）
＋－＋｜－－（韵） ＋｜＋－＋｜（句） ＋－＋｜－－（韵） （1） ＋－｜－＋｜（句） ＋｜－－（句）＋ ｜－－（句）＋－＋ －（韵） （2） －－（韵）＋｜－ －（韵）＋｜－ ＋｜（句）＋－＋｜ －（韵） （3）	＋｜｜－－（句）＋－＋ ｜（句）＋－－＋｜（句）＋｜ －－（韵）＋－＋（读）＋ ｜＋－（句）＋－＋｜－ －（韵） （1） ＋｜｜－－（句）－－＋ ｜（句）＋－＋｜（句）＋－ ＋｜－（韵）＋｜－－ ＋｜（句）＋－＋｜－－（韵） （2） ｜＋－－（句）＋－＋ ｜（句）＋－＋｜－－（句） ＋｜（句）＋－＋｜－－（韵） （3） ＋－＋（读）＋－｜－ ＋｜（句）＋－＋｜（句）＋ －＋｜（句）＋｜（读）＋ ＋－＋｜（句）＋－＋｜ －－（韵） （4）	｜－－（韵）＋ －｜－＋｜ （韵） （1） ｜－－（韵）＋ －＋｜（读）＋－ －｜－（韵） （2）

例二 八六子（八十九字）

（宋）杨　缵

怨残红。夜来无赖，雨催春去匆匆。但暗水新流芳恨，蝶凄蜂惨，千林嫩绿迷空。　　那知国色还逢。柔弱华清扶倦，轻盈洛浦临风。细认得凝妆，点脂匀粉，露蝉耸翠，蕊金团玉成丛。几许愁随笑解，一声歌转春融。眼朦胧。凭阑干、半醒醉中。

注：该词上阕第一句至第三句为乐段一中的格式（1），第四句至第六句为乐段二中的格式（3）；下阕第一句至第三句为乐段一中的格式（1），第四句至第九句为乐段二中的格式（2），第十句和第十一句为乐段三中的格式（2）。全词双调，八十九字，上阕六句，三平韵；下阕十一句，六平韵。

例三　八六子（八十八字）

（宋）秦　观

倚危亭。恨如芳草，萋萋划尽还生。念柳外青骢别后，水边红袂分时，怆然暗惊。　　无端天与娉婷。夜月一帘幽梦，春风十里柔情。奈回首欢娱，渐随流水，素弦声断，翠绡香减，那堪片片飞花弄晚，濛濛残雨笼晴。正销凝。黄鹂又啼数声。

注：该词上阕第一句至第三句为乐段一中的格式（1），第四句至第六句为乐段二中的格式（2）；下阕第一句至第三句为乐段一中的格式（1），第四句至第九句为乐段二中的格式（3），第十句和第十一句为乐段三中的格式（1）。全词双调，八十八字，上阕六句，三平韵；下阕十一句，五平韵。

例四　八六子（八十八字）

（宋）李　演

乍鸥边，一番胰绿，流红又怨蘋花。看晓吹约晴归路，夕阳分落渔家。轻寒半遮。　　萦情芳草无涯。还报舞香一曲，玉瓢几许春华。正细柳青烟，旧时芳陌，小桃朱户，去年人面，谁知此日重来系马，东风淡墨敧鸦。黯窗纱。人归绿阴自斜。

注：该词上阕第一句至第三句为乐段一中的格式（2），第四句至第六句为乐段二中的格式（2）；下阕第一句至第三句为乐段一中的格式（1），第四句至第九句为乐段二中的格式（3），第十句和第十一句为乐段三中的格式（1）。全词双调，八十八字，上阕六句，三平韵；下阕十一句，五平韵。

例五　八六子（八十八字）

（宋）王沂孙

扫芳林。几番风雨，匆匆老尽春禽。渐薄润侵衣不断，嫩凉随扇初生。晚窗自吟。　　沉沉。幽径芳寻。俺霭苔香帘净，萧疏竹影庭深。漫淡却蛾眉，晨妆慵扫，宝钗虫坼，绡屏鸾破，当时暗水如云泛酒，空山留月听琴。料如今。门前数重翠阴。

注：该词上阕第一句至第三句为乐段一中的格式（1），第四句至第六句为乐段二中的格式（2）；下阕第一句至第四句为乐段一中的格式（3），第五句至第十句为乐段二中的格式（3），第十一句和第十二句为乐段三中的格式（1）。全词双调，八十八字，上阕六句，四平韵；下阕十二句，六平韵。

例六 八六子（九十字）

（唐）杜　牧

洞房深。画屏灯照，山色凝翠沉沉。听夜雨冷滴芭蕉，惊断红窗好梦，龙烟细飘绣衾。　辞恩久归长信，凤帐萧疏，椒殿闲扃，辇路苔侵。绣帘垂、迟迟漏传丹禁，蕣华偷悴，翠鬟羞整，愁坐、望处金舆渐远，何时彩仗重临。正消魂，梧桐又移翠阴。

注：该词上阕第一句至第三句为乐段一中的格式（3），第四句至第六句为乐段二中的格式（1）；下阕第一句至第四句为乐段一中的格式（2），第五句至第九句为乐段二中的格式（4），第十句和第十一句为乐段三中的格式（1）。全词双调，九十字，上阕六句，三平韵；下阕十一句，三平韵。

谢 池 春 慢

调见《古今词话》。张先玉仙观道中逢谢媚卿作，盖慢词也。与六十六字《谢池春令》词不同。

《谢池春慢》的长短句结构

《谢池春慢》上阕，五个乐段									
乐段一（十字）		乐段二（十字）		乐段三（十字）		乐段四（六字）		乐段五（九字）	
4	33	5	5	5	5	3	3	4	5

《谢池春慢》下阕，五个乐段									
乐段一（十字）		乐段二（十字）		乐段三（十字）		乐段四（六字）		乐段五（九字）	
4	33	5	5	5	5	3	3	4	5

《康熙词谱》只收集一体《谢池春慢》，双调，上下阕分别可分为五个乐段，其长短句结构如表所示。该调九十字，上下阕各十句，五仄韵，其基本格式如表所示。

《谢池春慢》的基本格式（双调）

《谢池春慢》上阕，十句，五仄韵	
乐段一（二句，十字）	乐段二（二句，十字）
＋ － ＋ ｜（句）＋ ＋ ＋（读）－ ｜（韵）	＋ ｜ ｜ － －（句）＋ ｜ － － ｜（韵）

《谢池春慢》上阕，十句，五仄韵		
乐段三（二句，十字）	乐段四（二句，六字）	乐段五（二句，九字）
＋ ｜ － －｜（句）＋｜－－｜（韵）	＋ ｜ ｜ － －（句）－ ＋ ｜（韵）	＋ － ＋ ｜（句）＋ ｜ － － ｜（韵）

《谢池春慢》下阕，十句，五仄韵	
乐段一（二句，十字）	乐段二（二句，十字）
＋ － ＋ ｜（句）＋ ＋ ＋（读）－ ｜（韵）	＋ ｜ － －｜（句）＋｜－－｜（韵）（1） ＋ ｜ ｜ － －（句）＋ ｜ － － ｜（韵）（2）

《谢池春慢》下阕，十句，五仄韵		
乐段三（二句，十字）	乐段四（二句，六字）	乐段五（二句，九字）
＋ ｜ － －｜（句）＋｜－－｜（韵）	＋ ｜ － ＋ ｜（句）＋ － ＋ ｜（韵）	＋ － ＋ ｜（句）＋ ｜ － － ｜（韵）

例一　谢池春慢（九十字）

（宋）张　先

缭墙重院，时闻有、流莺到。绣被掩余寒，画阁明新晓。朱槛连空阔，飞絮无多少。径莎平，池水渺。日长风静，花影闲相照。　　尘香拂马，逢谢女、城南道。秀艳过施粉，多媚生轻笑。斗色鲜衣薄，碾玉双蝉小。欢难偶，春过了。琵琶流韵，都入相思调。

注：该词下阕第三句和第四句为乐段二中的格式（1）。全词双调，九十字，上下阕各十句，五仄韵。

例二　谢池春慢（九十字）

（宋）李之仪

残寒销尽，疏雨过、清明后。花径敛馀红，风沼萦新皱。乳燕穿庭户，飞絮沾襟袖。正佳时，仍晚昼。著人滋味，真个浓如酒。　　频移带眼，空只恁、恹恹瘦。不见又思量，见了还依旧。为问频相见，何似长相守。天不老，人未偶。且将此恨，分付庭前柳。

注：该词下阕第三句和第四句为乐段二中的格式（2）。全词双调，九十字，上下阕各十句，五仄韵。

采 桑 子 慢

一名《丑奴儿慢》。潘元质词有"愁春未醒"句，亦名《愁春未醒》；辛弃疾词名《丑奴儿近》；《花草粹编》无名氏词名《叠青钱》。

《采桑子慢》的长短句结构

上阕，四个乐段			
乐段一（十字）	乐段二（十一字）	乐段三（十一字）	乐段四（十二字）
4　　6	34　　4 7　　4 5　　6	4　　7 4　　34	4　　4 6　　6

下阕，四个乐段			
乐段一（十二字）	乐段二（十一字）	乐段三（十一字或十字）	乐段四（十二字）
6　　6 4　　4　　4	34　　4 5　　6	4　　7 4　　6 4　　34	4　　4　　4

《康熙词谱》共收集五体《采桑子慢》，双调，上下阕分别可分为四个乐段，其长短句结构如表所示。该调有九十字或八十九字等格式，从用韵的角度看，或全押平韵，或以平韵为主间叶仄韵，或以仄韵为主间叶平韵。《康熙词谱》未明确何为正体或正格，各体均作为基本格式。《采桑子慢》的基本格式如表所示，上阕九句，五平韵或三叶韵一平韵、一叶韵

三平韵；下阕九句或十句，五平韵或四平韵一叶韵、四平韵。以仄韵为主间叶平韵《采桑子慢》的基本格式如表所示，上阕八句，三仄韵一叶韵；下阕十句，四仄韵。

《采桑子慢》（平韵或间押仄韵）的基本格式（双调）

《采桑子慢》上阕，九句，五平韵或三叶韵一平韵、一叶韵三平韵	
乐段一（二句，十字）	乐段二（二句，十一字）
＋ － ＋ | （句） ＋ | ＋ | － － （韵） （1） ＋ － ＋ | （句） ＋ | ＋ － ＋ | （叶） （2） ＋ | ＋ － （句） ＋ | ＋ | ＋ | （叶） （3）	| － ＋ （读） ＋ － ＋ | （句） ＋ | － － （韵） （1） | ＋ | ＋ － ＋ | （句） ＋ | － － （韵） （2） | ＋ | － － （句） ＋ | ＋ | － － （韵） （3）

《采桑子慢》上阕，九句，五平韵或三叶韵一平韵、一叶韵三平韵	
乐段三（二句，十一字）	乐段四（三句，十二字）
＋ | － － （句或韵） ＋ － ＋ | | － － （韵） （1） ＋ | － － （句） ＋ － ＋ | － － | （叶） （2）	＋ － ＋ | （句） ＋ － ＋ | （句） ＋ | － － （韵） （1） ＋ | － － （句） ＋ － ＋ | （句） ＋ | － － （韵） （2） ＋ － ＋ | （句） ＋ － ＋ | （句） ＋ － ＋ | （叶） （3）

注：上阕乐段二中的格式"\| ＋ \| ＋ － ＋ \|（句）"，为"上一下六"句式。

《采桑子慢》下阕，九句或十句，五平韵或一叶韵四平韵、四平韵	
乐段一（二句或三句，十二字）	乐段二（二句，十一字）
＋｜＋－＋｜（句）＋－＋｜－－（韵）（1）	｜－＋（读）＋－＋｜（句）＋｜－－（韵）（1）
＋｜＋－（句）＋－＋｜（句）＋｜－－（韵）（2）	｜－＋（读）＋－＋｜（句）｜－－（韵）（2）
＋｜＋－（句）＋－＋｜（句）＋－＋｜（叶）（3）	｜＋－＋｜（句）＋｜＋｜－（韵）（3）
＋｜＋｜（句）＋－＋｜（句）＋｜－－（韵）（4）	

《采桑子慢》下阕，九句或十句，五平韵或一叶韵四平韵、四平韵	
乐段三（二句，十一字或十字）	乐段四（三句，十二字）
＋｜－－（韵）＋－－＋｜｜－（韵）（1）	＋－＋｜（句）＋－＋｜（句）＋｜－－（韵）（1）
＋－＋｜（句）＋｜－－（韵）（2）	＋－＋｜（句）＋｜＋｜（句）＋｜－－（韵）（2）

例一　采桑子慢（九十字）

（宋）吴礼之

金风颤叶，那更饯别江楼。听凄切、阳关声断，楚馆云收。去也难留。万重烟水一扁舟。锦屏罗幌，多应换得，蓼岸蘋洲。　　凝想恁时欢笑，伤今萍梗悠悠。漫回首、妖娆何处，眷恋无由。先自悲秋。眼前景物只供愁。寂寥情绪，也恨分浅，也悔风流。

注：该词上阕第一句和第二句为乐段一中的格式（1），第三句和第四句为乐段二中的格式（1），第五句和第六句为乐段三中的格式（1），第七句至第九句为乐段四中的格式（1）；下阕第一句和第二句为乐段一中的格式（1），第三句和第四句为乐段二中的格式（1），第五句和

第六句为乐段三中的格式（1），第七句至第九句为乐段四中的格式（2）。全词双调，九十字，上下阕各九句，五平韵。

例二　采桑子慢（九十字）
（宋）蔡　伸

明眸秀色，别是天真潇洒。更鬓发堆云，玉脸淡拂轻霞。醉里精神，众中标格谁能画。当时携手，花笼淡月，重门深亚。　　巫峡梦回，已成陈事，岂堪重话。漫赢得、罗襟清泪，鬓边霜华。怀念伤嗟。凭阑烟水渺无涯。秦源目断，碧云暮合，难认仙家。

注：该词上阕第一句和第二句为乐段一中的格式（2），第三句和第四句为乐段二中的格式（3），第五句和第六句为乐段三中的格式（2），第七句至第九句为乐段四中的格式（3）；下阕第一句至第三句为乐段一中的格式（3），第四句和第五句为乐段二中的格式（2），第六句和第七句为乐段三中的格式（1），第八句至第十句为乐段四中的格式（1）。全词双调，九十字，上阕九句，三叶韵一平韵；下阕十句，一叶韵四平韵。

例三　采桑子慢（九十字）
（宋）潘元质

愁春未醒，还是清和天气。对浓绿阴中庭院，燕语莺啼。数点新荷，翠钿轻泛水平池。一帘风絮，才晴又雨，梅子黄时。　　忍记那回，玉人娇困，初试单衣。共携手、红窗描绣，画扇题诗。怎有而今，半床明月两天涯。章台何处，多应为我，蹙损双眉。

注：该词上阕第一句和第二句为乐段一中的格式（2），第三句和第四句为乐段二中的格式（2），第五句和第六句为乐段三中的格式（1），第七句至第九句为乐段四中的格式（1）；下阕第一句至第三句为乐段一中的格式（2），第四句和第五句为乐段二中的格式（1），第六句和第七句为乐段三中的格式（1），第八句至第十句为乐段四中的格式（1）。全词双调，九十字，上阕九句，一叶韵三平韵；下阕十句，四平韵。

例四　采桑子慢（八十九字）
《花草粹编》无名氏

夏日正长，无奈如焚天气。火云耸、奇峰天外，未雨先雷。畏日流金，六龙高驾火轮飞。纹簟纱橱，风车漫揽，月扇空挥。　　金炉烟细，午风轻转，堪避炎威。渐凉生池阁，卷起帘幕珠玑。娇娥美丽，天然秀色冰肌。曲阑深径，荷香旖旎，玉管声齐。

注：该词上阕第一句和第二句为乐段一中的格式（3），第三句和第四句为乐段二中的格式（1），第五句和第六句为乐段三中的格式（1），第七句至第九句为乐段四中的格式（2）；下阕第一句至第三句为乐段一中的格式（4），第四句和第五句为乐段二中的格式（3），第六句和第七句为乐段三中的格式（2），第八句至第十句为乐段四中的格式（1）。全词双调，八十九字，上阕九句，一叶韵三平韵；下阕十句，四平韵。

《采桑子慢》（仄韵间押平韵）的基本格式（双调）

《采桑子慢》上阕，八句，三仄韵一叶韵	
乐段一（二句，十字）	乐段二（二句，十一字）
＋－＋｜（句）＋｜＋｜－（韵）	｜＋｜－－（句）＋｜＋｜－＋｜（韵）

《采桑子慢》上阕，八句，三仄韵一叶韵	
乐段三（二句，十一字）	乐段四（二句，十二字）
＋－＋｜（句）＋＋＋＋（读）＋｜－－（叶）	＋－＋｜－－（句）－｜＋｜＋｜（韵）

《采桑子慢》下阕，十句，四仄韵	
乐段一（三句，十二字）	乐段二（二句，十一字）
＋｜－－（句）＋－＋｜（句）＋－＋｜（韵）	｜＋｜－（句）＋｜＋｜（韵）

《采桑子慢》下阕，十句，四仄韵	
乐段三（二句，十一字）	乐段四（三句，十二字）
＋｜＋－（句）＋＋＋（读）＋｜＋｜（韵）	＋－＋｜（句）＋－＋｜（句）＋｜＋｜（韵）

例 采桑子慢（九十字）

（宋）辛弃疾

千峰云起，骤雨一霎时价。更远树斜阳，风景怎生图画。青旗卖酒，山那畔、别有人家。只消山水光中，无事过这一夏。　　午睡醒时，松窗竹户，万千潇洒。看野鸟飞来，又是一般闲暇。却怪白鸥，觑着人、欲下未下。旧盟都在，新来莫是，别有说话。

注：全词双调，九十字，上阕八句，三仄韵一叶韵；下阕十句，四仄韵。

探 芳 信

调见《梅溪词》，张炎次周密"西冷春感"韵词，名《西湖春》。

《探芳信》的长短句结构

《探芳信》上阕，四个乐段			
乐段一（十二字）	乐段二（十字）	乐段三（十二字）	乐段四（十一字）
3　5　4	5　5	7　5	34　　4 4　　34

《探芳信》下阕，四个乐段			
乐段一 （十四字）	乐段二 （十字或九字）	乐段三 （十二字）	乐段四 （九字）
5　5　4	4　　33 4　　5	7　5	36

《康熙词谱》共收集《探芳信》四体，双调，上下阕分别可分为四个乐段，其长短句结构如表所示。该调有九十字或八十九字等格式，上阕九句，五仄韵；下阕八句，五仄韵或四仄韵。《康熙词谱》以九十字体史达祖词和八十九字体吴文英词（首句"暖风定"）为正体或正格。该调的正格与变格如表所示，其中，上下阕各乐段中的格式（1）以及上阕乐段一、二和下阕乐段二中的格式（2）为正格句式，其余为变格句式。

《探芳信》的正格与变调（双调）

《探芳信》上阕，九句，五仄韵	
乐段一（三句，十二字）	乐段二（二句，十字）
＋ － ｜（韵）｜ ＋ ｜ － －（句）＋ － ＋ ｜（韵） 　　　　　　　（1） ＋ － ｜（韵）｜ ｜ ＋ － ＋（句）＋ － ＋ ｜（韵） 　　　　　　　（2）	｜ ＋ － ＋ ｜（句）＋ ｜ ＋ － ｜（韵） 　　　　　　　（1） ｜ ＋ ｜ － －（句）－ － ｜ － ｜（韵） 　　　　　　　（2） ｜ ＋ － ＋ ｜（句）－ － ｜ － ｜（韵） 　　　　　　　（3）
注：上阕乐段一中的格式"｜ ｜ ＋ － ＋（句）"，为"上一下四"句式。	

《探芳信》上阕，九句，五仄韵	
乐段三（二句，十二字）	乐段四（二句，十一字）
＋ － ＋ ｜ － － ｜（句）＋ ｜ ｜ － ｜（韵）	＋ － ＋（读）＋ ｜ － －（句）＋ － ＋ ｜（韵） 　　　　　　　（1） ＋ ｜ － －（句）＋ － ＋（读）＋ － ＋ ｜（韵） 　　　　　　　（2）

例一　探芳信（九十字）

（宋）史达祖

　　谢池晓。被酒㪉春眠，诗萦芳草。正一阶梅粉，都未有人扫。细禽啼处东风软，嫩约关心早。未烧灯、怕有残寒，故园稀到。　　说道试妆了。也为我相思，占它怀抱。静数窗棂，最忺听、鹊声好。半年白玉台边话，屡见银钩小。指芳期，夜月花阴梦老。

　　注：该词上阕第一句至第三句为乐段一中的格式（1），第四句和第五句为乐段二中的格式（1），第八句和第九句为乐段四中的格式（1）；下阕第一句至第三句为乐段一中的格式（1），第四句和第五句为乐段二中的格式（1）。全词双调，九十字，上阕九句，五仄韵；下阕八句，五仄韵。

《探芳信》下阕，八句，五仄韵或四仄韵	
乐段一（三句，十四字）	乐段二（二句，十字或九字）
＋｜＋－｜（韵）｜＋｜＋－（句） ＋－－＋｜（韵） 　　　　　（1）	＋｜－－（句）＋－＋（读）＋ －｜（韵） 　　　　（1） ＋｜－－（句）＋｜＋－｜（韵） 　　　　　（2）
＋｜＋－｜（韵或句）｜＋｜＋ －（句）＋＋＋－｜（韵） 　　　　　（2）	

《探芳信》下阕，八句，五仄韵或四仄韵	
乐段三（二句，十二字）	乐段四（一句，九字）
＋－＋｜－－｜（句）＋｜－ －｜（韵）	＋－＋（读）＋｜＋－＋｜（韵）

注：上下阕相关乐段中的格式"＋－＋（读）"，可平可仄两处，不可同时用平。

例二　探芳信（八十九字）

（宋）吴文英

暖风定。正卖花吟春，去年曾听。旋自洗幽兰，银瓶钓金井。斗窗香暖悭留客，街鼓还催暝。调雏莺、试遣深杯，唤将愁醒。　　灯市又重整。待醉勒游缰，缓穿斜径。暗忆芳盟，绡帕泪犹凝。吴宫十里吹笙路，桃李都羞靓。绣帘人、怕惹飞梅翳镜。

注：该词上阕第一句至第三句为乐段一中的格式（2），第四句和第五句为乐段二中的格式（2），第八句和第九句为乐段四中的格式（1）；下阕第一句至第三句为乐段一中的格式（1），第四句和第五句为乐段二中的格式（2）。全词双调，八十九字，上阕九句，五仄韵；下阕八句，五仄韵。

例三　探芳信（八十九字）

（宋）吴文英

探春到。见彩花钗头，玉燕来早。正紫龙眠重，明月弄清晓。夜尘不浸银河水，金盘供新澡。镇帷屏、护紧东风，秀藏芝草。　　星斗粲怀抱。问雾暖蓝田，玉长多少。禁苑传香，柳边语、听莺报。片云飞趁春潮去，红软长安道。试回头、一点蓬莱翠小。

注：该词上阕第一句至第三句为乐段一中的格式（2），第四句和第五句为乐段二中的格式（1），第八句和第九句为乐段四中的格式（1）；下阕第一句至第三句为乐段一中的格式（1），第四句和第五句为乐段二中的格式（1）。全词双调，八十九字，上阕九句，五仄韵；下阕八句，五仄韵。

例四　探芳信（九十字）

（宋）吴文英

夜寒重。见羽葆将迎，飞琼入梦。整素妆归处，中宵按瑶凤。舞春歌夜棠梨岸，月冷和云冻。画船中、太白仙人，锦袍初拥。　　应过青溪否，试笑挹中郎，还叩清弄。粉黛湖山，欠携酒、共飞鞚。洗杯时换铜觚水，待作梅花供。问何时、带雨锄烟自种。

注：该词上阕第一句至第三句为乐段一中的格式（1），第四句和第五句为乐段二中的格式（3），第八句和第九句为乐段四中的格式（1）；下阕第一句至第三句为乐段一中的格式（2），第四句和第五句为乐段二中的格式（1）。全词双调，九十字，上阕九句，五仄韵；下阕八句，四仄韵。

例五　探芳信（九十字）

（宋）吴文英

转芳径。见雾卷晴漪，鱼弄游影。旋解缨濯翠，临枰抚瑶軫。修林竹色花香处，意足多新咏。试把龙唇，供来时、旧寒才定。　　门巷都深静。但酒敌晓寒，棋消日永。旧曲猗兰，待留向、月中听。藻萍密布宫沟水，任汛流红冷。小栏干、笑拍东风醉醒。

注：该词上阕第一句至第三句为乐段一中的格式（2），第四句和第五句为乐段二中的格式（3），第八句和第九句为乐段四中的格式（2）；下阕第一句至第三句为乐段一中的格式（1），第四句和第五句为乐段二中的格式（1）。全词双调，九十字，上阕九句，五仄韵；下阕八句，五仄韵。

遥天奉翠华引

调见《蘋窟词》。

《遥天奉翠华引》的长短句结构

《遥天奉翠华引》上阕，四个乐段			
乐段一（十二字）	乐段二（十字）	乐段三（十三字）	乐段四（十字）
5　　34	4　　6	5　　35	4　　6

《遥天奉翠华引》下阕，四个乐段			
乐段一（十一字）	乐段二（十字）	乐段三（十三字）	乐段四（十一字）
4　　34	4　　6	5　　35	4　　34

《康熙词谱》只收集一体《遥天奉翠华引》，双调，上下阕分别可分为四个乐段，其长短句结构如表所示。该调九十字，上下阕各八句，五平韵，其基本格式如表所示。

《遥天奉翠华引》的基本格式（双调）

《遥天奉翠华引》上阕，八句，五平韵	
乐段一（二句，十二字）	乐段二（二句，十字）
＋－－｜－（韵）｜＋－（读）＋｜－－（韵）	＋－＋｜（句）＋－＋｜－（韵）

《遥天奉翠华引》上阕，八句，五平韵	
乐段三（二句，十三字）	乐段四（二句，十字）
＋－－｜｜（句）｜＋－（读）＋｜｜－－（韵）	＋｜－－（句）＋－＋｜－（韵）

《遥天奉翠华引》下阕，八句，五平韵

乐段一（二句，十一字）	乐段二（二句，十字）
＋ － ＋ ｜（句）｜ ＋ － （读）＋ ｜ ＋ － （韵）	＋ － ｜ － （句）－ ｜ ＋ ｜ － （韵）

《遥天奉翠华引》下阕，八句，五平韵

乐段三（二句，十三字）	乐段四（二句，十一字）
＋ ｜ － － ｜（句）｜ ＋ － （读）＋ ｜ ｜ ｜ － － （韵）	＋ ｜ － － （韵）｜ ＋ － （读）＋ ｜ － － （韵）

例　遥天奉翠华引（九十字）

（宋）侯　寘

雪消楼外山。正秦淮、翠溢回澜。香梢豆蔻，红轻犹怕春寒。晓光浮画戟，卷绣帘、风暖玉钩闲。紫府仙人，花围羽帔星冠。　　蓬莱阆苑，意倦游、常戏世间。佩麟旧都，江左襦裤声欢。只恐催归觐，宴清都、休诉酒杯宽。明岁应看。盛钧容、舞袖歌鬟。

注：全词双调，九十字，上下阕各八句，五平韵。

夏　云　峰

《乐章集》注"歇指调"。

《夏云峰》的长短句结构

《夏云峰》上阕，四个乐段			
乐段一（十二字）	乐段二（十字）	乐段三（十一字）	乐段四（十一字）
3　　36	6　　4	4　　34	34　　4
3　3　6	4　　6		25　　4

《夏云峰》下阕，四个乐段			
乐段一（十五字）	乐段二（十字）	乐段三（十一字）	乐段四（十一字）
6　　36	6　　4	4　　34	34　　4
6　5　4	4　　6	4　　7	25　　4
			5　　6

《康熙词谱》共收集五体《夏云峰》，双调，上下阕分别可分为四个乐段，其长短句结构如表所示。该调九十一字，上阕八句或九句，五平韵或四平韵；下阕八句或九句，五平韵。《康熙词谱》以柳永词为正体或正格。该调的正格与变格如表所示，其中，上下阕各乐段中的格式（1）为正格句式，其余为变格句式。

例一　夏云峰（九十一字）

（宋）柳　永

宴堂深。轩楹雨、轻压暑气低沉。花洞彩舟泛斝，坐绕清浔。楚台风快，湘簟冷、永日披襟。坐久觉、疏弦脆管，时换新音。　　越娥蕙态兰心。逞妖艳、昵欢邀宠难禁。筵上笑歌间发，舄履交侵。醉乡归处，须尽兴、满酌高吟。向此免、名缰利锁，虚费光阴。

注：该词上阕第一句和第二句为乐段一中的格式（1），第三句和第四句为乐段二中的格式（1），第七句和第八句为乐段四中的格式（1）；下阕第一句和第二句为乐段一中的格式（1），第三句和第四句为乐段二中的格式（1），第五句和第六句为乐段三中的格式（1），第七句和第八句为乐段四中的格式（1）。全词双调，九十一字，上下阕各八句，五平韵。

例二　夏云峰（九十一字）

（宋）曹　勋

绍洪基，抚万宇，中兴宝运符千。枢电瑞绕，景命燕及云天。挺生真主，平四海、复禹山川。班列立、瞻云就日，职贡衣冠。　　欢均鳌禁鹓鸾。望花城粉黛，金兽祥烟。笙箫缓奏，化国日永留连。宝觞亲劝，须纵饮、歌舞韶妍。都是祝、南山圣寿，亿万斯年。

注：该词上阕第一句至第三句为乐段一中的格式（3），第四句和第五句为乐段二中的格式（2），第八句和第九句为乐段四中的格式（1）；下阕第一句至第三句为乐段一中的格式

（3），第四句和第五句为乐段二中的格式（2），第六句和第七句为乐段三中的格式（1），第八句和第九句为乐段四中的格式（1）。全词双调，九十一字，上阕九句，四平韵；下阕九句，五平韵。

《夏云峰》的正格与变格（双调）

《夏云峰》上阕，八句或九句，五平韵或四平韵	
乐段一（二句或三句，十二字）	乐段二（二句，十字）
｜－－（韵）＋＋＋（读）＋｜＋｜－－（韵） （1)	＋｜＋－＋｜（句）＋｜－－（韵） （1)
｜－－（韵）＋＋＋（读）＋－＋｜－－（韵） （2)	＋｜＋｜（句）＋｜＋｜－－（韵） （2) ＋｜＋－（句）＋－＋｜－（韵） （3)
｜＋－（句）＋＋｜（句）＋＋＋｜－－（韵） （3)	
＋｜－（句）－＋｜（句）＋－＋｜－－（韵） （4)	

《夏云峰》上阕，八句或九句，五平韵或四平韵	
乐段三（二句，十一字）	乐段四（二句，十一字）
＋－＋｜（句）＋＋＋（读）＋｜－－（韵）	＋＋＋（读）＋｜＋｜（句）＋｜－－（韵） （1) ＋｜（读）｜＋－＋｜（句）＋｜－－（韵） （2)

《夏云峰》下阕，八句或九句，五平韵	
乐段一（二句或三句，十五字）	乐段二（二句，十字）
＋－＋｜－－（韵）＋＋＋（读）＋－＋｜－－（韵） （1）	＋｜－＋｜（句）＋｜－－（韵） （1）
＋－＋｜－－（韵）＋＋＋（读）＋｜－｜－－（韵） （2）	＋－＋｜（句）＋＋＋＋－（韵） （2）
＋－＋｜－－（韵）｜＋－＋｜（句）＋｜－－（韵） （3）	＋｜＋＋（韵）＋＋＋＋－（韵） （3）
＋－＋｜＋－（韵）｜＋｜＋－（句）＋｜－－（韵） （4）	

《夏云峰》下阕，八句或九句，五平韵	
乐段三（二句，十一字）	乐段四（二句，十一字）
＋－＋｜（句）＋＋＋（读）＋｜－－（韵） （1）	＋＋＋（读）＋－＋｜（句）＋｜－－（韵） （1）
＋－＋｜（句）＋＋＋｜｜－（韵） （2）	＋｜（读）｜＋－＋｜（句）＋｜－－（韵） （2）
	｜＋｜－－（句）＋＋＋｜－－（韵） （3）

例三　夏云峰（九十一字）

（宋）张元幹

涌冰轮，飞沆瀣，霄汉万里云开。南极瑞占象纬，寿应三台。锦肠珠唾，钟间气、卓荦天才。正暑、有祥光照社，玉燕投怀。　　新堂深处捧杯。乍香泛水芝，空翠风回。凉送燕歌缓舞，醉堕瑶钗。长生难老，都道是、柏叶仙阶。笑傲、且山中宰相，平地蓬莱。

注：该词上阕第一句至第三句为乐段一中的格式（3），第四句和第五句为乐段二中的格式（1），第八句和第九句为乐段四中的格式（2）；下阕第一句至第三句为乐段一中的格式（4），第四句和第五句为乐段二中的格式（1），第六句和第七句为乐段三中的格式（1），第八句和第九句为乐段四中的格式（2）。全词双调，九十一字，上阕九句，四平韵；下阕九句，五平韵。

例四　夏云峰（九十一字）

《梅苑》无名氏

琼结苞，酥凝蕊，粉心轻点胭脂。疑是素娥妆罢，玉翠低垂。化工深意，巧付与、别个标仪。怎奈向、风寒景里，独是开时。　　缘何不与春期。此花又、岂肯争竞芳菲。疑雨恨烟，忍见岭畔江湄。冷姿幽艳，曾不许、霜雪相欺。只恐向、笛声怨处，吹落残枝。

注：该词上阕第一句至第三句为乐段一中的格式（4），第四句和第五句为乐段二中的格式（1），第八句和第九句为乐段四中的格式（1）；下阕第一句和第二句为乐段一中的格式（2），第三句和第四句为乐段二中的格式（3），第五句和第六句为乐段三中的格式（1），第七句和第八句为乐段四中的格式（1）。全词双调，九十一字，上阕九句，四平韵；下阕八句，五平韵。

例五　夏云峰（九十一字）

（宋）赵长卿

露华清。天气爽、新秋已觉凉生。朱户小窗，坐来低按秦筝。几多妖艳，都总是、白雪馀声。那更似、肌肤韵胜，体段轻盈。　　照人双眼偏明。况周郎、自来多病多情。把酒为伊，再三着意须听。销魂无语，一任侧耳与心倾。是我不卿卿，更有谁可卿卿。

注：该词上阕第一句和第二句为乐段一中的格式（2），第三句和第四句为乐段二中的格式（3），第七句和第八句为乐段四中的格式（1）；下阕第一句和第二句为乐段一中的格式（1），第三句和第四句为乐段二中的格式（3），第五句和第六句为乐段三中的格式（2），第七句和第八句为乐段四中的格式（3）。全词双调，九十一字，上下阕各八句，五平韵。

采 莲 令

按《宋史·乐志》，曲宴游幸，教坊所奏十八调曲，九曰《双调采莲》。今柳永《乐章集》有之，亦注"双调"。《碧鸡漫志》："夹钟商，俗呼双调。"

《采莲令》的长短句结构

《采莲令》上阕，三个乐段		
乐段一（十五字）	乐段二（十二字）	乐段三（十七字）
3　5　34	7　5	34　4　6

《采莲令》下阕，三个乐段		
乐段一（十八字）	乐段二（十二字）	乐段三（十七字）
4　7　34	4　35	34　4　6

《康熙词谱》只收集一体《采莲令》，双调，上下阕分别可分为三个乐段，其长短句结构如表所示。该调九十一字，上下阕各八句，四仄韵，其基本格式如表所示。

《采莲令》的基本格式（双调）

《采莲令》上阕，八句，四仄韵		
乐段一（三句，十五字）	乐段二（二句，十二字）	乐段三（三句，十七字）
｜ － －（句）＋｜ － － ｜（韵）＋ ＋ ＋ ｜（读） ＋ － ＋ ｜（韵）	＋ － ＋ ｜ ｜ － （句）＋ ｜ － － －（韵）	＋ ＋ ｜（读）＋ － ＋ ｜（句）＋ － ＋ ｜（句） ＋ － ＋ ｜ － ｜（韵）

《采莲令》下阕，八句，四仄韵		
乐段一（三句，十八字）	乐段二（二句，十二字）	乐段三（三句，十七字）
＋ ｜ － －（句）＋ ＋ ｜ ｜ － ｜（韵）＋ ＋ ｜（读）＋ － ＋ ｜（韵）	＋ － ＋ ｜（句）＋ ＋ ｜（读）＋ － ｜ － ｜（韵）	＋ ＋ ｜（读）＋ － ＋ ｜（句）＋ － ＋ ｜（句） ＋ ｜ ＋ － ＋ ｜（韵）

例　采莲令（九十一字）

（宋）柳　永

月华收，云淡霜天曙。西征客、此时情苦。翠娥执手送临岐，轧轧开朱户。千娇面、盈盈伫立，无言有泪，断肠争忍回顾。　　一叶兰舟，便恁急桨凌波去。贪行色、岂知离绪。万般方寸，但饮恨、脉脉同谁语。更回首、重城不见，寒江天外，隐隐两行烟树。

注：全词双调，九十一字，上下阕各八句，四仄韵。

醉翁操

调为琴曲，属"正宫"。苏轼自序："琅邪幽谷，山川奇丽，泉鸣空涧，若中音会，醉翁喜之，把酒临听，辄欣然忘归。既去十余年，好奇之士沈遵闻之，往游，以琴写其声，曰《醉翁操》，然有声而无词，好事者倚其声制曲，粗合拍度，而琴声为词所绳约，非天成也。后三十年，翁既捐馆舍，遵亦殁，有庐山玉涧道人崔闲，妙于琴，恨此曲之无词，乃谱其声，而请东坡居士补之云。"

《醉翁操》的长短句结构

上阕，三个乐段		
乐段一（九字）	乐段二（十八字）	乐段三（十二字）
2　2　2　3	2　7　6　3	5　7

下阕，三个乐段		
乐段一（十八字）	乐段二（十七字）	乐段三（十七字）
4　4　4　6	6　6　5	5　5　7

《康熙词谱》只收集一体《醉翁操》，双调，上下阕分别可分为三个乐段，其长短信句结构如表所示。该调九十一字，上阕十句，十平韵；下阕十句，八平韵，其基本格式如表所示。《康熙词谱》注："此本琴曲，所以苏词不载，自辛稼轩编入词中，复遂沿为词调。在宋人中，亦只有辛词一首可校。此词以元、寒、删、先四韵同用，辛词以东、冬、江三韵同用，犹遵古韵，填者审之。"

《醉翁操》的基本格式（双调）

《醉翁操》上阕，十句，十平韵		
乐段一（四句，九字）	乐段二（四句，十八字）	乐段三（二句，十二字）
− − （韵）− − − （韵） − − （韵）∣ − − − （韵）	− − （韵）＋ − ∣ ＋ ＋ − − （韵）＋ ＋ ＋ − − （韵或句）＋ ∣ − （韵）	＋ ∣ ∣ − − （韵） ∣ ＋ − − ∣ − （韵）

《醉翁操》下阕，十句，八平韵		
乐段一（四句，十八字）	乐段二（三句，十七字）	乐段三（三句，十七字）
＋ − ＋ ∣ （句）＋ ∣ − − （韵）＋ − ＋ ∣ （句）＋ ∣ ＋ − − （韵）	＋ ∣ ＋ − ＋ ＋ （韵） ＋ ∣ ＋ ＋ ＋ − − − − ∣ − （韵）	＋ − − ＋ − （韵） ＋ ∣ ∣ − − （韵）＋ − ∣ − ∣ − （韵）

例一　醉翁操（九十一字）

（宋）苏　轼

琅然。清圆。谁弹。响空山。无言。惟翁醉中和其天。月明风露娟娟。人未眠。荷蒉过山前。曰有心也哉此贤。　醉翁啸咏，声和流泉。醉翁去后，空有朝吟夜怨。山有时而童巅。水有时而回川。思翁无岁年。翁今为飞仙。此意在人间。试听徽外三两弦。

注：全词双调，九十一字，上阕十句，十平韵；下阕十句，八平韵。

例二　醉翁操（九十一字）

（宋）辛弃疾

长松。之风。如公。肯余从。山中。人心与吾兮谁同。湛湛千里之江。上有枫。噫，送子于东。望君之门兮九重。　女无悦己，谁适为容。不龟手药，或一朝兮取封。昔与游兮皆童。我独穷兮今翁。一鱼兮一龙。劳心兮忡忡。噫，命与时逢。子取之食兮万钟。

注：录辛弃疾（稼轩）词，以便比较参考。其中，辛弃疾词的特点：一是上阕第二十八字至第三十二字，下阕第四十一字至第四十五字，由苏轼词乐段三中的五字句"＋ ∣ ∣ − −（韵）"，变化为"噫，'＋ ∣ − −（韵）'"，二是有的句子用了助词"兮"。

红 芍 药

蒋氏《九宫谱目》，入南吕调。

《红芍药》的长短句结构

《红芍药》上阕，四个乐段			
乐段一（八字）	乐段二（十二字）	乐段三（十二字）	乐段四（十三字）
4　4	7　5	5　34	7　6

《红芍药》下阕，四个乐段			
乐段一（九字）	乐段二（十二字）	乐段三（十二字）	乐段四（十三字）
4　5	7　5	5　34	34　6

《康熙词谱》只收集一体《红芍药》，双调，上下阕分别可分为四个乐段，其长短句结构如表所示。该调九十一字，上下阕各八句，五仄韵，其基本格式如表所示。

《红芍药》的基本格式（双调）

《红芍药》上阕，八句，五仄韵	
乐段一（二句，八字）	乐段二（二句，十二字）
＋ － ＋ ｜（句）＋ ｜ － ｜（韵）	＋ － ｜ ＋ － － ｜（韵）｜ ＋ － ＋ ｜（韵）

《红芍药》上阕，八句，五仄韵	
乐段三（二句，十二字）	乐段四（二句，十三字）
－ － ＋ ｜ ｜（句）＋ ＋ ＋ ＋（读）＋ － ＋ ｜（韵）	｜ ＋ ｜ ＋ － －（句）＋ － ＋ ｜ － ｜（韵）

《红芍药》下阕，八句，五仄韵	
乐段一（二句，九字）	乐段二（二句，十二字）
＋｜－－（句）｜＋－＋｜（韵）	＋｜＋－－｜｜（韵）｜＋－＋｜（韵）

《红芍药》下阕，八句，五仄韵	
乐段三（二句，十二字）	乐段四（二句，十三字）
＋｜＋－｜（句）＋＋＋（读）＋－＋｜（韵）	＋＋＋（读）＋｜－－（句）｜＋－＋｜（韵）

例　红芍药（九十一字）

（宋）王　观

　　人生百岁，七十稀少。更除十年孩童小。又十年昏老。都来五十载，一半被、睡魔分了。那二十五载之中，宁无些个烦恼。　　仔细思量，好追欢及早。遇酒逢花堪笑傲。任玉山倾倒。对景且沉醉，人生似、露垂芳草。幸新来、有酒如渑，要结千秋歌笑。

　　注：全词双调，九十一字，上下阕各八句，五仄韵。

法曲献仙音

　　陈旸《乐书》云："法曲兴于唐，其声始出'清商部'，比正律差四律，有铙钹钟磬之音，献仙音其一也。"又云："圣朝法曲乐器，有琵琶、五弦筝、箜篌、笙笛、觱篥、方响、拍板，其曲所存，不过道调、望瀛、小石、献仙音而已，其余皆不复见矣。"《乐章集》注"小石调"；姜夔词注"大石调"；周密词名《献仙音》；因唐张籍《酬朱庆馀》诗有"越女新妆出镜心"句，名《越女镜心》；姜词调名本此。

《法曲献仙音》的长短句结构

上阕，三个乐段		
乐段一（十四字）	乐段二（十四字）	乐段三（十一字或十三字）
4　4　6 6　4　4	4　4　6 5　　36 5　5　4	6　　5 33　　5 5　5　3 37　　3

下阕，四个乐段			
乐段一 （十九字或十五字）	乐段二（十二字或 十一字、九字）	乐段三 （十一字）	乐段四 （十一字或十三字）
3　34　36 3　34　5　4 3　5　7	5　　34 5　　6 　36	4　　34 4　　7	5　　6 　34　6 　34　4

《康熙词谱》共收集六体《法曲献仙音》，双调，上阕可分为三个乐段，下阕可分为四个乐段，其长短句结构如表所示。该调有九十二字或九十一字、八十七字等格式，上阕八句，四仄韵或三仄韵；下阕九句或十句、八句，五仄韵或四仄韵、六仄韵。《康熙词谱》以九十二字体周邦彦词和姜夔词为正体或正格。该调的正格与变格如表所示，其中，各乐段中的格式（1）为正格句式，其余为变格句式。

例一　法曲献仙音（九十二字）

（宋）周邦彦

蝉咽凉柯，燕飞尘幕，漏阁签声时度。倦脱纶巾，困便湘竹，桐阴半侵庭户。向抱影凝情处。时闻打窗雨。　　耿无语。叹文园、近来多病，情绪懒、尊酒易成间阻。缥缈玉京人，想依然、京兆眉妩。翠幕深中，对徽容、空在纨素。待花前月下，见了不教归去。

注：该词上阕第一句至第三句为乐段一中的格式（1），第四句至第六句为乐段二中的格式（1），第七句和第八句为乐段三中的格式（1）；下阕第一句至第三句为乐段一中的格式（1），第四句和第五句为乐段二中的格式（1），第六句和第七句为乐段三中的格式（1），第八句和第九句为乐段四中的格式（1）。全词双调，九十二字，上阕八句，四仄韵；下阕九句，五仄韵。

《法曲献仙音》的正格与变格（双调）

《法曲献仙音》上阕，八句，四仄韵或三仄韵		
乐段一 （三句，十四字）	乐段二 （三句或二句，十四字）	乐段三 （二句或三句，十一字或十三字）
＋｜－－（句）＋｜ －＋｜（句）＋｜＋ －＋｜（韵） （1）	＋｜－－（句）＋｜ －＋｜（句）＋－｜ －＋｜（韵） （1）	｜＋｜－－｜（韵）－ －｜－－｜（韵） （1）
＋｜－－（句）＋｜ －－（句）＋｜＋ ＋｜（韵） （2）	＋｜－－（句）＋｜ －－（句）＋｜＋＋ ｜－｜（韵） （2）	＋＋＋（读）－－｜ （韵或句）－－｜－（韵） （2） ｜＋｜－－（句）＋ －｜－｜（韵）＋－ （韵） （3）
＋｜＋－｜（句） ＋－＋｜（句）＋－ ＋｜（韵） （3）	＋｜－－（句） ＋＋－（读）＋ ＋＋－＋｜ －｜（韵） （3） ＋｜－－｜（句）｜＋ ｜－－（句）＋｜＋ ｜（韵） （4）	＋＋＋（读）＋－ ＋｜＋－｜（韵）＋ ＋｜（韵） （4）

例二　法曲献仙音（九十二字）

（宋）姜　夔

风竹吹香，水枫鸣绿，睡觉凉生金缕。镜底同心，枕前双玉。相看转伤幽素。傍绮阁、轻阴度。飞来鉴湖雨。　　近重午。燎银篝、暗薰溽暑。罗扇小、空写数行怨苦。纤手结芳兰，且休歌、九辨怀楚。故国多情，对溪山、都是离绪。但一川烟苇，恨满西陵归路。

注：该词上阕第一句至第三句为乐段一中的格式（1），第四句至第六句为乐段二中的格式（1），第七句和第八句为乐段三中的格式（2）；下阕第一句至第三句为乐段一中的格式（1），第四句和第五句为乐段二中的格式（1），第六句和第七句为乐段三中的格式（1），第八句和第九句为乐段四中的格式（1）。全词双调，九十二字，上阕八句，四仄韵；下阕九句，六仄韵。

《法曲献仙音》下阕，九句或十句、八句，五仄韵或四仄韵、六仄韵	
乐段一 （三句或四句，十九字或十五字）	乐段二 （二句或一句，十二字或十一字、九字）
＋ － ｜（韵）＋ ＋ ＋（读）＋ － ＋ ｜（句或韵）＋ ＋ ＋（读）＋ ｜ ＋ － ＋ ｜（韵） （1） ＋ － ｜（韵）＋ ＋ ＋（读）＋ － ＋ ｜（句或韵）＋ ＋ ｜ － －（句） ＋ － ＋ ｜（韵） （2） ＋ － ｜（句）｜ ＋ － ＋ ｜（句）＋ － ＋ ｜ － － ｜（韵） （3） ｜ － ＋（句）｜ ＋ － ＋ ｜（句）｜ ＋ － － － ｜（韵） （4）	＋ ｜ ｜ － －（句）＋ ＋ ＋（读） ＋ ＋ － ｜（韵） （1） ＋ ｜ ＋ － ｜（句）＋ ｜ ＋ － ＋ ｜ （韵） （2） ＋ ＋ ＋（读）＋ ｜ ＋ － ＋ ｜（韵） （3）

《法曲献仙音》下阕，九句或十句、八句，五仄韵或四仄韵、六仄韵	
乐段三（二句，十一字）	乐段四（二句，十一字或十三字）
＋ ｜ － －（句）＋ ＋ ＋（读）＋ ｜ ＋ ｜（韵） （1） ＋ ｜ － －（句）＋ ＋ ＋（读）＋ ｜ － ＋ ｜（韵） （2） ＋ ｜ － －（句）｜ ＋ ｜ ＋ － ＋ ｜（韵） （3）	｜ ＋ － ＋ ｜（句）＋ ｜ ＋ － ＋ ｜（韵） （1） ＋ ＋ ＋（读）＋ － ＋ ｜（句）＋ ｜ － ＋ ｜ － ｜（韵） （2） ＋ ＋ ＋（读）＋ － ＋ ｜（句）＋ － ＋ ｜（韵） （3）

注：①上阕乐段三中的格式"｜ ＋ ｜ － － ｜（韵）"，为"上一下五"句式。②下阕乐段一中的格式"＋ ＋ ｜ － －（句）"，为"上一下四"句式。③下阕乐段三中的格式"＋ ｜ ＋ ｜（韵）"，尽管个别有四连仄现象，但宜有平有仄，以"＋ ｜ － ｜（韵）"为宜。④下阕乐段三中格式"｜ ＋ ｜ ＋ － ＋ ｜（韵）"，为"上一下六"句式。

例三　法曲献仙音（九十二字）

（宋）姜　夔

虚阁笼寒，小帘通月，暮色偏怜高处。树隔离宫，水平驰道，湖山尽入尊俎。奈楚客、淹留久，砧声带愁去。　　屡回顾。过秋风、未成归计，谁念我、重见冷枫红舞。唤起淡妆人，问逋仙、今在何许。象笔鸾笺，甚而今、不道秀句。怕平生幽恨，化作沙边烟雨。

注：该词上阕第一句至第三句为乐段一中的格式（1），第四句至第六句为乐段二中的格式（2），第七句和第八句为乐段三中的格式（2）；下阕第一句至第三句为乐段一中的格式（1），第四句和第五句为乐段二中的格式（1），第六句和第七句为乐段三中的格式（1），第八句和第九句为乐段四中的格式（1）。全词双调，九十二字，上阕八句，三仄韵；下阕九句，六仄韵。

例四　法曲献仙音（九十二字）

（宋）张　炎

云隐山晖，树分溪影，未放妆台帘卷。篝密笼香，镜圆窥粉，花深自然寒浅。正人在、银屏底，琵琶半遮面。　　语声软。且休弹、玉关愁怨。怕唤起西湖，那时春感。杨柳古湾头，记小怜、隔水曾见。听到无声，漫赢得、情绪难剪。把一襟心事，散入落梅千点。

注：该词上阕第一句至第三句为乐段一中的格式（1），第四句至第六句为乐段二中的格式（1），第七句和第八句为乐段三中的格式（2）；下阕第一句至第四句为乐段一中的格式（2），第五句和第六句为乐段二中的格式（1），第七句和第八句为乐段三中的格式（1），第九句和第十句为乐段四中的格式（1）。全词双调，九十二字，上阕八句，三仄韵；下阕十句，六仄韵。

例五　法曲献仙音（九十二字）

（宋）李彭老

云木槎枒，水蘋摇落，瘦影半临清浅。翠羽迷空，粉容羞晓，年华柱弦频换。甚何逊、风流在，相逢共寒晚。　　总依黯。念当时、看花游冶，曾锦缆移舟，宝筝随辇。池苑锁荒凉，嗟事逐、鸿飞天远。香径无人，任苍藓黄尘自满。听鸦啼春寂，暗雨潇潇吹怨。

注：该词上阕第一句至第三句为乐段一中的格式（1），第四句至第六句为乐段二中的格式（1），第七句和第八句为乐段三中的格式（2）；下阕第一句至第四句为乐段一中的格式（2），第五句和第六句为乐段二中的格式（1），第七句和第八句为乐段三中的格式（3），第九句和第十句为乐段四中的格式（1）。全词双调，九十二字，上阕八句，三仄韵；下阕十句，

五仄韵。

例六　法曲献仙音（九十一字）
（宋）柳　永

追想秦楼心事，当年便约，于飞比翼。悔恨临岐处，正携手、翻成云雨离拆。念倚玉偎香，前事顿轻掷。惯怜惜。　　饶心性，正厌厌多病，柳腰花态娇无力。早是乍清减，别后忍教愁寂。记取盟言，少孜煎、剩好将息。遇佳境、临风对月，事须时恁相忆。

注：该词上阕第一句至第三句为乐段一中的格式（3），第四句至第六句为乐段二中的格式（3），第七句和第八句为乐段三中的格式（3）；下阕第一句至第三句为乐段一中的格式（3），第四句和第五句为乐段二中的格式（2），第六句和第七句为乐段三中的格式（1），第八句和第九句为乐段四中的格式（2）。全词双调，九十一字，上阕八句，四仄韵；下阕九句，四仄韵。

例七　法曲献仙音（八十七字）
（宋）柳　永

青翼传情，香径偷期，自觉当初草草。未省同衾枕，便轻许相将，平生欢笑。怎生向、人间好事到头少。漫悔懊。　　细追思，恨从前容易，致得恩爱成烦恼。心下事、千种尽凭音耗。以此萦牵，等伊来、自家向道。洎相见、喜欢存问，又还忘了。

注：该词上阕第一句至第三句为乐段一中的格式（2），第四句至第六句为乐段二中的格式（4），第七句和第八句为乐段三中的格式（4）；下阕第一句至第三句为乐段一中的格式（4），第四句为乐段二中的格式（3），第五句和第六句为乐段三中的格式（2），第七句和第八句为乐段四中的格式（3）。全词双调，八十七字，上下阕各八句，四仄韵。

金盏倒垂莲

此调有平韵、仄韵两体。平韵者，见晁无咎《琴趣外篇》及《梅苑》词；仄韵者，见《松隐词》。

《金盏倒垂莲》的长短句结构

《金盏倒垂莲》上阕，四个乐段			
乐段一（十三字）	乐段二（九字）	乐段三（十三字）	乐段四（十字）
4　5　4	4　5	34　6 6　34	4　6 6　4

《金盏倒垂莲》下阕，四个乐段			
乐段一（十五字）	乐段二（九字）	乐段三（十三字）	乐段四（十字）
6　5　4 6　36	4　5	34　6 6　34	4　6 6　4

　　《康熙词谱》共收集三体《金盏倒垂莲》，双调，上下阕分别可分为四个乐段，其长短句结构如表所示。该调九十二字，有平韵与仄韵两种用韵格式。平韵格《金盏倒垂莲》上下阕各九句，四平韵。《康熙词谱》以晁补之词为标谱词例。该调的正格与变格如表所示，其中，上下阕各乐段中的格式（1）为正格句式，其余为变格句式。仄韵格《金盏倒垂莲》上阕九句，四仄韵；下阕八句，六仄韵，基本格式如表所示。

《金盏倒垂莲》（平韵）的正格和变格（双调）

《金盏倒垂莲》上阕，九句，四平韵	
乐段一（三句，十三字）	乐段二（二句，九字）
＋｜－－（句）｜＋－＋｜（句） ＋｜－（韵）	＋｜－－（句）＋｜｜－－（韵）

《金盏倒垂莲》上阕，九句，四平韵	
乐段三（二句，十三字）	乐段四（二句，十字）
＋＋＋＋（读）＋－＋｜（句）＋ －＋｜－－（韵） （1）	＋｜＋｜（句）＋－＋｜－－ （韵） （1）
＋｜＋－＋｜（句）＋＋＋（读） ＋｜－－（韵） （2）	＋｜－｜－－（句）＋｜－－ （韵） （2）

《金盏倒垂莲》下阕，九句，四平韵	
乐段一（三句，十五字）	乐段二（二句，九字）
＋ － ｜ － ＋ ｜（句）｜ ＋ － ＋ ｜（句）＋ ｜ ＋ －（韵）	＋ ｜ ＋ －（句）＋ ｜ ｜ － －（韵）

《金盏倒垂莲》下阕，九句，四平韵	
乐段三（二句，十三字）	乐段四（二句，十字）
＋ ＋ ＋（读）＋ － ＋ ｜（句）＋ － ＋ ｜ － －（韵） （1） ＋ ｜ ＋ － ＋ ｜（句）＋ ＋ ＋（读） ＋ ｜ － －（韵） （2）	＋ ｜ ＋ ｜（句）＋ － ＋ ｜ － －（韵） （1） ＋ ｜ － ｜ － －（句）＋ ｜ － （韵） （2）

例一　金盏倒垂莲（九十二字）

（宋）晁补之

休说将军，解弯弓掠地，昆岭河源。彩笔题诗，绿水映红莲。算总是、风流余事，会须行乐年年。只有一部，随轩脆管繁弦。　　多情旧游尚忆，寄秋风万里，鸿雁天边。未学元龙，豪气笑求田。也莫为、庭槐兴叹，便伤摇落凄然。后会一笑，犹堪醉倒花前。

注：该词上阕第六句和第七句为乐段三中的格式（1），第八句和第九句为乐段四中的格式（1）；下阕第六句和第七句为乐段三中的格式（1），第八句和第九句为乐段四中的格式（1）。全词双调，九十二字，上下阕各九句，四平韵。

例二　金盏倒垂莲（九十二字）

《梅苑》无名氏

依约疏林，见盈盈春意，几点霜蕤。应是东君，试手作芳菲。粉面倚风微笑，是日暖、雪已晴时。人静幺凤翩翩，踏碎残枝。　　幽香浑无着处，甚一般雨露，独占清奇。淡月疏云，何处不相宜。陌上报春来也，但绿暗、青子离离。桃杏应仗先容，次第追随。

注：该词上阕第六句和第七句为乐段三中的格式（2），第八句和第九句为乐段四中的格式（2）；下阕第六句和第七句为乐段三中的格式（2），第八句和第九句为乐段四中的格式（2）。全词双调，九十二字，上下阕各九句，四平韵。

《金盏倒垂莲》（仄韵）的基本格式（双调）

《金盏倒垂莲》上阕，九句，四仄韵	
乐段一（三句，十三字）	乐段二（二句，九字）
＋｜－ －（句）｜＋ － ＋｜（句）＋ －（韵）	＋ － ＋｜（句）｜＋ － ＋｜（韵）

《金盏倒垂莲》上阕，九句，四仄韵	
乐段三（二句，十三字）	乐段四（二句，十字）
＋ －｜－ ＋｜（句）｜＋ ＋ ＋（读）＋ － ＋｜（韵）	＋｜＋ ＋｜（句）＋ － ＋｜－ ＋｜（韵）

《金盏倒垂莲》下阕，八句，六仄韵	
乐段一（二句，十五字）	乐段二（二句，九字）
＋ －｜－ ＋｜（韵）｜＋ ＋ ＋（读）＋｜＋ － ＋｜（韵）	＋ － ＋｜（韵）｜＋ － ＋｜（韵）

《金盏倒垂莲》下阕，八句，六仄韵	
乐段三（二句，十三字）	乐段四（二句，十字）
＋ －｜－ ＋｜（句）｜＋ ＋ ＋（读）＋ － ＋｜（韵）	＋ － ＋｜（句）＋｜＋ － ＋｜（韵）

例　金盏倒垂莲（九十二字）

（宋）曹　勋

谷雨初晴，对镜霞乍敛，暖风凝露。翠云低映，捧花王留住。满栏嫩红贵紫，道尽得、韶光分付。禁御浩荡，天香巧随天步。　群仙倚春似语。遮丽日、更着轻罗深护。半开微吐。隐非烟非雾。正宜夜阑秉烛，况更有、姚黄娇妒。徘徊纵赏，任放濛濛柳絮。

注：全词双调，九十二字，上阕九句，四仄韵；下阕八句，六仄韵。

塞 翁 吟

调见《清真乐府》，取《淮南子》塞上叟事为调名。

《塞翁吟》的长短句结构

《塞翁吟》上阕，四个乐段			
乐段一（十一字）	乐段二（十一字）	乐段三（十三字）	乐段四（十一字）
5　　6	3　　3　　5	7　　6	3　　3　　5

《塞翁吟》下阕，三个乐段		
乐段一（十六字）	乐段二（十八字）	乐段三（十二字）
2　　34　　34	34　　34　　4	4　　4　　4

《康熙词谱》只收集一体《塞翁吟》，双调，上阕可分为四个乐段，下阕可分为三个乐段，其长短句结构如表所示。该调九十二字，上阕十句，六平韵；下阕九句，四平韵或五平韵，其基本格式如表所示。

例一　塞翁吟（九十二字）
（宋）周邦彦

暗叶啼风雨，窗外晓色珑璁。散水麝，小池东。乱一岸芙蓉。蕲州簟展双纹浪，轻帐翠缕如空。梦远别，泪痕重。淡铅脸斜红。　　忡忡。嗟憔悴、新宽带结，羞艳冶、都销镜中。有蜀纸、堪凭寄恨，等今夜、洒血书词，剪烛亲封。菖蒲渐老，早晚成花，教见薰风。

注：该词上阕第三句至第五句为乐段二中的格式（1），第八句至第十句为乐段四中的格式（1）。全词双调，九十二字，上阕十句，六平韵；下阕九句，四平韵。

《塞翁吟》的基本格式（双调）

《塞翁吟》上阕，十句，六平韵	
乐段一（二句，十一字）	乐段二（三句，十一字）
＋｜－－｜（句）＋｜＋｜＋－－（韵）	＋＋｜（句）｜－－（韵）｜＋｜－－（韵）（1） ＋＋｜（句）｜－－（韵）＋｜｜－－（韵）（2）

《塞翁吟》上阕，十句，六平韵	
乐段三（二句，十三字）	乐段四（三句，十一字）
＋－＋｜－－｜（句）＋｜＋｜－－（韵）	＋＋｜（句）｜－－（韵）｜＋｜－－（韵）（1） ＋＋｜（句）｜－－（韵）＋｜｜－－（韵）（2）

《塞翁吟》下阕，九句，四平韵或五平韵		
乐段一 （三句，十六字）	乐段二 （三句，十八字）	乐段三 （三句，十二字）
－－（韵）＋｜＋｜（读）＋－＋｜（句）＋＋｜（读）＋－｜－（韵）	＋＋｜（读）＋－＋｜（句）＋＋｜（读）＋｜｜－－（韵）	＋－＋｜（句）＋｜－－（句或韵）＋｜－－（韵）

例二　塞翁吟（九十二字）

（宋）张　炎

交到无心处，出岫细话幽期。看流水，意俱迟。且淡薄相依。凌霄未肯从龙去，物外共鹤忘机。迷古洞，掩晴晖。翠影湿行衣。　　飞飞。垂天翼、飘然万里，愁日暮、佳人未归。尚记得、巴山夜雨，耿无语、共说生平，都付陶诗。休题五朵，莫梦阳台，不赠相思。

注：该词上阕第三句至第五句为乐段二中的格式（1），第八句至第十句为乐段四中的格式（2）。全词双调，九十二字，上阕十句，六平韵；下阕九句，四平韵。

例三　塞翁吟（九十二字）

（宋）陈允平

睡起鸾钗軃，金约鬓影胧胧。桅佩冷，玉丁东。镜里对芙蓉。秦筝倦理梁尘暗，惆怅燕子楼空。山万叠，水千重。一叶漫题红。　　忡忡。从别后、残云断雨，馀香在、鲛绡帐中。更懊恨、灯花无准，写幽愫、锦织回文，小字斜封。无人为托，欲倩宾鸿。立尽西风。

注：该词上阕第三句至第五句为乐段二中的格式（2），第八句至第十句为乐段四中的格式（2）。全词双调，九十二字，上阕十句，六平韵；下阕九句，五平韵。

意　难　忘

元高拭词注"南吕调"。

《意难忘》的长短句结构

《意难忘》上阕，四个乐段							
乐段一（十三字）			乐段二（十字）		乐段三（十一字）		乐段四（十一字）	
4	5	4	5	5	33	5	34	4

《意难忘》下阕，四个乐段							
乐段一（十五字）			乐段二（十字）		乐段三（十一字）		乐段四（十一字）	
6	5	4	5	5	33	5	34	4

《康熙词谱》只收集一体《意难忘》，双调，上下阕分别可分为四个乐段，其长短句结构如表所示。该调九十二字，上下阕各九句，六平韵，其基本格式如表所示。

《意难忘》的基本格式（双调）

《意难忘》上阕，九句，六平韵	
乐段一（三句，十三字）	乐段二（二句，十字）
＋｜－－（韵）｜＋－＋｜（句）＋｜－－（韵）	＋－－｜｜（句）＋｜｜－－（韵）

《意难忘》上阕，九句，六平韵	
乐段三（二句，十一字）	乐段四（二句，十一字）
＋＋＋（读）｜－－（韵）｜＋｜－（韵）（1） ＋＋＋（读）｜－－（韵）＋｜｜－－（韵）（2）	＋＋＋（读）＋－＋｜（句）＋｜－－（韵）

《意难忘》下阕，九句，六平韵	
乐段一（三句，十五字）	乐段二（二句，十字）
＋－＋｜－－（韵）｜＋－＋｜（句）＋｜－－（韵）	＋－－｜｜（句）＋｜｜－－（韵）

《意难忘》下阕，九句，六平韵	
乐段三（二句，十一字）	乐段四（二句，十一字）
＋＋＋（读）｜－－（韵）｜＋｜－（韵）（1） ＋＋＋（读）｜－－（韵）＋｜｜－－（韵）（2）	＋＋＋（读）＋－＋｜（句）＋｜－－（韵）

例一 意难忘（九十二字）

（宋）苏 轼

花拥鸳房。记翠肩鬟小，约鬓眉长。轻身翻燕舞，低语啭莺簧。相见处、便难忘。肯亲度瑶觞。向夜阑、歌翻郢曲，带换韩香。　　别来音信难将。似云收楚峡，雨散巫阳。相逢情有在，不语意难量。些个事、断人肠。怎禁得凄惶。待与伊、移根换叶，试又何妨。

注：该词上阕第六句和第七句为乐段三中的格式（1）；下阕第六句和第七句为乐段三中的格式（1）。全词双调，九十二字，上下阕各九句，六平韵。

例二　意难忘（九十二字）
（宋）周邦彦

衣染莺黄。爱停歌驻拍，劝酒持觞。低鬟蝉影动，私语口脂香。檐露滴、竹风凉。拚剧饮淋浪。夜渐深、笼灯就月，仔细端相。　　知音见说无双。解移宫换羽，未怕周郎。长颦知有恨，贪要不成妆。些个事、恼人肠。试说与何妨。又恐伊、寻消问息，瘦减容光。

注：该词上阕第六句和第七句为乐段三中的格式（2）；下阕第六句和第七句为乐段三中的格式（1）。全词双调，九十二字，上下阕各九句，六平韵。

例三　意难忘（九十二字）
（宋）陈允平

额粉宫黄。衬桃花扇底，歌送瑶觞。裙拖金缕细，衫唾碧花香。琼佩冷、玉肌凉。罗袜步沧浪。漫共伊、心盟意约，眼觑眉相。　　连环未结双双。似桃源误入，初嫁刘郎。珑璁仙子髻，绰约道家妆。千种恨、九回肠。云雨梦犹妨。误少年、红销翠减，虚度风光。

注：该词上阕第六句和第七句为乐段三中的格式（2）；下阕第六句和第七句为乐段三中的格式（2）。全词双调，九十二字，上下阕各九句，六平韵。

东风齐着力

调见《草堂诗余》，胡浩然除夕词也。按《礼记·月令》：孟春之月，东风解冻。又唐人曹松《除夜诗》："残腊即又尽，东风应渐闻。"故云《东风齐着力》。

《东风齐着力》的长短句结构

《东风齐着力》上阕，四个乐段			
乐段一（十二字）	乐段二（九字）	乐段三（十三字）	乐段四（十一字）
4　4　4	4　5	6　34	3　4　4

《东风齐着力》下阕，四个乐段			
乐段一（十四字）	乐段二（九字）	乐段三（十三字）	乐段四（十一字）
5　36	4　5	6　34	3　4　4

《康熙词谱》只收集一体《东风齐着力》，双调，上下阕分别可分为四个乐段，其长短句结构如表所示。该调九十二字，上阕十句，四平韵；下阕九句，五平韵，其基本格式如表所示。

《东风齐着力》的基本格式（双调）

《东风齐着力》上阕，十句，四平韵	
乐段一（三句，十二字）	乐段二（二句，九字）
＋｜――（句）＋－＋｜（句）＋｜――（韵）	＋－＋｜（句）＋｜――（韵）

《东风齐着力》上阕，十句，四平韵	
乐段三（二句，十三字）	乐段四（三句，十一字）
＋｜＋－＋｜（句）－＋｜（读）＋｜――（韵）	－＋｜（句）＋－＋｜（句）＋｜――（韵）

《东风齐着力》下阕，九句，五平韵	
乐段一（二句，十四字）	乐段二（二句，九字）
＋｜｜――（韵）－＋｜（读）＋－＋｜――（韵）	＋－＋｜（句）＋｜――（韵）

《东风齐着力》下阕，九句，五平韵	
乐段三（二句，十三字）	乐段四（三句，十一字）
＋｜＋ー＋｜（句）ー＋｜（读） ＋｜ーー（韵）	ー＋｜（句）＋｜ー＋｜（句） ＋｜ーー（韵）

例　东风齐着力（九十二字）

（宋）胡浩然

残腊收寒，三阳初转，已换年华。东君律管，迤逦到山家。处处笙簧鼎沸，排佳宴、坐列仙娃。花丛里，金炉满爇，龙麝烟斜。　　此景转堪夸。深意祝、寿山福海增加。玉觥满泛，且莫厌流霞。幸有迎春绿醑，银瓶浸、几朵梅花。休辞醉，园林秀色，百草萌芽。

注：全词双调，九十二字，上阕十句，四平韵；下阕九句，五平韵。

远　朝　归

调见《梅苑》词。

《远朝归》的长短句结构

《远朝归》上阕，四个乐段			
乐段一（十三字）	乐段二（十字）	乐段三（十一字）	乐段四（十二字）
4　5　4	4　6	4　34	3　5　4

《远朝归》下阕，四个乐段			
乐段一（十五字）	乐段二（十字）	乐段三（十一字）	乐段四（十字）
6　5　4 2　4　5　4	4　6	4　34	3　7

《康熙词谱》只收集一体《远朝归》，双调，上下阕分别可分为四个乐段，其长短句结构如表所示。该调九十二字，上阕十句，五仄韵；下阕九句或十句，五仄韵或六仄韵。《康熙词谱》以赵耆孙词为标谱词例。该调的正格与变格如表所示，其中，上下阕各乐段中的格

式（1）为正格句式，其余为变格句式。

《远朝归》的正格与变格（双调）

《远朝归》上阕，十句，五仄韵	
乐段一（三句，十二字）	乐段二（二句，十字）
＋｜－－（句）｜｜＋－－（句）＋－＋｜（韵）	＋－＋｜（句）＋｜＋－＋｜（韵）

《远朝归》上阕，十句，五仄韵	
乐段三（二句，十一字）	乐段四（三句，十二字）
＋－＋｜（句）＋＋＋（读）＋－＋｜（韵）	－－｜（韵）｜＋－＋｜（句）＋＋－｜（韵） （1） －－｜（韵）｜＋－｜－（句）＋＋－｜（韵） （2）

《远朝归》下阕，九句或十句，五仄韵或六仄韵	
乐段一（三句或四句，十五字）	乐段二（二句，十字）
＋｜＋｜－－（句）｜＋｜－－（句）＋＋－｜（韵） （1） ＋｜（韵）＋｜－－（句）｜＋｜－（句）＋＋－｜（韵） （2）	＋－＋｜（句）＋｜＋－＋｜（韵）

《远朝归》下阕，九句或十句，五仄韵或六仄韵	
乐段三（二句，十一字）	乐段四（二句，十字）
＋－＋｜（句）＋＋＋（读）＋－＋｜（韵）	－－｜（韵）｜＋＋｜－＋｜（韵）

注：下阕乐段四中的格式"｜＋＋｜－＋｜（韵）"，为"上一下六"句式。

例一　远朝归（九十二字）
（宋）赵耆孙

　　金谷先春，见乍开江梅，晶明玉腻。珠帘院落，人静雨疏烟细。横斜带月，又别是、一般风味。金尊里。任遗英乱点，残粉低坠。　　惆怅杜陇当年，念水远天长，故人难寄。山城倦眼，无绪更看桃李。当时醉魄，算依旧、徘徊花底。斜阳外。漫回首画楼十二。

　　注：该词上阕第八句至第十句为乐段四中的格式（1）；下阕第一句至第三句为乐段一中的格式（1）。双调，九十二字，上阕十句，五仄韵；下阕九句，五仄韵。

例二　远朝归（九十二字）
《梅苑》无名氏

　　新律才交，早旧梢南枝，朱污粉腻。烟笼淡妆，恰值雨膏初细。而今看了，记他日、酸甜滋味。多应是。伴玉簪凤钗，低桠斜坠。　　迤逦。对酒当歌，眷恋得芳心，竟日何际。春光付与，尤是见欺桃李。叮咛寄语，且莫负、尊前花底。拚沉醉。尽铜壶漏传三二。

　　注：该词上阕第七句至第九句为乐段四中的格式（2）；下阕第一句至第四句为乐段一中的格式（2）。双调，九十二字，上阕十句，五仄韵；下阕十句，六仄韵。

露　华

　　唐李白《清平调》词："东风拂槛露华浓。"调名本此。按，此调有仄韵、平韵两体，周密平韵词，名《露华慢》。

《露华》的长短句结构

《露华》上阕，四个乐段			
乐段一 （十三字）	乐段二 （十字）	乐段三 （十二字或十三字）	乐段四 （十一字）
4　5　4	4　6	6　　6 6　34	3　4　4

《露华》下阕，四个乐段				
乐段一（十五字）	乐段二（十字）	乐段三（十二字或十三字）	乐段四（九字）
6　　5　　4	6　　4	6　　　6 6　　　34	3　　6

　　《康熙词谱》共收集两体《露华》，双调，仄韵与平韵各一体，上下阕分别可分为四个乐段，其长短句结构如表所示。仄韵格《露华》九十二字，上阕十句，五仄韵；下阕九句，五仄韵。《康熙词谱》以王忻孙词（首句为"绀葩乍坼"）为标谱词例。该调的正格与变格如表所示，其中，上下阕各乐段中的格式（1）为正格句式，其余为变格句式。平韵格《露华》九十四字，上阕十句，四平韵；下阕九句，四平韵，《康熙词谱》以王忻孙词（首句为"晚寒伫立"）为标谱词例。该调的正格与变格如表所示，其中，上下阕各乐段中的格式（1）为正格句式，其余为变格句式。

例一　露华（九十二字）

（宋）王沂孙

　　绀葩乍坼。笑烂漫娇红，不是春色。换了素妆，重把青螺轻拂。旧歌共渡烟江，却占玉奴标格。风霜峭，瑶台种时，付与仙骨。　　闲门昼掩凄恻。似淡月梨花，重化清魄。尚带唾痕香凝，怎忍攀摘。嫩绿渐暖溪阴，薿薿粉云飞出。芳艳冷，刘郎未应认得。

　　注：该词上阕第六句和第七句为乐段三中的格式（1），第八句至第十句为乐段四中的格式（1）。全词双调，九十二字，上阕十句，五仄韵；下阕九句，五仄韵。

例二　露华（九十二字）

（元）张翥

　　瀛洲种玉。总付与花神，月底深劚。琢就瑶笄，光映鬓云斜矗。几度借取搔头，别试汉宫妆束。风露冷，幽香半襟，淡伫栏曲。　　亭亭雪艳愁独。爱粉沁冰筠，须拈金粟。石上那回磨断，争忍轻触。一自楚客归来，珠履旧游谁续。秋梦起，残妆半簪坠绿。

　　注：该词上阕第六句和第七句为乐段三中的格式（2），第八句至第十句为乐段四中的格式（1）。全词双调，九十二字，上阕十句，五仄韵；下阕九句，五仄韵。

《露华》（仄韵）的正格与变格（双调）

《露华》上阕，十句，五仄韵	
乐段一（三句，十三字）	乐段二（二句，十字）
＋一＋｜（韵）｜＋｜一一（句） ＋＋一一｜（韵）	＋｜＋一（句）＋｜＋一＋ ｜（韵）

《露华》上阕，十句，五仄韵	
乐段三（二句，十二字）	乐段四（三句，十一字）
＋一＋｜一一（句）＋｜＋一 ＋｜（韵） （1）	一＋｜（句）＋一｜一（句） ＋＋一｜（韵） （1）
＋｜＋｜一一（句）＋｜＋一＋ ｜（韵） （2）	一＋｜（句）＋一＋｜（句） ＋一＋｜（韵） （2）

《露华》下阕，九句，五仄韵	
乐段一（三句，十五字）	乐段二（二句，十字）
＋一＋｜一｜（韵）｜＋｜一一（句） ＋＋一｜（韵）	＋｜＋一＋｜（句）＋＋一 ｜（韵）

《露华》下阕，九句，五仄韵	
乐段三（二句，十二字）	乐段四（二句，九字）
＋｜＋｜一一（句）＋｜＋一＋ ｜（韵）	一＋｜（句）＋一｜一＋｜（韵）

例三　露华（九十二字）

（明）陶宗仪

武陵夜寂。记露影璇空，一笑曾识。素脸晕铅，巧把黛螺轻幂。莫是歌渡烟江，浣却旧家颜色。还又讶，深宫绀袖，唾花犹湿。　　问他阿母消息。甚落莫梨云，青鸟难觅。不比锦红轻薄，容易狼藉。嫩绿护出溪头，谁顾采香仙客。春晚也，频温玉笙是得。

注：该词上阕第六句和第七句为乐段三中的格式（2），第八句至第十句为乐段四中的格式（2）。全词双调，九十二字，上阕十句，五仄韵；下阕九句，五仄韵。

《露华》（平韵）的正格与变格（双调）

《露华》上阕，十句，四平韵	
乐段一（三句，十三字）	乐段二（二句，十字）
＋ － ＋ ｜（句）｜ ＋ － ＋ ｜（句）＋ ｜ － －（韵）	＋ － ＋ ｜（句）＋ － ＋ ｜ － －（韵）

《露华》上阕，十句，四平韵	
乐段三（二句，十三字）	乐段四（三句，十一字）
＋ ｜ ＋ － ＋ ｜（句）｜ ＋ －（读） ＋ ｜ － －（韵）	－ ＋ ｜（句）＋ － ＋ ｜（句） ＋ ｜ － －（韵）

《露华》下阕，九句，四平韵	
乐段一（三句，十五字）	乐段二（二句，十字）
＋ － ｜ － ＋ ｜（句）｜ ＋ ｜ － －（句） ＋ ｜ － －（韵） （1） ＋ ｜ ＋ － ＋ ｜（句）｜ ＋ ｜ － －（句） ＋ ｜ － －（韵） （2）	＋ － ＋ ｜（句）＋ － ＋ ｜ － －（韵）

《露华》下阕，九句，四平韵	
乐段三（二句，十三字）	乐段四（二句，九字）
＋ ｜ ＋ － ＋ ｜（句）｜ ＋ －（读） ＋ ｜ － －（韵）	－ ＋ ｜（句）＋ － ＋ ｜ ＋ －（韵）

例一　露华（九十四字）

（宋）王沂孙

晚寒伫立，记铅轻黛浅，初认冰魂。碧罗衬玉，犹凝茸唾香痕。净洗妒春颜色，胜小红、临水湔裙。烟渡远，应怜旧曲，换叶移根。　　山中去年人别，怪月悄风轻，闲掩重门。琼肌瘦损，那堪燕子黄昏。几片过溪浮玉，似夜归、深雪前村。芳梦冷，双禽误宿粉痕。

　　注：该词下阕第一句至第三句为乐段一中的格式（1）。全词双调，九十四字，上阕十句，四平韵；下阕九句，四平韵。

例二　露华（九十四字）
（宋）张　炎

　　乱红自雨，正翠蹊误晓，玉洞明春。蛾眉淡扫，背风不语盈盈。莫恨小溪流水，引刘郎、不是飞琼。罗扇底，从教净冶，远障歌尘。　　一掬莹然生意，伴压架酴醾，相恼芳吟。玄都观里，几回错认梨云。花下可怜仙子，醉东风、犹自吹笙。残照晚，渔翁正迷武陵。

　　注：该词下阕第一句至第三句为乐段一中的格式（2）。全词双调，九十四字，上阕十句，四平韵；下阕九句，四平韵。

薄 媚 摘 遍

　　沈括《梦溪笔谈》："所谓大遍者，凡数十解，每解有数叠，裁截用之，则谓之摘遍。"按《薄媚》大曲凡十遍，此盖摘其入破之一遍也。

《薄媚摘遍》的长短句结构

《薄媚摘遍》上阕，四个乐段			
乐段一（十一字）	乐段二（十二字）	乐段三（十三字）	乐段四（十一字）
3　3　5	3　3　6	4　4　5	4　7

《薄媚摘遍》下阕，四个乐段			
乐段一（十一字）	乐段二（十二字）	乐段三（十三字）	乐段四（九字）
6　5	3　3　6	4　4　5	4　5

　　《康熙词谱》只收集一体《薄媚摘遍》，双调，上下阕分别可分为四个乐段，其长短句

结构如表所示。该调九十二字,上阕十一句,三仄韵一叶韵;下阕十句,四仄韵一叶韵,其基本格式如表所示。

《薄媚摘遍》的基本格式(双调)

《薄媚摘遍》上阕,十一句,三仄韵一叶韵	
乐段一(三句,十一字)	乐段二(三句,十二字)
∣ー ー(句)ー ∣ ∣(句)十 ∣ ー ∣(韵)	∣ー ー(句)ー ∣ ∣(句)十 ー十 ∣ ー ∣(韵)

《薄媚摘遍》上阕,十一句,三仄韵一叶韵	
乐段三(三句,十三字)	乐段四(二句,十一字)
十 ー 十 ∣(句)十 ∣ ー ー(句)十 ∣ ∣ ー ー(叶)	十 ∣ ー ー(句)十 ー 十 ∣ 十 ー ∣(韵)

《薄媚摘遍》下阕,十句,四仄韵一叶韵	
乐段一(二句,十一字)	乐段二(三句,十二字)
十 ∣ 十 ー 十 ∣(韵)十 ∣ ー ー ∣(韵)	ー ∣ ∣(句)∣ ー ー(句)十 ー 十 ∣ ー ∣(韵)

《薄媚摘遍》下阕,十句,四仄韵一叶韵	
乐段三(三句,十三字)	乐段四(二句,九字)
十 ー 十 ∣(句)十 ∣ ー ー(句)十 ∣ ∣ ー ー(叶)	十 ∣ ー ー(句)ー ー 十 ∣ ∣(韵)

例 薄媚摘遍(九十二字)

(宋)赵以夫

桂香消,梧影瘦,黄菊迷深院。倚西风,看落日,长江东去如练。先生底事,有赋飘然,刚道为田园。独醒何为,持杯自劝未能免。 休把茱萸吟玩。但管年年健。千古事,几凭栏,吾生九十强半。欢娱终日,富贵何时,一笑醉乡宽。倒载归来,回廊月又满。

注:全词双调,九十二字,上阕十一句,三仄韵一叶韵;下阕十句,四仄韵一叶韵。

恋香衾

金词注："仙吕调。"

《恋香衾》的长短句结构

《恋香衾》上阕，四个乐段							
乐段一（十四字）		乐段二（八字）		乐段三（十四字）		乐段四（十字）	
7	34	4	4	7	34	6	4

《恋香衾》下阕，四个乐段							
乐段一（十四字）		乐段二（八字）		乐段三（十四字）		乐段四（十字）	
7	34	4	4	7	34	6	4

《康熙词谱》只收集一体《恋香衾》，双调，上下阕分别可分为四个乐段，其长短句结构如表所示。该调九十二字，上下阕各八句，四平韵，其基本格式如表所示。

《恋香衾》的基本格式（双调）

《恋香衾》上阕，八句，四平韵	
乐段一（二句，十四字）	乐段二（二句，八字）
＋｜－－＋－｜（句）＋＋｜（读）＋｜－－（韵）	＋｜－－（句）＋｜－－（韵）

《恋香衾》上阕，八句，四平韵	
乐段三（二句，十四字）	乐段四（二句，十字）
＋｜－－｜－｜（句）＋＋｜（读）＋｜－－（韵）	＋｜＋－＋｜（句）＋｜－（韵）

《恋香衾》下阕，八句，四平韵	
乐段一（二句，十四字）	乐段二（二句，八字）
＋|一一|一|（句）＋＋|（读） ＋|一一（韵）	＋|一一（句）＋|一一（韵）

《恋香衾》下阕，八句，四平韵	
乐段三（二句，十四字）	乐段四（二句，十字）
＋|一一|一|（句）＋＋|（读） ＋|一一（韵）	＋一＋|一|（句）＋|一一（韵）

例　恋香衾（九十二字）

（宋）吕渭老

　　记得花阴同携手，指定日、许我同欢。唤做真成，耳热心安。打叠从来不成器，待做个、平地神仙。又却不成些事，蓦地惊残。　　据我如今没投奔，见着你、泪早偷弹。对月临风，一味埋冤。笑则人前不妨笑，行笑里、斗觉心烦。怎生分得烦恼，两处匀摊。

　　注：全词双调，九十二字，上下阕各八句，四平韵。

满　江　红

　　此调有仄韵、平韵两体。仄韵词宋人填者最多，其体不一，今以柳词为正体，其余各以类列。《乐章集》注"仙吕调"，元高拭词注"南吕调"。平韵词只有姜词一体，宋元人俱如此填。

《满江红》的长短句结构

上阕，四个乐段			
乐段一 （十一字或十二字）	乐段二（十一字或 十二字、九字、七字）	乐段三 （十四字或十六字）	乐段四 （十一字）
4　　　34 4　　4　　4	34　　　4 35　　　4 3　　　6 5　　　4 5　　　6 34	7　　　7 35　　35	35　　　3 8　　　3 6　　　5

下阕，四个乐段			
乐段一 （十二字）	乐段二 （九字或八字）	乐段三（十四字或 十五字、十六字）	乐段四 （十一字）
3　3　3　3 6　3　　3 6　　　6	5　　　4 4　　　4 3　　　6 54	7　　　7 7　　　8 35　　35 35　　　7	35　　　3 33　　　5 8　　　3

　　《康熙词谱》共收集十四体《满江红》，双调，上下阕分别可分为四个乐段，其长短句结构如表所示。《满江红》有仄韵和平韵两种用韵格式，宋人用仄韵者最多，只是偶用平韵。该调有九十三字或九十七字、九十四字、九十二字、九十一字和八十九字等格式。对仄韵格而言，上阕八句或九句、七句，四仄韵或五仄韵；下阕十句或八句、九句，五仄韵或六仄韵、七仄韵。宜用入声韵部。该调上下阕两组七字句，词作中多用对仗；下阕起首四句也以对仗为宜，或一、二句和三、四句两两对仗，或一、三句和二、四句交叉对仗；但在实例中也有不对仗的词例。《康熙词谱》以九十三字体柳永词为正体或正格。《满江红》（仄韵）的正格与变格如表所示，其中，各乐段中的格式（1）为正格句式，其余为变格句式。对平韵格而言，上阕八句，四平韵；下阕十句，五平韵。《满江红》的平韵格如表所示。

《满江红》（仄韵）的正格和变格（双调）

《满江红》上阕，八句或九句、七句，四仄韵或五仄韵	
乐段一 （二句或三句，十一字或十二字）	乐段二 （二句或一句，十一字或九字）
＋｜－－（句）＋＋＋（读）＋ －＋｜（韵） （1）	＋＋＋（读）＋－＋｜（句）＋ －＋｜（韵） （1）
＋｜－－（句）＋－＋｜（句） ＋－＋｜（韵） （2）	＋＋＋（读）｜＋－＋｜（句） ＋－＋｜（韵） （2）
	－＋｜（句）＋｜＋－＋｜（韵） （3）
	｜＋－＋｜（句）＋－＋｜（韵） （4）
	｜＋｜＋－（句）＋｜＋－ ｜（韵） （5）
	＋＋＋（读）＋－＋｜（韵） （6）

例一 满江红（九十三字）

（宋）柳 永

暮雨初收，长川静、征帆夜落。临岛屿、蓼烟疏淡，苇风萧索。几许渔人横短艇，尽将灯火归村落。遣行客、当此念回程，伤漂泊。　桐江好，烟漠漠。波似染，山如削。绕严陵滩畔，鹭飞鱼跃。游宦区区成底事，平生况有云泉约。归去来、一曲仲宣吟，从军乐。

注：该词上阕第一句和第二句为乐段一中的格式（1），第三句和第四句为乐段二中的格式（1），第五句和第六句为乐段三中的格式（1），第七句和第八句为乐段四中的格式（1）；下阕第一句至第四句为乐段一中的格式（1），第五句和第六句为乐段二中的格式（1），第七句和第八句为乐段三中的格式（1），第九句和第十句为乐段四中的格式（1）。全词双调，九十三字，上阕八句，四仄韵；下阕十句，五仄韵。

《满江红》上阕，八句或九句、七句，四仄韵或五仄韵	
乐段三（二句，十四字或十六字）	乐段四（二句，十一字）
＋｜＋ － －｜｜（句）＋ － ＋ ｜ － －｜（韵） （1）	＋ ＋ ＋（读）＋｜｜ － －（句） － －｜（韵） （1）
＋｜＋ － －｜｜（句或韵）＋ － ＋｜ － －｜（韵） （2）	｜＋ － ＋｜｜ － －（句）－ － ｜（韵） （2）
＋ ＋ ＋（读）＋ － － －｜｜（韵） ＋ ＋ ＋（读）＋｜ － －｜（韵） （3）	＋｜＋ －｜（句）＋｜＋ ｜（韵） （3）

例二　满江红（九十三字）

（宋）岳　飞

怒发冲冠，凭阑处、潇潇雨歇。抬望眼、仰天长啸，壮怀激烈。三十功名尘与土，八千里路云和月。莫等闲、白了少年头，空悲切。　　靖康耻，犹未雪。臣子恨，何时灭。驾长车踏破、贺兰山缺。壮志饥餐胡虏肉，笑谈渴饮匈奴血。待从头、收拾旧山河，朝天阙。

注：该词上阕第一句和第二句为乐段一中的格式（1），第三句和第四句为乐段二中的格式（1），第五句和第六句为乐段三中的格式（1），第七句和第八句为乐段四中的格式（1）；下阕第一句至第四句为乐段一中的格式（1），第五句为乐段二中的格式（2），第六句和第七句为乐段三中的格式（1），第八句和第九句为乐段四中的格式（1）。全词双调，九十三字，上阕八句，四仄韵；下阕九句，五仄韵。

例三　满江红（九十三字）

（宋）张元幹

春水连天，桃花浪、几番风恶。云乍起、远山遮尽，晚风还作。绿遍芳洲生杜若。楚帆带雨烟中落。认向来、沙嘴共停桡，伤飘泊。　　寒犹在，衾偏薄。肠欲断，愁难着。倚蓬窗无寐，引杯孤酌。寒食清明都过却。可怜辜负年时约。想小楼、日日望孤舟，人如削。

注：该词上阕第一句和第二句为乐段一中的格式（1），第三句和第四句为乐段二中的格式

（1），第五句和第六句为乐段三中的格式（2），第七句和第八句为乐段四中的格式（1）；下阕第一句至第四句为乐段一中的格式（1），第五句和第六句为乐段二中的格式（1），第七句和第八句为乐段三中的格式（2），第九句和第十句为乐段四中的格式（1）。全词双调，九十三字，上阕八句，五仄韵；下阕十句，六仄韵。

《满江红》下阕，十句或八句、九句，五仄韵或六仄韵、七仄韵	
乐段一（四句或三句、二句，十二字）	乐段二（二句或一句，九字或八字）
一 ＋ ｜（句）一 ＋ ｜（韵）一 ＋ ｜（句）一 一 ｜（韵）（1）	｜ ＋ 一 ＋ ｜（句）＋ 一 ＋ ｜（韵）（1）
＋ ＋ ｜（句或韵）＋ ＋ ｜（韵）＋ ＋ ｜（句）＋ 一 ＋ ｜（韵）（2）	＋ 一 一 ｜ ｜（句或读）＋ 一 ＋ ｜（韵）（2）
＋ ｜ ＋ ｜（韵）一 ＋ ｜（句）一 一 ｜（韵）（3）	＋ ｜ ＋ ｜（句）＋ 一 ＋ ｜（韵）（3）
＋ ｜ ＋ 一 ＋ ｜（韵）＋ ｜ ＋ 一 ＋ ｜（韵）（4）	一 一 ｜ 一 ｜（句）＋ ＋ 一 ｜（韵）（4）
	＋ ＋ 一 ｜（句或韵）＋ 一 ＋ ｜（韵）（5）
	｜ ＋ 一（句）＋ ｜ ＋ 一 ＋ ｜（韵）（6）

例四 满江红（九十三字）

（宋）戴复古

赤壁矶头，一番过、一番怀古。想当时、周郎年少，气吞区宇。万骑临江貔虎噪，千艘烈炬鱼龙怒。卷长波、一鼓困曹瞒，今如许。　　江上渡。江边路。形胜地，兴亡处。览遗踪，胜读史书言语。几度东风吹世换，千年往事随潮去。问道旁、杨柳为谁春，摇金缕。

注：该词上阕第一句和第二句为乐段一中的格式（1），第三句和第四句为乐段二中的格式（1），第五句和第六句为乐段三中的格式（1），第七句和第八句为乐段四中的格式（1）；下阕第一句至第四句为乐段一中的格式（2），第五句和第六句为乐段二中的格式（6），第七句和第八句为乐段三中的格式（1），第九句和第十句为乐段四中的格式（1）。全词双调，九十三字，上阕八句，四仄韵；下阕十句，六仄韵。

《满江红》下阕，十句或八句、九句，五仄韵或六仄韵、七仄韵	
乐段三（二句，十四字或十六字、十五字）	乐段四（二句，十一字）
＋｜＋－｜｜（句）＋－＋ ｜－－｜（韵） （1）	＋＋＋（读）＋｜｜－－（句） －－｜（韵） （1）
＋｜＋－｜｜（句或韵）＋－ ＋｜－＋｜（韵） （2）	＋＋＋（读）＋｜＋－｜（句） －－｜（韵） （2）
＋｜＋－｜｜（句）＋－ ＋｜－－｜（韵） （3）	＋＋＋（读）－－｜（句）＋｜ －－｜（韵） （3）
＋＋＋（读）＋－－｜｜（韵） ＋＋＋＋（读）＋｜－－｜（韵） （4）	｜＋－＋｜｜－－（句）－－ ｜（韵） （4）
＋＋＋（读）＋－－｜｜（句） ＋－＋｜－｜（韵） （5）	

注：上阕乐段四和下阕乐段四中的格式"｜＋－＋｜ ｜－－（句）"，为"上一下七"句式。

例五 满江红（九十三字）

（宋）程 过

春欲来时，长是与、江梅有约。又还向、竹林疏处，一枝开却。对酒渐惊身老大，看花应念人离索。但十分、沉醉祝东君，长如昨。　　芳草渡，孤舟泊。山敛黛，天垂幕。黯销魂，无奈暮云残角。便好折来和雪戴，莫教酒醒随风落。待殷勤、留此记相思，谁堪托。

注：上述两词上阕第一句和第二句为乐段一中的格式（1），第三句和第四句为乐段二中的格式（1），第五句和第六句为乐段三中的格式（1），第七句和第八句为乐段四中的格式（1）；下阕第一句至第四句为乐段一中的格式（1），第五句和第六句为乐段二中的格式（6），第七句和第八句为乐段三中的格式（1），第九句和第十句为乐段四中的格式（1）。全词双调，九十三字，上阕八句，四仄韵；下阕十句，五仄韵。

例六　满江红（九十一字）
（宋）吕渭老

燕拂危樯，斜日外、数峰凝碧。正暗潮生渚，暮风飘席。初过南村沽酒市，连空十顷菱花白。想故人、轻箑障游丝，闻遥笛。　　鱼与雁，通消息。心与梦，空牵役。到如今相见，怎生休得。斜抱琵琶传密意，一襟新月横空碧。问甚时、同作醉中仙，烟霞客。

注：该词上阕第一句和第二句为乐段一中的格式（1），第三句和第四句为乐段二中的格式（4），第五句和第六句为乐段三中的格式（1），第七句和第八句为乐段四中的格式（1）；下阕第一句至第四句为乐段一中的格式（1），第五句和第六句为乐段二中的格式（1），第七句和第八句为乐段三中的格式（1），第九句和第十句为乐段四中的格式（1）。全词双调，九十一字，上阕八句，四仄韵；下阕十句，五仄韵。

例七　满江红（九十四字）
（宋）苏　轼

东武城南，新堤固、涟漪初溢。隐隐遍、长林高阜，卧红堆碧。枝上残花吹尽也，与君试向江边觅。问向前、犹有几多春，三之一。　　官里事，何时毕。风雨外，无多日。相将泛曲水，满城争出。君不见、兰亭修禊事，当时座上皆豪逸。到如今、修竹满山阴，空陈迹。

注：该词上阕第一句和第二句为乐段一中的格式（1），第三句和第四句为乐段二中的格式（1），第五句和第六句为乐段三中的格式（1），第七句和第八句为乐段四中的格式（1）；下阕第一句至第四句为乐段一中的格式（1），第五句和第六句为乐段二中的格式（3），第七句和第八句为乐段三中的格式（5），第九句和第十句为乐段四中的格式（1）。全词双调，九十四字，上阕八句，四仄韵；下阕十句，五仄韵。

例八　满江红（九十四字）
（宋）赵　鼎

惨结秋阴，西风送、丝丝雨湿。凝望眼、征鸿几字，暮投沙碛。欲往乡关何处是，水云浩荡连南北。但修眉、一抹有无中，遥山色。　　天涯路，江上客。肠已断，头应白。空搔首兴叹，暮年离隔。欲待忘忧除是酒，奈酒行欲尽愁无极。便挽将、江水入尊罍，浇胸臆。

注：该词上阕第一句和第二句为乐段一中的格式（1），第三句和第四句为乐段二中的格式（1），第五句和第六句为乐段三中的格式（1），第七句和第八句为乐段四中的格式（1）；下阕第一句至第四句为乐段一中的格式（1），第五句和第六句为乐段二中的格式（3），第七句

和第八句为乐段三中的格式（3），第九句和第十句为乐段四中的格式（1）。全词双调，九十四字，上阕八句，四仄韵；下阕十句，五仄韵。

例九　满江红（九十四字）

（宋）辛弃疾

点火樱桃，照一架、酴醾如雪。春正好、见龙孙穿破，紫苔苍壁。乳燕引雏飞力弱，流莺唤友娇声怯。问春归、不肯带愁归，肠千结。　　层楼望，春山叠。家何在，烟波隔。把古今遗恨，向他谁说。蝴蝶不传千里梦，子规叫断三更月。听声声、枕上劝人归，归难得。

注：该词上阕第一句和第二句为乐段一中的格式（1），第三句和第四句为乐段二中的格式（2），第五句和第六句为乐段三中的格式（1），第七句和第八句为乐段四中的格式（1）；下阕第一句至第四句为乐段一中的格式（1），第五句和第六句为乐段二中的格式（1），第七句和第八句为乐段三中的格式（1），第九句和第十句为乐段四中的格式（1）。全词双调，九十四字，上阕八句，四仄韵；下阕十句，五仄韵。

例十　满江红（九十一字）

（宋）叶梦得

雪后郊原，烟林外、梅花初坼。春欲半，犹自探春消息。一眼平芜看不尽，夜来小雨催新碧。笑去年、携酒折花人，花应识。　　兰舟漾，城南陌。云影淡，天容窄。绕风漪十顷，暖浮晴色。恰是槎头收钓处，坐中仍有江南客。问如何、两桨下苕溪，吞云泽。

注：该词上阕第一句和第二句为乐段一中的格式（1），第三句和第四句为乐段二中的格式（3），第五句和第六句为乐段三中的格式（1），第七句和第八句为乐段四中的格式（1）；下阕第一句至第四句为乐段一中的格式（1），第五句和第六句为乐段二中的格式（1），第七句和第八句为乐段三中的格式（1），第九句和第十句为乐段四中的格式（1）。全词双调，九十一字，上阕八句，四仄韵；下阕十句，五仄韵。

例十一　满江红（九十一字）

（宋）叶梦得

一朵黄花，先催报、秋归消息。满芳枝凝露，为谁装饰。便向尊前拚醉倒，古今同是东篱侧。问何须、特地赋归来，抛彭泽。　　回首去年时节。开口笑，真难得。使君今那更，自成行客。霜鬓不辞重插满，他年此会何人忆。记多情、曾伴小栏干，亲攀摘。

注：该词上阕第一句和第二句为乐段一中的格式（1），第三句和第四句为乐段二中的格式（4），第五句和第六句为乐段三中的格式（1），第七句和第八句为乐段四中的格式（1）；下阕第一句至第三句为乐段一中的格式（3），第四句和第五句为乐段二中的格式（2），第六句和第七句为乐段三中的格式（1），第八句和第九句为乐段四中的格式（1）。全词双调，九十一字，上阕八句，四仄韵；下阕九句，五仄韵。

例十二　满江红（九十二字）

（宋）王之道

竹马来迎，留不住、寸心如结。历湖滨、须濡相望，近同吴越。阙里风流今未灭。此行报政看期月。已验康沂富国，千古曾无别。　　多谢润沾枯辙。令我神思清发。新命欢浃。两邦情惬。明日西风帆卷席。高檐到处旌麾列。忽相思、吾当往，谁谓三山隔。

注：该词上阕第一句和第二句为乐段一中的格式（1），第三句和第四句为乐段二中的格式（1），第五句和第六句为乐段三中的格式（2），第七句和第八句为乐段四中的格式（3）；下阕第一句和第二句为乐段一中的格式（4），第三句和第四句为乐段二中的格式（5），第五句和第六句为乐段三中的格式（2），第七句和第八句为乐段四中的格式（3）。全词双调，九十二字，上阕八句，五仄韵；下阕八句，七仄韵。

例十三　满江红（九十三字）

（宋）马伯升

人品如君，人尽道、士林横绝。那更是、关西流庆，三山英杰。欣遇当年神降日，又逢初度阳生月。把八千余岁祝君龄，为君说。　　君自有，封侯骨。君不是，栖鸾客。况如今东阁，正收人物。坦腹素知王逸少，求贤不必商岩说。便明朝、有诏自天来，君王礼。

注：该词上阕第一句和第二句为乐段一中的格式（1），第三句和第四句为乐段二中的格式（1），第五句和第六句为乐段三中的格式（1），第七句和第八句为乐段四中的格式（2）；下阕第一句至第四句为乐段一中的格式（1），第五句和第六句为乐段二中的格式（1），第七句和第八句为乐段三中的格式（1），第九句和第十句为乐段四中的格式（1）。全词双调，九十三字，上阕八句，四仄韵；下阕十句，五仄韵。

例十四　满江红（九十三字）

（宋）石孝友

分景亭前，梅红糁、柳金谁粟。芳意闹、烧灯初过，坠萱才六。此日悔康歌别驾，当年神降生嵩岳。看邦人、称寿雾凝香，杯丛玉。　　采石月，光天禄。姑溪水，增川福。炳灵祥曾产，瑞枝奇木。秋露短檠诗礼训，春风小院琵琶曲。愿长眉疏鬓等松椿，年年绿。

注：该词上阕第一句和第二句为乐段一中的格式（1），第三句和第四句为乐段二中的格式（1），第五句和第六句为乐段三中的格式（1），第七句和第八句为乐段四中的格式（1）；下阕第一句至第四句为乐段一中的格式（2），第五句和第六句为乐段二中的格式（1），第七句和第八句为乐段三中的格式（1），第九句和第十句为乐段四中的格式（4）。全词双调，九十三字，上阕八句，四仄韵；下阕十句，五仄韵。

例十五　满江红（九十三字）

（宋）游子蒙

春玉苍山，屏星暖、佳辰难得。看柳眼梅金，全似海沂春色。和气欢声俄尔许，祥烟瑞霭今何夕。是风流、儒雅黑头公，悬弧日。　　福不尽，贵无敌。愿岁岁，见华席。捧霞觞称寿，寿如南极。见说蟠桃花正发，柔风暖日瑶池碧。待他年、结子欲成时，留君摘。

注：该词上阕第一句和第二句为乐段一中的格式（1），第三句和第四句为乐段二中的格式（5），第五句和第六句为乐段三中的格式（1），第七句和第八句为乐段四中的格式（1）；下阕第一句至第四句为乐段一中的格式（2），第五句和第六句为乐段二中的格式（1），第七句和第八句为乐段三中的格式（1），第九句和第十句为乐段四中的格式（1）。全词双调，九十三字，上阕八句，四仄韵；下阕十句，五仄韵。

例十六　满江红（九十三字）

（宋）陆　游

危堞朱栏，登览处、一江秋色。人正似、征鸿社燕，几番轻别。缱绻难忘当日语，凄凉又作他乡客。问鬓边、都有几多丝，真堪织。　　杨柳院，秋千陌。无限事，成虚掷。如今何处也，梦魂难觅。金鸭微温香缥缈，锦茵初展情萧瑟。料也应、红泪伴秋霖，灯前滴。

注：该词上阕第一句和第二句为乐段一中的格式（1），第三句和第四句为乐段二中的格式（1），第五句和第六句为乐段三中的格式（1），第七句和第八句为乐段四中的格式（1）；下阕第一句至第四句为乐段一中的格式（1），第五句和第六句为乐段二中的格式（2），第七句和第八句为乐段三中的格式（1），第九句和第十句为乐段四中的格式（1）。全词双调，九十三字，上阕八句，四仄韵；下阕十句，五仄韵。

例十七　满江红（九十四字）

（宋）杜　衍

无利无名，无荣无辱，无烦无恼。夜灯前、独歌独酌，独吟独笑。又值群山初雪满，又兼明月交光好。便假饶、百岁拟如何，从他老。　　知富贵，谁能保。知功业，何时了。算箪瓢金玉，所争多少。一瞬光阴何足道。但思行乐常不早。待春来、携酒媵东风，眠芳草。

注：该词上阕第一句至第三句为乐段一中的格式（2），第四句和第五句为乐段二中的格式（1），第六句和第七句为乐段三中的格式（1），第八句和第九句为乐段四中的格式（1）；下阕第一句至第四句为乐段一中的格式（1），第五句和第六句为乐段二中的格式（1），第七句和第八句为乐段三中的格式（2），第九句和第十句为乐段四中的格式（1）。全词双调，九十四字，上阕九句，四仄韵；下阕十句，六仄韵。

例十八　满江红（九十七字）

（宋）柳　永

万恨千愁，将年少、衷肠牵系。残梦断、酒醒孤馆，夜长滋味。可惜许、枕前多少意。到如今、两总无终始。独自个、赢得不成眠，成憔悴。　　添伤感，消何计。空只恁，恹恹地。无人处思量，几度垂泪。不会得、都来些子事。甚恁底、抵死难拌弃。待到头、终久问伊着，如何是。

注：该词上阕第一句和第二句为乐段一中的格式（1），第三句和第四句为乐段二中的格式（1），第五句和第六句为乐段三中的格式（3），第七句和第八句为乐段四中的格式（1）；下阕第一句至第四句为乐段一中的格式（1），第五句和第六句为乐段二中的格式（4），第七句和第八句为乐段三中的格式（4），第九句和第十句为乐段四中的格式（2）。全词双调，九十七字，上阕八句，五仄韵；下阕十句，六仄韵。

例十九　满江红（八十九字）

（宋）吕渭老

晚浴新凉，风蒲乱、松梢见月。庭阴静、暮蝉啼歇。萤绕井栏帘入燕，荷香兰气供摇箑。赖晚来、一雨洗游尘，无些热。　　心下事，峰重叠。人甚处，星明灭。想行云应在，凤凰城阙。曾约佳期同菊蕊，当时共指灯花说。据眼前、何日是西风，吹凉叶。

注：该词上阕第一句和第二句为乐段一中的格式（1），第三句为乐段二中的格式（6），第四句和第五句为乐段三中的格式（1），第六句和第七句为乐段四中的格式（1）；下阕第一句至第四句为乐段一中的格式（1），第五句和第六句为乐段二中的格式（1），第七句和第八句为

乐段三中的格式（1），第九句和第十句为乐段四中的格式（1）。全词双调，八十九字，上阕七句，四仄韵；下阕十句，五仄韵。

《满江红》的平韵格（双调）

《满江红》上阕，八句，四平韵	
乐段一（二句，十一字）	乐段二（二句，十一字）
＋｜一（句）＋＋＋（读）一＋｜一（韵）	＋＋＋（读）＋一＋｜（句）＋｜一一（韵）

《满江红》上阕，八句，四平韵	
乐段三（二句，十四字）	乐段四（一句，十字）
＋｜＋一一｜｜（句）＋一＋｜｜一一（韵）	＋＋＋（读）＋｜｜一一（句）＋｜一（韵）

《满江红》下阕，十句，五平韵	
乐段一（三句，十二字）	乐段二（二句，九字）
一＋｜（句）＋｜一（韵）＋＋｜（句）｜一一（韵）	｜＋一＋｜（句）＋｜一一（韵）

《满江红》下阕，十句，五平韵	
乐段三（二句，十四字）	乐段四（二句，十一字）
＋｜＋一一｜｜（句）＋一＋｜｜一一（韵）	＋＋＋（读）＋｜｜一一（句）＋｜一（韵）

例一　满江红（九十三字）

（宋）姜　夔

仙姥来时，正一望、千顷翠澜。旌旗与、乱云俱下，依约前山。命驾群龙金作轭，相从诸娣玉为冠。向夜深、风定悄无人，闻佩环。　神奇处，君试看。莫淮右，阻江南。遣六丁雷电，别守东关。应笑英雄无好手，一篙春水走曹瞒。又怎知、人在小江楼，帘影间。

例二　满江红（九十三字）

（宋）吴文英

　　云气楼台，分一派、沧浪翠蓬。开小景、玉盆寒浸，巧石盘松。风送流花时过岸，浪摇晴练欲飞空。算鲛宫、只隔一红尘，无路通。　　神女驾，凌晓风。明月佩，响丁东。对两蛾犹锁，怨绿烟中。秋色未教飞尽雁，夕阳长是坠疏钟。又一声、欸乃过前岩，移钓篷。

　　注：上述两词双调，九十三字，上阕八句，四平韵；下阕十句，五平韵。

卷二十三

凄凉犯

　　白石词注"仙吕调犯商调",一名《瑞鹤仙影》。其自序曰:"合肥巷陌皆种柳,秋风夕起,骚骚然,余客居阖户,时闻马嘶,出城四顾,则荒烟野草,不胜凄黯,乃著此解。"琴有《凄凉调》,假以为名。凡曲言犯者,谓以宫犯商、商犯宫之类,如道调宫上字住,双调亦上字住,所住字同,故道调曲中犯双调,或于双调曲中犯道调,其他准此。唐人《乐书》云:"犯有正旁偏侧,宫犯宫为正,宫犯商为旁,宫犯角为偏,宫犯羽为侧。"此说非也,十二宫所住字各不同,不容相犯。十二宫特可犯商、角、羽耳。

《凄凉犯》的长短句结构

《凄凉犯》上阕,四个乐段			
乐段一 (十三字或十四字)	乐段二 (十二字)	乐段三 (十一字)	乐段四 (十二字)
4　　36 7　　34 7　　6	4　4　4	4　　7 4　　34	34　　5

《凄凉犯》下阕,四个乐段			
乐段一(十三字)	乐段二(十一字)	乐段三(十一字)	乐段四(十字)
5　4　4	4　　34	4　　7 4　　34	34　　3 7　　3

　　《康熙词谱》共收集《凄凉犯》三体,双调,上下阕分别可分为四个乐段,其长短句结构如表所示。该调有九十三字和九十四字等格式,上阕九句,六仄韵或五仄韵;下阕九句,四仄韵。《康熙词谱》以九十三字体姜夔词为正体或正格。该调的正格与变格如表所示,其中,上下阕各乐段中的格式(1)为正格句式,其余为变格句式。

《凄凉犯》的正格与变格（双调）

《凄凉犯》上阕，九句，六仄韵或五仄韵	
乐段一（二句，十三字或十四字）	乐段二（三句，十二字）
＋－＋｜（韵）＋｜＋＋（读）＋－＋｜－｜（韵） （1）	＋－＋｜（句）＋－＋｜（句）＋－＋｜（韵） （1）
＋－＋｜－－｜（句）＋＋＋（读）＋＋－｜（韵） （2）	＋｜＋－（句）＋－＋｜（句）＋－＋｜（韵） （2）
＋－＋｜－－｜（句）＋－＋｜－｜（韵） （3）	

《凄凉犯》上阕，九句，六仄韵或五仄韵	
乐段三（二句，十一字）	乐段四（二句，十二字）
＋－＋｜（韵）｜＋｜＋－＋｜（韵） （1）	＋＋＋（读）＋－＋｜（句）＋｜＋－｜（韵） （1）
＋－＋｜（韵）＋＋＋（读）＋－＋｜（韵） （2）	＋＋＋（读）＋－－｜（句）＋｜＋－｜（韵） （2）

例一　凄凉犯（九十三字）

（宋）姜　夔

绿杨巷陌。西风起、边城一片离索。马嘶渐远，人归甚处，戍楼吹角。情怀正恶。更衰草寒烟淡薄。似当时、将军部曲，迤逦度沙漠。　　追念西湖上，小舫携歌，晚花行乐。旧游在否，想如今、翠凋红落。漫写羊裙，等新雁来时系着。怕匆匆、不肯寄与，误后约。

注：该词上阕第一句和第二句为乐段一中的格式（1），第三句至第五句为乐段二中的格式（1），第六句和第七句为乐段三中的格式（1），第八句和第九句为乐段四中的格式（1）；下阕第六句和第七句为乐段三中的格式（1），第八句和第九句为乐段四中的格式（1）。全词双

调，九十三字，上阕九句，六仄韵；下阕九句，四仄韵。

《凄凉犯》下阕，九句，四仄韵	
乐段一（三句，十三字）	乐段二（二句，十一字）
＋｜＋－｜（句）＋｜－－（句） ＋－＋｜（韵）	＋－＋｜（句）＋＋＋（读）＋ －＋｜（韵）

《凄凉犯》下阕，九句，四仄韵	
乐段三（二句，十一字）	乐段四（二句，十字）
＋｜－－（句）｜＋｜＋－＋｜ （韵） （1）	＋＋＋（读）＋＋＋｜（句） ＋＋｜（韵） （1）
＋｜－－（句）＋＋＋（读）＋ －＋｜（韵） （2）	｜＋｜＋－＋｜（句）＋｜（韵） （2）
注：下阕乐段四中的格式"｜＋｜＋－＋｜（句）"，为"上一下六"句式。	

例二　凄凉犯（九十三字）

（宋）张　炎

　　西风暗剪荷衣碎，柔丝不解重缉。荒烟断浦，晴晖凌乱，半江摇碧。悠悠望极。忍独听、秋声渐急。更怜他、柳发萧条，相为动愁色。　　老态今如此，犹自留连，醉筇游屐。不堪瘦影，渺天涯、尽成行客。因甚忘归，漫吹裂、山阳夜篴。梦三十六陂流水，去未得。

　　注：该词上阕第一句和第二句为乐段一中的格式（3），第三句至第五句为乐段二中的格式（1），第六句和第七句为乐段三中的格式（2），第八句和第九句为乐段四中的格式（2）；下阕第六句和第七句为乐段三中的格式（2），第八句和第九句为乐段四中的格式（2）。全词双调，九十三字，上阕九句，五仄韵；下阕九句，四仄韵。

例三　凄凉犯（九十四字）

（宋）张　炎

萧疏野柳嘶寒马，芦花深、还见游猎。山势北来，甚时曾到，醉魂飞越。酸风自咽。拥吟鼻、征衣暗裂。正凄迷、天涯羁旅，不似灞桥雪。　　谁念而今老，懒赋长杨，倦怀休说。空怜断梗，梦依依、岁华轻别。待击歌壶，怕如意、和冰冻折。且行行、平沙万里，尽是月。

注：该词上阕第一句和第二句为乐段一中的格式（2），第三句至第五句为乐段二中的格式（2），第六句和第七句为乐段三中的格式（2），第八句和第九句为乐段四中的格式（1）；下阕第六句和第七句为乐段三中的格式（2），第八句和第九句为乐段四中的格式（1）。全词双调，九十四字，上阕九句，五仄韵；下阕九句，四仄韵。

浣溪沙慢

调见《片玉集》，亦名《浣溪纱慢》。

《浣溪沙慢》的长短句结构

上阕，三个乐段		
乐段一（十九字）	乐段二（十四字）	乐段三（十二字）
5　5　4　5	4　5	5　34

下阕，三个乐段		
乐段一（二十二字）	乐段二（十四字）	乐段三（十二字）
3　5　5　4　5	4　5	5　34

《康熙词谱》只收集一体《浣溪沙慢》，双调，上下阕分别可分为三个乐段，其长短句结构如表所示。该调九十三字，上阕九句，五仄韵；下阕十句，五仄韵，其基本格式如表所示。

《浣溪沙慢》的基本格式（双调）

《浣溪沙慢》上阕，九句，五仄韵		
乐段一（四句，十九字）	乐段二（三句，十四字）	乐段三（二句，十二字）
＋｜＋＋｜（句）＋ ｜ー ー｜（韵）＋ ＋｜（句）＋｜ー ｜（韵）	ー｜＋｜（句）＋｜ ー ー｜（韵）＋＋｜ ー｜（韵）	＋｜｜ー ー（句）＋ ＋＋（读）＋ー＋ ｜（韵）

《浣溪沙慢》下阕，十句，五仄韵		
乐段一（五句，二十二字）	乐段二（三句，十四字）	乐段三（二句，十二字）
＋ー｜（韵）＋｜｜ ー（句）｜＋ー＋｜ （句）＋｜＋ー（句） ＋｜ー ー（韵）	＋｜ー＋（句）＋｜ ＋ー｜（句）＋｜ー ー｜（韵）	＋｜｜ー ー（句）＋ ＋＋（读）＋ー＋ ｜（韵）

例　浣溪沙慢（九十三字）

（宋）周邦彦

水竹旧院落，莺引新雏过。嫩英翠幄，红杏交榴火。心事暗卜，叶底寻双朵。深夜归青琐。灯尽酒醒时，晓窗明、钗横鬓鬈。　　怎生那。被间阻时多，奈愁肠数叠，幽恨万端，好梦还惊破。可怪近来，传语也无个。莫是瞋人呵。果若是嗔人，却因何、逢人问我。

注：全词双调，九十三字，上阕九句，五仄韵；下阕十句，五仄韵。

四犯剪梅花

调见《龙洲词》。前后段首句不押韵者，名《四犯剪梅花》；押韵者，名《轳辘金井》。卢祖皋词，名《月城春》，又名《锦园春》，一名《三犯锦园春》。

《四犯剪梅花》的长短句结构

《四犯剪梅花》上阕,四个乐段			
乐段一(十三字)	乐段二(九字)	乐段三(十一字)	乐段四(十二字)
4　　5　　4 　4　　36	4　　5	4　　34	4　4　4

《四犯剪梅花》下阕,四个乐段			
乐段一 (十六字或十五字)	乐段二(九字)	乐段三(十一字)	乐段四(十二字)
6　　5　　4 34　　5　　4	4　　5	4　　34	4　4　4

《康熙词谱》共收集《四犯剪梅花》三体,双调,上下阕分别可分为四个乐段,其长短句结构如表所示。该调有九十二字或九十三字等格式,上阕十句或九句,六仄韵或五仄韵;下阕十句,六仄韵或五仄韵,《康熙词谱》以卢祖皋词为标谱词例。该调的正格与变格如表所示,其中,上下阕各乐段中的格式(1)为正格句式,其余为变格句式。

例一　四犯剪梅花(九十二字)

(宋)卢祖皋

五云腾晓。望凝香画戟,恍然蓬岛。玉露冰壶,照神仙风表。诗书坐啸。唤淮楚、满城春好。雨谷催耕,风帘戏鼓,家家欢笑。　　南湖细吟未了。看金莲夜直,丹凤飞诏。鬓影青青,办功名多少。持杯满醑。听千里、咸歌难老。试问尊前,蟠桃次第,红芳犹小。

注:该词上阕第一句和第二句为乐段一中的格式(1);下阕第一句至第三句为乐段一中的格式(1)。全词双调,九十二字,上下阕各十句,六仄韵。

《四犯剪梅花》的正格与变格（双调）

《四犯剪梅花》上阕，十句或九句，六仄韵或五仄韵	
乐段一（三句或二句，十三字）	乐段二（二句，九字）
＋ 一 ＋ ｜（韵）｜ ＋ 一 ＋ ｜（句） ｜ ＋ 一 ＋ ｜（韵） （1） ＋ ｜ 一 一（句）＋ 一 ＋（读）＋ ｜ ＋ 一 ＋ ｜（韵） （2） ＋ 一 ＋ ｜（韵）＋ 一 ＋（读）＋ ｜ ＋ 一 ＋ ｜（韵） （3）	＋ ｜ 一 一（句）｜ ＋ 一 ＋ ｜（韵）

《四犯剪梅花》上阕，十句或九句，五仄韵或六仄韵	
乐段三（二句，十一字）	乐段四（三句，十二字）
＋ 一 ＋ ｜（韵）＋ 一 ＋（读）＋ 一 ＋ ｜（韵）	＋ ｜ 一 一（句）＋ 一 ＋ ｜（句） ＋ 一 ＋ ｜（韵）

例二　四犯剪梅花（九十三字）

（宋）刘　过

　　水殿风凉，赐环归、正是梦熊华旦。叠雪罗轻，称云章题扇。西清侍宴。望黄伞、日华笼辇。金券三王，玉堂四世，帝恩偏眷。　　临安记、龙飞凤舞，信神明有后，竹梧阴满。笑折花看，裛荷香红浅。功名岁晚。带河与、砺山长远。麟脯杯行，猊鞯坐稳，内家宣劝。

　　注：该词上阕第一句和第二句为乐段一中的格式（2）；下阕第一句至第三句为乐段一中的格式（2）。全词双调，九十三字，上阕九句，五仄韵；下阕十句，五仄韵。

《四犯剪梅花》下阕，十句，六仄韵或五仄韵	
乐段一（三句，十六字或十五字）	乐段二（二句，九字）
＋ －｜－ ＋｜（韵）｜＋ －＋｜（句） ＋ ＋ －｜（韵） （1）	＋｜－ －（句）｜＋ －＋｜ （韵）
＋ －＋（读）＋ －＋｜（句或韵）｜＋ －＋｜（句）＋ －＋｜（韵） （2）	

《四犯剪梅花》下阕，十句，六仄韵或五仄韵	
乐段三（二句，十一字）	乐段四（三句，十二字）
＋ －＋｜（韵）＋ －＋（读）＋ －＋｜（韵）	＋｜－ －（句）＋ －＋｜（句） ＋ －＋｜（韵）

注：相关乐段中的格式"＋ －＋（读）"，可平可仄二处，不可同时用平。

例三　四犯剪梅花（九十三字）

（宋）刘　过

翠眉重扫。后房深、自唤小蛮娇小。绣带罗垂，报浓妆才了。堂虚夜悄。但依约、鼓箫声闹。一曲梅花，尊前舞彻，梨园新调。　高阳醉、玉山未倒。看鞋飞凤翼，玉钗微裹。秋满东湖，更西风凉早。桃源路杳。记流水、泛舟曾到。桂子香浓，梧桐影转，月寒天晓。

注：上述词上阕第一句和第二句为乐段一中的格式（3）；下阕第一句至第三句为乐段一中的格式（2）。全词双调，九十三字，上阕九句，六仄韵；下阕十句，六仄韵。

高平探芳新

调见《梦窗词》。吴文英自度高平调曲。

《高平探芳新》的长短句结构

《高平探芳新》上阕，四个乐段			
乐段一（十二字）	乐段二（十字）	乐段三（十二字）	乐段四（十二字）
3　5　4	4　6	3　3　3　3	3　3　6

《高平探芳新》下阕，四个乐段			
乐段一（十五字）	乐段二（十字）	乐段三（十二字）	乐段四（十字）
6　5　4	4　6	3　3　3　3	3　3　4

《康熙词谱》只收集一体《高平探芳新》，双调，上下阕分别可分为四个乐段，其长短句结构如表所示。该调九十三字，上阕十二句，一叶韵四仄韵；下阕十二句，五仄韵，其基本格式如表所示。

《高平探芳新》的基本格式（双调）

《高平探芳新》上阕，十二句，一叶韵四仄韵	
乐段一（三句，十二字）	乐段二（二句，十字）
｜－－（叶）｜＋－＋｜（句）＋－＋｜（韵）	＋｜－－（句）＋｜＋－＋｜（韵）

《高平探芳新》上阕，十二句，一叶韵四仄韵	
乐段三（四句，十二字）	乐段四（三句，十二字）
－＋｜（句）－＋｜（句）｜－－（句）－＋｜（韵）	｜－－（句）－＋｜（句）＋｜＋－＋｜（韵）

《高平探芳新》下阕，十二句，五仄韵	
乐段一（三句，十五字）	乐段二（二句，十字）
＋｜＋－＋｜（韵）｜＋｜－－（句）＋－＋｜（韵）	＋｜－－（句）＋｜＋－＋｜（韵）

《高平探芳新》下阕，十二句，五仄韵	
乐段三（四句，十二字）	乐段四（三句，十字）
— ╋ ╋（句）— ╋ ｜（句）｜ — — （句）— ╋ ｜（韵）	｜ — —（句）— ╋ ｜（句）╋ — ╋ ｜（韵）

例　高平探芳新（九十三字）

（宋）吴文英

九街头。正软尘酥润，雪销残溜。禊赏祇园，花艳云阴笼昼。层梯峭，空麝散，拥凌波，萦翠袖。叹年端，连环转，烂漫游人如绣。　　肠断回廊伫久。便写意溅波，传愁蘸岫。渐没飘红，空惹闲情春瘦。椒杯香，乾醉醒，怕西窗，人散后。暮寒深，迟回处，自攀庭柳。

注：全词双调，九十三字，上阕十二句，一叶韵四仄韵；下阕十二句，五仄韵。

临 江 仙 慢

《乐章集》注"仙吕调"。

《临江仙慢》的长短句结构

上阕，四个乐段			
乐段一（十三字）	乐段二（九字）	乐段三（十三字）	乐段四（十二字）
5　4　4	36	2　4　3　4	3　5　4

下阕，四个乐段			
乐段一（十二字）	乐段二（九字）	乐段三（十三字）	乐段四（十二字）
2　4　6	36	2　4　3　4	3　5　4

《康熙词谱》只收集一体《临江仙慢》，双调，上下阕分别可分为四个乐段，其长短句结构如表所示。该调九十三字，上阕十一句，五平韵；下阕十一句，六平韵。该调的基本格式如表所示。

《临江仙慢》的基本格式（双调）

《临江仙慢》上阕，十一句，五平韵	
乐段一（三句，十三字）	乐段二（一句，九字）
＋｜＋―｜（句）＋―＋｜（句）＋｜＋―― （韵）	＋＋＋（读）＋―＋｜―― （韵）

《临江仙慢》上阕，十一句，五平韵	
乐段三（四句，十三字）	乐段四（三句，十二字）
――（韵）｜―＋｜（句）―＋｜（句）＋｜―― （韵）	―＋｜（句）｜＋―＋｜（句）＋｜―― （韵）

《临江仙慢》下阕，十一句，六平韵	
乐段一（三句，十二字）	乐段二（一句，九字）
――（韵）＋―＋｜（句）＋｜＋｜―― （韵）	＋＋＋（读）＋｜＋｜―― （韵）

《临江仙慢》下阕，十一句，六平韵	
乐段三（四句，十三字）	乐段四（三句，十二字）
――（韵）｜―＋｜（句）―＋｜（句）＋｜―― （韵）	―＋｜（句）＋｜―＋｜（句）＋｜―― （韵）

注：上下阕乐段三中的格式"｜―＋｜（句）"，为"上一下三"句式。

例 临江仙慢（九十三字）

（宋）柳　永

梦觉小庭院，冷风渐渐，疏雨潇潇。绮窗外，秋声败叶狂飘。心摇。奈寒漏永，孤帏悄，泪烛空烧。无端处，是绣衾鸳枕，闲过清宵。　　萧条。牵情系恨，争向年少偏饶。觉新来、憔悴旧日风标。魂消。念欢娱事，烟波阻、后约方遥。还经岁，问怎生禁得，如许无聊。

注：全词双调，九十三字，上阕十一句，五平韵；下阕十一句，六平韵。

雪明鸦鹊夜

调见《花草粹编》。

《雪明鸦鹊夜》的长短句结构

《雪明鸦鹊夜》上阕，四个乐段			
乐段一（十四字）	乐段二（九字）	乐段三（十四字）	乐段四（十一字）
5　　5　　4	5　　4	7　　34	3　　4　　4

《雪明鸦鹊夜》下阕，四个乐段			
乐段一（十五字）	乐段二（八字）	乐段三（十四字）	乐段四（九字）
6　　5　　4	8	6　　35	5　　4

《康熙词谱》只收集一体《雪明鸦鹊夜》，双调，上下阕分别可分为四个乐段，其长短句结构如表所示。该调九十四字，上阕十句，四仄韵；下阕八句，四仄韵，其基本格式如表所示。

《雪明鸦鹊夜》的基本格式（双调）

《雪明鸦鹊夜》上阕，十句，四仄韵	
乐段一（三句，十四字）	乐段二（二句，九字）
｜ ＋ － ＋ ｜（句）｜ ＋ － ＋ ｜（句） ＋ ｜ － ｜（韵）	｜ ＋ ｜ ＋ － （句）＋ ｜ － ｜（韵）

《雪明鸦鹊夜》上阕，十句，四仄韵	
乐段三（二句，十四字）	乐段四（三句，十一字）
＋ ｜ － － ＋ ｜ －（句）＋ ｜ －（读） ＋ ｜ － ＋ ｜（韵）	｜ ＋ －（句）＋ ｜ － －（句）－ ｜ ＋ ｜（韵）

《雪明鹧鸪夜》下阕，八句，四仄韵

乐段一（三句，十五字）	乐段二（一句，八字）
＋ － ＋ － ＋ ｜（句）｜ ＋ ｜ ＋ － （句） ＋ ｜ ＋ ｜（韵）	｜ ＋ － ＋ ｜ － － ｜（韵）

《雪明鹧鸪夜》下阕，八句，四仄韵

乐段三（二句，十四字）	乐段四（二句，九字）
＋ ｜ ＋ － ＋ ｜（句）＋ ＋ ＋ ＋（读） ＋ ＋ － ＋ ｜（韵）	｜ ＋ － ＋ ｜（句）＋ － ＋ ｜（韵）

注：①下阕乐段一中的格式"＋ － ＋ － ＋ ｜（句）"，可平可仄三处，不可同时用平；②下阕乐段二中的格式"｜ ＋ － ＋ ｜ － － ｜（韵）"，为"上一下七"句式；③下阕乐段三中的格式"＋ ＋ － ＋ ｜（韵）"，为"上一下四"句式。

例　雪明鹧鸪夜（九十四字）

（宋）赵　佶

　　望五云多处，探春开闿苑，别就瑶岛。正梅雪韵清，桂月光皎。凤帐龙帘萦嫩风，御座深、翠金间绕。半天中，香泛千花，灯挂百宝。　　圣时观风重腊，有箫鼓沸空，锦绣匝道。竞呼卢气贯调欢笑。袖里金钱掷下，来侍宴、歌太平睿藻。愿年年此际，迎春不老。

　　注：全词双调，九十四字，上阕十句，四仄韵；下阕八句，四仄韵。

玉　漏　迟

蒋氏《九宫谱》"黄钟宫"。

《玉漏迟》的长短句结构

上阕，四个乐段			
乐段一（十三字或十二字）	乐段二（十字）	乐段三（十三字）	乐段四（十一字）
5　4　4 5　7	4　6 6　4	6　34	3　4　4

下阕，四个乐段			
乐段一（十五字或十二字）	乐段二（十字）	乐段三（十三字或十二字）	乐段四（九字或十一字）
6　5　4	4　　6	6　　34	3　　6
2　4　5　4		6　　6	3　　44
33　5　4			
6　　33			

《康熙词谱》共收集七体《玉漏迟》，双调，上下阕分别可分为四个乐段，其长短句结构如表所示。该调九十四字或九十六字、九十三字、九十字，上阕十句或九句，五仄韵或六仄韵；下阕九句或十句、八句，五仄韵或六仄韵。《康熙词谱》以九十四字体宋祁词为标谱词例。该调的正格与变格如表所示，其中，各乐段中的格式（1）为正格句式，其余为变格句式。

例一　玉漏迟（九十四字）

（宋）宋　祁

　　杏香飘禁苑，须知自昔，皇都春早。燕子来时，绣陌渐熏芳草。蕙圃夭桃过雨，弄碎影、红筛清沼。深院悄。绿杨巷陌，莺声争巧。　　早是赋得多情，更遇酒临花，镇喜欢笑。数曲阑干，故国漫劳登眺。汉外微云尽处，乱峰锁、一竿斜照。归路杳。东风泪零多少。

注：该词上阕第一句至第三句为乐段一中的格式（1），第四句和第五句为乐段二中的格式（1），第八句至第十句为乐段四中的格式（1）；下阕第一句至第三句为乐段一中的格式（1），第六句和第七句为乐段三中的格式（1），第八句和第九句为乐段四中的格式（1）。全词双调，九十四字，上阕十句，五仄韵；下阕九句，五仄韵。

例二　玉漏迟（九十四字）

（宋）吴文英

　　絮花寒食路。晴丝罥日，绿阴吹雾。客帽欺风，愁满画船烟浦。彩挂秋千散后，怅尘销、燕帘莺户。从间阻。梦云无准，鬓霜如许。　　夜久绣阁藏娇，记掩扇传歌，剪灯留语。月约星期，细把花须频数。弹指一襟怨恨，漫空倩、啼鹃声诉。深院宇。黄昏杏花微雨。

注：该词上阕第一句至第三句为乐段一中的格式（2），第四句和第五句为乐段二中的格

式（1），第八句至第十句为乐段四中的格式（1）；下阕第一句至第三句为乐段一中的格式（1），第六句和第七句为乐段三中的格式（1），第八句和第九句为乐段四中的格式（1）。全词双调，九十四字，上阕十句，六仄韵；下阕九句，五仄韵。

《玉漏迟》的正格与变格（双调）

《玉漏迟》上阕，十句或九句，五仄韵或六仄韵	
乐段一（三句或二句，十三字或十二字）	乐段二（二句，十字）
＋ー一｜｜（句）＋ー＋｜（句） ＋ー＋｜（韵） （1）	＋｜＋ー（句）＋｜＋ー＋｜ （韵） （1）
＋ー一｜｜（韵）＋ー＋｜（句） ＋ー＋｜（韵） （2）	＋｜＋ー＋｜（句）＋ー＋｜ （韵） （2）
＋ー一｜｜（韵）＋ー＋｜ー 一｜（韵） （3）	

《玉漏迟》上阕，十句或九句，五仄韵或六仄韵	
乐段三（二句，十三字）	乐段四（三句，十一字）
＋｜＋ー＋｜（句）＋＋＋＋（读） ＋ー＋｜（韵）	ー＋｜（韵）＋ー＋｜（句）＋ ー＋｜（韵） （1）
	ー＋｜（韵）＋｜＋ー（句）＋ ー＋｜（韵） （2）

例三　玉漏迟（九十四字）

（元）张　翥

病怀因酒恼。依稀梦里，吴娃娇小。金缕歌残，人去月斜云杳。怕见栖香燕晚，又怕听、啼花莺晓。庭院悄。生衣欲试，风寒犹峭。　　窈窕。青粉墙低，送影过秋千，蓦然闲笑。半朵棠梨，微露凤钗红袅。近日琴心倦写，更远信、西沉青鸟。虚负了。花月一春多少。

注：该词上阕第一句至第三句为乐段一中的格式（2），第四句和第五句为乐段二中的格式（1），第八句至第十句为乐段四中的格式（1）；下阕第一句至第四句为乐段一中的格式（3），第七句和第八句为乐段三中的格式（1），第九句和第十句为乐段四中的格式（2）。全词双调，九十四字，上下阕各十句，六仄韵。

《玉漏迟》下阕，九句或十句、八句，五仄韵或六仄韵	
乐段一（三句或四句、二句，十五字或十二字）	乐段二（二句，十字）
＋｜＋｜－－（句）｜＋｜－ －（句）＋－＋｜（韵）（1）	＋｜＋－（句）＋｜＋－＋｜（韵）
＋｜＋｜－－（句）＋｜｜－ －（句）＋－＋｜（韵）（2）	
＋｜（韵）＋｜－－（句）＋｜｜ －－（句）＋－＋｜（韵）（3）	
＋｜（韵）＋｜－－（句）｜＋｜ －－（句）＋－＋｜（韵）（4）	
＋＋＋（读）｜－－（句）＋｜｜ －－（句）＋－＋｜（韵）（5）	
＋｜＋｜－－（句）＋＋＋（读） －－｜（韵）（6）	

《玉漏迟》下阕，九句或十句、八句，五仄韵或六仄韵	
乐段三（二句，十三字或十二字）	乐段四（二句，九字或十一字）
＋｜＋－＋｜（句）＋ ＋＋（读）＋－＋｜（韵）（1）	－｜｜（韵）＋－｜－－｜（韵）（1）
＋｜＋－＋｜（句）＋｜ ＋－＋｜（韵）（2）	－｜｜（韵）＋｜＋－＋｜（韵）（2）
	－｜｜（韵）＋－＋｜（读）＋－＋｜（韵）（3）

例四　玉漏迟（九十四字）
（宋）吴文英

　　雁边风信小，飞琼望杳，碧云先晚。露冷阑干，定怯藕丝冰腕。净洗浮云片玉，剩花影、春灯相乱。秦镜满。素娥未肯，分秋一半。　　每圆处、即良宵，甚此夕偏饶，对歌临怨。万里婵娟，几许雾屏云幔。孤兔凄凉照水，晓风起、银河西转。摩泪眼。瑶台梦回人远。

　　注：该词上阕第一句至第三句为乐段一中的格式（1），第四句和第五句为乐段二中的格式（1），第八句至第十句为乐段四中的格式（1）；下阕第一句至第三句为乐段一中的格式（5），第六句和第七句为乐段三中的格式（1），第八句和第九句为乐段四中的格式（1）。全词双调，九十四字，上阕十句，五仄韵；下阕九句，五仄韵。

例五　玉漏迟（九十六字）
（宋）程　垓

　　一春浑不见，那堪又是，花飞时节。忍对危阑数曲，暮云千叠。门外星星柳眼，看谁是、当时风月。愁万结。凭谁问我，殷勤低说。　　不是惯却春心，奈新燕传情，旧莺饶舌。冷篆余香，莫放等闲消歇。纵使繁红褪尽，犹自有、酴醾堪折。魂梦切。如今不耐、飞来蝴蝶。

　　注：该词上阕第一句至第三句为乐段一中的格式（1），第四句和第五句为乐段二中的格式（2），第八句至第十句为乐段四中的格式（1）；下阕第一句至第三句为乐段一中的格式（1），第六句和第七句为乐段三中的格式（1），第八句和第九句为乐段四中的格式（3）。全词双调，九十六字，上阕十句，五仄韵；下阕九句，五仄韵。

例六　玉漏迟（九十三字）
（宋）蒋　捷

　　翠鸳双穗冷。莺声唤转，春风芳景。花涌袖香，此度徐妆偏称。水月仙人院宇，到处有、西湖如镜。烟岫暝。纤葱误指，莲峰篸岭。　　料想小阁初逢，正浪拍红猊，袖飞金饼。楼倚斜晖，剩把佳期重省。万种惺忪笑语，一点温柔情性。钗俙整。盈盈背灯娇影。

　　注：该词上阕第一句至第三句为乐段一中的格式（2），第四句和第五句为乐段二中的格式（1），第八句至第十句为乐段四中的格式（1）；下阕第一句至第三句为乐段一中的格式（1），第六句和第七句为乐段三中的格式（2），第八句和第九句为乐段四中的格式（1）。全词双调，九十三字，上阕十句，六仄韵；下阕九句，五仄韵。

例七　玉漏迟（九十字）

（元）滕　宾

问谁争乞巧。谁知巧处成烦恼。天上佳期，底事别多欢少。雨梦云情半晌，又早被、西风吹晓。愁未了。星桥隔断，银河深杳。　　可笑儿女浮名，似瓜果、丝萦绕。百拙无能，赢得自家华皓。我笑嫦娥解事，但岁岁、蛾眉空老。归去好。江上绿波烟草。

注：该词上阕第一句和第二句为乐段一中的格式（3），第三句和第四句为乐段二中的格式（1），第七句至第九句为乐段四中的格式（1）；下阕第一句和第二句为乐段一中的格式（6），第五句和第六句为乐段三中的格式（1），第七句和第八句为乐段四中的格式（2）。全词双调，九十字，上阕九句，六仄韵；下阕八句，五仄韵。

例八　玉漏迟（九十四字）

（宋）张　炎

竹多尘自扫。幽通径曲，禅房深窈。空翠吹衣，坐对闲云舒啸。寒木犹悬故叶，又过了、一番残照。经院悄。诗梦正迷，独怜衰草。　　幽趣尽属闲僧，浑未识人间，落花啼鸟。呼酒凭高，莫问四愁三笑。可惜秦山晋水，甚却向、此时登眺。清趣少。那更好游人老。

注：该词上阕第一句至第三句为乐段一中的格式（2），第四句和第五句为乐段二中的格式（1），第八句至第十句为乐段四中的格式（2）；下阕第一句至第三句为乐段一中的格式（2），第六句和第七句为乐段三中的格式（1），第八句和第九句为乐段四中的格式（2）。全词双调，九十四字，上阕十句，六仄韵；下阕九句，五仄韵。

例九　玉漏迟（九十四字）

（元）刘　因

故园平似掌。人生何必，武陵溪上。三尺蓑衣，遮断红尘千丈。不学东山高卧，也不似、鹿门长往。君试望。远山攀处，白云无恙。　　自唱。一曲渔歌，觉无复当年，缺壶悲壮。老境羲皇，换尽平生豪爽。天设四时佳兴，要留待、幽人清赏。花又放。满意一篙春浪。

注：该词上阕第一句至第三句为乐段一中的格式（2），第四句和第五句为乐段二中的格式（1），第八句至第十句为乐段四中的格式（1）；下阕第一句至第四句为乐段一中的格式（4），第七句和第八句为乐段三中的格式（1），第九句和第十句为乐段四中的格式（2）。全词双调，九十四字，上下阕各十句，六仄韵。

尾 犯

调见《乐章集》。"夜雨滴空阶"词注"正宫","晴烟幂幂"词注"林钟商"。秦观词名《碧芙蓉》。

《尾犯》的长短句结构

《尾犯》上阕,四个乐段			
乐段一 (十三字)	乐段二 (九字或十二字)	乐段三(十四字或十字、十一字)	乐段四 (十三或十四字)
5　　4　　4 4　　5　　4	4　　5 4　　4 6　　6	34　　34 4　　33 4　　34	4　　4　　5 34　　6 34　　34

《尾犯》下阕,四个乐段			
乐段一(十一字或十二字、十三字)	乐段二 (九字或十三字)	乐段三(十四字或十二字)	乐段四(十一字或十三字)
5　　6 5　　34 6　　3　　3 6　　34	4　　5 5　　4　　4	34　　34 5　　34	4　　7 4　　34 34　　6

《康熙词谱》共收集《尾犯》三体,双调,上下阕分别可分为四个乐段,其长短句结构如表所示。该调有九十四字或九十五字、九十八字、九十九字、一百字等格式,上阕十句或九句,四仄韵或五仄韵、六仄韵;下阕八句或九句、十句,四仄韵或六仄韵。《康熙词谱》以九十四字体柳永词为标谱词例。该调的正格与变格如表所示,其中,上下阕各乐段中的格式(1)为正格句式,其余为变格句式。

《尾犯》的正格与变格（双调）

《尾犯》上阕，十句或九句，四仄韵或五仄韵、六仄韵	
乐段一（三句，十三字）	乐段二（二句或三句，九字或十二字）
＋｜｜――（句）＋｜＋―（句） ＋＋＋―｜（韵） 　　　　（1） ＋―＋｜（韵）｜＋―＋｜（句） ＋―＋｜（韵） 　　　（2）	＋｜――（句）｜＋―＋｜（韵） 　　　　　　　　　（1） ＋―＋｜（句）＋―＋｜（句） ＋―＋｜（韵） 　　　（2） ＋―＋｜――（句）＋｜＋ ―＋｜（韵） 　　（3）

例一　尾犯（九十四字）

（宋）柳　永

夜雨滴空阶，孤馆梦回，情绪萧索。一片闲愁，想丹青难貌。秋渐老、蛩声正苦，夜将阑、灯花渐落。最无端处，忍把良宵，只恁孤眠却。　　佳人应怪我，别后寡信轻诺。记得当时，剪香云为约。甚时向、幽闺深处，按新词、流霞共酌。再同欢笑，肯把金玉珠珍博。

注：该词上阕第一句至第三句为乐段一中的格式（1），第四句和第五句为乐段二中的格式（1），第六句和第七句为乐段三中的格式（1），第八句至第十句为乐段四中的格式（1）；下阕第一句和第二句为乐段一中的格式（1），第三句和第四句为乐段二中的格式（1），第五句和第六句为乐段三中的格式（1），第七句和第八句为乐段四中的格式（1）。全词双调，九十四字，上阕十句，四仄韵；下阕八句，四仄韵。

《尾犯》上阕，十句或九句，四仄韵或五仄韵、六仄韵	
乐段三 （二句，十字或十一字、十四字）	乐段四 （三句或二句，十三或十四字）
＋＋＋（读）＋－＋｜（句）＋ ＋＋（读）＋－＋｜（韵） （1）	＋－＋｜（句）＋｜＋－（句） ＋｜＋－｜（韵） （1）
＋－＋｜（韵）＋＋＋＋（读）＋ －＋｜（韵） （2）	＋＋＋（读）＋｜－－（句）＋ －＋｜－｜（韵） （2）
＋－＋｜（句）＋＋＋（读）－ ＋｜（韵） （3）	＋＋＋（读）＋｜－－（句）＋ ＋（读）＋－＋｜（韵） （3）

例二　尾犯（九十五字）
（宋）赵以夫

长啸蹑高寒，回首万山，空翠零乱。渺渺清秋，与斜阳天远。引光禄、清吟兴动，忆龙山、旧游梦断。夹衣初试，破帽多情，自笑霜蓬短。　　黄花长好在，一俯仰、节物惊换。紫蟹青橙，觅东篱幽伴。感今古、风凄霜冷，想关河、烟昏月淡。举杯相属，殷勤更把茱萸看。

注：该词上阕第一句至第三句为乐段一中的格式（1），第四句和第五句为乐段二中的格式（1），第六句和第七句为乐段三中的格式（1），第八句至第十句为乐段四中的格式（1）；下阕第一句和第二句为乐段一中的格式（2），第三句和第四句为乐段二中的格式（1），第五句和第六句为乐段三中的格式（1），第七句和第八句为乐段四中的格式（2）。全词双调，九十五字，上阕十句，四仄韵；下阕八句，四仄韵。

例三　尾犯（九十五字）
（宋）吴文英

翠被落红妆，流水腻香，犹共吴越。十载江枫，冷霜波成缬。灯院静、凉花乍剪，桂园深、幽香旋折。醉云吹散，晚树细蝉，时替离歌咽。　　长亭曾送客，为偷赋、锦雁留别。泪接孤城，渺平芜烟阔。半菱镜、青门重售，采香堤、秋兰共结。故人憔悴，远梦越来溪畔月。

注：该词上阕第一句至第三句为乐段一中的格式（1），第四句和第五句为乐段二中的格式（1），第六句和第七句为乐段三中的格式（1），第八句至第十句为乐段四中的格式（1）；下阕第一句和第二句为乐段一中的格式（2），第三句和第四句为乐段二中的格式（1），第五句和第六句为乐段三中的格式（1），第七句和第八句为乐段四中的格式（3）。全词双调，九十五字，上阕十句，四仄韵；下阕八句，四仄韵。

《尾犯》下阕，八句或九句、十句，四仄韵或六仄韵	
乐段一（二句或三句，十一或十二字、十三字）	乐段二（二句或三句，九字或十三字）
╋ 一 一 ｜ ｜（句）╋ ｜ ╋ ╋ 一 ｜（韵） （1）	╋ ｜ 一 一（句）｜ ╋ 一 ╋ ｜（韵） （1）
╋ 一 一 ｜ ｜（句）╋ ╋ ╋（读）╋ ╋ 一 ｜（韵） （2）	╋ ╋ 一 ╋ ｜（句）╋ ｜ 一 一（句）╋ 一 ╋ ｜（韵） （2）
╋ ｜ ╋ 一 ╋ ｜（韵）╋ ╋ ╋（读）╋ 一 ╋ ｜（韵） （3）	╋ ╋ 一 ╋ ｜（句）╋ 一 ╋ ｜（韵）╋ 一 ╋ ｜（韵） （3）
╋ ｜ ╋ 一 ╋ ｜（韵）｜ 一 一（句）╋ ｜ ｜（韵） （4）	
注：下阕乐段二中的格式"╋ ╋ 一 ╋ ｜（句）"，为"上一下四"句式。	

例四　尾犯（九十五字）

（宋）蒋　捷

夜倚读书床，敲碎唾壶，灯晕明灭。多事西风，把斋铃频掣。人笑语、温温芋火，雁孤飞、萧萧稷雪。遍栏干外，万顷鱼天，未了予愁绝。　　鸡边长剑舞，念不到、此样豪杰。瘦骨棱棱，但凄其衾铁。是非梦、无痕堪记，似双瞳、缤纷翠缬。浩然心在，我逢着、梅花便说。

注：该词上阕第一句至第三句为乐段一中的格式（1），第四句和第五句为乐段二中的格式（1），第六句和第七句为乐段三中的格式（1），第八句至第十句为乐段四中的格式（1）；下阕第一句和第二句为乐段一中的格式（2），第三句和第四句为乐段二中的格式（1），第五句和第六句为乐段三中的格式（1），第七句和第八句为乐段四中的格式（4）。全词双调，九十五字，上阕十句，四仄韵；下阕八句，四仄韵。

《尾犯》下阕，八句或九句、十句，四仄韵或六仄韵	
乐段三（二句，十四字或十二字）	乐段四（二句，十一字或十三字）
＋＋＋（读）＋－＋｜（句）＋ ＋＋（读）＋－＋｜（韵） （1） ＋｜－－｜（韵）＋＋＋（读） ＋－＋｜（韵） （2）	＋－＋｜（句）＋｜－｜－ －｜（韵） （1） ＋－＋｜（句）＋－＋｜－ －｜（韵） （2） ＋－＋｜（句）＋｜＋＋ ｜｜（韵） （3） ＋－＋｜（句）＋＋＋（读）＋ －＋｜（韵） （4） ＋＋＋（读）＋｜－－（句）＋ －＋｜－｜（韵） （5）

例五　尾犯（九十八字）

（宋）柳　永

晴烟幂幂。渐东郊芳草，染成轻碧。野塘风暖，游鱼动触，冰澌微坼。几行断雁，旋次第、归霜碛。咏新诗、手撚江梅，故人增我春色。　　似此光阴催逼。念浮生，不满百。虽照人轩冕，润屋金珠，於身何益。一种劳心力。图利禄、殆非长策。除是恁、点检笙歌，访寻罗绮消得。

注：该词上阕第一句至第三句为乐段一中的格式（2），第四句至第六句为乐段二中的格式（2），第七句和第八句为乐段三中的格式（3），第九句和第十句为乐段四中的格式（2）；下阕第一句和第二句为乐段一中的格式（4），第三句和第四句为乐段二中的格式（2），第五句和第六句为乐段三中的格式（2），第七句和第八句为乐段四中的格式（5）。全词双调，九十八字，上阕十句，五仄韵；下阕八句，六仄韵。

例六　尾犯（九十九字）

（宋）晁补之

庐山小隐。渐年来疏懒，浸浓归兴。彩桥飞过深溪，池底奔雷余韵。香炉照日，望处与、青霄近。想群仙、呼我应还，怪晓来、鬓丝垂镜。　　海上云车回轫。少姑传，金母信。森翠裾琼佩，落日初霞，纷纭相映。谁见湖中景。花洞里、杳然渔艇。别是个、潇洒乾坤，世情尘土休问。

注：该词上阕第一句至第三句为乐段一中的格式（2），第四句和第五句为乐段二中的格式（3），第六句和第七句为乐段三中的格式（3），第八句和第九句为乐段四中的格式（3）；下阕第一句至第三句为乐段一中的格式（4），第四句至第六句为乐段二中的格式（2），第七句和第八句为乐段三中的格式（2），第九句和第十句为乐段四中的格式（5）。全词双调，九十九字，上阕九句，五仄韵；下阕十句，六仄韵。

例七　尾犯（一百字）

《梅苑》无名氏

轻风渐渐。正园林萧索，未回暖律。岭头昨夜，寒梅初发，一枝消息。香苞渐坼。天不许、雪霜欺得。望东吴、驿使西来，为谁折赠春色。　　玉莹冰清容质。迥不同、群花品格。如晓妆匀罢，寿阳香脸，徐妃粉额。好把琼英摘。频醉赏、舞筵歌席。休待听、呜咽临风，数声月下羌笛。

注：该词上阕第一句至第三句为乐段一中的格式（2），第四句至第六句为乐段二中的格式（2），第七句和第八句为乐段三中的格式（2），第九句和第十句为乐段四中的格式（2）；下阕第一句和第二句为乐段一中的格式（3），第三句至第五句为乐段二中的格式（3），第六句和第七句为乐段三中的格式（2），第八句和第九句为乐段四中的格式（5）。全词双调，一百字，上阕十句，六仄韵；下阕九句，六仄韵。

驻马听

《乐章集》注"林钟商"。

《驻马听》的长短句结构

《驻马听》上阕，四个乐段							
乐段一（十三字）		乐段二（十四字）			乐段三（十字）		乐段四（十二字）		
4	36	4	4	6	3	34	4	4	4

《驻马听》下阕，四个乐段							
乐段一（十二字）		乐段二（十字）		乐段三（十二字）		乐段四（十一字）		
6	6	6	4	6	6	3	4	4

《康熙词谱》只收集一体《驻马听》，双调，上下阕分别可分为四个乐段，其长短句结构如表所示。该调九十四字，上阕十句，六平韵；下阕九句，四平韵，其基本格式如表所示。

《驻马听》的基本格式（双调）

《驻马听》上阕，十句，六平韵	
乐段一（二句，十三字）	乐段二（三句，十四字）
＋｜－－（韵）｜＋＋（读）＋ －＋｜－－（韵）	＋－＋｜（句）＋－＋｜（句） ＋－＋｜－－（韵）

《驻马听》上阕，十句，六平韵	
乐段三（二句，十字）	乐段四（三句，十二字）
｜－－（韵）｜＋＋（读）＋｜－ －（韵）	＋｜－－（句）＋－＋｜（句） ＋｜－－（韵）

《驻马听》下阕，九句，四平韵	
乐段一（二句，十二字）	乐段二（二句，十字）
＋－｜－＋｜（句）＋｜－｜ －－（韵）	＋｜＋－＋｜（句）＋｜－－（韵）

《驻马听》下阕，九句，四平韵	
乐段三（二句，十二字）	乐段四（三句，十一字）
＋｜＋ー＋｜（句）＋｜ー｜ーー（韵）	＋＋｜（句）＋｜ーー（句）＋｜ーー（韵）

例　驻马听（九十四字）

（宋）柳　永

　　凤枕鸳帏。二三载、如鱼似水相知。良天好景，深怜多爱，无非尽意依随。奈何伊。恣性灵、忒杀些儿。无事孜煎，万回千度，怎免分离。　　而今渐行渐远，渐觉虽悔难追。漫恁寄消传息，终久奚为。也拟重论缱绻，争奈翻覆思惟。纵再会，只恐恩情，难似当时。

　　注：全词双调，九十四字，上阕十句，六平韵；下阕九句，四平韵。

雪　梅　香

《乐章集》注"正宫"。

《雪梅香》的长短句结构

上阕，四个乐段			
乐段一（十字）	乐段二（十一字）	乐段三（十四字）	乐段四（十一字）
3　　7	5　　6	7　　7	3　4　4

下阕，四个乐段			
乐段一（十三字）	乐段二（十字）	乐段三（十四字）	乐段四（十一字）
2　3　4　4 　5　4　4	4　　6	7　　7	3　4　4

　　《康熙词谱》共收集两体《雪梅香》，双调，上下阕分别可分为四个乐段，其长短句结构如表所示。该调九十四字，上阕九句，四平韵；下阕十一句或十句，五平韵或四平韵。《康熙词谱》以柳永词为标谱词例，该调的正格与变格如表所示，其中，上下阕各乐段中的格式（1）为正格句式，其余为变格句式。

《雪梅香》的正格与变格（双调）

《雪梅香》上阕，九句，四平韵	
乐段一（二句，十字）	乐段二（二句，十一字）
＋－｜（句）＋－｜｜－－（韵）	｜＋－＋｜（句）＋－＋｜－－（韵）

《雪梅香》上阕，九句，四平韵	
乐段三（二句，十四字）	乐段四（三句，十一字）
＋｜＋－｜－｜（句）＋－＋｜｜－－（韵）	＋－｜（句）＋｜－（句）＋｜－－（韵）

《雪梅香》下阕，十一句或十句，五平韵或四平韵	
乐段一（四句或三句，十三字）	乐段二（二句，十字）
－－（韵）＋－｜（句）＋｜－－（句）＋｜－－（韵）（1）	＋｜－－（句）＋－＋｜－（韵）
－－｜－｜（句）＋｜－（句）＋｜－－（韵）（2）	

《雪梅香》下阕，十一句或十句，五平韵或四平韵	
乐段三（二句，十四字）	乐段四（三句，十一字）
＋｜－－｜－｜（句）＋－＋｜｜－－（韵）	＋－｜（句）＋｜－－（句）＋｜－－（韵）

例一　雪梅香（九十四字）

（宋）柳　永

　　景萧索，危楼独立面晴空。动悲秋情绪，当时宋玉应同。渔市孤烟袅寒碧，水村残叶舞愁红。楚天阔，浪浸斜阳，千里溶溶。　　临风。想佳丽，别后愁颜，镇敛眉峰。可惜当年，顿乖雨迹云踪。雅态妍姿正欢洽，落花流水忽西东。无憀意，尽把相思，分付征鸿。

注：该词下阕第一句至第四句为乐段一中的格式（1）。全词双调，九十四字，上阕九句，四平韵；下阕十一句，五平韵。

例二　雪梅香（九十四字）

《梅苑》无名氏

岁将暮，云帆风卷正凄凉。见梅花呈瑞，素英淡薄含芳。千片逞姿向江国，一枝无力倚邻墙。凝眸望，昨夜前村，雅态难忘。　　争妍斗鲜洁，皓彩寒辉，冷艳清香。姑射真人，更兼傅粉容光。梁苑奇才动佳句，汉宫娇态学严妆。无惆恨，独对光辉，别岸垂杨。

注：该词下阕第一句至第三句为乐段一中的格式（2）。全词双调，九十四字，上阕九句，四平韵；下阕十句，四平韵。

六　幺　令

《碧鸡漫志》：《六幺》一名《绿腰》，一名《乐世》，一名《录要》。或云，此曲拍无过六字者，故曰《六幺》。今《六幺》行于世者，曰黄钟羽，即俗呼般涉调；曰夹钟羽，即俗呼中吕调；曰林钟羽，即俗呼高平调；曰夷则羽，即俗呼仙吕调，皆羽调也。按，今《乐章集》，柳永九十四字词，原注仙吕调，即《碧鸡漫志》所云羽调之一。

《六幺令》的长短句结构

《六幺令》上阕四个乐段			
乐段一（九字）	乐段二（十一字）	乐段三（十一字）	乐段四（十五字）
4　　5	6　　5	6　　5	4　　4　　7

《六幺令》下阕四个乐段			
乐段一（十一字）	乐段二（十一字）	乐段三（十一字）	乐段四（十五字）
6　　5	6　　　　5 3 3　　5	6　　5	4　　4　　7

《康熙词谱》共收集三体《六幺令》，双调，上下阕分别可分为四个乐段，其长短句结构如表所示。该调九十四字，上阕九句，五仄韵或六仄韵；下阕九句，五仄韵或七仄韵。

《康熙词谱》以柳永词为正体或正格。该调的正格与变格如表所示,其中,上下阕各乐段中的格式(1)为正格句式,其余为变格句式。

《六幺令》的正格与变格(双调)

《六幺令》上阕,九句,五仄韵或六仄韵	
乐段一(二句,九字)	乐段二(二句,十一字)
＋ － ＋ ｜(句)＋ ｜ ＋ ｜(韵)	＋ － ｜ － ＋ ｜(句)＋ ｜ ＋ － ｜(韵) (1) ＋ － ＋ ｜ ＋ ｜(句)＋ ｜ ＋ － ｜(韵) (2)

《六幺令》上阕,九句,五仄韵或六仄韵	
乐段三(二句,十一字)	乐段四(三句,十五字)
＋ ｜ ＋ － ＋ ｜(句)＋ ｜ ＋ － ｜(韵) (1) ＋ ｜ ＋ － ＋ ｜(韵)＋ ｜ ＋ － ｜(韵) (2)	＋ － ＋ ｜(韵)＋ － ＋ ｜(句) ＋ ｜ ＋ － ｜ － ｜(韵)

例一 六幺令(九十四字)

(宋)柳 永

淡烟残照,摇曳溪光碧。溪边浅桃深杏,迤逦染春色。昨夜扁舟泊处,枕簟当滩碛。波声渔笛。惊回好梦,梦里欲归怎归得。　　展转翻成无寐,因此伤行役。思念多媚多娇,咫尺千里隔。都为深情密爱,不忍轻离拆。好天良夕。鸳帏寂静,算得也应暗思忆。

注:该词上阕第三句和第四句为乐段二中的格式(1),第五句和第六句为乐段三中的格式(1);下阕第一句和第二句为乐段一中的格式(1),第三句和第四句为乐段二中的格式(1),第五句和第六句为乐段三中的格式(1)。全词双调,九十四字,上下阕各九句,五仄韵。

《六幺令》下阕，九句，五仄韵或七仄韵	
乐段一（二句，十一字）	乐段二（二句，十一字）
＋｜＋－＋｜（句）＋｜＋－｜（韵） （1）	＋｜＋｜－－（句）＋｜－＋｜（韵） （1）
＋｜＋－＋｜（韵）＋｜＋－｜（韵） （2）	－＋｜（读）｜＋－（句）＋｜＋－｜（韵） （2）
＋－－｜＋｜（句）＋｜＋－｜（韵） （3）	

《六幺令》下阕，九句，五仄韵或七仄韵	
乐段三（二句，十一字）	乐段四（三句，十五字）
＋｜＋－＋｜（句）＋｜＋－｜（韵） （1）	＋－＋｜（韵）＋－＋｜（句）＋｜＋－｜－｜（韵）
＋｜＋－＋｜（韵）＋｜＋－｜（韵） （2）	

例二　六幺令（九十四字）

（宋）贺　铸

暮云消散，帘卷画堂晓。残薰烬蜡隐映，绮席金壶倒。尘送行鞭袅袅。醉指长安道。波平天杳。兰舟欲上，回首离愁满芳草。　　身外浮名扰扰。已负狂年少。无奈风月多情，此去应相笑。心记歌声缥缈。翻是相思调。明年春早。宛溪杨柳，依旧青青为谁好。

注：该词上阕第三句和第四句为乐段二中的格式（2），第五句和第六句为乐段三中的格式（2）；下阕第一句和第二句为乐段一中的格式（2），第三句和第四句为乐段二中的格式（1），第五句和第六句为乐段三中的格式（2）。全词双调，九十四字，上阕九句，六仄韵；下阕九句，七仄韵。

例三　六幺令（九十四字）

（宋）陈允平

授衣时节，犹未定寒燠。长空雨收云霁，湛碧秋容沐。还是鲈肥蟹美，橡粟村村熟。不堪追逐。龙山梦远，惆怅田园自黄菊。　　醉中还念倦旅，触景伤心目。羞破帽、把茱萸，更忆尊前玉。愁立梧桐影下，月转回廊曲。归期将卜。西风吹雁，懒寄斜封但相嘱。

注：该词上阕第三句和第四句为乐段二中的格式（1），第五句和第六句为乐段三中的格式（1）；下阕第一句和第二句为乐段一中的格式（3），第三句和第四句为乐段二中的格式（2），第五句和第六句为乐段三中的格式（1）。全词双调，九十四字，上下阕各九句，五仄韵。

保　寿　乐

周密《天基圣节乐次》："再坐第六盏，觱篥独吹商角调，筵前保寿乐。"

《保寿乐》的长短句结构

《保寿乐》上阕，四个乐段									
乐段一（十三字）		乐段二（十三字）			乐段三（十五字）			乐段四（九字）	
6	7	5	4	4	4	5	6	5	4

《保寿乐》下阕，四个乐段								
乐段一（十三字）		乐段二（十一字）			乐段三（十一字）		乐段四（九字）	
6	34	5	3	3	5	6	5	4

《康熙词谱》只收集一体《保寿乐》，双调，上下阕分别可分为四个乐段，其长短句结构如表所示。该调九十四字，上阕十句，四仄韵；下阕九句，五仄韵，其基本格式如表所示。

《保寿乐》的基本格式（双调）

《保寿乐》上阕，十句，四仄韵	
乐段一（二句，十三字）	乐段二（三句，十三字）
＋｜＋－＋｜（句）＋｜＋－－｜｜（韵）	｜＋｜－－（句）＋｜－－（句）＋－＋｜（韵）

《保寿乐》上阕，十句，四仄韵	
乐段三（三句，十五字）	乐段四（二句，九字）
＋｜－－（句）｜＋－＋｜（句）＋－｜－＋｜（韵）	｜＋｜－｜（句）＋｜－｜（韵）

《保寿乐》下阕，九句，五仄韵	
乐段一（二句，十三字）	乐段二（三句，十一字）
｜－＋－＋｜（韵）＋｜｜（读）＋－＋｜（韵）	－－｜－｜（句）－｜｜（句）－｜（韵）

《保寿乐》下阕，九句，五仄韵	
乐段三（二句，十一字）	乐段四（二句，九字）
－＋｜＋｜（句）＋－｜－＋｜（韵）	＋｜＋－｜（句）＋－＋｜（韵）

例　保寿乐（九十四字）

（宋）曹　勋

和气暖回元日，四海充庭琛贡至。仗卫俨东朝，郁郁葱葱，响传环佩。凤历无穷，庆慈闱上寿，皇情与天俱喜。念永锡难老，在昔难比。　　六宫嫔嫱罗绮。奉圣德、坤宁俱至。箫韶动钧奏，花似锦，广筵启。同祝宴赏处，从教月明风细。亿载享温清，长生久视。

注：全词双调，九十四字，上阕十句，四仄韵；下阕九句，五仄韵。

惜 秋 华

吴文英自度曲。

《惜秋华》的长短句结构

《惜秋华》上阕，四个乐段			
乐段一（十三字）	乐段二（十字）	乐段三（十三字）	乐段四（十一字）
4　　　36	4　　　6	6　　　7	2　　　36
4　　5　　4		6　　　34	2　　5　　4

《惜秋华》下阕，四个乐段			
乐段一 （十五字或十四字）	乐段二 （十字）	乐段三 （十三字）	乐段四 （九字）
5　　5　　5	33　　　4	6　　　34	2　　　34
5　　5　　4	4　　　6	6　　　7	

　　《康熙词谱》共收集五体《惜秋华》，双调，上下阕分别可分为四个乐段，其长短句结构如表所示。该调有九十四字、九十三字等格式，用韵以仄韵为主，有的词例通叶一平韵；上阕八句或九句、十句，五仄韵或四仄韵、四仄韵一叶韵；下阕九句，六仄韵。《康熙词谱》以九十四字体吴文英词为标谱词例。该调的正格与变格如表所示。其中，各乐段中的格式（1）为正格句式，其余为变格句式。

例一　惜秋华（九十四字）

（宋）吴文英

　　思渺西风，怅行踪、浪逐南飞高雁。怯上翠微，危楼更堪凭晚。蓬莱对起幽云，淡野色山容愁卷。清浅。瞰沧波、静衔秋痕一线。　　十载寄吴苑。惯东篱深处，把露黄偷剪。移莫景、照越镜，意销香断。秋娥赋得闲情，倚翠尊、小眉初展。深劝。待明朝、醉巾重岸。

注：该词上阕第一句和第二句为乐段一中的格式（1），第五句和第六句为乐段三中的格式（1），第七句和第八句为乐段四中的格式（1）；下阕第一句至第三句为乐段一中的格式（1），第四句和五句为乐段二中的格式（1），第六句和第七句为乐段三中的格式（1）。全词双调，九十四字，上阕八句，五仄韵；下阕九句，六仄韵。

《惜秋华》的正格与变格（双调）

《惜秋华》上阕，八句或九句、十句，五仄韵或四仄韵、四仄韵一叶韵	
乐段一（二句或三句，十三字）	乐段二（二句，十字）
＋｜－－（句）＋＋＋（读）＋｜＋－＋｜（韵） （1）	＋｜＋－（句）＋－｜－＋｜（韵）
＋｜－－（句或韵）｜＋－＋｜（韵） ＋－＋｜（韵） （2）	

《惜秋华》上阕，八句或九句、十句，五仄韵或四仄韵、四仄韵一叶韵	
乐段三（二句，十三字）	乐段四（二句或三句，十一字）
＋－＋｜－－（句）｜＋｜＋－＋｜（韵） （1）	＋｜（韵）＋＋＋（读）＋｜－－＋｜（韵） （1）
＋－＋｜－－（句）＋＋＋（读）＋－＋｜（韵） （2）	＋－（叶或句）｜＋－＋｜（句） ＋－＋｜（韵） （2）
	＋－（句）｜＋＋（读）＋｜＋－＋｜（韵） （3）

《惜秋华》下阕，九句，六仄韵	
乐段一（三句，十五字或十四字）	乐段二（二句，十字）
＋｜＋－｜（韵）｜＋－＋｜（句） ｜＋－＋｜（韵） （1）	＋＋｜（读）＋｜｜（句）＋－ ＋｜（韵） （1）
＋｜＋－｜（韵）｜＋－＋｜（句） ＋－＋｜（韵） （2）	＋｜＋＋（句）＋｜｜＋－＋ ｜（韵） （2）
＋｜＋－｜（韵）｜＋｜＋－（句） ＋－＋｜（韵） （3）	

《惜秋华》下阕，九句，六仄韵	
乐段三（二句，十三字）	乐段四（二句，九字）
＋－＋｜＋－（句）｜＋＋（读） ＋－＋｜（韵） （1）	＋｜（韵）＋＋＋（读）＋－ ＋｜（韵）
＋－＋｜－－（句）｜＋｜＋－ ＋｜（韵） （2）	

例二　惜秋华（九十三字）

（宋）吴文英

　　路远仙城，自玉郎去却，芳卿憔悴。锦段镜空，重铺步幛新绮。凡花瘦不禁秋，幻腻玉腴红鲜丽。相携。试新妆乍毕，交扶轻醉。　　长记断桥外。骤玉骢过处，千娇凝睇。昨梦顿醒，依约旧时眉翠。愁边暮合碧云，倩唱入、六幺声里。风起。舞斜阳、栏干十二。

　　注：该词上阕第一句至第三句为乐段一中的格式（2），第六句和第七句为乐段三中的格式（1），第八句至第十句为乐段四中的格式（2）；下阕第一句至第三句为乐段一中的格式（2），第四句和第五句为乐段二中的格式（2），第六句和第七句为乐段三中的格式（1）。全词双调，九十三字，上阕十句，四仄韵一叶韵；下阕九句，六仄韵。

例三　惜秋华（九十三字）

（宋）吴文英

　　细响残蛩，傍灯前、似说深秋怀抱。怕上翠微，伤心乱烟残照。西湖镜掩尘沙，翳晓影、秦鬟云扰。新鸿，唤凄凉、渐入红萸乌帽。　　江上故人老。视东篱秀色，依然娟好。晚梦趁、邻杵断，乍将愁到。秋娘泪湿黄昏，又满城、雨轻风小。闲了。看芙蓉、画船多少。

　　注：该词上阕第一句和第二句为乐段一中的格式（1），第五句和第六句为乐段三中的格式（2），第七句和第八句为乐段四中的格式（3）；下阕第一句至第三句为乐段一中的格式（2），第四句和五句为乐段二中的格式（1），第六句和第七句为乐段三中的格式（1）。全词双调，九十三字，上阕八句，四仄韵；下阕九句，六仄韵。

例四　惜秋华（九十三字）

（宋）吴文英

　　数日西风，打秋林枣熟，还催人去。瓜果夜深，斜河拟看星度。匆匆便倒离尊，怅遇合、云销萍聚。留连，有残蝉韵晚，时歌金缕。　　绿水暂如许。奈南墙冷落，竹烟槐雨。此去杜曲，已近紫霄尺五。扁舟夜宿吴江，正水佩霓裳无数。眉妩。问别来、解相思否。

　　注：该词上阕第一句至第三句为乐段一中的格式（2），第六句和第七句为乐段三中的格式（2），第八句至第十句为乐段四中的格式（2）；下阕第一句至第三句为乐段一中的格式（2），第四句和五句为乐段二中的格式（2），第六句和第七句为乐段三中的格式（2）。全词双调，九十三字，上阕十句，四仄韵；下阕九句，六仄韵。

例五　惜秋华（九十三字）

（宋）吴文英

　　露胃蛛丝，小楼阴堕月，秋惊华鬓。宫漏未央，当时钿钗遗恨。人间梦隔西风，算天上、年华一瞬。相逢，纵相疏、胜却巫阳无准。　　何处动凉讯。听露井梧桐，楚骚成韵。彩云断、翠羽散，此情难问。银河万古秋声，但望中、婺星清润。轻俊。度金针、漫牵方寸。

　　注：该词上阕第一句至第三句为乐段一中的格式（2），第六句和第七句为乐段三中的格式（2），第八句和第九句为乐段四中的格式（3）；下阕第一句至第三句为乐段一中的格式（3），第四句和五句为乐段二中的格式（1），第六句和第七句为乐段三中的格式（1）。全词双调，九十三字，上阕九句，四仄韵；下阕九句，六仄韵。

古 香 慢

吴文英自度曲,原注:"夷则商,犯无射宫。"

《古香慢》的长短句结构

《古香慢》上阕,四个乐段							
乐段一(十二字)		乐段二(十字)		乐段三(十二字)		乐段四(十三字)	
4	4 4	4	6	5	34	7	6

《古香慢》下阕,四个乐段							
乐段一(十五字)		乐段二(十字)		乐段三(十二字)		乐段四(十字)	
34	4 4	4	6	5	34	3	34

《康熙词谱》只收集一体《古香慢》,双调,上下阕分别可分为四个乐段,其长短句结构如表所示。该调九十四字,上阕九句,四仄韵;下阕九句,五仄韵,其基本格式如表所示。

《古香慢》的基本格式(双调)

《古香慢》上阕,九句,四仄韵	
乐段一(三句,十二字)	乐段二(二句,十字)
＋ － ＋ ｜(句)＋ ｜ － －(句) ＋ ｜ － ｜(韵)	＋ ｜ － －(句)＋ ｜ ＋ － ＋ ｜(韵)

《古香慢》上阕,九句,四仄韵	
乐段三(二句,十二字)	乐段四(二句,十三字)
＋ ｜ ｜ － －(句)｜ ＋ ＋(读)＋ － ＋ ｜(韵)	｜ ＋ － ＋ ｜ ＋ ｜(句)＋ － ＋ ｜ － ｜(韵)

《古香慢》下阕，九句，五仄韵

乐段一（三句，十五字）	乐段二（二句，十字）
｜＋＋（读）＋－＋｜（韵）＋｜－－（句）＋｜－｜（韵）	＋｜－－（句）＋｜＋－＋｜（韵）

《古香慢》下阕，九句，五仄韵

乐段三（二句，十二字）	乐段四（二句，十字）
＋｜｜－－（句）｜＋＋（读）＋－－＋｜（韵）	｜－－（句）｜＋＋（读）＋－＋｜（韵）

例 古香慢（九十四字）

（宋）吴文英

怨娥坠柳，离佩摇溁，霜讯南浦。漫惜佳人，倚竹袖寒日暮。还问月中游，梦飞过、金风翠羽。把残云剩水万顷，暗熏冷麝凄苦。　　渐浩渺、凌山高处。秋淡无光，残照谁主。露粟侵肌，夜约羽林轻误。剪碎惜秋心，更肠断、珠尘藓露。怕重阳，又催近、满城风雨。

注：全词双调，九十四字，上阕九句，四仄韵；下阕九句，五仄韵。

芙 蓉 月

调见《虚斋乐府》。盖咏芙蓉，因词中有"残月淡"句，故名《芙蓉月》。

《芙蓉月》的长短句结构

《芙蓉月》上阕，四个乐段ˇ			
乐段一（十四字）	乐段二（十字）	乐段三（十二字）	乐段四（十二字）
5　　36	4　　6	6　　6	3　　3　　6

《芙蓉月》下阕，四个乐段			
乐段一（十四字）	乐段二（十字）	乐段三（十二字）	乐段四（十字）
5　4　4	4　6	6　3　3	3　3　4

《康熙词谱》只收集一体《芙蓉月》，双调，上下阕分别可分为四个乐段，其长短句结构如表所示。该调九十四字，上阕九句，四仄韵；下阕十一句，六仄韵，其基本格式如表所示。

《芙蓉月》的基本格式（双调）

《芙蓉月》上阕，九句，四仄韵	
乐段一（二句，十四字）	乐段二（二句，十字）
＋｜＋ － ｜（句）＋ ＋ ＋（读）＋｜＋ － ｜（韵）	＋ － ＋｜（句）＋｜＋ － ＋｜（韵）

《芙蓉月》上阕，九句，四仄韵	
乐段三（二句，十二字）	乐段四（三句，十二字）
＋｜＋ － ＋｜（句）＋｜＋ － ＋｜（韵）	－ ｜｜（句）｜ － －（句）＋｜＋ － ＋｜（韵）

《芙蓉月》下阕，十一句，六仄韵	
乐段一（三句，十二字）	乐段二（二句，十字）
－ － ｜ － ｜（韵）｜＋ － ＋｜（句）＋｜ － ｜（韵）	＋ － ＋｜（句）＋｜＋ － ＋｜（韵）

《芙蓉月》下阕，十一句，六仄韵	
乐段三（三句，十二字）	乐段四（三句，十字）
＋｜＋ － ＋｜（句）＋ － ｜（韵）＋｜（韵）	－ ｜｜（句）｜ － －（句）＋ － ＋｜（韵）

例　芙蓉月（九十四字）

（宋）赵以夫

黄叶舞空碧，临水处、照眼红葩齐吐。柔情媚态，伫立西风如诉。遥想仙家城阙，十万绿衣童女。云缥缈，玉娉婷，隐隐彩鸾飞舞。　　尊前更风度。记天香国色，曾占春暮。依然好在，还伴清霜凉露。一曲栏干敲遍，悄无语。空相顾。残月淡，酒阑时，满城钟鼓。

注：全词双调，九十四字，上阕九句，四仄韵；下阕十一句，六仄韵。

一　枝　春

调见杨缵词，其自度曲也。

《一枝春》的长短句结构

《一枝春》上阕，四个乐段			
乐段一（十三字）	乐段二（十字）	乐段三（十一字）	乐段四（十三字）
4　　　36	4　　　6	4　　　34	34　　　6
4　5　4			3　4　6

《一枝春》下阕，四个乐段			
乐段一（十五字）	乐段二（十字）	乐段三（十一字）	乐段四（十一字）
6　　　36	4　　　6	4　　　7	34　　　4
6　5　4		4　　　34	

《康熙词谱》共收集两体《一枝春》，双调，上下阕分别可分为四个乐段，其长短句结构如表所示。该调九十四字，上阕八句或十句、九句，四仄韵或五仄韵；下阕八句或九句，五仄韵。《康熙词谱》以杨缵词为正体或正格。该调的正格与变格如表所示，其中，上下阕各乐段中的格式（1）为正格句式，其余为变格句式。

《一枝春》的基本格式（双调）

《一枝春》上阕，八句或十句、九句，四仄韵或五仄韵	
乐段一（二句或三句，十三字）	乐段二（二句，十字）
＋｜ー ー（句）＋＋＋（读）＋ ｜＋ ー ＋｜（韵） （1） ＋｜ ー ー（句）｜＋ ー ＋｜（句） ＋ ー ＋｜（韵） （2）	＋ ー ＋｜（句或韵）＋｜｜ ー ＋ ｜（韵）

《一枝春》上阕，八句或十句、九句，四仄韵或五仄韵	
乐段三（二句，十一字）	乐段四（二句或三句，十三字）
＋ ー ＋｜（句）＋＋＋（读）＋ ー ＋｜（韵）	＋＋＋（读）＋｜ ー ー（句）＋ ー｜ ー ＋｜（韵） （1） ＋＋＋（读）＋｜ ー ー（句）＋ ｜＋ ー ＋｜（韵） （2） ー ＋｜（韵）＋｜ ー ー（句）＋ ｜｜ ー ＋｜（韵） （3）

例一　一枝春（九十四字）

（宋）杨　缵

竹爆惊春，竞喧阗、夜起千门箫鼓。流苏帐暖，翠鼎缓腾香雾。停杯未举，奈刚要、送年新句。应自有、歌字清圆，未夸上林莺语。　　从他岁穷日暮。纵闲愁、怎减刘郎风度。屠苏办了，迤逦柳欺梅妒。宫壶未晓，早骄马绣车盈路。还又把、月夜花朝，自今细数。

注：该词上阕第一句和第二句为乐段一中的格式（1），第七句和第八句为乐段四中的格式（1）；下阕第一句和第二句为乐段一中的格式（1），第五句和第六句为乐段三中的格式（1）。全词双调，九十四字，上阕八句，四仄韵；下阕八句，五仄韵。

《一枝春》下阕，八句或九句，五仄韵	
乐段一（二句或三句，十五字）	乐段二（二句，十字）
＋－｜－＋｜（韵）＋＋＋（读） ＋｜＋－＋｜（韵） （1） ＋－｜－＋｜（韵）｜＋－＋ ｜（句）＋＋＋－｜（韵） （2） ＋｜＋－＋｜（句）｜＋－＋ ｜（句）＋＋＋－｜（韵） （3）	＋－＋｜（句）＋｜＋－＋｜（韵）

《一枝春》下阕，八句或九句，五仄韵	
乐段三（二句，十一字）	乐段四（二句，十一字）
＋－＋｜（句）＋－＋｜－ －｜（韵） （1） ＋－＋｜（句）＋＋＋（读）＋ －＋｜（韵） （2）	＋＋＋（读）＋｜－－（句）＋ －＋｜（韵）

例二　一枝春（九十四字）

（宋）周　密

帘影移阴，杏香寒、乍湿西园丝雨。芳期暗数。又是去年心绪。金花漫剪，倩谁画、旧时眉妩。空自想、杨柳风流，泪滴软绡红聚。　　罗窗那回歌处。叹庭花倦舞，香消衣缕。楼空燕冷，碎锦懒寻尘谱。么弦漫赋，记曾是、倚娇成妒。深院悄、闲掩梨花，倩莺寄语。

注：该词上阕第一句和第二句为乐段一中的格式（1），第七句和第八句为乐段四中的格式（2）；下阕第一句至第三句为乐段一中的格式（2），第六句和第七句为乐段三中的格式（2）。全词双调，九十四字，上阕八句，四仄韵；下阕九句，五仄韵。

例三　一枝春（九十四字）
（元）张　翥

雾翅烟须，向云窗斗巧，宫罗轻剪。翩翩鬓影，侧映宝钗双燕。银丝蜡蒂，弄春色、一枝娇颤。谁网得、金玉飞钱，结成翠羞红怨。　　灯街上元又见。闹春风簇定，冠儿争转。偷香傅粉，尚忆去年人面。妆楼误约，定何处、为花留恋。应化作、晓梦寻郎，采芳径远。

注：该词上阕第一句至第三句为乐段一中的格式（2），第七句和第八句为乐段四中的格式（1）；下阕第一句至第三句为乐段一中的格式（3）；第六句和第七句为乐段三中的格式（2）。全词双调，九十四字，上阕九句，四仄韵；下阕九句，五仄韵。

例四　一枝春（九十四字）
（宋）张　炎

竹外横枝，并栏干试数，风才一信。幺禽对语，仿佛醉眠初醒。遥知是雪，甚都把、暮寒消尽。清更润。明月飞来，瘦却旧时疏影。　　东阁漫撩诗兴。料西湖树老，难认和靖。晴窗自好，胜事每来独领。融融向暖，笑尘世、万花犹冷。须酿成、一点春脾，暗香在鼎。

注：该词上阕第一句至第三句为乐段一中的格式（2），第八句至第十句为乐段四中的格式（3）；下阕第一句至第三句为乐段一中的格式（3），第六句和第七句为乐段三中的格式（2）。全词双调，九十四字，上阕十句，五仄韵；下阕九句，五仄韵。

梅子黄时雨

调见《山中白云词》。

《梅子黄时雨》的长短句结构

《梅子黄时雨》上阕，四个乐段			
乐段一（十三字）	乐段二（九字）	乐段三（十四字）	乐段四（十一字）
4　5　4	5　4	7　7	3　4　4

《梅子黄时雨》下阕，四个乐段			
乐段一（十五字）	乐段二（九字）	乐段三（十四字）	乐段四（九字）
2　4　5　4	5　4	7　7	3　6

《康熙词谱》只收集一体《梅子黄时雨》，双调，上下阕分别可分为四个乐段，其长短句结构如表所示。该调九十四字，上阕十句，五仄韵；下阕十句，七仄韵，其基本格式如表所示。

《梅子黄时雨》的基本格式（双调）

《梅子黄时雨》上阕，十句，五仄韵	
乐段一（三句，十三字）	乐段二（二句，九字）
＋｜－－（句）｜＋｜＋－（句） ＋｜－｜（韵）	｜＋｜－－（句）＋－＋｜（韵）

《梅子黄时雨》上阕，十句，五仄韵	
乐段三（二句，十四字）	乐段四（三句，十一字）
＋｜＋－－｜｜（句）＋－＋ ｜－－｜（韵）	－＋｜（韵）＋｜＋－（句）＋ －｜（韵）

《梅子黄时雨》下阕，十句，七仄韵	
乐段一（四句，十五字）	乐段二（二句，九字）
－｜（韵）＋－＋｜（韵）｜＋ ＋｜（句）＋＋－｜（韵）	｜＋｜－－（句）＋－＋｜（韵）

《梅子黄时雨》下阕，十句，七仄韵	
乐段三（二句，十四字）	乐段四（二句，九字）
＋｜＋－－｜｜（句）＋－＋ ｜－－｜（韵）	－＋｜（韵）＋－｜－＋｜（韵）

例　梅子黄时雨（九十四字）

（宋）张　炎

　　流水孤村，爱尘事顿消，来访深隐。向醉里谁扶，满身花影。鸥鹭相看如此瘦，近来不是伤春病。嗟流景。竹外野桥，犹系烟艇。　　谁引。斜川归兴。便啼鹃纵少，无奈时听。待棹击空明，鱼波千顷。弹到琵琶留不住，最愁人是黄昏近。江风紧。一行柳丝吹暝。

　　注：全词双调，九十四字，上阕十句，五仄韵；下阕十句，七仄韵。

如　鱼　水

《乐章集》注"仙吕调"。

《如鱼水》的长短句结构

《如鱼水》上阕，四个乐段			
乐段一（十四字）	乐段二（十字）	乐段三（十字）	乐段四（十四字）
4　4　6	4　6	3　34	34　7

《如鱼水》下阕，四个乐段			
乐段一（十二字）	乐段二（十字）	乐段三（十字）	乐段四（十四字）
3　3　6	4　6	3　34	36　5

　　《康熙词谱》只收集一体《如鱼水》，双调，上下阕分别可分为四个乐段，其长短句结构如表所示。该调九十四字，上阕九句，六平韵；下阕九句，七平韵，其基本格式如表所示。

《如鱼水》的基本格式（双调）

《如鱼水》上阕，九句，六平韵	
乐段一（三句，十四字）	乐段二（二句，十字）
＋｜－－（句）＋－＋｜（句）＋｜＋｜＋－－（韵）	＋｜－－（韵）＋－＋｜－（韵）

《如鱼水》上阕，九句，六平韵	
乐段三（二句，十字）	乐段四（二句，十四字）
∣ − −（韵）＋＋∣（读）＋∣ − −（韵）	＋＋∣（读）＋∣ − −（句）＋ − ＋∣∣ − −（韵）

《如鱼水》下阕，九句，七平韵	
乐段一（三句，十二字）	乐段二（二句，十字）
− ∣∣（句）∣ − −（韵）＋∣＋ ∣ − −（韵）	＋∣ − −（韵）＋ − ＋∣ − −（韵）

《如鱼水》下阕，九句，七平韵	
乐段三（二句，十字）	乐段四（二句，十四字）
∣ − −（韵）＋＋∣（读）＋∣ − −（韵）	＋＋∣（读）＋∣＋＋ − ∣（句） ＋∣∣ − −（韵）

例　如鱼水（九十四字）

（宋）柳　永

　　轻霭浮空，乱峰倒影，潋滟十里银塘。绕岸垂杨。红楼朱阁相望。芰荷香。双双戏、鹨鹏鸳鸯。乍雨过、兰芷汀洲，望中依约似潇湘。　　风淡淡，水茫茫。摇动一片晴光。画舫相将。盈盈红粉清商。紫薇郎。修禊饮、且乐仙乡。便归去、遍历銮坡凤沼，此景也难忘。

注：全词双调，九十四字，上阕九句，六平韵；下阕九句，七平韵。

赏　松　菊

调见曹勋《松隐集》。

《赏松菊》的长短句结构

《赏松菊》上阕，四个乐段			
乐段一（十三字）	乐段二（九字）	乐段三（十三字）	乐段四（十二字）
7　　　6	4　　　5	6　　　34	3　　　5　　　4

《赏松菊》下阕，四个乐段			
乐段一（十四字）	乐段二（十字）	乐段三（十三字）	乐段四（十字）
6　　　35	5　　　5	6　　　34	3　　　3　　　4

《康熙词谱》只收集一体《赏松菊》，双调，上下阕分别可分为四个乐段，其长短句结构如表所示。该调九十四字，上阕九句，四仄韵；下阕九句，五仄韵，其基本格式如表所示。

《赏松菊》的基本格式（双调）

《赏松菊》上阕，九句，四仄韵	
乐段一（二句，十三字）	乐段二（二句，九字）
＋　一　＋　｜　一　一　｜（句）＋　｜　＋ 一　＋　｜（韵）	＋　一　＋　｜（句）｜　＋　一　＋　｜（韵）

《赏松菊》上阕，九句，四仄韵	
乐段三（二句，十三字）	乐段四（二句，十二字）
＋　｜　＋　一　＋　｜（句）＋　＋　＋（读） ＋　一　＋　｜（韵）	｜　＋　一　（句）｜　＋　一　＋　｜（句）＋ 一　＋　｜（韵）

《赏松菊》下阕，九句，五仄韵	
乐段一（二句，十四字）	乐段二（二句，十字）
＋　｜　＋　一　＋　｜（句）＋　＋　＋（读） ｜　＋　一　＋　｜（韵）	＋　｜　＋　一　｜（句）｜　＋　一　＋　｜（韵）

《赏松菊》下阕，九句，五仄韵	
乐段三（二句，十三字）	乐段四（二句，十字）
＋　｜　＋　一　＋　｜（句）＋　＋　＋（读） ＋　一　＋　｜（韵）	｜　＋　一　（句）｜　＋　一　（句）一　＋ ＋　｜（韵）

例　赏松菊（九十四字）

（宋）曹　勋

凉飙应律惊潮韵，晓对彩蟾如水。庆占梦月，已祥开天地。圣主中兴大业，二南化、恭勤辅翊。抚宫闱，看仪型海宇，尽成和气。　　禁掖西瑶宴席。泛天风、响钧韶空外。贵是至尊母，极人间崇贵。缓引长生丽曲，翠林正、香传瑞桂。向灵华，奉光尧，同万万岁。

注：全词双调，九十四字，上阕九句，四仄韵；下阕九句，五仄韵。

二　色　莲

调见《松隐集》，即吟二色莲。

《二色莲》的长短句结构

《二色莲》上阕，四个乐段			
乐段一（十二字）	乐段二（十字）	乐段三（十三字）	乐段四（十二字）
4　4　4	4　6	6　34	6　6

《二色莲》下阕，四个乐段			
乐段一（十五字）	乐段二（十字）	乐段三（十三字）	乐段四（十字）
5　5　5	4　6	6　34	3　3　4

《康熙词谱》只收集一体《二色莲》，双调，上下阕分别可分为四个乐段，其长短句结构如表所示。该调九十五字，上阕九句，四仄韵；下阕十句，五仄韵，其基本格式如表所示。

《二色莲》的基本格式（双调）

《二色莲》上阕，九句，四仄韵	
乐段一（三句，十二字）	乐段二（二句，十字）
＋｜＋｜（句）＋｜一｜（句）＋｜一｜（韵）	＋一＋｜（句）＋｜＋一＋｜（韵）

《二色莲》上阕，九句，四仄韵	
乐段三（二句，十三字）	乐段四（二句，十二字）
＋｜＋ －＋｜（句）＋＋＋（读） ＋｜－＋｜（韵）	＋｜＋－＋｜（句）＋－｜－ ＋｜（韵）

《二色莲》下阕，十句，五仄韵	
乐段一（三句，十五字）	乐段二（二句，十字）
－－｜－｜（句）＋｜－－｜（韵） ＋｜－＋｜（韵）	＋－＋｜（句）＋｜＋－＋｜（韵）

《二色莲》下阕，十句，五仄韵	
乐段三（二句，十三字）	乐段四（三句，十字）
＋｜＋－＋｜（句）＋＋＋（读） ＋－＋｜（韵）	－＋｜（句）－＋｜（句）＋－ ＋｜（韵）

例　二色莲（九十五字）

（宋）曹　勋

凤沼湛碧，莲影明洁，清泛波面。素肌鉴玉，烟脸晕红深浅。占得薰风弄色，照醉眼、梅妆相间。堤上柳垂青帐，飞尘尽教遮断。　　重重翠荷净，列向横塘暖。争映芳草岸。画船未桨，清晓最宜遥看。似约鸳鸯并侣，又更与、春锄为伴。频宴赏，香成阵，瑶池任晚。

注：全词双调，九十五字，上阕九句，四仄韵；下阕十句，五仄韵。

塞　孤

调见《乐章集》，原注"般涉调"。本名《塞孤》，《词律》编入《塞姑词》，后者误。

《塞孤》的长短句结构

《塞孤》上阕，四个乐段			
乐段一（十四字）	乐段二（十三字）	乐段三（十二字）	乐段四（八字或七字）
3　5　6	7　3　3	33　33	4　　4 34

《塞孤》下阕，四个乐段			
乐段一（十六字）	乐段二（十三字或十二字）	乐段三（十二字）	乐段四（七字）
5　5　6	7　3　3 7　5	33　33	34

　　《康熙词谱》共收集两体《塞孤》，双调，上下阕分别可分为四个乐段，其长短句结构如表所示。该调有九十五字或九十三字等格式，上阕十句或九句，六仄韵；下阕九句或八句，六仄韵。《康熙词谱》以柳永词为标谱词例。该调的正格与变格如表所示，其中，上下阕各乐段中的格式（1）为正格句式，其余为变格句式。

《塞孤》的基本格式（双调）

《塞孤》上阕，十句或九句，六仄韵	
乐段一（三句，十四字）	乐段二（三句，十三字）
｜　＋　一　（句）＋　｜　一　一　｜（韵） ｜　＋　一　＋　｜（韵）	＋　｜　＋　一　一　｜｜（句）一　＋　｜（韵） 一　＋　｜（韵）

《塞孤》上阕，十句或九句，六仄韵	
乐段三（二句，十二字）	乐段四（二句或一句，八字或七字）
＋　＋　＋　（读）｜　＋　一　（句）＋　＋ ＋　（读）一　＋　｜（韵）	＋　一　＋　｜（句）＋　＋　一　｜（韵） （1） ＋　＋　＋　（读）＋　＋　一　｜（韵） （2）

《塞孤》下阕，九句或八句，六仄韵	
乐段一（三句，十六字）	乐段二（三句或二句，十三字或十二字）
＋｜｜＋－（句）＋｜－－｜（韵） ＋｜＋－＋｜（韵）	＋｜＋－－｜｜（韵）－＋｜（句） －＋｜（韵） （1） ＋｜＋－－｜｜（韵）＋｜－ －｜（韵） （2）

《塞孤》下阕，九句或八句，六仄韵	
乐段三（二句，十二字）	乐段四（一句，七字）
＋＋＋（读）｜＋－（句）＋＋ ＋（读）－＋｜（韵）	＋＋＋（读）＋｜－｜（韵）

例一　塞孤（九十五字）

（宋）柳　永

一声鸡，又报残更歇。秣马巾车催发。草草主人灯下别。山路险，新霜滑。瑶珂响、起栖乌，金镫冷、敲残月。渐西风紧，襟袖凄裂。　　遥指白玉京，望断黄金阙。远道何时行彻。算得佳人凝恨切。应念念，归时节。相见了、执柔荑，幽会处、倚香雪。免鸳衾、两恁虚设。

注：该词上阕第九句和第十句为乐段四中的格式（1）；下阕第四句至第六句为乐段二中的格式（1）。全词双调，九十五字，上阕十句，六仄韵；下阕九句，六仄韵。

例二　塞孤（九十三字）

（宋）朱　雍

雪江明，练静波声歇。玉浦梅英初发。隐隐瑶林堪乍别。琼路冷，云阶滑。寒枝晚、已黄昏，铺碎影、留新月。向亭皋、一任风冽。　　歌起郢曲时，目断秦城阙。远道冰车清彻。追念酥妆凝望切。淡伫迎佳节。应暗想、日边人，聊寄与、同欢悦。劝清尊、忍负盟设。

注：该词上阕第九句为乐段四中的格式（2）；下阕第四句和第五句为乐段二中的格式（2）。全词双调，九十三字，上阕九句，六仄韵；下阕八句，六仄韵。

水 调 歌 头

《碧鸡漫志》属"中吕调"。毛滂词名《元会曲》；张榘词名《凯歌》。按《水调》乃唐人大曲，凡大曲有歌头，此必裁截其歌头另倚新声也。

《水调歌头》的长短句结构

上阕，四个乐段			
乐段一（十字）	乐段二（十一字或十三字）	乐段三（十七字）	乐段四（十字）
5　　5	4　　　7 　6　5 4　4　5	6　6　5	5　　5

下阕，四个乐段			
乐段一 （九字或八字）	乐段二（十一字或 十三字、十二字）	乐段三（十七字）	乐段四（十字）
3　3　3 5　　3	4　　　7 　6　5 4　4　5 6　　33	6　6　5	5　　5

《康熙词谱》共收集八体《水调歌头》，双调，上下阕各有四个乐段，其长短句结构如表所示。该调有九十五字或九十四字、九十六字或九十七字等格式。从用韵的角度看，《水调歌头》主要用平韵，上阕九句或十句，四平韵或四平韵两仄韵、四平韵五叶韵；下阕十句或十一句、九句，四平韵或四平韵两仄韵、四平韵五叶韵。但是，该词上下阕乐段三中的两个六字句，很多词作还押两仄声韵（不限同一韵部），且多数词例为对仗句，但这些都不是规定要求，古人也有不押韵、不对仗的词例。同时，下阕起首三个三字句，使用对仗的词作较多。此外，作为个别情况，贺铸的"南国本潇洒"，每句都平仄韵通押，但未作格式标注。《康熙词谱》以九十五字体毛滂词、周紫芝词和苏轼词为正体或正格。该调的正格与变格如表所示，其中，上阕乐段一中的格式（1）和（2）、乐段二中的格式（1）至（3）、乐段三中的格式（1）、乐段四中的格式（1）和（2）；下阕乐段一中的格式（1）、乐段二中的格式（1）至（3）、乐段三中的格式（1）、乐段四中的格式（1）和（2）为正格句式，其

余为变格句式。

《水调歌头》的正格与变格（双调）

《水调歌头》上阕，九句或十句，四平韵或四平韵两仄韵、四平韵五叶韵	
乐段一（二句，十字）	乐段二（二句或三句，十一字或十三字）
＋ － － ｜｜（句）＋ ｜｜ － －（韵） （1） ＋ ｜ ＋ － ｜（句）＋ ｜｜ － －（韵） （2） ＋ － ｜ － ｜（句）＋ ｜｜ － －（韵） （3）	＋ － ＋ ｜（句）＋ ｜ － ｜｜ －（韵） （1） ＋ － ＋ ｜（句）＋ － ＋ ｜｜ －（韵） （2） ＋ － ＋ ｜ ＋ ｜（句）＋ ｜｜ －（韵） （3） ＋ － ＋ ｜（句）＋ － ＋ ｜（句） ＋ ｜｜ － －（韵） （4）

《水调歌头》上阕，九句或十句，四平韵或四平韵两仄韵、四平韵五叶韵	
乐段三（三句，十七字）	乐段四（二句，十字）
＋ ｜ ＋ － ＋ ｜（句）＋ ｜ ＋ － ＋ ｜（句）＋ ｜｜ － －（韵） （1） ＋ ｜ ＋ － ＋ ｜（仄韵）＋ ｜ ＋ － ＋ ｜（韵）＋ ｜｜ － －（韵） （2）	＋ － ｜ － ｜（句）＋ ｜｜ － －（韵） （1） ＋ ｜ ＋ － ｜（句）＋ ｜｜ － －（韵） （2） ＋ ｜ － ｜｜（句）＋ ｜｜ － －（韵） （3）

《水调歌头》下阕，十句或十一句、九句，四平韵或四平韵两仄韵、四平韵五叶韵	
乐段一（三句或二句，九字或八字）	乐段二（二句或三句，十一字、十二字或十三字）
＋＋＋（句）＋＋｜（句）｜＋ －（韵） （1） ＋－－＋｜（句）｜－－（韵） （2）	＋－＋｜（句）＋＋＋｜｜－ －（韵） （1） ＋－＋｜（句）＋＋＋｜｜－ －（韵） （2） ＋－＋｜＋｜（句）＋｜｜－ －（韵） （3） ＋－＋｜（句）＋－＋｜（句）＋｜｜－ －（韵） （4） ＋－－｜＋｜（句）＋＋｜（读）｜－ －（韵） （5）

《水调歌头》下阕，十句或十一句、九句，四平韵或四平韵两仄韵、四平韵五叶韵	
乐段三（三句，十七字）	乐段四（二句，十字）
＋｜＋－＋｜（句）＋｜＋－ ＋｜（句）＋｜｜－－（韵） （1） ＋｜＋－＋｜（仄韵或换韵）＋｜ ＋－＋｜（韵）＋｜｜－－（韵） （2）	＋｜＋－｜（句）＋｜｜－－（韵） （1） ＋－－｜｜（句）＋｜｜－－（韵） （2） ＋｜＋｜｜（句）＋｜｜－－（韵） （3）

注：①下阕乐段二中的格式"＋＋＋｜｜－－（韵）"，建议优先选用"＋－＋｜｜－－（韵）"或"＋｜－｜｜－－（韵）"。②下阕乐段一中的格式"＋＋＋（句）"和"＋＋｜（句）"两个三字句，尽管有个别三连仄现象，但宜有平有仄。③个别词例（如贺铸词）所有仄脚句，全部叶韵。④上下阕乐段三中的两个六字句，可用韵，也可不用韵，且上下阕的用韵不拘同一韵部。

例一 水调歌头（九十五字）

（宋）毛 滂

九金增宋重，八玉变秦余。千年清浸，先净河洛出图书。一段升平光景，不但五星循轨，万点共连珠。垂衣本神圣，补衮妙工夫。　　朝元去，锵环佩，冷云衢。芝房雅奏，仪凤矫首听笙竽。天近黄麾仗晓，春早红鸾扇暖，迟日上金铺。万岁南山色，不老对唐虞。

注：该词上阕第一句和第二句为乐段一中的格式（1），第三句和第四句为乐段二中的格式（1），第五句至第七句为乐段三中的格式（1），第八句和第九句为乐段四中的格式（1）；下阕第一句至第三句为乐段一中的格式（1），第四句和第五句为乐段二中的格式（1），第六句至第八句为乐段三中的格式（1），第九句和第十句为乐段四中的格式（1）。全词双调，九十五字，上阕九句，四平韵；下阕十句，四平韵。

例二 水调歌头（九十五字）

（宋）周紫芝

岁晚念行役，江阔渺风烟。六朝文物何在，回首更凄然。倚尽危楼杰观，暗想琼枝璧月，罗袜步承莲。桃叶山前鹭，无语下寒滩。　　潮寂寞，浸孤垒，涨平川。莫愁艇子何处，烟树杳无边。王谢堂前双燕，空绕乌衣门巷，斜日草连天。只有台城月，千古照婵娟。

注：该词上阕第一句和第二句为乐段一中的格式（2），第三句和第四句为乐段二中的格式（3），第五句至第七句为乐段三中的格式（1），第八句和第九句为乐段四中的格式（2）；下阕第一句至第三句为乐段一中的格式（1），第四句和第五句为乐段二中的格式（3），第六句至第八句为乐段三中的格式（1），第九句和第十句为乐段四中的格式（1）。全词双调，九十五字，上阕九句，四平韵；下阕十句，四平韵。

例三 水调歌头（九十五字）

（宋）苏 轼

明月几时有，把酒问青天。不知天上宫阙，今夕是何年。我欲乘风归去。又恐琼楼玉宇。高处不胜寒。起舞弄清影，何似在人间。　　转朱阁，低绮户，照无眠。不应有恨，何事常向别时圆。人有悲欢离合。月有阴晴圆缺。此事古难全。但愿人长久，千里共婵娟。

注：该词上阕第一句和第二句为乐段一中的格式（2），第三句和第四句为乐段二中的格式（3），第五句至第七句为乐段三中的格式（2），第八句和第九句为乐段四中的格式（2）；下阕第一句至第三句为乐段一中的格式（1），第四句和第五句为乐段二中的格式（1），第六句

至第八句为乐段三中的格式（2），第九句和第十句为乐段四中的格式（1）。全词双调，九十五字，上阕九句，四平韵两仄韵；下阕十句，四平韵两仄韵。

例四　水调歌头（九十五字）
（宋）贺　铸

南国本潇洒。六代浸豪奢。台城游冶。裛笈能赋属官娃。云观登临清夏。碧月留连长夜。吟醉送年华。回首飞鸳瓦。却羡井中蛙。　　访乌衣，成白社。不容车。旧时王谢。堂前双燕过谁家。楼外河横斗挂。淮上潮平霜下。墙影落寒沙。商女篷窗罅。犹唱后庭花。

注：该词的主要特点是上下阕的所有仄脚句，都通叶平韵，故标句号。除此之外，句子的其他格式为：上阕第一句和第二句为乐段一中的格式（2），第三句和第四句为乐段二中的格式（2），第五句至第七句为乐段三中的格式（1），第八句和第九句为乐段四中的格式（2）；下阕第一句至第三句为乐段一中的格式（1），第四句和第五句为乐段二中的格式（2），第六句至第八句为乐段三中的格式（1），第九句和第十句为乐段四中的格式（1）。全词双调，九十五字，上阕九句，四平韵五叶韵；下阕十句，四平韵五叶韵。

例五　水调歌头（九十七字）
（宋）王之道

斜阳明薄暮，暗雨霁凉秋。弱云狼籍，晚来风起，席卷更无留。天外老蟾高挂，皎皎寒光照水，金碧共沉浮。宾主一时兴，倾动庾公楼。　　渡银汉，泞玉露，势如流。不妨吟赏，坐拥红袖舞还讴。暗祝今宵素魄，助我清才逸气，稳步上瀛洲。欲识瀛洲路，雄踞六鳌头。

注：该词上阕第一句和第二句为乐段一中的格式（1），第三句至第五句为乐段二中的格式（4），第五句至第七句为乐段三中的格式（1），第九句和第十句为乐段四中的格式（2）；下阕第一句至第三句为乐段一中的格式（1），第四句和第五句为乐段二中的格式（1），第六句至第八句为乐段三中的格式（1），第九句和第十句为乐段四中的格式（1）。全词双调，九十七字，上下阕各十句，四平韵。

例六　水调歌头（九十七字）
（宋）张孝祥

雪洗卤尘净，风约楚云留。何人为写悲壮，吹笛古城楼。湖海平生豪气，关塞如今风景，剪烛看吴钩。剩喜燃犀处，骇浪与天浮。　　忆当年，周与谢，富春秋。小乔初嫁，香囊犹在，功业故优游。赤壁矶头落照，氾水桥边衰草，渺渺唤人愁。我欲乘风去，击楫誓中流。

注：该词上阕第一句和第二句为乐段一中的格式（2），第三句和第四句为乐段二中的格式（3），第五句至第七句为乐段三中的格式（1），第八句和第九句为乐段四中的格式（2）；下阕第一句至第三句为乐段一中的格式（1），第四句至第六句为乐段二中的格式（4），第七句至第九句为乐段三中的格式（1），第十句和第十一句为乐段四中的格式（1）。全词双调，九十七字，上阕九句，四平韵；下阕十一句，四平韵。

例七　水调歌头（九十六字）

（元）刘　因

一诺与金重，一笑比河清。风花不遇真赏，终古未全平。前日青春归去。今日尊前笑语。春意满西城。花鸟喜相对，宾主眼俱明。　　平生事，千古意，两忘情。醉眠君且去我，扶我者、有门生。窗下烟江白鸟。空外浮云苍狗。未肯便寒盟。从此洛阳社，莫厌小车行。

注：该词上阕第一句和第二句为乐段一中的格式（2），第三句和第四句为乐段二中的格式（3），第五句至第七句为乐段三中的格式（2），第八句和第九句为乐段四中的格式（2）；下阕第一句至第三句为乐段一中的格式（1），第四句和第五句为乐段二中的格式（5），第六句至第八句为乐段三中的格式（2），第九句和第十句为乐段四中的格式（1）。全词双调，九十六字，上阕九句，四平韵两仄韵；下阕十句，四平韵两仄韵。

例八　水调歌头（九十四字）

（宋）傅公谋

草草三间屋，爱竹旋添栽。碧纱窗户，眼前都是翠云堆。一月山翁高卧，踏雪水村清冷，木落远山开。惟有平安竹，留得伴寒梅。　　家童开门看，有谁来。客来一笑，清话煮茗更传杯。有酒只愁无客，有客又愁无酒，酒熟且徘徊。明日人间事，天自有安排。

注：该词上阕第一句和第二句为乐段一中的格式（2），第三句和第四句为乐段二中的格式（2），第五句至第七句为乐段三中的格式（1），第八句和第九句为乐段四中的格式（2）；下阕第一句和第二句为乐段一中的格式（2），第三句和第四句为乐段二中的格式（1），第五句至第七句为乐段三中格式（1），第八句和第九句为乐段四中的格式（1）。全词双调，九十四字，上下阕各九句，四平韵。

例九　水调歌头（九十五字）

（宋）辛弃疾

折尽武昌柳，挂席上潇湘。二年鱼鸟江上，笑我往来忙。富贵何时休问，离别中年堪恨，憔悴鬓成霜。丝竹陶写耳，急羽且飞觞。　　序兰亭，歌赤壁，绣衣香。使君千骑鼓吹，风采汉侯王。莫把离歌频唱，可惜南楼佳处，风月已凄凉。在家贫亦好，此语试平章。

注：该词上阕第一句和第二句为乐段一中的格式（2），第三句和第四句为乐段二中的格式（3），第五句至第七句为乐段三中的格式（1），第八句和第九句为乐段四中的格式（3）；下阕第一句至第三句为乐段一中的格式（1），第四句和第五句为乐段二中的格式（3），第六句至第八句为乐段三中的格式（1），第九句和第十句为乐段四中的格式（2）。全词双调，九十五字，上阕九句，四平韵；下阕十句，四平韵。

例十　水调歌头（九十五字）

（宋）张孝祥

今夕复何夕，此地过中秋。赏心亭上，唤客追忆去年游。千里江山如画，万井笙歌不夜，狭路看鳌头。玉界涌银阙，珠箔卷琼钩。　　驭风去，忽吹到，岭南州。去年明月依旧，还照我登楼。楼下水明沙净，楼外参横斗转，搔首思悠悠。老子兴不浅，聊复此淹留。

注：该词上阕第一句和第二句为乐段一中的格式（2），第三句和第四句为乐段二中的格式（1），第五句至第七句为乐段三中的格式（1），第八句和第九句为乐段四中的格式（2）；下阕第一句至第三句为乐段一中的格式（1），第四句和第五句为乐段二中的格式（3），第六句至第八句为乐段三中的格式（1），第九句和第十句为乐段四中的格式（3）。全词双调，九十五字，上阕九句，四平韵；下阕十句，四平韵。

例十一　水调歌头（九十五字）

（宋）苏　轼

离别一何久，七度过中秋。去年东武今夕，明月不胜愁。岂意彭城山下，同泛清河古汴，船上载凉州。鼓吹助清赏，鸿雁起汀洲。　　坐中客，翠羽帔，紫绮裘。素娥无赖西去，曾不为人留。今夜清尊对客，明夜孤帆水驿，依旧照离忧。但恐同王粲，相对永登楼。

注：该词上阕第一句和第二句为乐段一中的格式（2），第三句和第四句为乐段二中的格式（3），第五句至第七句为乐段三中的格式（1），第八句和第九句为乐段四中的格式（2）；下阕第一句至第三句为乐段一中的格式（1），第四句和第五句为乐段二中的格式（3），第六句

至第八句为乐段三中的格式（1），第九句和第十句为乐段四中的格式（1）。全词双调，九十五字，上阕九句，四平韵；下阕十句，四平韵。

例十二　水调歌头（九十五字）
（宋）张孝祥

江山自雄丽，风露与高寒。寄声月姊，借我宝鉴此中看。幽壑鱼龙悲啸，倒影星辰摇动，海气夜漫漫。涌起白银阙，危驻紫金山。　　表独立，飞霞佩，切云冠。漱冰濯雪，眇视万里一毫端。回首三山何处，闻道群仙笑我，要我欲俱还。挥手从此去，翳凤更骖鸾。

注：该词上阕第一句和第二句为乐段一中的格式（3），第三句和第四句为乐段二中的格式（1），第五句至第七句为乐段三中的格式（1），第八句和第九句为乐段四中的格式（2）；下阕第一句至第三句为乐段一中的格式（1），第四句和第五句为乐段二中的格式（1），第六句至第八句为乐段三中的格式（1），第九句和第十句为乐段四中的格式（3）。全词双调，九十五字，上阕九句，四平韵；下阕十句，四平韵。

例十三　水调歌头（九十五字）
（宋）李　泳

危楼云雨上，其下水扶天。群山四合，飞动寒翠落檐前。尽是清秋阑槛，一笑波翻涛怒，雪阵卷苍烟。炎暑去无迹，清驶久翩翩。　　夜将阑，人欲静，月初圆。素娥弄影，光射空际渺婵娟。不用濯缨垂钓，唤取龙宫仙驾，耕此万琼田。横笛望中起，吾意已超然。

注：该词上阕第一句和第二句为乐段一中的格式（1），第三句和第四句为乐段二中的格式（1），第五句至第七句为乐段三中的格式（1），第八句和第九句为乐段四中的格式（2）；下阕第一句至第三句为乐段一中的格式（1），第四句和第五句为乐段二中的格式（1）；第六句至第八句为乐段三中的格式（1），第九句和第十句为乐段四中的格式（1）。全词双调，九十五字，上阕九句，四平韵；下阕十句，四平韵。

例十四　水调歌头（九十五字）
（宋）石孝友

美人在何许，相望正悠悠。云窗雾阁遥想，宛在海中洲。空对残云冷雨，何限重山叠水，一梦到无由。遗怨写红叶，薄幸记青楼。　　金乌掷，玉蟾缺，物华休。凤梧斝井，一夜风露各惊秋。惟有远山无赖，淡扫一眉晴绿，特地向人愁。敛袂且归去，回首谩迟留。

注：该词上阕第一句和第二句为乐段一中的格式（3），第三句和第四句为乐段二中的格式（3），第五句至第七句为乐段三中的格式（1），第八句和第九句为乐段四中的格式（2）；下阕第一句至第三句为乐段一中的格式（1），第四句和第五句为乐段二中的格式（1），第六句至第八句为乐段三中的格式（1），第九句和第十句为乐段四中的格式（1）。全词双调，九十五字，上阕九句，四平韵；下阕十句，四平韵。

例十五　水调歌头（九十五字）

（宋）吕渭老

诗人翻水尽，寂寞五侯烟。醉魂何在，应骑箕尾列青天。记得平生谈笑，夹岸手栽杨柳，同泛夜深船。溪水还依旧，深浅半青竿。　　小神仙，殷七七，许闲闲。黄粱未熟，经游都在梦魂间。我厌嚣尘浊味，几欲凌云羽化，鸡犬不留残。俗事丹砂冷，且抱一枝安。

注：该词上阕第一句和第二句为乐段一中的格式（1），第三句和第四句为乐段二中的格式（2），第五句至第七句为乐段三中的格式（1），第八句和第九句为乐段四中的格式（2）；下阕第一句至第三句为乐段一中的格式（1），第四句和第五句为乐段二中的格式（2），第六句至第八句为乐段三中的格式（1），第九句和第十句为乐段四中的格式（1）。全词双调，九十五字，上阕九句，四平韵；下阕十句，四平韵。

卷二十四

扫 地 游

调见《清真词》，因词有"占地持杯，扫花寻路"句，取以为名，又名《扫花游》。

《扫地游》的长短句结构

《扫地游》上阕，四个乐段			
乐段一（十三字）	乐段二（十三字）	乐段三（十字）	乐段四（十二字或十一字）
4　5　4	4　5　4	4　6	3　5　4 3　4　4

《扫地游》下阕，四个乐段			
乐段一（十四字）	乐段二（十三字）	乐段三（十字）	乐段四（十字）
5　5　4	4　5　4	4　6	3　34

《康熙词谱》共收集三体《扫地游》，双调，上下阕分别可分为四个乐段，其长短句结构如表所示。该调有九十五字和九十四字两种格式，上阕十一句，六仄韵或七仄韵；下阕十句，七仄韵。《康熙词谱》以九十五字的周邦彦词为正体或正格。《扫地游》的正格和变格如表所示，其中，上下阕各乐段的格式（1）为正格句式，其余为变格句式。

例一　扫地游（九十五字）
（宋）周邦彦

晓阴翳日，正雾霭烟横，远迷平楚。暗黄万缕。听鸣禽按曲，小腰欲舞。细绕回堤，驻马河桥避雨。信流去。问一叶怨题，今到何处。　　春事能几许。任占地持杯，扫花寻路。泪珠溅俎。叹将愁度日，病伤幽素。恨入金徽，见说文君更苦。黯凝伫。掩重关、遍城钟鼓。

注：该词上阕第九句至第十一句为乐段四中的格式（1）；下阕第一句至第三句为乐段一中

的格式（1），第四句至第六句为乐段二中的格式（1）。全词双调，九十五字，上阕十一句，六仄韵；下阕十句，七仄韵。

《扫地游》的正格与变格（双调）

《扫地游》上阕，十一句，六仄韵或七仄韵	
乐段一（三句，十三字）	乐段二（三句，十三字）
＋ － ＋ ｜（句）＋ ｜ ｜ － －（句） ＋ － ＋ ｜（韵） （1）	＋ － ＋ ｜（韵）｜ ＋ － ＋ ｜（句） ＋ － ＋ ｜（韵）
＋ － ＋ ｜（韵）＋ ｜ ｜ － －（句） ＋ － ＋ ｜（韵） （2）	

《扫地游》上阕，十一句，六仄韵或七仄韵	
乐段三（二句，十字）	乐段四（三句，十二字或十一字）
＋ ｜ ＋ －（句）＋ ｜ ＋ － ＋ ｜（韵）	＋ － ｜（韵）｜ ＋ ｜ ＋ －（句）＋ ＋ － ｜（韵） （1） ＋ － ｜（韵）＋ ｜ ＋ －（句）＋ ＋ － ｜（韵） （2）

例二　扫地游（九十五字）

（宋）陈允平

蕙风飐暖，渐草色分吴，柳阴迷楚。寸心似缕。看窥帘燕妥，妒花蝶舞。翦翦愁红，万点轻飘泪雨。怕春去。问杜宇唤春，归去何处。　　后期重细许。倩落絮飞烟，障春归路。长亭别俎。对歌尘舞地，暗伤蛮素。算得相思，比著伤春又苦。正凭伫。听斜阳、断桥箫鼓。

注：该词上阕第一句至第三句为乐段一中的格式（1），第九句至第十一句为乐段四中的格式（1）；下阕第一句至第三句为乐段一中的格式（2），第四句至第六句为乐段二中的格式（1）。全词双调，九十五字，上阕十一句，六仄韵；下阕十句，七仄韵。

《扫地游》下阕，十句，七仄韵	
乐段一（三句，十四字）	乐段二（三句，十三字）
＋｜－＋｜（韵）｜＋｜－－（句） ＋－＋｜（韵） （1）	＋－＋｜（韵）｜＋｜＋｜（句） ＋－＋｜（韵） （1）
＋｜－－｜｜（韵）｜＋｜｜（句） （句）＋－＋｜（韵） （2）	＋－＋｜（韵）｜＋｜＋－（句） ＋－＋｜（韵） （2）

《扫地游》下阕，十句，七仄韵	
乐段三（二句，十字）	乐段四（二句，十字）
＋｜－－（句）＋｜＋－＋ ｜（韵）	＋－｜（韵）＋＋＋（读）＋－ ＋｜（韵）

例三　扫地游（九十五字）

（宋）张半湖

柳丝曳绿，正豆雨初晴，水天清夏。石榴绽也。看猩红万点，倚亭欹榭。锁闷深中，料想酒阑歌罢。日将下。是那处藕花，香胜沉麝。　　窗外风竹打。似戛玉敲金，送声潇洒。共观古画。唤石鼎烹茶，细商幽话。宝鸭烟消，天外新蟾低挂。凉无价。又丁东、数声檐马。

注：该词上阕第一句至第三句为乐段一中的格式（1），第九句至第十一句为乐段四中的格式（1）；下阕第一句至第三句为乐段一中的格式（1），第四句至第六句为乐段二中的格式（2）。全词双调，九十五字，上阕十一句，六仄韵；下阕十句，七仄韵。

例四　扫地游（九十五字）

（宋）杨无咎

乳莺啭午。好梦正初醒，小轩清楚。水沉细缕。趁游丝落絮，缓随风舞。冒起春心，又是愁云怨雨。玉人去。遍徙倚旧时，曾并肩处。　　相望知几许。纵远隔云山，不遮愁路。捧杯荐俎。记低歌丽曲，共论心素。薄恨斜阳，不道离情最苦。正凝伫。向谯楼、又催笳鼓。

注：该词上阕第一句至第三句为乐段一中的格式（2），第九句至第十一句为乐段四中的格式（1）；下阕第一句至第三句为乐段一中的格式（1），第四句至第六句为乐段二中的格式（1）。全词双调，九十五字，上阕十一句，七仄韵；下阕十句，七仄韵。

例五 扫地游（九十四字）

（宋）王沂孙

小亭荫碧，遇骤雨疏风，剩红如扫。翠交径小。问攀条弄蕊，有谁重到。漫说青青，比似花时更好。怎知道。一别汉南，遗恨多少。　　清昼人悄悄。任密护帘寒，暗迷窗晓。旧盟误了。又新枝嫩子，总随春老。渐隔相思，极目长亭路杳。搅怀抱。听蒙茸、数声啼鸟。

注：该词上阕第一句至第三句为乐段一中的格式（1），第九句至第十一句为乐段四中的格式（2）；下阕第一句至第三句为乐段一中的格式（1），第四句至第六句为乐段二中的格式（1）。全词双调，九十四字，上阕十一句，六仄韵；下阕十句，七仄韵。

满 庭 芳

此调有平韵、仄韵两体。平韵者，周邦彦词名《锁阳台》；葛立方词有"要看黄昏庭院，横斜映霜月朦胧"句，名《满庭霜》；晁补之词有"堪与潇湘暮雨，图上画扁舟"句，名《潇湘夜雨》；韩淲词有"甘棠遗爱，留与话桐乡"句，名《话桐乡》；吴文英词因苏轼词有"江南好，千钟美酒，一曲满庭芳"句，名《江南好》；张埜词名《满庭花》；《太平乐府》注"中吕宫"，高拭词注"中吕调"。仄韵者，《乐府雅词》名《转调满庭芳》。

《满庭芳》的长短句结构

上阕，四个乐段			
乐段一 （十四字或十五字）	乐段二 （九字）	乐段三 （十三字或十二字、十四字）	乐段四 （十二字）
4　4　6 4　4　34	4　5	6　　34 6　　6 34　34	3　4　5

下阕，四个乐段			
乐段一 （十三字或十四字）	乐段二 （九字或八字）	乐段三 （十三字或十二字、十四字）	乐段四 （十二字或十三字）
5　4　4 2　3　4　4 5　　　36	3　　6 5　　4 4　　5 4　　4	6　　34 6　　6 34　　34	3　4　5 4　4　5

　　《康熙词谱》共收集七体《满庭芳》，双调，上下阕分别可分为四个乐段，其长短句结构如表所示。该调有九十五字或九十六字、九十三字等格式，主要用韵格式为平韵，也有个别用仄韵的词例。对平韵格而言，上阕十句或十一句，四平韵；下阕十句或十一句，四平韵或五平韵。《古今词话》无名氏的一体仄韵格，全词双调，九十六字，上阕十句，四仄韵；下阕九句，四仄韵。《康熙词谱》以用平韵格的九十五字体晏几道词和周邦彦词为正体或正格。《满庭芳》的平韵格的正格与变格如表所示，其中，上下阕各乐段中的格式（1）为正格句式，其余为变格句式。《满庭芳》的仄韵格如表所示。

例一　满庭芳（九十五字）

（宋）晏几道

　　南苑吹花，西楼题叶，故园欢事重重。凭阑秋思，闲记旧相逢。几处歌云梦雨，可怜便、流水西东。别来久，浅情未有，锦字系征鸿。　　年光还少味，开残槛菊，落尽溪桐。漫留得，尊前淡月西风。此恨谁堪共说，清愁付、绿酒杯中。佳期在，归时待把，香袖看啼红。

　　注：该词上阕第一句至第三句为乐段一中的格式（1），第六句和第七句为乐段三中的格式（1）；下阕第一句至第三句为乐段一中的格式（1），第四句和第五句为乐段二中的格式（1），第六句和第七句为乐段三中的格式（1），第八句至第十句为乐段四中的格式（1）。全词双调，九十五字，上下阕各十句，四平韵。

《满庭芳》（平韵）的正格与变格（双调）

《满庭芳》上阕，十句或十一句，四平韵	
乐段一（三句，十四字或十五字）	乐段二（二句，九字）
＋｜－－（句）＋－＋｜（句） ＋－＋｜－－（韵） （1） ＋｜－－（句）＋－＋｜（句） ＋｜－｜－－（韵） （2） ＋－＋｜（句）＋－＋｜（句） ＋－＋｜－－（韵） （3） ＋｜－－（句）＋－＋｜（句） ＋＋＋（读）＋｜－－（韵） （4）	＋－＋｜（句）＋｜｜－－（韵）

《满庭芳》上阕，十句或十一句，四平韵	
乐段三 （二句，十三字或十二字、十四字）	乐段四 （三句，十二字）
＋｜＋－＋｜（句）＋＋＋＋（读） ＋｜－－（韵） （1） ＋｜＋－＋｜（句）＋－＋｜ －－（韵） （2） ＋＋＋（读）＋－＋｜（句）＋ ＋＋（读）＋｜－－（韵） （3）	＋＋＋（句）＋－＋｜（句）＋ ｜｜－－（韵）

《满庭芳》下阕，十句或十一句，四平韵或五平韵	
乐段一（三句或四句，十三字）	乐段二（二句，九字或八字）
＋ － － ｜ ｜（句）＋ － ＋ ｜（句）＋ ｜ － －（韵） （1） － －（韵）－ ＋ ｜（句）＋ － ＋ ｜（句）＋ ｜ － －（韵） （2）	＋ ＋ ＋（句）＋ － ＋ ｜ － －（韵） （1） ＋ ＋ ＋（句）＋ ｜ ｜ － －（韵） （2） ｜ ＋ － ＋ ｜（句）＋ ｜ － －（韵） （3） ｜ ＋ ｜ －（句）＋ ｜ － －（韵） （4） ＋ ｜ ｜ － －（句）＋ ｜ － －（韵） （5） ＋ － ＋ ｜（句）＋ ｜ ｜ － －（韵） （6） ＋ － ＋ ｜（句）＋ ｜ － －（韵） （7）

《满庭芳》下阕，十句或十一句，四平韵或五平韵	
乐段三（二句，十三字或十二字、十四字）	乐段四（三句，十二字或十三字）
＋ ｜ ＋ － ＋ ｜（句）＋ ＋ ＋（读）＋ ｜ － －（韵） （1） ＋ ｜ ＋ － ＋ ｜（句）＋ － ＋ ｜ － －（韵） （2） ＋ ＋ ＋（读）＋ － ＋ ｜（句）＋ ＋ ＋（读）＋ ｜ － －（韵） （3）	＋ ＋ ＋（句）＋ － ＋ ｜（句）＋ ｜ ｜ － －（韵） （1） ＋ － ＋ ｜（句）＋ － ＋ ｜（句）＋ ｜ ｜ － －（韵） （2）

注：①词例表明，上下阕乐段三中的各格式宜对称选择。②相关乐段中的格式"＋ ＋ ＋（句）"，三字宜有平有仄。

例二　满庭芳（九十五字）

（宋）周邦彦

　　风老莺雏，雨肥梅子，午阴嘉树清圆。地卑山近，衣润费炉烟。人静乌鸢自乐，小桥外、新绿溅溅。凭阑久，黄芦苦竹，拟泛九江船。　　年年。如社燕，漂流瀚海，来寄修椽。且莫思身外，长近尊前。憔悴江南倦客，不堪听、急管繁弦。歌筵畔，先安枕簟，容我醉时眠。

　　注：该词上阕第一句至第三句为乐段一中的格式（1），第六句和第七句为乐段三中的格式（1）；下阕第一句至第四句为乐段一中的格式（2），第五句和第六句为乐段二中的格式（3），第七句和第八句为乐段三中的格式（1），第九句至第十一句为乐段四中的格式（1）。全词双调，九十五字，上阕十句，四平韵；下阕十一句，五平韵。

例三　满庭芳（九十六字）

（宋）程　垓

　　南月惊乌，西风破雁，又还是、秋满平湖。采莲人静，寒色战菰蒲。旧信江南好景，一万里、轻觅莼鲈。谁知道，吴侬未识，蜀客已情孤。　　凭高增怅望，湘云尽处，都是平芜。问故乡何日，重见吾庐。纵有荷纫芰制，终不似、菊短篱疏。归情远，三更雨梦，依旧绕庭梧。

　　注：该词上阕第一句至第三句为乐段一中的格式（4），第六句和第七句为乐段三中的格式（1）；下阕第一句至第三句为乐段一中的格式（1），第四句和第五句为乐段二中的格式（3），第六句和第七句为乐段三中的格式（1），第八句至第十句为乐段四中的格式（1）。全词双调，九十六字，上下阕各十句，四平韵。

例四　满庭芳（九十五字）

（宋）苏　轼

　　三十三年，今谁存者，算只君与长江。凛然苍桧，霜干苦难双。闻道司州古县，云溪上、竹坞松窗。江南岸，不因送子，宁肯过吾邦。　　拟拟。疏雨过，风林舞破，烟盖云幢。愿持此邀君，一饮空缸。居士先生老矣，真梦里、相对残釭。歌舞断，行人未起，船鼓已逢逢。

　　注：该词上阕第一句至第三句为乐段一中的格式（2），第六句和第七句为乐段三中的格式（1）；下阕第一句至第四句为乐段一中的格式（2），第五句和第六句为乐段二中的格式（4），第七句和第八句为乐段三中的格式（1），第九句至第十一句为乐段四中格式（1）。全词双调，九十五字，上阕十句，四平韵；下阕十一句，五平韵。

例五　满庭芳（九十五字）
（宋）秦　观

　　山抹微云，天粘衰草，画角声断谯门。暂停征棹，聊共引离尊。多少蓬莱旧事，空回首、烟霭纷纷。斜阳外，寒鸦数点，流水绕孤村。　　销魂。当此际，香囊暗解，罗带轻分。漫赢得，青楼薄幸名存。此去何时见也，襟袖上、空染啼痕。伤情处，高楼望断，灯火已黄昏。

　　注：该词上阕第一句至第三句为乐段一中的格式（2），第六句和第七句为乐段三中的格式（1）；下阕第一句至第四句为乐段一中的格式（2），第五句和第六句为乐段二中的格式（1），第七句和第八句为乐段三中的格式（1），第九句至第十一句为乐段四中格式（1）。全词双调，九十五字，上阕十句，四平韵；下阕十一句，五平韵。

例六　满庭芳（九十五字）
（宋）黄庭坚

　　修水浓清，新条淡绿，翠光交映虚亭。锦鸳霜鹭，荷径拾幽萍。香渡栏干屈曲，红妆映、薄绮疏棂。风清夜，横塘月满，水净见移星。　　堪听。微雨过，婴姗藻荇，琐碎浮萍。便移转交床，湘簟方屏。练霭鳞云旋满，声不断、檐响风铃。重开宴，瑶池雪沁，山露佛头青。

　　注：该词上阕第一句至第三句为乐段一中的格式（1），第六句和第七句为乐段三中的格式（1）；下阕第一句至第四句为乐段一中的格式（2），第五句和第六句为乐段二中的格式（4），第七句和第八句为乐段三中的格式（1），第九句至第十一句为乐段四中格式（1）。全词双调，九十五字，上阕十句，四平韵；下阕十一句，五平韵。

例七　满庭芳（九十五字）
（宋）秦　观

　　晓色云开，春随人意，骤雨才过还晴。古台芳榭，飞燕蹴红英。舞困榆钱自落，秋千外、绿水桥平。东风里，朱门映柳，低按小秦筝。　　多情。行乐处，珠钿翠盖，玉辔红缨。渐酒空金榼，花困蓬瀛。豆蔻梢头旧恨，十年梦、屈指堪惊。凭阑久，疏烟淡日，寂寞下芜城。

　　注：该词上阕第一句至第三句为乐段一中的格式（2），第六句和第七句为乐段三中的格式（1）；下阕第一句至第四句为乐段一中的格式（2），第五句和第六句为乐段二中的格式（3），第七句和第八句为乐段三中的格式（1），第九句至第十一句为乐段四中格式（1）。全词双调，九十五字，上阕十句，四平韵；下阕十一句，五平韵。

例八　满庭芳（九十五字）

(宋) 秦　观

红蓼花繁，黄芦叶乱，夜深玉露初零。霁天空阔，云淡楚江清。独棹孤篷小艇，悠悠过、烟渚沙汀。金钩细，丝纶慢卷，牵动一潭星。　　时时横短笛，清风皓月，相与忘形。任人笑生涯，泛梗飘萍。饮罢不妨醉卧，尘劳事、有耳谁听。江风静，日高未起，枕上酒微醒。

注：该词上阕第一句至第三句为乐段一中的格式（1），第六句和第七句为乐段三中的格式（1）；下阕第一句至第三句为乐段一中的格式（1），第四句和第五句为乐段二中的格式（4），第六句和第七句为乐段三中的格式（1），第八句至第十句为乐段四中的格式（1）。全词双调，九十五字，上下阕各十句，四平韵。

例九　满庭芳（九十五字）

(宋) 仲　殊

晓日迎凉，烟华生翠，玉麟香转风轻。细丝钩管，罗绮拥芝庭。竞折蟠桃献寿，雨露罩、春下仙瀛。碧池上，龟游鹤舞，一曲奏长生。　　当年嘉庆会，兰江秀气，星昴光灵。奄奕世余徽，同降元精。此日中吴太守，看看秉、廊庙钧衡。麒麟阁，功名第一，从此入丹青。

注：该词上阕第一句至第三句为乐段一中的格式（1），第六句和第七句为乐段三中的格式（1）；下阕第一句至第三句为乐段一中的格式（1），第四句和第五句为乐段二中的格式（5），第六句和第七句为乐段三中的格式（1），第八句至第十句为乐段四中的格式（1）。全词双调，九十五字，上下阕各十句，四平韵。

例十　满庭芳（九十五字）

(宋) 冯观国

嘲风吟月，挥毫染翰，算来都是徒然。十年狂荡，无用买山钱。假使诗高太白，草书还、远胜张颠。又何事，精神费尽，不解作飞仙。　　如今归去也，乌巾短褐，指袖天边。向罗浮山顶，太华峰前。一笑白云万顷，青冥上、鸾鹤翩翩。浑无事，胡麻饭饱，终日弄清泉。

注：该词上阕第一句至第三句为乐段一中的格式（3），第六句和第七句为乐段三中的格式（1）；下阕第一句至第三句为乐段一中的格式（1），第四句和第五句为乐段二中的格式（3），第六句和第七句为乐段三中的格式（1），第八句至第十句为乐段四中的格式（1）。全词双调，九十五字，上下阕各十句，四平韵。

例十一　满庭芳（九十五字）

（宋）俞国宝

南省西清，黄扉青琐，五年历遍中都。一封朝奏，无乃爱君欤。便作筠阳胜赏，东溪上、鸥鸟相娱。谁知道，心存魏阙，身暂寄江湖。　　东溪何所有，冬梅夏柳，春杞秋蕖。漫回首，多少笼鸟池鱼。细看山林朝市，经行处、等是蘧庐。今朝好，一杯寿酒，一卷养生书。

注：该词上阕第一句至第三句为乐段一中的格式（1），第六句和第七句为乐段三中的格式（1）；下阕第一句至第三句为乐段一中的格式（1），第四句和第五句为乐段二中的格式（2），第六句和第七句为乐段三中的格式（1），第八句至第十句为乐段四中的格式（1）。全词双调，九十五字，上下阕各十句，四平韵。

例十二　满庭芳（九十五字）

（宋）赵良玉

红杏香中，绿杨影里，画桥春水泠泠。深沉院满，风送卖花声。又是清明近也，粉墙畔、时有迁莺。当此际，人传天上，特降玉麒麟。　　风云。今会遇，名邦坐抚，入侍严宸。更儿孙兰玉，都是宁馨。脆管繁弦竞奏，蕙炉袅、沉水烟轻。华筵罢，江城回首，一点寿星明。

注：该词上阕第一句至第三句为乐段一中的格式（1），第六句至第八句为乐段三中的格式（1）；下阕第一句至第四句为乐段一中的格式（2），第五句和第六句为乐段二中的格式（3），第七句和第八句为乐段三中的格式（1），第九句至第十一句为乐段四中格式（1）。全词双调，九十五字，上阕十一句，四平韵；下阕十一句，五平韵。

例十三　满庭芳（九十三字）

（宋）黄公度

一径叉分，三亭鼎峙，小园别是清幽。曲栏低槛，春色四时留。怪石参差卧虎，长松偃蹇拏虬。携筇晚，风来万里，冷撼一天秋。　　优游。销永昼，琴尊左右，宾主风流。且偷闲，不妨身在南州。故国归帆隐隐，西昆往事悠悠。都休问，金钗十二，满酌听轻讴。

注：该词上阕第一句至第三句为乐段一中的格式（1），第六句和第七句为乐段三中的格式（2）；下阕第一句至第四句为乐段一中的格式（2），第五句和第六句为乐段二中的格式（1），第七句和第八句为乐段三中的格式（2），第九句至第十一句为乐段四中格式（1）。全词双调，九十三字，上阕十句，四平韵；下阕十一句，五平韵。

例十四　满庭芳（九十六字）

（宋）赵长卿

　　斜点银釭，高擎莲炬，夜寒不奈微风。重重帘幕，掩映画堂中。香渐远、长烟袅毵，光不定、寒影摇红。偏奇处，当庭月暗，吐焰亘如虹。　　红裳呈艳丽，翠娥一见，无奈狂踪。试烦纤手，卷上纱笼。开正好、银花照夜，堆不尽、金粟凝空。叮咛语，频将好事，来报主人公。

　　注：该词上阕第一句至第三句为乐段一中的格式（1），第六句和第七句为乐段三中的格式（3）；下阕第一句至第三句为乐段一中的格式（1），第四句和第五句为乐段二中的格式（7），第六句和第七句为乐段三中的格式（3），第八句至第十句为乐段四中的格式（1）。全词双调，九十六字，上下阕各十句，四平韵。

例十五　满庭芳（九十六字）

（金）元好问

　　天上殿韩，解羁官府，烂游舞榭歌楼。开花酿酒，来看帝王州。常见牡丹开后，独占断、谷雨风流。仙家好，霜天槁叶，秾艳破春柔。　　狂僧谁借手，一杯唤起，绿怨红愁。天香国艳，梅菊背人羞。尽揭纱笼护日，容光动、玉斝琼舟。都人士女，年年十月，常记遇仙楼。

　　注：该词上阕第一句至第三句为乐段一中的格式（1），第六句和第七句为乐段三中的格式（1）；下阕第一句至第三句为乐段一中的格式（1），第四句和第五句为乐段二中的格式（6），第六句和第七句为乐段三中的格式（1），第八句至第十句为乐段四中格式（2）。全词双调，九十六字，上下阕各十句，四平韵。

《满庭芳》的仄韵格（双调）

《满庭芳》上阕，十句，四仄韵	
乐段一（三句，十四字）	乐段二（二句，九字）
＋｜－－（句）＋－＋｜（句）＋－＋｜（韵）	＋－＋｜（句）＋｜＋－｜（韵）

《满庭芳》上阕，十句，四仄韵	
乐段三（二句，十三字）	乐段四（三句，十二字）
＋｜＋－＋｜（句）＋＋｜（读）＋｜＋－＋｜（韵）	＋－｜（句）＋－＋｜（句）＋｜（韵）

《满庭芳》下阕，九句，四仄韵	
乐段一（二句，十四字）	乐段二（二句，九字）
＋ー ー｜｜（句）＋＋｜（读） ＋｜＋＋ー｜（韵）	｜＋ー＋｜（句）＋＋ー｜（韵）

《满庭芳》下阕，九句，四仄韵	
乐段三（二句，十三字）	乐段四（三句，十二字）
＋｜＋ー＋｜（句）＋＋｜（读） ＋＋ー｜（韵）	ー＋｜（句）＋ー＋｜（句）＋｜ ＋ー｜（韵）

例　满庭芳（九十六字）

《古今词话》无名氏

风急霜浓，天低云淡，过来孤雁声切。雁儿且住，略听自家说。你为离群到此，我共个、人人才别。松江岸，黄芦丛里，天更待飞雪。　声声肠欲断，和我也、点点珠泪成血。这一江流水，流也呜咽。告你高飞远举，前程事、永无磨折。休烦恼，飘零聚散，终有见时节。

注：全词双调，九十六字，上阕十句，四仄韵；下阕九句，四仄韵。

白　雪

调见《逃禅集》，杨无咎自制曲，题本赋雪，故即以《白雪》名调。

《白雪》的长短句结构

《白雪》上阕，四个乐段			
乐段一（十三字）	乐段二（十四字）	乐段三（十字）	乐段四（十二字）
4　　　36	4　　4　　6	3　　34	34　　5

《白雪》下阕，四个乐段			
乐段一（十三字）	乐段二（十一字）	乐段三（十二字）	乐段四（十字）
6　4　3	6　5	34　5	4　6

　　《康熙词谱》只收集一体《白雪》，双调，上下阕分别可分为四个乐段，其长短句结构如表所示。该调九十五字，上阕九句，五平韵；下阕九句，四平韵，其基本格式如表所示。

《白雪》的基本格式（双调）

《白雪》上阕，九句，五平韵	
乐段一（二句，十三字）	乐段二（三句，十四字）
＋－＋｜（句）－｜｜（读）＋－＋｜－－（韵）	＋｜＋－（句）＋－＋｜（句）＋－＋｜－－（韵）

《白雪》上阕，九句，五平韵	
乐段三（二句，十字）	乐段四（二句，十二字）
｜－－（韵）＋＋＋｜（读）＋｜－－（韵）	＋＋｜（读）＋－＋｜（句）＋｜｜－－（韵）

《白雪》下阕，九句，四平韵	
乐段一（三句，十三字）	乐段二（二句，十一字）
－｜＋｜＋－（句）＋－＋｜（句）｜－－（韵）	＋｜＋－＋｜（句）＋｜｜－－（韵）

《白雪》下阕，九句，四平韵	
乐段三（二句，十二字）	乐段四（二句，十字）
＋＋｜（读）＋－＋｜（句）＋｜｜－－（韵）	＋－＋｜（句）＋－＋｜－－（韵）

例　白雪（九十五字）

（宋）杨无咎

檐收雨脚，云乍敛、依然又满长空。纹蜡焰低，熏炉烬冷，寒衾拥尽重重。隔帘栊。听撩乱、扑漉青虫。晓来见、玉楼珠殿，恍若在蟾宫。　　长爱越水泛舟，蓝关立马，画图中。怅望几多诗思，无句可形容。谁与问、已经三白，或是报年丰。未应真个，情多老却天公。

注：全词双调，九十五字，上阕九句，五平韵；下阕九句，四平韵。

徵　招

《宋史·乐志》：政和间，诏以大晟雅乐，施于燕飨，御殿按试，补徵、角二调，播之教坊。调名始此。

《徵招》的长短句结构

《徵招》上阕，四个基本乐段			
乐段一（十三字）	乐段二（十字）	乐段三（十二字）	乐段四（十二字）
7　　6	5　　5 4　　6	5　　34 5　　7	4　　4　　4

《徵招》下阕，四个基本乐段			
乐段一（十四字）	乐段二（十字）	乐段三（十二字）	乐段四（十二字）
5　　36	5　　5 4　　6	5　　34	34　　5

《康熙词谱》共收集三体《徵招》，双调，上下阕分别可分为四个乐段，其长短句结构如表所示。该调九十五字，上阕九句，四仄韵或五仄韵；下阕八句，五仄韵或四仄韵，《康熙词谱》以赵以夫词为正体或正格。该调的正格与变格如表所示，其中，各乐段中的格式（1）为正格句式，其余为变格句式。

《徵招》的正格与变格（双调）

《徵招》上阕，九句，五仄韵或四仄韵	
乐段一（二句，十三字）	乐段二（二句，十字）
＋ － ＋ ｜ － － （句）＋ － ｜ － ＋ ｜ （韵） （1）	＋ ｜ ｜ － － （句）｜ ＋ － ＋ ｜ （韵） （1）
＋ － ＋ ｜ － － （句）＋ ｜ ＋ － ＋ ｜ （韵） （2）	＋ ｜ － － （韵）＋ ｜ ＋ － ＋ ｜ （韵） （2）

《徵招》上阕，九句，五仄韵或四仄韵	
乐段三（二句，十二字）	乐段四（三句，十二字）
＋ － － ｜ ｜ （韵）＋ ＋ ＋ ｜ （读）＋ － ＋ ｜ （韵） （1）	＋ ｜ － － （句）＋ － ＋ ｜ （句）＋ － ＋ ｜ （韵）
＋ － － ｜ ｜ （句）＋ ＋ ｜ （读）＋ － ＋ ｜ （韵） （2）	
｜ ＋ － ＋ ｜ （句）｜ ＋ ｜ ＋ ＋ ｜ （韵） （3）	

注：上阕乐段三中的格式"｜ ＋ ｜ ＋ － ＋ ｜ （韵）"，为"上一下六"句式。

例一　徵招（九十五字）

（宋）赵以夫

　　玉壶冻裂琅玕折，骎骎逼人衣袂。暖絮涨空飞，失前山横翠。欲低还又起。似妆点、满园春意。记忆当时，剡中情味，一溪云水。　　天际绝人行，高吟处、依稀灞桥邻里。更蔎蔎梅花，落云阶月砌。化工真解事。强勾引、老来诗思。楚天暮、驿使不来，怅曲栏频倚。

　　注：该词上阕第一句和第二句为乐段一中的格式（1），第三句和第四句为乐段二中的格式（1），第五句和第六句为乐段三中的格式（1）；下阕第一句和第二句为乐段一中的格式

（1），第三句和第四句为乐段二中的格式（1），第五句和第六句为乐段三中的格式（1）。全词双调，九十五字，上阕九句，五仄韵；下阕八句，五仄韵。

《徵招》下阕，八句，五仄韵或四仄韵	
乐段一（二句，十四字）	乐段二（二句，十字）
＋｜｜一一（句）＋＋｜（读）＋一｜一一｜（韵）（1）	｜＋｜一一（句）｜＋一＋｜（韵）（1）
＋｜｜一一（句）＋＋｜（读）＋｜＋一＋｜（韵）（2）	＋｜＋一（句）＋｜＋一＋｜（韵）（2）

《徵招》下阕，八句，五仄韵或四仄韵	
乐段三（二句，十二字）	乐段四（二句，十二字）
＋一一｜｜（韵）＋＋｜（读）＋一＋｜（韵）（1）	＋＋｜（读）＋｜＋一（句）＋一＋｜（韵）
｜＋一＋｜（句）＋＋｜（读）＋一＋｜（韵）（2）	

例二　徵招（九十五字）

（宋）张　炎

可怜张绪门前柳，相看顿非年少。三径已荒凉，更如今怀抱。薄游浑是感，满烟水、东风残照。古调谁弹，古音谁赏，岁华空老。　　京洛染缁尘，悠然意、独对南山一笑。只在此山中，甚相逢不早。瘦吟心共苦，知几度、翦灯窗小。何时更、听雨巴山，赋草池春晓。

注：该词上阕第一句和第二句为乐段一中的格式（2），第三句和第四句为乐段二中的格式（1），第五句和第六句为乐段三中的格式（2）；下阕第一句和第二句为乐段一中的格式

（2），第三句和第四句为乐段二中的格式（1），第五句和第六句为乐段三中的格式（1）。全词双调，九十五字，上阕九句，四仄韵；下阕八句，四仄韵。

例三　徵招（九十五字）
（宋）彭元逊

人间无欠秋风处，偏到霜痕月杪。风雨船篷，日夜风波未了。忽潮生海立，又天阔江清欲晓。孤迥幽深，激扬悲壮，浮沉浩渺。　　行路古来难，貂裘敝、匹马关山人老。锦字未成，寒到君边书到。料倚门回首，更儿女、灯前欢笑。早斟酌、万里封侯，怕镜霜催照。

注：该词上阕第一句和第二句为乐段一中的格式（2），第三句和第四句为乐段一中的格式（2），第五句和第六句为乐段一中的格式（3）；下阕第一句和第二句为乐段一中的格式（2），第三句和第四句为乐段二中的格式（2），第五句和第六句为乐段三中的格式（2）。全词双调，九十五字，上阕九句，四仄韵；下阕八句，四仄韵。

双　瑞　莲

调见《虚斋乐府》，词咏并头莲，即以为名。

《双瑞莲》的长短句结构

《双瑞莲》上阕，四个乐段			
乐段一（十四字）	乐段二（十四字）	乐段三（十三字）	乐段四（十一字）
5　5　4	4　4　6	6　34	34　4

《双瑞莲》下阕，四个乐段			
乐段一（十五字）	乐段二（十字）	乐段三（十三字）	乐段四（九字）
6　5　4	4　6	6　34	3　6

《康熙词谱》只收集一体《双瑞莲》，双调，上下阕分别可分为四个乐段，其长短句结构如表所示。该调九十五字，上阕十句，六仄韵；下阕九句，五仄韵，其基本格式如表所示。

《双瑞莲》的基本格式（双调）

《双瑞莲》上阕，十句，六仄韵	
乐段一（三句，十四字）	乐段二（三句，十四字）
＋一一｜｜（韵）｜＋｜一一（句）＋一＋｜（韵）	＋一＋｜（句）＋｜＋一＋｜（韵）

《双瑞莲》上阕，十句，六仄韵	
乐段三（二句，十三字）	乐段四（二句，十一字）
＋｜＋一＋｜（句）＋｜｜（读）＋一＋｜（韵）	一｜｜（韵）＋一＋｜（句）＋一＋｜（韵）

《双瑞莲》下阕，九句，五仄韵	
乐段一（三句，十五字）	乐段二（二句，十字）
＋｜＋｜一一（句）｜＋｜一一（句）＋一＋｜（韵）	＋一＋｜（句）＋｜＋一＋｜（韵）

《双瑞莲》下阕，九句，五仄韵	
乐段三（二句，十三字）	乐段四（二句，九字）
＋｜＋一＋｜（句）＋｜｜（读）＋一＋｜（韵）	一｜｜（韵）＋｜＋一＋｜（韵）

例　双瑞莲（九十五字）

（宋）赵以夫

千机云锦里。看并蒂新房，骈头芳蕊。清标艳态，两两翠裳霞袂。似是商量心事，倚绿盖、无言相对。天醮水。彩舟过处，鸳鸯惊起。　　缥缈漾影摇香，想刘阮风流，双仙姝丽。闲情不断，犹恋人间欢会。莫待西风吹老，荐玉醴、碧筒拚醉。清露底。月照一襟凉思。

注：该词双调，九十五字，上阕十句，六仄韵；下阕九句，五仄韵。

玉 京 秋

调见《蘋洲渔笛谱》。

《玉京秋》的长短句结构

《玉京秋》上阕，四个乐段							
乐段一（十二字）		乐段二（十二字）		乐段三（十三字）		乐段四（十一字）	
3　　5　　4		4　　4　　4		6　　34		3　　4　　4	

《玉京秋》下阕，四个乐段							
乐段一（十三字）		乐段二（十二字）		乐段三（十三字）		乐段四（九字）	
6　　34		4　　4　　4		4　　36		3　　6	

《康熙词谱》只收集一体《玉京秋》，双调，上下阕分别可分为四个乐段，其长短句结构如表所示。该调九十五字，上阕十一句，六仄韵；下阕九句，六仄韵，其基本格式如表所示。

《玉京秋》的基本格式（双调）

《玉京秋》上阕，十一句，六仄韵	
乐段一（三句，十二字）	乐段二（三句，十二字）
一 ＋ ｜（韵）－ － ｜ 一 ｜（句）＋ 一 ＋ ｜（韵）	＋ ｜ 一 一（韵）＋ 一 ＋ ｜（句） ＋ 一 ＋ ｜（韵）

《玉京秋》上阕，十一句，六仄韵	
乐段三（二句，十三字）	乐段四（三句，十一字）
＋ ｜ ＋ 一 ＋ ｜（句）＋ ＋ ＋（读） ＋ ｜ 一 ｜（韵）	一 ＋ ｜（韵）＋ 一 ＋ ｜（句）＋ 一 ＋ ｜（韵）

《玉京秋》下阕，九句，六仄韵	
乐段一（二句，十三字）	乐段二（三句，十二字）
＋｜＋－＋｜（韵）＋＋＋（读） ＋－＋｜（韵）	＋｜－－（句）＋－＋｜（句） ＋－＋｜（韵）

《玉京秋》下阕，九句，六仄韵	
乐段三（二句，十三字）	乐段四（二句，九字）
＋｜－－（句）＋＋＋（读）＋｜ ＋－＋｜（韵）	＋－｜（韵）＋｜＋－＋｜ （韵）

例　玉京秋（九十五字）

（宋）周　密

　　烟水阔。高林弄残照，晚蜩凄切。画角吹寒，碧砧度韵，银床飘叶。衣湿桐阴露冷，采凉花、时赋秋雪。难轻别。一襟幽事，砌蛩能说。　　客思吟商还怯。怨歌长、琼壶暗缺。翠扇阴疏，红衣香褪，翻成销歇。玉骨西风，恨最恨、闲却新凉时节。楚箫咽。谁倚西楼淡月。

注：全词双调，九十五字，上阕十一句，六仄韵；下阕九句，六仄韵。

小　圣　乐

　　金元好问自度曲，《太平乐府》、《太和正音谱》俱注"双调"；蒋氏《九宫谱目》入小石调。因词中前结有"骤雨过，打遍新荷"句，更名《骤雨打新荷》。

《小圣乐》的长短句结构

《小圣乐》上阕，四个乐段			
乐段一（十三字）	乐段二（九字）	乐段三（十三字）	乐段四（十二字）
4　5　4	4　5	6　34	3　5　4

《小圣乐》下阕，四个乐段			
乐段一（十五字）	乐段二（九字）	乐段三（十三字）	乐段四（十一字）
6　5　4	4　5	6　34	3　4　4

　　《康熙词谱》只收集一体《小圣乐》，双调，上下阕分别可分为四个乐段，其长短句结构如表所示。该调九十五字，上阕十句，三平韵一叶韵；下阕十句，四平韵，其基本格式如表所示。

《小圣乐》的基本格式（双调）

《小圣乐》上阕，十句，三平韵一叶韵	
乐段一（三句，十三字）	乐段二（二句，九字）
＋｜一一（句）｜＋一＋｜（句） ＋｜一一（韵）	＋一＋｜（句）＋｜｜一一（韵）

《小圣乐》上阕，十句，三平韵一叶韵	
乐段三（二句，十三字）	乐段四（三句，十二字）
＋｜＋一＋｜（句）｜＋｜（读）＋ 一＋｜（叶）	｜＋｜（句）｜＋一＋｜（句） ＋｜一一（韵）

《小圣乐》下阕，十句，四平韵	
乐段一（三句，十五字）	乐段二（二句，九字）
＋一｜一＋｜（句）｜＋一＋｜（句） ＋｜一一（韵）	＋一＋｜（句）＋｜｜一一（韵）

《小圣乐》下阕，十句，四平韵	
乐段三（二句，十三字）	乐段四（三句，十一字）
＋｜＋一＋｜（句）｜＋｜（读）｜ ＋一一（韵）	｜＋｜（句）＋一｜一（句）＋ ｜一一（韵）

例　小圣乐（九十五字）

（金）元好问

　　绿叶阴浓，遍池亭水阁，偏趁凉多。海榴初绽，朵朵蹙红罗。乳燕雏莺弄语，对高柳、鸣蝉相和。骤雨过，似琼珠乱撒，打遍新荷。　　人生百年有几，念良辰美景，休放虚过。富贵前定，何用苦奔波。命友邀宾宴赏，饮芳醑、浅斟低歌。且酩酊，从教二轮，来往如梭。

　　注：全词双调，九十五字，上阕十句，三平韵一叶韵；下阕十句，四平韵。

玉女迎春慢

调见凤林书院元词。

《玉女迎春慢》的长短句结构

《玉女迎春慢》上阕，四个乐段			
乐段一（十三字）	乐段二（十二字）	乐段三（十一字）	乐段四（十二字）
4　　3　6	6　　6	4　　3　4	4　　4　4

《玉女迎春慢》下阕，四个乐段			
乐段一（十四字）	乐段二（十二字）	乐段三（十一字）	乐段四（十字）
6　4　4	6　　6	4　　3　4	4　　6

　　《康熙词谱》只收集一体《玉女迎春慢》，双调，上下阕分别可分为四个乐段，其长短句结构如表所示。该调九十五字，上阕九句，六仄韵；下阕九句，五仄韵，其基本格式如表所示。

《玉女迎春慢》的基本格式（双调）

《玉女迎春慢》上阕，九句，六仄韵	
乐段一（二句，十三字）	乐段二（二句，十二字）
＋｜——（句）＋＋＋｜（读）＋｜ ＋—＋｜（韵）	＋｜＋—＋｜（韵）＋｜＋— ＋｜（韵）

《玉女迎春慢》上阕，九句，六仄韵	
乐段三（二句，十一字）	乐段四（三句，十二字）
＋—＋｜（韵）＋＋＋｜（读）＋ —＋｜（韵）	＋—＋｜（句）＋｜＋—（句） ＋｜—｜（韵）

《玉女迎春慢》下阕，九句，五仄韵	
乐段一（三句，十四字）	乐段二（二句，十二字）
＋—＋｜——（句）＋—＋ ｜（句）＋—＋｜（韵）	＋｜＋—＋｜（句）＋｜＋— ＋｜（韵）

《玉女迎春慢》下阕，九句，五仄韵	
乐段三（二句，十一字）	乐段四（二句，十字）
＋—＋｜（韵）＋＋＋｜（读）＋ —＋｜（韵）	＋｜——（句）＋｜＋—＋｜ （韵）

例　玉女迎春慢（九十五字）

（宋）彭元逊

才入新年，逢人日、拂拂淡烟无雨。叶底妖禽自语。小啄幽香还吐。东风辛苦。便怕有、踏青人误。清明寒食，消得渡江，黄翠千缕。　　看临小帖宜春，填轻晕湿，碧花生雾。为说钗头袅袅，系著轻盈不住。问郎留否。似昨夜、教成鹦鹉。走马章台，忆得画眉归去。

注：全词双调，九十五字，上阕九句，六仄韵；下阕九句，五仄韵。

玉梅香慢

调见《梅苑》，与《梅香慢》、《早梅香》、《雪梅香》不同。

《玉梅香慢》的长短句结构

《玉梅香慢》上阕，四个乐段			
乐段一（十四字）	乐段二（十四字）	乐段三（十字）	乐段四（十二字）
4　6	4　6	4　33	4　4　4

《玉梅香慢》下阕，四个乐段			
乐段一（十三字）	乐段二（十字）	乐段三（十四字）	乐段四（八字）
6　34	4　6	6　35	4　4

《康熙词谱》只收集一体《玉梅香慢》，双调，上下阕分别可分为四个乐段，其长短句结构如表所示。该调九十五字，上阕十一句，五仄韵；下阕八句，五仄韵，其基本格式如表所示。

《玉梅香慢》的基本格式（双调）

《玉梅香慢》上阕，十一句，五仄韵	
乐段一（三句，十四字）	乐段二（三句，十四字）
＋ | － －（句）－ ＋ ＋ |（韵） ＋ | ＋ － ＋ |（韵）	＋ | － －（句）＋ － ＋ |（句） ＋ | ＋ － ＋ |（韵）

《玉梅香慢》上阕，十一句，五仄韵	
乐段三（三句，十字）	乐段四（三句，十二字）
＋ － ＋ |（句）＋ ＋ ＋（读）＋ － |（韵）	＋ | － －（句）＋ | － －（句） ＋ － ＋ |（韵）

《玉梅香慢》下阕，八句，五仄韵	
乐段一（二句，十三字）	乐段二（二句，十字）
＋－｜－＋｜（韵）＋＋＋（读） ＋－＋｜（韵）	＋｜－－（句）＋｜＋－＋｜（韵）

《玉梅香慢》下阕，八句，五仄韵	
乐段三（二句，十四字）	乐段四（二句，八字）
＋｜＋－＋｜（句）＋＋＋（读） ＋－＋｜｜（韵）	＋｜－－（句）＋－＋｜（韵）

例　玉梅香慢（九十五字）

《梅苑》无名氏

寒色犹高，春力尚怯。微律先催梅圻。晓日轻烘，清风频触，疑散疏林残雪。嫩英妒粉，嗟素艳、有蜂蝶。全似人人，向我依然，顿成离缺。　　徘徊寸肠万结。又因花、暗成凝咽。撚蕊怜香，不禁恨深难绝。若是芳心解语，应共把、此情细细说。泪满栏干，无言强折。

注：全词双调，九十五字，上阕十一句，五仄韵；下阕八句，五仄韵。

金　浮　图

调见《尊前集》。

《金浮图》的长短句结构

《金浮图》上阕，三个乐段							
乐段一（十五字）				乐段二（十八字）			乐段三（十五字）
3	4	4	4	35	4	6	6　4　5

《金浮图》下阕，三个乐段							
乐段一（十五字）				乐段二（十八字）			乐段三（十五字）
3	4	4	4	8	4	6	6　4　5

《康熙词谱》只收集一体《金浮图》，双调，上下阕分别可分为三个乐段，其长短句结构如表所示。该调九十六字，上下阕各十句，七仄韵，其基本格式如表所示。

《金浮图》的基本格式（双调）

《金浮图》上阕，十句，七仄韵		
乐段一（四句，十五字）	乐段二（三句，十八字）	乐段三（三句，十五字）
一一丨（韵）十一十 丨（韵）十丨十一（句） 十一十丨（韵）	丨一一（读）十丨一 一丨（韵）十一一（句） 十丨十一十丨（韵）	十丨十一十丨（韵） 十丨十丨（句）十丨 一一丨（韵）

《金浮图》下阕，十句，七仄韵		
乐段一（四句，十五字）	乐段二（三句，十八字）	乐段三（三句，十五字）
一一丨（韵）十一十 丨（韵）十丨十一（句） 十一十丨（韵）	丨一一十丨一丨 （韵）十丨一一（句） 十丨十一十丨（韵）	十丨十一十丨（韵） 十丨十丨（句）十丨 一一丨（韵）

例　金浮图（九十六字）

（唐）尹　鹗

　　繁华地。王孙富贵。玳瑁筵开，下朝无事。压红裀、凤舞黄金翅。玉立纤腰，一片揭天歌吹。满目绮罗珠翠。和风淡荡，偷送沉檀气。　　堪判醉。韶光正媚。折尽牡丹，艳迷人意。纵金张许史应难比。贪恋欢娱，不觉金乌西坠。还惜会难别易。金船更劝，勒住花骢辔。

注：全词双调，九十六字，上下阕各十句，七仄韵。

阳　台　路

《乐章集》注"林钟商"。

《阳台路》的长短句结构

《阳台路》上阕，四个乐段			
乐段一（十二字）	乐段二（十三字）	乐段三（十二字）	乐段四（十二字）
3　　5　　4	34　　6	4　　44	3　　36

《阳台路》下阕，四个乐段			
乐段一（十三字）	乐段二（十一字）	乐段三（十三字）	乐段四（十字）
6　　34	4　　34	34　　6	6　　4

　　《康熙词谱》只收集一体《阳台路》，双调，上下阕分别可分为四个乐段，其长短句结构如表所示。该调九十六字，上阕九句，六仄韵；下阕八句，四仄韵，其基本格式如表所示。

《阳台路》的基本格式（双调）

《阳台路》上阕，九句，六仄韵	
乐段一（三句，十二字）	乐段二（二句，十三字）
＋ － ｜（韵）｜ ＋ － ＋ ｜（句）＋ － ＋ ｜（韵）	＋ ＋ ＋（读）＋ ｜ － －（句）＋ ｜ ＋ － ＋ ｜（韵）

《阳台路》上阕，九句，六仄韵	
乐段三（二句，十二字）	乐段四（二句，十二字）
＋ ｜ － －（句）＋ ｜ ＋ －（读）＋ － ＋ ｜（韵）	－ － ｜（韵）＋ ＋ ＋ ＋（读）＋ － ＋ ｜ －（句）＋ ｜ －（韵）

《阳台路》下阕，八句，四仄韵	
乐段一（二句，十三字）	乐段二（二句，十一字）
＋ ｜ ＋ － ＋ ｜（句）＋ ＋ ＋ ＋（读）＋ － ＋ ｜（韵）	＋ － ＋ ｜（句）＋ ＋ ＋（读）＋ － ＋ ｜（韵）

《阳台路》下阕，八句，四仄韵	
乐段三（二句，十三字）	乐段四（二句，十字）
＋＋＋（读）＋－＋｜（句）＋ ｜＋－＋｜（韵）	＋－＋｜－－（句）＋－＋ ｜（韵）

例　阳台路（九十六字）

（宋）柳　永

楚天晚。坠冷枫败叶，疏红零乱。冒征尘、匹马驱驱，愁见水遥山远。追念年时，正恁凤帏、倚香偎暖。嬉游惯。又岂知、前欢云雨分散。　　此际空劳回首，望帝里、难收泪眼。暮烟衰草，算暗锁、路歧无限。今宵又、依前寄宿，甚处苇村山馆。寒灯半夜厌厌，凭何消遣。

注：全词双调，九十六字，上阕九句，六仄韵；下阕八句，四仄韵。

黄　莺　儿

调见《乐章集》，原注"正宫"，即咏黄莺儿，取以为名。

《黄莺儿》的长短句结构

上阕，四个乐段			
乐段一 （七字）	乐段二 （十六字或十七字）	乐段三 （十一字）	乐段四 （十四字）
7	4　4　4 4　7　6	6　5	6　4　4

下阕，四个乐段			
乐段一（十二字）	乐段二（十四字）	乐段三（十一字或十字）	乐段四（十一字）
2　5　5	4　4　6	6　5 5　5	6　5

《康熙词谱》共收集三体《黄莺儿》，双调，上下阕分别可分为四个乐段，其长短句结

构如表所示。该调有九十六字或九十七字、九十五字等格式，上阕十句或九句，四仄韵；下阕十句，五仄韵。《康熙词谱》以九十六字体柳永词为正体或正格。该调的正格与变格如表所示，其中，上下阕各乐段中的格式（1）为正格句式，其余为变格句式。

《黄莺儿》的正格与变格（双调）

《黄莺儿》上阕，十句或九句，四仄韵	
乐段一（一句，七字）	乐段二（四句或三句，十六字或十七字）
＋ － ＋ ｜ － － ｜（韵）	＋ ｜ － －（句）＋ ｜ － －（句） ＋ ＋ － －（句）＋ － ＋ ｜（韵） （1） ＋ ｜ － －（句）＋ ｜ － －（句） ＋ ｜ － －（句）＋ ｜ － ｜（韵） （2） ＋ ｜ － －（句）＋ － ＋ ｜ ｜ －（句）＋ － ｜ － － ｜（韵） （3）

《黄莺儿》上阕，十句或九句，四仄韵	
乐段三（二句，十一字）	乐段四（三句，十四字）
＋ ＋ ｜ ｜ － －（句）＋ ｜ － ｜（韵）	＋ － ＋ ｜ － －（句）＋ ｜ － －（句）＋ ｜ － ｜（韵）

例一　黄莺儿（九十六字）

（宋）柳　永

　　园林晴昼谁为主。暖律潜催，幽谷暄和，黄鹂翩翩，乍迁芳树。观露湿缕金衣，叶映如簧语。晓来枝上绵蛮，似把芳心，深意低诉。　　无据。乍出暖烟来，又趁游蜂去。恣狂踪迹，两两相呼，终朝雾吟风舞。当上苑柳浓时，别馆花深处。此际海燕偏饶，都把韶光与。

　　注：该词上阕第二句至第五句为乐段二中的格式（1）；下阕第七句和第八句为乐段三中的格式（1），第九句和第十句为乐段四中的格式（1）。全词双调，九十六字，上阕十句，四仄韵；下阕十句，五仄韵。

《黄莺儿》下阕，十句，五仄韵	
乐段一（三句，十二字）	乐段二（三句，十四字）
－｜（韵）＋｜｜－－（句）＋｜ －－｜（韵）	｜－－＋（句）＋｜－－（句） －－＋＋－｜（韵）

《黄莺儿》下阕，十句，五仄韵	
乐段三（二句，十一字或十字）	乐段四（二句，十一字）
＋＋｜｜－－（句）＋｜－ ｜（韵） （1） ＋｜｜－－（句）＋｜－｜（韵） （2）	＋｜＋｜－－（句）＋｜－ ｜（韵） （1） ｜＋＋｜－－（句）＋｜－ （韵） （2）

注：①上下阕乐段三中的格式"＋＋｜｜－－（句）"为"上一下五"句式。②下阕乐段四中的格式"｜＋＋｜－－（句）"为"上一下五"句式。

例二　黄莺儿（九十七字）

（宋）晁补之

南园佳致偏宜暑。两两三三，修篁新笋出初齐，猗猗过檐侵户。听乱点芰荷风，细洒梧桐雨。午余帘影参差，远树蝉声，幽梦残处。　　凝伫。既往尽成空，暂过何曾住。算人间事，岂足追思，依依梦中情绪。观数点茗浮花，一缕香萦炷。怪来人道陶潜，做得羲皇侣。

注：该词上阕第二句至第五句为乐段二中的格式（3）；下阕第七句和第八句为乐段三中的格式（1），第九句和第十句为乐段四中的格式（2）。全词双调，九十七字，上阕九句，四仄韵；下阕十句，五仄韵。

例三　黄莺儿（九十五字）

《梅苑》无名氏

香梢匀蕊先回暖。点点胭脂，轻衬红苞，隐映疏篁，红翠相间。方瑞雪乍晴时，爱日初添线。五云楼上遥看，似睹溪边，仙子妆面。　　堪羡。影转玉枝斜，艳拂朝霞浅。就中妖娆，独得芬芳，偏教容易开遍。又报一阳时,不似莺声唤。肯与桃脸争春,靓笑群芳晚。

  注:该词上阕第二句至第五句为乐段二中的格式(2);下阕第七句和第八句为乐段三中的格式(2),第九句和第十句为乐段四中的格式(1)。全词双调,九十五字,上阕十句,四仄韵;下阕十句,五仄韵。

天　香

  《法苑珠林》云:"天童子天香甚香。"调名本此。

《天香》的长短句结构

上阕,四个乐段			
乐段一(十四字)	乐段二(十四字)	乐段三(十一字)	乐段四(十二字)
4　4　6	4　4　6 4　4　3　3	4　34 4　7	6　6 4　4　4

下阕,四个乐段			
乐段一 (十三字或十二字)	乐段二 (十字)	乐段三 (十四字)	乐段四 (八字)
6　34 6　6	6　4 4　6	6　35 6　8	4　4

  《康熙词谱》共集八体《天香》,双调,上下阕分别可分为四个乐段,其长短句结构如表所示。该调有九十六字或九十五字等格式,上阕十句或十一句,五仄韵或四仄韵;下阕八句,六仄韵或五仄韵、四仄韵。《康熙词谱》以九十六字体贺铸词、王观词、毛滂词和吴文英词(首句"碧藕藏丝")为正体或正格。该调的正格与变格如表所示,其中,上阕乐段一中的格式(1)和(2),其他乐段中的格式(1)为正格句式,其余为变格句式。

《天香》的正格与变格（双调）

《天香》上阕，十句或十一句，五仄韵或四仄韵	
乐段一（三句，十四字）	乐段二（三句或四句，十四字）
＋｜－－（句）＋－＋｜（句） ＋｜＋－＋｜（韵） （1） ＋｜－－（句）＋－＋｜（句） ＋－＋｜－｜（韵） （2） ＋｜－－（句）＋－＋｜（句） ＋－｜－＋｜（韵） （3）	＋｜－－（句）＋－＋｜（句） ＋｜＋－＋｜（韵） （1） ＋｜－－（句）＋－＋｜（句） ＋－｜（句）＋－｜（韵） （2）

《天香》上阕，十句或十一句，五仄韵或四仄韵	
乐段三（二句，十一字）	乐段四（二句或三句，十二字）
＋－＋｜（韵或句）＋＋＋（读） ＋－＋｜（韵） （1） ＋－＋｜（句）｜＋｜＋－＋ ｜（韵） （2）	＋｜＋－＋｜（句）＋－｜－ ＋｜（韵） （1） ＋｜＋－＋｜（句）＋｜＋－ ＋｜（韵） （2） ＋｜＋－｜－（句）＋－｜－ ＋｜（韵） （3） ＋｜＋－＋｜（句）＋－＋｜ －｜（韵） （4） ＋｜＋－（句）＋－＋｜（句） ＋－＋｜（韵） （5）

《天香》下阕，八句，六仄韵或五仄韵、四仄韵	
乐段一（二句，十三字或十二字）	乐段二（二句，十字）
＋－｜－＋｜（韵）＋＋＋（读）＋－＋｜（韵） ＋－＋｜（韵） （1）	＋｜＋－＋｜（句）＋－＋｜（韵） （1）
＋－｜－＋｜（句）＋＋＋（读） ＋－＋｜（韵） （2）	＋｜＋－（句）＋｜＋－＋｜（韵） （2）
＋｜＋－＋｜（韵或句）＋＋＋ （读）＋－＋｜（韵） （3）	
＋－｜－＋｜（句）＋｜＋－ ＋｜（韵） （4）	

《天香》下阕，八句，六仄韵或五仄韵、四仄韵	
乐段三（二句，十四字）	乐段四（二句，八字）
＋｜＋－＋｜（韵或句）＋＋＋ （读）－－｜－｜（韵） （1）	＋｜－－（句）＋－＋｜（韵）
＋｜＋－＋｜（韵或句）＋＋＋ （读）＋－－｜｜（韵） （2）	
＋｜＋－＋｜（句）｜＋＋－ －｜－｜（韵） （3）	

例一　天香（九十六字）

（宋）贺　铸

烟络横林，山沉远照，迤逦黄昏钟鼓。烛映帘栊，蛩催机杼，共惹清秋风露。不眠思妇。齐应和、几声砧杵。惊动天涯倦客，骎骎岁华行暮。　　当年酒狂自负。谓东君、以春相付。流浪征骖北道，客樯南浦。幽恨无人晤语。赖明月、曾知旧游处。好伴云来，还将梦去。

注：该词上阕第一句至第三句为乐段一中的格式（1），第四句至第六句为乐段二中的格式（1），第七句和第八句为乐段三中的格式（1），第九句和第十句为乐段四中的格式（1）；下阕第一句和第二句为乐段一中的格式（1），第三句和第四句为乐段二中的格式（1），第五句和第六句为乐段三中的格式（1）。全词双调，九十六字，上阕十句，五仄韵；下阕八句，六仄韵。

例二　天香（九十六字）
（宋）王　观

霜瓦鸳鸯，风帘翡翠，今年较是寒早。矮钉明窗，侧开朱户，断莫乱教人到。重阴未解，云共雪、商量未了。青帐垂毡要密，红炉围炭宜小。　　呵梅弄妆试巧。绣罗衣、瑞云芝草。伴我语时同语，笑时同笑。已被金尊劝酒，又唱个、新词故相恼。尽道穷冬，元来恁好。

注：该词上阕第一句至第三句为乐段一中的格式（2），第四句至第六句为乐段二中的格式（1），第七句和第八句为乐段三中的格式（1），第九句和第十句为乐段四中的格式（4）；下阕第一句和第二句为乐段一中的格式（1），第三句和第四句为乐段二中的格式（1），第五句和第六句为乐段三中的格式（1）。全词双调，九十六字，上阕十句，四仄韵；下阕八句，五仄韵。

例三　天香（九十六字）
（宋）毛　滂

进止详华，文章尔雅，金銮恩异群彦。尘断银台，天低鳌禁，最是玉皇香案。燕公视草，星斗动、昭回云汉。对罢宵分还又，金莲烛引归院。　　年来偃藩江畔。赖湖山、慰公心眼。碧瓦千家，共惜袴襦余暖。黄气珠庭渐满。望红日、长安殊不远。缓辔端门，青春未晚。

注：该词上阕第一句至第三句为乐段一中的格式（2），第四句至第六句为乐段二中的格式（1），第七句和第八句为乐段三中的格式（1），第九句和第十句为乐段四中的格式（4）；下阕第一句和第二句为乐段一中的格式（1），第三句和第四句为乐段二中的格式（2），第五句和第六句为乐段三中的格式（2）。全词双调，九十六字，上阕十句，四仄韵；下阕八句，六仄韵。

例四　天香（九十六字）

（宋）吴文英

碧藕藏丝，红莲并蒂，荷塘水暖香斗。窈窕文窗，深沉书幔，锦瑟岁华依旧。洞箫韵里，共跨鹤、青田碧岫。菱镜妆台挂玉，芙蓉艳褥铺绣。　　西邻障蓬漂手。并华朝、梦兰分秀。未冷绮帘犹卷，浅冬时候。秋到霜黄半亩。便准拟、携花就君酒。花酒年华，天长地久。

注：该词上阕第一句至第三句为乐段一中的格式（2），第四句至第六句为乐段二中的格式（1），第七句和第八句为乐段三中的格式（1），第九句和第十句为乐段四中的格式（4）；下阕第一句和第二句为乐段一中的格式（1），第三句和第四句为乐段二中的格式（1），第五句和第六句为乐段三中的格式（1）。全词双调，九十六字，上阕十句，四仄韵；下阕八句，六仄韵。

例五　天香（九十五字）

（宋）刘儗

漠漠江皋，迢迢驿路，天教为春传信。万木丛边，百花头上，不管雪飞风紧。寻交访旧，惟翠竹寒松相认。不意牵思动兴，何心衬妆添晕。　　孤标最甘冷落，不许蝶亲蜂近。直自从来洁白，个中清韵。尽做重闻塞管，也何害、香销粉痕尽。待到和羹，才明底蕴。

注：该词上阕第一句至第三句为乐段一中的格式（3），第四句至第六句为乐段二中的格式（1），第七句和第八句为乐段三中的格式（2），第九句和第十句为乐段四中的格式（1）；下阕第一句和第二句为乐段一中的格式（4），第三句和第四句为乐段二中的格式（1），第五句和第六句为乐段三中的格式（1）。全词双调，九十五字，上阕十句，四仄韵；下阕八句，四仄韵。

例六　天香（九十六字）

（宋）吴文英

蝉叶黏霜，蝇苞缀冻，生香还带风峭。岭上寒多，溪头月冷，北枝瘦，南枝小。玉奴有姊，先占立、墙阴春早。初试宫黄澹薄，偷分寿阳纤巧。　　银烛泪深未晓。酒钟悭、贮愁多少。记得短亭归马，暮衙蜂闹。豆蔻钗梁恨袅。但怅望、天涯岁华老。远信难封，吴云雁杳。

注：该词上阕第一句至第三句为乐段一中的格式（2），第四句至第七句为乐段二中的格式（2），第八句和第九句为乐段三中的格式（1），第十句和第十一句为乐段四中的格式（1）；下阕第一句和第二句为乐段一中的格式（3），第三句和第四句为乐段二中的格式（1），第五句

和第六句为乐段三中的格式（1）。全词双调，九十六字，上阕十一句，四仄韵；下阕八句，六仄韵。

例七　天香（九十六字）

（金）景　覃

市远人稀，林深犬吠，山连水村幽寂。田里安闲，东邻西舍，准拟醉时欢适。社祈雩祷，有箫鼓、喧天吹击。宿雨新晴，陇头闲看，露桑风陌。　无端晓亭暮驿。恨连年、此时行役。何似临流萧散，缓衣轻帻。炊黍烹鸡自劳，有脆绿甘红荐芳液。梦里春泉，糟床夜滴。

注：该词上阕第一句至第三句为乐段一中的格式（3），第四句至第六句为乐段二中的格式（1），第七句和第八句为乐段三中的格式（1），第九句至第十一句为乐段四中的格式（5）；下阕第一句和第二句为乐段一中的格式（1），第三句和第四句为乐段二中的格式（1），第五句和第六句为乐段三中的格式（3）。全词双调，九十六字，上阕十一句，四仄韵；下阕八句，五仄韵。

例八　天香（九十六字）

（金）景　覃

百岁中分，流年过半，尘劳系人无尽。桑柘周围，菅茅低架，且喜水亲山近。倦飞高鸟，算也有、闲枝栖稳。纸帐绸衾，日高睡起，懒梳蓬鬓。　闲阶土花碧润。缓芒鞋、恐伤蜗蚓。倒掩衡门，空解草元谁信。俗驾轻云易散，赖独有、蓬峰破孤闷。世事悠悠，从教莫问。

注：该词上阕第一句至第三句为乐段一中的格式（3），第四句至第六句为乐段二中的格式（1），第七句和第八句为乐段三中的格式（1），第九句至第十一句为乐段四中的格式（5）；下阕第一句和第二句为乐段一中的格式（1），第三句和第四句为乐段二中的格式（2），第五句和第六句为乐段三中的格式（1）。全词双调，九十六字，上阕十一句，四仄韵；下阕八句，五仄韵。

例九　天香（九十六字）

（宋）唐艺孙

螺甲磨星，犀株杵月，蔌英嫩压拖水。海蜃楼高，仙蛾钿小，缥缈结成心字。麝煤候暖，载一朵、轻云不起。银叶初生薄晕，金猊旋翻纤指。　芳杯恼人渐醉。碾微馨、凤团闲试。满架舞红都换，懒收珠佩。几片菱花镜里，更摘索双鬟伴秋睡。早是新凉，重熏翠被。

注：该词上阕第一句至第三句为乐段一中的格式（2），第四句至第六句为乐段二中的格式（1），第七句和第八句为乐段三中的格式（1），第九句和第十句为乐段四中的格式（1）；下阕第一句和第二句为乐段一中的格式（1），第三句和第四句为乐段二中的格式（1），第五句和第六句为乐段三中的格式（3）。全词双调，九十六字，上阕十句，四仄韵；下阕八句，五仄韵。

例十　天香（九十六字）

（宋）周　密

碧脑浮冰，红薇染露，骊宫玉唾谁捣。麝月双心，凤云百和，宝钏珮环争巧。浓熏残炷，疑醉度、千花春晓。金饼著衣余润，银叶透帘微袅。　　素被琼箪夜悄。酒初醒、翠屏深窈。一缕旧情，空趁断烟飞绕。罗袖余馨渐少。怅东阁、凄凉梦难到。谁念韩郎，清愁渐老。

注：该词上阕第一句至第三句为乐段一中的格式（2），第四句至第六句为乐段二中的格式（1），第七句和第八句为乐段三中的格式（1），第九句和第十句为乐段四中的格式（2）；下阕第一句和第二句为乐段一中的格式（3），第三句和第四句为乐段二中的格式（2），第五句和第六句为乐段三中的格式（1）。全词双调，九十六字，上阕十句，四仄韵；下阕八句，六仄韵。

例十一　天香（九十六字）

（宋）汪元量

迟日侵阶，和风入户，朱弦欲奏还倦。一幅鸾笺，五云飞下，赐予内家琴苑。音随指动，犹仿佛、虞薰再见。妙处谁能解心，和平自无哀怨。　　猩罗帕封古洗，有龙涎、渗花千片。骤睹瑶台清品，眼明如电。爇白桐窗竹几，渐缕缕、腾腾细成篆。就祝金闺，天长地远。

注：该词上阕第一句至第三句为乐段一中的格式（2），第四句至第六句为乐段二中的格式（1），第七句和第八句为乐段三中的格式（1），第九句和第十句为乐段四中的格式（3）；下阕第一句和第二句为乐段一中的格式（2），第三句和第四句为乐段二中的格式（1），第五句和第六句为乐段三中的格式（1）。全词双调，九十六字，上阕十句，四仄韵；下阕八句，四仄韵。

熙 州 慢

《唐书·礼乐志》："天宝乐曲，皆以边地名，若伊州、甘州、凉州之类。"按宋改镇洮军为熙州，本秦、汉时陇西郡，亦边地也。调名《熙州》，义或取此。

《熙州慢》的长短句结构

《熙州慢》上阕，四个乐段							
乐段一（十二字）		乐段二（十三字）			乐段三（十二字）		乐段四（十二字）		
3 5	4	4	5	4	6	6	4	4	4

《熙州慢》下阕，四个乐段						
乐段一（十五字）		乐段二（十字）		乐段三（十三字）		乐段四（九字）
6	3 6	4	6	6	3 4	3 6

《康熙词谱》只收集一体《熙州慢》，双调，上下阕分别可分为四个乐段，其长短句结构如表所示。该调九十六字，上阕十句，三仄韵一叶韵；下阕八句，六仄韵，其基本格式如表所示。

《熙州慢》的基本格式（双调）

《熙州慢》上阕，十句，三仄韵一叶韵	
乐段一（二句，十二字）	乐段二（三句，十三字）
｜ ＋ ＋（读）｜ ＋ ｜ － －（句）＋ ｜ － ｜（韵）	＋ ｜ ＋ －（句）＋ ｜ － － ｜（句） ＋ － ＋ ｜（韵）

《熙州慢》上阕，十句，三仄韵一叶韵	
乐段三（二句，十二字）	乐段四（三句，十二字）
＋ ｜ ＋ － ＋ ｜（句）＋ ｜ － ｜ － －（叶）	－ ＋ ＋ ｜（句）＋ － ＋ ｜（句） ＋ － ＋ ｜（韵）

《熙州慢》下阕，八句，六仄韵	
乐段一（二句，十五字）	乐段二（二句，十字）
＋丨＋ー＋丨（韵）丨＋＋（读） ＋丨＋ー＋丨（韵）	＋丨＋ー（句）＋ー丨ー＋丨（韵）

《熙州慢》下阕，八句，六仄韵	
乐段三（二句，十三字）	乐段四（二句，九字）
＋ー丨ー丨ー（句）丨＋＋（读） ＋ー＋丨（韵）	＋ー丨（韵）＋ー丨ー丨（韵）

例　熙州慢（九十六字）

（宋）张　先

武林乡、占第一湖山，咏画争巧。鹫石飞来，倚翠楼烟霭，清猿啼晓。况值禁垣师帅，惠政流入歌谣。朝暮万景，寒潮弄月，乱峰回照。　　天使寻春不早。并行乐、免有花愁花笑。持酒更听，红儿肉声长调。潇湘故人未归，但目送、游云孤鸟。际天杪。离情尽寄芳草。

注：全词双调，九十六字，上阕十句，三仄韵一叶韵；下阕八句，六仄韵。

汉宫春

《高丽史·乐志》名《汉宫春慢》。此调有平韵、仄韵两体。平韵词八首，仄韵词二首，皆以前后段起句用韵不用韵辨体。

《汉宫春》的长短句结构

上阕，四个乐段			
乐段一 （十三字）	乐段二 （十字）	乐段三 （十一字）	乐段四 （十三字或十二字、十四字）
4　5　4	6　4 4　6 33　4	4　34	34　6 35　6 6　6

下阕，四个乐段			
乐段一 （十五字或十四字）	乐段二 （十字）	乐段三 （十一字）	乐段四 （十三字或十一字）
6　　5　　4 6　　4　　4 3　3　　5　4 2　4　　5　4	6　　4 4　　6	4　　　34	34　　6 34　　4 36　　4

　　《康熙词谱》共收集十体《汉宫春》（八体平韵、两体仄韵），双调，上下阕分别可分为四个乐段，其长短句结构如表所示。该调有九十六字或九十四字、九十七字等格式。对平韵格而言，上阕九句，四平韵或五平韵；下阕九句或十句，四平韵或五平韵。《康熙词谱》指出，上下阕起句不用韵者，以九十六字体晁冲之词及《梅苑》无名氏"点点江梅"词为正体或正格；上下阕起句用韵者，以九十六字体张先词为正体或正格。《汉宫春》（平韵）的正格与变格如表所示，其中，上下阕各乐段中的格式（1）及上下阕乐段二中的格式（2）为正格句式，其余为变格句式。对仄韵格而言，有九十四字、九十六字等格式。上阕九句，五仄韵或四仄韵；下阕十句或九句，六仄韵或五仄韵，《康熙词谱》指出九十四字体《乐府雅词》无名氏词和九十六字体康与之词均为此调正体。《汉宫春》的仄韵格如表所示。

例一　汉宫春（九十六字）

（宋）晁冲之

　　黯黯离怀，向东门系马，南浦移舟。薰风乱飞燕子，时下轻鸥。无情渭水，问谁教、日日东流。常是送、行人去后，烟波一向离愁。　　回首旧游如梦，记踏青斗饮，拾翠狂游。无端彩云易散，覆水难收。风流未老，拚千金、重入扬州。应又似、当年载酒，依前名占青楼。

　　注：该词上阕第一句至第三句为乐段一中的格式（1），第四句和第五句为乐段二中的格式（1），第八句和第九句为乐段四中的格式（1）；下阕第一句至第三句为乐段一中的格式（1），第四句和第五句为乐段二中的格式（1），第八句和第九句为乐段四中的格式（1）。全词双调，九十六字，上下阕各九句，四平韵。

《汉宫春》（平韵）的正格与变格（双调）

《汉宫春》上阕，九句，四平韵或五平韵	
乐段一（三句，十三字）	乐段二（二句，十字）
＋｜ー ー（句）｜＋ ー ＋｜（句） ＋｜ー ー（韵） （1） ＋｜ー ー（韵）｜＋ ー ＋｜（句） ＋｜ー ー（韵） （2）	＋ ー｜ー ＋｜（句）＋｜ー ー（韵） （1） ＋ ー ＋｜（句）＋ ー ＋｜ー ー （韵） （2） ＋ ー ＋｜（句）＋｜＋｜ー ー（韵） （3） ＋ ー ＋｜＋｜（句）＋｜ー ー（韵） （4） ＋｜＋ ー ＋｜（句）＋｜ー ー（韵） （5） ＋ ＋ ー ー｜｜（句）＋｜ー ー （韵） （6） ＋ ー｜（读）＋ ＋｜（句）＋｜ー ー（韵） （7）

例二　汉宫春（九十六字）

《梅苑》无名氏

　　点点江梅，对寒威强出，一弄新奇。零珠碎玉，为谁密上南枝。幽香冷艳，纵孤高、却遣谁知。惟只有、江头驿畔，征鞍独为迟迟。　　聊捻粉香重问，问春来甚日，春去何时。移将院落，算应未肯头低。无人共折，傍溪桥、雪压霜欺。君不见、长安陌上，只夸桃李芳菲。

　　注：该词上阕第一句至第三句为乐段一中的格式（1），第四句和第五句为乐段二中的格式（2），第八句和第九句为乐段四中的格式（1）；下阕第一句至第三句为乐段一中的格式（1），第四句和第五句为乐段二中的格式（2），第八句和第九句为乐段四中的格式（1）。全词双调，九十六字，上下阕各九句，四平韵。

《汉宫春》上阕，九句，四平韵或五平韵	
乐段三（二句，十一字）	乐段四（二句，十三字或十四字、十二字）
＋ － ＋ ｜（句）＋ ＋ ＋（读）＋ ｜ － －（韵）	＋ ＋ ＋（读）＋ － ＋ ｜（句）＋ － ＋ ｜ － －（韵） （1） ＋ ＋ ＋（读）＋ － ｜ －（句）－ ｜ ＋ ｜ － －（韵） （2） ＋ ＋ ＋（读）－ － ＋ ｜ ｜（句）＋ － ＋ ｜（韵） （3） ＋ ｜ ＋ － ＋ ｜（句）＋ － ＋ ｜ － －（韵） （4）

例三　汉宫春（九十六字）

（宋）张　先

红粉苔墙。透新春消息，梅粉先芳。奇葩异卉，汉家宫额涂黄。何人斗巧，运紫檀、剪出蜂房。应为是、中央正色，东君别与清香。　　仙姿自称霓裳。更孤标俊格，霏雪凌霜。黄昏院落，为谁密解罗囊。银瓶注水，浸数枝、小阁幽窗。春睡起、纤条在手，厌厌宿酒残妆。

注：该词上阕第一句至第三句为乐段一中的格式（2），第四句和第五句为乐段二中的格式（2），第八句和第九句为乐段四中的格式（1）；下阕第一句至第三句为乐段一中的格式（2），第四句和第五句为乐段二中的格式（2），第八句和第九句为乐段四中的格式（1）。全词双调，九十六字，上下阕各九句，五平韵。

《汉宫春》下阕，九句或十句，四平韵或五平韵

乐段一（三句或四句，十五字或十四字）	乐段二（二句，十字）
＋｜＋－＋｜（句）｜＋－＋｜（句）＋｜－－（韵） （1）	＋－｜－＋｜（句）＋｜－－（韵） （1）
＋－＋｜－－（韵）｜＋－＋＋（句）＋｜－－（韵） （2）	＋－＋｜（句）＋－＋｜（韵） （2）
＋｜＋－＋｜（句）｜＋－｜｜（句）＋｜－－（韵） （3）	＋－＋｜＋｜（句）＋｜－－（韵） （3）
＋｜＋－＋｜（句）｜＋－｜－（句）＋｜－－（韵） （4）	＋－｜－（句）＋｜＋｜－（韵） （4）
＋｜＋－＋｜（句）＋－＋｜（句）＋｜－－（韵） （5）	
＋＋｜（句）－＋｜（句）｜＋－＋｜（句）＋｜－－（韵） （6）	

《汉宫春》下阕，九句或十句，四平韵或五平韵

乐段三（二句，十一字）	乐段四（二句，十三字）
＋－＋｜（句）＋＋＋（读）＋｜－－（韵）	＋＋＋（读）＋－＋｜（句）＋－＋｜－－（韵） （1）
	＋＋＋（读）＋－｜－＋｜（句）＋｜－－（韵） （2）

注：上阕乐段二中的格式"＋｜＋｜－－（韵）"，前四字宜避免出现四连仄。

例四　汉宫春（九十六字）

《梅苑》无名氏

　　梅萼知春，见南枝向暖，一朵初芳。冰清玉丽，自然赋得幽香。烟庭水榭，更无花、争染春光。休漫说、桃夭杏冶，年年蝶闹蜂忙。　　立马伫，凝情久，念美人自别，鳞羽茫茫。临岐记伊，尚带宿酒残妆。云疏雨阔，又怎知、千里思量。除是托、多情驿使，殷勤折寄仙乡。

　　注：该词上阕第一句至第三句为乐段一中的格式（1），第四句和第五句为乐段二中的格式（2），第八句和第九句为乐段四中的格式（1）；下阕第一句至第四句为乐段一中的格式（6），第五句和第六句为乐段二中的格式（4），第九句和第十句为乐段四中的格式（1）。全词双调，九十六字，上阕九句，四平韵；下阕十句，四平韵。

例五　汉宫春（九十七字）

《花草粹编》无名氏

　　玉减香消，被婵娟误我，临镜妆慵。无聊强开强解，蹙破眉峰。凭高望远，但断肠、残月初钟。须信道、承恩不在貌，如何教妾为容。　　风暖鸟声如碎，更日高院静，花影重重。愁来待只赊酒，酒薄愁浓。长门怨感，恨无金、买赋临邛。翻动念、年年女伴，越溪共采芙蓉。

　　注：该词上阕第一句至第三句为乐段一中的格式（1），第四句和第五句为乐段二中的格式（1），第八句和第九句为乐段四中的格式（3）；下阕第一句至第三句为乐段一中的格式（1），第四句和第五句为乐段二中的格式（3），第八句和第九句为乐段四中的格式（1）。全词双调，九十七字，上下阕各九句，四平韵。

例六　汉宫春（九十四字）

（宋）彭元逊

　　十日春风，又一番调弄，怕暖愁阴。夜来风雨，摇得杨柳黄深。熏篝未断，梦旧寒、浅醉同衾。便是斗灯见月，看花对酒惊心。　　携手满身花影，香霏冉冉，露湿罗襟。笙歌赊人归去，回首沉沉。人间此夜，误春光、一刻千金。明日问、红巾青鸟，苍苔自拾遗簪。

　　注：该词上阕第一句至第三句为乐段一中的格式（1），第四句和第五句为乐段二中的格式（3），第八句和第九句为乐段四中的格式（4）；下阕第一句至第三句为乐段一中的格式（5），第四句和第五句为乐段二中的格式（1），第八句和第九句为乐段四中的格式（1）。全词双调，九十四字，上下阕各九句，四平韵。

例七　汉宫春（九十六字）

（宋）沈会宗

别酒初醒。似一番梦觉，屈指堪惊。犹疑送消寄息，遇着人听。当初唤作，据眼前、略略看承。及去了、从头想伊，心下始觉宁宁。　　黄昏画角重城。更伤高念远，怀抱何胜。良时好景，算来半为愁生。幽期暂阻，更就中、月白风清。千万计、年年断除不得，是这些情。

注：该词上阕第一句至第三句为乐段一中的格式（2），第四句和第五句为乐段二中的格式（1），第八句和第九句为乐段四中的格式（2）；下阕第一句至第三句为乐段一中的格式（2），第四句和第五句为乐段二中的格式（2），第八句和第九句为乐段四中的格式（2）。全词双调，九十六字，上下阕各九句，五平韵。

例八　汉宫春（九十六字）

（宋）京　镗

暖律初回。又烧灯市井，卖酒楼台。谁将星移万点，月满千街。轻车细马，隘通衢、蹴起香埃。今岁好、土牛作伴，挽留春色同来。　　不是天公省事，要一时壮观，特地安排。何妨彩楼鼓吹，绮席尊罍。良宵胜景，语邦人、莫惜徘徊。休笑我、痴顽不去，年年烂醉金钗。

注：该词上阕第一句至第三句为乐段一中的格式（2），第四句和第五句为乐段二中的格式（6），第八句和第九句为乐段四中的格式（1）；下阕第一句至第三句为乐段一中的格式（4），第四句和第五句为乐段二中的格式（1），第八句和第九句为乐段四中的格式（1）。全词双调，九十六字，上阕九句，五平韵；下阕九句，四平韵。

例九　汉宫春（九十六字）

（宋）辛弃疾

行李溪头，有钓车茶具，曲几团蒲。儿童认得，前度过者篮舆。时时照影，甚此身、遍满江湖。怅野老、行歌不住，定堪与语难呼。　　一自东篱摇落，问渊明岁晚，心赏何如。梅花正自不恶，曾有诗无。知翁止酒，待重教、莲社人沽。空怅望、风流已矣，江山特地愁予。

注：该词上阕第一句至第三句为乐段一中的格式（1），第四句和第五句为乐段二中的格式（3），第八句和第九句为乐段四中的格式（1）；下阕第一句至第三句为乐段一中的格式（1），第四句和第五句为乐段二中的格式（3），第八句和第九句为乐段四中的格式（1）。全词双调，九十六字，上下阕各九句，四平韵。

例十　汉宫春（九十六字）

（宋）辛弃疾

心似孤僧，更茂林修竹，山上精庐。维摩定自非病，谁遣文殊。白头自昔，叹相逢、语密情疏。倾盖处、论心一语，只今还有公无。　　最喜阳春妙句，被西风吹堕，金玉铿如。夜来归梦江上，父老欢予。荻花深处，唤儿童、吹火烹鲈。归去也、绝交何必，更修山巨源书。

注：该词上阕第一句至第三句为乐段一中的格式（1），第四句和第五句为乐段二中的格式（4），第八句和第九句为乐段四中的格式（1）；下阕第一句至第三句为乐段一中的格式（1），第四句和第五句为乐段二中的格式（3），第八句和第九句为乐段四中的格式（1）。全词双调，九十六字，上下阕各九句，四平韵。

例十一　汉宫春（九十六字）

（宋）汪元量

玉砌雕栏。见吴宫西子，一笑嫣然。舞困人间半晌，艳粉争妍。珠帘尽卷，看人间、金屋神仙。歌队里、霞裾袅娜，百般娇态堪怜。　　别有一枝仙种，更同心并蒂，来奉君筵。猩唇若教解语，曲谱应传。柘黄独步，昼笼晴、锦幄张天。试剪插、金瓶千朵，醉时细看婵娟。

注：该词上阕第一句至第三句为乐段一中的格式（2），第四句和第五句为乐段二中的格式（5），第八句和第九句为乐段四中的格式（1）；下阕第一句至第三句为乐段一中的格式（1），第四句和第五句为乐段二中的格式（1），第八句和第九句为乐段四中的格式（1）。全词双调，九十六字，上阕九句，五平韵；下阕九句，四平韵。

例十二　汉宫春（九十六字）

（宋）卢　炳

向暖南枝，最是他潇洒，先带春回。因何事、向岁晚，挽占花魁。天公着意，安排巧、特地教开。知道是、仙翁诞节，琼英要泛金杯。　　人学寿阳妆面，正梁州初按，羯鼓声催。年年此花开后，宴启蓬莱。朱颜不老，算难教、绿野徘徊。消息好、行看父子，和羹鼎鼐盐梅。

注：该词上阕第一句至第三句为乐段一中的格式（1），第四句和第五句为乐段二中的格式（7），第八句和第九句为乐段四中的格式（1）；下阕第一句至第三句为乐段一中的格式（1），第四句和第五句为乐段二中的格式（1），第八句和第九句为乐段四中的格式（1）。全词双调，九十六字，上下阕各九句，四平韵。

例十三　汉宫春（九十六字）

（宋）史达祖

　　花隔东垣，咏燕台秀句，结带谋欢。匆匆旧盟，有限飞梦重关。南塘夜月，照湘琴、别鹤孤鸾。天便遣、消愁易长，春衣常恁香寒。　　唐昌故宫何许，顿剪霞裁雾，摆落尘缘。一声步虚，婉婉云驻天坛。凄凉故里，想香车、不到人间。羞再见、东阳带眼，教人依旧思凡。

　　注：该词上阕第一句至第三句为乐段一中的格式（1），第四句和第五句为乐段二中的格式（3），第八句和第九句为乐段四中的格式（1）；下阕第一句至第三句为乐段一中的格式（3），第四句和第五句为乐段二中的格式（4），第八句和第九句为乐段四中的格式（1）。全词双调，九十六字，上下阕各九句，四平韵。

《汉宫春》的仄韵格（双调）

《汉宫春》上阕，九句，五仄韵或四仄韵	
乐段一（三句，十三字）	乐段二（二句，十字）
＋｜－－（句）＋－－｜｜（句） ＋｜－｜（韵） 　　　　（1） ＋｜－－（句）＋－－｜＋（句） ＋－＋｜（韵） 　　　　（2）	＋－＋｜（句）＋｜＋－＋｜ （韵）

《汉宫春》上阕，九句，五仄韵或四仄韵	
乐段三（二句，十一字）	乐段四（二句，十三字）
＋－＋｜（句或韵）＋＋＋（读） ＋－＋｜（韵）	＋＋＋（读）＋－＋｜（句）＋ ｜＋－＋｜（韵） 　　　　（1） ＋＋＋（读）＋－＋｜（句）＋ －＋｜（韵） 　　　　（2）

《汉宫春》下阕，十句或九句，六仄韵或五仄韵	
乐段一（四句或三句，十五字）	乐段二（二句，十字）
十丨（韵）十一十丨（句）丨十一十丨（句）十一十丨（韵）（1） 十一丨一一丨（韵）丨十一十丨（句）十一十丨（韵）（2）	十一十丨（句）十丨十一十丨（韵）

《汉宫春》下阕，十句或九句，六仄韵或五仄韵	
乐段三（二句，十一字）	乐段四（二句，十一字或十三字）
十一十丨（句或韵）十十十（读）十一十丨（韵）	十十十（读）十一十丨（句）十一十丨（韵）（1） 十十十（读）十一十丨（句）丨十一十丨（韵）（2）

例一　汉宫春（九十四字）
《乐府雅词》无名氏

　　江月初圆，正新春夜永，灯市行乐。芙蕖万朵，向晚为谁开却。层楼画阁。尽卷上、东风帘幕。罗绮拥、欢声和气，惊破柳梢梅萼。　　绰约。暗尘浮动，正鱼龙曼衍，戏车交作。高牙影里，缓控玉羁金络。铅华间错。更一部、笙歌围着。香散处、厌厌醉听，南楼画角。

　　注：该词上阕第一句至第三句为乐段一中的格式（1），第八句和第九句为乐段四中的格式（1）；下阕第一句至第四句为乐段一中的格式（1），第九句和第十句为乐段四中的格式（1）。全词双调，九十四字，上阕九句，五仄韵；下阕十句，六仄韵。

例二　汉宫春（九十六字）
（宋）康与之

　　云海沉沉，峭寒收建章，雪残鸦鹊。华灯照夜，万井禁城行乐。春随鬓影，映参差、柳丝梅萼。丹禁杳、鳌峰对耸，三山上通寥廓。　　春衫绣罗香薄。步金莲影下,三千绰约。冰轮桂满,皓色冷侵楼阁。霓裳帝乐,奏升平、天风吹落。留凤辇、通宵宴赏,莫放漏声闲却。

注:该词上阕第一句至第三句为乐段一中的格式(2),第八句和第九句为乐段四中的格式(2);下阕第一句至第三句为乐段一中的格式(2),第八句和第九句为乐段四中的格式(2)。全词为双调,九十六字,上阕九句,四仄韵;下阕九句,五仄韵。

倦 寻 芳

王雱词注"中吕宫";潘元质词名《倦寻芳慢》。

《倦寻芳》的长短句结构

《倦寻芳》上阕,四个乐段			
乐段一(十二字)	乐段二(十字)	乐段三(十三字或十四字)	乐段四(十二字)
4　4　4	4　6	7　　　7 3　3　7	3　5　4

《倦寻芳》下阕,四个乐段			
乐段一(十五字)	乐段二(十字)	乐段三(十四字)	乐段四(十字)
34　4　4	4　6	7　7	3　3　4

《康熙词谱》共收集两体《倦寻芳》,双调,上下阕分别可分为四个乐段,其长短句结构如表所示。该调有九十七字或九十六字等格式,上阕十句或十一句,四仄韵;下阕十句,五仄韵或四仄韵。《康熙词谱》以九十七字体潘元质词为标谱词例。该调的正格与变格如表所示,其中,上下阕各乐段中的格式(1)为正格句式,其余为变格句式。

《倦寻芳》的正格与变格（双调）

《倦寻芳》上阕，十句或十一句，四仄韵	
乐段一（三句，十二字）	乐段二（二句，十字）
＋ー＋｜（句）＋｜ーー（句） ＋＋ー｜（韵）	＋｜＋ー（句）＋｜＋ー＋｜（韵）

《倦寻芳》上阕，十句或十一句，四仄韵	
乐段三（二句或三句，十四字或十三字）	乐段四（三句，十二字）
＋｜＋ーー｜｜（句）＋ー＋ ｜ーー｜（韵） （1）	｜ーー（句）｜＋ー＋｜（句）＋ ー＋｜（韵） （1）
｜ーー（句）ー＋｜（句）＋ ＋｜ーー｜（韵） （2）	＋ーー（句）＋｜ーー（句）＋ ー＋｜（韵） （2）

《倦寻芳》下阕，十句，五仄韵或四仄韵	
乐段一（三句，十五字）	乐段二（二句，十字）
＋＋＋（读）＋ー＋｜（句）＋ ｜ーー（句）＋＋ー｜（韵）	＋｜ーー（句）＋｜＋ー＋｜（韵）

《倦寻芳》下阕，十句，五仄韵或四仄韵	
乐段三（二句，十四字）	乐段四（二句，十字）
＋｜＋ーー｜｜（韵或句）＋ー ＋｜ーー（韵）	｜ーー（句）｜＋＋（句）＋ー ＋｜（韵）

例一 倦寻芳（九十七字）

（宋）潘元质

兽环半掩，鸳甃无尘，庭院潇洒。树色沉沉，春尽燕娇莺姹。梦草池塘青渐满，海棠轩槛红相亚。听箫声，记秦楼夜约，彩鸾齐跨。　　渐迤逦、更催银箭，何处贪欢，犹系骢马。旋剪灯花，两点翠眉谁画。香灭羞回空帐里，月高犹在重帘下。恨疏狂，待归来，碎揉花打。

注：该词上阕第六句和第七句为乐段三中的格式（1），第八句至第十句为乐段四中的格式（1）。全词双调，九十七字，上下阕各十句，四仄韵。

例二　倦寻芳（九十七字）
(宋) 卢祖皋

香泥垒燕，密叶巢莺，春晦寒浅。花径风柔，着地舞裀红软。斗草烟欺罗袂薄，秋千影落春游倦。醉归来，记宝帐歌慵，锦屏香暖。　　别来怅、光阴容易，还又酴醾，牡丹开遍。妒恨疏狂，那更柳花迎面。鸿羽难凭芳信短，长安犹近归期远。倚危楼，但镇日，绣帘高卷。

注：该词上阕第六句和第七句为乐段三中的格式（1），第八句至第十句为乐段四中的格式（2）。全词双调，九十七字，上下阕各十句，四仄韵。

例三　倦寻芳（九十六字）
(宋) 王 雱

露晞向晓，帘幔风轻，小院闲昼。翠径莺来，惊下乱红铺绣。倚危阑，登高榭，海棠著雨胭脂透。算韶华，又因循过了，清明时候。　　倦游燕、风光满目，好景良辰，谁共携手。恨被榆钱，买断两眉长斗。忆得高阳人散后。落花流水仍依旧。这情怀，对东风，尽成消瘦。

注：该词上阕第六句至第八句为乐段三中的格式（2），第九句至第十一句为乐段四中的格式（1）。全词双调，九十六字，上阕十一句，四仄韵；下阕十句，五仄韵。

剑 器 近

《宋史·乐志》："教坊奏《剑器》曲，其一属'中吕宫'，其二属'黄钟宫'，又有剑器舞队。"此云近者，其声调相近也。

《剑器近》的长短句结构

上阕，三个乐段		
乐段一（十六字）	乐段二（十三字）	乐段三（九字）
3　　34　　6	3　　3　　34	6　　3

下阕，三个乐段		
乐段一（十九字）	乐段二（十八字）	乐段三（二十一字）
2　5　4　3　5	7　5　6	4　4　6　7

《康熙词谱》只收集一体《剑器近》，双调，上下阕分别可分为三个乐段，其长短句结构如表所示。该调九十六字，上阕八句，八仄韵；下阕十二句，七仄韵，其基本格式如表所示。

《剑器近》的基本格式（双调）

《剑器近》上阕，八句，八仄韵		
乐段一（三句，十六字）	乐段二（三句，十三字）	乐段三（二句，九字）
＋ － ｜（韵）＋ ＋ ｜ （读）＋ ＋ － ＋ ｜（韵） ＋ － ｜ － ＋ ｜（韵）	＋ － ｜（韵）＋ － ｜ （韵）＋ ＋ ｜（读）＋ － ＋ ｜（韵）	＋ － ｜ － ＋ ｜（韵） ＋ － ｜（韵）

《剑器近》下阕，十二句，七仄韵		
乐段一（五句，十九字）	乐段二（三句，十八字）	乐段三（四句，二十一字）
－ ｜（韵）＋ － － ｜ ｜ （韵）＋ － ＋ ｜（句） ＋ ＋ ｜（句）＋ ＋ ＋ － ｜（韵）	＋ － ＋ ｜ ｜ － （句）｜ ＋ － ｜ ＋（句） ＋ － ＋ ｜（韵）	＋ － ＋ ｜（韵）＋ ｜ － －（句）＋ ｜ ＋ － ｜（韵）＋ － － ｜ － － ｜（韵）

注：相关乐段中的格式"＋ ＋ ｜（句）"，尽管有三连仄个别现象，但可平可仄两处不宜同时用仄。

例　剑器近（九十六字）

（宋）袁去华

夜来雨。赖情得、东风吹住。海棠正妖娆处。且留取。悄庭户。试细听、莺啼燕语。分明共人愁绪。怕春去。　佳树。翠阴初转午。重帘未卷，乍睡起，寂寞看风絮。偷弹清泪寄烟波，见江头故人，为言憔悴如许。彩笺无数。去却寒暄，到了浑无定据。断肠落日千山暮。

注：全词双调，九十六字，上阕八句，八仄韵；下阕十二句，七仄韵。

秋 兰 香

调见《全芳备祖》。

《秋兰香》的长短句结构

《秋兰香》上阕，四个乐段			
乐段一（十四字）	乐段二（十字）	乐段三（十四字）	乐段四（十一字）
4　4　6	5　5	35　6	34　4

《秋兰香》下阕，四个乐段			
乐段一（十五字）	乐段二（八字）	乐段三（十三字）	乐段四（十一字）
6　5　4	35	5　4　4	34　4

《康熙词谱》只收集一体《秋兰香》，双调，上下阕分别可分为四个乐段，其长短句结构如表所示。该调九十六字，上下阕各九句，五平韵，其基本格式如表所示。

《秋兰香》的基本格式（双调）

《秋兰香》上阕，九句，五平韵	
乐段一（三句，十四字）	乐段二（二句，十字）
＋｜－－（句）－｜＋｜（句） ＋－＋｜－－（韵）	＋－－｜｜（句）＋｜｜－－（韵）

《秋兰香》上阕，九句，五平韵	
乐段三（二句，十四字）	乐段四（二句，十一字）
｜＋＋（读）＋｜｜－－（韵） ＋｜－＋｜－－（韵）	｜＋＋（读）＋－＋｜（句）＋｜ －－－（韵）

《秋兰香》下阕，九句，五平韵

乐段一（三句，十五字）	乐段二（一句，八字）
＋｜＋ －＋｜（句）｜＋｜－ －（句）＋｜－ －（韵）	｜＋＋（读）＋｜｜－ －（韵）

《秋兰香》下阕，九句，五平韵

乐段三（三句，十三字）	乐段四（二句，十一字）
＋＋｜－ －（韵）＋｜＋ －（句）＋｜－ －（韵）	｜＋＋（读）＋－ ＋｜（句）＋｜－ －（韵）

例　秋兰香（九十六字）
（宋）陈　亮

未老金茎，些子正气，东篱淡伫齐芳。分头添样白，同局几般黄。向闲处、须一一排行。浅深饶间新妆。那陶令、漉他谁酒，趁醒消详。　况是此花开后，便蝶乱无花，管甚蜂忙。你从今、采却蜜成房。秋英试商量。多少为谁，甜得清凉。待说破、长生真诀，要饱风霜。

注：全词双调，九十六字，上下阕各九句，五平韵。

凤 鸾 双 舞

调见《水云词》。

《凤鸾双舞》的长短句结构

《凤鸾双舞》上阕，四个乐段			
乐段一（十二字）	乐段二（十六字）	乐段三（十一字）	乐段四（十六字）
3　4　5	4　4　4　4	34　4	8　4　4

《凤鸾双舞》下阕，四个乐段							
乐段一（十一字）		乐段二（九字）		乐段三（十三字）		乐段四（八字）	
4	34	4	5	4	36	2	6

　　《康熙词谱》只收集一体《凤鸾双舞》，双调，上下阕分别可分为四个乐段，其长短句结构如表所示。该调九十六字，上阕十二句，四仄韵；下阕八句，六仄韵，其基本格式如表所示。

《凤鸾双舞》的基本格式（双调）

《凤鸾双舞》上阕，十二句，四仄韵	
乐段一（三句，十二字）	乐段二（四句，十六字）
― ― ｜（句）＋ ― ＋ ｜（句）｜＋ ― ＋ ｜（韵）	― ｜＋ ｜（句）＋ ― ＋ ｜（句）＋ ― ＋ ｜（句）＋ ― ＋ ｜（韵）

《凤鸾双舞》上阕，十二句，四仄韵	
乐段三（二句，十一字）	乐段四（三句，十六字）
＋ ＋ ｜（读）＋ ― ｜ ―（句）＋ ― ＋ ｜（韵）	＋ ｜＋ ｜＋ ― ―（句）＋ ― ＋ ｜（句）＋ ― ＋ ｜（韵）

《凤鸾双舞》下阕，八句，六仄韵	
乐段一（二句，十一字）	乐段二（二句，九字）
＋ ― ＋ ｜（韵）＋ ＋ ｜（读）＋ ― ＋ ｜（韵）	＋ ― ＋ ｜（句）｜＋ ＋ ― ｜（韵）

《凤鸾双舞》下阕，八句，六仄韵	
乐段三（二句，十三字）	乐段四（二句，八字）
＋ ｜― ―（句）＋ ＋ ｜（读）＋ ｜＋ ― ＋ ｜（韵）	＋ ｜（韵）＋ ｜＋ ― ＋ ｜（韵）

例　凤鸾双舞（九十六字）

（宋）汪元量

　　慈元殿，薰风宝鼎，喷香云飘坠。环立翠羽，双歌丽调，舞腰新束，舞缨新缀。金莲步、轻摇凤儿，翩翻作势。便似月里姮娥谪来，人间天上，一番游戏。　　圣人乐意。任乐部、箫韶声沸。众妃欢也，渐调笑微醉。竞捧霞觞，深深愿、圣母寿如松桂。迢递。赏更万年千岁。

　　注：全词双调，九十六字，上阕十二句，四仄韵；下阕八句，六仄韵。

行　香　子　慢

　　调见《高丽史·乐志》。此《行香子慢》词与《行香子》小令不同。

《行香子慢》的长短句结构

《行香子慢》上阕，四个乐段			
乐段一（十三字）	乐段二（九字）	乐段三（十三字）	乐段四（十二字）
4　5　4	5　4	34　6	3　4　5

《行香子慢》下阕，四个乐段			
乐段一（十五字）	乐段二（九字）	乐段三（十三字）	乐段四（十二字）
2　4　5　4	4　5	34　6	4　4　4

　　《康熙词谱》只收集一体《行香子慢》，双调，上下阕分别可分为四个乐段，其长短句结构如表所示。该调九十六字，上阕十句，五平韵；下阕十一句，六平韵，其基本格式如表所示。

《行香子慢》的基本格式（双调）

《行香子慢》上阕，十句，五平韵	
乐段一（三句，十三字）	乐段二（二句，九字）
＋｜－　－（韵）｜＋－｜－（句） ＋｜－　－（韵）	＋－　－｜｜（句）＋｜－　－（韵）

《行香子慢》上阕，十句，五平韵	
乐段三（二句，十三字）	乐段四（三句，十二字）
— ＋ ｜（读）＋ ＋ — ｜（句）＋ ＋ — ｜ — —（韵）	— ｜ ｜（句）＋ ｜ — —（句）｜ ＋ ｜ — —（韵）

《行香子慢》下阕，十一句，六平韵	
乐段一（四句，十五字）	乐段二（二句，九字）
— ＋（韵）＋ ｜ — —（韵）｜ ＋ ｜ ＋ —（句）＋ ｜ — —（韵）	＋ — ＋ ｜（句）｜ ＋ ｜ — —（韵）

《行香子慢》下阕，十一句，六平韵	
乐段三（二句，十三字）	乐段四（三句，十二字）
— ＋ ｜（读）＋ ＋ — ｜（句）＋ — ＋ ｜ — —（韵）	＋ ｜ — —（句）＋ — ＋ ｜（句） ＋ ｜ — —（韵）

例　行香子慢（九十六字）

《高丽史·乐志》无名氏

瑞景光融。焕中天霁烟，佳气葱葱。皇居崇壮丽，金碧辉空。彤霄外、瑶殿深处，帘卷花影重重。迎步辇，几簇真仙，贺庆寿新宫。　　方逢。圣主飞龙。正休盛大宁，朝野欢同。何妨宴赏，奉宸意慈容。韶音按、霞觞将进，蕙炉飘馥香浓。长愿承颜，千秋万岁，明月清风。

注：全词双调，九十六字，上阕十句，五平韵；下阕十一句，六平韵。

甘露滴乔松

调见《翰墨全书》。

《甘露滴乔松》的长短句结构

《甘露滴乔松》上阕，四个乐段			
乐段一（十三字）	乐段二（十字）	乐段三（十三字）	乐段四（十二字）
4　5　4	6　4	33　34	4　4　4

《甘露滴乔松》下阕，四个乐段			
乐段一（十五字）	乐段二（十字）	乐段三（十三字）	乐段四（十字）
6　5　4	4　6	33　34	4　6

《康熙词谱》只收集一体《甘露滴乔松》，双调，上下阕分别可分为四个乐段，其长短句结构如表所示。该调九十六字，上阕十句，四仄韵一叶韵；下阕九句，四仄韵一叶韵，其基本格式如表所示。

《甘露滴乔松》的基本格式（双调）

《甘露滴乔松》上阕，十句，四仄韵一叶韵	
乐段一（三句，十三字）	乐段二（二句，十字）
＋ － ＋ ｜（句）｜ ＋ － ＋ ｜（句）＋ － ＋ ｜（韵）	＋ ｜ － ｜ ＋ －（句）＋ ＋ － ｜（韵）

《甘露滴乔松》上阕，十句，四仄韵一叶韵	
乐段三（二句，十三字）	乐段四（三句，十二字）
＋ ＋ ｜（读）｜ － －（叶）＋ ＋ ｜（读）＋ － ＋ ｜（韵）	＋ － ＋ ｜（句）＋ － ＋ ｜（句）＋ － ＋ ｜（韵）

《甘露滴乔松》下阕，九句，四仄韵一叶韵	
乐段一（三句，十五字）	乐段二（二句，十字）
＋－＋｜－－（句）｜＋｜＋｜－（句）＋－＋｜（韵）	＋－＋｜（句）＋｜＋｜＋－＋｜（韵）

《甘露滴乔松》下阕，九句，四仄韵一叶韵	
乐段三（二句，十三字）	乐段四（二句，十字）
＋＋｜（读）｜－－（叶）＋＋｜（读）＋－＋｜（韵）	＋－＋｜（句）＋｜＋｜＋－＋｜（韵）

例　甘露滴乔松（九十六字）

《翰墨全书》无名氏

沙堤路近，喜五年相遇，朱颜依旧。尽道名世半千，公望三九。是今日、富民侯。早生聚、考堂户口。谁欤兼致，文章燕许，歌辞苏柳。　　更饶万卷图书，把藤笈芸编，遍题青镂。一经传得，旧事韦平先后。试衮衮、数英游。问好事、如今能否。曲车正满，自酌太和春酒。

注：全词双调，九十六字，上阕十句，四仄韵一叶韵；下阕九句，四仄韵一叶韵。

庆　千　秋

调见《翰墨全书》。周密《天基圣节乐次》云："第十盏，笛独吹高平调《庆千秋》。"

《庆千秋》的长短句结构

《庆千秋》上阕，四个乐段			
乐段一（十三字）	乐段二（十字）	乐段三（十一字）	乐段四（十三字）
4　5　4	4　6	34　4	7　6

《庆千秋》下阕，四个乐段			
乐段一（十五字）	乐段二（十字）	乐段三（十一字）	乐段四（十三字）
6　5　4	6　4	34　4	34　6

　　《康熙词谱》只收集一体《庆千秋》，双调，上下阕分别可分为四个乐段，其长短句结构如表所示。该调九十六字，上下阕各九句，四平韵，其基本格式如表所示。

《庆千秋》的基本格式（双调）

《庆千秋》上阕，九句，四平韵	
乐段一（三句，十三字）	乐段二（二句，十字）
＋｜――（句）｜＋―｜―（句）＋｜――（韵）	＋―＋｜（句）―＋＋｜―（韵）

《庆千秋》上阕，九句，四平韵	
乐段三（二句，十一字）	乐段四（二句，十三字）
－＋｜（读）＋｜――（句）＋｜――（韵）	＋｜＋―－｜｜（句）＋―＋｜――（韵）

《庆千秋》下阕，九句，四平韵	
乐段一（三句，十五字）	乐段二（二句，十字）
＋｜＋――＋｜（句）｜＋―＋｜（句）＋｜――（韵）	＋―｜－＋｜（句）＋｜――（韵）

《庆千秋》下阕，九句，四平韵	
乐段三（二句，十一字）	乐段四（二句，十三字）
－＋｜（读）＋｜――（句）＋｜――（韵）	－＋｜（读）＋－＋｜（句）＋－＋｜――（韵）

例　庆千秋（九十六字）

《翰墨全书》无名氏

　　点检尧蓂，自元宵过了，两荚初飞。葱葱郁郁，佳气喜溢庭闱。谁知降、月里姮娥，欣对良时。但见婺星腾瑞彩，年年辉映南箕。　　好是庭阶兰玉，伴一枝丹桂，戏舞莱衣。椒觞迭将捧献，歌曲吟诗。如王母、款对群仙，同宴瑶池。萱草茂、长春不老，百千祝寿无期。

　　注：全词双调，九十六字，上下阕各九句，四平韵。

卷二十五

塞垣春

调见《片玉词》。

《塞垣春》的长短句结构

《塞垣春》上阕，四个乐段			
乐段一 （十一字）	乐段二 （十二字）	乐段三 （十四字）	乐段四 （十二字或十一字）
5　　33	4　　4　　4	8　　33 35　　33	33　　6 33　　5

《塞垣春》下阕，四个乐段			
乐段一 （十二字或十四字）	乐段二 （十字）	乐段三 （十五字）	乐段四 （十字）
5　　34 5　　7 5　5　4	5　　5	34　　35 5　4　33	5　　5

　　《康熙词谱》共收集《塞垣春》四体，双调，上下阕分别可分为四个乐段，其长短句结构如表所示。该调有九十六字或九十五字、九十八字等格式，上阕九句，六仄韵；下阕八句或九句、十句，四仄韵，《康熙词谱》以九十六字体周邦彦词为正体或正格。《塞垣春》的正格与变格如表所示，其中，上下阕各乐段中的格式（1）为正格句式，其余为变格句式。

《塞垣春》的正格与变格（双调）

《塞垣春》上阕，九句，六仄韵	
乐段一（二句，十一字）	乐段二（三句，十二字）
＋｜－－｜（韵）＋＋＋（读）－－｜（韵）	＋－＋｜（句）＋－＋｜（句）＋｜－｜（韵）

《塞垣春》上阕，九句，六仄韵	
乐段三（二句，十四字）	乐段四（二句，十二字或十一字）
｜＋－＋｜－－｜（韵）＋＋＋（读）－－｜（韵）（1）	＋＋＋（读）－－｜（句）＋－＋｜－｜（韵）（1）
＋＋＋（读）＋｜－－｜（韵）＋＋＋（读）－－｜（韵）（2）	＋＋＋（读）－－｜（句）｜＋＋－｜（韵）（2）

例一　塞垣春（九十六字）

（宋）周邦彦

暮色分平野。傍苇岸、征帆卸。烟村极浦，树藏孤馆，秋景如画。渐别离气味难禁也。更物象、供潇洒。念多才、浑衰减，一怀幽恨难写。　　追念绮窗人，天然自、风韵闲雅。竟夕起相思，漫嗟怨遥夜。又还将、两袖珠泪，沉吟向、寂寥寒灯下。玉骨为多感，瘦来无一把。

注：该词上阕第六句和第七句为乐段三中的格式（1），第八句和第九句为乐段四中的格式（1）；下阕第一句和第二句为乐段一中的格式（1），第五句和第六句为乐段三中的格式（1），第七句和第八句为乐段四中的格式（1）。全词双调，九十六字，上阕九句，六仄韵；下阕八句，四仄韵。

《塞垣春》下阕，八句或九句、十句，四仄韵	
乐段一（二句或三句，十二字或十四字）	乐段二（二句，十字）
＋｜｜一一（句）＋＋＋＋（读）＋＋一｜（韵） （1）	＋｜｜一一（句）｜＋＋一｜（韵）
＋｜｜一一（句）＋一｜＋｜一｜（韵） （2）	
＋｜｜一一（句）｜＋｜一一（句）＋＋一｜（韵） （3）	

《塞垣春》下阕，八句或九句、十句，四仄韵	
乐段三（二句或三句，十五字）	乐段四（二句，十字）
＋＋＋（读）＋＋一｜（句）＋＋＋（读）｜＋一＋｜（韵） （1）	＋｜＋一｜（句）＋一一｜｜（韵） （1）
｜＋一＋｜（句）＋｜一一（句）＋＋＋（读）＋一｜（韵） （2）	＋｜＋一｜（句）＋一一一｜（韵） （2）

例二　塞垣春（九十五字）

（宋）方千里

　　四远天垂野。向晚景、雕鞍卸。吴蓝滴草，塞绵藏柳，风物堪画。对雨收雾霁初晴也。正陌上、烟光洒。听黄鹂、啼红树，短长音如写。　　怀抱几多愁，年时趁、欢会幽雅。尽日足相思，奈春昼难夜。念征尘、堆满襟袖，那堪更、独游花阴下。一别鬓毛减，镜中霜满把。

　　注：该词上阕第六句和第七句为乐段三中的格式（1），第八句和第九句为乐段四中的格式（2）；下阕第一句和第二句为乐段一中的格式（1），第五句和第六句为乐段三中的格式（1），第七句和第八句为乐段四中的格式（1）。全词双调，九十五字，上阕九句，六仄韵；下阕八句，四仄韵。

例三　塞垣春（九十五字）
（宋）杨泽民

绣阁临芳野。向晚把、花枝卸。奇容艳质，世间寻觅，除是图画。这欢娱已系人心也。更翰墨、亲挥洒。展蛮笺、明窗底，把心事都写。　　谢女与檀郎，清才对真态俱雅。凤枕乐春宵，绛帷度秋夜。便同云黯淡，冰霰纵横，也共眠、鸳衾下。假使过炎暑，共将罗帕把。

注：该词上阕第六句和第七句为乐段三中的格式（1），第八句和第九句为乐段四中的格式（2）；下阕第一句和第二句为乐段一中的格式（2），第五句至第七句为乐段三中的格式（2），第八句和第九句为乐段四中的格式（1）。全词双调，九十五字，上阕九句，六仄韵；下阕九句，四仄韵。

例四　塞垣春（九十八字）
（宋）吴文英

漏瑟侵琼管。润鼓借、烘炉暖。藏钩怯冷，画鸡临晓，邻语莺呖。㸀绿窗、细咒浮梅盏。换蜜炬、花心短。梦惊回、林鸦起，曲屏春事天远。　　迎路柳丝裙，看争拜东风，盈灞桥岸。髻落宝钗寒，恨花胜迟燕。渐街帘影转，还似新年，过邮亭、一相见。南陌又灯火，绣囊尘香浅。

注：该词上阕第六句和第七句为乐段三中的格式（2），第八句和第九句为乐段四中的格式（1）；下阕第一句至第三句为乐段一中的格式（3），第六句至第八句为乐段三中的格式（2），第九句和第十句为乐段四中的格式（2）。全词双调，九十八字，上阕九句，六仄韵；下阕十句，四仄韵。

望　云　间

调见《翰墨全书》。赵可登代州南楼，自度此腔。

《望云间》的长短句结构

《望云间》上阕，四个乐段									
乐段一（十四字）			乐段二（九字）		乐段三（十二字）		乐段四（十三字）		
4	4	6	5	4	6	6	5	4	4

《望云间》下阕，四个乐段			
乐段一（十四字）	乐段二（十字）	乐段三（十二字）	乐段四（十二字）
4　　4　　6	6　　4	6　　6	4　　4　　4

《康熙词谱》只收集一体《望云间》，双调，上下阕分别可分为四个乐段，其长短句结构如表所示。该调九十六字，上下阕各十句，四平韵，其基本格式如表所示。

《望云间》的基本格式（双调）

《望云间》上阕，十句，四平韵	
乐段一（三句，十四字）	乐段二（二句，九字）
＋｜＋－（句）＋｜＋－（句）＋－ ＋｜－－（韵）	｜＋－＋｜（句）＋｜｜－（韵）

《望云间》上阕，十句，四平韵	
乐段三（二句，十二字）	乐段四（三句，十三字）
＋｜＋－＋｜（句）＋－＋｜－（韵）	｜＋－＋｜（句）＋｜｜－（句）＋｜－－（韵）

《望云间》下阕，十句，四平韵	
乐段一（三句，十四字）	乐段二（二句，十字）
＋－＋｜（句）＋｜＋－（句）＋－＋｜－－（韵）	＋｜＋－＋｜（句）＋｜－－（韵）

《望云间》下阕，十句，四平韵	
乐段三（二句，十二字）	乐段四（三句，十二字）
＋｜＋－＋｜（句）＋－＋｜－（韵）	＋－＋｜（句）＋－＋｜（句）＋｜－－（韵）

例　望云间（九十六字）

（金）赵　可

　　云朔南陲，全赵宝符，河山襟带名藩。有朱楼缥缈，千雉回旋。云度飞孤绝险，天围紫塞高寒。吊兴亡遗迹，咫尺西陵，烟树苍然。　　时移事改，极目春心，不堪独倚危栏。惟是年年飞雁，霜雪知还。楼上四时长好，人生一世谁闲。故人有酒，一尊高兴，不减东山。

　　注：全词双调，九十六字，上下阕各十句，四平韵。

步　月

　　此调有平韵、仄韵两体。平韵者见史达祖《梅溪词》，仄韵者见施岳《梅川词》。

《步月》的长短句结构

《步月》上阕，四个乐段			
乐段一 （十四字）	乐段二 （九字）	乐段三 （十四字）	乐段四 （十二字或十一字）
4　　　6	4　　5	34　　34	34　　5 34　　4

《步月》下阕，四个乐段			
乐段一（十四字）	乐段二（九字）	乐段三（十四字）	乐段四（十字或九字）
2　3　5　4 　5　5　4	4　　5	34　　34	3　　7 3　　6

　　《康熙词谱》共收集两体《步月》，双调，上下阕分别可分为四个乐段，其长短句结构如表所示。平韵格《步月》九十六字，上阕九句，四平韵；下阕十句，五平韵，其基本格式如表所示。仄韵格《步月》九十四字，上下阕各九句，五仄韵，其基本格式如表所示。

《步月》（平韵）的基本格式（双调）

《步月》（平韵）上阕，九句，四平韵	
乐段一（三句，十四字）	乐段二（二句，九字）
＋丨－－（句）＋－＋丨（句）＋－－＋丨－－（韵）	＋－＋丨（句）＋丨丨－－（韵）

《步月》（平韵）上阕，九句，四平韵	
乐段三（二句，十四字）	乐段四（二句，十二字）
＋＋＋（读）＋－＋丨（句）＋＋＋（读）＋丨－－（韵）	＋＋＋（读）＋－＋丨（句）＋丨丨－－（韵）

《步月》（平韵）下阕，十句，五平韵	
乐段一（四句，十四字）	乐段二（二句，九字）
－－（韵）－＋丨（句）＋－＋丨丨（句）＋丨－－（韵）	＋－＋丨（句）＋丨丨－－（韵）

《步月》（平韵）下阕，十句，五平韵	
乐段三（二句，十四字）	乐段四（二句，十字）
＋＋＋（读）＋－＋丨（句）＋＋＋（读）＋丨－－（韵）	－＋丨（句）＋－＋丨丨－－（韵）

例 步月（九十六字）

（宋）史达祖

　　剪柳章台，问梅东阁，醉中携手初归。逗香帘下，璀璨缕金衣。正依约、冰丝射眼，更荏苒、蟾玉西飞。轻尘外、双鸳细㲲，谁赋洛滨妃。　　霏霏。红雾绕，步摇共鬓影，吹入花围。管弦将散，人静烛笼稀。泥私语、香樱乍破，怕夜寒、罗袜先知。归来也，相偎未肯入重帏。

　　注：全词双调，九十六字，上阕九句，四平韵；下阕十句，五平韵。

《步月》（仄韵）的基本格式（双调）

《步月》（仄韵）上阕，九句，五仄韵	
乐段一（三句，十四字）	乐段二（二句，九字）
＋｜－－（句）＋－＋｜（韵）＋－＋｜－｜（韵）	＋－＋｜（句）＋｜－－｜（韵）

《步月》（仄韵）上阕，九句，五仄韵	
乐段三（二句，十四字）	乐段四（二句，十一字）
＋＋｜（读）＋｜＋－（句）＋＋｜（读）＋－＋｜（韵）	＋＋｜（读）＋｜＋－（句）＋－＋｜（韵）

《步月》（仄韵）下阕，九句，五仄韵	
乐段一（三句，十四字）	乐段二（二句，九字）
＋－－｜｜（韵）＋｜｜－－（句）＋＋＋｜（韵）	＋－＋｜（句）｜＋－＋｜（韵）

《步月》（仄韵）下阕，九句，五仄韵	
乐段三（二句，十四字）	乐段四（二句，九字）
＋＋｜（读）＋｜＋－（句）＋＋｜（读）＋－＋｜（韵）	－＋｜（句）＋｜＋－｜（韵）

例　步月（九十四字）

（宋）施　岳

玉宇薰风，宝阶明月。翠丛万点晴雪。炼霜不就，散广寒霏屑。采珠蓓、绿萼露滋，嗔银艳、小莲冰洁。花魂在、纤指嫩痕，素英重结。　枝头香未绝。还是过中秋，丹桂时节。醉乡冷境，怕翻成消歇。玩芳味、春焙旋薰，贮秾韵、水沉频爇。堪怜处，输与夜凉睡蝶。

注：全词双调，九十四字，上下阕各九句，五仄韵。

早 梅 香

调见《梅苑》。因词中有"探得早梅"及"乱飞香雪"句,故名。

《早梅香》的长短句结构

《早梅香》上阕,四个乐段						
乐段一(十三字)		乐段二(十二字)		乐段三(十一字)		乐段四(十一字)
4 5 4		4 4 4		4 34		3 4 4

《早梅香》下阕,四个乐段						
乐段一(十二字)		乐段二(十四字)		乐段三(十一字)		乐段四(十二字)
5 7		4 4 6		4 34		4 4 4

《康熙词谱》只收集一体《早梅香》,双调,上下阕分别可分为四个乐段,其长短句结构如表所示。该调九十六字,上阕十一句,四仄韵;下阕十句,四仄韵,其基本格式如表所示。

《早梅香》的基本格式(双调)

《早梅香》上阕,十一句,四仄韵	
乐段一(三句,十三字)	乐段二(三句,十二字)
＋｜－－(句)｜＋｜＋－(句) ＋－－＋｜(韵)	＋｜－－(句)｜＋－＋(句) ＋＋－｜(韵)

《早梅香》上阕,十一句,四仄韵	
乐段三(二句,十一字)	乐段四(三句,十一字)
＋｜－－(句)＋＋｜(读) －＋｜(韵)	｜＋－(句)＋－＋｜(句)＋ －＋｜(韵)

《早梅香》下阕，十句，四仄韵	
乐段一（二句，十二字）	乐段二（三句，十四字）
＋||－－（句）|＋－＋| －|（韵）	＋|－－（句）＋|＋－（句） ＋－|－＋|（韵）

《早梅香》下阕，十句，四仄韵	
乐段三（二句，十一字）	乐段四（三句，十二字）
＋＋－|（句）＋＋|（读）＋ －＋|（韵）	＋|－－（句）＋－＋|（句） ＋－＋|（韵）

例　早梅香（九十六字）

《梅苑》无名氏

　　北帝收威，又探得早梅，漏春消息。粉蕊琼苞，拟将胭脂，轻染颜色。素质盈盈，终不许、雪霜欺得。奈化工，偏宜赋与，寿阳妆饰。　　独自逞冰姿，比夭桃繁杏殊别。为报山翁，逢此有花，樽前且须攀折。醉赏吟恋，莫辜负、好天风月。恐笛声悲，纷纷便似，乱飞香雪。

　　注：全词双调，九十六字，上阕十一句，四仄韵；下阕十句，四仄韵。

八 声 甘 州

　　《碧鸡漫志》："《甘州》，'仙吕调'，有曲破，有八声，有慢，有令。"按此调上下阕八韵，故名《八声》，乃慢词也，与《甘州遍》之曲破，《甘州子》之令词不同。《乐章集》亦注"仙吕调"。周密词名《甘州》；张炎词因柳词有"对萧萧暮雨洒江天"句，更名《萧萧雨》；白朴词名《宴瑶池》。

《八声甘州》的长短句结构

上阕，四个乐段			
乐段一（十三字）	乐段二 （十三字或十字）	乐段三 （十一字或十字、十四字）	乐段四（九字）
8　　5	5　4　4	6　　5	5　　4
5　　35	4　4　5	6　　4	
35　　5	6　　4	6　　35	

下阕，四个乐段			
乐段一（十五字）	乐段二（十字或九字）	乐段三（十五字或十六字、十四字、十三字）	乐段四 （十一字或十二字）
6　5　4	5　　5	34　　35	34　　4
4　34　4	5　　4	34　　36	35　　4
		34　　7	
		5　4　4	

《康熙词谱》共收集七体《八声甘州》，双调，上下阕分别分为四个乐段，其长短句结构如表所示。该调有九十七字或九十八字、九十六字、九十五字等格式。上阕九句或八句，四平韵或五平韵；下阕九句或十句，四平韵。《康熙词谱》以九十七字体柳永词为正体或正格。该调的正格与变格如表所示，其中，各乐段的格式（1）为正格句式，其余为变格句式。

例一　八声甘州（九十七字）

（宋）柳　永

对潇潇暮雨洒江天，一番洗清秋。渐霜风凄紧，关河冷落，残照当楼。是处红衰翠减，苒苒物华休。惟有长江水，无语东流。　　不忍登高临远，望故乡渺渺，归思难收。叹年来踪迹，何事苦淹留。想佳人、妆楼长望，误几回、天际识归舟。争知我、倚栏干处，正恁凝愁。

注：该词上阕第一句和第二句为乐段一中的格式（1），第三句至第五句为乐段二中的格式（1），第六句和第七句为乐段三中的格式（1）；下阕第一句至第三句为乐段一中的格式（1），第四句和第五句为乐段二中的格式（1），第六句和第七句为乐段三中的格式（1），第八句和第九句为乐段四中的格式（1）。全词双调，九十七字，上下阕各九句，四平韵。

《八声甘州》的正格与变格（双调）

《八声甘州》上阕，九句或八句，四平韵或五平韵	
乐段一（二句，十三字）	乐段二（三句或二句，十三字或十字）
｜＋－＋｜｜－－（句）＋＋＋｜－－（韵） （1）	｜＋－＋｜（句）＋－＋｜（句）＋｜－－（韵） （1）
｜＋－＋｜｜－－（韵）＋｜｜－－（韵） （2）	｜＋｜－－（句）＋－＋｜（句）＋｜－－（韵） （2）
｜＋－＋｜（句）＋＋＋（读）＋｜｜－－（韵） （3）	＋－＋｜（句）＋－＋｜（句）＋｜｜－－（韵） （3）
＋＋＋＋（读）＋＋｜－－（句或韵）＋＋｜－－（韵） （4）	＋－｜－＋｜（句）＋｜－－（韵） （4）

《八声甘州》上阕，九句或八句，四平韵或五平韵	
乐段三（二句，十一字或十字、十四字）	乐段四（二句，九字）
＋｜＋－＋｜（句）＋｜｜－－（韵） （1）	＋｜＋－｜（句）＋｜－－（韵）
＋－｜－＋｜（句）＋｜｜－－（韵） （2）	
＋｜＋－＋｜（句）＋｜－－（韵） （3）	
＋｜＋－＋｜（句）＋＋＋（读）＋｜｜－－（韵） （4）	

《八声甘州》下阕，九句或十句，四平韵

乐段一（三句，十五字）	乐段二（二句，十字或九字）
＋｜＋－＋｜（句）｜＋－＋｜（句）＋｜－－（韵）（1）	｜＋－＋｜（句）＋｜｜－－（韵）（1）
＋｜－－（句）＋＋＋（读）＋－｜（句）＋｜－－（韵）（2）	｜＋－＋｜（句）＋｜－－（韵）（2） ｜＋＋－－（句）＋｜｜－－（韵）（3）

《八声甘州》下阕，九句或十句，四平韵

乐段三（二句或三句，十五字或十六字、十四字、十三字）	乐段四（二句，十一字或十二字）
＋＋＋（读）＋－＋｜（句）＋＋＋（读）＋｜｜－－（韵）（1）	＋＋＋（读）＋－＋｜（句）＋｜－－（韵）（1）
＋＋＋（读）＋－＋｜（句）－＋－｜｜－－（韵）（2）	＋＋＋（读）｜＋－＋｜（句）＋｜－－（韵）（2）
＋＋＋（读）＋－＋｜（句）＋＋＋（读）＋｜＋｜－－（韵）（3）	
｜＋－＋｜（句）＋－＋｜（句）＋｜－－（韵）（4）	

例二　八声甘州（九十七字）

（宋）张　炎

记玉关踏雪事清游。寒气脆貂裘。傍枯林古道，长河饮马，此意悠悠。短梦依然江表，老泪洒西州。一字无题处，落叶都愁。　　载取白云

归去，问谁留楚佩，弄影中洲。折芦花赠远，零落一身秋。向寻常、野桥流水，待招来、不是旧沙鸥。空怀感、有斜阳处，却怕登楼。

注：该词上阕第一句和第二句为乐段一中的格式（2），第三句至第五句为乐段二中的格式（1），第六句和第七句为乐段三中的格式（1）；下阕第一句至第三句为乐段一中的格式（1），第四句和第五句为乐段二中的格式（1），第六句和第七句为乐段三中的格式（1），第八句和第九句为乐段四中的格式（1）。全词双调，九十七字，上阕九句，五平韵；下阕九句，四平韵。

例三　八声甘州（九十五字）

（宋）刘　过

问紫岩去后汉公卿，不知几貂蝉。谁能借留侯箸，着祖生鞭。依旧尘沙万里，河洛黯风烟。谁识道山客，衣钵曾传。　　共记玉堂对策，欲先明大义，次第筹边。况重湖八桂，袖手已多年。望中原、驰驱去也，拥十州、牙纛正翩翩。春风早、看东南王气，飞绕星躔。

注：该词上阕第一句和第二句为乐段一中的格式（1），第三句和第四句为乐段二中的格式（4），第五句和第六句为乐段三中的格式（1）；下阕第一句至第三句为乐段一中的格式（1），第四句和第五句为乐段二中的格式（1），第六句和第七句为乐段三中的格式（1），第八句和第九句为乐段四中的格式（2）。全词双调，九十五字，上阕八句，四平韵；下阕九句，四平韵。

例四　八声甘州（九十五字）

（宋）汤　恢

摘青梅荐酒，甚残寒、犹怯苎萝衣。正柳腴花瘦，绿云冉冉，红雪霏霏。隔屋秦筝依约，谁品春词。回首繁华梦，流水斜晖。　　寄隐孤山山下，但一瓢饮水，深掩苔扉。羡青山有思，白鹤忘机。怅年华、不禁搔首，又天涯、弹泪送春归。销魂远、千山啼鴂，十里酴醾。

注：该词上阕第一句和第二句为乐段一中的格式（3），第三句至第五句为乐段二中的格式（1），第六句和第七句为乐段三中的格式（3）；下阕第一句至第三句为乐段一中的格式（1），第四句和第五句为乐段二中的格式（2），第六句和第七句为乐段三中的格式（1），第八句和第九句为乐段四中的格式（1）。全词双调，九十五字，上下阕各九句，四平韵。

例五　八声甘州（九十六字）
（宋）郑子玉

渐莺声近也，探年芳、河畔扼轻轮。旋东风染绿，绵绵平野，无际烟春。最苦夕阳天外，愁损倚栏人。无奈潇湘杳，留滞王孙。　　冷落池塘残梦，是送君归后，南浦销魂。赖东君能容，醉卧展香裀。尽教更、行人远也，相伴连水复连云。关山道、算无今古，客恨长新。

注：该词上阕第一句和第二句为乐段一中的格式（3），第三句至第五句为乐段二中的格式（1），第六句和第七句为乐段三中的格式（1）；下阕第一句至第三句为乐段一中的格式（1），第四句和第五句为乐段二中的格式（3），第六句和第七句为乐段三中的格式（2），第八句和第九句为乐段四中的格式（1）。全词双调，九十六字，上下阕各九句，四平韵。

例六　八声甘州（九十七字）
（宋）陈允平

甚匆匆岁月，又人家、插柳记清明。正南北高峰，山传笑响，水泛箫声。吹散楼台烟雨，莺语碎春晴。何地无芳草，惟此青青。　　谁管孤山山下，任种梅竹冷，荐菊泉清。看人情如此，沉醉不须醒。问何时、樊川归去，叹故乡、七十五长亭。君知否、洞云溪竹，笑我飘零。

注：该词上阕第一句和第二句为乐段一中的格式（3），第三句至第五句为乐段二中的格式（2），第六句和第七句为乐段三中的格式（1）；下阕第一句至第三句为乐段一中的格式（1），第四句和第五句为乐段二中的格式（1），第六句和第七句为乐段三中的格式（1），第八句和第九句为乐段四中的格式（1）。全词双调，九十七字，上下阕各九句，四平韵。

例七　八声甘州（九十五字）
（元）萧　列

可怜生、飘零到酴醾，依然旧销魂。残春几许，风风雨雨，客里又黄昏。无奈一江烟雾，腥浪卷河豚。身世忽如叶，那是清浑。　　莫厌悲歌笑语，奈天涯有梦，白发无根。怕相思别后，无字写回文。更月明洲渚，杜鹃声里，立向临分。三生石、情缘千里，风月柴门。

注：该词上阕第一句和第二句为乐段一中的格式（4），第三句至第五句为乐段二中的格式（3），第六句和第七句为乐段三中的格式（1）；下阕第一句至第三句为乐段一中的格式（1），第四句和第五句为乐段二中的格式（1），第六句至第八句为乐段三中的格式（4），第九句和第十句为乐段四中的格式（1）。全词双调，九十五字，上阕九句，四平韵；下阕十句，四平韵。

例八　八声甘州（九十八字）

（宋）姚云文

卷丝丝、雨织半晴天。棹歌发清舷。甚苍虬怒跃，灵鼍急吼，云涌平川。楼外榴裙几点，描破绿杨烟。把画罗遥指，助啸争先。　　憔悴潘郎，曾记得、青龙千舸，采石矶边。叹内家帖子，闲却缕金笺。觉素标、插头如许，尽风情、终不似斗赢船。人声断、云斋半掩，月印枯禅。

注：该词上阕第一句和第二句为乐段一中的格式（4），第三句至第五句为乐段二中的格式（1），第六句和第七句为乐段三中的格式（1）；下阕第一句至第三句为乐段一中的格式（2），第四句和第五句为乐段二中的格式（1），第六句和第七句为乐段三中的格式（3），第八句和第九句为乐段四中的格式（1）。全词双调，九十八字，上阕九句，五平韵；下阕九句，四平韵。

例九　八声甘州（一百字）

（宋）胡翼龙

甚年年、心事占秋多，芳洲乱芜生。正小山已桂，东篱又菊，秋为人清。肠断洞庭叶下，倚西风、谁可寄芳蘅。袅袅愁予处，欲醉还醒。　　为问素娥饮否，自谪仙去后，知与谁明。耿盈盈如此，分影落瑶觥。步高台、夜深人静，有飞仙、同跨海山鲸。归来也、远游歌罢，失却秋声。

注：该词上阕第一句和第二句为乐段一中的格式（4），第三句至第五句为乐段二中的格式（1），第六句和第七句为乐段三中的格式（4）；下阕第一句至第三句为乐段一中的格式（1），第四句和第五句为乐段二中的格式（1），第六句和第七句为乐段三中的格式（1），第八句和第九句为乐段四中的格式（1）。全词双调，一百字，上下阕各九句，四平韵。

例十　八声甘州（九十七字）

（宋）冯去非

买扁舟、载月过长桥，回首梦耶非。问往日三高，清风万古，继者伊谁。惟有茶烟轻飏，零露湿莼丝。西子如何处，鸿怨蛩悲。　　遥想家山好在，正倚天青壁，石瘦云肥。甚抛奇掷秀，猿鹤互猜疑。归去好、散人相国，迥升沉、毕竟总尘泥。须还我、松间旧隐，竹上新诗。

注：该词上阕第一句和第二句为乐段一中的格式（4），第三句至第五句为乐段二中的格式（2），第六句和第七句为乐段三中的格式（1）；下阕第一句至第三句为乐段一中的格式（1），第四句和第五句为乐段二中的格式（1），第六句和第七句为乐段三中的格式（1），第八句和第九句为乐段四中的格式（1）。全词双调，九十七字，上下阕各九句，四平韵。

例十一　八声甘州（九十七字）
　　　　　（宋）李曾伯

　　拟龙山、把酒酹西风，西风苦无情。似秋容不受，骚人登眺，特地悭晴。依稀两三过雁，何处是方城。目断危楼外，山远烟轻。　　且对黄花一笑，叹浮生易老，乐事难并。唤遏云低唱，檐溜任霏铃。问何如、乌纱折角，把芳名、盖取晋参军。东篱下、阴晴不管，输与渊明。

　　注：该词上阕第一句和第二句为乐段一中的格式（4），第三句至第五句为乐段二中的格式（1），第六句和第七句为乐段三中的格式（2）；下阕第一句至第三句为乐段一中的格式（1），第四句和第五句为乐段二中的格式（1），第六句和第七句为乐段三中的格式（1），第八句和第九句为乐段四中的格式（1）。全词双调，九十七字，上下阕各九句，四平韵。

例十二　八声甘州（九十七字）
　　　　　（宋）黎廷瑞

　　恨巨灵、多事凿长江，消沉几英雄。恨乌江亭长，天机轻泄，说与重瞳。更恨南阳耕叟，撺掇紫髯翁。一弹金陵土，战虎争龙。　　杯酒凤凰台上，对石城流水，钟阜诸峰。问六朝陵阙，何处是遗踪。后庭花、更无留响，渺春潮、残照笛声中。悲欢梦、芜城杨柳，几度春风。

　　注：该词上阕第一句和第二句为乐段一中的格式（4），第三句至第五句为乐段二中的格式（1），第六句和第七句为乐段三中的格式（1）；下阕第一句至第三句为乐段一中的格式（1），第四句和第五句为乐段二中的格式（1），第六句和第七句为乐段三中的格式（1），第八句和第九句为乐段四中的格式（1）。全词双调，九十七字，上下阕各九句，四平韵。

迷 神 引

《乐章集》注"中吕调"。

《迷神引》的长短句结构

《迷神引》上阕，三个乐段								
乐段一（十三字）		乐段二（十七字）					乐段三（十六字）		
7	6	4	4	3	3	3	5	3	5	3

《迷神引》下阕，三个乐段		
乐段一（十六字）	乐段二（十九字）	乐段三（十六字）
4　5　4　3	4　33　3　3　3	5　3　5　3

《康熙词谱》共收集两体《迷神引》，双调，上下阕分别可分为三个乐段，其长短句结构如表所示。该调九十七字，上阕十一句，六仄韵或八仄韵；下阕十三句，六仄韵，《康熙词谱》以柳永词为正体或正格。该调的正格与变格如表所示，其中，上下阕各乐段中的格式（1）为正格句式，其余为变格句式。

《迷神引》的正格与变格（双调）

《迷神引》上阕，十一句，六仄韵或八仄韵		
乐段一（二句，十三字）	乐段二（五句，十七字）	乐段三（四句，十六字）
＋｜＋一 ＋｜（韵）＋｜ ＋一＋｜（韵）	＋一＋｜（句）＋一＋ ｜（韵）｜＋一（句） ｜（韵）＋一＋｜（韵） （1） ＋一＋｜（句）＋一＋ ｜（韵）｜＋一（句）＋ 一＋｜（韵） （2）	＋｜一一｜（句）＋＋ ｜（韵）＋｜一一｜（句） ＋一｜（韵） （1） ＋｜一一｜（韵）＋＋ ｜（韵）＋｜一一｜（句） ＋一｜（韵） （2） ＋｜一一｜（句）＋＋ ｜（韵）＋｜｜一一（句） ＋一｜（韵） （3）

例一　迷神引（九十七字）

（宋）柳　永

红板桥头秋光暮。淡月映烟方煦。寒溪蘸碧，绕垂杨路。重分飞，携纤手，泪如雨。波急隋堤远，片帆举。倏忽年华改，尚期阻。　　暗觉春残，渐渐飘花絮。好晚凉天，长孤负。洞房闲掩，小屏空、无心觑。指归云，仙乡杳，在何处。遥夜香衾暖，算谁与。知他深深约，记得否。

注：该词上阕第三句至第七句为乐段二中的格式（1），第八句至第十一句为乐段三中的格式（1）；下阕第九句至第十三句为乐段三中的格式（1）。全词双调，九十七字，上阕十一句，六仄韵；下阕十三句，六仄韵。

《迷神引》下阕，十三句，六仄韵		
乐段一（四句，十六字）	乐段二（五句，十九字）	乐段三（四句，十六字）
＋｜－－（句）＋｜－－｜（韵）＋｜－－（句）＋－｜（韵）	＋－＋｜（句）＋＋＋（读）＋－｜（韵）｜＋－（句）＋－｜（句）＋－｜（韵）	＋｜－－｜（句）＋＋｜（韵）＋－－＋｜（句）＋＋｜（韵）（1） ＋｜｜－－（句）＋＋｜（韵）＋｜｜－－（句）＋＋｜（韵）（2）

注：上下阕乐段三中的格式"＋　＋｜（韵）"，可平可仄两处不可同时用仄。

例二　迷神引（九十七字）

（宋）晁补之

黯黯青山红日暮。浩浩大江东注。馀霞散绮，向烟波路。使人愁，长安远，在何处。几点渔灯小，迷近坞。一片客帆低，傍前浦。　　暗想平生，自悔儒冠误。觉阮途穷，归心阻。断魂素月，一千里、伤平楚。竹枝歌，声声怨，为谁苦。猿鸟一时啼，惊岛屿。烛暗不成眠，听津鼓。

注：该词上阕第三句至第七句为乐段二中的格式（1），第八句至第十一句为乐段三中的格式（1）；下阕第九句至第十三句为乐段三中的格式（2）。全词双调，九十七字，上阕十一句，六仄韵；下阕十三句，六仄韵。

例三　迷神引（九十七字）

（宋）朱　雍

白玉楼高云光绕。望极新蟾同照。前村暮雪，霁梅林道。涧风平，波声渺。喜登眺。疏影寒枝袅。太春早。临水凝清浅，靓妆巧。　　瘦体伤离，向此萦怀抱。觉璧华轻，冰痕小。倦听塞管，转呜咽、令人老。素光回，长亭静，无尘到。烟锁横塘暖，香径悄。飞英难拘束，任春晓。

注：该词上阕第三句至第七句为乐段二中的格式（2），第八句至第十一句为乐段三中的格式（2）；下阕第九句至第十三句为乐段三中的格式（1）。全词双调，九十七字，上阕十一句，八仄韵；下阕十三句，六仄韵。

醉 蓬 莱

《乐章集》注"林钟商"。赵磻老词有"璧月流光，雪消寒峭"句，又名《雪月交光》；韩淲词有"玉作山前，冰为水际，几多风月"句，又名《冰玉风月》。

《醉蓬莱》的长短句结构

上阕，四个乐段			
乐段一（十三字）	乐段二（九字）	乐段三（十三字）	乐段四（十二字）
5　4　4	4　5	4　4　5	4　4　4

下阕，四个乐段			
乐段一（十六字）	乐段二（九字）	乐段三（十三字）	乐段四（十二字）
4　4　4 6　6　4	4　5	4　4　5	4　4　4

《康熙词谱》共收集两体《醉蓬莱》，双调，上下阕分别可分为四个乐段，其长短句结构如表所示。该调九十七字，上阕十一句，四仄韵；下阕十二句或十一句，四仄韵。《康熙词谱》以柳永词为正体或正格。该调的正格与变格如表所示，其中，各乐段中的格式（1）为正格句式，其余为变格句式。

━━━━━━━━━━━━━━━━━━━━━━━━━

例一　醉蓬莱（九十七字）

（宋）柳　永

渐亭皋叶下，陇首云飞，素秋新霁。华阙中天，锁葱葱佳气。嫩菊黄深，拒霜红浅，近宝阶香砌。玉宇无尘，金茎有露，碧天如水。　　正值升平，万几多暇，夜色澄鲜，漏声迢递。南极星中，有老人呈瑞。此际宸游，凤輦何处，度管弦清脆。太液波翻，披香帘卷，月明风细。

注：该词上阕第一句至第三句为乐段一中的格式（1），第四句和第五句为乐段二中的格式（1），第六句至第八句为乐段三中的格式（1）；下阕第一句至第四句为乐段一中的格式（1），第五句和第六句为乐段二中的格式（1），第七句至第九句为乐段三中的格式（1），第十句至第十二句为乐段四中的格式（1）。全词双调，九十七字，上阕十一句，四仄韵；下阕十二句，四仄韵。

《醉蓬莱》的正格与变格（双调）

《醉蓬莱》上阕，十一句，四仄韵	
乐段一（三句，十三字）	乐段二（二句，九字）
｜＋－＋｜（句）＋｜－－（句） ＋－＋｜（韵） （1）	＋｜＋－（句）｜＋－＋｜（韵） （1）
｜＋＋－｜（句）＋｜－－（句） ＋－＋｜（韵） （2）	＋｜＋－（句）＋｜－－｜（韵） （2）

《醉蓬莱》上阕，十一句，四仄韵	
乐段三（三句，十三字）	乐段四（三句，十二字）
＋｜＋－（句）＋－＋｜（句）｜ ＋－＋｜（韵） （1）	＋｜＋－（句）＋－＋｜（句） ＋－＋｜（韵）
＋｜＋－（句）＋＋－｜（句） ＋｜－－｜（韵） （2）	

例二　醉蓬莱（九十七字）

（宋）苏　轼

笑劳生一梦，羁旅三年，又还重九。华发萧萧，对荒园搔首。赖有多情，好饮无事，似古人贤守。岁岁登高，年年落帽，物华依旧。　此会应须烂醉，仍把紫菊茱萸，细看重嗅。摇落霜风，有手栽双柳。来岁今朝，为我西顾，酹羽觞江口。会与州人，饮公遗爱，一江醇酎。

注：该词上阕第一句至第三句为乐段一中的格式（1），第四句和第五句为乐段二中的格式（1），第六句至第八句为乐段三中的格式（1）；下阕第一句至第三句为乐段一中的格式（2），第四句和第五句为乐段二中的格式（1），第六句至第八句为乐段三中的格式（1），第九句至第十一句为乐段四中的格式（1）。全词双调，九十七字，上下阕各十一句，四仄韵。

《醉蓬莱》下阕，十二句或十一句，四仄韵	
乐段一（四句或三句，十六字）	乐段二（二句，九字）
＋｜＋－（句）＋－＋｜（句） ＋｜＋－（句）＋－＋｜（韵） （1）	＋｜＋－（句）｜＋－＋｜（韵） （1）
＋｜＋－＋｜（句）＋｜＋｜ ＋－（句）＋－＋｜（韵） （2）	＋｜＋－（句）｜＋－－｜（韵） （2）

《醉蓬莱》下阕，十二句或十一句，四仄韵	
乐段三（三句，十三字）	乐段四（三句，十二字）
＋｜＋－（句）＋＋＋－｜（句） ＋－＋｜（韵） （1）	＋｜＋－（句）＋－＋｜（句） ＋－＋｜（韵） （1）
＋｜＋－（句）＋－＋｜（句） ＋｜－｜（韵） （2）	＋－＋｜（句）＋－＋｜（句） ＋－＋｜（韵） （2）

注：上下阕相关乐段中的格式"＋｜＋－（句）"，第三字应尽可能用平。

例三　醉蓬莱（九十七字）

（宋）吕渭老

任落梅铺缀，雁齿斜桥，裙腰芳草。闲伴游丝，过晓园庭沼。厮近清明，雨晴风软，称少年寻讨。碧缕墙头，红云水面，柳堤花岛。　　谁信而今，怕愁憎酒，对着花枝，自疏歌笑。莺语丁宁，问甚时重到。梦笔题诗，帕绫封泪，向凤箫人道。处处伤心，年年远念，惜春人老。

注：该词上阕第一句至第三句为乐段一中的格式（1），第四句和第五句为乐段二中的格

式（1），第六句至第八句为乐段三中的格式（1）；下阕第一句至第四句为乐段一中的格式（1），第五句和第六句为乐段二中的格式（1），第七句至第九句为乐段三中的格式（1），第十句至第十二句为乐段四中的格式（1）。全词双调，九十七字，上阕十一句，四仄韵；下阕十二句，四仄韵。

例四　醉蓬莱（九十七字）
（宋）叶梦得

问东风何事，断送繁红，便拚归去。牢落征途，笑行人羁旅。一曲阳关，断云残霭，做渭城朝雨。欲寄离愁，绿阴千啭，黄鹂空语。　　遥想湖边，浪摇空翠，弦管风高，乱花飞絮。曲水流觞，有山翁行处。翠袖朱栏，故人应也，弄画船烟浦。会写相思，尊前为我，重翻新句。

注：该词上阕第一句至第三句为乐段一中的格式（1），第四句和第五句为乐段二中的格式（1），第六句至第八句为乐段三中的格式（1）；下阕第一句至第四句为乐段一中的格式（1），第五句和第六句为乐段二中的格式（1），第七句至第九句为乐段三中的格式（1），第十句至第十二句为乐段四中的格式（1）。全词双调，九十七字，上阕十一句，四仄韵；下阕十二句，四仄韵。

例五　醉蓬莱（九十七字）
（宋）刘子寰

正霜浮菊浅，露染枫深，九秋佳景。梅报南枝，一点和羹信。峻岳生申，太山瞻鲁，瑞启千年运。飞帛奎文，仪皇韶祉，明良相庆。　　岁值丰登，道方开泰，塞骑尘收，海鲸波静。几斗璇枢，仰三阶平正。保定乾坤，亲扶日月，万宇同歌咏。比寿彭聃，侔勋周召，致君尧舜。

注：该词上阕第一句至第三句为乐段一中的格式（1），第四句与第五句为乐段二中的格式（2），第六句至第八句为乐段三中的格式（2）；下阕第一句至第四句为乐段一中的格式（1），第五句和第六句为乐段二中的格式（1），第七句至第九句为乐段三中的格式（2），第十句至第十二句为乐段四中的格式（1）。全词双调，九十七字，上阕十一句，四仄韵；下阕十二句，四仄韵。

例六　醉蓬莱（九十七字）
（宋）王沂孙

扫西风门径，黄叶凋零，白云萧散。柳换枯阴，赋归来何晚。爽气霏霏，翠蛾眉妩，聊慰登临眼。故国如尘，故人如梦，登高还懒。　　数点寒英，为谁零落，楚魄难招，暮寒堪揽。步屧荒篱，谁念幽芳远。一室秋灯，一庭秋雨，更一声秋雁。试引芳樽，不知消得，几多衣黯。

注：该词上阕第一句至第三句为乐段一中的格式（1），第四句和第五句为乐段二中的格式（1），第六句至第八句为乐段三中的格式（2）；下阕第一句至第四句为乐段一中的格式（1），第五句和第六句为乐段二中的格式（2），第七句至第九句为乐段三中的格式（1），第十句至第十二句为乐段四中的格式（1）。全词双调，九十七字，上阕十一句，四仄韵；下阕十二句，四仄韵。

例七　醉蓬莱（九十七字）
（宋）黄庭坚

对朝云叆叇，暮雨霏微，翠峰相倚。巫峡高唐，锁楚宫佳丽。画戟移春，靓妆迎马，向一川都会。万里投荒，一身吊影，成何欢意。　　尽道黔南，去天尺五，望极神州，万重烟水。尊酒公堂，有中朝佳士。荔颊红深，麝脐香满，醉舞裀歌袂。杜宇催人，声声到晓，不如归是。

注：该词上阕第一句至第三句为乐段一中的格式（1），第四句和第五句为乐段二中的格式（1），第六句至第八句为乐段三中的格式（1）；下阕第一句至第四句为乐段一中的格式（1），第五句和第六句为乐段二中的格式（1），第七句至第九句为乐段三中的格式（2），第十句至第十二句为乐段四中的格式（1）。全词双调，九十七字，上阕十一句，四仄韵；下阕十二句，四仄韵。

例八　醉蓬莱（九十七字）
（宋）万俟雅言

正波泛银汉，漏滴铜壶，上元佳致。绛烛银灯，若繁星连缀。明月逐人，暗尘随马，尽五陵豪贵。鬓惹乌云，裙拖湘水，谁家姝丽。　　金阙南边，彩山北面，接地绮罗，沸天歌吹。六曲屏开，拥三千珠翠。帝乐庭深，凤炉烟喷，望舜颜瞻礼。太平无事，君臣宴乐，黎民欢醉。

注：该词上阕第一句至第三句为乐段一中的格式（2），第四句和第五句为乐段二中的格式（1），第六句至第八句为乐段三中的格式（1）；下阕第一句至第四句为乐段一中的格式（1），第五句和第六句为乐段二中的格式（1），第七句至第九句为乐段三中的格式（1），第十句至第十二句为乐段四中的格式（2）。全词双调，九十七字，上阕十一句，四仄韵；下阕十二句，四仄韵。

凤凰台上忆吹箫

《列仙传拾遗》云:"萧史善吹箫,作鸾凤之响。秦穆公有女弄玉,善吹箫,公以妻之。遂教弄玉作凤鸣。居十数年,凤凰来止,公为作凤台,夫妇止其上。数年,弄玉乘凤,萧史乘龙去。"调名取此。《高丽史·乐志》一名《忆吹箫》。宋词始见《晁氏琴趣外篇》。

《凤凰台上忆吹箫》的长短句结构

上阕,四个乐段			
乐段一 (十四字)	乐段二 (十一字或十字、九字)	乐段三 (十三字)	乐段四 (十一字或十二字)
4　4　6	34　4 6　4 5　4	6　34	3　4　4 3　5　4

下阕,四个乐段			
乐段一 (十五字)	乐段二 (十一字或十字、九字)	乐段三 (十三字)	乐段四 (九字或十字、十一字)
6　3　6 6　5　4 2　4　3　6 2　4　5　4	34　4 6　4 5　4	6　34	3　6 3　7 3　4　4

《康熙词谱》共收集六体《凤凰台上忆吹箫》,双调,上下阕分别可分为四个乐段,其长短句结构如表所示。该调有九十七字或九十六字、九十五字等格式,上阕十句,四平韵;下阕九句或十句、十一句,四平韵或五平韵。《康熙词谱》以九十七字体晁补之词为正体或正格。该调的正格与变格如表所示,其中,上下阕各乐段中的格式(1)为正格句式,其余为变格句式。

《凤凰台上忆吹箫》的正格与变格（双调）

《凤凰台上忆吹箫》上阕，十句，四平韵	
乐段一（三句，十四字）	乐段二（二句，十一字或十字、九字）
＋｜ー ー（句）＋ ー ＋｜（句） ＋ ー ＋｜ー ー（韵） （1） ＋｜＋｜（句）＋｜ー ー（句） ＋ ー ＋｜ー ー（韵） （2）	＋｜｜（读）＋ ー ＋｜（句）＋｜ ー ー（韵） （1） ＋｜ー ＋｜（句）＋｜ー ー（韵） （2） ｜＋ ー ＋｜（句）＋｜ー ー（韵） （3）

《凤凰台上忆吹箫》上阕，十句，四平韵	
乐段三（二句，十三字）	乐段四（三句，十一字或十二字）
＋｜＋ ー ＋｜（句）＋＋＋（读） ＋｜ー ー（韵） （1） ＋ ー｜ー ＋｜（句）＋＋＋（读） ＋｜ー ー（韵） （2）	＋ ー｜（句）＋｜＋ ー（句）＋｜ ー ー（韵） （1） ＋｜＋｜（句）＋ ー ＋｜（句）＋｜ ー ー（韵） （2） ＋ ー｜（句）｜＋ ー ＋｜（句）＋ ｜ー ー（韵） （3）

例一　凤凰台上忆吹箫（九十七字）

（宋）晁补之

千里相思，况无百里，何妨暮往朝还。又正是、梅初淡伫，莺未绵蛮。陌上相逢缓辔，风细细、云日斑斑。新晴好，得意未妨，行尽青山。　　应携后房小妓，来为我，盈盈对舞花间。便拌却、松醪翠满，蜜炬红残。谁信轻鞍射虎，清世里、曾有人闲。都休说，帘外夜久春寒。

注：该词上阕第一句至第三句为乐段一中的格式（1），第四句和第五句为乐段二中的格式（1），第六句和第七句为乐段三中的格式（1），第八句至第十句为乐段四中的格式（1）；下

阕第一句至第三句为乐段一中的格式（1），第四句和第五句为乐段二中的格式（1），第六句和第七句为乐段三中的格式（1），第八句和第九句为乐段四中的格式（1）。全词双调，九十七字，上阕十句，四平韵；下阕九句，四平韵。

《凤凰台上忆吹箫》下阕，九句或十句、十一句，四平韵或五平韵	
乐段一（三句或四句，十五字）	乐段二（二句，十一字或九字、十字）
＋－｜－＋｜（句）－＋｜（句） ＋－＋｜－－（韵） （1）	＋＋＋（读）＋－＋｜（句）＋｜－－（韵） （1）
＋｜＋－＋｜（句）－＋｜（句） ＋－＋｜－－（韵） （2）	＋－＋｜（句）＋｜－－（韵） （2） ＋｜＋－＋｜（句）＋｜－－（韵） （3）
＋－｜－＋｜（句）｜＋－＋ ｜（句）＋｜－－（韵） （3）	
＋－＋｜（句）｜＋｜｜ －（句）＋｜－－（韵） （4）	
＋－（韵）＋－＋｜（句）－＋ ｜（句）＋－＋｜－－（韵） （5）	
＋－（韵）＋－＋｜（句）＋｜｜ －（句）＋｜－－（韵） （6）	

例二　凤凰台上忆吹箫（九十七字）

（宋）曹　勋

　　碧玉烟塘，绛罗艳卉，朱清炎驭升旸。正应运、真人诞节，宝绪灵光。海宇均颁湛露，环佩拱、北极称觞。欢声浃，三十六宫，齐奉披香。　　芬芳。宝薰如霭，仙仗捧，椒扉秀绕嫔嫱。上万寿、双鬟妙舞，一部丝簧。花满蓬莱殿里，光照坐、尊俎生凉。南山祝，常对化日舒长。

　　注：该词上阕第一句至第三句为乐段一中的格式（1），第四句和第五句为乐段二中的格式（1），第六句和第七句为乐段三中的格式（1），第八句至第十句为乐段四中的格式（1）；下阕第一句至第四句为乐段一中的格式（5），第五句和第六句为乐段二中的格式（1），第七句和第八

句为乐段三中的格式（1），第九句和第十句为乐段四中的格式（1）。全词双调，九十七字，上阕十句，四平韵；下阕十句，五平韵。

《凤凰台上忆吹箫》下阕，九句或十句、十一句，四平韵或五平韵	
乐段三（二句，十三字）	乐段四（二句或三句，九字或十字、十一字）
＋｜＋－＋｜（句）＋＋＋（读） ＋｜＋－－（韵） （1）	＋－｜（句）－｜＋｜－－（韵） （1）
＋－｜－＋｜（句）＋＋＋（读） ＋｜－－（韵） （2）	＋－｜（句）＋－＋｜－－（韵） （2） ＋－｜（句）｜＋＋－｜＋（韵） （3）
＋｜＋｜－（句）＋＋＋（读） ＋｜－－（韵） （3）	＋－｜（句）＋－｜＋（句）＋｜－－（韵） （4）

注：下阕乐段四中的格式"｜＋－＋｜＋－（韵）"，为"上一下六"句式。

例三　凤凰台上忆吹箫（九十七字）

（宋）张台卿

长天霞散，远浦潮平，危阑注目江皋。长记年年荣遇，同是今朝。金銮两回命相，对清光、频许挥毫。雍容久，正茶杯初赐，香袖时飘。　　归去玉堂深夜，泥封罢，金莲一寸才烧。帝语丁宁曾被，华衮亲褒。如今漫劳梦想，叹尘迹、杳隔仙鳌。无聊意，强当歌对酒怎消。

注：该词上阕第一句至第三句为乐段一中的格式（2），第四句和第五句为乐段二中的格式（2），第六句和第七句为乐段三中的格式（2），第八句至第十句为乐段四中的格式（3）；下阕第一句至第三句为乐段一中的格式（2），第四句和第五句为乐段二中的格式（3），第六句和第七句为乐段三中的格式（2），第八句和第九句为乐段四中的格式（3）。全词双调，九十七字，上阕十句，四平韵；下阕九句，四平韵。

例四　凤凰台上忆吹箫（九十六字）

（宋）吴元可

更不成愁，何曾是醉，豆花雨后轻阴。似此心情自可，多了闲吟。秋在西楼西畔，秋较浅、不似情深。夜来月，为谁瘦小，尘镜羞临。　　弹筝旧家伴侣，记雁啼秋水，下指成音。听未稳、当时自误，又况如今。那是柔肠易断，人间事、独此难禁。雕笼近，数声别似春禽。

注：该词上阕第一句至第三句为乐段一中的格式（1），第四句和第五句为乐段二中的格式（2），第六句和第七句为乐段三中的格式（1），第八句至第十句为乐段四中的格式（2）；下阕第一句至第三句为乐段一中的格式（3），第四句和第五句为乐段二中的格式（1），第六句和第七句为乐段三中的格式（1），第八句和第九句为乐段四中的格式（2）。全词双调，九十六字，上阕十句，四平韵；下阕九句，四平韵。

例五　凤凰台上忆吹箫（九十五字）
（宋）李清照

香冷金猊，被翻红浪，起来慵自梳头。任宝奁尘满，日上帘钩。生怕离怀别苦，多少事、欲说还休。新来瘦，非干病酒，不是悲秋。　　休休。这回去也，千万遍阳关，也则难留。念武陵人远，烟锁秦楼。惟有楼前流水，应念我、终日凝眸。凝眸处，从今又添，一段新愁。

注：该词上阕第一句至第三句为乐段一中的格式（1），第四句和第五句为乐段二中的格式（3），第六句和第七句为乐段三中的格式（1），第八句至第十句为乐段四中的格式（2）；下阕第一句至第四句为乐段一中的格式（6），第五句和第六句为乐段二中的格式（2），第七句和第八句为乐段三中的格式（1），第九句至第十一句为乐段四中的格式（4）。全词双调，九十五字，上阕十句，四平韵；下阕十一句，五平韵。

例六　凤凰台上忆吹箫（九十五字）
（元）张翥

琪树锵鸣，春冰碎落，玉盘珠泻还停。渐一丝风袅，照飐清冥。疑把红牙趁节，想有人、记豆银屏。何须教，琵琶汉女，锦瑟湘灵。　　追思旧时胜赏，醉几度西湖，山馆池亭。惯倚歌花月，按舞娉婷。岁晚相逢客里，且一尊、同慰漂零。君休惜，吴音朔调，尽与吹听。

注：该词上阕第一句至第三句为乐段一中的格式（1），第四句和第五句为乐段二中的格式（3），第六句和第七句为乐段三中的格式（1），第八句至第十句为乐段四中的格式（2）；下阕第一句至第三句为乐段一中的格式（4），第四句和第五句为乐段二中的格式（2），第六句和第七句为乐段三中的格式（1），第八句至第十句为乐段四中的格式（4）。全词双调，九十五字，上下阕各十句，四平韵。

例七　凤凰台上忆吹箫（九十七字）

（宋）侯寘

浴雪精神，倚风情态，百端邀勒春还。记旧隐、溪桥日暮，驿路泥干。曾伴先生蕙帐，香细细、粉瘦琼闲。伤牢落，一夜梦回，肠断家山。　　空教映溪带月，供游客无情，折满雕鞍。便忘了、明窗静几，笔砚同欢。莫向高楼喷笛，花似我、蓬鬓霜斑。都休说，今夜倍觉清寒。

注：该词上阕第一句至第三句为乐段一中的格式（1），第四句和第五句为乐段二中的格式（1），第六句和第七句为乐段三中的格式（1），第八句至第十句为乐段四中的格式（1）；下阕第一句至第三句为乐段一中的格式（4），第四句和第五句为乐段二中的格式（1），第六句和第七句为乐段三中的格式（1），第八句和第九句为乐段四中的格式（1）。全词双调，九十七字，上阕十句，四平韵；下阕九句，四平韵。

例八　凤凰台上忆吹箫（九十七字）

（宋）张炎

水国浮家，渔村古隐，浪游惯占花深。犹记得、琵琶半面，曾湿衫青。不道江空岁晚，桃叶渡、还叹飘零。因乘兴，醉梦醒时，却是山阴。　　投闲倦呼侪侣，竟棹入芦花，俗客难寻。风渺渺、云拖暮雪，独钓寒清。远溯流光万里，浑错认、叶竹寰瀛。元来是，天上太乙真人。

注：该词上阕第一句至第三句为乐段一中的格式（1），第四句和第五句为乐段二中的格式（1），第六句和第七句为乐段三中的格式（1），第八句至第十句为乐段四中的格式（1）；下阕第一句至第三句为乐段一中的格式（4），第四句和第五句为乐段二中的格式（1），第六句和第七句为乐段三中的格式（1），第八句和第九句为乐段四中的格式（1）。全词双调，九十七字，上阕十句，四平韵；下阕九句，四平韵。

例九　凤凰台上忆吹箫（九十六字）

（宋）彭履道

劝客新楼，鸣筝上酒，夜凉人爱秋深。何似过、赏心佳处，依约湖阴。东望寒光缥缈，烟水阔、短笛销沉。阑干近，胜时种柳，清到如今。　　凌波又成误约，自佩环飞去，暗想遗音。重省江城倦客，醉拥秋衾。谁家一掬红泪，孤雁远、湿逗罗襟。石城晓，数声又递寒砧。

注：该词上阕第一句至第三句为乐段一中的格式（1），第四句和第五句为乐段二中的格式（1），第六句和第七句为乐段三中的格式（1），第八句至第十句为乐段四中的格式（2）；下阕第一句至第三句为乐段一中的格式（3），第四句和第五句为乐段二中的格式（3），第六句

和第七句为乐段三中的格式（3），第八句和第九句为乐段四中的格式（2）。全词双调，九十六字，上阕十句，四平韵；下阕九句，四平韵。

夜 合 花

调见《琴趣外篇》。按夜合花，合欢树也，唐韦应物诗："夜合花开香满庭。"调名取此。

《夜合花》的长短句结构

《夜合花》上阕，四个乐段			
乐段一（十四字）	乐段二（十字）	乐段三（十三字或十二字）	乐段四（十二字）
4　4　6	4　6	3　3　34 5　　7 6　　34	4　4　4

《夜合花》下阕，四个乐段			
乐段一 （十六字或十五字）	乐段二 （十字）	乐段三 （十三字或十二字）	乐段四 （十二字）
6　6　4 6　5　4 6　3　6 2　4　6　4	4　6	3　3　34 6　　34 5　　7	4　4　4

《康熙词谱》共收集《夜合花》五体，双调，上下阕分别可分为四个乐段，其长短句结构如表所示。该调有一百字或九十七字、九十九字等格式，上阕十句或十一句，五平韵；下阕十一句或十句、十二句，六平韵或七平韵、五平韵。《康熙词谱》以一百字体史达祖词为标谱词例。该调的正格与变格如表所示，其中，上下阕各乐段中的格式（1）为正格句式，其余为变格句式。

《夜合花》的正格与变格（双调）

《夜合花》上阕，十一句或十句，五平韵	
乐段一（三句，十四字）	乐段二（二句，十字）
＋｜－－（句）＋－＋｜（句） ＋－＋｜－－（韵）	＋－＋｜（句）＋－＋｜－－（韵） （1） ＋－＋｜（句）＋｜＋｜－－（韵） （2）

《夜合花》上阕，十一句或十句，五平韵	
乐段三（三句或二句，十三字或十二字）	乐段四（三句，十二字）
＋｜｜（句）｜－－（韵）＋＋＋ （读）＋｜－－（韵） （1） ＋－＋｜－－（韵）＋＋＋ （读）＋｜－－（韵） （2） ｜＋｜－－（韵）｜＋－＋｜－ －（韵） （3）	＋－＋｜（句）＋－＋｜（句） ＋｜－－（韵）

例一　夜合花（一百字）

（宋）史达祖

冷截龙腰，偷拏鸾爪，楚山长锁秋云。梅花未落，年年怨入江城。千嶂碧，一声清。枉人间、儿女箫笙。共苍凉处，琵琶溢浦，长啸苏门。　　当时低度西邻。天淡栏干欲暮，曾赋高情。子期老矣，不堪殢酒重听。纤手静，七星明。有新声、应更魂惊。梦回人世，寥寥夜月，空照天津。

注：该词上阕第四句和第五句为乐段二中的格式（1），第六句至第八句为乐段三中的格式（1）；下阕第一句至第三句为乐段一中的格式（1），第四句和第五句为乐段二中的格式（1），第六句至第八句为乐段三中的格式（1）。全词双调，一百字，上阕十一句，五平韵；下阕十一句，六平韵。

《夜合花》下阕，十一句或十句、十二句，六平韵或五平韵、七平韵	
乐段一（三句或四句，十六字或十五字）	乐段二（二句，十字）
＋－＋｜－－（韵）＋｜＋｜－ ＋｜（句）＋｜－－（韵） （1）	＋－＋｜（句）＋－＋｜－ （韵） （1）
＋｜＋｜－－（韵）｜＋－－ （句）＋｜－－（韵） （2）	＋－＋｜（句）＋－＋｜－ （韵） （2）
＋－＋｜－－（韵）｜－－（句） ＋－＋｜－－（韵） （3）	
－－（韵）＋｜－－（韵）＋｜ ＋－＋｜（句）＋｜－－（韵） （4）	

《夜合花》下阕，十一句或十句、十二句，六平韵或五平韵、七平韵	
乐段三（三句或二句，十三字或十二字）	乐段四（三句，十二字）
＋｜｜（句）｜－－（韵）＋＋＋ （读）＋｜－－（韵） （1）	＋－＋｜（句）＋－＋｜（句） ＋｜－－（韵）
＋－＋｜－｜（句）＋＋＋（读） ＋｜－－（韵） （2）	
｜＋｜－－（韵）｜＋｜－｜ －（韵） （3）	

例二　夜合花（一百字）

（宋）周　密

月地无尘，珠宫不夜，翠笼谁炼铅霜。南州路杳，仙子误入唐昌。零露滴，湿微妆。逗清芬、蝶梦空忙。梨花云暖，梅花雪冷，应妒秋芳。　　虚庭夜气偏凉。曾记幽丛采玉，素手相将。青蕤嫩萼，指痕犹映瑶房。风透幕，月侵床。记梦回、粉艳争香。枕屏金络，钗梁绛缕，都是思量。

注：该词上阕第四句和第五句为乐段二中的格式（2），第六句至第八句为乐段三中的格式（1）；下阕第一句至第三句为乐段一中的格式（1），第四句和第五句为乐段二中的格式（2），第六句至第八句为乐段三中的格式（1）。全词双调，一百字，上阕十一句，五平韵；下阕十一句，六平韵。

例三　夜合花（九十七字）
（宋）晁补之

百紫千红，占春多少，共推绝世花王。西都万户，擅名不为姚黄。漫肠断巫阳。对沉香亭北新妆。记清平调，词成进了，一梦仙乡。　　天葩秀出无双。倚朝晖，半如酣醉成狂。无言自省，檀心一点偷芳。念往事情伤。又新艳曾说滁阳。纵归来晚，君王殿后，别是风光。

注：该词上阕第四句和第五句为乐段二中的格式（1），第六句和第七句为乐段三中的格式（3）；下阕第一句至第三句为乐段一中的格式（3），第四句和第五句为乐段二中的格式（1），第六句和第七句为乐段三中的格式（3）。全词双调，九十七字，上阕十句，五平韵；下阕十句，六平韵。

例四　夜合花（一百字）
（宋）高观国

斑驳云开，濛松雨过，海棠花外寒轻。湖山翠暖，东风正要新晴。又唤醒，旧游情。记年时、今日清明。隔花阴浅，香随笑语，特地逢迎。　　人生。好景难并。依旧秋千巷陌，花月蓬瀛。春衫抖擞，余香半染芳尘。念嫩约，杳难凭。被几声、啼鸟惊心。一庭芳草，危栏晚日，无限消凝。

注：该词上阕第四句和第五句为乐段二中的格式（1），第六句至第八句为乐段三中的格式（1）；下阕第一句至第四句为乐段一中的格式（4），第五句和第六句为乐段二中的格式（1），第七句至第九句为乐段三中的格式（1）。全词双调，一百字，上阕十一句，五平韵；下阕十二句，七平韵。

例五　夜合花（一百字）
（宋）曹　勋

星拱尧眉，日临云幄，晓天初静炎曦。香凝翠扆，花笼禁殿风迟。彩山高与云齐。奉明主、玉斝交挥。庆天申旦，九州四海，同咏昌时。　　今年麦有双岐。别有琅玕并节,深秀联枝。丰世瑞物,嘉祥效祉熙熙。坐中莫惜沉醉,仰三圣、玉德光辉。献南山寿,严宸万载,永奉垂衣。

注:该词上阕第四句和第五句为乐段二中的格式(1),第六句和第七句为乐段三中的格式(2);下阕第一句至第三句为乐段一中的格式(1),第四句和第五句为乐段二中的格式(2),第六句和第七句为乐段三中的格式(2)。全词双调,一百字,上下阕各十句,五平韵。

例六　夜合花(九十九字)
(宋)孙惟信

风叶敲窗,露蛩吟甓,谢娘庭院秋宵。凤屏半掩,钗花映烛红摇。润玉暖,腻云娇。染芳情、香透鲛绡。断魂留梦,烟迷楚驿,月落蓝桥。　　谁念卖药文箫。望仙城路杳,莺燕迢迢。罗衫暗摺,兰痕粉迹都销。流水远,乱花飘。苦相思、宽尽春腰。几时重恁,玉骢过处,小袖轻招。

注:该词上阕第四句和第五句为乐段二中的格式(1),第六句至第八句为乐段三中的格式(1);下阕第一句至第三句为乐段一中的格式(2),第四句和第五句为乐段二中的格式(1),第六句至第八句为乐段三中的格式(1)。全词双调,九十九字,上阕十一句,五平韵;下阕十一句,六平韵。

采　明　珠

曹植《洛神赋》"或采明珠",调名取此。《宋史·乐志》:"曲破中吕调,采明珠。"

《采明珠》的长短句结构

《采明珠》上阕,三个乐段		
乐段一(十三字)	乐段二(十五字)	乐段三(二十一字)
3　4　　　6	5　　5　　5	3　4　　4　　6

《采明珠》下阕,三个乐段		
乐段一(十一字)	乐段二(十六字)	乐段三(二十一字)
3　　3　　5	3　　4　　4　　5	3　4　　6　　4　　4

《康熙词谱》只收集一体《采明珠》,双调,上下阕分别可分为三个乐段,其长短句结构

如表所示。该调九十七字，上阕九句，四仄韵；下阕十一句，七仄韵。其基本格式如表所示。

《采明珠》上阕，九句，四仄韵		
乐段一（二句，十三字）	乐段二（三句，十五字）	乐段三（四句，二十一字）
＋＋＋（读）＋｜ －－－（句）＋｜＋ －＋｜（韵）	＋｜｜－－（句）｜ ＋－＋｜（韵）＋｜ －－｜（韵）	＋＋＋（读）＋｜－ －（句）＋｜＋－（句） ＋｜－－（句）＋ ＋｜－｜（韵）

《采明珠》下阕，十一句，七仄韵		
乐段一（三句，十一字）	乐段二（四句，十六字）	乐段三（四句，二十一字）
－＋｜（韵）－＋ ｜（韵）｜＋｜－｜（韵）	－＋｜（韵）＋｜＋ －（句）＋｜＋－＋｜ （韵）＋｜－－｜（韵）	＋＋＋（读）＋｜－ －（句）＋｜＋－＋｜ （句）＋－＋｜（句）＋ －＋｜（韵）

例　采明珠（九十七字）

（宋）杜安世

雨乍收、小院尘消，云淡天高露冷。坐看月华生，射玉楼清莹。蟋蟀鸣金井。下帘帏、悄悄空阶，败叶坠风，惹动闲愁，千端万绪难整。　　秋夜永。凉天迥。可不念光景。嗟薄命。倐忽少年，忍教孤另。灯闪红窗影。步回廊、懒入香闺，暗落泪珠满面，谁人知我，为伊成病。

注：全词双调，九十七字，上阕九句，四仄韵；下阕十一句，七仄韵。

庆　清　朝

一作《庆清朝慢》。

《康熙词谱》共收集四体《庆清朝》，双调，上下阕分别可分为四个乐段，其长短句结构如表所示。该调九十七字，上下阕各十句，四平韵。《康熙词谱》以史达祖词为标谱词例。该调的正格与变格如表所示，其中，上下阕各乐段中的格式（1）为正格句式，其余为变格句式。

《庆清朝》的长短句结构

《庆清朝》上阕，四个乐段			
乐段一（十四字）	乐段二（十字）	乐段三（十三字）	乐段四（十一字）
4　4　6	4　　6 6　4	6　　7	3　4　4

《庆清朝》下阕，四个乐段			
乐段一（十五字）	乐段二（十字）	乐段三（十三字）	乐段四（十一字）
6　5　4 6　3　6 33　5　4	4　　6 6　4	6　　7	3　4　4

《庆清朝》的正格与变格（双调）

《庆清朝》上阕，十句，四平韵	
乐段一（三句，十四字）	乐段二（二句，十字）
＋｜－－（句）＋－＋｜（句） ＋－＋｜－－（韵） （1） ＋－＋｜（句）＋－＋｜（句） ＋｜＋｜－－（韵） （2）	＋－＋｜（句）＋－＋｜－－（韵） （1） ＋－｜＋＋｜（句）＋｜－－（韵） （2）

《庆清朝》上阕，十句，四平韵	
乐段三（二句，十三字）	乐段四（三句，十一字）
＋｜＋－＋｜（句）＋－＋｜｜ －－（韵）	－＋｜（句）＋－＋｜（句） ＋｜－－（韵） （1） －＋｜（句）＋｜＋｜（句） ｜－－（韵） （2）

《庆清朝》下阕，十句，四平韵	
乐段一（三句，十五字）	乐段二（二句，十字）
＋|＋－＋|（句）|＋－＋|（句） ＋|－－（韵） （1）	＋－＋|（句）＋|－－（韵） （1）
＋|＋－＋|（句）＋＋|（句）＋ －＋|－－（韵） （2）	＋－＋|（句）＋－＋|－ －（韵） （2）
＋＋＋（读）－＋|（句）＋＋| －|（句）＋|－－（韵） （3）	＋－＋－||（句）＋＋ －（韵） （3）
＋＋＋（读）＋＋|（句）|＋－ ＋|（句）＋|－－（韵） （4）	

《庆清朝》下阕，十句，四平韵	
乐段三（二句，十三字）	乐段四（三句，十一字）
＋|＋－＋|（句）＋－＋ ||－－（韵）	－＋|（句）＋－＋|（句）＋|－ －（韵） （1）
	－＋|（句）＋|＋|（句）＋|－ －（韵） （2）

例一　庆清朝（九十七字）

（宋）史达祖

坠絮孳萍，狂鞭孕竹，偷移红紫池亭。余花未落，似供残蝶经营。赋得送春诗了，夏帷撑断绿阴成。桑麻外，乳鸦稚燕，别样芳情。　　荀令旧香易冷，叹俊游疏懒，枉自销凝。尘侵谢屐，幽径斑驳苔生。便觉寸心尚老，故人前度漫丁宁。空相误，袚兰曲水，挑菜东城。

注：该词上阕第一句至第三句为乐段一中的格式（1），第四句和第五句为乐段二中的格

式（1），第八句至第十句为乐段四中的格式（1）；下阕第一句至第三句为乐段一中的格式（1），第四句和第五句为乐段二中的格式（1），第八句至第十句为乐段四中的格式（1）。全词双调，九十七字，上下阕各十句，四平韵。

例二　庆清朝（九十七字）
（宋）王　观

调雨为酥，催冰做水，东君分付春还。何人便将轻暖，点破残寒。结伴踏青去好，平头鞋子小双鸾。烟郊外，望中秀色，如有无间。　　晴则个、阴则个，饾饤得天气，有许多般。须教撩花拨柳，争要先看。不道吴绫绣袜，香泥斜沁几行斑。东风巧，尽收翠绿，吹上眉山。

注：该词上阕第一句至第三句为乐段一中的格式（1），第四句和第五句为乐段二中的格式（2），第八句至第十句为乐段四中的格式（1）；下阕第一句至第三句为乐段一中的格式（3），第四句和第五句为乐段二中的格式（3），第八句至第十句为乐段四中的格式（1）。全词双调，九十七字，上下阕各十句，四平韵。

例三　庆清朝（九十七字）
（宋）曹　勋

绛罗萦色，茸金丽蕊，秀格压尽群芳。人间第一娇妩，深紫轻黄。乍过夜来谷雨，盈盈明艳惹天香。春风暖，宝幄竞倚，名称花王。　　朝槛五云拥秀，护晓日，偏宜翠幕高张。秾姿露叶，临赏须趁韶光。最喜鉴鸾初试，一枝姚魏插宫妆。燃绛蜡，共花拌醉，莫靳瑶觞。

注：该词上阕第一句至第三句为乐段一中的格式（2），第四句和第五句为乐段二中的格式（2），第八句至第十句为乐段四中的格式（2）；下阕第一句至第三句为乐段一中的格式（2），第四句和第五句为乐段二中的格式（1），第八句至第十句为乐段四中的格式（1）。全词双调，九十七字，上下阕各十句，四平韵。

例四　庆清朝（九十七字）
（宋）李清照

禁幄低张，彤栏巧护，就中独占残春。容华淡伫绰约，俱见天真。待得群花过后，一番风露晓妆新。妖娆态，妒风笑月，长殢东君。　　东城边、南陌上，正日烘池馆，竞走香轮。绮筵散日，谁人可继芳尘。更好明光宫殿，几枝先近日边匀。金尊倒，拼了尽烛，不爱黄昏。

注：该词上阕第一句至第三句为乐段一中的格式（1），第四句和第五句为乐段二中的格

式（2），第八句至第十句为乐段四中的格式（1）；下阕第一句至第三句为乐段一中的格式（4），第四句和第五句为乐段二中的格式（2），第八句至第十句为乐段四中的格式（2）。全词双调九十七字，上下阕各十句，四平韵。

黄鹂绕碧树

调见《清真乐府》。

《黄鹂绕碧树》的长短句结构

《黄鹂绕碧树》上阕，四个乐段			
乐段一（十三字）	乐段二（十三字）	乐段三（十一字）	乐段四（十三字）
5　4　4	4　5　4	4　34	36　4

《黄鹂绕碧树》下阕，四个乐段			
乐段一（十三字）	乐段二（十二字）	乐段三（十二字）	乐段四（十字）
6　34	35　4	6　6	6　4

《康熙词谱》只收集一体《黄鹂绕碧树》，双调，上下阕分别可分为四个乐段，其长短句结构如表所示。该调九十七字，上阕十句，四仄韵；下阕八句，五仄韵，其基本格式如表所示。

《黄鹂绕碧树》的基本格式（双调）

《黄鹂绕碧树》上阕，十句，四仄韵	
乐段一（三句，十三字）	乐段二（三句，十三字）
＋｜－－｜（句）＋－＋｜（句）＋－＋｜（韵）	＋｜－－（句）｜＋－＋｜（句）＋－＋｜（韵）

《黄鹂绕碧树》上阕，十句，四仄韵	
乐段三（二句，十一字）	乐段四（二句，十三字）
＋－＋｜（句）＋＋＋（读）＋－｜＋｜（韵）	＋＋＋（读）＋｜＋－｜（句）＋－＋｜（韵）

《黄鹂绕碧树》下阕，八句，五仄韵	
乐段一（二句，十三字）	乐段二（二句，十二字）
＋｜＋－＋｜（韵）＋＋＋（读） ＋－＋｜（韵）	＋＋＋（读）｜＋－＋｜（句） ＋＋－｜（韵）

《黄鹂绕碧树》下阕，八句，五仄韵	
乐段三（二句，十二字）	乐段四（二句，十字）
＋｜＋－＋｜（句）＋｜＋－＋｜（韵）	＋－＋｜－－（句）＋－ ＋｜（韵）

例　黄鹂绕碧树（九十七字）

（宋）周邦彦

　　双阙笼佳气，寒威日晚，岁华将暮。小院闲庭，对寒梅照雪，淡烟凝素。忍当迅景，动无限、伤春情绪。犹赖是、上苑风光渐好，芳容将煦。　　草荚兰芽渐吐。且寻芳、更休思虑。这浮世、甚驱驰利禄，奔竞尘土。纵有魏珠照乘，未买得流年住。争如盛饮流霞，醉偎琼树。

　　注：全词双调，九十七字，上阕十句，四仄韵；下阕八句，五仄韵。

帝　台　春

唐教坊曲名。《宋史·乐志》："琵琶曲有《帝台春》，属无射宫。"

《帝台春》的长短句结构

《帝台春》上阕，四个乐段							
乐段一（九字）		乐段二（十二字）			乐段三（十四字）		乐段四（十一字）	
4	5	4	4	4	7	34	3	4	4

《帝台春》下阕，四个乐段			
乐段一（十二字）	乐段二（十五字）	乐段三（十四字）	乐段四（十字）
3　3　3　3	5　3　34	7　7	5　5

《康熙词谱》只收集一体《帝台春》，双调，上下阕分别可分为四个乐段，其长短句结构如表所示。该调九十七字，上阕十句，五仄韵；下阕十一句，七仄韵，其基本格式如表所示。

《帝台春》的基本格式（双调）

《帝台春》上阕，十句，五仄韵	
乐段一（二句，九字）	乐段二（三句，十二字）
一　∣　＋　∣（韵）一　一　一　∣　一（韵）	＋　∣　＋　一（句）＋　∣　一　一（句）＋　一　＋　∣（韵）

《帝台春》上阕，十句，五仄韵	
乐段三（二句，十四字）	乐段四（三句，十一字）
＋　∣　一　一　∣　＋　∣（句）＋　＋　＋（读）＋　一　＋　∣（韵）	∣　一　一（句）＋　∣　＋　一　一（句）＋　一　＋　∣（韵）

《帝台春》下阕，十一句，七仄韵	
乐段一（四句，十二字）	乐段二（三句，十五字）
＋　＋　∣（韵）＋　＋　∣（韵）＋　＋　∣（韵）＋　＋　∣（韵）	∣　＋　∣　一　一（句）∣　一　一（句）＋　＋　＋（读）＋　一　＋　∣（韵）

《帝台春》下阕，十一句，七仄韵	
乐段三（二句，十四字）	乐段四（二句，十字）
＋　∣　一　一　∣　＋　∣（句）＋　∣　＋　一　∣　一　∣（韵）	∣　＋　∣　一　一（句）∣　＋　一　＋　∣（韵）

例　帝台春（九十七字）

（宋）李　甲

芳草碧色。萋萋遍南陌。暖絮乱红，也似知人，春愁无力。忆得盈盈拾翠侣，共携赏、凤城寒食。到今来，海角逢春，天涯倦客。　　愁旋释。还似织。泪暗拭。又偷滴。漫倚遍危栏，尽黄昏，也只是、暮云凝碧。拚则而今已拚了，忘则怎生便忘得。又还问鳞鸿，试重寻消息。

注：全词双调，九十七字，上阕十句，五仄韵；下阕十一句，七仄韵。

瑶台第一层

宋陈师道《后山诗话》："武才人出庆寿宫，裕陵得之。会教坊献新声，为作词，号《瑶台第一层》。"

《瑶台第一层》的长短句结构

《瑶台第一层》上阕，四个乐段			
乐段一 （十二字）	乐段二 （十二字）	乐段三 （十二或十三字）	乐段四 （十二字）
4　　3 5	4　4　4	5　　3 4 6　　3 4	3　5　4

《瑶台第一层》下阕，四个乐段			
乐段一 （十三或十四字）	乐段二 （十二字）	乐段三 （十二字）	乐段四 （十二字）
2　4　7 2　4　8	4　4　4	5　　3 4	3　5　4

《康熙词谱》共收集《瑶台第一层》三体，双调，上下阕分别可分为四个乐段，其长短句结构如表所示。该调有九十七字或九十八字等格式，上阕十句，四平韵或五平韵；下阕十一句，六平韵。《康熙词谱》以九十七字体张元幹词为标谱词例。该调的正格与变格如表所示，其中，上下阕各乐段中的格式（1）为正格句式，其余为变格句式。

《瑶台第一层》的正格与变格（双调）

《瑶台第一层》上阕，十句，四平韵或五平韵	
乐段一（二句，十二字）	乐段二（三句，十二字）
＋｜——（句）＋＋＋（读）——＋｜—（韵） （1） ＋｜——（韵）＋＋＋（读）——＋｜—（韵） （2）	＋—＋｜（句）＋—＋｜（句）＋｜——（韵）

《瑶台第一层》上阕，十句，四平韵或五平韵	
乐段三（二句，十二字或十三字）	乐段四（三句，十二字）
＋——｜｜（句）＋＋＋（读）＋｜——（韵） （1） ＋—｜—＋｜（句）＋＋＋（读）＋｜——（韵） （2）	＋—｜（句）｜＋—＋｜（句）＋｜——（韵）

例一　瑶台第一层（九十七字）

（宋）张元幹

宝历祥开，飞练上、青冥万里光。石城形胜，秦淮风景，威凤来翔。腊余春色早，兆钧璜、贤佐兴王。对熙旦，正格天同德，全魏分疆。　　荧煌。五云深处，化钧独运斗魁旁。绣裳龙尾，千官师表，万事平章。景钟文瑞世，醉尚方、难老天浆。庆垂裳。看云屏间坐，象笏堆床。

注：该词上阕第一句和第二句为乐段一中的格式（1），第六句和第七句为乐段二中的格式（1）；下阕第一句至第三句为乐段一中的格式（1）。全词双调，九十七字，上阕十句，四平韵；下阕十一句，六平韵。

《瑶台第一层》下阕，十一句，六平韵	
乐段一（三句，十三或十四字）	乐段二（三句，十二字）
— —（韵）＋ — ＋ |（句）＋ — ＋ | | — —（韵） 　　　　（1）	＋ — ＋ |（句）＋ — ＋ |（句） ＋ | — —（韵）
— —（韵）＋ — ＋ |（句）| ＋ — ＋ | | — —（韵） 　　　　（2）	

《瑶台第一层》下阕，十一句，六平韵	
乐段三（二句，十二字）	乐段四（三句，十二字）
＋ — — | |（句）＋ ＋ ＋ ＋（读） ＋ | — —（韵）	| ＋ —（韵）| | — ＋ |（句）＋ | — —（韵）

例二　瑶台第一层（九十八字）

（宋）张元幹

江左风流，钟间气、洲分二水长。凤凰台畔，投怀玉燕，照社神光。豆花初秀雨，散暑空、洗出秋凉。庆生诞，正圆蟾呈瑞，仙粟飘香。　　眉扬。捻文摘藻，看乘云跨鹤下鹓行。紫枢将命，紫微加绶，常近君王。旧山同梓里，荷月旦、久已平章。九霞觞。荐刀圭丹饵，衮绣朝裳。

注：该词上阕第一句和第二句为乐段一中的格式（1），第六句和第七句为乐段三中的格式（1）；下阕第一句至第三句为乐段一中的格式（2）。全词双调，九十八字，上阕十句，四平韵；下阕十一句，六平韵。

例三　瑶台第一层（九十八字）

（宋）赵仲御

嶰管声催。人报道、嫦娥步月来。凤灯鸾炬，寒轻帘箔，光泛楼台。万年正春未老，更傍那、日月蓬莱。从仙仗，看星河银界，锦绣天街。　　欢陪。千官万骑，九霄人在五云堆。赭袍光里，星球宛转，花影徘徊。未央宫漏永，散异香、龙阙崔嵬。翠舆回。奏仙韶歌吹，宝殿尊罍。

注：该词上阕第一句和第二句为乐段一中的格式（2），第六句和第七句为乐段三中的格式（2）；下阕第一句至第三句为乐段一中的格式（1）。全词双调，九十八字，上阕十句，五平韵；下阕十一句，六平韵。

暗　香

宋姜夔自度"仙吕宫"曲，咏梅花作也。张炎以此调咏荷花，更名《红情》。

《暗香》的长短句结构

上阕，四个乐段			
乐段一（十三字）	乐段二（十一字）	乐段三（十三字）	乐段四（十二字）
4　5　4	4　7	6　34	34　5

下阕，四个乐段			
乐段一（十四字）	乐段二（十一字）	乐段三（十三字）	乐段四（十字）
2　3　5　4	4　7	6　34 33　34	33　4

《康熙词谱》共收集两体《暗香》，双调，上下阕分别可分为四个乐段，其长短句结构如表所示。该调九十七字，上阕九句，五仄韵；下阕十句，七仄韵。《康熙词谱》以姜夔词为标谱词例。该调的正格与变格如表所示，其中，上下阕各乐段中的格式（1）为正格句式，其余为变格句式。

例一　暗香（九十七字）
（宋）姜　夔

旧时月色。算几番照我，梅边吹笛。唤起玉人，不管清寒与攀摘。何逊而今渐老，都忘却、春风词笔。但怪得、竹外疏花，香冷入瑶席。　　江国。正寂寂。叹寄与路遥，夜雪初积。翠尊易泣。红萼无言耿相忆。长记曾携手处，千树压、西湖寒碧。又片片、吹尽也，几时见得。

注：该词下阕第一句至第四句为乐段一中的格式（1），第五句和第六句为乐段二中的格式

（1），第七句和第八句为乐段三中的格式（1）。全词双调，九十七字，上阕九句，五仄韵；下阕十句，七仄韵。

《暗香》的正格与变格（双调）

《暗香》上阕，九句，五仄韵	
乐段一（三句，十三字）	乐段二（二句，十一字）
＋－＋｜（韵）｜＋－＋｜（句） ＋－＋｜（韵）	＋｜＋－（句）＋｜－－｜－｜（韵）

《暗香》上阕，九句，五仄韵	
乐段三（二句，十三字）	乐段四（二句，十二字）
＋｜＋－＋｜（句）＋＋＋（读） ＋－＋｜（韵）	＋＋＋（读）＋｜－－（句）＋｜＋－｜（韵）

《暗香》下阕，十句，七仄韵	
乐段一（四句，十四字）	乐段二（二句，十一字）
＋｜（韵）＋＋｜（韵）｜＋｜＋－（句）＋＋＋－｜（韵） （1） ＋｜（韵）＋＋｜（韵）｜＋－｜（句）＋＋＋－｜（韵） （2）	＋－＋｜（韵）＋｜－－｜－｜（韵） （1） ＋－＋｜（韵）－｜｜－｜－｜（韵） （2）

《暗香》下阕，十句，七仄韵	
乐段三（二句，十三字）	乐段四（二句，十字）
＋｜＋－＋｜（句）＋＋＋（读） ＋－＋｜（韵） （1） ＋＋＋（读）－＋｜（句）＋＋＋（读）＋－＋｜（韵） （2）	＋＋＋（读）－＋｜（句）＋－＋｜（韵）

例二 暗香（九十七字）

（宋）张 炎

无边香色。记涉江自采，锦机云密。剪剪红衣，学舞波心旧曾识。一见依然似语，流水远、几回空忆。看亭亭、倒影窥妆，玉润露痕湿。　　闲立。翠屏侧。爱向人弄芳，背酣斜日。料应太液。三十六宫土花碧。清兴后、风更爽，无数满、汀洲如昔。泛片叶、烟浪里，卧横紫笛。

注：该词下阕第一句至第四句为乐段一中的格式（2），第五句和第六句为乐段二中的格式（2），第七句和第八句为乐段三中的格式（2）。全词双调，九十七字，上阕九句，五仄韵；下阕十句，七仄韵。

梦 芙 蓉

吴文英自度曲，题赵昌所画芙蓉作也，因词有"梦断琼仙"句，故名《梦芙蓉》。

《梦芙蓉》的长短句结构

《梦芙蓉》上阕，四个乐段			
乐段一（十四字）	乐段二（九字）	乐段三（十一字）	乐段四（十四字）
5　5　4	4　5	5　6	4　5　5

《梦芙蓉》下阕，四个乐段			
乐段一（十五字）	乐段二（九字）	乐段三（十一字）	乐段四（十四字）
6　4　5	4　5	5　6	4　5　5

《康熙词谱》只收集一体《梦芙蓉》，双调，上下阕分别可分为四个乐段，其长短句结构如表所示。该调九十七字，上下阕各十句，六仄韵，其基本格式如表所示。

《梦芙蓉》的基本格式（双调）

《梦芙蓉》上阕，十句，六仄韵	
乐段一（三句，十四字）	乐段二（二句，九字）
＋ － － ｜ ｜（韵）｜ ＋ － ＋ ｜（句） ＋ － ＋ ｜（韵）	＋ － ＋ ｜（句）＋ ｜ ＋ － ｜（韵）

《梦芙蓉》上阕，十句，六仄韵	
乐段三（二句，十一字）	乐段四（三句，十四字）
＋ － － ｜ ｜（韵）＋ － ＋ ｜ － ｜（韵）	＋ ｜ － －（句）｜ ＋ － ＋ ｜（句） ＋ ｜ ＋ － ｜（韵）

《梦芙蓉》下阕，十句，六仄韵	
乐段一（三句，十五字）	乐段二（二句，九字）
＋ ｜ ＋ － ＋ ｜（韵）＋ ｜ － －（句） ＋ ｜ ＋ － ｜（韵）	＋ － ＋ ｜（句）＋ ｜ ＋ － ｜（韵）

《梦芙蓉》下阕，十句，六仄韵	
乐段三（二句，十一字）	乐段四（三句，十四字）
＋ － － ｜ ｜（韵）＋ － ＋ ｜ － ｜（韵）	＋ ｜ － －（句）｜ ＋ － ＋ ｜（句） ＋ ｜ ＋ － ｜（韵）

例　梦芙蓉（九十七字）

（宋）吴文英

西风摇步绮。记长堤骤过，紫骝十里。断桥南岸，人在晚霞外。锦温花共醉。当时曾共秋被。自别霓裳，想红消翠冷，霜枕正慵起。　　惨淡西湖柳底。摇荡秋魂，夜月归环佩。画图重展，惊认旧梳洗。去来双翡翠。难传眼恨眉意。梦断琼仙，怅云深路杳，城影照流水。

注：全词双调，九十七字，上下阕各十句，六仄韵。

西 子 妆

张炎词序："吴梦窗自制此曲。"或加"慢"字。

《西子妆》的长短句结构

《西子妆》上阕，四个乐段			
乐段一（十四字）	乐段二（十四字）	乐段三（十一字）	乐段四（十二字）
4　　4　　6	7　　34	4　　34	3　　5　　4

《西子妆》下阕，四个乐段			
乐段一（十二字）	乐段二（十四字）	乐段三（十一字）	乐段四（九字）
3　　4　　5	7　　34	4　　34	3　　6

《康熙词谱》只收集一体《西子妆》，双调，上下阕分别可分为四个乐段，其长短句结构如表所示。该调九十七字，上阕十句，五仄韵；下阕九句，六仄韵，其基本格式如表所示。

《西子妆》的基本格式（双调）

《西子妆》上阕，十句，五仄韵	
乐段一（三句，十四字）	乐段二（二句，十四字）
＋｜＋－（句）＋－＋｜（句）＋｜＋－＋｜（韵）	＋－＋｜｜－－（句）＋＋＋（读）＋－＋｜（韵）

《西子妆》上阕，十句，五仄韵	
乐段三（二句，十一字）	乐段四（三句，十二字）
＋－＋｜（韵）＋＋＋＋（读）＋－＋｜（韵）	｜－－（句）｜＋－＋｜（句）＋－＋｜（韵）

《西子妆》下阕，九句，六仄韵

乐段一（三句，十二字）	乐段二（二句，十四字）
一 + | （韵）+ + | 一 一 （句）+ + | 一 + | （韵）	+ 一 + | | 一 一 （句）+ + + （读）+ 一 + | （韵）

《西子妆》下阕，九句，六仄韵	
乐段三（二句，十一字）	乐段四（二句，九字）
+ 一 + | （韵）+ + + （读）+ 一 + | （韵）	| 一 一 （句）+ | + 一 + | （韵）

例　西子妆（九十七字）

（宋）吴文英

　　流水麹尘，艳阳酷酒，画舸游情如雾。笑拈芳草不知名，乍凌波、断桥西堍。垂杨漫舞。总不解、将春系住。燕归来，问彩绳纤手，如今何许。　　欢盟误。一箭流光，又趁寒食去。不堪衰鬓着飞花，傍绿阴、冷烟深树。元都秀句。记前度、刘郎曾赋。最伤心，一片孤山细雨。

注：全词双调，九十七字，上阕十句，五仄韵；下阕九句，六仄韵。

玉　京　谣

　　吴文英自度曲，自注"夷则商，犯无射宫"。按《枕中书》："玉京在大罗天之上。"李白诗有"手把芙蓉朝玉京"句。此文英赠陈藏一词，见《随隐漫录》，盖赋京华羁旅之况，故借玉京以为调名。

《玉京谣》的长短句结构

《玉京谣》上阕，四个乐段			
乐段一（十四字）	乐段二（十字）	乐段三（十四字）	乐段四（十一字）
5　4　5	4　6	34　34	3　4　4

《玉京谣》下阕，四个乐段			
乐段一（十五字）	乐段二（十字）	乐段三（十四字）	乐段四（九字）
6　4　5	4　6	34　34	3　6

　　《康熙词谱》只收集一体《玉京谣》，双调，上下阕分别可分为四个乐段，其长短句结构如表所示。该调九十七字，上阕十句，五仄韵；下阕九句，五仄韵。其基本格式如表所示。

《玉京谣》的基本格式（双调）

《玉京谣》上阕，十句，五仄韵	
乐段一（三句，十四字）	乐段二（二句，十字）
＋｜一一｜（句）＋｜一一（句）＋｜一一｜（韵）	＋｜一一（句）＋一＋｜一｜（韵）

《玉京谣》上阕，十句，五仄韵	
乐段三（二句，十四字）	乐段四（三句，十一字）
＋＋＋（读）＋｜一一（句）＋＋＋（读）＋一＋｜（韵）	一＋｜（韵）＋一＋｜（句）＋一＋｜（韵）

《玉京谣》下阕，九句，五仄韵	
乐段一（三句，十五字）	乐段二（二句，十字）
＋一＋｜一一（句）＋｜一一（句）｜＋一＋｜（韵）	＋｜一一（句）＋一＋｜一｜（韵）

《玉京谣》下阕，九句，五仄韵	
乐段三（二句，十四字）	乐段四（二句，九字）
＋＋＋（读）＋｜一一（句）＋＋＋（读）＋一＋｜（韵）	一＋｜（韵）＋｜一＋｜（韵）

例　玉京谣（九十七字）

（宋）吴文英

蝶梦迷清晓，万里无家，岁晚貂裘敝。载取琴书，长安闲看桃李。烂绣锦、人海花场，任客燕、飘零谁计。春风里。香泥九陌，文梁孤垒。　　微吟怕有诗声，翳镜慵看，但小楼独倚。金屋千娇，从他鸳暖秋被。蕙帐移、烟雨孤山，待对景、落梅清泚。终不似。江上翠微流水。

注：全词双调，九十七字，上阕十句，五仄韵；下阕九句，五仄韵。

被 花 恼

杨缵自度曲，因词中有"被花恼"句，取以为名。

《被花恼》的长短句结构

《被花恼》上阕，四个乐段			
乐段一（十三字）	乐段二（七字）	乐段三（十三字）	乐段四（十三字）
7　　6	7	4　　4　　5	3　　3　　7

《被花恼》下阕，四个乐段			
乐段一（十二字）	乐段二（十三字）	乐段三（十六字）	乐段四（十字）
5　　7	4　　4　　5	8　　35	3　　7

《康熙词谱》只收集一体《被花恼》，双调，上下阕分别可分为四个乐段，其长短句结构如表所示。该调九十七字，上下阕各九句，四仄韵，其基本格式如表所示。

例　被花恼（九十七字）

（宋）杨　缵

疏疏宿雨酿轻寒，帘幕静垂清晓。宝鸭微温瑞烟少。檐声不动，春禽对语，梦怯频惊觉。欹珀枕，倚银床，半窗花影明东照。　　惆怅夜来风，生怕娇香混瑶草。披衣便起，小径回廊，处处都行到。正千红万紫竞芳妍,又还似、年时被花恼。蓦忽地,省得而今双鬓老。

注:全词双调,九十七字,上下阕各九句,四仄韵。

《被花恼》的基本格式(双调)

《被花恼》上阕,九句,四仄韵	
乐段一(二句,十三字)	乐段二(一句,七字)
＋ － ＋ ｜ ｜ － －(句)＋ ｜ ＋ －＋ ｜(韵)	＋ ｜ － － ｜ － ｜(韵)

《被花恼》上阕,九句,四仄韵	
乐段三(三句,十三字)	乐段四(三句,十三字)
＋ － ＋ ｜(句)＋ － ＋ ｜(句)＋ ｜ － － ｜(韵)	－ ＋ ｜(句)｜ － －(句)＋ － ＋ ｜ － － ｜(韵)

《被花恼》下阕,九句,四仄韵	
乐段一(二句,十二字)	乐段二(三句,十三字)
＋ ｜ ｜ － －(句)＋ ｜ － － ｜ － ｜(韵)	＋ － ＋ ｜(句)＋ ｜ － －(句)＋ ｜ － － ｜(韵)

《被花恼》下阕,九句,四仄韵	
乐段三(二句,十六字)	乐段四(二句,十字)
｜ ＋ － ＋ ｜ ｜ － －(句)＋ ＋ ＋(读)－ － ｜ － ｜(韵)	＋ ＋ ｜(句)＋ ｜ ＋ － ｜ ｜(韵)

注:下阕乐段三中的格式"｜ ＋ － ＋ ｜ ｜ － －(句)",为"上一下七"句式。

绿盖舞风轻

调见《蘋洲渔笛谱》,周密咏荷花自度曲也。

《绿盖舞风轻》的长短句结构

《绿盖舞风轻》上阕，四个乐段			
乐段一（十四字）	乐段二（十三字）	乐段三（十一字）	乐段四（十一字）
5　4　5	4　5　4	4　34	3　4　4

《绿盖舞风轻》下阕，四个乐段			
乐段一（十五字）	乐段二（十三字）	乐段三（十一字）	乐段四（九字）
2　4　5　4	4　36	4　34	3　6

《康熙词谱》只收集一体《绿盖舞风轻》，双调，上下阕分别可分为四个乐段，其长短句结构如表所示。该调九十七字，上阕十一句，四仄韵；下阕十句，五仄韵，其基本格式如表所示。

《绿盖舞风轻》的基本格式（双调）

《绿盖舞风轻》上阕，十一句，四仄韵	
乐段一（三句，十四字）	乐段二（三句，十三字）
＋｜｜－－（句）＋｜－－（句）－－｜－｜（韵）	＋｜－－（句）＋－－｜｜（句）＋＋－｜（韵）

《绿盖舞风轻》上阕，十一句，四仄韵	
乐段三（二句，十一字）	乐段四（三句，十一字）
＋｜－－（句）｜－＋（读）＋＋｜（韵）	｜－－（句）＋｜－（句）＋＋－｜（韵）

《绿盖舞风轻》下阕，十句，五仄韵	
乐段一（四句，十五字）	乐段二（二句，十三字）
＋｜（韵）＋｜－－（句）＋｜｜－（句）＋＋－｜（韵）	＋｜－－（句）｜－＋（读）＋｜＋－＋｜（韵）

《绿盖舞风轻》下阕，十句，五仄韵	
乐段三（二句，十一字）	乐段四（二句，九字）
＋｜ー ー（句）｜ー ＋（读）＋ー ＋｜（韵）	｜ー ー（句）＋｜＋ー ＋｜（韵）

例　绿盖舞风轻（九十七字）

（宋）周　密

玉立照新妆，翠盖亭亭，凌波步秋绮。真色生香，明珰摇淡月，舞袖斜倚。耿耿芳心，奈千缕、晴丝萦系。恨开迟，不嫁东风，颦怨娇蕊。　花底。漫卜幽期，素手采珠房，粉艳初洗。雨湿铅腮，碧云深、暗聚软绡清泪。访藕寻莲，楚江远、相思谁寄。棹歌回，衣露满身花气。

注：全词双调，九十七字，上阕十一句，四仄韵；下阕十句，五仄韵。

月　边　娇

调见《蘋洲渔笛谱》，周密自度曲。

《月边娇》的长短句结构

《月边娇》上阕，四个乐段			
乐段一（十三字）	乐段二（十四字）	乐段三（十一字）	乐段四（十一字）
4　5　4	4　4　6	4　34	4　34

《月边娇》下阕，四个乐段			
乐段一（十四字）	乐段二（十四字）	乐段三（十一字）	乐段四（九字）
6　4　4	4　4　6	4　34	4　5

《康熙词谱》只收集一体《月边娇》，双调，上下阕分别可分为四个乐段，其长短句结构如表所示。该调九十七字，上阕十句，四仄韵；下阕十句，五仄韵，其基本格式如表所示。

《月边娇》的基本格式（双调）

《月边娇》上阕，十句，四仄韵	
乐段一（三句，十三字）	乐段二（三句，十四字）
＋｜－－（句）＋｜｜－－（句）＋－＋｜（韵）	＋－＋｜（句）＋－＋｜（句）＋｜＋－＋｜（韵）

《月边娇》上阕，十句，四仄韵	
乐段三（二句，十一字）	乐段四（二句，十一字）
＋｜－－（句）｜＋＋（读）＋－＋｜（韵）	＋－＋｜（句）｜＋＋（读）＋－＋｜（韵）

《月边娇》下阕，十句，五仄韵	
乐段一（三句，十四字）	乐段二（三句，十四字）
＋－＋｜－－（句）＋－＋｜（句）＋－＋｜（韵）	＋－＋｜（句）＋－＋｜（句）＋｜＋－＋｜（韵）

《月边娇》下阕，十句，五仄韵	
乐段三（二句，十一字）	乐段四（二句，九字）
＋－＋｜（韵）｜＋＋（读）＋－＋｜（韵）	＋－＋｜（句）｜＋－＋｜（韵）

例　月边娇（九十七字）

（宋）周　密

酥雨烘晴，早柳眄娇鬟，兰芽愁醒。九街月淡，千门夜暖，十里宝光花影。步袜尘凝，送艳笑、争夸轻俊。笙箫迎晓，翠暮卷、天香宫粉。　　少年韦曲疏狂，絮花踪迹，夜蛾心性。戏丛围锦，灯帘转玉，拌却舞勾歌引。前欢漫省。又辇路、东风吹鬓。醺醺倚醉，任夜深春冷。

注：全词双调，九十七字，上阕十句，四仄韵；下阕十句，五仄韵。

松 梢 月

调见曹勋《松隐集》。因词有"喜挹蟾华当松顶"句,取以为名。

《松梢月》的长短句结构

《松梢月》上阕,四个乐段			
乐段一(十三字)	乐段二(十字)	乐段三(十四字)	乐段四(十二字)
4　5　4	4　6	7　34	4　3　5

《松梢月》下阕,四个乐段			
乐段一(十四字)	乐段二(十字)	乐段三(十四字)	乐段四(十字)
5　5　4	4　6	7　34	4　3　3

《康熙词谱》只收集一体《松梢月》,双调,上下阕分别可分为四个乐段,其长短句结构如表所示。该调九十七字,上阕十句,五平韵;下阕十句,四平韵,其基本格式如表所示。

《松梢月》的基本格式(双调)

《松梢月》上阕,十句,五平韵	
乐段一(三句,十三字)	乐段二(二句,十字)
＋｜ー ー(韵)ー ー ＋｜｜(句)＋｜ー ー(韵)	＋＋ー｜(句)ー｜＋｜ー(韵)

《松梢月》上阕,十句,五平韵	
乐段三(二句,十四字)	乐段四(三句,十二字)
＋｜＋ー ー ＋｜(句)＋＋＋｜(读)＋｜＋｜(韵)	＋＋ー｜(句)ー ＋｜(句)｜＋｜ー ー(韵)

《松梢月》下阕，十句，四平韵	
乐段一（三句，十四字）	乐段二（二句，十字）
＋ー ー ｜ ｜（句）＋ ｜ ー ＋ ｜（句） ＋ ｜ ー ー （韵）	＋ ＋ ー ｜（句）ー ｜ ＋ ｜ ー （韵）

《松梢月》下阕，十句，四平韵	
乐段三（二句，十四字）	乐段四（三句，十字）
＋ ｜ ＋ ー ー ＋ ｜（句）＋ ＋ ｜（读） ＋ ｜ ー ー （韵）	＋ ＋ ー ｜（句）ー ＋ ｜（句） ｜ ー ー （韵）

例　松梢月（九十七字）

（宋）曹　勋

院静无声。天边正皓月，初上重城。群木摇落，松路径暖风轻。喜挹蟾华当松顶，照谢阁、细影纵横。杖策徐步，空明里，但襟袖皆清。　　恍如临异境，漾凤沿岸阔，波净鱼惊。气入层汉，疑有素鹤飞鸣。夜色徘徊迟宫漏，渐坐久、露湿金茎。未忍归去，闻何处，更吹笙。

注：全词双调，九十七字，上阕十句，五平韵；下阕十句，四平韵。

四　槛　花

调见曹勋《松隐集》。

《康熙词谱》只收集一体《四槛花》，双调，上下阕分别可分为四个乐段，其长短句结构如表所示。该调九十七字，上阕十二句，六平韵；下阕十一句，五平韵，其基本格式如表所示。

《四槛花》的长短句结构

《四槛花》上阕，四个乐段			
乐段一（十二字）	乐段二（十字）	乐段三（十四字）	乐段四（十三字）
4　4　4	5　5	4　3　3　4	3　6　4

《四槛花》下阕，四个乐段			
乐段一（十四字）	乐段二（十字）	乐段三（十四字）	乐段四（十字）
6　　　35	5　　　5	4　3　3　4	3　3　4

《四槛花》的基本格式（双调）

《四槛花》上阕，十二句，六平韵	
乐段一（三句，十二字）	乐段二（二句，十字）
＋｜－－（韵）＋－＋｜（句）＋ －｜－（韵）	＋－－｜｜（句）－－｜ ＋｜－（韵）

《四槛花》上阕，十二句，六平韵	
乐段三（四句，十四字）	乐段四（三句，十三字）
＋｜－－（句）｜＋－（句）＋＋｜（句） ＋｜－－（韵）	｜－－（韵）＋｜＋｜＋｜ （句）＋｜－－（韵）

《四槛花》下阕，十一句，五平韵	
乐段一（二句，十四字）	乐段二（二句，十字）
＋－＋｜－－（韵）＋＋＋（读） －｜－＋｜（韵）	＋｜－＋｜（句）－－｜＋ －（韵）

《四槛花》下阕，十一句，五平韵	
乐段三（四句，十四字）	乐段四（三句，十字）
＋｜－－（句）＋－｜（句）－＋｜（句） ＋｜－－（韵）	－＋｜（句）－＋｜（句）＋ ｜－－（韵）

例　四槛花（九十七字）

（宋）曹　勋

鸳瓦霜凝。兽炉烟冷，琐窗渐明。芙蓉红晕减，疏篁晓风清。睡觉犹眠，怯新寒，仍宿酒，尚有余酲。拥闲衾。先记早梅糁糁，流水泠泠。　　须知岁月堪惊。最难管、霜华满镜生。心地还自乐，谁能问枯荣。一味情尘，指麾尽,人间世,更没亏成。惟萧散,眠食外,且乐升平。

注:全词双调,九十七字,上阕十二句,六平韵;下阕十一句,五平韵。

长 亭 怨 慢

姜夔自度"中吕宫"曲,或作《长亭怨》,无"慢"字。

《长亭怨慢》的长短句结构

上阕,四个乐段			
乐段一 (十五字)	乐段二 (十一字)	乐段三 (十字或十一字)	乐段四 (十二字或十一字)
34　4　4 7　4　4	4　7	4　33 4　34	5　34 4　34

下阕,四个乐段			
乐段一(十三字)	乐段二(十一字)	乐段三(十四字)	乐段四(十一字)
2　5　6	4　34	34　34 7　34	5　6

《康熙词谱》共收集三体《长亭慢》,双调,上下阕分别可分为四个乐段,其长短句结构如表所示。该调九十七字,上阕九句,五仄韵或六仄韵、四仄韵;下阕九句,五仄韵或六仄韵、七仄韵。《康熙词谱》以姜夔词为正体或正格。该调的正格与变格如表所示,其中,上下阕各乐段中的格式(1)为正格句式,其余为变格句式。

《长亭怨慢》的正格与变格（双调）

《长亭怨慢》上阕，九句，五仄韵或六仄韵、四仄韵	
乐段一（三句，十五字）	乐段二（二句，十一字）
＋＋＋（读）＋－＋｜（韵）＋｜－－（句）＋－＋｜（韵） （1） ＋＋＋（读）＋－＋｜（句或韵）＋｜－＋（句）｜＋－｜（韵） （2） ｜＋｜＋－＋｜（韵）＋｜－－（句）＋－＋｜（韵） （3）	＋｜－－（句）＋－＋｜＋－｜（韵）

注：上阕乐段一中的格式"｜＋｜＋－＋｜（韵）"，为"上一下六"句式。

《长亭怨慢》上阕，九句，五仄韵或六仄韵、四仄韵	
乐段三（二句，十字或十一字）	乐段四（二句，十二字或十一字）
＋－＋｜（句）＋＋＋（读）＋－｜（韵） （1） ＋－＋｜（韵）＋＋＋（读）＋－｜（韵） （2） ＋－＋｜（句或韵）＋＋＋（读）＋－＋｜（韵） （3）	＋｜｜－－（句）＋＋＋（读）＋－＋｜（韵） （1） ＋｜－－（句）＋＋＋（读）＋－＋｜（韵） （2）

例一　长亭怨慢（九十七字）

（宋）姜　夔

　　渐吹尽、枝头香絮。是处人家，绿深门户。远浦萦回，暮帆零乱向何处。阅人多矣，谁得似、长亭树。树若有情时，不会得、青青如许。　　日暮。望高城不见，只见乱山无数。韦郎去也，怎忘得、玉环分付。第一是、早早归来,怕红萼、无人为主。算只有并刀,难剪离愁千缕。

　　注:该词上阕第一句至第三句为乐段一中的格式(1),第六句和第七句为乐段三中的格式(1),第八句和第九句为乐段四中的格式(1);下阕第一句至第三句为乐段一中的格式(1),第四句和第五句为乐段二中的格式(1),第六句和第七句为乐段三中的格式(1)。全词双调,九十七字,上下阕各九句,五仄韵。

《长亭怨慢》下阕,九句,五仄韵或六仄韵、七仄韵	
乐段一(三句,十三字)	乐段二(二句,十一字)
＋｜(韵)｜＋－＋｜(句)＋ ＋－＋｜(韵) (1)	＋－＋｜(句)＋＋＋(读)＋ －＋｜(韵) (1)
＋｜(韵)｜＋－＋｜(韵)＋｜ ＋－＋｜(韵) (2)	＋－＋｜(韵)＋＋＋(读)＋ －＋｜(韵) (2)
＋｜(韵)＋＋－｜｜(句)＋｜ ＋－＋｜(韵) (3)	

《长亭怨慢》下阕,九句,五仄韵或六仄韵、七仄韵	
乐段三(二句,十四字)	乐段四(二句,十一字)
＋＋＋(读)＋｜－－(句)＋ ＋＋(读)＋－＋｜(韵) (1)	｜＋｜－－(句)＋｜＋－＋｜ (韵)
＋－＋｜｜－－(句)＋＋ ＋(读)＋－＋｜(韵) (2)	

例二　长亭怨慢(九十七字)

(宋)周　密

　　记千竹万荷深处。绿净池台,翠凉庭宇。醉墨题香,闲箫横玉尽吟趣。胜流星聚。知几诵、燕台句。零落碧云空,叹转眼、岁华如许。　　凝伫。

望潇潇一水，梦到隔花窗户。十年旧事，尽消得、庚郎愁赋。燕楼鹤表半漂零，算惟有、盟鸥堪语。漫倚遍河桥，一片凉云吹雨。

注：该词上阕第一句至第三句为乐段一中的格式（3），第六句和第七句为乐段三中的格式（2），第八句和第九句为乐段四中的格式（1）；下阕第一句至第三句为乐段一中的格式（1），第四句和第五句为乐段二中的格式（1），第六句和第七句为乐段三中的格式（2）。全词双调，九十七字，上阕九句，六仄韵；下阕九句，五仄韵。

例三　长亭怨慢（九十七字）
（宋）王沂孙

泛孤艇、东皋过遍。尚记当日，绿阴门掩。屐齿莓阶，酒痕罗袖事何限。欲寻前迹，空惆怅、成秋苑。自约赏花人，别后总、风流云散。　　水远。怎知流水外，却是乱山尤远。天涯梦短，想忘了、绮疏雕槛。望不尽、苒苒斜阳，抚乔木、年华将晚。但数点红英，犹识西园凄婉。

注：该词上阕第一句至第三句为乐段一中的格式（2），第六句和第七句为乐段三中的格式（1），第八句和第九句为乐段四中的格式（1）；下阕第一句至第三句为乐段一中的格式（3），第四句和第五句为乐段二中的格式（1），第六句和第七句为乐段三中的格式（1）。全词双调，九十七字，上阕九句，五仄韵；下阕九句，四仄韵一重韵。

例四　长亭怨慢（九十七字）
（宋）张　炎

笑海上、白鸥盟冷。飞过前滩，又顾秋影。似我知鱼，乱蒲流水动清饮。岁华空老，犹一缕、柔丝恋顶。慵忆鹭行，想应是、朝回花径。　　人静。怅离群日暮，都把野情消尽。山中旧隐。料独树、尚悬苍暝。引残梦、直上青天，又何处、溪风吹醒。定莫负归舟，同载烟波千顷。

注：该词上阕第一句至第三句为乐段一中的格式（2），第六句和第七句为乐段三中的格式（3），第八句和第九句为乐段四中的格式（2）；下阕第一句至第三句为乐段一中的格式（1），第四句和第五句为乐段二中的格式（2），第六句和第七句为乐段三中的格式（1）。全词双调，九十七字，上阕九句，五仄韵；下阕九句，六仄韵。

例五　长亭怨慢（九十七字）
（宋）张　炎

记横笛、玉关高处。万里沙寒，雪深无路。破却貂裘，远游归后与谁语。故人何许。浑忘了、江南旧雨。不拟重逢，应笑我、飘零如羽。　　同去。钓珊瑚海树。底事又成行旅。烟篷断浦。更几点、恋人飞絮。如今又、京洛寻春，定应被、蔷花留住。且莫把孤愁，说与当时歌舞。

注：该词上阕第一句至第三句为乐段一中的格式（2），第六句和第七句为乐段三中的格式（3），第八句和第九句为乐段四中的格式（2）；下阕第一句至第三句为乐段一中的格式（2），第四句和第五句为乐段二中的格式（2），第六句和第七句为乐段三中的格式（1）。全词双调，九十七字，上阕九句，六仄韵；下阕九句，七仄韵。

例六　长亭怨慢（九十七字）

（宋）张　炎

望花外、小桥流水，门巷悄悄，玉箫声绝。鹤去台空，佩环何处弄明月。十年前事，愁千折、心情顿别。露粉风香，谁为主、都成消歇。　　凄咽。晓窗分袂处，同把带鸳亲结。江空岁晚，便忘了、尊前曾说。恨西风、不庇寒蝉，便扫尽、一林残叶。谢杨柳多情，还有绿阴时节。

注：该词上阕第一句至第三句为乐段一中的格式（2），第六句和第七句为乐段三中的格式（3），第八句和第九句为乐段四中的格式（2）；下阕第一句至第三句为乐段一中的格式（3），第四句和第五句为乐段二中的格式（1），第六句和第七句为乐段三中的格式（1）。全词双调，九十七字，上阕九句，四仄韵；下阕九句，五仄韵。

玉　簟　凉

调见《梅溪词》。

《玉簟凉》的长短句结构

《玉簟凉》上阕，四个乐段									
乐段一（十三字）			乐段二（十字）		乐段三（十三字）		乐段四（十二字）		
4	5	4	5	5	6	34	3	5	4

《玉簟凉》下阕，四个乐段									
乐段一（十六字）				乐段二（十字）		乐段三（十三字）		乐段四（十字）	
2	4	4	6	5	5	6	34	3	34

《康熙词谱》只收集一体《玉簟凉》，双调，上下阕分别可分为四个乐段，其长短句结

构如表所示。该调九十七字，上下阕各十句，五平韵，其基本格式如表所示。

《玉簟凉》的基本格式（双调）

《玉簟凉》上阕，十句，五平韵	
乐段一（三句，十三字）	乐段二（二句，十字）
＋｜－－（韵）｜＋｜＋－（句）＋｜－－（韵）	＋－－｜｜（句）｜＋｜－－（韵）

《玉簟凉》上阕，十句，五平韵	
乐段三（二句，十三字）	乐段四（三句，十二字）
＋－－｜＋｜（句）＋｜＋（读）＋｜－－（韵）	－｜｜（句）｜＋－＋｜（句）＋｜－－（韵）

《玉簟凉》下阕，十句，五平韵	
乐段一（四句，十六字）	乐段二（二句，十字）
－－（韵）＋－＋｜（句）＋｜＋－（句）＋｜＋｜－－（韵）	＋－－｜｜（句）｜＋｜－－（韵）

《玉簟凉》下阕，十句，五平韵	
乐段三（二句，十三字）	乐段四（二句，十字）
－－＋｜＋｜（句）＋｜＋（读）＋｜－－（韵）	－｜｜（句）＋｜＋（读）＋｜－－（韵）

例　玉簟凉（九十七字）

（宋）史达祖

秋是愁乡。自锦瑟断弦，有泪如江。平生花里活，奈旧梦难忘。蓝桥云树正绿，料抱月、几夜眠香。河汉阻，但凤音传恨，栏影敲凉。　　新妆。莲娇试晓，梅瘦破春，因甚却扇临窗。红巾衔翠翼，早弱水茫茫。柔情各自未剪，问此去、莫负王昌。芳信准，更敢寻、红杏西厢。

注：全词双调，九十七字，上下阕各十句，五平韵。

卷二十六

留 客 住

唐教坊曲名。《乐章集》注"林钟商"。

《留客住》的长短句结构

《留客住》上阕，两个乐段	
乐段一（二十字）	乐段二（二十八字或二十六字）
3　　34　　4　　6	6　　4　　5　　4　　36
3　　34　　6　　4	6　　4　　6　　4　　6

《留客住》下阕，两个乐段	
乐段一（二十二字）	乐段二（二十八字或二十六字）
3　　5　　4　　4　　6	6　　4　　5　　4　　36
	6　　4　　7　　36

《康熙词谱》共收集两体《留客住》，双调，上下阕分别可分为两个乐段，其长短句结构如表所示。该调有九十八字或九十四字等格式，上阕九句，四仄韵或三仄韵；下阕十句或九句，五仄韵。《康熙词谱》以九十八字体柳永词为第一词例。该调的正格与变格如表所示，其中，上下阕各乐段中的格式（1）为正格句式，其余为变格句式。

例一　留客住（九十八字）

（宋）柳　永

偶登眺。凭小楼、艳阳时节，乍晴天气，是处闲花野草。遥山万叠云散，涨海千里，潮平波浩渺。烟村院落，是谁家、绿树数声啼鸟。　　旅情悄。念远信沉沉，离魂杳杳。对景伤怀，度日无言谁表。惆怅旧欢何处，后约难凭，看看春又老。盈盈泪眼，望仙乡、隐隐断霞残照。

注：该词上阕第一句至第四句为乐段一中的格式（1），第五句至第九句为乐段二中的格式（1）；下阕第六句至第十句为乐段二中的格式（1）。全词双调，九十八字，上阕九句，四仄韵；下阕十句，五仄韵。

《留客住》的正格与变格（双调）

《留客住》上阕，九句，四仄韵或三仄韵	
乐段一（四句，二十字）	乐段二（五句，二十八字或二十六字）
＋ － ｜（韵）＋ ＋ ＋（读）＋ － ＋ ｜（句）＋ － ＋ ｜（句）＋ ｜ ＋ － ＋ ｜（韵） （1）	＋ － ＋ ｜ －（句）＋ ＋ － ｜（句） ＋ ＋ ｜ ｜（韵）＋ ＋ ＋ ｜ ＋ ＋ ＋（读）＋ ｜ ＋ － ＋ ｜（韵） （1）
＋ － ｜（韵）＋ ＋ ＋（读）＋ － ＋ ｜（句）＋ ｜ ＋ － ＋ ｜（句）＋ － ＋ ｜（韵） （2）	＋ ｜ ＋ ｜ －（句）＋ ＋ － ｜（句） ＋ ＋ ｜ ｜（句）＋ ｜ － －（句） ＋ － ｜ － ＋ ｜（韵） （2）

《留客住》下阕，十句或九句，五仄韵	
乐段一（五句，二十二字）	乐段二（五句或四句，二十八字或二十六字）
＋ － ｜（韵）｜ ＋ ｜ － －（句）＋ － ＋ ｜（句）＋ ｜ － －（句）＋ ｜ ＋ － ＋ ｜（韵）	＋ ｜ ＋ － ＋ ｜（句）＋ ＋ － －（句） ＋ － － ｜ ｜（韵）＋ ＋ － ｜（句） ＋ ＋ ＋（读）＋ ｜ ＋ － ＋ ｜（韵） （1）
	＋ ｜ ＋ － ＋ ｜（句）＋ － ＋ ｜（韵） ＋ ｜ － ＋ － ｜ ｜（句）＋ ＋ ＋ （读）＋ － ＋ ｜ － ｜（韵） （2）

例二 留客住（九十四字）

（宋）周邦彦

嗟乌兔。正茫茫、相催无定，只恁东生西没，半均寒暑。昨见花红柳绿，处处林茂，又睹霜前篱畔，菊散余香，看看又还秋暮。　　忍思虑。念古往贤愚，终归何处。争似高堂，日夜笙歌齐举。选甚连宵彻昼，再三留住。待拟沉醉扶上马，怎生向、主人未肯教去。

注：该词上阕第一句至第四句为乐段一中的格式（2），第五句至第九句为乐段二中的格式（2）；下阕第六句至第九句为乐段二中的格式（2）。全词双调，九十四字，上阕九句，三仄韵；下阕九句，五仄韵。

昼 夜 乐

《乐章集》注"中吕宫"。

《昼夜乐》的长短句结构

上阕，四个乐段			
乐段一（十三字）	乐段二（十二字）	乐段三（十四字）	乐段四（十字）
7　　　33	6　　　6	7　　　34	5　　　5

下阕，四个乐段			
乐段一（十三字）	乐段二（十二字）	乐段三（十四字）	乐段四（十字）
7　　　33	6　　　6	7　　　34	5　　　5

《康熙词谱》共收集两体《昼夜乐》，双调，上下阕分别可分为四个乐段，其长短句结构如表所示。该调九十八字，上阕八句，六仄韵；下阕八句，五仄韵或六仄韵。《康熙词谱》以柳永词为标谱词例。该调的正格与变格如表所示，其中，各乐段中的格式（1）为正格句式，其余为变格句式。

《昼夜乐》的正格和变格（双调）

《昼夜乐》上阕，八句，六仄韵	
乐段一（二句，十三字）	乐段二（二句，十二字）
＋ － ＋ ｜ － － ｜（韵）＋ ＋ ＋ （读）－ ＋ ｜（韵）	＋ － ＋ ｜ － －（句）＋ ｜ ＋ － ＋ ｜（韵）

《昼夜乐》上阕，八句，六仄韵	
乐段三（二句，十四字）	乐段四（二句，十字）
＋ ｜ ＋ － － ｜ ｜（韵）＋ ＋ ＋ （读）＋ － ＋ ｜（韵） （1） ＋ － ＋ ｜ － － ｜（韵）＋ ＋ ＋ （读）＋ － ＋ ｜（韵） （2）	＋ ｜ ｜ － －（句）｜ ＋ ＋ － ｜ （韵）

《昼夜乐》下阕，八句，五仄韵或六仄韵	
乐段一（二句，十三字）	乐段二（二句，十二字）
＋ － ＋ ｜ － － ｜（韵）＋ ＋ ＋ （读）＋ － ｜（韵）	＋ － ＋ ｜ － －（句）＋ ｜ ＋ － ＋ ｜（韵）

《昼夜乐》下阕，八句，五仄韵或六仄韵	
乐段三（二句，十四字）	乐段四（二句，十字）
＋ ｜ ＋ － － ｜ ｜（句）＋ ＋ ＋ （读）＋ ＋ － ｜（韵） （1） ＋ ＋ － ｜ － － ｜（韵）＋ ＋ ＋ （读）＋ － ＋ ｜（韵） （2）	＋ ｜ ｜ － －（句）｜ ＋ － ＋ ｜ （韵）

例一　昼夜乐（九十八字）

（宋）柳　永

　　洞房记得初相遇。便只合、长相聚。何期小会幽欢，变作离情别绪。况值阑珊春色暮。对满目、乱花狂絮。直恐好风光，尽随伊归去。　　一场寂寞凭谁诉。算前言、总轻负。早知恁地难拚，悔不当初留住。其奈风流端正外，更别有、系人心处。一日不思量，也攒眉千度。

　　注：该词上阕第五句和第六句为乐段三中的格式（1）；下阕第五句和第六句为乐段三中的格式（1）。全词双调，九十八字，上阕八句，六仄韵；下阕八句，五仄韵。

例二　昼夜乐（九十八字）

《梅苑》无名氏

　　一阳生后风光好。百花瘁、群木槁。南枝探暖欺寒，嘉卉争先占早。晓来风送清香杳。映园林、报春来到。素艳自超群，似姑射容貌。　　画堂开宴邀朋友。赏琼英、同欢笑。陇头寄信叮咛，楼上新妆斗巧。对景乘兴倾芳酒。拚沉醉、玉山频倒。结实用和羹，是真奇国宝。

　　注：该词上阕第五句和第六句为乐段三中的格式（2）；下阕第五句和第六句为乐段三中的格式（2）。全词双调，九十八字，上下阕各八句，六仄韵。

雨 中 花 慢

此调有平韵、仄韵两体。平韵者,始自苏轼;仄韵者,始自秦观。柳永平韵词,《乐章集》注"林钟商"。

《雨中花慢》的长短句结构

《雨中花慢》上阕,四个乐段			
乐段一 (十四字)	乐段二(九字或十字、十一字)	乐段三(十二字或十三字)	乐段四(十三字或十二字)
4　　4　　6	5　　4	6　　6	5　　4　　4
6　　4　　4	4　　5	4　　4　　4	4　　4　　4
4　　6　　4	6　　4	34　　33	
	4　　6		
	34　　4		

《雨中花慢》下阕,四个乐段			
乐段一(十四字或十五字、十三字)	乐段二 (十一字或九字)	乐段三 (十二字或十四字)	乐段四 (十二字或十三字)
4　　4　　6	34　　4	6　　6	4　　4　　4
6　　5　　4	5　　4	34　　34	5　　4　　4
34　　6			

《康熙词谱》共收集十三体《雨中花慢》,双调,上下阕分别可分为四个乐段,其长短句结构如表所示。该调有九十七字或九十六字、九十八字、九十九字、一百字等格式。对平韵格而言,上阕十一句或十句,四平韵;下阕十句,四平韵。《康熙词谱》以九十七字体吴礼之词为标谱词例。该调平韵格的正格与变格如表所示,其中,上下阕各乐段中的格式(1)为正格句式,其余为变格句式。对仄韵格而言,上阕十句或十一句,四仄韵;下阕十句或九句,四仄韵或五仄韵,《康熙词谱》以九十八字体秦观词为标谱词例。该调仄韵格的正格与变格如表所示,其中,上下阕各乐段中的格式(1)为正格句式,其余为变格句式。

《雨中花慢》（平韵）的正格与变格（双调）

《雨中花慢》（平韵）上阕，十句或十一句，四平韵	
乐段一（三句，十四字）	乐段二（二句，九字或十字、十一字）
＋－＋｜（句）＋－＋｜（句）＋－＋｜－－（韵） （1）	｜＋－＋｜（句）＋｜－－（韵） （1）
＋｜－－（句）＋｜＋－（句）＋－＋｜－－（韵） （2）	＋｜＋－（句）＋｜｜（韵） （2）
＋｜－－（句）＋｜＋｜（句）＋｜＋－－（韵） （3）	＋｜＋－｜（句）＋｜－－（韵） （3）
＋｜＋－＋｜（句）＋｜－－（句）＋｜－－（韵） （4）	＋｜－－（句）＋－＋｜－（韵） （4）
＋｜－－（句）＋｜＋｜（句）＋｜－－（韵） （5）	＋＋＋（读）＋－＋｜（句）＋｜－－（韵） （5）

例一　雨中花慢（九十七字）

（宋）吴礼之

眷浓恩重，长离永别，凭谁为返香魂。忆湘裙霞袖，杏脸樱唇。眉扫春山淡淡，眼裁秋水盈盈。便如何忘得，温柔情态，恬静天真。　　凭栏念及，夕阳西下，暮烟四起江村。渐入夜、疏星映柳，新月笼云。酝造一生清瘦，能消几个黄昏。断肠时候，帘垂深院，人掩重门。

注：该词上阕第一句至第三句为乐段一中的格式（1），第四句和第五句为乐段二中的格式（1），第六句和第七句为乐段三中的格式（1），第八句至第十句为乐段四中的格式（1）；下阕第一句至第三句为乐段一中的格式（1），第四句和第五句为乐段二中的格式（1），第六句和第七句为乐段三中的格式（1），第八句至第十句为乐段四中的格式（1）。全词双调，九十七字，上下阕各十句，四平韵。

《雨中花慢》（平韵）上阕，十一句或十句，四平韵	
乐段三（二句或三句，十二字或十三字）	乐段四（三句，十三字或十二字）
＋|＋－＋|（句）＋－＋| －－（韵） （1）	|＋－＋|（句）＋|－－（句） ＋|－－（韵） （1）
＋|－－（句）＋－＋|（句） ＋|－－（韵） （2）	|＋＋＋|（句）＋－＋|（句） ＋|－－（韵） （2）
|＋＋（读）＋－＋|（句）＋－＋| ＋（读）|－－（韵） （3）	＋－＋|（句）＋－＋|（句） ＋|－－（韵） （3）
注：上阕乐段四中的格式"|＋＋＋|（句）"，为"上一下四"句式。	

例二　雨中花慢（九十八字）

（宋）苏　轼

　　今岁花时深院，尽日东风，荡飏茶烟。但有绿苔芳草，柳絮榆钱。闻道城西，长林古寺，甲第名园。有国艳带酒，天香染袂，为我留连。　清明过了，残红无处，对此泪洒尊前。秋向晚、一枝何事，向我依然。高会聊追短景，清商不假余妍。不如留取，十分春态，付与明年。

　　注：该词上阕第一句至第三句为乐段一中的格式（4），第四句和第五句为乐段二中的格式（3），第六句至第八句为乐段三中的格式（2），第九句至第十一句为乐段四中的格式（2）；下阕第一句至第三句为乐段一中的格式（2），第四句和第五句为乐段二中的格式（1），第六句和第七句为乐段三中的格式（1），第八句至第十句为乐段四中的格式（1）。全词双调，九十八字，上阕十一句，四平韵；下阕十句，四平韵。

《雨中花慢》（平韵）下阕，十句，四平韵

乐段一（三句，十四字或十五字）	乐段二（二句，十一字或九字）
＋ — ＋ ｜（句）＋ — ＋ ｜（句）＋ — ＋ ｜ — —（韵） （1）	＋ ＋ ＋（读）＋ — ＋ ｜（句）＋ ｜ — —（韵） （1）
＋ — ＋ ｜（句）＋ — ＋ ｜（句）＋ ｜ ＋ ｜ — —（韵） （2）	＋ ＋ ｜ — —（句）＋ ｜ — —（韵） （2）
＋ — ＋ ｜（句）＋ ｜ — —（句）＋ — ＋ ｜ — —（韵） （3）	
＋ — ＋ ｜（句）＋ ｜ — —（句）＋ ｜ ＋ ｜ — —（韵） （4）	
＋ — ＋ ｜ ＋ ｜（句）｜ ＋ — ＋ ｜（句）＋ ｜ — —（韵） （5）	

《雨中花慢》（平韵）下阕，十句，四平韵

乐段三（二句，十二字或十四字）	乐段四（三句，十二字或十三字）
＋ ｜ ＋ — ＋ ｜（句）＋ — ＋ ｜ — —（韵） （1）	＋ — ＋ ｜（句）＋ — ＋ ｜（句）＋ ｜ — —（韵） （1）
＋ ＋ ＋（读）＋ — ＋ ｜（句）＋ ＋ ＋（读）＋ ｜ — —（韵） （2）	｜ ＋ — ＋ ｜（句）＋ — ＋ ｜（句）＋ ｜ — —（韵） （2）

例三　雨中花慢（九十八字）

（宋）张孝祥

一叶凌波，十里御风，烟鬟雨鬓萧萧。认得江皋玉佩，水馆冰绡。秋净明霞乍吐，曙凉宿霭初消。恨微颦不语，欲进还休，凝伫迢遥。　　神交冉冉，愁思盈盈，断魂欲遣谁招。还似待、青鸾传信，乌鹊成桥。怅望胎仙琴叠，羞看翡翠兰苕。梦回人远，红云一片，天际笙箫。

注：该词上阕第一句至第三句为乐段一中的格式（2），第四句和第五句为乐段二中的格式（3），第六句和第七句为乐段三中的格式（1），第八句至第十句为乐段四中的格式（1）；下阕第一句至第三句为乐段一中的格式（3），第四句和第五句为乐段二中的格式（1），第六句和第七句为乐段三中的格式（1），第八句至第十句为乐段四中的格式（1）。全词双调，九十八字，上下阕各十句，四平韵。

例四　雨中花慢（九十九字）

（宋）刘褒

缥蒂缃枝，玉叶翡英，百梢争趁春忙。正雨后、蜂粘落絮，燕扑晴香。遗策谁家荡子，唾花何处新妆。想流红有恨，拾翠无心，往事凄凉。　　春愁如海，客思翻空，带围只看东阳。更那堪、玉笙度曲，翠羽传觞。红泪不胜闺怨，白云应老他乡。梦回欹枕，风惊庭树，月在西厢。

注：该词上阕第一句至第三句为乐段一中的格式（2），第四句和第五句为乐段二中的格式（5），第六句和第七句为乐段三中的格式（1），第八句至第十句为乐段四中的格式（1）；下阕第一句至第三句为乐段一中的格式（3），第四句和第五句为乐段二中的格式（1），第六句和第七句为乐段三中的格式（1），第八句至第十句为乐段四中的格式（1）。全词双调，九十九字，上下阕各十句，四平韵。

例五　雨中花慢（一百字）

（宋）柳永

坠髻慵梳，愁蛾懒画，心绪事事阑珊。觉新来憔悴，金缕衣宽。认得这、疏狂意下，向人诮、譬如闲。把芳容陡顿，怎地轻孤，争忍心安。　　依前过了旧约，甚当初赚我，偷剪香鬟。几时得归来，香阁深关。待伊要、尤云殢雨，缠绣衾、不与同欢。尽更深款款，问伊今后，更敢无端。

注：该词上阕第一句至第三句为乐段一中的格式（3），第四句和第五句为乐段二中的格式（1），第六句和第七句为乐段三中的格式（3），第八句至第十句为乐段四中的格式（1）；下阕第一句至第三句为乐段一中的格式（5），第四句和第五句为乐段二中的格式（2），第六句和

第七句为乐段三中的格式（2），第八句至第十句为乐段四中的格式（2）。全词双调，一百字，上下阕各十句，四平韵。

例六　雨中花慢（九十六字）
（宋）京镗

玉局祠前，铜壶阁畔，锦城药市争奇。正紫萸缀席，黄菊浮卮。巷陌联镳并辔，楼台吹竹弹丝。登高望远，一年好景，九日佳期。　自怜行客，犹对嘉宾，留连岂是贪痴。谁会得、心驰北阙，兴寄东篱。惜别未催鹢首，追欢且醉蛾眉。明年此会，他乡今日，总是相思。

注：该词上阕第一句至第三句为乐段一中的格式（3），第四句和第五句为乐段二中的格式（1），第六句和第七句为乐段三中的格式（1），第八句至第十句为乐段四中的格式（3）；下阕第一句至第三句为乐段一中的格式（3），第四句和第五句为乐段二中的格式（1），第六句和第七句为乐段三中的格式（1），第八句至第十句为乐段四中的格式（1）。全词双调，九十六字，上下阕各十句，四平韵。

例七　雨中花慢（九十八字）
（宋）高观国

旆拂西风，客应汉星，行参玉节征鞍。缓带轻裘，争看盛世衣冠。吟倦西湖风月，去看北塞关山。过离宫禾黍，故垒烟尘，有泪应弹。　文章俊伟，颖露囊锋，名动万里呼韩。知素有、平戎手段，小试何难。情寄吴梅香冷，梦随陇雁霜寒。立勋未晚，归来依旧，酒社诗坛。

注：该词上阕第一句至第三句为乐段一中的格式（2），第四句和第五句为乐段二中的格式（4），第六句和第七句为乐段三中的格式（1），第八句至第十句为乐段四中的格式（1）；下阕第一句至第三句为乐段一中的格式（4），第四句和第五句为乐段二中的格式（1），第六句和第七句为乐段三中的格式（1），第八句至第十句为乐段四中的格式（1）。全词双调，九十八字，上下阕各十句，四平韵。

例八　雨中花慢（九十七字）
（宋）葛立方

寄径睢阳，陌上忽看，夭桃秾李争春。又见楚宫，行雨洗芳尘。红艳霞光夕照，素华琼树朝新。为奇姿芳润，拟倩游丝，留住东君。　拾遗杜老，犹爱南塘，寄情萝薜山村。争似此、花如姝丽，獭髓轻匀。不数江陵玉杖，休夸花岛红云。少须澄霁，一番清影，更待冰轮。

注：该词上阕第一句至第三句为乐段一中的格式（2），第四句和第五句为乐段二中的格式（2），第六句和第七句为乐段三中的格式（1），第八句至第十句为乐段四中的格式（1）；下阕第一句至第三句为乐段一中的格式（3），第四句和第五句为乐段二中的格式（1），第六句和第七句为乐段三中的格式（1），第八句至第十句为乐段四中的格式（1）。全词双调，九十七字，上下阕各十句，四平韵。

例九 雨中花慢（九十六字）

《玉照新志》无名氏

事往人离，还似暮峡归云，陇上流泉。奈向分圆镜，已断么弦。长记酒阑歌罢，难忘月夕花前。相携手处，琼楼朱户，触目依然。　　从来惯共，绣帏罗帐，镇效比翼文鸳。谁念我、而今清夜，常是孤眠。入户不如飞絮，傍怀争及炉烟。这回休也，一生心事，为你萦牵。

注：该词上阕第一句至第三句为乐段一中的格式（5），第四句和第五句为乐段二中的格式（1），第六句和第七句为乐段三中的格式（1），第八句至第十句为乐段四中的格式（3）；下阕第一句至第三句为乐段一中的格式（2），第四句和第五句为乐段二中的格式（1），第六句和第七句为乐段三中的格式（1），第八句至第十句为乐段四中的格式（1）。全词双调，九十六字，上下阕各十句，四平韵。

《雨中花慢》（仄韵）的正格与变格（双调）

《雨中花慢》（仄韵）上阕，十句或十一句，四仄韵	
乐段一（三句，十四字）	乐段二（二句，九字或十字）
＋｜＋—＋｜（句）｜＋——（句） ＋＋—｜（韵） （1）	｜＋—＋｜（句）＋＋＋—｜（韵） （1）
＋｜——（句）—｜＋｜（句）＋ —｜—＋｜（韵） （2）	＋｜＋—＋｜（句）＋＋—｜（韵） （2）

《雨中花慢》（仄韵）上阕，十句或十一句，四仄韵	
乐段三（二句或三句，十二字）	乐段四（三句，十三字或十二字）
＋｜＋ー＋｜（句）＋｜＋ー＋｜（韵） （1） ＋｜ーー（句）＋ー＋｜（句）＋ー＋｜（韵） （2）	｜＋ー＋｜（句）＋｜ーー（句） ＋ー＋｜（韵） （1） ｜＋ー＋｜（句）＋ー＋｜（句） ＋＋ー｜（韵） （2）

《雨中花慢》（仄韵）下阕，十句或九句，四仄韵或五仄韵	
乐段一（三句或二句，十四字或十三字）	乐段二（二句，十一字）
＋ー＋｜（句）＋｜＋ー（句） ＋｜＋ー＋｜（韵） （1） ＋ー＋｜（句）＋ー＋｜（句） ＋｜＋ー＋｜（韵） （2） ＋＋＋（读）＋ー＋｜（句）＋ ｜＋ー＋｜（韵） （3）	＋＋＋（读）＋ー＋｜（句）＋ ー＋｜（韵）

《雨中花慢》（仄韵）下阕，十句或九句，四仄韵或五仄韵	
乐段三（二句，十二字）	乐段四（三句，十三字或十二字）
＋｜＋ー＋｜（句）＋ー＋｜ ー｜（韵）	｜＋ー＋｜（句）＋ー＋｜（句） ＋＋ー｜（韵） （1） ＋ー＋｜（句或韵）＋ー＋｜（句） ＋ー＋｜（韵） （2）

例一　雨中花慢（九十八字）

（宋）秦　观

指点虚无征路，醉乘斑虬，远访西极。见天风吹落，满空寒白。玉女明星迎笑，何苦自淹尘域。正火轮飞上，雾卷烟开，洞观金碧。　　重重观阁，横枕鳌峰，水面倒衔苍石。随处有、奇香异火，杳然难测。好是蟠桃熟后，阿环偷报消息。在青天碧海，一枝难遇，占取春色。

注：该词上阕第一句至第三句为乐段一中的格式（1），第四句和第五句为乐段二中的格式（1），第六句和第七句为乐段三中的格式（1），第八句至第十句为乐段四中的格式（1）；下阕第一句至第三句为乐段一中的格式（1），第八句至第十句为乐段四中的格式（1）。全词双调，九十八字，上下阕各十句，四仄韵。

例二　雨中花慢（九十八字）

《梅苑》无名氏

梦破江南春信，渐入江梅，暗香初发。乞与横斜疏影，为怜清绝。梁苑相如，平生有赋，未甘华发。便广寒争遣，韶华惊怨，讵妨轻折。　　扬州歌吹，二十四桥，不道画楼声歇。生怕有、江边一树，要堆轻雪。老去苦无欢事，凌波空有纤袜。恨无好语，何郎风味，定教难说。

注：该词上阕第一句至第三句为乐段一中的格式（1），第四句和第五句为乐段二中的格式（2），第六句至第八句为乐段三中的格式（2），第九句至第十一句为乐段四中的格式（2）；下阕第一句至第三句为乐段一中的格式（1），第八句至第十句为乐段四中的格式（2）。全词双调，九十八字，上阕十一句，四仄韵；下阕十句，四仄韵。

例三　雨中花慢（九十七字）

（宋）黄庭坚

正乐中和，夷夏燕喜，官梅乍传消息。待新年欢计，断送春色。桃李成阴，甘棠少讼，又移旌戟。念画楼朱阁，风流高会，顿冷谈席。　　西川纵有，舞裙歌板，谁共茗邀棋敌。归来未、先沾离袖，管弦催滴。乐事赏心易散，良辰美景难得。会须醉倒，玉山扶起，更倾春碧。

注：该词上阕第一句至第三句为乐段一中的格式（2），第四句和第五句为乐段二中的格式（1），第六句至第八句为乐段三中的格式（2），第九句至第十一句为乐段四中的格式（2）；下阕第一句至第三句为乐段一中的格式（2），第八句至第十句为乐段四中的格式（2）。全词双调，九十七字，上阕十一句，四仄韵；下阕十句，四仄韵。

例四　雨中花慢（九十七字）

《高丽史·乐志》无名氏

宴阕倚栏郊外，乍别芳姿，醉登长陌。渐觉联绵离绪，淡薄秋色。宝马频嘶，寒蝉噪晚，正伤行客。念少年踪迹。风流声价，泪珠偷滴。　　从前与、酒朋花侣，镇赏画楼瑶席。今夜里、清风明月，水村山驿。往事悠悠似梦，新愁苒苒如织。断肠望极。重逢何处，暮云凝碧。

注：该词上阕第一句至第三句为乐段一中的格式（1），第四句和第五句为乐段二中的格式（2），第六句至第八句为乐段三中的格式（2），第九句至第十一句为乐段四中的格式（2）；下阕第一句和第二句为乐段一中的格式（3），第七句至第九句为乐段四中的格式（2）。全词双调，九十七字，上阕十一句，五仄韵；下阕九句，五仄韵。

万　年　欢

唐教坊曲名。《宋史·乐志》："中吕宫"；《高丽史·乐志》名《万年欢慢》；《元史·乐志》："舞队曲。"此调有三体，平韵者始自王安礼，仄韵者始自晁补之，平仄韵互叶者始自元赵孟頫。

《万年欢》的长短句结构

《万年欢》上阕，四个乐段			
乐段一 （十三字或十四字）	乐段二 （十字）	乐段三 （十三字）	乐段四 （十三字）
4　5　4 4　4　6 4　　36	4　6 6　4	6　34 6　7	34　6 3　4　6

《万年欢》下阕，四个乐段			
乐段一 （十五字或十六字）	乐段二 （十字）	乐段三 （十三字或十四字）	乐段四 （十一字或十三字）
6　5　4 4　4　4 3　3　5　4	6　4 4　6	6　34 6　44	34　4 34　6 7　6 3　4　6

《康熙词谱》共收集十一体《万年欢》（其中，平韵格四体；仄韵格六体；平仄韵通叶格一体），双调，上下阕分别可分为四个乐段，其长短句结构如表所示。该调有九十八字或一百字、一百一字、一百二字等格式。对平韵格而言，上阕九句或十句，五平韵或四平韵；下阕九句或十句，四平韵或五平韵；《康熙词谱》以九十八字体王安礼词为正体或正格。该调平韵格的正格与变格如表所示，其中，上下阕各乐段中的格式（1）为正格句式，其余为变格句式。对仄韵格式而言，上阕九句或八句，四仄韵或五仄韵；下阕九句或十句，五仄韵或六仄韵。《康熙词谱》以一百字晁补之词为正体或正格。该调的正格与变格如表所示，其中，上下阕各乐段中的格式（1）为正格句式，其余为变格句式。对平仄韵通叶格而言，上阕九句，四平韵一叶韵；下阕九句，两平韵三叶韵。其基本格式如表所示。

《万年欢》（平韵）的正格与变格（双调）

《万年欢》（平韵）上阕，九句或十句，五平韵或四平韵	
乐段一（三句，十三字或十四字）	乐段二（二句，十字）
＋｜－－（韵）｜＋－＋｜（句） ＋｜－－（韵） （1）	＋｜－－（句）＋＋＋｜ －（韵） （1）
＋｜－－（句）＋－＋｜（句） ＋－＋｜－－（韵） （2）	＋｜＋－＋｜（句）＋｜－－（韵） （2）

注：上阕乐段二中的格式"＋　＋　＋　｜　－　－（韵）"，可平可仄三处，不宜同时用仄。

《万年欢》（平韵）上阕，九句或十句，五平韵或四平韵	
乐段三（二句，十三字）	乐段四（二句或三句，十三字）
＋｜＋－＋｜（句）＋＋＋（读） ＋｜－－（韵） （1）	＋＋＋（读）＋｜－－（句）＋ －＋｜－－（韵） （1）
＋｜＋－＋｜（句）｜＋－＋｜（句） －－（韵） （2）	－｜（句）＋｜－－（句）＋ －＋｜－－（韵） （2）

卷二十六

《万年欢》（平韵）下阕，九句或十句，四平韵或五平韵	
乐段一（三句或四句，十五字或十六字）	乐段二（二句，十字）
＋－｜＋＋｜（句）｜＋－＋｜（句）＋｜－－（韵） （1）	＋｜＋－＋｜（句）＋｜－－（韵） （1）
＋－＋｜－－（韵）＋｜｜－－（句）＋｜－－（韵） （2）	＋｜－－（句）＋－＋｜－－（韵） （2）
＋－＋｜（句）＋－＋｜（句）＋－＋｜（句）＋｜－－（韵） （3）	

《万年欢》（平韵）下阕，九句或十句，四平韵或五平韵	
乐段三（二句，十三字）	乐段四（二句或三句，十一字或十三字）
＋｜＋－＋｜（句）＋＋＋（读）＋｜－－（韵）	＋＋＋（读）＋｜＋－（句）＋｜－－（韵） （1）
	－＋｜（读或句）＋｜－－（句）＋－＋｜－－（韵） （2）

例一　万年欢（九十八字）

（宋）王安礼

雅出群芳。占春前信息，腊后风光。野岸邮亭，繁似万点轻霜。清浅溪流倒影，更黯淡、月色笼香。浑疑是、姑射冰姿，寿阳粉面初妆。　　多情对景易感，况淮天庾岭，迢递相望。愁听龙吟凄绝，画角悲凉。念昔因谁醉赏，向此际、空恼回肠。终须待、结实恁时，佳味堪尝。

注：该词上阕第一句至第三句为乐段一中的格式（1），第四句和第五句为乐段二中的格式（1），第六句和第七句为乐段三中的格式（1），第八句和第九句为乐段四中的格式（1）；下阕第一句至第三句为乐段一中的格式（1），第四句和第五句为乐段二中的格式（1），第八句和第九句为乐段四中的格式（1）。全词双调，九十八字，上阕九句，五平韵；下阕九句，四平韵。

例二　万年欢（一百字）

《高丽史·乐志》无名氏

禁御初晴。见万年枝上，巧啭莺声。藻殿连云，萍曦高照檐楹。好是帘开丽景，袅金炉、香暖烟轻。传呼道、天跸来临，两行拱引簪缨。　　看看筵敞三清。洞宝玉杯中，满酌犀觥。烂熳芳葩，斜簪庆快春情。更有箫韶九奏，簇鱼龙、百戏俱呈。吾皇愿、永保洪图，四方长乐升平。

注：该词上阕第一句至第三句为乐段一中的格式（1），第四句和第五句为乐段二中的格式（1），第六句和第七句为乐段三中的格式（1），第八句和第九句为乐段四中的格式（1）；下阕第一句至第三句为乐段一中的格式（2），第四句和第五句为乐段二中的格式（2），第八句和第九句为乐段四中的格式（2）。全词双调，一百字，上下阕各九句，五平韵。

例三　万年欢（一百一字）

（宋）赵师侠

电绕神枢，虹流华渚，诞弥良用佳辰。万宇讴歌归舞，宝历增新。四七年间盛事，皇威畅、边鄙无尘。仁恩被，华夏咸安，太平极治欢声。　　重华道隆德茂，亘古今希有，揖逊重闻。圣子三宫欢聚，两世慈亲。幸际千秋圣旦，沾镐宴、普率惟均。封人祝，亿万斯年，寿皇尊并高真。

注：该词上阕第一句至第三句为乐段一中的格式（2），第四句和第五句为乐段二中的格式（2），第六句和第七句为乐段三中的格式（1），第八句至第十句为乐段四中的格式（2）；下阕第一句至第三句为乐段一中的格式（1），第四句和第五句为乐段二中的格式（1），第八句至第十句为乐段四中的格式（2）。全词双调，一百一字，上下阕各十句，四平韵。

例四　万年欢（一百二字）

（宋）贺　铸

淑质柔情，靓妆艳笑，未容桃李争妍。红粉墙东，曾记窥宋三年。不问云朝雨暮，向西楼南馆留连。何尝信、美景良辰，赏心乐事难全。　　青门解袂，画桥回首，初沉汉佩，永断湘弦。漫写浓愁幽恨，封寄鱼笺。拟话当时旧好，问同谁、与醉尊前。除非是、明月清风，向人今夜依然。

注：该词上阕第一句至第三句为乐段一中的格式（2），第四句和第五句为乐段二中的格式（1），第六句和第七句为乐段三中的格式（2），第八句和第九句为乐段四中的格式（1）；下阕第一句至第四句为乐段一中的格式（3），第五句和第六句为乐段二中的格式（1），第九句和第十句为乐段四中的格式（2）。全词双调，一百二字，上阕九句，四平韵；下阕十句，四平韵。

《万年欢》（仄韵）的正格与变格（双调）

《万年欢》（仄韵）上阕，九句或八句，四仄韵或五仄韵	
乐段一（三句，十三字或十四字）	乐段二（二句，十字）
＋｜－－（句）｜＋－｜＋（句）＋＋＋－｜（韵）（1）	＋｜－－（句）＋｜＋－＋｜（韵）（1）
＋｜－－（句）｜＋－＋｜（句）＋－＋｜（韵）（2）	＋｜＋－＋｜（句）＋－＋｜（韵）（2）
＋｜－－（句）＋＋＋（读）＋－＋｜－｜（韵）（3）	

《万年欢》（仄韵）上阕，九句或八句，四仄韵或五仄韵	
乐段三（二句，十三字）	乐段四（二句，十三字）
＋｜＋－＋｜（句）＋＋＋（读）＋－＋｜（韵）	＋＋＋（读）＋｜－－（句）＋－＋｜－｜（韵）

例一　万年欢（一百字）

（宋）晁补之

十里环溪，记当年并游，依旧风景。彩舫红妆，重泛九秋清镜。莫叹歌台蔓草，喜相逢、欢情犹胜。蘋洲畔、横玉惊鸾，半天云正愁凝。　　中秋醉魂未醒。又佳辰授衣，良会堪更。蚤岁功名，豪气尚凌汝颍。能致黄金百镒，也莫负、鸱夷高兴。别有个、潇洒田园，醉乡天地同永。

注：该词上阕第一句和第三句为乐段一中的格式（1），第四句和第五句为乐段二中的格式（1）；下阕第一句至第三句为乐段一中的格式（1），第四句和第五句为乐段二中的格式（1），第六句和第七句为乐段三中的格式（1），第八句和第九句为乐段四中的格式（1）。全词双调，一百字，上阕九句，四仄韵；下阕九句，五仄韵。

《万年欢》（仄韵）下阕，九句或十句，五仄韵或六仄韵	
乐段一（三句或四句，十五字）	乐段二（二句，十字）
＋－｜－＋｜（韵）｜＋－｜＋（句）＋｜－｜（韵） （1）	＋｜－－（句）＋｜＋－＋｜（韵） （1）
＋－＋｜－｜（韵）｜＋－｜＋（句）＋｜－｜（韵） （2）	＋｜－－（句）＋｜－－＋｜（韵） （2）
－＋｜（句）－＋｜（韵）｜＋－＋｜（句）＋－＋｜（韵） （3）	＋｜＋－＋｜（句）＋－＋｜（韵） （3）
－＋｜（句）＋＋｜（韵）｜＋－＋｜（句）＋＋－｜（韵） （4）	

《万年欢》（仄韵）下阕，九句或十句，五仄韵或六仄韵	
乐段三（二句，十三字或十四字）	乐段四（二句，十一字或十三字）
＋｜＋｜－＋｜（句或韵）＋＋＋（读）＋－＋｜（韵） （1）	＋＋＋（读）＋｜－－（句）＋－＋｜－｜（韵） （1）
＋｜＋｜－＋｜（句）＋｜＋｜（读）＋－＋｜（韵） （2）	＋－＋｜｜－－（句）＋－＋｜－｜（韵） （2）

例二　万年欢（一百字）

（宋）晁补之

　　心忆春归，似佳人未来，香径无迹。雪里江梅，因甚早知消息。百卉芳心正寂。夜不寐、幽姿脉脉。图清晓、先作宫妆，似防人见偷得。　　真香媚情动魄。算当时寿阳，无此标格。应寄扬州，何郎旧曾相识。花似何郎鬓白。恐多笑、逢花羞摘。那堪听、羌管惊心，也随繁杏抛掷。

　　注：该词上阕第一句和第三句为乐段一中的格式（1），第四句和第五句为乐段二中的格

式（1）；下阕第一句至第三句为乐段一中的格式（1），第四句和第五句为乐段二中的格式（2），第六句和第七句为乐段三中的格式（1），第八句和第九句为乐段四中的格式（1）。全词双调，一百字，上阕九句，五仄韵；下阕九句，六仄韵。

例三　万年欢（一百字）
（宋）程大昌

　　岁岁梅花，向寿尊画阁，长报春起。恰似今朝，分外香肥萼韡。杂佩珊珊就列，映蓝袿、宝熏擎跽。道这回、屋舍团圞，四时风月桃李。　　回头处，无限思。看秋前药里，而今鼎匕。须把康强，收作玳筵欢喜。况是鬟云全绿，顶珈笄、笑陪星履。新年动是拥新祺，有孙来捧醪醴。

　　注：该词上阕第一句和第三句为乐段一中的格式（1），第四句和第五句为乐段二中的格式（1）；下阕第一句至第四句为乐段一中的格式（3），第五句和第六句为乐段二中的格式（1），第七句和第八句为乐段三中的格式（1），第九句和第十句为乐段四中的格式（2）。全词双调，一百字，上阕九句，四仄韵；下阕十句，五仄韵。

例四　万年欢（一百一字）
（宋）程大昌

　　老钝迂疏，尽世间乐事，不忺不觑。痴向韦编，根究卦爻来处。浑沌包中天地。谢东家、从头指示。便和那、八八机关，并将匙钥分付。　　行年数，六十四。把一年一卦，恰好相拟。妙道生生，既济还存未济。身愿河图比似。每演九后、重从一始。待人问、甲子何其，剩书亥字为戏。

　　注：该词上阕第一句和第三句为乐段一中的格式（2），第四句和第五句为乐段二中的格式（1）；下阕第一句至第四句为乐段一中的格式（4），第五句和第六句为乐段二中的格式（1），第七句和第八句为乐段三中的格式（2），第九句和第十句为乐段四中的格式（1）。全词双调，一百一字，上阕九句，五仄韵；下阕十句，六仄韵。

例五　万年欢（一百字）
（宋）史达祖

　　两袖梅风，谢桥边、岸痕犹带残雪。过了匆匆灯市，草根青发。燕子春愁未醒，误几处、芳音辽绝。烟溪上、采绿人归，定应愁沁花骨。　　非干厚情易歇。奈燕台句老，难道离别。小径吹衣，曾记故园风物。多少惊心旧事，第一是、侵阶罗袜。如今但、柳发晞春，夜来和露梳月。

注：该词上阕第一句和第三句为乐段一中的格式（3），第四句和第五句为乐段二中的格式（2）；下阕第一句至第三句为乐段一中的格式（1），第四句和第五句为乐段二中的格式（1），第六句和第七句为乐段三中的格式（1），第八句和第九句为乐段四中的格式（1）。全词双调，一百字，上阕八句，四仄韵。下阕九句，五仄韵。

例六 万年欢（一百字）

（宋）晁补之

忆昔论心，尽青云少年，燕赵豪俊。二十游南，曾上会稽千仞。振袂江中往岁，有骚人、兰荪遗韵。嗟管鲍、当日贫交，半成翻手难信。　　君如未遇元礼，肯抽身盛时，寻我幽隐。此事谈何容易，骥才方骋。彩舫红妆围定，笑西风、黄花斑鬓。君欲问、投老生涯，醉乡岐路偏近。

注：该词上阕第一句和第三句为乐段一中的格式（1），第四句和第五句为乐段二中的格式（1）；下阕第一句至第三句为乐段一中的格式（2），第四句和第五句为乐段二中的格式（3），第六句和第七句为乐段三中的格式（1），第八句和第九句为乐段四中的格式（1）。全词双调，一百字，上阕九句，四仄韵；下阕九句，五仄韵。

《万年欢》（平仄韵通叶）的基本格式（双调）

《万年欢》（平仄韵通叶）上阕，九句，四平韵一叶韵	
乐段一（三句，十三字）	乐段二（二句，十字）
＋｜－－（韵）｜＋－＋｜（句） ＋｜－－（韵）	＋｜＋－＋｜（句）＋｜－－（韵）

《万年欢》（平仄韵通叶）上阕，九句，四平韵一叶韵	
乐段三（二句，十三字）	乐段四（二句，十三字）
＋｜＋－＋｜（句）＋＋＋＋（读） ＋｜－＋｜（叶）	＋＋＋＋（读）＋｜－－（句）＋ －＋｜－－（韵）

《万年欢》（平仄韵通叶）下阕，九句，两平韵三叶韵	
乐段一（三句，十五字）	乐段二（二句，十字）
＋－＋｜＋｜（韵）｜＋－＋ ｜（句）＋｜－－（韵）	＋｜－－（句）＋｜＋－＋｜（叶）

《万年欢》（平仄韵通叶）下阕，九句，两平韵三叶韵	
乐段三（二句，十三字）	乐段四（二句，十三字）
十｜十一十｜（句）十十十（读） 十十一十｜（叶）	十十十（读）十｜一一（句）十 ｜十一十｜（叶）

例　万年欢（一百字）

（元）赵孟頫

　　天上春来。正阳和布泽，斗柄初回。一朵祥云捧日，万象生辉。帝德光昭四表，玉帛尽、梯航来会。彤庭敞、花覆千官，紫霄鸳鹭徘徊。　　仁风遍满九垓。望霓旌缓引，宝扇齐开。喜动龙颜，和气蔼然交泰。九奏箫韶舜乐，兽尊举、麒麟香霭。从今数、亿万斯年，圣主福如天大。

　　注：全词双调，一百字，上阕九句，四平韵一叶韵；下阕九句，两平韵三叶韵。

燕　春　台

　　此调始自张先，盖春宴词也，因黄裳有夏宴词，刘泾改名《夏初临》，旧谱或以《燕春台》与《夏初临》两列者误。

《燕春台》的长短句结构

《燕春台》上阕，四个乐段			
乐段一（十四字）	乐段二（十字）	乐段三（十三字）	乐段四（十二字）
4　4　6	4　6	6　34	4　4　4

《燕春台》下阕，四个乐段			
乐段一 （十六字）	乐段二 （十字）	乐段三 （十一字）	乐段四 （十二字或十一字）
4　4　4　4	4　6	4　34	3　5　4 3　4　5 3　4　4

《康熙词谱》共收录《燕春台》四体，双调，上下阕各自分为四个乐段，其长短句结构如表所示。该调有九十八字和九十七字两种格式，上阕十句，五平韵；下阕十一句，五平韵或六平韵。《康熙词谱》以九十八字的张先词为标谱词例。该调的正格与变格如表所示，其中，上下阕各乐段的格式（1）为正格，其余为变格。

《燕春台》的正格与变格（双调）

《燕春台》上阕，十句，五平韵	
乐段一（三句，十四字）	乐段二（二句，十字）
＋｜－－（句）＋－＋｜（句）＋－－＋｜－－（韵）	＋｜－－（句）＋－＋｜（韵）

《燕春台》上阕，十句，五平韵	
乐段三（二句，十三字）	乐段四（三句，十二字）
＋－＋｜－－（韵）｜－－（读）＋｜－－（韵）	＋－＋｜（句）＋－＋｜（句）＋｜－－（韵） （1） ＋－＋｜（句）＋－＋－（句）＋｜－－（韵） （2）

例一　燕春台（九十八字）

（宋）张　先

丽日千门，紫烟双阙，琼林又报春回。殿阁风微，当时去燕还来。五侯池馆屏开。探芳菲、走马天街。重帘人语，辚辚车辄，远近轻雷。　　雕舻霞滟，醉幕云飞，楚腰舞柳，宫面妆梅。金猊夜暖，罗衣暗裹香煤。洞府人归，拥笙歌、灯火楼台。下蓬莱。犹有花上月，清影徘徊。

注：该词上阕第八句至第十句为乐段四中的格式（1）；下阕第七句和第八句为乐段三中的格式（1），第九句至第十一句为乐段四中的格式（1）。全词双调，九十八字，双调，上阕十句，五平韵；下阕十一句，五平韵。

《燕春台》下阕，十一句，五平韵或六平韵	
乐段一（四句，十六字）	乐段二（二句，十字）
＋ － ＋ ｜（句）＋ ｜ － －（句） ＋ － ＋ ｜（句）＋ ｜ － －（韵）	＋ － ＋ ｜（句）＋ － ＋ ｜ ＋ －（韵）

《燕春台》下阕，十一句，五平韵或六平韵	
乐段三（二句，十一字）	乐段四（三句，十二字或十一字）
＋ ｜ － －（句）＋ ＋ ＋（读） ＋ ｜ － －（韵） （1） ＋ ｜ － －（韵）＋ ＋ ＋（读） ＋ ｜ － －（韵） （2）	｜ － －（韵）＋ ｜ － ＋ ｜（句）＋ ｜ － －（韵） （1） ｜ ＋ －（韵或句）＋ ｜ ＋ －（句）＋ ｜ － －（韵） （2） ｜ ＋ －（韵）＋ － ＋ ｜（句）｜ ＋ ｜ － －（韵） （3）

例二　燕春台（九十八字）

（宋）王之道

　　翠竹扶疏，丹葵隐映，绿窗朱户萦回。帘卷虾须，清风时自南来。题舆好客筵开。俨新妆、深出云街。歌珠累贯，一时倾坐，全胜腰雷。　　金猊袅碧，玉兕浮红，令传三杏，情寄双梅。楼头漏促，笼纱暗落花煤。锦里遗音，忆当年、曾赋春台。醉蓬莱。归欤无寐，想余韵徘徊。

　　注：该词上阕第八句至第十句为乐段四中的格式（1）；下阕第七句和第八句为乐段三中的格式（1），第九句至第十一句为乐段四中的格式（3）。全词双调，九十八字，上阕十句，五平韵；下阕十一句，五平韵。

例三　燕春台（九十七字）

（宋）黄　裳

　　夏景舒长，麦天清润，高低万木成阴。晓意寒轻，一声未放蝉吟。但闻莺友同音。宴华堂、绿水中心。芙蓉都没，红妆信息，终待重寻。　　清泠相照，邂逅俱欢，翠娥簇拥，芳酝强斟。笙歌引步，登临更向遥岑。卧影沉沉。好风来、与客披襟。纵更深。洞府迟归，红烛如林。

注：该词上阕第八句至第十句为乐段四中的格式（1）；下阕第七句和第八句为乐段三中的格式（2），第九句至第十一句为乐段四中的格式（2）。全词双调，九十七字，双调，上阕十句，五平韵；下阕十一句，六平韵。

例四　燕春台（九十七字）

（宋）曹　冠

翠入烟岚，绿铺槐幄，薰风初扇微和。茂樾扶疏，绛榴花映庭柯。瀑泉飞下层坡。间新篁、夹径青莎。良辰佳景，登临隽游，清兴何多。　　流觞高会，不减兰亭，感怀书事，聊寄吟哦。升沉变化，任它造物如何。蹑磴攀萝。上冲霄、满饮高歌。醉还醒，重宴画楼，赏玩金波。

注：该词上阕第八句至第十句为乐段四中的格式（2）；下阕第七句和第八句为乐段三中的格式（2），第九句至第十一句为乐段四中的格式（2）。全词双调，九十七字，双调，上阕十句，五平韵；下阕十一句，五平韵。

逍　遥　乐

调见黄庭坚《琴趣外篇》，即赋本意。

《逍遥乐》的长短句结构

《逍遥乐》上阕，四个乐段							
乐段一（十六字）			乐段二（十四字）			乐段三（十五字）	乐段四（九字）
6	4	6	4	4	6	4　3　4　4	5　4

《逍遥乐》下阕，四个乐段							
乐段一（十二字）		乐段二（十一字）			乐段三（十一字）		乐段四（十字）
6	6	5	3	3	5	6	6　4

《康熙词谱》只收集一体《逍遥乐》，双调，上下阕分别可分为四个乐段，其长短句结构如表所示。该调九十八字，上阕十一句，六仄韵；下阕九句，五仄韵，其基本格式如表所示。

《逍遥乐》的基本格式（双调）

《逍遥乐》上阕，十一句，六仄韵	
乐段一（三句，十六字）	乐段二（三句，十四字）
＋｜＋ー＋｜（韵）＋｜ーー（句）＋｜＋｜（韵）	＋｜ーー（句）＋｜ーー（句）＋｜＋ー＋｜（韵）

《逍遥乐》上阕，十一句，六仄韵	
乐段三（三句，十五字）	乐段四（二句，九字）
＋ー＋｜（韵）＋＋＋（读）＋｜ー（句）＋ー＋｜（韵）	｜＋｜ーー（句）＋＋ー｜（韵）

《逍遥乐》下阕，九句，五仄韵	
乐段一（二句，十二字）	乐段二（三句，十一字）
＋｜＋ー＋｜（韵）｜ー＋ー＋｜（韵）	ーー｜ー｜（句）ー＋｜（句）＋ー｜（韵）

《逍遥乐》下阕，九句，五仄韵	
乐段三（二句，十一字）	乐段四（二句，十字）
ーー｜＋｜（句）＋｜＋ー＋｜（韵）	＋ー｜ー＋｜（句）＋ーー｜（韵）

例　逍遥乐（九十八字）

（宋）黄庭坚

春意渐归芳草。故国佳人，千里信沉音杳。雨润烟光，晚景澄明，极目危栏斜照。梦当年少。对樽前、上客邹枚，小鬟燕赵。共舞雪歌尘，醉里谈笑。　　花色枝枝争好。鬓丝年年渐老。如今遇风景，空瘦损、向谁道。东君幸赐与，天幕翠遮红绕。休休醉乡岐路，华胥蓬岛。

注：全词双调，九十八字，上阕十一句，六仄韵；下阕九句，五仄韵。

八 节 长 欢

调见《东堂词》。

《八节长欢》的长短句结构

《八节长欢》上阕，四个乐段			
乐段一（十二字）	乐段二（十字）	乐段三（十四字）	乐段四（十字或十一字）
4　4　4	5　5	7　34	6　4 34　4

《八节长欢》下阕，四个乐段			
乐段一（十五字）	乐段二（十四字）	乐段三（十字）	乐段四（十三字）
6　36	5　36	3　34	34　6

《康熙词谱》共收集两体《八节长欢》，双调，上下阕分别可分为四个乐段，其长短句结构如表所示。该调有九十八字或九十九字等格式，上阕九句，五平韵；下阕八句，五平韵。《康熙词谱》以九十八字体毛滂词为标谱词例。该调的正格与变格如表所示，其中，上下阕各乐段中的格式（1）为正格句式，其余为变格句式。

《八节长欢》的基本格式（双调）

《八节长欢》上阕，九句，五平韵	
乐段一（三句，十二字）	乐段二（二句，十字）
＋｜－－（韵）＋－＋｜（句） ＋｜－－（韵）	＋－－｜｜（句）＋｜｜－－（韵） （1） －－｜－｜（句）＋｜｜－－（韵） （2）

《八节长欢》上阕,九句,五平韵

乐段三(二句,十四字)	乐段四(二句,十字或十一字)
＋ － ＋ ｜ ＋ － ｜(句)＋ ＋ ＋(读) ＋ ｜ － －(韵) (1)	＋ ｜ ＋ － ＋ ｜(句)＋ ｜ ＋ －(韵) (1)
＋ － ＋ ｜ ｜ － －(句)＋ ＋ ＋(读) ＋ ｜ － －(韵) (2)	＋ ＋ ＋(读)＋ － ＋ ｜(句) ＋ ｜ － －(韵) (2)

《八节长欢》下阕,八句,五平韵

乐段一(二句,十五字)	乐段二(二句,十四字)
＋ － ＋ ｜ － －(韵)＋ ＋ ＋(读)＋ － ＋ ｜ － －(韵)	＋ ｜ ｜ － －(句)＋ ＋ ＋(读)＋ － ＋ ｜ － －(韵)

《八节长欢》下阕,八句,五平韵

乐段三(二句,十字)	乐段四(二句,十三字)
－ ＋ ｜(句)＋ ＋ ＋(读)＋ ｜ －(韵)	＋ ＋ ＋(读)＋ － ＋ ｜(句)－ ＋ ＋ ｜ － －(韵)

例一　八节长欢(九十八字)

(宋)毛 滂

名满人间。记黄金殿,旧试清闲。才高鹦鹉赋,风凛惠文冠。波涛何处试蛟鳄,到白头、犹守溪山。且做龚黄样度,留与人看。　桃蹊柳曲阴圆。离唱断、旌旗却卷春还。襦袴寄余温,双石畔、惟闻吏胆长寒。诗翁去,谁细绕、屈曲栏干。从今后、南来幽梦,应随月度云端。

注:该词上阕第四句和第五句为乐段二中的格式(1),第六句和第七句为乐段三中的格式(1),第八句和第九句为乐段四中的格式(1)。全词双调,九十八字,上阕九句,五平韵;下阕八句,五平韵。

例二　八节长欢（九十九）

（宋）毛　滂

　　泽国秋深。绣槛天近，坐久魂清。溪山绕尊酒，云雾浥衣襟。余霞孤雁送乡愁，寄寒闺、一点离心。杜陵老、两峰秀处，短发疏巾。　　佳人为折寒英。罗袖湿、真珠露冷钿金。幽艳为谁妍，东篱下、却教醉倒渊明。君但饮，莫觑他、落日芜城。从教夜、龙山明月，端的更解留人。

　　注：该词上阕第四句和第五句为乐段二中的格式（2），第六句和第七句为乐段三中的格式（2），第八句和第九句为乐段四中的格式（2）。全词双调，九十九字，上阕九句，五平韵；下阕八句，五平韵。

忆 东 坡

　　调见《相山居士词》，盖忆东坡作也，即以题为调名。

《忆东坡》的长短句结构

《忆东坡》上阕，四个乐段			
乐段一（十字）	乐段二（十二字）	乐段三（十七字）	乐段四（十一字）
5　　5	7　　5	6　　6　　5	4　　7

《忆东坡》下阕，四个乐段			
乐段一（九字）	乐段二（十一字）	乐段三（十七字）	乐段四（十一字）
4　　5	6　　5	6　　6　　5	6　　5

　　《康熙词谱》只收集一体《忆东坡》，双调，上下阕分别可分为四个乐段，其长短句结构如表所示。该调九十八字，上下阕各九句，四仄韵，其基本格式如表所示。

《忆东坡》的基本格式（双调）

《忆东坡》上阕，九句，四仄韵	
乐段一（二句，十字）	乐段二（二句，十二字）
＋｜｜－－（句）＋｜－－｜（韵）	＋｜＋－－＋｜（句）＋｜－－｜（韵）

《忆东坡》上阕，九句，四仄韵	
乐段三（三句，十七字）	乐段四（二句，十一字）
＋｜＋－＋｜（句）＋－＋｜－－（句）＋｜－－｜（韵）	＋－＋｜（句）＋｜－－｜－｜（韵）

《忆东坡》下阕，九句，四仄韵	
乐段一（二句，九字）	乐段二（二句，十一字）
＋－＋｜（句）＋｜－－｜（韵）	＋－＋｜－｜（句）＋｜－－｜（韵）

《忆东坡》下阕，九句，四仄韵	
乐段三（三句，十七字）	乐段四（二句，十一字）
＋｜＋－＋｜（句）＋－＋｜－－（句）＋｜－－｜（韵）	＋－＋｜＋－（句）＋｜－－｜（韵）

例　忆东坡（九十八字）

（宋）王之道

雪霁柳舒容，日薄梅摇影。新岁换符来天上，初见颁桃梗。试问我酬君唱，何如博塞欢娱，百万呼卢胜。投珠报玉，须放骚人遣春兴。　诗成谈笑，写出无穷景。不妨时作颠草，驰骋张芝圣。谁念杜陵野老，心同流水西东，与物初无竞。公侯应有种哉，倾否由天命。

注：全词双调，九十八字，上下阕各九句，四仄韵。

粉 蝶 儿 慢

调见《片玉词》。

《粉蝶儿慢》的长短句结构

《粉蝶儿慢》上阕，四个乐段			
乐段一（十四字）	乐段二（十字）	乐段三（十三字）	乐段四（十二字）
4　4　6	5　5	7　6	3　36

《粉蝶儿慢》下阕，四个乐段			
乐段一（十五字）	乐段二（十字）	乐段三（十三字）	乐段四（十一字）
2　4　36	5　5	7　6	34　4

《康熙词谱》只收集一体《粉蝶儿慢》，双调，上下阕分别可分为四个乐段，其长短句结构如表所示。该调九十八字，上阕九句，四仄韵；下阕九句，六仄韵。其基本格式如表所示。

《粉蝶儿慢》的基本格式（双调）

《粉蝶儿慢》上阕，九句，四仄韵	
乐段一（三句，十四字）	乐段二（二句，十字）
＋｜－－（句）＋－＋｜（句）＋｜＋－＋｜（韵）	＋－－｜｜（句）｜＋－＋｜（韵）

《粉蝶儿慢》上阕，九句，四仄韵	
乐段三（二句，十三字）	乐段四（二句，十二字）
＋｜－－＋｜－（句）＋｜＋－＋｜（韵）	｜＋－（句）＋＋＋（读）＋｜＋－＋｜（韵）

《粉蝶儿慢》下阕，九句，六仄韵

乐段一（三句，十五字）	乐段二（二句，十字）
＋｜（韵）＋－＋｜（韵）＋＋＋（读）＋｜＋－＋｜（韵）	＋－－｜｜（句）｜＋－＋｜（韵）

《粉蝶儿慢》下阕，九句，六仄韵

乐段三（二句，十三字）	乐段四（二句，十一字）
＋｜＋－－｜｜（句）＋｜＋－＋｜（韵）	＋＋＋（读）＋｜－－（句）＋－＋｜（韵）

例　粉蝶儿慢（九十八字）

（宋）周邦彦

宿雾藏春，余寒带雨，占得群芳开晚。艳姿初弄秀，倚东风娇懒。隔叶黄鹂传好音，唤入深丛中探。数枝新，比昨朝、又早红稀香浅。　　眷恋。重来倚槛。当韶华、未可轻辜双眼。赏心随分乐，有清尊檀板。每岁嬉游能几日，莫使一声歌欠。忍因循、一片花飞，又成春减。

注：全词双调，九十八字，上阕九句，四仄韵；下阕九句，六仄韵。

并蒂芙蓉

《能改斋漫录》："政和癸巳，大晟乐成，蔡京以晁端礼荐，诏乘驿赴阙。端礼至都，会禁中嘉莲生，遂属词以进，名《并蒂芙蓉》。"

《并蒂芙蓉》的长短句结构

《并蒂芙蓉》上阕，四个乐段			
乐段一（十三字）	乐段二（十字）	乐段三（十三字）	乐段四（十三字）
4　5　4	5　5	6　7	4　36

《并蒂芙蓉》下阕，四个乐段			
乐段一（十五字）	乐段二（十字）	乐段三（十三字）	乐段四（十一字）
6　5　4	5　5	6　7	4　34

《康熙词谱》只收集一体《并蒂芙蓉》，双调，上下阕分别可分为四个乐段，其长短句结构如表所示。该调九十八字，上下阕各九句，五仄韵，其基本格式如表所示。

《并蒂芙蓉》的基本格式（双调）

《并蒂芙蓉》上阕，九句，五仄韵	
乐段一（三句，十三字）	乐段二（二句，十字）
＋｜－－（句）｜＋－＋｜（句）＋－＋｜（韵）	＋｜｜－－（句）＋＋＋－｜（韵）

注：上阕乐段二中的格式"｜＋＋－｜（韵）"，为"上一下四"句式。

《并蒂芙蓉》上阕，九句，五仄韵	
乐段三（二句，十三字）	乐段四（二句，十三字）
＋－｜－＋｜（句）＋｜－－｜－｜（韵）	＋－＋｜（韵）＋＋＋（读）＋｜＋－＋｜（韵）

《并蒂芙蓉》下阕，九句，五仄韵	
乐段一（三句，十五字）	乐段二（二句，十字）
＋－｜－＋｜（句）｜＋－＋｜（句）＋－＋｜（韵）	＋｜｜－－（句）｜＋＋－｜（韵）

《并蒂芙蓉》下阕，九句，五仄韵	
乐段三（二句，十三字）	乐段四（二句，十一字）
＋－｜－＋｜（句）＋｜－－｜＋－｜（韵）	＋－＋｜（韵）＋＋＋（读）＋－＋｜（韵）

例　并蒂芙蓉（九十八字）

（宋）晁端礼

太液波澄，向鉴中照影，芙蓉同蒂。千柄绿荷深，并丹脸争媚。天心眷临圣日，殿宇分明献嘉瑞。弄香嗅蕊。愿君王、寿与南山齐比。　　池边屡回翠辇，拥群仙醉赏，凭栏凝思。萼绿揽飞琼，共波上游戏。西风又看露下，更结双双新莲子。斗妆竞美。问鸳鸯、向谁留意。

注：全词双调，九十八字，上下阕各九句，五仄韵。

黄河清慢

《铁围山丛谈》云："宣和初，燕乐初成，八音告备，有曲名《黄河清》，音调极韶美，天下无问遐迩大小，皆争唱之。"

《黄河清慢》的长短句结构

《黄河清慢》上阕，四个乐段							
乐段一（十三字）		乐段二（十字）		乐段三（十三字）		乐段四（十三字）	
7	6	6	4	6	34	6	34

《黄河清慢》下阕，四个乐段							
乐段一（十五字）		乐段二（十字）		乐段三（十三字）		乐段四（十一字）	
6	36	4	6	6	34	4	34

《康熙词谱》只收集一体《黄河清慢》，双调，上下阕分别可分为四个乐段，其长短句结构如表所示。该调九十八字，上阕八句，五仄韵；下阕八句，四仄韵。其基本格式如表所示。

《黄河清慢》的基本格式（双调）

《黄河清慢》上阕，八句，五仄韵	
乐段一（二句，十三字）	乐段二（二句，十字）
＋｜＋－－｜｜（韵）＋－＋｜－｜（韵）	＋｜＋－＋｜（句）＋－＋｜（韵）

《黄河清慢》上阕，八句，五仄韵	
乐段三（二句，十三字）	乐段四（二句，十三字）
＋｜＋－＋｜（句）＋＋＋＋－＋｜（韵）	＋－＋｜－－（句）＋＋＋（读）＋＋－｜（韵）

《黄河清慢》下阕，八句，四仄韵	
乐段一（二句，十五字）	乐段二（二句，十字）
＋－＋｜－－（句）＋＋＋（读）＋－＋｜－｜（韵）	＋｜＋－（句）＋｜＋－＋｜（韵）

《黄河清慢》下阕，八句，四仄韵	
乐段三（二句，十三字）	乐段四（二句，十一字）
＋｜＋－＋｜（句）＋＋＋（读）＋－＋｜（韵）	＋－＋｜（句）＋＋＋（读）＋－＋｜（韵）

例　黄河清慢（九十八字）

（宋）晁端礼

晴景初升风细细。云收天淡如洗。望外凤凰城阙，葱葱佳气。朝罢香烟满袖，侍臣报、天颜有喜。夜来连得封章，奏大河、彻底清泚。　君王寿与天齐，馨香动、上穹频降祥瑞。大晟奏功，六乐初调角徵。合殿薰风乍转，万花覆、千官尽醉。内家传诏，重开宴、未央宫里。

注：全词双调，九十八字，上阕八句，五仄韵；下阕八句，四仄韵。

春 草 碧

调见《大声集》，自注"中管高宫"。按《唐书·礼乐志》，有中管之名，而不详其义，至宋仁宗《乐髓新经》，始云大吕宫为高宫，太簇宫为中管高宫，盖以太簇宫与大吕宫同字谱，故谓之中管也，俗谱以中管高为调名者误。姜夔集有太簇宫《喜迁莺》词，自注"俗呼中管高宫"。

《春草碧》的长短句结构

《春草碧》上阕，四个乐段			
乐段一（十四字）	乐段二（十二字）	乐段三（十一字）	乐段四（十二字）
5　5　4	3　5　4	4　　34	4　3　5

《春草碧》下阕，四个乐段			
乐段一（十六字）	乐段二（十二字）	乐段三（十一字）	乐段四（十字）
2　5　5　4	3　5　4	4　　34	4　3　3

《康熙词谱》只收集一体《春草碧》，双调，上下阕分别可分为四个乐段，其长短句结构如表所示。该调九十八字，上阕十一句，四仄韵；下阕十二句，五仄韵，其基本格式如表所示。

《春草碧》的基本格式（双调）

《春草碧》上阕，十一句，四仄韵	
乐段一（三句，十四字）	乐段二（三句，十二字）
＋　一　一　｜　一　（句）｜　＋　一　｜　一　（句） ＋　＋　一　｜　（韵）	＋　一　｜　（句）＋　＋　＋　一　｜　（句） ＋　一　＋　｜　（韵）
注：上阕乐段二中的格式"＋　＋　＋　一　｜　（句）"，为"上一下四"句式。	

《春草碧》上阕，十一句，四仄韵	
乐段三（二句，十一字）	乐段四（三句，十二字）
＋　一　＋　｜　（句）＋　＋　＋　（读）＋ 一　＋　｜　（韵）	一　＋　＋　｜　（句）＋　一　｜　（句）＋　｜ ＋　一　｜　（韵）

《春草碧》下阕，十二句，五仄韵

乐段一（四句，十六字）	乐段二（三句，十二字）
＋｜（韵）＋ － ｜ －（句）｜ ＋ － ＋｜（句）＋ ＋ － ｜（韵）	＋ － ｜（句）＋ ｜ ＋ －｜（句）＋ － ＋｜（韵）

《春草碧》下阕，十二句，五仄韵

乐段三（二句，十一字）	乐段四（三句，十字）
＋ － ｜ －（句）＋ ＋ ＋（读） ＋ － ＋｜（韵）	＋｜＋ －（句）＋ － ｜（句）＋ － ｜（韵）

例　春草碧（九十八字）

（宋）万俟咏

又随芳渚生，看翠连霁空，愁满征路。东风里，谁望断西塞，恨迷南浦。天涯地角，意不尽、消沉万古。曾是送别，长亭下，细绿暗烟雨。　何处。乱红铺绣茵，有醉眠荡子，拾翠游女。王孙远，柳外共残照，断云无语。池塘梦生，谢公后、还能继否。独上画楼，春山暝，雁飞去。

注：该词双调，九十八字，上阕十一句，四仄韵；下阕十二句，五仄韵。

芰荷香

调见《大声集》。金词注"双调"。

《芰荷香》的长短句结构

《芰荷香》上阕，四个乐段			
乐段一（十二字）	乐段二（十字）	乐段三（十一字）	乐段四（十四字）
3　5　4	4　6	4　34	6　4　4

《芰荷香》下阕，四个乐段			
乐段一 （十六字或十五字）	乐段二 （十字）	乐段三 （十一字）	乐段四 （十四字）
7　5　4 6　5　4	4　6	4　34	6　4　4

《康熙词谱》共收集两体《芰荷香》，双调，上下阕分别可分为四个乐段，其长短句结构如表所示。该调九十八字或九十七字，上阕十句，六平韵；下阕十句，五平韵，《康熙词谱》以九十八字体万俟咏词为标谱词例。该调的正格与变格如表所示，其中，上下阕各乐段中的格式（1）为正格句式，其余为变格句式。

《芰荷香》的正格与变格（双调）

《芰荷香》上阕，十句，六平韵	
乐段一（三句，十二字）	乐段二（二句，十字）
｜ ＋ － （韵）｜ － ＋ ＋ ｜（句） ＋ ｜ － －（韵）	＋ － ＋ ｜（句）＋ ｜ ＋ ｜ － －（韵） （1） ＋ － ＋ ｜（句）＋ － ＋ ｜ － －（韵） （2）

注：上阕乐段一中的格式"｜ － ＋ ＋ ｜（句）"，为"上一下四"句式。

《芰荷香》上阕，十句，六平韵	
乐段三（二句，十一字）	乐段四（三句，十四字）
＋ － ＋ ｜（句）｜ ＋ ＋ ＋（读）＋ ｜ － －（韵）	＋ ｜ ｜ ＋ － －（韵）＋ － ＋ ｜ （句）＋ ｜ － －（韵） （1） ＋ － ＋ ｜ － －（韵）＋ － ＋ ｜（句）＋ ｜ － －（韵） （2）

《芰荷香》下阕，十句，五平韵	
乐段一（三句，十六字或十五字）	乐段二（二句，十字）
＋｜ー ー｜＋｜（句）｜＋ ー ＋｜（句）＋｜ー ー（韵） （1） ＋｜＋ ー ＋｜（句）｜＋ ー ＋｜ （句）＋｜ー ー（韵） （2）	＋ ー ＋｜（句）＋｜＋｜ー ー（韵）

《芰荷香》下阕，十句，五平韵	
乐段三（二句，十一字）	乐段四（三句，十四字）
＋ ー ＋｜（句）｜＋ ＋（读）＋｜ ー ー（韵）	＋｜＋｜ー ー（韵）＋ ー ＋｜ （句）＋｜ー ー（韵） （1） ＋ ー ＋｜ー ー（韵）＋ ー ＋ ｜（句）＋｜ー ー（韵） （2）

例一　芰荷香（九十八字）

（宋）万俟咏

小潇湘。正天影倒碧，波面容光。水仙朝罢，间列绿盖红幢。风吹细雨，荡十顷、浥浥清香。人在水晶中央。霜绡雾縠，襟袂收凉。　　款放轻舟闹红里，有蜻蜓点水，交颈鸳鸯。翠阴密处，曾觅相并青房。晚霞散绮，泛远净、一叶鸣榔。拟去尽促雕觞。歌云未断，月上飞梁。

注：该词上阕第四句和第五句为乐段二中的格式（1），第八句至第十句为乐段四中的格式（1）；下阕第一句至第三句为乐段一中的格式（1），第八句至第十句为乐段四中的格式（1）。全词双调，九十八字，上阕十句，六平韵；下阕十句，五平韵。

例二　芰荷香（九十八字）

（宋）朱敦儒

远寻花。正风亭霁雨，烟浦移沙。缓提金勒，路拥桃叶香车。凭高帐饮，照羽觞、晚日横斜。六朝浪语繁华。山围故国，绮散余霞。　　无奈尊前万里客，叹人今何在，身老天涯。壮心零落，怕听叠鼓掺挝。江浮醉眼，望浩渺、空想灵槎。曲终泪湿琵琶。谁扶上马，不省还家。

注：该词上阕第四句和第五句为乐段二中的格式（1），第八句至第十句为乐段四中的格式（2）；下阕第一句至第三句为乐段一中的格式（1），第八句至第十句为乐段四中的格式（2）。全词双调，九十八字，上阕十句，六平韵；下阕十句，五平韵。

例三　芰荷香（九十七字）

（宋）赵彦端

燕初归。正春阴暗淡，客意凄迷。玉觞无味，晚花雨褪凝脂。多情细柳，对沈腰、浑不胜衣。垂别忍见离披。江南陌上，强半红飞。　　乐事从今一梦，纵锦囊空在，金椀谁挥。舞裙歌扇，故应闲锁幽闺。练江诗就，算枕舟、宁不相思。肠断莫诉离杯。青云路稳，白首心期。

注：该词上阕第四句和第五句为乐段二中的格式（2），第八句至第十句为乐段四中的格式（1）；下阕第一句至第三句为乐段一中的格式（2），第八句至第十句为乐段四中的格式（1）。全词双调，九十七字，上阕十句，六平韵；下阕十句，五平韵。

绣　停　针

调见放翁词。

《绣停针》的长短句结构

《绣停针》上阕，四个乐段							
乐段一（十二字）			乐段二（十四字）		乐段三（十一字）		乐段四（十二字）	
3	5	4	4	4 6	4	34	6	6

《绣停针》下阕，四个乐段							
乐段一（十四字）			乐段二（十四字）		乐段三（十一字）		乐段四（十字）	
5	5	4	4	4 6	4	34	4	6

《康熙词谱》只收集一体《绣停针》，双调，上下阕分别可分为四个乐段，其长短句结

构如表所示。该调九十八字,上阕十句,五仄韵;下阕十句,六仄韵,其基本格式如表所示。

《绣停针》的基本格式(双调)

《绣停针》上阕,十句,五仄韵	
乐段一(三句,十二字)	乐段二(三句,十四字)
｜ ＋ ｜(读)｜ ＋ ｜ 一 一(句)＋ ＋ 一 ｜(韵)	＋ ｜ 一 一(句)＋ ｜ ＋ 一(句) ＋ ｜ ＋ 一 ＋ ｜(韵)

《绣停针》上阕,十句,五仄韵	
乐段三(二句,十一字)	乐段四(二句,十二字)
＋ 一 ＋ ｜(韵)｜ ＋ ｜(读)＋ 一 ＋ ｜(韵)	＋ 一 ＋ ｜ 一 一(句)＋ 一 ｜ 一 ＋ ｜(韵)

《绣停针》下阕,十句,六仄韵	
乐段一(三句,十四字)	乐段二(三句,十四字)
一 一 ｜ ＋ ｜(韵)｜ ＋ ＋ ＋ ｜(句) ＋ 一 ＋ ｜(韵)	＋ ｜ 一 一(句)＋ ｜ ＋ 一(句) ＋ ｜ ＋ 一 ＋ ｜(韵)

注:下阕乐段一中的格式"｜ ＋ ＋ ＋ ｜(句)",为"上一下四"句式。

《绣停针》下阕,十句,六仄韵	
乐段三(二句,十一字)	乐段四(二句,十字)
＋ 一 ＋ ｜(韵)｜ ＋ ｜(读)＋ 一 ＋ ｜(韵)	＋ 一 ＋ ｜(句)＋ 一 ｜ 一 ＋ ｜ (韵)

例 绣停针(九十八字)

(宋)陆 游

叹半纪,跨万里秦吴,顿觉衰谢。回首鸳行,英俊并游,咫尺玉堂金马。气凌嵩华。负壮略、纵横王霸。梦经洛浦梁园,觉来泪流如泻。 山林定去也。却自恐说着,少年时话。静院焚香,闲倚素屏,今古总成虚假。趁时婚嫁。幸自有、湖边茅舍。燕归应笑,客中又还过社。

注：全词双调，九十八字，上阕十句，五仄韵；下阕十句，六仄韵。

扬 州 慢

宋姜夔自度"中吕宫"曲。

《扬州慢》的长短句结构

上阕，四个乐段			
乐段一（十四字）	乐段二（十字）	乐段三（十五字）	乐段四（十一字）
4　　　4　　6	5　　　5 33　　4	34　　4　　4	34　　　4 　　5　　6

下阕，四个乐段			
乐段一（十一字）	乐段二（十三字）	乐段三（十三字）	乐段四（十一字）
4　　　34	5　　4　　4	6　　　34	5　　　6

《康熙词谱》共收集三体《扬州慢》，双调，上下阕分别可分为四个乐段，其长短句结构如表所示。该调九十八字，上阕十句，四平韵；下阕九句，四平韵。《康熙词谱》以姜夔词为正体或正格。该调的正格与变格如表所示，其中，上下阕各乐段中的格式（1）为正格句式，其余为变格句式。

例一　扬州慢（九十八字）

（宋）姜　夔

淮左名都，竹西佳处，解鞍少驻初程。过春风十里，尽荠麦青青。自戎马、窥江去后，废池乔木，犹厌言兵。渐黄昏、清角吹寒，都在空城。　　杜郎俊赏，算如今、重到须惊。纵豆蔻词工，青楼梦好，难赋深情。二十四桥仍在，波心荡、冷月无声。念桥边红药，年年知为谁生。

注：该词上阕第四句和第五句为乐段二中的格式（1），第九句和第十句为乐段四中的格式（1）。全词双调，九十八字，上阕十句，四平韵；下阕九句，四平韵。

《扬州慢》的正格与变格（双调）

《扬州慢》上阕，十句，四平韵	
乐段一（三句，十四字）	乐段二（二句，十字）
＋｜－（句）＋－＋｜（句） ＋－＋｜－－（韵）	｜＋－＋｜（句）＋＋｜－－（韵） （1） ＋＋＋（读）｜＋｜（句）＋｜－－（韵） （2）

《扬州慢》上阕，十句，四平韵	
乐段三（三句，十五字）	乐段四（二句，十一字）
＋＋＋（读）＋－＋｜（句）＋－＋｜（句）＋｜－－（韵）	＋＋＋（读）＋｜－－（句）＋｜－－（韵） （1） ＋＋＋（读）＋－＋｜（句）＋｜－－（韵） （2） ｜＋－＋｜（句）＋－＋｜＋－（韵） （3）

例二　扬州慢（九十八字）

（宋）李莱老

　　玉倚风轻，粉凝冰薄，土花祠冷无人。听吹箫月底，传暮草金城。笑红紫、纷纷成雨，溯空如蝶，恐堕珠尘。叹而今、杜郎还见，应赋悲春。　　佩环何许，纵无情、莺燕犹惊。怅朱槛香消，绿屏梦渺，肠断瑶琼。九曲迷楼依旧，沉沉夜、想觅行云。但荒烟幽翠，东风吹作秋声。

　　注：该词上阕第四句和第五句为乐段二中的格式（1），第九句和第十句为乐段四中的格式（2）。全词双调，九十八字，上阕十句，四平韵；下阕九句，四平韵。

《扬州慢》下阕，九句，四平韵	
乐段一（二句，十一字）	乐段二（三句，十三字）
＋－＋｜（句）＋＋＋（读）＋｜－－（韵）	｜＋｜－－（句）＋－＋｜（句）＋＋｜－－（韵）

《扬州慢》下阕，九句，四平韵	
乐段三（二句，十三字）	乐段四（二句，十一字）
＋｜＋－＋｜（句）＋＋＋（读）＋｜－－（韵）	｜＋－＋｜（句）＋－＋｜－－（韵）

注：上阕乐段二中的格式"＋＋｜－－（韵）"，为"上一下四"句式。

例三　扬州慢（九十八字）

（宋）吴元可

露叶犹青，岩花初动，幽幽未似秋阴。似梅风、带潆暑，吹度长林。记当日、西廊共月，小屏轻扇，人语凉深。对清觞、醉笑醒颦，何似如今。　　临风欲赋，甚年来、渐减狂心。为谁倚多才，难凭易感，早付销沉。解事张郎风致，鲈鱼好、归听吴音。又夜阑闻笛，故人忽到幽襟。

注：该词上阕第四句和第五句为乐段二中的格式（2），第九句和第十句为乐段四中的格式（1）。全词双调，九十八字，上阕十句，四平韵；下阕九句，四平韵。

例四　扬州慢（九十八字）

（宋）郑觉斋

弄玉轻盈，飞琼淡泞，袜尘步下迷楼。试新妆才了，炷沉水香球。记晓剪、春冰驰送，金屏露湿，缇绮新流。甚中天月色，被风吹梦南州。　　尊前相见，似羞人、踪迹萍浮。问弄雪飘枝，无双亭上，何日重游。我欲腰缠骑鹤，烟霄远、旧事悠悠。但凭阑无语，烟花三月春愁。

注：该词上阕第四句和第五句为乐段二中的格式（1），第九句和第十句为乐段四中的格式（3）。全词双调，九十八字，上阕十句，四平韵；下阕九句，四平韵。

舞 杨 花

宋张端义《贵耳集》云："慈宁殿赏牡丹，时椒房受册，三殿极欢，上洞达音律，自制曲，赐名《舞杨花》，停觞命小臣赋词，俾贵人歌以侑玉卮为寿，左右皆呼万岁。"按此词载康与之乐府，或与之应制拟作也。

《舞杨花》的长短句结构

《舞杨花》上阕，四个乐段			
乐段一（十三字）	乐段二（九字）	乐段三（十四字）	乐段四（十二字）
7　　6	4　　5	7　　34	6　　6

《舞杨花》下阕，四个乐段			
乐段一（十五字）	乐段二（九字）	乐段三（十四字）	乐段四（十二字）
6　5　4	4　　5	7　　34	6　　6

《康熙词谱》只收集一体《舞杨花》，双调，上下阕分别可分为四个乐段，其长短句结构如表所示。该调九十八字，上阕八句，五平韵；下阕九句，五平韵，其基本格式如表所示。

《舞杨花》的基本格式（双调）

《舞杨花》上阕，八句，五平韵	
乐段一（二句，十三字）	乐段二（二句，九字）
＋ － ＋ ｜ ＋ － ｜（句）＋ ｜ ＋ ｜ － －（韵）	＋ ｜ － －（句）＋ ＋ ｜ － －（韵）

注：乐段二中的格式"＋ ＋ ｜ － －（韵）"，为"上一下四"句式。

《舞杨花》上阕，八句，五平韵	
乐段三（二句，十四字）	乐段四（二句，十二字）
＋ － ＋ ｜ ＋ － ｜（句）｜ － ＋（读）＋ ｜ － －（韵）	＋ ｜ ＋ ｜ － －（韵）＋ ｜ － ｜ － －（韵）

注：上阕乐段一和乐段四中的格式"＋ ｜ ＋ ｜ － －（韵）"，可平可仄两处，不宜同时用仄。

《舞杨花》下阕，九句，五平韵	
乐段一（三句，十五字）	乐段二（二句，九字）
＋｜＋－＋｜（句）｜＋－＋｜（句）＋｜－－（韵）	＋｜＋－（句）＋＋｜－－（韵）
注：下阕乐段二中的格式"＋＋｜－－（句）"，为"上一下四"句式。	

《舞杨花》下阕，九句，五平韵	
乐段三（二句，十四字）	乐段四（二句，十二字）
＋－＋｜＋－｜（句）｜－＋（读）＋｜－－（韵）	－｜＋｜－－（韵）＋｜－｜－－（韵）

例　舞杨花（九十八字）

（宋）康与之

牡丹半坼初经雨，雕槛翠幕朝阳。困倚东风，羞谢了群芳。洗烟凝露向清晓，步瑶台、月底霓裳。轻笑淡拂宫黄。浅拟飞燕新妆。　　杨柳啼鸦昼永，正秋千庭馆，风絮池塘。三十六宫，簪艳粉浓香。慈宁玉殿庆清赏，占东君、谁比君王。良夜万烛荧煌。影里留住年光。

注：全词双调，九十八字，上阕八句，五平韵；下阕九句，五平韵。

双　双　燕

调见《梅溪集》，词咏双燕，即以为名。

《双双燕》的长短句结构

上阕，四个乐段			
乐段一（十三字）	乐段二（十字）	乐段三（十三字）	乐段四（十二字）
4　5　4	4　6	6　34	6　6
4　3　6			

下阕，四个乐段			
乐段一（十五字）	乐段二（十字）	乐段三（十三字）	乐段四（十二字）
2 4 5 4 2 4 3 6	4　　6	6　　34	6　　6

　　《康熙词谱》共收集二体《双双燕》，双调，上下阕分别可分为四个乐段，其长短句结构如表所示。该调九十八字，上阕九句，五仄韵或四仄韵；下阕十句，七仄韵，该调的基本格式如表所示。

《双双燕》的基本格式（双调）

《双双燕》上阕，九句，五仄韵或四仄韵	
乐段一（三句，十三字）	乐段二（二句，十字）
＋ － ＋ ｜（句）｜ ＋ ｜ － －（句） ＋ － ＋ ｜（韵） 　　　　　（1） ＋ － ＋ ｜（句）－ ＋ ｜（句）＋ ＋ ｜ － ＋ ｜（韵） 　　　　　（2）	＋ － ＋ ｜（句）＋ ＋ ｜ － ＋ ｜ （韵）

《双双燕》上阕，九句，五仄韵或四仄韵	
乐段三（二句，十三字）	乐段四（二句，十二字）
＋ ｜ ＋ － ＋ ｜（韵或句）｜ ＋ ｜（读） ＋ － ＋ ｜（韵）	＋ － ＋ ｜ ＋ －（句）＋ ｜ ＋ － ＋ ｜（韵）

例一　双双燕（九十八字）

（宋）史达祖

　　过春社了，度帘幕中间，去年尘冷。差池欲住，试入旧巢相并。还相雕梁藻井。又软语、商量不定。飘然快拂花梢，翠尾分开红影。　　芳径。芹泥雨润。爱贴地争飞，竞夸轻俊。红楼归晚，看足柳昏花暝。应是栖香正稳。便忘了、天涯芳信。愁损翠黛双蛾，日日画阑独凭。

　　注：该词上阕第一句至第三句为乐段一中的格式（1）；下阕第一句至第四句为乐段一中的格式（1），第九句和第十句为乐段四中的格式（1）。全词双调，九十八字，上阕九句，五仄

韵；下阕十句，七仄韵。

《双双燕》下阕，十句，七仄韵	
乐段一（四句，十五字）	乐段二（二句，十字）
一 ｜（韵）＋ 一 ＋ ｜（韵）｜＋ ｜ 一 一（句）＋ 一 ＋ ｜（韵） （1） 一 ｜（韵）＋ 一 ＋ ｜（韵）一 ＋ ｜（句）＋ 一 ｜ 一 ＋ ｜（韵） （2）	＋ 一 ＋ ｜（句）＋ ｜ ＋ 一 ＋ ｜（韵）

《双双燕》下阕，十句，七仄韵	
乐段三（二句，十三字）	乐段四（二句，十二字）
＋ ｜ ＋ 一 ＋ ｜（韵）｜ ＋ ｜（读）＋ 一 ＋ ｜（韵）	＋ ｜ ＋ ｜ 一 一（句）＋ ｜ ＋ 一 ＋ ｜（韵） （1） ＋ 一 ＋ ｜ ＋ 一（句）＋ ｜ ＋ 一 ＋ ｜（韵） （2）

例二　双双燕（九十八字）

（宋）吴文英

　　小桃谢后，双双燕，飞来几家庭户。轻烟晓暝，湘水暮云遥度。帘外余香未卷，共斜入、红楼深处。相将占得雕梁，似约韶光留住。　　堪举。翩翩翠羽。杨柳岸，泥香半和梅雨。落花风软，戏逐乱红飞舞。多少呢喃意绪。尽日向、流莺分诉。还怜又过短墙，谁会万千言语。

　　注：该词上阕第一句至第三句为乐段一中的格式（2）；下阕第一句至第四句为乐段一中的格式（2），第九句和第十句为乐段四中的格式（2）。全词双调，九十八字，上阕九句，四仄韵；下阕十句，七仄韵。

孤　鸾

调见朱敦儒《太平樵唱》。

双调《孤鸾》的长短句结构

《孤鸾》上阕，四个乐段			
乐段一（十三字）	乐段二（十字）	乐段三（十三字）	乐段四（十一字）
4　5　4	4　　6 5　　5	6　　34	6　5

《孤鸾》下阕，五个乐段				
乐段一（八字）	乐段二（九字）	乐段三（十字）	乐段四（十三字）	乐段五（十一字）
35 4　　4	5　　4	5　　5 4　　6	6　　34	6　5

《康熙词谱》共收集《孤鸾》四体，双调，上阕可分为四个乐段，下阕可分为五个乐段，其长短句结构如表所示。该调九十八字，上阕九句，五仄韵；下阕九句或十句，五仄韵。《康熙词谱》以朱敦儒词为标谱词例。该调的正格与变格如表所示，其中，各乐段中的格式（1）为正格句式，其余为变格句式。

例一　孤鸾（九十八字）

（宋）朱敦儒

　　天然标格。是小萼堆红，芳姿凝白。淡伫新妆，浅点寿阳宫额。东君想留厚意，借年年、与传消息。昨日前村雪里，有一枝先坼。　　念故人、何处水云隔。纵驿使相逢，难寄春色。试问丹青手，是怎生描得。晓来一番雨过，更那堪、数声羌笛。归来和羹未晚，劝行人休摘。

　　注：该词上阕第四句和第五句为乐段二中的格式（1）；下阕第一句为乐段一中的格式（1），第四句和第五句为乐段三中的格式（1），第八句和第九句为乐段五中的格式（1）。全词双调，九十八字，上下阕各九句，五仄韵。

《孤鸾》的正格与变格（双调）

《孤鸾》上阕，九句，五仄韵	
乐段一（三句，十三字）	乐段二（二句，十字）
＋ － ＋ ｜（韵）｜ ＋ ｜ － －（句） ＋ － ＋ ｜（韵）	＋ ｜ － －（韵）＋ ｜ ＋ － ＋ ｜（韵） （1） ＋ ｜ － － ｜（句）＋ ｜ － － ｜（韵） （2）

《孤鸾》上阕，九句，五仄韵	
乐段三（二句，十三字）	乐段四（二句，十一字）
＋ － ｜ － ＋ ｜（句）｜ ＋ －（读） ＋ － ＋ ｜（韵）	＋ ｜ ＋ － ＋ ｜（句）｜ ＋ － ＋ ｜（韵）

《孤鸾》下阕，九句或十句，五仄韵		
乐段一（一句或二句，八字）	乐段二（二句，九字）	乐段三（二句，十字）
｜ ＋ －（读）＋ ｜ ＋ － ｜（韵） （1） ＋ ｜ － －（句）＋ － ＋ ｜（韵） （2）	｜ ＋ ｜ － －（句）＋ ＋ － ｜（韵）	＋ ｜ － － ｜（句）｜ ＋ － ＋ ｜（韵） （1） ＋ ｜ ＋ －（句）＋ ｜ ＋ － ＋ ｜（韵） （2）

《孤鸾》下阕，九句，五仄韵	
乐段四（二句，十三字）	乐段五（二句，十一字）
＋ － ｜ － ＋ ｜（句）｜ ＋ ＋（读）＋ － ＋ ｜（韵）	＋ － ＋ － ｜ ｜（句）｜ ＋ － ＋ ｜（韵） （1） ＋ ｜ ＋ － ＋ ｜（句）｜ ＋ － ＋ ｜（韵） （2）

例二　孤鸾（九十八字）

（宋）马庄父

沙堤香软。正宿雨初收，落梅飘满。可奈东风，暗逐马蹄轻卷。湖波又还涨绿，粉墙阴、日融烟暖。蓦地刺桐枝上，有一声春唤。　　任酒帘、飞动画楼晚。便指数烧灯，时节非远。陌上叫声，好是卖花行院。玉梅对妆雪柳，闹蛾儿、象生娇颤。归去争先戴取，倚宝钗双燕。

注：该词上阕第四句和第五句为乐段二中的格式（1）；下阕第一句为乐段一中的格式（1），第四句和第五句为乐段三中的格式（2），第八句和第九句为乐段五中的格式（2）。全词双调，九十八字，上下阕各九句，五仄韵。

例三　孤鸾（九十八字）

（宋）赵以夫

江头春早。问江上寒梅，占春多少。自照疏星冷，只许春风到。幽香不知甚处，但迢迢、满河烟草。回首谁家竹外，有一枝斜好。　　计当年、曾共花前笑。念玉雪襟期，有谁知道。唤起罗浮梦，正参横月小。凄凉更吹塞管，漫相思、鬓边惊老。待觅西湖半曲，待霜天清晓。

注：该词上阕第四句和第五句为乐段二中的格式（2）；下阕第一句为乐段一中的格式（1），第四句和第五句为乐段三中的格式（1），第八句和第九句为乐段五中的格式（2）。全词双调，九十八字，上下阕各九句，五仄韵。

例四　孤鸾（九十八字）

（宋）张　榘

荆溪清晓。问昨夜南枝，几分春到。一点幽芳，不待陇头音耗。亭亭水边月下，胜人间、等闲花草。此际风流谁似，有懒窝诗老。　　且向虚檐，淡然索笑。任雪压霜欺，精神越好。最喜庭除下，映紫兰娇小。孤山好寻旧约，况和羹、用功宜早。移傍玉阶深处，趁天香缭绕。

注：该词上阕第四句和第五句为乐段二中的格式（1）；下阕第一句和第二句为乐段一中的格式（2），第五句和第六句为乐段三中的格式（1），第九句和第十句为乐段五中的格式（2）。全词双调，九十八字，上阕九句，五仄韵；下阕十句，五仄韵。

云 仙 引

调为冯伟寿自度曲,原注"夹钟商"。

《云仙引》的长短句结构

《云仙引》上阕,四个乐段											
乐段一(十四字)			乐段二(六字)		乐段三(十三字)		乐段四(十二字)				
4	4	6	3	3	6	7	4	4	4		

《云仙引》下阕,四个乐段											
乐段一(十四字)		乐段二(十二字)			乐段三(十五字)			乐段四(十二字)		
6	35	4	4	4	4	4	7	4	4	4	

《康熙词谱》只收集一体《云仙引》,双调,上下阕分别可分为四个乐段,其长短句结构如表所示。该调九十八字,上阕十句,四平韵;下阕十一句,五平韵,其基本格式如表所示。

《云仙引》的基本格式(双调)

《云仙引》上阕,十句,四平韵	
乐段一(三句,十四字)	乐段二(二句,六字)
＋｜ー ー(句)＋ ー ＋｜(句)＋ ー ＋｜ー ー(韵)	ー ー｜(句)｜ ー ー(韵)

《云仙引》上阕,十句,四平韵	
乐段三(二句,十三字)	乐段四(三句,十二字)
＋ ー｜ ー ＋｜(句)＋｜ ー ー ＋｜ー(韵)	＋｜＋ ー(句)＋ ー ＋｜(句) ＋｜ー ー(韵)

《云仙引》下阕，十一句，五平韵

乐段一（二句，十四字）	乐段二（三句，十二字）
＋ － ＋ ｜ － －（韵）＋ ＋ ＋（读）－ － ＋ ｜ －（韵）	＋ ｜ － －（句）＋ － ＋ ｜（句）＋ ｜ － －（韵）

《云仙引》下阕，十一句，五平韵

乐段三（三句，十五字）	乐段四（三句，十二字）
＋ ｜ － －（句）＋ － ＋ ｜（句）＋ ｜ － － ＋ ｜ －（韵）	＋ － ＋ ｜（句）＋ － ＋ ｜（句）＋ ｜ － －（韵）

例　云仙引（九十八字）

（宋）冯伟寿

紫凤台旁，红鸾镜里，緋緋几度秋馨。黄金重，绿云轻。丹砂鬓边滴粟，翠叶玲珑烟剪成。含笑出帘，月香满袖，天雾萦身。　　年时花下逢迎。有游女、翩翩如五云。乱掷芳英，为簪斜朵，事事关心。长向金风，一枝在手，嗅蕊悲歌双黛颦。绕林溪树，对初弦月，露下更深。

注：全词双调，九十八字，上阕十句，四平韵；下阕十一句，五平韵。

玲珑玉

调见凤林书院元词，姚云文自度曲。

《玲珑玉》的长短句结构

《玲珑玉》上阕，四个乐段			
乐段一（十一字）	乐段二（十字）	乐段三（十五字）	乐段四（九字）
4　　34	4　　6	6　5　4	2　　34

《玲珑玉》下阕，四个乐段			
乐段一（十五字）	乐段二（十一字）	乐段三（十七字）	乐段四（十字）
6　5　4	4　　34	6　34　4	3　　34

《康熙词谱》只收集一体《玲珑玉》，双调，上下阕分别可分为四个乐段，其长短句结构如表所示。该调九十八字，上阕九句，五平韵；下阕十句，四平韵，其基本格式如表所示。

《玲珑玉》的基本格式（双调）

《玲珑玉》上阕，九句，五平韵	
乐段一（二句，十一字）	乐段二（二句，十字）
＋｜－－（句）＋－＋（读）＋｜－－－（韵）	＋－＋｜（句）＋－＋｜－（韵）

《玲珑玉》上阕，九句，五平韵	
乐段三（三句，十五字）	乐段四（二句，九字）
＋｜＋－＋｜（句）｜＋－＋｜（句）＋｜－－（韵）	－－（韵）＋－＋（读）＋｜＋－（韵）

《玲珑玉》下阕，十句，四平韵	
乐段一（三句，十五字）	乐段二（二句，十一字）
＋｜＋－＋｜（句）｜＋－＋（句）＋｜－－（韵）	＋｜－－（句）＋－＋（读）＋｜－－（韵）

《玲珑玉》下阕，十句，四平韵	
乐段三（三句，十七字）	乐段四（二句，十字）
＋－＋－＋｜（句）＋－＋（读）＋－＋｜（句）＋｜－－（韵）	｜－＋（句）＋－＋（读）＋｜＋－（韵）

例　玲珑玉（九十八字）

（宋）姚云文

开岁春迟，早赢得、一白萧萧。风窗渐簌，梦惊鸳帐春娇。是处貂裘透暖，任尊前回舞，红倦柔腰。今朝。亏陶家、茶鼎寂寥。　　料得东皇戏剧，怕蛾儿街柳，先斗元宵。宇宙低迷，倩谁分、浅凸深凹。休嗟空花无据，便真个、琼雕玉琢，总是虚飘。且沉醉，趁楼头、零片未消。

注：全词双调，九十八字，上阕九句，五平韵；下阕十句，四平韵。

陌　上　花

《东坡词话》："钱塘人好唱《陌上花缓缓曲》，盖吴越王遗事也。"调名取此。

《陌上花》的长短句结构

上阕，四个乐段			
乐段一（十二字）	乐段二（十字）	乐段三（十三字）	乐段四（十三字）
6　　6	4　　6	7　　6	36　　4

下阕，四个乐段			
乐段一（十四字）	乐段二（十字）	乐段三（十三字）	乐段四（十三字）
35　　6	4　　6	7　　6	36　　4

《康熙词谱》只收集一体《陌上花》，双调，上下阕分别可分为四个乐段，其长短句结构如表所示。该调九十八字，上下阕各八句，四仄韵，其基本格式如表所示。

《陌上花》的基本格式（双调）

《陌上花》上阕，八句，四仄韵	
乐段一（二句，十二字）	乐段二（二句，十字）
＋－＋｜－－（句）＋｜＋－ ＋｜（韵）	＋｜－－（句）＋｜＋－＋｜（韵）

《陌上花》上阕，八句，四仄韵	
乐段三（二句，十三字）	乐段四（二句，十三字）
＋－＋｜－－｜（句）＋｜ ＋－＋｜（韵）	＋＋＋（读）＋｜｜－－｜（句）＋｜ －＋｜（韵）

《陌上花》下阕，八句，四仄韵	
乐段一（二句，十四字）	乐段二（二句，十字）
＋＋＋（读）｜＋｜－－｜（句） ＋｜＋－＋｜（韵）	＋｜－－（句）＋｜＋｜＋－＋｜（韵）

《陌上花》下阕，八句，四仄韵	
乐段三（二句，十三字）	乐段四（二句，十三字）
＋－＋｜－－｜（句）＋｜ ＋－＋｜（韵）	＋＋＋（读）＋｜＋｜－－｜（句） ＋－＋｜（韵）

例　陌上花（九十八字）

（元）张　翥

关山梦里归来，还又岁华催晚。马影鸡声，谙尽倦游荒馆。绿笺密寄多情事，一看一回肠断。待殷勤、寄与旧游莺燕，水流云散。　满罗衫、是酒痕凝处，唾碧啼红相半。只恐梅花，瘦倚夜寒谁暖。不成便没相逢日，重整钗鸾筝雁。但何郎、纵有春风词笔，高怀浑懒。

注：全词双调，九十八字，上下阕各八句，四仄韵。

福 寿 千 春

调见《花草粹编》。

《福寿千春》的长短句结构

《福寿千春》上阕，四个乐段			
乐段一（十四字）	乐段二（十三字）	乐段三（十一字）	乐段四（十二字）
4　4　6	7　6	6　5	3　3　6

《福寿千春》下阕，四个乐段			
乐段一（十五字）	乐段二（十三字）	乐段三（十字）	乐段四（十字）
6　5　4	4　5　4	5　5	3　3　4

《康熙词谱》只收集一体《福寿千春》，双调，上下阕分别可分为四个乐段，其长短句结构如表所示。该调九十八字，上阕十句，五仄韵；下阕十一句，五仄韵，其基本格式如表所示。

《福寿千春》的基本格式（双调）

《福寿千春》上阕，十句，五仄韵	
乐段一（三句，十四字）	乐段二（二句，十三字）
＋｜－－（句）＋－＋｜（韵）＋｜＋－＋｜（韵）	＋｜＋－－｜｜（句）＋｜＋－＋｜（韵）

《福寿千春》上阕，十句，五仄韵	
乐段三（二句，十一字）	乐段四（二句，十二字）
＋｜＋－＋｜（句）＋｜－－｜｜（韵）	｜－＋｜（句）｜－＋｜（句）＋－＋｜－＋｜（韵）

《福寿千春》下阕，十一句，五仄韵	
乐段一（三句，十五字）	乐段二（三句，十三字）
＋－＋｜－｜（韵）｜＋－｜－（句）＋＋－｜（韵）	＋｜－－（句）＋｜＋－－（句）＋－＋｜（韵）

《福寿千春》下阕，十一句，五仄韵	
乐段三（二句，十字）	乐段四（三句，十字）
＋｜＋－｜（句）｜＋－＋｜（韵）	｜－＋（句）｜－＋（句）＋－＋｜（韵）

例　福寿千春（九十八字）

（元）卢　挚

　　柳暗三眠，莫翻七荚。禀昴萧生时叶。信道凤毛池上种，却胜河东鸑鷟。笃志典坟经旨，素得欧阳学。妙文章，赴飞黄，姓名即登雁塔。　　要成发轫勋业。便先教济川，整顿舟楫。兆朕于今，须从此超迁，荣膺异渥。他日趣装事，待还乡欢洽。颂椒觞，祝遐算，寿同龟鹤。

　　注：全词双调，九十八字，上阕十句，五仄韵；下阕十一句，五仄韵。

夏日燕黉堂

调见《乐府雅词》。

《夏日燕黉堂》的长短句结构

《夏日燕黉堂》上阕，四个乐段			
乐段一（十二字）	乐段二（九字或十字）	乐段三（十四字）	乐段四（十三字）
3　5　4	4　5 5　5	7　　34	5　4　4

《夏日燕黉堂》下阕，四个乐段			
乐段一（十四字）	乐段二（九字）	乐段三（十四字）	乐段四（十三字）
5　5　4	4　5	7　　34	5　4　4

　　《康熙词谱》共收集两体《夏日燕黉堂》，双调，上下阕分别可分为四个乐段，其长短句结构如表所示。该调有九十八字或九十九字等格式，上下阕各十句，五平韵。《康熙词谱》以《乐府雅词》无名氏词为标谱词例。该调的正格与变格如表所示，其中，上下阕各乐

段中的格式（1）为正格句式，其余为变格句式。

《夏日燕黉堂》的正格与变格（双调）

《夏日燕黉堂》上阕，十句，五平韵	
乐段一（三句，十二字）	乐段二（二句，九字或十字）
|－－（韵）|＋－＋|（句）＋|－－（韵）	－＋＋|（句）|＋|－－（韵） （1） －＋＋||（句）|＋|－－（韵） （2）

《夏日燕黉堂》上阕，十句，五平韵	
乐段三（二句，十四字）	乐段四（三句，十三字）
＋－＋|－－|（句）＋＋＋＋（读）＋|－－（韵）	|＋－＋|（句）＋－＋|（句）＋|－－（韵）

《夏日燕黉堂》下阕，十句，五平韵	
乐段一（三句，十四字）	乐段二（二句，九字）
＋||－－（韵）＋＋－＋|（句）＋|－－（韵）	＋－＋|（句）|＋|－－（韵） （1） ＋－＋|（句）＋||－－（韵） （2）

《夏日燕黉堂》下阕，十句，五平韵	
乐段三（二句，十四字）	乐段四（三句，十三字）
＋－＋|－－|（句）＋＋＋＋（读）＋|－－（韵）	|＋－＋|（句）＋－＋|（句）＋|－－（韵）

例一　夏日燕黉堂（九十八字）

《乐府雅词》无名氏

日初长。正园林换叶，瓜李飘香。帘外雨过，送一霎微凉。萍芜径曲凝珠颗，衬沙汀、细簇蜂房。被晚风轻飐，圆荷翻水，泼觉鸳鸯。　此景最难忘。趁芳樽泛蚁，筠簟铺湘。兰舟棹稳，倚何处垂杨。岂能文字成狂饮，更红裙、间也何妨。任醉归明月，虾须帘卷，几线余霜。

注：该词上阕第四句和第五句为乐段二中的格式（1）；下阕第四句和第五句为乐段二中的格式（1）。全词双调，九十八字，上下阕各十句，五平韵。

例二　夏日燕黉堂（九十九字）

（宋）赵必璂

赤城中。奏鹤笙一曲，玉佩丁东。蒲节后七日，宴翠阆琼宫。年年王母来称寿，醉蟠桃、几度东风。簇花间五马，轻裘短帽，雪鬓吟翁。　魁宿耀三雍。曾归车共载，非虎非熊。急流勇退，渊底卧骊龙。山中不用官三品，垫角巾、人慕林宗。记亳州旧事，画鸱夷子，献与茶公。

注：该词上阕第四句和第五句为乐段二中的格式（2）；下阕第四句和第五句为乐段二中的格式（2）。全词双调，九十九字，上下阕各十句，五平韵。

水　晶　帘

调见《翰墨全书》。

《水晶帘》的长短句结构

《水晶帘》上阕，四个乐段			
乐段一（十二字）	乐段二（十三字）	乐段三（十四字）	乐段四（十一字）
5　　34	4　5　4	7　　34	3　4　4

《水晶帘》下阕，四个乐段			
乐段一（十四字）	乐段二（九字）	乐段三（十四字）	乐段四（十一字）
5　5　4	5　4	7　　34	3　4　4

《康熙词谱》只收集一体《水晶帘》，双调，上下阕分别可分为四个乐段，其长短句结构如表所示。该调九十八字，上下阕各十句，五仄韵，其基本格式如表所示。

《水晶帘》的基本格式（双调）

《水晶帘》上阕，十句，五仄韵	
乐段一（二句，十二字）	乐段二（三句，十三字）
＋｜——｜（韵）＋＋｜（读） ＋—＋｜（韵）	＋｜——（句）｜＋｜｜（句） ＋—＋｜（韵）

《水晶帘》上阕，十句，五仄韵	
乐段三（二句，十四字）	乐段四（三句，十一字）
＋｜＋——｜｜（句）＋＋｜（读） ＋—＋｜（韵）	｜—＋（句）＋｜——（句）＋ —＋｜（韵）

《水晶帘》下阕，十句，五仄韵	
乐段一（三句，十四字）	乐段二（二句，九字）
——｜—｜（韵）｜＋——｜（句） ＋—＋｜（韵）	｜＋—＋｜（句）＋—＋｜（韵）

《水晶帘》下阕，十句，五仄韵	
乐段三（二句，十四字）	乐段四（三句，十一字）
＋｜＋——｜｜（句）＋＋｜（读） ＋—＋｜（韵）	｜—＋（句）＋｜——（句）＋ —＋｜（韵）

例　水晶帘（九十八字）

《翰墨全书》无名氏

谁道秋期远。计旬浃、双星相见。雨足西帘，正玉井莲开，几筵初展。麈尾呼风祛暑净，那更着、纶巾羽扇。殢清歌，不计杯行，任深任浅。　　湖边小池苑。渐苔痕草色，青青如染。办橘中荷屋，晚方自占。蜗角虚名身外事，付骰子、纷纷戏选。喜时平，公道开明，话头正转。

注：全词双调，九十八字，上下阕各十句，五仄韵。

三　部　乐

调见东坡词。按《唐书·礼乐志》："明皇分乐为二部，堂下立奏，谓之立部伎；堂上坐奏，谓之坐部伎；又酷爱法曲，选坐部伎子弟三百，教于梨园，为法曲部。"三部之名，疑出于此。

《三部乐》的长短句结构

《三部乐》上阕，四个乐段			
乐段一（十三字）	乐段二（十字或九字）	乐段三（十六字）	乐段四（十字）
4　5　4	4　　6 4　　5	34　5　4	4　　6

《三部乐》下阕，四个乐段			
乐段一（十五或十六字）	乐段二（十字）	乐段三（十四字）	乐段四（十一字）
6　5　4 6　4　5 6　5　5	6　4	34　34	4　34

《康熙词谱》共收集四体《三部乐》，双调，上下阕分别可分为四个乐段，其长短句结构如表所示。该调九十九字，上阕十句，四仄韵或五仄韵；下阕九句，五仄韵或六仄韵。《康熙词谱》以周邦彦词为标谱词例。该调的正格与变格如表所示，其中，上下阕各乐段中的格式（1）为正格句式，其余为变格句式。

《三部乐》的正格与变格（双调）

《三部乐》上阕，十句，四仄韵或五仄韵	
乐段一（三句，十三字）	乐段二（二句，十字或九字）
＋｜－－（句）｜＋｜＋－（句） ＋－＋｜（韵） （1） ＋－＋｜（韵）＋｜｜＋－（句） ＋－＋｜（韵） （2）	＋－＋｜（句）＋｜＋－＋｜（韵） （1） ＋－＋｜（句）＋｜－－｜（韵） （2）

《三部乐》上阕，十句，四仄韵或五仄韵	
乐段三（三句，十六字）	乐段四（二句，十字）
＋＋｜（读）＋｜－－（句）｜＋ －＋｜（句）＋｜＋－｜（韵）	＋－＋｜（句）＋｜＋－＋｜（韵） （1） ＋｜＋－（句）＋｜＋－＋｜（韵） （2）

例一　三部乐（九十九字）

（宋）周邦彦

　　浮玉飞琼，向邃馆静轩，倍增清绝。夜窗垂练，何用交光明月。近闻道、官阁多梅，趁暗香未远，冻蕊初发。倩谁折取，寄赠情人桃叶。　　回文近传锦字，道为君瘦损，是人都说。只如染红着手，胶梳黏发。转思量、镇长堕睫。都只为、情深意切。欲报信息，无一句、堪喻愁结。

　　注：该词上阕第一句至第三句为乐段一中的格式（1），第四句和第五句为乐段二中的格式（1），第九句和第十句为乐段四中的格式（1）；下阕第一句至第三句为乐段一中的格式（1），第四句和第五句为乐段二中的格式（1），第八句和第九句为乐段四中的格式（1）。全词双调，九十九字，上阕十句，四仄韵；下阕九句，五仄韵。

《三部乐》下阕，九句，五仄韵或六仄韵	
乐段一（三句，十五字或十六字）	乐段二（二句，十字）
＋－｜－＋｜（句）｜＋－＋ ｜（句）＋－＋｜（韵） （1）	＋－｜－＋｜（句）＋－＋｜ （韵） （1）
－－＋｜＋｜（句）｜＋－＋｜ （句）＋－＋｜（韵） （2）	＋｜＋－＋｜（句）＋－＋｜（韵） （2）
＋－＋｜－－（句）＋－＋ ｜（句）｜＋－＋｜（韵） （3）	
＋－－｜＋｜（句）｜＋－＋ ｜（句）｜＋－＋｜（韵） （4）	

《三部乐》下阕，九句，五仄韵或六仄韵	
乐段三（二句，十四字）	乐段四（二句，十一字）
＋＋＋（读）＋－＋｜（韵）＋ ＋＋（读）＋－＋｜（韵）	＋｜＋｜（句）＋＋＋｜（读）＋＋ －｜（韵） （1）
	＋｜＋｜（韵）＋＋＋（读）＋－ ＋｜（韵） （2）

例二　三部乐（九十九字）

（宋）苏　轼

美人如月。乍见掩暮云，更增妍绝。算应无恨，安用阴晴圆缺。娇羞甚、空只成愁，待下床又懒，未语先咽。数日不来，落尽一庭红叶。　今朝猛起置酒，问为谁减动，一分香雪。何事散花却病，维摩无疾。却低眉、惨然不答。唱金缕、一声怨切。堪折便折。且惜取、少年花发。

注：该词上阕第一句至第三句为乐段一中的格式（2），第四句和第五句为乐段二中的格

式（1），第九句和第十句为乐段四中的格式（2）；下阕第一句至第三句为乐段一中的格式（2），第四句和第五句为乐段二中的格式（2），第八句和第九句为乐段四中的格式（2）。全词双调，九十九字，上阕十句，五仄韵；下阕九句，六仄韵。

例三　三部乐（九十九字）
（宋）方千里

帘卷窗明，听杜宇乍啼，漏声初绝。乱云收尽，天际留残月。奈相送、行客将归，怅去程渐促，雾色催发。断魂别浦，自上孤舟如叶。　　悠悠音信易隔，纵怨怀恨语，到见时难说。堪嗟水流急景，霜飞华发。想家山、路穷望睫。空倚杖、魂亲梦切。不似嫩朵，犹能替、离绪千结。

注：该词上阕第一句至第三句为乐段一中的格式（1），第四句和第五句为乐段二中的格式（2），第九句和第十句为乐段四中的格式（1）；下阕第一句至第三句为乐段一中的格式（4），第四句和第五句为乐段二中的格式（1），第八句和第九句为乐段四中的格式（1）。全词双调，九十九字，上阕十句，四仄韵；下阕九句，五仄韵。

例四　三部乐（九十九字）
（宋）吴文英

江鹈初飞，荡万里素云，霁空如沐。咏情吟思，不在秦筝金屋。夜潮上、明月芦花，傍钓蓑梦远，句清敲玉。翠罌汲晓，欸乃一声秋曲。　　片篷障雨乘风，半竿渭水，伴鹭汀幽宿。那知暖袍挟锦，低帘笼烛。鼓春波、载花万斛。帆鬣转、银河可掬。风定浪息，苍茫外、天浸寒绿。

注：该词上阕第一句至第三句为乐段一中的格式（1），第四句和第五句为乐段二中的格式（1），第九句和第十句为乐段四中的格式（1）；下阕第一句至第三句为乐段一中的格式（3），第四句和第五句为乐段二中的格式（1），第八句和第九句为乐段四中的格式（1）。全词双调，九十九字，上阕十句，四仄韵；下阕九句，五仄韵。

梦 扬 州

宋秦观自制曲,取词中结句为名。

《梦扬州》的长短句结构

《梦扬州》上阕,四个乐段			
乐段一(十二字)	乐段二(十字)	乐段三(十四字)	乐段四(十三字)
3　5　4	4　6	7　34	3　4　6

《梦扬州》下阕,四个乐段			
乐段一(十五字)	乐段二(十字)	乐段三(十四字)	乐段四(十一字)
6　5　4	4　6	7　34	3　4　4

《康熙词谱》只收集一体《梦扬州》,双调,上下阕分别可分为四个乐段,其长短句结构如表所示。该调九十九字,上下阕各十句,五平韵,其基本格式如表所示。

《梦扬州》的基本格式(双调)

《梦扬州》上阕,十句,五平韵	
乐段一(三句,十二字)	乐段二(二句,十字)
｜ — —(韵)｜ ＋ — ＋ ｜(句)＋ ｜ — —(韵)	＋ ｜ ＋ —(句)＋ ｜ — ＋ — — (韵)

《梦扬州》上阕,十句,五平韵	
乐段三(二句,十四字)	乐段四(三句,十三字)
＋ — ＋ ｜ — — ｜(句)＋ ＋ ＋ (读)＋ ｜ — —(韵)	— — ｜(句)＋ — ＋ ｜(句)＋ — ＋ ｜ — —(韵)

《梦扬州》下阕，十句，五平韵	
乐段一（三句，十五字）	乐段二（二句，十字）
＋｜＋－｜－（韵）＋＋｜－ －（句）＋｜－ －（韵）	＋｜＋－（句）＋｜－＋－ －（韵）

注：下阕乐段一中的格式"＋＋｜－ －（句）"，为"上一下四"句式。

《梦扬州》下阕，十句，五平韵	
乐段三（二句，十四字）	乐段四（三句，十一字）
＋－＋｜－ －｜（句）＋＋＋（读）＋｜－ －（韵）	－ ＋｜（句）＋－ ＋｜（句）＋｜－ －（韵）

例　梦扬州（九十九字）

（宋）秦　观

晚云收。正柳塘花坞，烟雨初休。燕子未归，恻恻轻寒如秋。小栏干外东风软，透绣帏、阴密香稠。江南远，人今何处，鹧鸪啼破春愁。　　长记曾陪燕游。酬妙舞清歌，丽锦缠头。殢酒困花，十载因谁淹留。醉鞭拂面归来晚，望翠楼、帘卷金钩。佳会阻，离情正乱，频梦扬州。

注：全词双调，九十九字，上下阕各十句，五平韵。

卷二十七

声 声 慢

　　蒋氏《九宫谱》注"仙吕调"。晁补之词名《胜胜慢》；吴文英词有"人在小楼"句，名《人在楼上》。

《声声慢》的长短句结构

上阕，四个乐段			
乐段一 （十四字）	乐段二 （十字）	乐段三 （十三字）	乐段四 （十二字或十一字）
4　4　6 4　6　4	6　4 4　6	6　34 6　7	35　4 34　4 3　36 3　5　4 3　4　4 4　4　4

下阕，四个乐段			
乐段一（十五字或十六字、十三字）	乐段二 （十字）	乐段三 （十三字）	乐段四（十二字或十字、十一字）
6　36 6　34 6　5　4 7　5　4	6　4 4　6	6　34 6　7	35　4 34　4 3　34 3　5　4 3　4　4 4　3　3

　　《康熙词谱》共收集《声声慢》十四体，双调，上下阕可分为四个乐段，其长短句结构如表所示。该调有九十五字、九十六字、九十七字、九十八字、九十九字等格式。该调有平韵、仄韵两种格式，其字数、平仄、句读、用韵出入甚大。对平韵格而言，上阕九句

或十句，四平韵；下阕八句、九句或十句，四平韵。《康熙词谱》以九十九字体晁补之词、九十七字体吴文英词和王沂孙词为正体或正格。对仄韵格而言，上阕九句或十句，四仄韵或五仄韵；下阕八句或十句，四仄韵或五仄韵。《康熙词谱》以九十七字体高观国词为正体或正格。平韵与仄韵《声声慢》的正格与变格分别如表所示。在《声声慢》（平韵）的正格与变格表中，上阕乐段一中的格式（1），乐段二中的格式（1）和（2），乐段三和乐段四中的格式（1）和（2）；下阕乐段一和乐段二中的格式（1）和（2），乐段三中的格式（1），乐段四中的格式（1）和（2）为正格句式，其余为变格句式。在《声声慢》（仄韵）的正格与变格表中，上下阕各乐段中的格式（1）为正格句式，其余为变格句式。

例一　声声慢（九十九字）

（宋）晁补之

　　朱门深掩，摆荡春风，无情镇欲轻飞。断肠如雪撩乱，去点人衣。朝来半和细雨，向谁家、东馆西池。算未肯、似桃含红蕊，留待郎归。　　还记章台往事，别后纵、青青似旧时垂。灞岸行人多少，竞折柔枝。而今恨啼露叶，镇香街、抛掷因谁。又争可、妒郎夸春草，步步相随。

　　注：该词上阕第一句至第三句为乐段一中的格式（1），第四句和第五句为乐段二中的格式（1），第六句和第七句为乐段三中的格式（1），第八句和第九句为乐段四中的格式（1）；下阕第一句和第二句为乐段一中的格式（1），第三句和第四句为乐段二中的格式（1），第五句和第六句为乐段三中的格式（1），第七句和第八句为乐段四中的格式（1）。全词双调，九十九字，上阕九句，四平韵；下阕八句，四平韵。

例二　声声慢（九十七字）

（宋）吴文英

　　檀栾金碧，婀娜蓬莱，游云不蘸芳洲。露柳霜莲，十分点缀残秋。新弯画眉未稳，似含羞、低度墙头。愁送远，驻西台车马，共惜临流。　　知道池亭多宴，掩庭花、长是惊落秦讴。腻粉栏干，犹闻凭袖香留。输他翠涟拍甃，瞰新妆、终日凝眸。帘半卷，带黄花、人在小楼。

　　注：该词上阕第一句至第三句为乐段一中的格式（1），第四句和第五句为乐段二中的格式（2），第六句和第七句为乐段三中的格式（1），第八句至第十句为乐段四中的格式（1）；下阕第一句和第二句为乐段一中的格式（3），第三句和第四句为乐段二中的格式（2），第五句和第六句为乐段三中的格式（1），第七句和第八句为乐段四中的格式（2）。全词双调，九十七字，上阕十句，四平韵；下阕八句，四平韵。

《声声慢》（平韵）的正格与变格（双调）

《声声慢》上阕，九句或十句，四平韵	
乐段一（三句，十四字）	乐段二（二句，十字）
＋ － ＋ ｜（句）＋ ｜ － －（句） ＋ － ＋ ｜ － －（韵） （1）	＋ － ＋ ｜ － ｜（句）＋ ｜ － －（韵） （1） ＋ ｜ － －（句）＋ － ＋ ｜ － －（韵） （2）
＋ － ＋ ｜（句）＋ － ＋ ｜（句） ＋ ｜ ＋ ｜ － －（韵） （2）	＋ ｜ ＋ － ＋ ｜（句）＋ ｜ － －（韵） （3） ＋ ｜ － －（句）＋ ｜ ＋ ｜ － －（韵） （4）
＋ ｜ － －（句）＋ － ＋ ｜（句） ＋ － ＋ ｜ － －（韵） （3）	＋ － ＋ ｜（句）＋ ｜ ＋ ｜ － －（韵） （5）
＋ － ＋ ｜（句）＋ ｜ － －（句） ＋ ｜ ＋ ｜ － －（韵） （4）	

《声声慢》上阕，九句或十句，四平韵	
乐段三（二句，十三字）	乐段四（二句或三句，十二字或十一字）
＋ － ｜ － ＋ ｜（句）＋ ＋ ＋（读） ＋ ｜ － －（韵） （1）	＋ ＋ ｜（读或句）｜ ＋ － ＋ ｜（句） ＋ ｜ － －（韵） （1）
＋ － ＋ ｜ ＋ ｜（句）＋ ＋ ＋（读） ＋ ｜ － －（韵） （2）	＋ ＋ ｜（读或句）＋ － ＋ ｜（句） ＋ ｜ － －（韵） （2）
＋ － ＋ － ｜ ｜（句）＋ ＋ ＋（读） ＋ ｜ － －（韵） （3）	＋ － ＋ ｜（句）＋ － ＋ ｜（句） ＋ ｜ － －（韵） （3）
＋ ｜ ＋ － ＋ ｜（句）＋ － ＋ ｜ ｜ － －（韵） （4）	

《声声慢》下阕，八句、九句或十句，四平韵	
乐段一 （二句或三句，十五字或十六字、十三字）	乐段二 （二句，十字）
＋│＋一＋│(句)＋＋＋(读) ＋一＋│＋一—(韵) (1) ＋│＋一＋│(句)│＋│＋ │(句)＋│＋一—(韵) (2) ＋│＋一＋│(句)＋＋＋(读) ＋│＋│＋一—(韵) (3) ＋一＋一＋│(句)＋＋＋ (读)＋一＋│一—(韵) (4) ＋│＋一＋│(句)│＋│一 一(句)＋│一—(韵) (5) ＋│＋一一││(句)│＋一 ＋│(句)＋│一—(韵) (6)	＋│＋一＋│(句)＋│一—(韵) (1) ＋│一—(句)＋一＋│一— (韵) (2) │＋一—(句)＋│＋│—(韵) (3) ＋一＋│(句)＋│＋│一(韵) (4)

例三　声声慢（九十七字）

（宋）王沂孙

啼螀门静，落叶阶深，秋声又入吾庐。一枕新凉，西窗晚雨疏疏。旧香旧色换却，但满川、残柳荒蒲。茂陵远，任岁华荏苒，老尽相如。　　昨夜西风初起，想莼边呼桌，橘后思书。短景凄然，残歌空扣铜壶。当时送行共约，雁归时、人赋归与。雁归也，问人归、如雁归无。

注：该词上阕第一句至第三句为乐段一中的格式（1），第四句和第五句为乐段二中的格式（2），第六句和第七句为乐段三中的格式（2），第八句至第十句为乐段四中的格式（1）；下阕第一句至第三句为乐段一中的格式（2），第四句和第五句为乐段二中的格式（2），第六句和第七句为乐段三中的格式（1），第八句和第九句为乐段四中的格式（2）。全词双调，九十七字，上阕十句，四平韵；下阕九句，四平韵。

乐段三 （二句，十三字）	乐段四 （二句或三句、十二字或十字、十一字）
《声声慢》下阕，八句、九句或十句，四平韵	

乐段三 （二句，十三字）	乐段四 （二句或三句、十二字或十字、十一字）
＋－＋－＋｜（句）＋＋＋ （读）＋＋｜－－（韵） （1）	＋＋＋（读）｜＋－＋｜（句） ＋｜－－（韵） （1） ＋＋｜（句）＋＋＋（读）＋｜ ＋－（韵） （2）
＋－＋｜－｜（句）＋＋＋（读） ＋｜－－（韵） （2） ＋－＋－＋｜（句）｜＋－＋ ｜－－（韵） （3） ＋｜＋－＋｜（句）｜＋－＋ ｜－－（韵） （4）	＋＋｜（读或句）＋－＋｜（句） ＋｜－－（韵） （3） ＋－＋｜（句）｜＋－（句）｜＋ ｜－－（韵） （4）

注：①下阕乐段三中的格式"＋－＋－＋｜（句）"，第三字宜用仄，若用平，第五字必用仄；②下阕乐段三中格式"｜＋－＋｜－－（韵）"为"上一下六"句式。

例四　声声慢（九十七字）

（宋）贺　铸

　　园林幕翠，燕寝凝香，华池缭绕飞廊。坐按吴娃清丽，楚调圆长。歌阑横流美眄，乍疑生、绮席辉光。文园属意，玉卮交劝，宝瑟高张。　　南薰难消幽恨，金徽上、殷勤彩凤求凰。便许卷收行雨，不恋高唐。东山胜游在眼，待纫兰撷菊相将。双栖安稳，五云溪，是故乡。

　　注：该词上阕第一句至第三句为乐段一中的格式（1），第四句和第五句为乐段二中的格式（3），第六句和第七句为乐段三中的格式（3），第八句至第十句为乐段四中的格式（3）；下阕第一句和第二句为乐段一中的格式（4），第三句和第四句为乐段二中的格式（1），第五句和第六句为乐段三中的格式（3），第七句至第九句为乐段四中的格式（4）。全词双调，九十七字，上阕十句，四平韵；下阕九句，四平韵。

例五　声声慢（九十七字）

（宋）曹　勋

　　素商吹景，西真赋巧，桂子秋借蟾光。层层翠葆，深隐幽艳清香。占得秀岩分种，天教微露染娇黄。珍庭晓，透肌破鼻，细细芬芳。　　应是月中倒影，喜余叶婆娑，灏色迎凉。移根上苑，雅称曲槛回廊。趁取蕊珠密缀，与收花雾着宫裳。帘栊静，好围四坐，对赏瑶觞。

　　注：该词上阕第一句至第三句为乐段一中的格式（2），第四句和第五句为乐段二中的格式（5），第六句和第七句为乐段三中的格式（4），第八句至第十句为乐段四中的格式（2）；下阕第一句至第三句为乐段一中的格式（5），第四句和第五句为乐段二中的格式（4），第六句和第七句为乐段三中的格式（4），第八句至第十句为乐段四中的格式（3）。全词双调，九十七字，上下阕各十句，四平韵。

例六　声声慢（九十八字）

（宋）周　密

　　妆额黄轻，舞衣红浅，西风又到人间。小雨新霜，萍池藓径生寒。输他汉宫姊妹，粲星钿、露佩珊珊。凉意早，正金盘露洁，翠盖香残。　　三十六宫秋色好，看扶疏仙影，伴月长闲。宝络风流，何如细蕊堪餐。幽香未应便减，傲清霜、正是宜看。吟思远，负东篱、还赋小山。

　　注：该词上阕第一句至第三句为乐段一中的格式（3），第四句和第五句为乐段二中的格式（2），第六句和第七句为乐段三中的格式（1），第八句至第十句为乐段四中的格式（1）；下阕第一句至第三句为乐段一中的格式（6），第四句和第五句为乐段二中的格式（2），第六句和第七句为乐段三中的格式（1），第八句和第九句为乐段四中的格式（2）。全词双调，九十八字，上阕十句，四平韵；下阕九句，四平韵。

例七　声声慢（九十六字）

（宋）石孝友

　　花前月下，好景良辰，厮守日许多时。正美之间，何事便有轻离。无端珠泪暗薮，染征衫、点点红滋。最苦是、殷勤密约，做就相思。　　咿哑橹声离岸，魂断处、高城隐隐天涯。万水千山，一去定失花期。东君斗来无赖，散春红、点破梅枝。病成也，到而今、著个甚医。

　　注：该词上阕第一句至第三句为乐段一中的格式（4），第四句和第五句为乐段二中的格式（4），第六句和第七句为乐段三中的格式（2），第八句和第九句为乐段四中的格式（2）；下阕第一句和第二句为乐段一中的格式（1），第三句和第四句为乐段二中的格式（3），第五句

和第六句为乐段三中的格式（1），第七句和第八句为乐段四中的格式（2）。全词双调，九十六字，上阕九句，四平韵；下阕八句，四平韵。

例八　声声慢（九十六字）

（金）元好问

林间鸡犬，江上村墟，扁舟处处经过。袖里新诗，买断古木沧波。山中一花一草，也留教、老子婆娑。任人笑、风云气少，儿女情多。　　不待求田问舍，被朝吟暮醉，惯得蹉跎。百尺高楼，更问平地如何。朝来斜风细雨，喜红尘、不到渔蓑。一尊酒，唤元龙、来听浩歌。

注：该词上阕第一句至第三句为乐段一中的格式（1），第四句和第五句为乐段二中的格式（4），第六句和第七句为乐段三中的格式（1），第八句和第九句为乐段四中的格式（2）；下阕第一句至第三句为乐段一中的格式（2），第四句和第五句为乐段二中的格式（3），第六句和第七句为乐段三中的格式（1），第八句和第九句为乐段四中的格式（2）。全词双调，九十六字，上下阕各九句，四平韵。

例九　声声慢（九十七字）

（宋）辛弃疾

开元盛日，天上栽花，月殿桂影重重。十里芬芳，一枝金粟玲珑。管弦凝碧池上，记当时、风月愁侬。翠华远、但江南草木，烟锁深宫。　　只为天姿冷淡，被西风酝酿，彻骨香浓。枉学丹蕉叶底，偷染妖红。道人取次装束，是自家、香底家风。又怕是，为凄凉、长在醉中。

注：该词上阕第一句至第三句为乐段一中的格式（4），第四句和第五句为乐段二中的格式（2），第六句和第七句为乐段三中的格式（2），第八句和第九句为乐段四中的格式（1）；下阕第一句至第三句为乐段一中的格式（2），第四句和第五句为乐段二中的格式（1），第六句和第七句为乐段三中的格式（2），第八句和第九句为乐段四中的格式（2）。全词双调，九十七字，上下阕各九句，四平韵。

例十　声声慢（九十七字）

（宋）辛弃疾

征埃成阵，行客相逢，都道幻出层楼。指点檐牙高处，浪拥云浮。今年太平万里，罢长淮、千骑临秋。凭栏望、有东南佳气，西北神州。　　千古怀嵩人去，还笑我、身在楚尾吴头。看取弓刀，陌上车马如流。从今赏心乐事，剩安排、酒令诗筹。华胥梦，愿年年、人似旧游。

注：该词上阕第一句至第三句为乐段一中的格式（4），第四句和第五句为乐段二中的格式（3），第六句和第七句为乐段三中的格式（1），第八句和第九句为乐段四中的格式（1）；下阕第一句和第二句为乐段一中的格式（3），第三句和第四句为乐段二中的格式（3），第五句和第六句为乐段三中的格式（1），第七句和第八句为乐段四中的格式（2）。全词双调，九十七字，上阕九句，四平韵；下阕八句，四平韵。

例十一　声声慢（九十九字）

（宋）周　密

琼壶歌月，白发簪花，十年一梦扬州。恨入琵琶，小怜重见湾头。尊前漫题金缕，奈芳情、已逐东流。还送远、甚长安乱叶，都是闲愁。　　次第重阳近也，看黄花绿酒，也合迟留。脆柳无情，不堪重系行舟。百年正消几别，对西风、休赋登楼。怎去得、怕凄凉时节，团扇悲秋。

注：该词上阕第一句至第三句为乐段一中的格式（1），第四句和第五句为乐段二中的格式（2），第六句和第七句为乐段三中的格式（1），第八句和第九句为乐段四中的格式（1）；下阕第一句至第三句为乐段一中的格式（2），第四句和第五句为乐段二中的格式（2），第六句和第七句为乐段三中的格式（1），第八句和第九句为乐段四中的格式（1）。全词双调，九十九字，上下阕各九句，四平韵。

例十二　声声慢（九十七字）

（宋）吴文英

云深山坞，烟冷江皋，人生未易相逢。一笑灯前，钗行两两春容。清芳夜争真态，引生香、撩乱东风。探花手、与安排金屋，懊恼司空。　　憔悴敧翘委佩，恨玉奴消瘦，飞趁轻鸿。试问知心，尊前谁最情浓。连呼紫云伴醉，小丁香、才吐微红。还解语，待携归、行雨梦中。

注：该词上阕第一句至第三句为乐段一中的格式（1），第四句和第五句为乐段二中的格式（2），第六句和第七句为乐段三中的格式（1），第八句和第九句为乐段四中的格式（1）；下阕第一句至第三句为乐段一中的格式（2），第四句和第五句为乐段二中的格式（2），第六句和第七句为乐段三中的格式（1），第八句和第九句为乐段四中的格式（2）。全词双调，九十七字，上下阕各九句，四平韵。

《声声慢》（仄韵）的正格与变格（双调）

《声声慢》上阕，九句，四仄韵或五仄韵	
乐段一（三句，十四字）	乐段二（二句，十字）
＋ －＋｜（句）＋｜－－（句）＋－｜－＋｜（韵） （1）	＋｜＋－（句）＋｜＋－＋｜（韵） （1）
＋－＋｜（句或韵）＋｜－－（句）＋－＋｜＋｜（韵） （2）	＋｜＋－＋｜（句）＋－＋｜（韵） （2）
＋－＋｜（韵）＋｜－｜－ －（句）＋＋＋－｜（韵） （3）	

《声声慢》上阕，九句，四仄韵或五仄韵	
乐段三（二句，十三字）	乐段四（二句，十二字）
＋－｜－＋｜（句）＋＋＋（读）＋－＋｜（韵） （1）	＋＋｜（读或句）｜＋－＋｜（句）＋－＋｜（韵） （1）
＋－＋｜＋｜（句）＋＋＋（读）＋－＋｜（韵） （2）	＋＋＋（读）｜＋－＋｜（句）＋｜－｜（韵） （2）
＋－｜－＋｜（句）＋＋＋（读）＋＋－｜（韵） （3）	＋＋｜（句）＋＋＋（读）＋｜＋－＋｜（韵） （3）

《声声慢》下阕，八句或九句，四仄韵或五仄韵	
乐段一（二句或三句，十五字或十三字）	乐段二（二句，十字）
＋｜＋－＋｜（句）＋＋＋（读）＋－｜－＋｜（韵） （1） ＋｜＋－＋｜（句或韵）＋＋＋（读）＋＋＋－＋｜（韵） （2） ＋｜＋－＋｜（句）｜＋｜－－（句）＋－＋｜（韵） （3） ＋｜＋－＋｜（韵）＋＋＋（读）＋－＋｜（韵） （4）	＋｜－－（句）＋｜＋－＋｜（韵）

注：下阕乐段一中的格式"＋　＋　＋　－　＋　｜（韵）"，第二、三两字不可同时用平。

《声声慢》下阕，八句或九句，四仄韵或五仄韵	
乐段三（二句，十三字）	乐段四（二句，十字或十二字）
＋－｜－＋｜（句）＋＋＋（读）＋－＋｜（韵） （1） ＋－＋－｜｜（句）＋＋＋（读）＋＋＋－｜（韵） （2） ＋｜＋－＋｜（句）＋＋＋（读）＋＋－｜（韵） （3）	＋＋｜（句）＋＋＋（读）－＋＋｜（韵） （1） ＋＋｜（句）＋＋＋（读）＋－＋｜（韵） （2） ＋＋｜（读或句）｜＋－＋｜（句）＋－＋｜（韵） （3）

例一　声声慢（九十七字）

（宋）高观国

　　壶天不夜，宝炬生香，光风荡摇金碧。月滟水痕，花外峭寒无力。歌传翠帘尽卷，误惊回、瑶台仙迹。禁漏促，拚千金一刻，未酬佳夕。　　卷地香尘不断，最得意、输他五陵狂客。楚柳吴梅，无限眼边春色。鲛绡暗中寄与，待重寻、行云消息。乍醉醒，怕南楼、吹断晓笛。

　　注：该词上阕第一句至第三句为乐段一中的格式（1），第四句和第五句为乐段二中的格式（1），第六句和第七句为乐段三中的格式（1），第八句至第十句为乐段四中的格式（1）；下阕第一句和第二句为乐段一中的格式（1），第五句和第六句为乐段三中的格式（1），第七句和第八句为乐段四中的格式（1）。全词双调，九十七字，上阕十句，四仄韵；下阕八句，四仄韵。

例二　声声慢（九十九字）

（宋）赵长卿

　　金风玉露，绿橘黄橙，商秋爽气飘逸。南斗腾光，应是间生贤出。照人紫芝眉宇，更仙风、谁能俦匹。细屈指，到小春时候，恰则三日。　　莫论早年富贵，也休问文章，有如椽笔。尧舜逢君，启沃定知多术。而今且张锦幄，麝煤泛、暖香郁郁。华堂里，听瑶琴轻弄，水仙新律。

　　注：该词上阕第一句至第三句为乐段一中的格式（2），第四句和第五句为乐段二中的格式（1），第六句和第七句为乐段三中的格式（1），第八句至第十句为乐段四中的格式（2）；下阕第一句至第三句为乐段一中的格式（3），第六句和第七句为乐段三中的格式（1），第八句至第十句为乐段四中的格式（3）。全词双调，九十九字，上下阕各十句，四仄韵。

例三　声声慢（九十七字）

（宋）陈合

　　澄空初霁，暑退银塘，冰壶雁程寂寞。天阙清芬，何事早飘岩壑。花神更裁丽质，涨江波、一奁梳掠。凉影里，算素娥仙队，似曾相约。　　闲把雨花商略。开时候、羞趁观桃阶药。绿幕黄帘，好顿胆瓶儿着。年年粟金万斛，拒严霜、绵丝围幄。秋富贵，又何妨、与民同乐。

　　注：该词上阕第一句至第三句为乐段一中的格式（1），第四句和第五句为乐段二中的格式（1），第六句和第七句为乐段三中的格式（1），第八句至第十句为乐段四中的格式（1）；下阕第一句和第二句为乐段一中的格式（2），第五句和第六句为乐段三中的格式（1），第七句和第八句为乐段四中的格式（2）。全词双调，九十七字，上阕十句，四仄韵；下阕八句，五仄韵。

例四　声声慢（九十七字）

（元）张翥

西风坠绿。唤起春娇，嫣然困倚修竹。落帽人来，花艳乍惊郎目。相思尚带旧恨，甚凄凉、未忺妆束。吟鬓底，俾寒香一朵，并簪黄菊。　　却待金盘华屋。园林静、多情怎禁幽独。蛱蝶应愁，明日落红难触。那堪雁霜渐重，怕黄昏、欲睡未足。翠袖冷，且莫辞、花下秉烛。

注：该词上阕第一句至第三句为乐段一中的格式（2），第四句和第五句为乐段二中的格式（1），第六句和第七句为乐段三中的格式（2），第八句至第十句为乐段四中的格式（1）；下阕第一句和第二句为乐段一中的格式（2），第五句和第六句为乐段三中的格式（2），第七句和第八句为乐段四中的格式（1）。全词双调，九十七字，上阕十句，五仄韵；下阕八句，五仄韵。

例五　声声慢（九十七字）

（宋）李清照

寻寻觅觅。冷冷清清，凄凄惨惨戚戚。乍暖还寒时候，最难将息。三杯两盏淡酒，怎敌他、晚来风急。雁过也，正伤心、却是旧时相识。　　满地黄花堆积。憔悴损、如今有谁堪摘。守着窗儿，独自怎生得黑。梧桐更兼细雨，到黄昏、点点滴滴。这次第，怎一个、愁字了得。

注：该词上阕第一句至第三句为乐段一中的格式（2），第四句和第五句为乐段二中的格式（2），第六句和第七句为乐段三中的格式（2），第八句和第九句为乐段四中的格式（3）；下阕第一句和第二句为乐段一中的格式（2），第五句和第六句为乐段三中的格式（2），第七句和第八句为乐段四中的格式（1）。全词双调，九十七字，上阕九句，五仄韵；下阕八句，五仄韵。

例六　声声慢（九十五字）

（宋）何梦桂

人间六月。好是王母瑶池，吹下冰雪。一片清凉，仙界蕊宫珠阙。金猊水沉未冷，看瑶阶、九开蕖荚。尚记得，那年时、手种蟠桃千叶。　　庭下阿兄痴绝。争戏舞、绿袍环玦。笑捧金卮，满砌兰芽初茁。七十古来稀有，且高歌、万事休说。天未老，尚看他、儿辈事业。

注：该词上阕第一句至第三句为乐段一中的格式（3），第四句和第五句为乐段二中的格式（1），第六句和第七句为乐段三中的格式（1），第八句和第九句为乐段四中的格式（3）；下阕第一句和第二句为乐段一中的格式（4），第五句和第六句为乐段三中的格式（3），第七句和第八句为乐段四中的格式（1）。全词双调，九十五字，上阕九句，五仄韵；下阕八句，五仄韵。

例七　声声慢（九十七字）
（宋）李　演

　　轻辔绣谷。柔屐烟堤，六年遗赏新续。小舫重来，惟有寒沙鸥熟。徘徊旧情易冷，但溶溶、翠波如縠。愁望远、甚云销月老，暮山自绿。　　颦笑人生悲乐，且听我、尊前渔歌樵曲。旧阁尘封，长得树阴如屋。凄凉五桥归路，载寒秀、一枝疏玉。翠袖薄，晚无言、空倚修竹。

　　注：该词上阕第一句至第三句为乐段一中的格式（2），第四句和第五句为乐段二中的格式（1），第六句和第七句为乐段三中的格式（1），第八句和第九句为乐段四中的格式（1）；下阕第一句和第二句为乐段一中的格式（2），第五句和第六句为乐段三中的格式（1），第七句和第八句为乐段四中的格式（1）。全词双调，九十七字，上阕九句，五仄韵；下阕八句，四仄韵。

例八　声声慢（九十七字）
（宋）辛弃疾

　　东南形胜，人物风流，白头见君恨晚。便觉君家叔度，去人未远。长怜士元骥足，道直须、别驾方展。问个里、待怎生销杀，胸中万卷。　　况有星辰剑履，是传家、合在玉皇香案。零落新诗，我欠可人消遣。留君再三不住，便直饶、万家泪眼。怎抵得，这眉间、黄色一点。

　　注：该词上阕第一句至第三句为乐段一中的格式（1），第四句和第五句为乐段二中的格式（2），第六句和第七句为乐段三中的格式（3），第八句和第九句为乐段四中的格式（1）；下阕第一句和第二句为乐段一中的格式（2），第五句和第六句为乐段三中的格式（1），第七句和第八句为乐段四中的格式（1）。全词双调，九十七字，上阕九句，四仄韵；下阕八句，四仄韵。

例九　声声慢（九十七字）
《全宋词》无名氏

　　梅黄金重，雨细丝轻，园林雾烟如织。殿阁风微，帘外燕喧莺寂。池塘彩鸳戏水，雾荷翻、千点珠滴。闲昼永、称潇湘竿叟，烂柯仙客。　　日午槐阴低转，茶瓯罢、清风顿生双腋。碾玉盘深，朱李静沉寒碧。朋侪闲歌白雪，卸巾纱、樽俎狼藉。有皓月，照黄昏、眠又未得。

　　注：该词上阕第一句至第三句为乐段一中的格式（1），第四句和第五句为乐段二中的格式（1），第六句和第七句为乐段三中的格式（3），第八句和第九句为乐段四中的格式（1）；下阕第一句和第二句为乐段一中的格式（1），第五句和第六句为乐段三中的格式（2），第七句和第八句为乐段四中的格式（1）。全词双调，九十七字，上阕九句，四仄韵；下阕八句，四仄韵。

紫 玉 箫

《宋史·乐志》"歇指调"。

《紫玉箫》的长短句结构

《紫玉箫》上阕，四个乐段			
乐段一（十四字）	乐段二（十三字）	乐段三（十一字）	乐段四（十一字）
4　4　6	4　5　4	4　34	3　4　4

《紫玉箫》下阕，四个乐段			
乐段一（十五字）	乐段二（十三字）	乐段三（十一字）	乐段四（十一字）
6　5　4	4　36	4　34	3　4　4

《康熙词谱》只收集一体《紫玉箫》，双调，上下阕分别可分为四个乐段，其长短句结构如表所示。该调九十九字，上阕十一句，四平韵；下阕十句，四平韵，其基本格式如表所示。

《紫玉箫》的基本格式（双调）

《紫玉箫》上阕，十一句，四平韵	
乐段一（三句，十四字）	乐段二（三句，十三字）
＋｜－－（句）＋－＋｜（句） ＋－＋｜－－（韵）	＋－＋｜（句）｜＋－＋｜（句） ＋｜－－（韵）

《紫玉箫》上阕，十一句，四平韵	
乐段三（二句，十一字）	乐段四（三句，十一字）
＋＋－｜（句）＋＋＋（读）＋ ｜－－（韵）	－＋｜（句）＋－｜－（句）＋ ｜－－（韵）

《紫玉箫》下阕，十句，四平韵	
乐段一（三句，十五字）	乐段二（二句，十三字）
＋ － ＋ | － |（句）＋ ＋ | － －（句）＋ | － －（韵）	＋ － ＋ |（句）＋ ＋ ＋（读）＋ | ＋ | － －（韵）

注：下阕乐段一中的格式"＋ ＋ \| － －（句）"，为"上一下四"句式。

《紫玉箫》下阕，十句，四平韵	
乐段三（二句，十一字）	乐段四（三句，十一字）
| － ＋ |（句）＋ ＋ ＋（读）＋ | － －（韵）	＋ － ＋ |（句）＋ | ＋ －（句）＋ | － －（韵）

注：下阕乐段三中的格式"\| － ＋ \|（句）"，为"上一下三"句式。

例　紫玉箫（九十九字）

（宋）晁补之

罗绮围中，笙歌丛里，眼狂初认轻盈。无花解比，似一钩新月，云际初生。算不虚得，郎占与、第一佳名。轻归去，那知有人，别后牵情。　　襄王自是春梦，休漫说东墙，事更难凭。谁教慕宋，要题诗、曾倚宝柱低声。似瑶台晓，空暗想、众里飞琼。余香冷，犹在小窗，一到魂惊。

注：全词双调，九十九字，上阕十一句，四平韵；下阕十句，四平韵。

无　闷

调见《书舟词》，汲古阁本刻"闺怨无闷"者误。

《无闷》的长短句结构

《无闷》上阕，四个乐段			
乐段一（十四字）	乐段二（九字）	乐段三（十四字）	乐段四（十三字）
4　4　6	5　4	6　35	36　4

《无闷》下阕，四个乐段			
乐段一（十四字）	乐段二（八字）	乐段三（十四字）	乐段四（十三字）
2 3 3 6	4 4	6 35	34 6

《康熙词谱》只收集一体《无闷》，双调，上下阕分别可分为四个乐段，其长短句结构如表所示。该调九十九字，上阕九句，五仄韵；下阕十句，七仄韵，其基本格式如表所示。

《无闷》的基本格式（双调）

《无闷》上阕，九句，五仄韵	
乐段一（三句，十四字）	乐段二（二句，九字）
＋｜――（句）＋＋＋｜（句）＋｜ ＋―＋｜（韵）	｜＋｜――（句）＋｜＋＋｜ （韵）

《无闷》上阕，九句，五仄韵	
乐段三（二句，十四字）	乐段四（二句，十三字）
＋｜＋―＋｜（韵）＋＋＋｜（读）＋ ――＋｜（韵）	＋＋＋｜（读）＋｜＋―＋｜ （句）＋―＋｜（韵）

《无闷》下阕，十句，七仄韵	
乐段一（四句，十四字）	乐段二（二句，八字）
＋｜（韵）｜｜―（句）＋＋＋｜（韵）＋ ｜＋―＋｜（韵）	＋―＋｜（句）＋＋＋｜（韵）

《无闷》下阕，十句，七仄韵	
乐段三（二句，十四字）	乐段四（二句，十三字）
＋｜＋―＋｜（韵）＋＋＋｜（读）＋ ――＋｜（韵）	＋＋＋｜（读）＋｜――（句）＋ ―＋｜＋｜（韵）

例 无闷（九十九字）

（宋）程 垓

天与多才，不合更与，殢柳怜花情分。算总为才情，恼人方寸。早是春残花褪。也不料、一春都成病。自失笑、因甚腰围半减,泪珠频揾。　　难省。也怨天,也自恨。怎免千般思忖。倩人说与,又却不忍。拚了一生愁闷。又只恐、愁多无人问。到这里、天也怜人,看他稳也不稳。

注:全词双调,九十九字,上阕九句,五仄韵;下阕十句,七仄韵。

月 下 笛

调始周邦彦《片玉词》,因词有"凉蟾莹彻"及"静倚官桥吹笛"句,取以为名。

《月下笛》的长短句结构

《月下笛》上阕,四个乐段			
乐段一 (十二字)	乐段二 (十字或十一字)	乐段三 (十四字或十三字)	乐段四 (十三字或十二字)
4　4　4	4　6 4　7 4　33	7　34 7　6 34　7	5　4　4 4　4　4

《月下笛》下阕,四个乐段			
乐段一 (十四字或十五字)	乐段二 (十字)	乐段三 (十四字或十三字)	乐段四 (十二字)
2　3　5　4 5　5　4 6　5　4	4　6	7　34 7　6 34　7	3　3　6 3　4　5 3　5　4

《康熙词谱》共收集《月下笛》五体,双调,上下阕分别可分为四个乐段,其长短句结构如表所示。该调有九十九字或一百字、九十七字等格式,上阕十句,五仄韵;下阕十一句或十句,七仄韵或四仄韵、六仄韵;《康熙词谱》以九十九字体张炎词为正体或正格。《月下笛》的正格与变格如表所示,其中,上下阕各乐段中的格式(1)为正格句式,其余为变格句式。

《月下笛》的正格和变格（双调）

《月下笛》上阕，十句，五仄韵	
乐段一（三句，十二字）	乐段二（二句，十字或十一字）
＋｜－－（句）＋－＋｜（句）＋－＋｜（韵）	＋－＋｜（韵）＋－＋｜－｜（韵） （1） ＋－＋｜（韵）＋｜＋－＋｜（韵） （2） ＋－＋｜（韵）＋｜－－｜－｜（韵） （3） ＋－＋｜（韵）＋＋＋（读）＋－｜（韵） （4）

《月下笛》上阕，十句，五仄韵	
乐段三（二句，十四字或十三字）	乐段四（三句，十三字或十二字）
＋－＋｜－－｜（句）＋＋＋（读）＋－＋｜（韵） （1） ＋－＋｜－－｜（句）＋｜＋｜（韵） （2） ＋＋＋（读）＋｜＋－（句）＋－＋｜－＋｜（韵） （3）	｜＋－＋｜（句）＋－＋｜（句）＋＋－｜（韵） （1） ＋－＋｜（句）＋－＋｜（句）＋＋－｜（韵） （2）

《月下笛》下阕，十一句或十句，七仄韵或四仄韵、六仄韵	
乐段一（四句或三句，十四字或十五字）	乐段二（二句，十字）
╋|（韵）— —|（韵）|╋|— —（句）╋— ╋|（韵） （1）	╋ — ╋|（韵）╋ — ╋|—|（韵） （1）
╋— —||（句）|╋|— —（句）╋— ╋|（韵） （2）	╋ — ╋|（韵）╋ — ╋|—|（韵） （2）
╋|╋— ╋|（句）|╋|— —（句）╋— ╋|（韵） （3）	╋ — ╋|（韵）╋|╋— ╋|（韵） （3）

《月下笛》下阕，十一句或十句，七仄韵或四仄韵、六仄韵	
乐段三（二句，十四字或十三字）	乐段四（三句，十二字）
╋— ╋|— —|（句）╋╋╋（读）╋— ╋|（韵） （1）	╋╋|（句）|— ╋（句）╋|╋— ╋|（韵） （1）
╋— ╋|— —|（句）╋|╋— ╋|（韵） （2）	|— ╋（句）╋|— —（句）╋|— ╋|（韵） （2）
╋╋╋（读）╋— |╋（句）╋— ╋|— ╋|（韵） （3）	╋— （韵）╋|— ╋|（句）|╋╋|（韵） （3）
	╋— |（句）|╋— ╋|（句）╋╋— |（韵） （4）

例一　月下笛（九十九字）

(宋)张　炎

　　千里行秋，支筇背锦，顿怀清友。殊乡聚首。爱吟犹自诗瘦。山人不解思猿鹤，笑问我、韦娘在否。记长堤画舫，花柔春闹，几番携手。　　别后。都依旧。但靖节门前，近来无柳。盟鸥尚有。可怜西塞渔叟。断肠不恨江南老，恨落叶、飘零最久。倦游处，减羁愁，犹未消磨是酒。

　　注：该词上阕第四句和第五句为乐段二中的格式（1），第六句和第七句为乐段三中的格式（1），第八句至第十句为乐段四中的格式（1）；下阕第一句至第四句为乐段一中的格式（1），第五句和第六句为乐段二中的格式（1），第七句和第八句为乐段三中的格式（1），第九句至第十一句为乐段四中的格式（1）。全词双调，九十九字，上阕十句，五仄韵；下阕十一句，七仄韵。

例二　月下笛（九十九字）

(宋)周邦彦

　　小雨收尘，凉蟾莹彻，水光浮碧。谁知怨抑。静倚官桥吹笛。映宫墙、风叶乱飞，品高调侧人未识。想开元旧谱，柯亭遗韵，尽传胸臆。　　栏干空四绕，听折柳徘徊，数声终拍。寒灯陋馆，最感平阳孤客。夜沉沉、雁啼正哀，片云尽卷清漏滴。暗凝魂，但觉龙吟，万壑天籁息。

　　注：该词上阕第四句和第五句为乐段二中的格式（2），第六句和第七句为乐段三中的格式（3），第八句至第十句为乐段四中的格式（1）；下阕第一句至第三句为乐段一中的格式（2），第四句和第五句为乐段二中的格式（3），第六句和第七句为乐段三中的格式（3），第八句至第十句为乐段四中的格式（2）。全词双调，九十九字，上阕十句，五仄韵；下阕十句，四仄韵。

例三　月下笛（一百字）

(宋)张　炎

　　万里孤云，清游渐远，故人何处。寒窗梦里。曾记经行旧时路。连昌约略无多柳，第一是、难听夜雨。漫惊回凄悄，相看烛影，拥衾谁语。　　张绪。归何暮。伴零落依依，短桥鸥鹭。天涯倦旅。此时心事良苦。只愁重洒西州泪，问杜曲、人家在否。恐翠袖，正天寒，犹倚梅花那树。

　　注：该词上阕第四句和第五句为乐段二中的格式（3），第六句和第七句为乐段三中的格式（1），第八句至第十句为乐段四中的格式（1）；下阕第一句至第四句为乐段一中的格式（1），第五句和第六句为乐段二中的格式（1），第七句和第八句为乐段三中的格式（1），第

九句至第十一句为乐段四中的格式（1）。全词双调，一百字，上阕十句，五仄韵；下阕十一句，七仄韵。

例四　月下笛（九十九字）
（宋）曾允元

吹老杨花，浮萍点点，一溪春色。闲寻旧迹。认溪头、浣纱碛。柔条折尽成轻别，向空外、瑶簪一掷。算无情更苦，莺巢暗叶，啼破幽寂。　　凝立。栏干侧。记露饮东园，联镳西陌。容销鬓减，相逢应是难识。东风吹得愁如海，漫点染、空阶自碧。独归晚，解说心中事，月下短笛。

注：该词上阕第四句和第五句为乐段二中的格式（4），第六句和第七句为乐段三中的格式（1），第八句至第十句为乐段四中的格式（1）；下阕第一句至第四句为乐段一中的格式（1），第五句和第六句为乐段二中的格式（2），第七句和第八句为乐段三中的格式（1），第九句至第十一句为乐段四中的格式（3）。全词双调，九十九字，上阕十句，五仄韵；下阕十一句，六仄韵。

例五　月下笛（九十七字）
（宋）彭元逊

江上行人，竹间茅屋，下临深窈。春风袅袅。翠鬟窥树犹小。遥吟近倚归还顾，分付横枝未了。扁舟却去，中流回首，惊散飞鸟。　　重踏新亭屐齿，耿山抱孤城，月来华表。鸡声人语，隔江相伴歌笑。壮游历历同高李，未拟诗成草草。长桥外，有醒人吹笛，并在霜晓。

注：该词上阕第四句和第五句为乐段二中的格式（1），第六句和第七句为乐段三中的格式（2），第八句至第十句为乐段四中的格式（2）；下阕第一句至第三句为乐段一中的格式（3），第四句和第五句为乐段二中的格式（2），第六句和第七句为乐段三中的格式（2），第八句至第十句为乐段四中的格式（4）。全词双调，九十七字，上阕十句，五仄韵；下阕十句，四仄韵。

玲 珑 四 犯

　　此调创自周邦彦《清真集》，方千里、杨泽民、陈允平俱有和词，姜夔又有自度黄钟商曲，与周词句读迥别，因调名同，故亦类列。

《玲珑四犯》的长短句结构

《玲珑四犯》上阕，四个乐段			
乐段一（十三字或十四字）	乐段二（十字）	乐段三（十三字或十二字）	乐段四（十三字）
4　5　4 4　4　6	4　6 5　5	6　　34 6　　6	7　　6 34　　6 4　4　5

《玲珑四犯》下阕，四个乐段			
乐段一（十四字或十五字）	乐段二（十二字或十字、十三字）	乐段三（十四字或十二字、十三字）	乐段四（十一字或十字、十三字）
7　　34 33　5　4	7　5 7　6 5　5	7　　34 6　　34 6　　6	5　3　3 3　　34 5　4　4 36　　4 34　　6

　　《康熙词谱》共收集七体《玲珑四犯》，双调，上下阕分别可分为四个乐段，其长短句结构如表所示。该调有九十九字或一百字、一百一字，上阕九句或十句，五仄韵或四仄韵；下阕九句或八句，五仄韵或四仄韵、六仄韵。《康熙词谱》以九十九字体周邦彦词为正体或正格。该调的正格与变格如表所示，其中，各乐段中的格式（1）为正格句式，其余为变格句式。

《玲珑四犯》的正格与变格（双调）

《玲珑四犯》上阕，九句或十句，五仄韵或四仄韵	
乐段一（三句，十三字或十四字）	乐段二（二句，十字）
＋｜－－（句）｜＋｜－－（句）＋＋－｜（韵）（1） ＋｜－－（句）＋｜｜－－（句）＋｜－｜（韵）（2） ＋｜＋－（句）＋－＋｜（句）＋－＋｜－｜（韵）（3）	＋｜－－（句）＋｜｜－－｜（韵）（1） ＋－－｜｜（句）＋｜－－｜（韵）（2）

《玲珑四犯》上阕，九句或十句，五仄韵或四仄韵	
乐段三（二句，十三字或十二字）	乐段四（二句或三句，十三字）
＋｜＋｜－－（句）＋＋＋（读）＋－＋｜（韵）（1） ＋－｜－＋｜（韵）＋＋＋（读）＋－＋｜（韵）（2） ＋｜＋｜－－（句）＋｜＋－＋｜（韵）（3）	｜＋－＋｜－｜（韵）＋｜＋－－｜（韵）（1） ＋＋＋（读）＋＋－｜（句）＋－｜－＋｜（韵）（2） ＋＋＋（读）＋＋－｜（韵或句）＋｜＋－＋｜（韵）（3） ＋＋＋（读）＋｜－－（句）＋｜＋－＋｜（韵）（4） ＋｜－－（句）＋－＋｜（句）＋｜＋－｜（韵）（5）

注：上阕乐段四中的格式"｜＋－＋｜－｜（韵）"，为"上一下六"句式。

《玲珑四犯》下阕，九句或八句，五仄韵或四仄韵、六仄韵	
乐段一（二句或三句，十四字或十五字）	乐段二（二句，十二字或十字、十三字）
＋－＋｜－－｜（韵）＋＋＋（读）＋＋－＋｜（韵） （1）	＋－＋｜－－｜（句）＋｜－｜（韵） （1）
＋－＋｜－－｜（句）＋＋＋（读）＋＋－｜（韵） （2）	＋－＋｜－－｜（句）－｜＋｜－｜（韵） （2）
＋＋＋（读）－－｜（韵）｜－＋｜（句）＋｜－｜（韵） （3）	＋＋＋｜－｜（句）＋｜－｜（韵） （3）
	＋－－｜｜（句）＋｜－－｜（韵） （4）

例一 玲珑四犯（九十九字）

（宋）周邦彦

秾李夭桃，是旧日潘郎，亲试春艳。自别河阳，长负露房烟脸。憔悴鬓点吴霜，细念想、梦魂飞乱。叹画栏玉砌都换。才始有缘重见。　　夜深偷展香罗荐。暗窗前、醉眠葱蒨。浮花浪蕊都相识，谁更曾抬眼。休问旧色旧香，但认取、芳心一点。又片时一阵，风雨恶，吹分散。

注：该词上阕第一句至第三句为乐段一中的格式（1），第四句和第五句为乐段二中的格式（1），第六句和第七句为乐段三中的格式（1），第八句和第九句为乐段四中的格式（1）；下阕第一句和第二句为乐段一中的格式（1），第三句和第四句为乐段二中的格式（1），第五句和第六句为乐段三中的格式（1），第七句至第九句为乐段四中的格式（1）。全词双调，九十九字，上下阕各九句，五仄韵。

《玲珑四犯》下阕，九句或八句，五仄韵或四仄韵、六仄韵	
乐段三（二句，十四字或十二字、十三字）	乐段四（三句或二句，十一字或十字、十三字）
＋｜＋｜＋—（句）＋＋＋＋（读）＋＋—＋｜（韵） （1）	｜＋—＋｜（句）＋｜＋（句）——｜（韵） （1）
＋｜＋—＋｜（句）＋＋＋（读）＋＋—＋｜（韵） （2）	＋｜——｜（句）＋＋—＋｜（韵） （2）
＋—＋＋＋｜（句）＋＋＋（读）＋＋—＋｜（韵） （3）	＋＋＋（读）＋＋＋｜（句）＋＋—＋｜（韵） （3）
＋｜＋｜＋——（句）＋｜＋—＋｜（韵） （4）	＋＋＋（读）＋｜——（句）＋｜＋—＋｜（韵） （4）
	—＋｜（韵）＋＋＋（读）＋—＋｜（韵） （5）

注：①下阕乐段三中的格式"＋｜＋｜＋—（句）"，可平可仄三处，不可同时用仄；②乐段四中的格式"＋｜＋（句）"，可平可仄两处，不可同时用仄。

例二　玲珑四犯（一百一字）

（宋）史达祖

阔甚吴天，顿放得江南，离绪多少。一雨为秋，凉气小窗先到。轻梦听彻风蒲，又散入、楚空清晓。问世间、愁在何处，不离淡烟衰草。　　簟纹独浸芙蓉影，想凄凄、欠郎偎抱。即今卧得云衣冷，山月仍相照。方悔翠袖，易分难聚，有玉香花笑。待雁来、先寄新词归去，且教知道。

注：该词上阕第一句至第三句为乐段一中的格式（1），第四句和第五句为乐段二中的格式（1），第六句和第七句为乐段三中的格式（1），第八句和第九句为乐段四中的格式（2）；下阕第一句和第二句为乐段一中的格式（2），第三句和第四句为乐段二中的格式（1），第五句和第六句为乐段三中的格式（1），第七句和第九句为乐段四中的格式（3）。全词双调，一百一字，上阕九句，四仄韵；下阕八句，四仄韵。

例三　玲珑四犯（一百一字）

（宋）曹邍

一架幽芳，自过了梅花，独占清绝。露叶檀心，香满万条晴雪。肌素净洗铅华，似弄玉、乍离瑶阙。看翠虬白凤飞舞，不管暮烟啼鴂。　　酒中风格天然别。记唐宫、赐樽芳冽。玉蕤唤得余春住，犹醉迷飞蝶。天气乍雨乍晴，长是伴、牡丹时节。夜散琼楼宴，金铺深掩，一庭春月。

注：该词上阕第一句至第三句为乐段一中的格式（1），第四句和第五句为乐段二中的格式（1），第六句和第七句为乐段三中的格式（1），第八句和第九句为乐段四中的格式（1）；下阕第一句和第二句为乐段一中的格式（1），第三句和第四句为乐段二中的格式（1），第五句和第六句为乐段三中的格式（1），第七句至第九句为乐段四中的格式（2）。全词双调，一百一字，上阕九句，四仄韵；下阕九句，五仄韵。

例四　玲珑四犯（一百一字）

（宋）史达祖

雨入愁边，翠树晚无人，风叶如剪。竹尾通凉，却怕小帘低卷。孤坐便怯诗悭，念俊赏、旧曾题遍。更暗尘、偷锁鸾影，心事屡羞团扇。　　卖花门馆生秋草，怅弓弯、几时重见。前欢尽属风流梦，天共朱楼远。闻道秀骨病多，难自任、从来恩怨。料也和、前度金笼鹦鹉，说人情浅。

注：该词上阕第一句至第三句为乐段一中的格式（2），第四句和第五句为乐段二中的格式（1），第六句和第七句为乐段三中的格式（1），第八句和第九句为乐段四中的格式（3）；下阕第一句和第二句为乐段一中的格式（2），第三句和第四句为乐段二中的格式（1），第五句和第六句为乐段三中的格式（1），第七句和第八句为乐段四中的格式（3）。全词双调，一百一字，上阕九句，四仄韵；下阕八句，四仄韵。

例五　玲珑四犯（一百字）

（宋）高观国

水外轻阴，做弄得飞云，吹断晴絮。驻马桥西，还系旧时芳树。不见翠陌寻春，问着小桃无语。恨燕莺、不识闲情，却隔乱红飞去。　　少年曾失春风意，到如今、怨恨难诉。魂惊冉冉江南远，烟草愁如许。此意待写翠笺，奈断肠、都无新句。问甚时、舞凤歌鸾，花里再看仙侣。

注：该词上阕第一句至第三句为乐段一中的格式（2），第四句和第五句为乐段二中的格式（1），第六句和第七句为乐段三中的格式（3），第八句和第九句为乐段四中的格式（4）；下阕第一句和第二句为乐段一中的格式（2），第三句和第四句为乐段二中的格式（1），第五句和

第六句为乐段三中的格式（1），第七句和第八句为乐段四中的格式（4）。全词双调，一百字，上阕九句，四仄韵；下阕八句，四仄韵。

例六　玲珑四犯（一百字）
（宋）张　炎

流水人家，乍过了斜阳，一片苍树。怕听秋声，却是旧愁来处。因甚尚客殊乡，自笑我、被谁留住。问种桃、莫是前度。不拟桃花轻误。　少年未识相思苦。最难禁、此时情绪。行云暗与风流散，方信别泪如雨。何况帐空夜鹤，怎奈向、如今归去。更可怜闲里，白了头，还知否。

注：该词上阕第一句至第三句为乐段一中的格式（1），第四句和第五句为乐段二中的格式（1），第六句和第七句为乐段三中的格式（1），第八句和第九句为乐段四中的格式（3）；下阕第一句和第二句为乐段一中的格式（1），第三句和第四句为乐段二中的格式（2），第五句和第六句为乐段三中的格式（2），第七句至第九句为乐段四中的格式（1）。全词双调，一百字，上下阕各九句，五仄韵。

例七　玲珑四犯（九十九字）
（宋）周　密

波暖尘香，正嫩日轻阴，摇荡清昼。几日新晴，初展绮窗纹绣。年少忍负才华，尽占断、艳歌芳酒。奈翠帘、蝶舞蜂喧，催趁禁烟时候。　杏腮红透梅钿皱。燕归时、海棠斯勾。寻芳较晚东风约，还约刘郎归后。凭问柳陌情人，比似垂杨谁瘦。倚画栏无语，春恨远，频回首。

注：该词上阕第一句至第三句为乐段一中的格式（1），第四句和第五句为乐段二中的格式（1），第六句和第七句为乐段三中的格式（1），第八句和第九句为乐段四中的格式（4）；下阕第一句和第二句为乐段一中的格式（1），第三句和第四句为乐段二中的格式（3），第五句和第六句为乐段三中的格式（4），第七句至第九句为乐段四中的格式（1）。全词双调，九十九字，上阕九句，四仄韵；下阕九句，五仄韵。

例八　玲珑四犯（九十九字）
（宋）姜　夔

叠鼓夜寒，垂灯春浅，匆匆时事如许。倦游欢意少，俯仰悲今古。江淹又吟恨赋。记当时、送君南浦。万里乾坤，百年身世，唯有此情苦。　扬州柳、垂官路。有轻盈换马，端正窥户。酒醒明月下，梦逐潮声去。文章信美知何用，漫赢得、天涯羁旅。教说与。春来要、寻花伴侣。

注：该词上阕第一句至第三句为乐段一中的格式（3），第四句和第五句为乐段二中的格式（2），第六句和第七句为乐段三中的格式（2），第八句至第十句为乐段四中的格式（5）；下阕第一句至第三句为乐段一中的格式（3），第四句和第五句为乐段二中的格式（4），第六句和第七句为乐段三中的格式（3），第八句和第九句为乐段四中的格式（5）。全词双调，九十九字，上阕十句，五仄韵；下阕九句，六仄韵。

丁 香 结

调见《清真集》。古诗有"丁香结恨新"，调名本此。

《丁香结》的长短句结构

《丁香结》上阕，四个乐段			
乐段一（十四字）	乐段二（十四字）	乐段三（十二字）	乐段四（十二字）
4　　4　　6	5　　　36	5　　　34	4　　8 6　　6

《丁香结》下阕，四个乐段			
乐段一（十三字）	乐段二（十二字）	乐段三（十一字）	乐段四（十一字）
2　　5　　6	4　　4　　4	6　　　5	5　　　6

《康熙词谱》只收集一体《丁香结》，双调，上下阕分别可分为四个乐段，其长短句结构如表所示。该调九十九字，上阕九句，五仄韵；下阕十句，五仄韵。《康熙词谱》以周邦彦词为标谱词例。该调的正格与变格如表所示，其中，上下阕各乐段中的格式（1）为正格句式，其余为变格句式。

例一　丁香结（九十九字）

（宋）周邦彦

苍藓延阶，冷萤粘屋，庭树望秋先陨。渐雨凄风迅。淡暮色、倍觉园林清润。汉姬纨扇在，重吟玩、弃掷未忍。登山临水，此恨自古销磨不尽。　　牵引。记醉酒归时，对月同看雁阵。宝幄香䰀，熏炉象尺，夜寒灯晕。谁念留滞故国,旧事劳方寸。惟丹青相伴,那更尘昏蠹损。

　　注:该词上阕第一句至第三句为乐段一中的格式(1),第四句和第五句为乐段二中的格式(1),第八句和第九句为乐段四中的格式(1);下阕第九句和第十句为乐段四中的格式(1)。全词双调,九十九字,上阕九句,五仄韵;下阕十句,五仄韵。

《丁香结》的正格与变格(双调)

《丁香结》上阕,九句,五仄韵或四仄韵	
乐段一(三句,十四字)	乐段二(二句,十四字)
＋｜－－(句)＋－＋｜(句) ＋｜＋－＋｜(韵) (1)	｜＋－＋｜(韵)＋＋｜(读)＋ ｜＋－＋｜(韵) (1)
＋｜－－(句)＋－＋｜(句) ＋－｜－＋｜(韵) (2)	｜＋－＋｜(句)＋＋｜(读)＋ ｜＋－＋｜(韵) (2)

《丁香结》上阕,九句,五仄韵或四仄韵	
乐段三(二句,十二字)	乐段四(二句,十二字)
＋－－｜｜(句)＋＋＋｜(读) ＋＋＋｜(韵)	＋－＋｜(句)＋＋＋｜－ －＋｜(韵) (1)
	＋－－｜＋｜(句)＋｜＋－ ＋｜(韵) (2)

例二　丁香结(九十九字)
(宋)吴文英

　　香裛红霏,影高银烛,曾纵夜游浓醉。正锦温琼腻。被燕踏、暖雪惊翻庭砌。马嘶人散后,秋风换、故园梦里。吴霜融晓,陡觉暗动偷春花意。　　还似。海雾冷仙山,唤觉环儿半睡。浅薄朱唇,娇羞艳色,自伤时背。帘外寒挂淡月,向日秋千地。怀春情不断,犹带相思旧子。

　　注:该词上阕第一句至第三句为乐段一中的格式(1),第四句和第五句为乐段二中的格

式（1），第八句和第九句为乐段四中的格式（1）；下阕第九句和第十句为乐段四中的格式（2）。全词双调，九十九字，上阕九句，五仄韵；下阕十句，五仄韵。

《丁香结》下阕，十句，五仄韵	
乐段一（三句，十三字）	乐段二（三句，十二字）
＋｜（韵）｜＋｜ーー（句）＋｜ ＋ー＋｜（韵） 　　　　　　（1） ＋｜（韵）＋｜｜ーー（句）＋｜ ＋ー＋｜（韵） 　　　　　　（2）	＋｜ーー（句）＋ー＋｜（句） ＋ー＋｜（韵）

《丁香结》下阕，十句，五仄韵	
乐段三（二句，十一字）	乐段四（二句，十一字）
＋｜ー＋＋｜（句）＋｜ーー ｜（韵）	＋＋ー＋｜（句）＋｜＋ー＋ ｜（韵） 　　　　　　（1） ＋ーー｜｜（句）＋｜＋ー＋ ｜（韵） 　　　　　　（2）

注：乐段四中的格式"＋＋ー＋｜（句）"，为"上一下四"句式。

例三　丁香结（九十九字）

（宋）陈允平

　　尘拥妆台，翠闲歌扇，金井碧梧风隙。听豆虫声小，伴寂寞、冷逼莓墙苍润。料凄凉宋玉，悲秋恨、此际怎忍。莲塘风露渐入，粉艳红衣落尽。　　勾引。记舞歇弓弯，几度柳围花阵。酒薄愁浓，霞腮泪渍，月眉香晕。空对秦镜尚缺，暗结回肠寸。念纤腰柔弱，都为相如瘦损。

　　注：该词上阕第一句至第三句为乐段一中的格式（1），第四句和第五句为乐段二中的格式（2），第八句和第九句为乐段四中的格式（2）；下阕第九句和第十句为乐段四中的格式（1）。全词双调，九十九字，上阕九句，五仄韵；下阕十句，五仄韵。

例四　丁香结（九十九字）

（宋）方千里

烟湿高花，雨藏低叶，为谁翠消红陨。叹水流波迅。抚艳景、尚有轻阴余润。乳莺啼处路，思归意、泪眼暗忍。青青榆荚满地，纵买闲愁难尽。　　勾引。正记着年时，乍怯春寒阵阵。小阁幽窗，残妆剩粉，黛眉曾晕。迢递魂梦万里，恨断柔肠寸。知何时重见，空为相思瘦损。

注：该词上阕第一句至第三句为乐段一中的格式（2），第四句和第五句为乐段二中的格式（1），第八句和第九句为乐段四中的格式（2）；下阕第九句和第十句为乐段四中的格式（1）。全词双调，九十九字，上阕九句，五仄韵；下阕十句，五仄韵。

琐　窗　寒

一名《锁寒窗》，调见《片玉集》，盖寒食词也。因词有"静锁一庭愁雨"及"故人剪烛西窗雨"句，取以为名。

《琐窗寒》的长短句结构

上阕，四个乐段			
乐段一（十二字）	乐段二（十字）	乐段三（十四字）	乐段四（十三字）
4　4　4	4　　6	34　　7	5　4　4 34　　6

下阕，四个乐段			
乐段一（十四字或十五字、十三字）	乐段二（十字或十一字）	乐段三（十四字）	乐段四（十二字）
2　3　5　4 2　4　5　4 　　5　4　4	4　　6 4　　34	34　　7	34　　5

《康熙词谱》共收集《琐窗寒》五体，双调，上下阕分别可分为四个乐段，其长短句结构如表所示。该调有九十九字或一百字、九十八字等格式，上阕十句或九句，四仄韵或五仄韵；下阕十句或九句，六仄韵或七仄韵、五仄韵。《康熙词谱》以九十九字体周邦彦词、张

炎词为正体或正格。该调的正格与变格如表所示，其中，上下阕各乐段中的格式（1）为正格句式，其余为变格句式。

《琐窗寒》的正格与变格（双调）

《琐窗寒》上阕，十句或九句，四仄韵或五仄韵	
乐段一（三句，十二字）	乐段二（二句，十字）
＋｜－－（句）＋－＋｜（句） ＋－＋｜（韵）	＋－＋｜（句或韵）＋｜＋－＋ ｜（韵）

《琐窗寒》上阕，十句或九句，四仄韵或五仄韵	
乐段三（二句，十四字）	乐段四（三句或二句，十三字）
｜＋＋（读）＋－｜－（句）＋ －＋｜－－｜（韵） （1）	｜＋－＋｜（句）＋－＋｜（句） ＋－＋｜（韵） （1）
｜＋＋（读）＋｜＋－（句）＋ －＋｜－－｜（韵） （2）	｜＋＋（读）＋｜－＋（句）＋｜ ＋－＋｜（韵） （2）
｜＋＋（读）＋－＋｜（句）＋ －｜＋－－｜（韵） （3）	

例一　琐寒窗（九十九字）

（宋）周邦彦

　　暗柳啼鸦，单衣伫立，小帘朱户。桐花半亩，静锁一庭愁雨。洒空阶、更阑未休，故人剪烛西窗语。似楚江暝宿，风灯零乱，少年羁旅。　　迟暮。嬉游处。正店舍无烟，禁城百五。旗亭唤酒，付与高阳俦侣。想东园、桃李自春，小唇秀靥今在否。到归时、定有残英，待客携尊俎。

　　注：该词上阕第六句和第七句为乐段三中的格式（1），第八句至第十句为乐段四中的格式（1）；下阕第一句至第四句为乐段一中的格式（1），第五句和第六句为乐段二中的格式（1），第七句和第八句为乐段三中的格式（1），第九句和第十句为乐段四中的格式（1）。全词双调，九十九字，上阕十句，四仄韵；下阕十句，六仄韵。

◇ 卷二十七 ◇

《琐窗寒》下阕，十句或九句，六仄韵或七仄韵、五仄韵	
乐段一（四句或三句，十四字或十五字、十三字）	乐段二（二句，十字或十一字）
－ ｜（韵）－ － ｜（韵）｜ ＋ ｜ － － －（句）＋ ＋ － ＋ ｜（韵） （1）	＋ － ＋ ｜（句）＋ ｜ ＋ － ＋ ｜（韵） （1）
－ ｜（韵）－ － ｜（韵）｜ ＋ － ＋ ｜（句）＋ ＋ － ＋ ｜（韵） （2）	＋ ＋ ＋ ｜（韵）＋ ｜ ＋ － ＋ ｜（韵） （2）
－ ｜（韵）＋ ＋ － ＋ ｜（韵）｜ ＋ ｜ － －（句）＋ ＋ － ＋ ｜（韵） （3）	＋ － ＋ ｜（韵）｜ ＋ ＋ ＋（读）＋ － ＋ ｜（韵） （3）
＋ ｜ ｜ － ｜（韵）＋ ｜ － －（句） ＋ － ＋ ｜（韵） （4）	

《琐窗寒》下阕，十句或九句，六仄韵或七仄韵、五仄韵	
乐段三（二句，十四字）	乐段四（二句，十二字）
｜ ＋ ＋（读）＋ ｜ ＋ －（句）＋ － ＋ ｜ － ＋ ｜（韵） （1）	｜ ＋ ＋（读）＋ ｜ － －（句）＋ ｜ － － ｜（韵） （1）
｜ ＋ ＋（读）＋ ｜ ＋ －（句）＋ ＋ ｜ ｜ － － ｜（韵） （2）	｜ ＋ ＋（读）＋ ｜ ＋ －（句）＋ － － ｜ ｜（韵） （2）
｜ ＋ ＋（读）＋ ｜ ＋ －（句）＋ ＋ ｜ － － ｜ ｜（韵） （3）	

例二　琐窗寒（九十九字）

（宋）张　炎

乱雨敲春，深烟带晚，水窗慵凭。空帘慢卷，数日更无花影。怕依然、旧时归燕，定应未识江南冷。最怜他、树底嫣红，不语背人吹尽。　　清润。通幽径。待移灯剪韭，试香温鼎。分明醉里，过了几番风信。想竹间、高阁半闲,小车未来犹自等。傍新晴、隔柳呼船,待教潮信稳。

　　注:该词上阕第六句和第七句为乐段三中的格式(3),第八句和第九句为乐段四中的格式(2);下阕第一句至第四句为乐段一中的格式(2),第五句和第六句为乐段二中的格式(1),第七句和第八句为乐段三中的格式(3),第九句和第十句为乐段四中的格式(2)。全词双调,九十九字,上阕九句,四仄韵;下阕十句,六仄韵。

例三　琐窗寒(一百字)
(宋)杨无咎

　　柳暗藏鸦,花深见蝶,物华如绣。情多思远,又是一番清瘦。忆前回、庭树未春,个人预约同携手。恨迟留、载酒期程,辜负踏青时候。　　搔首。双眉暗斗。况无似今年,一春晴昼。风僝雨僽。直得恁时迤逗。想闲窗、针线倦拈,寂寞细捻酴醾嗅。待还家、定是冤人,泪粉零襟袖。

　　注:该词上阕第六句和第七句为乐段三中的格式(2),第八句和第九句为乐段四中的格式(2);下阕第一句至第四句为乐段一中的格式(3),第五句和第六句为乐段二中的格式(2),第七句和第八句为乐段三中的格式(2),第九句和第十句为乐段四中的格式(1)。全词双调,一百字,上阕九句,四仄韵;下阕十句,七仄韵。

例四　琐窗寒(一百字)
(宋)张　炎

　　断碧分山,空帘剩月,故人天外。香留酒斝。蝴蝶一生花里。想如今、醉魂未醒,夜台梦语秋声碎。自中仙去后,词笺赋笔,便无清致。　　都是。凄凉意。怅玉笥埋云,锦袍归水。形容憔悴。料应也、孤吟山鬼。那知人、弹折素弦,黄金铸出相思泪。但柳枝、门掩枯阴,候蛩啼暗苇。

　　注:该词上阕第六句和第七句为乐段三中的格式(3),第八句至第十句为乐段四中的格式(1);下阕第一句至第四句为乐段一中的格式(1),第五句和第六句为乐段二中的格式(3),第七句和第八句为乐段三中的格式(2),第九句和第十句为乐段四中的格式(2)。全词双调,一百字,上阕十句,五仄韵;下阕十句,七仄韵。

例五　琐窗寒（九十八字）

（宋）程　先

雨洗红尘，云迷翠麓，小车难去。凄凉感慨，未有今年春暮。想曲江、水边丽人，影沉香歇谁为主。但兔葵燕麦，风前摇荡，径花成土。　　空被多情苦。庆会难逢，少年几许。纷纷沸鼎，负了青阳凡五。待何时、重享太平，典衣贳酒相尔汝。算兰亭、有此欢娱，又却悲今古。

注：该词上阕第六句和第七句为乐段三中的格式（1），第八句至第十句为乐段四中的格式（1）；下阕第一句至第三句为乐段一中的格式（4），第四句和第五句为乐段二中的格式（1），第六句和第七句为乐段三中的格式（1），第八句和第九句为乐段四中的格式（1）。全词双调，九十八字，上阕十句，四仄韵；下阕九句，五仄韵。

大　有

调见《片玉集》。

《大有》的长短句结构

《大有》上阕，四个乐段			
乐段一（十五字）	乐段二（九字）	乐段三（十四字）	乐段四（十二字）
4　4　34	36	7　34	6　6

《大有》下阕，四个乐段			
乐段一（十五字）	乐段二（十字）	乐段三（十三字）	乐段四（十一字）
3　3　5　4	4　6	6　34	34　4

《康熙词谱》只收集一体《大有》，双调，上下阕分别可分为四个乐段，其长短句结构如表所示。该调九十九字，上阕八句，四仄韵；下阕十句，五仄韵，其基本格式如表所示。

《大有》的基本格式（双调）

《大有》上阕，八句，四仄韵	
乐段一（三句，十五字）	乐段二（一句，九字）
＋｜——（句）＋－＋｜（句）＋ ＋＋（读）＋＋－｜（韵）	＋＋＋（读）＋－＋｜－ ｜（韵）

《大有》上阕，八句，四仄韵	
乐段三（二句，十四字）	乐段四（二句，十二字）
＋－＋｜＋－｜（句）＋＋＋（读） ＋－＋｜（韵）	＋｜＋｜－－（句）＋－ ＋｜－｜（韵）

《大有》下阕，十句，五仄韵	
乐段一（四句，十五字）	乐段二（二句，十字）
－＋｜（句）－－＋｜（韵）＋｜｜－ －（句）＋－＋｜（韵）	＋｜－－（句）＋｜＋－ ＋｜（韵）

《大有》下阕，十句，五仄韵	
乐段三（二句，十三字）	乐段四（二句，十一字）
＋｜＋－＋｜（句）＋＋＋（读） ＋－＋｜（韵）	＋＋＋（读）＋｜－－（句） ＋－＋｜（韵）

例　大有（九十九字）

（宋）潘希白

戏马台前，采花篱下，问岁华、还是重九。恰归来、南山翠色依旧。帘栊昨夜听风雨，都不是、登临时候。一片宋玉情怀，十分卫郎清瘦。　　红萸佩，空对酒。砧杵动微寒，暗欺罗袖。秋色无多，早是败荷衰柳。强整帽檐欹侧，曾经向、天涯搔首。几回忆、故国莼鲈，霜前雁后。

注：全词双调，九十九字，上阕八句，四仄韵；下阕十句，五仄韵。

燕 山 亭

"燕"或作"宴",然与《山亭宴》无涉。

《燕山亭》的长短句结构

上阕,四个乐段			
乐段一(十四字)	乐段二(十四字)	乐段三(十一字)	乐段四(十一字)
4 4 6	4 4 6	4 34	2 5 4

下阕,四个乐段			
乐段一(十五字)	乐段二(十四字)	乐段三(十一字)	乐段四(九字)
6 5 4	4 4 6	4 34	2 34

《康熙词谱》只收集一体《燕山亭》,双调,上下阕分别可分为四个乐段,其长短句结构如表所示。该调九十九字,上阕十一句,五仄韵;下阕十句,五仄韵。《康熙词谱》以曾觌词为标谱词例。该调的正格与变格如表所示,其中,上下阕各乐段中的格式(1)为正格句式,其余为变格句式。

例一 燕山亭(九十九字)

(宋)曾 觌

河汉风清,庭户夜凉,皓月澄秋时候。冰鉴乍开,跨海飞来,光掩满天星斗。四卷珠帘,渐移影、宝阶鸳甃。还又。看岁岁婵娟,向人依旧。　朱邸高宴簪缨,正歌吹瑶台,舞翻宫袖。银管竞酬,棣萼相辉,风流古来谁有。玉笛横空,更听彻、霓裳三奏。难偶。拚醉倒、参横晓漏。

注:该词上阕第一句至第三句为乐段一中的格式(1),第四句至第六句为乐段二中的格式(1),第九句至第十一句为乐段四中的格式(1);下阕第一句至第三句为乐段一中的格式(1)。全词双调,九十九字,上阕十一句,五仄韵;下阕十句,五仄韵。

《燕山亭》的基本格式（双调）

《燕山亭》上阕，十一句，五仄韵	
乐段一（三句，十四字）	乐段二（三句，十四字）
＋｜－－（句）＋｜＋－（句） ＋｜＋－＋｜（韵） （1）	＋｜＋－（句）＋｜＋－（句） ＋｜＋－＋｜（韵） （1）
＋｜－－（句）＋｜＋－＋｜（句） ＋｜＋－＋｜（韵） （2）	＋｜＋－（句）＋｜＋－－（句） ＋－｜－＋｜（韵） （2）

《燕山亭》上阕，十一句，五仄韵	
乐段三（二句，十一字）	乐段四（三句，十一字）
＋｜－－（句）＋＋｜（读）＋ －＋｜（韵）	－｜（韵）＋＋｜－－（句）＋ －＋｜（韵） （1）
	－｜（韵）＋｜｜－－（句）＋－ ＋｜（韵） （2）

注：上阕乐段四的格式"＋　＋　｜　－　－（句）"，为"上一下四"句式，领字宜用去声。

例二　燕山亭（九十九字）

（宋）张　雨

　　鹤顶朱圆，丰肌粟聚，宝叶揉蓝初洗。亲剪翠柯，远赠筠笼，脉脉红泉流齿。骨换丹砂，笑尚带、儒酸风味。谁记。曾问谱西泠，绿阴青子。　　君家几度尊前，摘天上繁星，伴人同醉。纤手素盘，历乱殷红，浮沉半壶脂水。珍果同时，惟醉写、来禽青李。争似。为越女、吴姬染指。

　　注：该词上阕第一句至第三句为乐段一中的格式（2），第四句至第六句为乐段二中的格式（1），第九句至第十一句为乐段四中的格式（1）；下阕第一句至第三句为乐段一中的格式（2）。全词双调，九十九字，上阕十一句，五仄韵；下阕十句，五仄韵。

《燕山亭》下阕，十句，五仄韵	
乐段一（三句，十五字）	乐段二（三句，十四字）
— ｜ ＋ ｜ — —（句）｜ ＋ ｜ — —（句）＋ ＋ — ＋ ｜（韵） （1） ＋ — ＋ ｜ — —（句）｜ ＋ ｜ —（句）＋ ＋ — ＋ ｜（韵） （2）	＋ ｜ ＋ — （句）＋ ｜ — —（句） ＋ — ｜ — ＋ ｜（韵）

《燕山亭》下阕，十句，五仄韵	
乐段三（二句，十一字）	乐段四（二句，九字）
＋ ｜ — —（句）＋ ＋ ＋ ｜（读）＋ — ＋ ｜（韵）	— ｜（韵）＋ ＋ ＋ ｜（读）＋ — ＋ ｜（韵）

例三　燕山亭（九十九字）

（宋）毛　开

暖霭辉迟，雨过夜来，帘外春风徐转。霞散锦舒，密映微窥，亭亭万枝开遍。一笑嫣然，犹记有、画图曾见。无伴。初睡起昭阳，弄妆日晚。　　长是相趁佳期，有寻旧流莺，贪新双燕。惆怅共谁，细绕花阴，空怀紫箫凄怨。银烛光中，且更待、夜深重看。留恋。愁酒醒、绯桃千片。

注：该词上阕第一句至第三句为乐段一中的格式（1），第四句至第六句为乐段二中的格式（2），第九句至第十一句为乐段四中的格式（2）；下阕第一句至第三句为乐段一中的格式（1）。全词双调，九十九字，上阕十一句，五仄韵；下阕十句，五仄韵。

聒龙谣

调见朱敦儒《樵歌词》，因词有"聒龙啸"句，取以为名。

《聒龙谣》的长短句结构

《聒龙谣》上阕，四个乐段			
乐段一（十四字）	乐段二（九字）	乐段三（十四字）	乐段四（十三字）
4　4　6	4　5	34　34	34　3　3

《聒龙谣》下阕，四个乐段			
乐段一（十五字）	乐段二（九字）	乐段三（十四字）	乐段四（十一字）
3　3　5　4	4　5	34　34	34　4

《康熙词谱》共收集两体《聒龙谣》，双调，上下阕分别可分为四个乐段，其长短句结构如表所示。该调九十九字，上阕十句，四仄韵或五仄韵；下阕十句，四仄韵。《康熙词谱》以首句为"肩拍洪崖"朱敦儒词为标谱词例。该词的正格与变格如表所示，其中，上下阕各乐段中的格式（1）为正格句式，其余为变格句式。

例一　聒龙谣（九十九字）

（宋）朱敦儒

　　肩拍洪崖，手携子晋，梦里暂辞尘宇。高步层霄，俯人间如许。算蜗战、多少功名，问蚁聚、几回今古。度银潢、展尽参旗，桂华淡，月飞去。　　天风紧，玉楼斜，舞万女霓袖，光摇金缕。明廷燕阕，倚青冥回顾。过瑶池、重惜双成，就楚岫、更邀巫女。转云车、指点虚无，引蓬莱路。

注：该词上阕第一句至第三句为乐段一中的格式（1），下阕第一句至第四句为乐段一中的格式（1）。全词双调，九十九字，上下阕各十句，四仄韵。

《聒龙谣》的正格与变格（双调）

《聒龙谣》上阕，十句，四仄韵或五仄韵	
乐段一（三句，十四字）	乐段二（二句，九字）
＋｜－－（句）＋－＋｜（句）＋｜ ＋－＋｜（韵） （1）	＋｜－－（句）｜＋－＋｜ （韵）
＋｜－－（句）＋－＋｜（韵）＋｜ ＋－＋｜（韵） （2）	
＋｜－－（句）＋｜＋－（句）＋｜ ＋－＋｜（韵） （3）	

《聒龙谣》上阕，十句，四仄韵或五仄韵	
乐段三（二句，十四字）	乐段四（三句，十三字）
＋＋＋（读）＋｜－－（句）＋ ＋＋（读）＋－＋｜（韵）	＋＋＋（读）＋｜－－（句）＋ －｜（句）＋－＋｜（韵）

例二　聒龙谣（九十九字）

（宋）朱敦儒

　　凭月携箫，溯空秉羽。梦踏绛绡仙去。花冷街榆，悄中天风露。并真官、蕊佩芬芳，望帝所、紫云容与。享钧天、九奏传觞，聒龙啸，看鸾舞。　　惊尘世，悔平生，叹万感千恨，谁怜深素。群仙念我，好人间难住。劝阿母、遍与金桃，教酒星、剩斟琼醑。醉归时、手授丹经，指长生路。

　　注：该词上阕第一句至第三句为乐段一中的格式（2），下阕第一句至第四句为乐段一中的格式（1）。全词双调，九十九字，上阕十句，五仄韵；下阕十句，四仄韵。

<table>
<tr><td colspan="2" align="center">《眎龙谣》下阕，十句，四仄韵</td></tr>
<tr><td align="center">乐段一（四句，十五字）</td><td align="center">乐段二（二句，九字）</td></tr>
<tr><td>＋ － ｜（句）｜ － －（句）｜ ＋ ＋
－ ｜（句）＋ － ＋ ｜（韵）
（1）

＋ － ｜（句）｜ － －（句）｜ ＋ ＋
｜ ｜（句）＋ － ＋ ｜（韵）
（2）</td><td>＋ － ＋ ｜（句）｜ ＋ － ＋ ｜（韵）</td></tr>
</table>

<table>
<tr><td colspan="2" align="center">《眎龙谣》下阕，十句，四仄韵</td></tr>
<tr><td align="center">乐段三（二句，十四字）</td><td align="center">乐段四（二句，十一字）</td></tr>
<tr><td>＋ ＋ ＋（读）＋ ｜ － －（句）｜
＋ ＋（读）＋ － ＋ ｜（韵）</td><td>＋ ＋ ＋（读）＋ ｜ － －（句）｜
＋ － ｜（韵）</td></tr>
<tr><td colspan="2">注：下阕乐段四中的格式"｜ ＋ － ｜（韵）"，为"上一下三"句式。</td></tr>
</table>

例三　眎龙谣（九十九字）

（宋）赵佶

紫阙岧峣，绀宇邃深，望极绛河清浅。霜月流天，锁穹隆光满。水晶宫、金琐龙盘，玳瑁帘、玉钩云卷。动深思、秋籁萧萧，比人世，倍清燕。　　瑶阶迥，玉签鸣，渐秘省引水，辘轳声转。鸡人唱晓，促铜壶银箭。拂晨光、宫柳烟微，荡瑞色、御炉香散。从宸游、前后争趋，向金銮殿。

注：该词上阕第一句至第三句为乐段一中的格式（3），下阕第一句至第四句为乐段一中的格式（2）。全词双调，九十九字，上下阕各十句，四仄韵。

例四　眎龙谣（九十九字）

（宋）汪莘

梦下瑶台，神飞阆苑，自叹尘寰久客。三入成周，望皇居帝宅。荡兰桨、伊阙波涛，曳玉杖、洛阳阡陌。独踟蹰、武烈文谟，天垂晚，月生魄。　　故人少，别怀多，引壶觞自酌，谁怜衰白。群仙问我，尚低头方册。共云将、东过扶摇，遇鸿濛、顿超玄默。待功成、翳凤骑麟，把蟠桃摘。

注：该词上阕第一句至第三句为乐段一中的格式（1），下阕第一句至第四句为乐段一中的格式（2）。全词双调，九十九字，上下阕各十句，四仄韵。

金菊对芙蓉

蒋氏《九宫谱》："中吕引子。"

《金菊对芙蓉》的长短句结构

《金菊对芙蓉》上阕，四个乐段			
乐段一（十四字）	乐段二（九字）	乐段三（十四字）	乐段四（十二字）
4　4　6	5　4	7　34	4　4　4

《金菊对芙蓉》下阕，四个乐段			
乐段一（十五字）	乐段二（九字）	乐段三（十四字）	乐段四（十二字）
6　5　4	5　4	7　34	4　4　4 　6　6

《康熙词谱》只收集一体《金菊对芙蓉》，双调，上下阕分别可分为四个乐段，其长短句结构如表所示。该调九十九字，上阕十句，四平韵；下阕十句，五平韵。《康熙词谱》以康与之词为标谱词例。该词的正格与变格如表所示，其中，上下阕各乐段中的格式（1）为正格句式，其余为变格句式。

《金菊对芙蓉》的正格与变格（双调）

《金菊对芙蓉》上阕，十句，四平韵	
乐段一（三句，十四字）	乐段二（二句，九字）
＋｜ー ー（句）＋ ー ＋｜（句）＋ ー ＋｜ー ー（韵）	｜＋ ー ＋｜（句）＋｜ ー ー（韵）

《金菊对芙蓉》上阕，十句，四平韵	
乐段三（二句，十四字）	乐段四（三句，十二字）
＋ ー ＋｜ー ー｜（句）＋ ＋ ＋（读）＋｜ ー ー（韵）	＋ ー ＋｜（句）＋ ー ＋｜（句）＋｜ ー ー（韵）

《金菊对芙蓉》下阕，十句，五平韵	
乐段一（三句，十五字）	乐段二（二句，九字）
＋｜＋｜ー ー（韵）｜＋ ー ＋｜（句）＋｜ ー ー（韵） （1） ＋ ー ＋｜ー ー（韵）｜＋ ー ＋｜（句）＋｜ ー ー（韵） （2）	｜＋ ー ＋｜（句）＋｜ ー ー（韵）

《金菊对芙蓉》下阕，十句，五平韵	
乐段三（二句，十四字）	乐段四（三句或二句，十二字）
＋ ー ＋｜ー ー｜（句）＋ ＋ ＋（读）＋｜ ー ー（韵）	＋ ー ＋｜（句）＋ ー ＋｜（句）＋｜ ー ー（韵） （1） ＋ ー ＋｜ー ー（句）＋ ー ＋｜ー ー（韵） （2）

例一　金菊对芙蓉（九十九字）
（宋）康与之

梧叶飘黄，万山空翠，断霞流水争辉。正金风西起，海燕东归。凭栏不见南来雁，望故人、消息迟迟。木犀开后，不应误我，好景良时。　　只念独守孤帏。把枕前嘱付，一旦分飞。上秦楼游赏，酒殢花迷。谁知别后相思苦，悄为伊、瘦损香肌。花前月下，黄昏院落，珠泪偷垂。

注：该词下阕第一句至第三句为乐段一中的格式（1）；下阕第八句至第十句为乐段四中的格式（1）。全词双调，九十九字，上阕十句，四平韵；下阕十句，五平韵。

例二　金菊对芙蓉（九十九字）
（宋）刘清夫

浅拂春山，慢横秋水，玉纤闲理丝桐。按清泠繁露，淡伫悲风。素弦瑶轸调新韵，颤翠翘、金簇芙蓉。叠蠋重锁，轻挑慢摘，特地情浓。　　泛商刻羽无穷。似和鸣鸾凤，律应雌雄。问高山流水，此意谁同。个中只许知音听，有茂陵、车马雍容。画帘人静，琴心三叠，时倒金钟。

注：该词下阕第一句至第三句为乐段一中的格式（2）；下阕第八句至第十句为乐段四中的格式（1）。全词双调，九十九字，上阕十句，四平韵；下阕十句，五平韵。

例三　金菊对芙蓉（九十九字）
（宋）辛弃疾

远水生光，遥山耸翠，霁烟深锁梧桐。正零瀼玉露，淡荡金风。东篱菊有黄花吐，对映水、几簇芙蓉。重阳佳致，可堪此景，酒酽花浓。　　追念景物无穷。叹少年胸襟，忒煞英雄。把黄英红萼，甚物堪同。除非腰佩黄金印，座中拥、红粉娇容。此时方称情怀，尽拼一饮千钟。

注：该词下阕第一句至第三句为乐段一中的格式（1）；下阕第八句和第九句为乐段四中的格式（2）。全词双调，九十九字，上阕十句，四平韵；下阕九句，五平韵。

催 雪

　　此调始自姜夔,本催雪词也,即以为名。吴文英、王沂孙俱有此调词。与《无闷》调不同,《词律》类列者误。

《催雪》的长短句结构

《催雪》上阕,四个乐段			
乐段一(十四字)	乐段二(九字)	乐段三(十四字)	乐段四(十二字)
4　　4　　6	5　　4	6　　35	4　　4　　4

《催雪》下阕,四个乐段			
乐段一(十四字)	乐段二(九字)	乐段三(十四字)	乐段四(十三字)
2　3　5　4	36	6　　35	34　　6

　　《康熙词谱》只收集一体《催雪》,双调,上下阕分别可分为四个乐段,其长短句结构如表所示。该调九十九字,上阕十句,四仄韵;下阕九句,六仄韵,其基本格式如表所示。

《催雪》的基本格式(双调)

《催雪》上阕,十句,四仄韵	
乐段一(三句,十四字)	乐段二(二句,九字)
十丨－－(句)－丨十十(句)十丨十－十丨(韵)	丨十丨－－(句)十－十丨(韵)

《催雪》上阕,十句,四仄韵	
乐段三(二句,十四字)	乐段四(三句,十二字)
十丨十－十丨(句)十十十丨(读)十－－十丨(韵)	十－十丨(句)十－十丨(句)十－十丨(韵)

《催雪》下阕，九句，六仄韵

乐段一（四句，十四字）	乐段二（一句，九字）
＋｜（韵）＋－＋｜（韵）｜＋｜＋－（句）＋－－＋｜（韵）	＋＋｜（读）＋－｜－＋｜（韵）

《催雪》下阕，九句，六仄韵

乐段三（二句，十四字）	乐段四（二句，十三字）
＋｜＋－＋｜（句）＋＋｜（读）＋－－＋｜（韵）	＋＋｜（读）＋｜－－（句）＋｜＋－＋｜（韵）

例 催雪（九十九字）

（宋）姜 夔

风急还收，云冻未解，海阔无人剪水。算六出工夫，怎教容易。刚被郢歌楚舞，镇独向、尊前飘轻细。谢庭吟咏，梁园宴赏，未成欢计。　　天意。是则是。怎下得控持，柳梢梅蕊。又争奈、看看渐回春意。好趁东君未觉，便先把、园林都装缀。看是处、玉树琼枝，胜却万红千紫。

注：全词双调，九十九字，上阕十句，四仄韵；下阕九句，六仄韵。

十 月 桃

调见《乐府雅词》，赋十月桃，即以为名。《梅苑》无名氏词，咏十月梅，即名《十月梅》。

《十月桃》的长短句结构

《十月桃》上阕，四个乐段			
乐段一（十三字或十二字）	乐段二（十字）	乐段三（十三字）	乐段四（十二字）
4　5　4 4　4　4	4　6	6　34	4　4　4

《十月桃》下阕，四个乐段

乐段一（十六字）	乐段二（十字）	乐段三（十三字）	乐段四（十二字）
7　　5　　4　　　　7　　3 6	4　　6　　　　6　　4	6　　3 4	4　　4　　4

《康熙词谱》共收集《十月桃》三体，双调，上下阕分别可分为四个乐段，其长短句结构如表所示。该调有九十九字或九十八字等格式，上阕十句，四平韵；下阕十句或九句，五平韵。《康熙词谱》以九十九字体张元幹词为标谱词例，该调的正格与变格如表所示，其中，各乐段中的格式（1）为正格句式，其余为变格句式。

《十月桃》的正格和变格（双调）

《十月桃》上阕，十句，四平韵	
乐段一（三句，十三字或十二字）	乐段二（二句，十字）
＋ － ＋ ｜（句）｜ ＋ － ＋ ｜（句） ＋ ｜ － －（韵） （1） ＋ － ＋ ｜（句）＋ － ＋ ｜（句） ＋ ｜ － －（韵） （2）	＋ ｜ － －（句）＋ ｜ ＋ ｜ － －（韵） （1） ＋ ｜ － －（句）＋ － ＋ ｜ －（韵） （2）

《十月桃》上阕，十句，四平韵	
乐段三（二句，十三字）	乐段四（三句，十二字）
＋ － ｜ ＋ － ｜（句）＋ ＋ ＋ ＋（读） ＋ ｜ － －（韵）	＋ － ＋ ｜（句）＋ ｜ － －（句） ＋ ｜ － －（韵）

例一　十月桃（九十九字）

（宋）张元幹

年华催晚，听尊前偏唱，冲暖欺寒。乐府谁知，分付点化金丹。中原旧游何在，频入梦、老眼空潸。撩人冷蕊，浑似当时，无语低鬟。　　有多情多病文园。向雪后寻春，醉里凭栏。独步群芳，此花风度天然。罗浮淡妆素质，呼翠凤、飞舞斓斑。参横月落，留恨醒来，满地香残。

◇卷二十七◇

注：该词上阕第一句至第三句为乐段一中的格式（1），第四句和第五句为乐段二中的格式（1）；下阕第一句至第三句为乐段一中的格式（1），第四句和第五句为乐段二中的格式（1），第六句和第七句为乐段三中的格式（1），第八句至第十句为乐段四中的格式（1）。全词双调，九十九字，上阕十句，四平韵；下阕十句，五平韵。

《十月桃》下阕，十句或九句，五平韵	
乐段一（三句或二句，十六字）	乐段二（二句，十字）
｜＋－＋｜－（韵）｜＋｜＋－（句）＋｜－－（韵） （1）	＋｜－－（句）＋－｜－（韵） （1）
｜＋－＋｜－（韵）＋＋＋（读）＋－＋｜－－（韵） （2）	＋｜－＋｜（句）＋｜－－（韵） （2）

注：下阕乐段一中的格式"｜＋－＋｜－－（韵）"，为"上一下六"句式。

《十月桃》下阕，十句或九句，五平韵	
乐段三（二句，十三字）	乐段四（三句，十二字）
＋－｜－｜（句）＋＋＋（读）＋｜－－（韵） （1）	＋－＋｜（句）＋｜－－（句）＋｜－－（韵） （1）
＋－＋｜－｜（句）＋＋＋（读）＋｜－－（韵） （2）	＋－＋｜（句）＋－＋｜（句）＋｜－－（韵） （2）

例二　十月桃（九十九字）

《乐府雅词》无名氏

东篱菊尽，遍园林败叶，满地寒荄。露井平明，破香笼粉初开。佳人共喜芳意，呵手剪、密插鸾钗。无言有艳，不避繁霜，变作春媒。　　问武陵溪上谁栽。分付与、南园舞榭歌台。恰似凝酥衬玉，点缀装裁。东君自是为主，先暖信、律管飞灰。从今雪里，一番花信，休话江梅。

注：该词上阕第一句至第三句为乐段一中的格式（1），第四句和第五句为乐段二中的格

式（2）；下阕第一句和第二句为乐段一中的格式（2），第三句和第四句为乐段二中的格式（2），第五句和第六句为乐段三中的格式（2），第七句至第九句为乐段四中的格式（2）。全词双调，九十九字，上阕十句，四平韵；下阕九句，五平韵。

例三　十月桃（九十八字）

《梅苑》无名氏

千林凋尽，一阳未报，已绽南枝。独对霜天，冒寒先占花期。清香映月浮动，临浅水、疏影斜敧。孤标不似，绿李夭桃，取次成蹊。　　纵寿阳妆脸偏宜。应未笑、天然雅态冰肌。寄语高楼，凭栏羌管休吹。东君自是为主，调鼎鼐、终负他时。从今点缀，百草千花，须待春归。

注：该词上阕第一句至第三句为乐段一中的格式（2），第四句和第五句为乐段二中的格式（2）；下阕第一句和第二句为乐段一中的格式（2），第三句和第四句为乐段二中的格式（1），第五句和第六句为乐段三中的格式（2），第七句至第九句为乐段四中的格式（1）。全词双调，九十八字，上阕十句，四平韵；下阕九句，五平韵。

蜀　溪　春

调见《松隐集》，咏黄蔷薇花。因词有"蜀景风迟，浣花溪边"，"占上苑，留住春"句，取以为名。

《蜀溪春》的长短句结构

《蜀溪春》上阕，四个乐段			
乐段一（十二字）	乐段二（十四字）	乐段三（十二字）	乐段四（十一字）
4　4　4	4　4　6	5　　34	3　3　5

《蜀溪春》下阕，四个乐段			
乐段一（十五字）	乐段二（十四字）	乐段三（十二字）	乐段四（九字）
6　5　4	4　4　6	5　　34	3　3　3

《康熙词谱》只收集一体《蜀溪春》，双调，上下阕分别可分为四个乐段，其长短句结构如表所示。该调九十九字，上下阕各十一句，四平韵，其基本格式如表所示。

《蜀溪春》的基本格式（双调）

《蜀溪春》上阕，十一句，四平韵	
乐段一（三句，十二字）	乐段二（三句，十四字）
＋｜－－（句）｜＋－－（句） ＋｜－－（韵）	＋｜－－（句）＋－＋｜（句） －｜＋｜－－（韵）

《蜀溪春》上阕，十一句，四平韵	
乐段三（二句，十二字）	乐段四（三句，十一字）
＋｜－＋｜（句）＋＋＋（读） ＋｜－－（韵）	＋｜＋（句）＋｜＋（句）＋｜｜ －－（韵）

《蜀溪春》下阕，十一句，四平韵	
乐段一（三句，十五字）	乐段二（三句，十四字）
＋｜－｜－＋｜（句）＋｜＋－ ｜（句）＋｜－－（韵）	＋｜－－（句）＋－＋｜（句） －｜｜＋－－（韵）

《蜀溪春》下阕，十一句，四平韵	
乐段三（二句，十二字）	乐段四（三句，九字）
＋｜－＋｜（句）＋＋＋（读） ＋｜－－（韵）	＋｜＋（句）＋｜＋（句）｜＋－（韵）

例　蜀溪春（九十九字）

（宋）曹　勋

蜀景风迟，浣花溪边，谁种芬芳。天与蔷薇，露华匀脸，繁蕊竞拂娇黄。枝上标韵别，浑不染、铅粉红妆。念杜陵，曾见时，也为赋篇章。　　如今盛开禁掖，千万朵莺羽，先借朝阳。待得君王，看花明艳，都道赭袍同光。须趁为幕席，偏宜带、疏雨笼香。占上苑，留住春，奉玉觞。

注：全词双调，九十九字，上下阕各十一句，四平韵。

秋 宵 吟

宋姜夔自度越调曲。

《秋宵吟》的长短句结构

《秋宵吟》上阕，四个乐段			
乐段一（十二字）	乐段二（十二字）	乐段三（十二字）	乐段四（十二字）
3　3　6	3　5　4	3　3　6	3　5　4

《秋宵吟》下阕，四个乐段			
乐段一（十一字）	乐段二（十三字）	乐段三（十三字）	乐段四（十四字）
4　　34	4　4　5	5　4　4	3 4　7

《康熙词谱》只收集一体《秋宵吟》，双调，上下阕分别可分为四个乐段，其长短句结构如表所示。该调九十九字，上阕十句，六仄韵；下阕十句，五仄韵，其基本格式如表所示。

《秋宵吟》的基本格式（双调）

《秋宵吟》上阕，十句，六仄韵	
乐段一（三句，十二字）	乐段二（二句，十二字）
｜ー ー（句）｜｜｜（韵）＋｜＋ー ＋｜（韵）	＋＋＋（读）｜＋｜ー ー（句）＋ー ＋｜（韵）

《秋宵吟》上阕，十句，六仄韵	
乐段三（三句，十二字）	乐段四（二句，十二字）
｜ー ー（句）＋＋｜（韵）＋｜＋ ー ＋｜（韵）	＋＋＋（读）｜＋｜ー ー（句）＋ー ＋｜（韵）

《秋宵吟》下阕，十句，五仄韵	
乐段一（二句，十一字）	乐段二（三句，十三字）
＋｜ー ー（句）＋＋＋（读）＋ー ー＋｜（句）＋｜ー ー（句）ー ＋｜（韵）	＋｜＋ー ー｜（韵）

《秋宵吟》下阕，十句，五仄韵	
乐段三（三句，十三字）	乐段四（二句，十四字）
＋｜＋ー｜（韵）＋｜ー ー（句）ー｜＋｜（韵）	＋＋＋（读）＋｜ー ー（句）＋｜ー ＋＋｜｜（韵）

例 秋宵吟（九十九字）

（宋）姜　夔

古帘空，坠月皎。坐久西窗人悄。蛩吟苦、渐漏永丁丁，箭壶催晓。引凉飔，动翠葆。露脚斜飞云表。因嗟念、似去国情怀，暮帆烟草。　　带眼消磨，为近日、愁多顿老。卫娘何在，宋玉归来，两地暗萦绕。摇落江枫早。嫩约无凭，幽梦又杳。但盈盈、泪洒单衣，今夕何夕恨未了。

注：全词双调，九十九字，上阕十句，六仄韵；下阕十句，五仄韵。

三　姝　媚

调见《梅溪集》。

《三姝媚》的长短句结构

《三姝媚》上阕，四个乐段			
乐段一（十四字）	乐段二（十三字）	乐段三（十一字）	乐段四（十二字）
5　5　4 5　3　6	4　5　4	4　　34	4　4　4

《三姝媚》下阕，四个乐段			
乐段一（十五字）	乐段二（十三字）	乐段三（十一字）	乐段四（十字或十二字）
6　5　4 6　3　6	4　5　4	4　　34 6　5	6　　4 4　4　4 4　　6

《康熙词谱》共收集三体《三姝媚》，双调，上下阕分别可分为四个乐段，其长短句结构如表所示。该调有九十九字或一百一字等格式，上阕十一句，五仄韵；下阕十句或十一句，五仄韵。《康熙词谱》以九十九字体史达祖词为正体或正格，该调的正格与变格如表所示。其中，各乐段中的格式（1）为正格句式，其余为变格句式。

《三姝媚》的正格和变格（双调）

《三姝媚》上阕，十一句，五仄韵	
乐段一（三句，十四字）	乐段二（三句，十三字）
＋　—　—　｜　｜（韵）｜　＋　＋ —　—（句）＋　—　＋　｜（韵） 　　　　　（1） ＋　—　—　｜　｜（韵）｜　＋　—（句） ＋　｜　＋　—　＋　｜（韵） 　　　　　（2）	＋　｜　—　—（句）｜　＋　—　＋　｜（句）＋ —　＋　｜（韵）

《三姝媚》上阕，十一句，五仄韵	
乐段三（二句，十一字）	乐段四（三句，十二字）
＋　｜　＋　—（句）＋　＋　｜（读）＋ —　＋　｜（韵）	＋　｜　—　—（句）＋　｜　—　—（句） ＋　—　＋　｜（韵）

卷二十七　　　　　　　　　　　　　　　　　　　　　　·1509·

《三姝媚》下阕，十句或十一句，五仄韵	
乐段一（三句，十五字）	乐段二（三句，十三字）
＋｜＋－＋｜（韵）｜＋｜＋－（句）＋－＋｜（韵） （1） ＋｜＋－＋｜（韵）｜＋－＋（句）＋－｜－＋｜（韵） （2）	＋｜－－（句）｜＋－＋｜（句）＋－＋｜（韵）

《三姝媚》下阕，十句或十一句，五仄韵	
乐段三（二句，十一字）	乐段四（二句或三句，十字或十二字）
＋｜－－（句）＋＋｜（读）＋－＋｜（韵） （1） ＋｜＋－＋｜（句）｜＋－＋｜（韵） （2）	＋｜＋－＋｜（句）＋－＋｜（韵） （1） ＋｜－－（句）＋－＋｜（句）＋－＋｜（韵） （2） ＋｜－－（句）＋｜＋－＋｜（韵） （3）

例一　三姝媚（九十九字）

（宋）史达祖

　　烟光摇缥瓦。望晴檐多风，柳花如洒。锦瑟横床，想泪痕尘影，凤弦长下。倦出犀帷，频梦见、王孙骄马。讳道相思，偷理绡裙，自惊腰衩。　　惆怅南楼遥夜。省翠箔张灯，枕肩歌罢。又入铜驼，遍旧家门巷，首询声价。可惜东风，将恨与、闲花俱谢。记取崔徽模样，归来暗写。

　　注：该词上阕第一句至第三句为乐段一中的格式（1）；下阕第一句至第三句为乐段一中的格式（1），第七句和第八句为乐段三中的格式（1），第九句和第十句为乐段四中的格式（1）。全词双调，九十九字，上阕十一句，五仄韵；下阕十句，五仄韵。

例二　三姝媚（一百一字）
（宋）吴文英

酣春清镜里。照清波明眸，暮云秋思。半绿垂丝，正楚腰纤瘦，舞衣初试。燕客飘零，烟树冷、青骢曾系。画馆朱桥，还把清尊，慰春憔悴。　　离苑幽芳深闭。恨浅薄东风，褪香销腻。彩笺翻歌，最赋情偏在，笑红颦翠。暗拍栏干，看散尽、斜阳船市。付与娇莺，金衣清晓，花深未起。

注：该词上阕第一句至第三句为乐段一中的格式（1）；下阕第一句至第三句为乐段一中的格式（1），第七句和第八句为乐段三中的格式（1），第九句至第十一句为乐段四中的格式（2）。全词双调，一百一字，上下阕各十一句，五仄韵。

例三　三姝媚（九十九字）
（宋）薛梦桂

蔷薇花谢去。更无情，连夜送春风雨。燕子呢喃，似念人憔悴，往来朱户。涨绿烟深，早零落、点池萍絮。暗忆年华，罗帐分钗，又惊春暮。　　芳草凄迷征路。待去也，还将画轮留住。纵使重来，怕粉容销腻，却羞郎觑。细数盟言犹在，怅青楼何处。绾尽垂杨，争似相思寸缕。

注：该词上阕第一句至第三句为乐段一中的格式（2）；下阕第一句至第三句为乐段一中的格式（2），第七句和第八句为乐段三中的格式（2），第九句和第十句为乐段四中的格式（3）。全词双调，九十九字，上阕十一句，五仄韵；下阕十句，五仄韵。

凤 池 吟

调见《梦窗词》。

《凤池吟》的长短句结构

《凤池吟》上阕，四个乐段			
乐段一（十四字）	乐段二（十三字）	乐段三（十一字）	乐段四（十二字）
4　4　6	5　4　4	4　7	4　4　4

《凤池吟》下阕，四个乐段			
乐段一（十五字）	乐段二（十三字）	乐段三（十一字）	乐段四（十字）
6　5　4	5　4　4	4　7	3　34

《康熙词谱》只收集一体《凤池吟》，双调，上下阕分别可分为四个乐段，其长短句结构如表所示。该调九十九字，上阕十一句，四平韵；下阕十句，四平韵，其基本格式如表所示。

《凤池吟》的基本格式（双调）

《凤池吟》上阕，十一句，四平韵	
乐段一（三句，十四字）	乐段二（三句，十三字）
＋｜－－（句）＋－＋｜（句） ＋｜＋｜－－（韵）	＋－－｜｜（句）＋－＋｜（句） ＋｜－－（韵）

《凤池吟》上阕，十一句，四平韵	
乐段三（二句，十一字）	乐段四（三句，十二字）
＋｜－－（句）＋－＋｜｜－ －（韵）	＋－＋｜（句）＋－＋｜（句） ＋｜－－（韵）

<table>
<tr><td colspan="2">《凤池吟》下阕，十句，四平韵</td></tr>
<tr><td>乐段一（三句，十五字）</td><td>乐段二（三句，十三字）</td></tr>
<tr><td>＋ － ＋ ｜ － ｜（句）＋ ｜ － ＋ ｜（句）＋ ｜ － －（韵）</td><td>｜｜ ＋ － ＋ ｜（句）＋ － ＋ ｜（句）＋ ｜ － －（韵）</td></tr>
</table>

<table>
<tr><td colspan="2">《凤池吟》下阕，十句，四平韵</td></tr>
<tr><td>乐段三（二句，十一字）</td><td>乐段四（二句，十字）</td></tr>
<tr><td>＋ ｜ － －（句）＋ － ＋ ｜ ｜ －（韵）</td><td>－ － ｜（句）＋ ＋ ＋（读）＋ ｜ － －（韵）</td></tr>
</table>

例　凤池吟（九十九字）

（宋）吴文英

万丈巍台，碧罘罳外，衮衮野马游尘。旧文书几阁，昏朝醉暮，覆雨翻云。忽变清明，紫垣敕使下星辰。经年事静，公门如水，帝甸阳春。　　长年父老相语，几百年见此，独驾冰轮。又凤鸣黄幕，玉霄平溯，鹊锦新恩。画省中书，半红梅子荐盐新。归来晚，待赓吟、殿阁南薰。

注：全词双调，九十九字，上阕十一句，四平韵；下阕十句，四平韵。

新雁过妆楼

一名《雁过妆楼》。张炎词名《瑶台聚八仙》，陈允平词名《八宝妆》，《高丽史·乐志》名《百宝妆》。

《新雁过妆楼》的长短句结构

<table>
<tr><td colspan="4">上阕，四个乐段</td></tr>
<tr><td>乐段一
（十三字或十四字）</td><td>乐段二
（十字或九字）</td><td>乐段三
（十四字或十五字）</td><td>乐段四
（十一字或十四字）</td></tr>
<tr><td>4　　36
4　4　6</td><td>4　　6
4　　5</td><td>7　　7
7　　35</td><td>3　4　4
34　　34</td></tr>
</table>

下阕，四个乐段						
乐段一 （十五字或十六字）		乐段二 （十字或九字）		乐段三 （十四字或十五字）		乐段四 （十二字或十四字）
6　5　4		4　　6		6　　　8		3　5　4
6　4　6		4　　5		6　　35		34　　34
				7　　35		

《康熙词谱》共收集四体《新雁过妆楼》，双调，上下阕分别可分为四个乐段，其长短句结构如表所示。该调有九十九字或一百六字等格式，上阕九句，六平韵或五平韵、四平韵；下阕十句或九句，四平韵。《康熙词谱》以九十九字体吴文英词为正体或正格。该调的正格与变格如表所示，其中，各乐段中的格式（1）为正格句式，其余为变格句式。

例一　新雁过妆楼（九十九字）

（宋）吴文英

阆苑高寒。金枢动、冰宫桂树年年。剪秋一半，难破万户连环。织锦相思楼影下，钿钗暗约小帘间。共无眠。素娥惯得，西坠栏干。　　谁知壶中自乐，正醉围夜玉，浅斗婵娟。雁风自劲，云气不上凉天。红牙润沾素手，听一曲清歌双雾鬟。徐郎老，恨断肠声在，离镜孤鸾。

注：该词上阕第一句和第二句为乐段一中的格式（1），第三句和第四句为乐段二中的格式（1），第五句和第六句为乐段三中的格式（1），第七句至第九句为乐段四中的格式（1）；下阕第一句至第三句为乐段一中的格式（1），第四句和第五句为乐段二中的格式（1），第六句和第七句乐段三中的格式（1），第八句至第十句为乐段四中的格式（1）。全词双调，九十九字，上阕九句，六平韵；下阕十句，四平韵。

《新雁过妆楼》的正格与变格（双调）

《新雁过妆楼》上阕，九句，六平韵或五平韵、四平韵	
乐段一（二句或三句，十三字或十四字）	乐段二（二句，十字或九字）
＋｜－－（韵）＋＋＋（读）＋ －＋｜－－（韵） （1） ＋｜＋－（韵或句）＋＋＋（读） ＋｜＋｜－－（韵） （2） ＋＋－｜（句）＋｜＋－（句） ＋－＋｜－－（韵） （3）	＋－＋｜（句）＋＋｜｜－－ （韵） （1） ＋－＋｜（句）＋＋｜－－（韵） （2）

《新雁过妆楼》上阕，九句，六平韵或五平韵、四平韵	
乐段三（二句，十四字或十五字）	乐段四（三句或二句，十一字或十四字）
＋｜＋－｜｜（句）＋－＋ ｜｜－－（韵） （1） ＋－＋｜－－｜（句）＋＋＋ （读）－－＋｜－－（韵） （2）	｜－－（韵）＋－＋｜（句）＋｜ －－（韵） （1） ｜－－（韵或句）＋－＋｜（句） ＋｜＋－（韵） （2） ＋＋＋（读）＋－＋｜（句）＋ ＋＋（读）＋｜－－（韵） （3）

《新雁过妆楼》下阕，十句或九句，四平韵	
乐段一（三句，十五字或十六字）	乐段二（二句，十字或九字）
＋ － ＋ － ｜ ｜（句）｜ ＋ － ＋ ｜（句）＋ ｜ － －（韵） （1）	＋ － ＋ ｜（句）－ ＋ ＋ ｜ －（韵） （1）
＋ ｜ ＋ ｜ － －（句）＋ － ＋ ｜（句）＋ － ＋ ｜ － －（韵） （2）	＋ ｜ － －（句）－ ｜ ＋ ｜ － －（韵） （2） ＋ － ＋ ｜（句）＋ ＋ ｜ － －（韵） （3）

《新雁过妆楼》下阕，十句或九句，四平韵	
乐段三（二句，十四字或十五字）	乐段四（三句或二句，十二字或十四字）
＋ － ｜ － ＋ ｜（句）｜ ＋ ｜ － － ＋ ｜ －（韵） （1）	＋ － ｜（句）｜ ＋ － ＋ ｜（句）＋ ｜ － －（韵） （1）
＋ － ＋ ｜ ＋ ｜（句）｜ ＋ ｜ － － ＋ ｜ －（韵） （2）	＋ － ｜（句）｜ ＋ － ＋ ｜（句）＋ － ｜ －（韵） （2）
＋ － ｜ － ＋ ｜（句）＋ ＋ ＋（读）－ － ＋ ｜ －（韵） （3）	＋ ＋ ＋（读）＋ ｜ － －（句）＋ ＋ ＋（读）＋ ｜ － －（韵） （3）
＋ － ｜ ｜ － － ｜（句）＋ ＋ ＋（读）－ － ＋ ｜ －（韵） （4）	

注：上下阕乐段二中的格式"＋ ＋ ｜ － －（韵）"，为"上一下四"句式。

例二　新雁过妆楼（九十九字）

（宋）张　炎

楚竹闲挑。千日酒、乐意稍稍渔樵。那回轻散，飞梦便觉迢遥。似隔芙蓉无路到，如何共此可怜宵。旧愁消。故人念我，来问寂寥。　　登临试开笑口，看垂垂短发，破帽休飘。款语微吟，清气顿扫花妖。明朝柳岸醉醒，又知在烟波第几桥。怀人处，任满身风露，踏月吹箫。

注：该词上阕第一句和第二句为乐段一中的格式（2），第三句和第四句为乐段二中的格式（1），第五句和第六句为乐段三中的格式（1），第七句至第九句为乐段四中的格式（2）；下阕第一句至第三句为乐段一中的格式（1），第四句和第五句为乐段二中的格式（2），第六句和第七句乐段三中的格式（2），第八句至第十句为乐段四中的格式（1）。全词双调，九十九字，上阕九句，六平韵；下阕十句，四平韵。

例三　新雁过妆楼（九十九字）

（宋）吴文英

梦醒芙蓉。风帘近、浑疑佩玉丁东。翠微流水，都是惜别行踪。宋玉秋风相比瘦，赋情更苦似秋浓。小黄昏，绀云暮合，不见征鸿。　　宜城当时放客，认燕泥旧迹，返照楼空。夜阑心事，灯前败壁寒蛩。江寒夜枫怨落，怕流作、题情肠断红。行云远，料淡蛾人在，秋香月中。

注：该词上阕第一句和第二句为乐段一中的格式（1），第三句和第四句为乐段二中的格式（1），第五句和第六句为乐段三中的格式（1），第七句至第九句为乐段四中的格式（2）；下阕第一句至第三句为乐段一中的格式（1），第四句和第五句为乐段二中的格式（1），第六句和第七句乐段三中的格式（3），第八句至第十句为乐段四中的格式（2）。全词双调，九十九字，上阕九句，五平韵；下阕十句，四平韵。

例四　新雁过妆楼（九十九字）

（宋）张　炎

风雨不来，深院悄、秋事正满东篱。杖藜重到，秋气冉冉吹衣。瘦碧飘萧摇露梗，腻黄秀野拂霜枝。忆芳时。翠微唤酒，江雁初飞。　　湘潭无人吊楚，叹落英自采，谁寄相思。淡泊生涯，聊伴老圃斜晖。寒香应遍故里，想鹤怨山空人未归。归何晚，问径松不语，只有花知。

注：该词上阕第一句和第二句为乐段一中的格式（2），第三句和第四句为乐段二中的格式（1），第五句和第六句为乐段三中的格式（1），第七句至第九句为乐段四中的格式（1）；下阕第一句至第三句为乐段一中的格式（1），第四句和第五句为乐段二中的格式（2），第六句和

第七句乐段三中的格式（2），第八句至第十句为乐段四中的格式（1）。全词双调，九十九字，上阕九句，五平韵；下阕十句，四平韵。

例五　新雁过妆楼（一百六字）

《高丽史·乐志》无名氏

　　一抹弦器，初宴画堂，琵琶人抱当头。髻云腰素，仍占绝风流。轻拢慢捻生情态，翠眉颦、无愁漫似愁。变新声、自成濩索，还共听、一奏梁州。　　弹到遍急敲频，分明似语，争知指面纤柔。坐中无语，惟断续金虬。曲终暗会王孙意，转步莲、徐徐卸凤钩。捧瑶觞、为喜知音，劝佳人、沉醉迟留。

　　注：该词上阕第一句至第三句为乐段一中的格式（3），第四句和第五句为乐段二中的格式（2），第六句和第七句为乐段三中的格式（2），第八句和第九句为乐段四中的格式（3）；下阕第一句至第三句为乐段一中的格式（2），第四句和第五句为乐段二中的格式（3），第六句和第七句为乐段三中的格式（4），第八句和第九句为乐段三中的格式（3）。全词双调，一百六字，上下阕各九句，四平韵。

月　华　清

　　调见《空同词》。

《月华清》的长短句结构

《月华清》上阕，四个乐段							
乐段一（十四字）			乐段二（十字）		乐段三（十四字）		乐段四（十一字）	
4	4	6	4	6	34	34	2	5	4

《月华清》下阕，四个乐段							
乐段一（十五字）			乐段二（十字）		乐段三（十四字）		乐段四（十一字）	
6	5	4	4	6	34	34	2	5	4

　　《康熙词谱》只收集一体《月华清》，双调，上下阕分别可分为四个乐段，其长短句结构如表所示。该调九十九字，上阕十句，五仄韵；下阕十句，六仄韵，其基本格式如表所示。

《月华清》的基本格式（双调）

《月华清》上阕，十句，五仄韵	
乐段一（三句，十四字）	乐段二（二句，十字）
＋｜ーー（句）＋ー＋｜（句） ＋ー＋｜ー｜（韵） （1） ＋｜ーー（句）＋ー＋｜（句） ＋｜＋ー＋｜（韵） （2）	＋｜ーー（句）＋｜＋ー＋｜（韵）

《月华清》上阕，十句，五仄韵	
乐段三（二句，十四字）	乐段四（三句，十一字）
＋＋＋（读）＋｜ーー（句）＋ ＋＋（读）＋ー＋｜（韵）	＋｜（韵）｜＋ー＋｜（句）＋ー ＋｜（韵）

《月华清》下阕，十句，六仄韵	
乐段一（三句，十五字）	乐段二（二句，十字）
＋｜＋ー＋｜（韵）｜＋｜ー （句）＋＋ー｜（韵）	＋｜ーー（句）＋｜＋ー＋｜（韵）

《月华清》下阕，十句，六仄韵	
乐段三（二句，十四字）	乐段四（三句，十一字）
＋＋＋（读）＋｜ーー（句）＋ ＋＋（读）＋ー＋｜（韵）	＋｜（韵）｜＋ー＋｜（句）＋ー ＋｜（韵）

例一　月华清（九十九字）

（宋）洪　瑹

花影摇春，虫声吟暮，九霄云幕初卷。谁驾冰蟾，拥出桂轮天半。素魄映、青琐窗前，皓彩散、画栏干畔。凝眄。见金波滉漾，分辉鹊殿。　　况是风柔夜暖。正燕子新来，海棠微绽。不似秋光，只照离人肠断。恨无奈、利锁名缰，谁为唤、舞裙歌扇。吟玩。怕铜壶催晓，玉绳低转。

注：该词上阕第一句至第三句为乐段一中的格式（1）。全词双调，九十九字，上阕十句，五仄韵；下阕十句，六仄韵。

例二　月华清（九十九字）

（金）蔡松年

楼倚明河，山蟠乔木，故国秋光如水。常记别时，月冷半山环佩。到而今、桂影寻人，端好在、竹西歌吹。如醉。望白蘋风里，关山无际。　　可惜琼瑶千里。有年少玉人，吟啸天外。脂粉清辉，冷射藕花冰蕊。念老去、镜里流年，空解道、人生适意。谁会。更微云疏雨，空庭鹤唳。

注：该词上阕第一句至第三句为乐段一中的格式（2）。全词双调，九十九字，上阕十句，五仄韵；下阕十句，六仄韵。

国　　香

周密词名《国香慢》，自注"夷则商"。

《国香》的长短句结构

《国香》上阕，四个乐段			
乐段一（十三字）	乐段二（十字）	乐段三（十三字）	乐段四（十三字）
4　5　4	6　4 4　6	6　34	5　4　4

《国香》下阕，四个乐段			
乐段一（十四字）	乐段二（十字）	乐段三（十三字）	乐段四（十三字）
5　5　4	4　6	6　34	5　4　4

《康熙词谱》共收集两体《国香》，双调，上下阕分别可分为四个乐段，其长短句结构如表所示。该调九十九字，上阕十句，五平韵；下阕十句，四平韵。《康熙词谱》以张炎词为正体或正格。该调的正格与变格如表所示，其中，上下阕各乐段中的格式（1）为正格句式，其余为变格句式。

《国香》的正格与变格（双调）

《国香》上阕，十句，五平韵	
乐段一（三句，十三字）	乐段二（二句，十字）
＋｜－－（韵）｜＋｜－＋｜（句） ＋｜－－（韵） （1）	＋－｜－＋｜（句）＋｜－－ （韵） （1）
＋｜－－（韵）｜＋｜＋｜（句） ＋｜－－（韵） （2）	＋｜－－（句）＋｜＋｜－－（韵） （2）

《国香》上阕，十句，五平韵	
乐段三（二句，十三字）	乐段四（三句，十三字）
＋｜＋－＋｜（句）＋＋＋（读） ＋｜－－（韵）	－－｜＋｜（句）＋｜－－（句） ＋｜－－（韵）

《国香》下阕，十句，四平韵	
乐段一（三句，十四字）	乐段二（二句，十字）
＋－－｜｜（句）｜＋－－＋｜（句） ＋｜－－（韵）	＋－＋｜（句）＋｜＋｜－－ （韵）

《国香》下阕，十句，四平韵	
乐段三（二句，十三字）	乐段四（三句，十三字）
＋｜＋－＋｜（句）＋＋＋（读） ＋｜－－（韵）	－－｜＋｜（句）＋｜－－（句） ＋｜－－（韵）

例一 国香（九十九字）

（宋）张 炎

空谷幽人。曳冰簪雾带，古意生春。结根倦随萧艾，独抱孤贞。自分生涯淡薄，隐蓬蒿、甘老山林。风烟共憔悴，冷落吴宫，草暗花深。　霁痕消冻雪，向崖阴饮露，应是知心。所思何处，愁满楚水湘云。肯信遗芳千古，尚依依、泽畔行吟。香魂已成梦，短操谁弹，月冷瑶琴。

注：该词上阕第一句至第三句为乐段一中的格式（1），第四句至第五句为乐段二中的格式（1）。全词双调，九十九字，上阕十句，五平韵；下阕十句，四平韵。

例二　国香（九十九字）
（宋）曹　勋

十月新阳。喜桃李秀发，宫殿春香。宝历开图，文母协应时康。诞庆欣逢令旦，向花闺、馨列嫔嫱。欢荣是九五，侍膳芳筵，翠宸龙章。　　天心人共喜，拱三钗瑞彩，同捧瑶觞。禁中和气，都入法部丝簧。一片神仙锦绣，正珠帘、乍卷云光。遐龄祝亿载，永奉慈颜，地久天长。

注：该词上阕第一句至第三句为乐段一中的格式（2），第四句至第五句为乐段二中的格式（2）。全词双调，九十九字，上阕十句，五平韵；下阕十句，四平韵。

飞 龙 宴

调见《花草粹编》，注："吴七君王姬苏小娘制。"

《飞龙宴》的长短句结构

《飞龙宴》上阕，四个乐段									
乐段一（十三字）			乐段二（十字）		乐段三（十三字）		乐段四（十三字）		
5	4	4	4	6	6	34	4	4	5

《飞龙宴》下阕，四个乐段									
乐段一（十六字）				乐段二（十字）		乐段三（十三字）		乐段四（十一字）	
2	5	5	4	4	6	6	34	4	7

《康熙词谱》只收集一体《飞龙宴》，双调，上下阕分别可分为四个乐段，其长短句结构如表所示。该调九十九字，上阕十句，五仄韵；下阕十句，八仄韵，其基本格式如表所示。

《飞龙宴》的基本格式（双调）

《飞龙宴》上阕，十句，五仄韵	
乐段一（三句，十三字）	乐段二（二句，十字）
－ － ＋ ｜ －（句）＋ － ＋ ｜（句）＋ － ＋ ｜（韵）	＋ ｜ － －（句）＋ － ＋ ｜ －｜（韵）

《飞龙宴》上阕，十句，五仄韵	
乐段三（二句，十三字）	乐段四（三句，十三字）
＋ ｜ ＋ － ＋ ｜（韵）＋ ＋ ＋（读）＋ － ＋ ｜（韵）	＋ － ＋ ｜（句）＋ － ＋ ｜（句）＋ ｜ － － ｜（韵）

《飞龙宴》下阕，十句，八仄韵	
乐段一（四句，十六字）	乐段二（二句，十字）
＋ ｜（韵）＋ ｜ － － ｜（韵）｜ ＋ － ＋ ｜（句）＋ － ＋ ｜（韵）	＋ ｜ － －（句）＋ － ＋ ｜ －｜（韵）

《飞龙宴》下阕，十句，八仄韵	
乐段三（二句，十三字）	乐段四（二句，十一字）
＋ ｜ ＋ － ＋ ｜（韵）＋ ＋ ＋（读）＋ － ＋ ｜（韵）	＋ － ＋ ｜（韵）＋ － ＋ ｜ － ｜（韵）

例　飞龙宴（九十九字）

宋媛苏氏

　　炎炎暑气时，流光闪烁，闲扃深院。水阁凉亭，半开帘幕遥看。灼灼榴花吐艳。细雨洒、小荷香浅。树阴竹里，清凉潇洒，枕簟摇纨扇。　　堪叹。浮世忙如箭。对良辰欢乐，莫辞频劝。遇酒逢歌，恣情遂意迷恋。须信人生聚散。奈区区、利牵名绊。少年未倦。良天皓月金尊满。

　　注：全词双调，九十九字，上阕十句，五仄韵；下阕十句，八仄韵。

卷二十八

御 带 花

调见《六一居士词》。

《御带花》的长短句结构

《御带花》上阕，四个乐段			
乐段一（十三字）	乐段二（十三字）	乐段三（十一字）	乐段四（十二字）
7　　6	4　5　4	4　　34	34　　5

《御带花》下阕，四个乐段			
乐段一（十五字）	乐段二（十三字）	乐段三（十一字）	乐段四（十二字）
6　5　4	4　5　4	4　　34	34　　5

《康熙词谱》只收集一体《御带花》，双调，上下阕分别可分为四个乐段，其长短句结构如表所示。该调一百字，上阕九句，四仄韵；下阕十句，四仄韵，其基本格式如表所示。

《御带花》的基本格式（双调）

《御带花》上阕，九句，四仄韵	
乐段一（二句，十三字）	乐段二（三句，十三字）
＋ － ＋ ｜ － － ｜（句）＋ ｜ ＋ ｜ － ｜（韵）	＋ － ＋ ｜（句）｜ ＋ － ＋ ｜（句）＋ － ＋ ｜（韵）

《御带花》上阕，九句，四仄韵	
乐段三（二句，十一字）	乐段四（二句，十二字）
＋ ｜ － －（句）＋ ＋ ｜（读）－ ＋ ｜（韵）	＋ ＋ ｜（读）＋ － ＋ ｜（句）＋ ｜ ＋ － ｜（韵）

《御带花》下阕，十句，四仄韵	
乐段一（三句，十五字）	乐段二（三句，十三字）
＋－＋－＋｜（句）｜＋｜－ －（句）＋｜－｜（韵）	＋－＋｜（句）｜＋｜－－（句） ＋－＋｜（韵）

《御带花》下阕，十句，四仄韵	
乐段三（二句，十一字）	乐段四（二句，十二字）
＋｜－－（句）＋＋｜（读）＋ －＋｜（韵）	＋＋｜（读）＋－＋｜（句）＋｜ ＋－｜（韵）

例　御带花（一百字）

（宋）欧阳修

青春何处风光好，帝里偏爱元夕。万重缯彩，搆一屏峰岭，半空金碧。宝檠银釭，耀绛幕、龙腾虎掷。沙堤远、雕轮绣毂，争走五侯宅。　　雍雍熙熙作昼，会乐府神姬，海洞仙客。曳香摇翠，称执手行歌，锦街天陌。月淡寒轻，渐向晓、漏声寂寂。当年少、狂心未已，不醉怎归得。

注：全词双调，一百字，上阕九句，四仄韵；下阕十句，四仄韵。

定 风 波 慢

此调有两体，一百字者，柳永词注"林钟商"，张翥词注"商角调"，有《梅苑》词可校；一百五字者，柳永词注"夹钟商"，无宋词可校。

《定风波慢》的长短句结构

《定风波慢》上阕，四个乐段			
乐段一（十三字）	乐段二（十三字或十四字）	乐段三（十三字）	乐段四（十一字）
3　4　　6	4　　4　　5 5　　4　　5	3　　3　　7	2　　5　　4

《定风波慢》下阕，四个乐段			
乐段一 （十三字或十二字）	乐段二 （十四字）	乐段三 （十三字）	乐段四 （十字或十一字）
5　　35 4　　35	3　6　5 5　4　5	3　3　7	2　4　4 　2　5　4

柳永另体《定风波慢》的长短句结构

《定风波慢》上阕，四个乐段			
乐段一（九字）	乐段二（十七字）	乐段三（十一字）	乐段四（十四字）
4　　5	34　4　6	5　　6	34　　7

《定风波慢》下阕，四个乐段			
乐段一（十四字）	乐段二（十七字）	乐段三（十一字）	乐段四（十二字）
2　4　4　4	5　4　44	34　　4	34　　5

  《康熙词谱》共收集四体《定风波慢》，双调，上下阕分别可分为四个乐段，有两种长短句结构，各自分别如表所示。从中可以看出，柳永另一体《定风波慢》（首句为"伫立长亭"），与其他三体的长短句结构迥异。

  该调的常见格式有一百字或九十九字、一百一字等格式，上阕十一句，六仄韵；下阕十一句，七仄韵。《康熙词谱》以一百字体柳永词（首句为"自春来、惨绿愁红"）为标谱词例。该调的正格与变格如表所示，其中，上下阕各乐段中的格式（1）为正格句式，其余为变格句式。柳永另一体《定风波慢》（首句为"伫立长亭"）一百五字，上阕九句，四仄韵；下阕十一句，六仄韵，其基本格式如表所示。

《定风波慢》的正格与变格（双调）

《定风波慢》上阕，十一句，六仄韵	
乐段一（二句，十三字）	乐段二（三句，十三字或十四字）
＋＋＋（读）＋｜ーー（句）＋ ー＋｜＋｜（韵） （1）	＋｜ーー（句）＋ー＋｜（句） ＋｜ーー｜（韵） （1）
＋＋＋（读）＋｜ーー（句）＋ ｜ー＋｜（韵） （2）	｜＋ーー（句）＋ー＋｜（句） ＋｜ーー｜（韵） （2）

《定风波慢》上阕，十一句，六仄韵	
乐段三（三句，十三字）	乐段四（三句，十一字）
｜ーー（句）＋ー｜（韵）＋｜ー ー｜ー｜（韵） （1）	ー｜（韵）｜＋ー＋｜（句）＋ー ＋｜ー（韵） （1）
｜ーー（句）ー｜｜（韵）＋｜ー ー｜ー｜（韵） （2）	ー｜（韵）｜＋ー＋｜（句）＋ー ＋｜（韵） （2）

例一　定风波慢（一百字）

（宋）柳　永

自春来、惨绿愁红，芳心是事可可。日上花梢，莺穿柳带，犹压香衾卧。暖酥销，腻云亸。终日厌厌倦梳裹。无那。恨薄情一去，音书无个。　　早知恁般么。悔当初、不把雕鞍锁。向鸡窗，只与蛮笺象管，拘束教吟和。镇相随，莫抛躲。针线闲拈伴伊坐。和我。免使少年，光阴虚过。

注：该词上阕第一句和第二句为乐段一中的格式（1），第三句至第五句为乐段二中的格式（1），第六句至第八句为乐段三中的格式（1），第九句至第十一句为乐段四中的格式（1）；下阕第一句和第二句为乐段一中的格式（1），第三句至第五句为乐段二中的格式（1），第六句至第八句为乐段三中的格式（1），第九句至第十一句为乐段四中的格式（1）。全词双调，一百字，上阕十一句，六仄韵；下阕，十一句，七仄韵。

《定风波慢》下阕，十一句，七仄韵	
乐段一（二句，十三字或十二字）	乐段二（三句，十四字）
＋ － ｜ ｜（韵）＋ ＋ ＋（读） ＋ ｜ － － ｜（韵） （1）	｜ － －（句）＋ ｜ ｜ ＋ ｜（句） ＋ ｜ － － ｜（韵） （1）
＋ － ＋ ｜（韵）＋ ＋ ＋（读）＋ ｜ － － ｜（韵） （2）	｜ ＋ － ｜（句）＋ ｜ － ＋ ｜（句） ＋ ｜ － － ｜（韵） （2）

《定风波慢》下阕，十一句，七仄韵	
乐段三（三句，十三字）	乐段四（三句，十字或十一字）
｜ － －（句）＋ － ｜（韵）＋ ｜ － － ｜ ＋ ｜（韵） （1）	－ ｜（韵）＋ ｜ ＋ － （句）＋ － ＋ ｜（韵） （1）
｜ － －（句）－ ｜ ｜（韵）＋ ｜ － ＋ ｜（韵） （2）	－ ｜（韵）＋ － ＋ ｜（句）＋ － ＋ ｜（韵） （2）
	－ ｜（韵）｜ ＋ － ＋ ｜（句）＋ － ＋ ｜（韵） （3）

例二 定风波慢（九十九字）

（元）张 翥

恨行云、特地高寒，牢笼好梦不定。晼晚年华，凄凉客况，泥酒浑成病。画栏深，碧窗静。一树瑶花可怜影。低映。怕明月照见，青禽相并。　素衾正冷。又寒香、枕上熏愁醒。甚银床霜冻，山童未起，谁汲墙阴井。玉箫残，锦书迥。应是多情道薄幸。争肯。等闲孤负，西湖春兴。

注：该词上阕第一句和第二句为乐段一中的格式（1），第三句至第五句为乐段二中的格式（1），第六句至第八句为乐段三中的格式（1），第九句至第十一句为乐段四中的格式（2）；下阕第一句和第二句为乐段一中的格式（2），第三句至第五句为乐段二中的格式（2），第六句至第八句为乐段三中的格式（1），第九句至第十一句为乐段四中的格式（2）。全词双调，

九十九字，上阕十一句，六仄韵；下阕，十一句，七仄韵。

例三　定风波慢（一百一字）

《梅苑》无名氏

漏新春、消息前村，数枝楚梅轻绽。正雪艳精神，冰肤淡泞，姑射依稀见。冷香凝，金蕊浅。青女饶伊妒无限。堪羡。似寿阳妆阁，初匀粉面。　　纤条绿染。异群葩、不似和风扇。向深冬，免使游蜂舞蝶，撩拨春心乱。水亭边，山驿畔。立马行人暗肠断。吟恋。又忍随羌管，飘零千片。

注：该词上阕第一句和第二句为乐段一中的格式（2），第三句至第五句为乐段二中的格式（2），第六句至第八句为乐段三中的格式（2），第九句至第十一句为乐段四中的格式（1）；下阕第一句和第二句为乐段一中的格式（2），第三句至第五句为乐段二中的格式（1），第六句至第八句为乐段三中的格式（2），第九句至第十一句为乐段四中的格式（3）。全词双调，一百一字，上阕十一句，六仄韵；下阕，十一句，七仄韵。

柳永另体《定风波慢》的基本格式（双调）

《定风波慢》上阕，九句，四仄韵	
乐段一（二句，九字）	乐段二（三句，十七字）
＋｜－－（句）＋｜＋－｜（韵）	＋＋＋（读）＋｜－－（句）＋｜＋－（句）＋｜＋－＋｜（韵）

《定风波慢》上阕，九句，四仄韵	
乐段三（二句，十一字）	乐段四（二句，十四字）
｜＋－＋｜（句）＋－＋－＋｜（韵）	＋＋＋（读）＋｜－－（句）＋｜－－｜－｜（韵）

《定风波慢》下阕，十一句，六仄韵	
乐段一（四句，十四字）	乐段二（三句，十七字）
— ｜（韵）＋ ＋ ｜ — — （句）＋ ｜ ＋ ｜ — （句）＋ ｜ — ＋ ｜（韵）	｜ ＋ ＋ ｜ ＋ ｜（句）＋ ＋ — ＋ ｜（韵）＋ ＋ — ＋ ｜（读）＋ ＋ — ＋ ｜（韵）

《定风波慢》下阕，十一句，六仄韵	
乐段三（二句，十一字）	乐段四（二句，十二字）
＋ ＋ ＋（读）＋ ｜ — — （句）＋ — ＋ ｜（韵）	＋ ＋ ＋（读）＋ ＋ — ｜（句）＋ ｜ — — ｜（韵）

例　定风波慢（一百五字）

（宋）柳　永

伫立长亭，澹荡晚风起。骤雨歇、极目萧疏，塞柳万株，掩映箭波千里。走舟车向此，人人奔名竞利。念荡子、终日驱驰，争觉乡关转迢递。　　何意。绣阁轻抛，锦字难逢，等闲度岁。奈泛泛旅迹，厌厌病绪。近来谙尽、宦游滋味。此情怀、纵写香笺，凭谁寄与。算孟光、安得知我，继日添憔悴。

注：全词双调，一百五字，上阕九句，四仄韵；下阕十一句，六仄韵。

芳　草

晁补之词名《凤箫吟》。

《芳草》的长短句结构

《芳草》上阕，四个乐段			
乐段一（十三字）	乐段二（十三字或十四字）	乐段三（十二字）	乐段四（十一字）
3　4　6	5　5　3 5　4　4 5　5　4	5　34	34　4 5　6

《芳草》下阕，四个乐段			
乐段一（十四字）	乐段二（十四字）	乐段三（十二字）	乐段四（十一字）
2　5　　34	5　　5　　4	5　　34	34　　4
2　4　4　4	4　　4　6		7　　4
			5　　6

　　《康熙词谱》共收集五体《芳草》，双调，上下阕分别可分为四个乐段，其长短句结构如表所示。该调有一百字或一百一字等格式，上阕十句，四平韵或五平韵；下阕十句或十一句，五平韵。《康熙词谱》以一百字体韩缜词（上阕起句不用韵）和一百一字体晁补之词（上阕起句用韵）为正体或正格。该调的正格与变格如表所示，其中，上阕乐段二、乐段四和下阕乐段一中的格式（1）和格式（2），其他乐段中的格式（1）为正格句式，其余为变格句式。

例一　芳草（一百字）

（宋）韩　缜

　　锁离愁，连绵无际，来时陌上初薰。绣闱人念远，暗垂珠露泣，送征轮。长行长在眼，更重重、远水孤村。但望极、楼高尽日，目断王孙。　　消魂。池塘从别后，曾行处、绿妒轻裙。恁时携素手，乱花飞絮里，缓步香茵。朱颜空自改，向年年、芳意常新。遍绿野、嬉游醉眼，莫负青春。

　　注：该词上阕第一句至第三句为乐段一中的格式（1），第四句至第六句为乐段二中的格式（1），第九句和第十句为乐段四中的格式（1）；下阕第一句至第三句为乐段一中的格式（1），第四句至第六句为乐段二中的格式（1），第九句和第十句为乐段四中的格式（1）。全词双调，一百字，上阕十句，四平韵；下阕十句，五平韵。

例二　芳草（一百一字）

（宋）晁补之

　　晓曈昽。风和雨细，南国次第春融。岭梅犹妒雪，露桃云杏，已绽碧呈红。一年春正好，助人狂、飞燕游蜂。更吉梦良辰，对花忍负金钟。　　香浓。博山沉水，小楼清旦，佳气葱葱。旧游应未改，武陵花似锦，笑语如逢。蕊宫传妙诀，小金丹、同换冰容。况共有、芝田旧约，归去双峰。

　　注：该词上阕第一句至第三句为乐段一中的格式（2），第四句至第六句为乐段二中的格

式（2），第九句和第十句为乐段四中的格式（2）；下阕第一句至第四句为乐段一中的格式（2），第五句至第七句为乐段二中的格式（1），第十句和第十一句为乐段四中的格式（1）。全词双调，一百一字，上阕十句，五平韵；下阕十一句，五平韵。

《芳草》的正格和变格（双调）

《芳草》上阕，十句，四平韵或五平韵	
乐段一（三句，十三字）	乐段二（三句，十三字或十四字）
｜－－（句）＋－＋｜（句）＋－＋｜－－－（韵）（1） ｜－－（韵）＋－＋｜（句）－＋＋｜－－（韵）（2）	＋－－｜｜（句）＋－－｜｜（句）｜－｜－－（韵）（1） ＋－－｜｜（句）＋－＋｜（句）｜＋｜－－（韵）（2） ＋－－｜｜（句）＋－＋｜（句）＋｜｜－－（韵）（3） ＋－－｜｜（句）＋－－｜－（句）＋｜－－（韵）（4）

注：上阕乐段一中的格式"＋＋＋｜－－（韵）"，可平可仄三处，不宜同时用仄。

《芳草》上阕，十句，四平或五平韵	
乐段三（二句，十二字）	乐段四（二句，十一字）
＋－－｜｜（句）＋＋＋（读）＋｜－－（韵）	＋＋＋（读）＋－＋｜（句）＋｜－－（韵）（1） ｜＋｜－－（句）＋－＋｜－－（韵）（2） ｜＋｜－－（句）＋｜＋｜－－（韵）（3）

《芳草》下阕，十句或十一句，五平韵	
乐段一（三句或四句，十四字）	乐段二（三句，十四字）
－ －（韵）＋ － － ｜ ｜（句） ＋ ＋ ＋（读）＋ ｜ － －（韵） （1）	＋ － － ｜ ｜（句）＋ － － ｜ ｜（句） ＋ ｜ － －（韵） （1）
－ －（韵）＋ － ＋ ｜（句）＋ － ＋ ｜（句）＋ ｜ － －（韵） （2）	
－ －（韵）＋ － ＋ ｜（句）＋ ｜ － －（句）＋ ｜ － －（韵） （3）	＋ － － ｜ ｜（句）｜ ＋ － ＋ ｜（句） ＋ ｜ － －（韵） （2）
	＋ － ＋ ｜（句）＋ ｜ － －（句）＋ － ＋ ｜ － －（韵） （3）

《芳草》下阕，十句或十一句，五平韵	
乐段三（二句，十二字）	乐段四（二句，十一字）
＋ － － ｜ ｜（句）＋ ＋ ＋（读） ＋ ｜ － －（韵）	＋ ＋ ＋（读）＋ － ＋ ｜（句）＋ ｜ － －（韵） （1）
	｜ ＋ ｜ ＋ － ＋ ｜（句）＋ ｜ － －（韵） （2）
	｜ ＋ ｜ － －（句）＋ － ＋ ｜ － －（韵） （3）

注：下阕乐段四中的格式"｜＋｜＋－＋｜（句）"，为"上一下六"句式。

例三　芳草（一百字）

（宋）奚　淢

笑湖山，纷纷歌舞，花边如梦如薰。响烟惊落日，长桥芳草外，客愁醒。天风吹送远，向两山、唤醒痴云。犹自有、迷林去鸟，不信黄昏。　　销凝。

油车归后，一眉新月，独印湖心。蕊宫相答处，空岩虚谷应，猿语香林。正酣红紫梦，便市朝、有耳谁听。怪玉兔金乌不换，只换游人。

注：该词上阕第一句至第三句为乐段一中的格式（1），第四句至第六句为乐段二中的格式（1），第九句和第十句为乐段四中的格式（1）；下阕第一句至第四句为乐段一中的格式（2），第五句至第七句为乐段二中的格式（1），第十句和第十一句为乐段四中的格式（2）。全词双调，一百字，上阕十句，四平韵；下阕十一句，五平韵。

例四　芳草（一百一字）
（宋）曹　勋

列旂常。中宵天净，郊丘展采圆苍。肇禋三岁礼，圣天子为民，致福穰穰。凝旒亲奠至，粲珠联、星斗垂芒。渐月转燔柴，露重烟断坛旁。　　欢康。青霞催晓，六乐均调，响逐新阳。辇回天仗肃，庆千官抃舞，绣锦成行。鸡竿双凤阙，肆颁宣、恩动荣光。赞永御、萝图霈泽，常抚殊方。

注：该词上阕第一句至第三句为乐段一中的格式（2），第四句至第六句为乐段二中的格式（4），第九句和第十句为乐段四中的格式（3）；下阕第一句至第四句为乐段一中的格式（3），第五句至第七句为乐段二中的格式（2），第十句和第十一句为乐段四中的格式（1）。全词双调，一百一字，上阕十句，五平韵；下阕十一句，五平韵。

例五　芳草（一百一字）
（宋）王之道

雨溟濛。年年今日，农夫共卜新丰。登高随处好，银瓶突兀，南峙对三公。真珠溥露菊，更芙蓉、照水匀红。但华发衰颜，不堪频鉴青铜。　　相逢。行藏休借问，且徘徊、目送飞鸿。十年湖海，千里云山，几番残照凄风。蟹螯粗似臂，金英碎、琥珀香浓。请细读离骚，为君一饮千钟。

注：该词上阕第一句至第三句为乐段一中的格式（2），第四句至第六句为乐段二中的格式（3），第九句和第十句为乐段四中的格式（2）；下阕第一句至第三句为乐段一中的格式（1），第四句至第六句为乐段二中的格式（3），第九句和第十句为乐段四中的格式（3）。全词双调一百一字，上下阕各十句，五平韵。

念 奴 娇

　　《碧鸡漫志》云"大石调",又转入"道调宫",又转入"高宫大石调"。姜夔词注"双调";元高拭词注"大石调",又"大吕调"。苏轼《赤壁怀古》词有"大江东去,一樽还酹江月"句,因名《大江东去》,又名《酹江月》,又名《赤壁词》,又名《酹月》;曾觌词名《壶中天慢》;戴复古词有"大江西上"句,名《大江西上曲》;姚述尧词有"太平无事,欢娱时节"句,名《太平欢》;韩淲词有"年年眉寿,坐对南枝"句,名《寿南枝》,又名《古梅曲》;姜夔词名《湘月》,自注"即《念奴娇》鬲指声";张辑词有"柳花淮甸春冷"句,名《淮甸春》;米友仁词名《白雪词》;张翥词名《百字令》,又名《百字谣》;丘长春词名《无俗念》;游文仲词名《千秋岁》;《翰墨全书》词名《庆长春》,又名《杏花天》。此调有平韵、仄韵二体,凡句读参差、大同小异者,谱内各以类列。

《念奴娇》的长短句结构

上阕,四个乐段			
乐段一(十三字或十四字)	乐段二(十三字)	乐段三(十三字)	乐段四(十字或十二字)
4　5　4 4　4　6 4　　36	7　　6 4　　36	4　　4　5	4　　6 4　4　4

下阕,四个乐段			
乐段一(十五字)	乐段二(十三字)	乐段三(十三字)	乐段四(十字)
6　4　5 6　5　4 2　4　4　5	7　　6 4　　36	4　　4　5 4　5　4	4　6

　　《康熙词谱》共收集十二体《念奴娇》,双调,上下阕分别可分为四个乐段,其长短句结构如表所示。该调有一百字或一百一字、一百二字等格式,主要用仄韵,个别用平韵。对仄韵格而言,上阕十句或九句,四仄韵或五仄韵;下阕十句或十一句,四仄韵或五仄韵,宜用入声韵部,《康熙词谱》以一百字体苏轼词(首句为"凭空眺远")为正体或正格。对平韵格而言,上阕十句或九句,四平韵或五平韵;下阕十句,四平韵或五平韵、

六平韵。《康熙词谱》以一百字体陈平词为正体或正格。《念奴娇》(仄韵)与《念奴娇》(平韵)的正格与变格分别如表所示,其中,上下阕各乐段中的格式(1)为正格句式,其余为变格句式。

例一　念奴娇(一百字)

(宋)苏　轼

凭空眺远,见长空万里,云无留迹。桂魄飞来光射处,冷浸一天秋碧。玉宇琼楼,乘鸾来去,人在清凉国。江山如画,望中烟树历历。　　我醉拍手狂歌,举杯邀月,对影成三客。起舞徘徊风露下,今夕不知何夕。便欲乘风,翻然归去,何用骑鹏翼。水晶宫里,一声吹断横笛。

注:该词上阕第一句至第三句为乐段一中的格式(1),第四句和第五句为乐段二中的格式(1),第九句和第十句为乐段四中的格式(1);下阕第一句至第三句为乐段一中的格式(1),第四句和第五句为乐段二中的格式(1),第六句至第八句为乐段三中的格式(1),第九和第十句为乐段四中的格式(1)。全词双调,一百字,上下阕各十句,四仄韵。

例二　念奴娇(一百字)

(宋)苏　轼

大江东去,浪淘尽、千古风流人物。故垒西边,人道是、三国周郎赤壁。乱石穿空,惊涛拍岸,卷起千堆雪。江山如画,一时多少豪杰。　　遥想公瑾当年,小乔初嫁了,雄姿英发。羽扇纶巾,谈笑处、樯橹灰飞烟灭。故国神游,多情应笑我,早生华发。人间如寄,一尊还酹江月。

注:该词上阕第一句和第二句为乐段一中的格式(5),第三句和第四句为乐段二中的格式(2),第八句和第九句为乐段四中的格式(1);下阕第一句至第三句为乐段一中的格式(3),第四句和第五句为乐段二中的格式(2),第六句至第八句为乐段三中的格式(2),第九句和第十句为乐段四中的格式(1)。全词双调,一百字,上阕九句,四仄韵;下阕十句,四仄韵。

《念奴娇》（仄韵）的正格与变格（双调）

《念奴娇》上阕，十句或九句，四仄韵或五仄韵	
乐段一（三句或二句，十三字或十四字）	乐段二（二句，十三字）
＋ － ＋ ｜（句）｜ ＋ － ＋ ｜（句） ＋ － ＋ ｜（韵） （1）	＋ ｜ ＋ － － ｜ ｜（句）＋ ｜ ＋ － ＋ ｜（韵） （1）
＋ － ＋ ｜（韵）｜ ＋ － ＋ ｜（句） ＋ － ＋ ｜（韵） （2）	＋ ｜ － －（句）＋ ＋ ＋（读）＋ ｜ ＋ － ＋ ｜（韵） （2）
＋ － ＋ ｜（句）｜ ＋ － ＋ ｜（句） ＋ ＋ － ｜（韵） （3）	
＋ － ＋ ｜（句）＋ ｜ － －（句） ＋ ｜ ＋ － ＋ ｜（韵） （4）	
＋ － ＋ ｜（句或韵）＋ ＋ ＋（读） ＋ ｜ ＋ － ＋ ｜（韵） （5）	
＋ － ＋ ｜（句）＋ ＋ ＋（读）＋ － ＋ ｜ － ｜（韵） （6）	

《念奴娇》上阕，十句或九句，四仄韵或五仄韵	
乐段三（三句，十三字）	乐段四（二句或三句，十字或十二字）
＋ ｜ － －（句）＋ － ＋ ｜（句） ＋ ｜ － － ｜（韵）	＋ － ＋ ｜（句）｜ － － ｜ ＋ ｜（韵） （1）
	＋ － ＋ ｜（句）＋ － ＋ ｜ － ｜（韵） （2）
	＋ － ＋ ｜（句）＋ ｜ ＋ ｜ － ｜（韵） （3）
	＋ － ＋ ｜（句）＋ ｜ ＋ －（句）＋ ｜ － ｜（韵） （4）

《念奴娇》下阕，十句或十一句，四仄韵或五仄韵	
乐段一（三句或四句，十五字）	乐段二（二句，十三字）
＋｜＋｜－－（句）＋－＋｜（句）＋｜－－｜（韵） （1）	＋｜＋｜－－｜｜（句）＋｜＋－＋｜（韵） （1）
＋｜＋｜－－（句）＋－－＋｜（句）｜＋－－＋｜（韵） （2）	＋｜－－（句）＋－＋＋（读）＋｜＋－＋｜（韵） （2）
＋｜＋｜－－（句）＋－－｜｜（句）＋－－＋｜（韵） （3）	
＋｜（韵）＋｜－－（句）＋－－＋｜（句）＋｜－－｜（韵） （4）	

《念奴娇》下阕，十句或十一句，四仄韵或五仄韵	
乐段三（三句，十三字）	乐段四（二句，十字）
＋｜－－（句）＋－＋｜（句）＋｜－－｜（韵） （1）	＋－＋｜（句）｜－－｜＋｜（韵） （1）
＋｜－－（句）＋－－｜｜（句）＋－＋｜（韵） （2）	＋｜＋｜（句）＋－＋－＋｜（韵） （2）
	＋－＋｜（句）＋｜＋｜－｜（韵） （3）

例三　念奴娇（一百字）

（宋）姜　夔

五湖旧约，问经年底事，长负清景。暝入西山，渐唤我、一叶夷犹乘兴。倦网都收，归禽时度，月上汀洲冷。中流容与，画桡不点清镜。　　谁解唤起湘灵，烟鬟雾鬓，理哀弦鸿阵。玉麈清谈，叹坐客、多少风流名胜。暗柳萧萧，飞萤冉冉，夜久知秋信。鲈鱼应好，旧家乐事谁省。

注：该词上阕第一句至第三句为乐段一中的格式（3），第四句和第五句为乐段二中的格式（2），第九句和第十句为乐段四中的格式（2）；下阕第一句至第三句为乐段一中的格式（2），第四句和第五句为乐段二中的格式（2），第六句至第八句为乐段三中的格式（1），第九句和第十句为乐段四中的格式（2）。全词双调，一百字，上下阕各十句，四仄韵。

例四　念奴娇（一百字）
（宋）姜　夔

闹红一舸，记来时、尝与鸳鸯为侣。三十六陂人未到，水佩风裳无数。翠叶吹凉，玉容消酒，更洒菰蒲雨。嫣然摇动，冷香飞上诗句。　　日暮。青盖亭亭，情人不见，争忍凌波去。只恐舞衣容易落，愁入西风南浦。高柳垂阴，老鱼吹浪，留我花间住。田田多少，几回沙际归路。

注：该词上阕第一句和第二句为乐段一中的格式（5），第三句和第四句为乐段二中的格式（1），第八句和第九句为乐段四中的格式（1）；下阕第一句至第四句为乐段一中的格式（4），第五句和第六句为乐段二中的格式（1），第七句至第九句为乐段三中的格式（1），第十句和第十一句为乐段四中的格式（1）。全词双调，一百字，上阕九句，四仄韵；下阕十一句，五仄韵。

例五　念奴娇（一百字）
（宋）张　炎

行行且止。把乾坤、收入篷窗深里。星散白鸥三四点，数笔横塘秋意。岸嘴冲波，篱根受月，野径通村市。疏风迎面，湿衣原是空翠。　　堪叹敲雪门荒，争棋墅冷，苦竹鸣山鬼。纵使如今犹有晋，无复清游如此。落日黄沙，远天云淡，弄影芦花外。几时归去，剪取一半烟水。

注：该词上阕第一句和第二句为乐段一中的格式（5），第三句和第四句为乐段二中的格式（1），第八句和第九句为乐段四中的格式（1）；下阕第一句至第三句为乐段一中的格式（1），第四句和第五句为乐段二中的格式（1），第六句至第八句为乐段三中的格式（1），第九句和第十句为乐段四中的格式（3）。全词双调，一百字，上阕九句，五仄韵；下阕十句，四仄韵。

例六　念奴娇（一百字）
（宋）张　炎

长流万里。与沉沉沧海，平分一水。孤白争流蟾不没，影落潜蛟腾起。莹玉悬秋，绿房迎晓，楼观光凝洗。紫箫声袅，四檐吹下清气。　　遥睇。浪击空明，古愁休问，消长盈虚理。风入芦花歌忽断，知有渔舟闲舣。露已沾衣，鸥犹栖草，一片潇湘意。人方酣梦，长翁元自如此。

注：该词上阕第一句至第三句为乐段一中的格式（2），第四句和第五句为乐段二中的格式（1），第九句和第十句为乐段四中的格式（1）；下阕第一句至第四句为乐段一中的格式（4），第五句和第六句为乐段二中的格式（1），第七句至第九句为乐段三中的格式（1），第十句和第十一句为乐段四中的格式（2）。全词双调，一百字，上阕十句，五仄韵；下阕十一句，五仄韵。

例七　念奴娇（一百字）
（宋）郑觉斋

卷帘酒醒，怕无言、慵理残妆啼粉。记绾同心双绣带，珠箔青楼花满。琢玉传情，断金订约，总是愁根本。谁知薄幸，肯于长处寻短。　　旧日掌上芙蓉，新来成刺，变却风流眼。自信华年风度在，未怕香红春晚。恩不相酬，怨难重合，往事冰澌泮。分明诀绝，股钗还我一半。

注：该词上阕第一句和第二句为乐段一中的格式（5），第三句和第四句为乐段二中的格式（1），第八句和第九句为乐段四中的格式（1）；下阕第一句至第三句为乐段一中的格式（1），第四句和第五句为乐段二中的格式（1），第六句至第八句为乐段三中的格式（1），第九句和第十句为乐段四中的格式（1）。全词双调，一百字，上阕九句，四仄韵；下阕十句，四仄韵。

例八　念奴娇（一百字）
（宋）张孝祥

洞庭青草，近中秋、更无一点风色。玉鉴琼田三万顷，着我扁舟一叶。素月分辉，明河共影，表里俱澄澈。悠然心会，妙处难与君说。　　应念岭表经年，孤光自照，肝胆皆冰雪。短发萧疏襟袖冷，稳泛沧溟空阔。尽挹西江，细斟北斗，万象为宾客。扣舷独啸，不知今夕何夕。

注：该词上阕第一句和第二句为乐段一中的格式（6），第三句和第四句为乐段二中的格式（1），第八句和第九句为乐段四中的格式（3）；下阕第一句至第三句为乐段一中的格式（1），第四句和第五句为乐段二中的格式（1），第六句至第八句为乐段三中的格式（1），第九句和第十句为乐段四中的格式（1）。全词双调，一百字，上阕九句，四仄韵；下阕十句，四仄韵。

例九　念奴娇（一百字）
（元）萨都剌

石头城上，望天低吴楚，眼空无物。指点六朝形胜地，唯有青山如壁。蔽日旌旗，连云樯橹，白骨纷如雪。一江南北，消磨多少豪杰。　　寂寞避暑离宫，东风辇路，芳草年年发。落日无人松径里，鬼火高低明灭。歌舞尊前，繁华镜里，暗换青青发。伤心千古，秦淮一片明月。

注：该词上阕第一句至第三句为乐段一中的格式（1），第四句和第五句为乐段二中的格式（1），第九句和第十句为乐段四中的格式（2）；下阕第一句至第三句为乐段一中的格式（1），第四句和第五句为乐段二中的格式（1），第六句至第八句为乐段三中的格式（1），第九句和第十句为乐段四中的格式（2）。全词双调，一百字，上下阕各十句，四仄韵。

例十　念奴娇（一百一字）

（宋）张　辑

嫩凉生晓，怪得今朝，湖上秋风无迹。古寺桂香山色外，肠断幽丛金碧。骤雨俄来，苍烟不见，苔径孤吟屐。系船高柳，晚蝉嘶破愁寂。　　且约携酒高歌，与鸥相好，分坐渔矶石。算只藕花知我意，犹把红芳留客。楼阁空濛，管弦清润，一水盈盈隔。不如休去，月悬良夜千尺。

注：该词上阕第一句至第三句为乐段一中的格式（4），第四句和第五句为乐段二中的格式（1），第九句和第十句为乐段四中的格式（1）；下阕第一句至第三句为乐段一中的格式（1），第四句和第五句为乐段二中的格式（1），第六句至第八句为乐段三中的格式（1），第九句和第十句为乐段四中的格式（1）。全词双调，一百一字，上下阕各十句，四仄韵。

例十一　念奴娇（一百二字）

（宋）赵长卿

银蟾光满，弄余辉、冷浸江梅无力。缓引柔条浮素蕊，横在闲窗虚壁。染纸挥毫，粉涂墨晕，不似今端的。天然造化，别是一般，清瘦踪迹。　　今夜翠葆堂深，梦回风定，因月才相识。先自离愁，那更被、晓角残更催逼。曙色将分，轻阴移尽，过眼难寻觅。江南图上，画工应为描得。

注：该词上阕第一句和第二句为乐段一中的格式（5），第三句和第四句为乐段二中的格式（1），第八句至第十句为乐段四中的格式（4）；下阕第一句至第三句为乐段一中的格式（1），第四句和第五句为乐段二中的格式（2），第六句至第八句为乐段三中的格式（1），第九句和第十句为乐段四中的格式（1）。全词双调，一百二字，上下阕各十句，四仄韵。

《念奴娇》（平韵）的正格与变格（双调）

《念奴娇》上阕，十句或九句，四平韵或五平韵	
乐段一（三句或二句，十三字）	乐段二（二句，十三字）
＋ － ＋ ｜（句）｜ ＋ － ＋ ｜（句）＋ ＋ － － －（韵） （1）	＋ ｜ ＋ － －｜｜（句）＋ ＋ － ｜ － －（韵） （1）
＋ － ＋ ｜（句）＋ ＋ ＋（读）＋ ｜ ＋ ｜ － －（韵） （2）	＋ ｜ － －（句）＋ ＋ ＋（读）＋ ｜ ＋ ｜ － －（韵） （2）

《念奴娇》上阕，十句或九句，四平韵或五平韵	
乐段三（三句，十三字）	乐段四（二句，十字）
＋ ｜ － －（句）＋ － ＋ ｜（句）＋ ｜｜ － －（韵） （1）	＋ － ＋ ｜（句）＋ ｜ － ｜ － －（韵） （1）
＋ ｜ － －（韵）＋ － ＋ ｜（句）＋ ｜｜ － －（韵） （2）	＋ － ＋ ｜（句）＋ － ＋ ｜ － －（韵） （2）

注：上阕乐段一中的格式"＋ ＋ － －（韵）"，尽管有个别四连平现象，但第二字宜用仄声。

例一　念奴娇（一百字）

（宋）陈允平

汉江露冷，是谁将瑶瑟，弹向云中。一曲清泠声渐杳，月高人在珠宫。晕额黄轻，涂腮粉艳，罗带织青葱。天香吹散，环佩犹自丁东。　　回首杜若汀洲，金钿玉镜，何日得相逢。独立飘飘烟浪远，罗袜羞溅春红。渺渺予怀，迢迢良夜，三十六陂风。九嶷何处，断云飞度千峰。

注：该词上阕第一句至第三句为乐段一中的格式（1），第四句和第五句为乐段二中的格式（1），第六句至第八句为乐段三中的格式（1），第九句和第十句为乐段四中的格式（1）；下阕第一句至第三句为乐段一中的格式（1），第四句和第五句为乐段二中的格式（1），第六句至第八句为乐段三中的格式（1）。全词双调，一百字，上下阕各十句，四平韵。

《念奴娇》下阕，十句，四平韵或五平韵、六平韵	
乐段一（三句，十五字）	乐段二（二句，十三字）
＋｜＋｜——（句）＋—＋｜（句） ＋｜｜——（韵） （1）	＋｜＋——｜｜（句）＋｜＋｜ ——（韵） （1）
＋—＋｜——（句）＋—— ｜｜（句）＋｜——（韵） （2）	＋｜——（句）＋＋＋＋（读）＋｜＋｜——（韵） （2）
＋｜＋｜——（韵）＋—＋｜（句） ｜＋｜——（韵） （3）	
＋｜＋｜——（韵）＋—— ｜｜（句）＋｜——（韵） （4）	

《念奴娇》下阕，十句，四平韵或五平韵、六平韵	
乐段三（三句，十三字）	乐段四（二句，十字）
＋｜——（句）＋—＋｜（句） ＋｜｜——（韵） （1）	＋—＋｜（句）＋—＋｜——（韵）
＋｜——（韵）＋—＋｜（句） ＋｜｜——（韵） （2）	

例二　念奴娇（一百字）

（宋）张元幹

吴淞初冷，记垂虹南望，残日西沉。秋入青冥三万顷，蟾影吞尽湖阴。玉斧为谁，冰轮如许，宫阙想寒深。人间奇观，古今豪士悲吟。　苍髯丹颊仙翁，淮山风露底，曾赋幽寻。老去专城仍好客，时拥歌吹登临。坐挹龙江，举杯相属，桂子落波心。一声猿啸，醉来虚籁千林。

注：该词上阕第一句至第三句为乐段一中的格式（1），第四句和第五句为乐段二中的格式

（1），第六句至第八句为乐段三中的格式（1），第九句和第十句为乐段四中的格式（2）；下阕第一句至第三句为乐段一中的格式（2），第四句和第五句为乐段二中的格式（1），第六句至第八句为乐段三中的格式（1）。全词双调，一百字，上下阕各十句，四平韵。

例三　念奴娇（一百字）
（宋）叶梦得

故山渐近，念渊明归意，萧然谁论。归去来兮，秋已老、松菊三径犹存。稚子欢迎，飘飘风袂，依约旧衡门。琴书萧散，更欣有酒盈尊。　　惆怅萍梗无根。天涯行已遍，空负田园。去矣何之，窗户小、容膝聊倚南轩。倦鸟知还，晚云遥映，山气欲黄昏。此中真意，故应欲辨忘言。

注：该词上阕第一句至第三句为乐段一中的格式（1），第四句和第五句为乐段二中的格式（2），第六句至第八句为乐段三中的格式（1），第九句和第十句为乐段四中的格式（2）；下阕第一句至第三句为乐段一中的格式（4），第四句和第五句为乐段二中的格式（2），第六句至第八句为乐段三中的格式（1）。全词双调，一百字，上阕十句，四平韵；下阕十句，五平韵。

例四　念奴娇（一百字）
（宋）曹　勋

半阴未雨，洞房深、门掩清润芳辰。古鼎金炉，烟细细、飞起一缕轻云。罗绮娇春。争拢翠袖，笑语惹兰芬。歌筵初罢，最宜斗帐黄昏。　　楼上念远佳人。心随沉水，学兰炷俱焚。事与人非，争似此、些子香气常存。记得临分。罗巾余赠，尽日把浓熏。一回开看，一回肠断重闻。

注：该词上阕第一句和第二句为乐段一中的格式（2），第三句和第四句为乐段二中的格式（2），第五句至第七句为乐段三中的格式（2），第八句和第九句为乐段四中的格式（2）；下阕第一句至第三句为乐段一中的格式（3），第四句和第五句为乐段二中的格式（2），第六句至第八句为乐段三中的格式（2）。全词双调，一百字，上阕九句，五平韵；下阕十句，六平韵。

解 语 花

王行词注"林钟羽"。

《解语花》的长短句结构

上阕,四个乐段			
乐段一(十三字或十四字)	乐段二(十三字)	乐段三(十一字)	乐段四(十二字)
4　4　5 4　4　6	4　　　36	4　　　34	34　　5 3　4　5 7　　　5

下阕,四个乐段			
乐段一(十五字)	乐段二(十三字)	乐段三(十一字)	乐段四(十二字或十字)
6　5　4 6　4　5	4　　　36	4　　　34 4　　　7	34　　5 34　　3 7　　　5

《康熙词谱》共收集三体《解语花》,双调,上下阕分别可分为四个乐段,其长短句结构如表所示。该调有一百字或九十八字、一百一字等格式,上阕九句或十句,六仄韵或四仄韵;下阕九句,七仄韵或五仄韵。《康熙词谱》以一百字体秦观词为正体或正格。该调的正格与变格如表所示。其中,各乐段中的格式(1)为正格句式,其余为变格句式。

例一　解语花(一百字)

(宋)秦　观

窗涵月影,瓦冷霜华,深院重门悄。画楼雪杪。谁家篴、弄彻梅花新调。寒灯凝照。见锦帐、双鸾飞绕。当此时,倚几沉吟,好景都成恼。　　曾过云山烟岛。对绣襦甲帐,亲逢一笑。人间年少。多情子、惟恨相逢不早。如今见了。却又惹、许多愁抱。算此情,除是青禽,为我殷勤报。

注：该词上阕第一句至第三句为乐段一中的格式（1），第四句和第五句为乐段二中的格式（1），第八句和第九句为乐段四中的格式（1）；下阕第一句至第三句为乐段一中的格式（1），第四句和第五句为乐段二中的格式（1），第六句和第七句为乐段三中的格式（1），第八句和第九句为乐段四中的格式（1）。全词双调，一百字，上阕九句，六仄韵；下阕九句，七仄韵。

《解语花》的正格与变格（双调）

《解语花》上阕，九句或十句，六仄韵或四仄韵	
乐段一（三句，十三字或十四字）	乐段二（二句，十三字）
＋ － ＋ ｜（句）＋ ｜ － －（句） ＋ ｜ － － ｜（韵） （1）	＋ － ＋ ｜（韵）＋ ＋ ＋（读）＋ ｜ ＋ － ＋ ｜（韵） （1）
＋ － ＋ ｜（句）＋ ｜ － －（句） － － ｜ － ｜（韵） （2）	＋ ｜ － －（句）＋ ＋ ＋（读）＋ ｜ ＋ － ＋ ｜（韵） （2）
＋ － ＋ ｜（句）＋ ｜ － －（句） ＋ － ｜ － ＋ ｜（韵） （3）	

《解语花》上阕，九句或十句，六仄韵或四仄韵	
乐段三（二句，十一字）	乐段四（二句或三句，十二字）
＋ － ＋ ｜（韵）＋ ＋ ＋（读） ＋ － ＋ ｜（韵）	＋ ＋ ＋（读）＋ ｜ － －（句）＋ ｜ － － ｜（韵） （1）
	－ ＋ ｜（句）＋ ｜ － －（句）＋ ｜ － － ｜（韵） （2）
	＋ ｜ ＋ － ｜ ｜（句）＋ ｜ － － ｜（韵） （3）

《解语花》下阕，九句，七仄韵或五仄韵

乐段一（三句，十五字）	乐段二（二句，十三字）
＋｜＋－＋｜（韵）｜＋－＋｜（句）＋－＋｜（韵）（1）	＋－＋｜（韵）＋＋＋（读）＋｜＋－＋｜（韵）（1）
＋｜＋－＋｜（韵）｜＋－＋｜（句）＋＋＋－｜（韵）（2）	＋｜－－（句）＋＋＋（读）＋｜＋－＋｜（韵）（2）
＋－－｜＋｜（句）＋｜＋－（句）＋｜＋－｜（韵）（3）	

《解语花》下阕，九句，七仄韵或五仄韵

乐段三（二句，十一字）	乐段四（二句，十二字或十字）
＋－＋｜（韵）＋＋＋（读）＋－＋｜（韵）（1）	＋＋＋（读）＋｜－－（句）＋｜－－｜（韵）（1）
＋－＋｜（韵）＋｜＋－－｜｜（韵）（2）	＋＋＋（读）＋｜－－（句）＋｜｜（韵）（2）
	＋｜＋－｜｜（句）＋｜－－｜（韵）（3）

注：明朝王行词上下阕末句"折暗香盈袖"与"镇年年如旧"，其格式为"｜＋－＋｜（韵）"。

例二 解语花（九十八字）

（宋）施　岳

云容冱雪，暮色添寒，楼台共登眺。翠丛深窅。无人处、数蕊弄春犹小。幽姿漫好。遥相望、含情一笑。花解语，因甚无言，心事应难表。　　莫待墙阴暗老。称琴边月夜，笛里霜晓。护香须早。东风度、咫尺画栏琼沼。归

来梦绕。歌云坠、依然惊觉。想恁时、小几银屏，冷未了。

注：该词上阕第一句至第三句为乐段一中的格式（2），第四句和第五句为乐段二中的格式（1），第八句至第十句为乐段四中的格式（2）；下阕第一句至第三句为乐段一中的格式（2），第四句和第五句为乐段二中的格式（1），第六句和第七句为乐段三中的格式（1），第八句和第九句为乐段四中的格式（2）。全词双调，九十八字，上阕十句，六仄韵；下阕九句，七仄韵。

例三　解语花（一百一字）

（宋）周　密

晴丝罥蝶，暖蜜酣蜂，重帘卷春寂寂。雨萼烟梢，压栏干、花雨染衣红湿。金鞍误约，空极目、天涯草色。闻苑玉箫人去后，惟有莺知得。　　余寒犹掩翠户，梁燕乍归，芳信未端的。浅薄东风，莫因循、轻把杏钿狼籍。尘侵锦瑟。残日红窗春梦窄。睡起折枝无意绪，斜倚秋千立。

注：该词上阕第一句至第三句为乐段一中的格式（3），第四句和第五句为乐段二中的格式（2），第八句和第九句为乐段四中的格式（3）；下阕第一句至第三句为乐段一中的格式（3），第四句和第五句为乐段二中的格式（2），第六句和第七句为乐段三中的格式（2），第八句和第九句为乐段四中的格式（3）。全词双调，一百一字，上阕九句，四仄韵；下阕九句，五仄韵。

绕　佛　阁

调见周邦彦《清真乐府》。

《绕佛阁》的长短句结构

上阕，四个乐段			
乐段一（十二字）	乐段二（十三字）	乐段三（十二字）	乐段四（十三字）
4　4　4	4　45	4　4　4	4　4　5

下阕，四个乐段			
乐段一（十二字）	乐段二（九字）	乐段三（十三字）	乐段四（十六字）
5　7	45	5　4　4	5　4　34　5　47

《康熙词谱》只收集一体《绕佛阁》，双调，上下阕分别可分为四个乐段，其长短句结构如表所示。该调一百字，上阕十一句，八仄韵；下阕九句，六仄韵，其基本格式如表所示。

《绕佛阁》的基本格式（双调）

《绕佛阁》上阕，十一句，八仄韵	
乐段一（三句，十二字）	乐段二（二句，十三字）
＋ － ＋ ｜（韵）－ ｜ ＋ ｜（句） ＋ ＋ － ｜（韵）	＋ ＋ － ｜（韵）＋ － ＋ ｜（读） － － ｜ － ｜（韵）

《绕佛阁》上阕，十一句，八仄韵	
乐段三（三句，十二字）	乐段四（三句，十三字）
＋ － ＋ ｜（韵）－ ｜ ＋ ｜（句） ＋ ｜ － ｜（韵）	＋ ｜ － ｜（韵）＋ － ＋ ｜（句）－ － － ｜ － ｜（韵）

《绕佛阁》下阕，九句，六仄韵	
乐段一（二句，十二字）	乐段二（一句，九字）
＋ ｜ ＋ － ｜（句）＋ ｜ ＋ － ｜ ｜（韵） （1） ＋ ｜ ｜ － －（句）＋ ｜ ＋ － ｜ ｜（韵） （2）	－ ｜ ＋ ＋（读）＋ － － ｜ ｜（韵）

《绕佛阁》下阕，九句，六仄韵	
乐段三（三句，十三字）	乐段四（三句，十六字）
｜ ＋ ｜ － －（句）＋ ｜ － ｜（韵） ＋ － ＋ ｜（韵） （1） ｜ ＋ ｜ － －（句）＋ － ＋ ｜（韵） ＋ － ＋ ｜（韵） （2）	｜ ＋ ｜ － －（句）＋ ｜ － ｜（韵） ＋ ＋ ＋ ＋（读）＋ － ＋ ｜（韵） （1） ｜ ＋ ｜ － －（句）＋ ｜ － ｜（韵） ＋ － ＋ － － ｜（韵） （2）

注：吴文英词上阕末句"花紫惹衣袂"，其格式为"＋ ｜ ＋ － ｜（韵）"。

例一　绕佛阁（一百字）
（宋）周邦彦

暗尘四敛。楼观迥出，高映孤馆。清漏将短。厌闻夜久、签声动书幔。桂花又满。闲步露草，偏爱幽远。花气清婉。望中迤逦，城阴度河岸。　　倦客最萧索，醉倚斜阳穿柳线。还似汴堤、虹梁横水面。看绿飐春灯，舟下如箭。此行重见。叹故友难逢，羁思空乱。两眉愁、向谁舒展。

注：该词下阕第一句和第二句为乐段一中的格式（1），第四句至第六句为乐段三中的格式（1），第七句至第九句为乐段四中的格式（1）。全词双调，一百字，上阕十一句，八仄韵；下阕九句，六仄韵。

例二　绕佛阁（一百字）
（宋）陈允平

暮烟半敛。云护淡月，斜照楼馆。春夜偏短。一床耿耿、孤灯晃帏幔。玉壶漏满。天外渐觉，归雁声远。离思凄婉。重怀执手，东风翠蘋岸。　　料想凤楼人，倦绣回文停彩线。憔悴泪渍、香销娇粉面。叹暗老年光，隙驹流箭。梦中空见。漫惹起相思，芳意迷乱。锦笺重向纱窗展。

注：该词下阕第一句和第二句为乐段一中的格式（2），第四句至第六句为乐段三中的格式（2），第七句至第九句为乐段四中的格式（2）。全词双调，一百字，上阕十一句，八仄韵；下阕九句，六仄韵。

渡 江 云

周密词名《三犯渡江云》。　此调后段第四句例用仄韵，亦是三声叶，乃一定之格。宋元人俱如此填，惟陈允平有全押平韵、全押仄韵二体。

《渡江云》的长短句结构

上阕，四个乐段			
乐段一（十四字）	乐段二（十四字）	乐段三（十一字）	乐段四（十二字）
5　4　5	5　4　5	4　34 4　7	34　5

下阕，四个乐段			
乐段一（十五字）	乐段二（十一字）	乐段三（十四字）	乐段四（九字）
2　4　4　5	34　　4	7　　34	36

　　《康熙词谱》共收集三体《渡江云》，双调，上下阕分别可分为四个乐段，其长短句结构如表所示。该调一百字，上阕十句，下阕九句。从用韵的角度看，该调有平仄韵通叶、全押平韵或全押仄韵等格式。《康熙词谱》以平仄韵通叶的周邦彦词为正体或正格，该体上阕四平韵，下阕一叶韵四平韵。此外，该调还有陈允平全押平韵（即下阕叶韵处用平韵，共五平韵）或全押仄韵的词例，均作为变格。《渡江云》的正格与变格如表所示，其中，上下阕各乐段中的格式（1）为正格句式，其余为变格句式。《渡江云》的仄韵格，上阕十句，四仄韵；下阕九句，五仄韵。《渡江云》的仄韵格如表所示。

《渡江云》的正格与变格（双调）

《渡江云》上阕，十句，四平韵	
乐段一（三句，十四字）	乐段二（三句，十四字）
＋一一｜｜（句）＋一＋｜（句） ＋｜｜一一（韵）	＋一一＋｜（句）＋｜一一（句） 　　　　　　　＋｜｜一一（韵） 　　　　　　　　　　（1） ｜＋一＋｜（句）＋｜一一（句） 　　　　　　　＋｜｜一一（韵） 　　　　　　　　　　（2）

《渡江云》上阕，十句，四平韵	
乐段三（二句，十一字）	乐段四（二句，十二字）
＋一＋｜（句）＋＋＋（读）＋ ｜一一（韵）	＋＋＋（读）＋一＋｜（句）＋ ｜｜一一（韵）

例一　渡江云（一百字）

（宋）周邦彦

　　晴岚低楚甸，暖回雁翼，阵势起平沙。骤惊春在眼，借问何时，委曲到山家。涂香晕色，盛粉饰、争作妍华。千万丝、陌头杨柳，渐渐可藏鸦。　　堪嗟。清江东注，画舸西流，指长安日下。愁宴阑、风翻旗尾，潮溅乌纱。今宵正对初弦月，傍水驿、深枨蒹葭。沉恨处、时时自剔灯花。

注：该词上阕第四句至第六句为乐段二中的格式（1）；下阕第一句至第四句为乐段一中的格式（1）。全词双调，一百字，上阕十句，四平韵；下阕九句，一叶韵四平韵。

《渡江云》下阕，九句，一叶韵四平韵或五平韵	
乐段一（四句，十五字）	乐段二（二句，十一字）
－ －（韵）＋ － ＋ ｜（句）＋ ｜ － －（句）｜ ＋ － ＋ ｜（叶） （1） － －（韵）＋ － ＋ ｜（句）＋ ｜ － －（句）＋ ｜ ｜ － －（韵） （2）	＋ ＋ ＋（读）＋ － ＋ ｜（句）＋ ｜ － －（韵）

《渡江云》下阕，九句，一叶韵四平韵或五平韵	
乐段三（二句，十四字）	乐段四（一句，九字）
＋ － ＋ ｜ － － ｜（句）＋ ＋ ＋（读）＋ ｜ － －（韵）	＋ ＋ ＋（读）＋ － ＋ ｜ － －（韵）

例二　渡江云（一百字）

（宋）陈允平

桐花寒食近，青门紫陌，不禁绿杨烟。正长眉仙客，来向人间，听鹤语溪泉。清和天气，为栽培、种玉心田。莺昼长、一尊芳酒，容与看芝山。　　庭间。东风榆荚，夜雨苔痕，满地欲流钱。爱墙阴、成蹊桃李，春自无言。殷勤晓鹊凭檐喜，丹凤下、红药阶前。兰砌绕、香飘舞袖斑斓。

注：该词上阕第四句至第六句为乐段二中的格式（2）；下阕第一句至第四句为乐段一中的格式（2）。全词双调，一百字，上阕十句，四平韵；下阕九句，五平韵。

《渡江云》的仄韵格（双调）

《渡江云》上阕，十句，四仄韵	
乐段一（三句，十四字）	乐段二（三句，十四字）
＋ － － ｜ ｜（句）＋ － ＋ ｜（句） ＋ ｜ ＋ － ｜（韵）	＋ － － ｜ ｜（句）＋ ｜ － －（句） ＋ ｜ ＋ － ｜（韵）

《渡江云》上阕，十句，四仄韵	
乐段三（二句，十一字）	乐段四（二句，十二字）
＋ － ＋ ｜（句）｜ ＋ ｜ ＋ － ＋ ｜ （韵）	＋ ＋ ＋（读）＋ － ＋ ｜（句） ＋ － ＋ ｜（韵）

《渡江云》下阕，九句，五仄韵	
乐段一（四句，十五字）	乐段二（二句，十一字）
－ ｜（韵）＋ － ＋ ｜（句）＋ － ｜ －（句）｜ ＋ － ＋ ｜（韵）	＋ ＋ ＋（读）＋ － ＋ ｜（句）＋ － ＋ ｜（韵）

《渡江云》下阕，九句，五仄韵	
乐段三（二句，十四字）	乐段四（一句，九字）
＋ － ＋ ｜ － － ｜（句）＋ ＋ ＋ （读）＋ － ＋ ｜（韵）	＋ ＋ ＋（读）＋ － ｜ － ＋ ｜（韵）

例　渡江云（一百字）

（宋）陈允平

风流三径远，此君淡泊，谁与伴清足。岁寒人自得，傍石锄云，闲里种苍玉。琅玕翠立，爱细雨疏烟初沐。春昼长、秋风不断，洗红尘凡俗。　　高独。虚心共许，淡节相期，几人间棋局。堪爱处、月明琴院，雪晴书屋。心盟更许青松结，笑四时、梅礬兰菊。庭砌绕、东风渐添新绿。

注：全词双调，一百字，上阕十句，四仄韵；下阕九句，五仄韵。

腊 梅 香

此调有平韵、仄韵二体,仄韵者有吴、喻两词,平韵者只有《梅苑》无名氏一词。

《腊梅香》的长短句结构

《腊梅香》上阕,四个乐段			
乐段一(十三字)	乐段二(十四字)	乐段三(十一字)	乐段四(十二字)
4　5　4	5　5　4	4　　34	4　4　4
4　3　6	4　4　6		

《腊梅香》下阕,四个乐段			
乐段一(十四字)	乐段二(十三字或十四字)	乐段三(十一字)	乐段四(十二字)
5　5　4	5　　35	4　　34	4　4　4
5　3　6	4　4　6		

《康熙词谱》共收集两体《腊梅香》(其中,一体仄韵,一体平韵),双调,上下阕分别可分为四个乐段,其长短句结构如表所示。仄韵《腊梅香》一百字,上阕十一句,四仄韵;下阕十句,四仄韵。《康熙词谱》以吴师益词为标谱词例。该调的正格与变格如表所示,其中,上下阕各乐段中的格式(1)为正格句式,其余为变格句式。平韵《腊梅香》一百一字,上下阕各十一句,六平韵,其基本格式如表所示。

例一　腊梅香(一百字)

(宋)吴师益

锦里阳和,看万木凋时,早梅独秀。珍馆琼楼畔,正绛跗初吐,秾华将茂。国艳天葩,真淡泞、雪肌清瘦。似广寒宫,铅华未御,自然妆就。　　凝睇倚朱栏,喷清香暗度,易袭襟袖。好与花为主,宜秉烛、频观泛湘酎。莫待南枝,随乐府、新声吹后。对赏心人,良辰好景,须信难偶。

注:该词下阕第四句和第五句为乐段二中的格式(1),第八句至第十句为乐段四中的格式(1)。双调,一百字,上阕十一句,四仄韵;下阕十句,四仄韵。

《腊梅香》（仄韵）的正格与变格（双调）

《腊梅香》上阕，十一句，四仄韵	
乐段一（三句，十三字）	乐段二（三句，十四字）
＋｜－－（句）｜＋｜－－（句） ＋－＋｜（韵）	＋｜－－｜（句）｜＋－＋｜（句） ＋－＋｜（韵）

《腊梅香》上阕，十一句，四仄韵	
乐段三（二句，十一字）	乐段四（三句，十二字）
＋｜－－（句）＋＋＋＋（读）＋ －＋｜（韵）	＋｜－－（句）＋－＋｜（句） ＋－＋｜（韵）

《腊梅香》下阕，十句，四仄韵	
乐段一（三句，十四字）	乐段二（二句，十三字）
＋｜｜－－（句）｜＋－＋｜（句） ＋＋－｜（韵）	＋｜＋－｜（句）＋＋＋（读） －－｜－｜（韵） （1） ＋｜＋－｜（句）＋＋＋（读） ＋｜＋－｜（韵） （2）

《腊梅香》下阕，十句，四仄韵	
乐段三（二句，十一字）	乐段四（三句，十二字）
＋｜－－（句）＋＋＋＋（读）＋ －＋｜（韵）	＋｜－－（句）＋－＋｜（句） ＋｜－｜（韵） （1） ＋－＋｜（句）＋－＋｜（句） ＋＋＋｜（韵） （2）

例二　腊梅香（一百字）

（宋）喻明仲

　　晓日初长，正锦里轻阴，小寒天气。未报春消息，早瘦梅先发，浅苞纤蕊。搵玉匀香，天赋与、风流标致。问陇头人，音容万里，待凭谁寄。　　一样晓妆新，倚朱楼凝盼，素英如坠。映月临风处，度几声、羌管惹愁思。电转光阴，须信道、飘零容易。且频欢赏，柔芳正好，满簪同醉。

　　注：该词下阕第四句和第五句为乐段二中的格式（2），第八句至第十句为乐段四中的格式（2）。双调，一百字，上阕十一句，四仄韵；下阕十句，四仄韵。

《腊梅香》（平韵）的基本格式（双调）

《腊梅香》上阕，十一句，六平韵	
乐段一（三句，十三字）	乐段二（三句，十四字）
＋｜－－（韵）｜－－（句）＋｜ ＋｜－－（韵）	＋｜－－（句）＋｜＋－（句） ＋｜＋｜－－（韵）

《腊梅香》上阕，十一句，六平韵	
乐段三（二句，十一字）	乐段四（三句，十二字）
＋｜－－（韵）＋｜｜（读）＋｜ －－（韵）	＋｜－－（句）＋－｜（句） ＋｜－－（韵）

《腊梅香》下阕，十一句，六平韵	
乐段一（三句，十四字）	乐段二（三句，十四字）
＋｜｜－－（韵）｜－－（句）＋ －＋｜－－（韵）	＋｜－－（句）－＋＋｜（句） ＋｜＋｜－－（韵）

《腊梅香》下阕，十一句，六平韵	
乐段三（二句，十一字）	乐段四（三句，十二字）
＋｜－－（韵）＋｜｜（读）＋｜ －－（韵）	＋－＋｜（句）＋－＋｜（句） ＋｜－－（韵）

例　腊梅香（一百一字）

《梅苑》无名氏

　　爱日初长。正园林，才见万木凋黄。槛外朝来，已见数枝，复欲掩映回廊。赐与东皇。付芳信、妆点江乡。想玉楼中，谁家艳质，试学新妆。　　桃杏苦寻芳。纵成蹊，岂能似恁清香。素艳妖娆，应是尽夜，曾与明月风光。瑞雪浓霜。浑疑是、粉蝶轻狂。待拚吟赏，休听画阁，横篴悲伤。

　　注：全词双调，一百一字，上下阕各十一句，六平韵。

大　椿

　　调见《松隐集》，盖应制寿词也，取庄子"大椿"句为名。

《大椿》的长短句结构

《大椿》上阕，四个乐段							
乐段一（十四字）		乐段二（十字）		乐段三（十四字）		乐段四（十二字）	
4	4　　6	5	5	7	34	6	6

《大椿》下阕，四个乐段							
乐段一（十五字）		乐段二（十字）		乐段三（十四字）		乐段四（十一字）	
7	4　　4	5	5	7	34	4	34

　　《康熙词谱》只收集一体《大椿》，双调，上下阕分别可分为四个乐段，其长短句结构如表所示。该调一百字，上下阕各九句，四仄韵，其基本格式如表所示。

《大椿》的基本格式（双调）

《大椿》上阕，九句，四仄韵	
乐段一（三句，十四字）	乐段二（二句，十字）
＋｜－－（句）＋－｜－（句）＋｜＋｜－｜（韵）	＋｜＋－｜（句）＋－｜＋｜（韵）

《大椿》上阕，九句，四仄韵	
乐段三（二句，十四字）	乐段四（二句，十二字）
＋｜＋－－｜｜（句）＋＋＋（读）＋｜－｜（韵）	＋－＋｜＋－（句）＋｜＋－＋｜（韵）

《大椿》下阕，九句，四仄韵	
乐段一（三句，十五字）	乐段二（二句，十字）
＋－＋｜－｜－（句）＋｜＋－（句）＋＋＋－｜（韵）	＋｜＋－｜（句）＋－｜＋｜（韵）

《大椿》下阕，九句，四仄韵	
乐段三（二句，十四字）	乐段四（二句，十一字）
＋－＋｜－－｜（句）＋＋＋（读）＋－＋｜（韵）	＋｜－－（句）＋＋＋（读）＋－＋｜（韵）

例 大椿（一百字）

（宋）曹 勋

　　梅拥繁枝，香飘翠帘，钧奏严陈华宴。诚孝感南极，正老人星现。垂眷东朝功庆远，享五福、长乐金殿。兹时寿协七旬，庆古今来稀见。　　慈颜绿发看更新，玉色粹温，体力加健。导引冲和气，觉春生酒面。龙章亲献龟台祝，与中宫、同诚欢忭。亿万斯年，当蓬莱、海波清浅。

　　注：全词双调，一百字，上下阕各九句，四仄韵。

八 音 谐

调见曹勋《松隐集》，自注以八曲声合成，故名。

《八音谐》的长短句结构

《八音谐》上阕，四个乐段			
乐段一（十四字）	乐段二（十字）	乐段三（十四字）	乐段四（十二字）
5　5　4	5　　5	6　　35	35　　4

《八音谐》下阕，四个乐段			
乐段一（十六字）	乐段二（十字）	乐段三（十三字）	乐段四（十一字）
7　5　4	5　　5	6　　34	5　　33

《康熙词谱》只收集一体《八音谐》，双调，上下阕分别可分为四个乐段，其长短句结构如表所示。该调一百字，上下阕各九句，四仄韵，其基本格式如表所示。

《八音谐》的基本格式（双调）

《八音谐》上阕，九句，四仄韵	
乐段一（三句，十四字）	乐段二（二句，十字）
＋｜｜－－（句）＋｜－－｜（韵） ＋－＋｜（韵）	＋｜＋－｜（句）｜＋－＋｜（韵）

《八音谐》上阕，九句，四仄韵	
乐段三（二句，十四字）	乐段四（二句，十二字）
－＋＋｜－－（句）＋＋｜（读） ＋－－｜｜（韵）	＋＋｜（读）｜＋－＋｜（句）＋－＋｜（韵）

《八音谐》下阕，九句，四仄韵	
乐段一（三句，十六字）	乐段二（二句，十字）
＋丨－－＋丨－（句）＋丨＋ －丨（句）＋－＋丨（韵）	＋丨丨－－（句）丨＋－＋丨（韵）

《八音谐》下阕，九句，四仄韵	
乐段三（二句，十三字）	乐段四（二句，十一字）
＋－＋丨－－（句）＋丨＋丨（读） ＋－＋丨（韵）	＋丨丨－－（句）＋＋丨（读）－ －丨（韵）

例　八音谐（一百字）

（宋）曹　勋

芳景到横塘，官柳阴低覆，新过疏雨。望处藕花密，映烟汀沙渚。波静翠展琉璃，似伫立、飘飘川上女。弄晓色、正鲜妆照影，幽香潜度。　　水阁薰风对万姝，共泛泛红绿，闹花深处。移棹采初开，嗅金罂留取。趁时凝赏池边，预后约、淡云低护。未饮且凭栏，更待满、荷珠露。

注：全词双调，一百字，上下阕各九句，四仄韵。

绛　都　春

蒋氏《九宫谱》注"黄钟宫"。此调有平韵、仄韵两体，宋词多填仄韵，其用平韵者，惟陈允平一词。

《绛都春》的长短句结构

上阕，四个乐段			
乐段一（十三字）	乐段二（十一字）	乐段三（十四字或十三字）	乐段四（十二字）
4　5　4 4　　36	4　7	7　34 7　6	4　4　4

| 下阕，四个乐段 ||||
乐段一（十五字或十四字）	乐段二（十一字）	乐段三（十四字或十三字）	乐段四（十字）
2　　4　　36	4　　7	7　　34	6　　4
2　4　5　4		7　　6	4　　6
2　4　4　4			
6　5　4			

　　《康熙词谱》共收集《绛都春》八体，双调，上下阕可分为四个乐段，其长短句结构如表所示。该调有一百字、九十八字等格式。对仄韵格而言，上阕十句或九句，六仄韵或五仄韵；下阕九句或十句，六仄韵或五仄韵。对平仄韵通叶格而言，上阕十句，四平韵一叶韵；下阕九句，四平韵一叶韵。《康熙词谱》以一百字体吴文英和蒋捷词为正格或正体。该调的正格与变格如表所示，其中，各乐段中的格式（1）为正格句式，其余为变格句式。

例一　绛都春（一百字）

（宋）吴文英

　　情黏舞线。怅驻马灞桥，天寒人远。旋剪露痕，移得春娇栽琼苑。流莺长语烟中怨。恨三月、飞花零乱。艳阳归后，红藏翠掩，小坊幽院。　　谁见。新腔按彻，背灯暗、共倚宝屏葱蒨。绣被梦轻，金屋妆深沉香换。梅花重洗春风面。正溪上、参横月转。并禽飞上金沙，瑞香雾暖。

　　注：该词上阕第一句至第三句为乐段一中的格式（1），第四句和第五句为乐段二中的格式（1），第六句和第七句为乐段三中的格式（1），第八句至第十句为乐段四中的格式（1）；下阕第一句至第三句为乐段一中的格式（1），第四句和第五句为乐段二中的格式（1），第六句和第七句为乐段三中的格式（1），第八句和第九句为乐段四中的格式（1）。全词双调，一百字，上阕十句，六仄韵；下阕九句，六仄韵。

例二　绛都春（一百字）

（宋）赵彦端

　　平生相遇。算未有、笑语闽山佳处。旧日文章，如今风味浑如许。眼前都是蓬莱路。但莫道、有人曾住。异时天上，种种风流，待君如故。　　此是君家旧物，看九万清风，为君掀举。举上青云，却忆梅花如旧否。故人衰病今无绪。只种得、梅花盈圃。待君一过山家，共斟露醑。

注：该词上阕第一句和第二句为乐段一中的格式（4），第三句和第四句为乐段二中的格式（2），第五句和第六句为乐段三中的格式（1），第七句至第九句为乐段四中的格式（2）；下阕第一句至第三句为乐段一中的格式（4），第四句和第五句为乐段二中的格式（1），第六句和第七句为乐段三中的格式（1），第八句和第九句为乐段四中的格式（1）。全词双调，一百字，上阕九句，六仄韵；下阕九句，五仄韵。

《绛都春》的正格与变格（双调）

《绛都春》上阕，十句或九句，六仄韵或五仄韵	
乐段一（三句或二句，十三字）	乐段二（二句，十一字）
＋ － ＋ ｜（韵）｜ ＋ ｜ ＋ －（句） ＋ － ＋ ｜（韵） （1）	＋ ｜ ＋ －（句）＋ ｜ － － ＋ － ｜（韵） （1）
＋ － ＋ ｜（韵）｜ ＋ － ＋ ｜（句） ＋ － ＋ ｜（韵） （2）	＋ ｜ ＋ －（句）＋ － － ｜ ＋ － ｜（韵） （2）
＋ － ＋ ｜（韵或句）｜ ＋ ｜ ＋ ＋（句） ＋ － ＋ ｜（韵） （3）	＋ ｜ ＋ ｜（句）＋ ｜ － － ＋ － ｜（韵） （3）
＋ － ＋ ｜（韵）｜ ＋ ＋（读）＋ ｜ ＋ － ＋ ｜（韵） （4）	

《绛都春》上阕，十句或九句，六仄韵或五仄韵	
乐段三（二句，十四字或十三字）	乐段四（三句，十二字）
＋ － ＋ ｜ － －（韵）｜ ＋ ＋（读） ＋ － ＋ ｜（韵） （1）	＋ － ＋ ｜（句）＋ － ＋ ｜（句） ＋ － ＋ ｜（韵） （1）
＋ － ＋ ｜ － －｜（韵）＋ ｜ ＋ － ＋ ｜（韵） （2）	＋ － ＋ ｜（句）＋ ｜ ＋ －（句） ＋ － ＋ ｜（韵） （2）

《绛都春》下阕，九句或十句，六仄韵或五仄韵	
乐段一（三句或四句，十五字或十四字）	乐段二（二句，十一字）
＋｜（韵）＋－＋｜（句）｜＋＋（读）＋｜＋－＋｜（韵） （1）	＋｜＋－（句）＋｜＋－－＋｜（韵） （1）
＋｜（韵）＋－＋｜（句）｜＋＋｜（韵）（句）（韵） （2）	＋｜＋－（句）｜＋－－－＋｜（韵） （2）
＋｜（韵）＋－＋｜（句）＋｜＋｜（句）＋－＋｜（韵） （3）	
＋｜＋－＋｜（句或韵）｜＋｜＋－（句）＋－＋｜（韵） （4）	
＋｜＋－＋｜（句或韵）｜＋－＋｜（句）＋－＋｜（韵） （5）	

《绛都春》下阕，九句或十句，六仄韵或五仄韵	
乐段三（二句，十四字或十三字）	乐段四（二句，十字）
＋－＋｜－－｜（韵）｜＋＋（读）＋－＋｜（韵） （1）	＋－＋｜－－（句）＋－＋｜（韵） （1）
＋－＋｜－－｜（韵）＋｜＋－＋｜（韵） （2）	＋｜＋｜－－（句）＋－＋｜（韵） （2）
	＋－＋｜（韵）＋｜＋－＋｜（韵） （3）

注：上阕乐段一中的格式"｜＋｜＋＋（句）"，为"上一下四"句式，可平可仄三处，宜有平有仄。

例三　绛都春（一百字）
（宋）蒋　捷

　　春愁怎画。正莺背带绿，酴醾花谢。细雨院深，淡月廊斜重帘挂。归时记约烧灯夜。早拆尽、秋千红架。纵然归近，风光又是，翠阴初夏。　　娅姹。䯲青泫白，恨玉佩罢舞，芳尘凝榭。几拟倩人，付与兰香秋罗帕。知他堕策斜拢马。在底处、垂杨楼下。无言暗拥娇鬟，凤钗溜也。

　　注：该词上阕第一句至第三句为乐段一中的格式（3），第四句和第五句为乐段二中的格式（1），第六句和第七句为乐段三中的格式（1），第八句至第十句为乐段四中的格式（1）；下阕第一句至第四句为乐段一中的格式（2），第五句和第六句为乐段二中的格式（1），第七句和第八句为乐段三中的格式（1），第九句和第十句为乐段四中的格式（1）。全词双调，一百字，上下阕各十句，六仄韵。

例四　绛都春（一百字）
（宋）刘　镇

　　和风乍扇，又还是去年，清明重到。喜见燕子，巧说千般如人道。墙头陌上青梅小。是处有、闲花芳草。偶然思想，前欢醉赏，牡丹时候。　　当此三春媚景，好连宵恣乐，情怀歌酒。纵有珍珠，难买红颜长年少。从他乌兔茫茫走。更莫待、花残莺老。恁时欢笑。休把万金换了。

　　注：该词上阕第一句至第三句为乐段一中的格式（3），第四句和第五句为乐段二中的格式（3），第六句和第七句为乐段三中的格式（1），第八句至第十句为乐段四中的格式（1）；下阕第一句至第三句为乐段一中的格式（5），第四句和第五句为乐段二中的格式（1），第六句和第七句为乐段三中的格式（1），第八句和第九句为乐段四中的格式（3）。全词双调，一百字，上阕十句，五仄韵；下阕九句，六仄韵。

例五　绛都春（一百字）
《梅苑》无名氏

　　东君运巧。向枝头点缀，琼英虽小。全是一般，风味花中最轻妙。横斜疏影当池沼。似弄粉、初临鸾照。众芳皆有，深红浅白，岂能争早。　　莫厌金尊频倒。把芳酒赏花，追陪欢笑。有愿告天，愿天多情休教老。奇花也愿休残了。免乐事、离多欢少。易老难叙衷肠，算天怎表。

　　注：该词上阕第一句至第三句为乐段一中的格式（2），第四句和第五句为乐段二中的格式（1），第六句和第七句为乐段三中的格式（1），第八句至第十句为乐段四中的格式（1）；下阕第一句至第三句为乐段一中的格式（4），第四句和第五句为乐段二中的格式（2），第六句和

第七句为乐段三中的格式（1），第八句和第九句为乐段四中的格式（2）。全词双调，一百字，上阕十句，六仄韵；下阕九句，六仄韵。

例六　绛都春（九十八字）
（宋）张　榘

　　平山老柳。寄多少胜游，春愁诗瘦。万叠翠屏，一抹江烟浑如旧。晴空阑槛今何有。寂寞文章身后。唤回奇事，青油上客，放怀尊酒。　　知否。全淮万里，羽书静、草绿长亭津堠。小队出郊，花底赓酬闲时候。和薰筹幕垂春昼。坐看蓉池波皱。主宾同会风云，盛名可久。

　　注：该词上阕第一句至第三句为乐段一中的格式（1），第四句和第五句为乐段二中的格式（1），第六句和第七句为乐段三中的格式（2），第八句至第十句为乐段四中的格式（1）；下阕第一句至第三句为乐段一中的格式（1），第四句和第五句为乐段二中的格式（1），第六句和第七句为乐段三中的格式（2），第八句和第九句为乐段四中的格式（1）。全词双调，九十八字，上阕十句，六仄韵；下阕九句，六仄韵。

例七　绛都春（九十八字）
（宋）京　镗

　　升平似旧。正锦里元夕，轻寒时候。十里轮蹄，万户帘帷香风透。火城灯市争辉照。谁撒满空星斗。玉箫声里，金莲影下，月明如昼。　　知否。良辰美景，丰岁乐国，从来希有。坐上两贤，白玉为山联翩秀。笙歌一片围红袖。切莫遣、铜壶催漏。杯行且与邦人，共开笑口。

　　注：该词上阕第一句至第三句为乐段一中的格式（3），第四句和第五句为乐段二中的格式（1），第六句和第七句为乐段三中的格式（2），第八句至第十句为乐段四中的格式（1）；下阕第一句至第四句为乐段一中的格式（3），第五句和第六句为乐段二中的格式（1），第七句和第八句为乐段三中的格式（1），第九句和第十句为乐段四中的格式（1）。全词双调，九十八字，上下阕各十句，六仄韵。

《绛都春》的平仄韵格通叶（双调）

《绛都春》上阕，十句，四平韵一叶韵	
乐段一（三句，十三字）	乐段二（二句，十一字）
＋ － ＋ ｜（句）｜ ＋ － ＋ ｜（句）＋ ｜ － －（韵）	＋ ｜ ＋ －（句）＋ － ＋ ｜ ｜ －（韵）

《绛都春》上阕，十句，四平韵一叶韵	
乐段三（二句，十三字）	乐段四（三句，十二字）
＋ － ＋ ｜ － － ｜（叶）＋ － ＋ ｜ － －（韵）	＋ － ＋ ｜（句）＋ － ＋ ｜（句）＋ ｜ － －（韵）

《绛都春》下阕，九句，四平韵一叶韵	
乐段一（三句，十五字）	乐段二（二句，十一字）
＋ ｜ ＋ － ＋ ｜（句）｜ ＋ － ＋ ｜（句）＋ ｜ － －（韵）	＋ ｜ ＋ －（句）＋ － ＋ ｜ ｜ －（韵）

《绛都春》下阕，九句，四平韵一叶韵	
乐段三（二句，十三字）	乐段四（二句，十字）
＋ － ＋ ｜ － － ｜（叶）＋ － ＋ ｜ － －（韵）	＋ － ＋ ｜（句）＋ － ＋ ｜ ＋ －（韵）

例 绛都春（九十八字）

（宋）陈允平

秋千倦倚，正海棠半坼，不耐春寒。㜩雨弄晴，飞梭庭院绣帘闲。梅妆欲试芳情懒。翠鬟愁入眉弯。雾蝉香冷，霞绡泪揾，恨袭湘兰。　　悄悄池台步晚，任红薰杏靥，碧沁苔痕。燕子未来，东风无语又黄昏。琴心不度春云远。断肠难托啼鹃。夜深犹倚，垂杨二十四栏。

注：全词双调，九十八字，上阕十句，四平韵一叶韵；下阕九句，四平韵一叶韵。

琵 琶 仙

姜夔自度黄钟商曲。

《琵琶仙》的长短句结构

《琵琶仙》上阕，四个乐段			
乐段一（十三字）	乐段二（十一字）	乐段三（十四字）	乐段四（十二字）
4　　36	6　　5	34　　34	4　　4　　4

《琵琶仙》下阕，四个乐段			
乐段一（十五字）	乐段二（十一字）	乐段三（十四字）	乐段四（十字）
34　　35	6　　5	34　　34	6　　4

《康熙词谱》只收集一体《琵琶仙》，双调，上下阕分别可分为四个乐段，其长短句结构如表所示。该调一百字，上阕九句，四仄韵；下阕八句，四仄韵，其基本格式如表所示。

《琵琶仙》的基本格式（双调）

《琵琶仙》上阕，九句，四仄韵	
乐段一（二句，十三字）	乐段二（二句，十一字）
＋｜－－（句）＋＋＋（读）＋｜＋－＋｜（韵）	＋｜＋｜－－（句）－－｜（韵）

《琵琶仙》上阕，九句，四仄韵	
乐段三（二句，十四字）	乐段四（三句，十二字）
＋＋＋（读）＋－＋｜（句）＋＋＋（读）＋－＋｜（韵）	＋｜－－（句）＋－＋｜（句）＋＋－｜（韵）

《琵琶仙》下阕，八句，四仄韵

乐段一（二句，十五字）	乐段二（二句，十一字）
＋＋＋（读）＋｜－－（句）＋ ＋＋（读）－－｜－｜（韵）	＋｜＋－＋｜（句）｜＋－＋｜（韵）

《琵琶仙》下阕，八句，四仄韵

乐段三（二句，十四字）	乐段四（二句，十字）
＋＋＋（读）＋－＋｜（句）＋ ＋＋（读）＋＋－｜（韵）	＋｜＋｜－－（句）＋－＋｜（韵）

例　琵琶仙（一百字）

（宋）姜　夔

　　双桨来时，有人似、旧曲桃根桃叶。歌扇轻约飞花，蛾眉正奇绝。春渐远、汀洲自绿，更添了、几声啼鴂。十里扬州，三生杜牧，前事休说。　　又还是、宫烛分烟，奈愁里、匆匆换时节。都把一襟芳思，与空阶榆荚。千万缕、藏鸦细柳，为玉尊、起舞回雪。想见西出阳关，故人初别。

注：全词双调，一百字，上阕九句，四仄韵；下阕八句，四仄韵。

换巢鸾凤

　　调见《梅溪词》史达祖自制曲，因词中有"换巢鸾凤教偕老"句，取以为名。或云，上阕用平韵；下阕叶仄韵，换巢之义，疑出于此。

《换巢鸾凤》的长短句结构

上阕，四个乐段			
乐段一（十三字）	乐段二（十字）	乐段三（十五字）	乐段四（十字）
4　　5　　4	5　　5	7　　35	3　　34

下阕，四个乐段			
乐段一（十四字）	乐段二（十四字）	乐段三（十四字）	乐段四（十字）
2　3　4　5	4　4　6	7　7	3　34

　　《康熙词谱》只收集一体《换巢鸾凤》，双调，上下阕分别可分为四个乐段，其长短句结构如表所示。该调一百字，上阕九句，五平韵一叶韵；下阕十一句，六叶韵。其基本格式如表所示。

《换巢鸾凤》的基本格式（双调）

《换巢鸾凤》上阕，九句，五平韵一叶韵	
乐段一（三句，十三字）	乐段二（二句，十字）
＋｜一一（韵）｜＋一＋｜（句）＋｜一一（韵）	＋一一｜｜（句）＋｜｜一一（韵）

《换巢鸾凤》上阕，九句，五平韵一叶韵	
乐段三（二句，十五字）	乐段四（二句，十字）
＋一＋｜｜一一（韵）＋＋＋（读）＋一一｜一（韵）	一＋｜（句）＋＋＋（读）＋一＋｜（叶）

《换巢鸾凤》下阕，十一句，六叶韵	
乐段一（四句，十四字）	乐段二（三句，十四字）
一｜（叶）一＋｜（叶）＋｜＋（句）＋｜一一｜（叶）	＋｜一一（句）＋一＋｜（句）＋｜＋＋＋｜（叶）

《换巢鸾凤》下阕，十一句，六叶韵	
乐段三（二句，十四字）	乐段四（二句，十字）
＋｜一一｜＋一（句）＋｜一一｜（叶）	＋一一（句）＋＋＋（读）＋｜一｜（叶）

注：上阕第七句八字，《康熙词谱》未注"读"，但从句读与平仄看，似注"读"更为合适。

例　换巢鸾凤（一百字）

（宋）史达祖

人若梅娇。正愁横断坞，梦绕溪桥。倚风融汉粉，坐月怨秦箫。相思因甚到纤腰。定知我、今无魂可销。佳期晚，漫几度、泪痕相照。　　人悄。天渺渺。花外语香，时透郎怀抱。暗握荑苗，乍尝樱颗，犹恨侵阶芳草。天念王昌忒多情，换巢鸾凤教偕老。温柔乡，醉芙蓉、一帐春晓。

注：全词双调，一百字，上阕九句，五平韵一叶韵；下阕十一句，六叶韵。

东风第一枝

蒋氏《九宫谱》注"大石调"。

《东风第一枝》的长短句结构

上阕，四个乐段			
乐段一（十四字）	乐段二（十二字）	乐段三（十一字）	乐段四（十三字）
4　4　6	6　6 4　4　4	4　34	34　6

下阕，四个乐段			
乐段一（十四字）	乐段二（十二字）	乐段三（十一字）	乐段四（十三字）
34　34	6　6	4　34	34　6 7　6

《康熙词谱》共收集四体《东风第一枝》，双调。其中，《梅苑》无名氏一词，无论是从统计分析、还是从语意单元来看，下阕第二句应用韵而未用，似有误。所以，根据其他词作，该调上下阕分别可分为四个乐段，其长短句结构如表所示。该调一百字，除《梅苑》无名氏词（首句为"溪侧风回"）外，其他词例上阕九句，四仄韵或六仄韵；下阕八句，五仄韵或六仄韵、四仄韵。《梅苑》无名氏词一百字，上阕十句，五仄韵；下阕八句，三仄韵。《康熙词谱》以史达祖词为正体或正格。该调的正格与变格如表所示，其中，上下阕各乐段中的格式（1）为正格句式，其余为变格句式。

《东风第一枝》的正格与变格（双调）

《东风第一枝》上阕，九句或十句，四仄韵或六仄韵、五仄韵	
乐段一（三句，十四字）	乐段二（二句，十二字）
＋｜－－（句）＋－＋｜（句） ＋－＋｜－｜（韵） （1）	＋－＋｜－－（句）＋｜＋－ ＋｜（韵） （1）
＋｜－－（句）＋－＋｜（韵） ＋－｜－＋｜（韵） （2）	＋｜＋｜－－（句）＋－｜ －＋｜（韵） （2）
＋｜－－（句）＋－＋｜（句） ＋－＋｜＋＋｜（韵） （3）	＋｜－－（句）＋－＋｜（句） ＋｜＋－＋｜（韵） （3）

《东风第一枝》上阕，九句或十句，四仄韵或六仄韵、五仄韵	
乐段三（二句，十一字）	乐段四（二句，十三字）
＋－＋｜（句）＋＋＋（读）＋ －＋｜（韵） （1）	＋＋＋（读）＋｜－－（句）＋ ｜＋－＋｜（韵）
＋－＋｜（韵）＋＋＋（读）＋ －＋｜（韵） （2）	

例一　东风第一枝（一百字）

（宋）史达祖

　　草脚愁苏，花心梦醒，鞭香拂散牛土。旧歌空忆珠帘，彩笔倦题绣户。黏鸡贴燕，想立断、东风来处。暗惹起、一掬相思，乱若翠盘红缕。　　今夜觅、梦池秀句。明日动、探花芳绪。寄声沽酒人家，预约俊游伴侣。怜他梅柳，怎忍后、天街酥雨。待过了、一月灯期，日日醉扶归去。

注：该词上阕第一句至第三句为乐段一中的格式（1），第四句和第五句为乐段二中的格式（1），第六句和第七句为乐段三中的格式（1）；下阕第一句和第二句为乐段一中的格式（1），第三句和第四句为乐段二中的格式（1），第五句和第六句为乐段三中的格式（1），第七句和第八句为乐段四中的格式（1）。全词双调，一百字，上阕九句，四仄韵；下阕八句，五仄韵。

《东风第一枝》下阕，八句，五仄韵或六仄韵、四仄韵

乐段一（二句，十四字）	乐段二（二句，十二字）
＋＋＋（读）＋ー＋丨（韵）＋ ＋＋＋（读）＋ー＋丨（韵） （1）	＋ー＋丨ーー（句）＋丨＋ー ＋丨（韵） （1）
＋＋＋（读）＋ー＋丨（韵） ＋＋＋（读）＋ー＋丨（韵） （2）	＋＋＋丨ー（句）＋ー丨 ー＋丨（韵） （2）
＋＋＋（读）＋丨＋ー（句）＋ ＋＋＋（读）＋ー＋丨（韵） （3）	

《东风第一枝》下阕，八句，五仄韵或六仄韵、四仄韵

乐段三（二句，十一字）	乐段四（二句，十三字）
＋ー＋丨（句）＋＋＋（读）＋ ー＋丨（韵） （1）	＋＋＋（读）＋丨ーー（句）＋ 丨＋ー＋丨（韵） （1）
＋ー＋丨（句）＋＋＋（读）＋ ー＋丨（韵） （2）	＋＋＋（读）＋丨ーー（句）＋ ー丨ー＋丨（韵） （2）
	＋丨丨ーー＋＋（句）＋丨＋ ＋ー丨（韵） （3）

例二　东风第一枝（一百字）

（元）张　翥

老树浑苔，横枝未叶，青春肯误芳约。背阴未返冰魂，阳梢已含红萼。佳人寒怯，谁惊起、晓来梳掠。是月斜、花外幺禽，霜冷竹间幽鹤。　　云淡淡、粉痕渐薄。风细细、冻香又落。叩门喜伴金尊，倚栏怕听画角。依稀梦里，记半面、浅窥朱箔。甚时得、重写鸾笺，去访旧游东阁。

注：该词上阕第一句至第三句为乐段一中的格式（1），第四句和第五句为乐段二中的格式

（2），第六句和第七句为乐段三中的格式（1）；下阕第一句和第二句为乐段一中的格式（1），第三句和第四句为乐段二中的格式（2），第五句和第六句为乐段三中的格式（1），第七句和第八句为乐段四中的格式（1）。全词双调，一百字，上阕九句，四仄韵；下阕八句，五仄韵。

例三　东风第一枝（一百字）

（宋）吴文英

倾国倾城，非花非雾。春风十里独步。胜如西子妖娆，更比太真淡泞。铅华不御。漫道有、巫山洛浦。似恁地、标格无双，镇锁画楼深处。　　曾被风、容易送去。曾被月、等闲留住。似花翻使花羞，似柳任从柳妒。不教歌舞。恐化作、彩云轻举。信下蔡阳城俱迷，看取宋玉词赋。

注：该词上阕第一句至第三句为乐段一中的格式（3），第四句和第五句为乐段二中的格式（1），第六句和第七句为乐段三中的格式（2）；下阕第一句和第二句为乐段一中的格式（2），第三句和第四句为乐段二中的格式（1），第五句和第六句为乐段三中的格式（2），第七句和第八句为乐段四中的格式（3）。全词双调，一百字，上阕九句，六仄韵；下阕八句，六仄韵。

例四　东风第一枝（一百字）

《梅苑》无名氏

腊雪初凝，东风递暖，江南梅早先圻。一枝经晓芳菲，几处漏春消息。孤根寒艳，料化工、别施恩力。迥不与、桃李争妍，自称寿阳妆饰。　　雪烂熳、怨蝶未知，嗟燕过、画楼绮陌。暗香空写银笺，素艳漫传妙笔。王孙轻顾，便好与、移栽京国。更免逐、羌管凋零，冷落暮山寒驿。

注：该词上阕第一句至第三句为乐段一中的格式（1），第四句和第五句为乐段二中的格式（1），第六句和第七句为乐段三中的格式（1）；下阕第一句和第二句为乐段一中的格式（3），第三句和第四句为乐段二中的格式（1），第五句和第六句为乐段三中的格式（1），第七句和第八句为乐段四中的格式（1）。全词双调，一百字，上阕九句，四仄韵；下阕八句，四仄韵。

例五　东风第一枝（一百字）

《梅苑》无名氏

溪侧风回，前村雾散。寒梅一枝初绽。雪艳凝酥，冰肌莹玉，嫩条细软。歌台舞榭，似万斛、珠玑飘散。异众芳、独占东风，第一点装琼苑。　　青萼点、绛唇疏影，潇洒喷、紫檀龙麝，也知青女娇羞，寿阳懒匀粉面。江梅腊尽，武陵人、应知春晚。最苦是、皎月临风，画楼一声羌管。

注：该词上阕第一句至第三句为乐段一中的格式（2），第四句和第六句为乐段二中的格式（3），第七句和第八句为乐段三中的格式（1）；下阕第一句和第二句（除第一句和第二句均未用韵外）为乐段一中的格式（1），第三句和第四句为乐段二中的格式（2），第五句和第六句为乐段三中的格式（1），第七句和第八句为乐段四中的格式（2）。全词双调，一百字，上阕十句，五仄韵；下阕八句，三仄韵。（注：无论是从统计分析还是从语意单元来看，下阕第二句应用韵而未用，似有误，故不以此为格。）

高 阳 台

高拭词注"商调"。刘镇词名《庆春泽慢》，王沂孙词名《庆春宫》。

《高阳台》的长短句结构

上阕，四个乐段			
乐段一（十四字）	乐段二（十字）	乐段三（十四字）	乐段四（十一字）
4　4　6	4　6	7　34	3　4　4

下阕，四个乐段			
乐段一（十六字）	乐段二（十字）	乐段三（十四字）	乐段四（十一字）
7　5　4 6　6　4	4　6	7　34	3　4　4

《康熙词谱》共收集三体《高阳台》，双调，上下阕分别可分为四个乐段，其长短句结构如表所示。该调一百字，上阕十句，四平韵或五平韵、四平韵一叠韵；下阕十句，四平韵或五平韵。《康熙词谱》以刘镇词为正体或正格。该调的正格与变格如表所示，其中，各乐段中的格式（1）为正格句式，其余为变格句式。

例一　高阳台（一百字）

（宋）刘　镇

灯火烘春，楼台浸月，良宵一刻千金。锦步承莲，彩云簇仗难寻。蓬壶影动星球转，映两行、宝珥瑶簪。恣嬉游，玉漏声催，未歇芳心。　　笙歌十里夸张地，记年时行乐，憔悴而今。客里情怀，伴人闲笑闲吟。小桃未尽刘郎老，把相思、细写瑶琴。怕归来，红紫欺风，三径成阴。

注：该词上阕第四句和第五句为乐段二中的格式（1），第六句和第七句为乐段三中的格式（1），第八句至第十句为乐段四中的格式（1）；下阕第一句至第三句为乐段一中的格式（1），第四句和第五句为乐段二中的格式（1），第六句和第七句为乐段三中的格式（1），第八句至第十句为乐段四中的格式（1）。全词双调，一百字，上下阕各十句，四平韵。

《高阳台》的正格与变格（双调）

《高阳台》上阕，十句，四平韵或五平韵、四平韵一叠韵	
乐段一（三句，十四字）	乐段二（二句，十字）
＋｜－－（句）＋－＋｜（句）＋－＋｜－－（韵）	＋｜－－（句）＋－＋｜－－（韵）（1） ＋｜－－（句）＋｜＋｜－－（韵）（2）

《高阳台》上阕，十句，四平韵或五平韵、四平韵一叠韵	
乐段三（二句，十四字）	乐段四（三句，十一字）
＋－＋｜－－｜（句）｜＋－（读）＋｜－－（韵）（1） ＋｜＋｜－－｜（句）｜＋－（读）＋｜－－（韵）（2）	｜－－（句）＋｜－－（句）＋｜－－（韵）（1） ｜－－（韵）＋｜－－（句）｜－－（韵）（2） ｜－－（句）＋｜－－（韵）＋｜－－（叠）（3）

《高阳台》下阕，十句，四平韵或五平韵

乐段一（三句，十六字）

＋ — ＋｜— —｜（句）｜＋ —
＋｜（句）＋｜— —（韵）
（1）

＋ — ＋｜— —（韵）＋｜＋ —
＋｜（句）＋｜— —（韵）
（2）

乐段二（二句，十字）

＋｜— —（句）＋ — ＋｜
— —（韵）
（1）

＋｜— —（句）＋｜＋｜— —
（韵）
（2）

《高阳台》下阕，十句，四平韵或五平韵

乐段三（二句，十四字）

＋ — ＋｜— —｜（句）｜＋ —（读）
＋｜— —（韵）
（1）

＋｜＋｜— —｜（句）｜＋ —（读）
＋｜— —（韵）
（2）

乐段四（三句，十一字）

｜— —（句）＋｜— —（句）＋｜
— —（韵）
（1）

｜— —（韵）＋｜— —（句）＋｜
— —（韵）
（2）

例二　高阳台（一百字）

（宋）蒋　捷

　　燕卷晴丝，蜂黏落絮，天教绾住闲愁。闲里清明，匆匆粉湿红羞。灯摇缥晕茸窗冷，语未阑、娥影分收。好伤情，春也难留。人也难留。　　芳尘满目悠悠。为问萦云佩响，还绕谁楼。别酒才斟，从前心事都休。飞莺纵有风吹转，奈旧家、苑已成秋。莫思量，杨柳湾西，且椗吟舟。

　　注：该词上阕第四句和第五句为乐段二中的格式（1），第六句和第七句为乐段三中的格式（1），第八句至第十句为乐段四中的格式（3）；下阕第一句至第三句为乐段一中的格式（2），第四句和第五句为乐段二中的格式（1），第六句和第七句为乐段三中的格式（1），第八句至第十句为乐段四中的格式（1）。全词双调，一百字，上阕十句，四平韵一叠韵；下阕十句，五平韵。

例三　高阳台（一百字）

（宋）张　炎

接叶巢莺，平波卷絮，断桥斜日归船。能几番游，看花又是明年。东风且伴蔷薇住，到蔷薇、春已堪怜。更凄然。万绿西泠，一抹荒烟。　　当年燕子知何处，但苔深韦曲，草暗斜川。见说新愁，如今也到鸥边。无心再续笙歌梦，掩重门、浅醉闲眠。莫开帘。怕见飞花，怕听啼鹃。

注：该词上阕第四句和第五句为乐段二中的格式（1），第六句和第七句为乐段三中的格式（1），第八句至第十句为乐段四中的格式（2）；下阕第一句至第三句为乐段一中的格式（1），第四句和第五句为乐段二中的格式（1），第六句和第七句为乐段三中的格式（1），第八句至第十句为乐段四中的格式（2）。全词双调，一百字，上下阕各十句，五平韵。

例四　高阳台（一百字）

（宋）李彭老

飘粉杯宽，盛香袖小，青青半掩苔痕。竹里遮寒，谁念减尽芳云。幺凤叫晚吹晴雪，料水空、烟冷西泠。感凋零。残缕遗钿，迤逦成尘。　　东园曾趁花前约，记按筝酬酒，戏挽飞琼。环佩无声，草暗台榭春深。欲倩怨笛传清谱，怕断霞、难返吟魂。转销凝。点点随波，望极江亭。

注：该词上阕第四句和第五句为乐段二中的格式（2），第六句和第七句为乐段三中的格式（2），第八句至第十句为乐段四中的格式（2）；下阕第一句至第三句为乐段一中的格式（1），第四句和第五句为乐段二中的格式（2），第六句和第七句为乐段三中的格式（2），第八句至第十句为乐段四中的格式（2）。全词双调，一百字，上下阕各十句，五平韵。

春夏两相期

调见《竹山词》。

《春夏两相期》的长短句结构

《春夏两相期》上阕，四个乐段			
乐段一（十三字）	乐段二（十字）	乐段三（十四字）	乐段四（十二字）
34　　6	4　　6	7　　7	4　　4　　4

《春夏两相期》下阕，四个乐段									
乐段一（十五字）			乐段二（十字）		乐段三（十四字）		乐段四（十二字）		
6	5	4	4	6	7	7	4	4	4

《康熙词谱》只收集一体《春夏两相期》，双调，上下阕分别可分为四个乐段，其长短句结构如表所示。该调一百字，上阕九句，五仄韵；下阕十句，五仄韵，其基本格式如表所示。

《春夏两相期》的基本格式（双调）

《春夏两相期》上阕，九句，五仄韵	
乐段一（二句，十三字）	乐段二（二句，十字）
｜ － －（读）＋ － ＋ ｜（韵）＋ － ＋ ｜ － ｜（韵）	＋ ｜ － －（句）＋ ｜ ＋ － ＋ ｜（韵）

《春夏两相期》上阕，九句，五仄韵	
乐段三（二句，十四字）	乐段四（三句，十二字）
＋ － ＋ ｜ ｜ － －（句）＋ ｜ ＋ － － ＋ ｜（韵）	＋ ｜ － －（句）＋ － ＋ ｜（句）＋ － ＋ ｜（韵）

《春夏两相期》下阕，十句，五仄韵	
乐段一（三句，十五字）	乐段二（二句，十字）
＋ － ＋ ｜ － ｜（韵）｜ ＋ － ＋ ｜（句）＋ － ＋ ｜（韵）	＋ ｜ － －（句）＋ ｜ ＋ － ＋ ｜（韵）

《春夏两相期》下阕，十句，五仄韵	
乐段三（二句，十四字）	乐段四（三句，十二字）
＋ － ＋ ｜ ｜ － －（句）＋ ｜ ＋ － － ＋ ｜（韵）	＋ ｜ － －（句）＋ ｜ － －（句）＋ － ＋ ｜（韵）

例　春夏两相期（一百字）

（宋）蒋　捷

听深深、谢家庭馆。东风对语双燕。似说朝来，天上婺星光现。金裁花诰紫泥香，绣裹藤舆红茵软。散蜡宫辉，行鳞厨品，至今人羡。　　西湖万柳如线。料月仙当此，小停飚辇。付与长年，教见海心波浅。紫云玉佩五侯门，洗雪华桐三春苑。慢拍调莺，急鼓催鸾，翠阴生院。

注：全词双调，一百字，上阕九句，五仄韵；下阕十句，五仄韵。

垂　杨

调见陈允平《日湖渔唱》，本咏垂杨，即以为名。

《垂杨》的长短句结构

《垂杨》上阕，四个乐段			
乐段一（十三字）	乐段二（十一字）	乐段三（十四字）	乐段四（十二字）
4　5　4	4　　7 6　　5	7　　34	34　　5

《垂杨》下阕，四个乐段			
乐段一（十五字）	乐段二（十一字）	乐段三（十四字）	乐段四（十字或八字）
6　5　4	4　　7 6　　5	7　　34	34　　3 　　35

　　《康熙词谱》共收集两体《垂杨》，双调，上下阕分别可分为四个乐段，其长短句结构如表所示。该调有一百字或九十八字等格式，上阕九句，六仄韵或五仄韵；下阕九句或八句，六仄韵或五仄韵。《康熙词谱》以陈允平词为标谱词例。该调的正格与变格如表所示，其中，上下阕各乐段中的格式（1）为正格句式，其余为变格句式。

《垂杨》的正格与变格（双调）

《垂杨》上阕，九句，六仄韵或五仄韵	
乐段一（三句，十三字）	乐段二（二句，十一字）
＋ － ＋ ｜（韵）｜ ＋ － ＋ ｜（句）＋ － ＋ ｜（韵）	＋ ｜ － －（句）＋ － ＋ ｜ － ｜（韵） （1） ＋ ｜ ＋ － ＋ ｜（句）＋ ｜ － － ｜（韵） （2）

《垂杨》上阕，九句，六仄韵或五仄韵	
乐段三（二句，十四字）	乐段四（二句，十二字）
＋ － ＋ ｜ － － ｜（韵）＋ ＋ ＋（读）＋ － ＋ ｜（韵） （1） ＋ － ＋ ｜ － ｜（句）＋ ＋ ＋（读）＋ － ＋ ｜（韵） （2）	＋ ＋ ＋（读）＋ ｜ ＋ －（句）＋ ｜ － － ｜（韵）

《垂杨》下阕，九句或八句，六仄韵或五仄韵	
乐段一（三句，十五字）	乐段二（二句，十一字）
＋ ｜ ＋ － ＋ ｜（韵）｜ ＋ ｜ ＋ －（句）＋ － ＋ ｜（韵） （1） ＋ ｜ ＋ － ＋ ｜（韵）｜ ＋ － ＋ ｜（句）＋ － ＋ ｜（韵） （2）	＋ ｜ － －（句）＋ － ＋ ｜ － ｜（韵） （1） ＋ ｜ ＋ － ＋ ｜（句）＋ ｜ － － ｜（韵） （2）

《垂杨》下阕，九句或八句，六仄韵或五仄韵	
乐段三（二句，十四字）	乐段四（二句或一句，十字或八字）
＋－＋｜－－｜（韵）＋＋＋ （读）＋－＋｜（韵） （1）	＋＋＋（读）＋｜－－（句）－ ＋｜（韵） （1）
＋－＋｜－－｜（句）＋＋＋ （读）＋－－＋｜（韵） （2）	＋＋＋（读）＋－－＋｜（韵） （2）

例一　垂杨（一百字）

（宋）陈允平

银屏梦觉。渐浅黄嫩绿，一声莺小。细雨轻尘，建章初闭东风悄。依然千树长安道。翠云锁、玉窗深窈。断桥人、空倚斜阳，带旧愁多少。　　还是清明过了。任烟缕露条，碧纤青褭。恨隔天涯，几回惆怅苏堤晓。飞花满地谁为扫。甚薄幸、随波缥缈。纵啼鹃、不唤春归，人自老。

注：该词上阕第四句和第五句为乐段二中的格式（1），第六句和第七句为乐段三中的格式（1）；下阕第一句至第三句为乐段一中的格式（1），第四句和第五句为乐段二中的格式（1），第六句和第七句为乐段三中的格式（1），第八句和第九句为乐段四中的格式（1）。全词双调，一百字，上下阕各九句，六仄韵。

例二　垂杨（九十八字）

（元）白　朴

关山杜宇。甚年年唤得，韶光归去。怕上高城望远，烟水迷南浦。卖花声动天街晓，总吹入、东风庭户。正纱窗、浓睡觉来，惊翠蛾愁聚。　　一夜狂风横雨。恨西园媚景，匆匆难驻。试把芳菲点检，莺燕浑无语。玉纤空折梨花擩，对寒食、厌厌心绪。问东君、落花谁为主。

注：该词上阕第四句和第五句为乐段二中的格式（2），第六句和第七句为乐段三中的格式（2）；下阕第一句至第三句为乐段一中的格式（2），第四句和第五句为乐段二中的格式（2），第六句和第七句为乐段三中的格式（2），第八句和第九句为乐段四中的格式（2）。全词双调，九十八字，上阕九句，五仄韵；下阕八句，五仄韵。

采 绿 吟

宋周密自度曲，取词中起句二字为调名。

《采绿吟》的长短句结构

《采绿吟》上阕，四个乐段			
乐段一（十二字）	乐段二（十二字）	乐段三（十四字）	乐段四（十二字）
5　　　34	4　　4　　4	5　　　36	3　　3　　6

《采绿吟》下阕，四个乐段			
乐段一（十四字）	乐段二（十字）	乐段三（十五字）	乐段四（十一字）
5　　　36	5　　　5	34　　　35	3　　4　　4

《康熙词谱》只收集一体《采绿吟》，双调，上下阕分别可分为四个乐段，其长短句结构如表所示。该调一百字，上阕十句，三平韵一叶韵；下阕九句，一叶韵三平韵，其基本格式如表所示。

《采绿吟》的基本格式（双调）

《采绿吟》上阕，十句，三平韵一叶韵	
乐段一（二句，十二字）	乐段二（三句，十二字）
＋｜－－｜（句）＋＋＋（读） ＋｜－－（韵）	＋－＋｜（句）＋－＋｜（句） ＋｜－－（韵）

《采绿吟》上阕，十句，三平韵一叶韵	
乐段三（二句，十四字）	乐段四（三句，十二字）
＋－－｜｜（句）＋＋＋（读） ＋－＋｜－－（韵）	｜－－（句）－＋｜（句）＋－ ＋｜－｜（叶）

《采绿吟》下阕，九句，一叶韵三平韵	
乐段一（二句，十四字）	乐段二（二句，十字）
＋｜｜－－（句）＋＋＋（读） ＋－＋｜－｜（叶）	＋｜｜－－（句）｜＋｜－－（韵）

《采绿吟》下阕，九句，一叶韵三平韵	
乐段三（二句，十五字）	乐段四（三句，十一字）
＋＋＋（读）＋｜－－（句）＋ ＋＋（读）＋＋｜－－（韵）	＋－＋｜（句）＋｜＋－（句）＋ －｜－（韵）

例　采绿吟（一百字）

（宋）周　密

采绿鸳鸯浦，放画舸、水北云西。槐薰入扇，柳阴浮桨，花露侵诗。点尘飞不到，冰壶里、绀霞浅压玻璃。想明珰，凌波远，依依心事谁寄。　　移棹枒空明，蘋风度、琼丝霜管清脆。咫尺挹幽香，怅隔岸红衣。对沧洲、心与鸥闲，吟情渺、蓬莱共分题。停杯久，凉月渐生，烟含翠微。

注：全词双调，一百字，上阕十句，三平韵一叶韵；下阕九句，一叶韵三平韵。

长　寿　仙

调见《松雪集》。

《长寿仙》的长短句结构

《长寿仙》上阕，四个乐段			
乐段一（十三字）	乐段二（十字）	乐段三（十三字）	乐段四（十三字）
4　5　4	5　5	6　7	4　5　4

《长寿仙》下阕，四个乐段							
乐段一（十五字）			乐段二（十字）		乐段三（十三字）		乐段四（十三字）
6	5	4	5	5	6	7	4	36

《康熙词谱》只收集一体《长寿仙》，双调，上下阕分别可分为四个乐段，其长短句结构如表所示。该调一百字，上阕十句，四平韵两叶韵；下阕九句，三平韵三叶韵，其基本格式如表所示。

《长寿仙》的基本格式（双调）

《长寿仙》上阕，十句，四平韵两叶韵	
乐段一（三句，十三字）	乐段二（二句，十字）
＋∣－－（韵）∣＋∣－－（句）＋∣－－（韵）	＋－－∣∣（句）∣＋∣－－（韵）

《长寿仙》上阕，十句，四平韵两叶韵	
乐段三（二句，十三字）	乐段四（三句，十三字）
＋∣＋－＋∣（叶）＋－＋∣－－∣（叶）	＋∣＋－（句）∣＋－∣（句）＋∣－－（韵）

《长寿仙》下阕，九句，三平韵三叶韵	
乐段一（三句，十五字）	乐段二（二句，十字）
＋∣－＋－－（韵）∣＋∣－－（句）＋－＋∣（叶）	＋－＋∣（句）∣＋∣－－（韵）

《长寿仙》下阕，九句，三平韵三叶韵	
乐段三（二句，十三字）	乐段四（二句，十三字）
＋∣＋－＋∣（叶）＋－＋∣－－∣（叶）	＋∣＋－（句）＋＋＋（读）＋＋－∣－－（韵）

例　长寿仙（一百字）

（元）赵孟頫

瑞日当天。对绛阙蓬莱，非雾非烟。翠光飞禁苑，正淑景芳妍。彩仗和风细转。御香飘满黄金殿。万国会朝，喜千官拜舞，亿兆同欢。　　福祉如山如川。应玉渚流虹，璇枢飞电。八音奏舜韶，度玉烛调元。岁岁龙舆凤辇。九重春醉蟠桃宴。天下太平，祝吾皇、寿与天地齐年。

注：全词双调，一百字，上阕十句，四平韵两叶韵；下阕九句，三平韵三叶韵。

雪 夜 渔 舟

调见《虚靖真人词》，因词中有"自棹孤舟，顺流观雪"句，取以为名。

《雪夜渔舟》的长短句结构

《雪夜渔舟》上阕，四个乐段							
乐段一（十二字）		乐段二（十四字）			乐段三（十一字）		乐段四（十二字）	
3	5	4	4	6	4	34	4	4	4

《雪夜渔舟》下阕，四个乐段							
乐段一（十四字）		乐段二（十四字）			乐段三（十一字）		乐段四（十二字）	
5	5	4	4	6	4	34	4	4	4

《康熙词谱》只收集一体《雪夜渔舟》，双调，上下阕分别可分为四个乐段，其长短句结构如表所示。该调一百字，上下阕各十一句，六仄韵，其基本格式如表所示。

《雪夜渔舟》的基本格式（双调）

《雪夜渔舟》上阕，十一句，六仄韵	
乐段一（三句，十二字）	乐段二（三句，十四字）
＋ － ｜（韵）｜ ＋ ｜ － －（句）＋ － ＋ ｜（韵）	＋ ｜ － －（句）＋ － ＋ ｜（句）＋ ｜ ＋ － ＋ ｜（韵）

◇ 卷二十八 ◇

《雪夜渔舟》上阕，十一句，六仄韵	
乐段三（二句，十一字）	乐段四（三句，十二字）
＋ － ＋ ｜（韵）＋ ＋ ｜（读）＋ － ＋ ｜（韵）	＋ － ＋ ｜（句）＋ － ＋ ｜（句）＋ － ＋ ｜（韵）

《雪夜渔舟》下阕，十一句，六仄韵	
乐段一（三句，十四字）	乐段二（三句，十四字）
＋ － － ｜ ｜（韵）｜ ＋ － ＋ ｜（句）＋ － ＋ ｜（韵）	＋ ｜ － －（句）＋ － ＋ ｜（句）＋ ｜ ＋ － ＋ ｜（韵）

《雪夜渔舟》下阕，十一句，六仄韵	
乐段三（二句，十一字）	乐段四（三句，十二字）
＋ － ＋ ｜（韵）＋ ＋ ｜（读）＋ － ＋ ｜（韵）	＋ － ＋ ｜（句）＋ － ＋ ｜（句）＋ － ＋ ｜（韵）

例　雪夜渔舟（一百字）

虚靖真人

晚风歇。漫自棹孤舟，顺流观雪。山耸瑶岑，林森玉树，高下尽无分别。襟怀澄彻。更没个、故人堪说。恍然尘世，如居天上，水晶宫阙。　　万尘声影绝。莹虚空无外，水天相接。一叶身轻，三花顶聚，永夜不愁寒冽。漫怜薄劣。但只解、附炎趋热。停桡失笑，知心都付，野梅江月。

注：全词双调，一百字，上下阕各十一句，六仄韵。

惜　寒　梅

调见《复雅歌词》，因词有"喜寒梅，却与雪期霜约"句，取以为名。

《惜寒梅》的长短句结构

《惜寒梅》上阕，四个乐段			
乐段一（十三字）	乐段二（十字）	乐段三（十四字）	乐段四（十二字）
4　　36	4　　6	7　　34	4　4　4

《惜寒梅》下阕，四个乐段			
乐段一（十五字）	乐段二（十字）	乐段三（十四字）	乐段四（十二字）
6　5　4	4　　6	7　　34	4　4　4

《康熙词谱》只收集一体《惜寒梅》，双调，上下阕分别可分为四个乐段，其长短句结构如表所示。该调一百字，上阕九句，五仄韵；下阕十句，六仄韵，其基本格式如表所示。

《惜寒梅》的基本格式（双调）

《惜寒梅》上阕，九句，五仄韵	
乐段一（二句，十三字）	乐段二（二句，十字）
＋｜——（句）＋＋＋（读）＋ ｜＋－＋｜（韵）	＋｜——（句）＋｜＋－＋｜（韵）

《惜寒梅》上阕，九句，五仄韵	
乐段三（二句，十四字）	乐段四（三句，十二字）
＋－＋｜＋－｜（韵）＋＋＋ （读）＋－＋｜（韵）	＋－＋｜（句）＋｜——（句） ＋－＋｜（韵）

《惜寒梅》下阕，十句，六仄韵	
乐段一（三句，十五字）	乐段二（二句，十字）
＋－＋｜＋｜（韵）＋－＋｜ －（句）＋－＋｜（韵）	＋｜——（句）＋｜＋－＋｜（韵）

《惜寒梅》下阕，十句，六仄韵	
乐段三（二句，十四字）	乐段四（三句，十二字）
＋ 一 ＋ ｜ ＋ 一 ｜（韵）＋ ＋ ＋ （读）＋ 一 ＋ ｜（韵）	＋ 一 ＋ ｜（句）＋ 一 ＋ ｜（句） ＋ ｜ 一 ｜（韵）

例　惜寒梅（一百字）

《复雅歌词》无名氏

　　看尽千花，喜寒梅、暗与雪期霜约。雅态香肌，迥有天然澹泊。五侯园圃姿游乐。凭栏处、重开绣幕。秦娥妆罢，自远相从，艳过京洛。　　天涯再见素萼。似凝愁向人，玉容寂寞。江上飘零，怎把芳心付托。那堪风雨夜来恶。便减动、一分瘦削。直须沉醉，尤香觑雪，莫待吹落。

　　注：全词双调，一百字，上阕九句，五仄韵；下阕十句，六仄韵。

惜花春起早慢

　　调见《高丽史·乐志》，即赋题本意。

《惜花春起早慢》的长短句结构

《惜花春起早慢》上阕，四个乐段			
乐段一（十二字）	乐段二（十四字）	乐段三（十一字）	乐段四（十二字）
3　　36	8　　6	4　　34	35　　4

《惜花春起早慢》下阕，四个乐段			
乐段一（十五字）	乐段二（十三字）	乐段三（十一字）	乐段四（十二字）
6　5　4	6　　34	4　　34	33　　6

　　《康熙词谱》只收集一体《惜花春起早慢》，双调，上下阕分别可分为四个乐段，其长短句结构如表所示。该调一百字，上阕八句，四仄韵；下阕九句，四仄韵，其基本格式如表所示。

《惜花春起早慢》的基本格式（双调）

《惜花春起早慢》上阕，八句，四仄韵	
乐段一（二句，十二字）	乐段二（二句，十四字）
｜ー ー（句）＋＋＋（读）＋｜ ＋｜ー｜（韵）	＋ー｜ー ー｜＋｜（句）＋｜ ー｜ー｜（韵）

《惜花春起早慢》上阕，八句，四仄韵	
乐段三（二句，十一字）	乐段四（二句，十二字）
＋ー＋｜（句）＋＋＋（读）＋ ｜ー｜（韵）	＋＋＋（读）＋｜｜ー ー（句） ＋｜ー｜（韵）

《惜花春起早慢》下阕，九句，四仄韵	
乐段一（三句，十五字）	乐段二（二句，十三字）
＋ー＋｜ー ー（句）＋＋｜ ー ー（句）＋｜ー｜（韵）	＋ー｜ー＋｜（句）＋＋＋（读） ＋ー＋｜（韵）

《惜花春起早慢》下阕，九句，四仄韵	
乐段三（二句，十一字）	乐段四（二句，十二字）
＋ー＋｜（句）＋＋＋（读）＋ ー＋｜（韵）	＋＋＋（读）｜ー ー（句）＋｜ ＋ー＋｜（韵）

注：下阕乐段一中的格式"＋＋｜ー ー（句）"，为"上一下四"句式。

例　惜花春起早慢（一百字）

《高丽史·乐志》无名氏

　　向春来，睹园林、绣出满槛鲜萼。流莺海棠枝上弄舌，紫燕飞绕池阁。三眠细柳，垂万条、罗带柔弱。为思量、昨夜去看花，犹自斑驳。　　须拚尽日尊前，当媚景良辰，且恁欢谑。更阑夜深秉烛，对花酌、莫孤轻诺。邻鸡唱晓，惊觉来、连忙梳掠。向西园、惜群葩，恐怕狂风吹落。

　　注：全词双调，一百字，上阕八句，四仄韵；下阕九句，四仄韵。

卷二十九

凤 归 云

唐教坊曲名。柳永《乐章集》，平韵一百一字者注"仙吕调"；仄韵一百十八字者注"林钟商调"。

平韵《凤归云》的长短句结构

平韵《凤归云》上阕，三个乐段		
乐段一（十九字）	乐段二（十三字）	乐段三（十六字）
3　7　4　5	4　4　5	6　4　6

平韵《凤归云》下阕，三个乐段		
乐段一（二十四字）	乐段二（十三字）	乐段三（十六字）
4　4　4　4　53	4　4　5	6　4　6

仄韵《凤归云》的长短句结构

仄韵《凤归云》上阕，四个乐段			
乐段一（二十七字）	乐段二（十二字）	乐段三（八字）	乐段四（十字）
34　4　4　4　44	35　4	35	6　4

仄韵《凤归云》下阕，四个乐段			
乐段一（三十一字）	乐段二（十二字）	乐段三（八字）	乐段四（十字）
34　4　4　4　4　44	44　4	35	6　4

《康熙词谱》共收集《凤归云》三体，双调，有平韵与仄韵两种用韵格式。平韵《凤归云》上下阕可分别分为三个乐段，其长短句结构如表所示；仄韵《凤归云》上下阕可分别分为四个乐段，其长短句结构如表所示。从中可以看出，它们之间迥异。

平韵《凤归云》一百一字，上阕十句，四平韵或五平韵；下阕十一句，三平韵。《康熙词谱》以柳永词为标谱词例。该调的正格与变格如表所示，其中，上下阕各乐段中的格式（1）为正格句式，其余为变格句式。仄韵格《凤归云》一百十八字，上阕十句，四仄韵；下阕十一句，五仄韵，其基本格式如表所示。

平韵《凤归云》的正格与变格（双调）

平韵《凤归云》上阕，十句，四平韵或五平韵
乐段一（四句，十九字）
| － －（句）＋ － ＋ | | － －（韵）＋ | ＋ －（句）＋ | | － －（韵） （1）
| － －（句）＋ － ＋ | | － －（韵）＋ | ＋ －（韵）＋ | | － －（韵） （2）

平韵《凤归云》上阕，十句，四平韵或五平韵	
乐段二（三句，十三字）	乐段三（三句，十六字）
＋ | － －（句）－ ＋ ＋ |（句） ＋ | | － －（韵）	＋ | ＋ － ＋ |（句）＋ － ＋ |（句）＋ － ＋ | － －（韵）

平韵《凤归云》下阕，十一句，三平韵
乐段一（五句，二十四字）
＋ － ＋ |（句）＋ | － －（句）＋ － ＋ |（句）＋ | － －（句）＋ | － － |（读）| － －（韵）

平韵《凤归云》下阕，十一句，三平韵	
乐段二（三句，十三字）	乐段三（三句，十六字）
＋ | － －（句）＋ ＋ ＋ |（句） ＋ | | － －（韵）	＋ | ＋ － ＋ |（句）＋ － ＋ |（句）＋ － ＋ | － －（韵）

例一　凤归云（一百一字）

（宋）柳　永

向深秋，雨余爽气肃西郊。陌上夜阑，襟袖起凉飙。天末残星，流电未灭，闪闪隔林梢。又是晓鸡声断，阳乌光动，渐分山路迢迢。　　驱驱行役，苒苒光阴，蝇头利禄，蜗角功名，毕竟成何事、漫相高。抛掷林泉，狎玩尘土，壮节等闲销。幸有五湖烟浪，一船风月，会须归老渔樵。

注：该词上阕第一句至第四句为乐段一中的格式（1）。全词双调，一百一字，上阕十句，四平韵；下阕十一句，三平韵。

例二　凤归云（一百一字）

（宋）赵以夫

正愁予，可堪去马便骎骎。拟折一枝。堤上万垂丝。离思无边，离席易散，落日照清漪。苦是禁城催鼓，虚床难寐，梦魂无路归飞。　　陡寒还热，急雨随晴，化工无准，将息偏难，更向分携处、立多时。吟鬓凋霜，世味嚼蜡，病骨怯朝衣。我有一壶风月，荔丹芝紫，约君同话心期。

注：该词上阕第一句至第四句为乐段一中的格式（2）。全词双调，一百一字，上阕十句，五平韵；下阕十一句，三平韵。

《凤归云》（仄韵）的基本格式（双调）

《凤归云》（仄韵）上阕，十句，四仄韵	
乐段一（五句，二十七字）	乐段二（二句，十二字）
＋＋＋（读）＋｜－－（句）＋－＋｜（句）＋｜－－（句）＋｜－－（句）＋－＋｜（读）＋－＋｜（韵）	＋＋＋（读）｜＋｜－－（句）＋＋－｜（韵）

《凤归云》上阕，十句，四仄韵	
乐段三（一句，八字）	乐段四（二句，十字）
＋＋＋（读）＋｜－＋｜（韵）	＋｜＋｜－－（句）＋－＋｜（韵）

《凤归云》下阕，十一句，五仄韵

乐段一（六句，三十一字）	乐段二（二句，十二字）
＋＋＋（读）＋｜－－（句） ＋｜－＋｜（韵）＋｜＋－（句） ＋｜－－（句）＋｜＋－（句） ＋－＋｜（读）＋－＋｜（韵）	｜＋－｜（读）＋｜－－（句）＋ －＋｜（韵）

注：下阕乐段二中的格式"｜＋－｜（读）"，为"上一下三"句式。

《凤归云》下阕，十一句，五仄韵

乐段三（一句，八字）	乐段四（二句，十字）
＋＋＋（读）＋｜＋－｜（韵）	＋｜＋｜－－（句）＋－＋｜（韵）

例　凤归云（一百十八字）

（宋）柳　永

恋帝里、金谷园林，平康巷陌，触处繁华，连日疏狂，未尝轻负、寸心双眼。况佳人、尽天外行云，堂上飞燕。向玳筵、一一皆妙选。长是因酒沉迷，被花萦绊。　　更可惜、淑景亭台，暑天枕簟。霜月夜明，雪霰朝飞，一岁风光，尽堪随分、俊游清宴。算浮生事、瞬息光阴，锱铢名宦。正欢笑、试恁暂分散。即是恨雨愁云，地遥天远。

注：全词双调，一百十八字，上阕十句，四仄韵；下阕十一句，五仄韵。

木兰花慢

宋柳永《乐章集》注"高平调"。

《木兰花慢》的长短句结构

上阕,四个乐段			
乐段一 (十一字或十三字)	乐段二 (十三字)	乐段三 (十四字)	乐段四 (十二字)
5 33 5 35	5 4 4	2 4 8 6 8 6 35 6 53 6 4 4 33 8	6 6 4 4 4

下阕,四个乐段			
乐段一(十二字或十三 字、十一字)	乐段二 (十三字)	乐段三 (十四字)	乐段四 (十二字)
2 4 33 2 5 5 2 7 3 7 5 7 33 6 33 6 5	36 4 5 4 4	2 4 8 6 8 6 35 33 35	6 6

《康熙词谱》共收集十二体《木兰花慢》,双调,上下阕分别可分为四个乐段,其长短句结构如表所示。该调有一百一字或一百二字、一百字、一百三字等格式,有的词例押短韵,有的词例则不押短韵。上阕十句或十一句、九句,五平韵或四平韵;下阕十句或十一句、九句、八句,七平韵、五平韵或六平韵一重韵、六平韵。对于用短韵者,《康熙词谱》以一百一字体柳永词为正体或正格;对于不用短韵者,《康熙词谱》以一百一字体程垓词为

正体或正格。《木兰花慢》的正格与变格如表所示，其中，上下阕乐段三中的格式（1）和格式（2）、下阕乐段一中的格式（1）和格式（2）、其他乐段中的格式（1）为正格句式，其余为变格句式。

《木兰花慢》的正格与变格（双调）

《木兰花慢》上阕，十句或十一句、九句，五平韵或四平韵	
乐段一（二句，十一字或十三字）	乐段二（三句，十三字）
∣＋一＋∣（句）＋＋＋（读）∣一一（韵） （1） ＋一一∣∣（句）＋＋＋（读）∣一一（韵） （2） ＋一一∣∣（句）＋＋＋（读）＋∣∣一一（韵） （3）	∣＋∣一一（句）＋一＋∣（句）＋∣一一（韵）

例一　木兰花慢（一百一字）

（宋）柳　永

坼桐花烂漫，乍疏雨、洗清明。正艳杏烧林，缃桃绣野，芳景如屏。倾城。尽寻胜赏，骤雕鞍绀幰出郊坰。风暖繁弦脆管，万家竞奏新声。　　盈盈。斗草踏青。人艳冶、递逢迎。向路旁、往往遗簪堕珥，珠翠纵横。欢情。对佳丽地，任金罍罄竭玉山倾。拌却明朝永日，画堂一枕春醒。

注：该词上阕第一句和第二句为乐段一中的格式（1），第六句至第八句为乐段三中的格式（1），第九句和第十句为乐段四中的格式（1）；下阕第一句至第三句为乐段一中的格式（1），第四句和第五句为乐段二中的格式（1），第六句至第八句为乐段三中的格式（1）。全词双调，一百一字，上阕十句，五平韵；下阕十句，七平韵。

《木兰花慢》上阕，十句或十一句、九句，五平韵或四平韵	
乐段三（三句或二句，十四字）	乐段四（二句或三句，十二字）
－－（韵）＋－＋｜（句）｜＋－＋｜｜－－（韵） （1） ＋－｜－＋｜（句）｜＋－＋｜｜－－（韵） （2） ＋－｜－＋｜（句）＋＋＋（读）＋｜｜－－（韵） （3） ＋－｜－＋｜（句）＋－－｜｜（读）｜－－（韵） （4） ＋－｜－＋｜（句）＋－－｜（句）＋｜－－（韵） （5） ＋＋＋（读）－｜｜（句）｜＋－＋｜｜－－（韵） （6）	＋｜＋－＋｜（句）＋－＋｜－－（韵） （1） ＋｜－－（句）＋－＋｜（句）＋｜－－（韵） （2）

例二　木兰花慢（一百一字）

（宋）柳　永

倚危楼伫立，乍萧索、晚晴初。渐素景衰残，风砧韵冷，霜叶红疏。云衢。见新雁过，奈佳人自别阻音书。空遣悲秋念远，寸肠万恨萦纡。　　皇都。暗想欢游，成往事、动欷歔。念对酒当歌，低帏并枕，翻怨轻孤。归途。纵凝望处，但斜阳暮霭满平芜。赢得无言悄悄，凭阑尽日踟蹰。

注：该词上阕第一句和第二句为乐段一中的格式（1），第六句至第八句为乐段三中的格式（1），第九句和第十句为乐段四中的格式（1）；下阕第一句至第三句为乐段一中的格式（1），第四句至第六句为乐段二中的格式（2），第七句至第九句为乐段三中的格式（1）。全词双调，一百一字，上阕十句，五平韵；下阕十一句，六平韵。

《木兰花慢》下阕，十句或九句、八句、十一句， 七平韵、五平韵或六平韵一重韵、六平韵	
乐段一 （三句或二句，十二字或十三字、十一字）	乐段二 （二句或三句，十三字）
一 一（韵）＋｜＋ 一（韵或句）＋ ＋ ＋（读）｜一 一（韵） （1）	＋ ＋ ＋（读）＋｜＋ 一 ＋ ｜（句）＋｜一 一（韵） （1）
＋ 一 ＋｜｜一 一（韵）｜＋｜一 一 （韵） （2）	｜＋｜一 一（句或韵）＋ 一 ＋｜（句）＋｜一 一（韵） （2）
一 一（韵）＋｜｜一 一（韵）＋｜｜ 一 一（韵） （3）	｜＋ 一 ＋｜（句）＋ 一 ＋｜（句） ＋｜一 一（韵） （3）
一 一（韵）＋｜｜一 一（韵）｜＋｜ 一 一（韵） （4）	
一 一（韵）＋｜＋ 一 一｜（句）｜ 一 一（韵） （5）	
＋ 一 ＋｜｜一 一（韵）＋ ＋ ＋（读） ｜一 一（韵） （6）	
＋ 一 ＋｜一 一（韵）＋｜｜一 一（韵） （7）	
＋ 一 ＋｜一 一（句）＋ ＋ ＋（读） ｜一 一（韵） （8）	

《木兰花慢》下阕，十句或九句、八句、十一句， 七平韵、五平韵或六平韵一重韵、六平韵	
乐段三（三句或二句，十四字）	乐段四（二句，十二字）
— —（韵）十 — 十 |（句）| 十 — 十 | | — —（韵） （1）	十 | 十 — 十 |（句）十 — 十 | — —（韵）
十 — | — 十 |（句）| 十 — 十 | | — —（韵） （2）	
— —（重）十 — 十 |（句）| 十 — 十 | | — —（韵） （3）	
十 — 十 — 十 |（句）| 十 — 十 | | — —（韵） （4）	
十 — | — 十 |（句）十 十 十（读） 十 | | — —（韵） （5）	
十 十 十（读）— 十 |（句）十 十 十（读）| 十 | — —（韵） （6）	

例三　木兰花慢（一百一字）

（宋）蒋　捷

傍池阑倚遍，问山影、是谁偷。但鹭敛琼丝，鸳藏绣羽，碍浴妨浮。寒流。暗冲片响，似犀椎带月静敲秋。因念凉荷院宇，粉丸曾泛金瓯。　妆楼。晓涩翠罂油。倦鬟理还休。更有何意绪，怜他半夜，瓶破梅愁。红绸。泪干万点，待穿来寄与薄情收。只恐东风未转，误人日望归舟。

注：该词上阕第一句和第二句为乐段一中的格式（1），第六句至第八句为乐段三中的格式（1），第九句和第十句为乐段四中的格式（1）；下阕第一句至第三句为乐段一中的格式（3），第四句至第六句为乐段二中的格式（3），第七句至第九句为乐段三中的格式（1）。全词双调，一百一字，上阕十句，五平韵；下阕十一句，七平韵。

例四　木兰花慢（一百一字）

（宋）曹　勋

　　断虹收霁雨，卷帘幕、与风期。正燕子将雏，莺儿弄巧，日影迟迟。酴醾。牡丹过也，但游丝上下网晴晖。三月韶华，转头易失，密荫匀齐。　　常思。入夏景偏奇。是梅雨霏微。更乍着轻纱，凉摇素羽，翠点清池。还思。故山旧隐，想茏葱翠竹锁窗扉。独倚西楼漫久，此怀冷淡谁知。

　　注：该词上阕第一句和第二句为乐段一中的格式（2），第六句至第八句为乐段三中的格式（1）；第九句至第十一句为乐段四中的格式（2）；下阕第一句至第三句为乐段一中的格式（4），第四句至第六句为乐段二中的格式（2），第七句至第九句为乐段三中的格式（3）。全词双调，一百一字，上阕十一句，五平韵；下阕十一句，六平韵一重韵。

例五　木兰花慢（一百一字）

（宋）李芸子

　　占西风早处，一番雨、一番秋。记故国斜阳，去年今日，落叶林幽。悲歌几回激烈，寄疏狂、酒令与诗筹。遗恨清商易改，多情紫燕难留。　　嗟休。触绪茧丝抽。旧事续何由。奈予怀渺渺，羁愁郁郁，归梦悠悠。生平不如老杜，便如他、飘泊也风流。寄与庭柯径菊，甚时得棹孤舟。

　　注：该词上阕第一句和第二句为乐段一中的格式（1），第六句和第七句为乐段三中的格式（3），第八句和第九句为乐段四中格式（1）；下阕第一句至第三句为乐段一中的格式（3），第四句至第六句为乐段二中的格式（3），第七句和第八句为乐段三中的格式（5）。全词双调，一百一字，上阕九句，四平韵；下阕十句，六平韵。

例六　木兰花慢（一百一字）

（宋）程　垓

　　倩娇莺姹燕，说不尽、此时情。正小院春兰，芳园昼锁，人去花零。凭高试回望眼，奈遥山远水隔重云。谁遣风狂雨横，便教无计留春。　　情知雁杳与鸿冥。自难寄丁宁。纵竹院鏖深，桃门笑在，知属何人。衣篝几回忘了，奈残香犹有旧时熏。空使风头卷絮，为他飘荡花城。

　　注：该词上阕第一句和第二句为乐段一中的格式（1），第六句和第七句为乐段三中的格式（2），第八句和第九句为乐段四中格式（1）；下阕第一句和第二句为乐段一中的格式（2），第三句至第五句为乐段二中的格式（2），第六句和第七句为乐段三中的格式（2）。全词双调，一百一字，上阕九句，四平韵；下阕九句，五平韵。

例七　木兰花慢（一百一字）
（宋）严　仁

　　东风吹雾雨，更吹起、袂衣寒。正莽莽丛林，潭潭伐鼓，郁郁焚兰。阑干曲、多少意，看青烟如篆绕溪湾。桑柘绿阴犹薄，杏桃红雨初翻。　　飞花片片走潺湲。问何日西还。叹扰扰人生，纷纷离合，渺渺悲欢。想云軿、何处也，对芳时、应只在人间。惆怅回纹锦字，断肠斜日云山。

　　注：该词上阕第一句和第二句为乐段一中的格式（2），第六句和第七句为乐段三中的格式（6），第八句和第九句为乐段四中格式（1）；下阕第一句和第二句为乐段一中的格式（2），第三句至第五句为乐段二中的格式（2），第六句和第七句为乐段三中的格式（6）。全词双调，一百一字，上阕九句，四平韵；下阕九句，五平韵。

例八　木兰花慢（一百一字）
（宋）吕渭老

　　石榴花谢了，正荷叶、盖平池。试玛瑙杯深，琅玕簟冷，临水帘帷。知他故人甚处，晚霞明断浦、柳枝垂。惟有松风水月，向人长似当时。　　依依。望断水穷云起处，是天涯。奈燕子楼高，江南梦断，虚费相思。新愁暗生旧恨，更流萤弄月入纱衣。除却幽花软草，此情未许人知。

　　注：该词上阕第一句和第二句为乐段一中的格式（2），第六句和第七句为乐段三中的格式（4），第八句和第九句为乐段四中格式（1）；下阕第一句至第三句为乐段一中的格式（5），第四句至第六句为乐段二中的格式（2），第七句和第八句为乐段三中的格式（2）。全词双调，一百一字，上阕九句，四平韵；下阕十句，五平韵。

例九　木兰花慢（一百二字）
（宋）刘应雄

　　梅妆堪点额，觉残雪、未全消。忽春递南枝，小窗明透，渐褪寒骄。天公似怜人意，便挽回和气做元宵。太守公家事了，何妨银烛高烧。　　旋开铁锁粲星桥。快灯市、客相邀。且同乐时平，唱弹弦索，对舞纤腰。传柑记陪佳宴，待说来、须更换金貂。只恐出关人早，鸡鸣又报趋朝。

　　注：该词上阕第一句和第二句为乐段一中的格式（2），第六句和第七句为乐段三中的格式（2），第八句和第九句为乐段四中格式（1）；下阕第一句和第二句为乐段一中的格式（6），第三句至第五句为乐段二中的格式（2），第六句和第七句为乐段三中的格式（5）。全词双调，一百二字，上阕九句，四平韵；下阕九句，五平韵。

例十　木兰花慢（一百一字）

（宋）曾觌

正枝头荔子，晚红皱、袅熏风。对碧瓦迷云，青山似浪，返照浮空。高台称吟眺处，繁华清胜，两两无穷。帘卷榕阴暮合，万家香霭溟濛。　　年光冉冉逐飞鸿。叹雨迹云踪。渐暑退兰房，凉生象簟，知与谁同。临鸾晚妆初罢，怨清宵好梦不相逢。看即天涯秋也，恨随一叶梧桐。

注：该词上阕第一句和第二句为乐段一中的格式（1），第六句至第八句为乐段三中的格式（5）；第九句和第十句为乐段四中的格式（1）；下阕第一句和第二句为乐段一中的格式（2），第三句至第五句为乐段二中的格式（2），第六句和第七句为乐段三中的格式（2）。全词双调，一百一字，上阕十句，四平韵；下阕九句，五平韵。

例十一　木兰花慢（一百字）

（宋）卢祖皋

汀莲凋晚艳，又蘋末、起秋风。漫搔首徐吟，微云河汉，疏雨梧桐。飘零倦寻酒盏，记那回歌管小楼中。玉果蛛丝暗卜，钿钗蝉鬓轻笼。　　吴云别后重重。凉宴几时同。纵人间、信有犀灵鹊喜，密意难通。双星分携最苦，念经年犹有一相逢。寂寞桥边旧月，可堪频照西东。

注：该词上阕第一句和第二句为乐段一中的格式（2），第六句和第七句为乐段三中的格式（2），第八句和第九句为乐段四中格式（1）；下阕第一句和第二句为乐段一中的格式（7），第三句和第四句为乐段二中的格式（1），第五句和第六句为乐段三中的格式（4）。全词双调，一百字，上阕九句，四平韵；下阕八句，五平韵。

例十二　木兰花慢（一百三字）

《梅苑》无名氏

饱经霜古树，怕春寒、趁腊引青枝。逗一点阳和，隔年信息，远报佳期。凄葩未容易吐，但凝酥半面点胭脂。山路相逢驻马，暗香微染征衣。　　风前袅袅含情，虽不语、引长思。似怨感芳姿。山高水远，折赠何迟。分明为传驿使，寄一枝春色写新词。寄与市桥官柳，此先占了芳菲。

注：该词上阕第一句和第二句为乐段一中的格式（3），第六句和第七句为乐段三中的格式（2），第八句和第九句为乐段四中格式（1）；下阕第一句和第二句为乐段一中的格式（8），第三句至第五句为乐段二中的格式（2），第六句和第七句为乐段三中的格式（2）。全词双调，一百三字，上阕九句，四平韵；下阕九句，五平韵。

彩 云 归

《宋史·乐志》:"仙吕调";《乐章集》注"中吕调"。

《彩云归》的长短句结构

《彩云归》上阕,四个乐段			
乐段一(十四字)	乐段二(十五字)	乐段三(十二字)	乐段四(十一字)
7　　34	8　　34	34　　5	34　　4

《彩云归》下阕,四个乐段			
乐段一(十三字)	乐段二(十二字)	乐段三(十三字)	乐段四(十一字)
2　4　34	4　4　4	34　　6	3　　8

《康熙词谱》只收集一体《彩云归》,双调,上下阕分别可分为四个乐段,其长短句结构如表所示。该调一百一字,上阕八句,五平韵;下阕十句,五平韵,其基本格式如表所示。

《彩云归》的基本格式(双调)

《彩云归》上阕,八句,五平韵	
乐段一(二句,十四字)	乐段二(二句,十五字)
＋ － ＋ ∣ ∣ － －(韵)＋ ＋ ＋(读)＋ ∣ － －(韵)	＋ ＋ － ＋ ∣ － － ∣(句)＋ ＋ ＋(读)＋ ∣ － －(韵)

注:上阕乐段二中的格式"＋ ＋ － ＋ ∣ － － ∣(句)",为"上一下七"句式。

《彩云归》上阕,八句,五平韵	
乐段三(二句,十二字)	乐段四(二句,十一字)
＋ ＋ ＋(读)＋ － ＋ ∣(句)∣ ＋ － ∣ －(韵)	＋ ＋ ＋(读)＋ － ＋ ∣(句)＋ ∣ － －(韵)

《彩云归》下阕，十句，五平韵	
乐段一（三句，十三字）	乐段二（三句，十二字）
― ―（韵）＋ ― ＋ ｜（句）＋ ＋ ＋（读）＋ ｜ ― ―（韵）	＋ ― ＋ ｜（句）＋ ｜ ― ｜（句）＋ ｜ ― ―（韵）

《彩云归》下阕，十句，五平韵	
乐段三（二句，十三字）	乐段四（二句，十一字）
＋ ＋ ＋（读）＋ ― ＋ ｜（句）＋ ｜ ― ｜ ― ―（韵）	― ― ｜（句）＋ ｜ ＋ ― ＋ ｜ ― ―（韵）

例 彩云归（一百一字）

（宋）柳 永

蘋皋向晚檥轻航。卸云帆、水驿鱼乡。当暮天霁色如晴昼，江练静、皎月飞光。那堪听、远村羌篴，引离人断肠。此际恨、浪萍风梗，度岁茫茫。　　堪伤。朝欢暮散，被多情、赋与凄凉。别来最苦，襟带依约，尚有余香。算得伊、鸳衾凤枕，夜永争不思量。牵情处，惟有临岐一句难忘。

注：全词双调，一百一字，上阕八句，五平韵；下阕十句，五平韵。

满 朝 欢

《乐章集》注"大石调"。

《满朝欢》的长短句结构

《满朝欢》上阕，四个乐段			
乐段一 （十四字或十三字）	乐段二 （十字）	乐段三 （十三字）	乐段四 （十二字或十三字）
4　4　6 4　3　6	6　4 4　6	4　5　4 6　34	4　4　4 34　6

《满朝欢》下阕，四个乐段			
乐段一 （十六字或十五字）	乐段二 （十字）	乐段三 （十四字或十三字）	乐段四 （十二字或十三字）
6　4　6	4　6	4　4　6	6　6
6　5　4		6　34	34　6

《康熙词谱》共收集两体《满朝欢》，双调，上下阕分别可分为四个乐段，其长短句结构如表所示。《康熙词谱》注：柳永词与李刘词"句读迥别，因调名同，故为类列"。但从长短句结构看，这两体的句读变化是在一个乐段内的变化。该调有一百一字或一百字等格式，上阕十一句或九句，四仄韵或五仄韵；下阕十句或九句，四仄韵或六仄韵。《康熙词谱》以柳永词为第一词例，为方便起见以该词为正体或正格。该调的正格与变格如表所示，其中，上下阕各乐段中的格式（1）为正格句式，其余为变格句式。

《满朝欢》的基本格式（双调）

《满朝欢》上阕，十一句或九句，四仄韵或五仄韵	
乐段一（三句，十四字或十三字）	乐段二（二句，十字）
＋｜＋－（句）＋－＋｜（句）＋－－＋｜－｜（韵） （1）	＋｜＋－＋｜（句）＋＋－｜（韵） （1）
＋｜＋－－（句）｜－－（句）＋｜＋－＋｜（韵） （2）	＋｜＋－（句）＋｜＋－＋｜（韵） （2）

《满朝欢》上阕，十一句或九句，四仄韵或五仄韵	
乐段三（三句或二句，十三字）	乐段四（三句或二句，十二字或十三字）
＋－＋｜（句）｜＋｜＋－（句）＋－＋｜（韵） （1）	＋｜＋－（句）＋－＋｜（句）＋－＋｜（韵） （1）
＋｜＋－＋｜（韵）＋＋＋（读） （2）	＋＋＋（读）＋｜－－（句）＋－－｜＋｜（韵） （2）

《满朝欢》下阕，十句或九句，四仄韵或六仄韵	
乐段一（三句，十六字或十五字）	乐段二（二句，十字）
＋｜＋－＋｜（句）＋｜－－（句） ＋｜＋－＋｜（韵） （1） ＋｜＋－＋｜（韵）｜＋＋－＋｜ （句）＋｜－＋｜（韵） （2）	＋－＋｜（句）＋｜＋－＋｜（韵） （1） ＋｜－－（句）＋｜＋｜＋｜（韵） （2）

《满朝欢》下阕，十句或九句，四仄韵或六仄韵	
乐段三（三句，十四字或十三字）	乐段四（二句，十二字或十三字）
＋｜－－（句）＋－＋｜（句） ＋｜＋－＋｜（韵） （1） ＋｜＋－＋｜（韵）＋＋＋（读） ＋－＋｜（韵） （2）	＋｜＋｜－－（句）＋｜＋－ ＋｜（韵） （1） ＋＋＋（读）＋｜－－（句）＋ －＋－＋｜（韵） （2）

注：下阕乐段四中的格式"＋－＋－＋｜（韵）"，可平可仄三处，不可同时用平。

例一 满朝欢（一百一字）

（宋）柳　永

　　花隔铜壶，露晞金掌，都门十二清晓。帝里风光烂漫，偏爱春杪。烟轻昼永，引莺啭上林，鱼游灵沼。巷陌乍晴，香尘染惹，垂杨芳草。　　因念秦楼彩凤，楚馆朝云，往昔曾迷歌笑。别来岁久，偶忆欢盟重到。人面桃花，未知何处，但掩朱门悄悄。尽日伫立无言，赢得凄凉怀抱。

　　注：该词上阕第一句至第三句为乐段一中的格式（1），第四句和第五句为乐段二中的格式（1），第六句至第八句为乐段三中的格式（1），第九句至第十一句为乐段四中的格式（1）；下阕第一句至第三句为乐段一中的格式（1），第四句和第五句为乐段二中的格式（1），第六句至第八句为乐段三中的格式（1），第九句和第十句为乐段四中的格式（1）。全词双调，一百一字，上阕十一句，四仄韵；下阕十句，四仄韵。

例二　满朝欢（一百字）

（宋）李　刘

一点箕星，近天边，光彩辉耀南极。竹马儿童，尽道使君生日。元是凤池仙客。曾曳履、持荷簪笔。称觞处、晚节花香，月周犹待五夕。　谁道久拘禁掖。任双旌五马，暂从游逸。九棘三槐，都是等闲亲植。见说玉皇侧席。但早晚、促归调燮。功成了、笑傲南山，寿如南山松柏。

注：该词上阕第一句至第三句为乐段一中的格式（2），第四句和第五句为乐段二中的格式（2），第六句和第七句为乐段三中的格式（2），第八句和第九句为乐段四中的格式（2）；下阕第一句至第三句为乐段一中的格式（2），第四句和第五句为乐段二中的格式（2），第六句和第七句为乐段三中的格式（2），第八句和第九句为乐段四中的格式（2）。全词双调，一百字，上阕九句，五仄韵；下阕九句，六仄韵。

桂　枝　香

调见《乐府雅词》。张辑词有"疏帘淡月"句，又名《疏帘淡月》。

《桂枝香》的长短句结构

上阕，四个乐段			
乐段一（十三字）	乐段二（十字）	乐段三（十四字）	乐段四（十二字）
4　　5　4 4　　36 4　3　3　3	6　　4 4　　6	7　　34	4　4　4

下阕，四个乐段			
乐段一（十六字或十五字）	乐段二（十字）	乐段三（十四字）	乐段四（十二字）
34　5　4 6　5　4	4　　6 6　　4	7　　7 7　　34	4　4　4 6　6

《康熙词谱》共收集六体《桂枝香》，双调，上下阕分别可分为四个乐段，其长短句结构如表所示。该调有一百一字或一百字等格式，上阕十句或十一句、九句，五仄韵或六仄韵；下阕十句或九句，五仄韵或六仄韵。《康熙词谱》以一百一字体王安石词和陈亮词为正

体或正格。《桂枝香》的正格与变格如表所示。其中，上下阕各乐段中的格式（1）为正格句式，其余为变格句式。

《桂枝香》的正格与变格（双调）

《桂枝香》上阕，十句或十一句、九句，五仄韵或六仄韵	
乐段一（三句或四句、二句，十三字）	乐段二（二句，十字）
＋－＋｜（韵）｜＋｜＋－（句） ＋｜－｜（韵） （1）	＋｜＋－＋｜（句）＋－＋｜（韵） （1）
＋－＋｜（韵）｜＋｜＋－（句） ＋－＋｜（韵） （2）	＋｜－－（句）＋｜＋－＋｜（韵） （2）
＋－＋｜（韵）｜＋＋（读）＋ －＋｜－｜（韵） （3）	
＋－＋｜（韵）－＋｜（句）｜＋ －（句）＋－｜（韵） （4）	

《桂枝香》上阕，十句或十一句、九句，五仄韵或六仄韵	
乐段三（二句，十四字）	乐段四（三句，十二字）
＋－＋｜－－｜（句或韵）｜＋ ＋（读）＋＋＋－｜（韵）	＋－＋｜（句）＋－－＋｜（句） ＋－＋｜（韵）

例一　桂枝香（一百一字）

（宋）王安石

　　登临送目。正故国晚秋，天气初肃。千里澄江似练，翠峰如簇。征帆去棹残阳里，背西风、酒旗斜矗。彩舟云淡，星河鹭起，画图难足。　　念自昔、豪华竞逐。叹门外楼头，悲恨相续。千古凭高，对此漫嗟荣辱。六朝旧事如流水，但寒烟衰草凝绿。至今商女，时时犹唱，后庭遗曲。

　　注：该词上阕第一句至第三句为乐段一中的格式（1），第四句和第五句为乐段二中的格

式（1）；下阕第一句至第三句为乐段一中的格式（1），第四句和第五句为乐段二中的格式（1），第六句和第七句为乐段三中的格式（1），第八句至第十句为乐段四中的格式（1）。全词双调，一百一字，上下阕各十句，五仄韵。

《桂枝香》下阕，十句或九句，五仄韵或六仄韵	
乐段一（三句，十六字或十五字）	乐段二（二句，十字）
｜＋＋（读）＋－＋｜（韵）｜＋ ｜－－（句）＋＋－｜（韵） （1）	＋｜－－（句）＋｜＋－＋｜（韵） （1）
｜＋＋（读）＋－＋｜（韵）｜＋ －＋（句）＋－－｜（韵） （2）	＋｜＋－＋｜（句）＋－－｜（韵） （2）
＋｜＋－＋｜（韵）｜＋｜－－ （句）＋＋－｜（韵） （3）	

《桂枝香》下阕，十句或九句，五仄韵或六仄韵	
乐段三（二句，十四字）	乐段四（三句或二句，十二字）
＋－＋｜－－｜（句）｜＋－ ＋｜－｜（韵） （1）	＋－＋｜（句）＋－＋｜（句）｜ －－｜（韵） （1）
＋－＋｜－－｜（句或韵）｜＋ ＋（读）＋＋＋｜（韵） （2）	＋－＋｜－－｜（句）＋－｜ －－｜（韵） （2）
注：下阕乐段三中的格式"｜＋－＋｜－｜（韵）"，为"上一下六"句式。	

例二　桂枝香（一百一字）

（宋）陈　亮

　　天高气肃。正月色分明，秋容新沐。桂子初收，三十六宫都足。不辞散落人间去，怕群花、自嫌凡俗。向他秋晚，唤回春意，几曾幽独。　　是天公、余膏剩馥。怪一树香风，十里相续。坐对花旁，但见色浮金粟。芙蓉只解添愁思，况东篱、凄凉黄菊。入时太浅，背时太远，爱寻高躅。

  注：该词上阕第一句至第三句为乐段一中的格式（2），第四句和第五句为乐段二中的格式（2）；下阕第一句至第三句为乐段一中的格式（1），第四句和第五句为乐段二中的格式（1），第六句和第七句为乐段三中的格式（2），第八句至第十句为乐段四中的格式（1）。全词双调，一百一字，上下阕各十句，五仄韵。

例三　桂枝香（一百一字）
（宋）张　辑

  梧桐雨细。渐滴做秋声，被风惊碎。润逼衣篝，线袅蕙炉沉水。悠悠岁月天涯醉。一分秋、一分憔悴。紫箫吹断，素笺恨切，夜寒鸿起。　又何苦、凄凉客里。负草堂春绿，竹溪空翠。落叶西风，吹老几番尘世。从前谙尽江湖味。听商歌、兴归千里。露侵宿酒，疏帘淡月，照人无寐。

  注：该词上阕第一句至第三句为乐段一中的格式（2），第四句和第五句为乐段二中的格式（2）；下阕第一句至第三句为乐段一中的格式（2），第四句和第五句为乐段二中的格式（1），第六句和第七句为乐段三中的格式（2），第八句至第十句为乐段四中的格式（1）。全词双调，一百一字，上下阕各十句，六仄韵。

例四　桂枝香（一百一字）
（宋）张　炎

  琴书半室。向桂边、偶然一见秋色。老树香迟，清露缀花凝滴。山翁翻笑如泥醉，笑平生、无此狂逸。晋人游处，幽情付与，酒尊吟笔。　任萧散、披襟岸帻。叹千古犹今，休问何夕。发短霜浓，知恐浩歌消得。明年野客重来此，探枝头、几分消息。望西楼远，西湖更远，也寻梅驿。

  注：该词上阕第一句和第二句为乐段一中的格式（3），第三句和第四句为乐段二中的格式（2）；下阕第一句至第三句为乐段一中的格式（1），第四句和第五句为乐段二中的格式（1），第六句和第七句为乐段三中的格式（2），第八句至第十句为乐段四中的格式（1）。全词双调，一百一字，上阕九句，五仄韵；下阕十句，五仄韵。

例五　桂枝香（一百字）
（宋）周　密

  岩飞逗绿。又凉入小山，千树幽馥。仙影悬霜，粲夜楚宫六六。明霞洞窅珊瑚冷，对清商、吟思堪掬。麝痕微沁，蜂黄浅约，数枝秋足。　别有雕阑翠屋。任薄帽珠尘，挨听香玉。瘦倚西风，惟见露侵肌粟。好秋能几花前笑,绕凉云、重唤银烛。宝屏空晓,孤丛怨月,梦回金谷。

注:该词上阕第一句至第三句为乐段一中的格式(1),第四句和第五句为乐段二中的格式(2);下阕第一句至第三句为乐段一中的格式(3),第四句和第五句为乐段二中的格式(1),第六句和第七句为乐段三中的格式(2),第八句至第十句为乐段四中的格式(1)。全词双调,一百字,上下阕各十句,五仄韵。

例六　桂枝香(一百一字)

(宋)黄　裳

插云翠壁。为送目,入遥空,见山色。金鼎丹成去也,晋朝高客。百花岩下遗孙在,赋何人、离尘风骨。翠微缘近,希夷志远,洞天踪迹。　　近却有、为龙信息。怪潭上灵光,雷电相击。尤好风波乍霁,鹭汀斜日。倚阑白尽行人发,但沉沉、群岫凝碧。利名休事龙头,飞舠送君南北。

注:该词上阕第一句至第四句为乐段一中的格式(4),第五句和第六句为乐段二中的格式(1);下阕第一句至第三句为乐段一中的格式(1),第四句和第五句为乐段二中的格式(2),第六句和第七句为乐段三中的格式(2),第八句和第九句为乐段四中的格式(2)。全词双调,一百一字,上阕十一句,五仄韵;下阕九句,五仄韵。

锦 堂 春 慢

调《青箱杂记》。《梅苑》词名《锦堂春》。

《锦堂春慢》的长短句结构

上阕,四个乐段			
乐段一 (十四字)	乐段二 (十字或九字)	乐段三 (十二字或十三字)	乐段四 (十三字或十四字)
4　4　6	6　4 5　4	6　6 6　34	5　4　4 6　4　4

下阕，四个乐段			
乐段一 （十五字）	乐段二 （十字或九字）	乐段三 （十三字或十二字）	乐段四 （十四字或十三字）
6　　5　　4	6　　　4 5　　　4	6　　34 6　　6	6　　4　　4 5　　4　　4

《康熙词谱》共收集五体《锦堂春慢》，双调，上下阕分别可分为四个乐段，其长短句结构如表所示。该调有一百一字或九十九字、九十八字等格式，上下阕各十句，四平韵。《康熙词谱》以一百一字体司马光词为标谱词例。该调的正格与变格如表所示，其中，各乐段中的格式（1）为正格句式，其余为变格句式。

《锦堂春慢》的正格与变格（双调）

《锦堂春慢》上阕，十句，四平韵	
乐段一（三句，十四字）	乐段二（二句，十字或九字）
＋｜－－（句）＋－＋｜（句） ＋－＋｜－－（韵）	＋｜＋－＋｜（句）＋｜－－（韵） （1） ｜＋－＋｜（句）＋｜－－（韵） （2）

《锦堂春慢》上阕，十句，四平韵	
乐段三（二句，十二字或十三字）	乐段四（三句，十三字或十四字）
＋｜＋－＋｜（句）＋｜＋｜ －－（韵） （1） ＋｜＋－＋｜（句）＋－＋｜ －－（韵） （2） ＋｜＋－＋｜（句）｜＋＋（读） ＋｜－－（韵） （3）	｜＋－＋｜（句）＋｜－－（句） ＋｜－－（韵） （1） ＋｜＋－＋｜（句）＋｜－－（句） ＋｜－－（韵） （2）

《锦堂春慢》下阕，十句，四平韵

乐段一（三句，十五字）	乐段二（二句，十字或九字）
＋ － ＋ － ＋ │（句）│ ＋ － ＋ │（句）＋ │ － －（韵）（1）	＋ │ ＋ － ＋ │（句）＋ │ － －（韵）（1）
＋ － ＋ │ － │（句）│ ＋ － ＋ │（句）＋ │ － －（韵）（2）	│ ＋ － ＋ │（句）＋ │ － －（韵）（2）
＋ │ ＋ － ＋ │（句）│ ＋ － ＋ │（句）＋ │ － －（韵）（3）	

《锦堂春慢》下阕，十句，四平韵

乐段三（二句，十三字或十二字）	乐段四（三句，十四字或十三字）
＋ │ ＋ － ＋ │（句）│ ＋ ＋（读）＋ │ － －（韵）（1）	＋ │ ＋ － ＋ │（句）＋ │ － －（句）＋ │ － －（韵）（1）
＋ │ ＋ － ＋ │（句）＋ － ＋ │ － －（韵）（2）	＋ － │ － │（句）＋ │ － －（句）＋ │ － －（韵）（2）
	│ ＋ － ＋ │（句）＋ │ － －（句）＋ │ － －（韵）（3）

注：下阕乐段一中的格式"＋ － ＋ － ＋ │（句）"，尽管例词出现四连平现象，但还是避免三连平为宜，更不要出现更多连平。

例一　锦堂春慢（一百一字）

（宋）司马光

红日迟迟，虚廊影转，槐阴迤逦西斜。彩笔工夫难状，晚景烟霞。蝶尚不知春去，漫绕幽砌寻花。奈猛风过后，纵有残红，飞向谁家。　　始知青春无价，叹飘零宦路，荏苒年华。今日笙歌丛里，特地咨嗟。席上青衫湿透，算感旧、何止琵琶。怎不教人易老，多少离愁，散在天涯。

注：该词上阕第四句和第五句为乐段二中的格式（1），第六句和第七句为乐段三中的格式（1），第八句至第十句为乐段四中的格式（1）；下阕第一句至第三句为乐段一中的格式（1），第四句和第五句为乐段二中的格式（1），第六句和第七句为乐段三中的格式（1），第八句至第十句为乐段四中的格式（1）。全词双调，一百一字，上下阕各十句，四平韵。

例二　锦堂春慢（一百一字）
（宋）黄　裳

天女多情，梨花剪碎，人间赠与多才。渐觉瑶池潋滟，粉翅徘徊。回旋不禁风力，背人飞去还来。最是清虚好处，遥度幽香，不掩寒梅。　　岁华多幸呈瑞，泛寒光一样，仙子楼台。虽喜朱颜可照，时更相催。细认沙汀鹭下，静看烟渚潮回。为遣青蛾趁拍，斗献轻盈，且更传杯。

注：该词上阕第四句和第五句为乐段二中的格式（1），第六句和第七句为乐段三中的格式（2），第八句至第十句为乐段四中的格式（2）；下阕第一句至第三句为乐段一中的格式（2），第四句和第五句为乐段二中的格式（1），第六句和第七句为乐段三中的格式（2），第八句至第十句为乐段四中的格式（1）。全词双调，一百一字，上下阕各十句，四平韵。

例三　锦堂春慢（一百一字）
《梅苑》无名氏

腊雪初晴，冰销凝泮，寻幽闲赏名园。时向长亭登眺，倚遍朱阑。拂面严风冻薄，满阶前、霜叶声干。见小台深处，数叶江梅，漏泄春权。　　百花休恨开晚，奈韶华瞬息，常放教先。非是东君私语，和煦恩偏。欲寄江南音耗，念故人、隔阔云烟。一枝赠春色，待把金刀，剪倩人传。

注：该词上阕第四句和第五句为乐段二中的格式（1），第六句和第七句为乐段三中的格式（3），第八句至第十句为乐段四中的格式（1）；下阕第一句至第三句为乐段一中的格式（2），第四句和第五句为乐段二中的格式（1），第六句和第七句为乐段三中的格式（1），第八句至第十句为乐段四中的格式（2）。全词双调，一百一字，上下阕各十句，四平韵。

例四　锦堂春慢（九十九字）
（宋）葛立方

气应三阳，氛澄六幕，翔乌初上云端。问朝来何事，喜动门阑。田父占来好岁，星家说道宜官。拟更凭高望远，春在烟波，春在晴峦。　　歌管雕堂宴喜，任重帘不卷，交护春寒。况金钗整整，玉树团团。柏叶轻浮重醑，梅枝巧缀新幡。共祝年年如愿，寿过松椿，寿过彭聃。

注：该词上阕第四句和第五句为乐段二中的格式（2），第六句和第七句为乐段三中的格式（2），第八句至第十句为乐段四中的格式（2）；下阕第一句至第三句为乐段一中的格式（3），第四句和第五句为乐段二中的格式（2），第六句和第七句为乐段三中的格式（2），第八句至第十句为乐段四中的格式（1）。全词双调，九十九字，上下阕各十句，四平韵。

例五　锦堂春慢（九十八字）
（宋）王梦应

浅帻分秋，凉尊试月，西风未雁犹蝉。看芙蓉影里，绿鬓年年。日上云帆压海，尘清玉马行天。更烟楼凤举，风幕麟游，锦后珠前。　　绿阴池馆如画，记春晴药径，雨晓芝田。已办一年笑语，小聚云边。舞称香围艳锦，歌迟酒落红船。早群仙醉去，柳掖花扶，似雾非烟。

注：该词上阕第四句和第五句为乐段二中的格式（2），第六句和第七句为乐段三中的格式（2），第八句至第十句为乐段四中的格式（1）；下阕第一句至第三句为乐段一中的格式（2），第四句和第五句为乐段二中的格式（1），第六句和第七句为乐段三中的格式（2），第八句至第十句为乐段四中的格式（3）。全词双调，九十八字，上下阕各十句，四平韵。

喜　朝　天

调见张先词集，送蔡襄还朝作。按，唐教坊有《朝天曲》，《宋史·乐志》有越调《朝天乐》曲，此盖借旧曲名，自翻新声也。

《喜朝天》的长短句结构

《喜朝天》上阕，四个乐段			
乐段一 （十二字）	乐段二 （十二字或十三字）	乐段三 （十四字）	乐段四 （十一字）
3　5　4	4　4　4 4　5	6　8 6　35	34　4

《喜朝天》下阕，四个乐段			
乐段一 （十五字）	乐段二 （十二字或十三字）	乐段三 （十四字）	乐段四 （十一字）
6　5　4	4　4　4 4　5　4	6　　35	34　　4

　　《康熙词谱》共收集两体《喜朝天》，双调，上下阕分别可分为四个乐段，其长短句结构如表所示。该调有一百一字或一百三字等格式，上阕十句，五平韵；下阕十句，四平韵，《康熙词谱》以一百一字体张先词为正体或正格。该调的正格与变格如表所示，其中，各乐段中的格式（1）为正格句式，其余为变格句式。

《喜朝天》的正格与变格（双调）

《喜朝天》上阕，十句，五平韵	
乐段一（三句，十二字）	乐段二（三句，十二字或十三字）
|　—　—（韵）|　＋　|　—　—（句）＋ |　—　—（韵） 　　　　　　（1）	＋　|　—　|（句）＋　—　＋　|（句）＋ |　—　—（韵） 　　　　　　（1）
|　—　—（韵）＋　＋　|　—　—（句） ＋　|　—　—（韵） 　　　　　　（2）	＋　|　—　|（句）|　＋　—　＋　|（句） ＋　|　—　—（韵） 　　　　　　（2）

《喜朝天》上阕，十句，五平韵	
乐段三（二句，十四字）	乐段四（二句，十一字）
＋　|　＋　—　＋　|（句）|　＋　—　＋ |　|　—　—（韵） 　　　　　　（1）	＋　＋　＋（读）＋　—　＋　|（句）＋ |　—　—（韵）
＋　|　＋　—　＋　|（句）＋　＋　＋（读） ＋　＋　|　—　—（韵） 　　　　　　（2）	

《喜朝天》下阕，十句，四平韵	
乐段一（三句，十五字）	乐段二（三句，十二字或十三字）
＋－＋｜－｜（句）｜＋＋－＋｜（句）＋｜｜（韵）	＋｜－｜（句）＋｜＋｜（句）＋｜－－（韵） （1） ＋｜－｜（句）｜＋－＋｜（句）＋｜｜－－（韵） （2）

《喜朝天》下阕，十句，四平韵	
乐段三（二句，十四字）	乐段四（二句，十一字）
＋｜＋－＋｜（句）＋＋＋（读）＋＋｜｜－－（韵）	＋＋＋（读）＋－＋｜（句）＋｜－－（韵）

例一　喜朝天（一百一字）

（宋）张　先

晓云开。睨仙馆陵虚，步入蓬莱。玉宇琼甃，对青林近，归鸟徘徊。风月从今清暑，带江山野色助诗才。萧鼓宴、璇题宝字，浮动持杯。　　天多送目无际，识渡舟帆小，时见潮回。故国千里，共十万室，日日春台。睢社朝京未远，正和羹、民口渴盐梅。佳景在、吴侬还望，分闱重来。

注：该词上阕第一句至第三句为乐段一中的格式（1），第四句至第六句为乐段二中的格式（1），第七句和第八句为乐段三中的格式（1）；下阕第四句至第六句为乐段二中的格式（1）。全词双调，一百一字，上阕十句，五平韵；下阕十句，四平韵。

例二　喜朝天（一百三字）

（宋）晁补之

众芳残。海棠正轻盈，绿鬓朱颜。碎锦繁绣，更柔柯映碧，纤绡匀殷。谁与将红间白，采熏笼、仙衣覆斑斓。如有意、淡妆浓抹，斜倚栏干。　　妖娆向晚春后，惯困敧晴景，愁怕朝寒。纵有狂雨，便离披瘦损，不奈幽闲。素李来禽总俗，漫遮映、终羞格疏顽。谁来顾、斜风教舞，月下庭间。

注：该词上阕第一句至第三句为乐段一中的格式（2），第四句至第六句为乐段二中的格式（2），第七句和第八句为乐段三中的格式（2）；下阕第四句至第六句为乐段二中的格式（2）。全词双调，一百三字，上阕十句，五平韵；下阕十句，四平韵。

剪 牡 丹

《宋史·乐志》："女弟子舞队，第四曰佳人剪牡丹队。"调名本此。

《剪牡丹》的长短句结构

《剪牡丹》上阕，四个乐段			
乐段一 （十四字）	乐段二 （九字）	乐段三 （十六字或十四字）	乐段四 （九字）
4　4　6	4　5	6　4　6 6　4　4	4　5

《剪牡丹》下阕，四个乐段			
乐段一 （十三字）	乐段二 （十三字）	乐段三 （十六字或十五字）	乐段四 （十一字）
6　34	5　8 34　6	7　4　5 4　4　7	2　5　4 6　5

《康熙词谱》共收集两体《剪牡丹》，双调，上下阕分别可分为四个乐段，其长短句结构如表所示。该调一百一字或九十八字，上阕十句，四仄韵；下阕十句或九句，七仄韵或四仄韵。《康熙词谱》以一百一字体张先词为正体或正格。该调的正格与变格如表所示，其中，上下阕各乐段中的格式（1）为正格句式，其余为变格句式。

《剪牡丹》的正格与变格（双调）

《剪牡丹》上阕，十句，四仄韵	
乐段一（三句，十四字）	乐段二（二句，九字）
＋｜－－（句）＋－＋｜（句）＋｜－｜－｜（韵）（1）	＋｜－－（句）｜＋＋－｜（韵）（1）
＋｜－－（句）＋－＋｜（句）＋－＋｜－｜（韵）（2）	＋｜－－（句）＋｜＋－｜（韵）（2）

《剪牡丹》上阕，十句，四仄韵	
乐段三（三句，十六字或十四字）	乐段四（二句，九字）
＋－－｜－－（句）＋－－＋｜（句）＋－－＋｜－｜（韵）（1）	＋｜－－（句）｜＋＋－｜（韵）（1）
＋｜－－－－（句）＋－－－｜（句）＋－－＋｜（韵）（2）	＋｜－－（句）｜＋＋－＋｜（韵）（2）

例一 剪牡丹（一百一字）

（宋）张　先

野绿连空，天青垂水，素色溶漾都净。柔柳摇摇，坠轻絮无影。汀洲日落人归，修巾薄袂，撷香拾翠相竞。如解凌波，泊烟渚春暝。　　彩绦朱索新整。宿绣屏、画船风定。金凤响双槽，弹出古今幽思谁省。玉盘大小乱珠迸。酒上妆面，花艳媚相并。重听。尽汉妃一曲，江空月静。

注：该词上阕第一句至第三句为乐段一中的格式（1），第四句和第五句为乐段二中的格式（1），第六句至第八句为乐段三中的格式（1），第九句和第十句为乐段四中的格式（1）；下阕第三句和第四句为乐段二中的格式（1），第五句至第七句为乐段三中的格式（1），第八句至第十句为乐段四中的格式（1）。全词双调，一百一字，上阕十句，四仄韵；下阕十句，七仄韵。

《剪牡丹》下阕，十句或九句，七仄韵或四仄韵	
乐段一（二句，十三字）	乐段二（二句，十三字）
＋ － ＋ ｜ － ＋（句）＋ ＋ ＋ （读）＋ ＋ － ＋ ｜（韵）	＋ ｜ ｜ － ＋（句）＋ ｜ ＋ － ＋ ｜ － ｜（韵） （1） ＋ ＋ ＋（读）＋ ＋ － ＋ ｜（句）＋ ｜ ＋ － ＋ ｜（韵） （2）

《剪牡丹》下阕，十句或九句，七仄韵或四仄韵	
乐段三（三句，十六字或十五字）	乐段四（三句或二句，十一字）
＋ － ＋ ｜ ＋ － ｜（韵）＋ ｜ － ｜ （句）＋ ｜ ＋ － ｜（韵） （1） ＋ － ＋ ｜（句）＋ ｜ － －（句） ＋ ｜ － － ｜ － ｜（韵） （2）	＋ ｜（韵）｜ ＋ － ＋ ｜（句）＋ － ＋ ｜（韵） （1） ＋ － ＋ ｜ ＋ －（句）｜ ＋ － ＋ ｜（韵） （2）

例二　剪牡丹（九十八字）

（宋）李致远

　　破镜重圆，分钗合钿，重寻绣户珠箔。说与从前，不是我情薄。都缘利役名牵，飘蓬无定，翻成轻诺。别后情怀，有万千牢落。　　经时最苦分携，都为伊、甘心寂寞。纵满眼、闲花媚柳，终是强欢不乐。待凭鳞羽，说与相思，水远天长又难托。而今幸已再逢，把轻离断却。

　　注：该词上阕第一句至第三句为乐段一中的格式（2），第四句和第五句为乐段二中的格式（2），第六句至第八句为乐段三中的格式（2），第九句和第十句为乐段四中的格式（2）；下阕第三句和第四句为乐段二中的格式（2），第五句至第七句为乐段三中的格式（2），第八句和第九句为乐段四中的格式（2）。全词双调，九十八字，上阕十句，四仄韵；下阕九句，四仄韵。

马 家 春 慢

调见《东山乐府》。

《马家春慢》的长短句结构

《马家春慢》上阕，四个乐段			
乐段一（十四字）	乐段二（十一字）	乐段三（十三字）	乐段四（十二字）
4　6　6	4　7	6　7	7　5

《马家春慢》下阕，四个乐段			
乐段一（十五字）	乐段二（十二字）	乐段三（十三字）	乐段四（十一字）
6　5　4	4　4　4	6　34	5　6

《康熙词谱》只收集一体《马家春慢》，双调，上下阕分别可分为四个乐段，其长短句结构如表所示。该调一百一字，上阕九句，四仄韵；下阕十句，五仄韵，其基本格式如表所示。

《马家春慢》的基本格式（双调）

《马家春慢》上阕，九句，四仄韵	
乐段一（三句，十四字）	乐段二（二句，十一字）
＋｜－－（句）＋－＋｜（句）＋｜＋－＋｜（韵）	＋｜－－（句）｜＋｜＋－＋｜（韵）

《马家春慢》上阕，九句，四仄韵	
乐段三（二句，十三字）	乐段四（二句，十二字）
＋｜＋－＋｜（句）｜＋｜＋－＋｜（韵）	｜＋－－＋－－（句）｜＋－＋｜（韵）

《马家春慢》下阕，十句，五仄韵

乐段一（三句，十五字）	乐段二（三句，十二字）
＋ － ｜ － ＋ ｜（句）｜ ＋ － ＋ ｜（句）＋ ｜ － ｜（韵）	＋ ｜ － －（句）＋ － ＋ ｜（句）＋ － ＋ ｜（韵）

《马家春慢》下阕，十句，五仄韵

乐段三（二句，十三字）	乐段四（二句，十一字）
＋ ｜ ＋ － ＋ ｜（句）｜ ＋ ｜（读）＋ － ＋ ｜（韵）	｜ ＋ ｜ － －（句）＋ ｜ ＋ － ＋ ｜（韵）

注：该调相关乐段中的七言句，均为"上一下六"句式。

例　马家春慢（一百一字）

（宋）贺　铸

珠箔风轻，绣帘浪卷，乍入人间蓬岛。斗玉栏干，渐庭馆帘栊春晓。天许奇葩贵品，异繁杏夭桃轻巧。命化工倾国风流，与一枝纤妙。　　樽前五陵年少。纵丹青异格，难仿颜貌。惹露凝烟，困红娇额，微颦低笑。须信浓香易歇，更莫惜、醉攀吟绕。待舞蝶游蜂，细把芳心都告。

注：全词双调，一百一字，上阕九句，四仄韵；下阕十句，五仄韵。

梅　香　慢

调见《东山乐府》。

《梅香慢》的长短句结构

《梅香慢》上阕，四个乐段			
乐段一（十三字）	乐段二（十四字）	乐段三（十一字）	乐段四（十二字）
4　5　4	5　5　4	4　3 4	4　4　4

《梅香慢》下阕，四个乐段			
乐段一（十四字）	乐段二（十四字）	乐段三（十一字）	乐段四（十二字）
5　　5　　4	5　　5　　4	4　　　34	4　　4　　4

《康熙词谱》只收集一体《梅香慢》，双调，上下阕分别可分为四个乐段，其长短句结构如表所示。该调一百一字，上阕十一句，四仄韵；下阕十一句，五仄韵，其基本格式如表所示。

《梅香慢》的基本格式（双调）

《梅香慢》上阕，十一句，四仄韵	
乐段一（三句，十三字）	乐段二（三句，十四字）
＋｜－　－（句）｜＋｜－　－（句） ＋－＋｜（韵）	＋｜－　－｜（句）｜＋－＋｜（句） ＋－＋｜（韵）

《梅香慢》上阕，十一句，四仄韵	
乐段三（二句，十一字）	乐段四（三句，十二字）
＋｜－　－（句）＋＋｜（读）＋ －＋｜（韵）	＋｜－　－（句）＋－＋｜（句） ＋－＋｜（韵）

《梅香慢》下阕，十一句，五仄韵	
乐段一（三句，十四字）	乐段二（三句，十四字）
＋｜｜－　－（句）｜＋－＋｜（句） ＋＋－｜（韵）	＋｜－　－｜（句）｜＋－＋｜（句） ＋－＋｜（韵）

《梅香慢》下阕，十一句，五仄韵	
乐段三（二句，十一字）	乐段四（三句，十二字）
＋｜－　－（句）＋＋｜（读）＋ －＋｜（韵）	＋｜－　－（句）＋－＋｜（句） ＋－＋｜（韵）

例 梅香慢（一百一字）

（宋）贺　铸

　　高阁寒轻，映万朵芳梅，乱堆香雪。未待江南信，冠百花先占，一阳佳节。剪彩凝酥，无处学、天然奇绝。便寿阳妆，工夫费尽，艳姿终别。　　风里弄轻盈，掩珠英明莹，麝腊飘烈。莫放芳菲歇。剩永宵欢赏，酒酣吟折。倒玉何妨，且听取、尊前新阕。怕篆声长，行云散尽，漫悲风月。

　　注：全词双调，一百一字，上阕十一句，四仄韵；下阕十一句，五仄韵。

玉　烛　新

　　调始《清真乐府》。《尔雅》云："四时和，谓之玉烛。"取以为名。

《玉烛新》的长短句结构

《玉烛新》上阕，四个乐段			
乐段一（十四字）	乐段二（十三字）	乐段三（十一字）	乐段四（十三字）
5　5　4	4　36 7　6	4　7 4　34	34　6

《玉烛新》下阕，四个乐段			
乐段一（十五字）	乐段二（十三字）	乐段三（十一字）	乐段四（十一字）
6　5　4	4　36	4　7 4　34	34　4

　　《康熙词谱》共收集两体《玉烛新》，双调，上下阕分别可分为四个乐段，其长短句结构如表所示。该调一百一字，上阕九句，五仄韵或七仄韵；下阕九句，六仄韵。《康熙词谱》以周邦彦词为正体或正格，该调的正格与变格如表所示。其中，上下阕各乐段中的格式（1）为正格句式，其余为变格句式。

《玉烛新》的正格与变格（双调）

《玉烛新》上阕，九句，五仄韵或七仄韵	
乐段一（三句，十四字）	乐段二（二句，十三字）
＋ 一 一 ｜ ｜（韵）｜＋ ｜ 一 一（句）＋ 一 ＋ ｜（韵） （1）	＋ 一 ＋ ｜（句）＋ ＋ ｜（读）＋ ｜ ＋ 一 ＋ ｜（韵） （1）
一 一 ｜ ＋ ｜（韵）｜ ＋ ｜ 一 一（句）＋ 一 ＋ ｜（韵） （2）	＋ 一 ＋ ｜（韵）＋ ＋ ｜（读）＋ ｜ ＋ 一 ＋ ｜（韵） （2）
	＋ 一 ＋ ｜ 一 一 ｜（句）＋ ｜ ＋ 一 ＋ ｜（韵） （3）

《玉烛新》上阕，九句，五仄韵或七仄韵	
乐段三（二句，十一字）	乐段四（二句，十三字）
＋ 一 ＋ ｜（句）｜ ＋ ｜ ＋ 一 ＋ ｜（韵） （1）	＋ ＋ ｜（读）＋ ｜ 一 一（句）＋ 一 ｜ 一 ＋ ｜（韵）
＋ 一 ＋ ｜（韵）＋ ＋ ｜（读）＋ 一 一 ＋ ｜（韵） （2）	

例一　玉烛新（一百一字）

（宋）周邦彦

溪源新腊后。见数朵江梅，剪裁初就。晕酥砌玉，芳英嫩、故把春心轻漏。前村昨夜，想弄月黄昏时候。孤岸峭、疏影横斜，浓香暗沾襟袖。　　尊前付与多才，问岭外风光，故人知否。寿阳漫斗。终不似、照水一枝清瘦。风娇雨秀。好乱插繁花盈首。须信道、羌笛无情，看看又奏。

注：该词上阕第一句至第三句为乐段一中的格式（1），第四句和第五句为乐段二中的格式（1），第六句和第七句为乐段三中的格式（1）；下阕第六句和第七句为乐段三中的格式（1）。全词双调，一百一字，上阕九句，五仄韵；下阕九句，六仄韵。

《玉烛新》下阕，九句，六仄韵	
乐段一（三句，十五字）	乐段二（二句，十三字）
＋－＋｜－－（句）｜＋｜－ －（句）＋－＋｜（韵）	＋－＋｜（韵）＋＋｜（读）＋｜ ＋－＋｜（韵）

《玉烛新》下阕，九句，六仄韵	
乐段三（二句，十一字）	乐段四（二句，十一字）
＋－＋｜（韵）｜＋｜＋－＋｜ （韵） （1） ＋－＋｜（韵）＋＋｜（读）＋ －＋｜（韵） （2）	＋＋｜（读）＋｜－－（句）＋ －＋｜（韵）

例二　玉烛新（一百一字）
（宋）赵以夫

寒宽一雁落。正万里相思，被渠惊觉。春风字字吹香雪，唤起西湖盟约。当时醉处，仿佛记、青楼珠箔。又不是，南国花迟，徘徊酒边慵酌。　　家山月色依然，想竹外横枝，玉明冰薄。而今话昨。空对景、怅望美人天角。清尊淡薄。便翠羽、殷勤难托。休品入、三叠琴心，教人瘦却。

注：该词上阕第一句至第三句为乐段一中的格式（2），第四句和第五句为乐段二中的格式（3），第六句和第七句为乐段三中的格式（2）；下阕第六句和第七句为乐段三中的格式（2）。全词双调，一百一字，上阕九句，五仄韵；下阕九句，六仄韵。

例三　玉烛新（一百一字）
（宋）杨无咎

荒山藏古寺。见傍水梅开，一枝三四。兰枯蕙死。登临处、慰我魂消惟此。可堪红紫。曾不解、和羹结子。高压尽、百卉千葩，因君合修花史。　　韶华且莫吹残，待浅揾松煤，写教形似。此时胸次。凝冰雪、洗尽从前尘滓。吟安个字。拌不寐、勾牵幽思。谁伴我、香宿蜂媒，光浮月姊。

注：该词上阕第一句至第三句为乐段一中的格式（1），第四句和第五句为乐段二中的格式（2），第六句和第七句为乐段三中的格式（2）；下阕第六句和第七句为乐段三中的格式（2）。全词双调，一百一字，上阕九句，七仄韵；下阕九句，六仄韵。

六 花 飞

调见《松隐集》。

《六花飞》的长短句结构

《六花飞》上阕，四个乐段			
乐段一（十三字）	乐段二（九字）	乐段三（十七字）	乐段四（十二字）
4　4　5	4　5	34　3　7	34　5

《六花飞》下阕，四个乐段			
乐段一（十四字）	乐段二（九字）	乐段三（十七字）	乐段四（十字）
5　4　5	4　5	7　3　7	5　5

《康熙词谱》只收集一体《六花飞》，双调，上下阕分别可分为四个乐段，其长短句结构如表所示。该调一百一字，上下阕各十句，四仄韵，其基本格式如表所示。

《六花飞》的基本格式（双调）

《六花飞》上阕，十句，四仄韵	
乐段一（三句，十三字）	乐段二（二句，九字）
＋　－　＋　｜（句）＋　－　＋　｜（句）｜　＋　－　＋　｜（韵）	＋　｜　－　－（句）＋　－　＋　｜（韵）

《六花飞》上阕，十句，四仄韵	
乐段三（三句，十七字）	乐段四（二句，十二字）
＋　＋　＋（读）＋　－　＋　｜（句）＋　｜（句）＋　｜　－　－　＋　｜（韵）	＋　＋　＋（读）＋　｜　＋　－（句）＋　｜　＋　－　｜（韵）

《六花飞》下阕，十句，四仄韵

乐段一（三句，十四字）	乐段二（二句，九字）
− − ｜ − ｜（句）＋ − ＋ ｜（句）｜ ＋ − ＋ ｜（句）＋ − − ＋ ｜（韵）	＋ − ＋ ｜（韵）

《六花飞》下阕，十句，四仄韵

乐段三（三句，十七字）	乐段四（二句，十字）
｜＋｜−｜＋｜（句）＋＋｜（句）＋｜−−＋−｜（韵）	｜＋−＋｜（句）＋−−｜｜（韵）

例　六花飞（一百一字）

（宋）曹　勋

寅杓乍正，瑞云开晓，罩紫霄宫殿。圣孝虔恭，率宸庭冠剑。上徽称、天明地察，奉玉简，璇曜金辉非常典。仰吾君、亲被衮龙，当槛俯旒冕。　　中兴圣天子，舜心温凊，示未尝闲燕。礼无前比，出渊衷深念。赞木父金母至乐，万亿载，日月荣光俱欢忭。喜春风罗绮，管弦开寿宴。

注：全词双调，一百一字，上下阕各十句，四仄韵。

清风满桂楼

调见《松隐集》。

《清风满桂楼》的长短句结构

《清风满桂楼》上阕，四个乐段			
乐段一（十四字）	乐段二（十四字）	乐段三（十二字）	乐段四（十一字）
4　4　6	5　　36	5　　34	34　　4

《清风满桂楼》下阕，四个乐段			
乐段一（十五字）	乐段二（十四字）	乐段三（十二字）	乐段四（九字）
5　　4　　6	5　　　36	5　　　34	3　　6

　　《康熙词谱》只收集一体《清风满桂楼》，双调，上下阕分别可分为四个乐段，其长短句结构如表所示。该调一百一字，上阕九句，五仄韵；下阕九句，六仄韵，其基本格式如表所示。

《清风满桂楼》的基本格式（双调）

《清风满桂楼》上阕，九句，五仄韵	
乐段一（三句，十四字）	乐段二（二句，十四字）
＋ 一 ＋ ｜（韵）＋ ｜ 一 一（句） ＋ 一 ｜ 一 ＋ ｜（韵）	＋ ｜ ｜ 一 一（句）＋ ＋ ＋（读） ＋ 一 ｜ 一 ＋ ｜（韵）

《清风满桂楼》上阕，九句，五仄韵	
乐段三（二句，十二字）	乐段四（二句，十一字）
一 一 ｜ ＋ ｜（句）＋ ＋ ＋（读）＋ 一 ＋ ｜（韵）	＋ ＋ ＋（读）＋ 一 ＋ ｜（句） ＋ 一 ＋ ｜（韵）

《清风满桂楼》下阕，九句，六仄韵	
乐段一（三句，十五字）	乐段二（二句，十四字）
一 一 ｜ ＋ ｜（韵）＋ ｜ 一 一（句） ＋ 一 ｜ 一 ＋ ｜（韵）	＋ ｜ ｜ 一 一（句）＋ ＋ ＋（读） ＋ 一 ｜ 一 ＋ ｜（韵）

《清风满桂楼》下阕，九句，六仄韵	
乐段三（二句，十二字）	乐段四（二句，九字）
一 一 ｜ ＋ ｜（句）＋ ＋ ＋（读）＋ 一 ＋ ｜（韵）	一 ＋ ｜（句）＋ 一 ＋ 一 ＋ ｜（韵）

例　清风满桂楼（一百一字）

（宋）曹　勋

凉飚霁雨。万叶吟秋，团团翠深红聚。芳桂月中来，应是染、仙禽顶砂匀注。晴光助绛色，更都润、丹霄风露。连朝看、枝间粟粟，巧裁霞缕。　　烟姿照琼宇。上苑移时，根连海山佳处。回看碧岩边，薇露过、残黄韵低尘污。诗人漫自许。道曾向、蟾宫折取。斜枝戴，惟称瑶池伴侣。

注：全词双调，一百一字，上阕九句，五仄韵；下阕九句，六仄韵。

映 山 红 慢

调见元载词，咏牡丹作。

《映山红慢》的长短句结构

《映山红慢》上阕，四个乐段			
乐段一（十一字）	乐段二（十三字）	乐段三（十四字）	乐段四（十一字）
4　　34	5　　4　　4	7　　7	5　　6

《映山红慢》下阕，四个乐段			
乐段一（十四字）	乐段二（十三字）	乐段三（十四字）	乐段四（十二字）
34　　34	34　　6	7　　34	5　　34

《康熙词谱》只收集一体《映山红慢》，双调，上下阕分别可分为四个乐段，其长短句结构如表所示。该调一百一字，上阕九句，五仄韵；下阕八句，五仄韵，其基本格式如表所示。

《映山红慢》的基本格式（双调）

《映山红慢》上阕，九句，五仄韵	
乐段一（二句，十一字）	乐段二（三句，十三字）
＋｜ー ー（句）＋＋＋（读）＋ー＋｜（韵）	｜＋｜ー ー（句）＋ー＋｜（句）＋ー＋｜（韵）

《映山红慢》上阕，九句，五仄韵	
乐段三（二句，十四字）	乐段四（二句，十一字）
＋ー＋｜ー ー｜（韵）＋ー＋｜ー ー｜（韵）	＋｜＋ー｜（句）＋ー＋｜ー｜（韵）

《映山红慢》下阕，八句，五仄韵	
乐段一（二句，十四字）	乐段二（二句，十三字）
＋＋＋（读）＋｜ー ー（句）＋＋＋（读）＋ー＋｜（韵）	＋＋＋（读）＋ー＋｜（句）＋｜＋ー＋｜（韵）

《映山红慢》下阕，八句，五仄韵	
乐段三（二句，十四字）	乐段四（二句，十二字）
＋ー＋｜ー ー｜（句）＋＋＋（读）＋ー＋｜（韵）	＋ー＋｜（韵）＋＋＋（读）＋ー＋｜（韵）

例　映山红慢（一百一字）

（唐）元　载

谷雨风前，占淑景、名花独秀。露国色仙姿，品流第一，春工成就。罗帏护日金泥皱。映霞腮动檀痕溜。长记得天上，瑶池阆苑曾有。　　千匝绕、红玉栏干，愁只恐、朝云难久。须款折、绣囊剩戴，细把蜂须频嗅。佳人再拜抬娇面，敛红巾、捧金杯酒。献千千寿。愿长恁、天香满袖。

注：全词双调，一百一字，上阕九句，五仄韵；下阕八句，五仄韵。

真 珠 帘

调见放翁词。

《真珠帘》的长短句结构

上阕，四个乐段			
乐段一（十六字）	乐段二（十字）	乐段三（十四字）	乐段四（十一字）
7　3　6 　7　　36	5　　5 　4　6	7　　34	2　5　4

下阕，四个乐段			
乐段一（十五字）	乐段二（十字）	乐段三（十四字）	乐段四（十一字）
2　4　5　4 2　　　36 6　5　4 6　　36	5　　5	7　　7 7　　34	2　　36 2　5　4

《康熙词谱》共收集四体《真珠帘》，双调，上下阕分别可分为四个乐段，其长短句结构如表所示。该调一百一字，上阕十句或九句，六仄韵或五仄韵、五仄韵一叠韵；下阕十句或九句，七仄韵或六仄韵、五仄韵、四仄韵一叠韵。《康熙词谱》以周密词为标谱词例。《真珠帘》的正格与变格如表所示，其中，上下阕各乐段中的格式（1）为正格句式，其余为变格句式。

※※※※※※※※※※※※※※※※※※※※※※※※※※※※※※※※※※

例一　真珠帘（一百一字）

（宋）周　密

宝阶斜转春宵翳。云屏敞，霞卷东风新霁。光照万星寒，曳冷云垂地。暗忆连昌游冶事，照炫转、荧煌珠翠。难比。是鲛人织就，冰绡清泪。　　犹记。梦入瑶台，正玲珑透月，琼扉十二。细缕逗浓香，接翠蓬云气。缟夜梨花生暖白，浸潋滟一池春水。乘醉。况归时、人在明河影里。

注：该词上阕第一句至第三句为乐段一中的格式（1），第四句和第五句为乐段二中的格式（1），第七句至第九句为乐段四中的格式（1）；下阕第一句至第四句为乐段一中的格式（1），第七句和第八句为乐段三中的格式（1），第九句和第十句为乐段四中的格式（1）。全词双调，一百一字，上下阕各十句，六仄韵。

《真珠帘》的正格和变格（双调，仄韵）

《真珠帘》上阕，十句或九句，六仄韵或五仄韵一叠韵、五仄韵	
乐段一（三句或二句，十六字）	乐段二（二句，十字）
＋－＋｜－－｜（韵）－＋｜（句）＋｜＋｜－＋｜（韵） （1）	＋｜｜－－（句）｜＋－＋｜（韵） （1）
＋－＋｜－－｜（韵）＋｜＋｜（读）＋｜＋－＋｜（韵） （2）	＋｜－－（句）｜＋－＋｜（韵） （2）

《真珠帘》上阕，十句或九句，六仄韵或五仄韵一叠韵、五仄韵	
乐段三（二句，十四字）	乐段四（三句，十一字）
＋｜＋｜｜｜（句）＋｜＋｜＋（读）＋｜－＋｜（韵）	＋｜（韵）｜＋－＋｜（句）＋－＋｜（韵） （1）
	＋｜（韵或叠）｜＋｜－－（句）＋－＋｜（韵） （2）

例二　真珠帘（一百一字）

（宋）陆　游

山村水馆参差路。感羁游、正似残春风絮。掠地穿帘，知是竟归何处。镜里新霜空自悯，问几时、鸾台鳌署。迟暮。漫凭高怀远，书空独语。　　自古。儒冠多误。悔当年、早不扁舟归去。醉下白蘋洲，看夕阳鸥鹭。莼菜鲈鱼都弃了，只换得、青衫尘土。休顾。早收身江上，一蓑烟雨。

注：该词上阕第一句和第二句为乐段一中的格式（2），第三句和第四句为乐段二中的格式（2），第七句至第九句为乐段四中的格式（1）；下阕第一句至第三句为乐段一中的格式（2），第六句和第七句为乐段三中的格式（2），第八句至第十句为乐段四中的格式（2）。全

词双调，一百一字，上阕九句，六仄韵；下阕十句，七仄韵。

《真珠帘》下阕，十句或九句，六仄韵或七仄韵、五仄韵、四仄韵一叠韵	
乐段一（四句或三句，十五字）	乐段二（二句，十字）
＋｜（韵）＋｜－－（句）｜＋－＋｜（句）＋－＋｜（韵） （1）	＋｜｜－－（句）｜＋－＋｜（韵）
＋｜（韵）＋－＋｜（韵）＋＋＋（读）＋｜＋－＋｜（韵） （2）	
＋｜＋｜－－（句）｜＋－＋｜（句）＋－＋｜（韵） （3）	
＋｜＋｜－－（句）＋＋＋（读）＋｜＋－＋｜（韵） （4）	

《真珠帘》下阕，十句或九句，七仄韵或六仄韵、五仄韵、四仄韵一叠韵	
乐段三（二句，十四字）	乐段四（二句或三句，十一字）
＋｜＋－－｜｜（句）｜＋｜＋－＋｜（韵） （1）	＋｜（韵）＋＋＋（读）＋｜＋－＋｜（韵） （1）
＋｜＋－－｜｜（句）＋＋＋（读）＋－＋｜（韵） （2）	＋｜（韵）｜＋－＋｜（句）＋－＋｜（韵） （2）
	＋｜（叠）｜＋｜－－（句）＋－＋｜（韵） （3）

注：下阕乐段三中的格式"｜＋｜＋－＋｜（韵）"，为"上一下六"句式。

例三　真珠帘（一百一字）

（宋）张　炎

　　云深别有深庭宇。小帘栊、占取芳菲多处。花暗曲房春，润几番疏雨。见说苏堤晴未稳，便懒趁、踏青人去。休去。且料理琴书，夸犹今古。　　谁见静里闲心，纵荷衣未茸，雪巢未赋。醉醒一乾坤，任此情何许。茂树石床同坐久，又却被、清风留住。欲住。奈帘影妆楼，剪灯人语。

　　注：该词上阕第一句和第二句为乐段一中的格式（2），第三句和第四句为乐段二中的格式（1），第七句至第九句为乐段四中的格式（2）；下阕第一句至第三句为乐段一中的格式（3），第六句和七句为乐段三中的格式（2），第八句至第十句为乐段四中的格式（3）。全词双调，一百一字，上阕九句，五仄韵一叠韵；下阕十句，四仄韵一叠韵。

例四　真珠帘（一百一字）

（宋）张　炎

　　绿房几夜迎清晓，光摇动、素月溶溶如水。惆怅一株寒，记东栏闲倚。近日花边无旧雨，便寂寞、何曾吹泪。烛外。漫羞得红妆，而今犹睡。　　琪树皎立风前，万尘空、独抱飘然清气。雅淡不成娇，拥玲珑春意。落寞云深诗梦浅，但一似唐昌宫里。元是。是分明错认，当时玉蕊。

　　注：该词上阕第一句和第二句为乐段一中的格式（2），第三句和四句为乐段二中的格式（1），第七句至第九句为乐段四中的格式（2）；下阕第一句和第二句为乐段一中的格式（4），第五句和第六句为乐段三中的格式（1），第七句至第九句为乐段四中的格式（2）。全词双调，一百一字，上下阕各九句，五仄韵。

曲　江　秋

韩玉词注"正宫"。

《曲江秋》的长短句结构

《曲江秋》上阕，四个乐段			
乐段一 （十三字）	乐段二 （十三字）	乐段三 （十一字）	乐段四 （十二字或十三字）
4　5　4	4　4　5	5　3　3	4　4　4 5　4　4

《曲江秋》下阕，四个乐段			
乐段一 （十三字）	乐段二 （十四字）	乐段三 （十二字或十三字）	乐段四 （十三字）
2　4　34	5　4　5	5　7　3 6　7	3　4　6 36　4

　　《康熙词谱》共收集两体《曲江秋》，双调，上下阕分别可分为四个乐段，其长短句结构如表所示。该调有一百一字或一百三字等格式，上阕十二句，六仄韵；下阕十一句或十句，六仄韵。《康熙词谱》以一百一字体杨无咎词为正体或正格。该调的正格与变格如表所示，其中，各乐段中的格式（1）为正格句式，其余为变格句式。

《曲江秋》的正格与变格（双调）

《曲江秋》上阕，十二句，六仄韵	
乐段一（三句，十三字）	乐段二（三句，十三字）
十 一 十 丨（韵）丨 十 丨 十 一（句） 十 一 十 丨（韵）	十 十 一（句）十 一 十 丨（句） 十 一 一 十 丨（韵） 　　　　　（1） 十 丨 十 一（句）十 一 十 丨（句） 十 丨 一 一 丨（韵） 　　　　　（2）

注：上阕乐段二中的格式"十 一 一 十 丨（韵）"，可平可仄两处，不可同时用平，且第四字宜用仄。

《曲江秋》上阕，十二句，六仄韵	
乐段三（三句，十一字）	乐段四（三句，十二字或十三字）
－ ｜ ＋ ＋ ｜（韵）＋ － ｜（句）－ － ｜（韵）	＋ ｜ ＋ －（句）＋ － ｜ ＋（句）＋ － ＋ ｜（韵） （1） ＋ ｜ ＋ － ｜（句）＋ － ＋ ｜ －（句） （2）

《曲江秋》下阕，十一句或十句，六仄韵	
乐段一（三句，十三字）	乐段二（三句，十四字）
＋ ｜（韵）＋ － ＋ ｜（韵）＋ － ｜（读）＋ － ＋ ｜（韵）	＋ － － ｜ ｜（句）＋ － ｜ ＋ ｜（句）＋ ｜ － ＋ ｜（韵）

《曲江秋》下阕，十一句或十句，六仄韵	
乐段三（二句，十二字或十三字）	乐段四（二句，十三字）
＋ ｜ ｜ － －（句）＋ － ＋ ｜ ＋ － ｜（韵） （1） ＋ － ＋ ｜ － －（句）＋ － ＋ ｜ ＋ － ｜（韵） （2）	＋ ＋ ｜（读）＋ － ＋ －（句）＋ ｜ ＋ － ＋ ｜（韵） （1） ＋ ＋ ｜（读）＋ ｜ － ＋ ｜（句）＋ － ＋ ｜（韵） （2） ＋ ＋ ｜（读）＋ － － ｜ ＋（句）＋ － ＋ ｜（韵） （3）

例一　曲江秋（一百一字）

（宋）杨无咎

香消烬歇。换沉水重燃，熏炉犹热。银汉坠怀，冰轮转影，冷光侵毛发。随分且宴设。小槽酒，真珠滑。渐觉夜阑，乌纱露濡，画帘风揭。　　清绝。轻纨弄月。缓歌处、眉山怨叠。持杯须我醉，香红映脸，双腕凝霜雪。饮散晚归来，花梢指点流萤灭。睡未稳，东窗渐明，远树又闻鹈鴂。

注：该词上阕第四句至第六句为乐段二中的格式（1），第十句至第十二句为乐段四中的格式（1）；下阕第七句和第八句为乐段三中的格式（1），第九句和第十句为乐段四中的格式（1）。全词双调，一百一字，上阕十二句，六仄韵；下阕十一句，六仄韵。

例二　曲江秋（一百一字）

（宋）杨无咎

鸣鸠怨歇。对急雨过云，暗风吹热。漠漠稻田，差差柳岸，新沐青丝发。楼上素琴设。爱流水，随弦滑。深炷龙津，浓熏绛帏，博山频揭。　　超绝。遥岑吐月。照苍茜、重重叠叠。恍然身在处，浑疑同泛，花舫波喷雪。混漾醉魂醒，惊呼不是沤生灭。伫望久、空叹无才可赋，厌听鹈鴂。

注：该词上阕第四句至第六句为乐段二中的格式（2），第十句至第十二句为乐段四中的格式（1）；下阕第七句和第八句为乐段三中的格式（1），第九句和第十句为乐段四中的格式（2）。全词双调，一百一字，上阕十二句，六仄韵；下阕十句，六仄韵。

例三　曲江秋（一百三字）

（宋）韩　玉

明轩快目。正雨过湘溪，秋来泽国。波面鉴开，山光淀沸，竹声摇寒玉。鸥鹭戏晚浴。芰荷动，香红蔌。千古兴亡意，凄凉飓舟，望迷南北。　　仿佛。烟笼雾簇。认何处、当年绣縠。沉香花萼事，潇然伤感，宫殿三十六。忍听向晚菱歌，依稀犹似新翻曲。试与问、如今新蒲细柳，为谁摇绿。

注：该词上阕第四句至第六句为乐段二中的格式（1），第十句至第十二句为乐段四中的格式（2）；下阕第七句和第八句为乐段三中的格式（2），第九句和第十句为乐段四中的格式（3）。全词双调，一百三字，上阕十二句，六仄韵；下阕十句，六仄韵。

翠 楼 吟

姜夔自度"夹钟商"曲。

《翠楼吟》的长短句结构

上阕，四个乐段			
乐段一（十四字）	乐段二（十二字）	乐段三（十三字）	乐段四（十一字）
4　4　6	5　　7 5　　34	4　5　4	3　4　4

下阕，四个乐段			
乐段一（十五字）	乐段二（十二字）	乐段三（十三字）	乐段四（十一字）
2　4　5　4	5　　7 5　　34	4　5　4	3　4　4

《康熙词谱》只收集一体《翠楼吟》，双调，上下阕分别可分为四个乐段，其长短句结构如表所示。该调一百一字，上阕十一句，六仄韵；下阕十二句，七仄韵，其基本格式如表所示。

例一　翠楼吟（一百一字）

（宋）姜　夔

月冷龙沙，尘清虎落，今年汉酺初赐。新翻胡部曲，听毡幕元戎歌吹。层楼高峙。看槛曲萦红，檐牙飞翠。人姝丽。粉香吹下，夜寒风细。　　此地。宜有神仙，拥素云黄鹤，与君游戏。玉梯凝望久，叹芳草萋萋千里。天涯情味。仗酒祓清愁，花消英气。西山外。晚来还卷，一帘秋霁。

注：全词双调，一百一字，上阕十一句，六仄韵；下阕十二句，七仄韵。

《翠楼吟》的基本格式（双调）

《翠楼吟》上阕，十一句，六仄韵	
乐段一（三句，十四字）	乐段二（二句，十二字）
＋｜－－（句）＋－＋｜（句）＋－｜－＋｜（韵）	＋－｜｜（句）｜＋｜＋－＋｜（韵） （1） ＋－｜｜（句）＋＋｜（读）＋－＋｜（韵） （2）

《翠楼吟》上阕，十一句，六仄韵	
乐段三（三句，十三字）	乐段四（三句，十一字）
＋－＋｜（韵）｜＋｜－－（句）＋－＋｜（韵）	－＋｜（韵）＋－＋｜（句）＋－＋｜（韵）

《翠楼吟》下阕，十二句，七仄韵	
乐段一（四句，十五字）	乐段二（二句，十四字）
＋｜（韵）＋｜－－（句）｜＋－＋｜（句）＋－＋｜（韵）	＋－｜｜（句）｜＋｜＋－＋｜（韵） （1） ＋－｜｜（句）＋＋｜（读）＋－＋｜（韵） （2）

《翠楼吟》下阕，十二句，七仄韵	
乐段三（三句，十三字）	乐段四（三句，十一字）
＋－＋｜（韵）｜＋｜－－（句）＋－＋｜（韵）	－＋｜（韵）＋－＋｜（句）＋－＋｜（韵）

例二　翠楼吟（一百一字）

（清）黄之隽

月魄荒唐，花灵仿佛，相携最无人处。栏干芳草外，忽惊转、几声啼字。飘零何许，似一缕游丝，因风吹去。浑无据，想应凄断，路旁酸雨。　　日暮，渺渺愁予，觉黯然销者，别情离绪。春阴楼外远，入烟柳、和莺私语。连江暝树，欲打点幽香，随郎黏住。能留否，只愁轻绝，化为飞絮。

注：该词上阕第四句和第五句为乐段二中的格式（2）。全词双调，一百一字，上阕十一句，六仄韵；下阕十二句，七仄韵。

霓裳中序第一

唐白居易《霓裳羽衣舞歌》云："散序六奏未动衣，阳台宿云慵不飞。中序擘騞初入拍，秋竹吹裂春冰坼。"自注云："散序六遍无拍故不舞，中序始有拍，亦名拍序。"宋沈括《笔谈》云："《霓裳曲》凡十二叠，前六叠无拍，至第七叠，方谓之叠遍，自此始有拍而舞。"按此知《霓裳曲》十二叠，至七叠中序始舞，故以第七叠为中序第一，盖舞曲之第一遍也。

《霓裳中序第一》的长短句结构

《霓裳中序第一》上阕，四个乐段			
乐段一 （十二字）	乐段二 （十五字或十六字）	乐段三 （十一字）	乐段四 （十二字）
5　　7	6　5　4 34　5　4	4　　7 4　　34	3　4　5

《霓裳中序第一》下阕，四个乐段			
乐段一 （十三字）	乐段二 （十四字或十五字）	乐段三 （十二字）	乐段四 （十二字）
2　4　7 2　4　34	6　4 6　5　4	5　　7 5　　34	3　4　5

《康熙词谱》共收集三体《霓裳中序第一》，双调，上下阕分别可分为四个乐段，其长短句结构如表所示。该调有一百一字或一百二字、一百三字等格式，上阕十句，七仄韵；下阕十一句，八仄韵。《康熙词谱》以一百一字体姜夔词为正体或正格。该词的正格与变格如表所示，其中，上下阕各乐段中的格式（1）为正格句式，其余为变格句式。

《霓裳中序第一》的正格与变格（双调）

《霓裳中序第一》上阕，十句，七仄韵	
乐段一（二句，十二字）	乐段二（三句，十五字或十六字）
－ － ｜ ＋ ｜（韵）＋ ｜ ＋ － ｜ ｜（韵）	＋ ｜ ＋ － ＋ ｜（句）｜ ＋ ｜ ＋ － （句）＋ － ＋ ｜（韵）（1）
	＋ ＋ ＋（读）＋ － ＋ ｜（句）｜ ＋ ｜ － －（句）＋ － ＋ ｜（韵）（2）

《霓裳中序第一》上阕，十句，七仄韵	
乐段三（二句，十一字）	乐段四（三句，十二字）
＋ － ＋ ｜（韵）｜ ＋ － ＋ ｜ － ｜（韵）（1）	－ ＋ ｜（句）＋ － ＋ ｜（句）＋ ｜ ＋ － ｜（韵）
＋ － ＋ ｜（韵）＋ ＋ ＋（读）＋ ＋ － ｜（韵）（2）	

例一　霓裳中序第一（一百一字）

（宋）姜　夔

亭皋正望极。乱落红莲归未得。多病怯无气力。况纨扇渐疏，罗衣初索。流光过隙。叹杏梁双燕如客。人何在，一帘淡月，彷佛照颜色。　幽寂。乱蛩吟壁。动庾信清愁似织。沉思年少浪迹。笛里关山，柳下坊陌。坠红无信息。漫暗水涓涓溜碧。飘零久，而今何意，醉卧酒垆侧。

注：该词上阕第三句至第五句为乐段二中的格式（1），第六句和第七句为乐段三中的格

式（1）；下阕第一句至第三句为乐段一中的格式（1），第四句至第六句为乐段二中的格式（1），第七句和第八句为乐段三中的格式（1）。全词双调，一百一字，上阕十句，七仄韵；下阕十一句，八仄韵。

《霓裳中序第一》下阕，十一句，八仄韵	
乐段一（三句，十三字）	乐段二（三句，十四字或十五字）
— ｜（韵）＋ — ＋ ｜（韵）｜ ＋ ｜ ＋ — ＋ ｜（韵） （1）	＋ — ＋ ｜ ＋ ｜（韵）＋ ｜ — —（句） ＋ — ＋ ｜（韵） （1）
— ｜（韵）＋ — ＋ ｜（韵）＋ ＋ ＋（读）＋ ＋ — ＋ ｜（韵） （2）	＋ — — ｜ ＋ ｜（韵）｜ ＋ ｜ — （句）＋ ＋ ＋ — ｜（韵） （2）

《霓裳中序第一》下阕，十一句，八仄韵	
乐段三（二句，十二字）	乐段四（三句，十二字）
＋ — — ｜ ｜（韵）｜ ＋ ｜ ＋ — ＋ ｜（韵） （1）	— ＋ ｜（句）＋ — ＋ ｜（句）＋ ｜ ＋ ｜（韵）
｜ ＋ — ＋ ｜（韵）＋ ＋ ＋（读） ＋ — ＋ ｜（韵） （2）	

例二　霓裳中序第一（一百二字）

（宋）周　密

　　湘屏展翠叠。恨入宫沟流怨叶。釭冷金花暗结。又雁影带霜，蛩音凄月。珠宽腕雪。叹锦笺芳字盈箧。人何在，玉箫旧约，忍对素娥说。　　愁绝。衣砧幽咽。任帐底沉烟渐灭。红兰谁采赠别。怅洛浦分绡，汉皋遗玦。舞鸾光半缺。最怕听、离弦乍阕。凭栏久，一庭香露，桂影弄凄蝶。

　　注：该词上阕第三句至第五句为乐段二中的格式（1），第六句和第七句为乐段三中的格式（1）；下阕第一句至第三句为乐段一中的格式（1），第四句至第六句为乐段二中的格式（2），第七句和第八句为乐段三中的格式（2）。全词双调，一百二字，上阕十句，七仄韵；下阕十一句，八仄韵。

例三　霓裳中序第一（一百三字）
（宋）尹　焕

　　青犨粲素靥。海国仙人偏耐热。早餐尽、风香露屑。便万里凌空，肯凭莲叶。盈盈步月。悄似怜、轻去瑶阙。人何在，忆渠痴小，点点爱清绝。　　愁绝。旧游轻别。忍重看、锁香金箧。凄凉清夜箪蒻。怕杳杳诗魂，真化蝴蝶。冷香清到骨。梦十里梅花霁雪。归来也，恹恹心事，自共素娥说。

　　注：该词上阕第三句至第五句为乐段二中的格式（2），第六句和第七句为乐段三中的格式（2）；下阕第一句至第三句为乐段一中的格式（2），第四句至第六句为乐段二中的格式（2），第七句和第八句为乐段三中的格式（1）。全词双调，一百三字，上阕十句，七仄韵；下阕十一句，八仄韵。

月　当　厅

　　调见《梅溪词》，史达祖自度曲也。

《月当厅》的长短句结构

《月当厅》上阕，四个乐段			
乐段一（十五字）	乐段二（十字）	乐段三（十四字）	乐段四（十一字）
7　4　4	4　6	6　35	3　4　4

《月当厅》下阕，四个乐段			
乐段一（十六字）	乐段二（十字）	乐段三（十四字）	乐段四（十一字）
7　36	4　6	7　7	3　3　5

　　《康熙词谱》只收集一体《月当厅》，双调，上下阕分别可分为四个乐段，其长短句结构如表所示。该调一百一字，上阕十句，四平韵；下阕九句，四平韵，其基本格式如表所示。

《月当厅》的基本格式（双调）

《月当厅》上阕，十句，四平韵	
乐段一（三句，十五字）	乐段二（二句，十字）
＋＋｜｜－－｜（句）＋－＋｜（句）＋｜－－（韵）	＋｜＋－（句）－｜＋｜－－（韵）

《月当厅》上阕，十句，四平韵	
乐段三（二句，十四字）	乐段四（三句，十一字）
＋｜＋－＋｜（句）＋＋＋（读）＋｜｜－－（韵）	＋－｜（句）＋－＋｜（句）＋｜－－（韵）

《月当厅》下阕，九句，四平韵	
乐段一（二句，十六字）	乐段二（二句，十字）
＋－＋｜－－｜（句）＋＋＋（读）＋－＋｜－－（韵）	＋｜＋－（句）－｜＋｜－－（韵）

《月当厅》下阕，九句，四平韵	
乐段三（二句，十四字）	乐段四（三句，十一字）
＋｜＋－｜－｜（句）＋－＋｜｜－－（韵）	－＋｜（句）－＋｜（句）｜＋｜－－（韵）

例 月当厅（一百一字）

（宋）史达祖

　　白璧旧带秦城梦，因谁拜下，杨柳楼心。正是夜分，鱼钥不动香深。时有露萤自照，占风裳、可喜影鼗金。坐来久，都将凉意，尽付沉吟。　　残云事绪无人拾，恨匆匆、药娥归去难寻。缀取雾窗，曾唱几拍清音。犹有老来印愁处，冷光应念雪翻簪。空独对，西风紧，弄一井桐阴。

注：全词双调，一百一字，上阕十句，四平韵；下阕九句，四平韵。

寿 楼 春

调见《梅溪集》，盖自度曲也。

《寿楼春》的长短句结构

上阕，四个乐段			
乐段一（十四字）	乐段二（十字）	乐段三（十三字）	乐段四（十四字）
5　5　4	6　4	33　34	5　4　5

下阕，四个乐段			
乐段一（十五字）	乐段二（十字）	乐段三（十三字）	乐段四（十二字）
3　3　5　4	6　4	3　3　34	5　7

《康熙词谱》只收集一体《寿楼春》，双调，上下阕分别可分为四个乐段，其长短句结构如表所示。该调一百一字，上阕十句，六平韵；下阕十一句，六平韵，其基本格式如表所示。

《寿楼春》的基本格式（双调）

《寿楼春》上阕，十句，六平韵	
乐段一（三句，十四字）	乐段二（二句，十字）
＋＋＋－－（韵）｜＋－＋｜（句）＋｜－－（韵）	＋｜＋－＋｜（句）＋＋－－（韵）

《寿楼春》上阕，十句，六平韵	
乐段三（二句，十三字）	乐段四（三句，十四字）
＋＋＋（读）＋－－（韵）｜｜－（读）＋－＋－（韵）	｜＋｜－－（句）＋－－｜（句）＋｜｜－（韵）

《寿楼春》的长短句结构

《寿楼春》下阕，十一句，六平韵	
乐段一（四句，十五字）	乐段二（二句，十字）
－＋｜（句）＋－－（韵）｜＋ －＋｜（句）＋｜－－（韵）	＋｜＋－＋｜（句）＋－＋－－（韵）

《寿楼春》下阕，十一句，六平韵	
乐段三（三句，十三字）	乐段四（二句，十二字）
－＋｜（句）＋－－（韵）＋＋ ＋（读）＋－＋－（韵）	｜＋｜－－（句）＋＋｜－＋ ｜－（韵）

例 寿楼春（一百一字）

（宋）史达祖

裁春衫寻芳。记金刀素手，同在晴窗。几度因风残絮，照花斜阳。谁念我、今无裳。自少年、消磨疏狂。但听雨挑灯，敧床病酒，多梦睡时妆。　　飞花去，良宵长。有丝阑旧曲，金谱新腔。最恨湘云人散，楚兰魂伤。身是客，愁为乡。算玉箫、犹逢韦郎。近寒食人家，相思未忘蘋藻香。

注：全词双调，一百一字，上阕十句，六平韵；下阕十一句，六平韵。

秋色横空

调见《天籁集》。

《秋色横空》的长短句结构

《秋色横空》上阕，四个乐段			
乐段一（十三字）	乐段二（十三字）	乐段三（十四字）	乐段四（十字）
4　5　4	7　6	3　3　35	6　4

《秋色横空》下阕，四个乐段			
乐段一（十五字）	乐段二（十三字）	乐段三（十四字）	乐段四（九字）
6　5　4	7　6	3　3　35	5　4

《康熙词谱》只收集一体《秋色横空》，双调，上下阕分别可分为四个乐段，其长短句结构如表所示。该调一百一字，上下阕各十句，六平韵，其基本格式如表所示。

《秋色横空》的基本格式（双调）

《秋色横空》上阕，十句，六平韵	
乐段一（三句，十三字）	乐段二（二句，十三字）
＋｜－－（韵）｜＋－＋｜（句） ＋｜－－（韵）	＋－＋｜－－｜（句）｜＋－＋ ｜－－（韵）

《秋色横空》上阕，十句，六平韵	
乐段三（三句，十四字）	乐段四（二句，十字）
－＋｜（句）｜＋－（韵）＋＋ ＋（读）－－＋｜－（韵）	＋｜＋－＋｜（句）＋｜－－（韵）

《秋色横空》下阕，十句，六平韵	
乐段一（三句，十五字）	乐段二（二句，十三字）
＋｜＋－｜－（韵）｜＋－＋｜ （句）＋｜－－（韵）	＋－＋｜－－｜（句）－｜＋ ｜－－（韵）

《秋色横空》下阕，十句，六平韵	
乐段三（三句，十四字）	乐段四（二句，九字）
－＋｜（句）｜＋－（韵）＋＋＋（读） －－＋｜－（韵）	｜＋｜－－（句）＋｜＋－ （韵）

例　秋色横空（一百一字）

（元）白　朴

　　摇落秋冬。爱南枝迥绝，暖气潜通。含章睡起宫妆褪，新妆淡淡丰容。冰蕤瘦，蜡蒂融。便自有、翛然林下风。肯羡蜂喧蝶闹，艳紫妖红。　　何处对花兴浓。向藏春池馆，透月帘栊。一枝郑重天涯信，肠断驿使相逢。关山路，几万重。记昨夜、筠筒和泪封。料马首幽香，先到梦中。

　　注：全词双调，一百一字，上下阕各十句，六平韵。

舜　韶　新

宋王应麟《玉海》："政和中，曹棐制徵调《舜韶新》。"

《舜韶新》的长短句结构

《舜韶新》上阕，四个乐段			
乐段一（十三字）	乐段二（十三字）	乐段三（十二字）	乐段四（十一字）
4　5　4	4　5　4	5　34	5　6

《舜韶新》下阕，四个乐段			
乐段一（十六字）	乐段二（十三字）	乐段三（十二字）	乐段四（十一字）
4　4　4　4	4　5　4	5　34	5　6

　　《康熙词谱》只收集一体《舜韶新》，双调，上下阕分别可分为四个乐段，其长短句结构如表所示。该调一百一字，上阕十句，四仄韵；下阕十一句，四仄韵，其基本格式如表所示。

《舜韶新》的基本格式（双调）

《舜韶新》上阕，十句，四仄韵	
乐段一（三句，十三字）	乐段二（三句，十三字）
＋｜ーー（句）＋＋｜ーー（句） ＋ー＋｜（韵）	＋ー＋｜（句）＋｜ーー｜（句） ＋ー＋｜（韵）
注：上阕乐段一中的格式"＋＋｜ーー（句）"，为"上一下四"句式。	

《舜韶新》上阕，十句，四仄韵	
乐段三（二句，十二字）	乐段四（二句，十一字）
＋｜ーー｜（句）＋＋＋（读） ＋ー＋｜（韵）	｜＋ー＋｜（句）＋ー｜ー＋ ｜（韵）

《舜韶新》下阕，十一句，四仄韵	
乐段一（四句，十六字）	乐段二（三句，十三字）
＋｜ーー（句）＋｜ーー（句） ＋｜ーー（句）＋ー＋｜（韵）	＋ー＋｜（句）＋｜ーー｜（句） ＋ー＋｜（韵）

《舜韶新》下阕，十一句，四仄韵	
乐段三（二句，十二字）	乐段四（二句，十一字）
＋｜ーー｜（句）＋＋＋（读） ＋ー＋｜（韵）	＋ー一｜｜（句）＋ー｜ー＋ ｜（韵）

例　舜韶新（一百一字）

（宋）郭子正

香满西风，催岁晚东篱，黄花争吐。嫩英细蕊，金艳繁妆点，高秋偏富。寒地花媒少，算自结、多情烟雨。每年年妆面，谢他拒霜相顾。　　宝马王孙，休笑孤芳，陶令因谁，便思归去。负春何事，此恨惟才子，登高能赋。千古风流在，占定泛、重阳芳醑。堪吟看醉赏，何须杏园深处。

注：全词双调，一百一字，上阕十句，四仄韵；下阕十一句，四仄韵。

卷三十

西 平 乐

此调有仄韵、平韵两体。仄韵者，始自柳永，《乐章集》注"小石调"；平韵者始自周邦彦，一名《西平乐慢》。

仄韵格《西平乐》的长短句结构

仄韵格《西平乐》上阕，三个乐段		
乐段一（十一字）	乐段二（十八字）	乐段三（十三字）
6　　5	6　　6　　6	4　　6　　3

仄韵格《西平乐》下阕，五个乐段				
乐段一（六字）	乐段二（十七字或十八字）	乐段三（七字）	乐段四（十四字）	乐段四（十六字）
3　　3	6　　6　　6 6　　6　　6	34 7	4　　4　　3　　3	6　　4　　6

平韵格《西平乐》的长短句结构

平韵格《西平乐》上阕，四个乐段			
乐段一（十四字）	乐段二（十四字）	乐段三（二十五字或二十三）	乐段四（十四字）
4　　4　　6	4　　4　　6	7　　6　　6　　6 7　　6　　4　　6 7　　6　　4　　4 34　　4　　4　　4　　4	6　　35

平韵格《西平乐》下阕，三个乐段		
乐段一 （十六字）	乐段二 （二十八或二十七字）	乐段三 （二十六字）
4　4　4　4	34　4　　4　7 6　4　6　4　7	4　4　4　4　4　6

《康熙词谱》共收集《西平乐》七体，双调，仄韵三体，平韵四体。仄韵《西平乐》上阕可分为三个乐段；下阕可分为五个乐段，其长短句结构如表所示。平韵《西平乐》上阕可分为四个乐段，下阕可分为三个乐段，其长短句结构如表所示。比较两者，可以看出它们之间迥异。

仄韵《西平乐》有一百二字或一百三字等格式，上阕八句，四仄韵或五仄韵；下阕十三句，六仄韵或七仄韵。《康熙词谱》以一百二字体柳永词为正体或正格。该调的正格与变格如表所示，其中，各乐段中的格式（1）为正格句式，其余为变格句式。

平韵《西平乐》有一百三十七字或一百三十六字、一百三十五字等格式，上阕十二句或十三句，四平韵；下阕十五句，三平韵，《康熙词谱》以一百三十七字体周邦彦词为正体或正格。该调的正格与变格如表所示，其中，上下阕各乐段中的格式（1）为正格句式，其余为变格句式。

《西平乐》（仄韵）的正格与变格（双调）

《西平乐》（仄韵）上阕，八句，四仄韵或五仄韵		
乐段一 （二句，十一字）	乐段二 （三句，十八字）	乐段三 （三句，十三字）
＋｜＋一＋｜（句） ＋｜一一｜（韵）	＋｜＋一＋｜（句）＋｜ ＋一＋｜（句）＋｜ 一＋｜（韵） （1） ＋｜＋一＋｜（句）＋｜ ＋一＋｜（韵）＋｜ 一＋｜（韵） （2）	＋一＋｜（句）＋｜ ＋一＋｜（韵）＋一 ｜（韵）

《西平乐》（仄韵）下阕，十三句，六仄韵或七仄韵

乐段一 （二句，六字）	乐段二 （三句，十七字或十八字）	乐段三 （一句，七字）
－＋｜（句）－＋ ｜（韵） 　　（1）	＋｜＋－＋｜（句）＋｜ ＋－＋｜（句）＋｜－ －｜（韵） 　　（1）	＋＋｜（读）＋－＋ ｜（韵） 　　（1）
－＋｜（韵）－＋ ｜（韵） 　　（2）	＋｜＋－＋｜（句）＋｜ ＋－＋｜（句）＋｜－ －＋｜（韵） 　　（2）	｜＋｜＋－＋｜（韵） 　　（2）

《西平乐》（仄韵）下阕，十三句，六仄韵或七仄韵

乐段四（四句，十四字）	乐段五（三句，十六字）
＋－＋｜（句）＋＋－｜（句）－ ＋｜（句）＋－｜（韵）	＋｜＋－＋｜（韵）＋－＋｜ （句）＋｜＋－＋｜（韵）

例一　西平乐（一百二字）

（宋）柳　永

　　尽日凭高寓目，脉脉春情绪。佳景清明渐近，时节轻寒乍暖，天气才晴又雨。烟光澹荡，妆点平芜远树。黯凝伫。　　台榭好，莺燕语。正是和风丽日，几许繁红嫩绿，雅称嬉游去。奈阻隔、寻芳伴侣。秦楼凤吹，楚馆云约，空怅望，在何处。寂寞韶光暗度。可怜向晚，村落声声杜宇。

　　注：该词上阕第三句至第五句为乐段二中的格式（1）；下阕第一句和第二句为乐段一中的格式（1），第三句至第五句为乐段二中的格式（1），第六句为乐段三中的格式（1）。全词双调，一百二字，上阕八句，四仄韵；下阕十三句，六仄韵。

例二　西平乐（一百二字）

（宋）朱　雍

　　夜色娟娟皎月，梅玉供春绪。不使铅华点缀，超出精神淡伫。休妒残英如雨。清香眷恋，只恐随风满树。散难伫。　　江亭暮。鸣佩语。正值

匆匆乍别，天远瑶池缟縠，好趁飞琼去。忍孤负瑶台伴侣。琼肌瘦尽，庾岭零落，空怅望，动情处。画角哀时暗度。参横向晓，吹入深沉院宇。

注：该词上阕第三句至第五句为乐段二中的格式（2）；下阕第一句和第二句为乐段一中的格式（2），第三句至第五句为乐段二中的格式（1），第六句为乐段三中的格式（2）。全词双调，一百二字，上阕八句，五仄韵；下阕十三句，七仄韵。

例三　西平乐（一百三字）

（宋）晁补之

凤诏传来绛阙，当宁思贤辅。淮海甘棠惠化，霖雨商岩吉梦，熊虎周郊旧卜。千秋盛际，催促朝天归去。动离绪。　　空眷恋，难暂驻。新植双亭临水，风月佳名未睹。准拟金尊时举。况乐府、风流一部。妍歌妙舞，萦云回雪，亲教与，恨难诉。争欲攀辕借住。功成绣衮，重与江山作主。

注：该词上阕第三句至第五句为乐段二中的格式（1）；下阕第一句和第二句为乐段一中的格式（1），第三句至第五句为乐段二中的格式（2），第六句为乐段三中的格式（1）。全词双调，一百三字，上阕八句，四仄韵；下阕十三句，七仄韵。

《西平乐》（平韵）的正格与变格（双调）

《西平乐》上阕，十二句或十三句，四平韵	
乐段一（三句，十四字）	乐段二（三句，十四字）
＋｜－－（句）＋－＋｜（句） ＋｜＋｜－－（韵）	＋｜－－（句）＋－＋｜（句） ＋－＋｜－－（韵）

例一　西平乐（一百三十七字）

（宋）周邦彦

稚绿苏晴，故溪歇雨，川迥未觉春赊。驼褐侵寒，正怜初日，轻阴抵死须遮。叹事逐孤鸿尽去，身与塘蒲共晚，争知向此征途，区区伫立尘沙。追念朱颜翠发，曾到处、故地使人嗟。　　道连三楚，天低四野，乔木依前，临路攲斜。重慕想、东陵晦迹，彭泽归来，左右琴书自乐，松菊相依，何况风流鬓未华。多谢故人，亲驰郑驿，时倒融尊，劝此淹留，共过芳时，翻令倦客思家。

注：该词上阕第七句至第十句为乐段三中的格式（1）；下阕第五句至第九句为乐段二中的

格式（1）。全词双调，一百三十七字，上阕十二句，四平韵；下阕十五句，三平韵。

《西平乐》上阕，十二句或十三句，四平韵	
乐段三 （四句或五句，二十五字或二十三字）	乐段四 （二句，十四字）
｜＋｜＋－＋｜（句）＋｜＋－＋｜（句）＋－＋｜－－（句）＋－＋｜－－（韵） （1）	＋｜＋－＋｜（句）＋＋＋（读）＋｜｜－－（韵）
｜＋｜＋－＋｜（句）＋｜＋－＋｜（句）＋－＋｜（句）＋－＋｜－－（韵） （2）	
｜＋｜＋－＋｜（句）＋｜＋－＋｜（句）＋－＋｜（句）＋｜－－（韵） （3）	
＋＋＋（读）＋－＋｜（句）＋｜－－（句）＋｜－－（句）＋｜－－（句）＋｜－－（韵） （4）	

《西平乐》下阕，十五句，三平韵		
乐段一 （四句，十六字）	乐段二 （五句，二十七或二十八字）	乐段三 （六句，二十六字）
＋－＋｜（句）＋－＋｜（句）＋｜－－（句）＋｜－－（韵）	＋＋＋（读）＋－＋｜（句）＋｜＋－－（句）＋｜＋－＋｜（句）－＋｜－（韵） （1） ＋｜＋－＋｜（句）＋｜－－（句）＋｜＋－＋｜（句）＋｜－－（句）＋｜－－＋｜－（韵） （2）	＋｜＋－（句）＋－＋｜（句）＋｜－－（句）＋｜－－（句）＋－＋｜－（韵）

例二　西平乐（一百三十五字）

（宋）杨泽民

园韭畦蔬，嫩鸡野腊，邻酝稚子能赊。罗幕新裁，画楼高耸，松梧柳竹交遮。应便作、归休计去，高揖渊明，下视林逋，到此如何，又走风沙。都为啼号累我，思量事、未遂即咨嗟。　　连年奔逐，旁州外邑，舟楫轻飏，鞭帽攲斜。仍冒触、烟岚邃险，风雪纵横，每值初寒在路，炎暑登车，空向长途度岁华。消减少年，英豪气宇，潇洒襟怀，似此施为，纵解封侯，宁如便早还家。

注：该词上阕第七句至第十句为乐段三中的格式（4）；下阕第五句至第九句为乐段二中的格式（1）。全词双调，一百三十五字，上阕十三句，四平韵；下阕十五句，三平韵。

例三　西平乐（一百三十五字）

（宋）方千里

倦踏征尘，厌驱匹马，凝望故国犹赊。孤馆今宵，乱山何许，平林漠漠烟遮。怅过眼光阴似瞬，回首欢娱异昔，流年迅景，霜风败苇惊沙。无奈轻离易别，千里意、刷泪独长嗟。　　绮窗人远，青门信杳，钗影何时，重见云斜。空怨忆、吹箫韵曲，旋锦回文，想像宫商蠹损，机杼生尘，谁为新装晕素华。那信自怜，悠飏梦蝶，浮没书鳞，纵有心情，尽为相思，争如傍早归家。

注：该词上阕第七句至第十句为乐段三中的格式（2）；下阕第五句至第九句为乐段二中的格式（1）。全词双调，一百三十五字，上阕十二句，四平韵；下阕十五句，三平韵。

例四　西平乐（一百三十六字）

（宋）陈允平

泛梗飘萍，入山登陆，迢递雾迥烟赊。漠漠蒹葭，依依杨柳，天涯总是愁遮。叹寂寞尘埃满眼，梦逐孤云缥缈，春潮带雨，鸥迎远溆，雁别平沙。寒食梨花素约，肠断处、对景暗伤嗟。　　晚钟烟寺，晨鸡月店，征褐萧疏，破帽攲斜。几度微吟马上，长啸舟中，惯踏新丰巷陌，旧酒犹香，憔悴东风自岁华。重忆少年，樱桃渐熟，松粉初黄，短楫欢呼，日日江南，烟村八九人家。

注：该词上阕第七句至第十句为乐段三中的格式（3）；下阕第五句至第九句为乐段二中的格式（2）。全词双调，一百三十六字，上阕十三句，四平韵；下阕十五句，三平韵。

山 亭 宴

调见张先词集。有"美堂赠彦猷主人作",盖自度曲也。

《山亭宴》的长短句结构

《山亭宴》上阕,四个乐段			
乐段一(十四字)	乐段二(十二字)	乐段三(十四字)	乐段四(十一字)
7 34	5 34	7 34	5 33

《山亭宴》下阕,四个乐段			
乐段一(十四字)	乐段二(十二字)	乐段三(十四字)	乐段四(十一字)
7 34	5 34	7 34	5 33

《康熙词谱》只收集一体《山亭宴》,双调,上下阕分别可分为四个乐段,其长短句结构如表所示。该调一百二字,上下阕各八句,五仄韵,其基本格式如表所示。

《山亭宴》的基本格式(双调)

《山亭宴》上阕,八句,五仄韵	
乐段一(二句,十四字)	乐段二(二句,十二字)
＋ － ＋ ｜ ＋ － ｜(韵)＋ ＋ ＋ (读)＋ － ＋ ｜(韵)	＋ ｜ ｜ － －(句)＋ ＋ ＋(读) ＋ － ＋ ｜(韵)

《山亭宴》上阕,八句,五仄韵	
乐段三(二句,十四字)	乐段四(二句,十一字)
＋ － ＋ ｜ ｜ － －(句)＋ ＋ ＋(读)＋ － ＋ ｜(韵)	＋ ｜ ｜ － －(句)＋ ＋ ＋(读) － － ｜(韵)

《山亭宴》下阕，八句，五仄韵	
乐段一（二句，十四字）	乐段二（二句，十二字）
＋ － ＋ ｜ ＋ － ｜（韵）＋ ＋ ＋ （读）＋ － ＋ ｜（韵）	＋ ｜ ｜ － －（句）＋ ＋ ＋（读） ＋ － ＋ ｜（韵）

《山亭宴》下阕，八句，五仄韵	
乐段三（二句，十四字）	乐段四（二句，十一字）
＋ － ＋ ｜ ｜ － －（句）＋ ＋ ＋（读）＋ － ＋ ｜（韵）	＋ ｜ ｜ － －（句）＋ ＋ ＋（读） － － ｜（韵）

例 山亭宴（一百二字）

（宋）张　先

宴亭永昼喧箫鼓。倚青空、画栏红柱。玉莹紫微人，蔼和气、春融日煦。故宫池馆旧楼台，约风月、今宵何处。湖水动鲜衣，竞拾翠、湖边路。　　落花荡漾怨空树。晓山静、数声杜宇。天意送芳菲，正黯淡、疏烟短雨。新欢宁似旧欢长，此会散、几时还聚。试为挹飞云，问解寄、相思否。

注：全词双调，一百二字，上下阕各八句，五仄韵。

望　春　回

调见《乐府雅词》。

《望春回》的长短句结构

《望春回》上阕，四个乐段			
乐段一（十三字）	乐段二（十字）	乐段三（十五字）	乐段四（十二字）
4　　5　　4	5　　5	7　　35	4　　4　　4

《望春回》下阕，四个乐段											
乐段一（十五字）			乐段二（十字）		乐段三（十五字）			乐段四（十二字）		
6	5	4	5	5	7	8		4	4	4

　　《康熙词谱》只收集一体《望春回》，双调，上下阕分别可分为四个乐段，其长短句结构如表所示。该调一百二字，上阕十句，四仄韵；下阕十句，五仄韵，其基本格式如表所示。

《望春回》的基本格式（双调）

《望春回》上阕，十句，四仄韵
乐段一（三句，十三字） | 乐段二（二句，十字）
＋ － ＋ ｜（句）｜ ＋ － ｜ －（句）｜ ＋ ｜ ｜ － －（句）｜ ＋ ＋ ＋ － ｜（韵） ＋ ＋ － ｜（韵）

《望春回》上阕，十句，四仄韵
乐段三（二句，十五字） | 乐段四（三句，十二字）
＋ ＋ － － ｜ ｜（句）＋ ＋ ＋（读）｜ ＋ － ＋ ｜（韵）｜ ＋ － ＋ ｜（句）＋ － ＋ ｜（句） ＋ ＋ － ｜（韵）

《望春回》下阕，十句，五仄韵
乐段一（三句，十五字） | 乐段二（二句，十字）
＋ － ｜ － ＋ ｜（韵）｜ ＋ ｜ － －（句）＋ ＋ ＋ － ｜（韵）｜ ＋ ｜ ｜ － －（句）｜ ＋ ＋ ＋ － ｜（韵）

《望春回》下阕，十句，五仄韵
乐段三（二句，十五字） | 乐段四（三句，十二字）
＋ － ＋ ｜ － ＋ ｜（句）｜ ＋ － ＋ ｜ － － ｜（韵）｜ ＋ － ＋ ｜（句）＋ － ＋ ｜（句）＋ ＋ － ｜（韵）

例　望春回（一百二字）

（宋）李　甲

　　霁霞散晓，射水村渐明，渔火方灭。滩露夜潮痕，注冻濑凄咽。征鸿来时应有信，见疏柳、更忆伊同折。异乡憔悴，那堪更值，岁穷时节。　　东风暗回暖律。算坼遍江梅，消尽岩雪。唯有这愁肠，怎依旧千结。私言窃语曾誓约，便眠思梦想无休歇。这些离恨，除非对着，说似明月。

　　注：全词双调，一百二字，上阕十句，四仄韵；下阕十句，五仄韵。

水　龙　吟

　　姜夔词注"无射商"，俗名"越调"，曾觌词结句有"是丰年瑞"句，名《丰年瑞》。吕渭老词名《鼓笛慢》；史达祖词名《龙吟曲》，杨樵云词因秦观词起句更名《小楼连苑》。方味道词结句有"伴庄椿岁"句，名《庄椿岁》。

《水龙吟》的长短句结构

上阕，四个乐段			
乐段一 （十三字或十二字）	乐段二 （十二字或十四字）	乐段三 （十二字）	乐段四 （十五字或十四字）
7　　6	4　　4　　4	4　　4　　4	5　　4　　33
6　　7	4　　　　6	5　　　　34	5　　4　　3
6　　6	7　　　　5	5　　　　7	36　　　　33
7　　33	36　　　　5		36　　　　6
4　　4　　5			4　　4　　33
			7　　　　34
6　1　5　1	4　4　3　1	4　4　3　1	5　4　32　1

下阕，四个乐段			
乐段一（十三字或十五字、十四字）	乐段二（十二字或十三字）	乐段三（十二字或十六字）	乐段四（十三字或十二字、十四字、十五字）
6　　　34	4　　4　　4	4　　4　　4	5　　4　　4
6　　　36	4　　4　　5	5　　　34	36　　　4
4　4　33	6　　　6	6　4　6	5　　　7
2　4　34	7　　　5	7　　　5	5　4　33
			4　4　33
			34　　33
			34　　6
			36　　5
			7　　34
5　1　6　1	4　4　3　1	4　4　3　1	5　43　1

《康熙词谱》共收集《水龙吟》二十五体，双调，上下阕可分为四个乐段，其长短句结构如表所示。该调有一百二字或一百六字、一百四字、一百一字等格式，上阕十一句或十二句、十句、九句、八句，四仄韵或五仄韵；下阕十一句或十二句、十句、九句、八句，五仄韵或四仄韵、六仄韵。《康熙词谱》以一百二字体苏轼词（起句七字、第二句六字）和一百二字体秦观词（起句六字、第二句七字）为正格。《水龙吟》的正格与变格如表所示，其中，上阕乐段一中的格式（1）至（3），乐段二中的格式（1），乐段三和乐段四中的格式（1）和（2）；下阕乐段一和乐段二中的格式（1），乐段三和乐段四中的格式（1）和（2）为正格句式，其余为变格句式。辛弃疾词彷《楚辞》体其长短句结构列于《水龙吟》长短句结构表中的末行，其格式列于后。

《水龙吟》的正格与变格（双调）

《水龙吟》上阕，十一句或十二句、十句、九句、八句，四仄韵或五仄韵	
乐段一 （二句或三句，十三字或十二字）	乐段二 （三句或二句，十二字或十四字）
＋－＋｜－－｜（句）＋｜＋ －＋｜（韵） （1）	＋－＋｜（句）＋－＋｜（句） ＋－＋｜（韵） （1）
＋－＋｜－－（句）＋－＋ ｜－－｜（韵） （2）	
＋－＋｜－－｜（韵）＋｜＋ －＋｜（韵） （3）	
＋－＋｜－－｜（句或韵）＋＋ ＋（读）－－｜（韵） （4）	＋－＋｜－（句）＋｜＋－ ＋｜（韵） （2）
＋－＋｜－（句）＋｜＋－ ＋｜（韵） （5）	＋－＋｜｜－（句）＋－ －｜｜（韵） （3）
＋－＋｜（句）＋－＋｜（句） ＋｜＋－｜（韵） （6）	＋＋＋（读）＋｜＋－＋｜（句） ｜＋＋｜（韵） （4）

例一　水龙吟（一百二字）

（宋）苏　轼

霜寒烟冷蒹葭老，天外征鸿嘹唳。银河秋晚，长门灯悄，一声初至。应念潇湘，岸遥人静，水多菰米。乍望极平田，徘徊欲下，依前被、风惊起。　　须信衡阳万里。有谁家、锦书遥寄。万重云外，斜行横阵，才疏又缀。仙掌月明，石头城下，影摇寒水。念征衣未捣，佳人拂杵，有盈盈泪。

注：该词上阕第一句和第二句为乐段一中的格式（1），第三句至第五句为乐段二中的格式（1），第六句至第八句为乐段三中的格式（1），第九句至第十一句为乐段四中的格式（1）；

下阕第一句和第二句为乐段一中的格式（1），第三句至第五句为乐段二中的格式（1），第六句至第八句为乐段三中的格式（1），第九句至第十一句为乐段四中的格式（1）。全词双调，一百二字，上阕十一句，四仄韵；下阕十一句，五仄韵。

《水龙吟》上阕，十一句或十二句、十句、九句、八句，四仄韵或五仄韵	
乐段三 （三句或二句，十二字）	乐段四 （三句或二句，十五字或十四字）
＋｜ー ー（句）＋ ー ＋｜（句） ＋ ー ＋｜（韵） （1）	｜＋｜ー ー（句）＋ ー ＋｜（句） ＋ ＋ ＋（读）ー ー ｜（韵） （1）
＋｜＋｜（句）＋ ＋ ＋（读） ＋ ー ＋｜（韵） （2）	＋ ー ｜｜（句）＋｜＋｜（句） ＋ ＋ ＋（读）ー ー ｜（韵） （2）
＋ ー ＋ ー｜（韵）＋｜ー ー ー｜（韵） （3）	｜＋ ー ＋｜（句）＋ ー ＋｜（句） ＋ ＋ ＋（读或句）ー ー ｜（韵） （3）
	＋｜＋ ー ＋｜（句）＋ ー ＋｜（句） ＋ ＋ ＋（读）ー ー ｜（韵） （4）
	＋｜＋ ー ＋｜（句）＋ ＋ ＋ （读）＋ ー ＋｜（韵） （5）
	＋ ＋ ＋（读）＋｜＋ ー ＋｜（句 或韵）＋ ＋ ＋（读）ー ー ｜（韵） （6）
	＋ ＋ ＋（读）＋｜＋ ー ＋｜（句） ＋ ー ｜ ー ＋｜（韵） （7）
注：乐段四中的格式"＋ ＋ ＋（读或句）"，可平可仄三处，宜有平有仄，不可全平，用"句"时尤须注意。	

《水龙吟》下阕，十一句或十二句、十句、九句、八句， 五仄韵或四仄韵、六仄韵	
乐段一 （二句或三句，十三字或十五字、十四字）	乐段二 （三句或二句，十二字或十三字）
＋｜＋－＋｜（韵）＋＋＋（读） ＋－＋｜（韵） （1）	＋－＋｜（句）＋－＋｜（句） ＋－＋｜（韵） （1）
＋｜＋－＋｜（句）＋＋＋（读） ＋－＋｜（韵） （2）	＋－＋｜（句）＋－＋｜（句） ＋－＋｜（韵） （2）
＋｜＋－＋｜（句）＋＋＋（读） ＋｜＋－＋｜（韵） （3）	＋－－＋｜－（句）＋＋ －｜（韵） （3）
＋｜－－（句）＋｜－－（句） ＋＋＋＋（读）－－｜（韵） （4）	＋－＋｜｜－－（句）｜＋－ －｜（韵） （4）
＋｜（韵）＋－＋｜（韵）＋＋ ＋（读）＋－＋｜（韵） （5）	

例二　水龙吟（一百二字）

（宋）秦　观

小楼连苑横空，下窥绣毂雕鞍骤。疏帘半卷，单衣初试，清明时候。破暖轻风，弄晴微雨，欲无还有。卖花声过尽，垂杨院宇，红成阵、飞鸳甃。　　玉佩丁东别后。怅佳期、参差难又。名缰利锁，天还知道，和天也瘦。花下重门，柳边深巷，不堪回首。念多情、但有当时皓月，照人依旧。

注：该词上阕第一句和第二句为乐段一中的格式（2），第三句至第五句为乐段二中的格式（1），第六句至第八句为乐段三中的格式（1），第九句至第十一句为乐段四中的格式（2）；下阕第一句和第二句为乐段一中的格式（1），第三句至第五句为乐段二中的格式（1），第六句至第八句为乐段三中的格式（1），第九句和第十句为乐段四中的格式（2）。全词双调，一百二字，上阕十一句，四仄韵；下阕十句，五仄韵。

乐段三 （三句或二句，十二字或十六字）	乐段四 （三句或二句，十三字或十二字、十四字、十五字）
《水龙吟》下阕，十一句或十二句、十句、九句、八句， 五仄韵或四仄韵、六仄韵	

《水龙吟》下阕，十一句或十二句、十句、九句、八句，五仄韵或四仄韵、六仄韵

乐段三 （三句或二句，十二字或十六字）	乐段四 （三句或二句，十三字或十二字、十四字、十五字）
＋｜＋－（句）＋－＋｜（句） ＋－＋｜（韵） （1）	｜＋－＋｜（句）＋－＋｜（句） ＋－＋｜（韵） （1）
＋｜－－｜（句）＋＋＋（读） ＋－＋｜（韵） （2）	＋＋＋（读）＋｜＋－＋｜（句） ＋－＋｜（韵） （2）
＋－＋｜－－（句）＋｜－ －（句）＋｜＋－＋｜（韵） （3）	｜＋－＋｜（句）＋－＋｜＋ －｜（韵） （3）
＋｜－－｜－｜（句）＋－－ ｜｜（韵） （4）	｜＋－＋｜（句）＋－＋｜（句） ＋＋＋（读）－－｜（韵） （4）
	＋－＋｜（句）＋－＋｜（句） ＋＋＋（读）－－｜（韵） （5）
	＋－＋｜＋－｜（句）＋＋＋ （读）＋－＋｜（韵） （6）
	＋＋＋（读）＋｜＋－（句）＋ ｜＋－＋｜（韵） （7）
	＋＋＋（读）＋｜＋－（句）＋ ＋＋（读）－－｜（韵） （8）
	＋＋＋（读）＋｜＋－｜＋（句） ＋－－｜｜（韵） （9）

例三　水龙吟（一百二字）

（宋）赵长卿

　　酒潮匀颊双眸溜。眉映远山横秀。风流俊雅，娇痴体态，眼前稀有。莲步弯弯，移归拍里，凌波难偶。对仙源醉眼，玉纤笼巧，拨新声、鱼纹皱。　　我自多愁多病，对人前、只推伤酒。瞒他不得，诗情懒倦，沈腰消瘦。多谢东君，殷勤知我，曲翻红豆。拌来朝、又是扶头不起，江楼知否。

　　注：该词上阕第一句和第二句为乐段一中的格式（3），第三句至第五句为乐段二中的格式（1），第六句至第八句为乐段三中的格式（1），第九句至第十一句为乐段四中的格式（3）；下阕第一句和第二句为乐段一中的格式（2），第三句至第五句为乐段二中的格式（1），第六句至第八句为乐段三中的格式（1），第九句和第十句为乐段四中的格式（2）。全词双调，一百二字，上阕十一句，五仄韵；下阕十句，四仄韵。

例四　水龙吟（一百二字）

（宋）杨无咎

　　西湖天下应如是。谁唤作、真西子。云凝山秀，日增波媚，宜晴宜雨。况是深秋，更当遥夜，月华如水。记词人解道，丹青妙手，应难写、真奇语。　　往事输他范蠡。泛扁舟、仍携佳丽。毫端幻出，淡妆浓抹，可人风味。和靖幽居，老坡遗迹，也应堪记。更凭君画我，追随二老，游千家寺。

　　注：该词上阕第一句和第二句为乐段一中的格式（4），第三句至第五句为乐段二中的格式（1），第六句至第八句为乐段三中的格式（1），第九句至第十一句为乐段四中的格式（3）；下阕第一句和第二句为乐段一中的格式（1），第三句至第五句为乐段二中的格式（1），第六句至第八句为乐段三中的格式（1），第九句至第十一句为乐段四中的格式（1）。全词双调，一百二字，上下阕各十一句，五仄韵。

例五　水龙吟（一百二字）

（宋）姜　夔

　　夜深客子移舟处，两两沙禽惊起。红衣入桨，青灯摇浪，微凉意思。把酒临风，不忘归去，有如此水。况茂陵游倦，长干望久，芳心事、箫声里。　　屈指。归期尚未。鹊南飞、有人应喜。画栏桂子，留香小待，提携影底。我已情多，十年幽梦，略曾如此。甚谢郎、也恨飘零，解道月明千里。

　　注：该词上阕第一句和第二句为乐段一中的格式（1），第三句至第五句为乐段二中的格式

（1），第六句至第八句为乐段三中的格式（1），第九句至第十一句为乐段四中的格式（3）；下阕第一句至第三句为乐段一中的格式（5），第四句至第七句为乐段二中的格式（1），第七句至第九句为乐段三中的格式（1），第十句和第十一句为乐段四中的格式（7）。全词双调，一百二字，上阕十一句，四仄韵；下阕十一句，六仄韵。

例六　水龙吟（一百二字）

（宋）晁端礼

夜来深雪前村路，应是早梅先绽。故人赠我，江头春信，南枝向暖。疏影横斜，暗香浮动，月明清浅。向亭边驿畔，行人立马，频回首、空肠断。　　别有玉溪仙馆。寿阳人、初匀妆面。天教占了，百花头上，和羹未晚。最是关情处，高楼上、一声羌管。仗谁人向道，争如留取，倚朱栏看。

注：该词上阕第一句和第二句为乐段一中的格式（1），第三句至第五句为乐段二中的格式（1），第六句至第八句为乐段三中的格式（1），第九句至第十一句为乐段四中的格式（3）；下阕第一句和第二句为乐段一中的格式（1），第三句至第五句为乐段二中的格式（1），第六句和第七句为乐段三中的格式（2），第八句至第十句为乐段四中的格式（1）。全词双调，一百二字，上阕十一句，四仄韵；下阕十句，五仄韵。

例七　水龙吟（一百二字）

（宋）赵长卿

烟姿玉骨尘埃外，看自有、神仙格。花中越样风流，曾是名标清客。月夜香魂，雪天孤艳，可堪怜惜。向枝间、且作东风第一。和羹事、期他日。　　闻道春归未识。问伊家、却知消息。当时恼杀林逋，空绕团栾千百。横管轻吹处，余香散、阿谁偏得。寿阳宫、应有佳人，待与点、新妆额。

注：该词上阕第一句和第二句为乐段一中的格式（4），第三句和第四句为乐段二中的格式（2），第五句至第七句为乐段三中的格式（1），第八句和第九句为乐段四中的格式（6）；下阕第一句和第二句为乐段一中的格式（1），第三句和第四句为乐段二中的格式（3），第五句和第六句为乐段三中的格式（2），第七句和第八句为乐段四中的格式（8）。全词双调，一百二字，上阕九句，五仄韵；下阕八句，五仄韵。

例八　水龙吟（一百二字）

（宋）黄　机

清江滚滚东流，为谁流得新愁去。新愁都在，长亭望际，扁舟行处。

歌罢翻香，梦回呵酒，别来无据。恨醽醁吹尽，樱桃过了，便只恁、成孤负。　　须信情钟易感，数良辰、佳期应误。才高自叹，彩云空咏，凌波漫赋。团扇尘生，吟笺泪渍，一觞慵举。但叮咛、双燕明年，还解寄平安否。

注：该词上阕第一句和第二句为乐段一中的格式（2），第三句至第五句为乐段二中的格式（1），第六句至第八句为乐段三中的格式（1），第九句至第十一句为乐段四中的格式（3）；下阕第一句和第二句为乐段一中的格式（2），第三句至第五句为乐段二中的格式（1），第六句至第八句为乐段三中的格式（1），第九句和第十句为乐段四中的格式（7）。全词双调，一百二字，上阕十一句，四仄韵；下阕十句，四仄韵。

例九　水龙吟（一百二字）

（宋）吴文英

有人独立空山，翠鬓未觉霜颜老。新香秀粒，浓光绿浸，千年春小。布影参旗，障空云盖，沉沉秋晓。驷苍虬万里，笙吹凤女，骖飞乘、天风袅。　　般巧。霜斤不到。汉游仙、相从最早。皱鳞细雨，层阴藏月，朱弦古调。问讯东桥，故人南岭，倚天长啸。待凌霄谢了，山深岁晚，素心才表。

注：该词上阕第一句和第二句为乐段一中的格式（2），第三句至第五句为乐段二中的格式（1），第六句至第八句为乐段三中的格式（1），第九句至第十一句为乐段四中的格式（3）；下阕第一句至第三句为乐段一中的格式（5），第四句至第六句为乐段二中的格式（1），第七句至第九句为乐段三中的格式（1），第十句至第十二句为乐段四中的格式（1）。全词双调，一百二字，上阕十一句，四仄韵；下阕十二句，六仄韵。

例十　水龙吟（一百二字）

（宋）程　垓

夜来风雨匆匆，故园定是花无几。愁多怨极，等闲辜负，一年芳意。柳困桃慵，杏青梅小，对人容易。算好春长在，好花长见，元只是、人憔悴。　　回首池南旧事。恨星星、不堪重记。如今但有，霜花老眼，伤情清泪。不怕逢花瘦，只愁怕、老来风味。待繁红乱处，留云借月，也须拌醉。

注：该词上阕第一句和第二句为乐段一中的格式（2），第三句至第五句为乐段二中的格式（1），第六句至第八句为乐段三中的格式（1），第九句至第十一句为乐段四中的格式（3）；下阕第一句和第二句为乐段一中的格式（1），第三句至第五句为乐段二中的格式（1），第六句

和第七句为乐段三中的格式（2），第八句至第十句为乐段四中的格式（1）。全词双调，一百二字，上阕十一句，四仄韵；下阕十句，五仄韵。

例十一　水龙吟（一百二字）
（宋）吴文英

望春楼外沧波，旧年照眼青铜镜。炼成宝月，飞来天上，银河流影。绀玉钩帘处，横犀麈、天香分鼎。记殿云殿琐，裁花剪露，曲江畔、春风劲。　　槐省。红尘昼静。午朝回、吟生晚兴。春霖秀笔，莺边清昼，金狨旋整。阆苑芝仙貌，生绡对、绿窗深景。弄琼英数点，宫梅信早，占年光永。

注：该词上阕第一句和第二句为乐段一中的格式（2），第三句至第五句为乐段二中的格式（1），第六句和第七句为乐段三中的格式（2），第八句至第十句为乐段四中的格式（3）；下阕第一句至第三句为乐段一中的格式（5），第四句至第六句为乐段二中的格式（1），第七句和第八句为乐段三中的格式（2），第九句至第十一句为乐段四中的格式（1）。全词双调，一百二字，上阕十句，四仄韵；下阕十一句，六仄韵。

例十二　水龙吟（一百二字）
（宋）刘　过

谪仙狂客何如，看来毕竟归田好。玉堂无此，三山海上，虚无缥缈。读罢离骚，暗香犹在，觉人间小。任菜花葵麦，刘郎去后，桃开处、知多少。　　一夜雪迷兰棹。傍寒溪、欲寻安道。而今纵有，刘叉冰柱，有知音否。想见鸾飞，如椽健笔，檄书亲草。算平生、白傅风流，未肯向、香山老。

注：该词上阕第一句和第二句为乐段一中的格式（2），第三句至第五句为乐段二中的格式（1），第六句至第八句为乐段三中的格式（1），第九句至第十一句为乐段四中的格式（3）；下阕第一句和第二句为乐段一中的格式（1），第三句至第五句为乐段二中的格式（1），第六句至第八句为乐段三中的格式（1），第九句和第十句为乐段四中的格式（8）。全词双调，一百二字，上阕十一句，四仄韵；下阕十句，五仄韵。

例十三　水龙吟（一百二字）
（宋）曹　组

晓天谷雨晴时，翠罗护日轻烟里。酶酿径暖，柳花风淡，千葩浓丽。三月春光，上林池馆，西都花市。看轻盈隐约，何须解语，凝情处、无穷意。　　　金殿筠笼岁贡，最姚黄、一枝娇贵。东风既与花王，芍药须为近侍。歌舞筵中，满装归帽，斜簪云髻。有高情未已，齐烧绛蜡，向阑边醉。

注：该词上阕第一句和第二句为乐段一中的格式（2），第三句至第五句为乐段二中的格式（1），第六句至第八句为乐段三中的格式（1），第九句至第十一句为乐段四中的格式（3）；下阕第一句和第二句为乐段一中的格式（2），第三句和第四句为乐段二中的格式（3），第五句至第七句为乐段三中的格式（1），第八句至第十句为乐段四中的格式（1）。全词双调，一百二字，上阕十一句，四仄韵；下阕十句，四仄韵。

例十四　水龙吟（一百二字）
（宋）赵长卿

先来天与精神，更因丽景添殊态。拖轻苒苒，才凝一段，还分五彩。毕竟非烟，有时为雨，惹晴无奈。道无心、怎被歌声遏断，迟迟向、青天外。　　宜伴先生醉卧，得饶到、和山须买。也曾恼煞襄王，谁道依前不会。我欲乘归去，翻恨怅、帝乡何在。念佳期未展，天长暮合，尽空相对。

注：该词上阕第一句和第二句为乐段一中的格式（2），第三句至第五句为乐段二中的格式（1），第六句至第八句为乐段三中的格式（1），第九句和第十句为乐段四中的格式（6）；下阕第一句和第二句为乐段一中的格式（2），第三句和第四句为乐段二中的格式（3），第五句和第六句为乐段三中的格式（2），第七句至第九句为乐段四中的格式（1）。全词双调，一百二字，上阕十句，四仄韵；下阕九句，四仄韵。

例十五　水龙吟（一百二字）
（宋）李之仪

晚风轻拂，游云尽卷，霁色寒相射。银潢半掩，秋毫欲数，分明不夜。玉管传声，羽衣催舞，此欢难借。凛清辉、但觉圆光罩影，冰壶莹、真无价。　　闻道水晶宫殿，蕙炉熏、珠帘高挂。琼枝半倚，瑶觞更劝，莺娇燕姹。目断魂飞，翠萦红绕，空怜小砑。想归来醉里，鸾篦凤朵，待何人卸。

注：该词上阕第一句和第二句为乐段一中的格式（6），第三句至第五句为乐段二中的格式（1），第六句至第八句为乐段三中的格式（1），第九句至第十一句为乐段四中的格式（6）；下阕第一句和第二句为乐段一中的格式（2），第三句至第五句为乐段二中的格式（1），第六句至第八句为乐段三中的格式（1），第九句至第十一句为乐段四中的格式（1）。全词双调，

一百二字，上下阕各十一句，四仄韵。

例十六　水龙吟（一百一字）
（宋）赵长卿

天教占得如簧巧，声乍啭、千娇媚。金衣衬著，风流模样，於中可是。红杏香中，绿杨阴处，多应饶你。向黄昏苦苦，娇啼怨别，那堪更、东风起。　　别有诗肠鼓吹。未关他、等闲俗耳。双柑斗酒，当时曾是，高人留意。南国春归，上阳花落，正添憔悴。念啼声欲碎，何人解作留春计。

注：该词上阕第一句和第二句为乐段一中的格式（4），第三句至第五句为乐段二中的格式（1），第六句至第八句为乐段三中的格式（1），第九句至第十一句为乐段四中的格式（3）；下阕第一句和第二句为乐段一中的格式（1），第三句至第五句为乐段二中的格式（1），第六句至第八句为乐段三中的格式（1），第九句和第十句为乐段四中的格式（3）。全词双调，一百一字，上阕十一句，四仄韵；下阕十句，五仄韵。

例十七　水龙吟（一百一字）
（宋）赵长卿

淡烟轻霭濛濛，望中乍歇凝晴昼。才惊一霎催花，还又随风过了。清带梨梢，晕含桃脸，添春多少。向海棠点点，香红染遍，分明是、胭脂透。　　无奈芳心滴碎，阻游人、踏青携手。檐头线断，空中丝乱，才晴却又。帘幕闲垂处，轻风送、一番寒峭。正留君不住，潇潇更下黄昏后。

注：该词上阕第一句和第二句为乐段一中的格式（2），第三句和第四句为乐段二中的格式（2），第五句至第七句为乐段三中的格式（1），第八句至第十句为乐段四中的格式（3）；下阕第一句和第二句为乐段一中的格式（2），第三句至第五句为乐段二中的格式（1），第六句和第七句为乐段三中的格式（2），第八句和第九句为乐段四中的格式（3）。全词双调，一百一字，上阕十句，四仄韵；下阕九句，四仄韵。

例十八　水龙吟（一百二字）
（宋）吴文英

夜分溪馆渔灯，巷声乍寂西风定。河桥送远，玉箫吹断，霜丝舞影。薄絮秋云，淡蛾山色，宦情归兴。怕烟江渡后，桃花又泛，宫沟上、春流紧。　　新句欲题还省。透香煤、重笺误隐。西园已负，林亭移酒,松泉荐茗。携手同归处,玉奴唤、绿窗春近。想骄骢、又踏西湖,二十四番花信。

注:该词上阕第一句和第二句为乐段一中的格式(2),第三句至第五句为乐段二中的格式(1),第六句至第八句为乐段三中的格式(1),第九句至第十一句为乐段四中的格式(3);下阕第一句和第二句为乐段一中的格式(1),第三句至第五句为乐段二中的格式(1),第六句和第七句为乐段三中的格式(2),第八句和第九句为乐段四中的格式(7)。全词双调,一百二字,上阕十一句,四仄韵;下阕九句,五仄韵。

例十九　水龙吟(一百四字)

(宋)赵长卿

韶华迤逦三春暮。飞尽繁红无数。多情为与,牡丹长约,年年为主。晓露凝香,柔条千缕,轻盈清素。最堪怜、玉质冰肌婀娜,江梅漫休争妒。　　翠蔓扶疏隐映,似碧纱、笼罩越溪游女。从前爱惜娇姿,终日愁风怕雨。夜月一帘,小楼横断,有思量处。恐因循、易嫁东风,烂漫暗随春去。

注:该词上阕第一句和第二句为乐段一中的格式(3),第三句至第五句为乐段二中的格式(1),第六句至第八句为乐段三中的格式(1),第九句和第十句为乐段四中的格式(7);下阕第一句和第二句为乐段一中的格式(3),第三句和第四句为乐段二中的格式(3),第五句至第七句为乐段三中的格式(1),第八句和第九句为乐段四中的格式(7)。全词双调,一百四字,上阕十句,五仄韵;下阕九句,四仄韵。

例二十　水龙吟(一百六字)

(宋)秦　观

乱花丛里曾携手,穷艳景、迷欢赏。到如今、谁把雕鞍锁定,阻游人来往。好梦随春远,从前事、不堪思想。念香闺正杳,佳欢未偶,难留恋、空惆怅。　　永夜婵娟未满,叹玉楼、几时重上。那堪万里,却寻归路,指阳关孤唱。苦恨东流水,桃源路、欲回双桨。仗何人、细与叮咛问呵,我如今怎向。

注:该词上阕第一句和第二句为乐段一中的格式(4),第三句和第四句为乐段二中的格式(4),第五句和第六句为乐段三中的格式(2),第七句至第九句为乐段四中的格式(3);下阕第一句和第二句为乐段一中的格式(2),第三句至第五句为乐段二中的格式(2),第六句和第七句为乐段三中的格式(2),第八句和第九句为乐段四中的格式(9)。全词双调,一百六字,上下阕各九句,四仄韵。

例二十一　水龙吟（一百四字）
（宋）葛立方

九州雄杰溪山，遂安自古称佳处。云迷半岭，风号浅濑，轻舟斜渡。朱阁横飞，渔矶无恙，鸟啼林坞。吊高人陈迹，空瞻遗像，知英烈、雄千古。　　忆昔龙飞光武。怅当年、故人何许。羊裘自贵，龙章难换，不如归去。七里溪边，鸬鹚滩畔，一蓑烟雨。叹如今荡子，翻将钓手，遮日向、西秦路。

注：该词上阕第一句和第二句为乐段一中的格式（2），第三句至第五句为乐段二中的格式（1），第六句至第八句为乐段三中的格式（1），第九句至第十一句为乐段四中的格式（3）；下阕第一句和第二句为乐段一中的格式（1），第三句至第五句为乐段二中的格式（1），第六句至第八句为乐段三中的格式（1），第九句至第十一句为乐段四中的格式（4）。全词双调，一百四字，上阕十一句，四仄韵；下阕十一句，五仄韵。

例二十二　水龙吟（一百六字）
（元）张　雨

古来宰相神仙，有谁得似东泉老。今朝佳宴，杨枝解唱，花枝解笑。钟鼎山林，同时行辈，故人应少。问功成身退，何须更学，鸱夷子，烟波渺。　　我自深衣独乐，尽从渠、黄尘乌帽。后来官职清高，一品还他三少。不须十载光阴，渭水相逢，又入飞熊梦了。到恁时、拂袖逍遥，胜戏十洲三岛。

注：该词上阕第一句和第二句为乐段一中的格式（2），第三句至第五句为乐段二中的格式（1），第六句至第八句为乐段三中的格式（1），第九句至第十二句为乐段四中的格式（3）；下阕第一句和第二句为乐段一中的格式（2），第三句和第四句为乐段二中的格式（3），第五句至第七句为乐段三中的格式（3），第八句和第九句为乐段四中的格式（7）。全词双调，一百六字，上阕十二句，四仄韵；下阕九句，四仄韵。

例二十三　水龙吟（一百二字）
《高丽史·乐志》无名氏

玉皇金阙长春，民仰高天欣戴。年年一度定佳期，风情多感慨。绮罗竞交会。争折花枝两相对。舞袖翩翩歌声妙，掩粉面、斜窥翠黛。　　锦额门开，彩架球儿，当先诱、神仙队。融香拂席舞霓裳，动铿锵环佩。宝座巍巍五云密，欢呼争拜退。管弦众作欲归去，愿吾皇、万年恩爱。

注：该词上阕第一句和第二句为乐段一中的格式（5），第三句和第四句为乐段二中的格式（3），第五句和第六句为乐段三中的格式（3），第七句和第八句为乐段四中的格式（5）；下阕第一句至第三句为乐段一中的格式（4），第四句和第五句为乐段二中的格式（4），第六句

和第七句为乐段三中的格式（4），第八句和第九句为乐段四中的格式（6）。全词双调，一百二字，上阕八句，五仄韵；下阕九句，四仄韵。

例二十四　水龙吟（一百二字）

《高丽史·乐志》无名氏

洞天景色常春，嫩红浅白开轻萼。琼筵镇起，金炉烟重，香凝锦幄。窈窕神仙，妙呈歌舞，攀花相约。彩云月转，朱丝网除，任语笑、抛球乐。　　绣袂风翻凤举，转星眸、柳腰柔弱。头筹得胜，欢声近地，花光容约。满座嘉宾，喜听仙乐，交传觥爵。龙吟欲罢，彩云摇曳，相将去、归寥廓。

注：该词上阕第一句和第二句为乐段一中的格式（2），第三句至第五句为乐段二中的格式（1），第六句至第八句为乐段三中的格式（1），第九句至第十一句为乐段四中的格式（4）；下阕第一句和第二句为乐段一中的格式（2），第三句至第五句为乐段二中的格式（1），第六句至第八句为乐段三中的格式（1），第九句至第十一句为乐段四中的格式（5）。全词双调，一百二字，上下阕各十一句，四仄韵。

《水龙吟》的仿楚辞体（双调）

仿楚辞体《水龙吟》上阕，十句，五平韵	
乐段一（二句，十三字）	乐段二（二句，十二字）
＋兮＋｜－－（韵）些＋兮｜－－（韵）些	＋－＋｜（句）＋－＋｜（读）＋－－－（韵）些

仿楚辞体《水龙吟》上阕，十句，五平韵	
乐段三（三句，十二字）	乐段四（三句，十五字）
＋｜－－（句）＋－＋｜（句）＋＋－－（韵）些	｜＋－－｜（句）＋－＋｜（句）＋＋＋（读）－－（韵）些

卷三十

仿楚辞体《水龙吟》下阕，九句，五平韵	
乐段一（二句，十三字）	乐段二（二句，十二字）
＋｜兮－－（韵）些＋｜＋｜－ －（韵）些	＋－＋｜（句）＋－＋｜（读） ＋－－（韵）些

仿楚辞体《水龙吟》下阕，九句，五平韵	
乐段三（三句，十二字）	乐段四（二句，十二字）
＋｜－－（句）＋－＋｜（句） ＋－－（韵）些	＋－兮＋｜（句）＋－＋｜（读） ｜－－（韵）些

例　水龙吟（一百二字）

（宋）辛弃疾

　　听兮清佩琼瑶。些！明兮镜秋毫。些！君无此去，流昏涨腻、生蓬蒿。些！虎豹甘人，渴而饮汝，宁猿猱。些！大而流江海，覆舟如芥，君无助、狂涛。些！　　路险兮山高。些！予愧独处无聊。些！冬槽春盎，归来为我、制松醪。些！其外芳芬，团龙片凤，煮云膏。些！古人兮既往，嗟予之乐、乐箪瓢。些！

注：该词为仿《楚辞》体，每韵下用一"些"字。全词双调，一百二字，上阕十句，五平韵；下阕九句，五平韵。

斗　百　草

调见《琴趣外篇》。

《斗百草》的长短句结构

《斗百草》上阕，三个乐段		
乐段一（十一字）	乐段二（十四字）	乐段三（二十五字）
4　　7	4　　4　　6	3 5　　4　　5　　4　　4

《斗百草》下阕，四个乐段			
乐段一（十七字）	乐段二（十五字）	乐段三（十字）	乐段四（十字）
6 4 7	4 4 34	3 7	3 34

《康熙词谱》共收集两体《斗百草》，双调，上阕可分为三个乐段，下阕可分为四个乐段，其长短句结构如表所示。该调一百二字，上阕十句，四仄韵或三仄韵；下阕十句，五仄韵或六仄韵。《康熙词谱》以晁补之词为标谱词例。该调的正格与变格如表所示，其中，上下阕各乐段中的格式（1）为正格句式，其余为变格句式。

《斗百草》的正格与变格（双调）

《斗百草》上阕，十句，四仄韵或三仄韵		
乐段一 （二句，十一字）	乐段二 （三句，十四字）	乐段三 （五句，二十五字）
＋ | － －（句） ＋ － ＋ | － － |（韵）	＋ | － －（句） ＋ － ＋ |（句） ＋ | ＋ － ＋ | （韵）	＋ ＋ ＋（读）| ＋ | － －（句） ＋ ＋ ＋ |（韵）| ＋ | － －（句） ＋ － ＋ |（句）＋ － ＋ |（韵） （1） ＋ ＋ ＋（读）| ＋ | － －（句） ＋ － ＋ |（句）| ＋ | － －（句） ＋ － ＋ |（句）＋ － ＋ |（韵） （2）

例一　斗百草（一百二字）

（宋）晁补之

别日常多，会时常寡天难晓。正喜花开，又愁花谢，春也似人易老。惨无言、念旧日朱颜，清欢莫笑。便苒苒如云，霏霏似雨，去无音耗。

追想墙头梅下，门里桃边，名利为伊都忘了。血写香笺，泪封罗帕，记三日、离肠浪搅。如今事，十二楼空凭谁到。此情悄。拟回船、武陵路杳。

注：该词上阕第六句至第十句为乐段三中的格式（1）；下阕第一句至第三句为乐段一中的格式（1）。全词双调，一百二字，上阕十句，四仄韵；下阕十句，五仄韵。

《斗百草》下阕，十句，五仄韵或六仄韵	
乐段一（三句，十七字）	乐段二（三句，十五字）
＋｜＋ー＋｜（句）＋｜ーー（句） ＋｜｜ーー｜｜（韵） （1） ＋｜＋ー＋｜（韵）＋｜ーー（句） ＋｜＋ーー｜｜（韵） （2）	＋｜ーー（句）＋ー＋｜（句） ＋＋＋（读）＋ー＋｜（韵）

《斗百草》下阕，十句，五仄韵或六仄韵	
乐段三（二句，十字）	乐段四（二句，十字）
＋ー｜（句）＋｜ーー＋ー｜（韵）	＋ー｜（韵）＋＋＋（读）＋ー ＋｜（韵）

例二　斗百草（一百二字）

（宋）晁补之

往事临邛，旧游雅态羞重忆。解赋才高，好音情慧，琴里句中暗识。正当年、似阆苑琼枝，朝朝相倚，便涤器何妨，当垆正好，镇同比翼。　　谁使褰裳佩失。推枕云归，惆怅至今遗恨积。双鲤书来，大刀诗意，纵章台、青青似昔。重寻事，前度刘郎转愁寂。漫赢得。倚东风、对花叹息。

注：该词上阕第六句至第十句为乐段三中的格式（2）；下阕第一句至第三句为乐段一中的格式（2）。全词双调，一百二字，上阕十句，三仄韵；下阕十句，六仄韵。

石　州　慢

《宋史·乐志》注"越调"。贺铸词有"长亭柳色才黄"句，名《柳色黄》；谢懋词名《石州引》。

《石州慢》的长短句结构

上阕,四个乐段			
乐段一（十二字）	乐段二（十二字）	乐段三（十七字）	乐段四（十字）
4　4　4	6　　　6	4　　6　　7	5　　　5
6　　　6	4　　　4	4　　4　　5	4　　　6

下阕,四个乐段			
乐段一（十四字）	乐段二（十字）	乐段三（十七字）	乐段四（十字）
2　4　4　4	4　　　6	4　　6　　7	5　　　5
2　　　6	6　　　4	4　　4　　5	4　　　6

《康熙词谱》共收集六体《石州慢》，双调，上下阕分别可分为四个乐段，其长短句结构如表所示。该调一百二字，上阕十句或九句、十一句、十二句，四仄韵；下阕十一句或十句、十二句，五仄韵。《康熙词谱》以贺铸词为正体或正格。该调的正格与变格如表所示，其中，上下阕各乐段中的格式（1）为正格句式，其余为变格句式。

例一　石州慢（一百二字）

（宋）贺　铸

薄雨催寒，斜照弄晴，春意空阔。长亭柳色才黄，远客一枝先折。烟横水际，映带几点归鸦，东风消尽龙沙雪。还记出门时，恰而今时节。　　将发。画楼芳酒，红泪清歌，顿成轻别。已是经年，杳杳音尘都绝。欲知方寸，共有几许清愁，芭蕉不展丁香结。枉望断天涯，两悁悁风月。

注：该词上阕第一句至第三句为乐段一中的格式（1），第四句和第五句为乐段二中的格式（1），第六句至第八句为乐段三中的格式（1），第九句和第十句为乐段四中的格式（1）；下阕第一句至第四句为乐段一中的格式（1），第五句和第六句为乐段二中的格式（1），第七句至第九句为乐段三中的格式（1），第十句和第十一句为乐段四中的格式（1）。全词双调，一百二字，上阕十句，四仄韵；下阕十一句，五仄韵。

例二　石州慢（一百二字）

（金）蔡松年

云海蓬莱，风雾鬖鬖，不假梳掠。仙衣卷尽云霓，方见宫腰纤弱。心期得处，世间言语非真，海犀一点通寥廓。无物比情浓，觅无情相博。　　离索。晓来一枕余香，酒病赖花医却。滟滟金尊，收拾新愁重酌。片帆云影，载将无际关山，梦魂应被杨花觉。梅子雨丝丝，满江干楼阁。

注：该词上阕第一句至第三句为乐段一中的格式（1），第四句和第五句为乐段二中的格式（1），第六句至第八句为乐段三中的格式（2），第九句和第十句为乐段四中的格式（1）；下阕第一句至第三句为乐段一中的格式（3），第四句和第五句为乐段二中的格式（1），第六句至第八句为乐段三中的格式（2），第九句和第十句为乐段四中的格式（2）。全词双调，一百二字，上阕十句，四仄韵；下阕十句，五仄韵。

例三　石州慢（一百二字）

（宋）张元幹

寒水依痕，春意渐回，沙际烟阔。溪梅晴照生香，冷蕊数枝争发。天涯旧恨，试看几许消魂，长亭门外山重叠。不尽眼中青，是愁来时节。　　情切。画楼深闭，想见东风，暗消肌雪。辜负枕前云雨，尊前花月。心期切处，更有多少凄凉，殷勤留与归时说。到得再相逢，恰经年离别。

注：该词上阕第一句至第三句为乐段一中的格式（1），第四句和第五句为乐段二中的格式（1），第六句至第八句为乐段三中的格式（1），第九句和第十句为乐段四中的格式（1）；下阕第一句至第四句为乐段一中的格式（1），第五句和第六句为乐段二中的格式（3），第七句至第九句为乐段三中的格式（1），第十句和第十一句为乐段四中的格式（2）。全词双调，一百二字，上阕十句，四仄韵；下阕十一句，五仄韵。

例四　石州慢（一百二字）

（宋）张　炎

野色惊秋，随意散愁，踏碎黄叶。谁家篱落，闲花似语，弄妆羞怯。行行步影，未教背写腰肢，一枝犹立门前雪。依约镜中春，又无端轻别。　　痴绝。汉皋何处，解佩何人，应须情切。引望东邻，遗恨丁香空结。十年旧恨，尚馀恍惚云窗，可怜不是当时蝶。深夜醉醒来，怅一庭风月。

注：该词上阕第一句至第三句为乐段一中的格式（1），第四句至第六句为乐段二中的格式（2），第七句至第九句为乐段三中的格式（2），第十句和第一句为乐段四中的格式（1）；下阕第一句至第四句为乐段一中的格式（1），第五句和第六句为乐段二中的格式（1），第七句至

第九句为乐段三中的格式（2），第十句和第十一句为乐段四中的格式（2）。全词双调，一百二字，上阕十一句，四仄韵；下阕十一句，五仄韵。

《石州慢》的正格与变格（双调）

《石州慢》上阕，十句或九句、十一句、十二句，四仄韵	
乐段一（三句或二句，十二字）	乐段二（二句或三句，十二字）
＋｜－－（句）＋｜＋－（句） ＋｜－｜（韵） （1）	＋－＋｜－－（句）＋｜＋－（句） ＋｜（韵） （1）
＋｜－－（句）＋－＋｜（句） ＋－＋｜（韵） （2）	＋－＋｜（句）＋－＋｜（句） ＋－＋｜（韵） （2）
＋｜＋－＋｜（句）＋－＋｜（句） －｜（韵） （3）	＋｜－－（句）＋－＋｜（句） ＋－＋｜（韵） （3）

《石州慢》上阕，十句或九句、十一句、十二句，四仄韵	
乐段三（三句或四句，十七字）	乐段四（二句，十字）
－－＋｜（句）＋｜＋｜－－（句） ＋－＋｜－－｜（韵） （1）	＋｜｜－－（句）｜＋－＋｜（韵） （1）
－－＋｜（句）＋－＋｜－ （句）＋－＋｜－－｜（韵） （2）	＋｜－－（句）＋｜＋－＋｜（韵） （2）
＋－＋｜（句）＋－＋｜（句） ＋－＋｜（句）＋｜－－｜（韵） （3）	

《石州慢》下阕，十一句或十句、十二句，五仄韵	
乐段一（四句或三句，十四字）	乐段二（二句，十字）
－｜（韵）＋－＋｜（句）＋｜－ －（句）＋｜－＋｜（韵） （1）	＋｜－－（句）＋｜＋－＋｜（韵） （1）
－｜（韵）＋－＋｜（句）＋｜－ ＋｜（句）＋－＋｜（韵） （2）	＋｜－－（句）＋｜＋｜－｜（韵） （2） ＋｜＋－－｜（句）＋｜－｜（韵） （3）
－｜（韵）＋－＋｜－－（句） ＋｜＋－－｜（韵） （3）	

《石州慢》下阕，十一句或十句、十二句，五仄韵	
乐段三（三句或四句，十七字）	乐段四（二句，十字）
＋－＋｜（句）＋｜＋｜－－（句） ＋－＋｜－－｜（韵） （1）	｜＋｜－－（句）｜＋－＋｜（韵） （1）
＋－＋｜（句）＋－＋｜－－（句） （2）	＋｜－－（句）｜＋－＋｜（韵） （2）
＋｜－－（句）＋－＋｜（句）＋ －＋｜（句）＋｜－｜（韵） （3）	＋｜－－（句）＋－＋｜－ ｜（韵） （3）

例五　石州慢（一百二字）

（元）张　雨

　　落日空城禾黍，夜深砧杵才歇。怪他萝薜绨衣，风露润滋凉浃。清愁多少，只消目送飞鸿，五弦已是心悲咽。把酒问青天，又中秋时节。　　闻说。谪仙去后，何人敢拟，诗豪酒杰。草草山林，还我旧时明月。书帷冷落，纵教万事都忘，闲文闲字偏情热。孤负楮先生，有一庭红叶。

　　注：该词上阕第一句和第二句为乐段一中的格式（3），第三句和第四句为乐段二中的格式

（1），第五句至第七句为乐段三中的格式（2），第八句和第九句为乐段四中的格式（1）；下阕第一句至第四句为乐段一中的格式（2），第五句和第六句为乐段二中的格式（1），第七句至第九句为乐段三中的格式（2），第十句和第十一句为乐段四中的格式（2）。全词双调，一百二字，上阕九句，四仄韵；下阕十一句，五仄韵。

例六　石州慢（一百二字）

（宋）王之道

天迥楼高，日长院静，琴声幽咽。昵昵恩情，叨叨言语，似伤离别。子期何处，只今漫讶，高山流水，又逐新声彻。仿佛江州，夜听琵琶凄切。　　休说。春寒料峭，夜来花柳，弄风摇雪。大错因谁，算不啻六州铁。波下双鱼，云中乘雁，嗣音无计，空叹初谋拙。但愿相逢，同心再绾重结。

注：该词上阕第一句至第三句为乐段一中的格式（2），第四句至第六句为乐段二中的格式（3），第七句至第十句为乐段三中的格式（3），第十一句和第十二句为乐段四中的格式（2）；下阕第一句至第四句为乐段一中的格式（2），第五句和第六句为乐段二中的格式（2），第七句至第十句为乐段三中的格式（3），第十一句和第十二句为乐段四中的格式（3）。全词双调，一百二字，上阕十二句，四仄韵；下阕十二句，五仄韵。

上 林 春 慢

《宋史·乐志》中吕宫。

《上林春慢》的长短句结构

《上林春慢》上阕，四个乐段			
乐段一（十四字）	乐段二（十四字）	乐段三（十一字）	乐段四（十二字）
4　　4　　6	4　　4　　6	4　　34	3　　5　　4 3　　3　　6

《上林春慢》下阕，四个乐段			
乐段一（十六字）	乐段二（十四字）	乐段三（十一字）	乐段四（十字）
34　　36	4　　4　　6	4　　34	3　　34 3　　3　　4

《康熙词谱》共收集两体《上林春慢》，双调，上下阕分别可分为四个乐段，其长短句结构如表所示。该调一百二字，上阕十一句，四仄韵；下阕九句或十句，五仄韵。《康熙词谱》以晁补之词为标谱词例。该调的正格与变格如表所示，其中，上下阕各乐段中的格式（1）为正格句式，其余为变格句式。

《上林春慢》的正格与变格（双调）

《上林春慢》上阕，十一句，四仄韵	
乐段一（三句，十四字）	乐段二（三句，十四字）
＋｜――（句）＋｜＋―（句） ＋｜＋―＋｜（韵）	＋｜＋―（句）＋―＋｜（句）＋ ―｜―＋｜（韵） （1） ＋―＋｜（句）＋―＋｜（句）＋ ―｜―＋｜（韵） （2）

《上林春慢》上阕，十一句，四仄韵	
乐段三（二句，十一字）	乐段四（三句，十二字）
＋―＋｜（句）＋＋＋（读） ＋―＋｜（韵）	｜＋―（句）｜＋｜―（句）＋― ＋｜（韵） （1） ｜――（句）｜＋＋（句）＋｜＋― ＋｜（韵） （2）

《上林春慢》下阕，九句或十句，五仄韵	
乐段一（二句，十六字）	乐段二（三句，十四字）
＋＋＋＋（读）＋＋－＋｜（韵） ＋＋＋＋（读）＋｜＋－＋｜（韵）	＋－｜－（句）＋－＋｜（句）＋－｜－＋｜（韵） （1） ＋｜＋－（句）＋－＋｜（句）＋｜＋－＋｜（韵） （2）

《上林春慢》下阕，九句或十句，五仄韵	
乐段三（二句，十一字）	乐段四（二句或三句，十字）
＋－＋｜（句）＋＋＋（读） ＋－＋｜（韵）	｜＋－（句）＋＋＋（读）＋－＋｜（韵） （1） ｜＋－（句）｜＋＋（句）＋－＋｜（韵） （2）

例一　上林春慢（一百二字）

（宋）晁补之

　　帽落宫花，衣惹御香，凤辇晚来初过。鹤降诏飞，龙衔烛戏，端门万枝灯火。满城车马，对明月、有谁闲坐。任狂游，更许傍禁街，不扃金锁。　　玉楼人、暗中掷果。珠帘下、笑着春衫褭娜。素蛾绕钗，轻蝉扑鬓，垂垂柳丝梅朵。夜阑饮散，但赢得、翠翘双亸。醉归来，又重向、晓窗梳裹。

　　注：该词上阕第四句至第六句为乐段二中的格式（1），第九句至第十一句为乐段四中的格式（1）；下阕第三句至第五句为乐段二中的格式（1），第八句和第九句为乐段四中的格式（1）。全词双调，一百二字，上阕十一句，四仄韵；下阕九句，五仄韵。

例二　上林春慢（一百二字）

（宋）晁补之

天惜中秋，三夜淡云，占得今宵明月。孟陬岁好，金风气爽，清时挺生贤哲。相门出相，算钟庆、自应累叶。乍归来，暂燕处，共仰赤松高辙。　　想人生、会须自悦。浮云事、笑里尊前休说。旧有衮衣，公归未晚，千岁盛明时节。命圭相印，看重赏、晋公勋业。济生灵，共富贵，海深天阔。

注：该词上阕第四句至第六句为乐段二中的格式（2），第九句至第十一句为乐段四中的格式（2）；下阕第三句至第五句为乐段二中的格式（2），第八句至第十句为乐段四中的格式（2）。全词双调，一百二字，上阕十一句，四仄韵；下阕十句，五仄韵。

宴　清　都

调始《清真乐府》。程垓词名《四代好》。

《宴清都》的长短句结构

上阕，四个乐段			
乐段一（十四字或十一字、十三字）	乐段二（十二字）	乐段三（十三字）	乐段四（十三字）
5　3　6	4　4　4	6　　34	34　　6
5　4　4		6　　7	7　　6
4　4　6			34　2　2　2
5　6			

下阕，四个乐段			
乐段一（十四字）	乐段二（十二字）	乐段三（十三字）	乐段四（十一字）
6　4　4	4　4　4	6　　34	34　　4
4　6　4	4　2　6	6　　7	5　　6
2　4　4			
2　4　2　6			

《康熙词谱》共收集九体《宴清都》,双调,上下阕分别可分为四个乐段,其长短句结构如表所示。该调有一百二字或九十九字、一百一字等格式,上阕十句或九句、十二句,五仄韵或六仄韵、六仄韵三叠韵、五仄韵三叠韵;下阕十句或十一句,四仄韵或五仄韵、六仄韵、四仄韵五叠韵。《康熙词谱》以一百二字体周邦彦词为正体或正格。该调的正格与变格如表所示,其中,各乐段中的格式(1)为正格句式,其余为变格句式。

《宴清都》的正格和变格(双调)

《宴清都》上阕,十句或九句、十二句, 五仄韵或六仄韵、六仄韵三叠韵、五仄韵三叠韵	
乐段一 (三句或二句,十四字或十一字、十三字)	乐段二 (三句,十二字)
＋｜－－｜(韵)－＋｜(句)＋ －－｜＋｜(韵) (1)	＋－＋｜(句)＋－＋｜(句) ＋－＋｜(韵) (1)
＋｜－－｜(韵)－＋｜(句)＋ ｜－｜－｜(韵) (2)	＋－＋｜(句)＋｜＋－(句) ＋－＋｜(韵) (2)
＋｜－－｜(韵)－＋｜(句)＋ ｜＋－＋｜(韵) (3)	
＋｜－－(句)＋－＋｜(句) ＋－＋｜－｜(韵) (4)	
＋｜－－｜(韵)＋－＋｜(句) ＋｜－｜(韵) (5)	
＋｜－－｜(韵)＋－＋｜－｜ (韵) (6)	

《宴清都》上阕，十句或九句、十二句，五仄韵或六仄韵、六仄韵三叠韵、五仄韵三叠韵

乐段三（二句，十三字）	乐段四（二句或四句，十三字）
＋－＋｜－－（句）＋＋＋（读）＋＋－＋｜（韵） （1）	＋＋＋（读）＋｜－－（句）＋－＋｜－｜（韵） （1）
＋－＋｜－｜（韵）＋＋＋（读）＋－＋｜（韵） （2）	＋＋＋（读）＋｜－－（句）＋｜＋＋－｜（韵） （2）
－＋｜－＋｜（韵）＋＋＋（读）＋｜＋＋｜（韵） （3）	＋＋＋（读）＋－＋｜（句）＋｜＋＋－｜（韵） （3）
＋－＋｜＋｜（韵）｜＋｜（韵） （4）	＋＋＋（读）＋＋｜（韵）－（叠）＋｜（叠）－｜（叠） （4）
	｜＋－＋｜－－（句）＋－＋｜－｜（韵） （5）

例一　宴清都（一百二字）

（宋）周邦彦

地僻无钟鼓。残灯灭，夜长人倦难度。寒吹断梗，风翻暗雪，洒窗填户。宾鸿漫说传书，算过尽、千俦万侣。始信得、庾信愁多，江淹恨极须赋。　　凄凉病损文园，徽弦乍拂，音韵先苦。淮山夜月，金城暮草，梦魂飞去。秋霜半入清镜，叹带眼、多移旧处。更久长、不见文君，归时认否。

注：该词上阕第一句至第三句为乐段一中的格式（1），第四句至第六句为乐段二中的格式（1），第七句和第八句为乐段三中的格式（1），第九句和第十句为乐段四中的格式（1）；下阕第一句至第三句为乐段一中的格式（1），第四句至第六句为乐段二中的格式（1），第七句和第八句为乐段三中的格式（1），第九句和第十句为乐段四中的格式（1）。全词双调，一百二字，上阕十句，五仄韵；下阕十句，四仄韵。

《宴清都》下阕，十句或十一句，四仄韵或五仄韵、六仄韵、四仄韵五叠韵	
乐段一（三句或四句，十四字）	乐段二（三句，十二字）
＋－＋｜－－（句）＋－＋｜ （句）＋＋－｜（韵） （1）	＋－＋｜（句）＋－＋｜（句） ＋－＋｜（韵） （1）
＋－＋｜－－（句）＋－＋｜ （句）＋－＋｜（韵） （2）	＋－＋｜（句）＋－＋｜（句） ＋｜－｜（韵） （2）
＋－＋｜（韵）｜－＋－＋｜（句） ＋＋－｜（韵） （3）	＋－＋｜（句）＋－＋｜（句） ＋－＋｜（韵） （3）
－｜（韵）＋｜－－（句）＋－＋｜ ｜（句）＋＋－｜（韵） （4）	＋－＋｜（重叠）＋｜（叠）＋｜ ＋－＋｜（叠） （4）
－｜（叠）＋｜－－（句）－｜（叠） ＋｜＋－＋｜（韵） （5）	

例二　宴清都（一百二字）

（宋）赵善扛

疏柳无情绪。都不管，渡头行客欲去。犹依赖得，玉光万顷，为人留住。相从岁月如鹜。叹回首、离歌又赋。更举目、斜照沉沉，西风剪剪秋墅。　　君行定忆南池，歌筵舞地，花晨月午。八砖步日，三雍奏乐，送君云路。别情未抵遗爱，试听取、湖山共语。便可能、无意同倾，一尊露醑。

注：该词上阕第一句至第三句为乐段一中的格式（1），第四句至第六句为乐段二中的格式（1），第七句和第八句为乐段三中的格式（2），第九句和第十句为乐段四中的格式（1）；下阕第一句至第三句为乐段一中的格式（2），第四句至第六句为乐段二中的格式（1），第七句和第八句为乐段三中的格式（1），第九句和第十句为乐段四中的格式（1）。全词双调，一百二字，上阕十句，六仄韵；下阕十句，四仄韵。

《宴清都》下阕，十句或十一句，四仄韵或五仄韵、六仄韵、四仄韵五叠韵	
乐段三（二句，十三字）	乐段四（二句，十一字）
＋－＋｜－｜（句）＋＋＋（读） ＋－＋｜（韵） （1）	＋＋＋（读）＋｜－－（句）＋ －＋｜（韵） （1）
＋－＋｜－（韵）＋＋＋（读） ＋－＋｜（韵） （2）	＋＋＋（读）＋｜－－（句）－ ｜＋｜（韵） （2）
＋－＋｜＋｜（韵）＋＋＋（读） ＋－＋｜（韵） （3）	｜＋｜－－（句）＋－＋｜＋ ｜（韵） （3）
＋－＋｜－－（句）＋＋＋ （读）＋－＋｜（韵） （4）	
＋－＋｜－｜（句）｜＋｜＋－ ＋｜（韵） （5）	
注：①上阕乐段四中的格式"｜＋－＋｜－－（句）"和下阕乐段三中的格式"｜＋｜ ＋－＋｜（韵）"，均为"上一下六"句式。②上阕乐段四中的格式"＋｜＋｜－｜ （韵）"，可平可仄两处，不可用时用仄。	

例三　宴清都（一百二字）

（宋）卢祖皋

　　春讯飞琼管。风日薄，度墙啼鸟声乱。江城次第，笙歌翠合，绮罗香暖。溶溶涧绿冰泮。醉梦里、年华暗换。料黛眉重锁隋堤，芳心还动梁苑。　　新来雁阔云音，鸾分鉴影，无计重见。啼春细雨，笼愁淡月，恁时庭院。离肠未语先断。算犹有、凭高望眼。更那堪、芳草连天，飞梅弄晚。

　　注：该词上阕第一句至第三句为乐段一中的格式（1），第四句至第六句为乐段二中的格式（1），第七句和第八句为乐段三中的格式（2），第九句和第十句为乐段四中的格式（5）；下阕第一句至第三句为乐段一中的格式（1），第四句至第六句为乐段二中的格式（1），第七句和第八句为乐段三中的格式（2），第九句和第十句为乐段四中的格式（1）。全词双调，一百二字，上阕十句，六仄韵；下阕十句，五仄韵。

例四　宴清都（一百二字）

（宋）曹　勋

凤苑东风软。春容早，岁端新律初转。宫云丽晓，人日应钟，庆符闺范。元妃懿德尊显。位四圣、晋芳避辇。佐圣主、美化重宣，光被海宇弥远。　　香满。帝渥恩隆，歌珠舞雪，俱陈丝管。彤闱共悦，天颜有喜，寿觞亲劝。今年外家华焕。拥使节、新班侍宴。愿万载、永冠椒房，常奉舜殿。

注：该词上阕第一句至第三句为乐段一中的格式（1），第四句至第六句为乐段二中的格式（2），第七句和第八句为乐段三中的格式（2），第九句和第十句为乐段四中的格式（2）；下阕第一句至第四句为乐段一中的格式（4），第五句至第七句为乐段二中的格式（1），第八句和第九句为乐段三中的格式（3），第十句和第十一句为乐段四中的格式（2）。全词双调，一百二字，上阕十句，六仄韵；下阕十一句，六仄韵。

例五　宴清都（一百二字）

（宋）吴文英

万里关河眼。愁凝处，渺渺残照红敛。天低远树，潮分断港，路回淮甸。吟鞭又指孤店。对玉露金风送晚。恨自古、佳人才子，此景此情多感。　　吴王故苑。别来良朋雅集，空叹蓬转。挥毫刻烛，飞觞趁月，梦消香断。区区去情何限。倩片纸、丁宁过雁。寄相思、寒雨灯窗，芙蓉旧院。

注：该词上阕第一句至第三句为乐段一中的格式（2），第四句至第六句为乐段二中的格式（1），第七句和第八句为乐段三中的格式（4），第九句和第十句为乐段四中的格式（3）；下阕第一句至第三句为乐段一中的格式（3），第四句至第六句为乐段二中的格式（1），第七句和第八句为乐段三中的格式（3），第九句和第十句为乐段四中的格式（1）。全词双调，一百二字，上下阕各十句，六仄韵。

例六　宴清都（九十九字）

（宋）陈允平

听彻南楼鼓。玉壶冰漏迟度。重温锦幄，低护青毡，曲通朱户。巡檐细嚼寒梅，叹寂寞、孤山伴侣。更信有、铁石心肠，广平几度曾赋。　　寒深试拥羊裘，松醪自酌，谁伴吟苦。摩挲醉眼，栏干相拍，白鸥惊去。梁园胜赏重约，渐玉树琼花处处。怕柳条、未觉春风，青青在否。

注：该词上阕第一句和第二句为乐段一中的格式（6），第三句至第五句为乐段二中的格式（2），第六句和第七句为乐段三中的格式（1），第八句和第九句为乐段四中的格式（1）；下

阕第一句至第三句为乐段一中的格式（1），第四句至第六句为乐段二中的格式（1），第七句和第八句为乐段三中的格式（5），第九句和第十句为乐段四中的格式（1）。全词双调，九十九字，上阕九句，五仄韵；下阕十句，四仄韵。

例七　宴清都（一百一字）
（宋）袁去华

　　暮雨消烦暑。房栊顿觉，秋意如许。天高迥杳，山横绀碧，桂华初吐。空庭静掩桐阴，便苒苒、流萤暗度。记那时、朱户迎风，西厢待月私语。　　佳期易失难重，余香破镜，虽在何据。如今要见，除非是梦，几时重做。人言雁足传书，待尽写、相思寄与。又怎生、说得愁肠，千丝万缕。

　　注：该词上阕第一句至第三句为乐段一中的格式（5），第四句至第六句为乐段二中的格式（1），第七句和第八句为乐段三中的格式（1），第九句和第十句为乐段四中的格式（1）；下阕第一句至第三句为乐段一中的格式（1），第四句至第六句为乐段二中的格式（1），第七句和第八句为乐段三中的格式（4），第九句和第十句为乐段四中的格式（1）。全词双调，一百一字，上阕十句，五仄韵；下阕十句，四仄韵。

例八　宴清都（一百二字）
（宋）何　籀

　　细草沿阶软。红日薄，蕙风轻蔼微暖。东君靳惜，桃英尚小，柳芽犹短。罗帷绣幕高卷。早已是、歌慵笑懒。凭画楼、那更天远。山远。水远。人远。　　堪怨。傅粉疏狂，窃香俊雅，无计拘管。青丝绊马，红裙劝酒，甚处迷恋。无言泪珠零乱。翠袖尽、重重渍遍。故要得、别后思量，归时觑见。

　　注：该词上阕第一句至第三句为乐段一中的格式（1），第四句至第六句为乐段二中的格式（1），第七句和第八句为乐段三中的格式（2），第九句至第十二句为乐段四中的格式（4）；下阕第一句至第四句为乐段一中的格式（4），第五句至第七句为乐段二中的格式（2），第八句和第九句为乐段三中的格式（3），第十句和第十一句为乐段四中的格式（1）。全词双调，一百二字，上阕十二句，六仄韵三叠韵；下阕十一句，六仄韵。

例九　宴清都（一百二字）
（宋）程　垓

　　翠幕东风早。兰窗梦，又被莺声惊觉。起来空对，平阶弱絮，满庭芳草。恹恹未忺怀抱。记柳外、人家曾到。凭画阑、那更春好。花好。酒好。人好。　　春好。尚恐阑珊，花好。又怕飘零难保。直饶酒好。酒好。未抵意中人好。相逢尽拚醉倒。况人与、才情未老。又岂关、春去春来，花愁花恼。

注：该词上阕第一句至第三句为乐段一中的格式（3），第四句至第六句为乐段二中的格式（1），第七句和第八句为乐段三中的格式（3），第九句至第十二句为乐段四中的格式（4）；下阕第一句至第四句为乐段一中的格式（5），第五句至第七句为乐段二中的格式（4），第八句和第九句为乐段三中的格式（3），第十句和第十一句为乐段四中的格式（1）。全词双调，一百二字，上阕十二句，六仄韵三叠韵；下阕十一句，四仄韵五叠韵。

例十　宴清都（一百二字）
（宋）曹　勋

野水澄空，远山随眼，笋舆乘兴庐阜。天池最极，云溪最隐，翠迷归路。三峡两龙翔鬻。尽半月、犹贪杖屦。闲引杯、相赏好处。奇处。险处。清处。　　凝伫。道友重陪，西山胜迹，玉隆风御。滕阁下临，晴峰万里，水云千古。飞觞且同豪举。喜醉客、龙吟曲度。待记成佳话，归时从头细数。

注：该词上阕第一句至第三句为乐段一中的格式（4），第四句至第六句为乐段二中的格式（1），第七句和第八句为乐段三中的格式（3），第九句至第十二句为乐段四中的格式（4）；下阕第一句至第四句为乐段一中的格式（4），第五句至第七句为乐段二中的格式（3），第八句和第九句为乐段三中的格式（3），第十句和第十一句为乐段四中的格式（3）。全词双调，一百二字，上阕十二句，五仄韵三叠韵；下阕十一句，六仄韵。

庆　春　宫

一名《庆宫春》。此调有平韵、仄韵两体。平韵体，始自北宋，有周邦彦诸词；仄韵体，始自南宋，有王沂孙诸词。

《庆春宫》的长短句结构

《庆春宫》上阕，四个乐段							
乐段一（十四字）			乐段二（十四字）			乐段三（十一字）		乐段四（十二字）		
4	4	6	4	4	6	4	34	4	4	4

《庆春宫》下阕，四个乐段			
乐段一（十四字）	乐段二（十四字）	乐段三（十一字）	乐段四（十二字）
6　4　4	4　4　6	4　　34	4　4　4

　　《康熙词谱》共收集两体《庆春宫》，双调，上下阕分别可分为四个乐段，其长短句结构如表所示。该调一百二字，有平韵与仄韵两种用韵格式。平韵《庆春宫》上阕十一句，四平韵；下阕十一句，五平韵。《康熙词谱》以周邦彦词为标谱词例。平韵《庆春宫》的正格与变格如表所示，其中，上下阕各乐段中的格式（1）为正格句式，其余为变格句式。仄韵格《庆宫春》上下阕各十一句，四仄韵。《康熙词谱》以王沂孙词为标谱词例。仄韵《庆春宫》的正格与变格如表所示，其中，上下阕各乐段中的格式（1）为正格句式，其余为变格句式。

《庆春宫》（平韵）的正格与变格（双调）

《庆春宫》（平韵）上阕，十一句，四平韵	
乐段一（三句，十四字）	乐段二（三句，十四字）
＋｜－－（句）＋－＋｜（句） ＋－＋｜－－（韵）	＋｜－－（句）＋－＋｜（句） ＋－＋｜－－（韵） （1） ＋｜－－（句）＋－＋｜（句） ＋｜＋｜－－（韵） （2）

《庆春宫》（平韵）上阕，十一句，四平韵	
乐段三（二句，十一字）	乐段四（三句，十二字）
＋－＋｜（句）｜＋｜（读）＋－ ｜－（韵）	＋－＋｜（句）＋｜＋－（句） ＋｜＋－（韵）

《庆春宫》（平韵）下阕，十一句，五平韵	
乐段一（三句，十四字）	乐段二（三句，十四字）
＋ － ＋ ｜ － －（韵）＋ ｜ ＋ －（句）＋ ｜ － －（韵） （1）	＋ ｜ － －（句）＋ － ＋ ｜（句） ＋ － ＋ ｜ － －（韵） （1）
＋ － ＋ ｜ － －（韵）＋ ｜ ＋ ｜（句）＋ ｜ － －（韵） （2）	＋ － ＋ ｜（句）＋ － ＋ ｜（句） ＋ ｜ ＋ ｜ － －（韵） （2）

《庆春宫》（平韵）下阕，十一句，五平韵	
乐段三（二句，十一字）	乐段四（三句，十二字）
＋ － ＋ ｜（句）｜ ＋ ｜（读）＋ － ｜ －（韵）	＋ － ＋ ｜（句）＋ ｜ ＋ －（句） ＋ ｜ － －（韵）

例一　庆春宫（一百二字）

（宋）周邦彦

　　云接平冈，山围寒野，路回渐转孤城。衰柳啼鸦，惊风驱雁，动人一片秋声。倦途休驾，澹烟里、微茫见星。尘埃憔悴，生怕黄昏，离思牵萦。　　华堂旧日逢迎。花艳参差，香雾飘零。弦管当头，偏怜娇凤，夜深簧暖笙清。眼波传意，恨密约、匆匆未成。许多烦恼，只为当时，一晌留情。

　　注：该词上阕第四句至第六句为乐段二中的格式（1）；下阕第一句至第三句为乐段一中的格式（1），第四句至第五句为乐段二中的格式（1）。全词双调，一百二字，上阕十一句，四平韵；下阕十一句，五平韵。

例二　庆春宫（一百二字）

（宋）张　炎

　　蟾窟研霜，蜂房点蜡，一枝曾伴凉宵。清气初生，丹心未折，浓艳到此都消。避风归去，贮金屋、妆成汉娇。栗肌微润，和露吹香，直与秋高。　　小山旧隐重招。记得相逢，古道迢遥。把酒长歌，插花短舞，谁在水国吹箫。馀音何处，看万里、星河动摇。广庭人散，月淡天心，鹤下银桥。

注：该词上阕第四句至第六句为乐段二中的格式（2）；下阕第一句至第三句为乐段一中的格式（1），第四句至第五句为乐段二中的格式（2）。全词双调，一百二字，上阕十一句，四平韵；下阕十一句，五平韵。

例三　庆春宫（一百二字）

（宋）陈允平

孤鹜披霞，归鞍卸日，晚香菊自寒城。虚馆灯闲，征衫尘浣，夜深何处砧声。乱蛩催怨，月明里、依稀数星。云山迢递，犹误归期，方寸遍萦。　　秋风燕送鸿迎。最怜堤柳，白露先零。倦倚楼高，恨随天远，桂风和梦俱清。故人千里，记剪烛、西窗赋成。相如憔悴，宋玉凄凉，酒恨花情。

注：该词上阕第四句至第六句为乐段二中的格式（1）；下阕第一句至第三句为乐段一中的格式（2），第四句至第五句为乐段二中的格式（1）。全词双调，一百二字，上阕十一句，四平韵；下阕十一句，五平韵。

《庆春宫》（仄韵）的基本格式（双调）

《庆春宫》（仄韵）上阕，十一句，四仄韵	
乐段一（三句，十四字）	乐段二（三句，十四字）
＋｜＋－（句）＋－＋｜（句） ＋－＋｜－｜（韵）	＋｜－－（句）＋－＋｜（韵） ＋－－｜＋｜（韵）

《庆春宫》（仄韵）上阕，十一句，四仄韵	
乐段三（二句，十一字）	乐段四（三句，十二字）
＋－＋｜（句）｜＋｜（读）＋－ ＋｜（韵）	＋＋＋｜（句）＋｜－－（句） ＋＋－｜（韵）

《庆春宫》（仄韵）下阕，十一句，四仄韵	
乐段一（三句，十四字）	乐段二（三句，十四字）
＋－＋｜－－（句）＋｜－ －（句）＋－＋｜（韵）	＋｜－－（句）＋－＋｜（句） ＋｜＋－＋｜（韵） （1） ＋－＋｜（句）＋－＋｜（句） ＋｜＋－＋｜（韵） （2）

《庆春宫》（仄韵）下阕，十一句，四仄韵	
乐段三（二句，十一字）	乐段四（三句，十二字）
＋－＋｜（句）｜＋｜（读）＋－ ＋｜（韵）	＋－＋｜（句）＋｜－－（句） ＋－＋｜（韵）

例一　庆春宫（一百二字）

（宋）王沂孙

　　明玉擎金，纤罗飘带，为君起舞回雪。柔影参差，幽芳零乱，翠围腰瘦一捻。岁华相误，记前度、湘皋怨别。哀弦重诉，都是凄凉，未须弹彻。　　国香到此谁怜，烟冷沙昏，顿成愁绝。花恼难禁，酒消欲尽，门外冰澌欲结。试招仙魄，怕今夜、瑶簪冻折。携盘独出，空想咸阳，故宫落叶。

　　注：该词下阕第四句至第六句为乐段二中的格式（1）。全词双调，一百二字，上下阕各十一句，四仄韵。

例二　庆春宫（一百二字）

（宋）周　密

　　重叠云衣，微茫雁影，短篷稳载吴雪。霜叶敲寒，风灯摇晕，棹歌人语呜咽。拥衾呼酒，正百里、冰河乍合。千山换色，一镜无尘，玉龙吹裂。　　夜深醉踏长虹，表里空明，古今清绝。高台在否，登临休赋，忍见旧时明月。翠消香冷，怕空负、年芳轻别。孤山春早，一树梅花，待君同折。

注：该词下阕第四句至第六句为乐段二中的格式（2）。全词双调，一百二字，上下阕各十一句，四仄韵。

忆 旧 游

调始《清真乐府》，一名《忆旧游慢》。

《忆旧游》的长短句结构

上阕，四个乐段			
乐段一（十三字）	乐段二（十四字或十五字）	乐段三（十一字）	乐段四（十三字或十四字）
5　4　4 5　　35	5　5　4 34　4　4	6　5	5　4　4 5　4　5

下阕，四个乐段			
乐段一 （十四字）	乐段二 （十四字）	乐段三 （十一字）	乐段四 （十二字或十三字）
2　3　5　4 5　5　4	5　5　4	6　5	5　7 5　4　4

《康熙词谱》共收集六体《忆旧游》，双调，上下阕分别可分为四个乐段，其长短句结构如表所示。该调有一百二字、一百三字、一百四字等格式，上阕十一句或十句，四平韵；下阕十一句或十句、十二句，五平韵或四平韵、五平韵一叠韵。《康熙词谱》以一百二字体周邦彦词为正体或正格。《忆旧游》的正格与变格如表所示，其中，各乐段中的格式（1）为正格句式，其余格式为变格句式。

《忆旧游》的正格与变格（双调）

《忆旧游》上阕，十一句或十句，四平韵	
乐段一（三句或二句，十三字）	乐段二（三句，十四字或十五字）
❘＋－＋❘（句）＋❘－－（句） ＋❘－－（韵） （1）	＋❘－－❘（句）❘＋－＋❘（句） ＋❘－－（韵） （1）
＋－－❘❘（句）＋❘＋（读） ＋＋❘－－（韵） （2）	❘＋－＋❘（句）❘＋－＋❘（句） ＋❘－－（韵） （2）
	＋❘＋（读）＋－＋❘（句）＋ －＋❘（句）＋❘－－（韵） （3）

《忆旧游》上阕，十一句或十句，四平韵	
乐段三（二句，十一字）	乐段四（三句，十三字或十四字）
＋－❘＋－❘（句）＋❘❘－ －（韵） （1）	❘＋❘－－（句）＋－＋❘（句） ＋❘－－（韵） （1）
＋❘＋－＋❘（句）＋❘❘－－ （韵） （2）	❘＋❘－－（句）＋－＋❘（句） ＋❘❘－－（韵） （2）

例一　忆旧游（一百二字）

（宋）周邦彦

　　记愁横浅黛，泪洗红铅，门掩秋宵。坠叶惊离思，听寒蛩夜泣，乱雨萧萧。凤钗半脱云鬓，窗影烛花摇。渐暗竹敲凉，疏萤照晓，两地魂消。　　迢迢。问音信，道径底花阴，时认鸣镳。也拟临朱户，叹因郎憔悴，羞见郎招。旧巢更有新燕，杨柳拂河桥。但满目京尘，东风竟日吹露桃。

注：该词上阕第一句至第三句为乐段一中的格式（1），第四句至第六句为乐段二中的格式（1），第七句和第八句为乐段三中的格式（1），第九句至第十一句为乐段四中的格式（1）；下阕第一句至第四句为乐段一中的格式（1），第五句至第七句为乐段二中格式（1），第八句和

第九句为乐段三中的格式（1），第十句和第十一句为乐段四中的格式（1）。全词双调，一百二十字，上阕十一句，四平韵；下阕十一句，五平韵。

《忆旧游》下阕，十一句或十句、十二句，五平韵或四平韵、五平韵一叠韵	
乐段一（四句或三句，十四字）	乐段二（三句，十四字）
－ －（韵）｜ －｜（句）｜ ＋｜ －－（句）＋｜ － －（韵） （1）	＋｜ － －｜（句）｜ ＋ － ＋｜（句）＋｜ － －（韵） （1）
－ －（韵）｜ －｜（句）｜ ＋｜ －－（句）＋｜ － －（叠） （2）	＋ － －｜｜（句）｜ ＋ － ＋｜（句）＋｜ － －（韵） （2）
－ －｜ －｜（句）｜ ＋｜ － －（句）＋｜ － －（韵） （3）	
－ －｜ －｜（句）｜ ＋ － ＋｜（句）＋｜ － －（韵） （4）	
｜ ＋ － ＋｜（句）＋｜｜ － －（句）＋｜ － －（韵） （5）	

《忆旧游》下阕，十一句或十句、十二句，五平韵或四平韵、五平韵一叠韵	
乐段三（二句，十一字）	乐段四（二句或三句，十二字或十三字）
＋ －｜ ＋ －｜（句）＋｜｜ － －（韵） （1）	｜ ＋｜ － －（句）＋ － ＋｜ － ｜ －（韵） （1）
＋｜ － － ＋｜（句）＋｜｜ － －（韵） （2）	｜ ＋｜ － －（句）＋ － ＋｜（句）＋｜ － －（韵） （2）
	＋｜｜ － －（韵）＋ － ＋｜｜ －（韵） （3）

例二　忆旧游（一百二字）

（宋）张　炎

记琼筵卜夜，花槛移春，同恼莺娇。暗水流花径，正无风院落，银烛迟销。闹枝浅压鬖鬖，香脸泛红潮。甚如此游情，还将乐事，轻趁冰绡。　　飘零又成梦，但长歌袅袅，柳色迢迢。一叶江心冷，望美人不见，隔浦难招。认得旧时鸥鹭，重见月明桥。溯万里天风，清声漫忆何处箫。

注：该词上阕第一句至第三句为乐段一中的格式（1），第四句至第六句为乐段二中的格式（1），第七句和第八句为乐段三中的格式（1），第九句至第十一句为乐段四中的格式（1）；下阕第一句至第三句为乐段一中的格式（4），第四句至第六句为乐段二中格式（1），第七句和第八句为乐段三中的格式（2），第九句和第十句为乐段四中的格式（1）。全词双调，一百二字，上阕十一句，四平韵；下阕十句，四平韵。

例三　忆旧游（一百二字）

（宋）吴文英

送人犹未苦，苦送春、随人去天涯。片红都飞尽，正阴阴润绿，暗里啼鸦。赋情顿雪双鬓，飞梦逐尘沙。叹病渴凄凉，分香瘦减，两地看花。　　西湖断桥路，想系马垂杨，依旧欹斜。葵麦迷烟处，问离巢孤燕，飞过谁家。故人为写深怨，空壁扫秋蛇。但醉上吴台，残阳草色归思赊。

注：该词上阕第一句和第二句为乐段一中的格式（2），第三句至第五句为乐段二中的格式（2），第六句和第七句为乐段三中的格式（1），第八句至第十句为乐段四中的格式（1）；下阕第一句至第三句为乐段一中的格式（3），第四句至第六句为乐段二中格式（1），第七句和第八句为乐段三中的格式（1），第九句和第十句为乐段四中的格式（1）。全词双调，一百二字，上下阕各十句，四平韵。

例四　忆旧游（一百三字）

（宋）周　密

记移灯剪雨，换火簌香，去岁今朝。乍见翻疑梦，向梅边携手，笑挽吟桡。依依故人情味，歌舞试春娇。对婉娩年芳，漂零身世，酒趁愁消。　　天涯未归客，望锦羽沉沉，翠水迢迢。叹菊荒薇老，负故人猿鹤，旧隐难招。疏花漫捻愁思，无句到寒梢。但梦绕西陵，空江冷月，魂断随潮。

注：该词上阕第一句至第三句为乐段一中的格式（1），第四句至第六句为乐段二中的格式

（1），第七句和第八句为乐段三中的格式（1），第九句至第十一句为乐段四中的格式（1）；下阕第一句至第三句为乐段一中的格式（3），第四句至第六句为乐段二中格式（1），第七句和第八句为乐段三中的格式（1），第九句至第十一句为乐段四中的格式（2）。全词双调，一百三字，上下阕各十一句，四平韵。

例五　忆旧游（一百四字）

（宋）周　密

　　记花阴剪烛，柳影飞梭，庭户东风。彩笔争春艳，任香迷舞袖，醉忆歌丛。画帘尽卷芳昼，云剪玉玲珑。奈恨绝冰弦，尘侵翠谱，别凤引离鸿。　　鸳笼。怨春远，但翠冷闲阶，坠粉飘红。事逐年华换，叹水流花谢，燕去楼空。绣鸳暗老薇径，残梦绕雕笼。怅宝瑟无声，愁痕沁碧，江上孤峰。

　　注：该词上阕第一句至第三句为乐段一中的格式（1），第四句至第六句为乐段二中的格式（1），第七句和第八句为乐段三中的格式（1），第九句至第十一句为乐段四中的格式（2）；下阕第一句至第四句为乐段一中的格式（1），第五句至第七句为乐段二中格式（1），第八句和第九句为乐段三中的格式（1），第十句至第十二句为乐段四中的格式（2）。全词双调，一百四字，上阕十一句，四平韵；下阕十二句，五平韵。

例六　忆旧游（一百三字）

（宋）刘将孙

　　正落花时节，憔悴东风，绿满愁痕。悄客梦、惊呼伴侣，断鸿有约，回泊归云。江空共道惆怅，夜雨隔篷闻。尽世外纵横，人间恩怨，细酌重论。　　叹他乡异县，渺旧雨新知，历落情真。匆匆那忍别，料当君思我，我亦思君。人生自非麋鹿，无计久同群。此去重消魂。黄昏细雨深闭门。

　　注：该词上阕第一句至第三句为乐段一中的格式（1），第四句至第六句为乐段二中的格式（3），第七句和第八句为乐段三中的格式（1），第九句至第十一句为乐段四中的格式（1）；下阕第一句至第三句为乐段一中的格式（5），第四句至第六句为乐段二中格式（2），第七句和第八句为乐段三中的格式（1），第九句和第十句为乐段四中的格式（3）。全词双调，一百三字，上阕十一句，四平韵；下阕十句，五平韵。

例七　忆旧游（一百二字）

（宋）张　炎

记凝妆倚扇，笑眼观帘，曾款芳尊。步屧交枝径，引生香不断，流水中分。忘了牡丹名字，和露拨花根。甚杜牧重来，买栽无地，都是销魂。　　空存。断肠草，伴几摺眉痕。几点啼痕。镜里芙蓉老，问如今何处，绾绿梳云。怕有旧时归燕，犹自识黄昏。待说与羁愁，遥知路隔杨柳门。

注：该词上阕第一句至第三句为乐段一中的格式（1），第四句至第六句为乐段二中的格式（1），第七句和第八句为乐段三中的格式（2），第九句至第十一句为乐段四中的格式（1）；下阕第一句至第四句为乐段一中的格式（2），第五句至第七句为乐段二中格式（1），第八句和第九句为乐段三中的格式（2），第九句和第十句为乐段四中的格式（1）。全词双调，一百二字，上阕十一句，四平韵；下阕十一句，五平韵一叠韵。

花　犯

调始《清真乐府》，周密词名《绣鸾凤花犯》。

《花犯》的长短句结构

《花犯》上阕，四个乐段			
乐段一（十二字）	乐段二（十三字）	乐段三（十二字）	乐段四（十二字）
3　4　5	4　5　4	7　5	34　5

《花犯》下阕，四个乐段			
乐段一 （十六字）	乐段二 （十字或九字）	乐段三 （十五字）	乐段四 （十二字）
7　5　4 7　3　6	3　34 3　6	34　35	34　5

《康熙词谱》共收集《花犯》四体，双调，上下阕分别可分为四个乐段，其长短句结构如表所示。该调有一百二字或一百一字等格式，上阕十句，六仄韵或五仄韵；下阕九句，四仄韵或五仄韵。《康熙词谱》以一百二字体周邦彦词为正体或正格。该调的正格与变格如表所示，其中，上下阕各乐段中的格式（1）为正格句式，其余为变格句式。

《花犯》的正格和变格（双调，仄韵）

《花犯》上阕，十句，六仄韵或五仄韵	
乐段一（三句，十二字）	乐段二（三句，十三字）
|－－（句）＋－＋|（句） －－|－|（韵）	＋－＋|（韵）＋||－－（句） ＋＋－|（韵）

《花犯》上阕，十句，六仄韵或五仄韵	
乐段三（二句，十二字）	乐段四（二句，十二字）
＋－||－－|（韵）＋－ －||（韵） （1） ＋－||－－|（句）＋－ －||（韵） （2）	＋＋|（读）＋－＋|（句）＋－ －||（韵）

例一　花犯（一百二字）

（宋）周邦彦

　　粉墙低，梅花照眼，依然旧风味。露痕轻缀。疑净洗铅华，无限佳丽。去年胜赏曾孤倚。冰盘同燕喜。更可惜、雪中高树，香篝熏素被。　　今年对花最匆匆，相逢似有恨，依依愁悴。吟望久，青苔上、旋看飞坠。相将见、脆圆荐酒，人正在、空江烟浪里。但梦想、一枝潇洒，黄昏斜照水。

　　注：该词上阕第七句和第八句为乐段三中的格式（1）；下阕第一句至第三句为乐段一中的格式（1），第四句和第五句为乐段二中的格式（1），第六句和第七句为乐段三中的格式（1）。全词双调，一百二字，上阕十句，六仄韵；下阕九句，四仄韵。

《花犯》下阕，九句，四仄韵或五仄韵	
乐段一（三句，十六字）	乐段二（二句，九字或十字）
＋－｜＋｜－－（句）－－＋ ｜｜（句）＋－＋｜（韵） （1）	－＋｜（句）＋＋＋＋（读）＋ －＋｜（韵） （1）
＋－｜＋｜－－（句）－＋｜（句） ＋｜＋－＋｜（韵） （2）	－＋｜（句）＋｜＋－＋｜（韵） （2）

《花犯》下阕，九句，四仄韵或五仄韵	
乐段三（二句，十五字）	乐段四（二句，十二字）
＋＋＋（读）＋－＋｜（句）＋ ＋＋（读）＋－－｜｜（韵） （1）	＋＋＋（读）＋－＋｜（句） ＋－－｜｜（韵）
＋＋＋（读）＋－＋｜（韵）＋ ＋＋（读）＋－－｜｜（韵） （2）	

例二　花犯（一百二字）

（宋）吴文英

剪横枝，清溪分影，儵然镜空晓。小窗春到。怜夜冷霜娥，相伴孤照。古苔泪锁霜千点，苍华人共老。料浅雪、黄昏驿路，飞香遗冷草。　　行云梦中认琼娘，冰肌瘦，窈窕风前纤缟。残醉醒，屏山外、翠禽声小。寒泉贮，绀壶渐暖，年事对、青灯惊换了。但恐舞、一帘蝴蝶，玉龙吹又杳。

注：该词上阕第七句和第八句为乐段三中的格式（2）；下阕第一句至第三句为乐段一中的格式（2），第四句和第五句为乐段二中的格式（1），第六句和第七句为乐段三中的格式（1）。全词双调，一百二字，上阕十句，五仄韵；下阕九句，四仄韵。

例三　花犯（一百二字）

（宋）吴文英

小娉婷，青铅素靥，蜂黄暗偷晕。翠翘欹鬓。昨夜冷中庭，月下相认。睡浓更苦凄风紧。惊回心未稳。送晓色、一壶葱蒨，才知花梦准。　　湘娥化作此幽芳，凌波路，古岸云沙遗恨。临砌影，寒香乱、冻梅藏韵。熏炉畔、旋移傍枕。又还见、玉人垂绀鬓。料唤赏、清华池馆，台杯须满引。

注：该词上阕第七句和第八句为乐段三中的格式（1）；下阕第一句至第三句为乐段一中的格式（2），第四句和第五句为乐段二中的格式（1），第六句和第七句为乐段三中的格式（2）。全词双调，一百二字，上阕十句，六仄韵；下阕九句，五仄韵。

例四　花犯（一百一字）

（宋）周　密

楚江湄，湘娥乍见，无言洒清泪。淡然春意。空独倚东风，芳思谁记。凌波路冷秋无际。香云随步起。漫记得、汉宫仙掌，亭亭明月底。　　冰弦写怨更多情，骚人恨，枉赋芳兰幽芷。春思远，谁赏国香风味。相将共、岁寒伴侣，小窗净、沉烟熏翠被。幽梦觉、涓涓清露，一枝灯影里。

注：该词上阕第七句和第八句为乐段三中的格式（1）；下阕第一句至第三句为乐段一中的格式（2），第四句和第五句为乐段二中的格式（2），第六句和第七句为乐段三中的格式（1）。全词双调，一百一字，上阕十句，六仄韵；下阕九句，四仄韵。

倒　　犯

调始《清真乐府》，又名《吉了犯》。

《倒犯》的长短句结构

《倒犯》上阕，四个乐段			
乐段一（十一字）	乐段二（十一字）	乐段三（十一字）	乐段四（十六字）
2　5　　4　　　5　　6	4　　　　3　4	4　7　　4　　7　　3　　5　3	5　　5　　3　　3

《倒犯》下阕，四个乐段			
乐段一（十三字）	乐段二（十一字）	乐段三（十四字）	乐段四（十五字）
4　　4　　5	5　　3　　3	3　3　　3　5	5　　5　　5

《康熙词谱》共收集三体《倒犯》，双调，上下阕分别可分为四个乐段，其长短句结构如表所示。该调一百二字，上阕九句或十句，六仄韵；下阕十一句，六仄韵。《康熙词谱》以周邦彦词为正体或正格。该调的正格与变格如表所示，其中，上下阕各乐段中的格式（1）为正格句式，其余为变格句式。

例一　倒犯（一百二字）

（宋）周邦彦

霁景、对霜蟾乍升，素烟如扫。千林夜缟。徘徊处、渐移深窈。何人正弄、孤影蹁跹西窗悄。冒露冷貂裘，玉斝邀云表。共寒光，饮清醥。　　淮左旧游，记送行人，归来山路杳。驻马望素魄，印遥碧，金枢小。爱秀色、初娟好。念漂浮、绵绵思远道。料异日宵征，必定还相照。奈何人自老。

注：该词上阕第一句和第二句为乐段一中的格式（1），第五句为乐段三中的格式（1）；下阕第七句和第八句为乐段三中的格式（1）。全词双调一百二字，上阕九句，六仄韵；下阕十一句，六仄韵。

《倒犯》的正格和变格（双调）

《倒犯》上阕，九句或十句，六仄韵	
乐段一（二句，十一字）	乐段二（二句，十一字）
＋｜（读）｜＋－｜－（句）＋－＋｜（韵） （1） ＋｜｜－－（句）＋－｜－＋｜（韵） （2）	＋－＋｜（韵）＋＋＋（读）＋－＋｜（韵）

《倒犯》上阕，九句或十句，六仄韵	
乐段三（一句或二句，十一字）	乐段四（四句，十六字）
＋－＋｜（读）＋｜＋－－＋｜（韵） （1） ＋－＋｜（句）＋｜＋－－＋｜（韵） （2） ＋－｜（句）｜＋｜＋－－（读）＋－｜（韵） （3）	＋｜｜－－（句）＋｜－－｜（韵） ｜＋－（句）＋－｜（韵）

例二　倒犯（一百二字）

（宋）吴文英

茂苑、共莺花醉吟，岁寒如许。江湖夜雨。传书问、雁多幽阻。清溪上，惯来往扁舟、轻如羽。到兴懒归来，玉冷耕云圃。按琼箫，赋金缕。　　回首词场，动地声名，春雷初启户。枕水卧漱石，数间屋，梅一坞。待共结、良朋侣。载清尊、随花追野步。要未若城南，分取溪隈住。昼长看柳舞。

注：该词上阕第一句和第二句为乐段一中的格式（1），第五句和第六句为乐段三中的格式（3）；下阕第七句和第八句为乐段三中的格式（1）。全词双调一百二字，上阕十句，六仄韵；下阕十一句，六仄韵。

《倒犯》下阕，十一句，六仄韵	
乐段一（三句，十三字）	乐段二（三句，十一字）
＋｜＋－（句）＋｜－－（句）＋｜－－｜｜（韵）	＋｜＋＋｜（句）＋｜－｜（句）－＋｜（韵）

《倒犯》下阕，十一句，六仄韵	
乐段三（二句，十四字）	乐段四（三句，十五字）
＋＋＋（读）－＋｜（韵）＋＋＋（读）＋｜－－｜｜（韵） （1） ＋＋＋（读）－＋｜（韵）＋＋＋（读）＋｜－－｜（韵） （2）	｜＋｜－－（句）＋｜－－｜（韵）＋｜－－｜｜（韵）

例三　倒犯（一百二字）

（宋）陈允平

　　百尺凤凰楼，碧天暮云初扫。冰华散缟。双鸾驾、镜悬空窈。婆娑桂影，香满西风栏干悄。渐玉魄金辉，飞度千山表。饵元霜，醉琼醴。　　身在九霄，独步丹梯，飘飘轻雾窎。缥缈广寒殿，觉尘世，山河小。爱十二、琼楼好。算谁知、消息盈虚道。任地久天长，今古无私照。但仙娥不老。

　　注：该词上阕第一句和第二句为乐段一中的格式（2），第五句为乐段三中的格式（2）；下阕第七句和第八句为乐段三中的格式（2）。全词双调一百二字，上阕十句，六仄韵；下阕十一句，六仄韵。

卷三十一

瑞 鹤 仙

元高拭词注"正宫"。《夷坚志》云:"乾道中,吴兴周权知衢州西安县,一日令术士沈延年邀紫姑神,赋《瑞鹤仙·牡丹》词,有'睹娇红一捻'句,因名《一捻红》。"

《瑞鹤仙》的长短句结构

上阕,四个乐段

乐段一 (十四字或十三字、十二字)	乐段二 (十四字或十二字)	乐段三 (十一字或十字)	乐段四 (十三字或十一字)
5　　36 5　　34 5　5　4 5　4　4 4　5　4 5　　34	5　　36 5　5　4 4　4　4 5　5　4	4　　34 4　　6 4　　34	5　4　4 4　5　4 3　3　5 5　　35 34　　6 36　　4 34　　6
4　1　5　3　1	4　1　3　5　1	3　1　33　1	34　　5　　1

下阕,四个乐段

乐段一 (十四字或十二字)	乐段二(十字或十一字、八字)	乐段三(十五字或十六字、十四字、十一字)	乐段四 (十一字或十字)
6　4　4 4　4　4 2　4　4　4 2　4　4　4	4　3　3 4　　6 4　　34 4　　4 4　　6	36　　6 37　　6 4　　34 5　4　6 4　4　6 3　6　6	5　　6 34　　4 5　　5
1　1　4　3　1	3　1　5　1	5　4　5　1	3　4　3　1

《康熙词谱》共收集十六体《瑞鹤仙》，双调，上下阕分别可分为四个乐段，其长短句结构如表所示。该调有一百二字或一百三字、一百一字、一百字等格式。上阕九句或十句、八句，七仄韵或六仄韵、四仄韵；下阕十句或十二句、十一句，六仄韵或七仄韵、五仄韵。《康熙词谱》以一百二字体周邦彦词为正体或正格。该调的正格与变格如表所示，其中，各乐段中的格式（1）为正格句式，其余为变格句式。蒋捷词和方岳词为仿楚辞体，它们的长短句结构如表末行所示。

《瑞鹤仙》的正格与变格（双调）

《瑞鹤仙》上阕，九句或十句、八句，七仄韵或六仄韵、四仄韵	
乐段一（二句或三句，十四字或十三字）	乐段二（二句或三句，十四字）
｜＋－＋｜（韵）＋＋＋（读） ＋｜＋－＋｜（韵） （1）	－－｜－｜（韵）＋＋＋（读） ＋｜＋－＋｜（韵） （1）
｜＋－＋｜（韵）＋＋＋（读） ＋｜＋｜－｜（韵） （2）	－－｜－｜（句）＋＋＋（读） ＋｜＋－＋｜（韵） （2）
＋－－｜｜（韵）＋＋＋（读） ＋｜＋－＋｜（韵） （3）	＋－－｜｜（韵）＋＋＋（读） ＋｜＋－＋｜（韵） （3）
＋－－｜｜（韵或句）｜＋｜－ ＋（句）＋＋－｜（韵） （4）	－－｜－｜（韵）｜＋－＋｜（句） ＋－＋｜（韵） （4）
－－｜－｜（韵或句）｜＋｜－ －（句）＋－－｜（韵） （5）	＋－｜－｜（句）－－｜－｜（句） ＋－＋｜（韵） （5）
｜＋－＋｜（句）｜＋－（句） ＋－＋｜（韵） （6）	＋－｜－｜（句）＋－－｜（句） ＋－＋｜（韵） （6）
＋－＋｜（韵）＋＋＋｜－－（句） ＋＋－｜（韵） （7）	

《瑞鹤仙》上阕，九句或十句、八句，七仄韵或六仄韵、四仄韵

乐段三（二句，十一字或十字）	乐段四（三句或二句，十三字、十一字）
＋ － ＋ ｜（韵）＋ ＋ ＋（读）－ ＋ ＋ ｜（韵） （1）	｜ ＋ － ＋ ｜（句）＋ ｜ ＋ －（句）＋ ＋ － ｜（韵） （1）
＋ － ＋ ｜（句）＋ ＋ ＋（读）－ ＋ ＋ ｜（韵） （2）	｜ ＋ － ＋ ｜（句）＋ － ＋ ｜（句）＋ ＋ － ｜（韵） （2）
＋ － ＋ ｜（句）｜ － ＋ － ＋ ｜（韵） （3）	｜ ＋ － ＋ ｜（句）＋ ＋ ＋（读）＋ ｜ － － ｜（韵） （3）
＋ － ＋ ｜（句）＋ ｜ ＋ － ＋ ｜（韵） （4）	＋ － ＋ ｜（句）｜ ＋ ｜ ＋ －（句）＋ ｜ － ｜（韵） （4）
	＋ ＋ ＋（读）＋ ｜ － －（句）＋ ｜ ＋ － ＋ ｜（韵） （5）
	＋ ＋ ＋（读）＋ － ＋ ｜（句）＋ － ＋ ｜ － ｜（韵） （6）
	＋ ＋ ＋（读）＋ ｜ ＋ － ＋ ｜（句）＋ － ＋ ｜（韵） （7）
	＋ ＋ ＋（读）＋ ｜ － － －（句）＋ ｜ － ｜（韵） （8）
	＋ ＋ ＋（读）＋ ｜ － －（句）＋ ｜ ＋ － ＋ ｜（韵） （9）
	｜ － ＋（句）－ ＋ ｜（句）＋ ｜ ＋ － ｜（韵） （10）

《瑞鹤仙》下阕，十句或十二句、十一句，六仄韵或七仄韵、五仄韵	
乐段一（三句或四句，十四字或十二字）	乐段二（三句或二句，十字或八字、十一字）
＋｜＋ － ＋｜（句）＋｜－ －（句） ＋｜－ ＋｜（韵） （1）	＋ － ＋｜（韵）＋｜＋｜（句）＋ －｜（韵） （1）
－ ｜（韵）＋｜－ ＋｜（句）＋｜＋ － －（句）＋｜－ ＋｜（韵） （2）	＋｜＋ ＋｜（韵）＋｜＋ ＋（读）＋｜ ＋ － ｜（韵） （2）
－ ｜（韵）＋｜＋ －｜（句）＋｜－ ＋｜（句）＋｜＋ ＋ －｜（韵） （3）	＋ － ｜＋（句）＋｜＋ ＋（句）＋ － ｜（韵） （3）
＋｜－ －（句）＋｜－ ＋｜（句） ＋｜－ ＋｜（韵） （4）	＋ － ＋｜（韵）＋｜－ ＋｜－｜（韵） （4）
	＋｜－ ＋｜（韵）＋｜－ ＋｜（韵） （5）
注：下阕乐段二中的格式"＋ ＋ ＋（句）"三字，须有平有仄。	

例一　瑞鹤仙（一百二字）

（宋）周邦彦

悄郊园带郭。行路永、客去车尘漠漠。斜阳映山落。敛余红、犹恋孤城阑角。凌波步弱。过短亭、何用素约。有流莺劝我，重解雕鞍，缓引春酌。　　不记归时早暮，上马谁扶，醒眠朱阁。惊飚动幕。扶残醉，绕红药。叹西园、已是花深无地，东风何事又恶。任流光过却。犹喜洞天自乐。

注：该词上阕第一句和第二句为乐段一中的格式（1），第三句和第四句为乐段二中的格式（1），第五句和第六句为乐段三中的格式（1），第七句至第九句为乐段四中的格式（1）；下阕第一句至第三句为乐段一中的格式（1），第四句至第六句为乐段二中的格式（1），第七句和第八句为乐段三中的格式（1），第九句和第十句为乐段四中的格式（1）。全词双调，一百二字，上阕九句，七仄韵；下阕十句，六仄韵。

《瑞鹤仙》下阕，十句或十二句、十一句，六仄韵或七仄韵、五仄韵	
乐段三 （二句或三句，十五字或十六字、十四字、十一字）	乐段四 （二句，十一字）
＋＋＋（读）＋｜＋—＋｜（句） ＋｜——｜＋｜（韵） （1）	｜＋—＋｜（韵）＋｜＋— ＋｜（韵） （1）
＋＋＋（读）＋｜＋｜＋｜（句） ＋｜＋—＋｜（韵） （2）	｜＋—＋｜（韵或句）＋＋｜ —＋｜（韵） （2）
＋＋＋（读）＋｜＋—｜｜（韵） ＋｜——｜＋｜（韵） （3）	＋＋＋（读）＋｜——（句） ＋—＋｜（韵） （3）
＋—＋｜（句）＋—＋｜（句） ｜＋—＋｜（韵） （4）	＋＋＋（读）＋＋—｜（句） ＋—＋｜（韵） （4）
｜＋—＋｜（句）＋—＋｜（句）＋ ｜＋—＋｜（韵） （5）	｜＋—＋｜（句）＋｜＋＋｜ （韵） （5）
｜＋—＋｜（句）＋—＋｜（句）＋ —＋｜＋｜（韵） （6）	
＋—＋｜（句）＋＋＋（读）＋＋ —｜（韵） （7）	

例二　瑞鹤仙（一百二字）

（宋）曾　觌

　　陡寒生翠幕。冻云垂、缤纷飞雪初落。萦风度池阁。袅余妍、时趁舞腰纤弱。江天漠漠。认残梅、吹散画角。正貂裘乍怯，黄昏院宇，入檐飘泊。　　依约。银河迢递，种玉群仙，共骖鸾鹤。东君未觉。先春绽，万花萼。向尊前、已喜丰年呈瑞，人间何事最乐。拥笙歌绣阁。低帷纵欢细酌。

　　注：该词上阕第一句和第二句为乐段一中的格式（2），第三句和第四句为乐段二中的格式（1），第五句和第六句为乐段三中的格式（1），第七句至第九句为乐段四中的格式（2）；下

阕第一句至第四句为乐段一中的格式（2），第五句至第七句为乐段二中的格式（1），第八句和第九句为乐段三中的格式（1），第十句和第十一句为乐段四中的格式（2）。全词双调，一百二字，上阕九句，七仄韵；下阕十一句，七仄韵。

例三　瑞鹤仙（一百二字）

（宋）杨无咎

听梅花再弄。残酒醒、无寐寒轻愁拥。凄凉谁与共。漫赢得、别恨离怀千种。拂墙树动。更晓来、云阴雨重。对伤心好景，回首旧游，恍然如梦。　　欢纵。西湖曾返，画舫争驰，绣鞍双控。归来夜中。要银烛，衔金凤。到而今、谁拣花枝同戴，谁酌酒杯笑捧。但逢花对酒，空只自歌自送。

注：该词上阕第一句和第二句为乐段一中的格式（1），第三句和第四句为乐段二中的格式（3），第五句和第六句为乐段三中的格式（1），第七句至第九句为乐段四中的格式（1）；下阕第一句至第四句为乐段一中的格式（2），第五句至第七句为乐段二中的格式（3），第八句和第九句为乐段三中的格式（2），第十句和第十一句为乐段四中的格式（2）。全词双调，一百二字，上阕九句，七仄韵；下阕十一句，五仄韵。

例四　瑞鹤仙（一百二字）

（宋）毛　开

柳风清昼溽。山樱晚、一树高红争熟。轻纱睡初足。悄无人、敧枕虚檐鸣玉。南园秉烛。叹流光、容易过目。送春归去，有无数弄禽，满径新竹。　　闲记追欢寻胜，杏栋西厢，粉墙南曲。别长会促。成何计，奈幽独。纵湘弦难寄，寒香终在，屏山蝶梦难续。对沿阶、细草萋萋，为谁自绿。

注：该词上阕第一句和第二句为乐段一中的格式（3），第三句和第四句为乐段二中的格式（1），第五句和第六句为乐段三中的格式（1），第七句至第九句为乐段四中的格式（4）；下阕第一句至第三句为乐段一中的格式（1），第四句至第六句为乐段二中的格式（1），第七句至第九句为乐段三中的格式（6），第十句和第十一句为乐段四中的格式（3）。全词双调，一百二字，上阕九句，七仄韵；下阕十一句，五仄韵。

例五　瑞鹤仙（一百字）

（宋）赵　文

绿杨深似雨。西湖上、旧日愁丝恨缕。风流似张绪。羡春风、依旧年年眉妩。宫腰楚楚。倚画阑、曾斗妙舞。想如今、似我零落天涯，却悔相炉。　　痛绝长堤别后，杨白华飞，旧腔谁谱。年光暗度。凄凉谁诉。记菩提寺路，段家桥水，何时重到梦处。况柔条老去，争奈系春不住。

注：该词上阕第一句和第二句为乐段一中的格式（3），第三句和第四句为乐段二中的格式（1），第五句和第六句为乐段三中的格式（1），第七句和第八句为乐段四中的格式（8）；下阕第一句至第三句为乐段一中的格式（1），第四句至第五句为乐段二中的格式（5），第六句至第八句为乐段三中的格式（6），第九句和第十句为乐段四中的格式（1）。全词双调，一百字，上阕八句，七仄韵；下阕十句，五仄韵。

例六　瑞鹤仙（一百三字）
（宋）周邦彦

暖烟笼细柳，弄万缕千丝，年年春色。晴风荡无际，浓于酒、偏醉情人词客。栏干倚处，度花香、微散酒力。对重门半掩，黄昏淡月，院宇深寂。　　愁极。因思前事，洞房佳宴，正值寒食。寻芳遍赏，金谷里，铜驼陌。到而今、鱼雁沉沉无信息。天涯常是泪滴。早归来、云馆深处，那人正忆。

注：该词上阕第一句至第三句为乐段一中的格式（4），第四句和第五句为乐段二中的格式（2），第六句和第七句为乐段三中的格式（2），第八句至第十句为乐段四中的格式（2）；下阕第一句至第四句为乐段一中的格式（3），第五句至第七句为乐段二中的格式（1），第八句和第九句为乐段三中的格式（3），第十句和第十一句为乐段四中的格式（4）。全词双调，一百三字，上阕十句，四仄韵；下阕十一句，六仄韵。

例七　瑞鹤仙（一百二字）
（宋）史达祖

杏烟娇湿鬓。过杜若汀洲，楚衣香润。回头翠楼近。指鸳鸯沙上，暗藏春恨。归鞭隐隐。便不念、芳盟未稳。自箫声、吹落云东，再数故园花信。　　谁问。听歌窗罅，倚月钩阑，旧家轻俊。芳心一寸。相思后，总灰烬。奈春风多事，吹花摇柳，也把幽情唤醒。对南溪、桃萼翻红，又成瘦损。

注：该词上阕第一句至第三句为乐段一中的格式（4），第四句至第六句为乐段二中的格式（4），第七句和第八句为乐段三中的格式（1），第九句和第十句为乐段四中的格式（5）；下阕第一句至第四句为乐段一中的格式（2），第五句至第七句为乐段二中的格式（1），第八句至第十句为乐段三中的格式（5），第十一句和第十二句为乐段四中的格式（3）。全词双调，一百二字，上阕十句，七仄韵；下阕十二句，六仄韵。

例八　瑞鹤仙（一百二字）

（宋）袁去华

郊原初过雨。见败叶零乱，风定犹舞。斜阳挂深树。映浓愁浅黛，遥山眉妩。来时旧路。尚岩花、娇黄半吐。到而今、惟有溪边流水，见人如故。　　无语。邮亭深静，下马还寻，旧曾题处。无聊倦旅。伤离恨，最愁苦。纵收香藏镜，他年重到，人面桃花在否。念沉沉、小阁幽窗，有时梦去。

注：该词上阕第一句至第三句为乐段一中的格式（4），第四句至第六句为乐段二中的格式（4），第七句和第八句为乐段三中的格式（1），第九句和第十句为乐段四中的格式（7）；下阕第一句至第四句为乐段一中的格式（2），第五句至第七句为乐段二中的格式（1），第八句至第十句为乐段三中的格式（5），第十一句和第十二句为乐段四中的格式（3）。全词双调，一百二字，上阕十句，七仄韵；下阕十二句，六仄韵。

例九　瑞鹤仙（一百二字）

（宋）刘一止

鸳行旧俦侣。问底事迟回，西州西处。闲居久如许。想邻公对饮，诗人联句。夤缘会遇。过高轩、相逢喜舞。正菊天、景物澄鲜，切莫趣归言去。　　看取。星扉月户，雾阁云窗，非公孰住。从容笑语。人生易别难聚。恨分违有日，留连无计，满目离愁忍觑。若他时、鱼雁南来，把书寄与。

注：该词上阕第一句至第三句为乐段一中的格式（5），第四句至第六句为乐段二中的格式（4），第七句和第八句为乐段三中的格式（1），第九句和第十句为乐段四中的格式（9）；下阕第一句至第四句为乐段一中的格式（2），第五句和第六句为乐段二中的格式（4），第七句至第九句为乐段三中的格式（5），第十句和第十一句为乐段四中的格式（3）。全词双调，一百二字，上阕十句，七仄韵；下阕十一句，六仄韵。

例十　瑞鹤仙（一百二字）

（宋）赵长卿

败荷擎沼面，渐叶舞林梢，光阴何速。碧天静如水，金风透帘幕，露清蝉伏。追思往事，念当年、悲伤宋玉。渐危楼向晚，魂销处、倚遍栏干曲。　　凝目。一霎微雨，塞鸿声断，酒病相续。无情赏处，金井梧，东篱菊。渐兰桡归去，银蟾满夜，水村烟渡怎宿。负伊家、万愁千恨。甚时是足。

注：该词上阕第一句至第三句为乐段一中的格式（4），第四句至第六句为乐段二中的格式（5），第七句和第八句为乐段三中的格式（1），第九句和第十句为乐段四中的格式（3）；下阕第一句至第四句为乐段一中的格式（3），第五句至第七句为乐段二中的格式（3），第八句

至第十句为乐段三中的格式（6），第十一句和第十二句为乐段四中的格式（4）。全词双调，一百二字，上阕十句，四仄韵；下阕十二句，五仄韵。

例十一　瑞鹤仙（一百三字）
（元）张　枢

卷帘人睡起。放燕子归来，商量春事。风光又能几。减芳菲，都在卖花声里。吟边眼底。披嫩绿、移红换紫。甚等闲、半委东风，半委小溪流水。　　还是。苔痕湔雨，竹影留云，待晴犹未。兰舟静舣。西湖上、多少歌吹。粉蝶儿、守定落花不去，湿重寻香两翅。怎知人、一点新愁，寸心万里。

注：该词上阕第一句至第三句为乐段一中的格式（4），第四句至第六句为乐段二中的格式（1），第七句和第八句为乐段三中的格式（2），第九句和第十句为乐段四中的格式（5）；下阕第一句至第四句为乐段一中的格式（2），第五句和第六句为乐段二中的格式（2），第七句和第八句为乐段三中的格式（2），第九句和第十句为乐段四中的格式（3）。全词双调，一百三字，上阕十句，七仄韵；下阕十句，六仄韵。

例十二　瑞鹤仙（一百一字）
（宋）洪　璟

听梅花吹动，夜凉何其，明星有烂。相看泪如霰。问而今去也，何时会面。匆匆聚散。恐便作、秋鸿社燕。最伤情、夜来枕上，断云零雨何限。　　因念。人生万事，回首悲凉，都成梦幻。芳心缱绻。空惆怅，巫阳馆。况船头一转，三千余里，隐隐高城不见。恨无情、春水连天，片帆似箭。

注：该词上阕第一句至第三句为乐段一中的格式（6），第四句至第六句为乐段二中的格式（4），第七句和第八句为乐段三中的格式（1），第九句和第十句为乐段四中的格式（6）；下阕第一句至第四句为乐段一中的格式（2），第五句至第七句为乐段二中的格式（1），第八句至第十句为乐段三中的格式（5），第十一句和第十二句为乐段四中的格式（3）。全词双调，一百一字，上阕十句，六仄韵；下阕十二句，六仄韵。

例十三　瑞鹤仙（一百字）
（元）白　朴

夕阳王谢宅。对草树荒寒，亭台欹侧。乌衣旧时客。渺双飞万里，水云宽窄。东风羽翅，也迷当时巷陌。向寻常、百姓人家，辜负几回春色。　　凄恻。人空不见，画栋栖香，绣帘窥额。云兜雾隔。锦书至，付谁拆。刘郎只见，金陵兴废，赚得行人鬓白。又争如、复到元都，兔葵燕麦。

注：该词上阕第一句至第三句为乐段一中的格式（4），第四句至第六句为乐段二中的格式（4），第七句和第八句为乐段三中的格式（3），第九句和第十句为乐段四中的格式（5）；下阕第一句至第四句为乐段一中的格式（2），第五句至第七句为乐段二中的格式（1），第八句至第十句为乐段三中的格式（4），第十一句和第十二句为乐段四中的格式（3）。全词双调，一百字，上阕十句，六仄韵；下阕十二句，六仄韵。

例十四　瑞鹤仙（九十字）

（明）张 肎

盈盈罗袜。移芳步凌波，缓踏明月。清漪照影，玉容凝素，裙拖翠缬。鬓横金凤，渺渺澄江半涉。晚风生，寒料峭，消瘦想愁怯。　　我僭为兄，山攀为弟，也同奇绝。余芬剩馥，尚熏透、霞绡重叠。春心未展，闲情在、两鬓眉叶。便蜂黄褪了，丰韵媚粉颊。

注：该词上阕第一句至第三句为乐段一中的格式（7），第四句至第六句为乐段二中的格式（6），第七句至第八句为乐段三中的格式（4），第九句至第十一句为乐段四的格式（10）；下阕第一句至第三句为乐段一中的格式（4），第四句至第五句为乐段二中的格式（2），第六句和第七句为乐段三中的格式（7），第八句和第九句为乐段四中的格式（5）。全词双调，九十字，上阕十一句，五仄韵；下阕九句，四仄韵。（注：《康熙词谱》上阕第四句至第八句的顺序为："清漪照影，玉容凝素，鬓横金凤，裙拖翠缬。渺渺澄江半涉。"，但从该调的长短句结构看，本例将第六句和第七句换了一下位置，似更合理。）

蒋捷《瑞鹤仙》仿楚辞体（双调）

蒋捷《瑞鹤仙》仿楚辞体，上阕，十句，四平韵三叶韵	
乐段一（三句，十四字）	乐段二（三句，十二字）
＋－＋｜（叶）也＋－－－｜（句）｜－－（韵）也	＋－｜－（韵）也｜－－（句）＋｜＋－－（韵）也

蒋捷《瑞鹤仙》仿楚辞体，上阕，十句，四平韵三叶韵	
乐段三（二句，十一字）	乐段四（二句，十三字）
－－｜（叶）也＋＋＋（读）－－｜（叶）也	＋＋＋（读）＋｜－－（句）＋｜｜－－（韵）也

蒋捷《瑞鹤仙》仿楚辞体，下阕，十一句，三平韵三叶韵	
乐段一（四句，十四字）	乐段二（二句，十字）
一（韵）也＋一＋｜（叶）＋｜＋一一（句）｜一一一（韵）也	一一一｜（韵）也一一一＋｜一（韵）也

蒋捷《瑞鹤仙》仿楚辞体，下阕，十一句，三平韵三叶韵	
乐段三（三句，十五字）	乐段四（二句，十一字）
＋一一｜｜（句）一一＋｜（句）＋｜一一｜（叶）也	＋＋＋（读）＋｜一一（句）＋一｜（叶）也

例　瑞鹤仙（一百二字）

（宋）蒋　捷

玉霜生穗。（也）渺洲云翠痕，雁绳低。（也）层帘四垂。（也）锦堂寒，早近开炉时。（也）香风递。（也）是东篱、花深处。（也）料此花、伴我仙翁，未肯放秋归。（也）　　嬉。（也）缯波稳舫，镜月危楼，醋琼酏。（也）笼鹦睡。（也）红妆旋舞衣。（也）待纱灯客散，纱窗月上，便是严凝序。（也）换青毡、小帐围春，又还醉。（也）

注：全词双调，一百二字，上阕十句，四平韵三叶韵；下阕十一句，三平韵三叶韵。

方岳《瑞鹤仙》仿楚辞体（双调）

方岳《瑞鹤仙》仿楚辞体，上阕，九句，一仄韵六重韵	
乐段一（二句，十二字）	乐段二（三句，十四字）
＋一一｜｜（韵）＋＋＋（读）一＋＋｜（重韵）	一一｜一｜（重）＋＋一＋｜（句）＋一＋｜（重）

方岳《瑞鹤仙》仿楚辞体，上阕，九句，一仄韵六重韵	
乐段三（二句，十一字）	乐段四（二句，十三字）
＋一＋｜（重）＋＋＋（读）＋一＋｜（重）	＋＋＋（读）＋｜一一（句）＋｜＋一＋｜（重）

方岳《瑞鹤仙》仿楚辞体，下阕，十句，六重韵	
乐段一（四句，十四字）	乐段二（二句，十字）
一丨（重）十一十丨（句）十丨一 一（句）十一十丨（重）	十一十丨（句）十丨十一十丨（重）

方岳《瑞鹤仙》仿楚辞体，下阕，十句，六重韵	
乐段三（二句，十五字）	乐段四（二句，十一字）
十十十（读）十丨十一十丨（句） 十丨十一十丨（重）	十十十（读）十丨一一（句） 十一十丨（重）

例 瑞鹤仙（一百字）

（宋）方 岳

一年寒尽也。问秦沙、梅放未也。幽寻者谁也。有何郎佳约，岁云除也。南枝暖也。正同云、商量雪也。喜东皇、一转洪钧，依旧春风中也。　香也。骚情酿就，书味熏成，这些情也。玉堂春也。莫道年华归也。是循环、三百六旬六日，生意无穷已也。但丁宁、留取微酸，调商鼎也。

注：全词双调，一百字，上阕九句，一仄韵六重韵；下阕十句，六重韵。

齐 天 乐

周密《天基节乐次》："乐奏夹钟宫，第一盏，觱篥起《圣寿齐天乐慢》。"姜夔词注"黄钟宫"，俗名"正宫"。周邦彦词有"绿芜凋尽台城路"句，名《台城路》；沈端节词名《五福降中天》；张辑词有"如此江山"句，名《如此江山》。

《齐天乐》的长短句结构

上阕，四个乐段			
乐段一（十三字）	乐段二（十四字）	乐段三（十三字）	乐段四（十一字）
7　　6	4　　4　　6	4　　5　　4	4　　7

下阕，四个乐段			
乐段一（十五字或十六字、十七字）	乐段二（十四字）	乐段三（十三字）	乐段四（九字）
6　　5　　4	4　　4　　6	4　　5　　4	4　　　5
6　　4　　6			
5　　34　　4			
6　　4　　5			
6　　5　　6			

《康熙词谱》共收集八体《齐天乐》，双调，上下阕分别可分为四个乐段，其长短句结构如表所示。该调双调，有一百二字或一百三字、一百四字等格式，上阕十句，五仄韵或六仄韵；下阕十一句，五仄韵或六仄韵。《康熙词谱》以一百二字体周邦彦词为正体或正格。该调的正格与变格如表所示，其中，各乐段中的格式（1）为正格句式，其余为变格句式。

《齐天乐》的正格与变格（双调）

《齐天乐》上阕，十句，五仄韵或六仄韵	
乐段一（二句，十三字）	乐段二（三句，十四字）
＋　—　＋　｜　—　—　｜（句）＋　—　｜ —　＋　｜（韵） （1）	＋　｜　—　—　（句）＋　—　＋　｜（句） ＋　｜　＋　—　＋　｜（韵）
＋　—　＋　｜　—　—　｜（句或韵）＋　｜ ＋　—　＋　｜（韵） （2）	

《齐天乐》上阕，十句，五仄韵或六仄韵	
乐段三（三句，十三字）	乐段四（二句，十一字）
＋　—　＋　｜（韵）｜　＋　｜　—　—　（句） ＋　—　＋　｜（韵）	＋　｜　—　—　（句）＋　—　＋　｜＋ —　｜（韵）

《齐天乐》下阕，十一句，五仄韵或六仄韵	
乐段一（三句，十五字或十六字、十七字）	乐段二（三句，十四字）
＋ － － ｜ ＋ ｜（句）＋ － － ｜｜（句）＋ ＋ ＋ － ｜（韵） （1）	＋ ｜ － －（句）＋ － ＋ ｜（句） ＋ ｜ ＋ － ＋ ｜（韵）
＋ － － ｜ ＋ ｜（韵）＋ － － ｜｜（句）＋ ＋ ＋ － ｜（韵） （2）	
＋ － ｜ － ＋ ｜（韵）＋ － － ｜｜（句）＋ ＋ ＋ － ｜（韵） （3）	
＋ － ＋ ｜ ＋ ｜（句）＋ － ＋ ｜（句）＋ ＋ － ｜（韵） （4）	
＋ － ＋ ｜ ＋ ｜（韵）＋ － ＋ ｜（句）＋ ｜ ＋ － ＋ ｜（韵） （5）	
＋ － － ＋ ｜（句）＋ ＋ ＋（读）＋ － ＋ ｜（句）＋ － ＋ ｜（韵） （6）	
＋ － － ｜ ＋ ｜（句）＋ － ＋ ｜（句）｜ ＋ ＋ － ｜（韵） （7）	
＋ － － ｜ ＋ ｜（句）＋ － － ｜｜（句）＋ － ＋ ｜ － ｜（韵） （8）	

《齐天乐》下阕，十一句，五仄韵或六仄韵	
乐段三（三句，十三字）	乐段四（二句，九字）
＋－＋｜（韵）｜＋｜－－（句） ＋－＋｜（韵）	＋｜－－（句）＋－－｜｜（韵） （1） ＋｜－－（句）｜＋－＋｜（韵） （2）

例一　齐天乐（一百二字）

（宋）周邦彦

绿芜凋尽台城路，殊乡又逢秋晚。暮雨生寒，鸣蛩劝织，深阁时闻裁剪。云窗静掩。叹重拂罗裀，顿疏花簟。尚有练囊，露萤清夜照书卷。　　荆江留滞最久，故人相望处，离思何限。渭水西风，长安乱叶，空忆诗情宛转。凭高望远。正玉液新篘，蟹螯初荐。醉倒山翁，但愁斜照敛。

注：该词上阕第一句和第二句为乐段一中的格式（1）；下阕第一句至第三句为乐段一中的格式（1），第十句和第十一句为乐段四中的格式（1）。全词双调，一百二字，上阕十句，五仄韵；下阕十一句，五仄韵。

例二　齐天乐（一百二字）

（宋）周邦彦

疏疏几点黄梅雨。佳节又逢重午。角黍包金，香蒲泛玉，风物依然荆楚。形裁艾虎。更钗袅朱符，臂缠红缕。扑粉香绵，唤风绫扇小窗午。　　沉湘人去已远，劝君休对景，感时怀古。慢转莺喉，轻敲象板，胜读离骚章句。荷香暗度。渐引入醺醺，醉乡深处。卧听江头，画船喧叠鼓。

注：该词上阕第一句和第二句为乐段一中的格式（2）；下阕第一句至第三句为乐段一中的格式（1），第十句和第十一句为乐段四中的格式（1）。全词双调，一百二字，上阕十句，六仄韵；下阕十一句，五仄韵。

例三　齐天乐（一百二字）

（宋）吴文英

麹尘犹沁伤心水，歌蝉暗惊春换。露藻清啼，烟罗淡碧，先结湖山秋怨。波帘翠卷。叹霞薄轻绡，泥人重见。傍柳追凉，暂疏怀袖负纨扇。　　南花清斗素靥。画船应不载，坡靖诗卷。泛酒芳箵，题名蠹壁，重集湘鸿江燕。

平芜未剪。怕一夕西风，镜心红变。望眼愁生，暮天菱唱远。

注：该词上阕第一句和第二句为乐段一中的格式（1）；下阕第一句至第三句为乐段一中的格式（2），第十句和第十一句为乐段四中的格式（1）。全词双调，一百二字，上阕十句，五仄韵；下阕十一句，六仄韵。

例四　齐天乐（一百三字）
（宋）陆　游

角残钟晚关山路，行人乍依孤店。塞月征尘，鞭丝帽影，常把流年虚占。藏鸦柳暗。叹轻负莺花，漫劳书剑。事往情关，悄然频动壮游念。　　孤怀谁与强遣。市垆沽酒，酒薄怎当愁酽。倚瑟妍辞，调铅妙笔，那写柔情芳艳。征途自厌。况烟敛芜痕，雨稀萍点。最是眠时，枕寒门半掩。

注：该词上阕第一句和第二句为乐段一中的格式（1）；下阕第一句至第三句为乐段一中的格式（5），第十句和第十一句为乐段四中的格式（1）。全词双调，一百三字，上阕十句，五仄韵；下阕十一句，六仄韵。

例五　齐天乐（一百二字）
（宋）姜　夔

庾郎先自吟愁赋。凄凄更闻私语。露湿铜铺，苔侵石井，都是曾听伊处。哀音似诉。正思妇无眠，起寻机杼。曲曲屏山，夜凉独自甚情绪。　　西窗又吹暗雨。为谁频断续，相和砧杵。候馆吟秋，离宫吊月，别有伤心无数。豳诗漫与。笑篱落呼灯，世间儿女。写入琴丝，一声声更苦。

注：该词上阕第一句和第二句为乐段一中的格式（1）；下阕第一句至第三句为乐段一中的格式（3），第十句和第十一句为乐段四中的格式（1）。全词双调，一百二字，上阕十句，六仄韵；下阕十一句，六仄韵。

例六　齐天乐（一百三字）
（宋）吕渭老

红香飘没明春水，寒食万家游舫。整整斜斜，疏疏密密，帘缬旗红相望。江波荡漾。称彩舰龙舟，绣衣霞桨。舞楫争先，笑歌箫鼓乱清唱。　　重来刘郎老，对故园、桃红春晚，尽成惆怅。泪雨难晴，愁眉又结，翻覆千年手掌。如今怎向。念舞板歌尘，远如天上。斜日回舟，醉魂空舞飏。

注：该词上阕第一句和第二句为乐段一中的格式（2）；下阕第一句至第三句为乐段一中的格式（6），第十句和第十一句为乐段四中的格式（1）。全词双调，一百三字，上阕十句，五仄

韵；下阕十一句，五仄韵。

例七　齐天乐（一百二字）
（宋）吴文英

　　芙蓉心上三更露，茸香潄泉玉井。自洗银舟，徐开素酌，月落空杯无影。庭阴未暝。度一曲新蝉，韵秋堪听。瘦骨侵冰，怕惊纹簟夜深冷。　　当时湖上载酒，翠云开处，共雪面波镜。百感琼浆，千茎鬓雪，烟锁蓝桥花径。留连暮景。但闲觅孤欢，强宽秋兴。醉倚修篁，晚风吹半醒。

　　注：该词上阕第一句和第二句为乐段一中的格式（1）；下阕第一句至第三句为乐段一中的格式（7），第十句和第十一句为乐段四中的格式（1）。全词双调，一百二字，上阕十句，五仄韵；下阕十一句，五仄韵。

例八　齐天乐（一百四字）
（宋）方千里

　　碧纱窗外黄鹂语，声声似愁春晚。岸柳飘绵，庭花堕雪，惟有平芜如剪。重门向掩。看风动疏帘，浪铺湘簟。暗想前欢，旧游心事寄诗卷。　　鳞鸿音信未睹，梦魂寻访后，关山又隔无限。客馆愁思，天涯倦迹，几许良宵展转。闲情意远。记密阁深闺，绣衾罗荐。睡起无人，料应眉黛敛。

　　注：该词上阕第一句和第二句为乐段一中的格式（1）；下阕第一句至第三句为乐段一中的格式（8），第十句和第十一句为乐段四中的格式（2）。全词双调，一百四字，上阕十句，五仄韵；下阕十一句，五仄韵。

例九　齐天乐（一百二字）
（宋）周　密

　　清溪数点芙蓉雨，蘋飘泛凉吟艦。洗玉空明，浮珠沉瀣，人静籁沉波息。仙潢咫尺。想翠宇琼楼，有人相忆。天上人间，未知今夕是何夕。　　此生此夜此景，自仙翁去后，清致谁识。散发吟商，簪花弄水，谁伴凉宵横笛。流年暗惜。怕一夕西风，井梧吹碧。底事闲愁，醉歌浮大白。

　　注：该词上阕第一句和第二句为乐段一中的格式（1）；下阕第一句至第三句为乐段一中的格式（4），第十句和第十一句为乐段四中的格式（1）。全词双调，一百二字，上阕十句，五仄韵；下阕十一句，五仄韵。

昼 锦 堂

此调有平韵、仄韵两体。平韵者，见周邦彦《片玉集》；仄韵者，见陈允平《日湖渔唱》。

《昼锦堂》的长短句结构

《昼锦堂》上阕，四个乐段			
乐段一（十四字）	乐段二（十字）	乐段三（十四字）	乐段四（十三字）
4　4　6	6　　4 4　　6 4　　33	7　　7	3　4　6

《昼锦堂》下阕，四个乐段			
乐段一（十四字）	乐段二（十字）	乐段三（十四字）	乐段四（十三字）
2　3　3　6 2　3　5　4	6　　4 4　　6	7　　7	3　6　4 3　4　6

《康熙词谱》共收集五体《昼锦堂》，上下阕分别可分为四个乐段，其长短句结构如表所示。该调一百二字，有平韵、平仄韵通叶与仄韵等格式。对平韵或平仄韵通叶格而言，上阕十句，四平韵；下阕十一句，五平韵或两叶韵四平韵。对仄韵格而言，上阕十句，五仄韵；下阕十一句，七仄韵。《康熙词谱》以平韵格周邦彦词为正体或正格。该调的正格与变格如表所示，其中，各乐段中的格式（1）为正格句式，其余为变格句式。仄韵《昼锦堂》，一百二字，上阕十句，五仄韵；下阕十一句，七仄韵，其基本格式如表所示。

例一　昼锦堂（一百二字）

（宋）周邦彦

雨洗桃花，风飘柳絮，日日飞满雕檐。懊恼一春幽恨，尽属眉尖。愁闻双飞新燕语，更堪孤枕宿醒忺。云鬟乱，独步画堂，轻风暗触珠帘。　　　多厌。静昼永，琼户悄，香销金兽慵添。自与萧郎别后，事事俱嫌。短歌新曲无心理，凤箫龙管不曾拈。空惆怅，常是每年三月，病酒恹恹。

注：该词上阕第一句至第三句为乐段一中的格式（1），第四句和第五句为乐段二中的格式（1），第六句和第七句为乐段三中的格式（1）；下阕第一句至第四句为乐段一中的格式（1），第五句和第六句为乐段二中的格式（1），第九句至第十一句为乐段四中的格式（1）。全词双调，一百二字，上阕十句，四平韵；下阕十一句，五平韵。

《昼锦堂》的正格与变格（双调）

《昼锦堂》上阕，十句，四平韵	
乐段一（三句，十四字）	乐段二（二句，十字）
＋｜－－（句）＋－＋｜（句） ＋｜－｜－－（韵） （1）	＋｜＋－＋｜（句）＋｜－－（韵） （1）
＋｜－－（句）＋－＋｜（句） ＋－＋｜－－（韵） （2）	＋｜－－（句）＋＋＋（读）｜－－（韵） （2）

《昼锦堂》上阕，十句，四平韵	
乐段三（二句，十四字）	乐段四（三句，十三字）
＋＋－－＋｜（句）＋－＋｜｜－－（韵） （1）	－＋｜（句）＋｜＋－（句）＋－＋｜－－（韵）
＋－＋｜－－｜（句）＋－＋｜｜－－（韵） （2）	

《昼锦堂》下阕，十一句，五平韵	
乐段一（四句，十四字）	乐段二（二句，十字）
— —（韵）＋ ＋ ｜（句）— ＋ ｜（句）＋ — ＋ ｜ — —（韵） （1）	＋ ｜ ＋ — ＋ ｜（句）＋ ｜ — —（韵） （1）
— ｜（叶）— — ＋ ｜（句）— ＋ ｜（叶）＋ — ＋ ｜ — —（韵） （2）	＋ ｜ — —（句）＋ ｜ ＋ ｜ — —（韵） （2）
— —（韵）— ＋ ｜（句）｜ ＋ ｜ — （句）＋ ｜ — —（韵） （3）	

《昼锦堂》下阕，十一句，五平韵	
乐段三（二句，十四字）	乐段四（三句，十三字）
＋ — ＋ ｜ — ｜（句）＋ — ＋ ｜ ｜ — —（韵）	— ＋ ｜（句）＋ ｜ ＋ — ＋ ｜（句）＋ ｜ — —（韵） （1）
	— ＋ ｜（句）＋ ｜ ＋ —（句）＋ ｜ ＋ ｜ — —（韵） （2）

例二　昼锦堂（一百二字）

（宋）蒋　捷

染柳烟消，敲菰雨断，历历犹寄斜阳。掩冉玉妃芳袂，拥出灵场。倩他鸳鸯来寄语，驻君舴艋亦何妨。渔榔静，独奏棹歌，邀妃试酌清觞。　　湖上。云渐暝，秋浩荡。鲜风支尽蝉粮。赠我非环非佩，万斛生香。半蜗茅屋归炊影，数螺苔石压波光。鸳鸯笑，何似且留双桨，翠隐红藏。

注：该词上阕第一句至第三句为乐段一中的格式（1），第四句和第五句为乐段二中的格式（1），第六句和第七句为乐段三中的格式（1）；下阕第一句至第四句为乐段一中的格式（2），第五句和第六句为乐段二中的格式（1），第九句至第十一句为乐段四中的格式（1）。全词双调，一百二字，上阕十句，四平韵；下阕十一句，两叶韵四平韵。

例三　昼锦堂（一百二字）
（宋）宋自逊

荷叶龟游，庭皋鹤舞，应是秋满淮涯。昨夜将星明处，彷佛峨眉。干戈已净银河淡，尘沙不动翠烟微。邦人道，半月中秋，当歌不饮何为。　　谁知。心事远，但感慨登临，白羽频挥。恨不明朝出塞，猎猎旌旗。文南一矢澶渊劲，夔门三箭武关奇。挑灯看，龙吼传家旧剑，曾斩吴曦。

注：该词上阕第一句至第三句为乐段一中的格式（1），第四句和第五句为乐段二中的格式（1），第六句和第七句为乐段三中的格式（2）；下阕第一句至第四句为乐段一中的格式（3），第五句和第六句为乐段二中的格式（1），第九句至第十一句为乐段四中的格式（1）。全词双调，一百二字，上阕十句，四平韵；下阕十一句，五平韵。

例四　昼锦堂（一百二字）
（宋）孙惟信

薄袖禁寒，轻妆媚晚，落梅庭院春妍。映户盈盈，回倩笑、整花钿。柳裁云剪腰支小，凤盘鸦耸髻鬟偏。东风里，香步翠摇，蓝桥那日因缘。　　婵娟。留慧盼，浑当了，匆匆密爱深怜。梦过栏干，犹认冷月秋千。杏梢空闹相思眼，燕翎难系断肠笺。银屏下，争信有人，真个病也天天。

注：该词上阕第一句至第三句为乐段一中的格式（2），第四句和第五句为乐段二中的格式（2），第六句和第七句为乐段三中的格式（2）；下阕第一句至第四句为乐段一中的格式（1），第五句和第六句为乐段二中的格式（2），第九句至第十一句为乐段四中的格式（2）。全词双调，一百二字，上阕十句，四平韵；下阕十一句，五平韵。

《昼锦堂》的仄韵格（双调）

《昼锦堂》上阕，十句，五仄韵	
乐段一（三句，十四字）	乐段二（二句，十字）
＋｜－－（句）＋－＋｜（句）＋－＋｜－｜（韵）	＋｜－－（句）＋｜＋－＋｜（韵）

《昼锦堂》上阕，十句，五仄韵	
乐段三（二句，十四字）	乐段四（三句，十三字）
＋－＋｜－＋｜（句）＋－－｜（韵）	－＋｜（韵）＋｜＋－＋｜（句）＋｜＋－＋｜（韵）

《昼锦堂》下阕，十一句，七仄韵	
乐段一（四句，十四字）	乐段二（二句，十字）
— ｜（韵）— ＋ ｜（韵）＋ ＋ ｜ — — （句）＋ ｜ — ｜（韵）	＋ ｜ — —（句）＋ ｜ ＋ — ｜（韵）

注：下阕乐段一中的格式"＋ ＋ ｜ — —（句）"，为"上一下四"句式。

《昼锦堂》下阕，十一句，七仄韵	
乐段三（二句，十四字）	乐段四（三句，十三字）
＋ ｜ ＋ — — ｜ ｜（句）＋ — ＋ ｜ — — ｜（韵）	— ＋ ｜（句）＋ ｜ ＋ — ＋ ｜（句）＋ — ＋ ｜（韵）

例　昼锦堂（一百二字）

（宋）陈允平

上苑寒收，西塍雨散，东风是处花柳。步锦笼沙，依旧五陵台沼。绣帘珠箔金翠袅，琐窗雕槛青红斗。频回首。茶灶酒垆，前度几番携手。　　知否。人渐老。嗟眼为花狂，肩为诗瘦。唤醒乡心，无奈数声啼鸟。秉烛清游嫌夜短，采香新意输年少。归来好。且趁故园池阁，绿阴芳草。

注：全词双调，一百二字，上阕十句，五仄韵；下阕十一句，七仄韵。

氐 州 第 一

调始《清真乐府》，又名《熙州摘遍》。

《氐州第一》的长短句结构

《氐州第一》上阕，四个乐段			
乐段一（十四字）	乐段二（十四字）	乐段三（十一字）	乐段四（十二字）
4　4　6	4　4　6	4　34　5　6	4　4　4

《氏州第一》下阕，四个乐段			
乐段一（十四字）	乐段二（十三字）	乐段三（十三字）	乐段四（十一字）
7　　　34	4　　4　　5	33　　　34	4　　　34

《康熙词谱》共收集两体《氏州第一》，双调，上下阕分别可分为四个乐段，其长短句结构如表所示。该调一百二字，上阕十一句，四仄韵；下阕九句，五仄韵或六仄韵。《康熙词谱》以周邦彦词为标谱词例。该调的正格与变格如表所示，其中，上下阕各乐段中的格式（1）为正格句式，其余为变格句式。

《氏州第一》的正格与变格（双调）

《氏州第一》上阕，十一句，四仄韵	
乐段一（三句，十四字）	乐段二（三句，十四字）
＋｜－－（句）－＋＋｜（句） ＋－＋｜－｜（韵）	＋｜－－（句）＋－＋｜（句） ＋｜＋－＋｜（韵）

《氏州第一》上阕，十一句，四仄韵	
乐段三（二句，十一字）	乐段四（三句，十二字）
＋｜－－（句）＋＋＋（读）＋ －＋｜（韵） 　　　（1） ＋｜－－｜（句）＋｜＋－＋｜ （韵） 　　　（2）	＋｜－－（句）＋－＋｜（句） ＋－＋｜（韵）

例一　氏州第一（一百二字）

（宋）周邦彦

波落寒汀，村渡向晚，遥看数点帆小。乱叶翻鸦，惊风破雁，天角孤云缥缈。官柳萧疏，甚尚挂、微微残照。景物关情，川途换目，顿来催老。　　渐解狂朋欢意少。奈犹被、思牵情绕。座上琴心，机中锦字，觉最萦怀抱。也知人、悬望久，蔷薇谢、归来一笑。欲梦高唐，未成眠、霜空已晓。

注：该词上阕第七句和第八句为乐段三中的格式（1）；下阕第六句和第七句为乐段三中的格式（1）。全词双调，一百二字，上阕十一句，四仄韵；下阕九句，五仄韵。

《氏州第一》下阕，九句，五仄韵或六仄韵	
乐段一（二句，十四字）	乐段二（三句，十三字）
＋｜＋ー ー｜｜（韵）＋＋＋（读）＋ー＋｜（韵）	＋｜ー ー（句）＋ー＋｜（句）＋｜ー ー｜（韵）

《氏州第一》下阕，九句，五仄韵或六仄韵	
乐段三（二句，十三字）	乐段四（二句，十一字）
＋＋＋（读）ー＋｜（句）＋＋＋（读）＋ー＋｜（韵）（1） ＋＋＋（读）ー＋｜（韵）＋＋＋（读）＋ー＋｜（韵）（2）	＋｜ー ー（句）＋＋＋（读）＋ー＋｜（韵）

例二　氏州第一（一百二字）

（宋）陈允平

　　闲倚江楼，凉生半臂，天高过雁来小。紫芰波寒，青芜烟淡，南浦云帆缥缈。潮带离愁去，冉冉夕阳空照。寂寞东篱，白衣人远，渐黄花老。　　见说西湖鸥鹭少。孤山路、醉魂飞绕。荻蟹初肥，莼鲈更美，尽酒怀诗抱。待南枝、春信早。巡檐对、梅花索笑。月落乌啼，渐霜天、钟残梦晓。

注：该词上阕第七句和第八句为乐段三中的格式（2）；下阕第六句和第七句为乐段三中的格式（2）。全词双调，一百二字，上阕十一句，四仄韵；下阕九句，六仄韵。

花发状元红慢

宋叶梦得《避暑录话》："刘几在神宗时，与范蜀公重定大乐。洛阳花品曰状元红，为一时之冠。乐工花日新，能为新声。汴妓部懿以色著。秘监致仕刘伯焘精音律。熙宁中，几携花日新就部懿家赏花欢咏，乃撰此曲，填词以赠之。"

《花发状元红慢》的长短句结构

《花发状元红慢》上阕，四个乐段			
乐段一（十三字）	乐段二（十三字）	乐段三（十二字）	乐段四（十二字）
4 4 5	4 3 6	5 7	3 5 4

《花发状元红慢》下阕，四个乐段			
乐段一（十四字）	乐段二（十四字）	乐段三（十二字）	乐段四（十二字）
6 4 4	4 3 34	5 7	3 5 4

《康熙词谱》只收集一体《花发状元红慢》，双调，上下阕分别可分为四个乐段，其长短句结构如表所示。该调一百二字，上下阕各十一句，五仄韵，其基本格式如表所示。

《花发状元红慢》的基本格式（双调）

《花发状元红慢》上阕，十一句，五仄韵	
乐段一（三句，十三字）	乐段二（三句，十三字）
＋ — ＋ ｜（句）＋ ｜ — —（句）｜＋ ＋ — ｜（韵）	＋ — ＋ ｜（韵）＋ ＋ ｜（句）＋ ｜＋ — ＋ ｜（韵）

《花发状元红慢》上阕，十一句，五仄韵	
乐段三（二句，十二字）	乐段四（三句，十二字）
＋ ｜ — ｜ —（句）＋ ｜ ＋ — —＋ ｜（韵）	｜ — —（句）｜ ＋ — ＋ ｜（句）＋＋ — ｜（韵）

《花发状元红慢》下阕，十一句，五仄韵

乐段一（三句，十四字）	乐段二（三句，十四字）
＋｜＋ー＋｜（句）＋｜ーー（句）＋｜ー（句）＋｜ー－（句）＋＋＋｜（韵） ＋＋－＋｜（韵）	＋＋＋（读）＋＋＋－｜（韵）

《花发状元红慢》下阕，十一句，五仄韵

乐段三（二句，十二字）	乐段四（三句，十二字）
＋ーー｜｜（句）＋｜＋ーー ＋｜（韵）	｜ーー（句）｜＋｜＋ー－（句）＋ ＋ー｜（韵）

例　花发状元红慢（一百二字）

（宋）刘　几

三春向暮，万卉成阴，有嘉艳方坼。娇姿嫩质。冠群品，共赏倾城倾国。上苑晴昼暄，千素万红尤奇特。绮筵开，会咏歌才子，压倒元白。　　别有芳幽苞小，步障华丝，绮轩油壁。与紫鸳鸯，素蛱蝶。自清旦、往往连夕。巧莺喧翠管，娇燕语雕梁留客。武陵人，念梦后意浓，堪遣情溺。

注：全词双调，一百二字，上下阕各十一句，五仄韵。

恋芳春慢

调见万俟咏《大声集》。崇宁中，咏充大晟府制撰，依月用律制词，多应制之作。此词自注寒食前进，故以《恋芳春》为名也。

《恋芳春慢》的长短句结构

《恋芳春慢》上阕，四个乐段

乐段一（十四字）	乐段二（十字）	乐段三（十三字）	乐段四（十三字）
4　　4　　6	4　　6	6　　34	34　　6

《恋芳春慢》下阕，四个乐段							
乐段一（十六字）				乐段二（十字）		乐段三（十三字）	乐段四（十三字）
4	4	4	4	4	6	6　　34	36　　4

《康熙词谱》只收集一体《恋芳春慢》，双调，上下阕分别可分为四个乐段，其长短句结构如表所示。该调一百二字，上阕九句，四平韵；下阕十句，四平韵，其基本格式如表所示。

《恋芳春慢》的基本格式（双调）

《恋芳春慢》上阕，九句，四平韵	
乐段一（三句，十四字）	乐段二（二句，十字）
＋｜－－（句）＋－＋｜（句） ＋－＋｜－－（韵）	＋｜－－（句）＋｜＋｜－－（韵）

《恋芳春慢》上阕，九句，四平韵	
乐段三（二句，十三字）	乐段四（二句，十三字）
＋｜＋－＋｜（句）＋＋｜（读） ＋｜－－（韵）	＋＋｜（读）＋｜－－（句）＋｜ ＋｜－－（韵）

《恋芳春慢》下阕，十句，四平韵	
乐段一（四句，十六字）	乐段二（二句，十字）
＋－＋｜（句）＋－＋｜（句） ＋－＋｜（句）＋｜＋｜（韵）	＋｜－－（句）＋｜＋｜－－（韵）

《恋芳春慢》下阕，十句，四平韵	
乐段三（二句，十三字）	乐段四（二句，十三字）
＋｜＋－＋｜（句）＋＋｜（读） ＋｜－－（韵）	＋＋｜（读）＋｜－－｜＋（句） ＋｜－－（韵）

例　恋芳春慢（一百二字）

（宋）万俟咏

蜂蕊分香，燕泥破润，暂寒天气清新。帝里繁华，昨夜细雨初匀。万品花藏四苑，望一带、柳接重津。寒食近、蹴踘秋千，又是无限游人。　　红妆趁戏，绮罗夹道，青帘卖酒，台榭侵云。处处笙歌，不负治世良辰。共见西城路好，翠华定、将出严宸。谁知道、仁主祈祥为民，非事行春。

注：全词双调，一百二字，上阕九句，四平韵；下阕十句，四平韵。

瑶　华

调见《梦窗词》，又名《瑶华慢》。

《瑶华》的长短句结构

《瑶华》上阕，四个乐段			
乐段一（十三字）	乐段二（十三字）	乐段三（十一字）	乐段四（十三字）
4　4　5	4　　36	4　　34	34　　6

《瑶华》下阕，四个乐段			
乐段一（十五字）	乐段二（十三字）	乐段三（十一字）	乐段四（十三字）
6　5　4	4　　36	4　　34	34　　6

《康熙词谱》共收集两体《瑶华》，双调，上下阕分别可分为四个乐段，其长短句结构如表所示。该调一百二字，上阕九句，五仄韵或四仄韵；下阕九句，四仄韵。《康熙词谱》以周密词为标谱词例。该调的正格与变格如表所示，其中，上下阕各乐段中的格式（1）为正格句式，其余为变格句式。

《瑶华》的正格与变格（双调）

《瑶华》上阕，九句，五仄韵或四仄韵	
乐段一（三句，十三字）	乐段二（二句，十三字）
＋ － ＋ ｜（韵）＋ ｜ － －（句）｜ ＋ － ＋ ｜（韵） （1） ＋ － ＋ ｜（句）＋ ｜ － －（句）｜ ＋ － ＋ ｜（韵） （2）	＋ － ＋ ｜（句）＋ ＋ ＋（读）＋ ｜ ＋ － ＋ ｜（韵）

《瑶华》上阕，九句，五仄韵或四仄韵	
乐段三（二句，十一字）	乐段四（二句，十三字）
＋ － ＋ ｜（句）＋ ＋ ＋（读）＋ － ＋ ｜（韵）	＋ ＋ ＋（读）＋ ｜ － －（句）＋ ｜ ＋ － ＋ ｜（韵）

《瑶华》下阕，九句，四仄韵	
乐段一（三句，十五字）	乐段二（二句，十三字）
＋ － ＋ ｜ － －（句）｜ ＋ ｜ －（句）＋ ＋ － ｜（韵）	＋ － ＋ ｜（句）＋ ＋ ＋（读） ＋ ｜ ＋ － ＋ ｜（韵）

《瑶华》下阕，九句，四仄韵	
乐段三（二句，十一字）	乐段四（二句，十三字）
＋ － ＋ ｜（句）＋ ＋ ＋（读）＋ － ＋ ｜（韵）	＋ ＋ ＋（读）＋ ｜ － －（句）＋ ｜ ＋ － ＋ ｜（韵）

例一　瑶华（一百二字）

（宋）周　密

　　朱钿宝玦。天上飞琼，比人间春别。江南江北，曾未见、漫拟梨云梅雪。淮山春晚，问谁识、芳心高洁。消几番、花落花开，老了玉关豪杰。　　金壶剪送琼枝，看一骑红尘，香度瑶阙。韶华正好，应自喜、初识长安蜂蝶。杜郎老矣,想旧事、花须能说。记少年、一梦扬州,二十四桥明月。

　　注:该词上阕第一句至第三句为乐段一中的格式(1)。全词双调,一百二字,上阕九句,五仄韵;下阕九句,四仄韵。

例二　瑶华(一百二字)
(元)张　雨

　　筛冰为雾,屑玉成尘,借阿姨风力。千岩竞秀,怎一夜、换作连城之璧。先生闭户,怪短日、寒催驹隙。想平沙、鸿爪成行。恰似醉时书迹。　　未随埋没双尖,便淡扫蛾眉,与斗颜色。裁诗白战,驴背上、驮取灞桥吟客。撚须自笑,尽未让、诸峰头白。看洗出、宫柳梢头,已借淡黄涂额。

　　注:该词上阕第一句至第三句为乐段一中的格式(2)。全词双调,一百二字,上下阕各九句,四仄韵。

湘　春　夜　月

黄孝迈自度曲。

《湘春夜月》的长短句结构

《湘春夜月》上阕,四个乐段			
乐段一(九字)	乐段二(十一字)	乐段三(十五字)	乐段四(十三字)
3　6	6　5	6　5　4	5　4　4

《湘春夜月》下阕,四个乐段			
乐段一(十二字)	乐段二(十五字)	乐段三(十一字)	乐段四(十六字)
4　4　4	4　34　4	4　34	3　54　4

　　《康熙词谱》只收集一体《湘春夜月》,双调,上下阕分别可分为四个乐段,其长短句结构如表所示。该调一百二字,上阕十句,四平韵;下阕十一句,四平韵,其基本格式如表所示。

《湘春夜月》的基本格式（双调）

《湘春夜月》上阕，十句，四平韵	
乐段一（二句，九字）	乐段二（二句，十一字）
∣ − −（句）＋ − ＋ ∣ − −（韵）	＋ ∣ ＋ ∣ − −（句）＋ ＋ ∣ − −（韵）

注：上阕乐段二中的格式"＋ ＋ ∣ − −（韵）"，为"上一下四"句式。

《湘春夜月》上阕，十句，四平韵	
乐段三（三句，十五字）	乐段四（三句，十三字）
＋ ∣ ＋ − ＋ ∣（句）∣ ＋ − ＋ ∣（句）＋ ∣ − −（韵）	∣ ＋ − ＋ ∣（句）＋ − ＋ ∣（句）＋ ∣ − −（韵）

《湘春夜月》下阕，十一句，四平韵	
乐段一（三句，十二字）	乐段二（三句，十五字）
＋ − ＋ ∣（句）＋ − ＋ ∣（句）＋ ∣ − −（韵）	＋ ∣ ＋ −（句）＋ ＋ ＋（读）＋ − ＋ ∣（句）＋ ∣ − −（韵）

《湘春夜月》下阕，十一句，四平韵	
乐段三（二句，十一字）	乐段四（三句，十六字）
＋ − ＋ ∣（句）＋ ＋ ＋（读）∣ − −（韵）	∣ ＋ ＋（句）∣ ＋ − ＋ ∣（读）＋ − ＋ ∣（句）＋ ∣ − −（韵）

例　湘春夜月（一百二字）

（宋）黄孝迈

近清明，翠禽枝上销魂。可惜一片清歌，都付与黄昏。欲共柳花低诉，怕柳花轻薄，不解伤春。念楚乡旅宿，柔情别绪，谁共温存。　　空樽夜泣，青山不语，残月当门。翠玉楼前，惟是有、一江湘水，摇荡湘云。天长梦短，问甚时、重见桃根。这次第，算人间没个、并刀剪断，心上愁痕。

注：该词双调，一百二字，上阕十句，四平韵；下阕十一句，四平韵。

曲 游 春

调见《蘋州渔笛谱》。

《曲游春》的长短句结构

《曲游春》上阕，四个乐段			
乐段一 （十四字）	乐段二 （十三字）	乐段三 （十二字）	乐段四 （十三字或十二字）
5　5　4	4　5　4	5　34	34　6 6　6

《曲游春》下阕，四个乐段			
乐段一 （十五字）	乐段二 （十三字）	乐段三 （十二字）	乐段四 （十字或十一字）
2　4　5　4 6　5　4	4　5　4	5　34	6　4 34　4

《康熙词谱》共收集四体《曲游春》，上下阕分别可分为四个乐段，其长短句结构如表所示。该调有一百一字或一百二字、一百三字等格式，上阕十句，五仄韵；下阕十一句，七仄韵或六仄韵；《康熙词谱》以一百二字体周密词为正体或正格，该调的正格与变格如表所示，其中，各乐段中的格式（1）为正格句式，其余为变格句式。

例一　曲游春（一百二字）

（宋）周　密

禁苑东风外，飏暖丝晴絮，春思如织。燕约莺期，恼芳情偏在，翠深红隙。漠漠香尘隔。沸十里、乱丝丛笛。看画船、尽入西泠，闲却半湖春色。　　柳陌。新烟凝碧。映帘底宫眉，堤上游勒。轻暝笼烟，怕梨云梦冷，杏香愁幂。歌管酬寒食。奈蝶怨、良宵岑寂。正怅醉月摇花，怎生去得。

注：该词上阕第九句和第十句为乐段四中的格式（1）；下阕第一句至第四句为乐段一中的格式（1），第十句和第十一句为乐段四中的格式（1）。全词双调，一百二字，上阕十句，五仄韵；下阕十一句，七仄韵。

《曲游春》的正格与变格（双调）

《曲游春》上阕，十句，五仄韵	
乐段一（三句，十四字）	乐段二（三句，十三字）
＋｜－－｜（句）｜＋－＋｜（句） ＋＋－｜（韵）	＋｜－－（句）｜＋－＋｜（句） ＋－＋｜（韵）

《曲游春》上阕，十句，五仄韵	
乐段三（二句，十二字）	乐段四（二句，十三字或十二字）
＋｜－－｜（韵）＋＋＋（读） ＋－＋｜（韵）	＋＋＋（读）＋｜－－（句）＋｜ ＋－＋｜（韵） （1） ＋－＋｜－－（句）＋－＋｜ －｜（韵） （2）

例二　曲游春（一百三字）

（宋）施　岳

画舸西泠路，占柳阴花影，芳意如织。小楫冲波，度麴尘扇底，粉香帘隙。岸转斜阳隔。又过尽、别船箫笛。傍断桥、翠绕红围，相对半篙晴色。　　顷刻。千山暮碧。向沽酒楼前，犹系金勒。乘月归来，正梨花夜缟，海棠烟幂。院宇明寒食。醉乍醒、一庭春寂。任满身、露湿东风，欲眠未得。

注：该词上阕第九句和第十句为乐段四中的格式（1）；下阕第一句至第四为乐段一中的格式（1），第十句和第十一句为乐段四中的格式（2）。全词双调，一百三字，上阕十句，五仄韵；下阕十一句，七仄韵。

《曲游春》下阕，十句或十一句，六仄韵或七仄韵	
乐段一（四句或三句，十五字）	乐段二（三句，十三字）
＋｜（韵）＋－＋｜（韵）｜＋｜－－（句）＋＋＋－｜（韵） （1） ＋｜＋－＋｜（韵）｜＋｜－－（句）＋＋－｜（韵） （2）	＋｜－－（句）＋＋＋－＋｜（句）＋－＋｜（韵）

注：下阕乐段二中的格式"＋＋－＋｜（句）"，为"上一下四"句式。

《曲游春》下阕，十句或十一句，六仄韵或七仄韵	
乐段三（二句，十二字）	乐段四（二句，十字或十一字）
＋｜－－｜（韵）＋＋＋＋（读）＋－＋｜（韵）	＋｜＋｜－－（句）＋－＋｜（韵） （1） ＋＋＋（读）＋｜－－（句）＋－＋｜（韵） （2）

例三　曲游春（一百一字）

（宋）赵　文

　　千树玲珑罩，正蒲风微过，梅雨新霁。客里幽窗，算无春可到，和愁都闭。万种人生计。应不似、午天闲睡。起来踏碎松阴，萧萧欲动疑水。　　借问归舟归未。望柳色烟光，何处明媚。抖擞人间，除离情别恨，乾坤余几。一笑晴凫起。酒醒后、栏干独倚。时见双燕飞来，斜阳满地。

　　注：该词上阕第九句和第十句为乐段四中的格式（2）；下阕第一句至第三为乐段一中的格式（2），第九句和第十句为乐段四中的格式（1）。全词双调，一百一字，上阕十句，五仄韵；下阕十句，六仄韵。

竹 马 儿

一名《竹马子》。《乐章集》注"仙吕调"。

《竹马儿》的长短句结构

《竹马儿》上阕，四个乐段			
乐段一（十三字）	乐段二（十三字）	乐段三（十四字）	乐段四（十四字）
5　4　4 3 6　　4	5　4　4	6　4　4	5　3　6 5　5　4

《竹马儿》下阕，四个乐段			
乐段一（十三字）	乐段二（十二字）	乐段三（十五字）	乐段四（九字）
5　4　4	6　6	6　4　5	4　5

《康熙词谱》共收集两体《竹马儿》，双调，上下阕分别可分为四个乐段，其长短句结构如表所示。该调一百三字，上阕十二句或十一句，四仄韵；下阕十句，五仄韵。《康熙词谱》以柳永词为正体或正格。该调的正格与变格如表所示，其中，上下阕各乐段中的格式（1）为正格句式，其余为变格句式。

例一　竹马儿（一百三字）

（宋）柳　永

登孤垒荒凉，危亭旷望，静临烟渚。对雌霓挂雨，雄风拂槛，微收烦暑。渐觉一叶惊秋，残蝉噪晚，素商时序。览景想前欢，指神京，非雾非烟深处。　　向此成追感，新愁易积，故人难聚。凭高尽日凝伫。赢得销魂无语。极目霁霭霏微，暝鸦零乱，萧索江城暮。南楼画角，又逐残阳去。

注：该词上阕第一句至第三句为乐段一中的格式（1），第四句至第六句为乐段二中的格式（1），第十句至第十二句为乐段四中的格式（1）。全词双调，一百三字，上阕十二句，四仄韵；下阕十句，五仄韵。

《竹马儿》的正格与变格（双调）

《竹马儿》上阕，十二句或十一句，四仄韵	
乐段一（三句或二句，十四字）	乐段二（三句，十三字）
＋＋｜－－（句）＋－＋｜（句） ＋－＋｜（韵） （1）	｜＋－＋｜（句）＋－＋｜（句） ＋－＋｜（韵） （1）
＋－｜（读）＋－＋－＋｜（句） ＋－＋｜（韵） （2）	｜＋－＋｜（句）＋＋－｜（句） ＋－＋｜（韵） （2）
注：上阕乐段一中的格式"＋＋｜－－（句）"，为"上一下四"句式。	

《竹马儿》上阕，十二句或十一句，四仄韵	
乐段三（三句，十四字）	乐段四（三句，十四字）
＋｜＋｜－－（句）＋－＋｜（句） ＋－＋｜（韵）	＋｜｜－－（句）｜－－（句）＋ ｜＋－＋｜（韵） （1）
	＋｜｜－－（句）｜＋－＋｜（句） ＋－＋｜（韵） （2）

《竹马儿》下阕，十句，五仄韵	
乐段一（三句，十三字）	乐段二（二句，十二字）
＋｜－－｜（句）＋－＋｜（句） ＋－＋｜（韵）	＋－｜＋－｜（韵）＋｜＋－ ＋｜（韵）

《竹马儿》下阕，十句，五仄韵	
乐段三（三句，十五字）	乐段四（二句，九字）
＋｜＋｜－－（句）＋－＋｜（句） ＋｜－－｜（韵）	＋－＋｜（句）｜－－｜（韵）

例二　竹马儿（一百三字）

（宋）叶梦得

与君记、平山堂前细柳，几回同挽。又狂帆夜落，危槛依旧，遥临云巘。自笑来往匆匆，朱颜渐改，故人俱远。横笛想遗声，但寒松千丈，倾崖苍藓。　　世事终何已，田园纵在，岁阴仍晚。嵇康老来仍懒。只要薶羹菰饭。却欲便买茅庐，短篷轻楫，尊酒犹能办。君能过我，水云聊为伴。

注：该词上阕第一句和第二句为乐段一中的格式（2），第三句至第五句为乐段二中的格式（2），第九句至第十一句为乐段四中的格式（2）。全词双调，一百三字，上阕十一句，四仄韵；下阕十句，五仄韵。

长 相 思 慢

《乐章集》注"商调"。

《长相思慢》的长短句结构

《长相思慢》上阕，四个乐段			
乐段一（十四字）	乐段二（十四字）	乐段三（十三字）	乐段四（十一字或十二字）
4　　4　　6	6　　4　　4 4　　4　　6	4　　5　　4	4　　34 5　　34

《长相思慢》下阕，四个乐段			
乐段一（十五字）	乐段二（十二字）	乐段三（十一字）	乐段四（十三字）
5　　6　　4 5　　4　　6 34　　4　　4	4　　4　　4 5　　34	4　　34	34　　6 5　　4　　4

《康熙词谱》共收集《长相思慢》四体，双调，上下阕分别可分为四个乐段，其长短句结构如表所示。该调有一百三字或一百四字等格式，上阕十一句，六平韵；下阕十句或九句、十一句，四平韵或五平韵。《康熙词谱》以一百三字体柳永词和一百四字体秦观词为正

体或正格。《长相思慢》的正格与变格如表所示，其中，各乐段中的格式（1）和（2）为正格句式，其余为变格句式。

《长相思慢》的正格与变格（双调）

《长相思慢》上阕，十一句，六平韵	
乐段一（三句，十四字）	乐段二（三句，十四字）
＋｜－－（句）＋－＋｜（句） ＋｜－｜－－（韵） （1） ＋｜－－（句）＋－＋｜（句） ＋－＋｜－－（韵） （2）	＋－＋｜＋｜（句）＋－＋｜（句） ＋｜－－（韵） （1） ＋－＋｜（句）＋｜－－（句）＋ －＋｜－－（韵） （2） ＋－＋｜（句）＋｜－－（句）＋ ｜＋｜－－（韵） （3）

《长相思慢》上阕，十一句，六平韵	
乐段三（三句，十三字）	乐段四（二句，十一字或十二字）
＋｜－－（韵）｜＋－＋｜（句） ＋｜－－（韵）	＋｜－－（韵）＋＋＋（读） ＋｜－－（韵） （1） ＋｜｜－－（韵）＋＋＋（读） ＋｜－－（韵） （2）

《长相思慢》下阕，十句或九句、十一句，四平韵或五平韵	
乐段一（三句，十五字）	乐段二（三句或二句，十二字）
ǀ ＋ ǀ － －（句）＋ ǀ ＋ ǀ －＋ ǀ（句）＋ ǀ － －（韵） （1） ǀ ＋ ǀ － －（句）＋ － ＋ ǀ（句）＋ ǀ ＋ ǀ － －（韵） （2） ǀ ＋ ǀ － －（句）＋ － ＋ ǀ（句）＋ － ＋ ǀ － －（韵） （3） ＋ ＋ ＋（读）＋ － ＋ ǀ（句）＋ － ＋ ǀ（句）＋ ǀ － －（韵） （4）	＋ － ＋ ǀ（句）＋ ǀ － －（句）＋ ǀ － －（韵） （1） ＋ － － ＋ ǀ（句）＋ ＋ ＋（读）＋ ǀ － －（韵） （2）

《长相思慢》下阕，十句或九句、十一句，四平韵或五平韵	
乐段三（二句，十一字）	乐段四（二句或三句，十三字）
＋ － ＋ ǀ（句）＋ ＋ ＋（读）＋ ǀ － －（韵） （1） ＋ ǀ － －（韵或句）＋ ＋ ＋（读）＋ － ǀ －（韵） （2）	＋ ＋ ＋（读）＋ ＋ － ǀ（句）＋ － ＋ ǀ － －（韵） （1） ＋ ＋ ＋（读）＋ － ＋ ǀ（句）＋ － ＋ ǀ － －（韵） （2） ǀ ＋ － ＋ ǀ（句）＋ ǀ － －（句）＋ ǀ － －（韵） （3）

例一　长相思慢（一百三字）

（宋）柳　永

　　画鼓喧街，兰灯满市，皎月初照严城。清都绛阙夜景，风传银箭，露暖金茎。巷陌纵横。过平康款辔，缓听歌声。凤烛荧荧。那人家、未掩香屏。　　向罗绮丛中，认得依稀旧日，雅态轻盈。娇波艳冶，巧笑依然，有意相迎。墙头马上，漫迟留、难写深诚。又岂知、名宦拘检，年来减尽风情。

　　注：该词上阕第一句至第三句为乐段一中的格式（1），第四句至第六句为乐段二中的格式（1），第十句和第十一句为乐段四中的格式（1）；下阕第一句至第三句为乐段一中的格式（1），第四句至第六句为乐段二中的格式（1），第七句和第八句为乐段三中的格式（1），第九句和第十句为乐段四中的格式（1）。全词双调，一百三字，上阕十一句，六平韵；下阕十句，四平韵。

例二　长相思慢（一百四字）

（宋）秦　观

　　铁瓮城高，蒜山渡阔，干云十二层楼。开尊待月，掩箔披风，依然灯火扬州。绮陌南头。记歌名宛转，乡号温柔。曲槛俯清流。想花阴、谁系兰舟。　　念凄绝秦弦，感深荆赋，相望几许凝愁。勤勤裁尺素，奈双鱼、难渡瓜洲。晓鉴堪羞。潘鬓短、吴霜渐稠。幸于飞、鸳鸯未老，不应同是悲秋。

　　注：该词上阕第一句至第三句为乐段一中的格式（2），第四句至第六句为乐段二中的格式（2），第十句和第十一句为乐段四中的格式（2）；下阕第一句至第三句为乐段一中的格式（2），第四句和第五句为乐段二中的格式（2），第六句和第七句为乐段三中的格式（2），第八句和第九句为乐段四中的格式（2）。全词双调，一百四字，上阕十一句，六平韵；下阕九句，五平韵。

例三　长相思慢（一百四字）

（宋）杨无咎

　　急雨回风，淡云障日，乘闲携客登楼。金桃带叶，玉李含朱，一尊同醉青州。福善桥头。记檀槽凄绝，春笋纤柔。窗外月西流。似浔阳、商妇邻舟。　　况得意情怀，倦妆模样，寻思可奈离愁。何妨乘逸兴，甚征帆、只抵芦洲。月却花羞。重见想、欢情更稠。问何时、佳期卜夜，如今双鬓惊秋。

注：该词上阕第一句至第三句为乐段一中的格式（2），第四句至第六句为乐段二中的格式（2），第十句和第十一句为乐段四中的格式（2）；下阕第一句至第三句为乐段一中的格式（3），第四句和第五句为乐段二中的格式（2），第六句和第七句为乐段三中的格式（2），第八句和第九句为乐段四中的格式（2）。全词双调，一百四字，上阕十一句，六平韵；下阕九句，五平韵。

例四　长相思慢（一百三字）
（宋）周邦彦

夜色澄明，天街如水，风力微冷帘旌。幽期再偶，坐久相看，才喜欲叹还惊。醉眼重醒。映雕阑修竹，共数流萤。细语轻轻。尽银台、挂蜡潜听。　　自初识伊家，便惜妖娆艳质，美盼柔情。桃溪换世，鸾驭凌空，有愿须成。游丝荡絮，任轻狂、相逐牵萦。但连环不解，流水长东，难负深盟。

注：该词上阕第一句至第三句为乐段一中的格式（1），第四句至第六句为乐段二中的格式（3），第十句和第十一句为乐段四中的格式（1）；下阕第一句至第三句为乐段一中的格式（1），第四句至第六句为乐段二中的格式（1），第七句和第八句为乐段三中的格式（1），第九句至第十一句为乐段四中的格式（3）。全词双调，一百三字，上阕十一句，六平韵；下阕十一句，四平韵。

例五　长相思慢（一百四字）
（宋）袁去华

叶舞殷红，水摇瘦碧，隐约天际帆归。寒鸦影里，断雁声中，依然残照辉辉。立马看梅。试寻香嚼蕊，醉折繁枝。山翠扫修眉。记人人、慼黛愁时。　　叹客里、光阴易失，霜侵短鬓，尘染征衣。阳台云归后，到如今、重见无期。流怨清商，空细写、琴心向谁。更难将、愁随梦去，相思惟有天知。

注：该词上阕第一句至第三句为乐段一中的格式（1），第四句至第六句为乐段二中的格式（2），第十句和第十一句为乐段四中的格式（2）；下阕第一句至第三句为乐段一中的格式（4），第四句和第五句为乐段二中的格式（2），第六句和第七句为乐段三中的格式（2），第八句和第九句为乐段一中的格式（2）。全词双调，一百四字，上阕十一句，六平韵；下阕九句，四平韵。

雨 霖 铃

一名《雨霖铃慢》，唐教坊曲名。《明皇杂录》："帝幸蜀，初入斜谷，霖雨弥日，栈道中闻铃声，采其声为《雨霖铃》曲。"宋词盖借旧曲名，另倚新声也。调见柳永《乐章集》，属"双调"。

《雨霖铃》的长短句结构

上阕，四个乐段			
乐段一（十二字）	乐段二（十四字）	乐段三（十一字）	乐段四（十四字）
4　4　4 4　　35	6　　4	6　　5 4　　34	34　　7 34　　34

下阕，四个乐段			
乐段一（十五字）	乐段二（十三字）	乐段三（十二字）	乐段四（十二字）
7　　35	6　　34	4　4　4	34　　5

《康熙词谱》共收集三体《雨霖铃》，双调，上下阕分别可分为四个乐段，其长短句结构如表所示。该调一百三字，上阕十句或九句，五仄韵；下阕九句，五仄韵。《康熙词谱》以柳永词为正体或正格，该调的正格与变格如表所示，其中，上下阕各乐段中的格式（1）为正格句式，其余为变格句式。

例一　雨霖铃（一百三字）

（宋）柳　永

寒蝉凄切。对长亭晚，骤雨初歇。都门帐饮无绪，方留恋处，兰舟催发。执手相看泪眼，竟无语凝咽。念去去、千里烟波，暮霭沉沉楚天阔。　　多情自古伤离别。更那堪、冷落清秋节。今宵酒醒何处，杨柳岸、晓风残月。此去经年，应是良辰，好景虚设。便纵有、千种风情，更与何人说。

注：该词上阕第一句至第三句为乐段一中的格式（1），第四句至第六句为乐段二中的格式（1），第七句和第八句为乐段三中的格式（1），第九句和第十句为乐段四中的格式（1）；下

阕第三句和第四句为乐段二中的格式（1），第五句至第七句为乐段三中的格式（1）。全词双调，一百三字，上阕十句，五仄韵；下阕九句，五仄韵。

《雨霖铃》的正格与变格（双调）

《雨霖铃》上阕，十句或九句，五仄韵	
乐段一（三句或二句，十二字）	乐段二（三句，十四字）
＋ － ＋ ｜（韵）｜ － － ｜（句） ＋ － ｜（韵） （1）	＋ － ＋ ｜ －（句）＋ － ＋ ｜（句） ＋ － ＋ ｜（韵） （1）
＋ － ＋ ｜（韵）＋ ＋ ＋（读） ＋ － ＋ ｜（韵） （2）	＋ － ｜ － ＋ ｜（句）＋ － ＋ ｜ （句）＋ － ＋ ｜（韵） （2）

注：上阕乐段一中的格式"｜ － － ｜（句）"，为"上一下三"句式。

《雨霖铃》上阕，十句或九句，五仄韵	
乐段三（二句，十一字）	乐段四（二句，十四字）
＋｜＋ － ＋｜（句）｜＋ ＋ － ｜（韵） （1）	＋ ＋ ＋（读）＋ ｜ － －（句） ＋ ｜ － － ｜ －｜（韵） （1）
＋ ｜ － －（句）＋ ＋ ＋（读）＋ ＋ － ｜（韵） （2）	＋ ＋ ＋（读）＋ ｜ － －（句） ＋ ＋ ＋（读）＋ ＋ － ｜（韵） （2）

注：上阕乐段三中的格式"｜ ＋ ＋ － ｜（句）"，为"上一下四"句式。

例二　雨霖铃（一百三字）

（宋）王庭珪

　　琼楼玉宇。满人寰、似海边洲渚。蓬莱又还水浅，鲸涛静见，银官如许。紫极鸣箫声断，望霓舟何处。待夜深、重倚层霄，认得瑶池广寒路。　　郢中旧曲谁能度。恨歌声、响入青云去。西湖近时绝唱，总不道、月梅盐絮。暗想当年，宾从毫端，有惊人句。漫说向、枚叟邹生，共作梁园赋。

注：该词上阕第一句和第二句为乐段一中的格式（2），第三句至第五句为乐段二中的格式（2），第六句和第七句为乐段三中的格式（1），第八句和第九句为乐段四中的格式（1）；下阕第三句和第四句为乐段二中的格式（2），第五句至第七句为乐段三中的格式（2）。全词双调，一百三字，上下阕各九句，五仄韵。

《雨霖铃》下阕，九句，五仄韵	
乐段一（二句，十五字）	乐段二（二句，十三字）
＋ － ＋ ｜ － － ｜（韵）＋ ＋ ＋ （读）＋ ｜ － － ｜（韵）	＋ － ＋ ｜ － ｜（句）＋ ＋ ＋（读） ＋ － ＋ ｜（韵） （1） ＋ － ｜ － ＋ ｜（句）＋ ＋ ＋（读） ＋ － ＋ ｜（韵） （2）

《雨霖铃》下阕，九句，五仄韵	
乐段三（三句，十二字）	乐段四（二句，十二字）
＋ ｜ － －（句）＋ ｜ － －（句） ＋ ＋ ＋ － ｜（韵） （1） ＋ ｜ － －（句）＋ ｜ － －（句） ｜ － － ｜（韵） （2）	＋ ＋ ＋（读）＋ ｜ － －（句）＋ ｜ － － ｜（韵）

例三　雨霖铃（一百三字）

（宋）黄　裳

天南游客。甚而今、却送君南国。西风万里无限，吟蝉暗续，离情如织。秣马脂车，去即去、多少人惜。望百里、烟惨云山，送两程、愁作行色。　　飞帆过浙西封域。到秋深、且檥荷花泽。就船买得鲈鳜，新谷破、雪堆香粒。此兴谁同，须记东秦，有客相忆。愿听了、一阕歌声，醉倒拚今日。

注：该词上阕第一句和第二句为乐段一中的格式（2），第三句至第五句为乐段二中的格式（1），第六句和第七句为乐段三中的格式（2），第八句和第九句为乐段四中的格式（2）；下阕第三句和第四句为乐段二中的格式（1），第五句至第七句为乐段三中的格式（1）。全词双调，一百三字，上下阕各九句，五仄韵。

还 京 乐

唐教坊曲名。《唐书》："明皇自潞州还京师，制《还京乐》曲。"宋词盖借旧曲名，另翻新声也。

《还京乐》的长短句结构

《还京乐》上阕，四个乐段			
乐段一（十二字）	乐段二（十三字）	乐段三（十二字）	乐段四（十一字）
3　　9 3　　45	5　4　4 7　　6	5　　7	3　4　4 　5　6 4　　34

《还京乐》下阕，四个乐段			
乐段一（十九字）	乐段二（十三字）	乐段三（十二字）	乐段四（十一字）
4　5　4　6 4　5　6　4 4　3　6　6 4　34　4　4	6　　34	35　　4	5　　6

《康熙词谱》共收集《还京乐》六体，双调，上下阕分别可分为四个乐段，其长短句结构如表所示。该调一百三字，上阕九句或十句，五仄韵或六仄韵、四仄韵；下阕十句，五仄韵或六仄韵、四仄韵；《康熙词谱》以周邦彦词为正体或正格。该调的正格与变格如表所示，其中，上下阕各乐段中的格式（1）为正格句式，其余为变格句式。

《还京乐》的正格与变格（双调）

《还京乐》上阕，九句或十句，五仄韵或六仄韵、四仄韵	
乐段一（二句，十二字）	乐段二（二句或三句，十三字）
＋－｜（句）＋｜＋－＋｜－＋｜（韵） （1）	｜＋－＋｜（句）＋－＋｜（句）＋－＋｜（韵） （1）
＋－｜（韵）＋｜＋－＋｜－＋｜（韵） （2）	｜＋－＋｜＋－（句）＋｜＋－＋｜（韵） （2）
＋－｜（句）＋｜－－（读）＋｜－＋｜（韵） （3）	

注：上阕乐段一中的格式"＋｜＋－＋｜－＋｜（韵）"，为"上二下七"句式。

《还京乐》上阕，九句或十句，五仄韵或六仄韵、四仄韵	
乐段三（二句，十二字）	乐段四（二句或三句，十一字）
｜＋－＋｜（韵）＋－＋｜－－｜（韵） （1）	＋＋｜（句）－｜＋＋（句）＋－＋｜（韵） （1）
＋｜－－｜（韵）＋－＋｜－｜（韵） （2）	｜＋＋－｜（句）＋｜＋－＋｜（韵） （2）
	＋｜＋－（句）＋＋＋（读）＋－＋｜（韵） （3）

《还京乐》下阕，十句，五仄韵或六仄韵、四仄韵	
乐段一（四句，十九字）	乐段二（二句，十三字）
｜＋－｜（韵）｜＋－＋｜（句）＋－＋｜（句）＋－－｜＋｜（韵） （1）	＋－＋｜－－（句）＋＋＋（读）＋－＋｜（韵）
｜＋－｜（句）｜＋－＋｜（句）＋－＋｜（句）＋－－｜＋｜（韵） （2）	
｜＋－｜（韵）｜＋－＋｜（韵）＋｜－－（句）－＋＋｜（韵） （3）	
｜＋－｜（韵）｜－－（句）＋｜＋｜＋｜（韵）＋－－｜＋｜（韵） （4）	
｜＋－｜（韵）＋＋＋（读）＋｜－－（句）＋｜－＋（句）－＋＋｜（韵） （5）	
注：下阕乐段一中的格式"｜＋－｜（韵）"或"｜＋－｜（句）"，均为"上一下三"句式。	

《还京乐》下阕，十句，五仄韵或六仄韵、四仄韵	
乐段三（二句，十二字）	乐段四（二句，十一字）
＋＋＋（读）＋｜｜－－（句）＋－＋｜（韵）	＋｜－－｜（句）＋－＋｜－｜（韵）

例一　还京乐（一百三字）

（宋）周邦彦

禁烟近，触处浮香秀色相料理。正泥花时候，奈何客里，光阴虚费。望箭波无际。迎风漾日黄云委。任去远，中有万点，相思清泪。　　到长淮底。过当时楼下，殷勤为说，春来羁旅况味。堪嗟误约乖期，向天涯、自看桃李。想如今、应恨墨盈笺，愁妆照水。怎得青鸾翼，飞归教见憔悴。

注：该词上阕第一句和第二句为乐段一中的格式（1），第三句至第五句为乐段二中的格式（1），第六句和第七句为乐段三中的格式（1），第八句至第十句为乐段四中的格式（1）；下阕第一句至第四句为乐段一中的格式（1）。全词双调，一百三字，上下阕各十句，五仄韵。

例二　还京乐（一百三字）
（宋）陈允平

彩鸾去，适怨清和、锦瑟谁共理。奈春光渐老，万金难买，榆钱空费。岸草烟无际。落花满地芳尘委。翠袖里，红粉溅溅，东风吹泪。　　任鸳帏底。宝香寒，金兽慵熏绣被，依依离别意味。琼钗暗画心期，倩啼鹃、为催行李。黯消魂、但梦绕巫山，情牵渭水。待得归来后，灯前深诉憔悴。

注：该词上阕第一句和第二句为乐段一中的格式（3），第三句至第五句为乐段二中的格式（1），第六句和第七句为乐段三中的格式（2），第八句至第十句为乐段四中的格式（1）；下阕第一句至第四句为乐段一中的格式（4）。全词双调，一百三字，上阕十句，五仄韵；下阕十句，六仄韵。

例三　还京乐（一百三字）
（宋）方千里

岁华惯，每到和风丽日欢再理。为妙歌新调，粲然一曲，千金轻费。记夜阑深际。更衣换酒珠玑委。怅桦烛摇影，易积银盘红泪。　　向笙歌底。问何人、能道平生，聚合欢娱，离别兴味。谁怜露浥烟笼，尽栽培、艳桃秾李。漫萦牵、空坐隔千山，情遥万水。纵有丹青笔，应难摹画憔悴。

注：该词上阕第一句和第二句为乐段一中的格式（1），第三句至第五句为乐段二中的格式（1），第六句和第七句为乐段三中的格式（1），第八句和第九句为乐段四中的格式（2）；下阕第一句至第四句为乐段一中的格式（5）。全词双调，一百三字，上阕九句，五仄韵；下阕十句，五仄韵。

例四　还京乐（一百三字）
（宋）杨泽民

春光至。欲访清歌妙舞重为理。念燕轻莺怯媚容，百斛明珠须费。算枕前盟誓。深诚密约堪凭委。意正美，娇眼又洒，梨花春泪。　　记罗帏底。向鸳鸯、灯畔相偎,共把前回,词语咏味。无端浪迹萍蓬,奈区区、又催行李。忍重看、小岸柳梳风,江梅鉴水。待学鹣鹣翼,从他名利荣悴。

注:该词上阕第一句和第二句为乐段一中的格式(2),第三句和第四句为乐段二中的格式(2),第五句和第六句为乐段三中的格式(1),第七句至第九句为乐段四中的格式(1);下阕第一句至第四句为乐段一中的格式(5)。全词双调,一百三字,上阕九句,六仄韵;下阕十句,五仄韵。

例五　还京乐(一百三字)
(宋)吴文英

宴兰澉,促奏丝萦管裂飞繁响。似汉宫人去,夜深独语,胡沙凄咽。对雁斜玫柱,琼琼弄玉临秋影。凤吹远,河汉去槎,天风吹冷。　　泛清商竟。转铜壶敲漏,瑶床二八青娥,环佩再整。菱歌四碧无声,变须臾、翠繁红暝。叹梨园、今调绝音希,愁深未醒。桂楫轻如翼,归霞时点清镜。

注:该词上阕第一句和第二句为乐段一中的格式(1),第三句至第五句为乐段二中的格式(1),第六句和第七句为乐段三中的格式(1),第八句至第十句为乐段四中的格式(1);下阕第一句至第四句为乐段一中的格式(3)。全词双调,一百三字,上阕十句,四仄韵;下阕十句,五仄韵。

例六　还京乐(一百三字)
(宋)张　炎

胜游处。多是琴尊坐石松下语。有笔床茶灶,瘦筇相引,逢花须住。正翠阴迷路。年华荏苒成孤旅。待趁燕樯,休忘了、元都前度。　　渐烟波远,怕五湖凄冷,佳人袖薄,修竹依依日暮。知他甚处重逢,便匆匆、带潮归去。莫因循、却误了幽期,还孤旧雨。伫立山风晚,月明摇碎江树。

注:该词上阕第一句和第二句为乐段一中的格式(2),第三句至第五句为乐段二中的格式(1),第六句和第七句为乐段三中的格式(1),第八句和第九句为乐段四中的格式(3);下阕第一句至第四句为乐段一中的格式(2)。全词双调,一百三字,上阕九句,六仄韵;下阕十句,四仄韵。

双 头 莲

此调一百三字者，见周邦彦《片玉集》；一百字者，见陆游《放翁集》。

一百三字体《双头莲》的长短句结构

一百三字体《双头莲》上阕，两个乐段	
乐段一（二十六字）	乐段二（二十八字）
4　4　4　4　4　6	3　4　4　4　4　4　5

一百三字体《双头莲》下阕，四个乐段			
乐段一（十二字）	乐段二（十四字）	乐段三（十二字）	乐段四（十一字）
3　5　4	4　4　6	4　4　4	3　3　5

一百字体《双头莲》的长短句结构

一百字体《双头莲》上阕，四个乐段			
乐段一（十三字）	乐段二（十三字）	乐段三（十一字）	乐段四（十三字）
4　5　4	4　　36	6　　5	3　4　6
4　3　6	4　5　4		34　　6

一百字体《双头莲》下阕，四个乐段			
乐段一（十五字）	乐段二（十三字）	乐段三（十一字）	乐段四（十一字）
6　5　4	4　　36	6　　5	3　4　4

《康熙词谱》共收集四体《双头莲》，双调，有两种长短句结构：其中，一百三字体《双头莲》，上阕可分为两个乐段，下阕可分为四个乐段，其长短句结构如表所示。一百字体《双头莲》，上下阕分别可分为四个乐段，其长短句结构如表所示。比较一百三字与一百字这两种体式《双头莲》的长短句结构，可见它们只是词牌名称相同，而长短句结构却迥异。

一百三字体《双头莲》，上阕十三句，三仄韵；下阕十二句，五仄韵，其基本格式如表所示。一百字体《双头莲》上阕十句或十一句，六仄韵或四仄韵；下阕十句，五仄韵或六仄韵、四仄韵。《康熙词谱》以首句为"华鬓星星"的陆游词为标谱词例。该调的正格与变格如表所示，其中，上下阕各乐段中的格式（1）为正格句式，其余为变格句式。

《双头莲》（一百三字）的基本格式（双调）

《双头莲》（一百三字）上阕，十三句，三仄韵	
乐段一（六句，二十六字）	乐段二（七句，二十八字）
＋｜－－（句）＋－＋｜（句） ＋｜＋－（句）＋－＋｜（句） ＋｜＋－（句）＋｜＋－＋｜（韵）	＋－｜（韵）＋｜－－（句）＋ －＋｜（句）＋｜＋｜（句）＋ －＋｜（句）＋｜＋－（句）｜＋ －＋｜（韵）

《双头莲》（一百三字）下阕，十二句，五仄韵	
乐段一（三句，十二字）	乐段二（三句，十四字）
＋－｜（韵）＋＋－＋｜（句）＋－ ＋｜（韵）	＋｜－－（句）＋－＋ ｜（句）＋｜＋－＋｜（韵）

注：下阕乐段一中的格式"＋＋－＋｜（句）"，为"上一下四"句式。

《双头莲》（一百三字）下阕，十二句，五仄韵	
乐段三（三句，十二字）	乐段四（三句，十一字）
＋－＋｜（句）＋｜－－（句） ＋－＋｜（韵）	＋－｜（句）｜＋－（句）｜＋＋ －｜（韵）

例　双头莲（一百三字）

（宋）周邦彦

一抹残霞，几行新雁，天染断红，云迷阵影，隐约望中，点破晚空澄碧。助秋色。门掩西风，桥横斜照，青翼未来，浓尘自起，咫尺凤帏，合有人相识。　　叹乖隔。知甚时恁与，同携欢适。度曲传觞，并辔飞辔，绮陌画堂连夕。楼头千里，帐底三更，尽堪泪滴。怎生向，总无聊，但只听消息。

注：全词双调，一百三字，上阕十三句，三仄韵；下阕十二句，五仄韵。

一百字体《双头莲》的正格与变格（双调）

《双头莲》（一百字）上阕，上阕十句或十一句，六仄韵或四仄韵	
乐段一（三句，十三字）	乐段二（二句或三句，十三字）
＋｜－－（句）＋｜｜（句） ＋－＋｜（韵） （1）	＋－＋｜（韵）＋＋｜（读）＋｜ ＋－＋｜（韵） （1）
＋｜－－（句）－＋｜（句）＋ －｜－＋｜（韵） （2）	＋－＋｜（韵或句）｜＋＋＋｜（句） ＋－＋｜（韵） （2）

注：上阕乐段二中的格式"｜＋＋＋｜（句）"，为"上一下四"句式。

《双头莲》（一百字）上阕，十句或十一句，六仄韵或四仄韵	
乐段三（二句，十一字）	乐段四（三句或二句，十三字）
＋｜＋｜－－（句）｜＋－＋ ｜（韵） （1）	－＋｜（韵）＋｜－－（句）＋ －｜－＋｜（韵） （1）
＋｜－｜＋－（句）｜＋－＋ ｜（韵） （2）	＋＋＋（读）＋｜－－（句）＋ －｜－＋｜（韵） （2）

例一 双头莲（一百字）

（宋）陆　游

华鬓星星，惊壮志成虚，此身如寄。萧条病骥。向暗里、消尽当年豪气。梦断故国山川，隔重重烟水。身万里。旧社凋零，青门俊游谁记。　　尽道锦里繁华，叹官闲昼永，柴荆添睡。清愁自醉。念此际、付与何人心事。纵有楚柁吴樯，知何时东逝。空怅望，鲙美菰香，秋风又起。

注：该词上阕第一句至第三句为乐段一中的格式（1），第四句和第五句为乐段二中的格式（1），第六句和第七句为乐段三中的格式（1），第八句至第十句为乐段四中的格式（1）；下阕第八句至第十句为乐段四中的格式（1）。全词双调，一百字，上阕十句，六仄韵；下阕十句，五仄韵。

《双头莲》下阕，十句，五仄韵或六仄韵、四仄韵	
乐段一（三句，十五字）	乐段二（二句，十三字）
＋｜＋｜－－（句）｜＋－＋｜（句）＋－＋｜（韵）	＋－＋｜（韵）＋＋＋（读）＋｜＋－＋｜（韵）

《双头莲》下阕，十句，五仄韵或六仄韵、四仄韵	
乐段三（二句，十一字）	乐段四（三句，十一字）
＋｜＋｜－－（句）＋＋＋－＋｜（韵）	－＋｜（句）＋｜＋｜（句）＋－＋｜（韵）（1） －＋｜（韵）＋｜－－（句）＋－＋｜（韵）（2）

注：下阕乐段三中的格式"＋＋－＋｜（韵）"，为"上一下四"句式。

例二　双头莲（一百字）

（宋）陆　游

风卷征尘，堪叹处，青骢正摇金辔。客襟贮泪。漫万点如血，凭谁持寄。伫想艳态幽情，压江南佳丽。春正媚。怎忍长亭，匆匆顿分连理。　　目断淡日平芜，望烟浓树远，微茫如荠。悲欢梦里。奈倦客、又是关河千里。最苦唱彻骊歌，重迟留无计。何限事。待与丁宁，行时已醉。

注：该词上阕第一句至第三句为乐段一中的格式（2），第四句至第六句为乐段二中的格式（2），第七句和第八句为乐段三中的格式（1），第九句至第十一句为乐段四中的格式（1）；下阕第八句至第十句为乐段四中的格式（2）。全词双调，一百字，上阕十一句，六仄韵；下阕十句，六仄韵。

例三　双头莲（一百字）

《梅苑》无名氏

触目庭台，当岁晚凋残，怎时方见。琼英细蕊，似美玉碾就，轻冰裁剪。暗想蜂蝶不知，有清香为援。深疑是、傅粉酡颜，何殊寿阳妆面。　　惟恐易落难留，仗何人巧把，名词褒羡。狂风横雨，枉坠落、细蕊纷纷千片。异日结实成阴，托称殊非浅。调鼎鼐，试作和羹，佳名方显。

　　注：该词上阕第一句至第三句为乐段一中的格式（1），第四句至第六句为乐段二中的格式（2），下阕第八句至第十句为乐段四中的格式（2）；第九句至第十一句为乐段四中的格式（2），第六句和第七句为乐段三中的格式（1）。全词双调，一百字，上下阕各十句，四仄韵。

忆　瑶　姬

　　此调有仄韵、平韵两体。仄韵者，始自曹组，一名《别素质》；平韵者，始自万俟咏，一名《别瑶姬慢》。

《忆瑶姬》的长短句结构

《忆瑶姬》上阕，四个乐段			
乐段一 （十四字或十三字）	乐段二 （十字或十四字）	乐段三 （十四字或十三字）	乐段四 （十三字或十二字、十四字）
4　4　6	6　4	7　7	34　6
4　5　4	5　5　4	4　5	35　4
4　3　6		6　7	34　7

《忆瑶姬》下阕，四个乐段			
乐段一 （十五字或十六字）	乐段二 （十字或十四字）	乐段三 （十三字或十四字）	乐段四 （十字或十二字、十三字）
6　5　4	6　4	7　34	36　4
34　5　4	5　5　4	4　5	3　7
6　4　6		6　7	34　5

　　《康熙词谱》共收集四体《忆瑶姬》，仄韵格一体，平韵格三体，上下阕分别可分为四个乐段，其长短句结构如表所示。仄韵《忆瑶姬》一百三字，上阕九句，五仄韵；下阕九句，六仄韵，其基本格式如表所示。

　　平韵《忆瑶姬》有一百五字和一百九字等格式，上阕十一句或十句，五平韵或四平韵；下阕十一句或十句，四平韵或五平韵。《康熙词谱》以一百五字体万俟咏词为正体或正格。该调的正格与变格如表所示，其中，上下阕各乐段中的格式（1）为正格句式，其余为变格句式。

《忆瑶姬》（仄韵）的基本格式（双调）

《忆瑶姬》（仄韵）上阕，九句，五仄韵	
乐段一（三句，十四字）	乐段二（二句，十字）
＋｜－－（句）＋－＋｜（句） ＋－＋｜－｜（韵）	＋｜＋－＋｜（句）＋＋－｜（韵）

《忆瑶姬》（仄韵）上阕，九句，五仄韵	
乐段三（二句，十四字）	乐段四（二句，十三字）
＋－＋｜－－｜（韵）＋＋＋｜－ －｜（韵）	＋＋＋（读）＋｜－－（句） ＋－｜－＋｜（韵）

《忆瑶姬》（仄韵）下阕，九句，六仄韵	
乐段一（三句，十五字）	乐段二（二句，十三字）
＋｜＋－＋｜（韵）｜＋－＋｜（句） ＋＋＋－｜（韵）	＋｜＋－＋｜（句）＋－＋ ｜（韵）

《忆瑶姬》（仄韵）下阕，九句，六仄韵	
乐段三（二句，十四字）	乐段四（二句，十三字）
＋－＋｜－－｜（韵）＋＋＋（读） ＋＋｜（韵）	＋＋＋（读）＋｜－－ ｜（句）＋－＋｜（韵）

例　忆瑶姬（一百三字）

（宋）曹　组

雨细云轻，花娇玉软，于中好个情性。争奈无缘相见，有分孤另。香笺细写频相问。我一句句儿都听。到如今、不得同欢，伏惟与他耐静。　此事凭谁执证。有楼前明月，窗外花影。拌了一生烦恼，为伊成病。祗愁更把风流逞。便因循、误人无定。恁时节、若要眼儿厮觑，除非会圣。

注：全词双调，一百三字，上阕九句，五仄韵；下阕九句，六仄韵。

《忆瑶姬》（平韵）的正格与变格（双调）

《忆瑶姬》（平韵）上阕，十一句或十句，五平韵或四平韵	
乐段一（三句，十四或十三字）	乐段二（三句，十三字）
十｜一 一（韵）｜十 一 十 ｜（句） 十｜一 一（韵） （1） 十｜一 一（句）十｜｜（句）十 一 十｜一 一（韵） （2）	十 一 一 ｜｜（句）｜十 一 一 十 ｜（句） 十｜一 一（韵）

《忆瑶姬》（平韵）上阕，十一句，五平韵或四平韵	
乐段三（三句，十三字）	乐段四（二句，十二字或十四字）
十 一 十 ｜（句）十 ｜ 一 一（句） 十 一 十 ｜ 一（韵） （1） 十 一 十 ｜（句）十 ｜ 一 一（句） 十 ｜ 一 一（韵） （2） 十 一 十 ｜（句）十 ｜ 一 十 ｜ 一（韵） （3）	十 十 十（读）十 ｜ 一 一 ｜（句） 十 ｜ 一 一（韵） （1） 十 十 十（读）十 ｜ 一 一 ｜（句） 十 ｜ 一 一（韵） （2） 十 十 十（读）十 ｜ 一 一（句）十 一 十 ｜｜ 一（韵） （3）

例一　忆瑶姬（一百五字）

（宋）万俟咏

可惜香红。又一番骤雨，几阵狂风。霎时留不住，便夜来和月，飞过帘栊。离愁未了，酒病相仍，便堪此恨中。片片随、流水斜阳去，各自西东。　　又还是、九十春光，误双飞戏蝶，并采游蜂。人生能几许，细算来何物，得似情浓。沈腰暗减，潘鬓先秋，寸心不易供。望暮云，千里沉沉障翠峰。

注：该词上阕第一句至第三句为乐段一中的格式（1），第七句至第九句为乐段三中的格式（1），第十句和第十一句为乐段四中的格式（1）；下阕第一句至第三句为乐段一中的格式

（1），第七句至第九句为乐段三中的格式（1），第十句和第十一句为乐段四中的格式（1）。全词双调，一百五字，上阕十一句，五平韵；下阕十一句，四平韵。

《忆瑶姬》（平韵）下阕，十一句或十句，四平韵或五平韵	
乐段一（三句，十五字）	乐段二（三句，十三字）
＋＋＋（读）＋｜－－（句） ＋－＋｜（句）＋｜－（韵） （1） ＋－＋｜－－（韵）＋｜－ －（句）＋－＋｜－－（韵） （2）	＋－－｜｜（句）｜＋－＋｜（句） ＋｜－－（韵）

《忆瑶姬》（平韵）下阕，十一句或十句，四平韵或五平韵	
乐段三（三句或二句，十二字）	乐段四（二句，十字或十二字）
＋－＋｜（句）＋｜－－（句） ＋－＋｜－（韵） （1） ＋－－｜－（句）＋｜－ －＋｜－（韵） （2）	＋｜＋（句）＋｜－－＋｜－（韵） （1） ＋＋＋（读）＋｜－－（句）＋ ｜－｜－（韵） （2）

例二　忆瑶姬（一百五字）

〔宋〕蔡　伸

　　微雨初晴。洗瑶空万里，月挂冰轮。广寒宫阙迥，望素娥缥缈，丹桂亭亭。金盘露冷，玉树风轻，倍觉秋思清。念去年、曾共吹箫侣，同赏蓬瀛。　　奈此夜、旅泊江城。漫花光眩目，绿酒如渑。幽怀终有恨，恨绮窗清影，虚照娉婷。蓝桥路杳，楚馆云深，拟凭归梦轻。强就枕，无奈孤衾梦易惊。

　　注：该词上阕第一句至第三句为乐段一中的格式（1），第七句至第九句为乐段三中的格式（2），第十句和第十一句为乐段四中的格式（1）；下阕第一句至第三句为乐段一中的格式（1），第七句至第九句为乐段三中的格式（1），第十句和第十一句为乐段四中的格式（1）。全词双调，一百五字，上下阕各十一句，五平韵。

例三　忆瑶姬（一百九字）

（宋）史达祖

娇月笼烟，下楚岭，香分两朵湘云。花房时渐密，弄杏笺初会，歌里殷勤。沉沉夜久西窗，屡隔兰灯幔影昏。自彩鸾、飞入芳巢，绣屏罗荐粉光新。　　十年未始轻分。念此飞花，可怜柔脆销春。空余双泪眼，到旧家时节，漫染愁巾。神仙说道凌虚，一夜相思玉样人。但起来、梅发窗前，哽咽疑是君。

注：该词上阕第一句至第三句为乐段一中的格式（2），第七句至第九句为乐段三中的格式（3），第十句和第十一句为乐段四中的格式（3）；下阕第一句至第三句为乐段一中的格式（2），第七句至第九句为乐段三中的格式（2），第十句和第十一句为乐段四中的格式（2）。全词双调，一百九字，上阕十句，四平韵；下阕十句，五平韵。

安平乐慢

调见万俟咏《大声集》。

《安平乐慢》的长短句结构

《安平乐慢》上阕，四个乐段			
乐段一 （十四字）	乐段二 （十四字）	乐段三 （十三字）	乐段四 （十一字或十二字）
4　　4　　6	4　　4　　6	4　　5　　4	5　　　6 5　—　34

《安平乐慢》下阕，四个乐段			
乐段一（十五字）	乐段二（十二字）	乐段三（十一字）	乐段四（十三字）
5　　4　　6	5　　7 5　　34	4　　34	34　　6 3　4　6

　　《康熙词谱》共收集两体《安平乐慢》，双调，上下阕分别可分为四个乐段，其长短句结构如表所示。该调有一百三字或一百四字等格式，上阕十一句，五平韵；下阕九句或十句，四平韵。《康熙词谱》以万俟咏词为标谱词例。该词的正格与变格如表所示，其中，上下阕各乐段中的格式（1）为正格句式，其余为变格句式。

《安平乐慢》的正格与变格（双调）

《安平乐慢》上阕，十一句，五平韵	
乐段一（三句，十四字）	乐段二（三句，十四字）
＋｜ーー（句）＋ー＋｜（句） ＋ー＋｜ーー（韵）	＋ー＋｜（句）＋｜ーー（句） ＋｜＋｜ーー（韵） （1） ＋ー＋｜（句）＋｜ーー（句） ＋ー＋｜ーー（韵） （2）

《安平乐慢》上阕，十一句，五平韵	
乐段三（三句，十三字）	乐段四（二句，十一字或十二字）
＋｜ーー（句）｜＋ー＋｜（句） ＋｜ーー（韵）	＋｜｜ーー（韵）＋ー＋｜ ー（韵） （1） ＋｜｜ーー（韵）＋＋＋（读） ＋｜ーー（韵） （2）

例一　安平乐慢（一百三字）

（宋）万俟咏

　　瑞日初迟，绪风乍暖，千花百草争香。瑶池路稳，阆苑春深，云树水殿相望。柳曲沙平，看尘随青盖，絮惹红妆。卖酒绿阴傍。无人不醉春光。　　有十里笙歌，万家罗绮，身世疑在仙乡。行乐知无禁，五侯半隐少年场。舞妙歌妍，空妒得、莺娇燕忙。念芳菲、都来几日，不堪风雨疏狂。

　　注：该词上阕第四句至第六句为乐段二中的格式（1），第十句和第十一句为乐段四中的格式（1）；下阕第四句和第五句为乐段二中的格式（1），第八句和第九句为乐段四中的格式（1）。全词双调，一百三字，上阕十一句，五平韵；下阕九句，四平韵。

《安平乐慢》下阕，九句或十句，四平韵	
乐段一（三句，十五字）	乐段二（二句，十二字）
１＋｜ーー（句）＋ー＋｜（句） ＋｜＋｜ーー（韵）	＋｜ーー｜（句）＋ー＋｜｜ー ー（韵） （1） ＋＋ーー｜（句）＋＋＋（读）＋ ＋｜ーー（韵） （2）

《安平乐慢》下阕，九句或十句，四平韵	
乐段三（二句，十一字）	乐段四（二句或三句，十三字）
＋｜ーー（句）＋＋＋（读）＋ ー｜ー（韵）	＋＋＋（读）＋ー＋｜（句）＋ ー＋｜ーー（韵） （1） ｜ーー（句）＋ー＋｜（句）＋ ー＋｜ーー（韵） （2）

例二 安平乐慢（一百四字）

（宋）曹　勋

　　圣德如尧，圣心似舜，欣逢出震昌期。中兴继体，抚有寰瀛，三阳方是炎曦。万国朝元，奉崇严宸扆，咫尺天威。瑞色满三墀。渐嵩呼、均庆彤闱。　　正金屋妆成，翠红围绕，香霭高散狻猊。东朝移珮辇，与坤仪、同奉瑶卮。阆殿花明，亿万载、咸歌寿祺。视天民，永祈宝历，垂衣端拱无为。

　　注：该词上阕第四句至第六句为乐段二中的格式（2），第十句和第十一句为乐段四中的格式（2）；下阕第四句和第五句为乐段二中的格式（2），第八句至第十句为乐段四中的格式（2）。全词双调，一百四字，上阕十一句，五平韵；下阕十句，四平韵。

望 南 云 慢

调见《乐府雅词》。

《望南云慢》的长短句结构

《望南云慢》上阕，四个乐段			
乐段一（十三字）	乐段二（十三字）	乐段三（十二字）	乐段四（十二字）
4　　5　　4	4　　5　　4	5　　　34	4　　4　　4

《望南云慢》下阕，四个乐段			
乐段一（十六字）	乐段二（十三字）	乐段三（十二字）	乐段四（十二字）
2　4　4　6	4　　5　　4	5　　　34	4　　4　　4

《康熙词谱》只收集一体《望南云慢》，双调，上下阕分别可分为四个乐段，其长短句结构如表所示。该调一百三字，上阕十一句，四平韵；下阕十二句，五平韵，其基本格式如表所示。

《望南云慢》的基本格式（双调）

《望南云慢》上阕，十一句，四平韵	
乐段一（三句，十三字）	乐段二（三句，十三字）
＋｜－－（句）｜＋｜－－（句） ＋｜－－（韵）	＋－＋｜（句）｜＋－＋｜（句） ＋｜－－（韵）

《望南云慢》上阕，十一句，四平韵	
乐段三（二句，十二字）	乐段四（三句，十二字）
＋｜－－｜（句）＋＋＋（读） ＋－｜－（韵）	＋－＋｜（句）＋｜－－（句） ＋｜－－（韵）

《望南云慢》下阕，十二句，五平韵	
乐段一（四句，十六字）	乐段二（三句，十三字）
－　－（韵）＋　｜　－　－（句）＋　－ ＋　｜（句）＋　－　＋　｜　－　－（韵）	＋　－　＋　｜（句）｜　＋　｜　－　－（句） ＋　｜　－　－（韵）

《望南云慢》下阕，十二句，五平韵	
乐段三（二句，十二字）	乐段四（三句，十二字）
＋　｜　－　－　｜（句）＋　＋　＋（读） ＋　－　｜　－（韵）	＋　－　＋　｜（句）＋　｜　－　－（句） ＋　｜　－　－（韵）

例　望南云慢（一百三字）

（宋）沈公述

木叶轻飞，乍雨歇亭皋，帘卷秋光。栏隈砌角，绽拒霜几处，深浅红芳。应恨开时晚，伴翠菊、风前并香。晓来清露，嫩面低凝，似带啼妆。　　堪伤。记得佳人，当时怨别，盈腮粉泪行行。而今最苦，奈千里身心，两处凄凉。感物成消黯，念旧欢、空劳寸肠。月斜残漏，梦断孤帏，一枕思量。

注：全词双调，一百三字，上阕十一句，四平韵；下阕十二句，五平韵。

情 久 长

调见《圣求词》。

《情久长》的长短句结构

《情久长》上阕，四个乐段			
乐段一（十一字）	乐段二（十一字）	乐段三（十四字）	乐段四（十七字）
4　　7	3　4　　4	5　　3　6	3　4　　4　　3　3

《情久长》下阕，四个乐段			
乐段一（九字）	乐段二（十一字）	乐段三（十三字）	乐段四（十七字）
4　　5	34　　4	4　　36	34　　4　　33

《康熙词谱》只收集一体《情久长》，双调，上下阕分别可分为四个乐段，其长短句结构如表所示。该调一百三字，上下阕各九句，四仄韵，其基本格式如表所示。

《情久长》的基本格式（双调）

《情久长》上阕，九句，四仄韵	
乐段一（二句，十一字）	乐段二（二句，十一字）
＋ － ＋ ｜（句）＋ － ＋ ｜ － ｜（韵）	＋ ＋ ｜（读）＋ － ＋ ｜（句）＋ ＋ － ｜（韵）

《情久长》上阕，九句，四仄韵	
乐段三（二句，十四字）	乐段四（三句，十七字）
＋ － － ｜ ｜（句）＋ ＋ ｜（读）＋ ｜ ＋ － ＋ ｜（韵）	＋ ＋ ｜（读）＋ － ＋ ｜（句）＋ ｜ －（句）＋ ＋ ｜（读）－ ＋ ｜（韵）

《情久长》下阕，九句，四仄韵	
乐段一（二句，九字）	乐段二（二句，十一字）
＋ ｜ － －（句）＋ ｜ － － ｜（韵）	＋ ＋ ｜（读）＋ － ＋ ｜（句）＋ ＋ － ｜（韵）

《情久长》下阕，九句，四仄韵	
乐段三（二句，十三字）	乐段四（三句，十七字）
＋ － ＋ ｜（句）＋ ＋ ｜（读）＋ ｜ ＋ － ｜（韵）	＋ ＋ ｜（读）＋ － ＋ ｜（句）＋ ｜ －（句）＋ ＋ ｜（读）－ ＋ ｜（韵）

例　情久长（一百三字）

（宋）吕渭老

琐窗夜永，无聊尽作伤心句。甚近日、带腰移眼，梨脸沾雨。春心偿未足，怎忍听、啼血催归杜宇。暮帆挂、沉沉暝色，衮衮长江，流不尽、来无据。　　点检风光，岁月今如许。趁此际、浦花汀草，一棹东去。云窗雾阁，洞天晓、同作烟霞伴侣。算谁见、梅帘醉梦，柳陌晴游，应未许、春知处。

注：全词双调，一百三字，上下阕各九句，四仄韵。

西江月慢

调见《圣求词》。

《西江月慢》的长短句结构

《西江月慢》上阕，四个乐段			
乐段一 （十一字）	乐段二 （十三字）	乐段三 （十五字）	乐段四 （十二字或十三字）
4　　34	5　　4　　4 　34　　6	34　　4　　4 　8　　34	34　　5 34　3　3

《西江月慢》下阕，四个乐段			
乐段一 （十五字）	乐段二 （十二字或十三字）	乐段三 （十五字）	乐段四 （十字或十一字）
35　　34	7　　5 34　　6	34　　4　　4 3　　5　　34	37 34　　4

《康熙词谱》共收集两体《西江月慢》，双调，上下阕分别可分为四个乐段，其长短句结构如表所示。该调有一百三字或一百六字等格式，上阕十句或九句，四仄韵；下阕八句或九句，五仄韵。《康熙词谱》以吕渭老词为第一词例。该调的正格与变格如表所示，其中，上下阕各乐段中的格式（1）为正格句式，其余为变格句式。

《西江月慢》的正格与变格（双调）

《西江月慢》上阕，十句或九句，四仄韵	
乐段一（二句，十一字）	乐段二（三句或二句，十三字）
＋－＋｜（句）＋＋＋（读）＋ －＋｜（韵）	＋｜｜－－（句）＋－＋｜（句） ＋－＋｜（韵） （1） ＋＋＋（读）＋｜－－（句）－ ｜＋＋－｜（韵） （2）

《西江月慢》上阕，十句或九句，四仄韵	
乐段三（三句或二句，十五字）	乐段四（二句或三句，十二字或十三字）
＋＋＋（读）＋｜－－（句）＋ －＋｜（句）＋－＋｜（韵） （1） ｜＋－＋｜－－｜（句）＋＋ ＋（读）＋－＋｜（韵） （2）	＋＋＋（读）＋｜－－（句）＋ ｜＋－｜（韵） （1） ＋＋＋（读）＋｜－－（句）－ ＋｜（句）＋－｜（韵） （2）

注：上阕乐段三中的格式"｜＋－＋｜－－｜（句）"，为"上一下七"句式。

例一　西江月慢（一百三字）

（宋）吕渭老

春风淡淡，清昼永、落英千尺。桃杏散平郊，晴蜂来往，妙香飘掷。傍画桥、煮酒青帘，绿杨风外，数声长笛。记去年、紫陌朱门，花下旧相识。　　向宝帕、裁书凭燕翼。望翠阁、烟林似织。闻道春衣犹未整，过禁烟寒食。但记取、角枕题情，东窗休误，这些端的。更莫待、青子绿阴春事寂。

注：该词上阕第三句至第五句为乐段二中的格式（1），第六句至第八句为乐段三中的格式（1），第九句和第十句为乐段四中的格式（1）；下阕第三句和第四句为乐段二中的格式（1），第五句至第七句为乐段三中的格式（1），第八句为乐段四中的格式（1）。全词双调，一百三字，上阕十句，四仄韵；下阕八句，五仄韵。

《西江月慢》下阕，八句或九句，五仄韵	
乐段一（二句，十五字）	乐段二（二句，十二字或十三字）
＋＋＋（读）＋－∣∣（韵） ＋＋＋（读）＋－＋∣（韵）	＋∣＋－－∣∣（句）∣＋－＋∣（韵） （1） ＋＋＋（读）＋∣－－（句）＋∣＋－＋∣（韵） （2）

《西江月慢》下阕，八句或九句，五仄韵	
乐段三（三句，十五字）	乐段四（一句或二句，十字或十一字）
＋＋＋（读）＋∣－－（句）＋－＋∣（句）＋－＋∣（韵） （1） ＋＋∣（句）＋∣－－（句）＋＋（读）＋－－＋∣（韵） （2）	＋＋＋（读）＋∣＋－－∣∣（韵） （1） ＋＋＋（读）＋∣＋－－＋∣（韵） （2）

例二　西江月慢（一百六字）

《高丽史·乐志》无名氏

烟笼细柳，映粉墙、垂丝轻袅。正岁首、暖律风和，装点后苑台沼。见乍开桃若胭脂染，便须信、江南春早。又数枝、零乱残花，飘满地，未曾扫。　　幸到此、芳菲时渐好。恨间阻、佳期尚杳。听几声、云里悲鸿，感动怨愁多少。漫目送，层阁天涯远，甚无人、音书来到。又只恐、别有深情，盟言忘了。

注：该词上阕第三句和第四句为乐段二中的格式（2），第五句和第六句为乐段三中的格式（2），第七句至第九句为乐段四中的格式（2）；下阕第三句和第四句为乐段二中的格式（2），第五句至第七句为乐段三中的格式（2），第八句和第九句为乐段四中的格式（2）。全词双调，一百六字，上阕九句，四仄韵；下阕九句，五仄韵。

杏 花 天 慢

调见《松隐集》。

《杏花天慢》的长短句结构

《杏花天慢》上阕，四个乐段			
乐段一（十四字）	乐段二（十四字）	乐段三（十一字）	乐段四（十三字）
4　4　6	5　36	4　34	34　6

《杏花天慢》下阕，四个乐段			
乐段一（十五字）	乐段二（十四字）	乐段三（十一字）	乐段四（十一字）
6　5　4	5　36	4　34	34　4

《康熙词谱》只收集一体《杏花天慢》，双调，上下阕分别可分为四个乐段，其长短句结构如表所示。该调一百三字，上下阕各九句，五仄韵，其基本格式如表所示。

《杏花天慢》的基本格式（双调）

《杏花天慢》上阕，九句，五仄韵	
乐段一（三句，十四字）	乐段二（二句，十四字）
＋＋－｜（句）＋＋－｜（句）＋＋｜＋－＋｜（韵）	＋｜－＋｜（句）＋＋｜（读）＋｜＋－＋｜（韵）

《杏花天慢》上阕，九句，五仄韵	
乐段三（二句，十一字）	乐段四（二句，十三字）
＋－＋｜（韵）＋＋＋（读）＋－＋｜（韵）	＋＋＋（读）＋｜－－（句）＋｜＋－＋｜（韵）

《杏花天慢》下阕，九句，五仄韵	
乐段一（三句，十五字）	乐段二（二句，十四字）
＋ － ＋ ｜ ＋ －（句）｜ ＋ ｜ － －（句）＋ － ＋ ｜（韵）	＋ ｜ － ＋ ｜（句）＋ ＋ ＋（读） ＋ ｜ ＋ － ＋ ｜（韵）

《杏花天慢》下阕，九句，五仄韵	
乐段三（二句，十一字）	乐段四（二句，十一字）
－ ｜ ＋ ｜（韵）＋ ＋ ＋（读）＋ ＋ － ｜（韵）	＋ ＋ ＋（读）＋ ｜ － －（句）＋ － ＋ ｜（韵）

例　杏花天慢（一百三字）

（宋）曹　勋

　　桃蕊初谢，双燕来后，枝上嫩苞时节。绛萼滋浩露，照晓景、裁剪冰绡标格。烟传靓质。似澹拂、妆成香颊。看暖日、催吐繁英，占断上林风月。　　坛边曾见数枝，算应是真仙，故留春色。顿觉偏造化，且任他、桃李成蹊谁说。晴霁易雪。待等饮、清赏无歇。更爱惜、留引鹓禽，未须再折。

　　注：全词双调，一百三字，上下阕各九句，五仄韵。

探　春　慢

或作《探春》，无"慢"字。

《探春慢》的长短句结构

《探春慢》上阕，四个乐段			
乐段一 （十四字或十三字）	乐段二 （十四字或十字）	乐段三 （十二字）	乐段四 （十二字或十一字）
4　　4　　6 5　　4　　4	4　　4　　6 　　4	5　　34 3　　3　　3　　3	6　　6 3　　4　　4

<table>
<tr><th colspan="4">《探春慢》下阕，四个乐段</th></tr>
<tr><th>乐段一
（十五字）</th><th>乐段二
（十四字或十字）</th><th>乐段三
（十二字）</th><th>乐段四
（十字或十一字）</th></tr>
<tr>
<td>6　5　4</td>
<td>4　4　6
4　　6</td>
<td>5　　34
6　3　3</td>
<td>4　　6
6　　4
3　4　4</td>
</tr>
</table>

《康熙词谱》共收集《探春慢》五体，双调，上下阕可各分为四个乐段，其长短句结构如表所示。该调有一百三字或九十四字等格式，上阕十句或十二句，四仄韵；下阕十句或十一句，四仄韵或五仄韵，《康熙词谱》以一百三字体姜夔词为正体或正格。该调的正格与变格如表所示，其中，各乐段中的格式（1）为正格句式，其余为变格句式。

例一　探春慢（一百三字）
（宋）姜　夔

衰草愁烟，乱鸦送日，风沙回旋平野。拂雪金鞭，欺寒茸帽，还记章台走马。谁念漂零久，漫赢得、幽怀难写。故人青盼相逢，小窗闲共情话。　　长恨离多会少，重访问竹西，珠泪盈把。雁碛沙平，渔汀人散，老去不堪游冶。无奈苕溪月，又唤我、扁舟东下。甚日归来，梅花零乱春夜。

注：该词上阕第一句至第三句为乐段一中的格式（1），第四句至第六句为乐段二中的格式（1），第七句和第八句为乐段三中的格式（1），第九句和第十句为乐段四中的格式（1）；下阕第一句至第三句为乐段一中的格式（1），第四句至第六句为乐段二中的格式（1），第七句和第八句为乐段三中的格式（1），第九句和第十句为乐段四中的格式（1）。全词双调，一百三字，上下阕各十句，四仄韵。

例二　探春慢（一百三字）
（宋）张　炎

银浦流云，绿房迎晓，一抹墙腰月淡。暖玉生香，悬冰解冻，碎滴瑶阶如霰。才放些晴意，早瘦了、梅花一半。也知不作花看，东风何事吹散。　　摇落似成秋苑。甚酿得春来，怕教春见。野渡舟回，前村门掩，应是不胜清怨。次第寻芳去，灞桥外、蕙香波暖。犹听檐声，看灯人在深院。

注：该词上阕第一句至第三句为乐段一中的格式（2），第四句至第六句为乐段二中的格式（1），第七句和第八句为乐段三中的格式（1），第九句和第十句为乐段四中的格式（1）；下阕第一句至第三句为乐段一中的格式（2），第四句至第六句为乐段二中的格式（1），第七句和第八句为乐段三中的格式（1），第九句和第十句为乐段四中的格式（1）。全词双调，一百三字，上阕十句，四仄韵；下阕十句，五仄韵。

《探春慢》的正格与变格（双调）

《探春慢》上阕，十句或十二句，四仄韵	
乐段一（三句，十四字或十三字）	乐段二（二句或三句，十字或十四字）
＋｜－－（句）＋－＋｜（句） ＋－＋｜－｜（韵） （1）	＋｜－－（句）＋－＋｜（句） ＋｜＋－＋｜（韵） （1）
＋｜－－（句）＋－＋｜（句） ＋｜＋－＋｜（韵） （2）	＋｜－－（句）＋｜＋－＋｜（韵） （2）
＋｜｜－－（句）＋｜｜－（句） ＋－＋｜（韵） （3）	

《探春慢》上阕，十句或十二句，四仄韵	
乐段三（二句或四句，十二字）	乐段四（二句或三句，十二字或十一字）
＋｜－－｜（句）＋＋＋｜（读）＋－＋｜（韵） （1）	＋－＋｜－－（句）＋－＋｜－｜（韵） （1）
＋｜｜－－（句）＋＋｜（读）＋－＋｜（韵） （2）	＋－＋｜－－（句）＋｜＋－＋｜（韵） （2）
－＋｜（句）－＋｜（句）｜－－（句）｜－＋｜（韵） （3）	｜－＋（句）＋＋｜（句）＋－＋｜（句）＋－＋｜（韵） （3）

《探春慢》下阕，十句或十一句，四仄韵或五仄韵	
乐段一（三句，十五字）	乐段二（二句或三句，十四字或十字）
＋｜＋ー＋｜（句）＋＋｜＋ー（句）＋＋ー｜（韵） （1）	＋｜ー ー（句）＋ー＋｜（句）＋｜＋ー＋｜（韵） （1）
＋｜＋ー＋｜（韵）＋＋｜＋ー（句）＋ー＋｜（韵） （2）	＋｜ー ー（句）＋｜＋ー＋｜（韵） （2）
注：下阕乐段一中的格式"＋＋｜＋ー（句）"，为"上一下四"句式。	

《探春慢》下阕，十句或十一句，四仄韵或五仄韵	
乐段三（二句或三句，十二字）	乐段四（二句或三句，十字或十一字）
＋｜ー ー｜（句）＋＋＋｜（读）＋ー＋｜（韵） （1）	＋｜ー ー（句）＋ー＋ー｜（韵） （1）
＋｜｜ー ー（句）＋＋｜（读）＋ー＋｜（韵） （2）	＋｜ー ー（句）＋ー｜ー＋｜（韵） （2）
＋ー＋ー＋｜（句）＋ー｜（句）ー＋｜（韵） （3）	＋ー＋｜ー ー（句）＋ー＋｜（韵） （3）
	｜ー＋（句）＋ー＋｜（句）＋ー＋｜（韵） （4）

例三　探春慢（一百三字）

（宋）周　密

彩胜宜春，翠盘销夜，客里暗惊时候。剪燕心情，呼卢音语，景物总成怀旧。愁鬓妒垂杨，早稚眼、渐浓如豆。尽教宽尽春衫，毕竟为谁消瘦。　　梅浪半空如绣。便管领芳菲，忍辜诗酒。映竹占花，临窗卜镜，还念岁寒宫袖。箫鼓动春城，竞点缀、玉梅金柳。厮勾元宵，灯前共谁携手。

注：该词上阕第一句至第三句为乐段一中的格式（2），第四句至第六句为乐段二中的格式（1），第七句和第八句为乐段三中的格式（2），第九句和第十句为乐段四中的格式（2）；下阕第一句至第三句为乐段一中的格式（2），第四句至第六句为乐段二中的格式（1），第七句和第八句为乐段三中的格式（2），第九句和第十句为乐段四中的格式（2）。全词双调，一百三字，上阕十句，四仄韵；下阕十句，五仄韵。

例四　探春慢（一百三字）
（宋）陈允平

上苑乌啼，中洲鹭起，疏钟才度云窈。篆冷香篝，灯微尘幌，残梦犹吟芳草。搔首卷帘看，认何处、六桥烟柳。翠桡才欤西泠，趁取过湖人少。　　掠水风花缭绕。还暗忆年时，旗亭歌酒。隐约春声，钿车宝勒，次第凤城开了。惟有踏青心，纵早起、不嫌寒峭。画栏闲立东风，旧红谁扫。

注：该词上阕第一句至第三句为乐段一中的格式（1），第四句至第六句为乐段二中的格式（1），第七句和第八句为乐段三中的格式（2），第九句和第十句为乐段四中的格式（2）；下阕第一句至第三句为乐段一中的格式（2），第四句至第六句为乐段二中的格式（1），第七句和第八句为乐段三中的格式（2），第九句和第十句为乐段四中的格式（3）。全词双调，一百三字，上阕十句，四仄韵；下阕十句，五仄韵。

例五　探春慢（九十四字）
（宋）吴文英

苔径曲深深，不见故人，轻敲幽户。细草回春，目送流光一羽。重云冷，哀雁断，翠微空，愁蝶舞。逞鸣鞭，游蓬小梦，枕残惊寤。　　还识西湖醉路。向柳下并鞍，银袍吹絮。事影难追，那负灯床听雨。冰溪凭谁照影，有明月，乘兴去。暗相思，梅孤鹤瘦，共江亭暮。

注：该词上阕第一句至第三句为乐段一中的格式（3），第四句和第五句为乐段二中的格式（2），第六句至第九句为乐段三中的格式（3），第十句至第十二句为乐段四中的格式（3）；下阕第一句至第三句为乐段一中的格式（2），第四句和第五句为乐段二中的格式（2），第六句至第八句为乐段三中的格式（3），第九句至第十一句为乐段四中的格式（4）。全词双调，九十四字，上阕十二句，四仄韵；下阕十一句，五仄韵。

眉妩

姜夔词注"一名《百宜娇》"。

《眉妩》的长短句结构

上阕，四个乐段			
乐段一（十四字）	乐段二（十四字）	乐段三（十一字）	乐段四（十三字）
5　4　5	5　3　6	4　34	3　5　5

下阕，四个乐段			
乐段一（十五字）	乐段二（十四字）	乐段三（十一字）	乐段四（十一字）
2　4　5　4 6　5　4	5　3　6	4　34	5　33

《康熙词谱》共收集《眉妩》三体，双调，上下阕分别可分为四个乐段，其长短句结构如表所示。该调一百三字，上阕十一句，五仄韵或六仄韵；下阕十一句或十句，七仄韵或六仄韵、八仄韵。《康熙词谱》以姜夔词为正体或正格。《眉妩》的正格与变格如表所示，其中，各乐段中的格式（1）为正格句式，其余为变格句式。

―――――――――――――――――――――――――

例一　眉妩（一百三字）

（宋）姜　夔

看垂杨连苑，杜若吹沙，愁损未归眼。信马青楼去，重帘下，娉婷人妙飞燕。翠尊共款。听艳歌、郎意先感。便携手，月地云阶里，爱良夜微暖。　　无限。风流疏散。有暗藏弓履，偷寄香翰。明日闻津鼓，湘江上，催人还解春缆。乱红数点。怅断魂、烟水遥远。又争似相携，乘一舸、镇长见。

注：该词上阕第九句至第十一句为乐段四中的格式（1）；下阕第一句至第四句为乐段一中的格式（1），第五句至第七句为乐段二中的格式（1）。全词双调，一百三字，上阕十一句，五仄韵；下阕十一句，七仄韵。

《眉妩》的正格与变格（双调）

《眉妩》上阕，十一句，五仄韵或六仄韵	
乐段一（三句，十四字）	乐段二（三句，十四字）
｜＋－＋｜（句）＋｜－－（句） ＋｜＋－｜（韵）	＋｜－－｜（句）＋－｜（句）＋ －＋｜－｜（韵）

《眉妩》上阕，十一句，五仄韵或六仄韵	
乐段三（二句，十一字）	乐段四（三句，十三字）
＋－＋｜（韵）＋＋＋（读）＋ ＋－｜（韵）	＋－｜（句）＋｜－－（句）｜ ＋＋－｜（韵） （1） ＋－｜（韵）＋｜－－（句）｜ ＋＋－｜（韵） （2）

《眉妩》下阕，十一句或十句，七仄韵或六仄韵、八仄韵	
乐段一（四句或三句，十五字）	乐段二（三句，十四字）
－｜（韵）＋－＋｜（韵）｜＋－ ＋｜（句）＋＋－｜（韵） （1） ＋｜＋－＋｜（韵）｜＋－＋｜ （句）＋＋－｜（韵） （2）	＋｜－－｜（句）＋－｜（句）＋ －＋｜－｜（韵） （1） ＋｜－－｜（韵）＋－｜（句）＋ －＋｜－｜（韵） （2）

《眉妩》下阕，十一句或十句，七仄韵或六仄韵、八仄韵	
乐段三（二句，十一字）	乐段四（二句，十一字）
＋－＋｜（韵）＋＋＋（读）＋ ｜－｜（韵）	｜＋｜－－（句）＋＋＋（读） ＋－｜（韵）

例二　眉妩（一百三字）

（宋）王沂孙

　　渐新痕悬柳，淡彩穿花，依约破初暝。便有团圆意，深深拜，相逢谁在香径。画眉未稳。料素娥、犹带离恨。最堪爱，一曲银钩小，宝帘挂秋冷。　　千古盈亏休问。叹漫磨玉斧，犹挂金镜。太液池犹在，凄凉处，何人重赋清景。故山夜永。试待他、窥户端正。看云外山河，还老尽、桂花影。

　　注：该词上阕第九句至第十一句为乐段四中的格式（1）；下阕第一句至第三句为乐段一中的格式（2），第四句至第六句为乐段二中的格式（1）。全词双调，一百三字，上阕十一句，五仄韵；下阕十句，六仄韵。

例三　眉妩（一百三字）

（元）张　翥

　　又蛛分天巧，鹊误秋期，银汉会牛女。薄命犹如此，悲欢事，人间何限夫妇。此情更苦。怎似他、今夜相遇。素娥妒。不肯偏留照，渐凉影催曙。　　私语。钗盟何处。但翠屏天远，清梦云去。纵有闲针缕。相怜爱，丝丝空缀愁绪。窃香伴侣。问甚时、重画眉妩。漫铅泪弹风，俱付与、洗车雨。

　　注：该词上阕第九句至第十一句为乐段四中的格式（2）；下阕第一句至第四句为乐段一中的格式（1），第五句至第七句为乐段二中的格式（2）。全词双调，一百三字，上阕十一句，六仄韵；下阕十一句，八仄韵。

湘　江　静

　　调见《乐府雅词》，又名《潇湘静》。

《湘江静》的长短句结构

《湘江静》上阕，四个乐段									
乐段一（十四字）		乐段二（十三字）			乐段三（十二字）		乐段四（十四字）		
7	34	4	4	5	5	34	4	4	33

◇ 卷三十二 ◇

《湘江静》下阕，四个乐段			
乐段一（十三字）	乐段二（十三字）	乐段三（十二字）	乐段四（十二字）
3　　3　　34 　6　　34	4　　4　　5	5　　34	4　　4　　4

　　《康熙词谱》共收集两体《湘江静》，双调，上下阕分别可分为四个乐段，其长短句结构如表所示。该调一百三字，上阕十句，五仄韵；下阕十一句或十句，五仄韵或四仄韵。《康熙词谱》以史达祖词为标谱词例。该调的正格与变格如表所示，其中，上下阕各乐段中的格式（1）为正格句式，其余为变格句式。

《湘江静》的正格与变格（双调）

《湘江静》上阕，十句，五仄韵	
乐段一（二句，十四字）	乐段二（三句，十三字）
＋｜＋－－｜｜（韵）＋＋＋ （读）＋－＋｜（韵） （1）	＋－＋｜（句）＋－＋｜（句）｜ ＋－＋｜（韵）
＋－＋｜－－｜（韵）＋＋＋ （读）＋－＋｜（韵） （2）	

《湘江静》上阕，十句，五仄韵	
乐段三（二句，十二字）	乐段四（三句，十四字）
＋｜｜－－（句）＋＋＋（读） ＋－＋｜（韵）	＋－＋｜（句）＋－｜＋（句） ＋＋＋（读）＋－｜（韵）

《湘江静》下阕，十一句或十句，五仄韵或四仄韵	
乐段一（三句或二句，十三字）	乐段二（三句，十三字）
∣ ＋ 一（句）一 ＋ ∣（韵）＋ ＋ ＋（读）＋ 一 一 ＋ ∣（韵） （1） ＋ ∣ ＋ 一 ＋ ∣（句）＋ ＋ ＋（读） ＋ 一 ＋ ∣（韵） （2）	＋ 一 ＋ ∣（句）＋ 一 ＋ ∣（句）∣ ＋ 一 ＋ ∣（韵）

《湘江静》下阕，十一句或十句，五仄韵或四仄韵	
乐段三（二句，十二字）	乐段四（三句，十二字）
＋ ∣ ∣ 一 一（句）＋ ＋ ＋（读） ＋ 一 ＋ ∣（韵）	＋ 一 ＋ ∣（句）＋ 一 ＋ ∣（句） ＋ 一 ＋ ∣（韵）

例一　湘江静（一百三字）

（宋）史达祖

　　暮草堆青云浸浦。记匆匆、倦篙曾驻。渔榔四起，沙鸥未落，怕愁沾诗句。碧袖一声歌，石城怨、西风随去。沧波荡晚，菰蒲弄秋，还重到、断魂处。　　酒易醒，思正苦。想空山、桂香悬树。三年梦冷，孤吟意短，屡烟钟津鼓。屐齿厌登临，移橙后、几番凉雨。潘郎渐老，风流顿减，闲居未赋。

　　注：该词上阕第一句和第二句为乐段一中的格式（1）；下阕第一句至第三句为乐段一中的格式（1）。全词双调，一百三字，上阕十句，五仄韵；下阕十一句，五仄韵。

例二　湘江静（一百三字）

《雅词拾遗》无名氏

　　画帘微卷香风逗。正明月、乍圆时候。金盘露冷，玉炉篆烬，渐红鳞生酒。娇唱倚繁弦，琼枝碎、轻回云袖。风台焰短，铜壶漏永，人欲醉、夜如昼。　　因念流年迅景，被浮名、暗孤欢偶。人生大抵，离多会少，便相将白首。何似猛寻芳，都莫问、积金过斗。歌阑宴阕，云窗凤枕，钗横麝透。

注：该词上阕第一句和第二句为乐段一中的格式（2）；下阕第一句和第二句为乐段一中的格式（2）。全词双调，一百三字，上阕十句，五仄韵；下阕十句，四仄韵。

金 盏 子

此调有平韵、仄韵两种体式。仄韵者见《梅溪词》及《梦窗词》；平韵者见《高丽史·乐志》。

《金盏子》的长短句结构

《金盏子》上阕，四个乐段			
乐段一 （十三字）	乐段二 （十四字）	乐段三 （十一字或十字）	乐段四 （十三字）
4　5　4	5　3　6	6　5	3　6　4
4　3　6	5　5　4	4　6	5　4　4
	4　6		

《金盏子》下阕，四个乐段			
乐段一 （十三字或十四字）	乐段二 （十五字）	乐段三 （十一字或十字）	乐段四 （十三字或十一字）
2　3　3　5	6　3　6	6　5	36　4
5　3　5	6　5　4	4　6	3　6　4
5　8	7　4　4		3　4　4
6　5　3			34　6

《康熙词谱》共收集《金盏子》五体，双调，上下阕分别可分为四个乐段，其长短句结构如表所示。该调有一百三字或一百一字、一百二字等格式。仄韵《金盏子》上阕十一句，四仄韵；下阕十一句或十句，六仄韵或五仄韵、四仄韵。《康熙词谱》以一百三字体吴文英词为正体或正格。仄韵《金盏子》的正格与变格如表所示，其中，上下阕各乐段中的格式（1）为正格句式，其余为变格句式。平韵《金盏子》上阕十一句，四平韵；下阕十句，五平韵，其基本格式如表所示。

《金盏子》（仄韵）的正格和变格（双调）

《金盏子》上阕，十一句，四仄韵	
乐段一（三句，十三字）	乐段二（三句，十四字）
＋｜－－（句）｜＋－＋｜（句） ＋－＋｜（韵） （1）	＋｜｜－－（句）－＋｜（句）＋ －｜－＋｜（韵） （1）
＋｜－－（句）＋＋｜（句）＋ －＋｜－｜（韵） （2）	＋｜｜－－（句）－＋｜（句）＋ ｜＋－＋｜（韵） （2）
	＋｜｜－－（句）｜＋｜－（句） ＋－＋｜（韵） （3）

《金盏子》上阕，十一句，四仄韵	
乐段三（二句，十一字）	乐段四（三句，十三字）
＋－＋｜－－（句）｜＋－＋ ｜（韵） （1）	－＋｜（句）＋－｜－＋｜（句） ＋－＋｜（韵） （1）
＋｜＋｜－－（句）｜＋－＋｜ （韵） （2）	－＋｜（句）＋｜｜＋－－（句） ＋－＋｜（韵） （2）
	－＋｜（句）＋｜＋－＋｜（句） ＋－＋｜（韵） （3）
	－＋｜（句）＋－＋｜－－（句） ＋－＋｜（韵） （4）

《金盏子》（仄韵）下阕，十一句或十句，六仄韵或五仄韵、四仄韵	
乐段一（四句或三句、二句，十三字）	乐段二（三句，十五字）
— ｜（韵）＋ — ｜（韵）— ＋ ｜（句） — — ｜＋ ｜（韵） （1）	＋ — ｜ — ＋ ｜（句）— ＋ ｜（句） — — ＋ ｜＋ ｜（韵） （1）
— ＋ ｜ — ｜（韵）— ＋ ｜（句） ＋ ｜＋ ｜（韵） （2）	＋ — ＋ ｜ — —（句）｜＋ ｜ ｜ —（句）＋ — ＋ ｜（韵） （2）
＋ ｜ ｜ — —（句）｜＋ ｜＋ — — ｜ ｜（韵） （3）	

《金盏子》（仄韵）下阕，十一句或十句，六仄韵或五仄韵、四仄韵	
乐段三（二句，十一字）	乐段四（二句或三句，十三字或十一字）
＋ — ＋ ｜ — —（句）｜＋ — ＋ ｜（韵） （1）	＋ — ｜（读）＋ ｜＋ ｜ — —（句） ＋ ＋ — ｜（韵） （1）
＋ ｜＋ ｜ — —（句）｜＋ — ＋ ｜ （韵） （2）	— ＋ ｜（句）＋ ｜ ｜ ＋ — —（句） ＋ ＋ — ｜（韵） （2）
	— ＋ ｜（句）＋ — ＋ ｜（句）＋ — ＋ ｜（韵） （3）

例一　金盏子（一百三字）

（宋）吴文英

赏月梧园，恨广寒宫树，晓风摇落。苺砌扫蛛尘，空肠断，熏炉烬消残药。殿秋尚有余花，锁烟窗云幄。新雁又，无端送人江上，短亭初泊。　　篱角。梦依约。人一笑，惺忪翠袖薄。悠然醉红唤醒，幽丛畔，凄香雾雨漠漠。晚吹乍颤秋声，早屏空金雀。明朝想、犹有数点蜂黄，伴我斟酌。

注：该词上阕第一句至第三句为乐段一中的格式（1），第四句至第六句为乐段二中的格式（1），第七句和第八句为乐段三中的格式（1），第九句至第十一句为乐段四中的格式（1）；下阕第一句至第三句为乐段一中的格式（1），第四句至第六句为乐段二中的格式（1），第七句和第八句为乐段三中的格式（1），第九句至第十一句为乐段四中的格式（1）。全词双调，一百三字，上阕十一句，四仄韵；下阕十一句，六仄韵。

例二　金盏子（一百三字）

（宋）蒋　捷

练月萦窗，梦乍醒，黄花翠竹庭馆。心事夜香消，人孤另，双鹅被他羞看。拟待告诉天公，减秋声一半。无情雁，正用恁时飞来，叫云寻伴。　犹记杏栊暖。银烛下，纤影卸佩懒。春涡晕红豆小，莺衣嫩，珠痕淡印芳汗。自从信误青鸾，想笼鹦停唤。风刀快，剪尽画檐梧桐，怎剪愁断。

注：该词上阕第一句至第三句为乐段一中的格式（2），第四句至第六句为乐段二中的格式（1），第七句和第八句为乐段三中的格式（2），第九句至第十一句为乐段四中的格式（2）；下阕第一句至第三句为乐段一中的格式（2），第四句至第六句为乐段二中的格式（1），第七句和第八句为乐段三中的格式（1），第九句至第十一句为乐段四中的格式（2）。全词双调，一百三字，上阕十一句，四仄韵；下阕十一句，五仄韵。

例三　金盏子（一百一字）

（宋）史达祖

奖绿催红，仰一番膏雨，始张春色。未踏画桥烟，江南岸，应是草秾花密。溯裙尚忆蘋溪，觉诗愁相觅。光风外，除是倩莺烦燕，漫通消息。　梨花夜来白。相思梦，空栏一株雪。深深柳枝巷陌，难重过，弓弯两袖云碧。见说倦理秦筝，怯春葱无力。空遗恨，当时秀句，苍苔蠹壁。

注：该词上阕第一句至第三句为乐段一中的格式（1），第四句至第六句为乐段二中的格式（2），第七句和第八句为乐段三中的格式（1），第九句至第十一句为乐段四中的格式（3）；下阕第一句至第三句为乐段一中的格式（2），第四句至第六句为乐段二中的格式（1），第七句和第八句为乐段三中的格式（2），第九句至第十一句为乐段四中的格式（3）。全词双调，一百一字，上阕十一句，四仄韵；下阕十一句，五仄韵。

例四　金盏子（一百一字）

（宋）赵以夫

　　得水能仙，向汉皋遗佩，碧波涵月。蓝玉暖生烟，称缟袂黄冠，素姿芳洁。亭亭独立风前，照冰壶澄彻。当时事，琴心妙处难传，顿成愁绝。　　六出自天然，果一味清香浑似雪。西湖秋菊寒泉，似坡老风流，至今人说。殷勤折伴梅边，听玉龙吹裂。丁宁道，百年兄弟，相看晚节。

　　注：该词上阕第一句至第三句为乐段一中的格式（1），第四句至第六句为乐段二中的格式（3），第七句和第八句为乐段三中的格式（1），第九句至第十一句为乐段四中的格式（4）；下阕第一句和第二句为乐段一中的格式（3），第三句至第五句为乐段二中的格式（2），第六句和第七句为乐段三中的格式（1），第八句至第十句为乐段四中的格式（3）。全词双调，一百一字，上阕十一句，四仄韵；下阕十句，四仄韵。

《金盏子》（平韵）的基本格式（双调）

《金盏子》上阕，十一句，四平韵	
乐段一（三句，十三字）	乐段二（三句，十四字）
＋｜－－（句）｜＋－＋｜（句） ＋｜－－（韵）	＋－＋｜（句）＋－＋｜（句）＋ －＋｜－－（韵）

《金盏子》上阕，十一句，四平韵	
乐段三（二句，十字）	乐段四（三句，十三字）
＋｜－－（句）＋｜＋｜－－（韵）	｜＋－＋｜（句）＋－＋｜（句） ＋｜－－（韵）

《金盏子》下阕，十句，五平韵	
乐段一（三句，十四字）	乐段二（三句，十五字）
＋－＋｜－－（韵）＋｜｜ －－（句）｜－－（韵）	＋－＋｜－－（句）＋｜－－ （句）＋－｜－（韵）

《金盏子》下阕，十句，五平韵	
乐段三（二句，十字）	乐段四（二句，十三字）
＋－＋｜（句）＋｜＋｜－－ （韵）	＋＋＋（读）＋｜－－（句）＋ －＋｜－－（韵）

例　金盏子（一百二字）

《高丽史·乐志》无名氏

丽日舒长，正葱葱瑞气，遍满神京。九重天上，五云开处，丹楼碧阁峥嵘。盛宴初开，锦帐绣幕交横。应上元佳节，君臣际会，共乐升平。　　广庭罗绮纷盈。动一部笙歌，尽新声。蓬莱官殿神仙景，浩荡春光，逦迤玉城。烟收雨歇，天色夜更澄清。又千寻、火树灯山，参差带月鲜明。

注：全词双调，一百二字，上阕十一句，四平韵；下阕十句，五平韵。

龙　山　会

《虚斋乐府》注"商调"。

《龙山会》的长短句结构

《龙山会》上阕，四个乐段			
乐段一（十四字）	乐段二（十四字）	乐段三（十二字）	乐段四（十一字）
5　4　5	5　　　36	5　　34	3　4　4

《龙山会》下阕，四个乐段			
乐段一（十五字）	乐段二（十四字）	乐段三（十二字）	乐段四（十一字）
6　4　5	5　　　36	5　　34	34　4

《康熙词谱》共收集两体《龙山会》，双调，上下阕分别可分为四个乐段，其长短句结构如表所示。该调一百三字，上阕十句，六仄韵或五仄韵；下阕九句，五仄韵或四仄韵。《康熙词谱》以赵以夫词为标谱词例。该调的正格与变格如表所示，其中，上下阕各乐段中的格式（1）为正格句式，其余为变格句式。

《龙山会》的正格与变格（双调）

《龙山会》上阕，十句，六仄韵或五仄韵	
乐段一（三句，十四字）	乐段二（二句，十四字）
＋｜－－｜（韵）＋｜－－（句） ＋｜－－｜（韵）	＋－－｜｜（韵）＋＋＋（读） ＋｜＋－＋｜（韵） （1） ＋－－｜｜（句）＋＋＋（读） ＋｜＋－＋｜（韵） （2）

《龙山会》上阕，十句，六仄韵或五仄韵	
乐段三（二句，十二字）	乐段四（三句，十一字）
＋｜｜－－（句）＋＋＋（读） ＋－＋｜（韵）	＋－＋（句）＋－＋｜（句）＋－＋｜（韵）

注：上阕乐段四中的格式"＋ － ＋（句）"，可平可仄两处，不可同时用平。

《龙山会》下阕，九句，五仄韵或四仄韵	
乐段一（三句，十五字）	乐段二（二句，十四字）
＋－＋｜－－（句）＋｜－（句）＋｜－－｜（韵） （1） ＋｜＋｜－－（句）＋｜－－（句） ＋｜－－｜（韵） （2）	＋－－｜｜（韵）＋＋＋（读） ＋｜＋－＋｜（韵） （1） ＋－－｜｜（韵）＋＋＋（读） ＋｜＋－＋｜（韵） （2）

《龙山会》下阕，九句，五仄韵或四仄韵	
乐段三（二句，十二字）	乐段四（二句，十一字）
＋｜｜－－（句）＋＋＋（读） ＋－＋｜（韵）	＋＋＋（读）＋－＋｜（句）＋－＋｜（韵）

例一　龙山会（一百三字）

（宋）赵以夫

九日无风雨。一笑凭高，浩气横秋宇。群峰青可数。寒城小、一水萦回如缕。西北最关情，漫遥指、东徐南楚。黯销魂，斜阳冉冉，雁声悲苦。　　今朝寒菊依然，重上南楼，草草成欢聚。诗朋休浪赋。旧题处、俯仰已随尘土。莫放酒行疏，清漏短、凉蟾当午。也全胜、白衣未至，独醒凝伫。

注：该词上阕第四句和第五句为乐段二中的格式（1）；下阕第一句至第三句为乐段一中的格式（1），第四句和第五句为乐段二中的格式（1）。全词双调，一百三字，上阕十句，六仄韵；下阕九句，五仄韵。

例二　龙山会（一百三字）

（宋）吴文英

石径幽云罅。步障深深，艳锦青红亚。小乔和梦醒，环佩杳、烟水茫茫城下。何处不秋阴，问谁借、东风艳冶。最娇娆，愁侵醉颊，红绡泪洒。　　摇落翠莽平沙，欲挽斜阳，驻短亭车马。晚妆羞未堕，沉恨起、金谷魂飞深夜。惊雁落清歌，酹花底、舣船快泻。后归来、井梧上有，玉蟾遥挂。

注：该词上阕第四句和第五句为乐段二中的格式（2）；下阕第一句至第三句为乐段一中的格式（2），第四句和第五句为乐段二中的格式（2）。全词双调，一百三字，上阕十句，五仄韵；下阕九句，四仄韵。

春　云　怨

调见冯艾子《云月词》，自注"黄钟商"。

《春云怨》的长短句结构

《春云怨》上阕，四个乐段			
乐段一（十三字）	乐段二（十三字）	乐段三（十五字）	乐段四（十三字）
4　5　4	6　7	4　4　7	4　4　5

《春云怨》下阕，四个乐段								
乐段一（十六字）			乐段二（七字）	乐段三（十二字）			乐段四（十四字）		
7	5	4	7	4	4	4	4	4	6

《康熙词谱》只收集一体《春云怨》，双调，上下阕分别可分为四个乐段，其长短句结构如表所示。该调一百三字，上阕十一句，五仄韵；下阕十句，五仄韵，其基本格式如表所示。

《春云怨》的基本格式（双调）

《春云怨》上阕，十一句，五仄韵	
乐段一（三句，十三字）	乐段二（二句，十三字）
＋ － ＋ ｜（韵）＋ ｜ － － ｜（句） ＋ － ＋ ｜（韵）	＋ ｜ ＋ － ＋ ｜（句）＋ ｜ ＋ － － ｜ ｜（韵）

《春云怨》上阕，十一句，五仄韵	
乐段三（三句，十五字）	乐段四（三句，十三字）
＋ ｜ － －（句）＋ － ＋ ｜（句） ＋ ｜ － － ｜ － ｜（韵）	＋ ｜ － －（句）＋ － ＋ ｜（句） ＋ ｜ ＋ － ｜（韵）

《春云怨》下阕，十句，五仄韵	
乐段一（三句，十六字）	乐段二（一句，七字）
＋ － ＋ ｜ － － ｜（韵）｜ ＋ － ＋ ｜（句） ＋ － ＋ ｜（韵）	＋ ｜ － － ｜ － ｜（韵）

《春云怨》下阕，十句，五仄韵	
乐段三（三句，十二字）	乐段四（三句，十四字）
＋ ｜ － －（句）＋ ｜ － －（句） ＋ － ＋ ｜（韵）	＋ ｜ － －（句）＋ － ＋ ｜（句） ＋ ｜ ＋ － ＋ ｜（韵）

例　春云怨（一百三字）

（宋）冯艾子

春风恶劣。把数枝香锦，和莺吹折。雨重柳腰娇困，燕子欲扶扶不得。软日烘烟，乾风收雾，芍药酴醾弄颜色。帘幕轻阴，图书清润，日永篆香绝。　　盈盈笑靥宫黄额。试红鸾小扇，丁香双结。团凤眉心倩郎贴。教洗尊罍，共看西堂，醉花新月。曲水成空，丽人何处，往事暮云万叶。

注：全词双调，一百三字，上阕十一句，五仄韵；下阕十句，五仄韵。

升 平 乐

《宋史·乐志》："教坊都知李德升作《万岁升平》乐曲。"周密《天基节乐次》："乐奏夹钟宫，第三盏，笙起《升平乐慢》。"

《升平乐》的长短句结构

《升平乐》上阕，四个乐段			
乐段一（十四字）	乐段二（十四字）	乐段三（十一字）	乐段四（十二字）
4　4　6	4　4　6	4　34	3　5　4

《升平乐》下阕，四个乐段			
乐段一（十五字）	乐段二（十四字）	乐段三（十一字）	乐段四（十二字）
6　5　4	4　4　6	4　34	3　5　4

《康熙词谱》只收集一体《升平乐》，双调，上下阕分别可分为四个乐段，其长短句结构如表所示。该调一百三字，上下阕各十一句，四平韵，其基本格式如表所示。

《升平乐》的基本格式（双调）

《升平乐》上阕，十一句，四平韵	
乐段一（三句，十四字）	乐段二（三句，十四字）
＋｜－－（句）＋－＋｜（句） ＋－＋｜－－（韵）	＋｜－－（句）＋－＋｜（句） ＋－＋｜－－（韵）

《升平乐》上阕，十一句，四平韵	
乐段三（二句，十一字）	乐段四（三句，十二字）
＋－＋｜（句）＋＋＋（读）＋ ｜－－（韵）	－＋｜（句）｜＋－＋｜（句）＋ ｜－－（韵）

《升平乐》下阕，十一句，四平韵	
乐段一（三句，十五字）	乐段二（三句，十四字）
＋｜＋－＋｜（句）｜＋－＋｜ （句）＋｜－－（韵）	＋｜－－（句）＋－＋｜（句） ＋－＋｜－－（韵）

《升平乐》下阕，十一句，四平韵	
乐段三（二句，十一字）	乐段四（三句，十二字）
＋－＋｜（句）＋＋＋（读）＋ ｜－－（韵）	－＋｜（句）｜＋－＋｜（句）＋ ｜－－（韵）

例　升平乐（一百三字）

（宋）吴　奕

水阁层台，竹亭深院，依稀万木笼阴。飞暑无涯，行云有势，晚来细雨回晴。庭槐转影，近纱幮、两两蝉鸣。幽梦断，枕金猊旋热，兰炷微熏。　　堪命俊才俦侣，对华筵坐列，朱履红裙。檀板轻敲，金樽满泛，从教畏日西沉。金丝玉管，间歌喉、时奏清音。唐虞世，尽陶陶沉醉，且乐升平。

注：全词双调，一百三字，上下阕各十一句，四平韵。

迎 新 春

《宋史·乐志》"双角调";《乐章集》注"大石调"。

《迎新春》的长短句结构

《迎新春》上阕,四个乐段			
乐段一(十六字)	乐段二(十三字)	乐段三(九字)	乐段四(十二字)
5　6　5	33　　34	36	5　　34

《迎新春》下阕,四个乐段			
乐段一(十七字)	乐段二(十四字)	乐段三(十字)	乐段四(十三字)
4　4　3　6	7　　34	3　7	5　4　4

《康熙词谱》只收集一体《迎新春》,双调,上下阕分别可分为四个乐段,其长短句结构如表所示。该调一百四字,上阕八句,七仄韵;下阕十一句,六仄韵,其基本格式如表所示。

《迎新春》的基本格式(双调)

《迎新春》上阕,八句,七仄韵	
乐段一(三句,十六字)	乐段二(二句,十三字)
＋｜＋－｜(句)＋｜＋－＋｜(韵)＋｜＋－－｜(韵)	＋＋＋(读)－＋｜(韵)＋＋＋(读)＋－＋｜(韵)

《迎新春》上阕,八句,七仄韵	
乐段三(一句,九字)	乐段四(二句,十二字)
＋＋＋(读)＋｜＋－＋｜(韵)	＋｜－＋｜(韵)＋＋＋(读)＋－＋｜(韵)

◇卷三十二◇ ·1797·

《迎新春》下阕，十一句，六仄韵	
乐段一（四句，十七字）	乐段二（二句，十四字）
＋ 一 ＋ ｜（句）＋ ＋ 一 ｜（韵） 一 ＋ ｜（句）＋ 一 ＋ ｜ 一 ｜（韵）	＋ 一 ＋ ｜ 一 一 ｜（句）＋ ＋ ＋ （读）＋ ＋ 一 ｜（韵）

《迎新春》下阕，十一句，六仄韵	
乐段三（二句，十字）	乐段四（三句，十三字）
｜ 一 ＋（句）＋ ｜ ＋ 一 一 ＋ ｜（韵）	＋ ＋ 一 ｜（韵）＋ ＋ 一 ｜（句） ＋ 一 ＋ ｜（韵）

注：下阕乐段四中的格式"＋　＋　＋　一　｜（韵）"，为"上一下四"句式，可平可仄三处，不可同时用平，领字宜用仄（去声为佳）。

例　迎新春（一百四字）
（宋）柳　永

嶰管变青律，帝里阳和新布。晴景回轻煦。庆嘉节、当三五。列华灯、千门万户。遍九陌、罗绮香风微度。十里燃绛树。鳌山耸、喧喧箫鼓。　　渐天如水，素月当午。香径里，绝缨掷果无数。更阑烛影花阴下，少年人、往往奇遇。太平时，朝野多欢民康阜。堪随分良聚。对此争忍，独醒归去。

注：全词双调，一百四字，上阕八句，七仄韵；下阕十一句，六仄韵。

归　朝　欢

《乐章集》注"夹钟商"。辛弃疾词，有"菖蒲自照清溪绿"句，名《菖蒲绿》。

《归朝欢》的长短句结构

《归朝欢》上阕，四个乐段			
乐段一（十四字）	乐段二（十四字）	乐段三（十二字）	乐段四（十二字）
7　7	7　7	5　7	3　4　5

《归朝欢》下阕，四个乐段			
乐段一（十四字）	乐段二（十四字）	乐段三（十二字）	乐段四（十二字）
7　　7	7　　7	5　　7	3　4　5

　　《康熙词谱》共收集两体《归朝欢》，双调，上下阕分别可分为四个乐段，其长短句结构如表所示。该调一百四字，上阕九句，六仄韵；下阕九句，六仄韵或七仄韵，《康熙词谱》以柳永词为正体或正格。该调的正格与变格如表所示，其中，上下阕各乐段中的格式（1）为正格句式，其余为变格句式。

《归朝欢》的正格与变格（双调）

《归朝欢》上阕，九句，六仄韵	
乐段一（二句，十四字）	乐段二（二句，十四字）
＋｜＋―――｜｜（韵）＋｜＋―――｜｜（韵）	＋―＋｜｜――（句）＋―＋｜――｜（韵）

《归朝欢》上阕，九句，六仄韵	
乐段三（二句，十二字）	乐段四（三句，十二字）
＋｜―＋｜（韵）＋―＋｜―｜（韵） （1）	｜――（句）＋―＋｜（句）＋｜＋―｜（韵） （1）
＋―――｜｜（韵）＋｜＋―｜｜（韵） （2）	―＋｜（句）＋｜＋―（句）＋｜＋―｜（韵） （2）

例一　归朝欢（一百四字）

（宋）柳　永

　　别岸扁舟三两只。葭苇萧萧风淅淅。沙汀宿雁破烟飞，溪桥残月和霜白。渐渐分曙色。路遥川远多行役。往来人，只轮双桨，尽是利名客。　　一望乡关烟水隔。转觉归心生羽翼。愁云恨雨两萦牵，新春残腊相催迫。岁华都瞬息。浪萍风梗诚何益。问归期，玉楼深处，有个人相忆。

　　注：该词上阕第五句和第六句为乐段三中的格式（1），第七句至第九句为乐段四中的格

式（1）；下阕第一句和第二句为乐段一中的格式（1），第七句至第九句为乐段四中的格式（1）。全词双调，一百四字，上下阕各九句，六仄韵。

《归朝欢》下阕，九句，六仄韵或七仄韵	
乐段一（二句，十四字）	乐段二（二句，十四字）
＋｜＋－｜｜（韵）＋｜＋－－｜｜（韵）（1） ＋｜＋－－｜｜（韵）＋｜－－｜－｜（韵）（2）	＋－＋｜｜－－（句）＋－＋｜－－｜（韵）

《归朝欢》下阕，九句，六仄韵或七仄韵	
乐段三（二句，十二字）	乐段四（三句，十二字）
＋－－｜｜（韵）＋－＋｜－－｜（韵）	｜－＋（句）＋－＋｜（句）＋｜＋－｜（韵）（1） －＋｜（句）＋－＋｜（句）＋｜＋－｜（韵）（2） ｜－＋（句）＋－＋｜（韵）＋｜＋－｜（韵）（3）

例二　归朝欢（一百四字）

（元）詹正诸

画角西风轰万鼓。犹忆元戎谈笑处。铁衣露重剑光寒，海波飞立鱼龙舞。匆匆留不住。万里玉关如掌路。空怅望，夕阳暮霭，人立渡傍渡。　　木落山空人掩户。得似旧时春色否。雁声叫彻楚天低，玉骢嘶入烟云去。无人凭说与。梅花泪老愁如雨。犹记得，颠崖如此，细向席前语。

注：该词上阕第五句和第六句为乐段三中的格式（2），第七句至第九句为乐段四中的格

式（2）；下阕第一句和第二句为乐段一中的格式（1），第七句至第九句为乐段四中的格式（2）。全词双调，一百四字，上下阕各九句，六仄韵。

例三　归朝欢（一百四字）

（宋）王之道

透隙敲窗声摵摵。坐见广庭霜缟白。长安道上正骑驴，蔡州城里谁坚壁。表表风尘物。瑶林琼树三豪客。对挥毫，连珠唱玉，惯把诗笺掷。　草草杯盘还促席。痛饮狂歌话胸臆。前村昨夜放梅花，东邻休把夸颜色。清欢那易得。明朝乌辔升南极。带随车，黄垆咫尺。莫作山河隔。

注：该词上阕第五句和第六句为乐段三中的格式（1），第七句至第九句为乐段四中的格式（1）；下阕第一句和第二句为乐段一中的格式（2），第七句至第九句为乐段四中的格式（3）。全词双调，一百四字，上阕九句，六仄韵；下阕九句，七仄韵。

双声子

《乐章集》注"林钟商"。

《双声子》的长短句结构

《双声子》上阕，四个乐段			
乐段一（十四字）	乐段二（十四字）	乐段三（十二字）	乐段四（十二字）
4　4　6	4　4　6	5　34	3　3　6

《双声子》下阕，四个乐段			
乐段一（十四字）	乐段二（十四字）	乐段三（十二字）	乐段四（十二字）
3　5　6	4　4　6	5　34	6　6

《康熙词谱》只收集一体《双声子》，双调，上下阕分别可分为四个乐段，其长短句结构如表所示。该调一百四字，上阕十一句，四平韵；下阕十句，四平韵，其基本格式如表所示。

《双声子》的基本格式（双调）

《双声子》上阕，十一句，四平韵	
乐段一（三句，十四字）	乐段二（三句，十四字）
＋ － ＋ ｜（句）＋ － ＋ ｜（句） － ＋ ＋ ｜ － － －（韵）	＋ － ＋ ｜（句）＋ － ＋ ｜（句） － ＋ ＋ ｜ － － －（韵）

《双声子》上阕，十一句，四平韵	
乐段三（二句，十二字）	乐段四（三句，十二字）
｜ ＋ － ＋ ｜（句）＋ ＋ ＋（读） ＋ ｜ － －（韵）	＋ － ｜（句）＋ － ｜（句）＋ － ＋ ｜ － －（韵）

《双声子》下阕，十句，四平韵	
乐段一（三句，十四字）	乐段二（三句，十四字）
｜ － －（句）＋ ＋ － ＋ ｜（句） ＋ － ＋ ｜ － － －（韵）	＋ － ＋ ｜（句）＋ － ＋ ｜（句） ＋ － ＋ ｜ － － －（韵）

《双声子》下阕，十句，四平韵	
乐段三（二句，十二字）	乐段四（二句，十二字）
｜ ＋ － ＋ ｜（句）＋ ＋ ＋（读） ＋ ｜ － －（韵）	＋ － ＋ ｜ － －（句）＋ － ＋ ｜ － －（韵）

例　双声子（一百四字）

（宋）柳　永

晚天萧索，断蓬踪迹，乘兴兰棹东游。三吴风景，姑苏台榭，牢落暮霭初收。叹夫差旧国，香径没、徒有荒丘。繁华处，悄无睹，惟闻麋鹿呦呦。　　想当年，空运筹决战，图王取霸无休。江山如画，云涛烟浪，翻输范蠡扁舟。验前经旧史，嗟漫载、当日风流。斜阳暮草茫茫，尽成万古遗愁。

注：全词双调，一百四字，上阕十一句，四平韵；下阕十句，四平韵。

永 遇 乐

周密《天基节乐次》："乐奏夹钟宫，第五盏，觱篥起《永遇乐慢》。此调有平韵、仄韵两体。"仄韵者，始自北宋，《乐章集》注"林钟商"。晁补之词名《消息》，自注："越调"。平韵者，始自南宋，陈允平创为之。

《永遇乐》的长短句结构

上阕，四个乐段			
乐段一 （十二字）	乐段二 （十三字）	乐段三 （十四字或十五字）	乐段四 （十三字或十二字）
4　4　4	4　4　5	4　4　6 6　4　5	34　　6 34　　33 5　4　4 6　　6

下阕，四个乐段			
乐段一（十四字）	乐段二（十三字）	乐段三（十四字）	乐段四（十一字）
4　4　6 4　6　4 6　4　4	4　4　5	4　4　6 6　4　4 4　4　33	34　4

《康熙词谱》共收集七体《永遇乐》，双调，上下阕可分为四个乐段，其长短句结构如表所示。该调一百四字，主要用仄韵，上阕十一句或十二句，四仄韵或五仄韵；下阕十一句，四仄韵或五仄韵。此外，还有用平韵者。《康熙词谱》以仄韵格一百四字体苏轼词为正格或正体。该调的正格与变格如表所示，其中，各乐段中的格式（1）为正格句式，其余为变格句式。《永遇乐》的平韵格上下阕各十一句，四平韵，该调格式如表所示。

《永遇乐》（仄韵）的正格与变格（双调）

《永遇乐》上阕，十一句或十二句，四仄韵或五仄韵	
乐段一（三句，十二字）	乐段二（三句，十三字）
＋｜＋－（句）＋－＋｜（句） ＋＋－｜（韵） （1）	＋｜＋－（句）＋－＋｜（句） ＋｜－－｜（韵） （1）
＋－＋｜（句）＋｜－－（句） ＋＋－｜（韵） （2）	＋｜＋－（句）＋－＋｜（句） ＋｜－｜｜（韵） （2）
＋－＋｜（句）＋－＋｜（句） ＋＋－｜（韵） （3）	＋｜＋－（句）＋－＋｜（句） ＋－－＋｜（韵） （3）

《永遇乐》上阕，十一句或十二句，四仄韵或五仄韵	
乐段三（三句，十四字或十五字）	乐段四（二句或三句，十三字或十二字）
＋－＋｜（句）＋－＋｜（句） ＋｜＋－＋｜（韵） （1）	＋＋＋（读）＋－＋｜（句）＋－｜－＋｜（韵） （1）
＋－＋｜（句）＋－＋｜（韵） ＋｜＋－＋｜（韵） （2）	＋＋＋（读）＋－＋｜（句）＋｜＋－＋｜（韵） （2）
＋－＋｜（句）＋｜＋－（句） ＋｜＋－＋｜（韵） （3）	＋＋＋（读）＋｜－－（句）＋｜＋－＋｜（韵） （3）
＋－＋｜－－（句）＋－＋ ｜（句）＋｜－－｜（韵） （4）	＋＋＋（读）＋｜－＋｜（句）＋－＋＋（读）＋－｜（韵） （4）
	｜＋－＋｜（句）＋｜＋－（句）＋－＋｜（韵） （5）
	＋－＋｜－－（句）＋－｜－＋｜（韵） （6）

《永遇乐》下阕，十一句，四仄韵或五仄韵	
乐段一（三句，十四字）	乐段二（三句，十三字）
＋ － ＋ ｜（句）＋ － ＋ ｜（句） ＋ ｜ ＋ － ＋ ｜（韵） （1）	＋ ｜ － －（句）＋ － ＋ ｜（句） ＋ ｜ － － ｜（韵） （1）
＋ － ＋ ｜（句或韵）＋ － ＋ ｜（句或韵）＋ ｜ ＋ － ＋ ｜（韵） （2）	＋ ｜ － －（句）＋ － ＋ ｜（句） ＋ ｜ － ｜ ｜（韵） （2）
＋ － ＋ ｜（句）＋ ＋ － ｜（句） ＋ ｜ ＋ － ＋ ｜（韵） （3）	
＋ － ＋ ｜（句）＋ ｜ ＋ － ＋ ｜（句） ＋ － ＋ ｜（韵） （4）	
＋ － ｜ － ＋ ｜（句）＋ ｜ ＋ ｜（句） ＋ － ＋ ｜（韵） （5）	

例一　永遇乐（一百四字）

（宋）苏　轼

　　明月如霜，好风如水，清景无限。曲港跳鱼，圆荷泻露，寂寞无人见。紞如五鼓，铿然一叶，黯黯梦云惊断。夜茫茫、重寻无处，觉来小园行遍。　　天涯倦客，山中归路，望断故园心眼。燕子楼空，佳人何在，空锁楼中燕。古今如梦，何曾梦觉，但有旧欢新怨。异时对、南楼夜景，为余浩叹。

　　注：该词上阕第一句至第三句为乐段一中的格式（1），第四句至第六句为乐段二中的格式（1），第七句至第九句为乐段三中的格式（1），第十句和第十一句为乐段四中的格式（1）；下阕第一句至第三句为乐段一中的格式（1），第四句至第六句为乐段二中的格式（1），第七句至第九句为乐段三中的格式（1），第十句和第十一句为乐段四中的格式（1）。全词双调，一百四字，上下阕各十一句，四仄韵。

《永遇乐》下阕，十一句，四仄韵或五仄韵	
乐段三（三句，十四字）	乐段四（二句，十一字）
＋ — ＋ |（句）＋ — ＋ |（句）＋ ＋ | ＋ — ＋ |（韵） （1）	＋ ＋ ＋（读）＋ — ＋ |（句）＋ — ＋ |（韵） （1）
＋ — ＋ | ＋ —（句）＋ — |（句）＋ — ＋ |（韵） （2）	＋ ＋ ＋（读）＋ | — —（句）＋ — ＋ |（韵） （2）
＋ — ＋ |（句）＋ | — —（句）＋ | ＋ — ＋ |（韵） （3）	＋ ＋ ＋（读）＋ — |（句）＋ — ＋ |（韵） （3）
＋ — ＋ |（句）＋ — ＋ |（句）＋ | ＋ | — |（韵） （4）	
＋ — ＋ |（句）＋ — ＋ |（句）＋ ＋ ＋（读）＋ — |（韵） （5）	

例二　永遇乐（一百四字）

（宋）晁补之

　　红日葵开，映墙遮牗，小斋端午。杯展荷金，簪抽笋玉，幽事还堪数。绿窗纤手，朱奁轻缕，争斗彩幡艾虎。想沉江、怨魄归来，空惆怅、对菰黍。　　朱颜老去。清风好在，未减佳辰欢趣。腊酒深斟，菖葅细糁，围坐从儿女。还同子美，江村长夏，闲对燕飞鸥舞。算何须、楚泽雄风，方消畏暑。

　　注：该词上阕第一句至第三句为乐段一中的格式（1），第四句至第六句为乐段二中的格式（1），第七句至第九句为乐段三中的格式（2），第十句和第十一句为乐段四中的格式（4）；下阕第一句至第三句为乐段一中的格式（2），第四句至第六句为乐段二中的格式（1），第七句至第九句为乐段三中的格式（1），第十句和第十一句为乐段四中的格式（2）。全词双调，一百四字，上下阕各十一句，五仄韵。

例三　永遇乐（一百四字）
（宋）柳　永

　　熏风解愠，昼景晴和，新霁时候。火德流光，萝图荐祉，累庆金枝秀。璇枢绕电，华渚流虹，是日挺生元后。缵唐虞垂拱，千载应期，万灵敷佑。　　殊方异域，争贡琛贶，架巉航波奔凑。三殿称觞，九仪就列，韶濩锵金奏。藩侯瞻望彤庭，亲携僚吏，竞歌元首。祝尧龄、北极齐尊，南山共久。

　　注：该词上阕第一句至第三句为乐段一中的格式（2），第四句至第六句为乐段二中的格式（1），第七句至第九句为乐段三中的格式（3），第十句至第十二句为乐段四中的格式（5）；下阕第一句至第三句为乐段一中的格式（3），第四句至第六句为乐段二中的格式（1），第七句至第九句为乐段三中的格式（2），第十句和第十一句为乐段四中的格式（2）。全词双调，一百四字，上阕十二句，四仄韵；下阕十一句，四仄韵。

例四　永遇乐（一百四字）
（宋）柳　永

　　天阙英游，内朝密侍，当世荣遇。汉守分麾，尧图请瑞，方面凭心膂。风驰千骑，云拥双旌，向晓洞开严署。拥朱幡、喜气欢声，处处竞歌来暮。　　吴王旧国，今古江山秀异，人烟繁富。甘雨车行，仁风扇动，雅称安黎庶。棠郊成政，槐府登贤，非久定须归去。且乘闲、弘阁长开，融尊盛举。

　　注：该词上阕第一句至第三句为乐段一中的格式（1），第四句至第六句为乐段二中的格式（1），第七句至第九句为乐段三中的格式（3），第十句和第十一句为乐段四中的格式（3）；下阕第一句至第三句为乐段一中的格式（4），第四句至第六句为乐段二中的格式（1），第七句至第九句为乐段三中的格式（3），第十句和第十一句为乐段四中的格式（2）。全词双调，一百四字，上下阕各十一句，四仄韵。

例五　永遇乐（一百四字）
（宋）张元幹

　　月印金盆，江萦罗带，凉飔天际。摩诘丹青，营丘平远，一望穷千里。白鸥盟在，黄粱梦破，投老此心如水。耿无眠、披衣顾影，乍闻绕阶络纬。　　百年倦客，三生习气，今古到头谁是。夜色苍茫，浮云灭没，举世方熟寐。谁人着眼，放神八极，逸想寄、尘寰内。独凭栏、鸡鸣日上，海山雾起。

　　注：该词上阕第一句至第三句为乐段一中的格式（1），第四句至第六句为乐段二中的格式（1），第七句至第九句为乐段三中的格式（1），第十句和第十一句为乐段四中的格式（1）；下阕第一句至第三句为乐段一中的格式（2），第四句至第六句为乐段二中的格式（2），第七

句至第九句为乐段三中的格式（5），第十句和第十一句为乐段四中的格式（1）。全词双调，一百四字，上阕十一句，四仄韵；下阕十一句，五仄韵。

例六　永遇乐（一百四字）
《古今词话》无名氏

孤衾不暖，静闻银漏，敧枕难稳。细想多情，多才多貌，总是多愁本。而今幽会难成，佳期顿阻，只恁萦方寸。知他莫是今生，共伊此欢无分。　　寻思断肠肠断，珠泪揾了，依前重揾。终待临岐，分明说与，我这厌厌闷。得伊知后，教人成病，万种断也无恨。只恐他、恁不分晓，漫劳瘦损。

注：该词上阕第一句至第三句为乐段一中的格式（3），第四句至第六句为乐段二中的格式（1），第七句至第九句为乐段三中的格式（4），第十句和第十一句为乐段四中的格式（6）；下阕第一句至第三句为乐段一中的格式（5），第四句至第六句为乐段二中的格式（1），第七句至第九句为乐段三中的格式（4），第十句和第十一句为乐段四中的格式（3）。全词双调，一百四字，上下阕各十一句，四仄韵。

例七　永遇乐（一百四字）
（宋）周紫芝

槐幄如云，燕泥犹湿，雨余清暑。细草摇风，小荷擎雨，时节还端午。碧罗窗底，依稀记得，闲系翠丝烟缕。到如今、前欢如梦，还对彩缕无语。　　榴花半吐，金刀犹在，往事更堪重数。艾虎钗头，菖蒲酒里，旧约浑无据。轻衫如雾，玉肌似削，人在画楼深处。想灵符、无人共带，翠眉暗聚。

注：该词上阕第一句至第三句为乐段一中的格式（1），第四句至第六句为乐段二中的格式（1），第七句至第九句为乐段三中的格式（1），第十句和第十一句为乐段四中的格式（2）；下阕第一句至第三句为乐段一中的格式（1），第四句至第六句为乐段二中的格式（1），第七句至第九句为乐段三中的格式（1），第十句和第十一句为乐段四中的格式（1）。全词双调，一百四字，上下阕各十一句，四仄韵。

例八　永遇乐（一百四字）
（宋）赵以夫

云雁将秋，露萤照夜，凉透窗户。星网珠疏，月奁金小，清绝无点暑。天孙河鼓，东西相望，隐隐光流华渚。妆楼上、青瓜玉果，多少呆儿痴女。　　金针暗度，珠丝密结，便有系人心处。经岁离思，霎时欢爱，愁绪空万缕。人间天上，一般情味，枉了锦笺嘱付。又何似、吹笙仙子，跨黄鹤去。

注：该词上阕第一句至第三句为乐段一中的格式（1），第四句至第六句为乐段二中的格式（2），第七句至第九句为乐段三中的格式（1），第十句和第十一句为乐段四中的格式（2）；下阕第一句至第三句为乐段一中的格式（1），第四句至第六句为乐段二中的格式（2），第七句至第九句为乐段三中的格式（1），第十句和第十一句为乐段四中的格式（1）。全词双调，一百四字，上下阕各十一句，四仄韵。

例九　永遇乐（一百四字）

（宋）苏　轼

长忆别时，景疏楼上，明月如水。美酒清歌，留连不住，月随人千里。别来三度，孤光又满，冷落共谁同醉。卷珠帘、凄然顾影，共伊到明无寐。　　今朝有客，来从濉上，能道使君深意。凭仗清淮，分明到海，中有相思泪。而今何在，西垣清禁，夜永露华侵被。此时看、回廊晓月，也应暗记。

注：该词上阕第一句至第三句为乐段一中的格式（1），第四句至第六句为乐段二中的格式（3），第七句至第九句为乐段三中的格式（1），第十句和第十一句为乐段四中的格式（1）；下阕第一句至第三句为乐段一中的格式（1），第四句至第六句为乐段二中的格式（1），第七句至第九句为乐段三中的格式（1），第十句和第十一句为乐段四中的格式（1）。全词双调，一百四字，上下阕各十一句，四仄韵。

《永遇乐》的平韵格（双调）

《永遇乐》上阕，十一句，四平韵	
乐段一（三句，十二字）	乐段二（三句，十三字）
＋｜——（句）＋—＋｜（句）＋—＋（韵）	＋｜——（句）＋—＋｜（句）＋｜—｜—（韵）

《永遇乐》上阕，十一句，四平韵	
乐段三（三字，十四字）	乐段四（二句，十三字）
＋—＋｜（句）＋—＋｜（句）＋＋—＋｜—（韵）	＋＋＋（读）＋—＋｜（句）＋—＋｜——（韵）

《永遇乐》下阕，十一句，四平韵	
乐段一（三句，十四字）	乐段二（三句，十三字）
＋－＋｜（句）＋－＋｜（句） ＋－＋｜－－（韵）	＋｜－－（句）＋－＋｜（句） ＋｜－｜－（韵）

《永遇乐》下阕，十一句，四平韵	
乐段三（三句，十四字）	乐段四（二句，十一字）
＋－＋｜（句）＋－＋｜（句） ＋－＋｜－－（韵）	＋＋＋（读）＋－＋｜（句）＋ －｜－（韵）

例　永遇乐（一百四字）

（宋）陈允平

　　玉腕笼寒，翠阑凭晓，莺调新簧。暗水穿苔，游丝度柳，人静芳昼长。云南归雁，楼西飞燕，去来惯认炎凉。王孙远、青青草色，几回望断柔肠。　　蔷薇旧约，尊前一笑，等闲辜负年光。斗草庭空，抛梭架冷，帘外风絮香。伤春情绪，惜花时候，日斜尚未成妆。闻嬉笑、谁家女伴，又还采桑。

注：全词双调，一百四字，上下阕各十一句，四平韵。

二 郎 神

唐教坊曲名。《乐章集》注"商调"。徐伸词名《转调二郎神》;吴文英词名《十二郎》。

《二郎神》的长短句结构

上阕,四个乐段			
乐段一 (十字或十一字)	乐段二(十五字或十四字、十三字)	乐段三 (十四字)	乐段四 (十三字)
3　　34 4　　34 4　　6	8　　34 5　4　6 5　4　5 　34　6	7　　34 4　4　6	34　　6 5　4　4 3　4　6

下阕,四个乐段			
乐段一 (十字)	乐段二 (十五字或十三字)	乐段三 (十四字或十五字)	乐段四 (十三字或十一字)
2　4　4 6　　4	35　　34 34　　6 8　　34 5　4　6	7　　34 35　　34 4　4　6	5　4　4 3　4　6 3　6　4 34　　6 34　　4 36　　4

《康熙词谱》共收集九体,双调,上下阕分别可分为四个乐段,《二郎神》双调,其长短句结构如表所示。《二郎神》有一百四字或一百五字、一百三字、一百字等格式,上阕八句或十句、九句,五仄韵或四仄韵、七仄韵;下阕十句或九句、十一句、十二句,五仄韵或七仄韵、四仄韵。《康熙词谱》指出,此调有两体,上阕起句为三字者,名《二郎神》;上阕起句为四字者,名《转调二郎神》。《康熙词谱》以起句为三字的一百四字体柳永词为标谱词例。该调的正格与变格如表所示,其中,各乐段中的格式(1)为正格句式,其余为变格句式。

《二郎神》的正格与变格（双调）

《二郎神》上阕，八句或十句、九句，五仄韵或四仄韵、七仄韵	
乐段一（二句，十字或十一字）	乐段二（二句或三句，十五字或十四字、十三字）
＋－｜（韵）＋＋＋（读）＋－＋｜（韵） （1）	｜＋｜＋－－｜｜（句）＋＋＋（读）＋－＋｜（韵） （1）
＋－＋｜（句或韵）＋＋＋（读）＋－＋｜（韵） （2）	｜＋｜－－（句）＋＋＋｜（句）＋｜＋－＋｜（韵） （2）
＋－＋｜（韵）＋｜＋－＋｜（韵） （3）	｜＋｜－－（句）＋＋＋｜（句）＋｜－－｜（韵） （3）
	＋＋＋（读）＋－＋｜（句）＋｜＋－＋｜（韵） （4）

《二郎神》上阕，八句或十句、九句，五仄韵或四仄韵、七仄韵	
乐段三（二句或三句，十四字）	乐段四（二句或三句，十三字）
＋｜＋－－＋｜（句）＋＋＋（读）＋－＋｜（韵） （1）	＋＋＋（读）＋－＋｜（句）＋｜＋－＋｜（韵） （1）
＋｜－－（句）＋－＋｜（句）＋｜＋－＋｜（韵） （2）	＋＋｜＋－（句）＋－＋｜（句）＋－＋｜（韵） （2）
	－＋｜（句或读）＋｜－－（句）＋｜＋－｜（韵） （3）

注：①上阕乐段二中的格式"｜＋｜＋－－｜｜（句）"，为"上一下七"句式。②上阕乐段三中的格式"＋｜＋－－＋｜（句）"，尽管第六字个别有用平声的现象，但绝大多数词例为用仄声。③上阕乐段四中的格式"＋＋｜＋－（句）"，为"上一下四"句式。

《二郎神》下阕，十句或九句、十一句或十二句，五仄韵或七仄韵、四仄韵	
乐段一（三句或二句，十字）	乐段二（二句或三句，十五字或十三字）
＋｜（韵）＋－＋｜（句）＋－ ＋｜（韵） （1）	＋＋｜（读）＋－＋｜｜（句） ＋＋｜（读）＋－＋｜（韵） （1）
＋｜（韵）＋｜－｜（句）＋－＋ ｜（韵） （2）	＋＋｜（读）＋－＋｜（句）＋｜ ＋－＋｜（韵） （2）
＋｜＋－＋｜（句）＋－＋｜（韵） （3）	｜＋｜＋－－｜｜（句或韵）＋ ＋｜（读）＋－＋｜（韵） （3）
	｜＋｜－－（句）＋－＋｜（句） ＋｜＋－＋｜（韵） （4）

注：下阕乐段二中的格式"｜＋｜＋－－｜｜（句或韵）"，为"上一下七"句式。

例一　二郎神（一百四字）

（宋）柳　永

炎光谢。过暮雨、芳尘轻洒。乍露冷风清庭户爽，天如水、玉钩遥挂。应是星娥嗟久阻，叙旧约、飙轮欲驾。极目处、微云暗度，耿耿银河高泻。　　闲雅。须知此景，古今无价。运巧思、穿针楼上女，抬粉面、云鬟相亚。钿合金钗私语处，算谁在、回廊影下。愿天上人间，占得欢娱，年年今夜。

注：该词上阕第一句和第二句为乐段一中的格式（1），第三句和第四句为乐段二中的格式（1），第五句和第六句为乐段三中的格式（1），第七句和第八句为乐段四中的格式（1）；下阕第一句至第三句为乐段一中的格式（1），第四句和第五句为乐段二中的格式（1），第六句和第七句为乐段三中的格式（1），第八句至第十句为乐段四中的格式（1）。全词双调一百四字，上阕八句，五仄韵；下阕十句，五仄韵。

《二郎神》下阕，十句或九句、 十一句、十二句，五仄韵或七仄韵、四仄韵	
乐段三 （二句或三句，十四字或十五字）	乐段四 （三句或二句，十三字或十一字）
＋｜＋一一｜｜（句）＋＋｜（读） ＋一＋｜（韵） （1）	｜＋｜一一（句）＋｜一一（句） ＋一＋｜（韵） （1）
＋＋｜（读）＋一一｜｜（句） ＋＋｜（读）＋一＋｜（句） （2）	｜＋｜＋｜（句）＋｜一一（句） （2）
＋｜＋一（句）＋一＋｜（句） ＋｜＋｜＋｜（韵） （3）	＋＋｜（读）＋一＋｜（句）＋ ＋｜（韵） （3）
＋｜＋｜｜｜（句或韵）＋＋ ｜（读）＋一＋｜（韵） （4）	＋＋｜（读或句）＋｜一一（句） ＋｜＋一＋｜（韵） （4）
	＋＋｜（读）＋｜一一（句）＋ 一＋｜（韵） （5）
	＋＋｜（读或句）＋｜＋一＋｜（句） ＋一＋｜（韵） （6）

例二　二郎神（一百四字）

（宋）王十朋

深深院。夜雨过、帘栊高卷。正满槛海棠开欲半。仍朵朵、红深红浅。遥认三千宫女面。匀点点、胭脂未遍。更微带、春醪宿酒，袅娜香肌娇艳。　　日暖。芳心暗吐，含羞轻颤。笑繁杏夭桃争烂漫。爱容易、出墙临岸。子美当年游蜀苑。又岂是、无心眷恋。都只为、天然体态，难把诗工裁剪。

注：该词上阕第一句和第二句为乐段一中的格式（1），第三句和第四句为乐段二中的格式（1），第五句和第六句为乐段三中的格式（1），第七句和第八句为乐段四中的格式（1）；下阕第一句至第三句为乐段一中的格式（1），第四句和第五句为乐段二中的格式（3），第六句

和第七句为乐段三中的格式（4），第八句和第九句为乐段四中的格式（3）。全词双调，一百四字，上阕八句，七仄韵；下阕九句，七仄韵。

例三　二郎神（一百五字）
（宋）张安国

坐中客。共千里、潇湘秋色。渐万宝西成农事了，稏稏看、黄云阡陌。桥口橘洲风浪稳，岳镇耸、倚天青壁。追前事、兴亡相续，空与山川陈迹。　　南国。都会繁盛，依然似昔。聚翠羽明珠三市满，楼观涌、参差金碧。乞巧处、家家追乐事，争要做、丰年七夕。愿明年强健，百姓欢娱，还如今日。

注：该词上阕第一句和第二句为乐段一中的格式（1），第三句和第四句为乐段二中的格式（1），第五句和第六句为乐段三中的格式（1），第七句和第八句为乐段四中的格式（1）；下阕第一句至第三句为乐段一中的格式（2），第四句和第五句为乐段二中的格式（3），第六句和第七句为乐段三中的格式（2），第八句至第十句为乐段四中的格式（2）。全词双调，一百五字，上阕八句，五仄韵；下阕十句，五仄韵。

例四　二郎神（一百五字）
（宋）徐　伸

闷来弹鹊，又搅碎、一帘花影。漫试着春衫，还思纤手，薰彻金猊烬冷。动是愁多如何向，但怪得、新来多病。想旧日沈腰，而今潘鬓，不堪临镜。　　重省。别来泪滴，罗衣犹凝。料为我厌厌，日高慵起，长托春酲未醒。雁翼不来，马蹄轻驻，门掩一庭芳景。空伫立、尽日栏干倚遍，昼长人静。

注：该词上阕第一句和第二句为乐段一中的格式（2），第三句至第五句为乐段二中的格式（2），第六句和第七句为乐段三中的格式（1），第八句至第十句为乐段四中的格式（2）；下阕第一句至第三句为乐段一中的格式（1），第四句至第六句为乐段二中的格式（4），第七句至第九句为乐段三中的格式（3），第十句和第十一句为乐段四中的格式（6）。全词双调，一百五字，上阕十句，四仄韵；下阕十一句，五仄韵。

例五　二郎神（一百五字）
（宋）赵以夫

野塘暗碧，渐点点、翠钿明镜。想昼永珠帘，人闲金屋，时倚妆台照影。睡起栏干凝思处，漫数尽、归鸦栖暝。知月下莺黄，云边蛾绿，为谁重整。　　曾倩雁传鹊报，心期罕定。奈柳絮浮云，桃花流水，长是参差不并。莫怨春归，莫愁柘老，蚕已三眠将醒。肠断句，枉费丹青，漠漠水遥烟冥。

注：该词上阕第一句和第二句为乐段一中的格式（2），第三句至第五句为乐段二中的格式（2），第六句和第七句为乐段三中的格式（1），第八句至第十句为乐段四中的格式（2）；下阕第一句和第二句为乐段一中的格式（3），第三句至第五句为乐段二中的格式（4），第六句至第八句为乐段三中的格式（3），第九句至第十一句为乐段四中的格式（4）。全词双调，一百五字，上阕十句，四仄韵；下阕十一句，四仄韵。

例六　二郎神（一百三字）

（宋）曹　勋

半阴未雨。雾晓寒、轻烟薄暮。乍过了挑青，名园深院，把酒偏宜细步。满槛梅花，绕堤溪柳，径暖迁莺相语。春澹澹、渐觉清明，相傍小桃才吐。　　凝伫。山村水馆，难堪羁旅。甚觑着花开，频惊屈指，漫写奚奴丽句。幸有家山，青鸾应报，为我整齐歌舞。一恁待、醉倚群红，花沾酒污。

注：该词上阕第一句和第二句为乐段一中的格式（2），第三句至第五句为乐段二中的格式（2），第六句至第八句为乐段三中的格式（2），第九句和第十句为乐段四中的格式（3）；下阕第一句至第三句为乐段一中的格式（1），第四句至第六句为乐段二中的格式（4），第七句至第九句为乐段三中的格式（3），第十句和第十一句为乐段四中的格式（5）。全词双调，一百三字，上阕十句，五仄韵；下阕十一句，五仄韵。

例七　二郎神（一百三字）

（宋）马庄父

日高睡起，又恰见、柳梢飞絮。倩说与、年年相挽，却又因他相误。南北东西何时定，看碧沼、青浮无数。念蜀郡风流，金陵年少，那寻张绪。　　应许。雪花比并，扑帘堆户。更羽缀游丝，毡铺小径，肠断鹁鸠唤雨。舞态颠狂，恨腰轻怯，散了几回重聚。空暗想，昔日长亭别酒，杜鹃催去。

注：该词上阕第一句和第二句为乐段一中的格式（2），第三句和第四句为乐段二中的格式（4），第五句和第六句为乐段三中的格式（1），第七句至第九句为乐段四中的格式（2）；下阕第一句至第三句为乐段一中的格式（1），第四句至第六句为乐段二中的格式（4），第七句至第九句为乐段三中的格式（3），第十句至第十二句为乐段四中的格式（6）。全调双调，一百三字，上阕九句，四仄韵；下阕十二句，五仄韵。

例八　二郎神（一百四字）

（宋）汤　恢

　　琐窗睡起，闲伫立、海棠花影。记翠楫银塘，红牙金缕，杯泛梨花冷。燕子衔来相思字，道玉瘦、不禁春病。应蝶粉半销，鸦云斜坠，暗尘侵镜。　　还省。香痕碧唾，春衫都凝。悄一似酴醿，玉肌翠被，消得东风唤醒。青杏单衣，杨花小扇，闲却晚春风景。最苦是，蝴蝶盈盈弄晚，一帘风静。

　　注：该词上阕第一句和第二句为乐段一中的格式（2），第三句至第五句为乐段二中的格式（3），第六句和第七句为乐段三中的格式（1），第八句至第十句为乐段四中的格式（2）；下阕第一句至第三句为乐段一中的格式（1），第四句至第六句为乐段二中的格式（4），第七句至第九句为乐段三中的格式（3），第十句至第十二句为乐段四中的格式（6）。全词双调，一百四字，上阕十句，四仄韵；下阕十二句，五仄韵。

例九　二郎神（一百字）

（宋）吕渭老

　　西池旧约。燕语柳梢桃萼。向紫陌、秋千影下，同挽双双凤索。过了莺花休则问，风共月、一时闲却。知谁去，唤得秋阴，满眼败垣红叶。　　飘泊。江湖载酒，十年行乐。甚近日、伤高念远，不觉风前泪落。橘熟橙黄堪一醉，断未负、晚凉池阁。只愁被、撩拨春心，烦恼怎生安着。

　　注：该词上阕第一句和第二句为乐段一中的格式（3），第三句和第四句为乐段二中的格式（4），第五句和第六句为乐段三中的格式（1），第七句至第九句为乐段四中的格式（3）；下阕第一句至第三句为乐段一中的格式（1），第四句和第五句为乐段二中的格式（2），第六句和第七句为乐段三中的格式（4），第八句和第九句为乐段四中的格式（4）。全词双调，一百字，上下阕各九句，五仄韵。

倾 杯 乐

唐教坊曲名。《乐府杂录》云：《倾杯乐》，宣宗喜吹芦管，自制此曲。见《宋史·乐志》者，二十七宫调。柳永《乐章集》注"宫调七"。一名《古倾杯》，亦名《倾杯》。

《倾杯乐》的长短句结构之一

《倾杯乐》（一）上阕，四个乐段			
乐段一（十四字）	乐段二（十三字）	乐段三（十二字）	乐段四（十三字）
4　4　6	4　4　5	7　5	4　36

《倾杯乐》（一）下阕，四个乐段			
乐段一（十五字）	乐段二（十四字）	乐段三（十三字）	乐段四（十字）
6　4　5 2　4　4　5	5　4　5 5　5　4	4　4　5	3　34

《倾杯乐》的长短句结构之二

《倾杯乐》（二）上阕，四个乐段			
乐段一（十二字）	乐段二（十五字）	乐段三（十七字）	乐段四（十字）
4　4　4	34　4　4	7　4　6 7　6　4	4　6

《倾杯乐》（二）下阕，四个乐段			
乐段一（十五字）	乐段二（十三字）	乐段三（十四字）	乐段四（十字）
34　53	34　6	34　34	6　4

《倾杯乐》的长短句结构之三

《倾杯乐》（三）上阕，四个乐段			
乐段一（十字或十一字）	乐段二（十六字）	乐段三（十三字或十二字）	乐段四（十六字）
4　3　3　 4　　43	4　4　4　 6　4　6	5　　35　 5　4　3	4　4　4　4　 6　4　6

《倾杯乐》（三）下阕，四个乐段			
乐段一（十四字）	乐段二（十五字）	乐段三（十六字）	乐段四（七字或八字）
6　4　4	34　　53 34　　35	4　　34　　5	7 8

《倾杯乐》的长短句结构之四

《倾杯乐》（四）上阕，四个乐段			
乐段一 （十四字或十三字）	乐段二 （十五字或十四字）	乐段三 （十八字）	乐段四 （十一字或十字）
4　4　6 4　4　5	5　6　4 4　4　6	36　5　4 6　4　4	4　7 4　6

《倾杯乐》（四）下阕，四个乐段			
乐段一 （七字）	乐段二 （二十字或二十一字）	乐段三 （十六字或十七字）	乐段四 （七字或八字）
34	5　4　4　7 34　5　4　5	5　　34　　4 6　　34　　4	7 4　4

《倾杯乐》的长短句结构之五

《倾杯乐》（五）上阕，三个乐段		
乐段一（十八字）	乐段二（十五字）	乐段三（二十二字）
4　　35　　6	34　4　4	35　4　6　4

《倾杯乐》（五）下阕，三个乐段		
乐段一（十四字）	乐段二（二十字）	乐段三（十九字）
4　4　6	4　4　6　6	7　4　4　4

《倾杯乐》的长短句结构之六

《倾杯乐》（六）上阕，四个乐段			
乐段一（十五字）	乐段二（十四字）	乐段三（十九字）	乐段四（十一字）
4　4　7	34　34	35　6　5	4　7

《倾杯乐》（六）下阕，四个乐段			
乐段一（七字）	乐段二（二十二字）	乐段三（十六字）	乐段四（十二字）
34	5　4　4　36	34　9	5　7

《康熙词谱》共收集《倾杯乐》十体，双调，有一百零四字或一百六字、一百七字、一百八字、一百一十六字等格式，上阕十句或十一句、十二句、十三句，四仄韵或五仄韵、六仄韵；下阕七句或八句、九句、十句、十一句、十二句，四仄韵或五仄韵、六仄韵。分析这十体《倾杯乐》的长短句结构可以看出，它们实际有六种长短句结构，相互之间迥异，仅词牌名称相同而已。其中，柳永"楼锁轻烟"与"木落霜州"两词，柳永"禁漏花深"与程泌"銮殿秋深"两词，张先"飞云过尽"与"金风淡荡"两词，柳永"离宴殷勤"与"冰水消痕"两词，分别属于同一种长短句结构，上下阕分别可分为四个乐段，依次作为《倾杯乐》长短句结构之一至之四（如表所示）；柳永"水乡天气"词为一种长短句结构，上下阕分别可分为三个乐段，其长短句结构列为之五（如表所示）；柳永"皓月初圆"词，又为另一种长短句结构，上下阕分别可分为四个乐段，其长短句结构列为之六（如表所示）。《康熙词谱》未明确何为正体或正格，故按六种基本格式分别作谱（如表所示）。

例一　倾杯乐（一百四字）

（宋）柳　永

楼锁轻烟，水横斜照，遥山半隐愁碧。片帆岸远，行客路杳，簇一天寒色。楚梅映雪数枝艳，报青春消息。年华梦促，音信断、声远飞鸿南北。　　算伊别来无绪，翠消红减，双带长抛掷。但泪眼沉迷，看朱成碧，惹闲愁堆积。雨意云心，酒情花态，辜负高阳客。恨难极。和梦也、多时间隔。

注：该词下阕第一句至第三句为乐段一中的格式（1），第三句至第六句为乐段二中的格式（1）。全词一百四字，上阕十句，四仄韵；下阕十一句，五仄韵。

《倾杯乐》基本格式之一（双调）

《倾杯乐》（一）上阕，十句，四仄韵	
乐段一（三句，十四字）	乐段二（三句，十三字）
＋｜－－（句）＋－＋｜（句）＋－＋｜－｜（韵）	＋＋＋｜（句）＋＋＋｜（句）｜＋－＋｜（韵）
注：上阕乐段二中的格式"＋＋＋｜（句）"，建议优先选择"＋－＋｜（句）"或"＋＋－｜（句）"。	

《倾杯乐》（一）上阕，十句，四仄韵	
乐段三（二句，十二字）	乐段四（二句，十三字）
＋－＋｜＋－｜（句）｜＋－＋｜（韵）	＋－＋｜（句）＋＋＋＋（读）＋｜＋－＋｜（韵）

《倾杯乐》（一）下阕，十一句或十二句，五仄韵或六仄韵	
乐段一（三句或四句，十五字）	乐段二（三句，十四字）
＋－｜－＋｜（句）＋－＋｜（句）＋｜－－｜（韵）（1）	｜＋｜－－（句）＋－＋｜（句）｜＋－＋｜（韵）（1）
＋｜（韵）＋－＋｜（句）＋－＋｜（句）＋｜－－｜（韵）（2）	｜＋｜－（句）＋－－｜｜（句）＋－＋｜（韵）（2）

《倾杯乐》（一）下阕，十一句或十二句，五仄韵或六仄韵	
乐段三（三句，十三字）	乐段四（二句，十字）
＋｜－－（句）＋－＋｜（句）＋｜－－｜（韵）	＋－｜（韵）＋＋＋（读）＋－＋｜（韵）

例二　倾杯乐（一百四字）
（宋）柳　永

　　木落霜洲，雁横烟渚，分明画出秋色。暮雨乍歇，小楫夜泊，宿苇村山驿。何人月下临风处，起一声羌笛。离愁万绪，闻岸草、切切蛩吟如织。　　为忆。芳容别后，水遥山远，何计凭鳞翼。想绣阁深沉，争知憔悴损，天涯行客。楚峡云归，高阳人散，寂寞狂踪迹。望京国。空目断、远峰凝碧。

注：该词下阕第一句至第四句为乐段一中的格式（2），第五句至第七句为乐段二中的格式（2）。全词一百四字，上阕十句，四仄韵；下阕十二句，六仄韵。

《倾杯乐》基本格式之二（双调）

《倾杯乐》（二）上阕，十一句，五仄韵或六仄韵	
乐段一（三句，十二字）	乐段二（三句，十五字）
＋｜－－（句）＋－＋｜（句）＋－＋｜（韵）	＋＋＋（读）＋－＋｜（句）＋－＋｜（句）＋－＋｜（韵）

《倾杯乐》（二）上阕，十一句，五仄韵或六仄韵	
乐段三（三句，十七字）	乐段四（二句，十字）
＋－＋｜－－｜（韵）＋＋＋｜（句）＋｜＋－＋｜（韵）（1） ＋＋＋｜－－｜（韵）＋｜＋－＋｜（句）＋－＋｜（韵）（2）	＋－＋｜（句或韵）＋｜＋－＋｜（韵）

《倾杯乐》（二）下阕，八句，六仄韵	
乐段一（二句，十五字）	乐段二（二句，十三字）
＋＋＋（读）＋－＋｜（韵）｜＋｜－－（读）－＋｜（韵）	＋＋＋（读）＋｜－－（句）＋－＋｜－｜（韵）（1） ＋＋＋（读）＋｜－－（句）＋｜＋－＋｜（韵）（2）

《倾杯乐》（二）下阕，八句，六仄韵	
乐段三（二句，十四字）	乐段四（二句，十字）
＋＋＋（读）＋－＋∣（韵） ＋＋＋（读）＋－＋∣（韵）	＋∣＋－＋∣（句）＋－＋∣（韵） （1） ＋＋＋∣－－（句）＋－＋∣（韵） （2）

注：下阕乐段四中的格式"＋＋＋∣－－（句）"，可平可仄三处，不可同时用仄。

例一　倾杯乐（一百六字）

（宋）柳　永

禁漏花深，绣工日永，蕙风布暖。变韶景、都门十二，元宵三五，银蟾光满。连云复道凌飞观。耸皇居丽，嘉气瑞烟葱蒨。翠华宵幸，是处层城阆苑。　　龙凤烛、交光星汉。对咫尺鳌山、开雉扇。会乐府、两籍神仙，梨园四部弦管。向晓色、都人未散。盈万井、山呼鳌抃。愿岁岁天仗里，常瞻凤辇。

注：该词上阕第七句至第九句为乐段三中的格式（1）；下阕第三句和第四句为乐段二中的格式（1），第七句和第八句为乐段四中的格式（1）。全词双调，一百六字，上阕十一句，五仄韵；下阕八句，六仄韵。

例二　倾杯乐（一百六字）

（宋）程　珌

銮殿秋深，玉堂宵永，千门人静。问天上、西风几度，金盘光满，露浓银井。碧云飞下双鸾影。迤逦笙歌笑语，群仙隐隐。更前问讯。堕在红尘今省。　　渐曙色、晓风清迥。更积霭沉阴、都卷尽。向窗前、引镜看来，尚喜精神炯炯。便折简、浮丘共饮。奈天也、未教酪酊。来岁却笑群仙，月寒空冷。

注：该词上阕第七句至第九句为乐段三中的格式（2）；下阕第三句和第四句为乐段二中的格式（2），第七句和第八句为乐段四中的格式（2）。全词双调，一百六字，上阕十一句，六仄韵；下阕八句，六仄韵。

《倾杯乐》基本格式之三（双调）

《倾杯乐》（三）上阕，十三句或十一句，五仄韵或四仄韵	
乐段一（二句或三句，十字或十一字）	乐段二（四句或三句，十六字）
＋ － ＋ ｜（句）－ ＋ ｜（句）－ ＋ ｜（韵） （1） ＋ － ＋ ｜（句）＋ － ＋ ｜（读）－ ＋ ｜（韵） （2）	＋ ｜ － －（句）＋ － ＋ ｜（句）＋ － ＋ ｜（韵） （1） ＋ ｜ ＋ － ＋ ｜（句）＋ － ＋ ｜（韵） （2）

《倾杯乐》（三）上阕，十三句或十一句，五仄韵或四仄韵	
乐段三（二句或三句，十三字或十二字）	乐段四（四句或三句，十六字）
｜ ＋ ｜ － －（句）＋ ＋ ＋（读）＋ ｜ － － ｜（韵） （1） ｜ ＋ ｜ － －（句）＋ － ＋ ｜（句）－ ＋ ｜（韵） （2）	＋ ｜ － －（句）＋ － ＋ ｜（句）＋ － ＋ ｜（句）＋ － ＋ ｜（韵） （1） ＋ ｜ ＋ － ＋ ｜（韵）＋ － ＋ ｜（句）＋ － ＋ ｜（韵） （2）

《倾杯乐》（三）下阕，九句，六仄韵或五仄韵	
乐段一（三句，十四字）	乐段二（二句，十五字）
＋ ｜ ＋ － ＋ ｜（句）＋ － ＋ ｜（韵或句）＋ － ＋ ｜（韵）	＋ ＋ ＋（读）＋ ｜ － －（句）｜ ＋ ｜ － －（读）－ ＋ ｜（韵） （1） ＋ ＋ ＋（读）＋ － ＋ ｜（句）＋ ＋ ＋（读）＋ － － ｜ ｜（韵） （2）

《倾杯乐》（三）下阕，九句，六仄韵或五仄韵	
乐段三（三句，十六字）	乐段四（一句，七字或八字）
＋ － ＋ ｜（韵）＋ ＋ ＋（读）＋ ｜ － －（句）＋ ｜ － － ｜（韵）	＋ － ＋ ｜ － － ｜（韵） （1） ＋ ｜ ＋ ｜ ＋ － ＋ ｜（韵） （2）

例一　倾杯乐（一百七字）

（宋）张　先

飞云过尽，明河浅，天无畔。草色栖萤，霜华清暑，轻飔弄袂，澄澜拍岸。宴玉尘谭宾，倚琼枝、秀挹雕觞满。午夜中秋，十分圆月，香槽拨凤，朱弦轧雁。　　正是欲醒还醉，临空怅远。壶更叠换。对东西、数里回塘，恨零落芙蓉、春不管。笼灯待散。谁知道、座有离人，目断双歌伴。烟江艇子归来晚。

注：该词上阕第一句至第三句为乐段一中的格式（1），第四句至第七句为乐段二中的格式（1），第八句和第九句为乐段三中的格式（1），第十句至第十三句为乐段四中的格式（1）；下阕第四句和第五句为乐段二中的格式（1），第九句为乐段四中的格式（1）。全词双调，一百七字，上阕十三句，四仄韵；下阕九句，六仄韵。

例二　倾杯乐（一百八字）

（宋）柳　永

金风淡荡，渐秋光老、清宵永。小院新晴天气，轻烟乍敛，皓月当轩练净。对千里寒光，念幽期阻，当残景。早是多愁多病。那堪细把，旧约前欢重省。　　最苦碧云信断，仙乡路杳，归鸿难倩。每高歌、强遣离怀，奈惨咽、翻成心耿耿。漏残露冷。空赢得、悄悄无言，愁绪终难整。又是立尽梧桐秋影。

注：该词上阕第一句和第二句为乐段一中的格式（2），第三句至第五句为乐段二中的格式（2），第六句至第八句为乐段三中的格式（2），第九句至第十一句为乐段四中的格式（2）；下阕第四句和第五句为乐段二中的格式（2），第九句为乐段四中的格式（2）。全词双调，一百八字，上阕十一句，五仄韵；下阕九句，五仄韵。

《倾杯乐》基本格式之四（双调）

《倾杯乐》（四）上阕，十一句或十二句，四仄韵或五仄韵	
乐段一（三句，十四字或十三字）	乐段二（三句，十五字或十四字）
＋｜——（句）＋—＋｜（句） ＋—｜—＋｜（韵） （1）	——｜｜（句）＋—＋｜＋—（句）＋—＋｜（韵） （1）
＋｜——（句）＋—＋｜（句） ＋｜｜—（韵） （2）	＋—＋｜（句）＋—＋｜（句）＋｜＋—＋｜（韵） （2）

《倾杯乐》（四）上阕，十一句或十二句，四仄韵或五仄韵	
乐段三（三句或四句，十八字）	乐段四（二句，十一字或十字）
＋ ＋ ＋（读）＋ | ＋ － ＋ |（句） ＋ | | － －（句）＋ － ＋ |（韵） （1） ＋ － ＋ | － －（句）＋ － ＋ | （韵）＋ － ＋ |（句）＋ － ＋ |（韵） （2）	＋ － ＋ |（句）＋ ＋ | － － | |（韵） （1） ＋ ＋ － |（句）＋ | ＋ － ＋ （韵） （2）

《倾杯乐》（四）下阕，九句或十句，五仄韵或六仄韵	
乐段一（一句，七字）	乐段二（四句，二十字或二十一字）
＋ ＋ ＋（读）＋ － ＋ |（韵）	| | ＋ － －（句）＋ － ＋ |（句） ＋ | － －（句）＋ － ＋ | － － |（韵） （1） ＋ ＋ ＋（读）＋ － ＋ |（韵）| ＋ | － －（句）＋ － ＋ |（句）＋ | － － |（韵） （2）

注：下阕乐段二中的格式"\| \| ＋ － －（句）"，为"上一下四"句式。

《倾杯乐》（四）下阕，九句或十句，五仄韵或六仄韵	
乐段三（三句，十六字或十七字）	乐段四（一句或二句，七字或八字）
＋ | ＋ － |（韵）＋ ＋ ＋（读）＋ | － －（句）＋ － ＋ |（韵） （1） ＋ － ＋ | － |（韵）＋ ＋ ＋（读） ＋ | － －（句）＋ － ＋ |（韵） （2）	＋ － ＋ | － －（韵） （1） ＋ | ＋ |（句）＋ － ＋ |（韵） （2）

例一　倾杯乐（一百八字）

（宋）柳　永

离宴殷勤，兰舟凝滞，看看送行南浦。情知道世上，难使皓月长圆，彩云镇聚。算人生、悲莫悲于轻别,最苦正欢娱,便分鸳侣。泪流琼脸,梨花一枝春带雨。　　惨黛蛾、盈盈无绪。共黯然消魂,重携纤手,话别临行,再三问道君须去。频耳畔低语。知多少、他日深盟,平生丹素。从今尽托凭鳞羽。

注:该词上阕第一句至第三句为乐段一中的格式(1),第四句至第六句为乐段二中的格式(1),第七句至第九句为乐段三中的格式(1),第十句和第十一句为乐段四中的格式(1);下阕第二句至第五句为乐段二中的格式(1),第六句至第八句为乐段三中的格式(1),第九句为乐段四中的格式(1)。全词双调,一百八字,上阕十一句,四仄韵;下阕九句,五仄韵。

例二　倾杯乐(一百八字)
(宋)柳　永

冻水消痕,晓风生暖,春满东郊道。迟迟淑景,烟和露润,遍染长堤芳草。断鸿隐隐归飞,江天杳杳。遥山变色,妆眉淡扫。目极千里,闲倚危樯迥眺。　　动几许、伤春怀抱。念何处、韶阳偏早。想帝里看看,名园芳榭,烂漫莺花好。追思往昔年少。继日恁、把酒听歌,量金买笑。别后暗负,光阴多少。

注:该词上阕第一句至第三句为乐段一中的格式(2),第四句至第六句为乐段二中的格式(2),第七句至第十句为乐段三中的格式(2),第十一句和第十二句为乐段四中的格式(2);下阕第二句至第五句为乐段二中的格式(2),第六句至第八句为乐段三中的格式(2),第九句和第十句为乐段四中的格式(2)。全词双调,一百八字,上阕十二句,五仄韵;下阕十句,六仄韵。

《倾杯乐》基本格式之五(双调)

《倾杯乐》(五)上阕,十句,四仄韵		
乐段一(三句,十八字)	乐段二(三句,十五字)	乐段三(四句,二十二字)
＋－＋｜(句)＋＋ ＋(读)＋｜－－｜(韵) ＋｜＋－＋｜(韵)	＋＋＋(读)＋｜ －－(句)＋｜ －(句)＋－＋｜(韵)	＋＋＋(读)＋｜｜ －－(句)＋｜－ －(句)＋｜｜－＋ ｜(句)＋－＋｜(韵)

《倾杯乐》(五)下阕,十一句,五仄韵

乐段一(三句,十四字)	乐段二(四句,二十字)	乐段三(四句,十九字)
＋｜－－(句)＋ －＋｜(句)＋｜＋ －＋｜(韵)	＋｜－－(句)＋ －＋｜(句)＋｜＋ ＋｜－(韵)＋｜＋ －＋｜(韵)	＋｜－－｜｜(韵) ＋｜－－(句)＋｜ －－(句)＋－＋ ｜(韵)

例　倾杯乐（一百八字）

（宋）柳　永

水乡天气，洒蒹葭、露结寒生早。客馆更堪秋杪。空阶下、木叶飘零，飒飒声乾，狂风乱扫。黯无绪、人静酒初醒，天外征鸿，知送谁家归信，穿云悲叫。　　蛩响幽窗，风窥寒砚，一点银釭闲照。梦枕频惊，愁衾半拥，万里归心悄悄。往事追思多少。赢得空使方寸搅。断不成眠，此夜厌厌，就中难晓。

注：全词双调，一百八字，上阕十句，四仄韵；下阕十一句，五仄韵。

《倾杯乐》基本格式之六（双调）

《倾杯乐》(六)上阕,十句,六仄韵	
乐段一(三句,十五字)	乐段二(二句,十四字)
＋｜－－(句)＋－＋｜(句) ＋｜－＋｜－－｜(韵)	＋＋＋(读)＋－＋｜(韵) ＋＋(读)＋－＋｜(韵)

《倾杯乐》(六)上阕,十句,六仄韵	
乐段三(三句,十九字)	乐段四(二句,十一字)
＋＋＋(读)＋｜－－｜(韵)＋ －｜－＋｜(句)＋｜－－｜(韵)	＋－－＋｜(句)＋－＋｜ －｜(韵)

《倾杯乐》(六)下阕,九句,四仄韵	
乐段一(一句,七字)	乐段二(四句,二十二字)
＋＋＋(读)＋＋ －｜(韵)	｜＋｜＋－(句)＋－＋｜(句)＋｜－ －(读)＋＋＋(读)＋｜＋＋－｜(韵)

《倾杯乐》（六）下阕，九句，四仄韵	
乐段三（二句，十六字）	乐段四（二句，十二字）
＋＋＋（读）＋｜——（句）＋ —＋｜——｜—｜（韵）	｜＋—＋｜（句）＋—＋｜— —｜（韵）

例 倾杯乐（一百十六字）

（宋）柳 永

皓月初圆，暮云飘散，分明夜色如晴昼。渐消尽、醺醺残酒。危楼迥、凉生襟袖。追旧事、一晌凭栏久。如何媚容艳态，抵死孤欢偶。朝思暮想，自家空恁添清瘦。　　算到头、谁与伸剖。向道我别来，为伊牵系，度岁经年，偷眼觑、也不忍觑花柳。可惜恁、好景良宵，未曾略展双眉暂开口。问甚时与你，深怜痛惜还依旧。

注：全词双调，一百十六字，上阕十句，六仄韵；下阕九句，四仄韵。

百 宜 娇

调见《圣求词》。与《眉妩》词别名《百宜娇》者不同。

《百宜娇》的长短句结构

《百宜娇》上阕，四个乐段			
乐段一（十四字）	乐段二（十四字）	乐段三（十一字）	乐段四（十三字）
4　4　6	4　4　6	4　34	34　6

《百宜娇》下阕，四个乐段			
乐段一（十六字）	乐段二（十四字）	乐段三（十一字）	乐段四（十一字）
34　5　4	4　4　6	4　34	34　4

《康熙词谱》只收集一体《百宜娇》，双调，上下阕分别可分为四个乐段，其长短句结构如表所示。该调一百四字，上阕十句，四仄韵；下阕十句，五仄韵，其基本格式如表所示。

《百宜娇》的基本格式（双调）

《百宜娇》上阕，十句，四仄韵	
乐段一（三句，十四字）	乐段二（三句，十四字）
＋｜－－（句）＋－＋｜（句） ＋｜＋－＋｜（韵）	＋｜－－（句）＋－＋｜（句） ＋｜＋－＋｜（韵）

《百宜娇》上阕，十句，四仄韵	
乐段三（二句，十一字）	乐段四（二句，十三字）
＋－＋｜（句）＋＋＋（读）＋ －＋｜（韵）	＋＋＋（读）＋｜＋－（句）＋ －＋｜－｜（韵）

《百宜娇》下阕，十句，五仄韵	
乐段一（三句，十六字）	乐段二（三句，十四字）
＋＋＋（读）＋－＋｜（韵）＋ ｜｜－－（句）＋－＋｜（韵）	＋｜－－（句）＋＋＋｜（句） ＋｜＋－＋｜（韵）

《百宜娇》下阕，十句，五仄韵	
乐段三（二句，十一字）	乐段四（二句，十一字）
＋－＋｜（句）＋＋＋（读）＋ －＋｜（韵）	＋＋＋（读）＋｜＋－（句）＋ －＋｜（韵）

例 百宜娇（一百四字）

（宋）吕渭老

隙月垂箆，乱蛩催织，秋晚嫩凉庭户。燕拂帘旌，鼠窥窗网，寂寂飞萤来去。金铺镇掩，漫记得、花时南浦。约重阳、莫糁菊英，小楼遥夜歌舞。　　银烛暗、佳期细数。帘幕渐西风，午窗秋雨。叶底翻红，水面皱碧，灯火裁缝砧杵。登高望极，正雾锁、官槐归路。定须将、宝马钿车，访吹箫侣。

注：该词双调，一百四字，上阕十句，四仄韵；下阕十句，五仄韵。

月 中 桂

调见赵彦端词集。赵孟頫词,平仄韵互押者,名《月中仙》。

《月中桂》的长短句结构

《月中桂》上阕,四个乐段			
乐段一 (十三字)	乐段二 (十三字)	乐段三 (十二字)	乐段四 (十四字或十三字)
4　5　4 4　3　6	4　5　4	5　　34	5　4　5 5　4　4

《月中桂》下阕,四个乐段			
乐段一 (十五字)	乐段二 (十三字)	乐段三 (十二字)	乐段四 (十二字或十一字)
6　5　4	4　5　4	5　　34	5　7 5　6

《康熙词谱》共收集《月中桂》三体,双调,上下阕分别可分为四个乐段,其长短句结构如表所示。《月中桂》一百四字或一百二字,有仄韵或平仄韵通叶等格式。对仄韵格而言,上阕十一句,五仄韵或四仄韵;下阕十句,五仄韵或四仄韵,《康熙词谱》未明确何为正体或正格,故均为基本格式。对平仄韵通叶格而言,上阕十一句,四平韵两叶韵;下阕十句,两平韵三叶韵,其基本格式如表所示。

例一　月中桂(一百四字)

(宋)赵彦端

露醑无情,送长歌未终,已醉离别。何如暮雨,酿一襟凉润,来留佳客。好山侵座碧。胜昨夜、疏星淡月。君欲翩然去,人间底许,员峤问帆席。　　诗情病非畴昔。赖亲朋对影,且慰良夕。风流雨散,定几回肠断,能禁头白。为君烦素手,剪碧藕、轻丝细雪。去去江南路,犹应水云秋共色。

注：该词上阕第一句至第三句为乐段一中的格式（1）；下阕第一句至第三句为乐段一中的格式（1）。全词双调，一百四字，上阕十一句，五仄韵；下阕十句，五仄韵。

《月中桂》（仄韵）的正格与变格（双调）

《月中桂》（仄韵）上阕，十一句，五仄韵或四仄韵	
乐段一（三句，十三字）	乐段二（三句，十三字）
＋｜－－（句）｜＋｜＋－｜＋（句） ＋｜－｜（韵） （1） ＋｜－－（句）｜－－（句）＋ －＋｜－｜（韵） （2）	＋－＋｜（句）｜＋－＋｜（句） ＋－＋｜（韵）

《月中桂》（仄韵）上阕，十一句，五仄韵或四仄韵	
乐段三（二句，十二字）	乐段四（三句，十四字）
＋－－｜｜（韵）＋＋｜（读） ＋－＋｜（韵）	＋｜－－｜（句）＋－｜＋（句） ＋｜＋－｜（韵）

《月中桂》（仄韵）下阕，十句，五仄韵或四仄韵	
乐段一（三句，十五字）	乐段二（三句，十三字）
＋－｜－＋｜（韵）｜＋－｜ ＋（句）＋｜－｜（韵） （1） ＋－＋｜－－（句）｜＋－｜ ＋（句）＋｜－｜（韵） （2）	＋－＋｜（句）｜＋－＋｜（句） ＋－＋｜（韵）

《月中桂》（仄韵）下阕，十句，五仄韵或四仄韵	
乐段三（二句，十二字）	乐段四（二句，十二字）
＋－－｜｜（句）｜＋｜（读）＋ －＋｜（韵）	＋｜－－｜（句）＋＋｜－－ ｜｜（韵）

例二　月中桂（一百四字）

《鸣鹤余音》无名氏

　　日色西沉，上高台，迥观天地寥廓。疏星隐现，又一轮明月，昭昭无着。皓然三界外，似百炼、青铜镜濯。处处恩光被，家家照临，庭户起冥漠。　　长空万里清风，助乾坤荡摇，云雾难作。仙宫玉殿，正炼霞金碧，相辉参错。大哉清夜景，镇万古、含弘磊落。有志攀青桂，蟾宫兔边看捣药。

　　注：该词上阕第一句至第三句为乐段一中的格式（2）；下阕第一句至第三句为乐段一中的格式（2）。全词双调，一百四字，上阕十一句，四仄韵；下阕十句，四仄韵。

《月中桂》的平仄韵通叶格（双调）

《月中桂》上阕，十一句，四平韵两叶韵	
乐段一（三句，十三字）	乐段二（三句，十三字）
＋｜一一（韵）｜＋一＋｜（句） ＋｜一一（韵）	＋一＋｜（句）｜＋｜一一（句） ＋｜一一（韵）

《月中桂》上阕，十一句，四平韵两叶韵	
乐段三（二句，十二字）	乐段四（三句，十三字）
＋一一｜｜（句）＋＋｜（读） ＋一＋｜（叶）	＋｜一｜一（韵）＋一｜＋（句） ＋＋一｜（叶）

《月中桂》下阕，十句，两平韵三叶韵	
乐段一（三句，十五字）	乐段二（三句，十三字）
一｜＋｜一一（韵）｜＋一＋ ｜（句）＋一＋｜（叶）	＋｜＋一（句）｜＋｜一一（句） ＋｜一一（韵）

《月中桂》下阕，十句，两平韵三叶韵	
乐段三（二句，十二字）	乐段四（二句，十一字）
＋一一｜｜（句）＋＋｜（读） ＋一＋｜（叶）	｜＋｜＋一（句）＋｜＋一＋｜ （叶）

例 月中桂（一百二字体）

（元）赵孟頫

春满皇州。见祥烟拥日，初照龙楼。宫花苑柳，映仙仗云移，金鼎香浮。宝光生玉斧，听鸣凤、箫韶乐奏。德与和气游。天生圣人，千载希有。　　祥瑞电绕虹流。有云成五色，芝生三秀。四海太平，致民物雍熙，朝野歌讴。千官齐拜舞，玉杯进、长生春酒。愿皇庆万年，天子与天齐寿。

注：全词双调，一百二字，上阕十一句，四平韵两叶韵；下阕十句，两平韵三叶韵。

澡 兰 香

调见吴文英《梦窗甲稿》，因词有"午镜澡兰帘幕"句，取以为名。

《澡兰香》的长短句结构

《澡兰香》上阕，四个乐段			
乐段一（十四字）	乐段二（十四字）	乐段三（十三字）	乐段四（十一字）
4　4　6	4　4　6	34　6	34　4

《澡兰香》下阕，四个乐段			
乐段一（十四字）	乐段二（十四字）	乐段三（十三字）	乐段四（十一字）
6　4　4	4　4　6	34　6	34　4

《康熙词谱》只收集一体《澡兰香》，双调，上下阕分别可分为四个乐段，其长短句结构如表所示。该调一百四字，上下阕各十句，四仄韵，其基本格式如表所示。

《澡兰香》的基本格式（双调）

《澡兰香》上阕，十句，四仄韵	
乐段一（三句，十四字）	乐段二（三句，十四字）
＋ － ＋ ｜（句）＋ ｜ － －（句） ＋ ｜ ＋ － ＋ ｜（韵）	＋ － ＋ ｜（句）＋ ｜ － －（句） ＋ ｜ ＋ － ＋ ｜（韵）

《澡兰香》上阕，十句，四仄韵	
乐段三（二句，十三字）	乐段四（二句，十一字）
＋＋＋（读）＋｜－－（句）＋＋＋－｜｜（韵）	＋＋＋（读）＋－＋｜（句）＋－＋｜（韵）

《澡兰香》下阕，十句，四仄韵	
乐段一（三句，十四字）	乐段二（三句，十四字）
＋｜＋－＋｜（句）＋｜－－（句）＋－＋｜（韵）	＋－＋｜（句）＋｜－－（句）＋｜＋－＋｜（韵）

《澡兰香》下阕，十句，四仄韵	
乐段三（二句，十三字）	乐段四（二句，十一字）
＋＋＋（读）＋｜－－（句）＋｜＋－＋｜（韵）	＋＋＋（读）＋｜－－（句）＋－＋｜（韵）

例　澡兰香（一百四字）

（宋）吴文英

　　盘丝系腕，巧篆垂簪，玉隐绀纱睡觉。银瓶露井，彩箑云窗，往事少年依约。为当时、曾写榴裙，伤心红绡褪萼。炊黍梦、光阴渐老，汀洲烟蒻。　　莫唱江南古调，怨抑难招，楚江沉魄。薰风燕乳，暗雨梅黄，午镜澡兰帘幕。念秦楼、也拟人归，应剪菖蒲自酌。但怅望、一缕新蟾，随人天角。

　　注：全词双调，一百四字，上下阕各十句，四仄韵。

卷三十三

宴 琼 林

唐教坊曲名。《宋史·乐志》"双调"。

《宴琼林》的长短句结构

《宴琼林》上阕,四个乐段			
乐段一(十四字)	乐段二(十四字)	乐段三(十一字)	乐段四(十三字)
5　5　4	35　6	3　3　5 4　34	35　5

《宴琼林》下阕,四个乐段			
乐段一 (十三字)	乐段二 (十二字)	乐段三 (十四字)	乐段四 (十三字或十二字)
4　5　4 6　34	34　5 7　5	34　34 7	4　4　5 7　5

《康熙词谱》共收集两体《宴琼林》,双调,上下阕分别可分为四个乐段,其长短句结构如表所示。该调有一百四字或一百三字等格式,上阕十句或九句,四仄韵;下阕十句或八句,五仄韵或四仄韵。《康熙词谱》以一百四字体黄裳词为标谱词例。该调的正格与变格如表所示,其中,上下阕各乐段中的格式(1)为正格句式,其余为变格句式。

《宴琼林》的正格与变格（双调）

《宴琼林》上阕，十句或九句，四仄韵	
乐段一（三句，十四字）	乐段二（二句，十四字）
＋｜｜ー ー（句）｜＋｜ー ー（句）＋＋ー｜（韵）	＋＋＋（读）＋｜｜ー ー（句）＋｜＋ー ＋｜（韵）

《宴琼林》上阕，十句或九句，四仄韵	
乐段三（三句或二句，十一字）	乐段四（二句，十三字）
ー ー｜（句）｜ー ー（句）＋ー ＋｜（韵）（1）　＋ー ＋｜（句）＋＋＋（读）＋ー ＋｜（韵）（2）	＋＋＋（读）＋｜ー ー｜（句）＋ー ＋｜（韵）

《宴琼林》下阕，十句或八句，五仄韵或四仄韵	
乐段一（三句或二句，十三字）	乐段二（二句，十二字）
＋｜ー ー（句）｜＋｜ー ー（句）＋ー ＋｜（韵）（1）　＋｜＋ー ＋｜（句）＋＋＋（读）＋＋ー｜（韵）（2）	＋＋＋（读）＋ー ＋｜（韵）｜＋ー ＋｜（韵）（1）　＋＋＋｜ー ー｜（句）｜＋ー ＋｜（韵）（2）

《宴琼林》下阕，十句或八句，五仄韵或四仄韵	
乐段三（二句，十四字）	乐段四（三句或二句，十三字或十二字）
＋＋＋（读）＋ー ＋｜（句）＋＋＋（读）＋ー ＋｜（韵）	｜＋ー ー（句）＋ー ＋｜（句）ー ー｜ー｜（韵）（1）　＋ー ＋｜ー ー｜（句）ー ー｜ー｜（韵）（2）

例一　宴琼林（一百四字）

（宋）黄　裳

　　红紫趁春阑，独万簇琼英，尤未开罢。问谁共、绿幄宴群真，皓雪肌肤相亚。华堂路，小桥边，向晴阴一架。为香清、把作寒梅看，喜风来偏惹。　　莫笑因缘，见影跨春空，荣称亭榭。助巧笑、晓妆如画。有花钿堪借。新醅泛、寒冰几点，拚今日、醉尤飞斝。翠罗帏中，卧蟾光碎，何须待还舍。

　　注：该词上阕第六句至第八句为乐段三中的格式（1）；下阕第一句至第三句为乐段一中的格式（1），第四句和第五句为乐段二中的格式（1），第八句至第十句为乐段四中的格式（1）。全词双调，一百四字，上阕十句，四仄韵；下阕十句，五仄韵。

例二　宴琼林（一百三字）

（宋）黄　裳

　　霜月和银灯，乍送目楼台，星汉高下。爱东风、已暖绮罗香，竞走去来车马。红莲万斛，开尽处、长安一夜。少年郎、两两桃花面，有余光相借。　　因甚灵山在此，是何人、能运神化。对景便作神仙会，恐云骈且驾。思曾侍、龙楼俯览，笑声远、洞天飞斝。向东尤幸时如故，群芳未开谢。

　　注：该词上阕第六句和第七句为乐段三中的格式（2）；下阕第一句和第二句为乐段一中的格式（2），第三句和第四句为乐段二中的格式（2），第七句和第八句为乐段四中的格式（2）。全词双调，一百三字，上阕九句，四仄韵；下阕八句，四仄韵。

潇湘逢故人慢

调见《花庵词选》。

《潇湘逢故人慢》的长短句结构

《潇湘逢故人慢》上阕，四个乐段			
乐段一（十三字）	乐段二（十四字）	乐段三（十一字）	乐段四（十三字）
4　5　4	5　5　4 3　3　4　4	4　34	34　6

《潇湘逢故人慢》下阕，四个乐段			
乐段一（十五字）	乐段二（十四字）	乐段三（十一字）	乐段四（十三字）
3　3　36	5　5　4	4　34	34　6

　　《康熙词谱》共收集两体《潇湘逢故人慢》，双调，上下阕分别可分为四个乐段，其长短句结构如表所示。该调一百四字，上阕十句或十一句，五平韵或四平韵；下阕十句，五平韵。《康熙词谱》以一百四字体王安礼词为标谱词例。该调的正格与变格如表所示，其中，上下阕各乐段中的格式（1）为正格句式，其余为变格句式。

《潇湘逢故人慢》的正格与变格（双调）

《潇湘逢故人慢》上阕，十句或十一句，五平韵或四平韵	
乐段一（三句，十三字）	乐段二（三句或四句，十四字）
＋ － ＋ ｜（句）＋ ＋ － ＋ ｜（句） ＋ ｜ － －（韵）	＋ ＋ ｜ － －（韵）｜ ＋ ＋ － ｜（句） ＋ ｜ － －（韵） （1） ＋ ＋ ｜（句）－ ＋ ｜（句）＋ ＋ － ｜（句）＋ ｜ － －（韵） （2）

注：上阕乐段一中的格式"＋ ＋ － ＋ ｜（句）"，乐段二中的格式"｜ ＋ ＋ － ｜（句）"，均为"上一下四"句式。

《潇湘逢故人慢》上阕，十句或十一句，五平韵或四平韵	
乐段三（二句，十一字）	乐段四（二句，十三字）
＋ － ＋ ｜（句）＋ ＋ ＋（读）＋ ｜ － －（韵）	＋ ＋ ＋（读）＋ － ＋ ｜（句）＋ － ＋ ｜ － －（韵）

《潇湘逢故人慢》下阕，十句，五平韵	
乐段一（三句，十五字）	乐段二（三句，十四字）
— + | （句）— + | （句）+ + + （读）+ + — + | — —（韵）	| + | — —（韵）| + | — —（句） + | — —（韵）

《潇湘逢故人慢》下阕，十句，五平韵	
乐段三（二句，十一字）	乐段四（二句，十三字）
+ — + | （句）+ + + （读）+ | — —（韵）	+ + + （读）+ — + | （句）+ — + | — —（韵）

例一　潇湘逢故人慢（一百四字）

（宋）王安礼

薰风微动，方榴花弄色，萱草成窝。翠帏敞轻罗。试冰簟初展，几尺湘波。疏檐广厦，称潇湘、一枕南柯。引多少、梦魂归绪，洞庭雨棹烟蓑。　　惊回处，闲昼永，更时时、燕雏莺友相过。正绿影婆娑。况庭有幽花，池有新荷。青梅煮酒，幸随分、赢得高歌。功名事、到头终在，岁华忍负清和。

注：该词上阕第四句至第六句为乐段二中的格式（1）。全词双调，一百四字，上下阕各十句，五平韵。

例二　潇湘逢故人慢（一百四字）

（明）钱应金

深秋村落，夸青菱香熟，素手甜和。擘紫蟹，蒸黄雀，知己团聚，笑语婆娑。浓烟淡雪，剪湘湖、几尺渔蓑。纵消受、白蘋红蓼，生平未免情多。　　空怀古，时悱恻，十年来、可偿文债诗魔。叹世路蹉跎。恐心费参熊，眉费松螺。风期阔绝，喜今夕、重话云窝。寒潭月、皎然见底，问君不醉如何。

注：该词上阕第四句至第七句为乐段二中的格式（2）。全词双调，一百四字，上阕十一句，四平韵；下阕十句，五平韵。

惜 余 欢

黄庭坚自度腔。因词有"少延欢洽"句,取以为名。

《惜余欢》的长短句结构

《惜余欢》上阕,四个乐段			
乐段一(十三字)	乐段二(十字)	乐段三(十六字)	乐段四(十二字)
4　5　4	5　5	4　4　35	4　4　4

《惜余欢》下阕,四个乐段			
乐段一(十五字)	乐段二(十字)	乐段三(十六字)	乐段四(十二字)
6　5　4	5　5	4　4　35	4　4　4

《康熙词谱》只收集一体《惜余欢》,双调,上下阕分别可分为四个乐段,其长短句结构如表所示。该调一百四字,上阕十一句,四仄韵;下阕十一句,五仄韵,其基本格式如表所示。

《惜余欢》的基本格式(双调)

《惜余欢》上阕,十一句,四仄韵	
乐段一(三句,十三字)	乐段二(二句,十字)
＋　－　＋　｜(句)｜　＋　＋　＋　－(句)　＋　＋　－　｜(韵)	＋　｜　｜　－　－(句)｜　＋　＋　－　｜(韵)

《惜余欢》上阕,十一句,四仄韵	
乐段三(三句,十六字)	乐段四(三句,十二字)
＋　｜　－　－(句)＋　－　＋　｜(句)｜　－　＋　(读)｜　＋　－　＋　｜(韵)	＋　－　＋　｜(句)＋　－　＋　｜(句)＋　－　＋　｜(韵)

《惜余欢》下阕，十一句，五仄韵	
乐段一（三句，十五字）	乐段二（二句，十字）
＋－｜－＋｜（韵）｜＋｜－ －（句）＋＋－｜（韵）	＋｜｜－－（句）｜＋＋－｜（韵）

《惜余欢》下阕，十一句，五仄韵	
乐段三（三句，十六字）	乐段四（三句，十二字）
＋－＋｜（句）＋－＋｜（句）｜ －＋（读）｜＋－＋｜（韵）	＋－＋｜（句）＋－｜＋（句） ＋－＋｜（韵）

例 惜余欢（一百四字）

（宋）黄庭坚

　　四时美景，正年少赏心，频启东阁。芳酒载盈车，喜朋侣簪盍。杯觯交飞，劝酬互献，正酣饮、醉主公陈榻。坐来争奈，玉山未颓，兴寻巫峡。　　歌阑旋烧绛蜡。况漏转铜壶，烟断香鸭。犹整醉中花，借纤手重插。相将扶上，金鞍骕骦，碾春焙、愿少延欢洽。未须归去，重寻艳歌，更留时霎。

　　注：全词双调，一百四字，上阕十一句，四仄韵；下阕十一句，五仄韵。

拜 星 月 慢

　　一作《拜新月》。唐教坊曲名。《宋史·乐志》"般涉调"。

《拜星月慢》的长短句结构

上阕，四个乐段			
乐段一 （十四字）	乐段二 （九字）	乐段三 （十七字或十五字）	乐段四 （九字）
4　4　6	4　　5	3　26　6 　36　　6 　36　4　4	4　　5

下阕，四个乐段			
乐段一 （十六字）	乐段二 （十一字）	乐段三 （十六字或十五字）	乐段四 （十二字）
35　　35	6　　5	35　　35 7　　35	34　　5

《康熙词谱》共收集四体《拜星月慢》，双调，上下阕分别可分为四个乐段，其长短句结构如表所示。该调有一百四字或一百二字、一百一字等格式，上阕十句或九句，四仄韵；下阕八句，六仄韵。《康熙词谱》以周邦彦词为标谱词例。该调的正格与变格如表所示，其中，上下阕各乐段中的格式（1）为正格句式，其余为变格句式。

《拜星月慢》的正格与变格（双调）

《拜星月慢》上阕，十句或九句，四仄韵	
乐段一（三句，十四字）	乐段二（二句，九字）
＋｜－－（句）＋－＋｜（句） ＋｜＋－＋｜（韵）	＋｜－－（句）｜＋－＋｜（韵）

《拜星月慢》上阕，十句或九句，四仄韵	
乐段三（三句或二句，十七字或十五字）	乐段四（二句，九字）
＋－｜（句）＋｜（读）＋－＋｜ －｜（句）＋｜＋－＋｜（韵） （1） ＋＋＋（读）＋｜＋－＋｜（句） ＋｜＋－＋｜（韵） （2） ＋＋＋（读）＋｜＋－＋｜ ＋｜＋｜（句）＋－＋｜（韵） （3）	＋｜－－（句）｜＋－＋｜（韵）

《拜星月慢》下阕，八句，六仄韵	
乐段一（二句，十六字）	乐段二（二句，十一字）
＋＋＋（读）＋｜－－｜（韵） ＋＋＋（读）＋｜－－｜（韵）	＋｜＋｜－－（句）｜＋－＋ ｜（韵） （1） ＋｜＋－＋｜（句）｜＋－＋｜ （韵） （2）

《拜星月慢》下阕，八句，六仄韵	
乐段三（二句，十六字或十五字）	乐段四（二句，十二字）
＋＋＋（读）＋｜－－｜（韵） ＋＋＋（读）＋｜－－｜（韵） （1） ＋－＋｜－－｜（韵）＋＋＋ （读）＋｜－－｜（韵） （2）	＋＋＋（读）＋｜－－（句）｜ ＋－＋｜（韵）

例一　拜星月慢（一百四字）

（宋）周邦彦

　　夜色催更，清尘收露，小曲幽坊月暗。竹槛灯窗，识秋娘庭院。笑相遇，似觉、琼枝玉树相倚，暖日明霞光烂。水眄兰情，总平生稀见。　　画图中、旧识春风面。谁知道、自到瑶台畔。眷恋雨润云温，苦惊风吹散。念荒寒、寄宿无人馆。重门闭、败壁秋虫叹。争奈向、一缕相思，隔溪山不断。

　　注：该词上阕第六句至第八句为乐段三中的格式（1）；下阕第三句和第四句为乐段二中的格式（1），第五句和第六句为乐段三中的格式（1）。全词双调，一百四字，上阕十句，四仄韵；下阕八句，六仄韵。

例二　拜星月慢（一百四字）

（宋）周　密

腻叶阴清，孤花香冷，迤逦芳洲春换。薄酒孤吟，怅相如游倦。想人在、絮幕香帘凝望，误认几许，烟樯风幔。芳草天涯，负华堂双燕。　　记箫声、淡月梨花院。砑笺红、谩写东风怨。一夜落红啼鴂，唤河桥吟遍。荡归心、已过江南岸。清宵梦、远逐飞花乱。几千万、丝缕垂杨，系春愁不断。

注：该词上阕第六句至第八句为乐段三中的格式（3）；下阕第三句和第四句为乐段二中的格式（2），第五句和第六句为乐段三中的格式（1）。全词双调，一百四字，上阕十句，四仄韵；下阕八句，六仄韵。

例三　拜星月慢（一百二字）

（宋）陈允平

漏阁闲签，琴窗倦谱，露湿宵萤欲暗。雁咽凉声，寂寞芙蓉院。画檐外、树色惊霜渐改，淡碧云疏星烂。旧约桐阴，问何时重见。　　倚银屏、更忆秋娘面。想凌波、共立河桥畔。重念酒污罗襦，渐金篝香散。剪孤灯、伴宿西风馆。黄花梦、对发凄凉叹。但怅望、一水家山，被红尘隔断。

注：该词上阕第六句和第七句为乐段三中的格式（2）；下阕第三句和第四句为乐段二中的格式（2），第五句和第六句为乐段三中的格式（1）。全词双调，一百二字，上阕九句，四仄韵；下阕八句，六仄韵。

例四　拜星月慢（一百一字）

（宋）彭泰翁

雾滑觚棱，尘侵团扇，恨满哀弹倦理。控雨笼云，共闲情孤倚。敛娥黛、怕似流莺历历，惹得玉销琼碎。可惜阑干，但苔花沉穗。　　算天音、不入人间耳。何人漫、裛损青衫泪。不是旧谱都忘，厌新腔娇脆。多生不得丹青意。重来又、花锁重门闭。到夜永、笙鹤归时，月明天似水。

注：该词上阕第六句和第七句为乐段三中的格式（2）；下阕第三句和第四句为乐段二中的格式（1），第五句和第六句为乐段三中的格式（2）。全词双调一百一字，上阕九句，四仄韵；下阕八句，六仄韵。

绮寮怨

调见《片玉词》。

《绮寮怨》的长短句结构

《绮寮怨》上阕，四个乐段			
乐段一 （十一字）	乐段二 （十四字）	乐段三 （十四字）	乐段四 （十五字或十三字）
6　　5	34　　34	6　　35	34　　35 5　　35

《绮寮怨》下阕，四个乐段			
乐段一 （十六字）	乐段二 （十字）	乐段三 （十二字）	乐段四 （十二字或十一字）
6　4　6	4　　33	6　　33	4　5　3 4　　53 4　　34

《康熙词谱》共收集《绮寮怨》三体，双调，上下阕分别可分为四个乐段，其长短句结构如表所示。该调有一百四字或一百二字、一百三字等格式，上阕八句，四平韵；下阕九句，七平韵或四平韵，《康熙词谱》以一百四字体周邦彦词为正体或正格。《缭寮怨》的正格与变格如表所示，其中，上下阕各乐段中的格式（1）为正格句式，其余为变格句式。

~~~~~~

例一　绮寮怨（一百四字）

（宋）周邦彦

上马人扶残醉，晓风吹未醒。映水曲、翠瓦朱檐，垂杨里、乍见津亭。当时曾题败壁，蛛丝罩、淡墨苔晕青。念去来、岁月如流，徘徊久、叹息愁思盈。　　去去倦寻路程。江陵旧事，何曾再问杨琼。旧曲凄清。敛愁黛、与谁听。尊前故人如在，想念我、最关情。何须渭城。歌声未尽处、先泪零。

注：该词上阕第七句和第八句为乐段四中的格式（1）；下阕第一句至第三句为乐段一中的格式（1），第四句和第五句为乐段二中的格式（1），第八句和第九句为乐段四中的格式（1）。全词双调，一百四字，上阕八句，四平韵；下阕九句，七平韵。

《绮寮怨》的正格与变格（双调）

《绮寮怨》上阕，八句，四平韵	
乐段一（二句，十一字）	乐段二（二句，十四字）
＋｜＋－＋｜（句）＋－－｜－（韵）	＋＋＋（读）＋｜－－（句）＋＋＋（读）＋｜－－（句）

《绮寮怨》上阕，八句，四平韵	
乐段三（二句，十四字）	乐段四（二句，十五字或十三字）
＋－＋－｜｜（句）＋＋＋（读）＋｜－｜－（韵）	＋＋＋（读）＋｜－－（句）＋＋＋（读）＋｜－｜－（韵）（1） ｜＋－＋｜（句）＋＋＋（读）＋｜－｜－（韵）（2）

例二　绮寮怨（一百二字）

（宋）陈允平

满架酴醾开尽，杜鹃啼梦醒。记晓月、绿水桥边，东风又、折柳旗亭。蒙茸轻烟草色，疏帘净、乱织罗带青。对一尊别酒，征衫上、点滴香泪盈。　　几度恨沉断云，飞鸾何处，连环尚结双琼。一曲琵琶，溢江上、惯曾听。依依翠屏香冷，听夜雨、动离情。春深小楼，无心对锦瑟、空涕零。

注：该词上阕第七句和第八句为乐段四中的格式（2）；下阕第一句至第三句为乐段一中的格式（2），第四句和第五句为乐段二中的格式（1），第八句和第九句为乐段四中的格式（2）。全词双调，一百二字，上阕八句，四平韵；下阕九句，四平韵。

《绮寮怨》下阕，九句，七平韵或四平韵	
乐段一（三句，十六字）	乐段二（二句，十字）
＋｜＋－｜－（韵）＋－＋｜（句） ＋－＋｜－－（韵） （1）	＋｜－－（韵）＋＋＋（读）｜ －－（韵） （1）
＋｜＋－（句）＋－＋｜（句） ＋－＋｜－－（韵） （2）	＋｜－－（句）＋＋＋（读）｜ －－（韵） （2）

《绮寮怨》下阕，九句，七平韵或四平韵	
乐段三（二句，十二字）	乐段四（三句或二句，十二字或十一字）
＋－｜－＋｜（句）＋＋＋（读） ｜－－（韵）	＋－｜－（韵）－－｜＋｜（句） －｜－（韵） （1） ＋－｜－（句）－－｜＋｜（读） －｜－（韵） （2） ＋－｜－（韵）＋＋＋（读） ＋｜＋－（韵） （3）

例三　绮寮怨（一百三字）

（宋）鞠华翁

又见花阴如水，两心犹未平。正坐久、主客成三，空无语、影落楸枰。千年人间事业，垂成处、一著容易倾。便解围、小住何妨，机锋在、瞬息天又明。　　甚似汉吴对营。纷纷不了，孤光照彻连城。又似残星。向零落、有余情。嫦娥笑人迟暮，念未力、底须争。从亏又成。何人正、隔屋睡声。

注：该词上阕第七句和第八句为乐段四中的格式（1）；下阕第一句至第三句为乐段一中的格式（1），第四句和第五句为乐段二中的格式（1），第八句和第九句为乐段四中的格式（3）。全词双调，一百三字，上阕八句，四平韵；下阕九句，七平韵。

花 心 动

金词注：小石调；元词注：双调。曹勋词名《好心动》；曹冠词名《桂飘香》；《鸣鹤余音》词名《上升花》；《高丽史·乐志》名《花心动慢》。

《花心动》的长短句结构

《花心动》上阕，四个乐段			
乐段一 （十三字）	乐段二 （十四字）	乐段三 （十四字或十二字）	乐段四 （十一字或十二字、九字）
4　36 4　5　4 7　　6	4　4　6	7　34 7　7 5　34	3　4　4 34　4 3　3　6 5　6 5　4

《花心动》下阕，四个乐段			
乐段一 （十五字或十四字）	乐段二 （十四字）	乐段三 （十四字或十二字）	乐段四 （九字）
6　36 6　5　4 5　4　5	4　4　6	7　34 7　3　4 7　7 5　34	36 3　6 5　4

《康熙词谱》共收集九体《花心动》，上下阕分别可分为四个乐段，其长短句结构如表所示。该调有一百四字或一百字、一百一字、一百五字等格式，上阕十句或九句、十一句，四仄韵或五仄韵；下阕八句或七句、九句、十句、十一句，五仄韵或七仄韵、六仄韵。《康熙词谱》以一百四字体史达祖词为标谱词例，该调的正格与变格如表所示，其中，各乐段中的格式（1）为正格句式，其余为变格句式。

例一　花心动（一百四字）

（宋）史达祖

风约帘波，锦机寒、难遮海棠烟雨。夜酒未苏，春枕犹敧，曾是误成歌舞。半褰薇帐云头散，奈愁味、不随香去。尽沉静，文园更渴，有人知否。　　懒记温柔旧处。偏只怕、临风见他桃树。绣户锁尘，锦瑟空弦，无复画眉心绪。待拈银管书春恨，被双燕、替人言语。望不尽、垂杨几千万缕。

注：该词上阕第一句和第二句为乐段一中的格式（1），第三句至第五句为乐段二中的格式（1），第六句和第七句为乐段三中的格式（1），第八句至第十句为乐段四中的格式（1）；下阕第一句和第二句为乐段一中的格式（1），第三句至第五句为乐段二中的格式（1），第六句和第七句为乐段三中的格式（1），第八句为乐段四中的格式（1）。全词双调，一百四字，上阕十句，四仄韵；下阕八句，五仄韵。

例二　花心动（一百四字）

（宋）周邦彦

帘卷青楼，东风满、杨花乱飘晴昼。兰袂褪香，罗帐褰红，绣枕旋移相就。海棠花谢春融暖，偎人恁、娇波频溜。象床稳，鸳衾漫展，浪翻红绉。　　一夜情浓似酒。香汗渍、鲛绡几番微透。鸾困凤慵，娅姹双眼，画也画应难就。问伊可煞於人厚。梅萼露、胭脂檀口。从此后。纤腰为郎管瘦。

注：该词上阕第一句和第二句为乐段一中的格式（1），第三句至第五句为乐段二中的格式（1），第六句和第七句为乐段三中的格式（1），第八句至第十句为乐段四中的格式（1）；下阕第一句和第二句为乐段一中的格式（1），第三句至第五句为乐段二中的格式（2），第六句和第七句为乐段三中的格式（2），第八句和第九句为乐段四中的格式（2）。全词双调，一百四字，上阕十句，四仄韵；下阕九句，七仄韵。

《花心动》的正格与变格（双调）

《花心动》上阕，十句或九句、十一句，四仄韵或五仄韵	
乐段一（二句或三句，十三字）	乐段二（三句，十四字）
＋｜－－（句）＋＋＋（读）＋ －｜－＋｜（韵） （1）	＋｜＋－（句）＋｜－－（句） ＋｜＋－＋｜（韵） （1）
＋｜－－（句）＋＋＋（读）＋ ｜＋＋－｜（韵） （2）	＋－＋｜（句）＋｜－－（句） ＋｜＋－＋｜（韵） （2）
＋｜－－（句）｜＋－＋＋（句） ＋＋－｜（韵） （3）	
＋｜－－（句）｜＋｜－－（句） ＋＋－｜（韵） （4）	
＋｜＋－－｜｜（句）＋｜ －＋｜（韵） （5）	

例三　花心动（一百四字）

（宋）吴文英

　　十里东风，袅垂杨、长似舞时腰瘦。翠馆朱楼，紫陌青门，处处燕莺晴昼。乍看摇曳金丝缓。春浅映、鹅黄如酒。嫩阴里，烟滋露染，翠娇红溜。　　此际雕鞍去久。空追念、邮亭短枝盈首。海角天涯，寒食清明，泪点絮花沾袖。去年折赠行人远，今年恨、依然纤手。断肠也，羞眉画应未就。

　　注：该词上阕第一句和第二句为乐段一中的格式（2），第三句至第五句为乐段二中的格式（1），第六句和第七句为乐段三中的格式（2），第八句至第十句为乐段四中的格式（1）；下阕第一句和第二句为乐段一中的格式（1），第三句至第五句为乐段二中的格式（1），第六句和第七句为乐段三中的格式（1），第八句和第九句为乐段四中的格式（2）。全词双调，一百四字，上阕十句，五仄韵；下阕九句，五仄韵。

《花心动》上阕，十句或九句、十一句，四仄韵或五仄韵

乐段三 （二句，十四字或十二字）	乐段四 （二句或三句，十一字或十二字、九字）
＋－＋｜－－｜（句）＋＋＋ （读）＋－＋｜（韵） （1）	＋－｜（句）＋－＋｜（句）＋ －＋｜（韵） （1）
＋－＋｜－－｜（韵）＋＋＋ （读）＋－＋｜（韵） （2）	＋－＋｜（韵）＋－＋｜（句）＋ －＋｜（韵） （2）
＋｜＋－｜（句）＋＋＋（读） ＋－＋｜（韵） （3）	＋＋＋（读）＋－－｜（句）＋ －＋｜（韵） （3）
＋｜＋－＋｜（句）＋｜＋ －－｜｜（韵） （4）	＋－｜（句）｜－－（句）＋－｜ （韵） （4）
	｜＋｜－－（句）＋－｜－＋ ｜（韵） （5）
	｜＋｜－（句）＋－＋｜（韵） （6）

例四　花心动（一百四字）

（明）刘　焘

　　偏忆江梅，有尘表丰仪，世外标格。低傍小桥，斜出疏篱，似向陇头曾识。暗香孤韵冰霜里，初不怕、春寒要勒。问桃李贤们，怎生向前争得。　　省共萧娘去摘。玉纤映琼枝，照人一色。淡粉晕酥，多少工夫，到得寿阳宫额。再三留待东君管，都拚醉、别花不惜。但只恐、南楼又三弄笛。

　　注：该词上阕第一句至第三句为乐段一中的格式（4），第四句至第六句为乐段二中的格式（1），第七句和第八句为乐段三中的格式（1），第九句和第十句为乐段四中的格式（5）；下阕第一句至第三句为乐段一中的格式（2），第四句至第六句为乐段二中的格式（1），第七句和第八句为乐段三中的格式（2），第九句为乐段四中的格式（1）。全词双调，一百四字，上阕十句，四仄韵；下阕九句，五仄韵。

《花心动》下阕，八句或九句、十句、十一句，五仄韵或七仄韵、六仄韵	
乐段一（二句或三句，十五字或十四字）	乐段二（三句，十四字）
＋｜＋ー＋｜（韵）＋＋＋（读） ＋ー｜ー＋｜（韵） （1）	＋｜＋ー（句）＋｜＋ー（句） ＋｜＋ー＋｜（韵） （1）
＋｜＋ー＋｜（韵）＋＋＋｜ー ー（句）＋ー＋｜（韵） （2）	＋｜＋ー（句）＋＋＋｜ー（句） ＋｜＋ー＋｜（韵） （2）
＋｜ーー｜（韵）＋ー＋｜（句） ＋｜ー｜（韵） （3）	＋ー＋｜（句）＋｜＋ー（句） ＋｜＋ー＋｜（韵） （3）
注：下阕乐段二中的格式"＋＋＋｜（句）"，可平可仄三处，不可同时用仄。	

《花心动》下阕，八句或九句、十句、十一句，五仄韵或七仄韵、六仄韵	
乐段三（二句或三句，十四字或十二字）	乐段四（一句或二句，九字）
＋ー＋｜ーー｜（句）＋＋＋ （读）＋ー＋｜（韵） （1）	＋＋＋（读）＋ー｜ー＋｜（韵） （1）
＋｜＋ー＋｜（韵）＋＋＋ （读）＋ー＋｜（韵） （2）	＋＋｜（句或韵）＋ー｜＋＋｜（韵） （2）
＋ー＋｜｜ーー（句）＋ー＋｜ （句）＋ー＋｜（韵） （3）	＋＋｜（句）＋｜＋ー＋｜（韵） （3）
＋ー＋｜ー｜ー（句）＋｜＋ ー＋＋｜（韵） （4）	＋｜＋ー（句）＋＋ー＋｜（韵） （4）
＋ー＋｜｜（句）＋＋＋（读） ＋ー＋｜（韵） （5）	
注：下阕乐段四中的格式"＋＋｜＋ー（句）"，为"上一下四"句式。	

例五　花心动（一百四字）

（宋）赵长卿

　　风软寒轻，暗香飘、扑面无限清楚。乍淡乍浓，应想前村，定是早梅初吐。马儿行过坡儿下，危桥外、竹梢疏处。半斜露。花花蕊蕊，灿然满树。　　一晌看花凝伫。因念我、西园玉英真素。最是系心，婉娩精神，伴得水云仙侣。断肠没奈人千里，无计向、钗头频觑。泪如雨。那堪又还日暮。

　　注：该词上阕第一句和第二句为乐段一中的格式（2），第三句至第五句为乐段二中的格式（1），第六句和第七句为乐段三中的格式（1），第八句至第十句为乐段四中的格式（2）；下阕第一句和第二句为乐段一中的格式（1），第三句至第五句为乐段二中的格式（1），第六句和第七句为乐段三中的格式（1），第八句和第九句为乐段四中的格式（2）。全词双调，一百四字，上阕十句，五仄韵；下阕九句，六仄韵。

例六　花心动（一百四字）

（宋）谢逸

　　风里杨花轻薄性，银烛高烧心热。香饵悬钩，鱼不轻吞，辜负钓儿虚设。桑蚕到老丝长绊，针刺眼、泪流成血。思量起，拈枝花朵，果儿难结。　　海样情深忍撒。似梦里相逢，不胜欢悦。出水双莲，摘取一枝，可惜并头分折。猛期月满会姮娥，谁知是，初生新月。折翼鸟，甚日于飞时节。

　　注：该词上阕第一句和第二句为乐段一中的格式（5），第三句至第五句为乐段二中的格式（1），第六句和第七句为乐段三中的格式（1），第八句至第十句为乐段四中的格式（1）；下阕第一句和第二句为乐段一中的格式（2），第三句至第五句为乐段二中的格式（1），第六句和第七句为乐段三中的格式（3），第八句为乐段四中的格式（3）。全词双调，一百四字，上阕十句，四仄韵；下阕十一句，五仄韵。

例七　花心动（一百字）

（宋）曹勋

　　椒柏称觞，抚寰瀛良辰，正临端月。瑞应屡臻，宫籞多祥，气候暖回微冽。圣母七旬寿，夐无前、天心昭格。溥庆处、坤珍效祉，宴开清切。　　金殿箫韶备设。锵钧奏留云，舞容回雪。赭袍绣拥，袆翟同城，递捧玉杯欢悦。愿将亿万喜，祝亿万、从兹无缺。太平主，永隆圣孝凤阙。

注：该词上阕第一句至第三句为乐段一中的格式（3），第四句至第六句为乐段二中的格式（1），第七句和第八句为乐段三中的格式（3），第九句和第十句为乐段四中的格式（3）；下阕第一句至第三句为乐段一中的格式（2），第四句至第六句为乐段二中的格式（3），第七句和第八句为乐段三中的格式（5），第九句和第十句为乐段四中的格式（2）。全词双调，一百字，上阕十句，四仄韵；下阕十句，五仄韵。

例八　花心动（一百五字）

（宋）赵长卿

绿水平湖，浸芙渠烂锦，艳胜倾国。半敛半开，斜立斜欹，好似困娇无力。水仙应赴瑶池宴，醉归去、美人扶策。驻香驾，拥波心，媚容倩妆颜色。　　曾见苕川澄碧。匀粉面、溪头旧时相识。翠被绣裯，彩扇香篝，度岁杳无消息。露痕滴尽风前泪，追往恨、悠悠踪迹。动怨忆。多情自家赋得。

注：该词上阕第一句至第三句为乐段一中的格式（3），第四句至第六句为乐段二中的格式（1），第七句和第八句为乐段三中的格式（1），第九句至第十一句为乐段四中的格式（4）；下阕第一句和第二句为乐段一中的格式（1），第三句至第五句为乐段二中的格式（1），第六句和第七句为乐段三中的格式（1），第八句和第九句为乐段四中的格式（2）。全词双调，一百五字，上阕十一句，四仄韵；下阕九句，六仄韵。

例九　花心动（一百一字）

《花草粹编》无名氏

忽睹菱花，这一程、减却风流颜色。邻姬戏问，愧我为羞，无语低头寥寂。珠泪纷纷和粉垂，襟袂旧痕干又湿。但感起愁怀，堆堆积积。　　杜宇催春急。烟笼花柳，粉蝶难寻觅。紫燕喃喃，黄莺恰恰，对景脂消香浥。篆烟将尽愁未休，乍得御沟玻璃碧。教红叶往来，传个消息。

注：该词上阕第一句和第二句为乐段一中的格式（2），第三句至第五句为乐段二中的格式（2），第六句和第七句为乐段三中的格式（4），第八句和第九句为乐段四中的格式（6）；下阕第一句至第三句为乐段一中的格式（3），第四句至第六句为乐段二中的格式（2），第七句和第八句为乐段三中的格式（4），第九句和第十句为乐段四中的格式（4）。全词双调，一百一字，上阕九句，四仄韵；下阕十句，五仄韵。

向 湖 边

江纬自制曲。因词有"向湖边柳外"之句，取以为名。

《向湖边》的长短句结构

《向湖边》上阕，四个乐段			
乐段一（十四字）	乐段二（九字）	乐段三（十七字）	乐段四（九字）
4　4　6	4　5	3　4　4　6	4　5

《向湖边》下阕，四个乐段			
乐段一（十九字）	乐段二（九字）	乐段三（十八字）	乐段四（九字）
4　5　5　5	4　5	8　3　7	4　5

《康熙词谱》只收集一体《向湖边》，双调，上下阕分别可分为四个乐段，其长短句结构如表所示。该调一百四字，上阕十句，四仄韵；下阕十句，六仄韵，其基本格式如表所示。

《向湖边》的基本格式（双调）

《向湖边》上阕，十句，四仄韵	
乐段一（三句，十四字）	乐段二（二句，九字）
十｜一一（句）十一十｜（句）十｜ 十一十｜（韵）	十｜一一（句）｜十一十｜（韵）

《向湖边》上阕，十句，四仄韵	
乐段三（三句，十七字）	乐段四（二句，九字）
十十十（读）十｜一一（句）十一 十｜（句）十｜十一十｜（韵）	十｜一一（句）｜十一十｜（韵）

《向湖边》下阕，十句，六仄韵	
乐段一（四句，十九字）	乐段二（二句，九字）
＋｜－＋（句）＋｜－－｜（韵） －＋＋｜｜（句）＋＋－＋｜（韵）	＋｜－－（句）｜＋－＋｜（韵）

《向湖边》下阕，十句，六仄韵	
乐段三（二句，十八字）	乐段四（二句，九字）
｜＋－｜－｜（韵）＋＋＋ （读）＋｜＋－－｜｜（韵） （1） ｜－｜＋＋｜－｜（韵）＋＋＋（读） ＋｜＋－－｜｜（韵） （2）	＋｜－－（句）｜＋－＋｜（韵）

注：下阕乐段三中的八字句，为"上一下七"句式。

例一　向湖边（一百四字）

（宋）江　纬

退处乡关，幽栖林薮，舍宇第须茅盖。翠巘清泉，启轩窗遥对。遇等闲、邻里过从，亲朋临顾，草草便成欢会。策杖携壶，向湖边柳外。　　旋买溪鱼，便斫银丝鲙。谁复欲痛饮，如长鲸吞海。共惜醺酣，恐欢娱难再。矧清风明月非钱买。休追念、金马玉堂心胆碎。且斗尊前，有阿谁身在。

注：该词下阕第七句至第九句为乐段三中的格式（1）。全词双调，一百四字，上阕十句，四仄韵；下阕十句，六仄韵。

例二　向湖边（一百四字）

（宋）张　栻

万里烟堤，百花风榭，游女翩翩羽盖。彩挂秋千，向花梢娇对。矧门外、森立乔松，日花争丽，犹若当年文会。廊庙夔龙，暂卜邻交外。　　共讲真率，玉糁金齑脍。同萧散寄傲，樽罍倾北海。佳处难忘，约追欢须再。况风月不用一钱买。但回首、七虎堂中心欲碎。千里相思，幸前盟犹在。

注：该词下阕第七句至第九句为乐段三中的格式（2）。全词双调，一百四字，上阕十句，四仄韵；下阕十句，六仄韵。

阳 春

一名《阳春曲》。

《阳春》的长短句结构

《阳春》上阕，四个乐段			
乐段一（十二字）	乐段二（十五字）	乐段三（十一字）	乐段四（十三字）
3　3　6	5　　37	4　　34	7　　6 6　34

《阳春》下阕，四个乐段			
乐段一（十五字）	乐段二（十三字）	乐段三（十三字）	乐段四（十二字）
53　　34	6　　34	6　　34	35　　4

《康熙词谱》共收集两体《阳春》，双调，上下阕分别可分为四个乐段，其长短句结构如表所示。该调一百四字，上阕九句，五仄韵；下阕八句，五仄韵。《康熙词谱》以杨无咎词为标谱词例。该调的正格与变格如表所示，其中，上下阕各乐段中的格式（1）为正格句式，其余为变格句式。

例一　阳春（一百四字）

（宋）杨无咎

蕙风轻，莺语巧，应喜乍离幽谷。飞过北窗前，迎清晓、丽日明透翠帏縠。篆台芬馥。初睡起、横斜簪玉。因甚自觉腰肢瘦，新来又宽裙幅。　　对青镜无心、忺梳裹，谁问着、余酲带宿。寻思前欢往事，似惊回、好梦难续。花亭遍倚槛曲。厌满眼、争春凡木。尽憔悴、过了清明候，愁红惨绿。

注：该词上阕第八句和第九句为乐段四中的格式（1）。全词双调，一百四字，上阕九句，五仄韵；下阕八句，五仄韵。

《阳春》的正格与变格（双调）

《阳春》上阕，九句，五仄韵	
乐段一（三句，十二字）	乐段二（二句，十五字）
｜ー ー（句）ー ＋｜（句）＋｜＋ ー ＋｜（韵）	＋｜｜ー ー（句）＋ ＋ ＋（读） ＋ ＋ ー｜＋ ー｜（韵）

《阳春》上阕，九句，五仄韵	
乐段三（二句，十一字）	乐段四（二句，十三字）
＋ ー ＋｜（韵）＋ ＋ ＋（读）＋ ー ＋｜（韵）	＋｜＋｜ー ー｜（句）＋ ー｜ ー ＋｜（韵） （1） ＋｜＋｜ー ー（句）＋ ＋ ＋（读） ＋ ー ＋｜（韵） （2）

《阳春》下阕，八句，五仄韵	
乐段一（二句，十五字）	乐段二（二句，十三字）
｜＋｜ー ー（读）ー ー｜（句）＋ ＋ ＋（读）＋ ー ＋｜（韵）	＋ ー ＋ ー｜｜（句）＋ ＋ ＋（读） ＋ ＋ ー｜（韵）

《阳春》下阕，八句，五仄韵	
乐段三（二句，十三字）	乐段四（二句，十二字）
＋ ー ＋｜＋｜（韵）＋ ＋ ＋（读） ＋ ー ＋｜（韵）	＋ ＋ ＋（读）＋｜ー ー（句） ＋ ー ＋｜（韵）

例二　阳春（一百四字）

（宋）史达祖

　　杏花烟，梨花月，谁与晕开春色。坊巷晓愔愔，东风断、旧火销处近寒食。少年踪迹。愁暗隔、水南山北。还是宝络雕鞍，被莺声、唤来香陌。　　记飞盖西园、寒犹凝，惊醉耳、谁家夜笛。灯前重帘不挂，㛉华裾、粉泪曾拭。如今故里信息。赖海燕、年时相识。奈芳草、正锁江南梦，春衫怨碧。

　　注：该词上阕第八句和第九句为乐段四中的格式（2）。全词双调，一百四字，上阕九句，五仄韵；下阕八句，五仄韵。

送入我门来

　　调见《草堂诗余》。宋胡浩然除夕词有"东风尽力，一齐吹送，入此门来"之句，取以为名。

《送入我门来》的长短句结构

《送入我门来》上阕，四个乐段			
乐段一（十四字）	乐段二（九字）	乐段三（十五字）	乐段四（十三字）
4　4　6	4　5	7　8	3　6　4

《送入我门来》下阕，四个乐段			
乐段一（十六字）	乐段二（九字）	乐段三（十五字）	乐段四（十三字）
6　6　4	4　5	7　8	5　4　4

　　《康熙词谱》只收集一体《送入我门来》，双调，上下阕分别可分为四个乐段，其长短句结构如表所示。该调一百四字，上下阕各十句，四平韵，其基本格式如表所示。

《送入我门来》的基本格式（双调）

《送入我门来》上阕，十句，四平韵	
乐段一（三句，十四字）	乐段二（二句，九字）
＋｜－－（句）＋－＋｜（句） ＋－＋｜－－（韵）	＋｜－－（句）＋｜｜－－（韵）

《送入我门来》上阕，十句，四平韵	
乐段三（二句，十五字）	乐段四（三句，十三字）
＋－＋｜－－｜（句）｜＋｜－ －＋｜－（韵）	＋－｜（句）＋｜＋－＋｜（句） ＋｜－－（韵）

《送入我门来》下阕，十句，四平韵	
乐段一（三句，十六字）	乐段二（二句，九字）
＋｜＋－＋｜（句）＋－｜－ ＋｜（句）＋｜－－（韵）	＋｜－－（句）＋｜｜－－（韵）

《送入我门来》下阕，十句，四平韵	
乐段三（二句，十五字）	乐段四（三句，十三字）
＋－＋｜－－｜（句）｜＋－＋｜－ －＋｜－（韵）	｜＋－＋｜（句）＋－＋｜（句） ＋｜－－（韵）

例　送入我门来（一百四字）

（宋）胡浩然

茶垒安扉，灵馗挂户，神傩烈竹轰雷。动念流光，四序式周回。须知今岁今宵尽，似顿觉明年明日催。向今夕，是处迎春送腊，罗绮筵开。　今古偏同此夜，贤愚共添一岁，贵贱仍偕。互祝遐龄，山海固难摧。石崇富贵籛铿寿，更潘岳仪容子建才。仗东风尽力，一齐吹送，入此门来。

注：该词双调，一百四字，上下阕各十句，四平韵。

绕池游慢

调见《涧泉词》，韩淲西湖看荷作。

《绕池游慢》的长短句结构

《绕池游慢》上阕，四个乐段			
乐段一（十三字）	乐段二（十四字）	乐段三（十二字）	乐段四（十二字）
4　5　4	7　　34	5　　34	4　4　4

《绕池游慢》下阕，四个乐段			
乐段一（十五字）	乐段二（十四字）	乐段三（十二字）	乐段四（十二字）
6　5　4	7　　34	5　　34	4　4　4

《康熙词谱》只收集一体《绕池游慢》，双调，上下阕分别可分为四个乐段，其长短句结构如表所示。该调一百四字，上下阕各十句，四平韵，其基本格式如表所示。

《绕池游慢》的基本格式（双调）

《绕池游慢》上阕，十句，四平韵	
乐段一（三句，十三字）	乐段二（二句，十四字）
＋ － ＋ ｜（句）｜ ＋ － ＋ ｜（句）＋ ｜ － －（韵）	＋ ｜ ＋ － － ｜ ｜（句）＋ ＋ ＋（读）＋ ｜ － －（韵）

《绕池游慢》上阕，十句，四平韵	
乐段三（二句，十二字）	乐段四（三句，十二字）
＋ ｜ － － ｜（句）＋ ＋ ＋（读）＋ ｜ － －（韵）	＋ － ＋ ｜（句）＋ － ＋ ｜（句）＋ ｜ － －（韵）

《绕池游慢》下阕，十句，四平韵	
乐段一（三句，十五字）	乐段二（二句，十四字）
＋ ｜ ＋ － ＋ ｜（句）＋ ｜ ＋ － ｜（句）＋ ｜ － －（韵）	＋ ｜ ＋ － － ｜ ｜（句）＋ ＋ ＋（读）＋ ｜ － －（韵）

注：下阕乐段一中的格式"＋ ｜ ＋ － ｜（句）"，例为"上一下四"句式。

《绕池游慢》下阕，十句，四平韵	
乐段三（二句，十二字）	乐段四（三句，十二字）
｜ ＋ － ＋ ｜（句）＋ ＋ ＋（读）＋ ｜ － －（韵）	＋ ｜ ＋ －（句）＋ － ＋ ｜（句）＋ ｜ － －（韵）

例 绕池游慢（一百四字）

（宋）韩淲

荷花好处，是红酣落照，翠蔼余凉。绕郭从前无此乐，空浮动、山影林篁。几度薰风晚，留望眼、立尽濠梁。谁知好事，初移画舫，特地相将。　　惊起双飞属玉，萦小楫冲岸，犹带生香。莫问西湖西畔路，但九里、松下侯王。且举觞寄兴，看闲人、来伴吟章。寸折柄枝，蓬分莲实，徒系柔肠。

注：全词双调，一百四字，上下阕各十句，四平韵。

索 酒

调见《松隐集》。自注"四时景物须酒之意"。

《索酒》的长短句结构

《索酒》上阕，四个乐段							
乐段一（十四字）		乐段二（十四字）		乐段三（十二字）		乐段四（十二字）	
6	4	4	6	4	4	4	8	6	6

《索酒》下阕，四个乐段							
乐段一（十六字）			乐段二（十四字）		乐段三（十二字）		乐段四（十字）
7	5	4	5	36	4	35	6	4

《康熙词谱》只收集一体《索酒》，双调，上下阕分别可分为四个乐段，其长短句结构如表所示。该调一百四字，上阕十句，四仄韵；下阕九句，四仄韵，其基本格式如表所示。

《索酒》的基本格式（双调）

《索酒》上阕，十句，四仄韵	
乐段一（三句，十四字）	乐段二（三句，十四字）
＋｜＋ 一 ＋｜（句）＋ 一 ＋｜（句） ＋ 一 ＋｜（韵）	｜一 ＋ 一 ＋｜（句）＋ 一 ＋｜（句） ＋ ＋ 一｜（韵）

《索酒》上阕，十句，四仄韵	
乐段三（二句，十二字）	乐段四（二句，十二字）
＋｜一 一（句）｜＋ 一 ＋｜＋ 一｜（韵）	｜一 ＋ 一 ＋｜（句）＋｜＋ ＋｜（韵）

《索酒》下阕，九句，四仄韵	
乐段一（三句，十六字）	乐段二（二句，十四字）
＋－　＋｜｜－－（句）｜＋｜ ＋－（句）＋－＋｜（韵）	｜＋－　＋｜（句）＋　＋　＋（读） ＋｜＋－＋｜（韵）

《索酒》下阕，四句，四仄韵	
乐段三（二句，十二字）	乐段四（二句，十字）
＋｜－－（句）＋　＋　＋（读）－ －｜－｜（韵）	＋－　＋｜－－（句）＋－＋ ｜（韵）

例　索酒（一百四字）

（宋）曹　勋

乍喜惠风初到，上林红翠，竞开时候。四吹花香扑鼻，露栽烟染，天地如绣。渐觉南薰，总冰绡纱扇避烦昼。共游凉亭销暑，细酌轻讴须酒。　　江枫装锦雁横秋，正皓月莹空，翠阑侵斗。况素商霜晓，对径菊、金玉芙蓉争秀。万里同云，散飞霙、炉中焰红兽。便须点水傍边，最宜著酉。

注：全词双调，一百四字，上阕十句，四仄韵；下阕九句，四仄韵。

瑞　云　浓　慢

按杨无咎《逃禅集》，有七十五字《瑞云浓》，与此不同。

《瑞云浓慢》的长短句结构

《瑞云浓慢》上阕，四个乐段							
乐段一（十四字）		乐段二（十四字）		乐段三（十三字）		乐段四（十二字）	
4	4　6	4	4　6	4	36	35	4

《瑞云浓慢》下阕，四个乐段			
乐段一（十四字）	乐段二（十四字）	乐段三（十一字）	乐段四（十二字）
3　3　35	4　4　6	4　34	35　4

　　《康熙词谱》只收集一体《瑞云浓慢》，双调，上下阕分别可分为四个乐段，其长短句结构如表所示。该调一百四字，上阕十句，四仄韵；下阕十句，五仄韵，其基本格式如表所示。

《瑞云浓慢》的基本格式（双调）

《瑞云浓慢》上阕，十句，四仄韵	
乐段一（三句，十四字）	乐段二（三句，十四字）
＋ － ＋ ｜（句）＋ － ＋ ｜（句） ＋ ｜ ＋ － ＋ ｜（韵）	＋ － ＋ ｜（句）＋ ｜ ＋ －（句） ＋ － ＋ ｜ ＋ ｜（韵）

《瑞云浓慢》上阕，十句，四仄韵	
乐段三（二句，十三字）	乐段四（二句，十二字）
＋ － ＋ ｜（句）＋ ＋ ＋（读）＋ ｜ ＋ － ＋ ｜（韵）	＋ ＋ ＋（读）｜ ＋ － ＋ ｜（句） ＋ ＋ － ｜（韵）

《瑞云浓慢》下阕，十句，五仄韵	
乐段一（三句，十四字）	乐段二（三句，十四字）
｜ － －（句）－ ｜ ｜（韵）＋ ＋ ＋（读）＋ ｜ － － ｜（韵）	＋ － ＋ ｜（句）＋ ｜ ＋ －（句） ＋ ｜ ＋ － ＋ ｜（韵）

《瑞云浓慢》下阕，十句，五仄韵	
乐段三（二句，十一字）	乐段四（二句，十二字）
＋ － ＋ ｜（句）＋ ＋ ＋（读）＋ － ＋ ｜（韵）	＋ ＋ ＋（读）｜ ＋ － －（句） ＋ ＋ ＋ ｜（韵）

例　瑞云浓慢（一百四字）

（宋）陈　亮

蔗浆酪粉，玉壶冰醑，朝罢更闻宣赐。去天咫尺，下拜再三，幸今有母可遗。年年此日，共道是、月入怀中最贵。向暑天、正风云会遇，有甚嘉瑞。　　鹤冲霄，鱼得水。一超便、直入神仙地。植根江表，开拓两河，做得黑头公未。骑鲸赤手，问如何、长鞭尺箠。算向来、数王谢风流，只今管是。

注：全词双调，一百四字，上阕十句，四仄韵；下阕十句，五仄韵。

霜　花　腴

吴文英自度腔。因词有"霜饱花腴"句，取以为名。

《霜花腴》的长短句结构

《霜花腴》上阕，四个乐段			
乐段一（十三字）	乐段二（十四字）	乐段三（十一字）	乐段四（十四字）
4　3　6	4　4　6	4　34	34　7

《霜花腴》下阕，四个乐段			
乐段一（十五字）	乐段二（十四字）	乐段三（十一字）	乐段四（十二字）
6　5　4	4　4　6	4　34	34　5

《康熙词谱》只收集一体《霜花腴》，双调，上下阕分别可分为四个乐段，其长短句结构如表所示。该调一百四字，上下阕各十句，五平韵，其基本格式如表所示。

《霜花腴》的基本格式（双调）

《霜花腴》上阕，十句，五平韵	
乐段一（三句，十三字）	乐段二（三句，十四字）
＋ － ＋ ｜（句）｜ ｜ －（句）＋ － ＋ ｜ － －（韵）	＋ ｜ － －（句）＋ － ＋ ｜（句）＋ － ＋ ｜ － －（韵）

《霜花腴》上阕，十句，五平韵	
乐段三（二句，十一字）	乐段四（二句，十四字）
＋ － ｜ －（韵）｜ ＋ －（读）＋ ｜ － －（韵）	｜ ＋ －（读）＋ ｜ － －（句）＋ － ＋ ｜ ｜ － －（韵）

《霜花腴》下阕，十句，五平韵	
乐段一（三句，十五字）	乐段二（三句，十四字）
＋ ｜ ＋ － ＋ ｜（句）｜ ＋ － ＋ ｜（句）＋ ｜ － －（韵）	＋ ｜ － －（句）＋ － ＋ ｜（句）＋ － ＋ ｜ － －（韵）

《霜花腴》下阕，十句，五平韵	
乐段三（二句，十一字）	乐段四（二句，十二字）
＋ － ｜ －（韵）｜ ＋ －（读）＋ ｜ － －（韵）	｜ ＋ －（读）＋ ｜ － －（句）＋ － － ｜ －（韵）

例　霜花腴（一百四字）

（宋）吴文英

　　翠微路窄，醉晚风，凭谁为整欹冠。霜饱花腴，烛销人瘦，秋光作也都难。病怀强宽。恨雁声、偏落歌前。记年时、旧宿凄凉，暮烟秋雨野桥寒。　　妆靥鬓英争艳，度清商一曲，暗坠金蝉。芳节多阴，兰情稀会，晴晖称拂吟笺。更移画船。引佩环、邀下婵娟。算明朝、未了重阳，紫萸应耐看。

　　注：全词双调，一百四字，上下阕各十句，五平韵。

绮 罗 香

调始《梅溪词》。

《绮罗香》的长短句结构

上阕，四个乐段			
乐段一（十四字）	乐段二（十字）	乐段三（十四字）	乐段四（十四字）
4　6　6	4　6	34　34	34　7

下阕，四个乐段			
乐段一 （十六字或十五字）	乐段二 （十字）	乐段三 （十四字）	乐段四 （十二字）
6　6　4 6　5　4	4　6	34　34	34　5

《康熙词谱》共收集三体《绮罗香》，双调，上下阕分别可分为四个乐段，其长短句结构如表所示。该调有一百四字或一百三字等格式，上阕九句，四仄韵；下阕九句，四仄韵或五仄韵。《康熙词谱》以一百四字史达祖词为正体或正格。该调的正格与变格如表所示，其中，各乐段中的格式（1）为正格句式，其余为变格句式。

例一　绮罗香（一百四字）

（宋）史达祖

做冷欺花，将烟困柳，千里偷催春暮。尽日冥迷，愁里欲飞还住。惊粉重、蝶宿西园，喜泥润、燕归南浦。最妨他、佳约风流，钿车不到杜陵路。　　沉沉江上望极，还被春潮晚急，难寻官渡。隐约遥峰，和泪谢娘眉妩。临断岸、新绿生时，是落红、带愁流处。记当日、门掩梨花，剪灯深夜语。

注：该词下阕第一句至第三句为乐段一中的格式（1）。全词双调，一百四字，上下阕各九句，四仄韵。

《绮罗香》的正格与变格（双调）

《绮罗香》上阕，九句，四仄韵	
乐段一（三句，十四字）	乐段二（二句，十字）
＋｜－－（句）＋－＋｜（句） ＋｜＋－＋｜（韵）	＋｜－－（句）＋｜＋－＋｜（韵）

《绮罗香》上阕，九句，四仄韵	
乐段三（二句，十四字）	乐段四（二句，十四字）
＋＋＋（读）＋｜－－（句）＋ ＋＋（读）＋－＋｜（韵）	＋＋＋（读）＋｜－－（句）＋ －＋｜＋－｜（韵）

《绮罗香》下阕，九句，四仄韵或五仄韵	
乐段一（三句，十六字或十五字）	乐段二（二句，十字）
＋－－｜＋｜（句）＋｜＋－ ＋｜（句）＋－＋｜（韵） （1） ＋－－｜＋｜（韵）＋｜＋－ ＋｜（句）＋－＋｜（韵） （2） ＋－－｜＋｜（句或韵）｜＋－ ＋｜（句）＋｜－｜（韵） （3）	＋｜－－（句）＋｜＋－＋｜（韵）

《绮罗香》下阕，九句，四仄韵或五仄韵	
乐段三（二句，十四字）	乐段四（二句，十二字）
＋＋＋（读）＋｜－－（句）＋ ＋＋（读）＋－＋｜（韵）	＋＋＋（读）＋｜－－（句） ＋－－｜｜（韵）

例二　绮罗香（一百四字）

（宋）张　炎

万里飞霜，千山落木，寒艳不招春妒。枫冷吴江，独客又吟愁句。正船舣、流水孤村，似花绕、斜阳归路。甚荒沟、一片凄凉，载情不去载愁去。　　长安谁问倦旅。羞见衰颜借酒，飘零如许。漫倚新妆，不入洛阳花谱。为回风、起舞尊前，尽化作、断霞千缕。记阴阴、绿遍江南，夜窗听暗雨。

注：该词下阕第一句至第三句为乐段一中的格式（2）。全词双调，一百四字，上阕九句，四仄韵；下阕九句，五仄韵。

例三　绮罗香（一百三字）

（宋）张　炎

候馆深灯，辽天断羽，近日音书疑绝。转眼伤心，慵看剩歌残阕。才忘了、还着思量，待去也、怎禁离别。恨只恨、桃叶空江，殷勤不似谢红叶。　　良宵谁见哽咽。对熏炉象尺，闲伴凄切。独立西风，犹忆旧家时节。随款步、花密藏春，听怯语、柳疏嫌月。今休问、燕约莺期，梦游空趁蝶。

注：该词下阕第一句至第三句为乐段一中的格式（3）。全词双调，一百三字，上阕九句，四仄韵；下阕九句，五仄韵。

玉　连　环

调见《云月词》。与《一落索》别名《玉连环》不同。

《玉连环》的长短句结构

《玉连环》上阕，四个乐段			
乐段一（十五字）	乐段二（十五字）	乐段三（十字）	乐段四（十二字）
4　　34　　4	5　　4　　6	5　　5	4　　4　　4

《玉连环》下阕，四个乐段			
乐段一（十五字）	乐段二（十五字）	乐段三（十字）	乐段四（十二字）
6　　　36	5　　4　　6	5　　　5	4　　4　　4

《康熙词谱》只收集一体《玉连环》，双调，上下阕分别可分为四个乐段，其长短句结构如表所示。该调一百四字，上阕十一句，四仄韵；下阕十句，四仄韵，其基本格式如表所示。

《玉连环》的基本格式（双调）

《玉连环》上阕，十一句，四仄韵	
乐段一（三句，十五字）	乐段二（三句，十五字）
＋－＋｜（句）＋＋＋（读）＋－＋｜（句）＋－＋｜（韵）	｜＋－＋｜（句）＋－＋｜（句）＋｜＋－＋｜（韵）

《玉连环》上阕，十一句，四仄韵	
乐段三（二句，十字）	乐段四（三句，十二字）
＋－－｜｜（句）＋｜＋－｜（韵）	＋－＋｜（句）＋－＋｜（句）＋－＋｜（韵）

《玉连环》下阕，十句，四仄韵	
乐段一（三句，十五字）	乐段二（三句，十五字）
－｜＋｜－－（句）＋＋＋（读）＋｜＋－＋｜（韵）	＋｜｜－＋｜（句）＋－＋｜（句）＋｜－｜＋｜（韵）

《玉连环》下阕，十句，四仄韵	
乐段三（二句，十字）	乐段四（三句，十二字）
｜＋－＋｜（句）＋－＋｜（韵）	＋－＋｜（句）＋－＋｜（句）＋－＋｜（韵）

例　玉连环（一百四字）

（宋）冯艾子

谪仙往矣，问当年、饮中俦侣，於今谁在。叹沉香醉梦，边尘日月，流浪锦袍宫带。高吟三峡动，舞剑九州隘。玉皇归觐，半空遗下，诗囊酒佩。　　云月仰挹清芬，揽虬须、尚友风流千载。算晋宋颓波，羲皇淳俗，都付尊酒一慨。待相将共蹑，向龙肩鲸背。苍茫极目，海山何处，五云暧暧。

注：全词双调，一百四字，上阕十一句，四仄韵；下阕十句，四仄韵。

春从天上来

调见《中州乐府》吴激词。

《春从天上来》的长短句结构

《春从天上来》上阕，四个乐段			
乐段一 （十三字）	乐段二 （十四字）	乐段三 （十二或十三字）	乐段四 （十二字或十一字）
4　5　4	4　4　6	5　　34 6　　34	3　5　4 3　4　4

《春从天上来》下阕，四个乐段			
乐段一 （十五字）	乐段二 （十四字）	乐段三 （十二字或十三字）	乐段四 （十二字或十一字）
6　5　4 2　4　5　4	4　4　6	5　　34 6　　34	3　5　4 3　4　4

《康熙词谱》共收集四体《春从天上来》，双调，上下阕分别可分为四个乐段，其长短句结构如表所示。该调有一百四字或一百六字、一百二字等格式，上阕十一句，六平韵或七平韵；下阕十一句或十二句，五平韵或四平韵、六平韵，《康熙词谱》以一百四字体吴激词为正体或正格。《春从天上来》的正格与变格如表所示，其中，上下阕各乐段中的格式（1）为正格句式，其余为变格句式。

《春从天上来》的正格与变格（双调）

《春从天上来》上阕，十一句，六平韵或七平韵	
乐段一（三句，十三字）	乐段二（三句，十四字）
＋｜－－（韵）｜＋｜－－（句） ＋｜－－（韵） （1）	＋＋－｜（句）＋｜－－（韵） ＋｜＋｜－－（韵） （1）
＋｜－－（韵）｜＋＋－｜（句） ＋｜－－（韵） （2）	＋｜－－（句）＋－＋｜（句） ＋｜＋｜－－（韵） （2）

注：上阕乐段一格式"｜＋＋－｜"，为"上一下四"句式。

《春从天上来》上阕，十一句，六平韵或七平韵	
乐段三（二句，十二字或十三字）	乐段四（三句，十二字或十一字）
｜＋－＋｜（句）＋＋＋（读） ＋｜－－（韵） （1）	｜－－（句）｜＋－＋｜（句）＋ ｜－－（韵） （1）
＋｜＋－＋｜（句）＋＋＋（读） ＋｜－－（韵） （2）	｜－－（韵）｜＋－＋｜（句）＋ ｜－－（韵） （2）
	｜－－（句）＋－－＋｜（句）＋｜ －－（韵） （3）

例一　春从天上来（一百四字）

（金）吴　激

海角飘零。叹汉苑秦宫，坠露飞萤。梦里天上，金屋银屏。歌吹竞举青冥。问当时遗谱，有绝艺、鼓瑟湘灵。促哀弹，似林莺呖呖，山溜泠泠。　　梨园太平乐府，醉几度春风，鬓变星星。舞彻中原，尘飞沧海，风雪万里龙庭。写秋筱幽怨，人憔悴、不似丹青。酒微醒。对一轩凉月，灯火青荧。

注：该词上阕第一句至第三句为乐段一中的格式（1），第四句至第六句为乐段二中的格式（1），第七句和第八句为乐段三中的格式（1），第九句至第十一句为乐段四中的格式（1）；下阕第一句至第三句为乐段一中的格式（1），第四句至第六句为乐段二中的格式（1），第七句和第八句为乐段三中的格式（1），第九句至第十一句为乐段四中的格式（1）。全词双调，一百四字，上阕十一句，六平韵；下阕十一句，五平韵。

《春从天上来》下阕，十一句或十二句，五平韵或六平韵、四平韵	
乐段一（三句或四句，十五字）	乐段二（三句，十四字）
＋ － ｜ － ＋ ｜（句）｜ ＋ ＋ －（句）＋ ｜ － ＋（句） －（句）＋ ｜ － －（韵） （1）	＋ ｜ － －（句）＋ － ＋ ｜（句） ＋ ｜ － －（韵） （1）
＋ － ｜ － ＋ ｜（句）｜ ＋ － ＋ ｜（句）＋ ｜ － －（韵） （2）	＋ ｜ － －（句）＋ － ＋ ｜（句） ＋ － ＋ ｜ － －（韵） （2）
－ －（韵）＋ － ＋ ｜（句）｜ ＋ ＋ ｜ － －（句）＋ ｜ － －（韵） （3）	

《春从天上来》下阕，十一句或十二句，五平韵或六平韵、四平韵	
乐段三（二句，十二字或十三字）	乐段四（三句，十二字或十一字）
｜ ＋ － ＋ ｜（句）＋ ＋ ｜（读）＋ ｜ － －（韵） （1）	｜ － －（韵）｜ ＋ － ＋｜（句） ＋ ｜ － －（韵） （1）
＋ ｜ ＋ － ＋ ｜（句）＋ ＋ ｜（读） ＋ ｜ － －（韵） （2）	｜ － －（句）＋ － ＋ ｜（句）＋ ｜ － －（韵） （2）

例二　春从天上来（一百四字）

（元）张　翥

袅袅秋风。听响彻云间，彩凤啼雄。嬴女飞下，玉佩玲珑。肠断十二台空。渺霜天如海，写不尽、客里情浓。烛销红。更锵金振羽，变徵移宫。　　扬州旧时月色，叹水调如今，谁唱谁工。露叶残蛾，蟾花遗粉，寂寞琼树香中。问坡仙何处，沧江上、鹤梦无踪。思难穷。把一襟幽怨，吹与鱼龙。

注：该词上阕第一句至第三句为乐段一中的格式（1），第四句至第六句为乐段二中的格式（1），第七句和第八句为乐段三中的格式（1），第九句至第十一句为乐段四中的格式（2）；下阕第一句至第三句为乐段一中的格式（1），第四句至第六句为乐段二中的格式（1），第七句和第八句为乐段三中的格式（1），第九句至第十一句为乐段四中的格式（1）。全词双调，一百四字，上阕十一句，六平韵；下阕十一句，五平韵。

例三　春从天上来（一百六字）

（宋）张　炎

海上回槎。认旧时鸥鹭，犹恋蒹葭。影散香消，水流云在，疏树十里寒沙。难问钱塘苏小，都不见、擘竹分茶。更堪嗟。似荻花江上，谁弄琵琶。　　烟霞。自延晚照，尽换了西林，窈窕纹纱。蝴蝶飞来，不知是梦，犹疑春在邻家。一掬幽怀难写，春何处、春已天涯。减繁华。是山中杜宇，不是杨花。

注：该词上阕第一句至第三句为乐段一中的格式（2），第四句至第六句为乐段二中的格式（2），第七句和第八句为乐段三中的格式（2），第九句至第十一句为乐段四中的格式（2）；下阕第一句至第四句为乐段一中的格式（3），第五句至第七句为乐段二中的格式（2），第八句和第九句为乐段三中的格式（2），第十句至第十二句为乐段四中的格式（1）。全词双调，一百六字，上阕十一句，六平韵；下阕十二句，六平韵。

例四　春从天上来（一百二字）

（宋）周伯阳

浩荡青冥。正凉露如洗，万里虚明。鼓角悲健，秋入重城。彷佛石上三生。指蓬莱云路，渺何许、月冷风清。倚南楼，一声长笛，几点残星。　　西风旧年有约，听候蛩语夜，客里心惊。红树山深，翠苔门掩，想见露草疏萤。便乘风归去，栏干外、河汉西倾。笑淹留，划然孤啸，云白天青。

注：该词上阕第一句至第三句为乐段一中的格式（1），第四句至第六句为乐段二中的格式（1），第七句和第八句为乐段三中的格式（1），第九句至第十一句为乐段四中的格式（3）；下阕第一句至第三句为乐段一中的格式（2），第四句至第六句为乐段二中的格式（1），第七句和第八句为乐段三中的格式（1），第九句至第十一句为乐段四中的格式（2）。全词双调，一百二字，上阕十一句，六平韵；下阕十一句，四平韵。

西 湖 月

调见凤林书院元词，黄子行自度商调曲。

《西湖月》的长短句结构

《西湖月》上阕，四个乐段			
乐段一（十五字）	乐段二（十二字）	乐段三（十三字）	乐段四（十三字）
6　5　4	4　4　4	5　　35 5　　53	34　　6

《西湖月》下阕，四个乐段			
乐段一 （十五字）	乐段二 （十二字）	乐段三 （十三字）	乐段四 （十一字或十字）
6　5　4	4　4　4	5　　35	34　　4 6　　4

《康熙词谱》共收集两体《西湖月》，双调，上下阕分别可分为四个乐段，其长短句结构如表所示。该调有一百四字或一百三字，上下阕各十句，四仄韵。《康熙词谱》以一百四字体黄子行词为标谱词例。该调的正格与变格如表所示，其中，上下阕各乐段中的格式（1）为正格句式，其余为变格句式。

例一　西湖月（一百四字）

（宋）黄子行

初弦月挂林梢，又一度西园，探梅消息。粉墙朱户，苔枝露蕊，淡匀轻饰。玉儿应有恨，为怅望、东昏相记忆。便解佩、飞入云阶，长伴此花倾国。　　还嗟瘦损幽人，记立马攀条，倚栏横笛。少年风味，拈花弄蕊，爱香怜色。扬州何逊在，试点染、吟笺留醉墨。漫赢得、疏影寒窗，夜深孤寂。

注：该词上阕第七句和第八句为乐段三中的格式（1）；下阕第九句和第十句为乐段四中的格式（1）。全词双调，一百四字，上下阕各十句，四仄韵。

《西湖月》的正格与变格（双调）

《西湖月》上阕，十句，四仄韵	
乐段一（三句，十五字）	乐段二（三句，十二字）
＋ － ＋ | － －（句）| ＋ | － －（句）＋ － ＋ |（韵）	＋ － ＋ |（句）＋ － ＋ |（句） ＋ － ＋ |（韵）

《西湖月》上阕，十句，四仄韵	
乐段三（二句，十三字）	乐段四（二句，十三字）
＋ － － | |（句）＋ ＋ |（读） ＋ － － | |（韵） 　　　　　（1） ＋ － － | |（句）＋ | － －（读） － | |（韵） 　　　（2）	＋ ＋ |（读）＋ | － －（句）＋ | ＋ － ＋ |（韵）

《西湖月》下阕，十句，四仄韵	
乐段一（三句，十五字）	乐段二（三句，十二字）
＋ － ＋ | － －（句）| ＋ | － －（句）＋ ＋ － |（韵）	＋ － ＋ |（句）＋ － ＋ |（句） ＋ － ＋ |（韵）

《西湖月》下阕，十句，四仄韵	
乐段三（二句，十三字）	乐段四（二句，十一字或十字）
＋ － － | |（句）＋ ＋ |（读） ＋ － － | |（韵）	＋ ＋ |（读）＋ | － －（句）＋ － ＋ |（韵） 　　　（1） ＋ | ＋ | － －（句）＋ ＋ ＋ － |（韵） 　　　　　（2）

例二　西湖月（一百三字）

（宋）黄子行

　　湖光冷浸玻璃，荡一晌薰风，小舟如叶。藕花十丈，云梳雾洗，翠娇红怯。壶觞围坐处，正酒酽吹波、潮晕颊。尚记得、玉臂生凉，不放汗香轻浃。　　媵人小摘墙榴，为碎掐猩红，细认裙褶。旧游如梦，新愁似织，泪珠盈睫。秋娘风味在，怎得对、银釭生笑靥。消瘦沈约诗腰，彷佛堪捻。

　　注：该词上阕第七句和第八句为乐段三中的格式（2）；下阕第九句和第十句为乐段四中的格式（2）。全词双调，一百三字，上下阕各十句，四仄韵。

爱月夜眠迟慢

　　调见《高丽史·乐志》，宋词也，即赋本意。

《爱月夜眠迟慢》的长短句结构

《爱月夜眠迟慢》上阕，四个乐段			
乐段一（十三字）	乐段二（十四字）	乐段三（十二字）	乐段四（十二字）
4　5　4	4　4　6	6　6	33　6

《爱月夜眠迟慢》下阕，四个乐段			
乐段一（十五字）	乐段二（十四字）	乐段三（十二字）	乐段四（十二字）
6　5　4	4　4　6	6　6	33　6

　　《康熙词谱》只收集一体《爱月夜眠迟慢》，双调，上下阕分别可分为四个乐段，其长短句结构如表所示。该调一百四字，上下阕各十句，四平韵，其基本格式如表所示。

《爱月夜眠迟慢》的基本格式（双调）

《爱月夜眠迟》上阕，十句，四平韵	
乐段一（三句，十三字）	乐段二（三句，十四字）
＋｜――（句）｜＋―＋｜（句） ＋｜――（韵）	＋―＋｜（句）＋―＋｜（句） ＋―＋｜――（韵）

《爱月夜眠迟》上阕，十句，四平韵	
乐段三（二句，十二字）	乐段四（二句，十二字）
＋―＋｜――（句）＋―＋ ｜――（韵）	｜―＋（读）｜―＋（句）＋｜＋ ｜――（韵）

《爱月夜眠迟》下阕，十句，四平韵	
乐段一（三句，十五字）	乐段二（三句，十四字）
＋｜＋｜――（句）｜＋―＋｜ （句）＋｜――（韵）	＋―＋｜（句）＋｜＋｜（句）＋ ｜＋｜――（韵）

《爱月夜眠迟》下阕，十句，四平韵	
乐段三（二句，十二字）	乐段四（二句，十二字）
＋―＋｜（句）＋―＋ ｜――（韵）	｜―＋（读）｜―＋（句）＋｜＋ ｜――（韵）

例　爱月夜眠迟慢（一百四字）

《高丽史·乐志》无名氏

禁鼓初敲，觉六街夜悄，车马人稀。幕天澄淡，云收雾卷，亭亭皎月如珪。冰轮碾出遥空，照临千里无私。最堪怜、有情风，送得丹桂香微。　　唯愿素魄长圆，把流霞对饮，满泛觥舡。醉凭栏处，赏玩不忍，辜负好景良时。清歌妙舞连宵，跐蹰懒入罗帏。任佳人、尽嗔我，爱月每夜眠迟。

注：全词双调，一百四字，上下阕各十句，四平韵。

合 欢 带

《乐章集》注"林钟商"。

《合欢带》的长短句结构

《合欢带》上阕，四个乐段			
乐段一 （十三字或十二字）	乐段二 （十四字）	乐段三 （十二字）	乐段四 （十三字）
34　　33 6　　33	7　　34	4　　4　　4	36　　4 34　　6

《合欢带》下阕，四个乐段			
乐段一 （十四字）	乐段二 （十四字）	乐段三 （十二字）	乐段四 （十三字或十四字）
4　4　6 7　　34	7　　34	4　　4　　4	34　　6 34　　7

《康熙词谱》共收集两体《合欢带》，双调，上下阕分别可分为四个乐段，其长短句结构如表所示。该调一百五字，上阕九句，五平韵；下阕十句或九句，四平韵或五平韵。《康熙词谱》以柳永词为第一词例。该调的正格与变格如表所示，其中，上下阕各乐段中的格式（1）为正格句式，其余为变格句式。

《合欢带》的正格与变格（双调）

《合欢带》上阕，九句，五平韵	
乐段一（二句，十三字或十二字）	乐段二（二句，十四字）
＋－＋（读）＋｜－－（韵）｜－＋（读）｜－－（韵） （1） ＋－＋｜－－（韵）｜－＋（读）｜－－（韵） （2）	＋｜＋－－｜｜（句）｜－＋（读）＋｜－－（韵）

《合欢带》上阕，九句，五平韵	
乐段三（三句，十二字）	乐段四（二句，十三字）
＋－＋｜（句）＋－＋｜（句）＋｜－－（韵）	｜－＋（读）＋｜＋－＋｜（句）＋｜－－（韵） （1） ｜－＋（读）＋－＋｜（句）＋－＋｜－－（韵） （2）

例一　合欢带（一百五字）

（宋）柳　永

　　身材儿、早是妖娆。算风措、实难描。一个肌肤浑似玉，更都来、占了千娇。妍歌艳舞，莺惭巧舌，柳妒纤腰。自相逢、便觉韩娥价减，飞燕声销。　　桃花零落，溪水潺湲，重寻仙境非遥。莫道千金酬一笑，便明珠、万斛须邀。檀郎幸有，凌云词赋，掷果风标。况当年、便好相携，凤楼深处吹箫。

　　注：该词上阕第一句和第二句为乐段一中的格式（1），第八句和第九句为乐段四中的格式（1）；下阕第一句至第三句为乐段一中的格式（1），第九句和第十句为乐段四中的格式（1）。全词双调，一百五字，上阕九句，五平韵；下阕十句，四平韵。

《合欢带》下阕，十句或九句，四平韵或五平韵	
乐段一（三句或二句，十四字）	乐段二（二句，十四字）
＋ －＋｜（句）＋｜－ －（句） ＋ －＋｜ － －（韵） （1）	＋｜＋ － －｜｜（句）｜－＋（读） ＋｜ － －（韵）
＋ －＋｜｜ － －（韵）｜－＋ （读）＋｜ － －（韵） （2）	

《合欢带》下阕，十句或九句，四平韵或五平韵	
乐段三（三句，十二字）	乐段四（二句，十三字或十四字）
＋ －＋｜（句）＋ －＋｜（句） ＋｜ － －（韵）	｜－＋（读）＋｜ － －（句）＋ －＋｜ － －（韵） （1）
	｜－＋（读）＋－＋｜（句）＋ －＋｜｜ － －（韵） （2）

例二　合欢带（一百五字）

（宋）杜安世

　　楼台高下玲珑。斗芳树、绿阴浓。芍药孤栖香艳晚，见樱桃、万颗初红。巢喧乳燕，珠帘缕曳，满户香风。罩纱帏、象床屏枕，昼眠才是朦胧。　　起来无语更兼慵。念分明、往事成空。被你怅怅牵系我，怪纤腰、绣带宽松。春来早是，分飞两处，长恨西东。到如今、扇移明月，簟铺寒浪与谁同。

　　注：该词上阕第一句和第二句为乐段一中的格式（2），第八句和第九句为乐段四中的格式（2）；下阕第一句和第二句为乐段一中的格式（2），第八句和第九句为乐段四中的格式（2）。全词双调，一百五字，上下阕各九句，五平韵。

曲 玉 管

唐教坊曲名。《乐章集》注"大石调"。

《曲玉管》的长短句结构

上阕，四个乐段			
乐段一（十五字）	乐段二（十三字）	乐段三（十五字）	乐段四（十三字）
4　4　7	6　4　3	4　4　7	4　6　3

下阕，两个乐段	
乐段一（二十六字）	乐段二（二十三字）
4　34　6　6　3	5　6　4　4　4

《康熙词谱》只收集一体《曲玉管》，双调，上阕可分为四个乐段，下阕可分为两个乐段，一百五字，其长短句结构和基本格式分别如表所示。该调以用平韵为主，上阕平仄韵通叶，十二句，两叶韵四平韵；下阕全押平韵，十句，三平韵。

《曲玉管》的基本格式（双调）

《曲玉管》上阕，十二句，两叶韵四平韵	
乐段一（三句，十五字）	乐段二（三句，十三字）
＋｜－－（句）＋－＋｜（句） ＋－＋｜－－｜（叶）	＋｜＋－＋｜（句）＋｜－－（韵） ｜－－（韵）

《曲玉管》上阕，十二句，两叶韵四平韵	
乐段三（三句，十五字）	乐段四（三句，十三字）
＋｜－－（句）＋－＋｜（句） ＋－＋｜－－｜（叶）	＋｜－－（句）＋｜－－（韵） ｜－－（韵）

《曲玉管》下阕，十句，三平韵	
乐段一（五句，二十六字）	乐段二（五句，二十三字）
＋｜一一（句）＋｜一｜（读）＋ 一＋｜（句）＋一一＋｜一一（句） ＋｜＋一一（韵）｜一一（韵）	｜＋一＋｜（句）＋｜＋一＋｜ （句）＋一一＋｜（句）＋｜一一（句） ＋｜一一（韵）

例　曲玉管（一百五字）

（宋）柳　永

陇首云飞，江边日晚，烟波满目凭栏久。一望关河萧索，千里清秋。忍凝眸。杳杳神京，盈盈仙子，别来锦字终难偶。断雁无凭，冉冉飞下汀洲。思悠悠。　　暗想当初，有多少、幽欢佳会，岂知聚散难期，翻成雨恨云愁。阻追游。悔登山临水，惹起平生心事，一场销黯，永日无言，却下层楼。

注：全词双调，一百五字，上阕十二句，两叶韵四平韵；下阕十句，三平韵。

早　梅　芳　慢

调见柳永词，与《早梅芳近》不同。

《早梅芳慢》的长短句结构

《早梅芳慢》上阕，三个乐段		
乐段一（十三字）	乐段二（十四字）	乐段三（二十六字）
3　3　7	4　4　6	4　4　5　4　5

《早梅芳慢》下阕，三个乐段		
乐段一（十四字）	乐段二（十四字）	乐段三（二十字）
3　6　5	4　4　6	4　4　3　4　5

《康熙词谱》只收集一体《早梅芳慢》，双调，上下阕分别可分为三个乐段，其长短句结构如表所示。该调一百五字，上阕十二句，四仄韵；下阕十二句，三仄韵，其基本格式如表所示。

《早梅芳慢》的基本格式（双调）

《早梅芳慢》上阕，十二句，四仄韵		
乐段一（三句，十三字）	乐段二（三句，十四字）	乐段三（六句，二十六字）
❘ — —（句）— — ❘（韵）＋ — ＋ ❘ — — ❘（韵）	＋ — ＋ ❘（句）＋ — ＋ ❘（句）＋ ❘ ＋ — ＋ ❘（韵）	＋ — ＋ ❘（句）＋ ❘ — —（句） ❘ — ＋ ❘（句）＋ — ＋ ❘ （句）＋ — ＋ ❘（句）＋ ❘ — — ❘（韵）

《早梅芳慢》下阕，十二句，三仄韵		
乐段一（三句，十四字）	乐段二（三句，十四字）	乐段三（六句，二十四字）
❘ — —（句）＋ — ＋ ❘ — — （句）＋ ❘ — — ❘ （韵）	＋ — ＋ ❘（句）＋ — ＋ ❘（句）＋ — ＋ — ❘ ❘（韵）	＋ — ＋ ❘（句）＋ ❘ —（句） ❘ — —（句）＋ ❘ — —（句） ＋ ❘ — —（句）＋ ❘ — — ❘ （韵）

例　早梅芳慢（一百五字）

（宋）柳　永

　　海霞红，山烟翠。故都风景繁华地。谯门画戟，下临万井，金碧楼台相倚。芰荷浦溆，杨柳汀洲，映虹桥倒影，兰舟飞棹，游人聚散，一片湖光里。　　汉元侯，自从破敌征蛮，峻陟枢庭贵。筹帷厌久，盛年昼锦，归来吾乡我里。黔斋少讼，宴馆多欢，未周星，便恐皇家，图任勋贤，又作登庸计。

　　注：全词双调，一百五字，上阕十二句，四仄韵；下阕十二句，三仄韵。

尉 迟 杯

此调有平韵、仄韵两种体式。仄韵者，见柳永《乐章集》，注"夹钟商"；平韵者见晁补之《琴趣外篇》。

《尉迟杯》的长短句结构

《尉迟杯》上阕，四个乐段			
乐段一 （十一字）	乐段二 （十二字）	乐段三 （十二字或十三字）	乐段四 （十三字）
3　　8	6　　6	4　　35	34　　6
3　　35	3　　3　　3	5　　35	7　　6
3　　53			

《尉迟杯》下阕，四个基本乐段			
乐段一 （十五字）	乐段二 （十四字或十三字）	乐段三 （十五字）	乐段四 （十三字）
6　　36	4　　4　　6	34　　35	34　　6
3　　3　　36	7　　34	7　　35	
6　　5　　4	7　　6		
	7　　7		

《康熙词谱》共收集《尉迟杯》七体，双调，上下阕分别可分为四个乐段，其长短句结构如表所示。该调有一百五字或一百六字、一百四字等格式。仄韵《尉迟杯》上阕八句或十句，六仄韵或五仄韵；下阕九句或八句、十句，六仄韵或四仄韵、五仄韵、八仄韵；《康熙词谱》以一百五字体柳永词与无名氏词为正体或正格。仄韵《尉迟杯》的正格与变格如表所示，其中，上下阕各乐段中的格式（1）为正格句式，其余为变格句式。平韵《尉迟杯》一百六字，上阕八句，五平韵；下阕九句，五平韵，其基本格式如表所示。

《尉迟杯》（仄韵）的正格与变格（双调）

《尉迟杯》（仄韵）上阕，八句或十句，六仄韵或五仄韵	
乐段一（二句，十一字）	乐段二（二句或四句，十二字）
＋ － ｜（韵）｜ ＋ － ＋ ｜ － ＋ ｜（韵） （1）	＋ － ＋ ｜ － －（句）＋ ｜ ＋ － ＋ ｜（韵） （1）
－ ＋ ｜（韵）＋ ＋ ＋（读） ＋ ｜ － － ｜（韵） （2）	＋ － ＋ ｜ －（句）＋ － ＋ ｜（韵） （2）
＋ － ｜（韵）｜ ＋ ＋ － ｜（读） ＋ ＋ ｜（韵） （3）	＋ － － ｜ － －（句）－ ｜ ＋ ＋ － ｜（韵） （3）
	－ ＋ ｜（句）｜ － －（句）－ ＋ ｜（句） ＋ ＋ ｜（韵） （4）

例一　尉迟杯（一百五字）

（宋）柳　永

宠嘉丽。算九衢红粉皆难比。天然嫩脸修蛾，不假施朱描翠。盈盈秋水。恣雅态、欲语先娇媚。每相逢、月夕花朝，自有怜才深意。　　绸缪凤枕鸳被。深深处、琼枝玉树相倚。困极欢余，芙蓉帐暖，别是恼人情味。风流事、难逢双美。况已断、香云为盟誓。且相将、尽意平生，未肯轻分连理。

注：该词上阕第一句和第二句为乐段一中的格式（1），第三句和第四句为乐段二中的格式（1），第五句和第六句为乐段三中的格式（1），第七句和第八句为乐段四中的格式（1）；下阕第一句和第二句为乐段一中的格式（1），第三句至第五句为乐段二中的格式（1），第六句和第七句为乐段三中的格式（1），第八句和第九句为乐段四中的格式（1）。全词双调，一百五字，上阕八句，六仄韵；下阕九句，六仄韵。

《尉迟杯》（仄韵）上阕，八句或十句，六仄韵或五仄韵	
乐段三（二句，十二字或十三字）	乐段四（二句，十三字）
＋－＋｜（韵）＋＋＋（读）＋ ｜－－｜（韵） （1）	＋＋＋（读）＋｜－－（句）＋ ｜＋－＋｜（韵） （1）
＋－＋｜（韵或句）＋＋＋（读） －－｜－｜（韵） （2）	＋＋＋（读）＋｜－｜（句）＋ －＋｜－｜（韵） （2）
＋｜＋－＋｜（韵）＋＋＋（读） ＋｜－＋｜（韵） （3）	＋＋－＋｜－｜（句）＋｜＋ －＋｜（韵） （3）

注：上阕乐段四中的格式"＋＋－＋｜－｜（句）"，为"上一下六"句式。

例二　尉迟杯（一百五字）

《梅苑》无名氏

岁云暮。叹光阴苒苒能几许。江梅尚怯余寒，长安信音犹阻。春风无据。凭阑久、欲去还凝伫。忆溪边、月夜徘徊，暗香疏影庭户。　　朝来冻解霜消，南枝上、香英数点微露。把酒看花，无言有泪，还是那时情绪。花依旧、晨妆何处。漫赢得、花前愁千缕。尽高楼、画角频吹，任教纷纷飞素。

注：该词上阕第一句和第二句为乐段一中的格式（1），第三句和第四句为乐段二中的格式（2），第五句和第六句为乐段三中的格式（1），第七句和第八句为乐段四中的格式（2）；下阕第一句和第二句为乐段一中的格式（2），第三句至第五句为乐段二中的格式（1），第六句和第七句为乐段三中的格式（1），第八句和第九句为乐段四中的格式（2）。全词双调，一百五字，上阕八句，六仄韵；下阕九句，五仄韵。

《尉迟杯》（仄韵）下阕，九句或八句、十句，六仄韵或四仄韵、五仄韵、八仄韵	
乐段一（二句或三句，十五字）	乐段二（三句或二句，十四字或十三字）
＋－＋｜－｜（韵）＋＋＋（读） ＋－｜＋－｜（韵） （1）	＋｜－－（句）＋－＋｜（句）＋ ｜＋－＋｜（韵） （1）
＋－＋｜－－（句）＋＋＋ （读）＋－＋｜－｜（韵） （2）	
＋－＋｜－｜（韵）｜＋－｜ －（句）＋－＋｜（韵） （3）	＋｜－－（句）＋－＋｜（韵）＋ ｜＋－｜（韵） （2）
＋｜＋｜－－（句）｜＋｜＋ －（句）＋－＋｜（韵） （4）	＋｜＋－－＋｜（句）＋＋＋（读） ＋－＋｜（韵） （3）
＋－｜（韵）＋－｜（韵）＋＋＋ ＋（读）＋－｜－＋｜（韵） （5）	＋｜＋－＋｜（句）＋｜＋－ ＋｜（韵） （4）

例三　尉迟杯（一百五字）

（宋）贺　铸

胜游地。信东吴绝景饶佳丽。平湖底，见层岚，凉月下，闻清吹。人如秾李。泛衿袂、香润蘋风起。喜凌波、素袜逢迎，领略当歌深意。　　鄂君被。双鸳绮。垂杨荫、夷犹画舸相欹。宝瑟弦调，明珠佩委。回首碧云千里。归鸿后、芳音谁寄。念怀系、青鬓今无几。枉分将、镜里华年，付与楼前流水。

注：该词上阕第一句和第二句为乐段一中的格式（1），第三句至第六句为乐段二中的格式（4），第七句和第八句为乐段三中的格式（1），第九句和第十句为乐段四中的格式（1）；下阕第一句至第三句为乐段一中的格式（5），第四句至第六句为乐段二中的格式（2），第七句和第八句为乐段三中的格式（3），第九句和第十句为乐段四中的格式（1）。全词双调，一百五字，上阕十句，六仄韵；下阕十句，八仄韵。

《尉迟杯》（仄韵）下阕，九句或八句、十句，六仄韵或四仄韵、五仄韵、八仄韵	
乐段三（二句，十五字）	乐段四（二句，十三字或十二字）
＋＋＋（读）＋－＋｜（韵）＋ ＋＋（读）＋－－＋｜（韵） （1）	＋＋＋（读）＋｜－－（句） ＋｜＋－＋｜（韵） （1） ＋＋＋（读）＋｜－－（句）｜ ＋＋＋－＋｜（韵） （2）
＋＋＋（读）＋－＋｜（句）＋ ＋＋（读）－－＋｜｜（韵） （2） ＋＋＋（读）＋－＋｜（韵）＋ ＋＋（读）＋｜－－｜（韵） （3） ＋－｜＋｜－｜（韵）＋＋＋（读） ＋｜－－｜（韵） （4）	＋＋＋（读）＋｜＋｜（句） ＋－＋｜－｜（韵） （3）

例四 尉迟杯（一百五字）

（宋）周邦彦

　　隋堤路。渐日晚、密霭生深树。阴阴淡月笼沙，还宿河桥深处。无情画舸，都不管、烟波隔前浦。等行人、醉拥重衾，载将离恨归去。　　因思旧客京华，长偎傍、疏林小槛欢聚。冶叶倡条俱相识，仍惯见、珠歌翠舞。如今向、渔村水驿，夜如岁、焚香独自语。有何人、念我无聊，梦魂凝想鸳侣。

　　注：该词上阕第一句和第二句为乐段一中的格式（2），第三句和第四句为乐段二中的格式（3），第五句和第六句为乐段三中的格式（2），第七句和第八句为乐段四中的格式（2）；下阕第一句和第二句为乐段一中的格式（2），第三句和第四句为乐段二中的格式（3），第五句和第六句为乐段三中的格式（2），第七句和第八句为乐段四中的格式（3）。全词双调，一百五字，上阕八句，五仄韵；下阕八句，四仄韵。

例五　尉迟杯（一百六字）

（宋）万俟咏

　　碎云薄。向碧玉枝上、缀万萼。如将乘粉匀开，疑使柏麝熏却。雪魄未应若。况天赋、标艳仍绰约。当暄风皎日佳处，戏蝶游蜂粘著。　　重重绣帘珠箔。障浓艳霏霏，异香漠漠。见说徐妃，当年嫁了，信任玉钿零落。无言自啼露萧索。夜深待、月上栏干角。广寒宫、要与姮娥，素妆一夜相觉。

　　注：该词上阕第一句和第二句为乐段一中的格式（3），第三句和第四句为乐段二中的格式（3），第五句和第六句为乐段三中的格式（3），第七句和第八句为乐段四中的格式（3）；下阕第一句至第三句为乐段一中的格式（3），第四句至第六句为乐段二中的格式（1），第七句和第八句为乐段三中的格式（4），第九句和第十句为乐段四中的格式（3）。全词双调，一百六字，上阕八句，六仄韵；下阕十句，六仄韵。

例六　尉迟杯（一百四字）

（宋）陈允平

　　长亭路。望渭北、漠漠春天树。殷勤别酒重斟，明日相思何处。晴丝飏暖，芳草外、斜阳自南浦。望孤帆、影接天涯，一江潮带愁去。　　回首杜若汀洲，叹泛梗飘萍，乍散还聚。满径残红春归后，犹有杨花乱舞。怅金徽、梁尘暗锁，算谁是、知音堪共语。尽天涯、梦断东风，彩云鸾凤无侣。

　　注：该词上阕第一句和第二句为乐段一中的格式（2），第三句和第四句为乐段二中的格式（1），第五句和第六句为乐段三中的格式（2），第七句和第八句为乐段四中的格式（2）；下阕第一句和第二句为乐段一中的格式（4），第三句至第五句为乐段二中的格式（4），第六句和第七句为乐段三中的格式（2），第八句和第九句为乐段四中的格式（3）。全词双调，一百四字，上阕八句，五仄韵；下阕九句，四仄韵。

《尉迟杯》（平韵）的基本格式（双调）

《尉迟杯》上阕，八句，五平韵	
乐段一（二句，十一字）	乐段二（二句，十二字）
｜ 一 一（韵）＋ ＋ ＋（读）＋ ｜ 一 ｜ 一（韵）	＋ 一 ＋ ｜ 一 一（句）＋ ｜ ＋ ｜ 一 一（韵）

《尉迟杯》上阕，八句，五平韵	
乐段三（二句，十二字）	乐段四（二句，十三字）
− − │ − │（句）＋ ＋ ＋（读） ＋ │ │ − −（韵）	＋ ＋ ＋（读）＋ │ − −（句）＋ − ＋ │ − −（韵）

《尉迟杯》下阕，九句，五平韵	
乐段一（三句，十五字）	乐段二（二句，十四字）
＋ │ ＋ │ − −（韵）│ ＋ − ＋ │（句） ＋ │ − −（韵）	＋ │ ＋ − − │ │（句）＋ − ＋ │ │ − −（韵）

《尉迟杯》下阕，九句，五平韵	
乐段三（三句，十五字）	乐段四（二句，十三字）
＋ ＋ ＋（读）＋ │ − −（句）＋ ＋ ＋（读）＋ │ │ − −（韵）	＋ ＋ ＋（读）＋ │ − −（句） ＋ ＋ ＋ │ − −（韵）

例　尉迟杯（一百六字）

（宋）晁补之

去年时。正愁绝、过却红杏飞。沉吟杏子青时，追悔负好花枝。今年又春到，傍小阑、日日数花期。花有信、人却无凭，故教芳意迟迟。　及至待得融怡。未攀条拈蕊，又叹春归。怎得春如天不老，更教花与月相随。都将命、拌与酬花，似岘山、落日客犹迷。尽归路、拍手拦街，笑人沉醉如泥。

注：全词双调，一百六字，上阕八句，五平韵；下阕九句，五平韵。

花发沁园春

该调有仄韵、平韵两体，俱见花庵《绝妙词选》，与《沁园春》不同。

《花发沁园春》的长短句结构

《花发沁园春》上阕，四个乐段			
乐段一（十四字）	乐段二（十四字）	乐段三（十一字）	乐段四（十三字）
4　　6　　4	4　　6　　4	4　　34	7　　6 34　　6

《花发沁园春》下阕，四个乐段			
乐段一（十五字）	乐段二（十四字）	乐段三（十一字）	乐段四（十三字）
6　　5　　4	4　　6　　4	4　　34	34　　6

　　《康熙词谱》共收集两体《花发沁园春》，双调，上下阕分别可分为四个乐段，其长短句结构如表所示。该调一百五字，有仄韵与平韵两种用韵格式，仄韵《花发沁园春》上阕十句，五仄韵；下阕十句，六仄韵。其基本格式如表所示；平韵《花发沁园春》上下阕各十句，四平韵，其基本格式如表所示。

《花发沁园春》（仄韵）的基本格式（双调）

《花发沁园春》（仄韵）上阕，十句，五仄韵	
乐段一（三句，十四字）	乐段二（三句，十四字）
＋｜――（句）＋―＋｜（句） ＋―＋｜―｜（韵）	＋―＋｜（句）＋｜――（句） ＋｜＋―＋｜（韵）

《花发沁园春》（仄韵）上阕，十句，五仄韵	
乐段三（二句，十一字）	乐段四（二句，十三字）
＋―＋｜（韵）＋＋＋｜（读）＋―＋｜（韵）	｜＋｜――（句）＋―＋｜―｜（韵）

《花发沁园春》（仄韵）下阕，十句，六仄韵	
乐段一（三句，十五字）	乐段二（三句，十四字）
＋｜＋―＋｜（韵）｜＋―＋―（句）＋＋＋―｜（韵）	＋―＋｜（句）＋｜――（句） ＋｜＋―＋｜（韵）

《花发沁园春》（仄韵）下阕，十句，六仄韵	
乐段三（二句，十一字）	乐段四（二句，十三字）
＋ － ＋ ｜（韵）＋ ＋ ｜（读）＋ － ＋ ｜（韵）	＋ ＋ ｜（读）＋ ｜ － －（句）＋ － ＋ ｜ － ｜（韵）

例　花发沁园春（一百五字）

（宋）刘圻父

　　换谱伊凉，选歌燕赵，一番乐事重起。花新笑靥，柳软纤腰，齐楚众芳围里。年年佳会。长是傍、清明天气。正魏紫衣染天香，蜀红妆破春睡。　　一簇猩罗凤翠。遍东园西城，点检芳字。铨斋吏散，昼馆人稀，几阕管弦清脆。人生适意。流转共、风光游戏。到遇景、取次成欢，怎教良夜休醉。

　　注：全词双调，一百五字，上阕十句，五仄韵；下阕十句，六仄韵。

《花发沁园春》（平韵）的基本格式（双调）

《花发沁园春》（平韵）上阕，十句，四平韵	
乐段一（三句，十四字）	乐段二（三句，十四字）
＋ ｜ － －（句）＋ － ＋ ｜（句）＋ － ＋ ｜ － －（韵）	＋ － ｜ －（句）＋ ｜ ＋ －（句）－ ｜ ＋ ｜ － －（韵）

《花发沁园春》（平韵）上阕，十句，四平韵	
乐段三（二句，十一字）	乐段四（二句，十三字）
＋ － ＋ ｜（句）｜ ｜ ＋（读）＋ ｜ － －（韵）	｜ ｜ ＋（读）＋ ｜ － －（句）＋ － ＋ ｜ － ｜（韵）

《花发沁园春》（平韵）下阕，十句，四平韵	
乐段一（三句，十五字）	乐段二（三句，十四字）
＋ ｜ ＋ － ＋ ｜（句）｜ ＋ ＋ －（句）＋ ｜ － －（韵）	＋ － ＋ ｜（句）＋ － ＋ ｜（句）＋ ＋ － ｜ － －（韵）

《花发沁园春》（平韵）下阕，十句，四平韵	
乐段三（二句，十一字）	乐段四（二句，十三字）
＋一＋｜（句）｜｜＋（读）＋｜一一（韵）	｜｜＋（读）＋｜一一（句）＋一＋｜一一（韵）

例 花发沁园春（一百五字）

（宋）王诜

帝里春归，早先妆点，皇家池馆园林。雏莺未迁，燕子乍归，时节戏弄晴阴。琼楼朱阁，恰正在、柳曲花心。翠袖艳、依凭栏干，惯闻弦管新音。　　此际相携宴赏，纵行乐随处，芳树遥岑。桃腮杏脸，嫩英万叶，千枝绿浅红深。轻风终日，泛暗香、长满衣襟。洞户醉、归访笙歌，晚来云海沉沉。

注：全词双调，一百五字，上下阕各十句，四平韵。

赏 南 枝

调见《梅苑》词，曾巩自度曲。

《赏南枝》的长短句结构

《赏南枝》上阕，四个乐段			
乐段一（十四字）	乐段二（十四字）	乐段三（十三字）	乐段四（十一字）
5　5　4	5　　36	33　　34	6　5

《赏南枝》下阕，四个乐段			
乐段一（十五字）	乐段二（十四字）	乐段三（十三字）	乐段四（十一字）
6　4　5	5　　36	33　　34	6　5

《康熙词谱》只收集一体《赏南枝》，双调，上下阕分别可分为四个乐段，其长短句结构如表所示。该调一百五字，上阕九句，五平韵；下阕九句，六平韵，其基本格式如表所示。

《赏南枝》的基本格式（双调）

《赏南枝》上阕，九句，五平韵	
乐段一（三句，十四字）	乐段二（二句，十四字）
＋－－｜｜（句）｜－＋＋｜（句） ＋｜－－（韵）	＋｜｜－－（句）＋＋＋＋（读） ＋｜＋｜－（韵）

《赏南枝》上阕，九句，五平韵	
乐段三（二句，十三字）	乐段四（二句，十一字）
＋＋＋（读）｜＋－（韵）＋＋ ＋（读）＋－｜－（韵）	＋｜＋－＋｜（句）｜＋｜－－ （韵）

《赏南枝》下阕，九句，六平韵	
乐段一（三句，十五字）	乐段二（二句，十四字）
＋－＋｜－－（韵）＋－＋ ｜（句）｜＋｜－－（韵）	＋｜｜－－（句）＋＋＋＋（读） ＋｜＋｜－－（韵）

《赏南枝》下阕，九句，六平韵	
乐段三（二句，十三字）	乐段四（二句，十一字）
＋＋＋（读）＋｜－（韵）＋＋ ＋（读）＋－｜－（韵）	＋－｜－＋｜（句）｜＋｜－ －（韵）

例　赏南枝（一百五字）

（宋）曾　巩

　　暮冬天地闭，正柔木冻折，瑞雪飘飞。对景见南山，岭梅露、几点清雅容姿。丹染萼、玉缀枝。又岂是、一阳有私。大抵化工独许，使占却先时。　　霜威莫苦凌持。此花根性，想群卉争知。贵用在和羹，三春里、不管绿是红非。攀赏处、宜酒卮。醉揿嗅、幽香更奇。倚栏仗何人去，嘱羌管休吹。

注：全词双调，一百五字，上阕九句，五平韵；下阕九句，六平韵。

南　浦

　　按唐《教坊记》有《南浦子》曲，宋词借旧曲名，另倚新声。此调有仄韵、平韵两体，宋人多填仄韵词，其平韵惟鲁词一体。

《南浦》的长短句结构

上阕，四个乐段			
乐段一 （十四字或十二字）	乐段二 （十四字或十一字）	乐段三 （十一字或十四字）	乐段四 （十三字或十四字）
5　3　6 4　　35	5　　36 6　　5	4　　7 6　　35	7　　6 5　4　4 4　5　4 5　4　5

下阕，四个乐段			
乐段一 （十五字或十四字）	乐段二 （十四字或十一字）	乐段三 （十一字或十四字）	乐段四 （十三字或十二字）
6　　36 6　5　4 6　　35	5　　36 6　　5	4　　7 6　　35	7　　6 4　5　4 5　4　4 5　　7

　　《康熙词谱》共收集五体《南浦》，双调，上下阕分别可分为四个乐段，其长短句结构如表所示。《南浦》的仄韵格一百五字，上阕九句或十句，五仄韵或四仄韵；下阕八句或九句、十句，五仄韵或四仄韵。《康熙词谱》以仄韵格张炎词为标谱词例。该调的正格与变格如表所示，其中，上下阕各乐段中的格式（1）为正格句式，其余为变格句式。《南浦》的平韵格一百二字，上阕九句，四平韵；下阕八句，四平韵。《南浦》的平韵格如表所示。

《南浦》（仄韵）的正格与变格（双调）

《南浦》上阕，九句或十句，五仄韵或四仄韵	
乐段一（三句，十四字）	乐段二（二句，十四字）
＋｜｜－－（句）｜＋－（句）＋ ｜＋－＋｜（韵） （1）	＋｜｜－－（句）＋＋｜（读）＋ ｜＋－＋｜（韵）
＋｜｜－－（句）｜＋－（句）＋ －＋｜－｜（韵） （2）	

《南浦》上阕，九句或十句，五仄韵或四仄韵	
乐段三（二句，十一字）	乐段四（二句或三句，十三字）
＋－＋｜（句）＋－ ＋｜－－｜（韵）	＋｜＋－－｜｜（句）＋｜＋－＋｜（韵） （1）
	＋｜｜－－（句）＋｜＋－－（句）＋－＋ ｜（韵） （2）
	＋＋＋｜（句或韵）＋＋｜－－（句）＋ －＋｜（韵） （3）

例一　南浦（一百五字）

（宋）张　炎

波暖绿粼粼，燕飞来，好是苏堤才晓。鱼没浪痕圆，流红去、翻笑东风难扫。荒桥断浦，柳阴撑出扁舟小。回首池塘青欲遍，绝似梦中芳草。　　和云流出空山，甚年年、净洗花香不了。新绿乍生时，孤村路、犹忆那回曾到。余情渺渺。茂林觞咏如今悄。前度刘郎归去后，溪上碧桃多少。

注：该词上阕第一句至第三句为乐段一中的格式（1），第八句和第九句为乐段四中的格式（1）；下阕第一句和第二句为乐段一中的格式（1），第三句和第四句为乐段二中的格式（1），第五句和第六句为乐段三中的格式（1），第七句和第八句为乐段四中的格式（1）。全词双调，一百五字，上阕九句，四仄韵；下阕八句，五仄韵。

《南浦》下阕，八句或九句、十句，五仄韵或四仄韵	
乐段一（二句或三句，十五字）	乐段二（二句，十四字）
＋－＋｜－－（句）＋＋＋（读）＋｜＋－＋｜（韵） （1）	＋｜｜－－（句）＋＋＋（读）＋｜＋－＋｜（韵） （1）
＋－＋｜－－（句）＋＋＋（读）＋－＋｜－｜（韵） （2）	＋｜｜－－（句）＋＋＋（读）＋－＋｜－｜（韵） （2）
＋－＋｜－－（句）｜＋｜－－（句）＋－＋｜（韵） （3）	
＋－＋｜－－（句）｜｜＋－－（句）＋｜－｜（韵） （4）	

《南浦》下阕，八句或九句、十句，五仄韵或四仄韵	
乐段三（二句，十一字）	乐段四（二句或三句，十三字）
＋－＋｜（韵）＋－＋｜－－｜（韵） （1）	＋｜＋－－｜｜（句）＋｜＋－＋｜（韵） （1）
＋－＋｜（句）＋＋－－｜（韵） （2）	＋－＋｜（韵）＋＋｜－－（句）＋－＋｜（韵） （2）
	＋－＋｜（韵）＋＋｜－（句）＋－＋｜（韵） （3）
	｜＋－＋｜（句）＋｜－－（句）＋－＋｜（韵） （4）

注：下阕乐段一中的格式"｜｜＋－－（句）"和乐段四中的格式"＋＋｜－－（句）"，为"上一下四"句式。

例二　南浦（一百五字）
（宋）程垓

金鸭懒熏香，向晚来，春醒一枕无绪。浓绿涨瑶窗，东风外、吹尽乱红飞絮。无言伫立，断肠惟有流莺语。碧云欲暮。空惆怅韶华，一时虚度。　　追思旧日心情，记题叶西楼，吹花南浦。老去觉欢疏，伤春恨、都付断云残雨。黄昏院落，问谁犹在凭栏处。可堪杜宇。空只解声声，催他春去。

注：该词上阕第一句至第三句为乐段一中的格式（2），第八句至第十句为乐段四中的格式（3）；下阕第一句至第三句为乐段一中的格式（3），第四句和第五句为乐段二中的格式（1），第六句和第七句为乐段三中的格式（2），第八句至第十句为乐段四中的格式（2）。全词双调，一百五字，上下阕各十句，五仄韵。

例三　南浦（一百五字）
（宋）周邦彦

浅带一帆风，向晚来，扁舟稳下南浦。迢递阻潇湘，衡皋迥、斜舣蕙兰汀渚。危樯影里，断云黯黯遥天暮。菡萏袅风斜，偷送清香，时时微度。　　吾家旧有簪缨，甚顿作、天涯经岁羁旅。羌管怎知情，烟波上、黄昏万斛愁绪。无言对月，皓彩千里人何处。恨身无凤翼，只待而今，飞将归去。

注：该词上阕第一句至第三句为乐段一中的格式（2），第八句至第十句为乐段四中的格式（2）；下阕第一句和第二句为乐段一中的格式（2），第三句和第四句为乐段二中的格式（2），第五句和第六句为乐段三中的格式（2），第七句至第九句为乐段四中的格式（4）。全词双调，一百五字，上阕十句，四仄韵；下阕九句，四仄韵。

例四　南浦（一百五字）
（宋）史达祖

玉树晓飞香，待倩它，和愁点破妆镜。轻嫩一天春，平白地、都护雨昏烟冥。幽花露湿，定应独把阑干凭。谢屐未蜡，安排共文鸳，重游芳径。　　年来梦里扬州，怕事随歌残，情趁云冷。娇眄隔东风，无人会、莺燕暗中心性。深盟纵约，尽同晴雨全无定。海棠梦在，相思过西园，秋千红影。

注：该词上阕第一句至第三句为乐段一中的格式（2），第八句至第十句为乐段四中的格式（3）；下阕第一句至第三句为乐段一中的格式（4），第四句和第五句为乐段二中的格式（1），第六句和第七句为乐段三中的格式（2），第八句至第十句为乐段四中的格式（3）。全词双调，一百五字，上下阕各十句，四仄韵。

《南浦》的平韵格（双调）

《南浦》上阕，九句，四平韵	
乐段一（二句，十二字）	乐段二（二句，十一字）
＋ － ＋ | （句）＋ ＋ ＋ （读）＋ | | － －（韵）	＋ | ＋ － ＋ | （句）＋ | | － － （韵）

《南浦》上阕，九句，四平韵	
乐段三（二句，十四字）	乐段四（三句，十四字）
＋ | ＋ － ＋ | （句）＋ ＋ ＋ （读） ＋ | | － －（韵）	| ＋ － ＋ | （句）＋ － ＋ | （句） ＋ | | － －（韵）

《南浦》下阕，八句，四平韵	
乐段一（二句，十四字）	乐段二（二句，十一字）
＋ | ＋ － ＋ | （句）＋ ＋ ＋ （读） ＋ | | － －（韵）	| － ＋ － ＋ | （句）＋ | | － －（韵）

《南浦》下阕，八句，四平韵	
乐段三（二句，十四字）	乐段四（二句，十二字）
＋ | ＋ － ＋ | （句）＋ ＋ ＋ ＋ （读） ＋ | | － －（韵）	| ＋ － ＋ | （句）＋ － ＋ | | － －（韵）

例　南浦（一百二字）

（宋）鲁逸仲

　　风悲画角，听单于、三弄落谯门。投宿骎骎征骑，飞雪满孤村。酒市渐阑灯火，正敲窗、乱叶舞纷纷。送数声惊雁，乍离烟水，嘹唳度寒云。　　好在半胧溪月，到如今、无处不销魂。故园梅花归梦，愁损绿罗裙。为问暗香闲艳，也相思、万点付啼痕。算翠屏应是，两眉余恨倚黄昏。

　　注：全词双调，一百二字，上阕九句，四平韵；下阕八句，四平韵。

卷三十四

西　　河

《碧鸡漫志》："大石调《西河慢》，声犯正平。"张炎词名《西湖》。

《西河》的长短句结构

《西河》上阕，三个乐段		
乐段一（九字）	乐段二（十一字）	乐段三（十三字）
3　　6	7　　4	7　　6

《西河》中阕，三个乐段		
乐段一（十二字或十八字）	乐段二（十一字）	乐段三（十三字）
3　3　6 6　　6 3　3　3　3　6	7　　4	7　　6

《西河》下阕，三个乐段		
乐段一（七字）	乐段二（十三字）	乐段三（十六字或十五字）
7 3　4	3　4　　6	3　4　6　3 3　6　　7 3　4　3　3　3 3　5　　7

　　《西河》三叠（或三阕，即上中下三阕），每一阕可分为三个乐段，其长短句结构如表所示。该调有一百五字或一百四字、一百十一字等格式，上阕六句，四仄韵或三仄韵；中阕七句或六句、九句，四仄韵或五仄韵；下阕六句或五句，四仄韵或五仄韵。《康熙词谱》以周邦彦一百五字体《西河》为正体或正格。该调的正格与变格如表所示，其中，各乐段中的格式（1）为正格句式，其余为变格句式。

《西河》的正格与变格（三叠）

《西河》上阕，六句，四仄韵或三仄韵		
乐段一（二句，九字）	乐段二（二句，十一字）	乐段三（二句，十三字）
一 ＋ ｜（韵）＋ 一 ＋ ｜ 一 ｜（韵） （1） 一 ＋ ｜（句）＋ 一 ｜ 一 ＋ ｜（韵） （2） 一 ＋ ｜（韵或句）＋ ｜ ＋ 一 ＋ ｜（韵） （3）	＋ 一 ＋ ｜ ｜ 一 一 （句）＋ 一 ＋ ｜（韵）	＋ 一 ＋ ｜ ｜ 一 一 （句）＋ 一 ＋ ｜ 一 ｜ （韵）

例一　西河（一百五字）
（宋）周邦彦

佳丽地。南朝盛事谁记。山围故国绕清江，髻鬟对起。怒涛寂寞打孤城，风樯遥度天际。　　断崖树，犹倒倚。莫愁艇子曾系。空余旧迹郁苍苍，雾沉半垒。夜深月过女墙来，伤心东望淮水。　　酒旗戏鼓甚处市。想依稀、王谢邻里。燕子不知何世。入寻常、巷陌人家，相对如说兴亡，斜阳里。

注：该词上阕第一句和第二句为乐段一中的格式（1）；中阕第一句至第三句为乐段一中的格式（1）；下阕第一句为乐段一中的格式（1），第二句和第三句为乐段二中的格式（1），第四句至第六句为乐段三中的格式（1）。全词三阕，一百五字，上阕六句，四仄韵；中阕七句，四仄韵；下阕六句，四仄韵。

例二　西河（一百五字）
（宋）辛弃疾

西江水。道是西江人泪。无情却解送行人，月明千里。从今日日倚高楼，伤心烟树如荠。　　会君难，别君易。草草不如人意。十年着破绣衣茸，种成桃李。问君可是厌承明，东方鼓吹千骑。　　对梅花、更消一醉。看明年、调鼎风味。老大自怜憔悴。过吾庐、定有幽人相问，岁晚渊明归来未。

注：该词上阕第一句和第二句为乐段一中的格式（3）；中阕第一句至第三句为乐段一中的

格式（2）；下阕第一句为乐段一中的格式（2），第二句和第三句为乐段二中的格式（1），第四句和第五句为乐段三中的格式（2）。全词三阕，一百五字，上阕六句，四仄韵；中阕七句，四仄韵；下阕五句，四仄韵。

《西河》中阕，七句或六句、九句，四仄韵或五仄韵		
乐段一（三句或二句、五句，十二字或十八字）	乐段二（二句，十一字）	乐段三（二句，十三字）
＋＋＋（句）＋＋｜（韵）＋－＋｜－｜（韵） （1） ＋＋＋（句）＋＋｜（韵）＋｜＋－－｜（韵） （2） ＋＋｜（韵）＋＋｜（韵）＋｜＋－＋｜（韵） （3） ＋－－｜＋｜（韵）＋－＋｜－｜（韵） （4） ＋＋＋（句）＋＋｜（韵）＋＋＋（句）＋＋｜（韵）＋－＋｜－｜（韵） （5）	＋－＋｜｜－－（句）＋－＋｜（韵）	＋－＋｜｜－－（句）＋－＋｜－｜（韵）
注：中阕乐段一中的格式"＋　＋　＋（句）"三字，宜有平有仄，不可同时用平。		

《西河》下阕，六句或五句，四仄韵或五仄韵		
乐段一 (一句，七字)	乐段二 (二句，十三字)	乐段三 (三句或二句，十六字或十五字)
＋－＋｜｜＋｜(韵) (1) ＋＋＋(读)＋－ ＋｜(韵) (2) ＋＋＋(读)＋＋ －｜(韵) (3)	＋＋＋(读)＋＋ －｜(韵)＋｜＋－ ＋｜(韵) (1) ＋＋＋(读)＋－ －｜(韵)＋｜＋－ ＋｜(韵) (2)	＋＋＋(读)＋｜ －－(句)＋｜＋｜ (句)－＋｜(韵) (1) ＋＋＋(读)＋｜ ＋－＋｜(句或韵)＋ －－＋｜(韵) (2) ＋＋＋(读)＋｜ －－(句)＋＋＋ (读)｜＋－(句)－ ＋｜(韵) (3) ＋＋＋(读)＋｜ －－｜(韵)＋｜＋ －－＋｜(韵) (4)

例三　西河（一百五字）

（宋）周邦彦

　　长安道，潇洒西风时起。尘埃车马晚游行，灞陵烟水。乱鸦栖鸟夕阳中，参差霜树相倚。　　到此际。愁如苇。冷落关河千里。追思唐汉昔繁华，断碑残记。未央宫阙已成灰，终南依旧浓翠。　　对此景、无限愁思。绕天涯、秋蟾如水。转使客情如醉。算当时、万古雄名，尽是作、后来人，凄凉事。

　　注：该词上阕第一句和第二句为乐段一中的格式（3）；中阕第一句至第三句为乐段一中的格式（3）；下阕第一句为乐段一中的格式（3），第二句和第三句为乐段二中的格式（2），第四句至第六句为乐段三中的格式（3）。全词三阕，一百五字，上阕六句，三仄韵；中阕七句，五仄韵；下阕六句，四仄韵。

例四　西河（一百五字）
（宋）陈允平

形胜地。西陵往事重记。溶溶王气满东南，英雄间起。凤游何处古台空，长江缥缈无际。　　石头城上试倚。吴襟楚带如系。乌衣巷陌几斜阳，燕闲旧垒。后庭玉树委歌尘，凄凉遗恨流水。　　买花问酒锦绣市。醉新亭、芳草千里。梦醒觉非今世。对三山、半落青天，数点白鹭飞来，西风里。

注：该词上阕第一句和第二句为乐段一中的格式（1）；中阕第一句至第三句为乐段一中的格式（4）；下阕第一句为乐段一中的格式（1），第二句和第三句为乐段二中的格式（1），第四句至第六句为乐段三中的格式（1）。全词三阕，一百五字，三阕各六句，四仄韵。

例五　西河（一百十一字）
（宋）刘一止

山驿晚，行人乍停征辔。白沙翠竹锁柴门，乱峰相倚。一番急雨洗天回，扫云风定还起。　　断岸树，愁无际。念凄断，谁与寄。双鱼尺素难委。遥知洞户隔烟窗，簟横秋水。淡花明玉不胜寒，绿尊初试冰蚁。　　小欢细酌任敧醉。扑流萤、应卜心事。谁记天涯憔悴。对今宵、皓月明河千里。梦越空城疏烟里。

注：该词上阕第一句和第二句为乐段一中的格式（2）；中阕第一句至第五句为乐段一中的格式（5）；下阕第一句为乐段一中的格式（1），第二句和第三句为乐段二中的格式（1），第四句和第五句为乐段三中的格式（2）。全词三阕，一百十一字，上阕六句，三仄韵；中阕九句，五仄韵；下阕五句，五仄韵。

例六　西河（一百四字）
（宋）王　威

天下事。问天怎忍如此。陵图谁把献君王，结愁未已。少豪气概总成尘，空余白骨黄苇。　　千古恨，吾老矣。东游曾吊淮水。绣春台上一回登，一回揾泪。醉归抚剑倚西风，江涛犹壮人意。　　只今袖手野色里。望长淮、犹二千里。总有英心谁寄。近新来、又报烽烟起。绝域张骞归来未。

注：该词上阕第一句和第二句为乐段一中的格式（1）；中阕第一句至第三句为乐段一中的格式（1）；下阕第一句为乐段一中的格式（1），第二句和第三句为乐段二中的格式（1），第

四句和第五句为乐段三中的格式（4）。全词三阕，一百四字，上阕六句，四仄韵；中阕七句，四仄韵；下阕五句，五仄韵。

梦　横　塘

调见《苕溪词》。

《梦横塘》的长短句结构

《梦横塘》上阕，四个乐段			
乐段一（十四字）	乐段二（十一字）	乐段三（十二字）	乐段四（十五字）
4　4　6	4　　34	4　4　4	5　4　33

《梦横塘》下阕，四个乐段			
乐段一（十五字）	乐段二（十一字）	乐段三（十四字）	乐段四（十三字）
6　5　4	4　　34	34　　7	4　4　5

《康熙词谱》只收集一体《梦横塘》，双调，上下阕分别可分为四个乐段，其长短句结构如表所示。该调一百五字，上阕十一句，四仄韵；下阕十句，四仄韵，其基本格式如表所示。

《梦横塘》的基本格式（双调）

《梦横塘》上阕，十一句，四仄韵	
乐段一（三句，十四字）	乐段二（二句，十一字）
＋ － ＋ ｜（句）＋ ｜ － －（句）＋ － ＋ ｜ － ｜（韵）	＋ ｜ － －（句）＋ ＋ ＋ ｜（读）＋ － ＋ ｜（韵）

《梦横塘》上阕，十一句，四仄韵	
乐段三（三句，十二字）	乐段四（三句，十五字）
＋ ｜ － －（句）＋ － ＋ ｜（句）＋ － ＋ ｜（韵）	｜ ＋ － ＋ ｜（句）＋ ｜ － －（句）＋ ＋ ｜（读）－ － ｜（韵）

《梦横塘》下阕，十句，四仄韵	
乐段一（三句，十五字）	乐段二（二句，十一字）
十 一 十 丨 一 一（句）十 一 一 丨 丨（句）十 十 十 一 丨（韵）	十 丨 一 一（句）十 十 十 丨（读）十 一 十 丨（韵）

《梦横塘》下阕，十句，四仄韵	
乐段三（二句，十四字）	乐段四（三句，十三字）
十 十 十 丨（读）十 一 十 丨（句）十 丨 一 一 丨 一 丨（韵）	十 丨 一 一（句）十 一 十 丨（句）丨 十 一 十 丨（韵）

例 梦横塘（一百五字）

（宋）刘一止

浪痕经雨，林影吹寒，晚来无限萧瑟。野色分桥，剪不断、前溪风物。船系朱藤，路迷烟寺，远鸥浮没。听疏钟断鼓，似近还遥，惊心事、伤羁客。　　新醅旋压鹅黄，拌清愁在眼，酒病萦骨。绣阁娇慵，争解说、短书传忆。念谁伴、涂妆绾髻，嚼蕊吹花弄秋色。恨对南云，此时凄断，有何人知得。

注：全词双调，一百五字，上阕十一句，四仄韵；下阕十句，四仄韵。

西 吴 曲

调见《龙洲集》。

《西吴曲》的长短句结构

上阕，四个乐段			
乐段一（十五字）	乐段二（十一字）	乐段三（十一字）	乐段四（十四字）
34　　53	5　　6	4　　34	34　　34

下阕，三个乐段		
乐段一（十五字）	乐段二（十九字）	乐段三（二十字）
4　5　6	3　6　4　6	4　6　5　5

《康熙词谱》只收集一体《西吴曲》，双调，上阕可分为四个乐段，下阕可分为三个乐段，其长短句结构与基本格式分别如表所示。该调一百五字，上阕八句，五仄韵；下阕十一句，四仄韵。

《西吴曲》的基本格式（双调）

《西吴曲》上阕，八句，五仄韵	
乐段一（二句，十五字）	乐段二（二句，十一字）
＋＋＋（读）＋｜―｜（韵）｜＋―＋｜（读）｜＋｜（韵）	｜＋―＋｜（句）＋―＋｜＋｜（韵）

《西吴曲》上阕，八句，五仄韵	
乐段三（二句，十一字）	乐段四（二句，十四字）
＋｜――（句）＋＋｜（读）＋―＋｜（韵）	＋＋｜（读）＋｜――（句）＋＋｜（读）＋―＋｜（韵）

《西吴曲》下阕，十一句，四仄韵		
乐段一（三句，十五字）	乐段二（四句，十九字）	乐段三（四句，二十字）
＋―＋｜（句）＋＋｜――（句）―＋｜（韵）	｜＋｜（韵）＋―＋｜（句）（句）＋｜＋―＋｜（韵）	＋―＋｜（句）＋＋｜――（句）＋＋―｜（韵）

注：下阕乐段一和乐段三中的格式"＋＋｜――（句）"，均为"上一下四"句式。

例　西吴曲（一百五字）

（宋）刘　过

　　说襄阳、旧事重省。记铜驼巷陌、醉还醒。笑莺花别后，刘郎憔悴萍梗。倦客天涯，还买个、西风轻艇。便欲访、骑马山翁，问岘首、那时风景。　　楚王城里，知几度经过，摩挲故宫柳瘦。慢吊景。冷烟衰草凄迷，伤心兴废，赖有阳春古郢。乾坤谁望，六百里路中原，空老尽英雄，肠断剑锋冷。

　　注：全词双调，一百五字，上阕八句，五仄韵；下阕十一句，四仄韵。

秋　霁

　　一名《春霁》。按此调始自胡浩然，赋春晴词即名《春霁》；赋秋晴词即名《秋霁》。

《秋霁》的长短句结构

《秋霁》上阕，四个乐段			
乐段一 （十三字）	乐段二 （十四字）	乐段三 （十一字）	乐段四 （十二字）
4　5　4 4　3　6	4　4　6	4　7	3　2 7 3　4　5 3　　4 5

《秋霁》下阕，四个乐段			
乐段一 （十六字或十四字）	乐段二 （十四字）	乐段三 （七字）	乐段四 （十八字）
4　4　4　4 　6　4　4	3 4　7	7	4　6　4　4

　　《康熙词谱》共收集《秋霁》四体，双调，上下阕分别可分为四个乐段，其长短句结构如表所示。该调有一百五字或一百三字等格式，上阕十句或十一句，六仄韵或五仄韵；下阕十一句或十句，四仄韵或五仄韵，《康熙词谱》以一百五字体史达祖词为正体或正格。该调的正格与变格如表所示，其中，各乐段中的格式（1）为正格句式，其余为变格句式。

《秋霁》的正格与变格（双调）

《秋霁》上阕，十句或十一句，六仄韵或五仄韵	
乐段一（三句，十三字）	乐段二（三句，十四字）
＋|－－（句）|＋|－－（句） ＋＋－|（韵） （1） ＋|－－（句）＋||－（句） ＋＋－|（韵） （2） ＋|－－（句）＋－|（句）＋| ＋－＋|（韵） （3）	＋|－－（句）＋－＋|（句） ＋－|－＋|（韵）

《秋霁》上阕，十句或十一句，六仄韵或五仄韵	
乐段三（二句，十一字）	乐段四（二句或三句，十二字）
＋－＋|（韵）＋－＋| －－|（韵）	＋＋|（韵）＋＋（读）＋－＋| ＋－|（韵） （1） ＋＋|（韵）＋|＋－（句或读）＋| ＋－|（韵） （2） ＋|－（句）＋|＋－（句）＋|＋ －|（韵） （3）

例一　秋霁（一百五字）

（宋）史达祖

　　江水苍苍，望倦柳愁荷，共感秋色。废阁先凉，古帘空暮，雁程最嫌风力。故园信息。爱渠入眼南山碧。念上国。谁是、脍鲈江汉未归客。　　还又岁晚，瘦骨临风，夜闻秋声，吹动岑寂。露蛩悲、清灯冷屋，翻书愁上鬓毛白。年少俊游浑断得。但可怜处，无奈苒苒魂惊，采香南浦，剪梅烟驿。

注：该词上阕第一句至第三句为乐段一中的格式（1），第九句和第十句为乐段四中的格式（1）；下阕第一句至第四句为乐段一中的格式（1），第五句和第六句为乐段二中的格式（1），第八句至第十一句为乐段四中的格式（1）。全词双调，一百五字，上阕十句，六仄韵；下阕十一句，四仄韵。

《秋霁》下阕，十一句或十句，四仄韵或五仄韵	
乐段一（四句或三句，十六字或十四字）	乐段二（二句，十四字）
一 ＋ ＋ ｜（句）＋ ｜ 一 一（句）｜ ＋ ｜ 一 一（句）＋ ＋ 一 ｜（韵）（1）	＋ ＋ ＋（读）＋ 一 ＋ ｜（句）＋ 一 ＋ ｜ ＋ 一 ｜（韵）（1）
＋ 一 ＋ ｜ 一 一（句）＋ 一 ＋ ｜（句）＋ 一 ＋ ｜（韵）（2）	＋ ＋ ＋（读）＋ 一 ＋ ｜（韵）＋ 一 ＋ ｜ ＋ 一 ｜（韵）（2） ＋ ＋ ＋（读）＋ 一 ＋ ｜（句）＋ ｜ 一 一 ｜ ｜（韵）（3）

《秋霁》下阕，十一句或十句，四仄韵或五仄韵	
乐段三（一句，七字）	乐段四（四句，十八字）
＋ ｜ ＋ 一 一 ｜ ｜（韵）	＋ ＋ 一 ｜（句）＋ ｜ ＋ ｜ 一 一（句）＋ 一 ＋ ｜（句）＋ 一 ＋ ｜（韵）（1） ＋ ＋ 一 ｜（句）＋ 一 ＋ ｜ 一 一（句）＋ 一 ＋ ｜（句）＋ 一 ＋ ｜（韵）（2） ＋ 一 ＋ ｜（句）＋ 一 ＋ ｜ 一 一（句）＋ 一 ＋ ｜（句）＋ 一 ＋ ｜（韵）（3）

例二　秋霁（一百五字）

（宋）吴文英

一水盈盈，汉影隔游尘，净洗寒绿。秋沐平烟，日回西照，乍惊饮虹天北。彩兰翠馥。锦云直下花成屋。试纵目。空际醉来，风露跨黄鹄。　　追想缥缈，钓雪松江，恍然烟蓑，秋梦重续。问何如、临池鲙玉。扁舟空枻洞庭宿。也胜饮湘然楚竹。夜久人悄，玉妃唤月归来，挂笙声里，水宫六六。

注：该词上阕第一句至第三句为乐段一中的格式（2），第九句至第十一句为乐段四中的格式（2）；下阕第一句至第四句为乐段一中的格式（1），第五句和第六句为乐段二中的格式（2），第八句至第十一句为乐段四中的格式（2）。全词双调，一百五字，上阕十一句，六仄韵；下阕十一句，五仄韵。

例三　秋霁（一百五字）

（宋）陈允平

千顷琉璃，送满目斜阳，渐下林阒。题叶人归，采菱舟散，望中水天一色。碾空桂魄。玉绳低转云无迹。有素鸥，闲伴夜深，呼棹过环碧。　　相思万里，顿隔婵媛，几回瑶台，同驻鸾翼。对西风、凭谁问取，人间那得有今夕。应笑广寒宫殿窄。露冷烟淡，还看数点残星，两行新雁，倚楼横笛。

注：该词上阕第一句至第三句为乐段一中的格式（1），第九句至第十一句为乐段四中的格式（3）；下阕第一句至第四句为乐段一中的格式（1），第五句和第六句为乐段二中的格式（1），第八句至第十一句为乐段四中的格式（1）。全词双调，一百五字，上阕十一句，五仄韵；下阕十一句，四仄韵。

例四　秋霁（一百三字）

（宋）曾纡

木落山明，暮江碧，楼倚太虚寥廓。素手飞觞，钗头笑取，金英满浮桑落。鬖云漫约。酒红拂破香腮薄。细细酌。帘外任教、月转画栏角。　　当年快意登临，异乡节物，难禁离索。故人远、凌波何在，惟有残英共寂寞。愁到断肠无处着。寄寒香与，凭渠问讯佳时，弄粉吹花，为谁梳掠。

注：该词上阕第一句至第三句为乐段一中的格式（3），第九句和第十句为乐段四中的格式（2）；下阕第一句至第三句为乐段一中的格式（2），第四句和第六句为乐段二中的格式

（3），第七句至第十句为乐段四中的格式（3）。全词双调，一百三字，上阕十句，六仄韵；下阕十句，四仄韵。

清风八咏楼

沈隐侯守东阳，建八咏楼，其地又有双溪之胜，故曰"明月双溪水，清风八咏楼"，调名取此。王行词注：林钟商曲。《清风八咏楼》者，南宋词林所制也。

《清风八咏楼》的长短句结构

《清风八咏楼》上阕，四个乐段			
乐段一（十四字）	乐段二（十四字）	乐段三（十一字）	乐段四（十三字）
5　5　4	5　5　4	4　34	34　6

《清风八咏楼》下阕，四个乐段			
乐段一（十五字）	乐段二（十四字）	乐段三（十一字）	乐段四（十三字）
6　5　4	5　5　4	4　34	34　6

《康熙词谱》只收集一体《清风八咏楼》，双调，上下阕分别可分为四个乐段，其长短句结构如表所示。该调一百五字，上下阕各十句，五仄韵，其基本格式如表所示。

《梦横塘》的基本格式（双调）

《清风八咏楼》上阕，十句，五仄韵	
乐段一（三句，十四字）	乐段二（三句，十四字）
＋｜｜――（句）｜＋｜――（句）＋｜＋｜（韵）	＋｜――｜（韵）｜＋―｜―（句）＋―＋｜（韵）

《清风八咏楼》上阕，十句，五仄韵	
乐段三（二句，十一字）	乐段四（二句，十三字）
＋―＋｜（句）＋＋＋（读）＋｜＋｜（韵）	＋＋＋（读）＋｜――（句）＋―＋｜（韵）

《清风八咏楼》下阕，十句，五仄韵

乐段一（三句，十五字）	乐段二（三句，十四字）
＋－＋｜－｜（句）｜＋｜－－（句）＋＋－＋｜（韵）	＋｜－－｜（韵）｜＋－＋｜（句）＋－＋｜（韵）

《清风八咏楼》下阕，十句，五仄韵

乐段三（二句，十一字）	乐段四（二句，十三字）
＋－＋｜（句）＋＋＋（读）＋＋－｜（韵）	＋＋＋（读）＋｜－－（句）＋｜＋－＋｜（韵）

例　清风八咏楼（一百五字）

（元）王　行

远兴引游踪，漫遍踏天涯，萋萋芳草。偏爱双溪好。有隐侯旧踪，层楼云表。碧崖丹嶂，看缥缈、凭栏吟啸。偶佳遇、留捣元霜，岁星旋又周了。　　归期谁道无据，几回首兴怀，故林猿鸟。拟待春空杳。与鸳俦鸿侣，共还池岛。川途迢递，纵南翔、仍诉幽抱。莫轻负、今日相看，但得翠尊同倒。

注：全词双调，一百五字，上下阕各十句，五仄韵。

暗 香 疏 影

张耳自度曲，以《暗香》调上阕，《疏影》调下阕，合而为一。自注"夹钟宫"。

《暗香疏影》的长短句结构

《暗香疏影》上阕，四个乐段			
乐段一（十三字）	乐段二（十一字）	乐段三（十三字）	乐段四（十二字）
4　5　4	4　7	6　34	34　5

《暗香疏影》下阕，四个乐段			
乐段一（十五字）	乐段二（十四字）	乐段三（十四字）	乐段四（十三字）
6　　5 4	4　4　6	7　　3 4	3 4　　6

《康熙词谱》只收集一体《暗香疏影》，双调，上下阕分别可分为四个乐段，其长短句结构如表所示。该调一百五字，上阕九句，五仄韵；下阕九句，四仄韵，其基本格式如表所示。

《暗香疏影》的基本格式（双调）

《暗香疏影》上阕，九句，五仄韵	
乐段一（三句，十三字）	乐段二（二句，十一字）
＋ － ＋ ｜（韵）｜＋ － ＋ ｜（句） ＋ － ＋ ｜（韵）	＋ ｜ － －（句）＋ ｜ ＋ － － ｜ ｜（韵）

《暗香疏影》上阕，九句，五仄韵	
乐段三（二句，十三字）	乐段四（二句，十二字）
＋ ｜ ＋ － ＋ ｜（句）＋ ＋ ＋（读） ＋ － ＋ ｜（韵）	＋ ＋ ＋（读）＋ ｜ － －（句）＋ ｜ ＋ － ｜（韵）

《暗香疏影》下阕，九句，四仄韵	
乐段一（二句，十五字）	乐段二（三句，十四字）
＋ ｜ ＋ － ＋ ｜（句）－ － ＋ ｜ ｜ （读）＋ － ＋ ｜（韵）	＋ ｜ － －（句）＋ ｜ － －（句） ＋ ｜ ＋ － ＋ ｜（韵）

《暗香疏影》下阕，九句，四仄韵	
乐段三（二句，十四字）	乐段四（二句，十三字）
＋ － ＋ ｜ － － ｜（句）＋ ＋ ＋ （读）＋ － ＋ ｜（韵）	＋ ＋ ＋（读）＋ ｜ － －（句）＋ ｜ ＋ － ＋ ｜（韵）

例　暗香疏影（一百五字）

（明）张　肎

　　冰肌莹洁。更暗香零乱，淡笼晴雪。清瘦轻盈，悄悄嫩寒犹自怯。一枕罗浮梦醒，闲纵步、风摇琼玦。向记得、此际相逢，临水半痕月。　　妖艳不同桃李，凌寒又不与、众芳同歇。古驿人遥，东阁吟残，忍与何郎轻别。粉痕轻点宫妆巧，怕叶底、青圆时节。问谁人、黄鹤楼头，玉笛莫教吹彻。

　　注：全词双调，一百五字，上阕九句，五仄韵；下阕九句，四仄韵。

真　珠　髻

调见《梅苑》词。

《真珠髻》的长短句结构

《真珠髻》上阕，四个乐段			
乐段一（十四字）	乐段二（十四字）	乐段三（十一字）	乐段四（十三字）
4　　4　　6	4　　4　　6	4　　34	34　　6

《真珠髻》下阕，四个乐段			
乐段一（十五字）	乐段二（十四字）	乐段三（十一字）	乐段四（十三字）
6　5　4	4　　4　　6	4　　34	34　　6

　　《康熙词谱》只收集一体《真珠髻》，双调，上下阕分别可分为四个乐段，其长短句结构如表所示。该调一百五字，上阕十句，四仄韵；下阕十句，五仄韵，其基本格式如表所示。

《真珠髻》的基本格式（双调）

《真珠髻》上阕，十句，四仄韵	
乐段一（三句，十四字）	乐段二（三句，十四字）
＋ － ＋ ｜（句）＋ ｜ － －（句）＋ ｜ ＋ － ＋ ｜（韵）	＋ － ＋ ｜（句）＋ － ＋ ｜（句）＋ ｜ ＋ － ＋ ｜（韵）

《真珠髻》上阕，十句，四仄韵	
乐段三（二句，十一字）	乐段四（二句，十三字）
＋ ｜ － －（句）＋ ｜ ｜（读）＋ － ＋ ｜（韵）	＋ ｜ ｜（读）＋ ｜ － －（句）＋ ｜ ＋ － ＋ ｜（韵）

《真珠髻》下阕，十句，五仄韵	
乐段一（三句，十五字）	乐段二（三句，十四字）
＋ － ＋ ｜ － ｜（韵）｜ ＋ － ＋ ｜（句）＋ － ＋ ｜（韵）	＋ － ＋ ｜（句）＋ － ＋ ｜（句）＋ ｜ ＋ － ＋ ｜（韵）

《真珠髻》下阕，十句，五仄韵	
乐段三（二句，十一字）	乐段四（二句，十三字）
＋ ｜ － －（句）＋ ｜ ｜（读）＋ － ＋ ｜（韵）	＋ ｜ ｜（读）＋ ｜ － －（句）＋ ｜ ＋ － ＋ ｜（韵）

例　真珠髻（一百五字）

《梅苑》无名氏

　　重重山外，苒苒流光，又是残冬时节。小园幽径，池边楼畔，翠木嫩条春别。纤蕊轻苞，粉萼染、猩猩红血。乍几日、好景和风，次第一齐催发。　　天然香艳殊绝。比双成皎皎，倍增芳洁。去年因遇，东归驿使，赠远忆曾攀折。岂谓浮云，终不放、满枝明月。但叹息、时饮金钟，更绕丛丛繁雪。

　　注：全词双调，一百五字，上阕十句，四仄韵；下阕十句，五仄韵。

征 部 乐

柳永《乐章集》注"夹钟商"。

《征部乐》的长短句结构

《征部乐》上阕，四个乐段			
乐段一（十一字）	乐段二（十四字）	乐段三（十三字）	乐段四（十四字）
4　　7	34　　34	3　3　34	34　　7

《征部乐》下阕，四个乐段			
乐段一（十四字）	乐段二（十六字）	乐段三（十二字）	乐段四（十二字）
4　4　6	34　4　5	5　　34	34　　5

《康熙词谱》只收集一体《征部乐》，双调，上下阕分别可分为四个乐段，其长短句结构如表所示。该调一百六字，上阕九句，六仄韵；下阕十句，五仄韵，其基本格式如表所示。

《征部乐》的基本格式（双调）

《征部乐》上阕，九句，六仄韵	
乐段一（二句，十一字）	乐段二（二句，十四字）
＋ － ＋ ｜（句）－ ＋ ＋ ｜ － － ｜（韵）	＋ ＋ ＋（读）＋ － ＋ ｜（韵）＋ ＋ ＋（读）＋ ＋ － ｜（韵）

《征部乐》上阕，九句，六仄韵	
乐段三（三句，十三字）	乐段四（二句，十四字）
－ － ｜（句）－ － ｜（韵）＋ ＋ ｜ （读）＋ － ＋ ｜（韵）	＋ ＋ ＋（读）＋ ｜ － －（句）＋ ｜ － － ｜ － ｜（韵）

《征部乐》下阕，十句，五仄韵

乐段一（三句，十四字）	乐段二（三句，十六字）
＋ー＋｜（句）＋ー＋｜（句）＋｜＋ー＋｜（韵）	＋＋＋（读）＋ー＋｜（句）＋ー＋｜（句）＋｜ーー｜（韵）

《征部乐》下阕，十句，五仄韵

乐段三（二句，十二字）	乐段四（二句，十二字）
｜＋ー＋｜（韵）＋＋｜（读）＋ー＋｜（韵）	＋＋＋（读）＋｜ーー（句）＋｜ーー｜（韵）

例　征部乐（一百六字）

（宋）柳　永

雅欢幽会，良夜可惜虚抛掷。每追念、狂踪旧迹。长只恁、愁闷朝夕。凭谁去，花衢觅。细说与、此中端的。道向我、转觉厌厌，梦役魂劳苦相忆。　　须知最有，风前月下，心事始终难得。但愿我、虫虫心下，把人看待，长似初相识。况渐逢春色。便是有、举觞消息。待这回、好好怜伊，更不轻离拆。

注：全词双调，一百六字，上阕九句，六仄韵；下阕十句，五仄韵。

解　连　环

此调始自柳永，以词有"信早梅、偏占阳和"及"时有香来，望明艳、遥知非雪"句，名《望梅》；后因周邦彦词有"妙手能解连环"句，更名《解连环》；张辑词有"把千种旧愁，付与杏梁语燕"句，又名《杏梁燕》。

《解连环》的长短句结构

上阕，四个乐段			
乐段一（十三字）	乐段二（十六字）	乐段三（十一字）	乐段四（十三字）
4　5　4	34　3　6 34　5　4	4　34	5　4　4 34　6

下阕，四个乐段			
乐段一（十五字）	乐段二（十六字）	乐段三（十一字）	乐段四（十一字）
6　5　4	34　5　4	4　　34	5　　6 34　　4

　　《康熙词谱》共收集三体《解连环》，双调，上下阕分别可分为四个乐段，其长短句结构如表所示。该调有一百六字，上阕十一句或十句，五仄韵；下阕十句，五仄韵。《康熙词谱》虽指出该调始于柳永词，但宋元人多填周邦彦体，故将二者统称为基本格式（如表所示）。

《解连环》的基本格式（双调）

《解连环》上阕，十一句或十句，五仄韵	
乐段一（三句，十三字）	乐段二（三句，十六字）
＋ － ＋ ｜（韵）＋ ＋ － ＋ ｜（句） ＋ － ＋ ｜（韵）	＋ ＋ ＋（读）＋ ｜ ＋ －（句）＋ ＋ ｜（句）＋ － ｜ － ＋ ｜（韵） 　　　　　　　（1） ＋ ＋ ＋（读）＋ ｜ ＋ －（句）｜ ＋ ｜ ＋ －（句）＋ － ＋ ｜（韵） 　　　　　　　（2）

《解连环》上阕，十一句或十句，五仄韵	
乐段三（二句，十一字）	乐段四（三句或二句，十三字）
＋ ｜ ＋ －（句）＋ ＋ ＋（读）＋ － ＋ ｜（韵）	｜ ＋ － ＋ ｜（句）＋ ｜ ＋ －（句） ＋ ＋ － ｜（韵） 　　　　（1） ＋ ＋ ＋（读）＋ － ＋ ｜（句）＋ － ｜ － ＋ ｜（韵） 　　　　（2）

《解连环》下阕，十句，五仄韵	
乐段一（三句，十五字）	乐段二（三句，十六字）
＋－｜－＋｜（韵）＋＋＋ ＋｜（句）＋＋－｜（韵）	＋＋＋（读）＋｜＋－（句）｜ ＋｜＋－（句）＋＋－｜（韵）

《解连环》下阕，十句，五仄韵	
乐段三（二句，十一字）	乐段四（二句，十一字）
＋｜＋－（句）＋＋＋（读）＋ －＋｜（韵）	｜＋＋｜（句）＋｜＋－＋｜ （韵） （1） ＋＋＋（读）＋－＋｜（句）＋ －＋｜（韵） （2）

注：上下阕乐段一中的格式"＋＋－＋｜（句）"，为"上一下四"句式。

例一　解连环（一百六字）

（宋）柳　永

小寒时节。正同云暮惨，劲风朝冽。信早梅、偏占阳和，向日处，凌晨数枝争发。时有香来，望明艳、遥知非雪。想玲珑嫩蕊，弄粉素英，旖旎清绝。　　仙姿更谁并列。有幽光映水，疏影笼月。且大家、留倚栏干，对绿醑飞觥，锦笺吟阕。桃李繁华，奈彼此、芬芳俱别。等和羹待用，休把翠条漫折。

注：该词上阕第四句至第六句为乐段二中的格式（1），第九句至第十一句为乐段四中的格式（1）；下阕第九句和第十句为乐段四中的格式（1）。全词双调，一百六字，上阕十一句，五仄韵；下阕十句，五仄韵。

例二　解连环（一百六字）

（宋）周邦彦

怨怀无托。嗟情人断绝，信音辽邈。纵妙手、能解连环，似风散雨收，雾轻云薄。燕子楼空，暗尘锁、一床弦索。想移根换叶，尽是旧时，手种红药。　　汀洲渐生杜若。料舟依岸曲，人在天角。漫记得、当日音书，把闲语闲言，待总烧却。水驿春回，望寄我、江南梅萼。拚今生、对花对酒，为伊泪落。

注：该词上阕第四句至第六句为乐段二中的格式（2），第九句至第十一句为乐段四中的格式（1）；下阕第九句和第十句为乐段四中的格式（2）。全词双调，一百六字，上阕十一句，五仄韵；下阕十句，五仄韵。

例三　解连环（一百六字）

（宋）杨无咎

素书谁托。嗟鳞沉雁断，水遥山邈。问别来、几许离愁，但只觉衣宽，不禁消薄。岁岁年年，又岂是、春光萧索。自无心、强陪醉笑，负他满庭花药。　　援琴试弹贺若。尽清于别鹤，悲甚霜角。怎得去、斜拥檀槽，看小品吟商，玉纤推却。旋暖熏炉，更自炷、龙津双萼。正怀思、又还夜永，烛花自落。

注：该词上阕第四句至第六句为乐段二中的格式（2），第九句和第十句为乐段四中的格式（2）；下阕第九句和第十句为乐段四中的格式（2）。全词双调，一百六字，上下阕各十句，五仄韵。

内　家　娇

《乐章集》注"林钟商"。

《内家娇》的长短句结构

《内家娇》上阕，四个乐段			
乐段一（十四字）	乐段二（十四字）	乐段三（十二字）	乐段四（十三字）
4　4　6	4　4　6	6　6	36　4

《内家娇》下阕，四个乐段			
乐段一（十三字）	乐段二（十五字）	乐段三（十二字）	乐段四（十三字）
2　5　6	5　6　4	6　6	34　6

《康熙词谱》只收集一体《内家娇》，双调，上下阕分别可分为四个乐段，其长短句结构如表所示。该调一百六字，上阕十句，四仄韵；下阕十句，七仄韵，其基本格式

如表所示。

《内家娇》的基本格式（双调）

《内家娇》上阕，十句，四仄韵	
乐段一（三句，十四字）	乐段二（三句，十四字）
＋｜－－（句）＋－＋｜（句） ＋｜＋－＋｜（韵）	＋－＋｜（句）＋｜－－（句） ＋｜＋－＋｜（韵）

《内家娇》上阕，十句，四仄韵	
乐段三（二句，十二字）	乐段四（二句，十三字）
＋｜＋－＋｜（句）＋－＋－ ｜｜（韵）	＋＋＋（读）＋｜＋－＋｜（句） ＋＋－｜（韵）

《内家娇》下阕，十句，七仄韵	
乐段一（三句，十三字）	乐段二（三句，十五字）
＋｜（韵）＋－－｜｜（句）＋｜ ＋－＋｜（韵）	｜＋－＋｜（韵）＋－＋｜－ （句）＋｜＋｜（韵）

《内家娇》下阕，十句，七仄韵	
乐段三（二句，十二字）	乐段四（二句，十三字）
＋｜＋－＋｜（韵）＋－｜－ ＋｜（韵）	＋＋＋（读）＋｜－－（句）＋ －＋｜－｜（韵）

例　内家娇（一百六字）

（宋）柳　永

煦景朝升，烟光昼敛，疏雨夜来新霁。垂杨艳杏，丝软霞轻，绣出芳郊明媚。处处踏青斗草，人人禊红倚翠。奈少年、自有新愁旧恨，消遣无计。　　帝里。风光当此际，正好恁携佳丽。阻归程迢递。奈何好景难留，旧欢频弃。早是伤春情绪。那堪困人天气。但赢得、独立高原，断肠一晌凝睇。

注：全词双调，一百六字，上阕十句，四仄韵；下阕十句，七仄韵。

夜 飞 鹊 慢

调见《片玉词》，一名《夜飞鹊》。

《夜飞鹊慢》的长短句结构

上阕，四个乐段			
乐段一（十五字）	乐段二（十三字）	乐段三（十四字）	乐段四（十一字）
5　4　6	7　6	5　5　4	4　34

下阕，四个乐段			
乐段一（十五字）	乐段二（十四字）	乐段三（十一字）	乐段四（十三字）
6　5　4	6　4　4	4　34	54　　4 3　4　6

《康熙词谱》共收集两体《夜飞鹊慢》，双调，上下阕分别可分为四个乐段，其长短句结构如表所示。该调一百六字，上阕十句，五平韵；下阕十句或十一句，四平韵。《康熙词谱》以周邦彦词为正体或正格。该调的正格与变格如表所示，其中，上下阕各乐段中的格式（1）为正格句式，其余为变格句式。

例一　夜飞鹊慢（一百六字）

（宋）周邦彦

河桥送人处，良夜何其。斜月远堕余辉。铜盘烛泪已流尽，霏霏凉露沾衣。相将散离会，探风前津鼓，树杪参旗。华骢会意，纵扬鞭、亦自行迟。　　迢递路回清野，人语渐无闻，空带愁归。何意重经前地，遗钿不见，斜径多迷。兔葵燕麦，向残阳、影与人齐。但徘徊班草，欷歔酹酒，极望天西。

注：该词上阕第一句至第三句为乐段一中的格式（1），第四句和第五句为乐段二中的格式（1）；下阕第九句和第十句为乐段四中的格式（1）。全词双调，一百六字，上阕十句，五平韵；下阕十句，四平韵。

《夜飞鹊慢》的正格与变格（双调）

《夜飞鹊慢》上阕，十句，五平韵	
乐段一（三句，十五字）	乐段二（二句，十三字）
— — ｜ — ｜（句）＋ ｜ — — （韵） — ｜ ＋ ｜ — — （韵） （1）	＋ — ＋ ｜ ＋ — ｜（句）＋ — ＋ ｜ — — （韵） （1）
— — ｜ — ｜（句）＋ ｜ — — （韵） ＋ — — ｜ — — （韵） （2）	＋ — ＋ ｜ — ｜ ｜（句）＋ ｜ ＋ ｜ — — （韵） （2）

《夜飞鹊慢》上阕，十句，五平韵	
乐段三（三句，十四字）	乐段四（二句，十一字）
— — ｜（句）｜ ＋ — ＋ ｜（句） ＋ ｜ — — （韵）	＋ — ＋ ｜（句）｜ ＋ — （读）＋ ｜ — — （韵）

《夜飞鹊慢》下阕，十句或十一句，四平韵	
乐段一（三句，十五字）	乐段二（三句，十四字）
＋ ｜ ＋ — ＋ ｜（句）＋ ｜ ｜ — — （句）＋ ｜ — — （韵）	＋ ｜ ＋ — ＋ ｜（句）＋ — ＋ ｜（句） ＋ ｜ — — （韵）

《夜飞鹊慢》下阕，十句或十一句，四平韵	
乐段三（二句，十一字）	乐段四（二句或三句，十三字）
＋ — ＋ ｜（句）｜ ＋ — （读）＋ ｜ — — （韵）	｜ ＋ — ＋ ｜（读）＋ — ＋ ｜（句） ＋ ｜ — — （韵） （1）
	｜ — — （句）＋ ｜ — — （句）＋ ｜ ＋ ｜ — — （韵） （2）

注：下阕乐段四中的格式"＋ ｜ ＋ ｜ — — （韵）"，不宜出现四连仄现象。

例二　夜飞鹊慢（一百六字）
（宋）赵以夫

凝云拂斜月，万籁声沉。凉露暗坠桐阴。蛾眉乞得天孙巧，悄悄楼上穿针。佳期鹊桥误，到年时此夕，欢浅愁深。人间儿女，说风流、直至如今。　　河汉几曾风浪，因景物牵情，自是人心。长记秋庭往事，钿花剪翠，钗股分金。道人无着，正萧然、竹枕疏衾。梦回时，天淡星稀，闲弄一曲瑶琴。

注：该词上阕第一句至第三句为乐段一中的格式（1），第四句和第五句为乐段二中的格式（1）；下阕第九句至第十一句为乐段四中的格式（2）。双调一百六字，上阕十句，五平韵；下阕十一句，四平韵。

例三　夜飞鹊慢（一百六字）
（宋）张　炎

林霏散浮暝，河汉空云。都缘水国秋清。绿房一夜迎向晓，海影飞落寒冰。蓬莱在何处，但危峰缥缈，玉籁无声。文箫素约，料相逢、依旧花阴。　　登眺尚余佳兴，零露下衣襟，欲醉还醒。明月明年此夜，颉颃万里，同此阴晴。霓裳梦断，到如今、不许人听。正婆娑桂底、谁家弄笛，风起潮生。

注：该词上阕第一句至第三句为乐段一中的格式（2），第四句和第五句为乐段二中的格式（2）；下阕第九句和第十句为乐段四中的格式（1）。全词双调，一百六字，上阕十句，五平韵；下阕十句，四平韵。

泛清波摘遍

按《宋史·乐志》有林钟商《泛清波》大曲。沈括《笔谈》："凡曲每解有数叠者，裁截用之，谓之摘遍。"此盖摘《泛清波》曲之一遍也。

《泛清波摘遍》的长短句结构

《泛清波摘遍》上阕，四个乐段			
乐段一（十五字）	乐段二（十一字）	乐段三（十八字）	乐段四（十一字）
4　4　7	4　7	3　4　4　7	4　7

《泛清波摘遍》下阕，四个乐段			
乐段一（十五字）	乐段二（十一字）	乐段三（十五字）	乐段四（十字）
3　6　6	7　4	3　6　6	6　4

《康熙词谱》只收集一体《泛清波摘遍》，双调，上下阕分别可分为四个乐段，其长短句结构如表所示。该调一百六字，上阕十一句，五仄韵；下阕十句，六仄韵，其基本格式如表所示。

《泛清波摘遍》的基本格式（双调）

《泛清波摘遍》上阕，十一句，五仄韵	
乐段一（三句，十五字）	乐段二（二句，十一字）
＋ － ＋ ｜（句）＋ ｜ － －（句）＋ ｜ ＋ － －｜｜（韵）	＋ － ＋ ｜（句）＋ ｜ － － ｜ －｜（韵）

《泛清波摘遍》上阕，十一句，五仄韵	
乐段三（四句，十八字）	乐段四（二句，十一字）
－ － ｜（韵）＋ － ＋ ｜（句）＋ ｜ ＋ －（句）＋ ｜ ＋ － －｜｜（韵）	＋ ｜ － －（句）＋ ｜ － － ｜ －｜（韵）

《泛清波摘遍》下阕，十句，六仄韵	
乐段一（三句，十五字）	乐段二（二句，十一字）
＋ － ｜（韵）＋ ｜ ＋ － ｜ ＋（句）＋ ｜ ＋ － ＋ ｜（韵）	＋ ｜ － － ＋ ｜ －（句）＋ － ＋ ｜（韵）

《泛清波摘遍》下阕，十句，六仄韵	
乐段三（三句，十五字）	乐段四（二句，十字）
＋ － ｜（韵）－ ｜ ＋ ｜ ＋ －（句）＋ － ｜ － ＋ ｜（韵）	＋ ｜ ＋ － ＋ ｜（句）＋ － ＋ ｜（韵）

例　泛清波摘遍（一百六字）

（宋）晏几道

催花雨小，着柳风柔，都似去年时候好。露红烟绿，尽有狂情斗春早。长安道。秋千影里，丝管声中，谁放艳阳轻过了。倦客登临，暗惜光阴恨多少。　　楚天渺。归思正如乱云，短梦未成芳草。空把吴霜点鬓华，自悲清晓。帝城杳。双凤旧约渐虚，孤鸿后期难到。且趁朝花夜月，翠尊频倒。

注：全词双调，一百六字，上阕十一句，五仄韵；下阕十句，六仄韵。

望　明　河

调见《苕溪集》。

《望明河》的长短句结构

《望明河》上阕，四个乐段			
乐段一（十三字）	乐段二（十三字）	乐段三（十三字）	乐段四（十三字）
4　5　4	4　54	5　35	36　4

《望明河》下阕，四个乐段			
乐段一（十五字）	乐段二（十三字）	乐段三（十三字）	乐段四（十三字）
6　5　4	4　54	5　35	34　6

《康熙词谱》只收集一体《望明河》，双调，上下阕分别可分为四个乐段，其长短句结构如表所示。该调一百六字，上阕九句，四仄韵；下阕九句，五仄韵，其基本格式如表所示。

《望明河》的基本格式（双调）

《望明河》上阕，九句，四仄韵	
乐段一（三句，十三字）	乐段二（二句，十三字）
＋ － ＋ ｜（句）｜ ＋ ｜ ＋ －（句） ＋ － ＋ ｜（韵）	＋ ｜ － －（句）｜ ＋ ｜ ＋ －（读） ＋ － ＋ ｜（韵）

《望明河》上阕，九句，四仄韵	
乐段三（二句，十三字）	乐段四（二句，十三字）
＋ ＋ － －｜（句）＋ －｜（读） ＋ ＋ － － ｜（韵）	＋ ＋ ｜（读）＋ ｜ ＋ － ＋ ｜（句） ＋ － ＋ ｜（韵）

《望明河》下阕，九句，五仄韵	
乐段一（三句，十五字）	乐段二（二句，十三字）
＋ － ｜ － ＋ ｜（韵）＋ － ＋ ｜ ｜（句）＋ － ＋ ｜（韵）	＋ ｜ － －（句）｜ ＋ ｜ ＋ －（读） ＋ － ＋ ｜（韵）

《望明河》下阕，九句，五仄韵	
乐段三（二句，十三字）	乐段四（二句，十三字）
＋ ＋ － －｜（句）＋ ＋ ｜（读） ＋ ＋ － － ｜（韵）	＋ ＋ ｜（读）＋ ｜ － －（句）＋ ｜ ＋ － ＋ ｜（韵）

例　望明河（一百六字）

（宋）刘一止

华旌耀日，报天上使星，初辞金阙。许国精忠，试此日傅岩、济川舟楫。向来鸡林外，况传咏、篇章夸雄绝。问人地、真是唐朝第一，未论勋业。　　鲸波霁云千叠。望仙驭缥缈，神山明灭。万里勤劳，也等是壮年、绣衣持节。丈夫功名事，未肯向、尊前伤轻别。看飞棹、归侍宸游，宴赏太平风月。

注：全词双调，一百六字，上阕九句，四仄韵；下阕九句，五仄韵。

楚 宫 春 慢

调见《宝月词》。

《楚宫春慢》的长短句结构

《楚宫春慢》上阕，四个乐段							
乐段一（十三字）		乐段二（十字）		乐段三（十三字）		乐段四（十七字）	
4　　5	4	4	6	6	34	4	34　　6

《楚宫春慢》下阕，四个乐段							
乐段一（十三字或十五字）		乐段二（十字）		乐段三（十三字）		乐段四（十七字）	
4	36	4	6	6	34	43	4　　6
6	36						

　　《康熙词谱》共收集两体《楚宫春慢》，双调，上下阕分别可分为四个乐段，其长短句结构如表所示。该调有一百六字或一百八字等格式，上阕十句，五仄韵；下阕九句，四仄韵或五仄韵。《康熙词谱》以僧挥词为标谱词例。该调的正格与变格如表所示，其中，上下阕各乐段中的格式（1）为正格句式，其余为变格句式。

例一　楚宫春慢（一百六字）

（宋）僧　挥

　　轻盈绛雪。乍团聚同心，千点珠结。画馆绣帏，低舞融融香彻。笑里精神放纵，断未许、年华偷歇。信任芳春，都不管、浙浙南薰，别是一家风月。　　扁舟去后，回望处、娃宫凄凉凝咽。身似断云，零落深心难说。不与雕栏寸地，忍觑着、漂流离缺。尽日恹恹、总无语，不及高唐，梦里相逢时节。

　　注：该词上阕第八句至第十句为乐段四中的格式（1）；下阕第一句和第二句为乐段一中的格式（1）。全词双调，一百六字，上阕十句，五仄韵；下阕九句，四仄韵。

《楚宫春慢》的正格与变格（双调）

《楚宫春慢》上阕，十句，五仄韵	
乐段一（三句，十三字）	乐段二（二句，十字）
＋ － ＋ ｜（韵）｜ ＋ ｜ － －（句） ＋ ＋ － ｜（韵）	＋ ｜ ＋ －（句）＋ ｜ ＋ － ＋ ｜（韵）

《楚宫春慢》上阕，十句，五仄韵	
乐段三（二句，十三字）	乐段四（三句，十七字）
＋ ｜ ＋ － ＋ ｜（句）＋ ＋ ＋（读） ＋ － ＋ ｜（韵）	＋ ｜ － －（句）＋ ＋ ＋（读）＋ ｜ － －（句）＋ ｜ ＋ － ＋ ｜（韵） （1） ＋ ｜ － －（句）＋ ＋ ＋（读）＋ ｜ － －（句）＋ － ＋ ｜ － ｜（韵） （2）

《楚宫春慢》下阕，九句，四仄韵或五仄韵	
乐段一（二句，十三字或十五字）	乐段二（二句，十字）
＋ － ＋ ｜（句）＋ ＋ ＋（读）＋ ＋ ＋ － ＋ ｜（韵） （1） ＋ ｜ ＋ － ＋ ｜（韵）＋ ＋ ＋（读） ＋ ｜ ＋ － ＋ ｜（韵） （2）	＋ ｜ ＋ －（句）＋ ｜ ＋ － ＋ ｜（韵）

《楚宫春慢》下阕，九句，四仄韵或五仄韵	
乐段三（二句，十三字）	乐段四（三句，十七字）
＋ ｜ ＋ － ＋ ｜（句）＋ ＋ ＋（读） ＋ － ＋ ｜（韵）	＋ ｜ － －（读）｜ ＋ ＋（句）＋ ｜ － －（句）＋ ｜ ＋ － ＋ ｜（韵）
注：下阕乐段四中的格式"｜ ＋ ＋（句）"，可平可仄两处，不可同时用仄。	

例二　楚宫春慢（一百八字）

（宋）周　密

　　香迎晓日，看烟佩霞绡，美女金谷。倦倚画栏，无语情深娇足。云拥瑶房帐暖，翠幕卷、东风倾国。半捻愁红，念旧游、凝伫兰翘，瑞鸾低舞庭绿。　　犹想沉香亭北。人醉里、芳笔曾题私曲。轻裹露痕，移取春归华屋。绿障银屏静掩，悄未许、莺窥燕宿。绛蜡良宵、酒半阑，重绕鸳机，醉餍争妍红玉。

　　注：该词上阕第八句至第十句为乐段四中的格式（2）；下阕第一句和第二句为乐段一中的格式（2）。全词双调，一百八字，上阕十句，五仄韵；下阕九句，五仄韵。

望　海　潮

　　柳永《乐章集》注"仙吕调"。

《望海潮》的长短句结构

上阕，四个乐段			
乐段一（十四字）	乐段二（十四字）	乐段三（十四字）	乐段四（十一字）
4　6　6	4　4　6	5　5　4	4　7 6　5

下阕，四个乐段			
乐段一（十五字）	乐段二（十四字）	乐段三（十四字）	乐段四（十一字）
6　5　4 2　4　5　4	4　4　6	5　5　4	6　5 4　7

　　《康熙词谱》共收集三体《望海潮》，双调，上下阕分别可分为四个乐段，其长短句结构如表所示。该调一百七字，上阕十一句，五平韵；下阕十一句或十二句，六平韵或七平韵。《康熙词谱》以柳永词为正体或正格。该调的正格与变格如表所示。其中，各乐段中的格式（1）为正格句式，其余为变格句式。

《望海潮》的正格与变格（双调）

《望海潮》上阕，十一句，五平韵	
乐段一（三句，十四字）	乐段二（三句，十四字）
＋ － ＋ ｜（句）＋ － ＋ ｜（句） ＋ － ＋ ｜ － －（韵）	＋ ｜ ＋ －（句）＋ － ＋ ｜（句） ＋ － ＋ ｜ － －（韵） （1） ＋ － ＋ ｜（句）＋ － ＋ ｜（句） ＋ － ＋ ｜ － －（韵） （2）

《望海潮》上阕，十一句，五平韵	
乐段三（三句，十四字）	乐段四（二句，十一字）
＋ ｜ ｜ － －（韵）＋ － ｜ －｜（句） ＋ ｜ － －（韵） （1） ＋ ｜ ｜ － －（韵）｜ － － ＋ ｜（句） ＋ ｜ － －（韵） （2）	＋ ｜ － －（句）＋ － ＋ ｜ ｜ －（韵） （1） ＋ ｜ － －（句）＋ － ＋ ｜ －（韵） （2） ＋ ｜ ＋ － ＋ ｜（句）＋ ｜ ｜ －（韵） （3）

例一　望海潮（一百七字）

（宋）柳　永

东南形胜，江湖都会，钱塘自古繁华。烟柳画桥，风帘翠幕，参差十万人家。云树绕堤沙。怒涛卷霜雪，天堑无涯。市列珠玑，户盈罗绮竞豪奢。　　重湖叠巘清佳。有三秋桂子，十里荷花。羌管弄晴，菱歌泛夜，嬉嬉钓叟莲娃。千骑拥高牙。乘醉听箫鼓，吟赏烟霞。异日图将好景，归去凤池夸。

注：该词上阕第四句至第六句为乐段二中的格式（1），第七句至第九句为乐段三中的格式（1），第十句和第十一句为乐段四中的格式（1）；下阕第一句至第三句为乐段一中的格式

（1），第七句至第九句为乐段三中的格式（1），第十句和第十一句为乐段四中的格式（1）。全词双调，一百七字，上阕十一句，五平韵；下阕十一句，六平韵。

《望海潮》下阕，十一句或十二句，六平韵或七平韵	
乐段一（三句或四句，十五字）	乐段二（三句，十四字）
＋－＋｜－－（韵）｜＋－＋｜（句）＋｜－－（韵） （1） －－（韵）＋｜－－（韵）｜＋－＋｜（句）＋｜－－（韵） （2）	＋｜＋－（句）＋－＋｜（句）＋－＋｜－－（韵）

《望海潮》下阕，十一句或十二句，六平韵或七平韵	
乐段三（三句，十四字）	乐段四（二句，十一字）
＋｜｜－－（韵）＋｜－－｜（句）＋｜－－（韵） （1） ＋｜｜－－（韵）｜＋－＋｜（句）＋｜－－（韵） （2）	＋｜＋－＋｜（句）＋｜｜－－（韵） （1） ＋｜－－（句）＋－＋｜｜－－（韵） （2）

例二　望海潮（一百七字）

（宋）秦　观

梅英疏淡，冰澌溶泄，东风暗换年华。金谷俊游，铜驼巷陌，新晴细履平沙。长记误随车。正絮翻蝶舞，芳思交加。柳下桃蹊，乱分春色到人家。　　西园夜饮鸣笳。有华灯碍月，飞盖妨花。兰苑未空，行人渐老，重来事事堪嗟。烟暝酒旗斜。但倚楼极目，时见栖鸦。无奈归心，暗随流水到天涯。

注：该词上阕第四句至第六句为乐段二中的格式（1），第七句至第九句为乐段三中的格式（2），第十句和第十一句为乐段四中的格式（1）；下阕第一句至第三句为乐段一中的格式（1），第七句至第九句为乐段三中的格式（2），第十句和第十一句为乐段四中的格式（2）。

全词双调，一百七字，上阕十一句，五平韵；下阕十一句，六平韵。

例三　望海潮（一百七字）
（金）邓千江

　　云雷天堑，金汤地险，名藩自古皋兰。营屯绣错，山形米聚，襟喉百二秦关。鏖战血犹殷。见阵云冷落，时有雕盘。静塞楼头，晓月依旧玉弓弯。　　看看。定远西还。有元戎闻命，上将斋坛。瓯脱昼空，兜鍪夕解，甘泉又报平安。吹笛虎牙间。且宴陪朱履，歌按云鬟。招取英灵毅魄，长绕贺兰山。

　　注：该词上阕第四句至第六句为乐段二中的格式（2），第七句至第九句为乐段三中的格式（2），第十句和第十一句为乐段四中的格式（2）；下阕第一句至第四句为乐段一中的格式（2），第八句至第十句为乐段三中的格式（2），第十一句和第十二句为乐段四中的格式（1）。全词双调，一百七字，上阕十一句，五平韵；下阕十二句，七平韵。

例四　望海潮（一百七字）
（宋）黄岩叟

　　梅天雨歇，柳堤风定，江浮画鷁纵横。瀛女弄箫，冯夷伐鼓，云间凤咽鼍鸣。波面走长鲸。卷怒涛来往，搅碎沧溟。两岸游人笑语，罗绮间簪缨。　　灵均逝魄无凭。但湘沅一水，到底澄清。菰黍万家，丝桐五彩，年年吊古深情。锦帜片霞明。使操舟妙手，翻动心旌。向晚鱼龙戏罢，千里浪花平。

　　注：该词上阕第四句至第六句为乐段二中的格式（1），第七句至第九句为乐段三中的格式（2），第十句和第十一句为乐段四中的格式（3）；下阕第一句至第三句为乐段一中的格式（1），第七句至第九句为乐段三中的格式（2），第十句和第十一句为乐段四中的格式（1）。上阕十一句，五平韵；下阕十一句，六平韵。

望　湘　人

调见《东山乐府》。

《望湘人》的长短句结构

《望湘人》上阕，四个乐段

乐段一（十五字）	乐段二（十四字）	乐段三（十二字）	乐段四（十三字）
5　4　6	4　4　6	4　4　4	34　6

《望湘人》下阕，四个乐段

乐段一（十五字）	乐段二（十一字）	乐段三（十四字）	乐段四（十三字）
6　5　4	5　6	3　5　6	34　6

《康熙词谱》只收集一体《望湘人》，双调，上下阕分别可分为四个乐段，其长短句结构如表所示。该调一百七字，上阕十一句，五仄韵；下阕十句，六仄韵，其基本格式如表所示。

《望湘人》的基本格式（双调）

《望湘人》上阕，十一句，五仄韵

乐段一（三句，十五字）	乐段二（三句，十四字）
∣＋ー＋∣（句）＋∣＋ー（句） ＋ー＋∣ー∣（韵）	＋∣ーー（句）＋ー＋∣（韵） ＋∣＋ー＋∣（韵）

《望湘人》上阕，十一句，五仄韵

乐段三（三句，十二字）	乐段四（二句，十三字）
＋∣ーー（句）＋ー＋∣（句） ＋ー＋∣（韵）	＋∣＋（读）＋∣ーー（句）＋∣ ＋ー＋∣（韵）

《望湘人》下阕，十句，六仄韵

乐段一（三句，十五字）	乐段二（二句，十一字）
＋∣＋ー＋∣（韵）∣＋ー＋∣ （句）＋ー＋∣（韵）	∣＋∣＋ーー（句）＋∣＋ー＋∣ （韵）

《望湘人》下阕，十句，六仄韵

乐段三（三句，十四字）	乐段四（二句，十三字）
ー＋∣（句）∣＋ー＋∣（韵）＋ ∣＋ー＋∣（韵）	＋∣＋（读）＋∣ーー（句）＋∣ ＋ー＋∣（韵）

例 望湘人（一百七字）

（宋）贺 铸

厌莺声到枕，花气动帘，醉魂愁梦相半。被惜余熏，带惊剩眼。几许伤春春晚。泪竹痕鲜，佩兰香老，湘天浓暖。记小江、风月佳时，屡约非烟游伴。　　须信鸾弦易断。奈云和再鼓，曲终人远。认罗袜无踪，旧处弄波清浅。青翰棹，枕白蘋洲畔。尽目临皋飞观。不解寄、一字相思，幸有归来双燕。

注：该词双调，一百七字，上阕十一句，五仄韵；下阕十句，六仄韵。

青 门 饮

调见《淮海词》。黄裳词亦名《青门引》，然与《青门引》令词不同。

《青门饮》的长短句结构

《青门饮》上阕，四个乐段			
乐段一 （十六字）	乐段二 （十四字）	乐段三 （十二字）	乐段四 （十二字）
4　4　4　4	4　4　6	5　34 5　7	4　4　4

《青门饮》下阕，四个乐段			
乐段一 （十五字或十四字）	乐段二 （十四字）	乐段三 （十二字）	乐段四 （十二字或十字）
6　5　4 6　4　4	4　6　6	5　34	4　4　4 　　4　6 　　6　6

《康熙词谱》共收集三体《青门饮》，双调，上下阕分别可分为四个乐段，其长短句结构如表所示。该调有一百七字或一百六字、一百五字等格式，上阕十二句，四仄韵或五仄韵；下阕十一句或十句，五仄韵或四仄韵。《康熙词谱》以一百七字体秦观词为正体或正格。该调的正格与变格如表所示，其中，上下阕各乐段中的格式（1）为正格句式，其余为变格句式。

《青门饮》的正格和变格（双调，仄韵）

《青门饮》上阕，十二句，四仄韵或五仄韵	
乐段一（四句，十六字）	乐段二（三句，十四字）
＋｜ー ー（句）＋ ー ＋｜（句） ＋ ー ＋｜（句）＋ ー ＋｜（韵） （1） ＋｜ー ー（句）＋ ー ＋｜（韵） ＋ ー ＋｜（句）＋ ー ＋｜（韵） （2）	＋｜ー ー（句）＋ ー ＋｜（句）＋ ｜＋ ー ＋｜（韵）

《青门饮》上阕，十二句，四仄韵或五仄韵	
乐段三（二句，十二字）	乐段四（三句，十二字）
＋｜ー ー｜（句）＋ ー ＋（读）＋ ー ＋｜（韵） （1） ＋｜ー ー｜（句）｜＋ ー ＋ ー ＋ ｜（韵） （2）	＋｜ー ー（句）＋｜＋ ー（句） ＋ ＋ ー｜（韵） （1） ＋ ー ＋｜（句）＋ ー ＋｜（句） ＋ ー ＋｜（韵） （2）

例一 青门饮（一百七字）

（宋）秦 观

风起云间，雁横天末，严城画角，梅花三奏。塞草西风，冻云笼月，窗外晓寒轻透。人去香犹在，孤衾拥、长闲余绣。恨与宵长，一夜熏炉，添尽香兽。　　前事空劳回首。虽梦断春归，相思依旧。湘瑟声沉，庾梅信断，谁念画眉人瘦。一句难忘处，怎忍辜、耳边轻咒。任人攀折，可怜又学，章台杨柳。

注：该词上阕第一句至第四句为乐段一中的格式（1），第八句和第九句为乐段三中的格式（1），第十句至第十二句为乐段四中的格式（1）；下阕第一句至第三句为乐段一中的格式（1），第九句至第十一句为乐段四中的格式（1）。全词双调，一百七字，上阕十二句，四仄韵；下阕十一句，五仄韵。

《青门饮》下阕，十一句或十句，五仄韵或四仄韵	
乐段一（三句，十五字或十四字）	乐段二（三句，十四字）
＋｜＋－＋｜（韵）＋＋＋｜－－（句）＋－＋｜（韵）(1)	＋｜－－（句）＋－＋｜（句）＋｜＋－＋｜（韵）
＋｜＋－＋｜（句）＋＋｜－－（句）＋－＋｜（韵）(2)	
＋｜＋－＋｜（韵）＋－＋｜（句）＋－＋｜（韵）(3)	

注：下阕乐段一中的格式"＋＋｜－－（句）"，为"上一下四"句式。

《青门饮》下阕，十一句或十句，五仄韵或四仄韵	
乐段三（二句，十二字）	乐段四（三句或二句，十二字或十字）
＋｜－－｜（句）＋＋＋（读）＋－＋｜（韵）	＋－＋｜（句）＋－＋｜（句）＋－＋｜（韵）(1)
	＋｜－－（句）＋｜＋－＋｜（韵）(2)
	＋－＋｜－－（句）＋｜＋－＋｜（韵）(3)

例二　青门饮（一百五字）

（宋）曹　组

　　山静烟沉，岸空潮去。晴天万里，飞鸿南渡。冉冉黄花，翠翘金钿，还是倚风凝露。岁岁青门饮，尽龙山高阳俦侣。旧赏成空，回首旧游，人在何处。　　此际谁怜萍泛，空自感光阴，暗伤羁旅。醉里悲歌，夜深惊梦，无奈觉来情绪。孤馆昏还晓，厌时闻、南楼钟鼓。泪眼临风，肠断望中归路。

注：该词上阕第一句至第四句为乐段一中的格式（2），第八句和第九句为乐段三中的格式（2），第十句至第十二句为乐段四中的格式（1）；下阕第一句至第三句为乐段一中的格式（2），第九句和第十句为乐段四中的格式（2）。全词双调，一百五字，上阕十二句，五仄韵；下阕十句，四仄韵。

例三　青门饮（一百六字）

《花草粹编》无名氏

　　边马嘶风，汉旗翻雪，彤云又吐，一竿残照。古木连空，乱山无数，行尽暮沙衰草。星斗横幽馆，夜无眠、灯花空老。雾浓香鸭，冰凝泪烛，霜天难晓。　　长记小妆才了。一杯未尽，离怀多少。醉里秋波，梦中朝雨，都是醒时烦恼。料有牵情处，忍思量、耳边曾道。甚时跃马归来，认得迎门轻笑。

注：该词上阕第一句至第四句为乐段一中的格式（1），第八句和第九句为乐段三中的格式（1），第十句至第十二句为乐段四中的格式（2）；下阕第一句至第三句为乐段一中的格式（3），第九句和第十句为乐段四中的格式（3）。全词双调，一百六字，上阕十二句，四仄韵；下阕十句，五仄韵。

落　　梅

《梅苑》无名氏词名《落梅慢》。

《落梅》的长短句结构

《落梅》上阕，四个乐段			
乐段一 （十四字）	乐段二 （十三字）	乐段三 （十二字）	乐段四 （十六字或十五字）
4　　4　　6	4　　4 　7　　6	4　　4　　4 　　6　　6	7　　4　　5 　　6　　36

《落梅》下阕，四个乐段			
乐段一（十三字）	乐段二（十三字）	乐段三（十二字）	乐段四（十四字）
6　　34	4　　4　　5 4　　5　　4	4　　4　　4 　6　　6	7　　7

《康熙词谱》共收集两体《落梅》，双调，上下阕分别可分为四个乐段，其长短句结构如表所示。该调有一百七字或一百六字等格式，上阕十二句或九句，四仄韵；下阕十句或九句，五仄韵。《康熙词谱》以王诜词为第一词例。该调的正格与变格如表所示，其中，上下阕各乐段中的格式（1）为正格句式，其余为变格句式。

《落梅》的正格与变格（双调）

《落梅》上阕，十二句或九句，四仄韵	
乐段一（三句，十四字）	乐段二（三句或二句，十三字）
＋ － ＋ ｜（句）＋ － ＋ ｜（句） ＋ － ｜ － ＋ ｜（韵）	＋ － ＋ ｜（句）＋ － ＋ ｜（句）｜ ＋ － ＋ ｜（韵） （1） ＋ － ＋ ｜ ｜ － －（句）＋ － ＋ ｜ － ｜（韵） （2）

《落梅》上阕，十二句或九句，四仄韵	
乐段三（三句或二句，十二字）	乐段四（三句或二句，十六字或十五字）
＋ ｜ － －（句）＋ － ＋ ｜（句） ＋ － ＋ ｜（韵） （1） ＋ ｜ ＋ － ＋ ｜（句）＋ ｜ ＋ － ＋ ｜（韵） （2）	＋ － ＋ ｜ ｜ － －（句）＋ － ＋ ｜（句）＋ ｜ ＋ － ｜（韵） （1） ＋ － ＋ ｜ ＋ － －（句）＋ ＋ ＋（读） ＋ － ＋ ｜ － ｜（韵） （2）

例一　落梅（一百七字）

（宋）王　诜

寿阳妆晚，慵匀素脸，经宵醉痕堪惜。前村雪里，几枝初绽，正冰姿仙格。忍被东风，乱飘满地，残英堆积。可堪江上起离愁，凭谁说寄，肠断未归客。　　流恨声传羌笛。感行人、水亭山驿。越溪信阻，仙乡路杳，但风流尘迹。香艳浓时，未多吟赏，已成轻掷。愿身长健且凭栏，明年还放春消息。

注：该词上阕第四句至第六句为乐段二中的格式（1），第七句至第九句为乐段三中的格式（1），第十句至第十二句为乐段四中的格式（1）；下阕第三句至第五句为乐段二中的格式（1），第六句至第八句为乐段三中的格式（1），第九句和第十句为乐段四中的格式（1）。全词双调，一百七字，上阕十二句，四仄韵；下阕十句，五仄韵。

《落梅》下阕，十句或九句，五仄韵	
乐段一（二句，十三字）	乐段二（三句，十三字）
＋｜＋－＋｜（韵）＋＋＋（读） ＋－＋｜（韵）	＋－＋｜（句）＋－＋｜（句） ＋－＋｜（韵） （1） ＋－＋｜（句）｜＋－＋｜（句） ＋－＋｜（韵） （2）

《落梅》下阕，十句或九句，五仄韵	
乐段三（三句或二句，十二字）	乐段四（二句，十四字）
＋｜－－（句）＋－＋｜（句） ＋－＋｜（韵） （1） ＋｜＋－＋｜（句）＋｜＋－ ＋｜（韵） （2）	＋－＋｜｜－－（句）＋－ ＋｜－－｜（韵） （1） ＋－＋｜｜－－（句）－＋ ＋｜－－｜（韵） （2）

例二　落梅（一百六字）

《梅苑》无名氏

带烟和雪，繁枝淡伫，谁将粉融酥滴。疏枝冷蕊压群芳，年年长占春色。江路溪桥漫倒，袅袅风中无力。暗香浮动冰姿，明月里、想无花比高格。　　争奈光阴瞬息。动幽怨、潜生羌笛。新花斗巧，有天然闲态，倚栏堪惜。零乱残英片片，飞上舞筵歌席。断肠忍泪念前期，经岁还有芳容隔。

注：该词上阕第四句和第五句为乐段二中的格式（2），第六句和第七句为乐段三中的格

式（2），第八句和第九句为乐段四中的格式（2）；下阕第三句至第五句为乐段二中的格式（2），第六句和第七句为乐段三中的格式（2），第八句和第九句为乐段四中的格式（2）。全词双调，一百六字，上阕九句，四仄韵；下阕九句，五仄韵。

飞雪满群山

调见《友古词》。因词有"长记得、扁舟寻旧约"句，更名《扁舟寻旧约》。张榘词名《飞雪满堆山》。

《飞雪满群山》的长短句结构

《飞雪满群山》上阕，四个乐段											
乐段一（十四字）			乐段二（十四字）			乐段三（十二字)			乐段四（十三字）		
4	4	6	4	4	6	5	3	4	4	4	5

《飞雪满群山》下阕，四个乐段										
乐段一 （十七字或十六字）			乐段二 （十四字）			乐段三 （十二字）			乐段四 （十一字）	
35	5	4	4	4	6	5	3	4	4	7
35		4	4							

《康熙词谱》共收集两体《飞雪满群山》，双调，上下阕分别可分为四个乐段，其长短句结构如表所示。该调有一百七字或一百六字等格式，上阕十一句，四平韵；下阕十句，四平韵。《康熙词谱》以蔡伸词为标谱词例。该调的正格与变格如表所示，其中，上下阕各乐段中的格式（1）为正格句式，其余为变格句式。

《飞雪满群山》的基本格式（双调）

《飞雪满群山》上阕，十一句，四平韵	
乐段一（三句，十四字）	乐段二（三句，十四字）
＋｜－－（句）＋－＋｜（句） ＋－＋｜－－（韵）	＋－＋｜（句）＋－＋｜（句） ＋－＋｜－－（韵） （1） ＋－＋｜（句）＋－＋｜（句） ＋｜－｜－－（韵） （2）

《飞雪满群山》上阕，十一句，四平韵	
乐段三（二句，十二字）	乐段四（三句，十三字）
＋－－｜｜（句）＋＋＋｜（读） ＋－｜－（韵） （1） ｜＋－＋｜（句）＋＋＋｜（读）＋ －｜－（韵） （2）	＋－＋｜（句）＋－＋｜（句） ＋｜｜－－（韵） （1） ＋－＋｜（句）＋｜－－（句） ＋｜｜－－（韵） （2）

例一　飞雪满群山（一百七字）

（宋）蔡　伸

冰结金壶，寒生罗幕，夜阑霜月侵门。翠筱敲韵，疏梅弄影，数声雁过南云。酒醒欹粲枕，怆犹有、残妆泪痕。绣衾孤拥，余香未减，犹是那时熏。　　长记得、扁舟寻旧约，听小窗风雨，灯火昏昏。锦茵才展，琼签报曙，宝钗又是轻分。黯然携手处，倚朱箔、愁凝黛颦。梦回云散，山遥水远空断魂。

注：该词上阕第四句至第六句为乐段二中的格式（1），第七句和第八句为乐段三中的格式（1），第九句至第十一句为乐段四中的格式（1）；下阕第一句至第三句为乐段一中的格式（1），第七句和第八句为乐段三中的格式（1）。全词双调，一百七字，上阕十一句，四平韵；下阕十句，四平韵。

《飞雪满群山》下阕，十句，四平韵	
乐段一（三句，十七字或十六字）	乐段二（三句，十四字）
＋＋｜（读）＋－－｜｜（句）｜ ＋－＋｜（句）＋｜－－（韵） （1） ＋＋｜（读）＋－－｜｜（句） ＋－＋｜（句）＋｜－（韵） （2）	＋－＋｜（句）＋－＋｜（句） ＋－＋｜－－（韵）

《飞雪满群山》下阕，十句，四平韵	
乐段三（二句，十二字）	乐段四（二句，十一字）
＋－－｜｜（句）＋＋｜（读） ＋－｜－（韵） （1） ｜＋－＋｜（句）＋＋｜（读）＋ －｜－（韵） （2）	＋－＋｜（句）＋－＋｜－｜ －（韵）

例二　飞雪满群山（一百六字）

（宋）张 榘

爱日烘晴，梅梢春动，晓窗客梦方还。江天万里，高低烟树，四望犹拥螺鬟。是谁邀滕六，酿薄暮、同云冱寒。却原来是，铃阁云蒸，俄忽老青山。　　都尽道、来年须更好，无缘农事，雨涩风悭。鹅池夜半，衔枚飞渡，看尊俎折冲间。尽青油谈笑，琼花露、杯深量宽。功名做了，云台写作图画看。

注：该词上阕第四句至第六句为乐段二中的格式（2），第七句和第八句为乐段三中的格式（2），第九句至第十一句为乐段四中的格式（2）；下阕第一句至第三句为乐段一中的格式（2），第七句和第八句为乐段三中的格式（2）。全词双调，一百六字，上阕十一句，四平韵；下阕十句，四平韵。

角 招

调见赵以夫《虚斋集》。自注"姜夔制《角招》、《徵招》二曲,余以《角招》赋梅。古乐府有大、小《梅花》,皆角声也。"

《角招》的长短句结构

《角招》上阕,四个乐段			
乐段一（十二字）	乐段二（十三字）	乐段三（十一字）	乐段四（十七字）
3　3　6	5　4　4	4　　34	6　6　5

《角招》下阕,四个乐段			
乐段一（十五字）	乐段二（十三字）	乐段三（十一字）	乐段四（十五字）
2　4　4　5	5　4　4	4　　34	6　33　3

《康熙词谱》只收集一体《角招》,双调,上下阕分别可分为四个乐段,其长短句结构如表所示。该调一百七字,上阕十一句,八仄韵;下阕十二句,九仄韵,其基本格式如表所示。

《角招》的基本格式（双调）

《角招》上阕,十一句,八仄韵	
乐段一（三句,十二字）	乐段二（三句,十三字）
＋　一　｜（韵）一　＋　｜（句）＋　一　｜ ＋　一　｜（韵）	＋　一　一　｜｜（韵）＋　｜　＋　一（句） ＋　＋　一　｜（韵）

《角招》上阕,十一句,八仄韵	
乐段三（二句,十一字）	乐段四（三句,十七字）
＋　一　＋　｜（韵）＋　＋　｜（读）＋ 一　＋　｜（韵）	＋　｜　＋　一　＋　｜（韵）＋　一　＋　｜ 一　一　（句）｜　＋　一　＋　｜（韵）

《角招》下阕，十二句，九仄韵	
乐段一（四句，十五字）	乐段二（三句，十三字）
＋｜（韵）＋－＋｜（韵）＋－＋｜（句）＋｜－－｜（韵）	＋－－｜｜（韵）＋｜＋－（句）＋－＋｜（韵）

《角招》下阕，十二句，九仄韵	
乐段三（二句，十一字）	乐段四（三句，十五字）
＋－＋｜（韵）＋＋＋｜（读）＋－＋｜（韵）	＋｜＋－＋｜（韵）＋＋＋｜（读）｜＋－（句）－＋｜（韵）

例　角招（一百七字）

（宋）赵以夫

晓寒薄。苔枝上，剪成万点冰萼。暗香无处著。立马断魂，晴雪篱落。溪横略彴。恨寄驿、音书辽邈。梦绕扬州东阁。风流旧日何郎，想依然林壑。　　离索。引杯自酌。相看冷淡，一笑人如削。水云寒漠漠。底处群仙，飞来霜鹤。芳姿绰约。正月满、瑶台珠箔。徙倚栏干寂寞。尽分付、许多愁，城头角。

注：全词双调，一百七字，上阕十一句，八仄韵；下阕十二句，九仄韵。

一 寸 金

调见柳永词。

《一寸金》的长短句结构

上阕，四个乐段			
乐段一 （十一字或十字）	乐段二 （十七字）	乐段三 （十二字或十一字）	乐段四 （十四字）
4　　　7	5　　4　　4	5　　34	34　　　7
4　3　3	34　　　4　　6	5　　6	3　4　7

下阕，四个乐段			
乐段一（十三字）	乐段二（十七字）	乐段三（十二字或十一字）	乐段四（十二字）
4　　5　　5	5　　4　　4	5　　34	34　　　5
	34　　6　　4	5　　6	3　　5

《康熙词谱》共收集五体《一寸金》，双调，上下阕分别可分为四个乐段，其长短句结构如表所示。该调有一百八字或一百五字等格式，上阕十句或十一句，四仄韵或五仄韵；下阕十一句或十二句，四仄韵或五仄韵。《康熙词谱》以周邦彦词为正体或正格。该调的正格与变格如表所示，其中，各乐段的格式（1）为正格句式，其余为变格句式。

※※※※※※※※※※※※※※※※※※※※※※※※※※※※※※

例一　一寸金（一百八字）

（宋）周邦彦

　　州夹苍崖，下枕江山是城郭。望海霞接日，红翻水面，晴风吹草，青摇山脚。波暖凫鹥泳，沙痕退、夜潮正落。疏林外、一点炊烟，渡口参差正寥廓。　　自叹劳生，经年何事，京华信漂泊。念渚蒲汀柳，空归闲梦，风轮雨楫，终孤前约。情景牵心眼，流连处、利名易薄。回头谢、冶叶倡条。便入渔钓乐。

注：该词上阕第一句和第二句为乐段一中的格式（1），第三句至第六句为乐段二中的格式（1），第七句和第八句为乐段三中的格式（1），第九句和第十句为乐段四中的格式（1）；下阕第一句至第三句为乐段一中的格式（1），第四句至第七句为乐段二中的格式（1），第八句和第九句为乐段三中的格式（1），第十句和第十一句为乐段四中的格式（1）。全词双调，一百八字，上阕十句，四仄韵；下阕十一句，四仄韵。

例二　一寸金（一百八字）
（宋）柳　永

井络天开，剑岭横云控西夏。地胜异、锦里风光，蚕市繁华，簇簇歌台舞榭。雅俗多游赏，轻裘俊、靓妆艳冶。当春昼，摸石池边，浣花溪上景如画。　　梦应三刀，桥名万里，中和政多暇。仗汉节、揽辔澄清，高掩武侯勋业，文翁风化。台鼎思贤久，方镇静、又还命驾。空遗爱，西蜀山川，异日成佳话。

注：该词上阕第一句和第二句为乐段一中的格式（1），第三句至第五句为乐段二中的格式（2），第六句和第七句为乐段三中的格式（1），第八句至第十句为乐段四中的格式（3）；下阕第一句至第三句为乐段一中的格式（1），第四句至第六句为乐段二中的格式（2），第七句和第八句为乐段三中的格式（1），第九句至第十一句为乐段四中的格式（2）。全词双调，一百八字，上阕十句，四仄韵；下阕十一句，四仄韵。

例三　一寸金（一百八字）
（宋）李弥逊

仙李盘根，自有天潢荫芳裔。更溜雨霜皮，临风玉树，紫髯丹颊，长生久视。鹤帐琅书至。长庚梦、当年暗记。邀欢处，回首西风，渐喜秋英弄霜蕊。　　暂卷双旌，鸣金吹竹，高堂伴新戏。对壁月流光，屏山供翠，碧云乍合，飞觞如缀。早晚岩廊侍。终不负、黄楼一醉。丹青手、先与翻阶，万叶增春媚。

注：该词上阕第一句和第二句为乐段一中的格式（1），第三句至第六句为乐段二中的格式（3），第七句和第八句为乐段三中的格式（2），第九句至第十一句为乐段四中的格式（2）；下阕第一句至第三句为乐段一中的格式（1），第四句至第七句为乐段二中的格式（3），第八句和第九句为乐段三中的格式（2），第十句和第十一句为乐段四中的格式（1）。全词双调，一百八字，上下阕各十一句，五仄韵。

《一寸金》的正格和变格（双调）

《一寸金》上阕，十句或十一句，四仄韵或五仄韵	
乐段一（二句或三句，十一字或十字）	乐段二（四句或三句，十七字）
＋｜－－（句）＋｜－－｜ －｜（韵） （1） ＋｜－－（句）｜－－（句）＋ －｜（韵） （2）	｜＋－＋｜（句）＋－＋｜（句） ＋－＋｜（句）＋－＋｜（韵） （1） ＋＋＋（读）＋｜－－（句）＋｜ ＋－（句）＋｜＋－＋｜（韵） （2） ｜＋｜－－（句）＋－＋｜（句） ＋－＋｜（句）＋－＋｜（韵） （3）

《一寸金》上阕，十句或十一句，四仄韵或五仄韵	
乐段三（二句，十二字或十一字）	乐段四（二句或三句，十四字）
＋｜－－｜（句）＋＋｜（读）＋ －＋｜（韵） （1） ＋｜－－｜（韵）＋＋（读）＋ －＋｜（韵） （2） ＋｜－－｜（句）＋｜＋－＋｜（韵） （3）	＋＋｜（读）＋｜－－（句）＋ ｜－－｜－｜（韵） （1） ＋－｜（句）＋｜－－（句）＋ ｜－－｜－｜（韵） （2） ＋－｜（句）＋｜－－（句）＋ －＋｜＋－｜（韵） （3）

《一寸金》下阕，十一句或十二句，四仄韵或五仄韵	
乐段一（三句，十三字）	乐段二（四句或三句，十七字）
＋ | ― ―（句）＋ ― ＋ |（句） ― ― | ― |（韵） （1）	| ＋ ― ＋ |（句）＋ ― ＋ |（句） ＋ ― ＋ |（句）＋ ― ＋ |（韵） （1）
＋ | ― ―（句）＋ ― ＋ |（句） ＋ | ＋ ― |（韵） （2）	＋ ＋ |（读）＋ | ― ―（句）＋ | ＋ ― ＋ |（句）＋ ― ＋ |（韵） （2）
	| ＋ | ― ―（句）＋ ― ＋ |（句） ＋ ― ＋ |（句）＋ ― ＋ |（韵） （3）
	| ＋ ― ＋ |（句）＋ ― ＋ |（句） ＋ | ― ―（句）＋ ― ＋ |（韵） （4）

《一寸金》下阕，十一句或十二句，四仄韵或五仄韵	
乐段三（二句，十二字或十一字）	乐段四（二句或三句，十二字）
＋ | ― ― |（句）＋ ＋ |（读）＋ ― ＋ |（韵） （1）	＋ ＋ |（读）＋ | ― ―（句）＋ | ― ＋ |（韵） （1）
＋ | ― ― |（韵）＋ ＋ |（读）＋ ― ＋ |（韵） （2）	＋ ― |（句）＋ | ― ―（句）＋ | ― ― |（韵） （2）
＋ | ― ― |（句）＋ | ＋ ― | （韵） （3）	

例四　一寸金（一百八字）

（宋）曹　勋

　　霜落鸳鸯，绣隐芙蓉小春节。应运看、月魄分辉，坤顺同符，文母徽音芳烈。诞育乾坤主，均慈爱、练裙岂别。经沙塞，涉履烟尘，瑞色怡然更英发。　　上圣中兴，严恭问寝，宫庭正和悦。看寿筵高启，龙香低转，声入霓裳，檀槽新拨。翠衮同行乐，钧韶奏、喜盈绛阙。倾心愿、亿载慈宁，醉赏闲风月。

　　注：该词上阕第一句和第二句为乐段一中的格式（1），第三句至第五句为乐段二中的格式（2），第六句和第七句为乐段三中的格式（1），第八句至第十句为乐段四中的格式（2）；下阕第一句至第三句为乐段一中的格式（1），第四句至第七句为乐段二中的格式（4），第八句和第九句为乐段三中的格式（1），第十句至第十一句为乐段四中的格式（1）。全词双调，一百八字，上阕十句，四仄韵；下阕十一句，四仄韵。

例五　一寸金（一百五字）

《鸣鹤余音》无名氏

　　堪叹群迷，梦空花，几人悟。更假饶、锦帐铜山，朱履玉簪，毕竟于身何故。未若红尘外，幽隐竹篱蓬户。青松下，一曲高歌，笑傲年华换今古。　　紫府春光，清都雅会，时妙有真趣。看自然天乐，星楼月殿，鸾飞凤舞，白云深处。壶内神仙景，谁肯少年回顾。逍遥界，独我归来，复入寥阳去。

　　注：该词上阕第一句至第三句为乐段一中的格式（2），第四句至第六句为乐段二中的格式（2），第七句和第八句为乐段三中的格式（3），第九句和第十一句为乐段四中的格式（2）；下阕第一句至第三句为乐段一中的格式（2），第四句至第七句为乐段二中的格式（1），第八句和第九句为乐段三中的格式（3），第十句至第十二句为乐段四中的格式（2）。全词双调，一百五字，上阕十一句，四仄韵；下阕十二句，四仄韵。

击 梧 桐

此调有两体：一百八字者见《乐章集》，注"中吕调"；一百十字者见《乐府雅词》。

《击梧桐》的长短句结构

《击梧桐》上阕，四个乐段			
乐段一（十四字）	乐段二（十四字）	乐段三（十四字）	乐段四（十四字）
4　　4　　6 　5　　36	4　　4　　6 　5　　36	6　　8 4　　4　　6	44　　　6 6　　4　　4 23　　5　　4

《击梧桐》下阕，四个乐段			
乐段一 （十四字）	乐段二 （十三字或十四字）	乐段三 （十三字或十五字）	乐段四 （十二字或十一字）
4　　4　　6 　5　　36	34　　　6 　5　　36	6　　7 6　　4　　5	34　　5 34　　4

《康熙词谱》共收集《击梧桐》三体，双调，上下阕分别可分为四个乐段，其长短句结构如表所示。《击梧桐》只有仄韵一种用韵格式。该调有一百八字或一百十字等格式，上阕十句或十一句，四仄韵或五仄韵；下阕九句或十句，四仄韵。《康熙词谱》以柳永词为标谱词例。该调的正格与变格如表所示，其中，上下阕各乐段中的格式（1）为正格句式，其余为变格句式。

例一　击梧桐（一百八字）

（宋）柳　永

香靥深深，姿姿媚媚，雅格奇容天与。自识伊来，好好看承，会得妖娆心素。临期再约同欢，定是都把平生相许。又恐恩情、易破难成，未免千般思虑。　　近日书来，寒暄而已，苦没忉忉言语。便认得、听人教当，拟把前言轻负。见说兰台宋玉，多才多艺善词赋。试与问、朝朝暮暮，行云何处去。

注：该词上阕第一句至第三句为乐段一中的格式（1），第四句至第六句为乐段二中的格式（1），第七句和第八句为乐段三中的格式（1），第九句和第十句为乐段四中的格式（1）；下阕第四句和第五句为乐段二中的格式（1），第六句和第七句为乐段三中的格式（1），第八句和第九句为乐段四中的格式（1）。全词双调，一百八字，上阕十句，四仄韵；下阕九句，四仄韵。

《击梧桐》的正格与变格（双调）

《击梧桐》上阕，十句或十一句，四仄韵或五仄韵	
乐段一（三句或二句，十四字）	乐段二（三句或二句，十四字）
＋｜－－（句）＋－＋｜（句） ＋｜＋－＋｜（韵） （1）	＋｜－－（句）＋｜－－（句） ＋｜＋－＋｜（韵） （1）
＋｜－－｜（韵）＋＋＋（读） ＋｜＋－＋｜（韵） （2）	＋｜－－｜（句）＋＋＋（读） ＋｜＋－＋｜（韵） （2）

《击梧桐》上阕，十句或十一句，四仄韵或五仄韵	
乐段三（二句或三句，十四字）	乐段四（二句或三句，十四字）
＋－＋｜－－（句）＋－｜ ＋－＋｜（韵） （1）	＋｜＋｜（读）＋｜－－（句） ＋｜＋－＋｜（韵） （1）
＋－＋｜（句）＋－＋｜（句） ＋｜＋－＋｜（韵） （2）	＋｜＋－＋｜（句）＋－＋｜（句） ＋－＋｜（韵） （2）
	＋＋（读）－－｜（句）｜＋｜ ｜（句）＋－＋｜（韵） （3）

《击梧桐》下阕，九句或十句，四仄韵	
乐段一（三句，十四字）	乐段二（二句，十三字或十四字）
＋丨－－（句）＋－＋丨（句） ＋丨＋－＋丨（韵）	＋＋＋（读）＋－＋丨（句）＋ 丨＋－＋丨（韵） （1） ＋丨－－丨（句）＋＋＋（读） ＋丨＋－＋丨（韵） （2）

《击梧桐》下阕，九句或十句，四仄韵	
乐段三（二句或三句，十三字或十五字）	乐段四（二句，十一字或十二字）
＋丨＋－＋丨（句）＋－＋丨 ＋－丨（韵） （1） ＋丨＋－＋丨（句）＋－＋丨（句） ＋丨＋－＋丨（韵） （2）	＋＋＋（读）＋－＋丨（句）＋ －－丨丨（韵） （1） ＋＋＋（读）－－－丨（句）－ 丨－丨（韵） （2）

例二　击梧桐（一百八字）

《梅苑》无名氏

　　雪叶红凋，烟林翠减，独有寒梅难并。瑞雪香肌，碎玉奇姿，迥得佳人风韵。清标暗折芳心，又是轻洩江南春信。最好山前水畔，幽闲自有，横斜疏影。　　尽日凭栏，寻思无语，可惜飘瑶飞粉。但怅望、王孙未赏，空使清香成阵。怎得移根帝苑，开时不许众芳近。免教向、深岩暗谷，结成千万恨。

　　注：该词上阕第一句至第三句为乐段一中的格式（1），第四句至第六句为乐段二中的格式（1），第七句和第八句为乐段三中的格式（1），第九句至第十一句为乐段四中的格式（2）；下阕第四句和第五句为乐段二中的格式（1），第六句和第七句为乐段三中的格式（1），第八句和第九句为乐段四中的格式（1）。全词双调，一百八字，上阕十一句，四仄韵；下阕九句，四仄韵。

例三　击梧桐（一百十字）

（宋）李甲

杳杳春江阔。收细雨、风蹙波声无歇。雁去汀洲暖，岸芜静、翠染遥山一抹。群鸥聚散，征航来去，隔水相望楚越。对此、凝情久，念往岁上国，嬉游时节。　　斗草园林，卖花巷陌，触处风光奇绝。正恁浓欢里，悄不意、顿有天涯离别。看即梅生翠实，柳飘狂絮，没个人共折。把而今、愁烦滋味，教向谁说。

注：该词上阕第一句和第二句为乐段一中的格式（2），第三句和第四句为乐段二中的格式（2），第五句至第七句为乐段三中的格式（2），第八句至第十句为乐段四中的格式（3）；下阕第四句和第五句为乐段二中的格式（2），第六句至第八句为乐段三中的格式（2），第九句和第十句为乐段四中的格式（2）。全词双调，一百十字，上阕十句，五仄韵；下阕十句，四仄韵。

折　红　梅

调见《寿域词》。

《折红梅》的长短句结构

《折红梅》上阕，四个乐段							
乐段一（十三字）			乐段二（十三字）		乐段三（十一字）		乐段四（十七字）		
5	4	4	34	6	4	34	44	5	4

《折红梅》下阕，四个乐段							
乐段一（十三字）			乐段二（十三字）		乐段三（十一字）		乐段四（十七字）		
4	5	4	34	6	4	34	44	5	4

《康熙词谱》共收集两体《折红梅》，双调，上下阕分别可分为四个乐段，其长短句结构如表所示。该调一百八字，上阕十句，五仄韵或四仄韵；下阕十句，六仄韵。《康熙词谱》以首句"睹南翔征雁"者为第一词例。该调的正格与变格如表所示，其中，上下阕各乐段中的格式（1）为正格句式，其余为变格句式。

《折红梅》的正格与变格（双调）

《折红梅》上阕，十句，五仄韵或四仄韵	
乐段一（三句，十三字）	乐段二（二句，十三字）
｜＋－＋｜（句）＋－－＋｜（句）＋－＋｜（韵）	＋＋＋（读）＋｜＋－（句）＋－＋｜－｜（韵）（1） ＋＋＋（读）＋－＋｜（句）＋－｜－＋｜（韵）（2）

《折红梅》上阕，十句，五仄韵或四仄韵	
乐段三（二句，十一字）	乐段四（三句，十七字）
＋－＋｜（韵）＋＋＋（读）＋－＋｜（韵）（1） ＋－＋｜（句）＋＋＋（读）＋－＋｜（韵）（2）	＋－＋｜（读）＋｜－－（句）｜＋｜－－（句）＋＋－｜（韵）

例一　折红梅（一百八字）

（宋）杜安世

睹南翔征雁，疏林败叶，凋霜零乱。独红梅、自守岁寒，天教最后开绽。盈盈水畔。疏影蘸、横斜清浅。化工似把、深色胭脂，怪姑射冰姿，剩与红间。　　谁人宠眷。待金锁不开，凭栏先看。曾飞落、寿阳粉额，妆成汉宫传遍。江南风暖。春信喜、一枝清远。对酒便好、折取奇葩，撚清香重嗅，举杯重劝。

注：该词上阕第四句和第五句为乐段二中的格式（1），第六句和第七句为乐段三中的格式（1）；下阕第四句和第五句为乐段二中的格式（1）。全词双调，一百八字，上阕十句，五仄韵；下阕十句，六仄韵。

《折红梅》下阕，十句，六仄韵	
乐段一（三句，十三字）	乐段二（二句，十三字）
＋ 一 ＋ ｜（韵）｜ ＋ ｜ ＋ 一 （句） ＋ 一 ＋ ｜（韵）	＋ ＋ ＋ （读）＋ 一 ＋ ｜（句） ＋ 一 ｜ 一 ＋ ｜（韵） （1） ＋ ＋ ＋ （读）＋ 一 ＋ ｜（句） ＋ ｜ ＋ 一 ＋ ｜（韵） （2）

《折红梅》下阕，十句，六仄韵	
乐段三（二句，十一字）	乐段四（三句，十七字）
＋ 一 ＋ ｜（韵）＋ ＋ ＋ （读）＋ 一 ＋ ｜（韵）	＋ ＋ ＋ ｜（读）＋ ｜ 一 一 （句） ＋ ＋ 一 ＋ ｜（句）＋ 一 ＋ ｜（韵）

注：下阕乐段四中的格式"＋ ＋ 一 ＋ ｜（句）"，为"上一下四"句式，领字用仄声（特别是去声）为宜。若确需用平声时，第二字用仄为宜。

例二　折红梅（一百八字）

（宋）杜安世

　　喜轻澌初泮，微和渐入，郊原时节。春消息、夜来陡觉，红梅数枝争发。玉溪仙馆，不似个、寻常标格。化工别与、一种风情，似匀点胭脂，染成香雪。　　重吟细阅。比繁杏夭桃，品流终别。只愁共、彩云易散，冷落谢池风月。凭谁向说。三弄处、龙吟休咽。大家留取、时倚栏干，闻有花堪折，劝君须折。

　　注：该词上阕第四句和第五句为乐段二中的格式（2），第六句和第七句为乐段三中的格式（2）；下阕第四句和第五句为乐段二中的格式（2）。全词双调，一百八字，上阕十句，四仄韵；下阕十句，六仄韵。

卷三十五

泛清苕

调见张先词,吴兴泛舟作,即赋题本意也。又名《感皇恩慢》。

《泛清苕》的长短句结构

《泛清苕》上阕,四个乐段			
乐段一(十三字)	乐段二(十三字)	乐段三(十四字)	乐段四(十三字)
4　5　4	3　3　3　4	7　34	4　3　6

《泛清苕》下阕,四个乐段			
乐段一(十五字)	乐段二(十三字)	乐段三(十四字)	乐段四(十三字)
6　5　4	3　3　3　4	7　34	4　5　4

《康熙词谱》只收集一体《泛清苕》,双调,上下阕分别可分为四个乐段,其长短句结构如表所示。该调一百八字,上下阕各十二句,五平韵,其基本格式如表所示。

《泛清苕》的基本格式(双调)

《泛清苕》上阕,十二句,五平韵	
乐段一(三句,十三字)	乐段二(四句,十三字)
＋ ｜ － －(韵)｜ ＋ ｜ － －(句)＋ ｜ － －(韵)	＋ － ｜(句)＋ － ｜(句)＋ － ｜(句)＋ ｜ － －(韵)

《泛清苕》上阕,十二句,五平韵	
乐段三(二句,十四字)	乐段四(三句,十三字)
＋ － ＋ ｜ － － ｜(句)＋ ＋ ＋(读)＋ ｜ － －(韵)	＋ － ＋ ｜(句)＋ ＋ ｜(句)＋ － ｜ － －(韵)

《泛清苔》下阕，十二句，五平韵	
乐段一（三句，十五字）	乐段二（四句，十三字）
＋ － ＋ ｜ － －（韵）｜ ＋ － ＋ ｜（句）＋ ｜ － －（韵）	－ ＋ ｜（句）＋ － ｜（句）＋ － ｜ （句）＋ ｜ － －（韵）

《泛清苔》下阕，十二句，五平韵	
乐段三（二句，十四字）	乐段四（三句，十三字）
＋ － ＋ ｜ － － ｜（句）＋ ＋ ＋ （读）＋ ｜ － －（韵）	＋ － ＋ ｜（句）＋ ｜ ｜ － －（句） ＋ ｜ － －（韵）

例　泛清苔（一百八字）

（宋）张　先

　　绿净无痕。过晓霁清苔，镜里游人。红妆巧，彩船稳，当筵主，秘馆词臣。吴娃劝饮韩娥唱，竞艳容、左右皆春。学为行雨，傍画桨，从教水溅罗裙。　　烟溪混月黄昏。渐楼台上下，火影星分。飞槛倚，斗牛近，响箫鼓，远破重云。归轩未至千家待，掩半妆、翠箔朱门。衣香拂面，扶醉卸簪花，满袖余氲。

　　注：全词双调，一百八字，上下阕各十二句，五平韵。

薄　幸

调见《东山乐府》。

《薄幸》的长短句结构

上阕，四个乐段			
乐段一（十一字）	乐段二（十三字）	乐段三（十四字）	乐段四（十五字）
4　　34	34　　6	34　　7	5　4　6

下阕，四个乐段						
乐段一 （十三字或十二字）		乐段二 （十六字）			乐段三 （十六字）	乐段四 （十字）
33	34	5	4	7	4　　5　　7	4　　6
33	6				4　　34　　5	

《康熙词谱》共收集三体《薄幸》，双调，上下阕分别可分为四个乐段，其长短句结构如表所示。该调有一百八字或一百七字等格式，上阕九句，五仄韵；下阕十句，五仄韵或六仄韵。《康熙词谱》以一百八字体贺铸词为正体或正格。该调的正格与变格如表所示，其中，上下阕各乐段中的格式（1）为正格句式，其余为变格句式。

《薄幸》的正格与变格（双调）

《薄幸》上阕，九句，五仄韵	
乐段一（二句，十一字）	乐段二（二句，十三字）
＋ － ＋ ｜（韵）＋ ＋ ＋（读） ＋ － ＋ ｜（韵）	＋ ＋ ＋（读）＋ － ＋ ｜（句）＋ ｜ ＋ － ＋ ｜（韵）

《薄幸》上阕，九句，五仄韵	
乐段三（二句，十四字）	乐段四（三句，十五字）
＋ ＋ ＋（读）＋ ｜ － －（句） ＋ － ＋ ｜ － － ｜（韵）	｜ ＋ ｜ － －（句）＋ － ＋ ｜（句） ＋ ｜ ＋ － ＋ ｜（韵）

例一　薄幸（一百八字）

（宋）贺　铸

淡妆多态。更的的、频回眄睐。便认得、琴心先许，与缩合欢双带。记画堂、风月逢迎，轻颦浅笑娇无奈。向睡鸭炉边，翔鸳屏里，羞把香罗偷解。　　自过了、收灯后，都不见、踏青挑菜。几回凭双燕，丁宁深意，往来翻恨重帘碍。约何时再。正春浓酒暖，人闲昼永无聊赖。恹恹睡起，犹有花梢日在。

注：该词下阕第一句和第二句为乐段一中的格式（1），第三句至第五句为乐段二中的格式（1），第六句至第八句为乐段三中的格式(1)。全词双调，一百八字，上阕九句，五仄韵；下阕十句，五仄韵。

《薄幸》下阕，十句，五仄韵或六仄韵	
乐段一（二句，十三字或十二字）	乐段二（三句，十六字）
＋＋＋（读）一一丨（句）＋＋ ＋（读）＋一＋丨（韵） （1）	＋一一＋丨（句）＋一＋丨（句）＋一＋丨一一丨（韵） （1）
＋＋＋（读）一一丨（句）＋丨 ＋一＋丨（韵） （2）	＋一一丨丨（句）＋一＋丨（句或韵）＋一＋丨一一丨（韵） （2）
	丨＋一＋丨（句或韵）＋一＋丨（句）＋一＋丨一一丨（韵） （3）

《薄幸》下阕，十句，五仄韵或六仄韵	
乐段三（三句，十六字）	乐段四（二句，十字）
丨一一丨（韵）丨＋一＋丨（句）＋一＋丨一一丨（韵） （1）	＋一＋丨（句）＋丨＋一＋丨（韵）
丨一一丨（韵）＋＋＋（读）＋一一（句）＋丨一一丨（韵） （2）	
注：下阕乐段三中的格式"丨一一丨（韵）"，为"上一下三"句式。	

例二　薄幸（一百八字）

（宋）沈端节

　　桂轮香满。送寒色、轻风剪剪。又还是、幽窗人静，梅影参差初转。念少年、孤负芳音，多时不见文君面。漫快泻琼舟，浓熏宝鸭，终是心情差懒。　　漫就枕、浑无寐，但听彻、天边飞雁。闲愁萦万缕，如何消遣。绣衾空忆鸳鸯暖。细思量遍。倚屏山、挑尽琴心，谁识相思怨。休文瘦损，陡觉频移带眼。

　　注：该词下阕第一句和第二句为乐段一中的格式（1），第三句至第五句为乐段二中的格式（2），第六句至第八句为乐段三中的格式（2）。全词双调，一百八字，上阕九句，五仄韵；下

阕十句，六仄韵。

例三　薄幸（一百七字）
（宋）韩元吉

　　送君南浦。对烟柳、青青万缕。更满眼、残红吹尽，叶底黄鹂自语。甚动人、多少离情，楼头水阁山无数。记竹里题诗，花边载酒，魂断江干春暮。　　都莫问、功名事，白发星星如许。任鸡鸣起舞，乡关何在，凭高目尽孤鸿去。漫留君住。趁酴醾香暖，持杯且醉瑶台路。相思记取，愁绝西窗夜雨。

　　注：该词下阕第一句和第二句为乐段一中的格式（2），第三句至第五句为乐段二中的格式（3），第六句至第八句为乐段三中的格式（1）。全词双调，一百七字，上阕九句，五仄韵；下阕十句，五仄韵。

倚　阑　人

　　调见《松隐集》，曹勋自度曲。

《倚阑人》的长短句结构

《倚阑人》上阕，四个乐段			
乐段一（十五字）	乐段二（十四字）	乐段三（十一字）	乐段四（十五字）
4　4　7	4　4　6	5　6	4　4　7

《倚阑人》下阕，四个乐段			
乐段一（十五字）	乐段二（十四字）	乐段三（十一字）	乐段四（十三字）
6　36	4　6	5　6	4　4　5

　　《康熙词谱》只收集一体《倚阑人》，双调，上下阕分别可分为四个乐段，其长短句结构如表所示。该调一百八字，上阕十一句，四仄韵；下阕十句，五仄韵，其基本格式如表所示。

《倚阑人》的基本格式（双调）

《倚阑人》上阕，十一句，四仄韵	
乐段一（三句，十五字）	乐段二（三句，十四字）
＋－＋｜（句）＋－＋｜（句） ＋－＋｜－＋｜（韵）	＋｜－－（句）＋－＋｜（句） ＋｜＋－＋｜（韵）

《倚阑人》上阕，十一句，四仄韵	
乐段三（二句，十一字）	乐段四（三句，十五字）
＋｜－＋｜（句）＋｜＋－＋｜（韵）	＋｜－－（句）＋－＋｜（句） ＋－＋｜－－｜（韵）

《倚阑人》下阕，十句，五仄韵	
乐段一（二句，十五字）	乐段二（三句，十四字）
＋｜＋－＋｜（句）＋＋＋（读） ＋｜＋－＋｜（韵）	＋｜－－（句）＋－＋｜（句） ＋｜＋－＋｜（韵）

《倚阑人》下阕，十句，五仄韵	
乐段三（二句，十一字）	乐段四（三句，十三字）
＋｜－＋｜（句）＋｜＋－＋｜（韵）	＋－＋｜（句）＋－＋｜（句） ＋｜－－｜（韵）

例 倚阑人（一百八字）

（宋）曹 勋

　　清明池馆，芳菲渐晚，晴香满架笼永昼。翠拥柔条，玉铺繁蕊，袅袅舞低襟袖。秀蓓凝浩露，疑挂六铢衣绉。檀点芳心，体熏清馥，粉容宜撚春风手。　　肯与芝兰共嗅。洞户花、别是素芳依旧。剪取长梢，青蛟喷雪，挽住晓云争秀。楼上人未去，常恐风欺雨瘦。红绡收取，举觞犹喜，窨得醺醺酒。

　　注：全词双调，一百八字，上阕十一句，四仄韵；下阕十句，五仄韵。

惜 黄 花 慢

此调有仄韵、平韵两体。仄韵者,见《逃禅词》;平韵者,见《梦窗词》,与《惜黄花》令词不同。

《惜黄花慢》的长短句结构

《惜黄花慢》上阕,四个乐段			
乐段一 (十三字)	乐段二 (十六字)	乐段三 (十四字)	乐段四 (十一字)
4　5　4 4　　36	4　6　6 4　4　4	7　34 7　7	3　4　4

《惜黄花慢》下阕,四个乐段			
乐段一(十五字)	乐段二(十六字)	乐段三(十四字)	乐段四(九字)
6　36 6　5　4	4　6　6 4　4　4	7　34 7　7	3　6

《康熙词谱》共收集三体《惜黄花慢》,双调,上下阕分别可分为四个乐段,其长短句结构如表所示。该调一百八字,有仄韵和平韵两种用韵格式。仄韵《惜黄花慢》上阕十一句或十句,六仄韵或七仄韵;下阕九句,五仄韵或六仄韵。《康熙词谱》以杨无咎词为标谱词例。该调的正格与变格如表所示,其中,上下阕各乐段中的格式(1)为正格句式,其余为变格句式。平韵《惜黄花慢》上阕十二句,六平韵;下阕十一句,六平韵,其基本格式如表所示。

《惜黄花慢》（仄韵）的正格与变格（双调）

《惜黄花慢》（仄韵）上阕，十一句或十句，六仄韵或七仄韵	
乐段一（三句或二句，十三字）	乐段二（三句，十六字）
＋－＋｜（韵）｜＋｜＋－（句）＋－＋｜（韵） （1）	＋｜－－（句）＋－＋｜－－（句）＋｜＋－＋｜（韵） （1）
＋－＋｜（韵）＋＋＋（读）＋｜＋－＋｜（韵） （2）	＋＋＋｜（韵）＋＋－＋｜（句）＋｜＋－＋｜（韵） （2）

《惜黄花慢》（仄韵）上阕，十一句或十句，六仄韵或七仄韵	
乐段三（二句，十四字）	乐段四（三句，十一字）
＋－＋｜｜－－（句）＋＋＋（读）＋－＋｜（韵） （1）	＋－｜（韵）＋｜＋－（句）＋＋－｜（韵）
＋－＋｜｜－－（句）｜＋｜＋－＋｜（韵） （2）	

例一　惜黄花慢（一百八字）

（宋）杨无咎

霁空如水。衬落木坠红，遥山堆翠。独立闲阶，数声笛度风前，几点雁横云际。已凉天气未寒时，问好处、一年谁记。笑声里。摘得半钗，金蕊来至。　　横斜为插乌纱，更揉碎、泛入金尊琼蚁。满酌霞觞，愿教人寿百年，可奈此时情味。牛山何必独沾衣，对佳节、惟应欢醉。看睡起。晓蝶也愁花悴。

注：该词上阕第一句至第三句为乐段一中的格式（1），第四句至第六句为乐段二中的格式（1），第七句和第八句为乐段三中的格式（1）；下阕第三句至第五句为乐段二中的格式（1）。全词双调，一百八字，上阕十一句，六仄韵；下阕九句，五仄韵。

《惜黄花慢》（仄韵）下阕，九句，五仄韵或六仄韵	
乐段一（二句，十五字）	乐段二（三句，十六字）
＋－＋｜－－（句）＋＋＋（读）＋＋｜＋－＋｜（韵）	＋｜－－（句）＋－＋｜＋－（句）＋＋｜＋－＋｜（韵）（1） ＋＋－｜（韵）＋－＋｜－－（句）＋＋｜＋－＋｜（韵）（2）

《惜黄花慢》（仄韵）下阕，九句，五仄韵或六仄韵	
乐段三（二句，十四字）	乐段四（二句，九字）
＋－＋｜｜－－（句）＋＋＋（读）＋－＋｜（韵）	－＋｜（韵）＋｜｜＋－＋｜（韵）

例二　惜黄花慢（一百八字）

（宋）赵以夫

众芳凋谢。堪爱处、老圃寒花幽野。照眼如画。烂然满地金钱，买断金天无价。古香逸韵似高人，更野服黄冠潇洒。向霜夜。冷笑暖春，桃李夭冶。　　襟期问与谁同，记往昔、独自徘徊篱下。采采盈把。此时一段风流，赖得白衣陶写。而今为米负初心，且细摘、轻浮三雅。沉醉也。梦落故园茅舍。

注：该词上阕第一句和第二句为乐段一中的格式（2），第三句至第五句为乐段二中的格式（2），第六句和第七句为乐段三中的格式（2）；下阕第三句至第五句为乐段二中的格式（2）。全词双调，一百八字，上阕十句，七仄韵；下阕九句，六仄韵。

《惜黄花慢》（平韵）的基本格式（双调）

《惜黄花慢》（平韵）上阕，十二句，六平韵	
乐段一（三句，十三字）	乐段二（四句，十六字）
＋｜－－（韵）｜＋－＋｜（句）＋｜－－（韵）	＋－＋｜（句）＋－＋｜（句）＋－＋｜（句）＋｜－－（韵）

《惜黄花慢》（平韵）上阕，十二句，六平韵	
乐段三（两句，十四字）	乐段四（三句，十一字）
＋－＋｜－－｜（句）＋＋＋（读）＋｜－－（韵）	｜＋－（韵）＋－＋｜（句）＋｜－＋（韵）

《惜黄花慢》（平韵）下阕，十一句，六平韵	
乐段一（三句，十五字）	乐段二（四句，十六字）
＋－＋｜－－（韵）｜＋－＋｜（句）＋｜－－（韵）	＋－＋｜（句）＋－＋｜（句）＋－＋｜（句）＋｜－－（韵）

《惜黄花慢》（平韵）下阕，十一句，六平韵	
乐段三（二句，十四字）	乐段四（二句，九字）
＋－＋｜－－｜（句）＋＋＋（读）＋｜－－（韵）	｜＋－（韵）＋－＋｜－－（韵）

例一　惜黄花慢（一百八字）

（宋）吴文英

送客吴皋。正试霜夜冷，枫落长桥。望天不尽，背城渐杳，离亭黯黯，恨水迢迢。翠香零落红衣老，暮愁锁、残柳眉梢。念瘦腰。沈郎旧日，曾系兰桡。　　仙人凤咽琼箫。怅断魂送远，九辩难招。醉鬟留盼，小窗剪烛，歌云载恨，飞上银霄。素秋不解随尘去，败红趁、一叶寒涛。梦翠翘。怨红料过南谯。

注：全词双调，一百八字，上阕十二句，六平韵；下阕十一句，六平韵。

一萼红

此调有平韵、仄韵两体,平韵者见姜夔词,仄韵者见《乐府雅词》。因词有"未教一萼,红开鲜蕊"句,取以为名。

《一萼红》的长短句结构

《一萼红》的上阕,四个乐段			
乐段一(十三字)	乐段二(十四字)	乐段三(十五字)	乐段四(十二字)
3　5　5 4　3　6	4　4　6	34　　35	4　4　4

《一萼红》的下阕,四个乐段			
乐段一 (十五字)	乐段二 (十四字)	乐段三 (十五字或十四字)	乐段四 (十字)
6　5　4	4　4　6	34　　35 34　　7 34　　8	6　4 4　6 3　34

《康熙词谱》共收集《一萼红》四体,双调,上下阕分别可分为四个乐段,其长短句结构如表所示。该调有一百八字或一百七字等格式,有平韵与仄韵两种用韵格式。平韵《一萼红》上阕十一句,五平韵或四平韵;下阕十句,四平韵。《康熙词谱》以一百八字姜夔词为正体或正格。平韵《一萼红》的正格与变格如表所示,其中,上下阕各乐段中的格式(1)为正格句式,其余为变格句式。仄韵《一萼红》上阕十一句,四仄韵;下阕十句,五仄韵,其基本格式如表所示。

《一萼红》（平韵）的正格与变格（双调）

《一萼红》（平韵）上阕，十一句，五平韵或四平韵	
乐段一（三句，十三字）	乐段二（三句，十四字）
∣－－（韵）∣＋－＋∣（句）＋ ∣∣－－（韵）	＋∣－－（句）＋－＋∣（句） ＋∣＋∣－－（韵）

《一萼红》（平韵）上阕，十一句，五平韵或四平韵	
乐段三（二句，十五字）	乐段四（三句，十二字）
＋＋＋（读）＋－＋∣（句）＋ ＋＋（读）＋∣∣－－（韵）	＋∣－－（韵）＋－＋∣（句） ＋∣－－（韵）

例一　一萼红（一百八字）

（宋）姜　夔

　　古城阴。有官梅几许，红萼未宜簪。池面冰胶，墙腰雪老，云意还又沉沉。翠藤共、闲穿径竹，渐笑语、惊起卧沙禽。野老林泉，故王台榭，呼唤登临。　　南去北来何事，荡湘云楚水，目极伤心。朱户粘鸡，金盘簇燕，空叹时序侵寻。记曾共、西楼雅集，想垂柳、还袅万丝金。待得归鞍到时，只怕春深。

　　注：该词下阕第四句至第六句为乐段二中的格式（1），第七句和第八句为乐段三中的格式（1），第九句和第十句为乐段四中的格式（1）。全词双调，一百八字，上阕十一句，五平韵；下阕十句，四平韵。

例二　一萼红（一百七字）

（宋）李彭老

　　过蔷薇。正风暄云淡，春去未多时。古岸停桡，单衣试酒，满眼芳草斜晖。故人老、经年赋别，灯晕里、相对夜何其。泛刬清愁，买花芳事，一卷新诗。　　流水孤帆渐远，想家山猿鹤，喜见重归。北阜寻幽，青津问钓，多情杨柳依依。最难忘、吟边旧雨，数菖蒲老是来期。几夕相思梦蝶，飞绕蘋溪。

　　注：该词下阕第四句至第六句为乐段二中的格式（2），第七句和第八句为乐段三中的格式（2），第九句和第十句为乐段四中的格式（1）。全词双调，一百七字，上阕十一句，五平韵；下阕十句，四平韵。

《一萼红》（平韵）下阕，十句，四平韵	
乐段一（三句，十五字）	乐段二（三句，十四字）
＋｜＋－＋｜（句）｜＋－＋｜ （句）＋｜－－（韵）	＋｜－－（句）＋－＋｜（句） ＋｜＋｜－－（韵） （1） ＋｜－－（句）＋－＋｜（句） ＋－＋｜－－（韵） （2）

《一萼红》（平韵）下阕，十句，四平韵	
乐段三（二句，十五字或十四字）	乐段四（二句，十字）
＋＋＋（读）＋－＋｜（句）＋ ＋＋（读）＋｜｜－－（韵） （1） ＋＋＋（读）＋－＋｜（句）｜ ＋－＋｜－－（韵） （2）	＋｜＋－｜＋（句）＋｜－－（韵） （1） ＋｜－－（句）＋－＋｜－ －（韵） （2）

注：下阕乐段三中的格式"｜＋－＋｜－－（韵）"，为"上一下六"句式。

例三　一萼红（一百八字）

（宋）刘天迪

拥孤衾，正朔风凄紧，毡帐夜惊寒。春梦无凭，秋期又误，迢递烟水云山。断肠处、黄茅瘴雨，恨骢马、憔悴只空还。揉翠盟孤，啼红怨切，暗老朱颜。　　堪叹扬州十载，甚倡条冶叶，不省春残。蔡琰悲笳，昭君怨曲，何预当日悲欢。漫赢得、西邻倦客，空惆怅、今古上眉端。梦破梅花，角声又报更阑。

注：该词下阕第四句至第六句为乐段二中的格式（1），第七句和第八句为乐段三中的格式（1），第九句和第十句为乐段四中的格式（2）。全词双调，一百八字，上阕十一句，四平韵；下阕十句，四平韵。

《一萼红》（仄韵）的基本格式（双调）

《一萼红》（仄韵）上阕，十一句，四仄韵	
乐段一（三句，十三字）	乐段二（三句，十四字）
＋－＋∣（句）－＋∣（句）＋∣ ＋－＋∣（韵）	＋∣－－（句）＋－＋∣（句） ＋∣＋－＋∣（韵）

《一萼红》（仄韵）上阕，十一句，四仄韵	
乐段三（二句，十五字）	乐段四（三句，十二字）
＋＋∣（读）＋－＋∣（句）＋ ＋∣（读）＋∣＋－∣（韵）	＋＋＋∣（句）＋－＋∣（句） ＋－＋∣（韵）

《一萼红》（仄韵）下阕，十句，五仄韵	
乐段一（三句，十五字）	乐段二（三句，十四字）
＋∣＋－＋∣（韵）∣＋＋－∣ （句）＋－＋∣（韵）	＋∣－－（句）＋－＋∣（句） ＋∣＋－＋∣（韵）

《一萼红》（仄韵）下阕，十句，五仄韵	
乐段三（二句，十五字）	乐段四（二句，十字）
＋＋∣（读）＋－＋∣（句）＋ ＋∣－－∣－∣（韵）	＋－∣（句）＋＋∣（读）＋－ ＋∣（韵）

注：下阕乐段三中的格式"＋＋∣－－∣－∣（句）"，为上一下七句式。

例　一萼红（一百八字）

《乐府雅词》无名氏

断云漏日，青阳布，渐入融和天气。糁缀夭桃，金妆垂柳，妆点亭台佳致。晓露染、风裁雨晕，是绝艳、偏称化工美。向此际会，未教一萼，红开鲜蕊。　　迤逦渐成春意。放妖容秀色，天真难比。香上蜂须，粉沾蝶翅，忍把芳心褪碎。争似便、移归深院，将绿盖青帏护风里。恁时节，占断与、偎红倚翠。

注：全词双调，一百八字，上阕十一句，四仄韵；下阕十句，五仄韵。

夺 锦 标

调见《古山词》。白朴词名《清溪怨》。

《夺锦标》的长短句结构

上阕，四个乐段			
乐段一（十四字）	乐段二（十四字）	乐段三（十二字）	乐段四（十三字）
4　4　6	6　4　4	5　　34	34　　6

下阕，四个乐段			
乐段一 （十六字或十四字）	乐段二 （十四字）	乐段三 （十二字）	乐段四 （十三字）
6　4　6 6　4　4	6　4　4	5　　34	34　　6

《康熙词谱》共收集三体《夺锦标》，双调，上下阕分别可分为四个乐段，其长短句结构如表所示。该调有一百八字或一百六字等格式，上阕十句，四仄韵或五仄韵；下阕十句，五仄韵或四仄韵。《康熙词谱》以一百八字体张埜词为正体或正格。该调的正格与变格如表所示，其中，上下阕各乐段中的格式（1）为正格句式，其余为变格句式。

例一　夺锦标（一百八字）

（宋）张　埜

凉月横舟，银潢浸练，万里秋容如拭。冉冉鸾骖鹤驭，桥倚高寒，鹊飞空碧。问欢情几许，早收拾、新愁重织。恨人间、会少离多，万古千秋今夕。　　谁念文园病客。夜色沉沉，独抱一天岑寂。忍记穿针亭榭，金鸭香寒，玉徽尘积。凭新凉半枕，又依约、行云消息。听窗前、泪雨浪浪，梦里檐声犹滴。

注：该词上阕第四句至第六句为乐段二中的格式（1）；下阕第一句至第三句为乐段一中的格式（1）。全词双调，一百八字，上阕十句，四仄韵；下阕十句，五仄韵。

《夺锦标》的正格与变格（双调）

《夺锦标》上阕，十句，四仄韵或五仄韵	
乐段一（三句，十四字）	乐段二（三句，十四字）
＋｜－－（句）＋－＋｜（句）＋｜＋－＋｜（韵）	＋｜＋－＋｜（句）＋｜－－（句）＋－＋｜（韵） （1） ＋｜＋－＋｜（韵）＋｜－－（句）＋－＋｜（韵） （2）

《夺锦标》上阕，十句，四仄韵或五仄韵	
乐段三（二句，十二字）	乐段四（二句，十三字）
｜＋－＋｜（句）｜－＋（读）＋－＋｜（韵）	｜－＋（读）＋｜－－（句）＋｜＋－＋｜（韵）

例二　夺锦标（一百八字）

（元）白　朴

孤影长嗟，凭高眺远，落日新亭西北。幸有山河在眼，风景留人，楚囚何泣。尽纷华蜗角，算都输、林泉闲适。澹悠悠、流水行云，任我平生踪迹。　　谁念江州司马，沦落天涯，青衫未免沾湿。梦里封龙旧隐，经卷琴囊，酒樽诗笔。对中天凉月，且高歌、徘徊今夕。陇头人、应也相思，万里梅花消息。

注：该词上阕第四句至第六句为乐段二中的格式（1）；下阕第一句至第三句为乐段一中的格式（2）。全词双调，一百八字，上下阕各十句，四仄韵。

《夺锦标》下阕，十句，五仄韵或四仄韵	
乐段一（三句，十六字或十四字）	乐段二（三句，十四字）
＋｜＋－＋｜（韵）＋｜－－（句） ＋｜＋－＋｜（韵） （1）	＋｜＋－＋｜（句）＋｜－－（句） ＋－＋｜（韵）
＋｜＋－＋｜（句）＋｜－－（韵） ＋－＋｜－｜（韵） （2）	
＋｜＋－＋｜（句）＋｜（句） ＋－＋｜（韵） （3）	

《夺锦标》下阕，十句，五仄韵或四仄韵	
乐段三（二句，十二字）	乐段四（二句，十三字）
｜＋－＋｜（句）｜－＋（读）＋ －＋｜（韵）	｜－＋（读）＋｜＋－（句）＋｜ ＋－＋｜（韵）

例三　夺锦标（一百六字）

（元）滕应宾

老气盘空，才名盖世，万里西风行色。人物中朝第一。司马题桥，班超投笔。记承流宣化，早威声、先驰殊域。看吟鞭、笑指关河，历历当年曾识。　　自古人心忠义，百水朝东，众星拱极。铜柱无端隔断，瘴雨蛮烟，天南天北。莫回瞻丹阙，捧红云、金泥香屑。愿明年、归对大廷，细说安边良策。

注：该词上阕第四句至第六句为乐段二中的格式（2）；下阕第一句至第三句为乐段一中的格式（3）。全词双调，一百六字，上阕十句，五仄韵；下阕十句，四仄韵。

菩 萨 蛮 慢

调见凤林书院元词，又名《菩萨蛮引》，与《菩萨蛮》令词不同。

《菩萨蛮慢》的长短句结构

《菩萨蛮慢》上阕，四个乐段			
乐段一（十三字）	乐段二（十六字）	乐段三（十一字）	乐段四（十三字）
4　5　4	34　5　4	4　34	5　4　4

《菩萨蛮慢》下阕，四个乐段			
乐段一（十五字）	乐段二（十八字）	乐段三（十一字）	乐段四（十一字）
6　5　4	5　4　5　4	4　34	34　4

《康熙词谱》只收集一体《菩萨蛮慢》，双调，上下阕分别可分为四个乐段，其长短句结构如表所示。该调一百八字，上下阕各十一句，五仄韵，其基本格式如表所示。

《菩萨蛮慢》的基本格式（双调）

《菩萨蛮慢》上阕，十一句，五仄韵	
乐段一（三句，十三字）	乐段二（三句，十六字）
＋ － ＋ ｜（韵）｜ ｜ ＋ － ＋ ｜（句） ＋ － ＋ ｜（韵）	｜ ＋ ＋（读）＋ ｜ － －（句）＋ － ＋ ｜ －（句）＋ － ＋ ｜（韵）

《菩萨蛮慢》上阕，十一句，五仄韵	
乐段三（二句，十一字）	乐段四（三句，十三字）
＋ ｜ － －（句）｜ ＋ ＋（读）＋ － ＋ ｜（韵）	｜ ＋ － ＋ ｜（句）＋ ｜ ＋ －（句） ＋ ＋ － ｜（韵）

《菩萨蛮慢》下阕，十一句，五仄韵	
乐段一（三句，十五字）	乐段二（四句，十八字）
＋一｜一＋｜（韵）｜＋一＋ ｜（句）＋＋＋一｜（韵）	｜＋｜＋一一（句）＋｜一一＋（句） ＋｜｜一一（句）＋＋＋一｜（韵）

《菩萨蛮慢》下阕，十一句，五仄韵	
乐段三（二句，十一字）	乐段四（三句，十一字）
＋｜一一（句）｜＋＋（读）＋ 一一＋｜（韵）	｜＋＋（读）＋一一＋｜（句）＋ 一一＋｜（韵）

例　菩萨蛮慢（一百八字）

（宋）罗志仁

　　晓莺催起。问当年秀色，为谁料理。怅别后、屏掩吴山，便楼燕月寒，鬓蝉云委。锦字无凭，付银烛、尽烧千纸。对寒泓静碧，又把去鸿，往恨多洗。　　桃花自贪结子。道东风有意，吹送流水。漫记得当年，心嫁卿卿，是日暮天寒，翠袖堪倚。扇月乘鸾，尽梦隔、婵娟千里。倒嗔人、从今不信，画檐鹊喜。

注：全词双调，一百八字，上下阕各十一句，五仄韵。

杜　韦　娘

　　唐《教坊记》有《杜韦娘曲》，刘禹锡诗"春风一曲杜韦娘"是也。宋人借旧曲名，另翻慢词。

《杜韦娘》的长短句结构

《杜韦娘》上阕，四个乐段			
乐段一（十一字）	乐段二（十五字）	乐段三（十六字）	乐段四（十一字）
4　　7	35　　34	5　　4　　7	3　　44 3　　4　4

《杜韦娘》下阕，四个乐段			
乐段一（十四字）	乐段二（十五字）	乐段三（十六字）	乐段四（十一字）
3　4　7	35　　34	7　4　5	3　　44
3　6　5		5　4　7	5　　6

《康熙词谱》共收集两体《杜韦娘》，双调，上下阕分别可分为四个乐段，其长短句结构如表所示。该调一百九字，上阕九句或十句，四仄韵或五仄韵；下阕十句，五仄韵。《康熙词谱》以杜安世词为标谱词例。该调的正格与变格如表所示，其中，上下阕各乐段中的格式（1）为正格句式，其余为变格句式。

《杜韦娘》的正格与变格（双调）

《杜韦娘》上阕，九句或十句，四仄韵或五仄韵	
乐段一（二句，十一字）	乐段二（二句，十五字）
＋ － ＋ ｜（句）＋ － ＋ ｜ － － ｜（韵）	＋ ＋ ＋（读）＋ ｜ － － ｜（句） ＋ ＋ ＋（读）＋ － ＋ ｜（韵） （1） ＋ ＋ ＋（读）＋ ｜ － － ｜（韵） ＋ ＋ ＋（读）＋ ｜ － － ｜（韵） （2）

《杜韦娘》上阕，九句或十句，四仄韵或五仄韵	
乐段三（三句，十六字）	乐段四（二句或三句，十一字）
＋ ＋ － ＋ ｜（句）＋ － ＋ ｜（句） ＋ － ＋ ｜ － － ｜（韵） （1） ｜ － ＋ ＋ ｜（句）＋ － ＋ ｜（句） ＋ － ＋ ｜ － － ｜（韵） （2）	｜ － －（句）＋ ＋ － ｜（读）＋ － ＋ ｜（韵） （1） ｜ － －（句）｜ － －（句）＋ － ＋ ｜（韵） （2）

注：①上阕乐段三中的格式"＋ ＋ － ＋ ｜（句）"和格式"｜ － ＋ ＋ ｜（句）"，均为"上一下四"句式。

《杜韦娘》下阕，十句，五仄韵	
乐段一（三句，十四字）	乐段二（二句，十五字）
＋＋｜（韵）＋－＋｜（句）＋ －＋｜＋＋－｜（韵） （1）	＋＋＋（读）＋｜－－｜（句） ＋＋＋（读）＋－＋｜（韵） （1）
－＋｜（句）＋｜＋－＋｜（句） ＋｜－－｜（韵） （2）	＋＋＋（读）＋｜－－｜（韵） ＋＋＋（读）＋－＋｜（韵） （2）

《杜韦娘》下阕，十句，五仄韵	
乐段三（三句，十六字）	乐段四（二句，十一字）
｜＋－＋｜－－（句）＋｜－ －（句）＋｜－－｜（韵） （1）	｜－－（句）＋＋＋｜（读）＋ －＋｜（韵） （1）
｜＋－＋｜（句）＋－＋｜（句） ＋＋＋－－｜（韵） （2）	｜＋－＋｜（句）＋｜＋－＋｜ （韵） （2）

注：下阕乐段三中的格式"｜＋－＋｜－－（句）"，为"上一下六"句式。

例一　杜韦娘（一百九字）

（宋）杜安世

暮春天气，莺儿燕子忙如织。问嫩叶、枝亚青梅小，乍遍水、新萍圆碧。初牡丹谢了，秋千搭起，垂杨暗锁深深陌。暖风轻，尽日闲把、榆钱乱掷。　　恨寂寂。芳容衰减，顿敧珧枕困无力。为少年、狂荡恩情薄，尚未有、归来消息。想当初凤侣鸳俦，唤作平生，更不轻离拆。倚朱扉，泪眼滴损、红绡数尺。

注：该词上阕第三句和第四句为乐段二中的格式（1），第五句至第七句为乐段三中的格式（1），第八句和第九句为乐段四中的格式（1）；下阕第一句至第三句为乐段一中的格式（1），第四句和第五句为乐段二中的格式（1），第六句至第八句为乐段三中的格式（1），第九句和第十句为乐段四中的格式（1）。全词双调，一百九字，上阕九句，四仄韵；下阕十句，五仄韵。

例二　杜韦娘（一百九字）

《乐府雅词》无名氏

华堂深院，霜笼月彩生寒晕。度翠幄、风触梅香喷。渐岁晚、春光将近。惹离恨万种，多情易感，欢难聚少愁成阵。拥红炉，凤枕慵敧，银灯挑尽。　　当此际，争忍前期后约，度岁无凭准。对好景、空积相思恨。但自觉、恹恹方寸。拟蛮笺象管，丹青妙手，写出寄与教伊信。尽千工万巧，惟有心期难问。

注：该词上阕第三句和第四句为乐段二中的格式（2），第五句至第七句为乐段三中的格式（2），第八句至第十句为乐段四中的格式（2）；下阕第一句至第三句为乐段一中的格式（2），第四句和第五句为乐段二中的格式（2），第六句至第八句为乐段三中的格式（2），第九句和第十句为乐段四中的格式（2）。全词双调，一百九字，上下阕各十句，五仄韵。

无 愁 可 解

调见东坡词，自序云："花日新作越调《解愁》，洛阳刘几伯寿，闻而悦之，为作俚语诗，天下传咏，以为几于达者。龙丘子笑之，此虽免乎愁，犹有所解也者，夫游于自然，而托于不得已，人乐亦乐，人愁亦愁，彼且乌乎解哉？乃反其词，作《无愁可解》。"

《无愁可解》的长短句结构

《无愁可解》上阕，四个乐段			
乐段一 （十四字）	乐段二 （十一字或十二字）	乐段三 （十四字）	乐段四 （十五字）
4　4　6	5　　6 5　　34	7　　34	34　4　4

《无愁可解》下阕，四个乐段			
乐段一 （十五字或十六字）	乐段二 （十一字或十二字）	乐段三 （十四字）	乐段四 （十五字）
2　4　36 2　7　34	5　　6 5　　34	7　　34	5　4　33 34　4　4

《康熙词谱》共收集两体《无愁可解》，双调，上下阕分别可分为四个乐段，其长短

句结构如表所示。该调有一百九字或一百十二字等格式，上下阕各十句，六仄韵或五仄韵。《康熙词谱》以苏轼词为标谱词例。该调的正格与变格如表所示，其中，上下阕各乐段中的格式（1）为正格句式，其余为变格句式。

《无愁可解》的正格与变格（双调）

《无愁可解》上阕，十句，六仄韵或五仄韵	
乐段一（三句，十四字）	乐段二（二句，十一字或十二字）
＋｜＋—（句）＋｜＋｜（韵）＋—＋｜—｜（韵） （1）	＋——｜—（句）｜—＋＋｜｜（韵） （1）
＋｜——（句）＋—＋｜（韵）＋｜＋＋—｜（韵） （2）	＋——｜｜（句）＋＋＋＋（读）＋—＋｜（韵） （2）
注：上阕乐段二中的格式"｜—＋＋｜｜（韵）"，为"上一下五"句式。	

《无愁可解》上阕，十句，六仄韵或五仄韵	
乐段三（二句，十四字）	乐段四（三句，十五字）
＋｜＋＋—｜｜（韵）＋＋＋（读）＋＋—｜（韵） （1）	＋＋＋（读）＋｜——（句）＋｜＋｜（句）＋｜＋｜（韵） （1）
＋｜——｜＋｜（句）＋＋＋（读）＋—＋｜（韵） （2）	＋＋＋（读）＋｜——＋｜（句）＋—＋｜（韵） （2）

例一　无愁可解（一百九字）

（宋）苏　轼

　　光景百年，看便一世。生来不识愁味。问愁何处来，更开解个甚底。万事从来风过耳。又何用、着在心里。你唤做、展却眉头，便是达者，也则恐未。　　此理。本不通言，何曾道、欢游胜如名利。道则浑是错，不道如何即是。这里元无我与你。甚唤做、物情之外。若须待醉了，方开解时，问无酒、怎生醉。

注：该词上阕第一句至第三句为乐段一中的格式（1），第四句和第五句为乐段二中的格式（1），第六句和第七句为乐段三中的格式（1），第八句至第十句为乐段四中的格式（1）；下阕第一句至第三句为乐段一中的格式（1），第四句和第五句为乐段二中的格式（1），第六句和第七句为乐段三中的格式（1），第八句至第十句为乐段四中的格式（1）。全词双调，一百九字，上下阕各十句，六仄韵。

《无愁可解》下阕，十句，六仄韵或五仄韵	
乐段一（三句，十五字或十六字）	乐段二（二句，十一字或十二字）
＋｜（韵）＋｜－－（句）＋＋＋（读）＋－｜－＋｜（韵） （1）	＋｜－＋｜（韵）＋｜＋－＋｜（韵） （1）
＋｜（韵）＋｜＋－－｜｜（句）＋＋＋（读）＋｜｜（韵） （2）	＋－＋｜｜（句）＋＋＋＋（读）＋＋－｜（韵） （2）

《无愁可解》下阕，十句，六仄韵或五仄韵	
乐段三（二句，十四字）	乐段四（三句，十五字）
＋｜－－｜＋｜（韵）＋＋＋（读）＋－＋｜（韵） （1）	＋－＋｜｜（句）＋－｜－（句）＋＋＋（读）＋－｜（韵） （1）
＋｜＋－－｜｜（句）＋＋＋（读）＋－｜（韵） （2）	＋＋＋（读）＋｜－（句）＋－｜（句）＋－｜（韵） （2）

例二　无愁可解（一百十二字）

《鸣鹤余音》无名氏

返照人间，忙忙劫劫。昼夜辛苦无歇。大都能几许，这百年、又如春雪。可惜天真逐爱欲，似傀儡、被他牵拽。暗悲嗟、苦海浮生，改头换面，看何时彻。　　听说。古往今来名利客，今只有、兔踪狐穴。六朝并五霸，尽输他、云水英杰。一味真慵为伴侣，养浩然、岁寒清节。这些儿、冷淡生涯，与谁共赏，有松窗月。

注：该词上阕第一句至第三句为乐段一中的格式（2），第四句和第五句为乐段二中的格式

（2），第六句和第七句为乐段三中的格式（2），第八句至第十句为乐段四中的格式（2）；下阕第一句至第三句为乐段一中的格式（2），第四句和第五句为乐段二中的格式（2），第六句和第七句为乐段三中的格式（2），第八句至第十句为乐段四中的格式（2）。全词双调，一百十二字，上下阕各十句，五仄韵。

过　秦　楼

调见《乐府雅词》，李甲作。因词有"曾过秦楼"句，取以为名。

《过秦楼》的长短句结构

《过秦楼》上阕，四个乐段			
乐段一（十四字）	乐段二（十四字）	乐段三（十二字）	乐段四（十三字）
4　4　6	5　5　4	5　　34	5　4　4

《过秦楼》下阕，四个乐段			
乐段一（十七字）	乐段二（十四字）	乐段三（十二字）	乐段四（十三字）
53　5　4	5　5　4	5　　34	5　4　4

《康熙词谱》只收集一体《过秦楼》，双调，上下阕分别可分为四个乐段，其长短句结构如表所示。该调一百九字，上阕十一句，五平韵；下阕十一句，四平韵，其基本格式如表所示。

《过秦楼》的基本格式（双调）

《过秦楼》上阕，十一句，五平韵	
乐段一（三句，十四字）	乐段二（三句，十四字）
＋｜－－（句）＋－＋｜（句） ＋－＋｜－－（韵）	｜＋－＋｜（句）｜＋｜－－（句） ＋｜－－（韵）

《过秦楼》上阕，十一句，五平韵	
乐段三（二句，十二字）	乐段四（三句，十三字）
＋｜｜－－（韵）＋＋＋＋（读） ＋｜－（韵）	｜＋－＋｜（句）＋－＋｜（句） ＋｜－－（韵）

《过秦楼》下阕，十一句，四平韵	
乐段一（三句，十七字）	乐段二（三句，十四字）
❘ ＋ 一 ＋ ❘（读）一 ＋ ❘（句）＋ 一 一 ❘ ❘（句）＋ ❘ 一 一（韵）	＋ ＋ 一 ＋ ❘（句）❘ 一 ＋ ＋ ❘（句）＋ ❘ 一 一（韵）

注：下阕乐段二中的格式"＋ ＋ 一 ＋ ❘（句）"，为"上一下四"句式。

《过秦楼》下阕，十一句，四平韵	
乐段三（两句，十二字）	乐段四（三句，十三字）
＋ ❘ ❘ 一 一（句）❘ 一 一（读） ＋ ❘ 一 一（韵）	❘ ＋ 一 ＋ ❘（句）＋ ❘ 一 一（句） ＋ ❘ 一 一（韵）

例　过秦楼（一百九字）

（宋）李　甲

　　卖酒垆边，寻芳原上，乱花飞絮悠悠。已蝶稀莺散，便拟把长绳，系日无由。漫道莫忘忧。也徒将、酒解闲愁。正江南春尽，行人千里，蘋满汀洲。　　有翠红径里、盈盈侣，簇芳茵褉饮，时笑时讴。当暖风迟景，任相将永日，烂熳狂游。谁信盛狂中，有离情、忽到心头。向尊前拟问，双燕来时，曾过秦楼。

注：全词双调，一百九字，上阕十一句，五平韵；下阕十一句，四平韵。

江 城 子 慢

调见《吕渭老集》。蔡松年词名《江神子慢》。与《江城子》令词不同。

《江城子慢》的长短句结构

《江城子慢》上阕，四个乐段							
乐段一（十三字）		乐段二（十二字）		乐段三（十八字）			乐段四（十二字）	
5	35	3	36	3	7	35	6	6

《江城子慢》下阕，四个乐段			
乐段一 （十五字）	乐段二 （十二字或十三字）	乐段三 （十八字）	乐段四 （九字）
6　5　4	3　　36 4　　36	3　7　35	9

《康熙词谱》共收集两体《江城子慢》，双调，上下阕分别可分为四个乐段，其长短句结构如表所示。该调有一百九字或一百十字等格式，上阕九句，七仄韵；下阕九句，七仄韵或六仄韵。《康熙词谱》以一百九字体吕渭老词为标谱词例。该调的正格与变格如表所示，其中，上下阕各乐段中的格式（1）为正格句式，其余为变格句式。

《江城子慢》的正格与变格（双调）

《江城子慢》上阕，九句，七仄韵	
乐段一（二句，十三字）	乐段二（二句，十二字）
一　一　丨　一　丨（韵）十　十　丨（读）十 丨　十　一　丨（韵） 　　　　　　（1）	十　一　丨（韵）十　十　丨（读）十　丨　十 一　十　丨（韵）
十　一　一　丨（韵）十　十　丨（读）一 一　丨　一　丨（韵） 　　　　　　（2）	

《江城子慢》上阕，九句，七仄韵	
乐段三（三句，十八字）	乐段四（二句，十二字）
十　一　丨（韵）十　丨　十　一　一　丨丨（句） 十　十　丨（读）十　一　一　一　丨丨（韵）	丨　十　十　丨　一　一（句）十　一　十 丨　一　丨（韵）

《江城子慢》下阕，九句，七仄韵或六仄韵	
乐段一（三句，十五字）	乐段二（二句，十二字或十三字）
＋ － ＋ － ｜｜（句或韵）｜ ＋ ＋ ＋ ｜（句）＋ ＋ ＋ － ｜（韵）	＋ － ｜（韵）＋ ＋ ＋ ｜（读）＋ ｜ ＋ － ＋ ｜（韵） （1） ＋ ＋ － ｜（韵）＋ ＋ ＋ ｜（读）＋ ｜ ＋ － ＋ ｜（韵） （2）

《江城子慢》下阕，九句，七仄韵或六仄韵	
乐段三（三句，十八字）	乐段四（一句，九字）
＋ － ｜（韵）＋ ＋ ｜ ＋ － － ｜｜（句） ＋ ＋ ｜（读）＋ － － ｜｜（韵）	＋ － ＋ ｜ － － ｜ － ｜（韵）

例一　江城子慢（一百九字）

（宋）吕渭老

新枝媚斜日。花径霁、晚碧泛红滴。近寒食。蜂蝶乱、点检一城春色。倦游客。门外昏鸦啼梦破，春心似、游丝飞远碧。燕子又语斜檐，行云自没消息。　　当时乌丝夜语，约桃花时候，同醉瑶瑟。甚端的。看看是、榆荚杨花飞掷。怎忘得。斜倚红楼回泪眼，天如水、沉沉连翠壁。想伊不整啼妆影帘侧。

注：该词上阕第一句和第二句为乐段一中的格式（1）；下阕第四句和第五句为乐段二中的格式（1）。全词双调，一百九字，上阕九句，七仄韵；下阕九句，六仄韵。

例二　江城子慢（一百十字）

（金）蔡松年

紫云点枫叶。崖树小、婆娑岁寒节。占高洁。纤苞暖、酿出梅魂兰魄。照浓碧。茗盌添春花气重，芸窗晚、濛濛浮霁月。小眠鼻观先通，庐山旧梦清绝。　　萧闲平生淡泊。独芳温一念，犹未衰歇。种种陈迹。而今老、但觅茶烟禅榻。寄闲寂。风外天花无梦也，鸳鸯债、从渠千万劫。夜寒回施幽香与愁客。

注：该词上阕第一句和第二句为乐段一中的格式（2）；下阕第四句和第五句为乐段二中的格式（2）。全词双调，一百十字，上下阕各九句，七仄韵。

江 南 春 慢

吴文英自度曲，注"小石调"。

《江南春慢》的长短句结构

《江南春慢》上阕，四个乐段			
乐段一（十四字）	乐段二（十一字）	乐段三（十二字）	乐段四（十七字）
4　4　6	4　　34	5　　34	34　4　6

《江南春慢》下阕，四个乐段			
乐段一（十五字）	乐段二（十一字）	乐段三（十二字）	乐段四（十七字）
3　3　5　4	4　　34	5　　34	34　4　6

《康熙词谱》只收集一体《江南春慢》，双调，上下阕分别可分为四个乐段，其长短句结构如表所示。该调一百九字，上阕十句，五仄韵；下阕十一句，六仄韵，其基本格式如表所示。

《江南春慢》的基本格式（双调）

《江南春慢》上阕，十句，五仄韵	
乐段一（三句，十四字）	乐段二（二句，十一字）
＋｜－－（句）＋－＋｜（句） ＋－＋｜－｜（韵）	＋－＋｜（句）＋＋＋（读） ＋－｜（韵）

《江南春慢》上阕，十句，五仄韵	
乐段三（二句，十二字）	乐段四（三句，十七字）
＋｜－－｜（韵）＋＋＋（读） ＋－＋｜（韵）	＋＋＋（读）＋－＋｜（句） ｜－－（句）＋－＋｜－｜（韵）

《江南春慢》下阕，十一句，六仄韵	
乐段一（四句，十五字）	乐段二（二句，十一字）
— 十 ¦（句）— 十 ¦（韵）¦ 十 ¦ — — （句）十 — 十 ¦（韵）	十 — 十 ¦（句）十 十 十 十（读）十 — 十 ¦（韵）

《江南春慢》下阕，十一句，六仄韵	
乐段三（二句，十二字）	乐段四（三句，十七字）
十 ¦ — — ¦（韵）十 十 十（读） 十 — 十 ¦（韵）	十 十 十（读）十 ¦ 十 —（句）十 ¦ — —（句）十 — ¦ — 十 ¦（韵）

例　江南春慢（一百九字）

（宋）吴文英

风响牙签，云寒古砚，芳铭犹在堂笏。秋床听雨，妙谢庭、春草吟笔。城市喧鸣辙。清溪上、小山秀洁。便向此、搜松访石，葺屋营花，红尘远避风月。　　瞿塘路，随汉节。记羽扇纶巾，气凌诸葛。青天万里，料漫忆、莼丝鲈雪。车马从休歇。荣华梦、醉歌耳热。真个是、天与此翁，芳芷嘉名，纫兰佩兮琼玦。

注：全词双调，一百九字，上阕十句，五仄韵；下阕十一句，六仄韵。

罥马索

调见《梅苑》。

《罥马索》的长短句结构

《罥马索》上阕，四个乐段			
乐段一（十字）	乐段二（十一字）	乐段三（十五字）	乐段四（十四字）
3　　7	4　　7	4　4　7	34　　7

《罥马索》下阕，四个乐段							
乐段一（十七字）		乐段二（十三字）		乐段三（十五字）		乐段四（十四字）	
2 4 4 7		6 7		4 4 7		3 6 5	

《康熙词谱》只收集一体《罥马索》，双调，上下阕分别可分为四个乐段，其长短句结构如表所示。该调一百九字，上阕九句，四仄韵；下阕十一句，五仄韵，其基本格式如表所示。

《罥马索》的基本格式（双调）

《罥马索》上阕，九句，四仄韵	
乐段一（二句，十字）	乐段二（二句，十一字）
｜ー ー（句）＋｜ー ー｜ー｜（韵）	＋ ー ＋｜（句）＋ ー ＋｜ー ー｜（韵）

《罥马索》上阕，九句，四仄韵	
乐段三（三句，十五字）	乐段四（二句，十四字）
＋ ー ＋｜（句）＋ ー ＋｜（句）＋｜＋ ー ー ＋｜（韵）	＋ ＋ ＋（读）＋｜ー ー（句）＋｜＋ ー ＋｜（韵）

《罥马索》下阕，十一句，五仄韵	
乐段一（四句，十七字）	乐段二（二句，十一字）
＋｜（韵）＋ ー ＋｜（句）＋ ー ＋｜（句）＋｜ー ー｜ー｜（韵）	＋｜＋ ー ＋｜（句）＋ ー ＋｜ー ー｜（韵）

《罥马索》下阕，十一句，五仄韵	
乐段三（三句，十五字）	乐段四（二句，十四字）
＋ ー ＋｜（句）＋｜ー ー（句）＋｜＋ ー ー ＋｜（韵）	＋ ＋ ＋（读）＋ ー ー｜＋｜（句）ー ー｜ー｜（韵）

例 罥马索（一百九字）

《梅苑》无名氏

晓窗明，庭外寒梅向残月。吴溪庾岭，一枝偷把阳和泄。冰姿素艳，自然天赋，品格真香殊常别。奈北人、不识南枝，唤作腊前杏先发。　　奇绝。照溪临水，素禽飞下，玉羽琼芳斗清洁。懊恨春来何晚，伤心邻妇争先折。多情立马，待得黄昏，疏影斜斜微酸结。恨马融、一声羌笛起处，纷纷落如雪。

注：全词双调，一百九字，上阕九句，四仄韵；下阕十一句，五仄韵。

八 宝 妆

仇远词名《八宝玉交枝》，与《新雁过妆楼》别名《八宝妆》者不同。

《八宝妆》的长短句结构

《八宝妆》上阕，四个乐段			
乐段一（十四字）	乐段二（十三字）	乐段三（十七字）	乐段四（十字）
4　4　6	7　6	4　6　7	6　4

《八宝妆》下阕，四个乐段			
乐段一（十六字）	乐段二（十四字）	乐段三（十四字）	乐段四（十二字）
6　4　6	34　34	34　7	5　7

《康熙词谱》共收集两体《八宝妆》，双调，上下阕分别可分为四个乐段，其长短句结构如表所示。该调一百十字，上阕十句，四仄韵或五仄韵；下阕九句，五仄韵或七仄韵。《康熙词谱》以李甲词为标谱词例。该调的正格与变格如表所示，其中，上下阕各乐段中的格式（1）为正格句式，其余为变格句式。

《八宝妆》的正格与变格（双调）

《八宝妆》上阕，十句，四仄韵或五仄韵	
乐段一（三句，十四字）	乐段二（二句，十三字）
＋｜――（句）＋－＋｜（句）＋｜＋－＋｜（韵）	＋｜＋－－｜｜（句）＋｜＋－＋｜（韵）

《八宝妆》上阕，十句，四仄韵或五仄韵	
乐段三（三句，十七字）	乐段四（二句，十字）
＋－＋｜（句）＋－＋｜－－（句）＋－＋｜－－｜（韵）（1）　＋－＋｜（韵）＋｜－｜－－（句）＋－＋｜－｜（韵）（2）	＋｜＋－＋｜（句）＋－＋｜（韵）

《八宝妆》下阕，九句，五仄韵或七仄韵	
乐段一（三句，十六字）	乐段二（二句，十四字）
＋｜＋｜－－（句）＋－＋｜（句）＋－＋｜－｜（韵）（1）　＋－＋｜＋－（句）＋－＋｜（韵）＋－＋｜－｜（韵）（2）	＋－｜（读）＋－＋｜（句）＋－｜（读）＋－＋｜（韵）（1）　＋－｜（读）＋－＋｜（韵）＋－｜（读）＋－＋｜（韵）（2）

《八宝妆》下阕，九句，五仄韵或七仄韵	
乐段三（二句，十四字）	乐段四（二句，十二字）
＋－｜（读）＋－＋｜（韵）＋－＋｜－－｜（韵）	｜＋｜－－（句）＋－＋｜－－｜（韵）

例一　八宝妆（一百十字）
（宋）李　甲

门掩黄昏，画堂人寂，暮雨乍收残暑。帘卷疏星庭户悄，隐隐严城钟鼓。空阶烟暝，半开斜月朦胧，银河澄淡风凄楚。还是凤楼人远，桃源无路。　　惆怅夜久星繁，碧云望断，玉箫声在何处。念谁伴、茜裙翠袖，共携手、瑶台归去。对修竹、森森院宇。曲屏香暖凝沉炷。问对酒当歌，情怀记得刘郎否。

注：该词上阕第六句至第八句为乐段三中的格式（1）；下阕第一句至第三句为乐段一中的格式（1），第四句和第五句为乐段二中的格式（1）。全词双调，一百十字，上阕十句，四仄韵；下阕九句，五仄韵。

例二　八宝妆（一百十字）
（元）仇　远

沧岛云连，绿瀛秋入，暮景却沉洲屿。无浪无风天地白，听得潮生人语。擎空孤柱。翠倚高阁凭虚，中流苍碧迷烟雾。惟见广寒门外，青无重数。　　不知是水是山，不知是树。漫漫知是何处。倩谁问、凌波轻步。漫凝睇、乘鸾秦女。想庭曲、霓裳正舞。莫须长笛吹愁去。怕唤起鱼龙，三更喷作前山雨。

注：该词上阕第六句至第八句为乐段三中的格式（2）；下阕第一句至第三句为乐段二中的格式（2），第四句和第五句为乐段二中的格式（2）。全词双调，一百十字，上阕十句，五仄韵；下阕九句，七仄韵。

疏　　影

姜夔自度"仙吕宫"曲。张炎词咏荷叶，易名《绿意》；彭远逊词有"遗佩环、浮沉澧浦"句，名《解佩环》。

《疏影》的长短句结构

上阕，四个乐段			
乐段一（十三字）	乐段二（十四字）	乐段三（十四字）	乐段四（十三字）
4　　5　　4	4　　4　　6	7　　34	34　　6
4　　　　36			5　　4　　4

下阕，四个乐段			
乐段一（十五字）	乐段二（十四字）	乐段三（十四字）	乐段四（十三字）
6　5　4 6　　36	4　　4　　6	7　　34	34　　　6 7　　6

《康熙词谱》共收集《疏影》五体，双调，上下阕分别可分为四个乐段，其长短句结构如表所示。该调一百一十字，上阕十句或九句、十一句，四仄韵或五仄韵；下阕十句或九句，五仄韵或四仄韵。《康熙词谱》以姜夔词为正体或正格。该调的正格与变格如表所示，其中，上下阕各乐段中的格式（1）为正格句式，其余为变格句式。

《疏影》的正格与变格（双调）

《疏影》上阕，十句或九句、十一句，四仄韵或五仄韵	
乐段一（三句或二句，十三字）	乐段二（三句，十四字）
＋ － ＋ ｜（韵）｜ ＋ － ＋ ｜（句） ＋ ｜ － ｜（韵） （1）	＋ ｜ － － （句）＋ ｜ － － （句） ＋ － ＋ ｜ － ｜（韵） （1）
＋ － ＋ ｜（句或韵）｜ ＋ － ＋ ｜（句） ＋ － ＋ ｜（韵） （2）	＋ ｜ － － （句）＋ ｜ － － （句） ＋ ｜ ＋ － ＋ ｜（韵） （2）
＋ － ＋ ｜（韵）＋ ＋ ＋ （读）＋ ＋ ｜ ＋ － ＋ ｜（韵） （3）	＋ ｜ － － （句）＋ ｜ － － （句） ＋ ｜ ＋ ｜ － ｜（韵） （3）

《疏影》上阕，十句或九句、十一句，四仄韵或五仄韵	
乐段三（二句，十四字）	乐段四（二句或三句，十三字）
＋ － ＋ ｜ － － ｜（句）＋ ＋ ＋ （读）＋ － ＋ ｜（韵）	＋ ＋ ＋ （读）＋ ｜ － － （句）＋ ｜ ＋ － ＋ ｜（韵） （1）
	｜ ＋ － ＋ ｜（句）＋ － ＋ ｜（句） ＋ － ＋ ｜（韵） （2）

《疏影》下阕，十句或九句，五仄韵或四仄韵	
乐段一（三句或二句，十五字）	乐段二（三句，十四字）
＋｜＋一＋｜（句）＋一＋｜｜（句）＋｜一｜（韵） （1）	＋｜一一（句）＋｜一一（句）＋｜＋一＋｜（韵）
＋｜＋一＋｜（韵）｜＋一＋｜（句）＋｜一｜（韵） （2）	
＋｜＋一＋｜（句）＋＋＋（读）＋｜＋｜一｜（韵） （3）	

《疏影》下阕，十句或九句，五仄韵或四仄韵	
乐段三（二句，十四字）	乐段四（二句，十三字）
＋一＋｜一｜（句）＋＋＋（读）＋一＋｜（韵）	＋＋＋（读）＋｜一一（句）＋｜＋一＋｜（韵） （1）
	｜＋一＋｜一一（句）＋｜＋一＋｜（韵） （2）

注：下阕乐段四中格式"｜＋一＋｜一一（句）"，为"上一下六"句式。

例一 疏影（一百一十字）

（宋）姜 夔

苔枝缀玉。有翠禽小小，枝上同宿。客里相逢，篱角黄昏，无言自倚修竹。昭君不惯胡沙远，但暗忆、江南江北。想佩环、月夜归来，化作此花幽独。　犹记深宫旧事，那人正睡里，飞近蛾绿。莫似春风，不管盈盈，早与安排金屋。还教一片随波去，又却怨、玉龙哀曲。等恁时、重觅幽香，已入小窗横幅。

注：该词上阕第一句至第三句为乐段一中的格式（1），第四句至第六句为乐段二中的格式（1），第九句和第十句为乐段四中的格式（1）；下阕第一句至第三句为乐段一中的格式

（1），第九句和第十句为乐段四中的格式（1）。全词双调，一百一十字，上阕十句，五仄韵；下阕十句，四仄韵。

例二　疏影（一百一十字）
（宋）周　密

冰条木叶。又横斜照水，一花初发。素壁秋屏，招得芳魂，仿佛玉容明灭。疏疏满地珊瑚冷，全误却、扑花幽蝶。甚美人、忽到窗前，镜里好春难折。　　闲想孤山旧事，浸清漪、倒映千树残雪。暗里东风，可惯无情，搅碎一帘香月。轻妆谁写崔徽面，认隐约、烟绡重叠。记梦回、纸帐残灯，瘦倚数枝清绝。

注：该词上阕第一句至第三句为乐段一中的格式（2），第四句至第六句为乐段二中的格式（2），第九句和第十句为乐段四中的格式（1）；下阕第一句和第二句为乐段一中的格式（3），第八句和第九句为乐段四中的格式（1）。全词双调，一百一十字，上阕十句，五仄韵；下阕九句，四仄韵。

例三　疏影（一百一十字）
（宋）张　炎

柳黄未结。放嫩晴、销尽断桥残雪。隔水人家，浑是花阴，曾醉好春时节。轻车几度新堤晓，想如今、燕莺犹说。纵艳游、得似当年，早是旧情都别。　　重到翻疑梦醒，弄泉试照影，惊见华发。却笑归来，石老云荒，身世飘然一叶。闭门约住青山色，自容与、吟窗清绝。怕夜寒吹到梅花，休卷半帘明月。

注：该词上阕第一句至第三句为乐段一中的格式（3），第四句至第六句为乐段二中的格式（2），第八句和第九句为乐段四中的格式（1）；下阕第一句至第三句为乐段一中的格式（1），第九句和第十句为乐段四中的格式（2）。全词双调，一百一十字，上阕九句，五仄韵；下阕十句，四仄韵。

例四　疏影（一百一十字）
（宋）陈允平

千峰玉立，送孤云伴我，罗村清宿。拂晓凭虚，春碧生寒，衣单瘦倚筇竹。东风不解吹愁醒，但芳草、溪成南北。认雾鬟、遥锁修蛾，眉妩为谁愁独。　　江上轻鸥似识，背昭亭两两，飞破晴绿。一片苍烟，隔断家山，梦绕石窗萝屋。相看不厌朝还暮，算几度、赤阑干曲。待倩诗、收拾归来，写作卧游屏幅。

注：该词上阕第一句至第三句为乐段一中的格式（2），第四句至第六句为乐段二中的格式（1），第九句和第十句为乐段四中的格式（1）；下阕第一句至第三句为乐段一中的格式（2），第九句和第十句为乐段四中的格式（1）。全词双调，一百一十字，上下阕各十句，四仄韵。

例五　疏影（一百一十字）
（宋）张　炎

　　雪空四野，照归心万里，千峰独立。身与天游，一洗襟怀，海镜倒涌秋白。相逢懒问盈亏事，但脉脉、此情何极。是几番、飞盖追随，桂底露衣香湿。　　闲款楼台夜色。料水光未许，人世先得。影里分明，认得山河，一笑乱山横碧。乾坤许大须容我，浑忘了、醉乡犹客。待倩谁、招下清风，共结岁寒三益。

注：该词上阕第一句至第三句为乐段一中的格式（2），第四句至第六句为乐段二中的格式（3），第九句和第十句为乐段四中的格式（1）；下阕第一句至第三句为乐段一中的格式（2），第九句和第十句为乐段四中的格式（1）。全词双调，一百一十字，上阕十句，四仄韵；下阕十句，五仄韵。

例六　疏影（一百一十字）
（元）张　翥

　　山阴赋客。怪几番睡起，窗影生白。缥缈仙姝，飞下瑶台，淡泞东风颜色。微霜恰护朦胧月，更想像、暝烟低隔。恨翠禽啼处，惊残一夜，梦云无迹。　　惟有龙煤解染，数枝入画里，如印溪碧。老树枯苔，玉晕冰围，满幅寒香狼藉。墨池雪岭春长好，悄不管、小楼横笛。怕有人、误认寒花，欲点晓来妆额。

注：该词上阕第一句至第三句为乐段一中的格式（1），第四句至第六句为乐段二中的格式（2），第九句至第十一句为乐段四中的格式（2）；下阕第一句至第三句为乐段一中的格式（1），第九句和第十句为乐段四中的格式（1）。全词双调，一百一十字，上阕十一句，五仄韵；下阕十句，四仄韵。

大 圣 乐

《宋史·乐志》：道调宫。此调有平韵、仄韵两体。平韵者，见《顺斋乐府》；仄韵者，见《蘋洲渔笛谱》。

《大圣乐》的长短句结构

《大圣乐》上阕，四个乐段			
乐段一（十二字）	乐段二（十七字）	乐段三（十五字）	乐段四（十二字）
4　　4　　4	34　　6　　4 7　　4　　6 34　　4　　6	7　　　35	3　　5　　4

《大圣乐》下阕，四个乐段			
乐段一 （十四字）	乐段二 （十三字或十五字）	乐段三 （十五字）	乐段四 （十二字或十字）
6　　　35 6　　　8	5　　4　　4 5　　4　　6	4　　4　　7 7　　　8 7　　　35	3　　5　　4 3　　34

《康熙词谱》共收录《大圣乐》三体，双调，上下阕各自分为四个乐段，其长短句结构如表所示。该调有一百十字和一百八字等格式，有平仄韵通叶和仄韵两种用韵格式。平仄韵通叶《大圣乐》上阕十一句，一叶韵三平韵；下阕十一句，四平韵，其基本格式如表所示。仄韵《大圣乐》上阕十一句，四仄韵或五仄韵；下阕九句，五仄韵或六仄韵。《康熙词谱》以周密词为标谱词例。该调的正格与变格如表所示，其中，上下阕各乐段中的格式（1）为正格句式，其余为变格句式。

《大圣乐》（平仄韵通叶）的基本格式（双调）

《大圣乐》（平仄韵通叶）上阕，十一句，一叶韵三平韵	
乐段一（三句，十二字）	乐段二（三句，十七字）
十丨－－（句）十－十丨（句）十－十丨（叶）	十十丨（读）十丨－－（句）十丨十－十丨（句）十－十－（韵）

《大圣乐》（平仄韵通叶）上阕，十一句，一叶韵三平韵	
乐段三（二句，十五字）	乐段四（三句，十二字）
十十十－－丨丨（句）十十十（读）十－－丨－（韵）	－十丨（句）丨十－十丨（句）十丨（韵）

注：上阕乐段三中的格式"十十十－－丨丨（句）"，为"上四下三"句式，第二字宜用仄声。可平可仄三处，不可同时用平。

《大圣乐》（平仄韵通叶）下阕，十一句，四平韵	
乐段一（二句，十四字）	乐段二（三句，十三字）
十－十丨十丨（句）十十十丨（读）－－十丨－（韵）	丨十－十丨（句）十十十丨（句）十丨－－（韵）

《大圣乐》（平仄韵通叶）下阕，十一句，四平韵	
乐段三（三句，十五字）	乐段四（三句或二句，十二字）
十丨－－（句）十－十丨（句）十丨－－十丨－（韵）	－－丨（句）十－十丨（句）十丨（韵）

例　大圣乐（一百十字）

（宋）康与之

　　千朵奇峰，半轩微雨，晓来初过。渐燕子、引教雏飞，菡萏暗薰芳草，池面凉多。浅斟琼卮浮绿蚁，展湘簟、双纹生细波。轻纨举，动团圆素月，仙桂婆娑。　　临风对月恣乐，便好把、千金邀艳娥。幸太平无事，击壤鼓腹，携酒高歌。富贵安居，功名天赋，争奈皆由时命呵。休眉锁，问朱颜去了，还更来么。

　　注：全词双调，一百十字，上阕十一句，一叶韵三平韵；下阕十一句，四平韵。

《大圣乐》（仄韵）的正格与变格（双调）

《大圣乐》（仄韵）上阕，十一句，四仄韵或五仄韵	
乐段一（三句，十二字）	乐段二（三句，十七字）
⊕ ❘ — —（句）⊕ — ⊕ ❘（句）⊕ — ⊕ ❘（韵）	❘ ⊕ — ⊕ ❘ — —（句）⊕ ❘ ⊕ —（句）⊕ ❘ ⊕ — ⊕ ❘（韵） （1） ⊕ ⊕ ⊕（读）⊕ ❘ — —（句）⊕ ❘ ⊕ —（句）⊕ ❘ ⊕ — ⊕ ❘（韵） （2）
注：上阕乐段二中的格式"❘ ⊕ — ⊕ ❘ — —（句）"，为"上一下六"句式。	

《大圣乐》（仄韵）上阕，十一句，四仄韵或五仄韵	
乐段三（二句，十五字）	乐段四（三句，十二字）
⊕ ❘ ⊕ — — ❘ ❘（句）⊕ ⊕ ⊕（读）⊕ — — ❘ ❘（韵） （1） ⊕ ❘ ❘ — — ⊕ ❘（句）⊕ ⊕ ⊕（读）⊕ — — ❘ ❘（韵） （2）	— ⊕ ❘（韵）⊕ — — ❘ ❘（句）⊕ ⊕ — ❘（韵） （1） — ⊕ ❘（韵）❘ ⊕ ❘ ⊕ —（句）⊕ — ❘（韵） （2）

例一　大圣乐（一百八字）

（宋）周　密

虹雨霁风，翠蒻蘋浦，锦翻葵径。正小亭曲沼幽深，冰簟沁肌，催觉绿窗人静。暗忆兰汤初洗罢，衬碧雾、笼绡垂蕙领。轻妆了，袅花侵绛缕，香满鸾镜。　　人间午迟漏永。看双燕、将雏穿藻井。喜玉壶无暑，凉涵荷气，波摇帘影。画舫西湖浑如旧，又菰冷蒲香惊梦醒。归舟晚，听谁家、紫箫声近。

注：该词上阕第四句至第六句为乐段二中的格式（1），第七句和第八句为乐段三中的格式（1），第九句至第十一句为乐段四中的格式（1）；下阕第一句和第二句为乐段一中的格式（1），第三句至第五句为乐段二中的格式（1），第六句和第七句为乐段三中的格式（1）。全词双调，一百八字，上阕十一句，四仄韵；下阕九句，五仄韵。

《大圣乐》（仄韵）下阕，九句，五仄韵或六仄韵	
乐段一（二句，十四字）	乐段二（三句，十三字或十五字）
＋ － ｜ － ＋ ｜（韵）＋ ＋ ＋ （读）＋ － － ｜ ｜（韵） （1）	＋ ｜ － － ｜（句）＋ － ＋ ｜（句） ＋ － ＋ ｜（韵） （1）
＋ － ｜ － ＋ ｜（韵）｜ ＋ ｜ ＋ － － ｜ ｜（韵） （2）	＋ ｜ － － ｜（句）＋ － ＋ ｜（句） ＋ ｜ ＋ － ＋ ｜（韵） （2）

《大圣乐》（仄韵）下阕，九句，五仄韵或六仄韵	
乐段三（二句，十五字）	乐段四（二句，十字）
＋ ｜ ＋ ＋ － － ＋ ｜（句）｜ ＋ ｜ ＋ － ｜ ｜（韵） （1）	－ ＋ ｜（句）＋ ＋ ＋ ＋（读）＋ － ＋ ｜（韵）
＋ ｜ ＋ － － ＋ ｜（句）＋ ＋ ＋（读） ＋ － － ｜ ｜（韵） （2）	

注：下阕乐段三中的格式"｜ ＋ ｜ ＋ － － ｜ ｜（韵）"，为"上一下七"句式。

例二 大圣乐（一百十字）

（宋）张　炎

　　隐市山林，傍家池馆，顿成佳趣。是几番、临水看云，就树揽香，诗满阑干横处。翠径小车行花影，听一片、春声人笑语。深亭宇。对清昼渐长，闲教鹦鹉。　　芳情缓寻细数。爱碧草如烟花自雨。任燕来莺去，香凝翠暖，歌酒清时钟鼓。二十四帘冰壶里，有谁在、箫台犹醉舞。吹笙侣。倚高寒、半天风露。

　　注：该词上阕第四句至第六句为乐段二中的格式（2），第七句和第八句为乐段三中的格式（2），第九句至第十一句为乐段四中的格式（2）；下阕第一句和第二句为乐段一中的格式（2），第三句至第五句为乐段二中的格式（2），第六句和第七句为乐段三中的格式（2）。全词双调，一百十字，上阕十一句，五仄韵；下阕九句，六仄韵。

高 山 流 水

调见《梦窗词》，吴文英自度曲，赠丁基仲妾作也。妾善琴，故以《高山流水》为调名。

《高山流水》的长短句结构

《高山流水》上阕，四个乐段			
乐段一（十四字）	乐段二（十八字）	乐段三（十三字）	乐段四（十字）
7　　34	5　6　34	3　6　4	5　5

《高山流水》下阕，四个乐段			
乐段一（十四字）	乐段二（十八字）	乐段三（十三字）	乐段四（十字）
2　5　34	5　6　34	3　6　4	4　33

《康熙词谱》只收集一体《高山流水》，双调，上下阕分别可分为四个乐段，其长短句结构如表所示。该调一百十字，上阕十句，六平韵；下阕十一句，六平韵，其基本格式如表所示。

《高山流水》的基本格式（双调）

《高山流水》上阕，十句，六平韵	
乐段一（二句，十四字）	乐段二（三句，十八字）
＋ － ＋ ｜ ｜ － －（韵）＋ ＋ ＋（读）＋ ｜ － －（韵）	＋ ｜ ｜ － －（句）＋ － ＋ ｜ －（韵）＋ ＋ ＋（读）＋ ｜ － －（韵）

《高山流水》上阕，十句，六平韵	
乐段三（三句，十三字）	乐段四（二句，十字）
＋ － ｜（句）＋ ｜ ＋ － ＋ ｜（句）＋ ｜ － －（韵）	｜ ＋ － ＋ ｜（句）＋ ｜ ｜ － －（韵）

《高山流水》的长短句结构

《高山流水》下阕，十一句，六平韵	
乐段一（三句，十四字）	乐段二（三句，十八字）
— —（韵）— — | — |（句）+ + +（读）+ | — —（韵）	+ | |（句）+ | + | — —（韵）+ + +（读）+ | — — （韵）

《高山流水》下阕，十一句，六平韵	
乐段三（三句，十三字）	乐段四（二句，十字）
+ — |（句）+ | + — + |（句） + | — —（韵）	+ — + |（句）+ + + （读）| — —（韵）

例 高山流水（一百十字）

（宋）吴文英

素弦一一起秋风。写柔情、多在春葱。徽外断肠声，霜霄暗落惊鸿。低颦处、剪绿裁红。仙郎伴，新制还赓旧曲，映月帘栊。似名花并蒂，日日醉春浓。　　吴中。空传有西子，应不解、换徵移宫。兰蕙满襟怀，唾碧总喷花茸。后堂深、想费春工。客愁重，时听蕉寒雨碎，泪湿琼钟。恁风流也，称金屋、贮娇慵。

注：该词双调，一百十字，上阕十句，六平韵；下阕十一句，六平韵。

慢　卷　绸

柳永《乐章集》注"夹钟商"。

《慢卷绸》的长短句结构

《慢卷绸》上阕，四个乐段			
乐段一 （十三字）	乐段二 （十七字）	乐段三 （十三字）	乐段四 （十三字或十二字）
4　4　5	5　4　4　4	4　4　5	5　4　4 　6　6

《慢卷绸》下阕，四个乐段			
乐段一（十二字）	乐段二（十七字）	乐段三（十三字）	乐段四（十三字）
4　　35	5　　6　　6 5　4　4　4	4　　4　　5	5　　4　　4

《康熙词谱》共收集两体《慢卷绸》，双调，上下阕分别可分为四个乐段，其长短句结构如表所示。该调有一百十一字或一百十字等格式，上阕十三句或十二句，四仄韵；下阕十一句或十二句，五仄韵。《康熙词谱》以柳永词为标谱词例。该调的正格与变格如表所示，其中，上下阕各乐段中的格式（1）为正格句式，其余为变格句式。

《慢卷绸》的正格与变格（双调）

《慢卷绸》上阕，十三句或十二句，四仄韵	
乐段一（三句，十三字）	乐段二（四句，十七字）
＋ － ＋ ｜（句）＋ － ＋ ｜（句） ＋ ｜ － －　｜（韵） 　　　　　（1）	｜ ＋ ｜ － －（句）＋ ｜ － －（句） ＋ － ＋ ｜（韵） 　　　　　（1）
＋ ｜ － －（句）＋ － ＋ ｜（句） ＋ ｜ － －　｜（韵） 　　　　　（2）	｜ ＋ ｜ － －（句）＋ ｜ － －（句） ＋ ｜ ＋ － （句）＋ － ＋ ｜（韵） 　　　　　（2）

《慢卷绸》上阕，十三句或十二句，四仄韵	
乐段三（三句，十三字）	乐段四（三句或二句，十三字或十二字）
＋ ｜ － －（句）＋ － ＋ ｜（句） ＋ ｜ － －　｜（韵）	｜ ＋ ｜ － －（句）＋ ｜ － －（句） ＋ ＋ － ｜（韵） 　　　　　（1） ＋ ｜ ＋ － ＋ ｜（句）＋ － ＋ ｜ － 　｜（韵） 　　　　　（2）

《慢卷绸》下阕，十一句或十二句，五仄韵	
乐段一（二句，十二字）	乐段二（三句或四句，十七字）
十一十丨（韵）——丨（读）十丨 ——丨（韵）	丨十丨丨（句）十丨十—十丨 （句）十丨十—十丨（韵） （1） 丨十丨——（句）十—十丨（句） 十—十丨（句）十—十丨（韵） （2）

《慢卷绸》下阕，十一句或十二句，五仄韵	
乐段三（三句，十三字）	乐段四（三句，十三字）
十丨十—（句）十—十丨（句） 十丨——丨（韵）	丨十丨——（句）十丨——（句） 十十—丨（韵）

例一　慢卷绸（一百十一字）

（宋）柳　永

闲窗烛暗，孤帏夜永，欹枕难成寐。细屈指寻思，旧事前欢，都来未尽，平生深意。到得如今，万般追悔，空只添憔悴。对好景良宵，皱着眉儿，成甚滋味。　　红茵翠被。当时事、一一堪垂泪。怎生得依前，似恁偎香倚暖，抱着日高犹睡。算得伊家，也应随分，烦恼心儿里。又争似从前，澹澹相看，免恁萦系。

注：该词上阕第一句至第三句为乐段一中的格式（1），第四句至第七句为乐段二中的格式（1），第十一句至第十三句为乐段四中的格式（1）；下阕第三句至第五句为乐段二中的格式（1）。全词双调，一百十一字，上阕十三句，四仄韵；下阕十一句，五仄韵。

例二　慢卷绸（一百十字）

（宋）李　甲

绝羽沉鳞，埋香葬玉，杳杳悲前事。对一盏寒灯，数点流萤，悄悄画屏，巫山十二。薤脸星眸，蕙情兰性，一旦成流水。纵有甘泉妙手，鸿都方士何济。　　香闺宝砌。临妆处、迤逦苔痕翠。更不忍看伊，绣残鸳侣，而今尚有，啼红粉渍。好梦不来，断云飞去，黯黯情无际。漫饮尽香醪，奈向愁肠，消遣无计。

注：该词上阕第一句至第三句为乐段一中的格式（2），第四句至第七句为乐段二中的格式（2），第十一句和第十二句为乐段四中的格式（2）；下阕第三句至第六句为乐段二中的格式（2）。全词双调，一百十字，上阕十二句，四仄韵；下阕十二句，五仄韵。

选 冠 子

一名《选官子》。曹勋词，名《转调选冠子》；鲁逸仲词，名《惜余春慢》；侯寘词，名《苏武慢》，又名《仄韵过秦楼》。

《选冠子》的长短句结构

《选冠子》上阕，四个乐段			
乐段一（十四字或十三字）	乐段二（十四字）	乐段三（十四字或十二字）	乐段四（十三字或十二字、十四字）
4　4　6 4　4　5	4　4　6	6　4　4 4　6　4 4　4　6 4　4　4	5　4　4 5　3　4 5　4　5 34　6

《选冠子》下阕，四个乐段			
乐段一（十七字或十六字）	乐段二（十四字）	乐段三（十四字或十二字）	乐段四（十一字或十二字、十三字、十四字）
34　4　6 3　4　4　6 7　4　5	4　4　6	4　6　4 6　4　4 4　4　4 4　4　4	5　6 5　7 5　4　4 5　3　4 4　4　6 34　4 34　6

《康熙词谱》共收集十六体《选冠子》，双调，上下阕分别可分为四个乐段，其长短句结构如表所示。该调有一百十一字、一百十四字、一百十三字、一百九字、一百七字等格

式，上阕十二句或十一句，四仄韵；下阕十一句或十二句，四仄韵或五仄韵，《康熙词谱》以一百十一字周邦彦词为正体或正格。该调的正格与变格如表所示，其中，上下阕各乐段中的格式（1）为正格句式，其余为变格句式。

《选冠子》的正格与变格（双调）

《选冠子》上阕，十二句或十一句，四仄韵	
乐段一（三句，十四字或十三字）	乐段二（三句，十四字）
＋｜－－（句）＋－＋｜（句） ＋｜＋－＋｜（韵） （1）	＋－＋｜（句）＋｜－－（句） ＋｜＋＋－｜（韵） （1）
＋｜－－（句）＋－＋｜（句） ＋｜＋－－｜（韵） （2）	＋｜－－（句）＋－＋｜（句） ＋｜＋－＋｜（韵） （2）

例一　选冠子（一百十一字）

（宋）周邦彦

水浴清蟾，叶喧凉吹，巷陌雨声初断。闲依露井，笑扑流萤，惹破画罗轻扇。人静夜久凭栏，愁不归眠，立残更箭。叹年华一瞬，人今千里，梦沉书远。　　空见说、鬓怯琼梳，容销金镜，渐懒趁时匀染。梅风地溽，虹雨苔滋，一架舞红都变。谁信无聊，为伊才减江淹，情伤荀倩。但明河影下，还看疏星几点。

注：该词上阕第一句至第三句为乐段一中的格式（1），第四句至第六句为乐段二中的格式（1），第七句至第九句为乐段三中的格式（1），第十句至第十二句为乐段四中的格式（1）；下阕第一句至第三句为乐段一中的格式（1），第四句至第六句为乐段二中的格式（1），第七句至第九句为乐段三中的格式（1），第十句和第十一句为乐段四中的格式（1）。全词双调，一百十一字，上阕十二句，四仄韵；下阕十一句，四仄韵。

例二　选冠子（一百十一字）

（宋）蔡　伸

雁落平沙，烟笼寒水，古垒鸣笳声断。青山隐隐，败叶萧萧，天际暝鸦零乱。楼上黄昏，片帆千里归程，年华将晚。望碧云空暮，佳人何处，梦魂俱远。　　忆旧游、邃馆朱扉，小园香径，尚想桃花人面。书盈锦轴，恨满金徽，难写寸心幽怨。两地离愁，一尊芳酒凄凉，危栏倚遍。尽迟留、凭仗西风，吹干泪眼。

注：该词上阕第一句至第三句为乐段一中的格式（1），第四句至第六句为乐段二中的格式（1），第七句至第九句为乐段三中的格式（3），第十句至第十二句为乐段四中的格式（1）；下阕第一句至第三句为乐段一中的格式（1），第四句至第六句为乐段二中的格式（1），第七句至第九句为乐段三中的格式（1），第十句和第十一句为乐段四中的格式（6）。全词双调，一百十一字，上阕十二句，四仄韵；下阕十一句，四仄韵。

《选冠子》上阕，十二句或十一句，四仄韵	
乐段三（三句，十四字或十二字）	乐段四（三句或二句，十三字或十二字、十四字）
― ｜ ＋ ｜ ― ―（句）＋ ｜ ― ― （句）＋ ― ＋ ｜（韵） （1）	｜ ＋ ― ＋ ｜（句）＋ ｜ ― ＋ ｜（句）＋ ― ＋ ｜（韵） （1）
＋ ＋ ― ― ｜ ＋（句）＋ ｜ ― （句）＋ ― ＋ ｜（韵） （2）	｜ ＋ ― ＋ ｜（句）＋ ＋ ― ｜（句）＋ ― ＋ ｜（韵） （2）
＋ ｜ ― ―（句）＋ ― ＋ ｜ ― （句）＋ ― ＋ ｜（韵） （3）	｜ ＋ ― ＋ ｜（句）＋ ― ＋ ｜（句）＋ ― ＋ ｜（韵） （3）
＋ ｜ ― ―（句）＋ ― ＋ ｜（句）＋ ｜ ＋ ― ＋ ｜（韵） （4）	｜ ＋ ― ＋ ｜（句）＋ ― ｜ ― ＋ ｜（韵） （4）
＋ ｜ ― ―（句）＋ ― ＋ ｜（句）＋ ― ｜ ― ＋ ｜（韵） （5）	＋ ＋ ＋（读）＋ ｜ ― ―（句）＋ ｜ ＋ ― ＋ ｜（韵） （5）
＋ ｜ ― ―（句）＋ ｜ ― ―（句）＋ ＋ ｜ ＋ ― ＋ ｜（韵） （6）	
＋ ｜ ＋ ―（句）＋ ｜ ― ―（句）＋ ― ＋ ｜（韵） （7）	

《选冠子》下阕，十二句或十一句，四仄韵或五仄韵	
乐段一（三句或四句，十七字或十六字）	乐段二（三句，十四字）
＋＋＋（读）＋｜——（句）＋ —＋｜（句）＋｜＋｜—｜（韵） （1）	＋—＋｜（句）＋｜——（句） ＋｜＋—＋｜（韵） （1）
—＋｜（韵）＋｜——（句）＋ —＋｜（句）＋｜＋—＋｜（韵） （2）	＋｜＋—＋｜（句） ＋｜＋—＋｜（韵） （2）
＋—＋｜｜——（句）＋｜＋ ｜（句）＋｜＋｜＋—｜（韵） （3）	

例三　选冠子（一百十一字）

（宋）吴文英

藻国凄迷，麴澜澄映，怨入粉烟蓝雾。香笼麝水，腻涨红波，一镜万妆争妒。湘女归魂，佩环玉冷无声，凝情谁诉。又江空月堕，凌波尘起，绣鸳愁舞。　　还暗忆、钿合兰膏，丝牵琼腕，见茵更怜心苦。玲珑翠幄，轻薄冰绡，稳倩锦云留住。生怕哀蜩，早惊秋破红衰，泪珠零露。耐西风老尽，羞趁东风嫁与。

注：该词上阕第一句至第三句为乐段一中的格式（1），第四句至第六句为乐段二中的格式（1），第七句至第九句为乐段三中的格式（3），第十句至第十二句为乐段四中的格式（1）；下阕第一句至第三句为乐段一中的格式（1），第四句至第六句为乐段二中的格式（1），第七句至第九句为乐段三中的格式（1），第十句和第十一句为乐段四中的格式（1）。全词双调，一百十一字，上阕十二句，四仄韵；下阕十一句，四仄韵。

例四　选冠子（一百十一字）

（宋）曹　勋

细柳排空，高榆拥岸，乍觉楚天秋意。凉随夜雨，望极长淮，孤馆漫成留滞。天净无云，浪痕清影，窗户闲临烟水。叹驱驰尘事，殊喜萧散，暂来闲适。　　常念想、圣主垂衣，临朝北顾，泛遣聊宽忧寄。辎轩载揽，虎节严持，谈笑挂帆千里。凭仗皇威，滥陪枢管，一语折冲退裔。待归来、瞻对天颜，须知有喜。

    注：该词上阕第一句至第三句为乐段一中的格式（1），第四句至第六句为乐段二中的格式（1），第七句至第九句为乐段三中的格式（4），第十句至第十二句为乐段四中的格式（2）；下阕第一句至第三句为乐段一中的格式（1），第四句至第六句为乐段二中的格式（1），第七句至第九句为乐段三中的格式（2），第十句和第十一句为乐段四中的格式（6）。全词双调，一百十一字，上阕十二句，四仄韵；下阕十一句，四仄韵。

《选冠子》下阕，十一句或十二句，四仄韵或五仄韵	
乐段三（三句，十四字或十二字）	乐段四（二句或三句，十一字或十二字、十三字、十四字）
＋｜ーー（句）＋ー＋｜ー ー（句）＋ー＋｜（韵） （1）	｜＋ー＋｜（句）＋｜＋ー＋｜（韵） （1）
＋｜ーー（句）＋ー＋｜（句）＋｜＋ー＋｜（韵） （2）	｜＋ー＋｜（韵）＋ー＋｜（句）＋ー＋｜（韵） （2）
＋｜＋ー（句）＋｜ーー（句）＋｜＋ー＋｜（韵） （3）	｜＋ー＋｜（句）＋ー＋｜（句）＋ー＋｜（韵） （3）
＋｜＋ー（句）＋｜＋ー（句）＋ー＋｜（韵） （4）	｜＋ー＋｜（句）＋｜＋ー＋｜（韵） （4）
＋｜＋＋｜＋（句）＋｜＋ー（句）＋ー＋｜（韵） （5）	＋ー＋｜（句）＋｜ーー（句）＋｜＋ー＋｜（韵） （5）
＋｜＋ーー（句）＋｜ーー（句）＋ー＋｜（韵） （6）	＋＋＋（读）＋｜ーー（韵）＋ー＋｜（韵） （6）
＋｜＋ー＋｜（句）＋ー＋｜（句）＋ー＋｜（韵） （7）	＋＋＋（读）＋｜ーー（韵）＋｜＋ー＋｜（韵） （7）

例五　选冠子（一百十三字）
（宋）鲁逸仲

　　弄月余花，团风轻絮，露湿池塘春草。莺莺恋友，燕燕将雏，惆怅睡残春晓。还是初相见时，携手旗亭，酒香梅小。向登临长是，伤春滋味，泪弹多少。　　因甚却、轻许风流，终非长久，又说分飞烦恼。罗衣瘦损，绣被香消，那更乱红如扫。门外无穷路岐，天若有情，和天须老。念高唐归梦，凄凉何处，水流云绕。

　　注：该词上阕第一句至第三句为乐段一中的格式（1），第四句至第六句为乐段二中的格式（1），第七句至第九句为乐段三中的格式（2），第十句至第十二句为乐段四中的格式（1）；下阕第一句至第三句为乐段一中的格式（1），第四句至第六句为乐段二中的格式（1），第七句至第九句为乐段三中的格式（5），第十句至第十二句为乐段四中的格式（2）。全词双调，一百十三字，上下阕各十二句，四仄韵。

例六　选冠子（一百十三字）
（宋）张景修

　　嫩水拖蓝，遥堤影翠，半雨半烟桥畔。鸣禽弄舌，梦草萦心，偏称谢家池馆。红粉墙头，步摇金缕，纤柔舞腰低软。被和风、搭在栏干，终日画帘高卷。　　春易老、细叶舒眉，轻花吐絮，渐觉绿阴成幔。章台系马，灞水维舟，谁念凤城人远。惆怅故国阳关，杯酒飘零，惹人肠断。恨青青客舍，江头风笛，乱云空晚。

　　注：该词上阕第一句至第三句为乐段一中的格式（1），第四句至第六句为乐段二中的格式（1），第七句至第九句为乐段三中的格式（5），第十句和第十一句为乐段四中的格式（5）；下阕第一句至第三句为乐段一中的格式（1），第四句至第六句为乐段二中的格式（1），第七句至第九句为乐段三中的格式（6），第十句至第十二句为乐段四中的格式（2）。全词双调，一百十三字，上阕十一句，四仄韵；下阕十二句，四仄韵。

例七　选冠子（一百十三字）
《梅苑》无名氏

　　憔悴江山，凄凉古道，寒日淡烟残雪。行人立马，手折江梅，红萼素英初发。月下瑶台，弄玉飞琼，不老年年春色。被东君、唤遣娆红，高韵且饶清白。　　因动感、野水溪桥，竹篱茅舍，何似玉堂金阙。天教占了，第一枝春，何处不宜风月。休问庾岭止渴，金鼎调羹，有谁如得。傲冰霜、雅态清香，花里自称三绝。

注：该词上阕第一句至第三句为乐段一中的格式（1），第四句至第六句为乐段二中的格式（1），第七句至第九句为乐段三中的格式（6），第十句和第十一句为乐段四中的格式（5）；下阕第一句至第三句为乐段一中的格式（1），第四句至第六句为乐段二中的格式（1），第七句至第九句为乐段三中的格式（5），第十句至第十二句为乐段四中的格式（7）。全词双调，一百十三字，上下阕各十一句，四仄韵。

例八　选冠子（一百十三字）

（宋）陆　游

淡霭空濛，轻阴清润，绮陌细尘初静。平桥系马，画阁移舟，湖水倒空如镜。掠岸飞花，傍檐新燕，都是学人无定。叹连年戎帐，经春边垒，暗凋颜鬓。　　空记忆、杜曲池台，新丰歌管，怎得故人音信。羁怀易感，老伴无多，谈麈久闲犀柄。惟有翛然，笔床茶灶，自适笋舆烟艇。待绿荷遮岸，红蕖浮水，更乘幽兴。

注：该词上阕第一句至第三句为乐段一中的格式（1），第四句至第六句为乐段二中的格式（1），第七句至第九句为乐段三中的格式（4），第十句至第十二句为乐段四中的格式（1）；下阕第一句至第三句为乐段一中的格式（1），第四句至第六句为乐段二中的格式（1），第七句至第九句为乐段三中的格式（2），第十句至第十二句为乐段四中的格式（2）。全词双调，一百十三字，上下阕各十二句，四仄韵。

例九　选冠子（一百十三字）

（元）虞　集

归去来兮，昨非今是，惆怅独悲奚语。迷途未远，晨景熹微，乃命仆夫先路。风飐舟轻，候门童稚，此日再瞻衡宇。酒盈尊，三径虽荒，松菊宛然如故。　　聊寄傲、与世相违，旧交俱息，更复驾言焉取。琴书情话，寻壑经丘，倦鸟岫云容与。农人告我，有事西畴，孤棹赋诗春雨。但乐夫、天命何疑，乘化任渠留去。

注：该词上阕第一句至第三句为乐段一中的格式（1），第四句至第六句为乐段二中的格式（1），第七句至第九句为乐段三中的格式（4），第十句至第十二句为乐段四中的格式（5）；下阕第一句至第三句为乐段一中的格式（1），第四句至第六句为乐段二中的格式（1），第七句至第九句为乐段三中的格式（3），第十句和第十一句为乐段四中的格式（7）。全词双调，一百十三字，上阕十二句，四仄韵；下阕十一句，四仄韵。

例十　选冠子（一百十三字）
（宋）陈允平

　　谷雨收寒，茶烟飏晓，又是牡丹时候。浮龟碧水，听鹤丹山，彩屋幔亭依旧。和气缥缈人间，满谷红云，德星呈秀。向东风种就，一庭兰茁，玉香初茂。　　还遥想、曲度娇莺，舞低轻燕，二十四帘芳昼。清溪九曲，上巳风光，觞咏似山阴否。翠阁凝清，正宜瀹茗银罂，熨香金斗。又双鸾飞下，长生殿里，赐蔷薇酒。

　　注：该词上阕第一句至第三句为乐段一中的格式（1），第四句至第六句为乐段二中的格式（1），第七句至第九句为乐段三中的格式（1），第十句至第十二句为乐段四中的格式（1）；下阕第一句至第三句为乐段一中的格式（1），第四句至第六句为乐段二中的格式（1），第七句至第九句为乐段三中的格式（1），第十句至第十二句为乐段四中的格式（2）。全词双调，一百十三字，上下阕各十二句，四仄韵。

例十一　选冠子（一百十三字）
（宋）陈允平

　　倦听蛮砧，初抛鸾扇，隔浦乱钟催晚。湘蒲簟冷，楚竹帘稀，窗下乍闻裁剪。倦柳拖烟，枯莲蘸水，芙蓉翠深红浅。对半床灯火，虚堂凄寂，近书思遍。　　夜漏永、玉宇尘收，银河光烂，梦断楚天空远。婆娑月树，缥缈仙香，身在广寒宫殿。无奈离愁乱织，藉酒消磨，倩花排遣。渐江空霜晓，黄芦漠漠，一声来雁。

　　注：该词上阕第一句至第三句为乐段一中的格式（1），第四句至第六句为乐段二中的格式（1），第七句至第九句为乐段三中的格式（5），第十句至第十二句为乐段四中的格式（1）；下阕第一句至第三句为乐段一中的格式（1），第四句至第六句为乐段二中的格式（1），第七句至第九句为乐段三中的格式（5），第十句至第十二句为乐段四中的格式（2）。全词双调，一百十三字，上下阕各十二句，四仄韵。

例十二　选冠子（一百十四字）
（元）虞　集

　　云淡风轻，傍花随柳，将谓少年行乐。高阁林间，小车城里，千古太平西洛。瞻彼泱泱，言思君子，流水俨然如昨。但清游、天际轻阴，未便暮愁离索。　　长记得、童冠相随，浴沂归去，吟咏鸢飞鱼跃。逝者如斯，吾衰甚矣，调理自存斟酌。清庙朱丝，旧堂金石，隐几似闻更作。农人告我，有事西畴，窈窕挂书牛角。

注：该词上阕第一句至第三句为乐段一中的格式（1），第四句至第六句为乐段二中的格式（2），第七句至第九句为乐段三中的格式（4），第十句和第十一句为乐段四中的格式（5）；下阕第一句至第三句为乐段一中的格式（1），第四句至第六句为乐段二中的格式（2），第七句至第九句为乐段三中的格式（2），第十句至第十二句为乐段四中的格式（5）。全词双调，一百十四字，上阕十一句，四仄韵；下阕十二句，四仄韵。

例十三　选冠子（一百十三字）
（元）张　雨

清露晨流，新桐初引，消受北窗凉晓。经卷熏炉，笔床茶具，长物任他围绕。老子无情，年光有限，只似木人花鸟。拟凝云、数朵奇峰，曾见汉唐池沼。　　还自笑。老学蟫鱼，金题玉躞，书里也容身了。阿对泉头，布衣无恙，占断雨苔风篆。独鹤归来，西山缺处，掠过乱鸦林表。抚琴心、三叠胎仙，坐到月高山小。

注：该词上阕第一句至第三句为乐段一中的格式（1），第四句至第六句为乐段二中的格式（2），第七句至第九句为乐段三中的格式（4），第十句和第十一句为乐段四中的格式（5）；下阕第一句至第四句为乐段一中的格式（2），第五句至第七句为乐段二中的格式（2），第八句至第十句为乐段三中的格式（2），第十一句和第十二句为乐段四中的格式（7）。全词双调，一百十三字，上阕十一句，四仄韵；下阕十二句，五仄韵。

例十四　选冠子（一百七字）
（宋）吕渭老

雨湿花房，风斜燕子，池阁昼长春晚。檀盘战象，宝局铺棋，筹画未分还懒。谁念少年，齿怯梅酸，病疏霞盏。正青钱遮路，绿丝明水，倦寻歌扇。　　空记得、小阁题名，红笺亲制，灯火夜深裁剪。明眸似水，妙语如弦，不觉晓霜鸡唤。闻道近来，筝谱慵看，金铺长掩。瘦一枝梅影，回首江南路远。

注：该词上阕第一句至第三句为乐段一中的格式（1），第四句至第六句为乐段二中的格式（1），第七句至第九句为乐段三中的格式（7），第十句至第十二句为乐段四中的格式（1）；下阕第一句至第三句为乐段一中的格式（1），第四句至第六句为乐段二中的格式（1），第七句至第九句为乐段三中的格式（4），第十句和第十一句为乐段四中的格式（1）。全词双调，一百七字，上阕十二句，四仄韵；下阕十一句，四仄韵。

例十五　选冠子（一百九字）
（明）张 肎

袅袅芙蕖，平铺断港，路入锦云处。香浮绿水，浪卷晴舟，宛在翠红香里。湘妃余酣未醒，拥盖藏羞，含娇欲语。想凌波尘远，遥鸣佩，风飘艳绮。　　望中宛似若耶溪，隔水只欠，小艇采莲女。最怜芳意，佳藕难寻，肠断寸丝千缕。叶老房空，漫嗟此际，一点春心更苦。且休歌水调，恐惊起，文鸳双侣。

注：该词上阕第一句至第三句为乐段一中的格式（2），第四句至第六句为乐段二中的格式（1），第七句至第九句为乐段三中的格式（2），第十句至第十二句为乐段四中的格式（4）；下阕第一句至第三句为乐段一中的格式（3），第四句至第六句为乐段二中的格式（1），第七句至第九句为乐段三中的格式（2），第十句至第十二句为乐段四中的格式（3）。全词双调，一百九字，上下阕各十二句，四仄韵。

例十六　选冠子（一百十三字）
（宋）曹 勋

秀木撑空，凝云藏岫，处处群山横翠。霜风冽面，酒力潜销，征辔暂指天际。红叶黄花，水光山色，常爱晓云晴霁。念尘埃眯眼，年华易老，觉远行非易。　　常自感、羽客难寻，蓬莱难到，强作林泉活计。鱼依密藻，雁过烟空，家信渐遥千里。还是关河冷落，斜阳衰草，苇村山驿。又鸡声茅店，鸦啼露井重唤起。

注：该词上阕第一句至第三句为乐段一中的格式（1），第四句至第六句为乐段二中的格式（1），第七句至第九句为乐段三中的格式（4），第十句至第十二句为乐段四中的格式（3）；下阕第一句至第三句为乐段一中的格式（1），第四句至第六句为乐段二中的格式（1），第七句至第九句为乐段三中的格式（7），第十句和第十一句为乐段四中的格式（4）。全词双调，一百十三字，上阕十二句，四仄韵；下阕十一句，四仄韵。

霜 叶 飞

调见《片玉集》，因词有"素娥青女斗婵娟"句，更名《斗婵娟》。

《霜叶飞》的长短句结构

《霜叶飞》上阕，四个基本乐段			
乐段一 （十三字）	乐段二 （十二字）	乐段三 （十四字）	乐段四（十六字或十五字、十四字）
4　3　6 7　　6	7　　5 4　4　4	34　　7	5　34　4 5　5　4 5　5　6 5　4　6 33　6　4

《霜叶飞》下阕，四个基本乐段			
乐段一 （十六字或十七字）	乐段二 （十二字）	乐段三 （十四字）	乐段四 （十四字或十三字）
6　4　6 6　5　6	7　　5 4　4　4	7　　7 34　　7	33　4　4 5　4　4 5　5　4

《康熙词谱》共收集七体《霜叶飞》，双调，上下阕分别可分为四个乐段，其长短句结构如表所示。该调有一百十一字或一百九字、一百十字、一百十二字等格式，上阕十句或十一句，六仄韵或五仄韵、七仄韵；下阕十句或十一句，五仄韵或六仄韵。《康熙词谱》以一百十一字体周邦彦词为正体或正格，该调的正格与变格如表所示，其中，各乐段中的格式（1）为正格句式，其余为变格句式。

《霜叶飞》的正格和变格（双调）

《霜叶飞》上阕，十句或十一句，五仄韵或六仄韵、七仄韵	
乐段一（三句或二句，十三字）	乐段二（二句或三句，十二字）
＋ － ＋ ｜（韵）＋ － ｜（句）＋ － ＋ ｜ －（韵） （1）	＋ － ＋ ｜ ｜ － －（句）｜＋ － ＋ ｜（韵） （1）
＋ － ＋ ｜（句）＋ － ｜（句）＋ － ＋ ｜ －（韵） （2）	＋ － ＋ ｜ ｜ －（句）＋ － ｜（韵） （2）
＋ － ＋ ｜ ＋ － ｜（韵）＋ － － ｜ － ｜（韵） （3）	＋ － ＋ ｜（句）＋ － ＋ ｜（句）＋ － ＋ ｜（韵） （3）

例一　霜叶飞（一百十一字）

（宋）周邦彦

　　露迷衰草。疏星挂，凉蟾低下林表。素娥青女斗婵娟，正倍添凄悄。渐飒飒、丹枫撼晓。横天云浪鱼鳞小。见皓月相看，又透入、清辉半晌，特地留照。　　迢递望极关山，波穿千里，度日如岁难到。凤楼今夜听西风，奈五更愁抱。想玉匣哀弦闭了。无心重理相思调。念故人、牵离恨，屏掩孤鬓，泪流多少。

　　注：该词上阕第一句至第三句为乐段一中的格式（1），第四句和第五句为乐段二中的格式（1），第八句至第十句为乐段四中的格式（1）；下阕第一句至第三句为乐段一的格式（1），第四句和第五句为乐段二中的格式（1），第六句和第七句为乐段三中的格式（1），第八句至第十句为乐段四的格式（1）。全词双调，一百十一字，上阕十句，六仄韵；下阕十句，五仄韵。

例二　霜叶飞（一百九字）

（宋）方千里

　　寒云垂地，堤烟重，燕鸿数度江表。露荷风柳向人疏，台榭还清悄。恨脉脉、离情怨晓。相思魂梦银屏小。奈倦客征衣，自遍拂尘埃，玉镜羞照。　　无限静陌幽坊，追欢寻赏，未落人后先到。少年心事转头空，况近春怀抱。尽落叶红英过了。离声慵整当时调。问丽质、从憔悴，消减腰围，似郎多少。

注：该词上阕第一句至第三句为乐段一中的格式（2），第四句和第五句为乐段二中的格式（2），第八句至第十句为乐段四中的格式（5）；下阕第一句至第三句为乐段一的格式（1），第四句和第五句为乐段二中的格式（1），第六句和第七句为乐段三中的格式（1），第八句至第十句为乐段四的格式（1）。全词双调，一百九字，上下阕各十句，五仄韵。

《霜叶飞》上阕，十句或十一句，五仄韵或六仄韵、七仄韵	
乐段三（二句，十四字）	乐段四（三句，十六字或十四字、十五字）
＋＋＋（读）＋ー＋｜（韵） ＋ー＋｜ーー｜（韵）	｜＋｜ーー（句）＋＋＋（读）＋ー＋｜（句）＋＋ー｜（韵） （1） ｜＋ー＋｜（句）＋｜｜ーー（句）＋ー＋｜ー｜（韵） （2） ＋｜ー｜（句）＋＋＋（读）＋ー＋｜（韵）＋＋ー｜（韵） （3） ＋｜ーー｜（句）＋＋＋（读）＋ー｜ー（句）＋ー＋｜（韵） （4） ｜＋｜ーー（句）｜＋｜ーー（句）＋＋ー｜（韵） （5） ＋｜｜ーー（句）＋｜ーー（句）＋ー＋｜ー｜（韵） （6） ＋＋＋（读）＋ー＋（韵）＋｜＋ー｜ー（句）＋ー＋｜（韵） （7）

《霜叶飞》下阕，十句或十一句，五仄韵或六仄韵	
乐段一（三句，十六字或十七字）	乐段二（二句或三句，十二字）
＋｜＋｜一一（句）＋一＋｜（句）＋｜＋一｜＋一一（句）＋｜＋一｜（韵） ＋｜＋＋一｜（韵） （1）	＋一＋｜｜一一（句）＋｜＋一｜（韵） （1）
＋｜＋｜一一（句）＋一＋｜（句）＋｜＋｜｜（韵） （2）	＋一＋｜（句）＋｜一一（句）＋｜＋｜｜（韵） （2）
＋｜＋｜一一（句）＋｜＋＋｜（句）＋｜＋｜＋一｜（韵） （3）	

注：下阕乐段一中的格式"＋｜＋＋｜（句）"，为"上一下四"句式。

《霜叶飞》下阕，十句或十一句，五仄韵或六仄韵	
乐段三（二句，十四字）	乐段四（三句，十四字或十三字、十五字）
｜＋｜＋一＋｜（韵）＋一＋｜一一｜（韵） （1）	＋＋＋（读）＋一｜（句）＋｜一一（句）＋一＋｜（韵） （1）
＋＋＋（读）＋一＋｜（韵）＋一＋｜一一｜（韵） （2）	｜＋｜一一（句）＋｜＋｜＋一＋｜（韵） （2）
	｜＋｜一一（句）｜＋｜＋一＋｜（韵） （3）

注：下阕乐段三中的格式"｜＋｜＋一＋｜（韵）"，为"上一下六"句式。

例三　霜叶飞（一百十一字）

（宋）张　炎

旧家池沼。寻芳处，从教飞燕频绕。一湾柳护水房春，看镜鸾窥晓。晕宿酒、双蛾淡扫。罗襦飘带腰围小。尽醉方归去，又暗约、明朝斗草。谁解先到。　　心绪乱若晴丝，那回游处，坠红争恋残照。近来心事渐无多，尚被莺声恼。便白发如今纵少。情怀不似前时好。漫伫立、东风外，愁极还醒，背花一笑。

注：该词上阕第一句至第三句为乐段一中的格式（1），第四句和第五句为乐段二中的格式（1），第八句至第十句为乐段四中的格式（3）；下阕第一句至第三句为乐段一的格式（2），第四句和第五句为乐段二中的格式（1），第六句和第七句为乐段三中的格式（1），第八句至第十句为乐段四的格式（1）。全词双调，一百十一字，上阕十句，七仄韵；下阕十句，五仄韵。

例四　霜叶飞（一百十字）
（宋）张　炎

故园空杳。霜风劲，南塘吹断瑶草。已无清气碍云山，奈此时怀抱。尚记得、修门赋晓。杜陵花竹归来早。傍雅亭幽榭，惯款语英游，好怀无限欢笑。　　不见换羽移商，杏梁尘远，可怜都付残照。坐中泣下最谁多。叹赏音人少。怅一夜、梅花顿老。今年因甚无诗到。待唤起清魂，说与凄凉，定应愁了。

注：该词上阕第一句至第三句为乐段一中的格式（1），第四句和第五句为乐段二中的格式（1），第八句至第十句为乐段四中的格式（2）；下阕第一句至第三句为乐段一的格式（2），第四句和第五句为乐段二中的格式（1），第六句和第七句为乐段三中的格式（2），第八句至第十句为乐段四的格式（2）。全词双调，一百十字，上阕十句，六仄韵；下阕十句，五仄韵。

例五　霜叶飞（一百十一字）
（宋）沈　唐

霜林凋晚，危楼迥，登临无限秋思。望中闲想，洞庭波面，乱红初坠。更萧索、风吹渭水。长安飞舞千门里。变景摧芳榭，唯剩有、兰衰暮丛，菊残余蕊。　　回念花满华堂，美人一去，镇掩香闺经岁。又观珠露，碎点苍苔，败梧飘砌。漫赢得、相思眼泪。东君早作归来计。便莫惜、丹青手，重与芳菲，万红千翠。

注：该词上阕第一句至第三句为乐段一中的格式（2），第四句和第五句为乐段二中的格式（3），第八句至第十句为乐段四中的格式（4）；下阕第一句至第三句为乐段一的格式（1），第四句至第六句为乐段二中的格式（2），第七句和第八句为乐段三中的格式（2），第九句至第十一句为乐段四的格式（1）。全词双调，一百十一字，上下阕各十一句，五仄韵。

例六　霜叶飞（一百十一字）

（宋）沈　唐

　　故宫秋晚，余芳尽，轻阴闲淡池阁。凤泥银暗，玳纹花卷，断肠帘幕。渐砌菊、遗金谢却。芙蓉才共清霜约。半弄蕊澄波，浅拂胭脂，翠琼连并凋萼。　　应是曾倚东君，纵艳姿轻盈，映损丹杏红药。旋成深妒，判与西风，任从开落。况衰晚渊明意薄。重阳羞对花吟酌。待说与江梅，早傅粉匀香，慰伊萧索。

　　注：该词上阕第一句至第三句为乐段一中的格式（2），第四句至第六句为乐段二中的格式（3），第九句至第十一句为乐段四中的格式（6）；下阕第一句至第三句为乐段一的格式（3），第四句至第六句为乐段二中的格式（2），第七句和第八句为乐段三中的格式（1），第九句至第十一句为乐段四的格式（3）。全词双调，一百十一字，上下阕各十一句，五仄韵。

例七　霜叶飞（一百十二字）

（宋）黄　裳

　　谁能留得年华住。韶华今在何处。万林飞尽，但惊天籁，半空无数。望消息、霜催雁过。佳人愁起云垂暮。就绣幕、红炉去。金鸭时飘异香，柳腰人舞。　　休道行且分飞，还共乐一岁，见景长是欢聚。大来芳意，既与名园，是花为主。翠娥并、尊前笑语。来年管取人如故。向寂寞、中先喜。俄顷飞琼，化成寰宇。

　　注：该词上阕第一句和第二句为乐段一中的格式（3），第三句至第五句为乐段二中的格式（3），第八句至第十句为乐段四中的格式（7）；下阕第一句至第三句为乐段一的格式（3），第四句至第六句为乐段二中的格式（2），第七句和第八句为乐段三中的格式（2），第九句至第十一句为乐段四的格式（1）。全词双调，一百十二字，上阕十句，七仄韵；下阕十一句，六仄韵。

五彩结同心

此调有平韵、仄韵两体。平韵者,见赵彦端《介庵词》;仄韵者,见《乐府雅词》。

《五彩结同心》的长短句结构

《五彩结同心》上阕,四个乐段			
乐段一(十四字)	乐段二(十四字)	乐段三(十四字)	乐段四(十三字)
4　4　6	5　36	7　34	34　6

《五彩结同心》下阕,四个乐段			
乐段一(十五字)	乐段二(十四字)	乐段三(十四字)	乐段四(十三字)
6　5　4	5　36	7　34	34　6

《康熙词谱》共收集两体《五彩结同心》,双调,上下阕分别可分为四个乐段,其长短句结构如表所示。该调一百十一字,平韵格上下阕各九句,四平韵,其基本格式如表所示;仄韵格上阕九句,五仄韵;下阕九句,六仄韵,其基本格式如表所示。

《五彩结同心》(平韵)的基本格式(双调)

《五彩结同心》(平韵)上阕,九句,四平韵	
乐段一(三句,十四字)	乐段二(二句,十四字)
＋ － ＋ ｜ (句) ＋ ｜ － － (句) ＋ － ＋ ｜ － － (韵)	＋ ｜ － － ｜ (句) － － (读) － ｜ ＋ ｜ － － (韵)

《五彩结同心》(平韵)上阕,九句,四平韵	
乐段三(二句,十四字)	乐段四(二句,十三字)
＋ － ＋ ｜ － － ｜ (句) ＋ ＋ ｜ (读) ＋ ｜ － － (韵)	＋ ＋ ｜ (读) ＋ － ＋ ｜ (句) ＋ － ＋ ｜ － － (韵)

《五彩结同心》（平韵）下阕，九句，四平韵

乐段一（三句，十五字）	乐段二（二句，十四字）
＋－｜－＋｜（句）＋－＋｜（句）＋｜－－（韵）	＋｜－－｜（句）＋＋｜（读）－｜＋｜－－（韵）

《五彩结同心》（平韵）下阕，九句，四平韵

乐段三（二句，十四字）	乐段四（二句，十三字）
＋－＋｜－－｜（句）＋＋｜（读）＋＋｜－－（韵）	＋＋｜（读）＋－＋｜（句）＋＋｜－－（韵）

例　五彩结同心（一百十一字）

（宋）赵彦端

人间尘断，雨外风回，凉波自泛仙槎。非郭还非野，闲莺燕、时傍笑语清佳。铜壶花漏长如线，金铺碎、香暖檐牙。谁知道、东园五亩，种成国艳天葩。　　主人汉家龙种，正翩翩迥立，雪绔乌纱。歌舞承平旧，围红袖、诗兴自写春华。未知三斗朝天去，定何似、鸿宝丹砂。且一醉、朱颜相庆，共看玉井浮花。

注：全词双调，一百十一字，上下阕各九句，四平韵。

《五彩结同心》（仄韵）的基本格式（双调）

《五彩结同心》（仄韵）上阕，九句，五仄韵	
乐段一（三句，十四字）	乐段二（二句，十四字）
＋－＋｜（韵）＋｜－－（句）＋｜＋－＋｜（韵）	＋｜－－｜（句）＋＋｜（读）＋｜＋－＋｜（韵）

《五彩结同心》（仄韵）上阕，九句，五仄韵	
乐段三（二句，十四字）	乐段四（二句，十三字）
＋－＋｜－－｜（句）＋＋｜（读）＋－＋｜（韵）	＋＋｜（读）＋－＋｜（句）＋－＋｜（韵）

《五彩结同心》（仄韵）下阕，九句，六仄韵	
乐段一（三句，十五字）	乐段二（二句，十四字）
＋－｜－＋｜（韵）＋＋－＋｜（句）＋－＋｜（韵）	＋｜－－｜（句）＋＋｜（读）＋｜＋－＋｜（韵）

《五彩结同心》（仄韵）下阕，九句，六仄韵	
乐段三（二句，十四字）	乐段四（二句，十三字）
＋－＋｜－－｜（韵）＋＋＋｜（读）＋－＋｜｜（韵）	＋＋｜（读）＋－＋｜（句）＋｜＋－＋｜｜（韵）

例　五彩结同心（一百十一字）

《乐府雅词》无名氏

　　珠帘垂户。金索悬窗，家接浣纱溪路。相见桐阴下，一钩月、恰在凤凰栖处。素琼碾就宫腰小，花枝袅、盈盈娇步。新妆浅、满腮红雪，绰约片云欲度。　　尘寰岂能留住。唯只愁化作，彩云飞去。蝉翼衫儿薄，冰肌莹、轻罩一团香雾。彩笺巧缀相思苦。脉脉动、怜才心绪。好作个、秦楼活计，要待吹箫伴侣。

　　注：全词双调，一百十一字，上阕九句，五仄韵；下阕九句，六仄韵。

透 碧 霄

柳永《乐章集》注"南吕调"。

《透碧霄》的长短句结构

《透碧霄》上阕，五个乐段				
乐段一 （十字或十二字）	乐段二（十二字或十三字）	乐段三 （十二字）	乐段四 （七字）	乐段五 （十三字或十四字）
3　7 5　34	4　4　4 4　4　5	4　4　4 7　5	34	5　4　4 34　7

《透碧霄》下阕，五个乐段				
乐段一 （十四字）	乐段二 （十二字）	乐段三 （十二字）	乐段四 （七字）	乐段五（十三字或 十四字）
5　4　5 3　4　7	33　　6 33　　33 4　4　4	4　4　4	34	5　4　4 5　4　5

《康熙词谱》共收集《透碧霄》三体，双调，上下阕分别可分为五个乐段，其长短句结构如表所示。该调有一百十二字或一百十七字等格式，上阕十二句或十句，六平韵；下阕十二句或十三句，五平韵或六平韵。《康熙词谱》以一百十二字体柳永词为正体或正格。该调的正格与变格如表所示，其中，上下阕各乐段中的格式（1）为正格句式，其余为变格句式。

《透碧霄》的正格与变格（双调）

《透碧霄》上阕，十二句或十句，六平韵	
乐段一（二句，十字或十二字）	乐段二（三句，十二字或十三字）
｜ー ー（韵）＋ ー ＋｜｜ ー（韵） （1）	＋ ー ＋｜（句）＋ ー ＋｜（句）＋ ｜ー ー（韵） （1）
＋｜｜ー ー（韵）＋ ＋ ＋（读） ＋｜＋ ー（韵） （2）	＋｜ー ー（句）＋ ー ＋｜（句）＋ ＋｜ー ー（句） （2）

《透碧霄》上阕，十二句或十句，六平韵		
乐段三 （三句或二句，十二字）	乐段四 （一句，七字）	乐段五 （三句或二句，十三字或十四字）
＋ ー ＋｜（句）＋ ー ｜ ＋（句）＋｜ー ー（韵） （1）	＋ ＋ ＋（读） ＋｜ー ー（韵）	｜＋ ー ＋｜（句）＋ ー ＋｜（句）＋｜ー ー（韵） （1）
＋ ー ＋｜ー ー｜（句） ｜＋｜ー ー（韵） （2）		＋ ＋ ＋（读）＋ ー ＋ ｜（句）＋ ー ＋｜｜ー ー（韵） （2）

《透碧霄》下阕，十二句或十三句，五平韵或六平韵	
乐段一（三句，十四字）	乐段二（二句或三句，十二字）
∣ 十 一 十 ∣（句）十 一 十 ∣（句） 十 ∣ ∣ 一 一（韵） （1）	十 十 十（读）十 一 十 ∣（句）十 ∣ 十 ∣ ∣ 一 一（韵） （1）
∣ 一 一（韵）十 十 十 十（句）一 十 十 ∣ ∣ 一 一（韵） （2）	十 十 十（读）十 一 十 ∣（句）十 十 十（读）∣ 一 一（韵） （2） 十 十 一 ∣（句）十 一 一 ∣（句） 十 ∣ 一 一（句） （3）

《透碧霄》下阕，十二句或十三句，五平韵或六平韵		
乐段三 （三句，十二字）	乐段四 （一句，七字）	乐段五 （三句，十三字或十四字）
十 一 十 ∣（句）十 一 十 ∣（句）十 ∣ ∣ 一 一（韵）	十 十 十（读） 十 ∣ 一 一（韵）	∣ 十 一 十 ∣（句）十 ∣ 一 一（句）十 ∣ 一 一（韵） （1） ∣ 十 ∣ 一 一（句）十 一 十 ∣（句）十 ∣ ∣ 一 一（韵） （2）

例一　透碧霄（一百十二字）

（宋）柳　永

　　月华边。万年芳树起祥烟。帝居壮丽，皇家熙盛，宝运当千。端门清昼，觚棱照日，双阙中天。太平时、朝野多欢。遍锦街香陌，钧天歌吹，阆苑神仙。　　昔观光得意，狂游风景，再睹更精妍。傍柳阴、寻花径，空恁鞚辔垂鞭。乐游雅戏，平康艳质，应也依然。仗何人、多谢婵娟。道宦途踪迹，歌酒情怀，不似当年。

　　注：该词上阕第一句和第二句为乐段一中的格式（1），第三句至第五句为乐段二中的格式（1），第六句至第八句为乐段三中的格式（1），第十句至第十二句为乐段五中的格式（1）；

下阕第一句至第三句为乐段一中的格式（1），第四句和第五句为乐段二中的格式（1），第十句至第十二句为乐段五中的格式（1）。全词双调，一百十二字，上阕十二句，六平韵；下阕十二句，五平韵。

例二　透碧霄（一百十二字）
（宋）查　荎

舣兰舟。十分端是载离愁。练波送远，屏山遮断，此去难留。相从争奈，心期久要，屡变霜秋。叹人生、杳似萍浮。又翻成轻别，都将深恨，付与东流。　　想斜阳影里，寒烟明处，双桨去悠悠。爱渚梅、幽香动，须采撷、倩纤柔。艳歌粲发，谁传余韵，来说仙游。念故人、留此遐州。但春风老后，秋月圆时，独倚江楼。

注：该词上阕第一句和第二句为乐段一中的格式（1），第三句至第五句为乐段二中的格式（1），第六句至第八句为乐段三中的格式（1），第十句至第十二句为乐段五中的格式（1）；下阕第一句至第三句为乐段一中的格式（1），第四句和第五句为乐段二中的格式（2），第十句至第十二句为乐段五中的格式（1）。全词双调，一百十二字，上阕十二句，六平韵；下阕十二句，五平韵。

例三　透碧霄（一百十七字）
（宋）曹　勋

阆苑喜新晴。正桂华、飘下太清。宝斸凉秋，梦祥明月，天开辅盈成。宫闱女职遵慈训，见海宇仪型。奉东朝、晨夕趋承。化内外、咸知柔顺，已看彤管赋和平。　　宴坤宁。香腾金猊，烟暖秘殿彩衣轻。六乐丝竹，绕云萦水，总按新声。天临帝幄，亲颁寿酒，恩意兼勤。雁行缀、宰府殊荣。愿万亿斯年，南山并永，坤厚赞尧明。

注：该词上阕第一句和第二句为乐段一中的格式（2），第三句至第五句为乐段二中的格式（2），第六句和第七句为乐段三中的格式（2），第九句和第十句为乐段五中的格式（2）；下阕第一句至第三句为乐段一中的格式（2），第四句至第六句为乐段二中的格式（3），第十一句至第十三句为乐段五中的格式（2）。全词双调，一百十七字，上阕十句，六平韵；下阕十三句，六平韵。

卷三十六

玉 山 枕

柳永《乐章集》注"仙吕调"。

《玉山枕》的长短句结构

《玉山枕》上阕，四个乐段									
乐段一（十字）		乐段二（十六字）				乐段三（十四字）		乐段四（十五字）		
4	33	4	4	4	4	7	34	34	3	5

《玉山枕》下阕，四个乐段									
乐段一（十三字）		乐段二（十六字）				乐段三（十四字）		乐段四（十五字）		
7	33	4	4	4	4	7	34	34	3	5

《康熙词谱》只收集一体《玉山枕》，双调，上下阕分别可分为四个乐段，其长短句结构如表所示。该调一百十三字，上下阕各十一句，五仄韵，其基本格式如表所示。

《玉山枕》的基本格式（双调）

《玉山枕》上阕，十一句，五仄韵	
乐段一（二句，十字）	乐段二（四句，十六字）
＋＋一｜（韵）＋＋＋（读）一一｜（韵）	＋一＋｜（句）＋一＋｜（句）＋｜一一（句）＋＋一｜（韵）

《玉山枕》上阕，十一句，五仄韵	
乐段三（二句，十四字）	乐段四（三句，十五字）
＋一＋｜｜一一（句）＋＋＋（读）＋一＋｜（韵）	＋＋＋（读）＋｜一一（句）｜一一（句）｜＋一＋｜（韵）

《玉山枕》下阕，十一句，五仄韵	
乐段一（二句，十三字）	乐段二（四句，十六字）
＋ － ＋ ｜ － －｜（韵）＋ ＋ ＋ （读）－ － ｜（韵）	＋ － ＋ ｜（句）＋ － ＋ ｜（句） ＋ ｜ － －（句）＋ ＋ － ｜（韵）

《玉山枕》下阕，十一句，五仄韵	
乐段三（二句，十四字）	乐段四（三句，十五字）
｜ ＋ － ＋ ｜ － －（句）＋ ＋ ＋ （读）＋ － ＋ ｜（韵）	＋ ＋ ＋（读）＋ ｜ － －（句）｜ － － ｜（句）｜ ＋ － ＋ ｜（韵）

例 玉山枕（一百十三字）

（宋）柳　永

骤雨新霁。荡原野、清如洗。断霞散彩，残阳倒影，天外云峰，数朵相倚。露莎烟芰满池塘，见次第、几番红翠。当是时、河朔飞觞，避炎蒸，想风流堪继。　　晚来高树清风起。动帘幕、生秋气。画楼昼寂，兰堂夜静，舞艳歌姝，渐任罗绮。讼闲时泰足风情，便争奈、雅欢都废。省教成、几阕新歌，尽新声，好尊前重理。

注：全词双调，一百十三字，上下阕各十一句，五仄韵。

期　夜　月

《花草粹编》原注："乐部中，惟杖鼓鲜有能工之者，京师官妓杨素娥最工，刘潜酷爱之，作《期夜月》词，素娥以此名动京师。"

《期夜月》的长短句结构

《期夜月》上阕，四个乐段			
乐段一（十二字）	乐段二（十六字）	乐段三（十四字）	乐段四（十六字）
7　5	3　3　4　6	2　7　5	3　3　4　6

《期夜月》下阕，四个乐段									
乐段一（十四字）			乐段二（十一字）		乐段三（十四字）			乐段四（十六字）		
6	4	4	6	5	2	7	5	3	3	4	6

《康熙词谱》只收集一体《期夜月》，双调，上下阕分别可分为四个乐段，其长短句结构如表所示。该调一百十三字，上阕十三句，八仄韵；下阕十二句，六仄韵，其基本格式如表所示。

《期夜月》的基本格式（双调）

《期夜月》上阕，十三句，八仄韵	
乐段一（二句，十二字）	乐段二（四句，十六字）
＋ － ＋ ｜ ＋ － ｜（韵）－ － ｜ － ｜（韵）	－ ＋ ｜（句）－ ＋ ｜（韵）＋ － ＋ ｜（句）＋ ｜ ＋ － ＋ ｜（韵）

《期夜月》上阕，十三句，八仄韵	
乐段三（三句，十四字）	乐段四（四句，十六字）
－ ｜（韵）＋ － ＋ ｜ ＋ － ｜（韵）＋ － － ｜ － ｜（韵）	－ ＋ ｜（句）－ ＋ ｜（句）＋ － ＋ ｜（句）＋ ｜ ＋ － ＋ ｜（韵）

《期夜月》下阕，十二句，六仄韵	
乐段一（三句，十四字）	乐段二（二句，十一字）
－ － ＋ ｜ ＋ ｜（句）＋ ｜ ＋ ｜（句）＋ － ＋ ｜（韵）	＋ ｜ ＋ － ＋ ｜（句）＋ ｜ － － ｜（韵）

《期夜月》下阕，十二句，六仄韵	
乐段三（三句，十四字）	乐段四（四句，十六字）
－ ｜（韵）＋ － － ｜ ＋ ｜（韵）＋ ｜ － － － ｜（韵）	－ ＋ ｜（句）＋ ＋ ｜（句）＋ － ＋ ｜（句）＋ ｜ ＋ － ＋ ｜（韵）

例　期夜月（一百十三字）

（宋）刘澜

　　金钩花绶系双月。腰肢软低折。擅皓腕，萦绣结。轻盈宛转，妙若凤鸾飞越。无别。香檀急扣转清切。翻纤手飘瞥。催画鼓，追脆管，锵洋雅奏，尚与众音为节。　　当时妙选舞袖，慧性雅质，名为殊绝。满座倾心注目，不甚窥回雪。纤怯。逡巡一曲霓裳彻。汗透鲛绡湿。教人与，傅香粉，媚容秀发，宛降蕊珠宫阙。

　　注：该词双调，一百十三字，上阕十三句，八仄韵；下阕十二句，六仄韵。

轮　台　子

　　柳永《乐章集》注"中吕调"。

一百十四字体《轮台子》的长短句结构

一百十四字体《轮台子》上阕，四个乐段			
乐段一（十三字）	乐段二（十二字）	乐段三（十四字）	乐段四（十二字）
6　　3 4	6　　6	6　　3 5	5　　7

一百十四字体《轮台子》下阕，六个乐段					
乐段一（十三字）	乐段二（十二字）	乐段三（九字）	乐段四（十字）	乐段五（七字）	乐段六（十二字）
6　　3 4	3 5　　4	5　　4	5　　5	3 4	3 4　　5

一百四十字体《轮台子》的长短句结构

一百四十字体《轮台子》上阕，五个乐段				
乐段一（九字）	乐段二（十三字）	乐段三（十六字）	乐段四（十四字）	乐段五（十七字）
4　　5	5　　4　　4	7　　3 6	7　　3 4	3　4　5　5

一百四十字体《轮台子》下阕，五个乐段											
乐段一（十五字）		乐段二（十三字）			乐段三（十六字）			乐段四（十五字）			乐段五（十二字）	
8	43	5	4	4	7	5	4	4	4	7	4	35

《康熙词谱》共收集两体《轮台子》，双调，一体一百十四字，上阕可分为四个乐段，下阕可分为六个乐段，其长短句结构如表所示；另一体一百四十字，上下阕分别可分为五个乐段，其长短句结构如表所示。比较两体的长短句结构，可以看出它们只是用同一词牌名称而已。

一百十四字体《轮台子》，上阕八句，四仄韵；下阕十一句，六仄韵，其基本格式如表所示。一百四十字体《轮台子》，上下阕各十三句，八仄韵，其基本格式如表所示。

一百十四字体《轮台子》的基本格式（双调）

一百十四字体《轮台子》上阕，八句，四仄韵	
乐段一（二句，十四字）	乐段二（二句，十二字）
＋｜＋－＋｜（句）＋＋＋（读） ＋－＋｜（韵）	＋－＋｜－－（句）＋｜＋－ ＋｜（韵）

一百十四字体《轮台子》上阕，八句，四仄韵	
乐段三（二句，十四字）	乐段四（二句，十二字）
＋－＋｜＋－（句）＋＋＋ （读）＋｜－－｜（韵）	｜＋－＋｜（句）＋｜＋－ ＋｜（韵）

一百十四字体《轮台子》下阕，十一句，六仄韵		
乐段一（二句，十三字）	乐段二（二句，十二字）	乐段三（二句，九字）
＋－＋｜（句） ＋＋＋（读）＋－ ＋｜（韵）	＋＋＋（读）｜＋－ ＋｜（句）＋－＋｜ （韵）	｜＋－－（句）＋ －＋｜（韵）

一百十四字体《轮台子》下阕，十一句，六仄韵		
乐段四（二句，十字）	乐段五（一句，七字）	乐段六（二句，十二字）
｜＋｜－－（句）＋ －－＋｜（韵）	＋＋＋（读）＋－ ＋｜（韵）	＋＋＋（读）＋｜－ －（句）＋－－｜（韵）

例　轮台子（一百十四字）

（宋）柳　永

　　一枕清宵好梦，可惜被、邻鸡唤觉。匆匆策马登途，满目淡烟衰草。前驱风触鸣珂，过霜林、渐觉惊栖鸟。冒征尘远况，自古凄凉长安道。　　行行又历孤村，楚天阔、望中未晓。念劳生、惜芳年壮岁，离多欢少。叹断梗难停，暮云渐杳。但黯黯销魂，寸肠凭谁表。恁驱驰、何时是了。又争似、却返瑶京，重买千金笑。

　　注：全词双调，一百十四字，上阕八句，四仄韵；下阕十一句，六仄韵。

一百四十字体《轮台子》的基本格式（双调）

一百四十字体《轮台子》上阕，十三句，八仄韵	
乐段一（二句，九字）	乐段二（三句，十三字）
＋｜ー ー（句）＋｜ー ー｜（韵）	＋｜＋｜ー ー（句）＋｜＋｜（句）＋ー＋｜（韵）

一百四十字体《轮台子》上阕，十三句，八仄韵		
乐段三（二句，十六字）	乐段四（二句，十四字）	乐段五（四句，十七字）
＋ー＋｜ー＋｜（韵）＋｜＋＋（读）＋｜＋ー＋｜（韵）	＋ー＋｜ー＋｜（句）＋｜＋＋（读）＋ー＋｜（韵）	＋ー｜（韵）＋ー｜ー（句）｜＋ー＋｜＋｜ー ー｜（韵）

一百四十字体《轮台子》下阕，十三句，八仄韵	
乐段一（二句，十五字）	乐段二（三句，十三字）
｜＋ー＋｜ー ー｜（韵）ー（读）ー＋｜（韵）	｜＋｜ー＋｜（句）＋ー｜ー（句）＋ー＋｜（韵）

一百四十字体《轮台子》下阕，十三句，八仄韵		
乐段三（三句，十六字）	乐段四（三句，十五字）	乐段五（二句，十二字）
＋ー＋｜＋｜（韵）｜＋｜＋｜（句）＋ー＋｜（韵）	＋ー＋｜（句）＋｜ー（句）＋｜｜ー ー｜（韵）	＋ー＋｜（韵）＋＋｜（读）｜＋ー｜（韵）

例　轮台子（一百四十字）

（宋）柳　永

雾敛澄江，烟锁蓝光碧。彤霞衬遥天，掩映断续，半空残璧。孤村望处人寂寞。闻钓叟、甚处一声羌笛。九疑山畔才雨过，斑竹作、血痕添色。感行客。翻思故乡，恨因循阻隔。路久沉消息。　　正老松枯柏青如织。闻野猿啼、愁听得。见钓舟初出，芙蓉渡头，鸳鸯滩侧。干名利禄终无益。念岁岁间阻，迢迢紫陌。翠蛾娇艳，从别经今，花开柳圻伤魂魄。利名牵役。又争忍、把光景抛掷。

注：全词双调，一百四十字，上下阕各十三句，八仄韵。

沁　园　春

金词注"般涉调"。蒋氏十三调注"中吕调"。张辑词结句有"号我东仙"句，名《东仙》；李刘词名《寿星明》；秦观减字词名《洞庭春色》。

《沁园春》的长短句结构

上阕，四个乐段			
乐段一 （十二字）	乐段二 （十七字或十八字）	乐段三 （十五字或十六字）	乐段四 （十二字或十一字）
4　4　4	5　4　4　4 5　4　5　4	4　4　7 4　4　8 　7　8	3　5　4 3　4　4

下阕，四个乐段			
乐段一（十四字或十五字、十三字）	乐段二 （十七字或十八字）	乐段三 （十五字或十六字）	乐段四 （十二字或十一字）
6　　35 2　4　35 2　4　8 6　5　4 6　　34	5　4　4　4 5　4　5　4	4　4　7 4　4　8 7　8 7　　35	3　5　4 3　4　4

《康熙词谱》共收集七体《沁园春》，双调，上下阕分别可分为四个乐段，其长短句结构如表所示。该调有一百十四字或一百十六字、一百十五字、一百十三字和一百十二字等格式，绝大多数词例的上下阕乐段二、乐段三和乐段四的长短句结构相同。该调用平韵，上阕十三句或十二句，四平韵；下阕十二句、十三句或十一句，五平韵、六平韵或四平韵。《康熙词谱》以一百十四字体苏轼词和贺铸词为正体或正格。该调的正格与变格如表所示，其中，上下阕乐段一中的格式（1）和格式（2）、其他乐段中的格式（1）为正格句式，其余为变格句式。

《沁园春》的正格与变格（双调）

《沁园春》上阕，十三句或十二句，四平韵	
乐段一（三句，十二字）	乐段二（四句，十七字或十八字）
＋｜－－（句）＋｜＋－（句） ＋｜＋－（韵） （1）	｜＋－＋｜（句）＋－＋｜（句） ＋－＋｜（句）＋｜－－（韵） （1）
＋｜－－（句）＋－＋｜（句） ＋－｜－（韵） （2）	
＋｜＋－（句）＋｜＋－（句） ＋－｜－（韵） （3）	｜＋－－（句）＋｜＋｜（句） ＋－＋｜（句）＋｜＋－（韵） （2）
＋＋－－（句）＋－＋｜（句） ＋｜＋－（韵） （4）	｜＋－＋｜（句）＋－＋｜（句） ｜＋－＋｜（句）＋｜－－（韵） （3）
＋｜－－（句或韵）＋－＋－（句） ＋｜＋－（韵） （5）	

例一　沁园春（一百十四字）
（宋）苏　轼

孤馆灯青，野店鸡号，旅枕梦残。渐月华收练，晨霜耿耿，云山摛锦，朝露漙漙。世路无穷，劳生有限，似此区区长鲜欢。微吟罢，凭征鞍无语，往事千端。　　当时共客长安。似二陆、初来俱少年。有笔头千字，胸中万卷，致君尧舜，此事何难。用舍由时，行藏在我，袖手何妨闲处看。身长健，但优游卒岁，且斗尊前。

注：该词上阕第一句至第三句为乐段一中的格式（1），第四句至第七句为乐段二中的格式（1），第八句至第十句为乐段三中的格式（1），第十一句至第十三句为乐段四中的格式（1）；下阕第一句和第二句为乐段一中的格式（1），第三句至第六句为乐段二中的格式（1），第七句至第九句为乐段三中的格式（1），第十句至第十二句为乐段四中的格式（1）。全词双调，一百十四字，上阕十三句，四平韵；下阕十二句，五平韵。

《沁园春》上阕，十三句或十二句，四平韵	
乐段三（三句或二句，十五字或十六字）	乐段四（三句，十二字或十一字）
＋｜＋一（句）＋一＋｜（句） ＋｜一一＋｜一（韵） （1）	＋＋｜（句）＋＋一＋｜（句） ＋｜一一（韵） （1）
＋｜一一（句）＋｜（句）｜ ＋｜一一＋｜一（韵） （2）	＋｜（句）＋一＋｜（句）＋｜ 一一（韵） （2）
＋｜＋一一＋｜（句）｜＋｜一 一＋｜一（韵） （3）	
＋｜＋一一＋｜（句）｜＋｜｜ 一一｜（韵） （4）	

例二　沁园春（一百十四字）

（宋）贺　铸

宫烛分烟，禁池开钥，凤城暮春。向落花香里，澄波影外，笙歌迟日，罗绮芳尘。载酒追游，联镳归晚，灯火平康寻梦云。逢迎处，最多才自负，巧笑相亲。　　离群。客宦漳滨。但惊见、来鸿归燕频。念日边消耗，天涯怅望，楼台清晓，帘幕黄昏。无限悲凉，不胜憔悴，断尽危肠销尽魂。方年少，恨浮名误我，乐事输人。

注：该词上阕第一句至第三句为乐段一中的格式（2），第四句至第七句为乐段二中的格式（1），第八句至第十句为乐段三中的格式（1），第十一句至第十三句为乐段四中的格式（1）；下阕第一句至第三句为乐段一中的格式（2），第四句至第七句为乐段二中的格式

（1），第八句至第十句为乐段三中的格式（1），第十一句至第十三句为乐段四中的格式（1）。全词双调，一百十四字，上阕十三句，四平韵；下阕十三句，六平韵。

《沁园春》下阕，十二句或十一句、十三句，五平韵或四平韵、六平韵	
乐段一（二句或三句，十四字或十五字、十三字）	乐段二（四句，十七字或十八字）
＋ － ＋ ｜ － －（韵）＋ ＋ ＋（读）－ － ＋ ｜ －（韵） （1）	｜ ＋ － ＋ ｜（句）＋ － ＋ ｜（句）＋ － ＋ ｜（句）＋ ｜ － －（韵） （1）
－ －（韵）＋ ｜ － －（韵）＋ ＋ ＋（读）－ － ＋ ｜ －（韵） （2）	
＋ － ｜ － ＋ ｜（句）＋ ＋ ＋（读）＋ ｜ － －（韵） （3）	｜ ＋ － ＋ ｜（句）＋ － ＋ ｜（句）｜ ＋ － ＋ ｜（句）＋ ｜ － －（韵） （2）
＋ － ｜ ｜（句）｜ ＋ － ＋ ｜（句）＋ ｜ － －（韵） （4）	｜ ＋ ｜ －（句）＋ － ＋ ｜（句）＋ － ＋ ｜（句）＋ ｜ － －（韵） （3）
－ －（韵）＋ ｜ － －（韵）＋ ＋ ｜ － － ＋ ｜ －（韵） （5）	
－ －（韵）＋ ｜ － －（韵）＋ ＋ ｜ ｜ － － ｜ －（韵） （6）	

例三　沁园春（一百十六字）

（宋）葛长庚

黄鹤楼前，吹笛之时，先生朗吟。想剑光飞过，朝游南岳，墨蓝放下，夜醉东邻。铛煮山川，粟藏世界，有明月清风知此音。还应笑，笑酿成白酒，散尽黄金。　　知音。自有相寻。休踏破葫芦折断琴。唱白蘋红蓼，庐山日暮，西风黄叶，渭水秋深。三入岳阳，再游溢浦，自一去悠悠直至今。桃源路，尽不妨来往，时共登临。

注：该词上阕第一句至第三句为乐段一中的格式（3），第四句至第七句为乐段二中的

格式（1），第八句至第十句为乐段三中的格式（2），第十一句至第十三句为乐段四中的格式（1）；下阕第一句至第三句为乐段一中的格式（5），第四句至第七句为乐段二中的格式（1），第八句至第十句为乐段三中的格式（2），第十一句至第十三句为乐段四中的格式（1）。全词双调，一百十六字，上阕十三句，四平韵；下阕十三句，六平韵。

《沁园春》下阕，十二句或十一句、十三句，五平韵或四平韵、六平韵	
乐段三（三句或二句，十五字或十六字）	乐段四（三句，十二字或十一字）
＋｜――（句）＋―＋｜（句） ＋｜＋｜―（韵） （1）	＋＋｜（句）＋＋―＋｜（句） ＋｜――（韵） （1）
＋｜＋―（句）＋―＋｜（句） ＋＋｜――＋｜―（韵） （2）	＋＋｜（句）＋―＋｜（句）＋――（韵） （2）
＋｜＋――＋｜（句）＋＋｜――＋｜（韵） （3）	
＋｜＋―――｜｜（句）＋＋＋（读）――＋｜―（韵） （4）	
＋｜――（句）＋―｜―（句）＋｜―――＋｜―（韵） （5）	

注：①下阕乐段一、乐段三中的格式"＋＋｜――＋｜―（韵）"与"＋＋｜――｜―（韵）"，为"上一下七"句式。②上下阕乐段四中的格式"＋＋―＋｜（句）"，为"上一下四"句式。③多数词例上下阕乐段二、乐段三和乐段四的长短句结构相同。

例四 沁园春（一百十六字）

（宋）林正大

子陵先生，故人光武，以道相忘。幸炎符再握，六龙在御，看臣来亿兆，阳德方刚。自是先生，独全高节，归去江湖乐未央。动星象，披羊裘傲睨，人世轩裳。　　高哉不事侯王。爱此地、山高水更长。盖先生心地，超乎日月，又谁知光武，器量包荒。立懦廉顽，有功名教，万世清风更激扬。无今古，想云山郁郁，江水泱泱。

注：该词上阕第一句至第三句为乐段一中的格式（4），第四句至第七句为乐段二中的格式（3），第八句至第十句为乐段三中的格式（1），第十一句至第十三句为乐段四中的格式（1）；下阕第一句和第二句为乐段一中的格式（1），第三句至第六句为乐段二中的格式（2），第七句至第九句为乐段三中的格式（1），第十句至第十二句为乐段四中的格式（1）。全词双调，一百十六字，上阕十三句，四平韵；下阕十二句，五平韵。

例五　沁园春（一百十二字）

（宋）李　刘

玉露迎寒，金风荐冷，正兰桂香。觉秋光过半，日临三九，葱葱佳气，霭霭琴堂。见说当年，申生谷旦，梦叶长庚天降祥。文章伯，英声早著，腾踏飞黄。　　双凫暂驻东阳。已种得、春阴千树棠。有无边风月，几多事业，安排青琐，入与平章。百里民歌，一尊春酒，争劝殷勤称寿觞。愿此去，龟龄难老，长侍君王。

注：该词上阕第一句至第三句为乐段一中的格式（2），第四句至第七句为乐段二中的格式（1），第八句至第十句为乐段三中的格式（1），第十一句至第十三句为乐段四中的格式（2）；下阕第一句和第二句为乐段一中的格式（1），第三句至第六句为乐段二中的格式（1），第七句至第九句为乐段三中的格式（1），第十句至第十二句为乐段四中的格式（2）。全词双调，一百十二字，上阕十三句，四平韵；下阕十二句，五平韵。

例六　沁园春（一百十五字）

（宋）秦　观

宿霭迷空，腻云笼日，昼景渐长。正兰泥膏润，谁家燕喜，蜜脾香少，触处蜂忙。尽日无人帘幕挂，更风递游丝时过墙。微雨后，有桃愁杏怨，红泪淋浪。　　风流寸心易感，但依依伫立，回尽柔肠。念小奁瑶鉴，重匀绛蜡，玉笼金斗，时熨沉香。柳下相将游冶处，便回首青楼成异乡。相忆事，纵鸾笺万叠，难写微茫。

注：该词上阕第一句至第三句为乐段一中的格式（4），第四句至第七句为乐段二中的格式（1），第八句和第九句为乐段三中的格式（3），第十句至第十二句为乐段四中的格式（1）；下阕第一句至第三句为乐段一中的格式（4），第四句至第七句为乐段二中的格式（1），第八句和第九句为乐段三中的格式（3），第十句至第十二句为乐段四中的格式（1）。全词双调，一百十五字，上下阕各十二句，四平韵。

例七　沁园春（一百十三字）

（宋）程垓

锦字亲裁，泪巾偷浥，细说旧时。记笑桃门巷，妆窥宝靥，弄花庭榭，香湿罗衣。几度相随游冶去，任月细风尖犹未归。多少事，有垂杨眼见，红烛心知。　　如今事都过也，但赢得、双鬓成丝。叹半妆红豆，相思有分，两分青镜，重合难期。惆怅一春飞絮尽，梦悠扬、教人分付谁。销魂处，又梨花雨暗，半掩重扉。

注：该词上阕第一句至第三句为乐段一中的格式（4），第四句至第七句为乐段二中的格式（1），第八句和第九句为乐段三中的格式（3），第十句至第十二句为乐段四中的格式（1）；下阕第一句和第二句为乐段一中的格式（3），第三句至第六句为乐段二中的格式（1），第七句和第八句为乐段三中的格式（4），第九句至第十一句为乐段四中的格式（1）。全词双调，一百十三字，上阕十二句，四平韵；下阕十一句，四平韵。该词下阕第二句，《康熙词谱》未标注"读"，但根据该词牌的长短句结构分析和该句平仄与句读，似加"读"为宜。

例八　沁园春（一百十五字）

（宋）吕胜己

月晃西窗，风掀斗帐，晓来梦回。见满川惊鹭，长空瑞鹤，联翩来下，翔舞徘徊。旋放金罂承积块，更轻撼琼壶撩冻澌。毡帏小，近宝炉兽炭，沉水兰煤。　　寒威。酒力相欺。荐绿蚁霜螯左右持。问岁岁祯祥，如何中断，年年梅月，因甚愆期。上绀碧楼，城高百尺，看白玉虬龙奔四围。纷争罢，正残鳞败甲，天上交飞。

注：该词上阕第一句至第三句为乐段一中的格式（2），第四句至第七句为乐段二中的格式（1），第八句和第九句为乐段三中的格式（3），第十句至第十二句为乐段四中的格式（1）；下阕第一句至第三句为乐段一中的格式（5），第四句至第七句为乐段二中的格式（3），第八句至第十句为乐段三中的格式（2），第十一句至第十三句为乐段四中的格式（1）。全词双调，一百十五字，上阕十二句，四平韵；下阕十三句，六平韵。

例九　沁园春（一百十五字）

（宋）洪咨夔

诗不云乎，蒹葭苍苍。白露为霜。看高山乔木，青云老干，英华滋液，亦敛而藏。匠石操斤游林下，便一举采之充栋梁。须知道，是天将大任，翕处还张。　　薇郎。玉佩丁当。问何事午桥花竹庄。又星回岁换，腊残春浅，锦熏笼紫，栗玉杯黄。唤起东风，吹醒宿酒，把甲子从头重数将。明朝去，趁传柑宴近，满袖天香。

　　注：该词上阕第一句至第三句为乐段一中的格式（5），第四句至第七句为乐段二中的格式（1），第八句和第九句为乐段三中的格式（4），第十句至第十二句为乐段四中的格式（1）；下阕第一句至第三句为乐段一中的格式（6），第四句至第七句为乐段二中的格式（1），第八句至第十句为乐段三中的格式（2），第十一句至第十三句为乐段四中的格式（1）。全词双调，一百十五字，上阕十二句，四平韵；下阕十三句，六平韵。

例十　沁园春（一百十四字）
（宋）葛长庚

　　要做神仙，炼丹工夫，亦有何难。向雷声震处，一阳来复，玉炉火炽，金鼎烟寒。姹女乘龙，金公跨虎，片晌之间结大还。丹田里，有白鸦一个，飞入泥丸。　　河车运入昆山。全不动、纤毫过玉关。把龟蛇乌兔，生擒活捉，霎时云雨，一点成丹。白雪漫天，黄芽满地，服此刀圭永驻颜。常温养，使脱胎换骨，身在云端。

　　注：该词上阕第一句至第三句为乐段一中的格式（5），第四句至第七句为乐段二中的格式（1），第八句至第十句为乐段三中的格式（1），第十一句至第十三句为乐段四中的格式（1）；下阕第一句和第二句为乐段一中的格式（1），第三句至第六句为乐段二中的格式（1），第七句至第九句为乐段三中的格式（1），第十句至第十二句为乐段四中的格式（1）。全词双调，一百十四字，上阕十三句，四平韵；下阕十二句，五平韵。

例十一　沁园春（一百十四字）
（宋）程珌

　　公有仙姿，苍松野鹤，落落昂昂。论法主长生，仍须极贵，云台绛阙，都许尚羊。更忆当年，而今时候，一念功名下帝旁。天分付，使人间草木，尽有春香。　　人知相法奇庞。又那识、阴功事更长。算毗陵荒政，江东风采，忠文典则，凛凛生光。再岁秦淮，舸棱入梦，帷幄从来在庙堂。公归去，好平心献替，人望时康。

　　注：该词上阕第一句至第三句为乐段一中的格式（4），第四句至第七句为乐段二中的格式（2），第八句至第十句为乐段三中的格式（1），第十一句至第十三句为乐段四中的格式（1）；下阕第一句和第二句为乐段一中的格式（1），第三句至第六句为乐段二中的格式（1），第七句至第九句为乐段三中的格式（1），第十句至第十二句为乐段四中的格式（1）。全词双调，一百十四字，上阕十三句，四平韵；下阕十二句，五平韵。

例十二　沁园春（一百十四字）

（唐）吕　岩

诗曲文章，任汝空留，数千万篇。奈日推一日，月推一月，今年不了，又待来年。有限光阴，无涯火院，只恐蹉跎老却贤。贪痴汉，望成家学道，两事双全。　　凡夫只恋尘缘。又谁信、壶中别有天。这道本无情，不亲富贵，不疏贫贱，只要心坚。不在劳神，不须苦行，息虑忘机合自然。长生事，待明公放下，方可相传。

注：该词上阕第一句至第三句为乐段一中的格式（3），第四句至第七句为乐段二中的格式（1），第八句至第十句为乐段三中的格式（1），第十一句至第十三句为乐段四中的格式（1）；下阕第一句和第二句为乐段一中的格式（1），第三句至第六句为乐段二中的格式（3），第七句至第九句为乐段三中的格式（5），第十句至第十二句为乐段四中的格式（1）。全词双调，一百十四字，上阕十三句，四平韵；下阕十二句，五平韵。

丹　凤　吟

调见《清真乐府》。

一百十四字体《丹凤吟》的长短句结构

一百十四字体《丹凤吟》上阕，四个乐段			
乐段一（十四字）	乐段二（十字）	乐段三（十六字）	乐段四（十六字）
6　4　4	4　6	4　4　4	6　4　6 6　6　4

一百十四字体《丹凤吟》下阕，五个乐段				
乐段一（十三字）	乐段二（十四字）	乐段三（十字）	乐段四（十二字）	乐段五（九字）
6　7	5　5　4	4　6	7　5	4　5

一百字体《丹凤吟》的长短句结构

一百字体《丹凤吟》上阕，四个乐段			
乐段一（十三字）	乐段二（十字）	乐段三（十三字）	乐段四（十三字）
4　5　4	4　6	6　34	4　4　5

《丹凤吟》下阕，四个乐段			
乐段一（十七字）	乐段二（十字）	乐段三（十三字）	乐段四（十一字）
3　5　4	5　5	6　34	6　5

　　《康熙词谱》共收集《丹凤吟》三体，双调，一百十四字体《丹凤吟》上阕可分为四个乐段，下阕可分为五个乐段，其长短句结构如表所示；一百字体《丹凤吟》上下阕分别可分为四个乐段，其长短句结构如表所示；它们之间的异同显而易见。一百四字体《丹凤吟》上阕十二句，四仄韵；下阕十一句，五仄韵，《康熙词谱》以周邦彦词为正体或正格。该调的正格与变格如表所示，其中，上下阕各乐段中的格式（1）为正格句式，其余为变格句式。一百字体《丹凤吟》上阕十句，五仄韵；下阕九句，五仄韵，其基本格式如表所示。

一百十四字体《丹凤吟》的正格与变格（双调）

一百十四字体《丹凤吟》上阕，十二句，四仄韵	
乐段一（三句，十四字）	乐段二（二句，十字）
＋｜＋ー＋｜（句）＋｜ーー（句） ＋ー＋｜（韵）	＋ー＋｜（句）＋｜＋ー＋｜（韵）

一百十四字体《丹凤吟》，上阕，十二句，四仄韵	
乐段三（四句，十六字）	乐段四（三句，十六字）
＋ー＋｜（句）＋ー＋｜（句） ＋｜ーー（句）＋ー＋｜（韵）	＋｜＋ー＋｜（句）＋｜ーー（句） ー｜＋＋ー｜（韵） （1） ＋｜＋ー＋｜（句）＋｜＋－ ＋｜（句）＋＋ー｜（韵） （2）

一百十四字体《丹凤吟》下阕，十一句，五仄韵	
乐段一（二句，十三字）	乐段二（三句，十四字）
＋｜＋－＋｜（句）＋－＋｜－＋｜（韵）	＋｜＋－－｜（句）｜＋－＋｜（句）＋＋＋－｜（韵）

一百十四字体《丹凤吟》下阕，十一句，五仄韵		
乐段三（二句，十字）	乐段四（二句，十二字）	乐段五（二句，九字）
＋－＋｜（句）＋｜＋－＋｜（韵）（1）　＋－＋｜（句）＋－｜－＋｜（韵）（2）	＋｜＋－－｜｜（句）｜＋－＋｜（韵）	＋－＋｜（句）＋｜－＋｜（韵）

例一　丹凤吟（一百十四字）

（宋）周邦彦

迤逦春光无赖，翠藻翻池，黄蜂游阁。朝来风暴，飞絮乱投帘幕。生憎暮景，倚墙临岸，杏靥夭斜，榆钱轻薄。昼永惟思傍枕，睡起无聊，残照犹在庭角。　况是别离气味，坐来便觉心绪恶。痛饮浇愁酒，奈愁浓如酒，无计销铄。那堪昏暝，簌簌半檐花落。弄粉调朱柔素手，问何时重握。此时此意，长怕人道着。

注：该词上阕第十句至第十二句为乐段四中的格式（1）；下阕第六句和第七句为乐段三中的格式（1）。全词双调，一百十四字，上阕十二句，四仄韵；下阕十一句，五仄韵。

例二　丹凤吟（一百十四字）

（宋）方千里

宛转回肠离绪，懒倚危栏，愁登高阁。相思何处，人在绣帏罗幕。芳年艳齿，枉消虚过，会合丝轻，因缘蝉薄。暗想飞云骤雨，雾隔烟遮，相去还是天角。　怅望不将梦到，素书谩说波浪恶。纵有青青发，渐吴霜妆点，容易凋铄。欢期何晚，匆匆坐惊摇落。顾影无言清泪湿，但丝丝盈握。染斑客袖，归日须问著。

注：该词上阕第十句至第十二句为乐段四中的格式（1）；下阕第六句和第七句为乐段三中的格式（2）。全词双调，一百十四字，上阕十二句，四仄韵；下阕十一句，五仄韵。

例三　丹凤吟（一百十四字）

（宋）吴文英

丽锦长安人海，避影繁华，结庐深寂。灯窗雪户，光映夜寒东壁。心凋鬓改，镂冰刻水，缥简离离，风签索索。怕遣花虫蠹粉，自采秋芸熏架，香泛纤碧。　更上新梯窈窕，暮山淡著城外色。旧雨江湖远，问桐阴门巷，燕曾相识。吟壶天小，不觉翠连云隔。桂斧月宫三万手，记元和通籍。软红满路，谁聘幽素客。

注：该词上阕第十句至第十二句为乐段四中的格式（2）；下阕第六句和第七句为乐段三中的格式（1）。全词双调，一百十四字，上阕十二句，四仄韵；下阕十一句，五仄韵。

一百字体《丹凤吟》的基本格式（双调）

一百字体《丹凤吟》上阕，十句，五仄韵	
乐段一（三句，十三字）	乐段二（二句，十字）
＋ － ＋ ｜（韵）｜ ＋ ｜ － －（句） ＋ － ＋ ｜（韵）	＋ ｜ － －（句）＋ ｜ ＋ － ＋ ｜（韵）

一百字体《丹凤吟》上阕，十句，五仄韵	
乐段三（三句，十三字）	乐段四（三句，十三字）
＋ － ｜ － ＋ ｜（句）＋ ＋ ＋（读） ＋ － ＋ ｜（韵）	＋ ｜ － －（句）＋ － ＋ ｜（句） ＋ ｜ － － ｜（韵） （3）

一百字体《丹凤吟》下阕，九句，五仄韵

乐段一（三句，十七字）	乐段二（二句，十字）
＋＋＋（读）＋｜｜－｜（韵）｜＋｜－－（句）＋＋－｜（韵）	＋｜－－｜（句）＋｜｜－－｜（韵）

一百字体《丹凤吟》下阕，九句，五仄韵

乐段三（二句，十三字）	乐段四（二句，十一字）
＋－｜－＋｜（句）＋＋＋（读）＋－＋｜（韵）	＋｜＋－＋｜（句）｜＋＋｜（韵）

例　丹凤吟（一百字）

（元）张　翥

蓬莱花鸟。计并宿苔枝，双双娇小。海上仙姝，唤起绿衣歌笑。芳丛有时遣探，听东风、数声啼晓。月下人归，凄凉梦醒，怅别多欢少。　　念故巢、犹在瘴云杪。甚闭入雕笼，庭院深悄。信断羁栖远，镇怨情萦绕。翠襟近来渐短，看梅花、又还开了。纵解收香寄与，奈罗浮春杳。

注：全词双调，一百字，上阕十句，五仄韵；下阕九句，五仄韵。

紫 萸 香 慢

调见凤林书院元词，姚云文自度腔。因词有"紫萸一枝传赐"句，取以为名。

《紫萸香慢》的长短句结构

《紫萸香慢》上阕，四个乐段			
乐段一（十三字）	乐段二（十一字）	乐段三（十五字）	乐段四（十七字）
34　6	5　3　3	6　5　4	37　34

《紫萸香慢》下阕，四个乐段			
乐段一（十二字）	乐段二（十三字）	乐段三（十二字）	乐段四（二十一字）
2　4　33	5　4　4	6　33	34　4　6　4

《康熙词谱》只收集一体《紫萸香慢》，双调，上下阕分别可分为四个乐段，其长短句结构如表所示。该调一百十四字，上阕十句，四平韵；下阕十二句，七平韵，其基本格式如表所示。

《紫萸香慢》的基本格式（双调）

《紫萸香慢》上阕，十句，四平韵	
乐段一（二句，十三字）	乐段二（三句，十一字）
＋＋＋（读）＋－＋｜（句）＋－＋｜－－（韵）	｜＋－＋｜（句）＋－｜（句）｜－－（韵）

《紫萸香慢》上阕，十句，四平韵	
乐段三（三句，十五字）	乐段四（二句，十七字）
＋｜＋－＋｜（句）＋－＋｜（句）＋｜－－（韵）	＋＋＋（读）＋＋｜｜｜－－（句）＋＋＋（读）＋－｜－（韵）

《紫萸香慢》下阕，十二句，七平韵	
乐段一（三句，十二字）	乐段二（三句，十三字）
＋－（韵）＋｜－－（韵）＋＋＋（读）｜－－（韵）	｜＋－＋｜（句）＋－＋｜（句）＋｜－－（韵）

《紫萸香慢》下阕，十二句，七平韵	
乐段三（二句，十二字）	乐段四（四句，二十一字）
＋－｜－＋｜（句）＋＋＋（读）｜－－（韵）	＋＋＋（读）＋－＋｜（句）＋－＋｜（句）＋｜－｜－－（韵）＋｜＋－（韵）

例　紫荑香慢（一百十四字）

（宋）姚云文

　　近重阳、偏多风雨，绝怜此日暄明。问秋香浓未，待携客，出西城。正自羁怀多感，怕荒台高处，更不胜情。向尊前、又忆漉酒插花人，只座上、已无老兵。　　凄清。浅醉还醒。愁不肯、与诗平。记长楸走马，雕弓笮柳，前事休评。紫荑一枝传赐，梦谁到、汉家陵。尽乌纱、便随风去，要天知道，华发如此星星。歌罢涕零。

　　注：全词双调，一百十四字，上阕十句，四平韵；下阕十二句，七平韵。

瑶 台 月

　　调见《梅苑》。《鸣鹤余香》无名氏词名《瑶池月》。

《瑶台月》的长短句结构

《瑶台月》上阕，五个乐段				
乐段一 （十三字）	乐段二 （十字）	乐段三 （十四字）	乐段四 （十二字）	乐段五（八字或十字、十一字）
4　3　6 4　5　4	4　6 3　7	34　　34	3　3　3　3	4　　4 2　4　4 2　5　4

《瑶台月》下阕，五个乐段				
乐段一 （十四字）	乐段二 （九字）	乐段三 （十四字）	乐段四 （十二字）	乐段五（八字或十字、十一字）
34　　7 34　　34	5　4	34　　34	3　3　3　3	4　　4 2　4　4 2　5　4

　　《康熙词谱》共收集三体《瑶台月》，双调，上下阕分别可分为五个乐段，其长短句结构如表所示。该调有一百十四字，一百二十字，一百十八字等格式，上阕十三句或十四句，六仄韵或八仄韵；下阕十二句或十三句，七仄韵或八仄韵。《康熙词谱》以一百十四字体无名氏词为正体或正格，该调的正格与变格如表所示，其中，上下阕各乐段中的格式（1）为正格句式，其余为变格句式。

《瑶台月》的正格和变格（双调）

《瑶台月》上阕，十三句或十四句，六仄韵或八仄韵		
乐段一 （三句，十三字）	乐段二 （二句，十字）	乐段三 （二句，十四字）
＋ － ＋ ｜（句）＋ ＋ ｜ （句）＋ － ＋ ｜ － ｜（韵） （1） ＋ － ＋ ｜（韵）＋ ＋ ｜ （句）＋ － ＋ ｜ － ｜（韵） （2） ＋ － ＋ ｜（韵）＋ ｜ ｜ － －（句）＋ ｜ － ｜（韵） （3）	＋ － ＋ ｜（句）＋ － ＋ ｜ － ｜（韵） （1） ＋ － ＋ ｜（句）＋ ｜ ＋ － ＋ ｜（韵） （2） ＋ ＋ ｜（句）＋ － ＋ ｜ － － ｜（韵） （3）	＋ ＋ ＋（读）＋ ｜ － －（句）＋ ＋ ＋（读）＋ － ＋ ｜ （韵）

《瑶台月》上阕，十三句或十四句，六仄韵或八仄韵	
乐段四（四句，十二字）	乐段五（二句或三句，八字或十字、十一字）
＋ ＋ ｜（句）＋ － ｜（韵）＋ ＋ ｜ （句）＋ ＋ ｜（韵）	＋ － ＋ ｜（句）＋ － ＋ ｜（韵） （1） ＋ ｜（韵）＋ － ＋ ｜（句）＋ － ＋ ｜（韵） （2） ＋ ｜（韵）｜ ＋ － ＋ ｜（句）＋ － ＋ ｜（韵） （3）

《瑶台月》下阕，十二句或十三句，七仄韵或八仄韵		
乐段一（二句，十四字）	乐段二（二句，九字）	乐段三（二句，十四字）
＋＋＋（读）＋－＋｜（韵）｜＋－＋｜（韵）（1）	｜＋－＋｜（句）＋－＋｜（韵）（1）	＋＋＋（读）＋｜－－（句）＋＋＋（读）＋－＋｜（韵）
＋＋＋（读）＋｜－－（句）＋＋＋（读）＋＋－｜（韵）（2）	＋｜－＋｜（句）＋－＋｜（韵）（2）	
＋＋＋（读）－｜（韵）＋＋＋（读）＋－＋｜（韵）（3）	－－｜－｜（句）＋－＋｜（韵）（3）	

《瑶台月》下阕，十二句或十三句，七仄韵或八仄韵	
乐段四（三句，十二字）	乐段五（二句或三句，八字或十字、十一字）
＋＋｜（句）＋－｜（韵）＋＋｜（句）＋＋｜（韵）	＋－＋｜（句）－＋＋｜（韵）（1）
	＋｜（韵）＋－＋｜（韵）＋－＋｜（韵）（2）
	＋｜（韵）｜＋－＋｜（句）＋－＋｜（韵）（3）

例一　瑶台月（一百十四字）

无名氏

严凤凛冽，万木冻，园林萧静如洗。寒梅占早，争先暗吐香蕊。逞素容、探暖欺寒，偏妆点、亭台佳致。通一气，超群卉。值腊后，雪清丽。　　开筵共赏，南枝宴会。　　好折赠、东君驿使。把陇头信息远寄。遇诗朋酒侣，尊前吟缀。且优游、对景欢娱，更莫厌、陶陶沉醉。羌管怨，琼花坠。结子用，调鼎饵。将军止渴，思得此味。

注：该词上阕第一句至第三句为乐段一中的格式（1），第四句和第五句为乐段二中的格式（1），第十二句和第十三句为乐段五中的格式（1）；下阕第一句和第二句为乐段一中的格式（1），第三句和第四句为乐段二中的格式（1），第十一句和第十二句为乐段五中的格式（1）。全词双调，一百十四字，上阕十三句，六仄韵；下阕十二句，七仄韵。

例二　瑶台月（一百二十字）

（宋）葛长庚

烟霄凝碧。问紫府清都，今夕何夕。桐阴下，幽情远与秋无极。念陈迹、虎殿虬宫，记往事、龙箫凤笛。露华冷，蟾光白。云影净，天籁息。知得。是蓬莱不远，身无羽翼。　广寒宫、舞彻霓裳，白玉台、歌罢瑶席。争不思下界，有人岑寂。羡博望、两泛仙槎，与曼倩、三偷桃实。把丹鼎，暗融液。乘云气，醉麾斥。嗟惜。但城南老树，人谁我识。

注：该词上阕第一句至第三句为乐段一中的格式（3），第四句和第五句为乐段二中的格式（3），第十二句至第十四句为乐段五中的格式（3）；下阕第一句和第二句为乐段一中的格式（2），第三句和第四句为乐段二中的格式（2），第十一句至第十三句为乐段五中的格式（3）。全词双调，一百二十字，上阕十四句，八仄韵；下阕十三句，七仄韵。

例三　瑶台月（一百十八字）

《鸣鹤余音》无名氏

扁舟寓兴。江湖上，无人知道名姓。忘机对景，咫尺群鸥相认。烟雨急、一片篷声，倚醉眼、看山还醒。晴云断，狂风信。寒潭倒，远峰影。谁听。横琴数曲，瑶池夜冷。　这些子、名利休问。况是物、都归幻境。须臾百年梦，去来无定。向婵娟、留住青春，笑世上、风流多病。蒹葭渚，芙蓉径。放侯印，趁渔艇。争甚。须知九鼎，金砂如莹。

注：该词上阕第一句至第三句为乐段一中的格式（2），第四句和第五句为乐段二中的格式（2），第十二句至第十四句为乐段五中的格式（2）；下阕第一句和第二句为乐段一中的格式（3），第三句和第四句为乐段二中的格式（3），第十一句至第十三句为乐段五中的格式（2）。全词双调，一百十八字，上阕十四句，八仄韵；下阕十三句，八仄韵。

宣　　清

柳永《乐章集》注"林钟宫"。

《宣清》的长短句结构

《宣清》上阕，四个乐段							
乐段一（十四字）		乐段二（十四字）		乐段三（十二字）		乐段四（十二字）	
4	4 6	34	34	4	4 4	3	3 6

《宣清》下阕，四个乐段								
乐段一（十四字）			乐段二（十九字）			乐段三（十四字）		乐段四（十六字）		
5	4	5	5	4	6	34	34	4	5	34

《康熙词谱》只收集一体《宣清》，双调，上下阕分别可分为四个乐段，其长短句结构如表所示。该调一百十五字，上阕十一句，四仄韵；下阕十二句，五仄韵，其基本格式如表所示。

《宣清》的基本格式（双调）

《宣清》上阕，十一句，四仄韵	
乐段一（三句，十四字）	乐段二（二句，十四字）
＋｜――（句）＋｜――（句）＋―＋―｜｜（韵）	＋＋＋＋（读）＋｜＋―（句）＋＋＋（读）＋―＋｜（韵）

《宣清》上阕，十一句，四仄韵	
乐段三（三句，十二字）	乐段四（三句，十二字）
＋｜――（句）＋―＋｜（句）＋―＋｜（韵）	｜＋―（句）｜＋―（句）＋―＋｜―｜（韵）

《宣清》下阕，十二句，五仄韵	
乐段一（三句，十四字）	乐段二（四句，十九字）
｜＋｜－－（句）＋－＋｜（句） ＋－－｜｜（韵）	｜＋－－（句）＋－＋｜（句）＋ ｜－－（句）＋｜＋－＋｜（韵）

《宣清》下阕，十二句，五仄韵	
乐段三（二句，十四字）	乐段四（三句，十六字）
＋＋＋（读）＋－＋｜（韵）＋ ＋＋（读）＋－＋｜（韵）	＋－＋｜（句）｜＋｜－－（句） ＋＋＋（读）＋－＋｜（韵）

例 宣清（一百十五字）
（宋）柳　永

残月朦胧，小宴阑珊，归来轻寒凛凛。背银釭、孤馆乍眠，拥重衾、醉魂犹噤。永漏频传，前欢已去，离愁一枕。暗寻思，旧追游，神京风物如锦。　　念掷果朋侪，绝缨宴会，当时曾痛饮。命舞燕翩翻，歌珠贯串，向珧筵前，尽是神仙流品。至更阑、疏狂转甚。更相将、凤帏鸳寝。玉钗横处，任散尽高阳，这欢娱、甚时重恁。

注：全词双调，一百十五字，上阕十一句，四仄韵；下阕十二句，五仄韵。

八　归

此调有仄韵、平韵两体。仄调者，见《白石词》，姜夔自度夹钟商曲。平韵者，见《竹屋痴语》，高观国自度曲。

《八归》的长短句结构

《八归》上阕，四个乐段			
乐段一（十四字）	乐段二（十七字）	乐段三（十四字）	乐段四（十二字）
4　4　6	7　6　4	7　7 7　34	34　5

《八归》下阕，四个乐段

乐段一 （十六字）	乐段二 （十四字）	乐段三 （十二字）	乐段四（十六字或十四字）
6　4　6 2　4　6	4　4　6	5　7	34　4　5 34　7

《康熙词谱》共收集仄韵与平韵《八归》各一首，双调，上下阕分别可分为四个乐段，其长短句结构如表所示。仄韵《八归》一百十五字，上阕十句，四仄韵；下阕十一句，四仄韵。《康熙词谱》以姜夔词为标谱词例。该调的正格与变格如表所示，其中，上下阕各乐段中的格式（1）为正格句式，其余为变格句式。平韵《八归》一百十三字，上阕十句，五平韵；下阕十一句，五平韵，其基本格式如表所示。

《八归》（仄韵）的基本格式（双调）

《八归》（仄韵）上阕，十句，四仄韵	
乐段一（三句，十四字）	乐段二（三句，十七字）
＋　一　＋　｜（句）＋　一　＋　｜（句） ＋　｜　＋　＋　｜　｜（韵） （1）	＋　一　＋　｜　一　｜（句）＋　｜　＋ 一　＋　｜（句）＋　一　＋　｜（韵） （1）
＋　一　＋　｜（句）＋　一　＋　｜（句） ＋　｜　＋　＋　一　｜（韵） （2）	＋　一　＋　｜（句）＋　｜　＋ 一　＋　｜（句）＋　｜　一　｜（韵） （2）
注：上阕乐段一中的格式"＋｜＋＋｜｜（韵）"和"＋｜＋＋一｜（韵）"，可平可仄三处，不宜同时用仄。	

《八归》（仄韵）上阕，十句，四仄韵	
乐段三（二句，十四字）	乐段四（二句，十二字）
＋　｜　＋　一　｜　｜（句）＋　｜　＋ 一　＋　｜（韵）	＋　＋　｜（读）＋　｜　一　一（句）＋　｜ ＋　一　｜（韵）

《八归》（仄韵）下阕，十一句，四仄韵	
乐段一（三句，十六字）	乐段二（三句，十六字）
＋｜＋－＋｜（句）＋－＋｜（句） ＋｜＋－＋｜（韵）	＋－＋｜（句）＋－＋｜（句） ＋｜＋－＋｜（韵）

《八归》（仄韵）下阕，十一句，四仄韵	
乐段三（二句，十二字）	乐段四（三句，十六字）
｜＋－＋｜（句）＋｜－－｜ －｜（韵）	＋＋｜（读）＋－＋｜（句）＋｜ －－（句）＋－－｜｜（韵）

例一　八归（一百十五字）

（宋）姜　夔

　　芳莲坠粉，疏桐吹绿，庭院暗雨乍歇。无端抱影销魂处，还见篠墙萤暗，藓阶蛩切。送客重寻西去路，问水面琵琶谁拨。最可惜、一片江山，总付与啼鴂。　　长恨相从未款，而今何事，又对西风离别。渚寒烟淡，棹移人远，飘渺行舟如叶。想文君望久，倚竹愁生步罗袜。归来后、翠尊双饮，下了珠帘，玲珑闲看月。

　　注：该词上阕第一句至第三句为乐段一中的格式（1），第四句至六句为乐段二中的格式（1）。全词双调，一百十五字，上阕十句，四仄韵；下阕十一句，四仄韵。

例二　八归（一百十五字）

（宋）史达祖

　　秋江带雨，寒沙萦水，人瞰画阁愁独。烟蓑散响惊诗思，还被乱鸥飞去，秀句难续。冷眼尽归图画上，认隔岸微茫云屋。想半属、渔市樵村，欲暮竞燃竹。　　须信风流未老，凭栏持酒，慰此凄凉心目。一鞭南陌，几篙官渡，赖有歌眉舒绿。只匆匆眺远，早觉闲愁挂乔木。应难奈、故人天际，望彻淮山，相思无雁足。

　　注：该词上阕第一句至第三句为乐段一中的格式（2），第四句至六句为乐段二中的格式（2）。全词双调，一百十五字，上阕十句，四仄韵；下阕十一句，四仄韵。

《八归》（平韵）的基本格式（双调）

《八归》（平韵）上阕，十句，五平韵	
乐段一（三句，十四字）	乐段二（三句，十七字）
＋ － ＋ ｜（句）＋ － ＋ ｜（句） ｜ ＋ ｜ － －（韵）	＋ － ＋ ｜ － －｜（句）＋ － ＋ ｜ － －（句）＋ ｜ － －（韵）

《八归》（平韵）上阕，十句，五平韵	
乐段三（二句，十四字）	乐段四（二句，十二字）
＋ ｜ ＋ － － ｜ ｜（句）＋ ＋ ＋ ｜（读） ＋ ｜ ｜ －（韵）	＋ ＋ ｜（读）＋ ｜ － －（句）｜ ＋ ｜ － －（韵）

《八归》（平韵）下阕，十一句，五平韵	
乐段一（四句，十六字）	乐段二（三句，十四字）
－ －（韵）＋ － ＋ ｜（句）＋ ＋ ＋ ｜（句）＋ － ＋ ｜ － －（韵）	＋ － ＋ ｜（句）＋ － ＋ ｜（句） ＋ ｜ － － －（韵）

《八归》（平韵）下阕，十一句，五平韵	
乐段三（二句，十二字）	乐段四（二句，十四字）
｜ ＋ － ＋ ｜（句）＋ ＋ ｜ ｜ － （韵）	＋ ＋ ｜（读）＋ － ＋ ｜（句）＋ ｜ － － ＋ ｜ －（韵）

例　八归（一百十三字）

（宋）高观国

楚峰翠冷，吴波烟远，吹袂万里西风。关河迥隔新愁外，遥怜倦客音尘，未见征鸿。雨帽风巾归梦杳，想吟思、吹入飞蓬。料恨满、幽苑离宫。正愁黯文通。　　秋浓。新霜初试，重阳催近，醉红偷染江枫。瘦筇相伴，旧游回首，吹帽知与谁同。想萸囊酒盏，暂时冷落菊花丛。两凝伫、壮怀无奈，立尽微云斜照中。

注：全词双调，一百十三字，上阕十句，五平韵；下阕十一句，五平韵。

摸 鱼 儿

一名《摸鱼子》，唐教坊曲名。晁补之词有"买陂塘，旋栽杨柳"句，更名《买陂塘》，又名《陂塘柳》，或名《迈陂塘》；辛弃疾赋怪石词，名《山鬼谣》；李冶赋并蒂荷词，有"请君试听双蕖怨"句，名《双蕖怨》。

《摸鱼儿》的长短句结构

上阕，四个乐段			
乐段一 （十三字或十四字）	乐段二 （十三字或十四字）	乐段三 （十三字或十二字）	乐段四 （十八字）
3 4　　6 3 5　　6 4　　5　　4	7　　6 3 5　　6	3　　3 7 3　　3　　7 3　　5　　5 3　　4　　5	4　　5　　4　　5 4　　7　　7

下阕，四个乐段			
乐段一 （十五字）	乐段二 （十三字或十二字）	乐段三 （十三字或十二字）	乐段四 （十八字或十六字）
3　　6　　6 3 3 5 4	7　　6 5　　7	3　　3 7 3　　3　　7 3　　5　　5 3 5　　5 3　　4　　5	4 5 4 5 4　　3 4　　5 4　　7　　7

《康熙词谱》共收集九体《摸鱼儿》，双调，上下阕分别可分四个乐段，其长短句结构如表所示。该调有一百十六字或一百十四字、一百十七字等格式，以用仄韵为主，多数词例全押仄韵，少数词例平仄韵通叶。仄韵格《摸鱼儿》上阕十句或十一句，六仄韵或七仄韵、八仄韵；下阕十二句或十一句，七仄韵或八仄韵、九仄韵、五仄韵。《康熙词谱》以一百十六字晁补之词、辛弃疾词和张炎词为正体或正格。《摸鱼儿》的正格与变格如表所示，其中，上下阕各乐段中的格式（1）为正格句式，其余为变格句式。该调的平仄韵通叶格一百十六字，上阕十一句，三叶韵四仄韵；下阕十二句，两叶韵五仄韵（如表所示）。

《摸鱼儿》的正格与变格（双调）

《摸鱼儿》上阕，十句或十一句，六仄韵或七仄韵、八仄韵	
乐段一（二句，十三字或十四字）	乐段二（二句，十三字或十四字）
＋＋＋（读）＋—＋｜（句或韵）＋—＋｜—｜（韵） （1）	＋—＋｜——｜（句）＋｜＋—＋｜（韵） （1）
＋＋＋（读）＋——｜｜（句）＋｜＋—＋｜（韵） （2）	＋＋＋（读）＋｜——｜（句）＋｜＋—＋｜（韵） （2）

《摸鱼儿》上阕，十句或十一句，六仄韵或七仄韵、八仄韵	
乐段三（二句或三句，十三字或十二字）	乐段四（四句，十八字）
—＋｜（韵）＋＋＋（读）＋—＋｜——｜（韵） （1）	＋—＋｜（韵）＋＋｜——（句）＋—＋｜（句）＋｜＋—｜（韵）
—＋｜（韵）｜＋｜——（句）＋｜——｜（韵） （2）	
—＋｜（韵）｜—｜＋｜（句）＋｜——｜（韵） （3）	
—＋｜（韵）—＋｜（韵）＋—＋｜——｜（韵） （4）	
—＋｜（韵）＋｜——（句）＋｜——｜（韵） （5）	

《摸鱼儿》下阕，十二句或十一句，七仄韵或八仄韵、九仄韵、五仄韵

乐段一（三句，十五字）	乐段二（二句，十三字或十二字）
— ＋ ｜（句）＋ ｜ ＋ — ＋ ｜（韵） ＋ — ＋ ｜ — ｜（韵） （1）	＋ — ＋ ｜ — — ｜（句）＋ ｜ ＋ — ＋ ｜（韵） （1）
— ＋ ｜（韵）＋ ｜ ＋ — ＋ ｜（韵或句） ＋ — ＋ ｜ — ｜（韵） （2）	｜ ＋ — ＋ ｜（句）＋ — ＋ ｜ — — ｜（韵） （2）

《摸鱼儿》下阕，十二句或十一句，七仄韵或八仄韵、九仄韵、五仄韵

乐段三（二句或三句，十三字或十二字）	乐段四（四句或三句，十八字或十六字）
— ＋ ｜（韵）＋ ＋ ＋（读）＋ — ＋ ｜ — — ｜（韵） （1）	＋ — ＋ ｜（韵）｜ ＋ ｜ — —（句） ＋ — ＋ ｜（句）＋ ｜ ＋ — ｜（韵） （1）
— ＋ ｜（韵）＋ ＋ ｜ — —（句） ＋ ｜ — — ｜（韵） （2）	＋ — ＋ ｜（句）＋ ｜ — — ｜（句） ＋ — ＋ ｜（句）— — ｜（韵） （2）
— ＋ ｜（韵）— ＋ ｜（韵）＋ — ＋ ｜ — — ｜（韵） （3）	＋ — ＋ ｜（韵）＋ ＋ ＋（读）＋ — ＋ ｜（句）＋ ｜ ＋ — ｜（韵） （3）
— ＋ ｜（韵）＋ ｜ — —（句）＋ ｜ — — ｜（韵） （4）	
＋ ＋ ＋（读）｜ ＋ ｜ — —（句） ＋ ｜ — — ｜（韵） （5）	

注：上阕乐段四中的格式"＋ ＋ ｜ — —（句）"，为"上一下四"句式。

例一　摸鱼儿（一百十六字）
（宋）晁补之

买陂塘、旋栽杨柳，依稀淮岸湘浦。东皋雨足轻痕涨，沙嘴鹭来鸥聚。堪爱处。最好是、一川夜月光流渚。无人自舞。任翠幕张天，柔茵藉地，酒尽未能去。　青绫被，休忆金闺故步。儒冠曾把身误。弓刀千骑成何事，荒了邵平瓜圃。君试觑。满青镜、星星鬓影今如许。功名浪语。便做得班超，封侯万里，归计恐迟暮。

注：该词上阕第一句和第二句为乐段一中的格式（1），第三句和第四句为乐段二中的格式（1），第五句至第七句为乐段三中的格式（1）；下阕第一句至第三句为乐段一中的格式（1），第四句和第五句为乐段二中的格式（1），第六句和第七句为乐段三中的格式（1），第八句至第十一句为乐段四中的格式（1）。全词双调，一百十六字，上阕十句，六仄韵；下阕十一句，七仄韵。

例二　摸鱼儿（一百十六字）
（宋）辛弃疾

更能消、几番风雨。匆匆春又归去。惜春长怕花开早，何况落红无数。春且住。见说道、天涯芳草无归路。怨春不语。算只有殷勤，画檐蛛网，尽日惹飞絮。　长门事，准拟佳期又误。娥眉曾有人妒。千金纵买相如赋，脉脉此情谁诉。君莫舞。君不见、玉环飞燕皆尘土。闲愁最苦。休去倚危阑，斜阳正在，烟柳断肠处。

注：该词上阕第一句和第二句为乐段一中的格式（1），第三句和第四句为乐段二中的格式（1），第五句至第七句为乐段三中的格式（1）；下阕第一句至第三句为乐段一中的格式（1），第四句和第五句为乐段二中的格式（1），第六句和第七句为乐段三中的格式（1），第八句至第十一句为乐段四中的格式（1）。全词双调，一百十六字，上阕十句，七仄韵；下阕十一句，七仄韵。

例三　摸鱼儿（一百十六字）
（宋）张　炎

爱吾庐、傍湖千顷。苍茫一片清润。晴岚暖翠融融处，花影倒窥天镜。沙浦迥。看野水涵波，隔柳横孤艇。眠鸥未醒。甚占得莼乡，都无人见，斜照起春暝。　还重省。岂料山中秦晋。桃源今度难认。林间却是长生路，一笑元非捷径。深更静。待散发吹箫，跨鹤天风冷。凭高露饮。正碧落尘空，光摇半壁，月在万松顶。

注：该词上阕第一句和第二句为乐段一中的格式（1），第三句和第四句为乐段二中的格式（1），第五句至第七句为乐段三中的格式（2）；下阕第一句至第三句为乐段一中的格式（2），第四句和第五句为乐段二中的格式（1），第六句至第八句为乐段三中的格式（2），第九句至第十二句为乐段四中的格式（1）。全词双调，一百十六字，上阕十一句，七仄韵；下阕十二句，八仄韵。

例四　摸鱼儿（一百十六字）

（宋）李　演

又西风、四桥疏柳，惊蝉相对秋语。琼荷万笠花云重，袅袅红衣如舞。鸿北去。渺岸芷汀芳，几点斜阳雨。吴亭旧树。又系我扁舟，渔乡钓里，秋色淡归鹭。　　长干路。蔓草疏烟断墅。商歌如写羁旅。丹溪翠岫登临事，苔屐尚黏苍土。鸥且住。怕月冷吟魂，婉冉空江暮。明灯暗浦。更短笛衔风，长云弄晚，天际画秋句。

注：该词上阕第一句和第二句为乐段一中的格式（1），第三句和第四句为乐段二中的格式（1），第五句至第七句为乐段三中的格式（2）；下阕第一句至第三句为乐段一中的格式（2），第四句和第五句为乐段二中的格式（1），第六句至第八句为乐段三中的格式（2），第九句至第十二句为乐段四中的格式（1）。全词双调，一百十六字，上阕十一句，六仄韵；下阕十二句，八仄韵。

例五　摸鱼儿（一百十六字）

（元）白　朴

问双星、有情几许。消磨不尽今古。年年此夕风流会，香暖月窗云户。听笑语。知几处。彩楼瓜果祈牛女。蛛丝暗度。似抛掷金梭，萦回锦字，织就旧时句。　　愁云暮。漠漠苍烟挂树。人间心更谁诉。擘钗分钿蓬山远，一样绛河银浦。乌鹊渡。离别苦。啼妆洒尽新秋雨。云屏且驻。算犹胜姮娥，仓皇奔月，只有去时路。

注：该词上阕第一句和第二句为乐段一中的格式（1），第三句和第四句为乐段二中的格式（1），第五句至第七句为乐段三中的格式（4）；下阕第一句至第三句为乐段一中的格式（2），第四句和第五句为乐段二中的格式（1），第六句至第八句为乐段三中的格式（3），第九句至第十二句为乐段四中的格式（1）。全词双调，一百十六字，上阕十一句，八仄韵；下阕十二句，九仄韵。

例六　摸鱼儿（一百十四字）

（宋）赵从橐

指庭前、翠云合雨。霏霏香满仙宇。一清透彻浑秋水，灌注百川流处。君试数。此样襟怀，顿得乾坤住。闲情半许。听万物氤氲，从来形色，每向静中觑。　　琪花落，相接西池寿母。年年弦月时序。荷衣菊佩寻常事，分付两山容与。天证取。此老平生，可向青天语。瑶卮缓举。要见我何心，西湖万顷，来去自鸥鹭。

注：该词上阕第一句和第二句为乐段一中的格式（1），第三句和第四句为乐段二中的格式（1），第五句至第七句为乐段三中的格式（5）；下阕第一句至第三句为乐段一中的格式（1），第四句和第五句为乐段二中的格式（1），第六句至第八句为乐段三中的格式（4），第九句至第十二句为乐段四中的格式（1）。全词双调，一百十四字，上阕十一句，七仄韵；下阕十二句，七仄韵。

例七　摸鱼儿（一百十四字）

（宋）徐一初

对茱萸、一年一度。龙山今在何处。参军莫道无勋业，消得从容尊俎。君看取。便破帽飘零，也得传千古。当年幕府。知多少时流，等闲收拾，有个客如许。　　追往事，满目山河晋土。征鸿又递边羽。登临莫上高层望，怕见故宫禾黍。觞绿醑。浇万斛牢愁，泪阁新亭雨。黄花无语。毕竟是、西风披拂，犹忆旧游侣。

注：该词上阕第一句和第二句为乐段一中的格式（1），第三句和第四句为乐段二中的格式（1），第五句至第七句为乐段三中的格式（2）；下阕第一句至第三句为乐段一中的格式（1），第四句和第五句为乐段二中的格式（1），第六句和第七句为乐段三中的格式（2），第八句至第十一句为乐段四中的格式（3）。全词双调，一百十四字，上下阕各十一句，七仄韵。

例八　摸鱼儿（一百十七字）

（宋）欧阳修

卷绣帘、梧桐秋院落，一霎雨添新绿。对小池、闲理残妆浅，向晚水纹如縠。凝远目。恨人去寂寂，凤枕孤难宿。倚阑不足。看燕拂风檐，蝶翻露草，两两长相逐。　　双眉促。可惜年华婉晚，西风初弄庭菊。况伊家年少，多情未已难拘束。那堪更、趁凉景追寻，甚处垂杨曲。佳期过尽，但不说归来，多应忘了，云屏去时嘱。

注：该词上阕第一句和第二句为乐段一中的格式（2），第三句和第四句为乐段二中的格式（2），第五句至第七句为乐段三中的格式（3）；下阕第一句至第三句为乐段一中的格式（2），第四句和第五句为乐段二中的格式（2），第六句和第七句为乐段三中的格式（5），第八句至第十一句为乐段四中的格式（2）。全词双调，一百十七字，上阕十一句，六仄韵；下阕十一句，五仄韵。

《摸鱼儿》的平仄韵通叶格（双调）

《摸鱼儿》上阕，十一句，三叶韵四仄韵	
乐段一（三句，十三字）	乐段二（二句，十三字）
＋ － ＋ ｜（句）＋ ＋ ｜ － －（句）＋ ｜ － －（叶）	＋ － ＋ ｜ ｜ － －（句）＋ － ＋ ｜ －（叶）

《摸鱼儿》上阕，十一句，三叶韵四仄韵	
乐段三（三句，十三字）	乐段四（三句，十八字）
｜ － －（句）＋ ＋ ｜（韵）＋ － ＋ ｜ － － ｜（韵）	＋ － ＋ ｜（韵）＋ ｜ － － ｜ ＋ －（叶）＋ ｜ － － ＋ ｜ ｜（韵）

《摸鱼儿》下阕，十二句，两叶韵五仄韵	
乐段一（四句，十五字）	乐段二（二句，十三字）
－ ＋ ｜（句）＋ － ｜（韵）＋ ＋ ｜ － －（句）＋ ｜ － －（叶）	＋ － ＋ ｜ ｜ － －（句）＋ － ＋ ｜ －（韵）

《摸鱼儿》下阕，十二句，两叶韵五仄韵	
乐段三（三句，十三字）	乐段四（三句，十八字）
｜ － －（句）｜ ＋ ｜ － －（句）＋ ｜ － ＋ ｜（韵）	＋ － ＋ ｜（韵）＋ ｜ － － ｜ ＋ －（叶）＋ ｜ － － ｜ － ｜（韵）

例　摸鱼儿（一百十六字）

《梅苑》无名氏

岁华向晚，遥天布同云，霰雪轻飞。前村昨夜漏春光，楚梅先放南枝。叹东君，运巧思。栽琼镂玉妆繁蕊。花中偏异。解向严冬逞芳菲。免使游蜂粉蝶戏。　　梁台上，汉宫里。殷勤仗高楼，羌管休吹。何妨留取凭阑干，大家吟玩欢醉。待明年，念芳草王孙，万里归得未。仙源应是。又被花开向天涯。泪洒东风对桃李。

注：全词双调，一百十六字，上阕十一句，三叶韵四仄韵；下阕十二句，两叶韵五仄韵。

贺 新 郎

叶梦得词有"唱金缕"句，名《金缕歌》，又名《金缕曲》，又名《金缕词》；苏轼词有"乳燕飞华屋"句，名《乳燕飞》；有"晚凉新浴"句，名《贺新凉》；有"风敲竹"句，名《风敲竹》；张辑词有"把貂裘换酒长安市"句，名《貂裘换酒》。

《贺新郎》的长短句结构

上阕，三个乐段		
乐段一（十六字）	乐段二（二十字或二十一字）	乐段三（二十一字）
5　　34　　4	7　　6　　34	7　　35　　3　　3
5　　5　　6	7　　34　　34	
5　　6　　5		

下阕，三个乐段		
乐段一 （十八字或十六字）	乐段二 （二十字或二十一字）	乐段三 （二十一字或二十字）
7　　34　　4	7　　6　　34	7　　35　　3　　3
7　　7　　4	7　　34　　34	7　　7　　3　　3
7　　5　　6		3　　3　　8　　3　　3
7　　5　　4		5　　4　　5　　3　　3
7　　36		

《康熙词谱》共收集十一体《贺新郎》，双调，上下阕分别可分为三个乐段，其长短句结构如表所示。该调有一百十六字或一百十七字、一百十五字、一百十三字等格式，上阕十句，六仄韵或七仄韵、八仄韵；下阕十句或十一句，六仄韵或七仄韵、八仄韵。《康熙词谱》以一百十六字体叶梦得词为标谱词例，该调的正格与变格如表所示，其中，上下阕各乐段中的格式（1）为正格句式，其余为变格句式。

《贺新郎》的正格与变格（双调）

《贺新郎》上阕，十句，六仄韵或七仄韵、八仄韵	
乐段一（三句，十六字）	乐段二（三句，二十字或二十一字）
＋｜－－｜（韵）＋＋＋（读）＋｜＋－＋｜（句）＋－＋｜（韵） （1）	＋｜＋－－＋｜（句或韵）＋｜－＋｜（韵）＋＋＋（读）＋－＋｜（韵） （1）
＋｜－－｜（韵）＋＋＋（读）＋｜－－（句）＋－＋｜（韵） （2）	＋｜－－｜（句）＋｜－＋｜（韵）＋＋＋（读）＋－＋｜（韵） （2）
＋｜－－｜（韵）＋－－＋（句）＋｜＋－＋｜（韵） （3）	＋｜＋－－＋｜（句）＋－＋｜（韵）＋＋＋（读）＋－＋｜（韵） （3）
＋｜＋－＋｜（韵）＋｜＋－＋｜（句）｜＋－＋｜（韵） （4）	＋｜＋－－｜｜（句）＋＋＋（读）＋－＋｜（韵）＋＋＋（读）＋－＋｜（韵） （4）

《贺新郎》上阕，十句，六仄韵或七仄韵、八仄韵
乐段三（四句，二十一字）
＋｜＋－－＋｜（句）＋＋＋（读）＋｜－－｜（韵）＋｜｜（句）＋－｜（韵） （1）
＋｜＋－－＋｜（韵）＋＋＋（读）＋｜－－｜（韵）＋｜｜（句）＋－｜（韵） （2）

例一　贺新郎（一百十六字）

（宋）叶梦得

睡起流莺语。掩苍苔、房栊向晓，乱红无数。吹尽残花无人问，惟有垂杨自舞。渐暖霭、初回轻暑。宝扇重寻明月影,暗尘侵、上有乘鸾女。惊旧恨,镇如许。　　江南梦断蘅皋渚。浪黏天、葡萄涨绿,半空烟雨。无限楼前沧波意,谁采蘋花寄取。但怅望、兰舟容与。万里云帆何时到,送孤鸿、目断千山阻。谁为我,唱金缕。

注:该词上阕第一句至第三句为乐段一中的格式(1),第四句至第六句为乐段二中的格式(1);下阕第一句至第三句为乐段一中的格式(1),第四句至第六句为乐段二中的格式(1),第七句至第十句为乐段三中的格式(1)。全词双调,一百十六字,上下阕各十句,六仄韵。

《贺新郎》下阕,十句或十一句,六仄韵或七仄韵、八仄韵	
乐段一(三句或二句,十八字或十六字)	乐段二(三句,二十字或二十一字)
＋－＋｜－－｜(韵)＋＋＋(读)＋－＋｜(句)＋－＋｜(韵) (1)	＋｜＋－－＋｜(句)＋｜＋－＋｜(韵)＋＋＋(读)＋－＋｜(韵) (1)
＋－＋｜－－｜(韵)＋＋＋(读)＋｜＋｜(句)＋｜＋｜(韵) (2)	＋｜＋－－＋｜(句)＋－｜－＋｜(韵)＋＋＋(读)＋－＋｜(韵) (2)
＋－＋｜－－｜(韵)＋＋＋(读)＋｜＋－＋｜(韵) (3)	＋｜＋－＋｜｜(句或韵)＋｜＋－＋｜(韵)＋＋＋(读)＋－＋｜(韵) (3)
＋－＋｜(韵)｜＋－＋｜－｜(句)＋－＋｜(韵) (4)	＋｜＋－－｜｜(韵)＋＋＋(读)＋－＋｜(韵)＋＋＋(读)＋－＋｜(韵) (4)
＋－＋｜－－｜(韵)＋－＋｜(句)＋｜＋－＋｜(韵) (5)	＋｜＋｜－｜(韵)＋＋＋(读)＋｜＋｜(韵)＋＋＋(读)＋－＋｜(韵) (5)
＋－＋｜－－｜(韵)＋－＋｜(句)＋－－＋｜(韵) (6)	

《贺新郎》下阕，十句或十一句，六仄韵或七仄韵、八仄韵
乐段三（四句或五句，二十一字或二十字）
＋｜＋一一＋｜（句）＋＋＋（读）＋｜一一｜（韵）＋｜｜（句）＋一｜（韵） （1）
＋｜＋一一＋｜（韵）＋＋＋（读）＋一一｜（句）＋｜｜（句）＋一｜（韵） （2）
｜＋｜＋一＋｜（句）＋一一｜＋＋｜（韵）＋｜｜（句）＋一一｜（韵） （3）
＋｜｜（句）＋一｜（句）｜＋一一｜一一｜（韵）＋｜｜（句）＋一｜（韵） （4）
＋｜｜一一（句）＋｜一一（句）＋｜一一｜（韵）＋｜｜（句）＋一｜（韵） （5）
注：下阕乐段三中的格式"｜＋｜＋一＋｜（句）"为"上一下六"句式；"｜＋一＋｜一一｜（韵）"为"上一下七"句式。

例二　贺新郎（一百十六字）

（宋）辛弃疾

瑞气笼清晓。卷珠帘、次第笙歌，一时齐奏。无限神仙离蓬岛。凤驾辇车初到。见拥个、仙娥窈窕。玉佩丁珰风缥缈。正娇姿、一似垂杨袅。天上有，人间少。　刘郎正是当年少。更那堪、天教付与，最多才貌。玉树琼枝相映耀。谁与安排忒好。有多少、风流欢笑。直待来春成名了。马如龙、绿绶欺芳草。同富贵，又偕老。

注：该词上阕第一句至第三句为乐段一中的格式（2），第四句至第六句为乐段二中的格式（1），第七句至第十句为乐段三中的格式（1）；下阕第一句至第三句为乐段一中的格式（1），第四句至第六句为乐段二中的格式（3），第七句至第十句为乐段三中的格式（2）。全词双调，一百十六字，上下阕各十句，八仄韵。

例三　贺新郎（一百十五字）

（宋）苏　轼

乳燕飞华屋。悄无人、槐阴转午，晚凉新浴。手弄生绡白团扇，扇手一时似玉。渐困倚、孤眠清熟。帘外谁来推绣户，枉教人、梦断瑶台曲。又却是，风敲竹。　　石榴半吐红巾蹙。待浮花浪蕊都尽，伴君幽独。秾艳一枝细看取，芳意千重似束。又恐被、秋风惊绿。若待得君来向此，花前对酒不忍触。共粉泪，两簌簌。

注：该词上阕第一句至第三句为乐段一中的格式（1），第四句至第六句为乐段二中的格式（2），第七句至第十句为乐段三中的格式（1）；下阕第一句至第三句为乐段一中的格式（4），第四句至第六句为乐段二中的格式（3），第七句至第十句为乐段三中的格式（3）。全词双调，一百十五字，上下阕各十句，六仄韵。

例四　贺新郎（一百十七字）
（宋）辛弃疾

柳暗凌波路。送春归、一番新绿，猛风暴雨。千里潇湘葡萄涨，人解扁舟欲去。又檣燕、留人相语。艇子飞来生尘步。唾花寒、唱我新番句。波似箭，催鸣橹。　　黄陵祠下山无数。听湘娥、泠泠曲罢，为谁情苦。行到东吴春已暮。正江阔、潮平稳渡。望金雀、觚棱翔舞。前度刘郎今重到，问玄都、千树花存否。愁为倩，幺弦诉。

注：该词上阕第一句至第三句为乐段一中的格式（1），第四句至第六句为乐段二中的格式（1），第七句至第十句为乐段三中的格式（2）；下阕第一句至第三句为乐段一中的格式（1），第四句至第六句为乐段二中的格式（4），第七句至第十句为乐段三中的格式（1）。全词双调，一百十七字，上下阕各十句，七仄韵。

例五　贺新郎（一百十七字）
《豹隐纪谈》平江妓

春色元无主。荷东君、着意看承，等闲分付。多少无情风与浪，又那更、蝶欺蜂妒。算燕雀、眼前无数。纵使帘栊能爱护。到如今、已是成迟暮。芳草碧，遮归路。　　看看做到难言处。怕仙槎、轻转旌旗，易歌襦袴。月满西楼弦索静，云蔽昆城闾府。便怎地、一帆轻举。独倚阑干愁拍破。惨玉容、泪眼如红雨。去与住，两难诉。

注：该词上阕第一句至第三句为乐段一中的格式（2），第四句至第六句为乐段二中的格式（4），第七句至第十句为乐段三中的格式（2）；下阕第一句至第三句为乐段一中的格式（2），第四句至第六句为乐段二中的格式（1），第七句至第十句为乐段三中的格式（2）。全词双调，一百十七字，上下阕各十句，七仄韵。

例六　贺新郎（一百十六字）

（宋）史达祖

西子相思切。委萧萧、风裳水佩，照人清越。山染蛾眉波曼睩，聊可与之娱悦。便莫赋、湘妃罗袜。怕见绿荷相倚恨，恨白鸥、占了凉波阔。拣凉处，放船歇。　　道人不是尘埃物。纵狂吟落魄，吹乱一巾凉发。不觉引杯浇肺渴，正要清歌骇发。更坐上、其人冰雪。截取断虹堪作钓，待玉奁、今夜来时节。也胜钓，石城月。

注：该词上阕第一句至第三句为乐段一中的格式（1），第四句至第六句为乐段二中的格式（1），第七句至第十句为乐段三中的格式（1）；下阕第一句至第三句为乐段一中的格式（5），第四句至第六句为乐段二中的格式（1），第七句至第十句为乐段三中的格式（1）。全词双调，一百十六字，上下阕各十句，六仄韵。

例七　贺新郎（一百十六字）

（宋）史达祖

绿障南城树。有高楼衔城，楼下芰荷无数。客自倚栏鱼亦避，恐是持竿伴侣。对前浦、扁舟容与。杨柳影间风不到，倩诗情、飞过鸳鸯浦。人正在，断肠处。　　两山带着冥冥雨。想低帘短额，谁见恨时眉妩。别为青尊眠锦瑟，怕被歌留愁住。便欲趁、采莲归去。前度刘郎虽老矣，奈年来、犹道多情句。应笑煞，旧鸥鹭。

注：该词上阕第一句至第三句为乐段一中的格式（3），第四句至第六句为乐段二中的格式（1），第七句至第十句为乐段三中的格式（1）；下阕第一句至第三句为乐段一中的格式（5），第四句至第六句为乐段二中的格式（1），第七句至第十句为乐段三中的格式（1）。全词双调，一百十六字，上下阕各十句，六仄韵。

例八　贺新郎（一百十六字）

（宋）李南金

流落今如许。我亦三生杜牧，为秋娘著句。先自多愁多感慨，更值江南春暮。君看取、落花飞絮。也有吹来穿绣幌，有因风、飘堕随尘土。人世事，总无据。　　佳人命薄君休诉。若说与、英雄心事，一生更苦。且尽尊前今日意，休记绿窗眉妩。但春到、儿家庭户。幽恨一帘烟月晓，恐明朝、雁亦无寻处。浑欲倩，莺留住。

注：该词上阕第一句至第三句为乐段一中的格式（4），第四句至第六句为乐段二中的格

式（1），第七句至第十句为乐段三中的格式（1）；下阕第一句至第三句为乐段一中的格式（1），第四句至第六句为乐段二中的格式（1），第七句至第十句为乐段三中的格式（1）。全词双调，一百十六字，上下阕各十句，六仄韵。

例九　贺新郎（一百十五字）
（宋）马庄父

客里伤春浅。问今年梅蕊，因甚化工不管。陌上芳尘行处满。可计天涯近远。见说道、迷楼左畔。一似江南先得暖。向何郎、庭下都寻遍。辜负了，看花眼。　古来好物难为伴。只琼花一种，传来仙苑。独许扬州作珍产。须胜了、千千万万。又却待、东风吹绽。自昔闻名今见面。数归期、屈指家山晚。归去说，也希罕。

注：该词上阕第一句至第三句为乐段一中的格式（3），第四句至第六句为乐段二中的格式（1），第七句至第十句为乐段三中的格式（2）；下阕第一句至第三句为乐段一中的格式（6），第四句至第六句为乐段二中的格式（5），第七句至第十句为乐段三中的格式（2）。全词双调，一百十五字，上下阕各十句，八仄韵。

例十　贺新郎（一百十三字）
（宋）吕渭老

斜日封残雪。记别时、檀槽按舞，霓裳初彻。唱煞阳关留不住，桃花面皮似热。渐点点、珍珠承睫。门外潮平风席正，指佳期、共约花同折。情未忍，带双结。　钗金未断肠先结。下扁舟、更有暮山千叠。别后武陵无好梦，春山子规更切。但孤坐、一帘明月。蚕共茧，花同蒂，甚人生见底多离别。谁念我，泪如血。

注：该词上阕第一句至第三句为乐段一中的格式（1），第四句至第六句为乐段二中的格式（3），第七句至第十句为乐段三中的格式（1）；下阕第一句和第二句为乐段一中的格式（3），第三句至第五句为乐段二中的格式（2），第六句至第十句为乐段三中的格式（4）。全词双调，一百十三字，上下阕各十句，六仄韵。

例十一　贺新郎（一百十五字）
（宋）周紫芝

白首归何晚。笑一椽、天教付与，楚江南岸。门外春山晚无数，只有匡庐似染。但想像、红妆不见。谁念香山当日事，漫青衫、泪湿人谁管。

歌旧曲，空凄怨。　　将军未老身归汉。算功名过了，惟有古祠尘满。谁似渊明拌得老，饱看云山万点。况此老、斜川不远。终待我他年，自剪黄花，一酹重阳盏。君为我，休辞劝。

注：该词上阕第一句至第三句为乐段一中的格式（1），第四句至第六句为乐段二中的格式（2），第七句至第十句为乐段三中的格式（1）；下阕第一句至第三句为乐段一中的格式（5），第四句至第六句为乐段二中的格式（1），第七句至第十一句为乐段三中的格式（5）。全词双调，一百十五字，上阕十句，六仄韵；下阕十一句，六仄韵。

子 夜 歌

调见凤林书院元词，与《菩萨蛮令》词别名《子夜歌》者不同。

《子夜歌》的长短句结构

《子夜歌》上阕，四个乐段			
乐段一（十三字）	乐段二（十三字）	乐段三（十三字）	乐段四（十七字）
34　　6	34　　6	4　　4　　5	34　　4　　6

《子夜歌》下阕，五个乐段				
乐段一（十三字）	乐段二（十三字）	乐段三（十一字）	乐段四（十三字）	乐段五（十一字）
34　　6	4　　4　　5	5　　6	4　　4　　5	34　　4

《康熙词谱》只收集一体《子夜歌》，双调，上阕可分为四个乐段，下阕可分为五个乐段，其长短句结构如表所示。该调一百十七字，上阕十句，四仄韵；下阕十二句，五仄韵，其基本格式如表所示。

《子夜歌》的基本格式（双调）

《子夜歌》上阕，十句，四仄韵	
乐段一（二句，十三字）	乐段二（二句，十三字）
｜－＋（读）＋－＋｜（句）＋｜＋－＋｜（韵）	｜－＋（读）＋－＋｜（句）＋｜＋－＋｜（韵）

《子夜歌》上阕，十句，四仄韵	
乐段三（三句，十三字）	乐段四（三句，十七字）
＋｜＋－（句）＋－＋｜（句） ＋｜－－｜（韵）	｜－＋（读）＋｜－－（句）＋｜ ＋－（句）＋｜＋－＋｜（韵）

《子夜歌》下阕，十二句，五仄韵	
乐段一（二句，十三字）	乐段二（三句，十三字）
｜－＋（读）＋－＋｜（句）＋｜ ＋－＋｜（韵）	＋｜－－（句）＋－＋｜（句） ＋｜－－｜（韵）

《子夜歌》下阕，十二句，五仄韵		
乐段三（二句，十一句）	乐段四（三句，十三字）	乐段五（二句，十一字）
｜＋－＋｜（句） －＋｜－｜（韵）	＋｜－－（句）＋ －＋｜（句）＋｜ －｜（韵）	｜－＋（读）＋｜－ －（句）＋－＋｜（韵）

例　子夜歌（一百十七字）

（宋）彭元逊

视春衫、箧中半在，浥浥酒痕花露。恨桃李、如风过尽，梦里故人如雾。临颖美人，秦川公子，晚共何人语。对人家、花柳池台，回首故园，咫尺未成归去。　　昨宵听、危弦急管，酒醒不知何处。漂泊情多，哀迟感易，无限堪怜许。似尊前眼底，红颜消几寒暑。年少风流，未谙春事，追与东风赋。待他年、君老巴山，共君听雨。

注：全词双调，一百十七字，上阕十句，四仄韵；下阕十二句，五仄韵。

吊 严 陵

调见《乐府雅词》，李甲作，因词有"严光钓址空遗迹"及"离舣吊古寓目"句，取以为名。又结句有"回首暮云千古碧"句，名《暮云碧》。

《吊严陵》的长短句结构

《吊严陵》上阕，四个乐段			
乐段一（二十字）	乐段二（十四字）	乐段三（十九字）	乐段四（十四字）
4　4　4　4　4	4　4　6	7　6　6	5　4　5

《吊严陵》下阕，四个乐段			
乐段一（十五字）	乐段二（十四字）	乐段三（十二字）	乐段四（十一字）
2　6　7	4　4　6	6　6	4　7

《康熙词谱》只收集一体《吊严陵》，双调，上下阕分别可分为四个乐段，其长短句结构如表所示。该调一百十九字，上阕十四句，七仄韵；下阕十句，六仄韵，其基本格式如表所示。

《吊严陵》的基本格式（双调）

《吊严陵》上阕，十四句，七仄韵	
乐段一（五句，二十字）	乐段二（三句，十四字）
＋－＋｜（句）＋｜－－（句）＋－＋｜（韵）＋｜＋｜（句）＋－＋｜（韵）	＋｜＋｜（句）＋｜＋－（句）＋｜＋－＋｜（韵）

《吊严陵》上阕，十四句，七仄韵	
乐段三（三句，十九字）	乐段四（三句，十四字）
＋｜－－｜－｜（韵）＋｜＋－＋｜（句）＋｜＋｜＋－＋｜（韵）	｜＋｜－－（句）＋－＋｜（韵）＋｜＋－｜（韵）

《吊严陵》下阕，十句，六仄韵	
乐段一（三句，十五字）	乐段二（三句，十四字）
十丨（韵）十一丨一十丨（句） 十一十丨一一丨（韵）	十一十丨（句）十一十丨（句） 十丨十一十丨（韵）

《吊严陵》下阕，十句，六仄韵	
乐段三（二句，十二字）	乐段四（二句，十一字）
十一十丨十丨（韵）十丨 十丨（韵）	十十一丨（句）十丨十一一丨丨 （韵）

例　吊严陵（一百十九字）

（宋）李　甲

蕙兰香泛，孤屿潮平，惊鸥散雪。迤逦点破，澄江秋色。暝霭向敛，疏雨乍收，染出蓝峰千尺。渔舍孤烟锁寒碛。画鹢翠帆旋解，轻舣晴霞岸侧。正念往悲酸，怀乡惨切。何处引羌笛。　　追惜。当时富春佳地，严光钓址空遗迹。华星沉后，扁舟泛去，潇洒闲名图籍。离觞吊古寓目。意断魂消泪滴。渐洞天晓，回首暮云千古碧。

注：全词双调，一百十九字，上阕十四句，七仄韵；下阕十句，六仄韵。

金　明　池

调见《淮海词》。赋东京金明池，即以调为题也。李弥逊词名《昆明池》，僧挥词名《夏云峰》。

《金明池》的长短句结构

《金明池》上阕，四个乐段			
乐段一（十四字）	乐段二（十四字）	乐段三（十六字）	乐段四（十五字）
4　　4　　6	34　　　7 34　　　34	34　　　36 34　　5　　4	5　　4　　6

《金明池》下阕，四个乐段										
乐段一（十六字）			乐段二（十四字）		乐段三（十六字）			乐段四（十五字）		
7	5	4	34	34	34	5	4	5	4	6

《康熙词谱》共收集两体《金明池》，双调，上下阕分别可分为四个乐段，其长短句结构如表所示。该调一百二十字，上阕十句或十一句，四仄韵；下阕十一句，五仄韵。《康熙词谱》以秦观词为标谱词例。该调的正格与变格如表所示，其中，上下阕各乐段中的格式（1）为正格句式，其余为变格句式。

《金明池》的正格与变格（双调）

《金明池》上阕，十句或十一句，四仄韵	
乐段一（三句，十四字）	乐段二（二句，十四字）
＋｜－－（句）＋－＋｜（句） ＋｜＋－＋｜（韵）	＋＋＋（读）＋－＋｜（句）｜－｜＋｜＋｜（韵） （1） ＋＋＋（读）＋－＋｜（句）＋＋（读）＋－＋｜（韵） （2）

《金明池》上阕，十句或十一句，四仄韵	
乐段三（二句或三句，十六字）	乐段四（三句，十五字）
＋＋＋（读）＋｜－－（句）＋＋（读）＋｜＋－＋｜（韵） （1） ＋＋＋（读）＋｜－－（句）｜＋｜－－（句）＋－＋｜（韵） （2）	｜＋｜－－（句）＋－＋｜（句）＋｜＋－＋｜（韵）

《金明池》下阕，十一句，五仄韵	
乐段一（三句，十六字）	乐段二（二句，十四字）
＋｜＋－－＋｜（韵）＋｜＋－ －（句）＋｜－－＋｜（韵）	＋＋＋（读）＋－－＋｜（句）＋｜ ＋＋（读）＋｜－－＋｜（韵）

《金明池》下阕，十一句，五仄韵	
乐段三（三句，十六字）	乐段四（三句，十五字）
＋＋＋（读）＋｜－－（句）｜ ＋｜－－（句）＋｜－＋｜（韵）	｜＋｜－－（句）＋－＋｜（句） ＋｜＋－－＋｜（韵）

例一　金明池（一百二十字）

（宋）秦　观

琼苑金池，青门紫陌，似雪杨花满路。云日淡、天低昼永，过三点两点细雨。好花枝、半出墙头，似怅望、芳草王孙何处。更水绕人家，桥当门巷，燕燕莺莺飞舞。　　怎得东君长为主。把绿鬓朱颜，一时留住。佳人唱、金衣莫惜，才子倒、玉山休诉。况春来、倍觉伤心，念故国情多，新年愁苦。纵宝马嘶风，红尘拂面，也只寻芳归去。

注：该词上阕第四句和第五句为乐段二中的格式（1），第六句和第七句为乐段三中的格式（1）。全词双调，一百二十字，上阕十句，四仄韵；下阕十一句，五仄韵。

例二　金明池（一百二十字）

（宋）僧　挥

天阔云高，溪横水远，晚日寒生轻晕。闲阶静、杨花渐少，朱门掩、莺声犹嫩。悔匆匆、过却清明，旋占得余芳，已成幽恨。却几日沉阴，连宵慵困，起见韶华都尽。　　怨入双眉闲斗损。乍品得情怀，看承全近。深深态、无非自许，恹恹意、终羞人问。争知道、梦里蓬莱，待忘了余香，时传音信。纵留得莺花，东风不住，也只眼前愁闷。

注：该词上阕第四句和第五句为乐段二中的格式（2），第六句至第八句为乐段三中的格式（2）。全词双调，一百二十字，上阕十一句，四仄韵；下阕十一句，五仄韵。

送 征 衣

柳永《乐章集》注"中吕宫"。

《送征衣》的长短句结构

《送征衣》上阕，五个乐段					
乐段一 （十七字）	乐段二 （六字）	乐段三 （十三字）	乐段四 （十三字）	乐段五 （十二字）
3　4　4　6	3　3	2　3　4　4	3　4　3　3	3　4　5

《送征衣》下阕，五个乐段					
乐段一 （十二字）	乐段二 （十字）	乐段三 （十三字）	乐段四 （十三字）	乐段五 （十二字）
6　3　3	6　4	2　3　4　4	7　3　3	3　4　5

《康熙词谱》只收集一体《送征衣》，双调，上下阕分别可分为五个乐段，其长短句结构如表所示。该调一百二十一字，上阕十二句，七平韵；下阕十一句，六平韵，其基本格式如表所示。

《送征衣》的基本格式（双调）

《送征衣》上阕，十二句，七平韵		
乐段一（四句，十七字）	乐段二（一句，六字）	乐段三（三句，十三字）
｜ー ー（韵）＋ ー ＋ ｜（句） ＋ ｜ ー ー（句） ＋ ー（韵）	＋ ＋ ＋（读）｜ ー ー（韵）	ー ー（韵）＋ ＋ ＋ （读）＋ ー ＋ ｜（句） ＋ ｜ ー ー（韵）

《送征衣》上阕，十二句，七平韵	
乐段四（二句，十三字）	乐段五（二句，十二字）
＋ ＋ ＋（读）＋ ー ＋ ｜（句）＋ ＋ ＋（读）｜ ー ー（韵）	＋ ＋ ＋（读）＋ ｜ ー ー（句）＋ ＋ ｜ ー ー（韵）

《送征衣》下阕，十一句，六平韵		
乐段一（二句，十二字）	乐段二（二句，十字）	乐段三（三句，十三字）
＋｜＋｜＋一＋｜（句）＋＋（读）｜一一（韵）	＋一｜一＋｜（句）＋｜一一（韵）	一一（韵）＋＋＋（读）＋一＋｜（句）＋｜一一（韵）

《送征衣》下阕，十一句，六平韵	
乐段四（二句，十三字）	乐段五（二句，十二字）
｜＋｜＋一＋｜（句）＋＋＋（读）｜一一（韵）	＋＋＋（读）＋｜一一（句）＋＋｜一一（韵）

注：①下阕乐段四中的格式"｜＋｜＋一＋｜（句）"，为"上一下六"句式。②上下阕乐段五中的格式"＋＋｜一一（韵）"，为"上一下四"句式。

例　送征衣（一百二十一字）

（宋）柳　永

过昭阳。璿枢电绕，华渚虹流，运应千载会昌。罄寰宇、荐殊祥。吾皇。诞弥月、瑶图缵庆，玉叶腾芳。并景贶、三灵眷祐，挺英哲、掩前王。遇年年、嘉节清和，颁率土称觞。　　无间要荒华夏，尽万里、走梯航。彤庭舜张大乐，禹会群方。鸳行。趋上国、山呼鳌抃，遥爇炉香。竞就日瞻云献寿，指南山、等无疆。愿巍巍、宝历鸿基，齐天地遥长。

注：全词双调，一百二十一字，上阕十二句，七平韵；下阕十一句，六平韵。

笛　　家

一名《笛家弄慢》，柳永《乐章集》注"仙吕宫"。

《笛家》的长短句结构

《笛家》上阕，四个乐段			
乐段一（十九字）	乐段二（十六字）	乐段三（十三字）	乐段四（十二字）
4　4　4　7	4　4　4　4	4　4　5	3　3　6

《笛家》下阕，四个乐段			
乐段一（二十二字）	乐段二（十四字）	乐段三（十三字）	乐段四（十二字）
2　4　4　4　4　4	2　6　6	4　4　5	3　3　6 3　5　4

　　《康熙词谱》共收集两体《笛家》，双调，上下阕分别可分为四个乐段，其长短句结构如表所示。该调一百二十一字，上阕十四句，四仄韵或五仄韵；下阕十四句，五仄韵。《康熙词谱》以柳永词为标谱词例。该调的正格与变格如表所示，其中，上下阕各乐段中的格式（1）为正格句式，其余为变格句式。

例一　笛家（一百二十一字）
（宋）柳　永

　　花发西园，草薰南陌，韶光明媚，乍晴轻暖清明后。水嬉舟动，禊饮筵开，银塘似染，金堤如绣。是处王孙，几多游妓，往往携纤手。遣离人，对嘉景，触目尽成感旧。　　别久。帝城当日，兰堂夜烛，百万呼卢，画阁春风，十千沽酒。未省、宴处能忘弦管，醉里不寻花柳。岂知秦楼，玉箫声断，前事难重偶。空遗恨，望仙乡，一晌泪沾襟袖。

　　注：该词下阕第十二句至第十四句为乐段四中的格式（1）。全词双调，一百二十一字，上阕十四句，四仄韵；下阕十四句，五仄韵。

《笛家》的正格与变格（双调）

《笛家》上阕，十四句，四仄韵或五仄韵	
乐段一（四句，十九字）	乐段二（四句，十六字）
＋｜－－（句）＋＋－｜（句）＋－＋｜（句或韵）＋－＋｜－－｜（韵）	＋＋－｜（句）＋｜－－（句）＋－＋｜（句）＋－＋｜（韵）

《笛家》上阕，十四句，四仄韵或五仄韵	
乐段三（三句，十三字）	乐段四（三句，十二字）
＋｜－－（句）＋－＋｜（句）＋｜－－｜（韵）	｜＋－（句）＋－｜（句）＋｜＋－＋｜（韵）

《笛家》下阕，十四句，五仄韵	
乐段一（六句，二十二字）	乐段二（二句，十四字）
＋｜（韵）＋＋＋－｜（句）＋－＋｜（句）＋｜－－（句）＋｜－－（句）＋－＋｜（韵）	＋＋（读）＋｜＋－＋｜（句）＋｜＋－＋｜（韵）

《笛家》下阕，十四句，五仄韵	
乐段三（三句，十三字）	乐段四（三句，十二字）
＋＋－－（句）＋－＋｜（句）＋｜－－｜（韵）	＋－｜（句）｜＋－（句）＋｜＋－＋｜（韵） （1） ＋－｜（句）｜＋－＋｜（句）＋－＋｜（韵） （2）

例二　笛家（一百二十一字）

（宋）朱　雍

琼质仙姿，缟袂清格，天然疏秀。静轩烟锁黄昏后。影瘦零乱，艳冷珑璁，雪肌莹暖，冰枝萦绣。更赋风流，几番攀赠，细撚香盈手。与东君，叙暌远，脉脉两情有旧。　　立久。阆苑凝夕，瑶窗淡月，百琲尊芳，醉玉谭群，千钟酬酒。向此、是处难忘攀蕊，送远何劳随柳。空听高楼，笛声凄断，乐事人非偶。空余恨，惹幽香不灭，尚沾春袖。

注：该词下阕第十二句至第十四句为乐段四中的格式（2）。全词双调，一百二十一字，上下阕各十四句，五仄韵。

秋　思　耗

调见《梦窗词》，吴文英自度腔。因词有"偏称画屏秋色"句，更名《画屏秋色》。

《秋思耗》的长短句结构

《秋思耗》上阕，四个乐段			
乐段一（十四字）	乐段二（十二字）	乐段三（十八字）	乐段四（十九字）
5　　36	4　　4　　4	57　　33	5　　4　　6　　4

《秋思耗》下阕，四个乐段			
乐段一（十三字）	乐段二（十二字）	乐段三（十八字）	乐段四（十七字）
2　　4　　34	4　　4　　4	7　　5　　33	5　　6　　6

《康熙词谱》只收集一体《秋思耗》，双调，上下阕分别可分为四个乐段，其长短句结构如表所示。该调一百二十三字，上阕十一句，六仄韵；下阕十二句，九仄韵，其基本格式如表所示。

《秋思耗》的基本格式（双调）

《秋思耗》上阕，十一句，六仄韵	
乐段一（二句，十四字）	乐段二（三句，十二字）
＋｜－－｜（韵）＋＋＋（读）＋ ｜＋－＋｜（韵）	＋｜＋－（句）＋－＋｜（句） ＋｜－｜（韵）

《秋思耗》上阕，十一句，六仄韵	
乐段三（二句，十八字）	乐段四（四句，十九字）
｜＋｜－－（读）＋－＋｜＋ ＋｜（韵）＋＋＋（读）－＋｜（韵）	｜＋｜－－（句）＋－＋｜（句） ＋｜＋＋－＋｜（句）＋－＋｜ （韵）

《秋思耗》下阕，十二句，九仄韵	
乐段一（三句，十三字）	乐段二（三句，十二字）
＋｜（韵）＋－＋｜（韵）＋＋＋ （读）＋＋－｜（韵）	＋－＋｜（韵）＋－＋｜（句） ＋｜＋＋｜（韵）

《秋思耗》下阕，十二句，九仄韵	
乐段三（三句，十八字）	乐段四（三句，十七字）
｜＋｜＋－｜－（句）＋｜－＋ ｜（韵）＋＋＋（读）－＋｜（韵）	｜＋｜－－（句）＋－－｜ ＋｜（韵）＋｜＋｜＋－＋｜（韵）

例　秋思耗（一百二十三字）

（宋）吴文英

　　堆枕香鬟侧。骤夜声、偏称画屏秋色。风碎串珠，润侵歌板，愁压眉窄。动罗篝清商、寸心低诉叙怨抑。映梦窗、零乱碧。待涨绿春深，落花香泛，料有断红流处，暗题相忆。　　欢夕。檐花细滴。送故人、粉黛重饰。漏侵琼瑟。丁东敲断，弄晴月白。悄一曲霓裳未终，催去骖凤翼。叹谢客、犹未识。漫瘦却东阳，灯前无梦到得。路隔重云雁北。

　　注：全词双调，一百二十三字，上阕十一句，六仄韵；下阕十二句，九仄韵。

春 风 袅 娜

调见《云月词》，冯艾子自度腔，注"黄钟羽"，即"般涉调"。

《春风袅娜》的长短句结构

上阕，四个乐段			
乐段一（十五字）	乐段二（十七字）	乐段三（十五字）	乐段四（十四字）
5 4 3 3	3 6 4 4	4 4 7	7 7

下阕，四个乐段			
乐段一（十七字）	乐段二（十四字）	乐段三（十六字）	乐段四（十七字）
6 4 3 4	3 3 4 4	4 4 4 4	4 5 4 4

《康熙词谱》只收集一体《春风袅娜》，双调，上下阕分别可分为四个乐段，其长短句结构如表所示。该调一百二十五字，上阕十二句，五平韵；下阕十五句，五平韵，其基本格式如表所示。

《春风袅娜》的基本格式（双调）

《春风袅娜》上阕，十二句，五平韵	
乐段一（四句，十五字）	乐段二（三句，十七字）
⊥ 十 一 十 ｜（句）十 ｜ 一 一（韵） 一 十 ｜（句）｜ 十 一（韵）	十 十 十（读）十 ｜ 十 一 十 ｜（句） 十 一 十 ｜（句）十 ｜ 一 一（韵）

《春风袅娜》上阕，十二句，五平韵	
乐段三（三句，十五字）	乐段四（二句，十四字）
十 ｜ 一 一（句）十 一 十 ｜（句） 十 ｜ 十 ｜ 一（韵）	十 ｜ 一 一 ｜ 一 ｜（句）十 一 十 ｜ ｜ 一 一（韵）

《春风袅娜》下阕，十五句，五平韵	
乐段一（三句，十七字）	乐段二（四句，十四字）
＋｜＋－＋｜（句）＋－＋｜（句）	－＋｜（句）｜＋－（韵）＋－
＋＋＋（读）＋｜－－（韵）	＋｜（句）＋｜－－（韵）

《春风袅娜》下阕，十五句，五平韵	
乐段三（四句，十六字）	乐段四（四句，十七字）
＋｜－－（句）＋－＋｜（句）	＋－＋｜（句）｜＋－＋｜（句）
＋－＋｜（句）＋｜－－（韵）	＋－＋｜（句）＋｜－－（韵）

例　春风袅娜（一百二十五字）

（宋）冯艾子

　　被梁间双燕，话尽春愁。朝粉谢，午花柔。倚红栏、故与蝶围蜂绕，柳绵无数，飞上搔头。凤管声圆，蚕房香暖，笑揽罗衫须少留。隔院兰馨趁风远，邻墙桃影伴烟收。　　些子风情未减，眉头眼尾，万千事、欲说还休。蔷薇露，牡丹毹。殷勤记省，前度绸缪。梦里飞红，觉来无觅，望中新绿，别后空稠。相思难偶，叹无情明月，今年已是，三度如钩。

　　注：全词双调，一百二十五字，上阕十二句，五平韵；下阕十五句，五平韵。

春雪间早梅

调见《梅苑》词,隐括韩愈"春雪间早梅"长律诗,即以题为调名。

《春雪间早梅》的长短句结构

《春雪间早梅》上阕,五个乐段				
乐段一 (十二字)	乐段二 (十四字)	乐段三 (十二字)	乐段四 (十字)	乐段五 (十二字)
5　　7	7　　7	6　　6	5　　5	7　　5

《春雪间早梅》下阕,五个乐段				
乐段一 (十五字)	乐段二 (十四字)	乐段三 (十二字)	乐段四 (十二字)	乐段五 (十二字)
6　4　5	7　　7	6　　6	5　　7	7　　5

《康熙词谱》只收集一体《春雪间早梅》,双调,上下阕分别可分为五个乐段,其长短句结构如表所示。该调一百二十五字,上阕十句,六平韵;下阕十一句,五平韵,其基本格式如表所示。

《春雪间早梅》的基本格式(双调)

《春雪间早梅》上阕,十句,六平韵	
乐段一(二句,十二字)	乐段二(二句,十四字)
一　一　十　丨　一(韵)十　十　丨　丨　丨 一　一(韵)	十　丨　十　一　一　十　丨(句)十　一　十 丨　丨　一　一(韵)

《春雪间早梅》上阕,十句,六平韵		
乐段三(二句,十二字)	乐段四(二句,十字)	乐段五(二句,十二字)
十　丨　十　一　十　丨(句) 十　丨　十　丨　一　一(韵)	十　丨　一　丨(句)一 一　十　丨　一(韵)	十　一　十　丨　一　十　丨(句) 十　丨　丨　一　一(韵)

《春雪间早梅》下阕，十一句，五平韵	
乐段一（三句，十五字）	乐段二（二句，十四字）
＋丨＋ 一 ＋丨（句）＋ 一 ＋丨（句）＋ 丨 ＋丨丨 一 一（韵）	＋ 一 ＋丨 一 ＋丨（句）＋ ＋ 丨丨丨 一 一（韵）

《春雪间早梅》下阕，十一句，五平韵		
乐段三（二句，十二字）	乐段四（二句，十二字）	乐段五（二句，十二字）
＋丨＋ 一 ＋丨（句）＋ 一 ＋丨 一 一（韵）	＋ 一 一 丨丨（句）＋ 一 ＋丨丨 一 一（韵）	＋ 一 ＋丨 一 一 丨（句）一 一 ＋丨 一（韵）

例　春雪间早梅（一百二十五字）

《梅苑》无名氏

　　梅将雪共春。彩艳灼灼不相因。逐吹霏霏能争密，排枝碎碎巧妆新。谁令香生满座，独使净敛无尘。芳意饶呈瑞，寒光助照人。玲珑次第开已遍，点缀坐来频。　　那是俱怀疑似，须知造化，两各逼天真。荧煌清影初乱眼，浩荡逸气忽迷神。未许琼花比并，将从玉树相亲。先期迎戏岁，更同歌酒占兹辰。六花腊蒂相辉映，轻盈敢自珍。

　　注：全词双调，一百二十五字，上阕十句，六平韵；下阕十一句，五平韵。

白 苎

按《古乐府》有《白苎》曲，宋人盖借旧曲名，别倚新声也。王灼《颐年堂集》云："白苎词，传者至少，其正宫一阕，世以为紫姑神作。"今从《花草粹编》为柳永词。

《白苎》的长短句结构

| \multicolumn{6}{c}{《白苎》上阕，六个乐段} |
乐段一 （十字）	乐段二 （十字）	乐段三 （十字）	乐段四 （十二字）	乐段五 （十字）	乐段六 （十字）
3　3　4	4　6	37	2　3　7 2　3　34	4　6	37

| \multicolumn{5}{c}{《白苎》下阕，五个乐段} |
乐段一 （二十字或十六字）	乐段二 （九字）	乐段三 （十三字）	乐段四 （十二字）	乐段五 （九字）
2　4　4　4　6 2　4　4　6	5　4	4　5　4	4　4　4	4　5

《康熙词谱》共收集两体《白苎》，双调，上阕可分为六个乐段，下阕可分为五个乐段，其长短句结构如表所示。该调有一百二十五字或一百二十一字等格式，上阕十二句，七仄韵；下阕十五句或十四句，六仄韵。《康熙词谱》以柳永词为标谱词例，该调的正格与变格如表所示，其中，上下阕各乐段中的格式（1）为正格句式，其余为变格句式。

《白苎》的正格与变格（双调）

| \multicolumn{3}{c}{《白苎》上阕，十二句，七仄韵} |
乐段一（三句，十字）	乐段二（二句，十字）	乐段三（一句，十字）
｜ 一 一（句）十 一 ｜ （句）十 一 一 十 ｜（韵）	十 一 十 ｜（句）十 ｜ 十 一 十 ｜（韵）	十 十 十（读）十 一 十 ｜ 十 一 ｜（韵）

《白苎》上阕，十二句，七仄韵		
乐段四（三句，十二字）	乐段五（二句，十字）	乐段六（一句，十字）
＋｜（韵）｜－－（句） ｜＋｜｜＋－＋｜（韵） （1） ＋｜（韵）｜－－（句） ＋＋＋（读）＋－ ＋｜（韵） （2）	＋－－（句）＋｜ ＋－＋｜（韵） （1） ＋－＋｜（句）＋｜ ＋－＋｜（韵） （2）	＋＋＋（读）＋－ ＋｜－－｜（韵）

《白苎》下阕，十五句或十四句，六仄韵	
乐段一（五句或四句，二十字或十六字）	乐段二（二句，九字）
＋｜（韵）＋－＋｜（句）＋｜－－（句） ＋－＋｜（句）＋｜＋－＋｜（韵） （1） ＋｜（韵）＋｜－－（句）＋－＋｜（句） ＋｜＋－＋｜（韵） （2）	＋＋－－（句）＋ －＋｜（韵）

《白苎》下阕，十五句或十四句，六仄韵		
乐段三（三句，十三字）	乐段四（三句，十二字）	乐段五（二句，九字）
＋－＋｜（句）｜＋ －＋｜（句）＋－ ＋｜（韵）	＋｜－－（句）＋｜ －－（句）＋｜－｜（韵）	＋｜－－（句）＋｜ －－｜（韵）

例一　白苎（一百二十五字）

（宋）柳　永

　　绣帘垂，画堂悄，寒风淅沥。遥天万里，黯淡同云幂幂。渐纷纷、六花零乱散空碧。姑射。宴瑶池，把碎玉零珠抛掷。林峦望中，高下琼瑶一色。严子陵、钓台归路迷踪迹。　　追惜。燕然画角，宝峤珊瑚，是时丞相，虚作银城换得。当此际偏宜，访袁安宅。醺醺醉了，任金钗舞困，玉壶频侧。又是东君，暗遣花神，先报南国。昨夜江梅，漏洩春消息。

注：该词上阕第七句至第九句为乐段四中的格式（1），第十句和第十一句为乐段五中的格式（1）；下阕第一句至第五句，为乐段一中的格式（1）。全词双调，一百二十五字，上阕十二句，七仄韵；下阕十五句，六仄韵。

例二　白苎（一百二十一字）
（宋）蒋　捷

正春晴，又春冷，云低欲落。琼苞未剖，早是东风作恶。旋安排、一双银蒜镇罗幕。幽鑾。水生漪，皱嫩绿、潜鳞初跃。愔愔门巷，桃树红才约略。知甚时、霁华烘破青青萼。　　忆昨。引蝶花边，近来重见，身学垂杨瘦削。问小翠眉山，为谁攒却。斜阳院宇，任蛛丝冒遍，玉筝弦索。户外惟闻，放剪刀声，深在妆阁。料想裁缝，白苎春衫薄。

注：该词上阕第七句至第九句为乐段四中的格式（2），第十句和第十一句为乐段五中的格式（2）；下阕第一句至第四句，为乐段一中的格式（2）。全词双调，一百二十一字，上阕十二句，七仄韵；下阕十四句，六仄韵。

卷三十七

翠 羽 吟

调见蒋捷《竹山词》。自序云:"王君本示予越调《小梅花引》,俾以飞仙步虚之意为其辞。余谓泛泛言仙,似乎寡味,越调之曲,与梅花宜,罗浮梅花,真仙事也。演以成章,名《翠羽吟》。"

《翠羽吟》的长短句结构

《翠羽吟》上阕,四个乐段							
乐段一(十一字)		乐段二(十一字)		乐段三(十二字)		乐段四(十三字)	
3	3 5	4	7	6	6	34	6

《翠羽吟》下阕,六个乐段											
乐段一 (十五字)			乐段二 (十五字)			乐段三 (十二字)		乐段四 (十二字)		乐段五 (十三字)		乐段六 (十二字)		
7	4	4	6	4	5	6	6	5	34	6	7	4	4	4

《康熙词谱》中收集一体《翠羽吟》,双调,上阕可分为四个乐段,下阕可分为六个乐段,其长短句结构如表所示。该调一百二十六字,上阕九句,六平韵;下阕十五句,八平韵,其基本格式如表所示。

《翠羽吟》的基本格式（双调）

《翠羽吟》上阕，九句，六平韵	
乐段一（三句，十一字）	乐段二（二句，十一字）
||－（韵）||－（韵）＋||－－（韵）	＋|＋－（句）＋－＋||－（韵）

《翠羽吟》上阕，九句，六平韵	
乐段三（二句，十二字）	乐段四（二句，十三字）
|－＋－＋|（句）－|＋|－－（韵）	|＋－（读）＋－＋|（句）＋－＋|－－（韵）

《翠羽吟》下阕，十五句，八平韵	
乐段一（三句，十五字）	乐段二（三句，十五字）
－＋＋||－－（韵）＋－＋|（句）＋|－－（韵）	＋|＋－＋|（句）－|＋|（句）－－＋|－（韵）

《翠羽吟》下阕，十五句，八平韵	
乐段三（二句，十二字）	乐段四（二句，十二字）
＋－＋|－－（句）＋|＋|－－（韵）	＋|－－|（句）＋＋＋（读）＋|－－（韵）

《翠羽吟》下阕，十五句，八平韵	
乐段五（二句，十三字）	乐段六（三句，十二字）
＋|＋－|（韵）＋－＋||－－（韵）	＋－＋|（句）＋|－－（句）＋|＋－（韵）

例　翠羽吟（一百二十六字）

（宋）蒋　捷

绀露浓。映素空。楼观悄玲珑。粉冻霁英，冷光摇荡古青松。半规黄昏淡月，梅气山影溟濛。有丽人、步依修竹，翩然态若游龙。　　绡袂微皱水溶溶。仙茎清瀯,净洗斜红。劝我浮香桂酒,环佩暗解,声飞芳霭中。弄春弱柳垂丝,慢按翠舞娇童。醉不知何处,惊剪剪、凄紧霜风。梦醒寻痕访踪。但留残月挂遥穹。梅花未老,翠羽双吟,一片晓峰。

注:全词双调,一百二十六字,上阕九句,六平韵;下阕十五句,八平韵。

六 州

《文献通考》:"本朝歌吹,止有四曲,《十二时》、《道引》、《降仙台》并《六州》为四。每大礼宿斋,或行幸,遇夜每更三奏,名为警场。政和七年,诏《六州》改名《崇明祀》,然天下仍谓之《六州》,其称谓已熟也。"

《六州》的长短句结构

《六州》上阕,六个乐段					
乐段一 (八字)	乐段二 (十一字)	乐段三 (七字)	乐段四 (九字)	乐段五 (十二字)	乐段六 (十七字)
3　5	3　3　5	3　4	5　4	3　4　5	4　4　4　5

《六州》下阕,六个乐段					
乐段一 (九字)	乐段二 (十一字)	乐段三 (七字)	乐段四 (九字)	乐段五 (十二字)	乐段六 (十七字)
3　6	3　3　5	3　4	3　6	3　4　5	4　4　4　5

《康熙词谱》只收集一体《六州》,双调,上下阕分别可分为六个乐段,其长短句结构如表所示。该调一百二十九字,上阕十四句,七平韵;下阕十五句,八平韵,其基本格式如表所示。

《六州》的基本格式（双调）

《六州》上阕，十四句，七平韵		
乐段一（二句，八字）	乐段二（三句，十一字）	乐段三（一句，七字）
一丨丨（句）十十丨丨一一（韵）	一丨丨（句）一一丨（句）十丨丨一一（韵）	十十十（读）十丨一一一（韵）

《六州》上阕，十四句，七平韵		
乐段四（二句，九字）	乐段五（二句，十二字）	乐段六（四句，十七字）
十十一丨丨（句）十丨一（韵）	十十十（读）十丨一一（韵）十丨丨一（韵）	十一十丨（句）十一十丨（句）十一十丨（句）十丨丨一一（韵）

《六州》下阕，十五句，八平韵		
乐段一（二句，九字）	乐段二（三句，十一字）	乐段三（一句，七字）
一十丨（句）十一十丨一一（韵）	一十丨（句）十一丨（句）十丨丨一一（韵）	十十十（读）十丨一一一（韵）

《六州》下阕，十五句，八平韵		
乐段四（二句，九字）	乐段五（三句，十二字）	乐段六（四句，十七字）
丨一一（韵）十一十丨一一（韵）	一十丨（句）十丨一（韵）丨一一（韵）	十一十丨（句）十一十丨（句）十一十丨（句）十丨丨一一（韵）

例 六州（一百二十九字）

《宋史·乐志》无名氏

　　良夜永，玉漏正迟迟。丹禁肃，周庐列，羽卫绕皇帏。严鼓动、画角声齐。金管飘雅韵，远逐轻飔。荐嘉玉、躬祀神祇。祈福为黔黎。升中盛礼，增高益厚，登封检玉，时迈合周诗。　　元文锡，庆云五色相随。甘露降，醴泉涌，三秀发灵芝。皇猷播、史册光辉。受鸿禧。万年永固丕基。吾君德，荡荡巍巍。迈尧舜文思。从今寰宇，休牛放马，耕田凿井，鼓腹乐昌期。

注：全词双调，一百二十九字，上阕十四句，七平韵；下阕十五句，八平韵。

十 二 时 慢

宋鼓吹四曲之一。《花草粹编》无"慢"字。此词有仄韵、平韵两体。

三叠体《十二时慢》的长短句结构

三叠体《十二时慢》上阕，四个乐段			
乐段一（十三字）	乐段二（十三字）	乐段三（十三字）	乐段四（十七字）
3　4　6	34　　6	4　4　5	34　4　6

三叠体《十二时慢》中阕，三个乐段		
乐段一（十三字）	乐段二（十三字）	乐段三（十一字）
3　4　6	4　4　5	5　6

三叠体《十二时慢》下阕，三个乐段		
乐段一（十三字）	乐段二（十三字）	乐段三（十一字或二十二字）
3　4　6	4　4　5	5　6 5　5　7　5

双调九十一字体《十二时慢》的长短句结构

双调九十一字体《十二时慢》上阕，四个乐段			
乐段一（十三字）	乐段二（十三字）	乐段三（十二字）	乐段四（十七字）
3　4　6	34　　6	34　　5	34　4　6

双调九十一字体《十二时慢》下阕，三个乐段		
乐段一（十二字）	乐段二（十三字）	乐段三（十一字）
6　6	6　7	5　6

双调一百二五字体《十二时慢》的长短句结构

双调一百二五字体《十二时慢》上阕，六个乐段												
乐段一 （十二字）			乐段二 （十三字）			乐段三 （十字）		乐段四 （十字）		乐段五 （九字）		乐段六 （八字）	
3	4	5	4	4	5	34	3	5	5	4	5	3	5

双调一百二五字体《十二时慢》下阕，六个乐段												
乐段一 （十三字）			乐段二（十三字）			乐段三 （十字）		乐段四 （十字）		乐段五 （九字）		乐段六 （八字）	
3	5	5	4	4	5	34	3	5	5	4	5	3	5

《康熙词谱》共收集四体《十二时慢》，其中，三叠体二首，双调仄韵一首，双调平韵一首。

对三叠体《十二时慢》而言，柳永词一百三十字，葛长庚词一百四十一字，上阕可分为四个乐段，十一句，五仄韵或七仄韵；中阕可分为三个乐段，八句，三仄韵或四仄韵；下阕可分为三个乐段，八句或十句，四仄韵。《康熙词谱》以一百三十字体柳永词为正体或正格，其正格与变格如表所示，其中，各阕各乐段中的格式（1）为正格句式，其余为变格句式。

对双调仄韵《十二时慢》而言，九十一字，上阕可分为四个乐段，十句，四仄韵；下阕可分为三个乐段，六句，三仄韵，其长短句结构与基本格式分别如表所示。

对双调平韵《十二时慢》而言，一百二十五字，上下阕分别可分为六个乐段，上阕十四句，十一平韵；下阕十四句，九平韵，其长短句结构与基本格式如表所示。

比较上述三者的长短句结构，它们仅仅是词牌名称相同而已。

《十二时慢》的正格和变格（三叠）

《十二时慢》上阕，十一句，五仄韵或七仄韵	
乐段一（三句，十三字）	乐段二（二句，十三字）
｜＋ー（句）＋ー＋｜（句）＋｜ ＋ー＋｜（韵） （1）	＋＋＋（读）＋ー＋｜（韵） ＋｜＋ー＋｜（韵）
｜＋ー（句）＋ー＋｜（韵）＋｜ ＋ー＋｜（韵） （2）	

《十二时慢》上阕，十一句，五仄韵或七仄韵

乐段三（三句，十三字）	乐段四（三句，十七字）
＋｜＋ 一（句）＋ 一 ＋｜（句） ＋｜一 一｜（韵） 　　　　（1） ＋｜＋ 一（句）＋ 一 ＋｜（韵） ＋｜一 一｜（韵） 　　　　（2）	＋ ＋ ＋（读）＋｜一 一（句） ＋｜＋ 一（句）＋｜＋ 一 ＋｜ （韵）

《十二时慢》中阕，八句，三仄韵或四仄韵

乐段一（三句，十三字）	乐段二（三句，十三字）	乐段三（二句，十一字）
＋｜一（句）＋ 一 ＋｜（句） ＋｜＋ 一 ＋｜（韵） 　　　　（1） ＋｜一（句）＋ 一 ＋｜（韵） ＋｜＋ 一 ＋｜（韵） 　　　　（2）	＋｜＋ 一（句）＋ 一 ＋｜（句）＋｜ 一 一｜（韵）	｜＋ 一 ＋｜（句） ＋ 一 ＋｜＋｜（韵）

《十二时慢》下阕，八句或十句，四仄韵

乐段一 （三句，十三字）	乐段二 （三句，十三字）	乐段三（二句或四句，十一字或二十二字）
｜＋ 一（句）＋ 一 ＋｜（句）＋｜＋ 一 ＋｜（韵）	＋｜一 一（句）＋ 一 ＋｜（韵）＋｜一 一 ＋｜（韵） 　　　（1） ＋｜一 一（句）＋ 一 ＋｜（句）＋｜一 一 ＋｜（韵） 　　　（2）	｜＋ 一 ＋｜（句）＋ 一 ＋ 一 ＋｜（韵） 　　　　（1） ｜＋ 一 ＋｜（句）＋｜ ＋ ＋｜（韵）＋ 一 ＋ ｜｜一 一（句）｜＋ 一 ＋｜（韵） 　　　　（2）

例一　十二时慢（一百三十字）
（宋）柳　永

晚晴初，淡烟笼月，风透蟾光如洗。觉翠帐、凉生秋思。渐入微寒天气。败叶敲窗，西风满院，睡不成还起。更漏咽、滴破忧心，万感并生，都在离人愁耳。　　天怎知，当时一句，做得十分萦系。夜永有时，分明枕上，觑着孜孜地。烛暗时酒醒，元来又是梦里。　　睡觉来，披衣独坐，万种无憀情意。怎得伊来，重谐连理。再整余香被。祝告天发愿，从今永无抛弃。

注：该词上阕第一句至第三句为乐段一中的格式（1），第六句至第八句为乐段三中的格式（1）；中阕第一句至第三句为乐段一中的格式（1）；下阕第四句至第六句为乐段二中的格式（1），第七句和第八句为乐段三中的格式（1）。全词三叠，一百三十字，上阕十一句，五仄韵；中阕八句，三仄韵；下阕八句，四仄韵。

例二　十二时慢（一百四十一字）
（宋）葛长庚

素馨花，在枝无几。秋入栏干十二。那茉莉、如今已矣。只有兰英菊蕊。霜蟹年时，香橙天气。总是悲秋意。问宋玉、当日如何，对此凄凉，风月怎生存济。　　还未知，幽人心事。望得眼穿心碎。青鸟不来，彩鸾何处，云锁三山翠。是碧霄有路，要归归又无计。　　奈何他，水长天远，身又何曾生翅。手撚芙蓉，耳听鸿雁，怕有丹书至。纵人间富贵，一岁复一岁。此心终日绕香盘，在篆畦儿里。

注：该词上阕第一句至第三句为乐段一中的格式（2），第六句至第八句为乐段三中的格式（2）；中阕第一句至第三句为乐段一中的格式（2）；下阕第四句至第六句为乐段二中的格式（2），第七句至第十句为乐段三中的格式（2）。全词三叠，一百四十一字，上阕十一句，七仄韵；中阕八句，四仄韵；下阕十句，四仄韵。

九十一字体《十二时慢》的基本格式（双调）

九十一字体《十二时慢》上阕，十句，四仄韵	
乐段一（三句，十三字）	乐段二（二句，十三字）
｜＋－（句）＋－＋｜（句）＋｜＋－＋｜（韵）	＋＋＋（读）＋－＋｜（句）＋｜＋－＋｜（韵）

九十一字体《十二时慢》上阕，十句，四仄韵	
乐段三（二句，十二字）	乐段四（三句，十七字）
＋＋＋（读）＋－＋｜（句）｜＋－＋｜（韵）	＋＋＋（读）＋｜－－（句）＋｜＋－（句）＋｜＋－＋｜（韵）

九十一字体《十二时慢》下阕，六句，三仄韵		
乐段一（二句，十二字）	乐段二（二句，十三字）	乐段三（二句，十一字）
＋｜＋－＋｜（句）＋｜＋－＋｜（韵）	＋｜｜＋－－（句）＋｜＋－＋｜（韵）	＋｜＋－｜（句）＋－＋｜－｜（韵）

例 十二时慢（九十一字）

（宋）朱 雍

粉痕轻，谢池泛玉，波浸琉璃初暖。睹靓芳、尘冥春浦，水曲涟漪遥岸。麝气柔、云容影淡，正日边寒浅。闲院寂、幽管声中，万感并生，心事曾陪琼宴。　　春暗南枝依旧，但得当初缱绻。昼永乱英缤纷，解佩映人轻盈面。香暗酒醒处，年年共副良愿。

注：全词双调，九十一字，上阕十句，四仄韵；下阕六句，三仄韵。

一百二十五字体《十二时慢》的正格和变格（双调）

一百二十五字体《十二时慢》（平韵）上阕，十四句，十一平韵		
乐段一（三句，十二字）	乐段二（三句，十三字）	乐段三（二句，十字）
十一｜（句）十｜一一（韵）十｜｜一一（韵）	十一十｜（句）十｜十一（韵）十｜｜一一（韵）	十十十（读）十｜一一（韵）｜一一一（韵）

一百二十五字体《十二时慢》上阕，十四句，十一平韵		
乐段四（二句，十字）	乐段五（二句，九字）	乐段六（二句，八字）
十｜｜一一（韵）十｜｜一一一（韵）	十一十｜（句）十｜一一（韵）	十｜｜一一（韵）十｜｜一一（韵）

一百二十五字体《十二时慢》下阕，十四句，九平韵		
乐段一（三句，十三字）	乐段二（三句，十三字）	乐段三（二句，十字）
十一｜（句）一｜（句）｜十｜十一（韵）	十一十｜（句）十｜一一（韵）十｜｜一一（韵）	十十十（读）十｜一一（韵）｜一一一（韵）

一百二十五字体《十二时慢》下阕，十四句，九平韵		
乐段四（二句，十字）	乐段五（二句，九字）	乐段六（二句，八字）
十一一｜｜（句）十｜｜一一（韵）	十一十｜（句）十｜一一（韵）	十｜｜一一（韵）十｜｜一一（韵）

例　十二时慢（一百二十五字）

《宋史·乐志》无名氏

圣明代，海县澄清。惠化洽寰瀛。时康岁足，治定武成。遐迩贺升平。嘉坛上、昭事神灵。荐明诚。报本禅云亭。俎豆列牺牲。宸心蠲洁，明德荐惟馨。纪鸿名。千载播天声。　燔柴毕，云驭回仙仗，庆銮辂还京。八神扈跸，四隩来庭。嘉气覆重城。殊常礼、旷古难行。遇文明。仁恩苏品汇，沛泽被簪缨。祥符锡祚，武库永销兵。育群生。景运保千龄。

注：全词双调，一百二十五字，上阕十四句，十一平韵；下阕十四句，九平韵。

兰 陵 王

唐教坊曲名。《碧鸡漫志》：《北齐史》及《隋唐嘉话》称，齐文襄之长子长恭封兰陵王，与周师战，尝著假面对敌。击周师金墉城下，勇冠三军，武士共歌谣之，曰《兰陵王入阵曲》。今越调《兰陵王》，凡三段、二十四拍，或曰遗声也。此曲声犯正宫，管色用大凡字，大一字、勾字，故一名《大犯》。

《兰陵王》的长短句结构

《兰陵王》上阕，四个乐段			
乐段一（九字）	乐段二（十四字）	乐段三（十一字）	乐段四（十四字）
3　　6	3　　4　　7 3　　6　　5	5　　2　　4 　　5　　6	3　　4　　7

《兰陵王》中阕，四个乐段			
乐段一（十四字）	乐段二（七字）	乐段三（十六字）	乐段四（五字）
5　　5　　4 2　　3　　5　　4	7	5　　4　　7 3　　6　　7	5

《兰陵王》下阕，四个乐段			
乐段一（五字）	乐段二（十六字）	乐段三（九字）	乐段四（十字或十一字）
2　　3	5　　4　　7	5　　4	4　　3　　3 　　4　　7

《康熙词谱》共收集五体《兰陵王》，有上中下三阕，每一阕可分为四个乐段，其长短句结构如表所示。该调一百三十一字或一百三十字，上阕十一句或十句，七仄韵或六仄韵；中阕八句或九句，五仄韵或七仄韵；下阕十句或九句，六仄韵或四仄韵一叠韵。《康熙词谱》以一百三十字体周邦彦词为正体或正格。该调的正格与变格如表所示，其中，各乐段中的格式（1）为正格句式，其余为变格句式。

《兰陵王》的正格和变格（三叠）

《兰陵王》上阕，十一句或十句，七仄韵或六仄韵	
乐段一（二句，九字）	乐段二（三句，十四字）
＋ 一 ｜（韵）＋ ｜ ｜ 一 ＋ ｜（韵）	＋ 一 ｜（句）＋ ｜ ＋ 一 （句）＋ ｜ ＋ 一 ｜ 一 ｜（韵） （1） ＋ 一 ｜（句）＋ ｜ ＋ 一 ＋ ｜（句）一 一 ｜ 一 ｜（韵） （2）

《兰陵王》上阕，十一句或十句，七仄韵或六仄韵	
乐段三（三句或二句，十一字）	乐段四（三句，十四字）
一 一 ｜ ＋ ｜（韵）＋ ｜（韵）＋ 一 ＋ ｜（韵） （1） 一 一 ｜ ＋ ｜（韵）＋ ｜ ＋ 一 ＋ ｜（韵） （2） ＋ 一 一 ｜ ｜（韵）＋ ｜ ＋ 一 ＋ ｜（韵） （3） ＋ ｜ 一 ＋ ｜（韵）＋ ｜ ＋ 一 ＋ ｜（韵） （4）	＋ 一 ｜（句）＋ ｜ ＋ 一 （句）＋ ｜ 一 一 ｜ 一 ｜（韵）

《兰陵王》中阕，八句或九句，五仄韵或七仄韵	
乐段一（三句或四句，十四字）	乐段二（一句，七字）
＋ － ｜ － ｜（韵）｜ ＋ ｜ － ＋（句） ＋ ＋ － ｜（韵） （1） ＋ ｜（韵）＋ － ｜（韵）＋ ｜ ｜ － －（句）＋ ＋ － ｜（韵） （2）	＋ － ＋ ｜ ＋ － ｜（韵）

注：中阕乐段一中的格式"｜ ＋ ｜ － ＋（句）"，为"上一下四"句式。

《兰陵王》中阕，八句或九句，五仄韵或七仄韵	
乐段三（三句，十六字）	乐段四（一句，五字）
＋ ＋ ｜ － ｜（句）＋ － ＋ ｜（句） ＋ ｜ － ＋ ｜ ＋ ｜（韵） （1） ｜ ＋ － ＋ ｜（句）＋ － ＋ ｜（句） ＋ ｜ － － ｜ ＋ ｜（韵） （2） ｜ ＋ － ＋ ｜（句）＋ － ＋ ｜（句） ＋ － ＋ ｜ － ｜（韵） （3） ｜ ＋ ｜ － ＋（句）＋ － ＋ ｜（句或韵） ＋ － ＋ ｜ ＋ ＋ ｜（韵） （4） ｜ ＋ ｜ ＋ －（句）＋ － ＋ ｜（句） ＋ ｜ － － ｜ ＋ ｜（韵） （5） － ＋ ｜（句）＋ ｜ ＋ － ＋ ｜（句） ＋ － ＋ ｜ ＋ － ｜（韵） （6）	｜ ＋ ＋ － ｜（韵） （1） ｜ － ＋ ＋ ｜（韵） （2） ＋ ｜ ＋ － ｜（韵） （3） ＋ － ｜ ＋ ｜（韵） （4）

注：中阕乐段三中的格式"＋ ＋ ｜ － ｜（句）"和乐段四中的格式"｜ － ＋ ＋ ｜（韵）"，均为"上一下四"句式。

《兰陵王》下阕，十句或九句，六仄韵或四仄韵一叠韵	
乐段一（二句，五字）	乐段二（三句，十六字）
十 | （韵）十 一 | （韵）	| 十 | 一 一（句）十 十 一 | （韵）十 一 十 | 十 一 | （韵） （1） | 十 | 十 十（句）十 十 一 | （韵或句）十 一 十 一 | 十 一 | （韵） （2）

注：下阕乐段二中的格式"\| 十 \| 十 十（句）"，为"上一下四"句式。

《兰陵王》下阕，十句或九句，六仄韵或四仄韵一叠韵	
乐段三（二句，九字）	乐段四（三句或二句，十字或十一字）
| 十 十 一 | （句）十 一 十 | （韵） （1） | 十 一 十 | （句）十 十 一 | （韵） （2）	十 一 十 | （句）十 十 | （句）十 十 | （韵） （1） 十 一 十 | （句）十 十 | （韵）十 十 | （叠） （2） 十 | 一 一（句）十 十 | （句）十 十 | （韵） （3） 十 一 十 | （句）十 | 一 十 一 | （韵） （4）

注：下阕乐段三中的格式"\| 十 十 一 \| （句）"，为"上一下四"句式。

例一　兰陵王（一百三十字）

（宋）周邦彦

　　柳阴直。烟里丝丝弄碧。隋堤上，曾见几番，拂水飘绵送行色。登临望故国。谁惜。京华倦客。长亭路，年去岁来，应折柔条过千尺。　　闲寻旧踪迹。又酒趁哀弦，灯照离席。梨花榆火催寒食。愁一箭风快，半篙波暖，回首迢递便数驿。望人在天北。　　凄恻。恨堆积。渐别浦萦回，津堠岑寂。斜阳冉冉春无极。念月榭携手，露桥吹笛。沉思前事，似梦里，泪暗滴。

  注：该词上阕第三句至第五句为乐段二中的格式（1），第六句至第八句为乐段三中的格式（1）；中阕第一句至第三句为乐段一中的格式（1），第五句至第七句为乐段三中的格式（1），第八句为乐段四中的格式（1）；下阕第三句至第五句为乐段二中的格式（1），第六句和第七句为乐段三中的格式（1），第八句至第十句为乐段四中的格式（1）。全词三阕，一百三十字，上阕十一句，七仄韵；中阕八句，五仄韵；下阕十句，六仄韵。

例二　兰陵王（一百三十字）
（宋）张元幹

  绮霞散。空碧留晴向晚。东风里，天气困人，时节秋千闭深院。帘旌翠波飐。窗影残红一线。春光巧，花脸柳腰，勾引芳菲闹莺燕。　　闲愁费消遣。想娥绿轻晕，鸾鉴新怨。单衣欲试寒犹浅。羞衾凤空展，塞鸿难托，谁问潜宽旧带眼。念人似天远。　　迷恋。画堂宴。看最乐王孙，浓艳争劝。兰膏宝篆春宵短。拥檀板低唱，玉杯重暖。众中先醉，谩倚槛，早梦见。

  注：该词上阕第三句至第五句为乐段二中的格式（1），第六句与第七句为乐段三中的格式（2）；中阕第一句至第三句为乐段一中的格式（1），第五句至第八句为乐段三中的格式（1），第八句为乐段四中的格式（1）；下阕第三句至第五句为乐段二中的格式（1），第六句和第七句为乐段三中的格式（1），第八句至第十句为乐段四中的格式（1）。全词三阕，一百三十字，上阕十句，六仄韵；中阕八句，五仄韵；下阕十句，六仄韵。

例三　兰陵王（一百三十字）
（宋）彭履道

  章台路。西出重城几步。秦楼晓，花气未明，一霎空濛洗高树。行人半倚户。飞去。黄鹂自语。秋千小，不系柳条，惟有轻阴约飞絮。　　钿车暗相遇。早拂拭红巾，初放鹦鹉。闻歌犹是淋铃处。唤鸣筝掩面，倚垆呼酒，东风重记旧眉妩。报伊共歌舞。　　西去。屡回顾。渐客舍荒凉，嘶马先驻。玉关万里知何许。但倦拥荒泽，瓜洲难渡。将军垂老，望故国，夜寒苦。

  注：该词上阕第三句至第五句为乐段二中的格式（1），第六句至第八句为乐段三中的格式（1）；中阕第一句至第三句为乐段一中的格式（1），第六句和第七句为乐段三中的格式（3），第八句为乐段四中的格式（1）；下阕第三句至第五句为乐段二中的格式（1），第六句和第七句为乐段三中的格式（1），第八句至第十句为乐段四中的格式（1）。全词三阕，一百三十字，上阕、十一句，七仄韵；中阕八句，五仄韵；下阕十句，六仄韵。

例四　兰陵王（一百三十字）

（宋）史达祖

汉江侧。月弄仙人佩色。含情久，摇曳楚衣，天水空濛染娇碧。文漪簟影织。凉骨时将粉饰。谁曾见，罗袜去时，点点波间冷云积。　　相思旧飞鹢。谩想像风裳，追恨瑶席。涉江几度和愁摘。记雪映双腕，刺萦丝缕，分开绿盖素袂湿。放新句吹入。　　寂寂。意犹昔。念净社因缘，天许相觅。飘萧羽扇摇团白。屡侧卧寻梦，倚栏无力。风标公子，欲下处，似认得。

注：该词上阕第三句至第五句为乐段二中的格式（1），第六句和第七句为乐段三中的格式（2）；中阕第一句至第三句为乐段一中的格式（1），第五句至第七句为乐段三中的格式（4），第八句为乐段四中的格式（1）；下阕第三句至第五句为乐段二中的格式（1），第六句和第七句为乐段三中的格式（1），第八句至第十句为乐段四中的格式（1）。全词三阕，一百三十字，上阕十句，六仄韵；中阕八句，五仄韵；下阕十句，六仄韵。

例五　兰陵王（一百三十字）

（宋）高观国

凤箫咽。花底寒轻夜月。兰堂静，香雾翠深，曾与瑶姬恨轻别。罗巾泪暗叠。情入歌声怨切。殷勤意，欲去又留，柳色和愁为重折。　　十年迥凄绝。念鬓怯瑶簪，衣褪香雪。双鳞不渡烟江阔。自春来人见，水边花外，羞倚东风翠袖怯。正愁恨时节。　　南陌。阻金勒。甚望断青禽，难倩红叶。春愁欲解丁香结。整新欢罗带，旧香宫箧。凄凉风景，待见了，尽向说。

注：该词上阕第三句至第五句为乐段二中的格式（1），第六句和第七句为乐段三中的格式（2）；中阕第一句至第三句为乐段一中的格式（1），第五句至第七句为乐段三中的格式（2），第八句为乐段四中的格式（1）；下阕第三句至第五句为乐段二中的格式（1），第六句和第七句为乐段三中的格式（2），第八句至第十句为乐段四中的格式（1）。全词三阕，一百三十字，上阕十句，六仄韵；中阕八句，五仄韵；下阕十句，六仄韵。

例六　兰陵王（一百三十字）

（宋）李昂英

燕穿幕。春在深深院落。单衣试，龙沫旋薰，又怕东风晓寒薄。别来情绪恶。瘦得腰围柳弱。清明近，正似海棠，怯雨芳踪任飘泊。　　钗留去年约。恨易老娇莺，多误灵鹊。碧云杳渺天涯各。望不断芳草，更迷香絮，回文强写字屡错。泪欲注还阁。　　孤酌。住春脚。便彩局谁恢，宝轸慵学。阶除拾取飞花嚼。是多少春恨，等闲吞却。猛拍栏干，叹命薄，悔旧诺。

注：该词上阕第三句至第五句为乐段二中的格式（1），第六句与第七句为乐段三中的格式（3）；中阕第一句至第三句为乐段一中的格式（1），第五句至第七句为乐段三中的格式（4），第八句为乐段四中的格式（1）；下阕第三句至第五句为乐段二中的格式（1），第六句和第七句为乐段三中的格式（1），第八句至第十句为乐段四中的格式（3）。全词三阕，一百三十字，上阕十句，六仄韵；中阕八句，五仄韵；下阕十句，六仄韵。

例七　兰陵王（一百三十一字）

（宋）秦观

雨初歇。帘卷一钩淡月。望河汉，几点疏星，冉冉纤云度林樾。此景清更绝。谁念温柔蕴结。孤灯暗，独步华堂，蟋蟀莎阶弄时节。　　沉思恨难说。忆花底相逢，亲赠罗缬。春鸿秋雁轻离别。拟寻个锦鳞，寄将尺素，又恐烟波路隔越。歌残唾壶缺。　　凄咽。意空切。但醉损琼卮，望断瑶阙。御沟曾记流红叶。待何日重见，霓裳听彻。彩楼天远，夜夜襟袖染啼血。

注：该词上阕第三句至第五句为乐段二中的格式（1），第六句和第七句为乐段三中的格式（4）；中阕第一句至第三句为乐段一中的格式（1），第五句至第七句为乐段三中的格式（5），第八句为乐段四中的格式（4）；下阕第三句至第五句为乐段二中的格式（1），第六句和第七句为乐段三中的格式（1），第八句和第九句为乐段四中的格式（4）。全词三阕，一百三十一字，上阕十句，六仄韵；中阕八句，五仄韵；下阕九句，六仄韵。

例八　兰陵王（一百三十字）

（宋）辛弃疾

一丘壑。老子风流占却。茅檐上，松月挂云，脉脉石泉透山脚。寻思前事错。恼杀晨猿夜鹤。终须是，邓禹辈人，锦绣麻霞坐黄阁。　　长歌自深酌。看天阔鸢飞，渊静鱼跃。西风黄菊香喷薄。怅日暮云合，佳人何处，纫兰结佩带杜若。入江海会约。　　遇合，事难托。莫击磬门前，荷蒉人过，仰天大笑冠簪落。待说与穷达，不须疑著。古来贤者，进亦乐。退亦乐。

注：该词上阕第三句至第五句为乐段二中的格式（1），第六句和第七句为乐段三中的格式（3）；中阕第一句至第三句为乐段一中的格式（1），第五句至第七句为乐段三中的格式（4），第八句为乐段四中的格式（2）；下阕第三句至第五句为乐段二中的格式（2），第六

句和第七句为乐段三中的格式（1），第八句至第十句为乐段四中的格式（2）。全词三阕，一百三十字，上阕十句，六仄韵；中阕八句，五仄韵；下阕十句，四仄韵一叠韵。

例九　兰陵王（一百三十字）

（宋）陈允平

古堤直。隔水轻盈飏碧。东风路，还是舞烟眠露，年年自春色。红尘遍京国。留滞高阳醉客。斜阳外，千缕翠条，仿佛流莺度金尺。　　长亭半陈迹。记曾系征鞍，频护歌席。匆匆江上又寒食。回首处，应念旧曾攀折，依然离恨遍西驿。倦游尚南北。　　恻恻。怨怀积。渐楚榭寒收，隋苑春寂。颦眉不尽相思极。想人在何处，倚栏横笛。闲情似絮，更那听，夜雨滴。

注：该词上阕第三句至第五句为乐段二中的格式（2），第六句和第七句为乐段三中的格式（2）；中阕第一句至第三句为乐段一中的格式（1），第五句至第七句为乐段三中的格式（6），第八句为乐段四中的格式（4）；下阕第三句至第五句为乐段二中的格式（1），第六句和第七句为乐段三中的格式（1），第八句至第十句为乐段四中的格式（1）。全词三阕，一百三十字，上阕十句，六仄韵；中阕八句，五仄韵；下阕十句，六仄韵。

例十　兰陵王（一百三十字）

（宋）刘辰翁

送春去。春去人间无路。秋千外，芳草连天，谁遣风沙暗南浦。依依甚意绪。漫忆海门飞絮。乱鸦过，斗转城荒，不见来时试灯处。　　春去。最谁苦。但箭雁沉边，梁燕无主。杜鹃声里长门暮。想玉树凋霜，泪盘如露。咸阳送客屡回顾。斜日未能度。　　春去。尚来否。正江令恨别，庾信愁赋。苏堤尽日风和雨。叹神游故国，花记前度。人生流落，顾孺子，共夜语。

注：该词上阕第三句至第五句为乐段二中的格式（1），第六句和第七句为乐段三中的格式（2）；中阕第一句至第四句为乐段一中的格式（2），第六句至第八句为乐段三中的格式（4），第九句为乐段四中的格式（3）；下阕第三句至第五句为乐段二中的格式（2），第六句和第七句为乐段三中的格式（2），第八句至第十句为乐段四中的格式（1）。全词三阕，一百三十字，上阕十句，六仄韵；中阕九句，七仄韵；下阕十句，六仄韵。

例十一　兰陵王（一百三十字）

（宋）高观国

洒虚阁。幂幂天垂似幕。春寒峭，吹断万丝，湿影和烟暗帘箔。清愁晚来觉。佳景惜惜过却。芳郊外，莺恨燕愁，不管秋千冷红索。　　行云楚台约。念今古凝情，朝暮如昨。啼红湿翠春情薄。谩一犁江上，半篙堤外，勾引轻阴趁暮角。正孤绪寂寞。　　斑驳。止还作。听点点檐声，沉沉春酌。只愁入夜东风恶。怕催教花放，趁将花落。冥冥烟草，梦正远，恨怎托。

注：该词上阕第三句至第五句为乐段二中的格式（1），第六句至第八句为乐段三中的格式（2）；中阕第一句至第三句为乐段一中的格式（1），第五句至第七句为乐段三中的格式（2），第八句为乐段四中的格式（2）；下阕第三句至第五句为乐段二中的格式（2），第六句和第七句为乐段三中的格式（1），第八句至第十句为乐段四中的格式（1）。全词三阕，一百三十字，上阕十句，六仄韵；中阕八句，五仄韵；下阕十句，六仄韵。

大　　酺

调见《清真乐府》。按，唐教坊曲有《大酺乐》，《羯鼓录》亦有太簇商《大酺乐》。宋词盖借旧曲名，自制新声也。

《大酺》的长短句结构

《大酺》上阕，五个乐段				
乐段一 （十三字）	乐段二 （十四字）	乐段三 （十四字）	乐段四 （十四字）	乐段五 （十三字）
4　3　6	5　5　4	4　4　6	5　5　4	5　4　4

《大酺》下阕，五个乐段				
乐段一 （十三字）	乐段二 （十八字）	乐段三 （十二字）	乐段四 （十六字）	乐段五 （六字）
5　35	34　4　34 34　4　7	5　34	33　4　6	6

《康熙词谱》共收集两体《大酺》，双调，上下阕分别可分为五个乐段，其长短句结构如表所示。该调一百三十三字，上阕十五句，五仄韵；下阕十一句，七仄韵。《康熙词谱》以周邦彦词为标谱词例。该调的正格与变格如表所示，其中，上下阕各乐段中的格式（1）为正格句式，其余为变格句式。

《大酺》的正格与变格（双调）

《大酺》上阕，十五句，五仄韵	
乐段一（三句，十三字）	乐段二（三句，十四字）
｜｜－－（句）－－｜（句）＋｜ ＋－＋｜（韵）	＋－－｜｜（句）｜＋－＋｜（句） ＋－＋｜（韵）

《大酺》上阕，十五句，五仄韵		
乐段三（三句，十四字）	乐段四（三句，十四字）	乐段五（三句，十三字）
＋｜－－（句）＋－＋｜（句）＋｜＋－＋｜（韵）	＋－－＋｜（句）｜＋－＋｜（句）＋－＋｜（韵） （1） ＋－－｜｜（句）｜＋｜－（句）＋－＋｜（韵） （2）	｜＋｜－－（句）＋－＋｜（句）＋－＋｜（韵）

《大酺》下阕，十一句，七仄韵	
乐段一（二句，十三字）	乐段二（三句，十八字）
＋－－｜｜（韵）＋＋＋（读）＋｜＋－｜（韵） （1） －－｜＋｜（韵）＋＋＋（读）＋｜＋－｜（韵） （2） ＋－－｜｜（韵）＋＋＋（读）＋－－＋｜（韵） （3） ＋｜－＋｜（韵）＋＋＋（读）｜＋－＋｜（韵） （4）	＋＋＋（读）＋－＋｜（句）＋｜－（句）＋＋＋（读）＋－＋｜（韵） （1） ＋＋＋（读）＋－＋｜（句）＋｜－（句）＋－＋｜－－｜（韵） （2）

《大酺》下阕，十一句，七仄韵		
乐段三（二句，十二字）	乐段四（三句，十六字）	乐段五（一句，六字）
＋ㅣ－＋ㅣ（句） ＋＋＋（读）＋ －＋ㅣ（韵） （1）	＋＋＋（读）＋＋ㅣ （韵）＋＋－ㅣ（句）＋ ㅣ＋－ㅣ（韵） （1）	＋－ㅣ－＋ㅣ（韵） （1）
ㅣ＋－＋ㅣ（句） ＋＋＋（读）＋ －＋ㅣ（韵） （2）	＋＋＋（读）＋－ ㅣ（韵）＋＋－＋ㅣ（句） ＋ㅣ＋－＋ㅣ（韵） （2）	＋－－ㅣ＋ㅣ（韵） （2） ＋ㅣ＋－＋ㅣ（韵） （3）

例一　大酺（一百三十三字）

（宋）周邦彦

对宿烟收，春禽静，飞雨时鸣高屋。墙头青玉旆，洗铅霜都尽，嫩梢相触。润逼琴丝，寒侵枕障，虫网吹粘帘竹。邮亭无人处，听檐声不断，困眠初熟。奈愁极频惊，梦轻难记，自怜幽独。　　行人归意速。最先念、流潦妨车毂。怎奈向、兰成憔悴，卫玠清羸，等闲时、易伤心目。未怪平阳客，双泪落、笛中哀曲。况萧索、青芜国。红糁铺地，门外荆桃如菽。夜游共谁秉烛。

注：该词上阕第十句至第十二句乐段四中的格式（1）；下阕第一句和第二句为乐段一中的格式（1），第三句至第五句为乐段二中的格式（1），第六句和第七句为乐段三中的格式（1），第八句至第十句为乐段四中的格式（1），第十一句为乐段五中的格式（1）。全词双调，一百三十三字，上阕十五句，五仄韵；下阕十一句，七仄韵。

例二　大酺（一百三十三字）

（宋）杨泽民

渐雨回春，风清夏，垂柳凉生芳屋。余花犹满地，引蜂游蝶戏，慢飞轻触。院宇深沉，帘栊寂静，苍玉时敲疏竹。雕梁新来燕，恣呢喃不住，似曾相熟。但双去并来，漫萦幽恨，枕单衾独。　　仙郎去又速。料今在、何许停双毂。任梦想、频登台榭，遍倚栏干，水云千里空流目。纵遇双鱼客，难尽写、别来心曲。媚容幸、倾城国。今日何事，还又难分辨荻。寸心天上可烛。

　　注：该词上阕第十句至第十二句乐段四中的格式（1）；下阕第一句和第二句为乐段一中的格式（2），第三句至第五句为乐段二中的格式（2），第六句和第七句为乐段三中的格式（1），第八句至第十句为乐段四中的格式（1），第十一句为乐段五中的格式（2）。全词双调，一百三十三字，上阕十五句，五仄韵；下阕十一句，七仄韵。

例三　大酺（一百三十三字）
（宋）赵以夫

　　正绿阴浓，莺声懒，庭院寒轻烟薄。天然花富贵，逞夭红殷紫，叠葩重萼。醉艳酣春，妍姿浥露，翠羽轻明如削。檀心鸦黄嫩，似离情愁绪，万丝交错。更银烛相辉，玉瓶微浸，宛然京洛。　　朝来风雨恶。怕僝僽、低张青油幕。便好倩、佳人插帽，贵客传笺，趁良辰、赏心行乐。四美难并也，须拼醉、莫辞杯勺。被花恼、情无着。长笛何处，一笑江头高阁。极目水云漠漠。

　　注：该词上阕第十句至第十二句乐段四中的格式（1）；下阕第一句和第二句为乐段一中的格式（3），第三句至第五句为乐段二中的格式（1），第六句和第七句为乐段三中的格式（1），第八句至第十句为乐段四中的格式（1），第十一句为乐段五中的格式（3）。全词双调，一百三十三字，上阕十五句，五仄韵；下阕十一句，七仄韵。

例四　大酺（一百三十三字）
（宋）周　密

　　又子规啼，酴醾谢，寂寂春阴池阁。罗窗人病酒，奈牡丹初放，晚风还恶。燕燕归迟，莺莺声懒，闲罥秋千红索。三分春过半，早朱桁尘凝，翠衣香薄。傍鸳径莺笼，一池萍碎，半檐花落。　　冉冉春梦弱。楚台远、负雨期云约。漫念想、清歌锦瑟，翠管瑶尊，几回重醉东园酌。但兔葵燕麦，倩谁访、画栏红药。况多病、腰如削。相如老去，赋笔吟簪闲却。此情更谁问着。

　　注：该词上阕第十句至第十二句乐段四中的格式（2）；下阕第一句和第二句为乐段一中的格式（4），第三句至第五句为乐段二中的格式（2），第六句和第七句为乐段三中的格式（2），第八句至第十句为乐段四中的格式（2），第十一句为乐段五中的格式（1）。全词双调，一百三十三字，上阕十五句，五仄韵；下阕十一句，七仄韵。

破 阵 乐

唐教坊曲名。《宋史·乐志》："正宫。"柳永《乐章集》注"林钟商"。

《破阵乐》的长短句结构

《破阵乐》上阕，四个乐段			
乐段一（十二字）	乐段二（十三字）	乐段三（十二字）	乐段四（二十九字）
4　4　4	6　7	4　4　4	3 5　5　4　4　4　4

《破阵乐》下阕，四个乐段			
乐段一（十六字）	乐段二（十三字）	乐段三（十字）	乐段四（二十八字）
2　4　4　3　3	7　6	3　3　4	6　4　4　4　6　4

《康熙词谱》共收集两体《破阵乐》，双调，上下阕分别可分为四个乐段，其长短句结构如表所示。该调一百三十三字，上阕十四句，五仄韵或四仄韵；下阕十六句，五仄韵。《康熙词谱》以柳永词为标谱词例。该调的正格与变格如表所示，其中，上下阕各乐段中的格式（1）为正格句式，其余为变格句式。

例一　破阵乐（一百三十三字）

（宋）柳　永

露花倒影，烟芜蘸碧，灵沼波暖。金柳摇风树树，系彩舫龙舟遥岸。千步虹桥，参差雁齿，直趋水殿。绕金堤、曼衍鱼龙戏，簇春娇罗绮，喧天丝管。霁色荣光，望中似睹，蓬莱清浅。　时见。凤辇宸游，鸾觞禊饮，临翠水，开镐宴。两两轻舠飞画楫，竞夺锦标霞烂。声欢娱，歌鱼藻，徘徊宛转。别有盈盈游女，各委明珠，争收翠羽，相将归去，渐觉云海沉沉，洞天日晚。

注：该词上阕第四句和第五句为乐段二中的格式（1），第九句至第十四句为乐段四中的格式（1）。全词双调，一百三十三字，上阕十四句，五仄韵；下阕十六句，五仄韵。

《破阵乐》的正格与变格（双调）

《破阵乐》上阕，十四句，五仄韵或四仄韵	
乐段一（三句，十二字）	乐段二（二句，十三字）
＋ － ＋ ｜（句）＋ － ＋ ｜（句） ＋ ｜ － ｜（韵）	＋ ｜ ＋ － ＋ ｜（句）｜ ＋ ｜ ＋ － ＋ ｜（韵） （1） ＋ ｜ ＋ － ＋ ｜（句）＋ － ＋ ｜ － ｜（韵） （2）

注：上阕乐段二中的格式"｜ ＋ ｜ ＋ － ＋ ｜（韵）"或"｜ ＋ － ＋ ｜ － ｜（韵）"，均为上一下六句式。

《破阵乐》上阕，十四句，五仄韵或四仄韵	
乐段三（三句，十二字）	乐段四（六句，二十九字）
＋ ｜ － －（句）＋ － ＋ ｜（句） ＋ － ＋ ｜（韵）	＋ ＋ ＋（读）＋ ｜ － － ｜（句） ｜ ＋ － ＋ ｜（句）＋ － ＋ ｜（韵） ＋ ｜ － －（句）＋ － ＋ ｜（句） ＋ － ＋ ｜（韵） （1） ＋ ＋ ＋（读）＋ ｜ － － ｜（句） ｜ ＋ － ＋ ｜（句）＋ － ＋ ｜（句） ＋ ｜ － －（句）＋ － ＋ ｜（句） ＋ － ＋ ｜（韵） （2）

《破阵乐》下阕，十六句，五仄韵	
乐段一（五句，十六字）	乐段二（二句，十三字）
＋｜（韵）＋｜ーー（句）＋ー＋｜（句）ー＋｜（句）ー＋｜（韵）	＋｜＋ーー｜｜（句）＋｜＋ー＋｜（韵）

《破阵乐》下阕，十六句，五仄韵	
乐段三（三句，十字）	乐段四（六句，二十八字）
＋ーー（句）ー＋｜（句）＋｜（韵）	＋｜＋ー＋｜（句）＋｜ー（句）＋ー＋｜（句）＋ー＋｜（句）＋＋ー｜ーー（句）＋ー＋｜（韵）

例二　破阵乐（一百三十三字）

（宋）张　先

　　四堂互映，双门并丽，龙阁开府。郡美东南第一，望故园楼阁霏雾。垂柳池塘，流泉巷陌，吴歌处处。近黄昏、渐更宜良夜，簇繁星灯烛，长衢如画，暝色韶光，几帘粉面，飞甍朱户。　　欢聚。雁齿桥红，裙腰草绿，云际寺，林下路。酒熟梨花宾客醉，但觉满山箫鼓。尽朋游，因民乐，芳菲有主。自此归从泥诏，去指沙堤，南屏水石，西湖风月，好作千骑行春，画图写取。

　　注：该词上阕第四句和第五句为乐段二中的格式（2），第九句至第十四句为乐段四中的格式（2）。全词双调，一百三十三字，上阕十四句，四仄韵；下阕十六句，五仄韵。

瑞　龙　吟

　　黄昇云："此调前两段，双拽头，属'正平调'，后一段犯'大石调'，'归骑晚'以下，仍属'正平调'也。"

《瑞龙吟》的长短句结构

上阕，两个乐段		中阕，两个乐段	
乐段一（十三字）	乐段二（十四字）	乐段一（十三字）	乐段二（十四字）
3　6　4	6　4　4	3　6　4	6　4　4

下阕，七个乐段						
乐段一（十四字）	乐段二（十字）	乐段三（九字）	乐段四（十一字）	乐段五（十三字或十二字）	乐段六（十四字）	乐段七（八字）
6　4　4	6　4 4　6	4　5	3　4　4 3　4	5　4　4 5　3　5 5　7	5　3　6 5　5　4	4　4

《康熙词谱》共收集四体《瑞龙吟》，三叠（即上中下三阕），上阕和中阕分别可分为两个乐段，下阕可分为七个乐段，其长短句结构如表所示。该调有一百三十三字或一百三十二字等格式，上阕和中阕各六句，三仄韵；下阕十七句或十八句，九仄韵。分析这三阕的长短句结构，上阕和中阕似为一阕更为合适。《康熙词谱》以一百三十三字体周邦彦词为正体或正格。该调的正格与变格如表所示，其中，各乐段中的格式（1）为正格句式，其余为变格句式。

～～～～～～～～～～～～～～～～～～～～～～～～～～～

例一　瑞龙吟（一百三十三字）

（宋）周邦彦

章台路。还是褪粉梅梢，试花桃树。愔愔坊曲人家，定巢燕子，归来旧处。　　黯凝伫。因念个人痴小，乍窥门户。侵晨浅约宫黄，障风映袖，盈盈笑语。　　前度刘郎重到，访邻寻里，同时歌舞。唯有旧家秋娘，声价如故。吟笺赋笔，犹记燕台句。知谁伴、名园露饮，东城闲步。事与孤鸿去。探春尽是，伤离意绪。官柳低金缕。归骑晚，纤纤池塘飞雨。断肠院落，一帘风絮。

注：该词下阕第四句和第五句为乐段二中的格式（1），第六句和第七句为乐段三中的格式（1），第八句和第九句为乐段四中的格式（1），第十句至第十二句为乐段五中的格式（1），第十三句至第十五句为乐段六中的格式（1）。全词三阕，一百三十三字，上阕和中阕各六句，三仄韵；下阕十七句，九仄韵。

《瑞龙吟》的正格与变格（三叠）

《瑞龙吟》上阕，六句，三仄韵	
乐段一（三句，十三字）	乐段二（三句，十四字）
＋－｜（韵）－｜＋｜＋－（句） ＋－＋｜（韵）	＋－＋｜＋－（句）＋－＋ ｜（句）＋－＋｜（韵）

《瑞龙吟》中阕，六句，三仄韵	
乐段一（三句，十三字）	乐段二（三句，十四字）
＋－｜（韵）＋｜＋－＋｜（句） ＋－＋｜（韵）	＋－＋｜＋－（句）＋－＋ ｜（句）＋－＋｜（韵）

例二　瑞龙吟（一百三十三字）

（宋）吴文英

　　大溪面。遥望绣羽冲烟，锦梭飞练。桃花三十六陂，鲛宫睡起，娇雷乍转。　　去如箭。催趁戏旗游鼓，素澜雪溅。东风冷湿蛟腥，澹阴送昼，轻霏弄晚。　　洲上青蘋生处，斗春不管，怀沙人远。残日半开，一川花影零乱。山屏醉缬，连棹东西岸。栏干倒，千红妆靥。铅香不断。傍冥疏帘卷。翠涟皱净，笙歌未散。簪柳娇桃嫩，犹自有玉龙，黄昏吹怨。重云暗阁，春霏一片。

　　注：该词下阕第四句和第五句为乐段二中的格式（2），第六句和第七句为乐段三中的格式（1），第八句至第十句为乐段四中的格式（2），第十一句至第十三句为乐段五中的格式（1），第十四句至第十六句为乐段六中的格式（3）。全词三阕，一百三十三字，上阕和中阕各六句，三仄韵；下阕十八句，九仄韵。

例三　瑞龙吟（一百三十三字）

（宋）陈允平

　　长安路。还是燕乳莺娇，度帘迁树。层楼十二栏干，绣帘半卷，相思处处。　　漫凭伫。因念彩云初到，锁窗琼户。梨花犹怯春寒，翠羞粉怨，尊前解语。　　空有章台烟柳，瘦纤仍似，宫腰飞舞。憔悴暗觉文园，双鬓非故。闲拈断叶，重托殷勤句。频回首，河桥素约，津亭归步。恨逐芳尘去。眩醉眼，尽游丝乱绪。肠结愁千缕。深院静，东风落红如雨。画屏梦绕，一篝香絮。

　　注：该词下阕第四句和第五句为乐段二中的格式（1），第六句和第七句为乐段三中的格式（1），第八句至第十句为乐段四中的格式（2），第十一句至第十三句为乐段五中的格式（2），第十四句至第十六句为乐段六中的格式（1）。全词三阕，一百三十三字，上阕和中阕各六句，三仄韵；下阕十八句，九仄韵。

《瑞龙吟》下阕，十七句或十八句，九仄韵			
乐段一 （三句，十四字）	乐段二 （二句，十字）	乐段三 （二句，九字）	乐段四（二句或三句，十一字）
＋｜＋－＋｜（句）＋－＋｜（句）＋－＋｜（韵）	＋｜｜＋－－（句）＋｜－｜（韵）（1） ＋｜＋－（句）＋－＋｜－｜（韵）（2）	＋－＋｜（句）＋｜－－｜（韵）（1） ＋｜－｜（句）＋｜＋－｜（韵）（2）	＋＋｜（读）＋－＋｜（句）＋－＋｜（韵）（1） ＋＋｜（句）－＋｜（句或韵）＋－＋｜（韵）（2）

例四　瑞龙吟（一百三十二字）

（宋）翁元龙

　　清明近。还是递趱东风，做成花讯。芳时一刻千金，半晴半雨，酬春未准。　　雁归尽。数字向人慵写，暗云难认。西园猛忆逢迎，翠纨障面，花间笑隐。　　曲径池莲平砌，绛裙曾与，濯香湔粉。无奈燕幕莺帘，轻负娇俊。青榆巷陌，踏马红成寸。十年梦，秋千吊影，袜罗尘褪。事往凭谁问。昼长病酒添新恨。烟冷斜阳暝。山黛远，曲曲栏干凭损。柳丝万尺，半堤风紧。

　　注：该词下阕第四句和第五句为乐段二中的格式（1），第六句和第七句为乐段三中的格式（1），第八句至第十句为乐段四中的格式（2），第十一句和第十二句为乐段五中的格式（3），第十三句至第十五句为乐段六中的格式（2）。全词三阕，一百三十二字，上阕和中阕各六句，三仄韵；下阕十七句，九仄韵。

《瑞龙吟》下阕，十七句或十八句，九仄韵		
乐段五 （三句或二句，十三字或十二字）	乐段六 （三句，十四字）	乐段七 （二句，八字）
＋｜－－｜（韵）＋－＋｜（句）＋－＋｜（韵） （1）	＋｜－－｜（韵）＋｜（句）＋－＋－＋｜（韵） （1）	＋－＋｜（句）＋－＋｜（韵）
＋｜－－｜（韵）＋＋｜（句）｜＋－＋｜（韵） （2）	＋｜－－｜（韵）＋｜（句）＋｜＋－＋｜（韵） （2）	
＋｜－－｜（韵）＋－＋｜－－｜（韵） （3）	＋｜－－｜（韵）｜｜＋－（句）＋－＋｜（韵） （3）	
	＋｜－－｜（韵）｜＋｜－－（句）＋－－＋｜（韵） （4）	

例五　瑞龙吟（一百三十三字）

（宋）吴文英

黯分袖。肠断去水流萍，住船系柳。吴宫娇月娆花，醉题恨倚，蛮江豆蔻。　　吐春绣。笔底丽情多少，眼波眉岫。新园锁却愁阴，露黄漫委，寒香半亩。　　还背垂虹秋去，四桥烟雨，一宵歌酒。犹忆翠微携壶，乌帽风骤。西湖到日，重见梅钿皱。谁家听、琵琶未了，朝骢嘶漏。印剖黄金籀。待来共凭，齐云话旧。莫唱朱樱口。生怕遣，楼前行云知后。泪鸿怨角，空教人瘦。

注：该词下阕第四句和第五句为乐段二中的格式（1），第六句和第七句为乐段三中的格式（1），第八句和第九句为乐段四中的格式（1），第十句至第十二句为乐段五中的格式（1），第十三句至第十五句为乐段六中的格式（1）。全词三阕，一百三十三字，上阕和中阕各六句，三仄韵；下阕十七句，九仄韵。

例六　瑞龙吟（一百三十三字）

（宋）杨泽民

城南路。凝望映竹摇风，酒旗标树。郊原游子停车，问山崦里，人家甚处。　　去还伫。徐见画桥流水，小窗低户。深沉绿满垂杨，芳阴娅姹，娇莺解语。　　多谢佳人情厚，卷帘羞得，庭花飘舞。可谓望风知心，倾盖如故。犹瓣香玉，休赋断肠句。堪怜处、生尘罗袜，凌波微步。底事匆匆去。为他系绊，离情万绪。空有愁如缕。忆桃李春风，梧桐秋雨。又还过却，落花飘絮。

注：该词下阕第四句和第五句为乐段二中的格式（1），第六句和第七句为乐段三中的格式（2），第八句至第十句为乐段四中的格式（1），第十句至第十二句为乐段五中的格式（1），第十三句至第十五句为乐段六中的格式（4）。全词三阕，一百三十三字，上阕和中阕各六句，三仄韵；下阕十七句，九仄韵。

浪淘沙慢

柳永《乐章集》注"歇指调"。

《浪淘沙慢》的长短句结构

《浪淘沙慢》上阕，四个乐段			
乐段一 （十一字）	乐段二 （十二字）	乐段三 （八字或七字）	乐段四 （二十字）
3　4　4 34　　4 25　　4	6　　6 4　4　4	8 7	34　8　5 34　35　5 34　34　6 34　　6　7

《浪淘沙慢》下阕，四个乐段			
乐段一 （三十字）	乐段二（十三字或 十二字）	乐段三（十四字或 十三字）	乐段四（二十五字或二十七字）
2 6 5 35 5 4	4　　5　　4	7　　　34	35　　34　　3　　7
2 6 35 5 5 4	4　　3　　6	34　　　34	35　　3　　4　　3　　7
2 4 6 5 5 4	4　　　8	34　　　6	35　　5　　5　　4　　5

《康熙词谱》共收集四体《浪淘沙慢》，双调，上下阕分别可分为四个乐段，其长短句结构如表所示。该调有一百三十三字或一百三十二字等格式，上阕九句或八句、六仄韵或五仄韵、四仄韵；下阕十五句或十六句，十仄韵或九仄韵、五仄韵。《康熙词谱》以一百三十三字体周邦彦词为标谱词例。该调的正格与变格如表所示，其中，上下阕各乐段中的格式（1）为正格句式，其余为变格句式。

例一　浪淘沙慢（一百三十三字）

（宋）周邦彦

　　晓阴重，霜凋岸草，雾隐城堞。南陌脂车待发。东门帐饮乍阕。正拂面垂杨堪揽结。掩红泪、玉手亲折。念汉浦离鸿去何许，经时信音绝。　　情切。望中地远天阔。向露冷风清，无人处、耿耿寒漏咽。嗟万事难忘，唯是轻别。翠尊未竭。凭断云留取，西楼残月。罗带花绡纹衾叠。连环解、旧香顿歇。怨歌永、琼壶敲尽缺。恨春去、不与人期，弄夜色，空余满地梨花雪。

　　注：该词上阕第一句至第三句为乐段一中的格式（1），第四句和第五句为乐段二中的格式（1），第六句为乐段三中的格式（1），第七句至第九句为乐段四中的格式（1）；下阕第一句至第六句为乐段一中的格式（1），第七句至第九句为乐段二中的格式（1），第十句和第十一句为乐段三中的格式（1），第十二句至第十五句为乐段四中的格式（1）。全词双调，一百三十三字，上阕九句，六仄韵；下阕十五句，十仄韵。

《浪淘沙慢》的正格与变格（双调）

《浪淘沙慢》上阕，九句或八句，六仄韵或五仄韵、四仄韵	
乐段一（三句或二句，十一字）	乐段二（二句或三句，十二字）
｜－－（句）十－十｜（句）十十－｜（韵） （1）	十｜十－十｜（韵）－－十｜十｜（韵） （1）
十十十（读）十－十｜（句）十十－｜（韵） （2）	十｜十－｜（句）－－十｜十｜（韵） （2）
十十（读）｜十－十｜（句）十－十｜（韵） （3）	十－十｜（句）｜－十－（句）十十－｜（韵） （3）

《浪淘沙慢》上阕，九句或八句，六仄韵或五仄韵、四仄韵	
乐段三（一句，八字或七字）	乐段四（三句，二十字）
｜十｜十－－｜｜（韵） （1）	十十十（读）十十－｜（韵）｜十｜－－｜－（句）－－｜－｜（韵） （1）
十十－十｜－－｜（韵） （2）	十十十（读）十－十｜（句）十十十（读）十｜十－｜（韵）十｜十－｜（韵） （2）
十｜十－－｜｜（韵） （3）	十十十（读）十｜－－（句）十十十（读）十－十｜（句）十｜十－｜（韵） （3）
	十十十（读）十十－｜（韵）｜十－｜（句）｜十－－｜｜（韵） （4）

注：上阕乐段三中的格式"｜十｜十－－｜｜（韵）"或"十十－十｜－－｜（韵）"，为"上一下七"句式。

《浪淘沙慢》下阕，十五句或十六句，十仄韵或九仄韵、五仄韵	
乐段一（六句或七句，三十字）	乐段二（三句或二句，十三字或十二字）
＋｜（韵）＋－＋｜－｜（韵）｜＋｜－－（句）＋＋＋（读）＋｜－＋｜（韵）＋＋｜－－（句）＋＋－｜（韵） （1） ＋｜（韵）＋－＋｜－｜（韵）＋＋｜＋（读）＋｜－－｜（句）＋｜－－｜（韵）｜＋｜－＋｜（句）＋｜－＋｜（韵） （2） ＋｜（韵）｜－＋｜－（句）＋－＋｜（句）＋｜＋｜－－（句）＋｜－－－（句）｜＋－＋｜（句）＋－＋｜（韵） （3）	＋－＋｜（韵）＋＋－＋｜（句）＋－＋｜（韵） （1） ＋－＋｜（句）－＋（句）＋｜＋－＋｜（韵） （2） ＋｜－－（句）｜＋－＋｜－－｜（韵） （3）

《浪淘沙慢》下阕，十五句或十六句，十仄韵或九仄韵、五仄韵	
乐段三（二句，十四字或十三字）	乐段四（四句或五句，二十五字或二十七字）
＋｜＋－－＋｜（韵）＋＋＋（读）＋－＋｜（韵） （1） ＋＋＋（读）＋－＋｜（句）＋＋＋（读）＋＋＋｜（韵） （2） ＋＋＋（读）＋－＋｜（句）＋－｜－＋｜（韵） （3）	＋＋＋（读）＋－－｜｜（韵）＋＋＋（读）＋｜－－（句）＋＋｜（句）＋－＋｜－－｜（韵） （1） ＋＋＋（读）－－｜｜（韵）＋＋｜（读或句）＋｜－－（句）＋＋｜（句或韵）＋－＋｜－－｜（韵） （2） ＋＋＋（读）＋｜－－｜（句）｜＋－＋｜（句）－－｜＋｜（句）＋＋＋｜（句）＋＋＋｜－＋｜（韵） （3）

例二　浪淘沙慢（一百三十三字）
（宋）柳　永

梦觉、透窗风一线，寒灯吹息。那堪酒醒，又闻空阶，夜雨频滴。嗟因循久作天涯客。负佳人、几许盟言，更忍把、从前欢会，陡顿翻成忧戚。　　愁极。再三追思，洞房深处，几度饮散歌阑，香暖鸳鸯被，岂暂时疏散，费伊心力。殢雨尤云，有万般千种相怜惜。到如今、天长漏永，无端自家疏隔。知何时、却拥秦云态，愿低帏昵枕，轻轻细说与，江乡夜夜，数寒更思忆。

注：该词上阕第一句和第二句为乐段一中的格式（3），第三句至第五句为乐段二中的格式（3），第六句为乐段三中的格式（2），第七句至第九句为乐段四中的格式（3）；下阕第一句至第七句为乐段一中的格式（3），第八句和第九句为乐段二中的格式（3），第十句和第十一句为乐段三中的格式（3），第十二句至第十六句为乐段四中的格式（3）。全词双调，一百三十三字，上阕九句，四仄韵；下阕十六句，五仄韵。

例三　浪淘沙慢（一百三十三字）
（宋）周邦彦

万叶战、秋声露结，雁度沙碛。细草和烟尚绿，遥山向晚更碧。见隐隐云边新月白。映落照、千家帘幕，听数声、何处倚楼笛。妆点尽秋色。　　脉脉。旅情暗自消释。念珠玉、临水犹悲感，何况天涯客。忆少年歌酒，当时踪迹。岁华易老，衣带宽，懊恼心肠终窄。飞散后、风流人阻，兰桥约、怅恨路隔。马蹄过、犹嘶旧巷陌。叹往事、一一堪伤，旷望极。凝思又把栏干拍。

注：该词上阕第一句和第二句为乐段一中的格式（2），第四句和第五句为乐段二中的格式（2），第六句为乐段三中的格式（1），第七句至第九句为乐段四中的格式（2）；下阕第一句至第六句为乐段一中的格式（2），第七句至第九句为乐段二中的格式（2），第十句和第十一句为乐段三中的格式（2），第十二句至第十五句为乐段四中的格式（2）。全词双调，一百三十三字，上阕八句，五仄韵；下阕十五句，九仄韵。

例四　浪淘沙慢（一百三十二字）
（宋）陈允平

暮烟愁，鸦归古树，雁过空堞。南浦牙樯渐发。阳关歌尽半阕。恨入回肠千万结。长亭柳、寸寸攀折。望日下长安近，莫遣鳞鸿成间绝。　　凄切。去帆浪远江阔。怅顿解连环，西窗下、对烛频哽咽。叹百岁光阴，几度离别。翠消粉竭。信乍圆易散,彩云明月。浙水吴山重重叠。流苏帐、阳台梦歇。暗尘锁、孤鸾秦镜缺。羞人问,怕说相思,正满院,杨花落尽东风雪。

注:该词上阕第一句至第三句为乐段一中的格式(1),第四句和第五句为乐段二中的格式(1),第六句为乐段三中的格式(3),第七句至第九句为乐段四中的格式(4);下阕第一句至第六句为乐段一中的格式(1),第七句至第九句为乐段二中的格式(1),第十句和第十一句为乐段三中的格式(1),第十二句至第十六句为乐段四中的格式(1)。全词双调,一百三十二字,上阕九句,六仄韵;下阕十六句,十仄韵。

歌　头

《尊前集》注"大石调"。

《歌头》的长短句结构

《歌头》上阕,四个乐段			
乐段一(十六字)	乐段二(十七字)	乐段三(十五字)	乐段四(十七字)
34　4　5	3　3　34　4	34　5　3	3　3　35　3

《歌头》下阕,四个乐段			
乐段一(十八字)	乐段二(十六字)	乐段三(十五字)	乐段四(二十二字)
3　3　3　4　5	5　3　5　3	3　3　3　6	3　6　4　3　3　3

《康熙词谱》只收集一体《歌头》,双调,上下阕分别可分为四个乐段,其长短句结构如表所示。该调一百三十六字,上阕十四句,八仄韵;下阕十九句,五仄韵,其基本格式如表所示。

《歌头》的基本格式（双调）

《歌头》上阕，十四句，八仄韵	
乐段一（三句，十六字）	乐段二（四句，十七字）
＋＋＋（读）＋－＋｜（韵）＋－＋｜（句）＋－－｜｜（韵）	｜－－（读）＋｜－－（句）＋＋｜（韵）＋＋＋＋－＋｜（韵）

《歌头》上阕，十四句，八仄韵	
乐段三（三句，十五字）	乐段四（四句，十七字）
＋＋＋（读）＋－＋｜（韵）＋｜｜－－（句）－＋｜（韵）	－＋｜（句）＋－｜（韵）＋＋＋（读）＋｜－－｜（句）＋－｜（韵）

《歌头》下阕，十九句，五仄韵	
乐段一（五句，十八字）	乐段二（四句，十六字）
｜－－（句）｜－－（句）－＋｜（韵）＋｜＋｜（句）＋－－｜（句）＋｜｜（韵）	＋｜｜－－（句）－＋｜（句）＋＋｜－－（句）＋｜－｜（韵）

《歌头》下阕，十九句，五仄韵	
乐段三（四句，十五字）	乐段四（六句，二十二字）
－＋｜（句）＋－｜（句）｜－－（句）＋｜＋－＋｜（韵）	｜－－（句）＋｜＋－｜（句）＋－－（句）｜－－（句）－＋｜（句）＋－｜（韵）

例　歌头（一百三十六字）

（五代）唐庄宗

　　赏芳春、暖风飘箔。莺啼绿树，轻烟笼晚阁。杏桃红，开繁萼。灵和殿、禁柳千行，斜金丝络。夏云多、奇峰如削。纨扇动微凉，轻绡薄。梅雨霁，火云烁。临水槛、永日逃烦暑，泛觥酌。　　露华浓，冷高梧，凋万叶。一霎晚风，蝉声新雨歇。暗惜此光阴，如流水，东篱菊残时，叹萧索。繁阴积，岁时暮，景难留，不觉朱颜失却。好容光，旦旦须呼宾友，西园长宵，宴云谣，歌皓齿，且行乐。

注：全词双调，一百三十六字，上阕十四句，八仄韵；下阕十九句，五仄韵。

多 丽

一名《鸭头绿》，周格非词名《陇头泉》。此调有平韵、仄韵两体。

《多丽》的长短句结构

上阕，六个乐段					
乐段一（九字）	乐段二（十三字）	乐段三（十四字或十三字）	乐段四（十五字或十六字）	乐段五（十二字或十三字）	乐段六（十一字）
3　6 5　4	34　6 5　4　4	34　34 34　7 34　33	4　4　7 4　4　4	34　5 3　4　5 4　4　5	3　4　4 34　4

下阕，五个乐段				
乐段一（十三字）	乐段二（十四字）	乐段三（十五字或十二字、十四字）	乐段四（十二字或十五字）	乐段五（十一字）
34　6 3　4　6 7　6	34　34 34　7 7　7	4　7 3　4 34　5	34　5 5　7 4　4　7 4　4　4	3　4　4 34　4

《康熙词谱》共收集九体《多丽》，双调，上阕可分为六个乐段，下阕可分为五个乐段，其长短句结构如表所示。该调有一百三十九字或一百三十七字、一百四十字等格式。对平韵格而言，该调上阕十四句或十三句、十五句，六平韵或七平韵；下阕十二句或十一句、十三句，五平韵或六平韵。《康熙词谱》以一百三十九字体晁端礼词为正体或正格，平韵格《多丽》的正格与变格如表所示，其中，上下阕各乐段中的格式（1）为正格句式，其余为变格句式。对《多丽》仄韵格而言，上阕十四句或十六句，六仄韵或七仄韵；下阕十二句或十三句，五仄韵或六仄韵。《多丽》的仄韵格，如表所示。

《多丽》（平韵）的正格与变格（双调）

《多丽》上阕，十四句或十三句，六平韵或七平韵	
乐段一（二句，九字）	乐段二（二句，十三字）
｜ － －（句）＋ － ＋ ｜ － －（韵） （1） ｜ － －（韵）＋ － ＋ ｜ － －（韵） （2） ＋ ＋ ｜（句）＋ － ＋ ｜ － －（韵） （3） ｜ ＋ － ＋ ｜（句）＋ ｜ － －（韵） （4）	＋ ＋ ＋（读）＋ － ＋ ｜（句）＋ ｜ ＋ ｜ － －（韵） （1） ＋ ＋ ＋（读）＋ － ＋ ｜（句）＋ － ＋ ｜ － －（韵） （2）

《多丽》上阕，十四句或十三句，六平韵或七平韵	
乐段三（二句，十四字或十三字）	乐段四（三句，十五字）
＋ ＋ ＋（读）＋ － ＋ ｜（句）＋ ＋ ＋（读）＋ ｜ － －（韵） （1） ＋ ＋ ＋（读）＋ － ＋ ｜（句）＋ － ＋ ｜ － －（韵） （2） ＋ ＋ ＋（读）＋ － ＋ ｜（句）＋ ＋ ＋（读）｜ － －（韵） （3）	＋ ｜ － －（句）＋ － ＋ ｜（句） ＋ － ＋ ｜ ｜ － －（韵）

《多丽》上阕，十四句或十三句，六平韵或七平韵	
乐段五（二句或三句，十二字）	乐段六（三句或二句，十一字）
┼ ┼ ┼（读）┼ 一 ┼ ｜（句）┼ ｜ ｜ 一 一（韵） （1） ┼ 一 ｜（句）┼ 一 ┼ ｜（句）┼ ｜ ｜ 一 一（韵） （2）	┼ ┼ ｜（句）┼ 一 ┼ ｜（句）┼ ｜ 一 一（韵） （1） ┼ 一 ｜（句）┼ ｜ 一（句）┼ ｜ 一 一（韵） （2） ┼ ┼ ┼（读）┼ 一 ┼ ｜（句）┼ ｜ 一 一（韵） （3）

例一　多丽（一百三十九字）

（宋）晁端礼

晚云收，淡天一片琉璃。烂银盘、来从海底，皓色千里澄辉。莹无尘、素娥淡伫，静可数、丹桂参差。玉露初零，金风未凛，一年无似此佳时。向坐久、疏星时度，乌鹊正南飞。瑶台冷，栏干凭暖，欲下迟迟。　　念佳人、音尘隔后，对此应解相思。最关情、漏声正永，暗断肠、花影潜移。料得来宵，清光未减，阴晴天气又争知。共凝恋、如今别后，还是隔年期。人总健，清尊素月，长愿相随。

注：该词上阕第一句和第二句为乐段一中的格式（1），第三句和第四句为乐段二中的格式（1），第五句和第六句为乐段三中的格式（1），第十句和第十一句为乐段五中的格式（1），第十二句至第十四句为乐段六中的格式（1）；下阕第一句和第二句为乐段一中的格式（1），第三句和第四句为乐段二中的格式（1），第五句至第七句为乐段三中的格式（1），第八句和第九句为乐段四中的格式（1），第十句至第十二句为乐段五中的格式（1）。全词双调，一百三十九字，上阕十四句，六平韵；下阕十二句，五平韵。

《多丽》下阕，十二句或十一句、十三句，五平韵或六平韵

乐段一（二句或三句，十三字）	乐段二（二句，十四字）
＋ ＋ ＋（读）＋ 一 ＋ ｜（句）＋ ｜ ＋ 一 一（韵） （1）	＋ ＋ ＋（读）＋ 一 ＋ ｜（句）＋ ＋ ＋（读）＋ ｜ 一 一（韵） （1）
＋ ＋ ＋（读）＋ 一 ＋ ｜（句）＋ 一 ＋ ｜ 一 一（韵） （2）	＋ ＋ ＋（读）＋ 一 ＋ ｜（句）＋ 一 ＋ ｜ ｜ 一 一（韵） （2）
｜ 一 一（句或韵）＋ 一 ＋ ｜（句）＋ 一 ＋ ｜ 一 一（韵） （3）	＋ ｜ ＋ 一 一 ｜ ｜（句）＋ ＋ ｜ ｜ ｜ 一 一（韵） （3）

《多丽》下阕，十二句或十一句、十三句，五平韵或六平韵

乐段三（三句或二句，十五字或十四字、十二字）	乐段四（二句或三句，十二字或十五字）	乐段五（三句或二句，十一字）
＋ ｜ 一 一（句）＋ 一 ＋ ｜（句）＋ 一 ＋ ｜ ｜ 一 一（韵） （1）	＋ ＋ ＋（读）＋ 一 ＋ ｜（句）＋ ｜ ｜ 一（韵） （1）	＋ ＋ ｜（句）＋ 一 ＋ ｜（句）＋ ｜ 一 一（韵） （1）
｜ 一 一（句）＋ 一 ＋ ｜（句）＋ 一 ＋ ｜ ｜ 一（韵） （2）	｜ ＋ ＋（句）＋ ｜ ＋ 一 ｜ ｜ 一 一（韵） （2）	＋ ＋ ＋（读）＋ 一 ＋ ｜（句）＋ ｜ 一 一（韵） （2）
＋ ＋ ＋（读）＋ 一 ＋ ｜（句）＋ ｜ ｜ 一 一（韵） （3）	＋ ｜ 一 一（句）＋ 一 ＋ ｜（句）＋ 一 ＋ ｜ ｜ 一 一（韵） （3）	

注：上下阕相关乐段中的格式"＋ ＋ ｜（句）"，可平可仄两处，不宜同时用仄。

例二　多丽（一百三十九字）
（宋）晁补之

新秋近，晋公别馆开筵。喜清时、衔杯乐圣，未饶绿野堂边。绣屏深、丽人乍出，坐中雷雨起鹍弦。花暖间关，水凝幽咽，宝钗摇动坠金钿。未弹了、昭君遗怨，四坐已凄然。西风里、香街驻马，嬉笑微传。　　算从来、司空见惯，断肠初对云鬟。夜将阑、井梧下叶，砌蛩收响悄林蝉。赖得多愁，浔阳司马，当时不在绮筵前。竞叹赏、檀槽倚困，沉醉倒觥船。芳春调、红英翠萼，重变新妍。

注：该词上阕第一句和第二句为乐段一中的格式（3），第三句和第四句为乐段二中的格式（2），第五句和第六句为乐段三中的格式（2），第十句和第十一句为乐段五中的格式（1），第十二句和第十三句为乐段六中的格式（3）；下阕第一句和第二句为乐段一中的格式（2），第三句和第四句为乐段二中的格式（2），第五句至第七句为乐段三中的格式（1），第八句和第九句为乐段四中的格式（1），第十句和第十一句为乐段五中的格式（2）。全词双调，一百三十九字，上阕十三句，六平韵；下阕十一句，五平韵。

例三　多丽（一百三十七字）
（宋）李　漳

好人人。去来欲见无因。记当时、窃香倚暖，岂期蝶散鹣分。到而今、漫劳梦想，叹后会、惨啼痕。绣阁银屏，知他何处，一重山尽一重云。暮天杳，梗踪萍迹，还是寄孤村。寂寥月，今宵为谁，虚照黄昏。　　细追思、深诚密爱，黯然一晌销魂。伏游鱼、漫传尺素，望塞鸿、空咽回文。帐衾寒，香消尘满，博山沉水更谁熏。断肠也、无聊情味，惟是殢芳尊。沉吟久，移灯向壁，掩上重门。

注：该词上阕第一句和第二句为乐段一中的格式（2），第三句和第四句为乐段二中的格式（2），第五句和第六句为乐段三中的格式（3），第十句至第十二句为乐段五中的格式（2），第十三句至第十五句为乐段六中的格式（2）；下阕第一句和第二句为乐段一中的格式（2），第三句和第四句为乐段二中的格式（1），第五句至第七句为乐段三中的格式（2），第八句和第九句为乐段四中的格式（1），第十句至第十二句为乐段五中的格式（1）。全词双调，一百三十七字，上阕十五句，七平韵；下阕十二句，五平韵。

例四　多丽（一百三十九字）
（宋）张孝祥

景萧疏，楚江那更高秋。远连天、茫茫都是，败芦枯蓼汀洲。认炊烟、几家蜗舍，映夕照、一簇渔舟。去国虽遥，宁亲渐近，数峰青处是吾州。便乘取、波平风静，荃棹且夷犹。关情有、冥冥去雁，拍拍轻鸥。　　忽追思、当年往事，惹起无限羁愁。拄笏朝来多爽气，秉烛夜永足清游。翠袖香寒，朱弦韵悄，无情江水只东流。舵楼晚、清商哀怨，还听隔船讴。无言久，余霞散绮，烟际帆收。

注：该词上阕第一句和第二句为乐段一中的格式（1），第三句和第四句为乐段二中的格式（2），第五句和第六句为乐段三中的格式（1），第十句和第十一句为乐段五中的格式（1），第十二句和第十三句为乐段六中的格式（3）；下阕第一句和第二句为乐段一中的格式（1），第三句和第四句为乐段二中的格式（3），第五句至第七句为乐段三中的格式（1），第八句和第九句为乐段四中的格式（1），第十句至第十二句为乐段五中的格式（1）。全词双调，一百三十九字，上阕十三句，六平韵；下阕十二句，五平韵。

例五　多丽（一百三十九字）

（元）张翥

晚山青。一川云树冥冥。正参差、烟凝紫翠，斜阳画出南屏。馆娃归、吴台游鹿，铜仙去、汉苑飞萤。怀古情多，凭高望极，且将樽酒慰飘零。自湖上、爱梅仙远，鹤梦几时醒。空留得，六桥疏柳，孤屿危亭。　　待苏堤、歌声散尽，更须携妓西泠。藕花深、雨凉翡翠，菰蒲软、风弄蜻蜓。澄碧生秋，闹红驻景，采菱新唱最堪听。见一片、水天无际，渔火两三星。多情月，为人留照，未过前汀。

注：该词上阕第一句和第二句为乐段一中的格式（2），第三句和第四句为乐段二中的格式（2），第五句和第六句为乐段三中的格式（1），第十句和第十一句为乐段五中的格式（1），第十二句至第十四句为乐段六中的格式（1）；下阕第一句和第二句为乐段一中的格式（2），第三句和第四句为乐段二中的格式（1），第五句至第七句为乐段三中的格式（1），第八句和第九句为乐段四中的格式（1），第十句至第十二句为乐段五中的格式（1）。全词双调，一百三十九字，上阕十四句，七平韵；下阕十二句，五平韵。

例六　多丽（一百三十九字）

（元）傅按察

静中看。循环兴废无端。记昔日、淮山隐隐，宛若虎踞龙蟠。下樊襄、指挥湘汉，鞭云骑、围绕江干。势不成三，时当混一，过唐之数不为难。谁知道、仓皇南渡，半壁几何间。陈桥驿，孤儿寡妇，久假当还。　　挂征帆。龙舟催发，紫宸初卷朝班。禁庭空、土花晕碧，辇路悄、呼喝声干。

纵余得、西湖风景，花柳亦凋残。去国三千，游仙一梦，依然天淡夕阳闲。昨宵也，一轮明月，还照临安。

　　注：该词上阕第一句和第二句为乐段一中的格式（2），第三句和第四句为乐段二中的格式（1），第五句和第六句为乐段三中的格式（1），第十二句至第十四句为乐段六中的格式（1）；下阕第一句至第三句为乐段一中的格式（3），第四句和第五句为乐段二中的格式（1），第六句和第七句为乐段三中的格式（3），第八句至第十句为乐段四中的格式（3），第十一句至第十三句为乐段五中的格式（1）。全词双调，一百三十九字，上阕十四句，七平韵；下阕十三句，六平韵。

例七　多丽（一百三十九字）

（宋）葛立方

　　破波光如镜，双翼轻舟。对雨余、重岩叠嶂，何妨影堕清流。望芙蕖、渺然如海，张云锦、掩映汀洲。出水奇姿，凌波艳态，眼看一叶弄新秋。恍疑是、金沙池内，玉井认峰头。花深处、田田叶底，鱼戏龟游。　　正微凉，西风初度，一弯斜月如钩。想天津、鹊桥将驾，看宝奁、蛛网初抽。晒腹何堪，穿针无绪，不如溪上少淹留。竞笑语追寻，惟有沉醉可忘忧。凭清唱、一声檀板，惊起沙鸥。

　　注：该词上阕第一句和第二句为乐段一中的格式（4），第三句和第四句为乐段二中的格式（2），第五句和第六句为乐段三中的格式（1），第十句和第十一句为乐段五中的格式（1），第十二句和第十三句为乐段六中的格式（3）；下阕第一句至第三句为乐段一中的格式（3），第四句和第五句为乐段二中的格式（1），第六句至第八句为乐段三中的格式（1），第九句和第十句为乐段四中的格式（2），第十一句和第十二句为乐段五中的格式（2）。全词双调，一百三十九字，上阕十三句，六平韵；下阕十二句，五平韵。

《多丽》的仄韵格（双调）

《多丽》上阕，十四句或十六句，六仄韵或七仄韵	
乐段一（二句，九字）	乐段二（二句或三句，十三字）
｜ － －（句）＋ ｜ ＋ － ＋ ｜（韵） （1） ｜ ＋ － ＋ ｜（句）＋ － ＋ ｜（韵） （2）	＋ ＋ ＋（读）＋ － ＋ ｜（句）＋ －＋ ｜ ＋ ｜（韵） （1） ｜ ＋ － ＋ ｜（句）＋ ｜ ＋ －（句）＋－ ＋ ｜（韵） （2）

《多丽》上阕，十四句或十六句，六仄韵或七仄韵	
乐段三（二句，十四字）	乐段四（四句或三句，十六字或十五字）
＋ ＋ ＋（读）＋ － ＋ ｜（句）＋＋ ＋（读）＋ ＋ － ｜（韵）	＋ ｜ － －（句）＋ － ＋ ｜（句）＋ － ＋ ｜（句）＋ － ＋ ｜（韵） （1） ＋ ｜ － －（句）＋ ｜ ＋ ｜（句）＋－ ＋ ｜ ＋ － ｜（韵） （2）

《多丽》上阕，十四句或十六句，六仄韵或七仄韵	
乐段五（二句或三句，十二字或十三字）	乐段六（二句或三句，十一字）
＋ ＋ ＋（读）＋ － ＋ ｜（句）＋｜ ＋ － ｜（韵） （1） ＋ ｜ ＋ －（句）＋ － ＋ ｜（句）＋ ｜ ＋ － ｜（韵） （2）	＋ ＋ ＋（读）＋ － ＋ ｜（句）＋＋ － ｜（韵） （1） － ＋ ｜（韵）＋ － ＋ ｜（句）＋－ ＋ ｜（韵） （2）

《多丽》下阕，十二句或十三句，五仄韵或六仄韵	
乐段一（二句，十三字）	乐段二（二句，十四字）
｜＋｜＋－＋｜（句）＋－＋ ｜－｜（韵） （1） ｜＋－＋｜－－（句）＋－｜ －＋｜（韵） （2）	＋＋＋（读）＋－＋｜（句）＋ ｜－－｜－｜（韵） （1） ＋＋＋（读）＋－＋｜（句）＋ ＋＋（读）＋－＋｜（韵） （2）

《多丽》下阕，十二句或十三句，五仄韵或六仄韵		
乐段三（三句，十五字）	乐段四（二句或三句，十二字）	乐段五（三句，十一字）
＋｜－－（句）＋ －＋｜（句）＋－ ＋｜＋－｜（韵）	＋＋＋（读）＋－＋ ｜（句）＋｜＋－｜（韵） （1） ＋｜＋－（句）＋－ ＋｜（句）＋｜＋｜（韵） （2）	＋＋｜（句）＋｜＋ －（句）＋｜－｜（韵） （1） ＋＋｜（韵）＋｜＋ －（句）＋－＋｜（韵） （2）

例一　多丽（一百四十字）

（宋）聂冠卿

　　想人生，美景良辰堪惜。向其间、赏心乐事，古来难是并得。况东城、凤台沁苑，泛清波、残照金碧。露洗华桐，烟菲丝柳，绿阴摇曳，荡春一色。画堂迥、玉簪琼佩，高会尽词客。清歌久、重燃绛蜡，别就瑶席。　　有翩若惊鸿体态，暮为行雨标格。逞朱唇、缓歌妖丽，似听流莺乱花隔。慢舞萦回，娇鬟低亸，腰肢纤细困无力。忍分散、彩云归后，何处更寻觅。休辞醉，明月好花，莫漫轻掷。

注：该词上阕第一句和第二句为乐段一中的格式（1），第三句和第四句为乐段二中的格式（1），第七句至第十句为乐段四中的格式（1），第十一句和第十二句为乐段五中的格式（1），第十三句和第十四句为乐段六中的格式（1）；下阕第一句和第二句为乐段一中的格式（1），第三句和第四句为乐段二中的格式（1），第八句和第九句为乐段四中的格式（1），第十句至第十二句为乐段五中的格式（1）。全词双调，一百四十字，上阕十四句，六仄韵；下阕十二句，五仄韵。

例二　多丽（一百四十字）

（宋）曹　勋

　　喜雨薰泛景，翠云低柳。正凉生殿阁，梅润晓天，暑风时候。应乘乾、彩虹流渚，惊电绕、璇霄枢斗。大业辉光，益建火德，梯航四海尽奔走。六府焕修，多方平定，寰宇歌元首。凝九有。三辰拱北，万邦孚佑。　　对祥烟霁色清和，凤韶九成仪昼。听山声、响传呼舞，腾紫府、香浓金兽。禁御升平，慈闱燕适，祎衣共上玉觞酒。齐奉舜图，南山同永，合殿备奏。祝圣寿。圣寿无疆，两仪并久。

　　注：该词上阕第一句和第二句为乐段一中的格式（2），第三句至第五句为乐段二中的格式（2），第八句至第十句为乐段四中的格式（2），第十一句至第十三句为乐段五中的格式（2），第十四句至第十六句为乐段六中的格式（2）；下阕第一句和第二句为乐段一中的格式（2），第三句和第四句为乐段二中的格式（2），第八句至第十句为乐段四中的格式（2），第十一句至第十三句为乐段五中的格式（2）。全词双调，一百四十字，上阕十六句，七仄韵；下阕十三句，六仄韵。

卷三十八

玉女摇仙佩

柳永《乐章集》注"正宫"。

《玉女摇仙佩》的长短句结构

《玉女摇仙佩》上阕，五个乐段				
乐段一 （十四字）	乐段二 （十四字）	乐段三 （十四字）	乐段四 （十五字）	乐段五 （十三字）
4　4　6	4　4　6	5　5　4	34　　8 34　4　4	5　4　4 34　　6

《玉女摇仙佩》下阕，五个乐段				
乐段一 （十六字）	乐段二 （十四字）	乐段三 （十四字）	乐段四 （十五字）	乐段五 （十字）
6　4　6	4　4　6	5　　36	34　4　4	3　7

  《康熙词谱》共收集两体《玉女摇仙佩》，双调，上下阕分别可分为五个乐段，其长短句结构如表所示。该调一百三十九字，上阕十四句，六仄韵或七仄韵；下阕十三句，七仄韵。《康熙词谱》以柳永词为标谱词例。该调的正格与变格如表所示，其中，上下阕各乐段中的格式（1）为正格句式，其余为变格句式。

《玉女摇仙佩》的正格与变格（双调）

《玉女摇仙佩》上阕，十四字，六仄韵或七仄韵	
乐段一（三句，十四字）	乐段二（三句，十四字）
＋ － ＋ ｜（句）＋ ｜ ＋ －（句） ＋ ｜ ＋ － ＋ ｜（韵）	＋ ｜ ＋ －（句）＋ － ＋ ｜（句或韵） ＋ ｜ ＋ － ＋ ｜（韵）

《玉女摇仙佩》上阕，十四字，六仄韵或七仄韵		
乐段三（三句，十四字）	乐段四（二句或三句，十五字）	乐段五（三句或二句，十三字）
＋ ｜ － － ｜（韵）｜ ＋ － ＋ ｜（句）＋ － ＋ ｜（韵）	＋ ＋ ＋（读）＋ － ＋ ｜ ＋（句）＋ ｜ － ＋ ｜ － ｜（韵） （1） ＋ ＋ ＋（读）＋ － ＋ ｜（句）＋ ｜ － － （句）＋ － ＋ ｜（韵） （2）	＋ ＋ ｜ － －（句）＋ － ＋ ｜（韵） （1） ＋ ＋ ＋（读）＋ － ＋ ｜（句）＋ － ＋ － ＋ ｜（韵） （2）

《玉女摇仙佩》下阕，十三字，七仄韵	
乐段一（三句，十六字）	乐段二（三句，十四字）
＋ ｜ ＋ － ＋ ｜（句）＋ ｜ ＋ －（句） ＋ ｜ ＋ － ＋ ｜（韵）	＋ ｜ ＋ －（句）＋ － ＋ ｜（句） ＋ ｜ ＋ － ＋ ｜（韵）

《玉女摇仙佩》下阕，十三字，七仄韵		
乐段三（二句，十四字）	乐段四（三句，十五字）	乐段五（二句，十字）
＋ ｜ － － ｜（韵）＋ ＋ ＋（读）＋ ｜ ＋ － ＋ ｜（韵）	＋ ＋ ＋（读）－ ＋ ＋ ｜（句）＋ ｜ ＋ （句）＋ － ＋ ｜（韵）	－ － ｜（韵）＋ － ＋ ＋ ｜（句）＋ ｜（韵）

例一　玉女摇仙佩（一百三十九字）

（宋）柳　永

飞琼伴侣，偶别珠宫，未返神仙行缀。取次梳妆，寻常言语，有得几多姝丽。拟把名花比。恐旁人笑我，谈何容易。细思算、奇葩艳卉，惟是深红浅白而已。争如这多情，占得人间，千娇百媚。　　须信画堂绣阁，皓月清风，忍把光阴轻弃。自古及今，佳人才子，少得当年双美。且恁相偎倚。未消得、怜我多才多艺。但愿取、兰心蕙性，枕前言下，表余深意。为盟誓。从今断不羞鸳被。

注：该词上阕第十句和第十一句为乐段四中的格式（1），第十二句至第十四句为乐段五中的格式（1）。全词双调，一百三十九字，上阕十四句，六仄韵；下阕十三句，七仄韵。

例二　玉女摇仙佩（一百三十九字）

（宋）朱　雍

灰飞巘谷，佩解江干，庾岭寒轻梅瘦。水面吞蟾，山光暗斗。物色盈枝依旧。凭暖危栏久。有清香旖旎，却沾襟袖。赋多情、窥人艳冷，更是殷勤，忍重回首。谁知道、春归院落，缤纷雪飞鸳鸯。　　须谢花神爱惜，碎璧铺酥，肯把飞英傝傝。念念瑶珂，乘飙烟浦，送别犹携纤手。馥郁盈芳酒。临妆罢、一点眉峰伤皱。又只恐、收梦断筦，凄风怨晓，早催银漏。残金兽。参横堕月归时候。

注：该词上阕第十句至第十二句为乐段四中的格式（2），第十三句和第十四句为乐段五中的格式（2）。全词双调，一百三十九字，上阕十四句，七仄韵；下阕十三句，七仄韵。

六　丑

调见《清真乐府》。

《六丑》的长短句结构

上阕，五个乐段				
乐段一 （十二字）	乐段二 （十三字）	乐段三 （十四字）	乐段四 （十五字）	乐段五 （十五字）
5　　3 4	4　　5　　4	5　　4　　5	7　　4　　4	6　　5　　4

下阕，五个乐段									
乐段一 （九字）		乐段二 （十四字）			乐段三			乐段四 （十三字）		乐段五 （十九字）		
4	5	5	3	6	5	4	34	36	4	34	35	4
		4	4	6				34	6	34	4	4	4

《康熙词谱》共收集三体《六丑》，双调，上下阕分别可分为五个乐段，其长短句结构如表所示。该调一百四十字，上阕十四句，八仄韵；下阕十三句或十四句，九仄韵。《康熙词谱》以周邦彦词为正格或正体。该调的正格与变格如表所示，其中，上下阕各乐段中的格式（1）为正格句式，其余为变格句式。

《六丑》的正格与变格（双调）

《六丑》上阕，十四句，八仄韵		
乐段一（二句，十二字）	乐段二（三句，十三字）	乐段三（三句，十四字）
∣ ＋ － ＋ ∣（句） ＋ ＋（读）＋ － ＋ ∣（韵）	＋ － ∣ ＋（句）＋ － － ∣ ∣（韵）＋ ∣ － ∣ （韵）	∣ ＋ － ＋ ∣（句）＋ － ＋ ∣（句）∣ ＋ － ＋ ∣（韵）

《六丑》上阕，十四句，八仄韵	
乐段四（三句，十五字）	乐段五（三句，十五字）
＋ － ＋ ∣ － － ∣（韵）∣ ＋ － －（句）＋ － ＋ ∣（韵）	＋ － ∣ ＋ ∣（韵）∣ ＋ － ＋ ∣（句）＋ ∣ － ∣（韵）

《六丑》下阕，十三句或十四句，九仄韵		
乐段一（二句，九字）	乐段二（三句，十四字）	乐段三（三句，十六字）
＋ － ＋ ｜（韵） ＋ － ＋ ｜（韵）	＋ ｜ － ＋ ｜（句）－ ＋ ｜（韵）＋ － ＋ ｜ － ｜（韵） （1） ＋ ｜ － ＋（句）＋ ＋ ｜（韵）＋ － ＋ ｜ － ｜（韵） （2）	｜ ＋ － ＋ ｜（句）＋ － ＋ ｜（韵）＋ ＋ ｜（读） ＋ － ＋ ｜（韵）

《六丑》下阕，十三句或十四句，九仄韵	
乐段四（二句，十三字）	乐段五（三句或四句，十九字）
＋ ＋ ＋（读）＋ ｜ ＋ － ＋ ｜（句） ＋ － ＋ ｜（韵） （1） ＋ ＋ ＋（读）＋ ｜ － －（句）｜ ｜ ＋ － － ｜（韵） （2）	＋ ＋ ＋（读）＋ ＋ － ｜（韵）＋ ＋ ＋（读）＋ ｜ － － ｜（句）＋ － ＋ ｜（韵） （1） ＋ ＋ ＋（读）＋ ＋ － ｜（韵） ＋ ｜（句）＋ － ＋ ｜（句）＋ － ＋ ｜（韵） （2）

例一　六丑（一百四十字）

（宋）周邦彦

　　正单衣试酒，恨客里、光阴虚掷。愿春暂留，春归如过翼。一去无迹。为问家何在，夜来风雨，葬楚宫倾国。钗钿堕处遗香泽。乱点桃蹊，轻翻柳陌。多情更谁追惜。但蜂媒蝶使，时叩窗槅。　　东园岑寂。渐矇胧暗碧。静绕珍丛底，成叹息。长条故惹行客。似牵衣待话，别情无极。残英小、强簪巾帻。终不似、一朵钗头颤袅，向人欹侧。漂流处、莫趁潮汐。恐断鸿、尚有相思字，何由见得。

　　注：该词下阕第三句至第五句为乐段二中的格式（1），第九句和第十句为乐段四中的格式（1），第十一句至第十三句为乐段五中的格式（1）。全词双调，一百四十字，上阕十四句，八仄韵；下阕十三句，九仄韵。

例二　六丑（一百四十字）

（宋）吴文英

　　渐新鹅映柳，茂苑锁、东风初掣。馆娃旧游，罗襦香未灭。玉夜花节。记向留连处，看街临晚，放小帘低揭。星河潋滟春云热。笑靥敧梅，仙衣舞缬。澄澄素娥宫阙。醉西楼十二，铜漏催彻。　　红消翠歇。叹霜簪练发。过眼年光，旧情尽别。泥深厌听啼鴂。恨愁霏润沁，陌头尘袜。青鸾杳、钿车音绝。却因甚、不把欢期，付与少年花月。残梅瘦、飞趁风雪。丙夜永、更说长安梦，灯花正结。

　　注：该词下阕第三句至第五句为乐段二中的格式（2），第九句和第十句为乐段四中的格式（2），第十一句至第十三句为乐段五中的格式（1）。全词双调，一百四十字，上阕十四句，八仄韵；下阕十三句，九仄韵。

例三　六丑（一百四十字）

（宋）詹　正

　　似东风老大，那复有、当时风气。有情不定，江山身是寄。浩荡何世。但忆临官道，暂来不住，便出门千里。痴心指望回风坠。扇底相逢，钗头微缀。他家万条千缕。解遮亭障驿，不隔江水。　　瓜洲曾舣。等行人岁岁。日下长秋，城乌夜起。帐庐好在春睡。共飞归湖上，草青无地。惜惜雨、春心如腻。欲待化、丰乐楼前，帐饮青门都废。何人念、流落无际。几点抟作，雪绵松润，为君浥泪。

　　注：该词下阕第三句至第五句为乐段二中的格式（2），第九句和第十句为乐段四中的格式（2），第十一句至第十四句为乐段五中的格式（2）。全词双调，一百四十字，上阕十四句，八仄韵；下阕十四句，九仄韵。

玉 抱 肚

调见《逃禅词》。

《玉抱肚》的长短句结构

《玉抱肚》上阕，四个乐段			
乐段一（八字）	乐段二（十三字）	乐段三（十五字）	乐段四（十四字）
4　　4	7　　6	5　　3　7	4　　4　　3　3

《玉抱肚》下阕，六个乐段					
乐段一 （十六字）	乐段二 （十六字）	乐段三 （十三字）	乐段四 （十四字）	乐段五 （十六字）	乐段六 （十六字）
4　3　4　5	3　5　　3　5	3　4　　6	4　　3　7	4　3　3　3　3	5　3　　4　4

《康熙词谱》只收集一体《玉抱肚》，双调，上阕可分为四个乐段，下阕可分为六个乐段，其长短句结构如表所示。该调一百四十一字，上阕九句，六仄韵；下阕十五句，九仄韵，其基本格式如表所示。

《玉抱肚》的基本格式（双调）

《玉抱肚》上阕，九句，六仄韵	
乐段一（二句，八字）	乐段二（二句，十三字）
＋ － ＋ ｜（韵）＋ － ＋ ｜（韵）	｜＋ － ＋ ｜ － －（句）＋ － ＋ ｜ － ｜（韵）

《玉抱肚》上阕，九句，六仄韵	
乐段三（二句，十五字）	乐段四（三句，十四字）
｜＋ － ＋ ｜（句）＋ ＋ ＋（读） ＋ ｜ － － ｜ － ｜（韵）	＋ － ＋ ｜（句）＋ ｜＋ ｜（韵）＋ ＋ ＋（读）＋ ＋ ｜（韵）

《玉抱肚》下阕，十五句，九仄韵	
乐段一（四句，十六字）	乐段二（二句，十六字）
＋丨－－（句）＋－丨（句）＋ －＋丨（句）－－－丨（韵）	＋＋＋（读）＋丨－－丨（韵）＋ ＋＋（读）＋丨－－丨（韵）

《玉抱肚》下阕，十五句，九仄韵	
乐段三（二句，十三字）	乐段四（二句，十四字）
＋＋＋（读）＋丨－－（句） ＋－＋丨＋丨（韵）	＋－＋丨（韵）＋＋＋（读）＋丨 －－丨－丨（韵）

《玉抱肚》下阕，十五句，九仄韵	
乐段五（三句，十六字）	乐段六（二句，十六字）
＋丨＋丨（句）＋＋＋（读） ＋丨（韵）＋＋＋（读）－＋丨（韵）	丨＋－＋丨（读）－＋丨（句） ＋丨＋丨（读）＋－＋丨（韵）

例　玉抱肚（一百四十一字）

（宋）杨无咎

同行同坐。同携同卧。正朝朝暮暮同欢，怎知终有抛弹。记江皋惜别，那堪被、流水无情送轻舸。有愁万种，恨未说破。知重见、甚时可。　　见也浑闲，堪嗟处，山遥水远，音书也无个。这眉头、强展依前锁。这泪珠、强拭依前堕。我平生、不识相思，为伊烦恼忒大。你还知么。你知后、我也甘心受摧挫。又只恐你，背盟誓、如风过。共别人、忘着我。把扬澜左蠡、都卷尽，也杀不得、这心头火。

注：全词双调，一百四十一字，上阕九句，六仄韵；下阕十五句，九仄韵。

六州歌头

程大昌《演繁露》："《六州歌头》，本鼓吹曲也，近世好事者倚其声为吊古词，音调悲壮，又以古兴亡事实文之。闻其歌，使人慷慨，良不与艳词同科，诚可喜也。"

《六州歌头》的长短句结构

上阕，五个乐段				
乐段一 （九字）	乐段二（十二字 或九字）	乐段三（二十字或 二十一字、二十四字）	乐段四 （十三字）	乐段五 （十七字或七字）
4　5 3　3　3	3　3　3 　3　4　5 　3　3　3	5　3　3　3　3 6　3　3　3　3 3　6　3　3　3　3	4　5　4 6　3　4 6　　34	5　5　4　3 4　　3

下阕，六个乐段					
乐段一 （十三字）	乐段二（十二 字或九字）	乐段三 （十一字）	乐段四 （九字）	乐段五 （十三字）	乐段六 （十四字）
4　3　3　3 5　3　5	3　3　3　3 3　3　3	5　3　3	3　3　3	4　5　4 6　3　4 6　　34 6　　7	5　5　4

注：袁去华词的长短句结构，是将上阕末尾的三字句，移至下阕乐段一的开头，成为"3、4、3、3、3"。

　　《康熙词谱》共收集九体《六州歌头》，双调，上阕可分为五乐段，下阕可分为六个乐段，其长短句结构如表所示。该调有一百四十三字或一百四十一字、一百四十四字等格式，其用韵格式有两种：一种是既用平韵又用仄韵（包括平仄韵通叶或平仄韵转换、平仄韵错叶）；另一种为全用平韵。

　　对既用平韵又用仄韵的《六州歌头》（用"平仄韵"表示）而言，上阕十九句或十六句，八平韵八叶韵或八平韵六叶韵、八平韵两叶韵五仄韵；下阕二十句或十九句，八平韵十叶韵或八平韵七仄韵、八平韵六仄韵；《康熙词谱》以一百四十三字体贺铸词为正体或正格。该调的正格与变格如表所示，其中，各乐段中的格式（1）为正格句式，其余为变格句式。

　　对全用平韵的《六州歌头》而言，该调上阕十九句或十八句，八平韵或七平韵、六平韵；下阕十九句或十八句、二十句，七平韵或八平韵、六平韵。《康熙词谱》以一百四十三字体刘褒词为标谱词例，该调的正格与变格如表所示，其中，各乐段中的格式（1）为正格句式，其余为变格句式。

《六州歌头》（平仄韵）的正体与变格（双调）

《六州歌头》上阕，十九句或十六句，八平韵八叶韵等多种用韵格式	
乐段一（二句，九字）	乐段二（四句，十二字）
＋ － ＋ ｜（句）＋ ｜ ｜ － －（韵）	－ ＋ ｜（叶）－ ＋ ｜（叶）－ －（韵）｜ － －（韵）

《六州歌头》上阕，十九句或十六句，八平韵八叶韵等多种用韵格式
乐段三（六句，二十字）
＋ ｜ － － ｜（叶）＋ － ｜（叶）－ ＋ ｜（叶）－ ＋ ｜（叶）－ ＋ ｜（叶）｜ － －（韵）   （1）
＋ ｜ － － ｜（换仄韵）＋ ＋ ｜（韵或句）－ ＋ ｜（韵）－ ＋ ｜（韵）－ ＋ ｜（韵）｜ － －（韵）   （2）
＋ ｜ － － ｜（叶）＋ － ｜（叶）－ ＋ ｜（叶）－ ＋ ｜（叶）｜ － －（韵）   （3）

《六州歌头》上阕，十九句或十六句，八平韵八叶韵等多种用韵格式	
乐段四（三句或二句，十三字）	乐段五（四句或二句，十七字或七字）
＋ ｜ ＋ －（句）＋ ｜ － ｜（叶或句）＋ ｜ － －（韵） （1）	｜ ＋ － ＋ ｜（句）＋ ｜ ｜ －（韵）＋ ｜ － －（韵）｜ － －（韵） （1）
＋ ｜ ＋ － ＋ ｜（句）－ ＋ ｜（句或韵）＋ ｜ － －（韵） （2）	｜ ＋ － ＋ ｜（句）｜ ＋ － －（韵）＋ ｜ － －（韵）｜ － －（韵） （2）
＋ ｜ ＋ － ＋ ｜（句）＋ ＋ ＋（读）＋ ｜ － －（韵） （3）	＋ ｜ － －（韵）｜ － －（韵） （3）

《六州歌头》下阕，二十句或十九句，八平韵十叶韵等多种用韵格式	
乐段一（四句，十三字）	乐段二（四句，十二字）
＋ － ＋ ｜（叶）－ ＋ ｜（叶）－ ＋ ｜（叶）｜ － －（韵） （1）	－ ＋ ｜（叶）－ ＋ ｜（叶）＋ － －（韵）｜ － －（韵） （1）
＋ － ＋ ｜（换仄韵）－ ＋ ｜（韵） － ＋ ｜（韵或句）｜ － －（韵） （2）	－ ＋ ｜（换仄韵）－ ＋ ｜（韵）｜ － －（韵）｜ － －（韵） （2）

《六州歌头》下阕，二十句或十九句，八平韵十叶韵等多种用韵格式	
乐段三（三句，十一字）	乐段四（三句，九字）
＋ ｜ － －｜（叶）－ ＋ ｜（叶）｜ － －（韵） （1）	－ ＋ ｜（叶）－ ＋ ｜（叶或叠）｜ － －（韵） （1）
＋ ｜ － －｜（句）－ ＋ ｜（句）｜ － －（韵） （2）	－ ＋ ｜（换仄韵）－ ＋ ｜（韵）｜ － －（韵） （2）
＋ － － ＋ ｜（句）＋ － ｜（句）｜ － －（韵） （3）	

例一　六州歌头（一百四十三字）

（宋）贺　铸

少年侠气，交结五都雄。肝胆洞。毛发耸。立谈中。死生同。一诺千金重。推翘勇。矜豪纵。轻盖拥。联飞鞚。斗城东。轰饮酒垆，春色浮寒瓮。吸海垂虹。间呼鹰嗾犬，白羽摘雕弓。狡穴俄空。乐匆匆。　似黄梁梦，辞丹凤。明月共。漾孤篷。官冗从。怀倥偬。落尘笼。簿书丛。鹖弁如云众。共粗用。忽奇功。笳鼓动。渔阳弄。思悲翁。不请长缨，系取天骄种。剑吼西风。恨登山临水，手寄七弦桐。目送归鸿。

注：该词上阕第七句至第十二句为乐段三中的格式（1），第十三句至第十五句为乐段四中的格式（1），第十六句至第十九句为乐段五中的格式（1）；下阕第一句至第四句为乐段一

中的格式（1），第五句至第八句为乐段二中的格式（1），第九句至第十一句为乐段三中的格式（1），第十二句至第十四句为乐段四中的格式（1），第十五句至第十七句为乐段五中的格式（1）。全词双调，一百四十三字，上阕十九句，八平韵八叶韵；下阕二十句，八平韵十叶韵。该词平仄韵互叶，平韵用第一部"东、冬"韵，仄韵用该部"董、肿、宋、送"，不杂他韵。

《六州歌头》下阕，二十句或十九句，八平韵十叶韵等多种用韵格式	
乐段五（三句或二句，十三字）	乐段六（三句，十四字）
＋｜一一（句）＋｜一一｜（叶） ＋｜一一（韵） （1） ＋｜一一（句）＋｜一一｜（句） ＋｜一一（韵） （2） ＋｜＋一＋｜（句）一＋｜（句） 或读）＋｜一一（韵） （3）	｜＋一＋｜（句）＋｜｜一一（韵） ＋｜一一（韵）

例二　六州歌头（一百四十三字）

（宋）韩元吉

东风着意，先上小桃枝。红粉腻。娇如醉。倚朱扉。记年时。隐映新妆面。临水岸。春将半。云日暖。斜桥转。夹城西。草软沙平，跋马垂杨渡，玉勒争嘶。认蛾眉凝笑，脸薄拂胭脂。绣户曾窥。恨依依。　昔携手处。香如雾。红随步。怨春迟。消瘦损。凭谁问。只花知。泪空垂。旧日堂前燕，和烟雨，又双飞。人自老。春长好。梦佳期。前度刘郎，几许风流地，到也应悲。但茫茫暮霭，目断武陵溪。往事难追。

注：该词上阕第七句至第十二句为乐段三中的格式（2），第十三句至第十五句为乐段四中的格式（1），第十六句至第十九句为乐段五中的格式（1）；下阕第一句至第四句为乐段一中的格式（2），第五句至第八句为乐段二中的格式（2），第九句至第十一句为乐段三中的格式（2），第十二句至第十四句为乐段四中的格式（2），第十五句至第十七句为乐段五中的格式（2）。全词双调，一百四十三字，上阕十九句，八平韵两叶韵五仄韵；下阕二十句，八平韵七仄韵。该调平韵用第三部"支、微、齐"韵，而仄韵却不专用该部"纸、尾、寘、未"诸韵相叶，而是换了他部仄韵。

例三　六州歌头（一百四十三字）

（宋）李　冠

秦亡草昧，刘项起吞并。驱龙虎。鞭寰宇。斩长鲸。扫欃枪。血染彭门战。视余耳，皆鹰犬。平祸乱。归炎汉。势奔倾。兵散月明风急，旌旗乱。刁斗三更。共虞姬相对，泣听楚歌声。玉帐魂惊。泪盈盈。　　恨花无主。凝愁绪。挥雪刃，掩泉扃。时不利。骓不逝。困阴陵。叱追兵。喑鸣摧天地，望归路，忍偷生。功盖世。成闲纪。见遗灵。江静水寒烟冷，波纹细，古木凋零。遣行人到此，追念益伤情。胜负难凭。

注：该词上阕第七句至第十二句为乐段三中的格式（2），第十三句至第十五句为乐段四中的格式（2），第十六句至第十九句为乐段五中的格式（1）；下阕第一句至第四句为乐段一中的格式（2），第五句至第八句为乐段二中的格式（2），第九句至第十一句为乐段三中的格式（3），第十二句至第十四句为乐段四中的格式（2），第十五句至第十七句为乐段五中的格式（3）。全词双调，一百四十三字，上阕十九句，八平韵七仄韵；下阕二十句，八平韵六仄韵。该词类似韩词，平韵在"庚、青、蒸"韵部，而仄韵却换了几次，并不与该部平韵通叶。

例四　六州歌头（一百三十三字）

（宋）汪元量

绿芜城上，怀古恨依依。淮山碎。江波逝。昔人非。令人悲。惆怅隋天子。锦帆里。环珠履。丛香绮。展旌旗。荡涟漪。击鼓挝金吹玉，拥琼璈、恣意游嬉。斜日晖晖。乱莺啼。　　销魂此际。君臣醉。貔貅敝。事如飞。山河坠。烟尘起。风凄凄。雨霏霏。草木皆垂泪。家园弃。竟忘归。笙歌地。欢娱地。尽荒畦。惟有当时皓月，依然挂、杨柳青枝。听堤边渔叟，一笛醉中吹。兴废谁知？

注：该词上阕第七句至第十二句为乐段三中的格式（3），第十三句和第十四句为乐段四中的格式（3），第十五句和第十六句为乐段五中的格式（3）；下阕第一句至第四句为乐段一中的格式（1），第五句至第八句为乐段二中的格式（1），第九句至第十一句为乐段三中的格式（1），第十二句至第十四句为乐段四中的格式（1），第十五句和第十六句为乐段五中的格式（3）。全词双调，一百三十三字，上阕十六句，八平韵六叶韵；下阕十九句，八平韵八叶韵一叠韵。该词类似贺词，用三声叶韵。

《六州歌头》（平韵）的正体或正格（双调）

《六州歌头》上阕，十九句或十八句，八平韵或七平韵、六平韵	
乐段一（二句或三句，九字）	乐段二（四句或三句，十二字或九字）
＋ － ＋ ｜（句）＋ ｜ ｜ － －（韵）（1）	＋ － ｜（句）－ ＋ ｜（句）－ ＋ ｜（句）｜ － －（韵）（1）
｜ ＋ －（句）＋ － ｜（句）｜ － －（韵）（2）	＋ ＋ ｜（句）＋ ＋ ｜（句）｜ － －（韵）（2）
	＋ － ｜（句）＋ － ＋ ｜（句）＋ ＋ ｜ － －（韵）（3）
	＋ ＋ ｜（句）＋ ＋ ｜（句）｜ － －（韵）（4）

例一　六州歌头（一百四十三字）

（宋）刘褒

凭深负阻，蜂午肆奔腾。龙江上，妖氛涨，鲸海外，白波惊。羽檄交飞急，玉帐静，金韬闶，恢远驭，振长缨。密分兵。细草黄沙渺渺，西关路，风袅高旌。听飞霜令肃，坚壁夜无声。鼓角何神。地中鸣。　　看追风骑，攒云槊，殷雷毂，彻天钲。飞箭集，旌头坠，长围掩，郭东倾。振旅观旋凯，笳鼓竞，绣旗明。刀换犊，戈藏革，士休营。黄色赤云交映，论功何止蔡州平。想环城苍玉，深刻入青冥。永诏来今。

注：该词上阕第一句和第二句为乐段一中的格式（1），第三句至第六句为乐段二中的格式（1），第七句至第十二句为乐段三中的格式（1），第十三句至第十五句为乐段四中的格式（1），第十六句至第十九句为乐段五中的格式（1）；下阕第一句至第四句为乐段一中的格式（1），第五句至第八句为乐段二中的格式（1），第九句至第十一句为乐段三中的格式（1），第十五句和第十六句为乐段五中的格式（1）。全词双调，一百四十三字，上阕十九句，八平韵；下阕十九句，七平韵。

《六州歌头》上阕，十九句或十八句，八平韵或七平韵、六平韵
乐段三（六句或七句，二十字或二十一字、二十四字）
＋｜－－｜（句）＋＋｜（句）－＋｜（句）－＋｜（句）｜－－（韵）｜－－（韵） （1）
＋｜＋－｜（句）＋＋｜（句）－＋｜（句）－＋｜（句）－＋｜（句）｜－－（韵） （2）
＋－＋｜（句）－＋｜（句）－＋｜（句）－＋｜（句）－＋｜（句）｜－－（韵） （3）
＋｜＋－＋｜（句）－－（句）－＋｜（句）－＋｜（句）－＋｜（句）｜－－（韵） （4）
｜－－（句）＋｜＋－＋｜（句）－＋｜（句）－＋｜（句）－＋｜（句）＋＋｜（句）｜－－（韵） （5）

例二　六州歌头（一百四十三字）

（宋）张孝祥

　　长淮望断，关塞莽然平。征尘暗，霜风劲，悄边声。黯销凝。追想当年事，殆天数，非人力，洙泗上，弦歌地，亦膻腥。隔水毡乡，落日牛羊下，区脱纵横。看名王宵猎，骑火一川明。笳鼓悲鸣。遣人惊。　　念腰间箭，匣中剑，空埃蠹，竟何成。时易失，心徒壮，岁将零。渺神京。干羽方怀远，静烽燧，且休兵。冠盖使，纷驰鹜，若为情。闻道中原遗老，常南望、翠葆霓旌。使行人到此，忠愤气填膺。有泪如倾。

　　注：该词上阕第一句和第二句为乐段一中的格式（1），第三句至第六句为乐段二中的格式（2），第七句至第十二句为乐段三中的格式（2），第十三句至第十五句为乐段四中的格式（3），第十六句至第十九句为乐段五中的格式（1）；下阕第一句至第四句为乐段一中的格式（1），第五句至第八句为乐段二中的格式（2），第九句至第十一句为乐段三中的格式（1），第十五句和第十六句为乐段五中的格式（3）。全词双调，一百四十三字，上下阕各十九句，八平韵。

《六州歌头》上阕，十九句或十八句，八平韵或七平韵、六平韵	
乐段四（三句或二句，十三字）	乐段五（四句，十七字字）
＋｜＋－＋｜（句）－＋｜（句）＋｜－－（韵） （1）	｜＋－＋｜（句）＋｜｜－－（韵）＋｜－－（韵）｜－－（韵） （1）
＋｜＋－＋｜（句）＋＋＋（读）＋｜＋－（韵） （2）	｜＋－＋｜（句）｜＋｜－－（韵）＋｜－－（韵）｜－－（韵） （2）
＋｜＋－（句）＋｜－－｜（句）＋｜－－（韵） （3）	

《六州歌头》下阕，十九句或十八句、二十句，七平韵或八平韵、六平韵	
乐段一（四句或三句，十三字）	乐段二（四句或三句，十二字或九字）
｜＋－｜（句）＋＋＋｜（句）＋＋｜（句）｜－－（韵） （1）	＋＋｜（句）＋＋｜（句）＋＋｜（句）｜－－（韵） （1）
＋－＋｜（句）＋＋｜（句）＋＋｜（句）｜－－（韵） （2）	＋＋｜（句）＋＋｜（句）｜－－（韵） （2）
＋｜－｜（句）＋＋｜（句）＋｜｜－－（韵） （3）	＋＋｜（句）＋＋｜（句）｜－－（韵） （3）

《六州歌头》下阕，十九句或十八句、二十句，七平韵或八平韵、六平韵	
乐段三（三句，十一字）	乐段四（三句，九字）
＋｜ー ー｜（句）＋ ＋｜（句）｜ ー ー（韵） 　　　　　（1） ｜＋ ー ＋｜（句）ー ＋｜（句）｜ ー ー（韵） 　　　　　（2）	＋ ＋｜（句）＋ ＋｜（句）｜ー ー （韵）

《六州歌头》下阕，十九句或十八句、二十句，七平韵或八平韵、六平韵	
乐段五（二句或三句，十三字）	乐段六（三句，十四字）
＋｜＋ー ＋｜（句）＋ ー ＋｜｜ ー ー（韵） 　　　　　（1） ＋｜＋ ー ＋｜（句）ー ＋｜（句） ＋｜ー ー（韵） 　　　　　（2） ＋｜＋ ー ＋｜（句）＋ ＋ ＋（读） ＋｜ー ー（韵） 　　　　　（3）	｜＋ ー ＋｜（句）＋ ｜｜ー ー（韵） ＋｜ー ー（韵）

注：下阕乐段一中的格式"｜＋ ー｜（句）"，为"上一下三"句式。

例三　六州歌头（一百四十三字）

（宋）刘　过

　　镇长淮，一都会，古扬州。升平日，珠帘十里，春风小红楼。谁知艰难去，边尘暗，胡马扰，笙歌散，衣冠渡，使人愁。屈指细思，血战成何事，万户封侯。但琼花无恙，开落几经秋。故垒荒丘。似含羞。　怅望金陵宅，丹阳郡，山不断绸缪。兴亡梦，荣枯泪，水东流。甚时休。野灶炊烟里，依然是，宿貔貅。叹灯火，今萧索，尚淹留。莫上醉翁亭看，濛濛雨，杨柳丝柔。笑书生无用，富贵拙身谋。骑鹤来游。

注：该词上阕第一句至第三句为乐段一中的格式（2），第四句至第六句为乐段二中的格式（3），第七句至第十二句为乐段三中的格式（3），第十三句至第十五句为乐段四中的格式（3），第十六句至第十九句为乐段五中的格式（1）；下阕第一句至第三句为乐段一中的格式（3），第四句至第七句为乐段二中的格式（2），第八句至第十句为乐段三中的格式（1），第十四句至第十六句为乐段五中的格式（2）。全词双调，一百四十三字，上阕十九句，七平韵；下阕十九句，八平韵。

例四　六州歌头（一百四十一字）
（宋）程　珌

向来抵掌，未必总谈空。难遍举，质三事，试从公。记当年，赋得一丘一壑，天鸢阔，渊鱼静，莫击磬，但酌酒，尽从容。一水西来他日，会从公、曳杖其中。问前回归去，笑白发成蓬。不识如今，几西风。　　蒙庄多事，论虱豕，推羊蚁，未辞终。又骤说，鱼得计，孰能通。叹如云网罟，龙伯唅，渺难穷。凡三惑，谁使我，释然融。岂是瓠瓜系者，把行藏、悉付鸿濛。且从头检校，想见共迎公。湖上千松。

注：该词上阕第一句和第二句为乐段一中的格式（1），第三句至第五句为乐段二中的格式（4），第六句至第十二句为乐段三中的格式（5），第十三句和第十四句为乐段四中的格式（2），第十五句至第十八句为乐段五中的格式（2）；下阕第一句至第四句为乐段一中的格式（2），第五句至第七句为乐段二中的格式（3），第八句至第十句为乐段三中的格式（2），第十四句和第十五句为乐段五中的格式（3）。全词双调，一百四十一字，上阕十八句，六平韵；下阕十八句，七平韵。

例五　六州歌头（一百四十四字）
（元）卢　挚

诗成雪岭，画里见岷峨。浮锦水，历滟滪，灭坡陀。汇江沱。唤醒高唐残梦，动奇思，闻巴唱，观楚舞，邀宋玉，访巫娥。拟赋离骚九辩，空目断，云树烟萝。渺湘灵不见，木落洞庭波。抚卷长哦。重摩娑。　　问南楼月，痴老子，兴不浅，夜如何。千载后，多少恨，付渔蓑。醉时歌。日暮天门远，愁欲滴，两青蛾。曾一舸，奇绝处，半经过。万古金焦伟观，鲸鳌背，尽意婆娑。更乘槎欲就，织女看飞梭。直到银河。

注：该词上阕第一句和第二句为乐段一中的格式（1），第三句至第六句为乐段二中的格式（2），第七句至第十二句为乐段三中的格式（4），第十三句至第十五句为乐段四中的格式（1），第十六句至第十九句为乐段五中的格式（1）；下阕第一句至第四句为乐段一中的格式（1），第五句至第八句为乐段二中的格式（2），第九句至第十一句为乐段三中的格式（1），

第十五句至第十七句为乐段五中的格式（2）。全词双调，一百四十四字，上阕十九句，八平韵；下阕二十句，八平韵。

例六　六州歌头（一百四十三字）

（宋）袁去华

柴桑高隐，丘壑岁寒姿。北窗下，羲黄上，古人期。俗人疑。束带真难事，赋归去，吾庐好，斜川路，携筇杖，看云飞。六翮冥冥高举，青霄外，矰缴何施。且流行坎止，人世任相违。采菊东篱。　　正悠然，见南山处，无穷景，与心会，有谁知。琴中趣，杯中物，醉中诗。可忘饥。一笑骑鲸去，向千载，赏音稀。嗟倦翼，瞻遗像，是吾师。门外空余衰柳，摇疏翠，斜日晖晖。遣行人到此，感叹不胜悲。物是人非。

注：①该词的长短句结构，是将上阕乐段五中的"5、5、4、3"末尾的三字句，移至下阕乐段一的开头，成为"3、4、3、3、3"。②该词上阕第一句和第二句为乐段一中的格式（1），第三句至第六句为乐段二中的格式（2），第七句至第十二句为乐段三中的格式（2），第十三句至第十五句为乐段四中的格式（1），第十六句至第十八句为乐段五中的格式（1）减去末尾的三字句；下阕第一句至第五句为乐段一中格式（1）的前面加上一个不入韵的三字句，第六句至第九句为乐段二中的格式（2），第十句至第十三句为乐段三中的格式（1），第十六句至第十八句为乐段五中的格式（2）。全词双调，一百四十三字，上阕十八句，七平韵；下阕二十一句，八平韵。该词全用平韵。

夜　半　乐

唐教坊曲名。柳永《乐章集》注"中吕调"。盖借旧曲名，另倚新声也。《碧鸡漫志》："唐史：明皇自潞州还京师，夜半举兵诛韦后，制《夜半乐》、《还京乐》二曲。"今"黄钟宫"有《三台夜半乐》，"中吕调"有慢，有近拍，有序。

《夜半乐》的长短句结构

上阕，四个乐段			
乐段一（十五字）	乐段二（九字）	乐段三（十八字）	乐段四（八字）
6　4　5	5　4	4　4　6　4	3　5
4　4　7		4　4　4　6	8

中阕，四个乐段			
乐段一（十四字）	乐段二（九字）	乐段三（十八字）	乐段四（八字）
6　4　4	3　6 3　　6	4　4　6　4	3　5

下阕，四个乐段			
乐段一（十二字）	乐段二（八字）	乐段三（十八字）	乐段四（七字或八字）
4　4　4	3　5 8	3　7　　3　5	7 8

《康熙词谱》共收集两体，三阕，上中下阕分别可分为四个乐段，其长短句结构如表所示。该调有一百四十四字或一百四十五字等格式，上阕十句，五仄韵或四仄韵；中阕九句或十句，四仄韵；下阕七句，五仄韵。《康熙词谱》以一百四十四字体柳永词为标谱词例。该调的正格与变格如表所示，其中，各乐段中的格式（1）为正格句式，其余为变格句式。

例一　夜半乐（一百四十四字）

（宋）柳　永

冻云黯淡天气，扁舟一叶，乘兴离江渚。渡万壑千岩，越溪深处。怒涛渐息，樵风乍起。更闻商旅相呼，片帆高举。泛画鹢、翩翩过南浦。　　望中酒旆闪闪，一簇烟村，数行霜树。残日下、渔人鸣榔归去。败荷零落，衰杨掩映，岸边两两三三，浣纱游女。避行客、含羞笑相语。　　到此因念，绣阁轻抛，浪萍难驻。叹后约、丁宁竟何据。惨离怀、空恨岁晚归期阻。凝泪眼、杳杳神京路。断鸿声远长天暮。

注：该词上阕第一句至第三句为乐段一中的格式（1），第六句至第九句为乐段三中的格式（1），第十句为乐段四中的格式（1）；中阕第四句为乐段二中的格式（1）；下阕第四句为乐段二中的格式（1），第五句和第六句为乐段三中的格式（1），第七句为乐段四中的格式（1）。该词三阕，一百四十四字，上阕十句，五仄韵；中阕九句，四仄韵；下阕七句，五仄韵。

《夜半乐》的正格与变格（三叠）

《夜半乐》上阕，十句，五仄韵或四仄韵	
乐段一（三句，十五字）	乐段二（二句，九字）
┼ — ┼ ｜ — ｜（句）┼ — ┼ ｜（句）┼ ｜ — — ｜（韵） （1） ┼ — ┼ ｜（句）┼ ｜ — ｜（句）┼ ｜ ┼ — — ┼ ｜（韵） （2）	｜ ┼ ｜ — —（句）┼ — ┼ ｜（韵）

《夜半乐》上阕，十句，五仄韵或四仄韵	
乐段三（四句，十八字）	乐段四（一句，八字）
┼ — ┼ ｜（句）┼ — ┼ ｜（句） ┼ — ┼ ｜ — —（句）┼ — ┼ ｜（韵） （1） ┼ — ┼ ｜（句）┼ — ┼ ｜（句） ┼ — ┼ ｜（句）┼ ｜ ┼ — ┼ ｜（韵） （2）	｜ ┼ ｜（读）— — ｜ — ｜（韵） （1） ｜ ┼ ｜ — — ｜ — ｜（韵） （2）

《夜半乐》中阕，九句或十句，四仄韵	
乐段一（三句，十四字）	乐段二（一句或二句，九字）
┼ — ┼ ｜ ┼ ｜（句）┼ ｜ — —（句） ┼ — ┼ ｜（韵）	┼ ┼ ｜（读）┼ — ┼ — ┼ ｜（韵） （1） — ┼ ｜（句）┼ — ┼ — ┼ ｜（韵） （2）

《夜半乐》中阕，九句或十句，四仄韵	
乐段三（四句，十八字）	乐段四（一句，八字）
＋ － ＋ ｜（句）＋ － ＋ ｜（句） ＋ － ＋ ｜ － －（句）＋ － ＋ ｜（韵）	＋ ＋ ｜（读）－ － ｜ － ｜（韵）

《夜半乐》下阕，七句，五仄韵	
乐段一（三句，十二字）	乐段二（一句，八字）
＋ ｜ － ｜（句）＋ ｜ － －（句）＋ － ＋ ｜（韵）	＋ ＋ ＋（读）－ － ｜ － ｜（韵） （1） ｜ ＋ ｜ － － ｜ － ｜（韵） （2）

《夜半乐》下阕，七句，五仄韵	
乐段三（二句，十八字）	乐段四（一句，七字或八字）
＋ ＋ ＋（读）＋ ＋ ｜ ｜ － － ｜ （韵）＋ ＋ ＋（读）＋ ｜ － － ｜（韵） （1） ＋ ＋ ＋（读）＋ ｜ ＋ － ｜（韵） ＋ ＋ ＋（读）＋ ｜ － － ｜（韵） （2）	＋ － ＋ ｜ － － ｜（韵） （1） ｜ ＋ － ＋ ｜ － ｜（韵） （2）

注：上阕乐段四、下阕乐段二和乐段四中的格式"｜＋｜－－｜－｜（韵）"或"｜＋－＋｜－－｜（韵）"，为"上一下七"句式。

例二　夜半乐（一百四十五字）

（宋）柳　永

　　艳阳天气，烟细风暖，芳草郊汀闲凝伫。渐妆点亭台，参差佳树。舞腰困力，垂杨绿映，浅桃秾李，小白嫩红无数。度绮燕流莺斗双语。　　翠娥南陌簇簇，蹑影红阴，缓移娇步。抬粉面，韶容花光相妒。绛绡袖举。云鬟风颤，半遮檀口含羞，背人偷顾。竞斗草、金钗笑争赌。　　对此佳景，顿觉销凝，惹成愁绪。念解佩轻盈在何处。忍良时、辜负少年等闲度。空望极、回首斜阳暮。叹浪萍风梗如何去。

注：该词上阕第一句至第三句为乐段一中的格式（2），第六句至第九句为乐段三中的格式（2），第十句为乐段四中的格式（2）；中阕第四句为乐段二中的格式（2）；下阕第四句为乐段二中的格式（2），第五句和第六句为乐段三中的格式（2），第七句为乐段四中的格式（2）。该词三阕，一百四十五字，上阕和中阕各十句，四仄韵；下阕七句，五仄韵。

宝 鼎 现

调见《顺庵乐府》。李弥逊词名《三段子》，陈合词名《宝鼎儿》。

《宝鼎现》的长短句结构

上阕，四个乐段			
乐段一（十二字）	乐段二（十四字）	乐段三（十四字）	乐段四（十三字）
4　　4　　4	3 4　　　7 5　　4　　5	3 5　　　6 3　　5　　6	3 4　　　6 3　　4　　6 5　　4　　4

中阕，四个乐段			
乐段一（十四字）	乐段二（十四字）	乐段三（十四字）	乐段四（十三字）
7　　　3 4 7　　　7	3 4　　　7 5　　4　　5	3 5　　　6 4 4　　　6	3 4　　　6 5　　4　　4

下阕，四个乐段			
乐段一 （十三字或十一字）	乐段二 （十一字或十二字）	乐段三 （十二字或十三字）	乐段四（十三字或十二字、十四字）
6　　　3 4 6　　　7 4　　　3 4	3 4　　　4 3 4　　　5 5 6　　6	3 4　　　5 3 4　　　6 6	3 4　　　6 3 4　　　7 5　　4　　4 3　　5　　4

《康熙词谱》共收集八体《宝鼎现》，三叠（即上中下三阕），每阕分别可分为四个乐段，其长短句结构如表所示。该调有一百五十七字或一百五十五字、一百五十八字等格式，

上阕九句或十句、十一句，四仄韵或五仄韵、六仄韵，中阕八句或九句、十句，五仄韵或六仄韵、八仄韵；下阕八句或九句，五仄韵或四仄韵、六仄韵。《康熙词谱》以康与之词为标谱词例。该调的正格与变格如表所示，其中，各阕各乐段中的格式（1）为正格句式，其余为变格句式。

《宝鼎现》的正格与变格（三叠）

《宝鼎现》上阕，九句或十句、十一句，四仄韵或五仄韵、六仄韵	
乐段一（三句，十二字）	乐段二（二句或三句，十四字）
＋ －＋｜（句）＋＋－｜（句）＋＋－｜（韵）（1）	＋＋＋（读）＋－＋｜（句）＋｜＋－－｜｜（韵）（1）
＋－＋｜（句或韵）＋｜－－（句）＋－＋｜（韵）（2）	＋＋＋（读）＋－＋｜（句或韵）＋｜＋－－＋｜（韵）（2）
	｜＋－＋｜（句）＋－＋｜（句）＋｜＋－－｜（韵）（3）

例一　宝鼎现（一百五十七字）

（宋）康与之

夕阳西下，暮霭红隘，香风罗绮。乘夜景、华灯争放，浓焰烧空连锦砌。睹皓月、浸严城如昼，花影寒笼绛蕊。渐掩映、芙蕖万顷，迤逦齐开秋水。　　太守无限行歌意。拥麾幢、光动金翠。倾万井、歌台舞榭，瞻望朱轮骈鼓吹。控宝马、耀貔貅千骑，银烛交光数里。似烂簇、寒星万点，引入蓬壶影里。　　来伴宴阁多才，环艳粉、瑶簪珠履。恐看看、丹诏归春，宸游燕侍。便趁早、占通宵醉。募放笙歌起。任画角、吹彻寒梅，月落西楼十二。

注：该词上阕第一句至第三句为乐段一中的格式（1），第四句和第五句为乐段二中的格式（1），第六句和第七句为乐段三中的格式（1），第八句和第九句为乐段四中的格式（1）；中阕第一句和第二句为乐段一中的格式（1），第三句和第四句为乐段二中的格式（1），第五句和第六句为乐段三中的格式（1），第七句和第八句为乐段四中的格式（1）；下阕第一句和第二句为乐段一中的格式（1），第三句和第四句为乐段二中的格式（1），第五句和第六句为乐段三中

的格式（1），第七句和第八句为乐段四中的格式（1）。全词三阕，一百五十七字，上阕九句，四仄韵；中下阕各八句，五仄韵。

《宝鼎现》上阕，九句或十句、十一句，四仄韵或五仄韵、六仄韵	
乐段三（二句或三句，十四字）	乐段四（二句或三句，十三字）
＋＋＋（读）｜＋－＋｜（句） ＋｜＋－＋｜（韵） 　　　　（1）	＋＋＋（读）＋－＋｜（句）＋ ｜＋－＋｜（韵） 　　　　（1）
＋＋＋（读）｜＋－＋｜（韵）｜ ＋－－｜｜（韵） 　　　　（2）	＋＋＋（读）＋－＋｜（韵）＋ ｜＋－＋｜（韵） 　　　　（2）
	＋＋＋（读）＋｜－－（句）＋ ｜＋－＋｜（韵） 　　　　（3）
	＋＋｜（句）＋－＋｜（句）＋｜ ＋－＋｜（韵） 　　　　（4）
	｜＋｜－－（句）＋－＋｜（句） ＋－＋｜（韵） 　　　　（5）

《宝鼎现》中阕，八句或九句、十句，五仄韵或六仄韵、八仄韵	
乐段一（二句，十四字）	乐段二（二句或三句，十四字）
＋＋＋｜－－｜（韵）＋＋＋（读） ＋｜－｜（韵） 　　　　（1）	＋＋＋（读）＋－＋｜（句） ＋｜＋－－｜｜（韵） 　　　　（1）
＋－＋｜－｜（韵）＋＋＋（读） ＋－＋｜（韵） 　　　　（2）	＋＋＋（读）＋－＋｜（韵） ＋｜＋－＋｜（韵） 　　　　（2）
＋＋－｜－－｜（韵）｜＋－＋ ｜－｜（韵） 　　　　（3）	＋｜｜－－（句）＋－＋｜（句） ＋－－｜｜（韵） 　　　　（3）

《宝鼎现》中阕，八句或九句、十句，五仄韵或六仄韵、八仄韵	
乐段三（二句，十四字）	乐段四（二句或三句，十三字）
十 十 十（读）丨 十 一 十 丨（句） 十 丨 十 一 十 丨（韵） （1）	十 十 十（读）丨 十 一 十 丨（句）十 丨 十 一 十 丨（韵） （1）
十 十 十（读）丨 十 一 十 丨（韵） 十 丨 十 一 十 丨（韵） （2）	十 十 十（读）丨 十 一 十 丨（韵）十 丨 十 一 十 丨（韵） （2）
十 十 十 丨（读）十 一 十 丨（句） 丨 十 一 十 丨（韵） （3）	丨 十 十 丨 一（句）十 一 十 丨（句） 十 一 十 丨（韵） （3）

例二　宝鼎现（一百五十五字）

（宋）赵长卿

嚣尘尽扫，碧落辉腾，元宵三五。更漏永、迟迟停鼓。天上人间当此遇。正年少、尽香车宝马，次第追随士女。看往来、巷陌连甍，簇起星毬无数。　政简物阜清闲处。听笙歌、鼎沸频举。灯焰暖、庭帏高下，红影相交知几户。恣欢笑、道今宵景色，胜却前时几度。细算来、皇都此夕，消得喧传今古。　绮席成行，炉喷裛、沉檀轻缕。睹遨游彩仗，疑是神仙伴侣。欲飞去、恨难留住。渐到蓬瀛步。愿永逢、恁时恁节，且与风光为主。

注：该词上阕第一句至第三句为乐段一中的格式（2），第四句和第五句为乐段二中的格式（2），第六句和第七句为乐段三中的格式（1），第八句和第九句为乐段四中的格式（3）；中阕第一句和第二句为乐段一中的格式（1），第三句和第四句为乐段二中的格式（1），第五句和第六句为乐段三中的格式（1），第七句和第八句为乐段四中的格式（1）；下阕第一句和第二句为乐段一中的格式（3），第三句和第四句为乐段二中的格式（3），第五句和第六句为乐段三中的格式（1），第七句和第八句为乐段四中的格式（2）。全词三阕，一百五十五字，上阕九句，五仄韵；中阕八句，五仄韵；下阕九句，六仄韵。

《宝鼎现》下阕，八句或九句，五仄韵或四仄韵、六仄韵

乐段一（二句，十三字或十一字）	乐段二（二句，十一字或十二字）
＋｜＋｜ーー（句）＋＋＋（读）＋ ＋ー＋｜（韵） （1）	＋＋＋（读）＋｜ーー（句）＋ ー＋｜（韵） （1）
＋｜＋｜ー（句）｜＋＋＋（读）＋ ー＋｜（韵） （2）	＋＋＋（读）＋｜＋＋（句）＋ ーー｜｜（韵） （2）
＋｜ーー（句）＋＋＋（读）＋ ー＋｜（韵） （3）	｜＋ー＋｜（句）＋｜＋ー＋ ｜（韵） （3）
	＋｜＋ー＋｜（句）＋｜＋ー ＋｜（韵） （4）

例三　宝鼎现（一百五十七字）
《梅苑》无名氏

东君着意，化工恩被，灼灼妖艳。袅嫩梢轻蓓，萦风惹露，偏早香英绽。似向人、故矜夸标致，倚阑全如顾盼。尚困怯余寒，柔情弱态，天真无限。　　断桥压柳时非浅。先百花、风光独占。当送腊初归，迎春欲至，芳姿偏婉娈。料碎剪就、缯纨辉丽，更把胭脂重染。自赋得、一般容冶，宛胜神仙妆脸。　　折送小阁幽窗，酷爱处、令亲几砚。尽孜孜观赏，不枉人称妙选。待密付、如膏雨泽，金玉仍妆点。任扰扰、百卉千花，掩迹一时羞见。

注：该词上阕第一句至第三句为乐段一中的格式（1），第四句至第六句为乐段二中的格式（3），第七句和第八句为乐段三中的格式（2），第九句至第十一句为乐段四中的格式（5）；中阕第一句和第二句为乐段一中的格式（2），第三句至第五句为乐段二中的格式（3），第六句和第六句为乐段三中的格式（3），第八句和第九句为乐段四中的格式（1）；下阕第一句和第二句为乐段一中的格式（1），第三句和第四句为乐段二中的格式（3），第五句和第六句为乐段三中的格式（2），第七句和第八句为乐段四中的格式（1）。全词三阕，一百五十七字，上阕十一句，四仄韵；中阕九句，五仄韵；下阕八句，四仄韵。

《宝鼎现》下阕，八句或九句，五仄韵或四仄韵、六仄韵	
乐段三（二句，十二字或十三字）	乐段四（二句或三句，十三字或十二字、十四字）
＋＋＋（读）＋－＋∣（韵）＋ ∣－－∣（韵） （1）	＋＋＋（读）＋∣－－（句）＋ ∣＋－＋∣（韵） （1）
＋＋＋（读）＋－＋∣（句）∣ ＋－＋∣（韵） （2）	＋＋＋（读）＋－＋∣（句）＋ ∣＋－＋∣（韵） （2）
＋＋＋（读）＋－＋∣（句）＋ ∣＋－＋∣（韵） （3）	＋＋＋（读）＋∣－＋∣（句）＋ ∣－－∣∣（韵） （3）
	∣＋－－＋∣（句）＋－＋∣（句） ＋－＋∣（韵） （4）
	＋＋∣（句）∣＋－＋∣（句）＋ －＋∣（韵） （5）

注：中阕乐段一中的格式"∣＋－＋∣－∣（韵）"和下阕乐段一中的格式"∣＋∣＋－＋∣（韵）"，均为"上一下六"句式。

例四　宝鼎现（一百五十七字）

（宋）李弥逊

层林烟霁，巨壁天半，鸿飞无路。云断处、两山之间，十万琅玕环翠羽。转秀谷、枕蘋花汀溆。短柳疏篱向暮。看外垄牛归，横舟人去，平芜鸥鹭。　　并游不见鞭鸾侣。只僧前、松子随步。回径险、凌风遐想，小憩清泉依茂树。正笋蕨、过如酥新雨。矶下游鱼可数。纵窈窕、云关长启，寂寂谁争子所。　　世上丹毂朱缨，春梦觉、南柯何许。况荣枯无定，中有欢离愁绪。尽笑我、诧盘谷趣。为读昌黎赋。会有人、秣马膏车，相属一尊清醑。

注：该词上阕第一句至第三句为乐段一中的格式（1），第四句和第五句为乐段二中的格式（1），第六句和第七句为乐段三中的格式（2），第八句至第十句为乐段四中的格式（5）；中阕第一句和第二句为乐段一中的格式（1），第三句和第四句为乐段二中的格式（1），第五句和第六句为乐段三中的格式（2），第七句和第八句为乐段四中的格式（1）；下阕第一句和第二句

为乐段一中的格式（1），第三句和第四句为乐段二中的格式（3），第五句和第六句为乐段三中的格式（1），第七句和第八句为乐段四中的格式（1）。全词三阕，一百五十七字，上阕十句，五仄韵；中阕八句，六仄韵；下阕八句，五仄韵。

例五　宝鼎现（一百五十八字）

（宋）张元幹

山庄图画，锦囊吟咏，胸中丘壑。年少日、如虹豪气，吐凤词华浑忘却。便袖手、向岩前溪畔，种满烟梢雾箨。想别墅平泉，当时草木，风流如昨。　　瘦藤闲倚看锄药。双芒鞋、雨后常著。目送处、飞鸿灭没，谁问蓬蒿争燕雀。乍霁月、望松云南渡，短艇敧沙夜泊。正万里青冥，千林虚籁，从渠缯缴。　　携幼尚有筇丁，谁会得、人生行乐。岸帻纶巾归去，深户香迷翠幕。恐未免、上凌烟阁。好在秋天鹗。念小山丛桂，今宵狂客，不胜杯勺。

注：该词上阕第一句至第三句为乐段一中的格式（1），第四句和第五句为乐段二中的格式（2），第六句和第七句为乐段三中的格式（1），第八句和第九句为乐段四中的格式（5）；中阕第一句和第二句为乐段一中的格式（1），第三句和第四句为乐段二中的格式（1），第五句和第六句为乐段三中的格式（1），第七句至第九句为乐段四中的格式（3）；下阕第一句和第二句为乐段一中的格式（1），第三句和第四句为乐段二中的格式（4），第五句和第六句为乐段三中的格式（1），第七句至第九句为乐段四中的格式（4）。全词三阕，一百五十八字，上阕十句，四仄韵；中下阕各九句，五仄韵。

例六　宝鼎现（一百五十七字）

（宋）陈　合

虞弦清暑。佳气葱郁，非烟非雾。人正在、东闱堂上，分瑞祥辉腾翠渚。奉玉斚，总欢呼称颂，争羡神光葆聚。庆诞节，弥生二佛，接踵瑶池仙母。　　最好英慧由天赋。有仁慈宽厚襟宇。每留念、修身诚意，博问谦勤亲保傅。染宝翰、镇规随宸画，心授家传有素。更吟咏、形容雅颂，隐隐赓歌风度。　　恩重汉殿传觞，宣付祝、恭承天语。对南薰初试，宫院笙箫竞举。但长愿、际升平世，万载皇基巩固。问寝日，俟鸡鸣舞拜，龙楼深处。

注：该词上阕第一句至第三句为乐段一中的格式（1），第四句和第五句为乐段二中的格式（1），第六句至第八句为乐段三中的格式（1），第九句至第十一句为乐段四中的格式（4）；中阕第一句和第二句为乐段一中的格式（3），第三句和第四句为乐段二中的格式（1），第五句和第六句为乐段三中的格式（1），第七句至第八句为乐段四中的格式（1）；下阕第一句和第二

句为乐段一中的格式（1），第三句和第四句为乐段二中的格式（3），第五句和第六句为乐段三中的格式（3），第七句至第九句为乐段四中的格式（5）。全词三阕，一百五十七字，上阕十一句，五仄韵；中阕八句，五仄韵；下阕九句，四仄韵。

例七　宝鼎现（一百五十八字）

（宋）陈允平

六鳌初驾，缥缈蓬阆，移来州岛。还又似、梅飘冰泮，一夜青阳回海表。渐媚景、傍元宵时候。花底余寒料峭。更喜报、三边晏静，人乐清平宇宙。　　画鼓簇队行春早。拥烟花、粉黛缭绕。开洞府、桃源路杳。戟外东风吹岸柳。正翠霭、映星桥月榭，十里红莲绽了。庆万家、珠帘半卷，绰约歌裙舞袖。　　重锦绣幄围香，阊凤管鸾丝环奏。望非烟非雾，春在壶天易晓。早隐隐、半空星斗。看取收灯后。趁凤书、催入黄扉，立马金门待玉漏。

注：该词上阕第一句至第三句为乐段一中的格式（1），第四句和第五句为乐段二中的格式（1），第六句和第七句为乐段三中的格式（1），第八句和第九句为乐段四中的格式（1）；中阕第一句和第二句为乐段一中的格式（1），第三句和第四句为乐段二中的格式（1），第五句和第六句为乐段三中的格式（1），第七句和第八句为乐段四中的格式（1）；下阕第一句和第二句为乐段一中的格式（2），第三句和第四句为乐段二中的格式（3），第五句和第六句为乐段三中的格式（1），第七句和第八句为乐段四中的格式（3）。全词三阕，一百五十八字，上阕九句，五仄韵；中阕八句，六仄韵；下阕八句，五仄韵。

例八　宝鼎现（一百五十八字）

（宋）刘辰翁

红妆春骑。踏月呼影，千旗穿市。望不见、璚楼歌舞，习习香尘莲步底。箫声断、约彩鸾归去，未怕金吾呵醉。甚辇路、喧阗且止。听得念奴歌起。　　父老犹记宣和事。抱铜仙、清泪如水。还转盼、沙河多丽。滉漾明光连邸第。帘影动、散红光成绮。月浸蒲桃十里。看往来、神仙才子。肯把菱花扑碎。　　肠断竹马儿童，空见说、三千乐指。等多时、春不归来，到春时欲睡。又说向、灯前拥髻。暗滴鲛珠坠。便当日、亲见霓裳，天上人间梦里。

注：该词上阕第一句至第三句为乐段一中的格式（1），第四句和第五句为乐段二中的格式（1），第六句和第七句为乐段三中的格式（1），第八句和第九句为乐段四中的格式（2）；中阕第一句和第二句为乐段一中的格式（1），第三句和第四句为乐段二中的格式（2），第五句和第六句为乐段三中的格式（2），第七句和第八句为乐段四中的格式（2）；下阕第一句和第二句

为乐段一中的格式（1），第三句和第四句为乐段二中的格式（2），第五句和第六句为乐段三中的格式（1），第七句和第八句为乐段四中的格式（1）。全词三阕，一百五十八字，上阕九句，六仄韵；中阕八句，八仄韵；下阕八句，五仄韵。

个　　侬

调见廖莹中词，即用起句为名。

《个侬》的长短句结构

《个侬》上阕，六个乐段					
乐段一 （十二字）	乐段二 （十五字）	乐段三 （十七字）	乐段四 （十五字）	乐段五 （十一字）	乐段六 （十字）
5　　34	4　　4　　34	4　4　5　4	4　　4　　34	4　　34	6　　4

《个侬》下阕，六个乐段					
乐段一 （十一字）	乐段二 （十五字）	乐段三 （十七字）	乐段四 （十五字）	乐段五 （十一字）	乐段六 （十字）
4　　34	4　　4　　34	4　4　5　4	4　　4　　34	4　　34	6　　4

《康熙词谱》只收集一体《个侬》，双调，上下阕分别可分为六个乐段，其长短句结构如表所示。该调一百五十九字，上阕十六句，六仄韵；下阕十六句，八仄韵，其基本格式如表所示。

《个侬》的基本格式

《个侬》上阕，十六句，六仄韵		
乐段一（二句，十二字）	乐段二（三句，十五字）	乐段三（四句，十七字）
＋｜－－｜（句）＋ ＋＋（读）＋＋－＋ ｜（韵）	＋｜－－（句）＋ －＋｜（句）＋＋＋ （读）＋－＋｜（韵）	＋｜－－（句）＋ －＋｜（句）｜＋｜ －－（句）＋－＋ ｜（韵）

《个侬》上阕，十六句，六仄韵		
乐段四（三句，十五字）	乐段五（二句，十一字）	乐段六（二句，十字）
十丨——（句）十— 十丨（句）十十十（读） 十—十丨（韵）	十丨——（句）十十 十（读）十—十丨（韵）	—丨十丨——（句） 十—十丨（韵）

《个侬》下阕，十六句，八仄韵		
乐段一（二句，十一字）	乐段二（三句，十五字）	乐段三（四句，十七字）
十—十丨（韵）十十 十（读）十—十丨（韵）	十丨——（句）十 —十丨（句）十十十 （读）十—十丨（韵）	十丨——（句）十 —十丨（句）丨十十 ——（句）十—十 丨（韵）

《个侬》下阕，十六句，八仄韵		
乐段四（三句，十五字）	乐段五（二句，十一字）	乐段六（二句，十字）
十丨——（句）十— 十丨（韵）十十十（读） 十—十丨（韵）	十丨——（句）十十 十（读）十—十丨（韵）	—丨十丨——（句） 十—十丨（韵）

例 个侬（一百五十九字）

（宋）廖莹中

恨个侬无赖，卖娇眼、春心偷掷。沙软芳堤，苔平苍径，却印下、几弓纤迹。花不知名，香才闻气，似月下箜篌，蒋山倾国。半解罗襟，蕙熏微度，镇宿粉、栖香双蝶。语态眠情，感多时、轻留细阅。休问望宋墙高，窥韩路隔。　　寻寻觅觅。又暮雨、遥峰凝碧。花径横烟，竹扉映月，尽一刻、千金堪值。卸袜熏笼，藏灯衣桁，任裹臂金斜，搔头玉滑。更怪檀郎，恶怜深惜。几颤袅、周旋倾侧。碾玉香钩，甚无端、凤珠微脱。多少怕晓听钟，琼钗暗擘。

注：全词双调，一百五十九字，上阕十六句，六仄韵；下阕十六句，八仄韵。

解 红 慢

调见《鸣鹤余音》。

《解红慢》的长短句结构

《解红慢》上阕，六个乐段					
乐段一 （十二字）	乐段二 （十一字）	乐段三 （十一字）	乐段四 （十一字）	乐段五 （十七字）	乐段六 （十六字）
4 3 5	4 7	4 7	5 3 3	3 3 3 35	7 5 4

《解红慢》下阕，六个乐段					
乐段一 （十七字）	乐段二 （十一字）	乐段三 （十一字）	乐段四 （十字）	乐段五 （十七字）	乐段六 （十六字）
3 5 3 6	4 3 4	4 7	34 3	3 3 3 35	7 5 4

《康熙词谱》只收集一体《解红慢》，双调，上下阕分别可分为六个乐段，其长短句结构如表所示。该调一百六十字，上阕十七句，八仄韵一叶韵；下阕十八句，五仄韵四叶韵，其基本格式如表所示。

《解红慢》的基本格式（双调）

《解红慢》上阕，十七句，八仄韵一叶韵	
乐段一（三句，十二字）	乐段二（二句，十一字）
＋ － ＋ ｜（韵）｜ ｜ ＋ －（句）＋ － － ＋ ｜（韵）	＋ － ＋ ｜（韵）＋ － ＋ ｜ ｜ － －（叶）

《解红慢》上阕，十七句，八仄韵一叶韵	
乐段三（二句，十一字）	乐段四（三句，十一字）
＋ － ＋ ｜（句）＋ ｜ ＋ － － ＋ ｜（韵）	｜ ＋ － ＋ ｜（句）＋ － ｜（句）－ ＋ ｜（韵）

《解红慢》上阕，十七句，八仄韵一叶韵

乐段五（四句，十七字）	乐段六（三句，十六字）
＋ － ｜（句）｜ ＋ － （句）－ ＋ ｜（韵） ＋ ＋ ＋ （读）－ － ｜ － ｜（韵）	＋ － ＋ ｜ － ｜（韵）｜ ＋ － ＋ ｜（句）＋ ＋ ＋ － ｜（韵）

《解红慢》下阕，十八句，五仄韵四叶韵

乐段一（四句，十七字）	乐段二（三句，十一字）
＋ ｜ －（句）｜ ＋ ＋ － （叶） － ＋ ｜（句）＋ ｜ ＋ ｜ － －（韵）	＋ － ＋ ｜（句）＋ － ｜（句）＋ ｜ － －（叶）

《解红慢》下阕，十八句，五仄韵四叶韵

乐段三（二句，十一字）	乐段四（二句，十字）
＋ ｜ ＋ －（句）＋ ｜ ＋ ｜ ＋ ｜（韵）	＋ ＋ ＋（读）＋ ｜ － －（句）－ ＋ ｜（韵）

《解红慢》下阕，十八句，五仄韵四叶韵

乐段五（四句，十七字）	乐段六（三句，十六字）
｜ ＋ －（句）｜ ＋ －（句）－ ＋ ｜（韵） ＋ ＋ ＋（读）－ － ＋ ｜ ｜（韵）	＋ － ＋ ｜ － －｜（韵）｜ ＋ － ＋ ｜（句）＋ ｜ － －（叶）

例 解红慢（一百六十字）

《鸣鹤余音》无名氏

杖藜徐步。过小桥，逍遥游南浦。韶华暗改，俄然又翠密红疏。东郊雨霁，何处绵蛮黄鹂语。见云山掩映，烟溪外，斜阳暮。晚凉趁，竹风清，荷香度。这闲里、光阴向谁诉。尘寰百岁能几许。似浮沤出没，迷者难悟。归去来，恐田园荒芜。东篱畔，坦荡笑傲琴书。青松影里，茅檐下，保养残躯。一任世间，物态翻腾催今古。争如我、懒散生涯，贫与素。兴时歌，困时眠，狂时舞。把万事、纷纷总不顾。从他人笑真愚鲁。伴清风皓月，幽隐蓬壶。

注：全词双调，一百六十字。上阕十七句，八仄韵一叶韵；下阕十八句，五仄韵四叶韵。

卷三十九

穆 护 砂

唐人张祐，有五言绝句一首，题曰《穆护砂》，调名本此。盖因旧曲名，另倚新声也。

《穆护砂》的长短句结构

《穆护砂》上阕，六个乐段					
乐段一 （十二字）	乐段二 （十五字）	乐段三 （十五字）	乐段四 （十四字）	乐段五 （十五字）	乐段六 （十四字）
5　　34	5　4　6	35　　34	34　　34	4　4　7	5　4　5

《穆护砂》下阕，六个乐段					
乐段一 （十三字）	乐段二 （十五字）	乐段三 （十五字）	乐段四 （十四字）	乐段五 （十五字）	乐段六 （十二字）
6　　34	5　4　6	35　　34	34　　34	4　4　7	34　5

《康熙词谱》只收集一体《穆护砂》，双调，上下阕分别可分为六个乐段，其长短句结构如表所示。该调一百六十九字，上阕十五句，七仄韵一叶韵；下阕十四句，六仄韵两叶韵，其基本格式如表所示。

《穆护砂》的基本格式（双调）

《穆护砂》上阕，十五句，七仄韵一叶韵		
乐段一（二句，十二字）	乐段二（三句，十五字）	乐段三（二句，十五字）
＋｜－－｜（韵）＋ ＋＋（读）＋｜－｜（韵）	｜＋－＋｜（句）＋ －＋｜（句）｜｜ －＋｜（韵）	＋＋＋（读）＋－ －｜｜（韵）＋＋＋ （读）＋－＋｜（韵）

《穆护砂》上阕，十五句，七仄韵一叶韵		
乐段四（二句，十四字）	乐段五（三句，十五字）	乐段六（三句，十四字）
＋＋＋（读）＋｜－ ＋｜（句）＋＋＋（读） ＋｜－＋｜（韵）	＋｜－－（句）＋ －＋｜（句）＋－＋ ｜｜－－（叶）	｜＋－｜（句）＋ ＋＋｜（句）＋＋ －｜（韵）

《穆护砂》下阕，十四句，六仄韵两叶韵		
乐段一（二句，十三字）	乐段二（三句，十五字）	乐段三（二句，十五字）
＋｜＋－＋｜（韵） ＋＋＋（读）＋＋｜ －｜（韵）	｜＋－＋｜（句）＋ －＋｜（句）｜｜ －＋｜（韵）	＋＋＋（读）＋－ －｜｜（韵）＋＋＋ （读）＋－＋｜（韵）

《穆护砂》下阕，十四句，六仄韵两叶韵		
乐段四（二句，十四字）	乐段五（三句，十五字）	乐段六（二句，十二字）
＋＋＋（读）＋｜－ ＋｜（句）＋＋＋（读） ＋｜－－（叶）	＋｜－－（句）＋ －＋｜（句）＋－＋ ｜｜－－（叶）	＋＋＋（读）＋｜ －－（句）＋－ ｜｜（韵）

例　穆护砂（一百六十九字）

（元）宋　褧

　　底事兰心苦。便凄然、泣下如雨。倚金台独立，揾香无主，断肠封家相妒。乱扑簌、骊珠愁有许。向午夜、铜盘倾注。便不是、红冰缀颊，也湿透、仙人烟树。罗绮筵中，海棠花下，淫淫常怕凤脂枯。比雒阳年少，江州司马，多少定谁似。　　照破别离心绪。学人生、有情酸楚。想洞房佳会，而今寥落，谁能暗收玉箸。算只有、金钗曾巧补。轻拭了、粉痕如故。愁思减、舞腰纤细，清血尽、媚脸敷脓。又恐娇羞，绛纱笼却，绿窗伴我捡诗书。更休教、邻壁偷窥，幽兰啼晓露。

注：全词双调，一百六十九字，上阕十五句，七仄韵一叶韵；下阕十四句，六仄韵两叶韵。

三　　台

调见唐《教坊记》。《唐音统签》云："唐曲有《三台》：急三台、宫中三台、上皇三台、怨陵三台、突厥三台。《三台》为大曲。"冯鉴《续事始》曰："汉蔡邕三日之间，周历三台，乐府以邕晓音律，为制此曲。"刘禹锡《嘉话录》曰："邺中有曹公铜雀、金虎、冰井三台，北齐高洋毁之，更筑金凤、圣应、崇光三台，宫人拍手呼上台送酒，因名其曲为《三台》。"李氏《资暇录》曰："三台，三十拍促曲名，昔邺中有三台，石季龙常为宴游之所，而造此曲以促饮。"《乐苑》云："唐《三台》，羽调曲。"

《三台》的长短句结构

《三台》上阕，四个乐段			
乐段一（十三字）	乐段二（十五字）	乐段三（十五字）	乐段四（十四字）
7　　6	35　　34	3　5　34	34　　34

《三台》中阕，四个乐段			
乐段一（十三字）	乐段二（十五字）	乐段三（十五字）	乐段四（十四字）
7　　6	35　　34	35　　34	34　　34

《三台》下阕，四个乐段			
乐段一（十三字）	乐段二（十五字）	乐段三（十五字）	乐段四（十四字）
7　　6	35　　34	35　　34	34　　34

《康熙词谱》只收集一体《三台》，三阕，每一阕分别可分为四个乐段，其长短句结构如表所示。该调一百七十一字，上中下三阕，上阕九句，五仄韵，中下阕各八句，五仄韵，其基本格式如有所示。

《三台》的基本格式（三阕）

《三台》上阕，九句，五仄韵	
乐段一（二句，十三字）	乐段二（二句，十五字）
｜＋－－｜＋｜（句）＋－｜ －＋｜（韵）	＋＋＋（读）＋｜｜－－（句） ＋＋＋（读）＋－＋｜（韵）

《三台》上阕，九句，五仄韵	
乐段三（三句，十五字）	乐段四（二句，十四字）
－＋｜（句）＋｜－－｜（韵）＋ ＋＋（读）＋－＋｜（韵）	＋＋＋（读）＋｜－－（句）＋ ＋＋（读）＋－＋｜（韵）

《三台》中阕，八句，五仄韵	
乐段一（二句，十三字）	乐段二（二句，十五字）
｜＋－－｜＋｜（句）＋｜＋ －＋｜（韵）	＋＋＋（读）＋｜｜－－（句） ＋＋＋（读）＋－＋｜（韵）

《三台》中阕，八句，五仄韵	
乐段三（二句，十五字）	乐段四（二句，十四字）
＋＋＋（读）＋｜＋－｜（韵） ＋＋＋（读）＋－＋｜（韵）	＋＋＋（读）＋｜－－（句）＋ ＋＋（读）＋－＋｜（韵）

《三台》下阕，八句，五仄韵	
乐段一（二句，十三字）	乐段二（二句，十五字）
｜＋－－｜＋｜（句）＋－｜ －＋｜（韵）	＋＋＋（读）＋｜｜－－（句） ＋＋＋（读）＋－＋｜（韵）

《三台》下阕，八句，五仄韵	
乐段三（二句，十五字）	乐段四（二句，十四字）
＋＋＋（读）＋－－｜｜（韵） ＋＋＋（读）＋＋－｜（韵）	＋＋＋（读）＋｜－－（句）＋ ＋＋（读）＋－＋｜（韵）

例 三台（一百七十一字）

（宋）万俟咏

见梨花初带夜月，海棠半含朝雨。内苑春、不禁过青门，御沟涨、潜通南浦。东风静，细柳垂金缕。望凤阙、非烟非雾。好时代、朝野多欢，遍九陌、太平箫鼓。　　乍莺儿百啭断续，燕子飞来飞去。近绿水、台榭映秋千，斗草聚、双双游女。饧香更、酒冷踏青路。曾暗识、夭桃朱户。向晚骤、宝马雕鞍，醉襟惹、乱花飞絮。　　正轻寒轻暖漏永，半阴半晴云暮。禁火天、已是试新妆，岁华到、三分佳处。清明看、汉宫传蜡炬。散翠烟、飞入槐府。敛兵卫、阊阖门开，住传宣、又还休务。

注：全词三阕，一百七十一字，三阕，上中下三阕各八句，五仄韵。

哨　　遍

《苏轼集》注"般涉调"，或作《稍遍》。

《哨遍》的长短句结构

上阕，六个乐段		
乐段一（十三字）	乐段二（十五字或十二字）	乐段三（十六字或十五字）
4　4　5	3　5　7 35　7 3　5　3　4 35　34 8　7 5　3　4	3　6　7 3　5　7 3　4　4　5 4　5　7 5　4　7

上阕，六个乐段		
乐段四（十五字）	乐段五（十六字）	乐段六（十二字）
5　4　6 5　4　33	8　　35 8　　8 35　　8 35　　53	4　4　4

下阕，七个乐段		
乐段一（十二字）	乐段二（十一字）	乐段三（十六字）
1　4　7 5　7	5　　6 5　　33 4　　7	5　4　7

下阕，七个乐段			
乐段四 （十五字）	乐段五（二十三字或二十四字）	乐段六 （二十五字）	乐段七 （十四字）
5　4　6 5　4　3　3	8　35　34 8　35　7 3　5　35　7 8　8　34 36　35　34	6　5　8　6 6　5　6　4　4 6　5　4　6 4　7　4　4　6 4　7　4　4 3　3　5　4　4　6	7　　34 7　3　4 7　　7

注：根据该调的长短句结构和相关句子的平仄格式，个别八字句和七字句的"句""读"作了适当调整。

一百六十字元曲体《哨遍》的长短句结构

一百六十字元曲体《哨遍》上阕，六个乐段		
乐段一（十三字）	乐段二（十三字）	乐段三（十六字）
4　4　5	4　　36	34　4　5

一百六十字元曲体《哨遍》上阕，六个乐段		
乐段四（十五字）	乐段五（十四字）	乐段六（十二字）
6　5　4	7　7	4　4　4

一百六十字元曲体《哨遍》下阕，六个乐段		
乐段一（十一字）	乐段二（十四字）	乐段三（十六字）
4　　　7	34　　　7	3　　4　　4　　5

一百六十字体《哨遍》下阕，六个乐段		
乐段四（十五字）	乐段五（十四字）	乐段六（七字）
6　　5　　4	7　　　7	34

《康熙词谱》共收集九体《哨遍》，双调，除其中还包括《花草粹编》所收无名氏一首一百六十字元曲体外，其余八首，上阕可分为六个乐段，下阕可分为七个乐段，其长短句结构如表所示。一百六十字元曲体的长短句结构单列于表，从两者的长短句结构可以看出，后者只是上阕的长短句结构与《哨遍》相似，下阕却完全不同。该调有二百三字或二百四字、二百二字、二百字等格式，以平仄韵通叶为主（也有不通叶的词例，如二百字体汪莘词），各体的句数与韵脚数变化较多。上阕十七句或十五句、十六句、十八句，五仄韵四叶韵等多种用韵格式；下阕二十句或十九句、二十一句、二十二句、二十三句，七仄韵五叶韵等多种韵脚格式。《康熙词谱》以二百三字体苏轼词为标谱词例。该调的正格与变格如表所示，其中，各乐段中的格式（1）为正格句式，其余为变格句式。一百六十字元曲体《哨遍》的基本格式列于后。

例一　哨遍（二百三字）

（宋）苏　轼

为米折腰，因酒弃家，口体交相累。归去来，谁不遣君归。觉从前皆非今是。露未晞。征夫指予归路，门前笑语喧童稚。嗟旧菊都荒，新松暗老，吾年今已如此。但小窗容膝闭柴扉。策杖看、孤云暮鸿飞。云出无心，鸟倦知还，本非有意。　　噫。归去来兮。我今忘我兼忘世。亲戚无浪语，琴书中有真味。步翠麓崎岖，泛溪窈窕，涓涓暗谷流春水。观草木欣荣，幽人自感，吾生行且休矣。念寓形宇内复几时。不自觉、皇皇欲何之。委吾心、去留谁计。神仙知在何处，富贵非吾愿，但知临水登山啸咏，自引壶觞自醉。此生天命更何疑。且乘流、遇坎还止。

注：该词上阕第一句至第三句为乐段一中的格式（1），第四句至第六句为乐段二中的格式（1），第七句至第九句为乐段三中的格式（1），第十句至第十二句为乐段四中的格式（1），

第十三句和第十四句为乐段五中的格式（1），第十五句至第十七句为乐段六中的格式（1）；下阕第一句至第三句为乐段一中的格式（1），第四句和第五句为乐段二中的格式（1），第六句至第八句为乐段三中的格式（1），第九句至第十一句为乐段四中的格式（1），第十二句至第十四句为乐段五中的格式（1），第十五句至第十八句为乐段六中的格式（1），第十九句和第二十句为乐段七中的格式（1）。全词双调，二百三字，上阕十七句，五仄韵四叶韵；下阕二十句，五叶韵七仄韵。

《哨遍》的正格与变格（双调）

《哨遍》上阕，十七句或十五句、十六句、十八句，五仄韵四叶韵等多种韵脚格式	
乐段一（三句，十三字）	乐段二（三句或二句、四句，十五字或十二字）
＋｜＋－（句）＋｜＋－（句） ＋｜＋－｜（韵） （1）	－｜＋（句）＋｜｜－－（叶或句） ｜＋－＋｜＋｜（韵） （1）
＋｜＋－（句）＋－＋｜（句） ＋｜＋－｜（韵） （2）	＋＋＋（读或句）｜＋｜－－（叶或句）｜＋－＋｜－｜（韵） （2）
	＋＋＋（读或句）＋｜｜－－（叶） ＋＋＋（读或句）＋＋＋｜（韵） （3）
	＋＋－（句）＋｜－－｜（韵）｜＋－（句）＋＋－｜（韵） （4）
	＋＋－＋｜｜－－（句）｜＋－＋－＋｜（韵） （5）
	｜＋｜－－（句）｜＋－（句）＋－＋｜（韵） （6）

注：①上阕乐段二中的格式"＋＋－＋｜｜－－（句）"，为"上一下七"句式；②上阕乐段二中的格式"｜＋－＋－＋｜（韵）"，为"上一下六"句式，可平可反三处不可同时用平。

《哨遍》上阕，十七句或十五句、十六句、十八句，五仄韵四叶韵等多种韵脚格式	
乐段三（三句或四句，十六字或十五字）	乐段四（三句，十五字）
∣ ＋ 一 （叶或句）＋ 一 ∣ ＋ ∣ （句或韵）＋ 一 ＋ ∣ 一 一 ∣ （韵） （1）	＋ ∣ ∣ 一 一 （句）＋ 一 ＋ ∣ （句） ＋ 一 ＋ ∣ ＋ ∣ （韵） （1）
＋ ＋ ∣ （韵）＋ 一 ∣ ＋ ∣ （韵） ＋ 一 ＋ ∣ ＋ 一 ∣ （韵） （2）	＋ ∣ ∣ 一 一 （句）＋ ＋ ＋ ∣ （韵） ∣ ＋ ∣ 一 一 ∣ （韵） （2）
＋ ∣ 一 （句）＋ 一 一 ∣ ∣ （韵） （3）	＋ ＋ ∣ 一 一 （句）＋ ＋ ＋ ∣ （句） ＋ 一 ＋ ∣ 一 一 （叶） （3）
＋ ∣ 一 （句）＋ 一 ＋ ∣ （句）＋ 一 ＋ ∣ （句）＋ ∣ 一 一 ∣ （韵） （4）	＋ ＋ ＋ （读）∣ ＋ 一 （叶） （4）
＋ ∣ ＋ 一 （句）＋ ∣ 一 ＋ ∣ （句） ＋ 一 ＋ ∣ 一 ∣ （韵） （5）	
∣ ∣ 一 ＋ 一 （句）＋ 一 ＋ ∣ （句） ＋ 一 ＋ ∣ 一 ∣ （韵） （6）	
注：①上阕乐段三中的格式"∣ ∣ 一 ＋ 一 （句）"，为"上一下四"句式；②上阕乐段四中的格式"＋＋ ∣ ＋ 一 （句）"，为"上一下四"句式。	

例二　哨遍（二百三字）

（宋）吴　潜

　　在晋永和，癸丑暮春，初作兰亭会。集众贤，临峻岭崇山，有茂林修竹流水。畅幽情，纵无管弦丝竹，一觞一咏佳天气。于宇宙之中，游心骋目，此娱信可乐只。念人生相与放形骸。或一室晤言襟抱开。静躁虽殊，当其可欣，不知老至。　　然倦复何之。情随事改悲相系。俯仰间遗迹，往往俱成陈矣。况约境变迁，终期于尽，修龄短景都能几。谩古换今移，时消物化，痛哉莫大生死。每临文吊往一兴嗟。亦自悼、不能喻于怀。算彭殇、妄虚均尔。今之视昔如契，后视今犹昔，故聊叙录时人所述，慨想世殊事异。后之来者览斯文，将悠然、有感于此。

注：该词上阕第一句至第三句为乐段一中的格式（1），第四句至第六句为乐段二中的格式（2），第七句至第九句为乐段三中的格式（1），第十句至第十二句为乐段四中的格式（1），第十三句和第十四句为乐段五中的格式（2），第十五句至第十七句为乐段六中的格式（2）；下阕第一句和第二句为乐段一中的格式（5），第三句和第四句为乐段二中的格式（2），第五句至第七句为乐段三中的格式（1），第八句至第十句为乐段四中的格式（1），第十一句至第十三句为乐段五中的格式（1），第十四句至第十七句为乐段六中的格式（1），第十八句和第十九句为乐段七中的格式（1）。全词双调，二百三字，上阕十七句，五仄韵两平韵；下阕十九句，七仄韵三平韵。

《哨遍》上阕，十七句或十五句、十六句、十八句，五仄韵四叶韵等多种韵脚格式	
乐段五（二句，十六字）	乐段六（三句，十二字）
＋＋－＋｜｜－－（叶）＋ ＋＋（读）＋＋＋｜－－（叶） （1）	＋｜＋－（句）＋｜＋－（句或叶） ＋－＋｜（韵） （1）
＋＋－＋｜｜－－（叶或韵）｜ ＋｜＋－｜－－（叶或韵） （2）	＋｜＋－（句）＋－｜－（句） ＋｜＋｜（韵） （2）
＋＋－＋｜｜－－（叶或韵）＋ ＋｜＋－｜＋－（叶或韵） （3）	＋｜＋－（句）＋－｜｜（句） ＋｜＋｜（韵） （3）
＋＋－＋｜｜－－（叶）＋ ＋｜－－＋｜｜（韵） （4）	＋｜＋－（句）＋｜＋－（句） ＋－＋｜（韵） （4）
＋＋＋（读）＋｜｜－－（叶）｜ ＋｜－－｜＋－（叶） （5）	＋｜＋－（句）＋｜＋－（句） ＋＋－｜（韵） （5）
＋＋＋（读）＋｜｜－－（韵）｜ ＋｜－－｜＋－（韵） （6）	
＋＋＋（读）＋｜｜－－（叶）｜ ＋｜－－（读）｜－－（叶） （7）	
注：上阕乐段五中的格式"｜＋｜＋－－｜－"或"＋＋－＋｜｜－－"、"｜＋｜－－｜＋－"、"｜＋｜－－＋｜－"，均为"上一下七"句式。	

《哨遍》下阕，二十句或十九句、二十一句、二十二句、二十三句，七仄韵五叶韵等多种韵脚格式	
乐段一（三句或二句，十二字）	乐段二（二句，十一字）
— （叶）＋丨＋丨＋ — （叶）＋丨＋ — ＋丨＋ — 丨（韵） （1）	＋丨 — ＋丨（句）＋ — ＋ — ＋丨（韵） （1）
— （叶或句）＋丨＋丨＋ — （句、叶或韵）＋ — ＋丨＋ — —（叶或韵） （2）	＋丨＋ — 丨（句）＋丨＋ — ＋丨（韵） （2）
— （叶或句）＋丨＋丨＋ — （句）＋丨＋ — — 丨 — 丨（韵） （3）	＋丨＋ — 丨（句或韵）＋ — ＋丨 — —（叶或韵） （3）
丨＋ — ＋丨（韵）＋＋ — 丨 — — 丨（韵） （4）	＋丨＋ — 丨（句或韵）＋ — ＋丨（叶或韵） （4）
＋丨丨 — —（叶）＋ — ＋丨 — 丨（韵） （5）	＋ — ＋丨（句）＋＋＋（读）＋ — 丨（韵） （5）
＋＋ — 丨 — —（句）＋＋ — 丨 — 丨（韵） （6）	＋ — ＋丨（句）＋ — ＋丨＋ — 丨（韵） （6）
注：下阕乐段一中的格式"＋＋丨 — —（句）"，为"上一下四"句式。	

例三 哨遍（二百三字）

（宋）方 岳

月亦老乎，劝尔一杯，听说平生事。吾问汝，开辟自何时。有乾坤更应有尔。年几许。鸿荒邈哉遐已。吾今断自唐虞起。繄帝曰放勋，甲辰践阼，数至今、宋嘉熙。凡三千五百廿年余。嗟雨僝风僽几盈亏。老兔奔驰，痴蟆吞吐，定应衰矣。　噫。月岂无悲。吾观人寿几期颐。炯炯双眸子。明清无过婴儿。但才到中年，昏然欲眯，那堪老矣知何似。试以此推之。吾言有理，不能不自疑耳。恐古时月与今时异。恨则恨、今人不千岁。但见今、冰轮如洗。阿谁曾自前古，看到隋唐世。几时明洁，几时昏暗，毕竟少晴多雨。须臾月落夜何其。曰先生、置之姑醉。

注：该词上阕第一句至第三句为乐段一中的格式（1），第四句至第六句为乐段二中的格式（1），第七句至第九句为乐段三中的格式（2），第十句至第十二句为乐段四中的格式（4），第十三句和第十四句为乐段五中的格式（3），第十五句至第十七句为乐段六中的格式（3）；下阕第一句至第三句为乐段一中的格式（2），第四句和第五句为乐段二中的格式（3），第六句至第八句为乐段三中的格式（1），第九句至第十一句为乐段四中的格式（1），第十二句至第十四句为乐段五中的格式（2），第十五句至第十九句为乐段六中的格式（3），第二十句和第二十一句为乐段七中的格式（1）。全词双调，二百三字，上阕十七句，六仄韵四叶韵；下阕二十一句，九仄韵五叶韵。

《哨遍》下阕，二十句或十九句、二十一句、二十二句、二十三句，七仄韵五叶韵等多种韵脚格式	
乐段三（三句，十六字）	乐段四（三句或四句，十五字）
｜＋｜＋－（句）＋＋＋｜（句） ＋－＋｜－－｜（韵） （1）	＋＋｜－－（句或叶）＋－＋｜（句）＋－＋＋－｜（韵） （1）
｜＋｜＋－（句）＋－＋｜（句） ＋－＋｜｜－－（叶） （2）	＋＋｜－－（句）＋｜＋｜（句） ＋－＋｜－｜（韵） （2）
	｜＋｜－－（句）＋－＋｜（句） ｜＋－（句）＋－｜（韵） （3）

注：①下阕乐段三中的格式"｜＋｜＋－（句）"，为"上一下四"句式。②乐段三中的格式"＋＋＋｜（句）"，尽管有个别四连仄现象，但宜有平有仄。③乐段四中的格式"＋＋｜－－（句或叶）"或"＋＋｜＋－（句）"，均为"上一下四"句式。

《哨遍》下阕，二十句或十九句、二十一句、二十二句、二十三句，七仄韵五叶韵等多种韵脚格式	
乐段五 （三句或四句，二十三字或二十四字）	乐段六 （四句或五句、六句，二十五字）
｜＋－＋｜｜＋－（叶）＋＋＋（读）＋－｜＋－（叶）＋＋＋（读）＋＋＋｜（韵） （1）	＋－＋｜－＋（句）＋｜－－｜（句或韵）＋－＋｜＋－＋｜（句）＋＋｜＋－＋｜（韵） （1）
｜＋－＋｜＋－｜（韵）＋＋＋（读）－－｜－｜（韵）＋＋＋（读）＋＋＋｜（韵） （2）	＋｜－＋｜－＋（句）＋｜－＋｜（句或韵）＋－＋｜－－（句）＋｜＋｜（句或韵）＋－＋｜（韵） （2）
｜＋－＋｜＋－｜（韵）＋｜－－＋｜－｜（韵）＋＋＋（读）＋＋＋｜（韵） （3）	＋－＋｜－｜（句或韵）＋｜－｜（韵）＋｜－＋｜（句）＋－＋｜（句）＋｜＋－＋｜（韵） （3）
｜＋－＋｜｜－－（叶）｜＋｜－－｜＋－（叶）＋＋＋＋（读）＋＋－｜（韵） （4）	＋－＋｜（句）＋＋＋｜｜－（句）｜（韵）＋－＋｜（句）＋－＋｜（句）＋｜＋－＋｜（韵） （4）
｜＋－＋｜｜－－（叶或韵）＋＋＋（读）＋－｜＋－（叶或韵）＋｜＋－＋｜（韵） （5）	＋－｜（句）＋－＋｜－（叶）＋－＋｜－（句）＋＋｜（句）＋－＋｜（韵） （5）
＋＋＋（读）＋｜＋－｜－（叶或韵）＋＋＋（读）＋－｜＋－｜－（叶）＋＋＋（读）＋－｜（韵） （6）	｜＋－（句）＋－｜（句）｜＋－＋｜（韵）＋－＋｜（句）＋｜＋－＋｜（韵） （6）
｜＋－（句）＋＋｜－－（韵）＋＋＋（读）－－｜－｜（韵）＋－＋｜＋－｜（韵） （7）	
注：下阕乐段五中的格式（1）至（5），八字句均为"上一下七"句式。	

《哨遍》下阕，二十句或十九句、二十一句、二十二句、二十三句，
七仄韵五叶韵等多种韵脚格式

乐段七（二句或三句，十四字）

＋ － ＋ ｜ ｜ － －（叶或句）＋ ＋ ＋（读或句）＋ ＋ ＋ ｜（韵）
（1）

＋ － ＋ ｜ ｜ － －（叶或句）｜ ＋ － ＋ ＋ ＋ ｜（韵）
（2）

注：①下阕乐段七中的格式"｜ ＋ － ＋ ＋ ＋ ｜（韵）"，为"上一下六"句式，连续标注可平可仄的三字，尽管有全平的个别现象，但宜平仄相间。②下阕乐段七中的格式"＋ ＋ ＋ ｜（韵）"四字，宜有平有仄。

例四　哨遍（二百三字）

（宋）苏　轼

　　睡起画堂，银蒜押帘，珠幕云垂地。初雨歇，洗出碧罗天，正溶溶养花天气。一霎时，风回芳草，荣光浮动，卷皱银塘水。方杏靥匀酥，花须吐绣，园林红翠排比。见乳燕、捎蝶过繁枝。忽一线炉香惹游丝。昼永人闲，独立斜阳，晚来情味。　　便携将佳丽。乘兴深入芳菲里。拨胡琴语，轻拢慢捻总伶俐。看紧约罗裙，急趋檀板，霓裳入破惊鸿起。正颦月临眉，醉霞横脸，歌声悠扬云际。任满头红雨落花飞。渐鹈鴂楼西玉蟾低。尚徘徊、未尽欢意。君看今古悠悠，浮幻人间世。这些百岁光阴几日，三万六千而已。醉乡路稳不妨行，但人生、要适情耳。

　　注：该词上阕第一句至第三句为乐段一中的格式（1），第四句至第六句为乐段二中的格式（1），第七句至第十句为乐段三中的格式（4），第十一句至第十三句为乐段四中的格式（1），第十四句和十五句为乐段五中的格式（5），第十六句至第十八句为乐段六中的格式（1）；下阕第一句和第二句为乐段一中的格式（4），第三句和第四句为乐段二中的格式（6），第五句至第七句为乐段三中的格式（1），第八句至第十句为乐段四中的格式（1），第十一句至第十三句为乐段五中的格式（4），第十四句至第十七句为乐段六中的格式（1），第十八句和第十九句为乐段七中的格式（1）。全词双调，二百三字，上阕十八句，五仄韵两叶韵；下阕十九句，九仄韵两叶韵。

例五 哨遍（二百三字）
（宋）王安中

世有达人，潇洒出尘，招饮青霄际。终始追、游览老山栖。藐千金、轻脱如屣。彼假容江皋，滥巾云岳，撄情好爵欺松桂。观向释谭空，寻真讲道，巢由何足相拟。待诏书来起便骖驰。席次早、焚裂芰荷衣。敲扑喧喧，牒诉匆匆，抗颜自喜。　　嗟明月高霞，石径幽绝谁回睇。空怅猿惊处，凄凉孤鹤嘹唳。任列壑争讥，众峰竦诮，林惭涧愧移星岁。方浪栧神京，腾装魏阙，徘徊经过留憩。致草堂灵怒蒋侯麾。扃岫幌、驱烟勒新移。忍丹崖碧岭重滓。鸣湍声断幽谷，逋客归何计。信知一逐浮荣，便丧所守，身成俗士。伯鸾家有孟光妻，岂逡巡、眷恋名利。

注：该词上阕第一句至第三句为乐段一中的格式（1），第四句和第五句为乐段二中的格式（3），第六句至第八句为乐段三中的格式（6），第九句至第十一句为乐段四中的格式（1），第十二句和第十三句为乐段五中的格式（1），第十四句至第十六句为乐段六中的格式（1）；下阕第一句和第二句为乐段一中的格式（6），第三句和第四句为乐段二中的格式（1），第五句至第七句为乐段三中的格式（1），第八句至第十句为乐段四中的格式（1），第十一句至第十三句为乐段五中的格式（5），第十四句至第十八句为乐段六中的格式（2），第十九句和第二十句为乐段七中的格式（1）。全词双调，二百三字，上阕十六句，五仄韵三叶韵；下阕二十句，八仄韵两叶韵。

例六 哨遍（二百三字）
（宋）曹　冠

壬戌孟秋，苏子夜游，赤壁舟轻漾。观水光弥渺接遥天，月出于东山之上。与客同，清欢扣舷歌咏，开怀饮酒情酣畅。如羽化登仙，乘风独立，飘然遗世高尚。客吹箫、音韵远悠扬。怨慕舞潜蛟、动凄凉。自古英雄，孟德周郎。旧踪可想。　　噫，水与月兮，逝者如斯曷尝往。变化如一瞬，盈虚兮、莫消长。自不变而观，物我无尽，何须感物兴悲怅。夫天地之间，物各有主，惟同风月清赏。念江山美景岂可量。吾与子、乐之兴相伴。听江渚、樵歌渔唱。侣鱼虾，友麋鹿，举匏尊相向。人生堪笑，蜉蝣一梦，且纵扁舟放浪。戏将坡赋度新声，写高怀、自娱闲旷。

注：该词上阕第一句至第三句为乐段一中的格式（1），第四句和第五句为乐段二中的格式（5），第六句至第八句为乐段三中的格式（1），第九句至第十一句为乐段四中的格式（1），第十二句和第十三句为乐段五中的格式（7），第十四句至第十六句为乐段六中的格式（1）；下阕第一句至第三句为乐段一中的格式（3），第四句和第五句为乐段二中的格式（5），第六句至第八句为乐段三中的格式（1），第九句至第十一句为乐段四中的格式（2），第十二句至第十四

句为乐段五中的格式（1），第十五句至第十九句为乐段六中的格式（6），第二十句和第二十一句为乐段七中的格式（1）。全词双调，二百三字，上阕十六句，五仄韵三叶韵；下阕二十二句，八仄韵两叶韵。

例七　哨遍（二百四字）

（宋）刘克庄

　　胜处可官，平处可田，泉土尤甘美。深复深，路绝住人稀。有人兮，盘旋于此。送子归。是他隐居求志。是要明主媒当世。嗟此意谁论，其言甚壮，孔颜犹有遗旨。大丈夫之被遇于时。便入坐庙朝出旗麾。列屋名姬，夹道武夫，满前才子。　　噫。有命存焉，吾非恶此而逃之。富贵人所欲，如之何、幸而致。向茂树堪休，清泉可濯，谷中别有闲天地。更鲙细于丝，蕨甜似蜜，采于山，钓于水。大丈夫、不遇时之所为。唐处士、依稀是吾师。觉山林、尊如朝市。五侯门下，宾客扰扰趋形势。嗟盘之乐，谁争子所，占断千秋万岁。呼童秣马更膏车，便与君，从此逝矣。

　　注：该词上阕第一句至第三句为乐段一中的格式（1），第四句至第七句为乐段二中的格式（3），第八句至第十句为乐段三中的格式（1），第十一句至第十三句为乐段四中的格式（1），第十四句和第十五句为乐段五中的格式（3），第十六句至第十八句为乐段六中的格式（1）；下阕第一句至第三句为乐段一中的格式（2），第四句和第五句为乐段二中的格式（5），第六句至第八句为乐段三中的格式（1），第九句至第十二句为乐段四中的格式（3），第十三句至第十五句为乐段五中的格式（6），第十六句至第二十句为乐段六中的格式（4），第二十一句至第二十三句为乐段七中的格式（1）。全词双调，二百四字，上阕十八句，六仄韵四叶韵；下阕二十三句，七仄韵四叶韵。

例八　哨遍（二百二字）

（宋）辛弃疾

　　池上主人，人适忘鱼，鱼适还忘水。洋洋乎，翠藻青萍里。相鱼兮，无便于此。尝试思，庄周谈两事。一明豕虱一羊蚁。说蚁慕于膻，于蚁弃知。又说于羊弃意。甚虱焚于豕独忘之。却骤说于鱼为得计。千古遗文，我不知言，以我非子。　　噫。子固非鱼，鱼之为计子焉知。河水深且广，风涛万顷堪依。有网罟如云，鹈鹕成阵，过而留泣计应非。其外海茫茫，下有龙伯，饥时一啖千里。更任公五十犗为饵。使海上、人人厌腥味。似鲲鹏、变化有几。东游入海，此计直以命为嬉。古来谬算狂图，五鼎烹死，栢为平地。嗟鱼欲事远游时。请三思而行可矣。

注：该词上阕第一句至第三句为乐段一中的格式（1），第四句至第七句为乐段二中的格式（4），第八句至第十句为乐段三中的格式（3），第十一句至第十三句为乐段四中的格式（2），第十四句和第十五句为乐段五中的格式（4），第十六句至第十八句为乐段六中的格式（5）；下阕第一句至第三句为乐段一中的格式（2），第四句和第五句为乐段二中的格式（4），第六句至第八句为乐段三中的格式（2），第九句至第十一句为乐段四中的格式（2），第十二句至十五句为乐段五中的格式（2），第十六句至第二十句为乐段六中的格式（5），第二十一句和第二十二句为乐段七中的格式（2）。全词双调，二百二字，上阕十八句，九仄韵一叶韵；下阕二十二句，六仄韵六叶韵。

例九　哨遍（二百三字）
（宋）辛弃疾

一壑自专，五柳笑人，晚乃归田里。问谁知、几者动之微。望飞鸿，冥冥天际。论妙理。浊醪正堪长醉。从今自酿躬耕米。嗟美恶难齐，盈虚如代，天邪何必人知。试回头五十九年非。似梦里欢娱觉来悲。夔乃怜蚿，谷亦亡羊，算来何异。　　嘻。物讳穷时。丰狐文豹罪因皮。富贵非吾愿，遑遑乎欲何之。正万籁都沉，月明中夜，心弥万里清如水。却自觉神游，归来坐对，依稀淮岸江涘。看一时鱼鸟忘情喜。会我已、忘机更忘己。又何曾、物我相视。非鱼濠上遗意。要是吾非子。但教河伯，休惭海若，大小均为水耳。世间喜愠更何其。笑先生三仕三已。

注：该词上阕第一句至第三句为乐段一中的格式（1），第四句至第六句为乐段二中的格式（3），第七句至第九句为乐段三中的格式（2），第十句至第十二句为乐段四中的格式（3），第十三句和第十四句为乐段五中的格式（3），第十五句至第十七句为乐段六中的格式（1）；下阕第一句至第三句为乐段一中的格式（2），第四句和第五句为乐段二中的格式（3），第六句至第八句为乐段三中的格式（1），第九句至第十一句为乐段四中的格式（1），第十二句至第十四句为乐段五中的格式（2），第十五句至第十九句为乐段六中的格式（3），第二十句和第二十一句为乐段七中的格式（2）。全词双调，二百三字，上阕十七句，六仄韵四叶韵；下阕二十一句，九仄韵五叶韵。

例十　哨遍（二百字）
（宋）汪莘

近腊景和，故山可过，足下听余述。便自往山中，憩精蓝，与僧饭讫。北涉灞川，明月华映郭，夜登华子冈头立。嗟辋水沦涟，与月上下，寒山远火朦胧。听林外、犬类豹声雄。更村落谁家鸣夜舂。疏钟相间，独坐此时，多思往日。　　噫，记与君同。清流仄径玉玎琤。携手赋佳什。

往来萝月松风。只待仲春天，春山可望，山中卉木垂萝密。见出水轻儵，点溪白鹭，青皋零露方湿。雉朝飞，麦陇鸣俦匹。念此去、非遥莫相失。倘能从我敢相必。天机非子清者，此事非所亟。是中有趣殊深，愿子无忽。不能一一。偶因馱蘖附吾书，是山人王维摩诘。

注：该词上阕第一句至第三句为乐段一中的格式（2），第四句至第六句为乐段二中的格式（6），第七句至第九句为乐段三中的格式（5），第十句至第十二句为乐段四中的格式（3），第十三句和第十四句为乐段五中的格式（6），第十五句至第十七句为乐段六中的格式（4）；下阕第一句至第三句为乐段一中的格式（2），第四句和第五句为乐段二中的格式（3），第六句至第八句为乐段三中的格式（1），第九句至第十一句为乐段四中的格式（1），第十二句至第十五句为乐段五中的格式（7），第十六句至第二十句为乐段六中的格式（2），第二十一句和第二十二句为乐段七中的格式（2）。全词双调，二百字，上阕十七句，四仄韵三平韵；下阕二十二句，十仄韵三平韵。

一百六十字元曲体《哨遍》的基本格式（双调）

一百六十字元曲体《哨遍》上阕，十六句，五仄韵一叶韵	
乐段一（三句，十三字）	乐段二（二句十三字）
＋丨— —（句）＋ — ＋丨（句） ＋丨— — 丨（韵）	＋丨— —（句）＋＋＋（读）＋ — 丨 — ＋丨（韵）

一百六十字元曲体《哨遍》上阕，十六句，五仄韵一叶韵	
乐段三（三句，十六字）	乐段四（三句，十五字）
＋＋＋（读）＋ — ＋丨（句）＋ — —（句）＋丨 — 丨（韵）	＋丨＋ — ＋丨（句）丨＋ — ＋丨 （句）＋丨 — —（叶）

一百六十字元曲体《哨遍》上阕，十六句，五仄韵一叶韵	
乐段五（二句十四字）	乐段六（三句，十二字）
＋ — ＋丨丨 — —（句）＋丨 — 丨 — 丨（韵）	＋丨 — —（句）＋丨 — —（句） ＋ — ＋丨（韵）

一百六十字元曲体《哨遍》下阕，十四句，五仄韵两叶韵	
乐段一（二句，十一字）	乐段二（二句，十四字）
＋｜－－（句）＋－＋｜－｜（韵）	＋＋＋（读）＋－＋｜（句）｜＋－＋｜－－（叶）
注：下阕乐段二中的格式"｜＋－＋｜－－（叶）"，为上一下六句式。	

一百六十字元曲体《哨遍》下阕，十四句，五仄韵两叶韵	
乐段三（四句，十六字）	乐段四（三句，十五字）
｜＋｜（韵）＋－－＋｜（句）＋｜－－（句）＋｜－－｜（韵）	＋｜＋－－＋｜（句）｜＋－＋｜（句）＋｜－－（叶）

一百六十字元曲体《哨遍》下阕，十四句，五仄韵两叶韵	
乐段五（二句，十四字）	乐段六（二句，七字）
＋－＋｜｜－－（句）＋｜－－｜－｜（韵）	＋＋＋（读）＋－＋｜（韵）

例　哨遍（一百六十字）

《花草粹编》无名氏

太皞司春，春工著意，和气生旸谷。十里芳菲，尽东风、丝丝柳搓金缕。渐次第、桃红杏浅，水绿山青，春涨生烟渚。九十光阴能几，早鸣鸠呼妇，乳燕携雏。乱红满地任风吹，飞絮蒙空有谁主。春色三分，半入池塘，半随尘土。　　满地榆钱，算来难买春光住。初夏末、薰风池馆，有藤床冰簟纱橱。日转午。脱巾散发，沉李浮瓜，宝扇摇纨素。著甚消磨永日，有扫愁竹叶，侍寝青奴。霎时微雨送新凉，些少金风退残暑。韶华早、暗中归去。

注：《康熙词谱》指出，该词为元人曲，双调，一百六十字，上阕十六句，五仄韵一叶韵；下阕十四句，五仄韵两叶韵。

戚 氏

柳永《乐章集》注"中吕调"。丘处机词名《梦游仙》。

《戚氏》的长短句结构

上阕，六个乐段					
乐段一 （十字）	乐段二 （十一字）	乐段三 （十二字）	乐段四 （十三字）	乐段五 （十四字）	乐段六 （十三字或十二字）
3　7	4　7	2　3　7	6　7	4　4　6	5　4　4 4　4　4

中阕，四个乐段			
乐段一（十五字）	乐段二（十一字）	乐段三（十五字）	乐段四（十四字）
6　4　5	34　　4 3　　4　4	3　4　4　4 3　6　6	4　4　6

下阕，六个乐段					
乐段一 （十三字）	乐段二 （十四字）	乐段三（十五字或十六字）	乐段四（十五字或十四字）	乐段五 （十五字）	乐段六 （十二字）
5　4　4	6　8 6　3　5	6　4　5 7　4　5	35　　34 7　　34	3　4　35 34　　35 7　　35	4　4　4

《康熙词谱》共收集《戚氏》三体，有上中下三阕，以平韵为主，下阕平仄韵通叶，上阕可分为六个乐段，中阕可分为四个乐段，下阕可分为六个乐段，其长短句结构如表所示。该调有二百十二字、二百十三字或二百十字等格式，上阕十五句，九平韵；中阕十二句或十一句，六平韵或七平韵；下阕十五句或十六句，六平韵两叶韵或七平韵两叶韵。《康熙词谱》以二百十二字体柳永词为标谱词例。该调的正格与变格如表所示，其中，各乐段中的格式（1）为正格句式，其余为变格句式。

例一　戚氏（二百十二字）
（宋）柳　永

晚秋天。一霎微雨洒庭轩。槛菊萧疏，井梧零乱惹残烟。凄然。望江关。飞云黯淡夕阳间。当时宋玉悲感，向此临水与登山。远道迢递，行人凄楚，倦听陇水潺湲。正蝉鸣败叶，蛩响衰草，相应声喧。　　孤馆度日如年。风露渐变，悄悄至更阑。长天静、绛河清浅，皓月婵娟。思绵绵。夜永对景，那堪屈指，暗想从前。未名未禄，绮陌红楼，往往经岁迁延。　　帝里风光好，当年少日，暮宴朝欢。况有狂朋怪侣，遇当歌对酒竟留连。别来迅景如梭，旧游似梦，烟水程何限。念利名、憔悴长萦绊。追往事、空惨愁颜。漏箭移，稍觉轻寒。听鸣咽、画角数声残。对闲窗畔，停灯向晓，抱影无眠。

注：该词上阕第十句至第十二句为乐段五中的格式（1），第十三句至第十五句为乐段六中的格式（1）；中阕第四句和第五句为乐段二中的格式（1），第六句至第九句为乐段三中的格式（1）；下阕第四句和第五句为乐段二中的格式（1），第六句至第八句为乐段三中的格式（1），第九句和第十句为乐段四中的格式（1），第十一句至第十三句为乐段五中的格式（1）。全词三阕，二百十二字，上阕十五句，九平韵；中阕十二句，六平韵；下阕十六句，六平韵两叶韵。

例二　戚氏（二百十三字）
（宋）苏　轼

玉龟山。东皇灵姥统群仙。绛阙岧峣，翠房深迥倚霏烟。幽闲。志萧然。金城千里锁婵娟。当时穆满巡狩，翠华曾到海西边。风露明霁，鲛波极目，势浮舆盖方圆。正迢迢丽日，元圃清寂，琼草芊绵。　　争解绣勒香鞯。鸾辂驻跸，八马戏芝田。瑶池近、画楼隐隐，翠鸟翩翩。肆华筵。间作脆管鸣弦。宛若帝所钧天。稚颜皓齿，绿发方瞳，圆极恬淡高妍。　　尽倒琼壶酒，献金鼎药，固大椿年。缥缈飞琼妙舞，命双成奏曲醉留连。云璈韵响泻寒泉。浩歌畅饮，斜月低河汉。渐绮霞、天际红深浅。动归思、回首尘寰。烂漫游、玉辇东还。杏花风、数里响鸣鞭。望长安路，依稀柳色，翠点春妍。

注：该词上阕第十句至第十二句为乐段五中的格式（1），第十三句至第十五句为乐段六中的格式（1）；中阕第四句和第五句为乐段二中的格式（1），第六句至第九句为乐段三中的格式（2）；下阕第四句和第五句为乐段二中的格式（1），第六句至第八句为乐段三中的格式（2），第九句和第十句为乐段四中的格式（1），第十一句和第十二句为乐段五中的格式（2）。全词三阕，二百十三字，上阕十五句，九平韵；中阕十一句，七平韵；下阕十五句，七平韵两叶韵。

《戚氏》的正格与变格（三叠）

《戚氏》上阕，十五句，九平韵		
乐段一（二句，十字）	乐段二（二句，十一字）	乐段三（三句，十二字）
｜ー ー（韵）＋＋ ー ｜ ｜ ー ー（韵）	＋ ｜ ー ー（句）＋ ー ＋ ｜ ｜ ー ー（韵）	ー ー（韵）｜ ー ー（韵） ＋ ー ＋ ｜ ｜ ー ー（韵）

《戚氏》上阕，十五句，九平韵		
乐段四（二句，十三字）	乐段五（三句，十四字）	乐段六（三句，十三字或十二字）
＋ ー ＋ ｜ ー ｜（句） ＋ ＋ ー ｜ ｜ ー ー（韵）	＋ ＋ ー ｜（句）＋ ー ＋ ｜（句）＋ ー ＋ ｜ ー ー（韵） （1） ＋ ー ＋ ｜（句）＋ ー ＋ ｜（句）＋ ー ＋ ｜ ー ー（韵） （2）	｜ ＋ ー ｜（句）＋ ＋ ー ｜（句）＋ ｜ ー ー（韵） （1） ＋ ー ＋ ｜（句）＋ ー ＋ ｜（句）＋ ｜ ー ー（韵） （2）

《戚氏》中阕，十二句或十一句，六平韵或七平韵	
乐段一（三句，十五字）	乐段二（二句或三句，十一字）
ー ｜ ＋ ｜ ー ー（韵）ー ＋ ｜ ｜（句）＋ ｜ ｜ ー ー（韵）	＋ ＋ ＋（读）＋ ー ＋ ｜（句）＋ ｜ ー ー（韵） （1） ー ＋ ｜（句）＋ ー ー ＋ ｜（句）＋ ｜ ー ー（韵） （2）

《戚氏》中阕，十二句或十一句，六平韵或七平韵	
乐段三（四句或三句，十五字）	乐段四（三句，十四字）
｜ ー ー（韵）＋ ｜ ＋ ｜（句）＋ ー ＋ ｜（句）＋ ｜ ー ー（韵） （1） ｜ ー ー（韵）＋ ｜ ＋ ｜ ー ー（句 或韵）＋ ｜ ＋ ｜ ー ー（韵） （2）	＋ ー ＋ ｜（句）＋ ｜ ー ー（句） ＋ ｜ ＋ ｜ ー ー（韵）

《戚氏》下阕，十五句或十六句，六平韵两叶韵或七平韵两叶韵		
乐段一 （三句，十三字）	乐段二 （二句或三句，十四字）	乐段三 （三句，十五字或十六字）
＋｜－－｜（句）＋ －＋｜（句）＋｜－ －（韵）	＋｜＋－＋｜（句） ｜＋－＋｜｜－－ （韵） （1） ＋｜＋－＋｜（句）｜ ＋－（句）＋｜｜－ －（韵） （2）	＋－＋｜－－（句 或韵）＋－＋｜（句） ＋｜－－｜（叶） （1） ＋－＋｜｜－ （韵）＋－＋｜（句） ＋｜－－｜（叶） （2）

《戚氏》下阕，十五句或十六句，六平韵两仄韵或七平韵两仄韵		
乐段四 （二句，十五字或十四字）	乐段五 （二句，十五字）	乐段六 （三句，十二字）
＋＋＋（读）＋｜ －－｜（叶）＋＋＋ （读）＋｜－－（韵） （1） ＋－＋｜－－｜ （叶）＋＋＋（读）＋ ｜－－（韵） （2）	｜＋－（句）＋｜－ －（韵）＋＋＋（读） ＋｜｜－－（韵） （1） ＋＋＋（读）＋｜ －－（韵）＋＋＋ （读）＋｜｜－－（韵） （2） ｜＋｜－｜－－（韵） ＋＋＋（读）＋｜｜ －－（韵） （3）	｜＋－｜（句）＋－ ＋｜（句）＋｜－－ （韵）

注：①下阕乐段六中的格式"｜＋－｜（句）"，为"上一下三"句式；②下阕乐段五中的格式"｜＋｜－｜－－（韵）"，为"上一下六"句式。

例三　戚氏（二百十字）

（金）丘处机

梦游仙。分明曾过九重天。浩气清英，素云缥渺贯无边。森然。似朝元。金童玉女下传宣。当时万圣齐会，大光明罩紫金莲。群仙谣唱，诸天欢乐，尽皆得意忘言。流霞泛饮，蟠桃赐宴，次第留连。　　皆秉道德威权。神通自在，劫劫未能迁。冲虚妙、昊天罔极，象地之先。透重元。命驾恍惚神游，掷火万里回旋。四维上下，八表纵横，鸾鹤不用挥鞭。　　应念随时到，了无障碍，自有根源。看尽清都绛阙，迈瀛洲，紫府笔难传。瑶台阆苑花前。瑞云掩映，百和香风散。四时不夜长春暖。处处觉、闲想因缘。是一点程满功圆。混太虚、浩劫永绵绵。任阎浮地，山摧洞府，海变桑田。

注：该词上阕第十句至第十二句为乐段五中的格式（2），第十三句至第十五句为乐段六中的格式（2）；中阕第四句至第六句为乐段二中的格式（2），第七句至第九句为乐段三中的格式（2）；下阕第四句至第六句为乐段二中的格式（2），第七句至第九句为乐段三中的格式（1），第十句和第十一句为乐段四中的格式（2），第十二句和第十三句为乐段五中的格式（3）。全词三阕，二百十字，上阕十五句，九平韵；中阕十二句，六平韵；下阕十六句，七平韵两叶韵。

胜　州　令

调见《花草粹编》。

《胜州令》的长短句结构

《胜州令》第一阕，五个乐段				
乐段一（十三字）	乐段二（十三字）	乐段三（十一字）	乐段四（八字）	乐段五（十字）
5　4　4	34　6	4　7	3　5	5　5

《胜州令》第二阕，五个乐段				
乐段一（十六字）	乐段二（十三字）	乐段三（十一字）	乐段四（九字）	乐段五（十字）
4　33　6	34　6	6　5	4　5	5　5

《胜州令》第三阕，四个乐段			
乐段一（十三字）	乐段二（十三字）	乐段三（十九字）	乐段四（十字）
5　8	34　6	4　6　4　5	5　5

《胜州令》第四阕，三个乐段		
乐段一（十四字）	乐段二（十三字）	乐段三（十九字）
3 4　　3 4	5　　4　　4	6　　3　　5　　5

《康熙词谱》只收集一体《胜州令》，四阕，第一阕和第二阕分别可分为五个乐段，第三阕可分为四个乐段，第四阕可分为三个乐段，其长短句结构如表所示。该调二百十五字，第一阕十一句，七仄韵；第二阕十一句，六仄韵；第三阕十句，五仄韵；第四阕九句，四仄韵，其基本格式如表所示。

《胜州令》的基本格式（四阕）

《胜州令》第一阕，十一句，七仄韵	
乐段一（三句，十三字）	乐段二（二句，十三字）
＋－｜＋｜（韵）＋－＋｜（句）＋－＋｜（韵）	＋＋＋（读）＋－＋｜（句）＋｜＋－＋｜（韵）

《胜州令》第一阕，十一句，七仄韵		
乐段三（二句，十一字）	乐段四（二句，八字）	乐段五（二句，十字）
＋－＋｜（句）＋｜－－｜（韵）	＋＋｜（句）＋｜－｜（韵）	＋－｜＋｜（韵）＋｜－－｜（韵）

《胜州令》第二阕，十一句，六仄韵	
乐段一（三句，十六字）	乐段二（二句，十三字）
＋－＋｜（句）＋＋＋（读）－｜（句）＋－｜＋｜（韵）	＋＋＋（读）＋｜－－（句）＋－＋｜＋｜（韵）

《胜州令》第二阕，十一句，六仄韵		
乐段三（二句，十一字）	乐段四（二句，八字）	乐段五（二句，十字）
＋－＋｜＋－（句）＋－－＋｜（韵）	＋｜＋－（句）＋｜－－｜（韵）	＋－－｜｜（韵）｜＋－＋｜（韵）

《胜州令》第三阕，十句，五仄韵	
乐段一（二句，十三字）	乐段二（二句，十三字）
＋｜＋－｜（韵）＋－＋＋｜＋｜（韵）	＋＋＋（读）＋＋－｜（句）＋｜＋－＋｜（韵）

《胜州令》第三阕，十句，五仄韵	
乐段三（四句，十九字）	乐段四（二句，十字）
＋－＋－（句）＋＋＋｜－－（句）＋＋＋｜（句）＋－－＋｜（韵）	＋｜＋＋｜（句）＋｜－＋｜（韵）

《胜州令》第四阕，九句，四仄韵		
乐段一（二句，十四字）	乐段二（三句，十三字）	乐段三（四句，十九字）
＋＋＋（读）＋－＋｜（句）＋＋＋（读）＋＋＋｜（韵）	＋－｜＋｜（句）＋－＋｜（句）＋－＋｜（韵）	＋－＋｜－－（句）＋＋（句）＋｜－＋｜（韵）＋｜＋－｜（韵）

例　胜州令（二百十五字）

（宋）郑意娘

杏花正喷火。朦朦微雨，晓来初过。梦回听、乳莺调舌，紫燕竞穿帘幕。垂杨阴里，粉墙影出秋千索。对媚景，赢得双眉锁。翠鬟信任鬇。谁更恢梳掠。　追思向日，共个人、同携手，略无暂时抛躲。到今似、海角天涯，无由得见则个。番思往事上心，向他谁行诉。却会旧欢，泪滴真珠颗。意中人未睹。觉凤帏冷落。　都是俺喋错。被他闲言伏语啜做。到此近、四五千里，为水远山遥阔。当初曾言，尽老更不重婚，却甚镇日，共人同欢乐。傅粉在那里，肯念人寂寞。　终待把、云笺细写，把衷肠、尽总说破。问伊怎下得，怜新弃旧，顿乖盟约。可怜命掩黄泉，细寻思，都为他一个。你忒煞亏我。

注：全词四阕，二百十五字，第一阕十一句，七仄韵；第二阕十一句，六仄韵；第三阕十句，五仄韵；第四阕九句，四仄韵。

莺 啼 序

一名《丰乐楼》，见《梦窗乙稿》。

《莺啼序》的长短句结构

第一阕，四个乐段			
乐段一（十一字）	乐段二（十三字）	乐段三（十四字）	乐段四（十一字）
6　5	34　6	34　　7 7　　7 5　4　5	5　6 34　4

第二阕，四个乐段			
乐段一（十三字）	乐段二（十三字或十一字）	乐段三（十四字）	乐段四（十一字）
4　4　5	34　　6 3　4　6 5　　6	34　　34 34　　7 3　4　3　4	3　4　4 34　4

第三阕，四个乐段			
乐段一 （十三字）	乐段二 （十九字或十七字）	乐段三 （二十三字）	乐段四 （十六字）
4　4　5	34　4　4　4 3　4　4　4 34　　6　　4	4　4　7　35 4　4　7　8	4　6　6 6　4　6

第四阕，四个乐段			
乐段一 （十三字或十二字）	乐段二 （十九字）	乐段三 （二十三字或二十四字）	乐段四 （十四字）
4　4　5 4　4　4	34　4　4　4 7　4　4　4 3　2　6　7	4　4　4　4　35 4　4　7　3　5 4　4　7　8 4　5　7　8	6　4　4

《康熙词谱》共收集五体《莺啼序》，四叠（或四阕），每一阕可分为四个乐段，其长短句结构如表所示。该调有二百四十字或二百三十六字等格式，第一阕八句或九句，四仄韵或五仄韵；第二阕十句，四仄韵；第三阕十四句或十三句，四仄韵或五仄韵；第四阕十四句，五仄韵或七仄韵、六仄韵、四仄韵。《康熙词谱》以二百四十字体吴文英词为正体或正格。该调的正格与变格如表所示，其中，每一阕各乐段中的格式（1）为正格句式，其余为变格句式。

《莺啼序》的正格与变格（四叠）

《莺啼序》第一阕，八句或九句，四仄韵或五仄韵	
乐段一（二句，十一字）	乐段二（二句，十三字）
＋ － ｜ － ＋ ｜（句）｜ ＋ － ＋ ｜（韵） （1）	＋ ＋ ＋（读）＋ ｜ － －（句）＋ ｜ ＋ ＋ － ｜（韵） （1）
＋ － ｜ － ＋ ｜（句）｜ ＋ － ＋ ｜ ｜（韵） （2）	＋ ＋ ＋（读）＋ ｜ － －（句）＋ － ＋ ｜ － ｜（韵） （2）

《莺啼序》第一阕，八句或九句，四仄韵或五仄韵	
乐段三（二句或三句，十四字）	乐段四（二句，十一字）
＋ ＋ ＋（读）＋ － ＋ ｜（句）＋ － ＋ ｜ ＋ － ｜（韵） （1）	｜ ＋ － ＋ ｜（句）＋ － ＋ － ｜（韵） （1）
＋ ｜ ＋ － －｜｜（句）＋ － ＋ ｜ ＋ － ｜（韵） （2）	｜ ＋ － ＋ ｜（韵或句）＋ － ＋ ｜ ＋ ｜（韵） （2）
｜ ＋ － ｜（句）＋ ＋ ｜（句） ＋ ｜ － － ｜（韵） （3）	＋ ＋ ＋（读）＋ ｜ － －（句）＋ － ＋ ｜（韵） （3）

《莺啼序》第二阕，十句，四仄韵	
乐段一（三句，十三字）	乐段二（二句或三句，十三字或十一字）
＋｜――（句）＋＋＋｜（句）｜＋｜―＋｜（韵） （1）	＋＋＋（读）＋｜――（句）＋―＋｜―｜（韵） （1）
＋｜――（句）＋―＋｜（句）＋｜―――｜（韵） （2）	｜＋｜―（句）＋｜＋＋＋｜（韵） （2）
	＋―｜（句）＋｜――（句）＋――｜＋｜（韵） （3）

《莺啼序》第二阕，十句，四仄韵	
乐段三（二句或四句，十四字）	乐段四（三句或二句，十一字）
＋＋＋（读）＋―＋｜（句）＋＋＋（读）＋―＋｜（韵） （1）	｜＋―（句）＋｜――（句）＋―＋｜（韵） （1）
＋＋＋（读）＋―＋｜（句）―＋｜――｜（韵） （2）	＋＋＋（读）＋｜――（句）＋―＋｜（韵） （2）
｜＋―（句）＋―＋｜（句）＋―｜（句）＋―＋｜（韵） （3）	

例一　莺啼序（二百四十字）

（宋）吴文英

　　残寒正欺病酒，掩沉香绣户。燕来晚、飞入西城，似说春事迟暮。画船载、清明过却，晴烟冉冉吴宫树。念羁情游荡，随风化为轻絮。　　十载西湖，傍柳系马，趁娇尘软露。溯红渐、招入仙溪，锦儿偷寄幽素。倚银屏、春宽梦窄，断红湿、歌纨金缕。暝堤空，轻把斜阳，总还鸥鹭。　　幽兰旋老，杜若还生，水乡尚寄旅。别后访、六桥无信，事往花萎，瘗玉埋香，几番风雨。长波妒盼，遥山羞黛，渔灯分影春江宿，记当时、短楫桃根渡。青楼仿佛，临分败壁题诗，泪墨惨淡尘土。　　危亭望极，草色天涯，叹鬓侵半苎。暗点检、离痕欢唾。尚染鲛绡，鲜凤迷归，破鸾慵舞。殷勤待写，书中长恨，蓝霞辽海沉过雁，漫相思、弹入哀筝柱。伤心千里江南，怨曲重招，断魂在否。

　　注：该词第一阕第一句和第二句为乐段一中的格式（1），第三句和第四句为乐段二中的格式（1），第五句和第六句为乐段三中的格式（1），第七句和第八句为乐段四中的格式（1）；第二阕第一句至第三句为乐段一中的格式（1），第四句和第五句为乐段二中的格式（1），第六句至第七句为乐段三中的格式（1），第八句至第十句为乐段四中的格式（1）；第三阕第一句至第三句为乐段一中的格式（1），第四句至第七句为乐段二中的格式（1），第八句至第十一句为乐段三中的格式（1），第十二句至第十四句为乐段四中的格式（1）；第四阕第一句至第三句为乐段一中的格式（1），第四句至第七句为乐段二中的格式（1），第八句至第十一句为乐段三中的格式（1）。全词四阕，二百四十字，第一阕八句，四仄韵；第二阕十句，四仄韵；第三阕十四句，四仄韵；第四阕十四句，五仄韵。

例二　莺啼序（二百四十字）

（宋）吴文英

　　横塘棹穿艳锦，引鸳鸯弄水。断霞晚、笑折花归，绀纱低护灯蕊。润玉瘦冰轻倦浴，斜拖凤股盘云坠。听银床声细。梧桐渐觉凉思。　　窗隙流光，过如迅羽，诉空梁燕子。误惊起，风竹敲门，故人还又不至。记琅玕，新诗细掐，早陈迹，香痕纤指。怕因循，罗扇恩疏，又生秋意。　　西湖旧日，画舸频移，叹几萦梦寐。霞佩冷、叠澜不定，麝霭飞雨，乍湿鲛绡，暗盛红泪。练单夜共，波心宿处，琼箫吹月霓裳舞，向明朝、未觉花容悴。嫣香易落，回头淡碧销烟，镜空画罗屏里。　　残蝉度曲，唱彻西园，也感红怨翠。念省惯吴宫幽憩。暗柳追凉，晓岸参斜，露零鸥起。丝萦寸藕，留连欢事。桃笙频展湘浪影，有昭华、浓李冰相倚。如今鬓点凄霜，半箧秋词，恨盈蠹纸。

　　注：该词第一阕第一句和第二句为乐段一中的格式（1），第三句和第四句为乐段二中的格式（2），第五句和第六句为乐段三中的格式（2），第七句和第八句为乐段四中的格式（2）；第二阕第一句至第三句为乐段一中的格式（1），第四句至第六句为乐段二中的格式（3），第七句至第十句为乐段三中的格式（3），第十一句至第十三句为乐段四中的格式（1）；第三阕第一句至第三句为乐段一中的格式（3），第四句至第八句为乐段二中的格式（2），第九句至第十二句为乐段三中的格式（1），第十三句至第十五句为乐段四中的格式（4）；第四阕第一句至第三句为乐段一中的格式（1），第四句至第七句为乐段二中的格式（4），第八句至第十二句为乐段三中的格式（2）。全词四阕，二百四十字，第一阕八句，五仄韵；第二阕十三句，四仄韵；第三阕十五句，四仄韵；第四阕十五句，六仄韵。

《莺啼序》第三阕，十四句或十三句，四仄韵或五仄韵	
乐段一（三句，十三字）	乐段二（四句或三句、五句，十九字或十七字）
＋－＋｜（句）＋｜－－（句） ＋－＋｜｜（韵） （1）	＋＋＋（读）＋｜－＋｜（句）＋ ｜＋－（句）＋｜－－（句）＋ －＋｜（韵） （1）
＋－＋｜（句）＋｜＋＋（句） ＋｜＋－＋｜（韵） （2）	＋＋＋（读）＋｜－＋｜（句）＋ ｜＋｜（句）＋｜－－（句）＋＋ －｜（韵） （2）
＋－＋｜（句）＋｜＋－（句）｜ ＋－＋｜（韵） （3）	＋＋＋（读）＋｜－＋｜（句）＋ －＋｜－－（句）＋－＋｜（韵） （3）
	－＋｜（句）＋－＋｜（句）＋ ＋－｜（句）＋｜－－（句）＋ －＋｜（韵） （4）

《莺啼序》第三阕，十四句或十三句，四仄韵或五仄韵	
乐段三（四句，二十三字）	乐段四（三句，十六字）
＋－＋｜（句）＋－＋｜（句） ＋－＋｜－－｜（句）＋＋＋ （读）＋｜＋｜－｜（韵） （1）	＋－＋｜（句）＋－＋｜－ －（句）＋｜＋＋－｜（韵） （1）
＋－＋｜（句）＋－＋｜（句） ＋－＋｜－－｜（句）｜－ ＋｜－－｜（韵） （2）	＋－＋｜（句）＋－＋｜－ －（句）＋｜＋｜－＋｜（韵） （2）
	＋－＋｜（句）＋｜＋－－（句） ＋－＋｜－｜（韵） （3）
	＋｜＋｜－－（句）＋｜－（句） ＋－＋｜－｜（韵） （4）

注：①第三阕乐段三中的格式"＋｜＋＋｜（韵）"，为"上一下四"句式。②第三阕和第四阕乐段三中的格式"｜＋－＋｜－－｜（韵）"，为"上一下七"句式。

《莺啼序》第四阕，十四句，五仄韵或七仄韵、六仄韵、四仄韵	
乐段一（三句，十三字或十二字）	乐段二（四句，十九字）
＋ － ＋｜（句）＋｜－ －（句）｜＋ － ＋｜（韵） （1）	＋ ＋ ＋（读）＋ － ＋｜（韵）＋｜－ －（句） ＋｜－ ＋（句）＋ － ＋｜（韵） （1）
＋ － ＋｜（句）＋｜－ －（句）＋｜－ ＋｜（韵） （2）	＋ ＋ ＋（读）＋ － ＋｜（韵）＋｜－ －（句） ＋｜－ ＋（句）＋ － ＋｜（韵） （2）
＋ － ＋｜（句）＋｜－ －（句）＋ － ＋｜（韵） （3）	－ ｜＋（句）｜＋ －（句）＋｜＋ － ＋｜（韵） ＋ － ＋｜－ －｜（韵） （3）
	｜＋｜＋ － ＋｜（韵）＋｜－ －（句）＋ ｜－ ＋（句）＋ － ＋｜（韵） （4）

《莺啼序》第四阕，十四句，五仄韵或七仄韵、六仄韵、四仄韵	
乐段三（四句或五句，二十三字或二十四字）	乐段四（三句，十四字）
＋ － ＋｜（句）＋ － ＋｜（句）＋ － ＋｜ － ＋｜（句）＋ ＋ ＋（读）＋｜－ －｜（韵） （1）	＋ － ＋｜－ －（句） ＋｜－ －（句）＋ － ＋｜（韵）
＋ － ＋｜（句）＋ － ＋｜（韵）＋ － ＋｜ － ＋｜（句）＋ ＋ ＋（读）＋｜－ －｜（韵） （2）	
＋ － ＋｜（句）＋ － ＋｜（句）＋ － ＋｜ ＋｜（韵）＋ ＋ ＋（读）＋｜－ －｜（韵） （3）	
＋ － ＋｜（句）＋ － ＋｜（句）＋ － ＋｜ － －｜（句）｜＋ － ＋｜－ －｜（韵） （4）	
＋｜－ －（句）＋｜－ －｜（韵）＋ － ＋ ｜－ －｜（韵）｜＋ － ＋｜（韵） （5）	
＋ － ＋｜（句）＋ － ＋｜（句）＋ － ＋｜ － ＋｜（句）｜＋ －（句）＋｜－ －｜（韵） （6）	

例三　莺啼序（二百四十字）

（宋）黄公绍

　　银云卷晴缥缈，卧长龙一带。柳丝蘸、几簇柔烟，两市帘栋如画。芳草岸、湾环半玉，鳞鳞曲港双流会。看碧天连水。翻成箭样风快。　　白露横江，一苇万顷，问灵槎何在。空翠湿、衣不胜寒，日华金掌沉瀮。凳花平、绿纹衬步，琼田涌出神仙界。黛眉修，依约雾鬟，在秋波外。　　阁嘘青靥，檐啄彩虹，飞盖蹴鳌背。灯火暮、相轮倒景，偷睇别浦，片片归帆，远自天际。舞蛟幽壑，栖鸦古木，有人剪取松江水，忆细鳞巨口鱼堪脍。波涵笠泽，时见静影浮光，霁阴万貌千态。　　蒹葭深处，应有闲鸥，寄语休见怪。倩洗却、香红尘面，买个扁舟，身世飘萍，名利微芥。阑干拍遍，除东曹掾，与天随子是我辈。尽胸中、着得乾坤大。亭前无限惊涛，总把遥岑，月明满载。

　　注：该词第一阕第一句和第二句为乐段一中的格式（1），第三句和第四句为乐段二中的格式（1），第五句和第六句为乐段三中的格式（1），第七句和第八句为乐段四中的格式（2）；第二阕第一句至第三句为乐段一中的格式（1），第四句和第五句为乐段二中的格式（1），第六句和第七句为乐段三中的格式（2），第八句至第十句为乐段四中的格式（1）；第三阕第一句至第三句为乐段一中的格式（2），第四句至第七句为乐段二中的格式（2），第八句至第十句为乐段四中的格式（1），第八句至第十一句乐段三中的格式（2），第十二句至第十四句为乐段四中的格式（3）；第四阕第一句至第三句为乐段一中的格式（2），第四句至第七句为乐段二中的格式（2），第八句至第十一句为乐段三中的格式（3）。全词四阕，二百四十字，第一阕八句，五仄韵；第二阕十句，四仄韵；第三阕十四句，四仄韵；第四阕十四句，五仄韵。

例四　莺啼序（二百四十字）

（宋）赵　文

　　初荷一番濯雨，锦云红尚卷。隘华屋、赋客吟仙，候望南极天远。还报道、飘然紫气，山奇水胜都行遍。却归来领客，水晶庭院开宴。　　窗户青红，正似京洛，按笙歌一片。似别有、金屋佳人，桃根桃叶清婉。倚薰风、虬须正绿，人似玉、手授纨扇。算风流、只有蓬瀛，画图曾见。　　谁知老子，正自萧然，于此兴颇浅。只拟问、金砂玉蕊，兔髓乌肝，偃月炉中，七还九转。今来古往，悠悠史传，神仙本是英雄做，笑英雄、到此多留恋。看着破晓耕龙，跨海骑鲸，千年依旧丹脸。　　便教乞与，万里封侯，奈朔风如箭。又何似、六山一任，种竹栽花，棋局思量，墨池挥染。天还记得，生贤初意，乾坤正要人撑拄，便公能安隐天宁肯。待看佐汉功成，伴赤松游，恁时未晚。

注：该词第一阕第一句和第二句为乐段一中的格式（2），第三句和第四句为乐段二中的格式（1），第五句和第六句为乐段三中的格式（1），第七句和第八句为乐段四中的格式（2）；第二阕第一句至第三句为乐段一中的格式（1），第四句和第五句为乐段二中的格式（1），第六句和第七句为乐段三中的格式（1），第八句和第九句为乐段四中的格式（2）；第三阕第一句至第三句为乐段一中的格式（2），第四句至第七句为乐段二中的格式（1），第八句至第十一句为乐段三中的格式（1），第十二句至第十四句为乐段四中的格式（4）；第四阕第一句至第三句为乐段一中的格式（1），第四句至第七句为乐段二中的格式（2），第八句至第十一句为乐段三中的格式（4）。全词四叠，二百四十字，第一阕八句，四仄韵；第二阕九句，四仄韵；第三阕和第四阕各十四句，四仄韵。

例五　莺啼序（二百三十六字）

（宋）汪元量

金陵故都最好，有朱楼迢递。嗟倦客、又此凭高，槛外已少佳致。更落尽梨花，飞尽杨花，春色成憔悴。问青山、三国英雄，六朝奇伟。　　麦甸葵丘，荒台败垒，鹿豕衔枯荠。正潮打孤城，寂寞斜阳影里。听楼头、哀笳怨角，未把酒、愁心先醉。渐夜深、月满秦淮，烟笼寒水。　　凄凄惨惨，冷冷清清，灯火渡头市。慨商女、不知兴废，隔江犹唱庭花，余音亹亹。伤心千古，泪痕如洗。乌衣巷口青芜路，认依稀、王谢旧邻里。临春结绮，可怜红粉成灰，萧索白杨风起。　　因思畴昔，铁索千寻，漫沉江底。挥羽扇，障西尘，便好角巾私第。清谈到底成何事。回首新亭，风景今如此。楚囚对泣何时已。叹人间今古真儿戏。东风岁岁还来，吹入钟山，几重苍翠。

注：该词第一阕第一句和第二句为乐段一中的格式（1），第三句和第四句为乐段二中的格式（1），第五句至第七句为乐段三中的格式（3），第八句和第九句为乐段四中的格式（3）；第二阕第一句至第三句为乐段一中的格式（2），第四句和第五句为乐段二中的格式（2），第六句和第七句为乐段三中的格式（1），第八句和第九句为乐段四中的格式（2）；第三阕第一句至第三句为乐段一中的格式（2），第四句至第六句为乐段二中的格式（3），第七句至第十句为乐段三中的格式（1），第十一句至第十三句为乐段四中的格式（2）；第四阕第一句至第三句为乐段一中的格式（3），第四句至第七句为乐段二中的格式（3），第八句至第十一句为乐段三中的格式（5）。全词四叠，二百三十六字，第一阕和第二阕各九句，四仄韵；第三阕十三句，五仄韵；第四阕十四句，七仄韵。

卷四十

唐之大小曲名见《教坊记》。宋之大小曲名见《宋史·乐志》。如《竹枝》、《柳枝》、《浪淘沙》等调，唐之小曲也，编入第一卷中。《清平调》、《水调》、《凉州》、《伊州》诸调，唐之大曲也，多至十余遍，必须全载。今另辑一卷，附于卷末。至宋之大曲，传者甚少，仅得《薄媚》一调。《调笑令》、《九张机》亦为附载。若元人套数乐府，与词同源异流，此谱专为词作，例不采入。

清 平 调 辞

《碧鸡漫志》云："清平调辞，乃于'清调'、'平调'制词也。"《松窗杂记》云："每遍将换，明皇自倚玉笛和之。"

《清平调辞》的长短句结构

多阕且各阕相同，两个乐段	
乐段一（十四字）	乐段二（十四字）
7　　7	7　　7

《康熙词谱》收集了李白的三首《清平调辞》。单纯从李白的这三首词看，其实就是三首七言绝句，每一首都符合绝句的"粘对规则"。但作为词，类似七言四句体《浪淘沙》，又似不受绝句"粘对规则"的约束。于是，对于《清平调辞》而言，可看成是多首四言诗，每首诗为一阕，可分为两个乐段，其长短句结构和每一阕的基本格式如表所示。

《清平调辞》的基本格式（单调）

《清平调辞》，四句，三平韵	
乐段一（二句，十四字）	乐段二（二句，十四字）
＋｜－－＋｜－（韵）＋－ ＋｜｜－－（韵） （1）	＋－＋｜－－｜（句）＋｜－ －＋｜－（韵） （1）
＋－＋｜｜－－（韵）＋｜－ －＋｜－（韵） （2）	＋｜＋－－｜｜（句）＋－＋ ｜｜－－（韵） （2）

例　清平调辞（二十八字）

（唐）李　白

（一）

云想衣裳花想容。春风拂槛露华浓。若非群玉山头见，会向瑶台月下逢。

注：该词第一句和第二句为乐段一中的格式（1），第三句和第四句为乐段二中的格式（1）。全词单调，二十八字，四句，三平韵。

（二）

一枝红艳露凝香。云雨巫山枉断肠。借问汉宫谁得似，可怜飞燕倚新妆。

注：该词第一句和第二句为乐段一中的格式（2），第三句和第四句为乐段二中的格式（2）。全词单调，二十八字，四句，三平韵。

（三）

名花倾国两相欢。常得君王带笑看。解释春风无限恨，沉香亭北倚阑干。

注：该词第一句和第二句为乐段一中的格式（2），第三句和第四句为乐段二中的格式（2）。全词单调，二十八字，四句，三平韵。

水 调 歌

《乐府诗集》云："商调曲也。"《理道要诀》："南吕商，时号《水调》。"《碧鸡漫志》："水调多遍，似是大曲。" 按唐曲凡十一叠，前五叠为歌，后六叠为入破。《碧鸡漫志》注"曲遍声繁名入破"。其歌第五叠五言，调声最为怨切，故白居易诗云："五言一遍最殷勤，调少情多似有因。不会当时翻曲意，此声肠断为何人。"盖指此也。

《康熙词谱》收集了无名氏《水调歌》十一首，其长短句结构或为七言四句，或为五言四句。七言四句类似七言绝句，其首句既可仄起，又可平起，个别词例未讲"粘对"规则。五言四句为首句仄起不入韵式五言绝句，各自的基本格式分别如表所示。

七言四句《水调歌》的基本格式

《水调歌》七言四句，三平韵	
乐段一（二句，十四字）	乐段二（二句，十四字）
＋－＋｜｜－－（韵）＋｜－－＋｜－（韵） （1）	＋－＋｜＋－｜（句）＋｜－－＋｜－（韵） （1）
＋｜－－＋｜－（韵）＋｜－－＋｜｜－－（韵） （2）	＋｜＋－－｜｜（句）＋－＋｜｜－（韵） （2）
	＋｜＋－－｜｜（句）＋｜－－＋｜－（韵） （3）
	＋｜－－｜｜－（句）＋－＋｜｜－－（韵） （4）

五言四句《水调歌》的基本格式

《水调歌》五言四句，两平韵	
乐段一（二句，十字）	乐段二（二句，十字）
＋｜－－｜（句）－－＋｜－（韵）	＋－－｜｜（句）＋｜｜－－（韵）

例　水调歌（十一首）

无名氏

第一

平沙落日大荒西。陇上明星高复低。孤山几处看烽火，壮士连营候鼓鼙。

注：该首《水调歌》的七言四句，第一句和第二句为乐段一中的格式（1），第三句和第四句为乐段二中的格式（1）。全词单调，二十八字，四句，三平韵。

第二

猛将关西意气多。能骑骏马弄珊戈。金鞍宝铰精神出，笛倚新翻水调歌。

注：该首《水调歌》的七言四句，第一句和第二句为乐段一中的格式（2），第三句和第四句为乐段二中的格式（1）。全词单调，二十八字，四句，三平韵。

第三

王孙别上绿朱轮。不羡名公乐此身。户外碧潭春洗马，楼前红烛夜迎人。

注：该首《水调歌》的七言四句，第一句和第二句为乐段一中的格式（1），第三句和第四句为乐段二中的格式（2）。全词单调，二十八字，四句，三平韵。

第四

陇头一段气长秋。举目萧条总是愁。只为征人多下泪，年年添作断肠流。

注：该首《水调歌》的七言四句，第一句和第二句为乐段一中的格式（1），第三句和第四句为乐段二中的格式（2）。全词单调，二十八字，四句，三平韵。

第五

交带仍分影，同心巧结香。不应须换彩，意欲媚浓妆。

注：该首《水调歌》五言四句，实则为首句仄起不入韵式五言绝句。全词单调，二十字，四句，两平韵。

入破第一 《碧鸡漫志》："曲遍声繁名入破。"

白草河边一雁飞。黄龙关里挂戎衣。为受明王恩宠渥，从事经年不复归。

注：该首《水调歌》七言四句，第一句和第二句为乐段一中的格式（2），第三句和第四句为乐段二中的格式（3）。全词单调，二十八字，四句，三平韵。

第二

满城丝管日纷纷。半入江风半入云。此曲只应天上有，人间能得几回闻。

注：该首《水调歌》七言四句，第一句和第二句为乐段一中的格式（1），第三句和第四句为乐段二中的格式（2）。全词单调，二十八字，四句，三平韵。

第三

昨夜遥欢出建章。今朝缀赏度昭阳。传声莫闭黄金屋，为报先开白玉堂。

注：该首《水调歌》七言四句，第一句和第二句为乐段一中的格式（2），第三句和第四句为乐段二中的格式（1）。全词单调，二十八字，四句，三平韵。

第四

日晚笳声咽戍楼。陇云漫漫水东流。行人万里向西去，满目关山空恨愁。

注：该首《水调歌》七言四句，第一句和第二句为乐段一中的格式（2），第三句和第四句为乐段二中的格式（1）。全词单调，二十八字，四句，三平韵。

第五

十年一遇圣明朝。愿对君王舞细腰。乍可当熊任生死，谁能伴凤上云霄。

注：该首《水调歌》七言四句，第一句和第二句为乐段一中的格式（1），第三句和第四句为乐段二中的格式（4）。全词单调，二十八字，四句，三平韵。

第六彻

闺烛无人影，罗屏有梦魂。近来音耗绝，终日望君门。

注：该首《水调歌》五言四句，实则为首句仄起不入韵式五言绝句。全词单调，二十字，四句，两平韵。

凉 州 歌

《碧鸡漫志》："《凉州》见于世者凡七宫曲：黄钟宫、道调宫、无射宫、中吕宫、南吕宫、仙吕宫、高宫。"

《康熙词谱》收集了无名氏《凉州歌》五首，其长短句结构或为七言四句，或为五言四句。七言四句的基本格式为平起入韵或不入韵式七言绝句；五言四句的基本格式为仄起入韵式五言绝句，分别如表所示。

七言四句《凉州歌》的基本格式

《凉州歌》七言四句，三平韵或两平韵	
乐段一（二句，十四字）	乐段二（二句，十四字）
＋－＋丨丨－－（韵）＋丨－－＋丨－（韵）（1） ＋－＋丨－－丨（句）＋丨－－＋丨－（韵）（2）	＋丨＋－－丨丨（句）＋－＋丨丨－－（韵）

五言四句《凉州歌》的基本格式

《凉州歌》五言四句，三平韵	
乐段一（二句，十字）	乐段二（二句，十字）
＋丨丨－－（韵）＋－－－丨（韵）	＋－－丨丨（句）＋丨丨－－（韵）

例　凉州歌五首

无名氏

第一

汉家宫里柳如丝。上苑桃花连碧池。圣寿已传千岁酒，天文更赏百僚诗。

注：该首《凉州歌》七言四句，第一句和第二句为乐段一中的格式（1）。全词单调，二十八字，四句，三平韵。

第二

朔风吹叶雁门秋。万里烟尘昏戍楼。征马长思青海北，胡笳夜听陇山头。

注：该首《凉州歌》七言四句，第一句和第二句为乐段一中的格式（1）。全词单调，二十八字，四句，三平韵。

第三

开箧泪沾濡。见君前日书。夜台空寂寞，犹是子云居。

注：该首《凉州歌》五言四句，其格式为仄起入韵式五言绝句。全词单调，二十字，四句，三平韵。

排遍第一

三秋陌上早霜飞。羽猎平田浅草齐。锦背苍鹰初出按，五花骢马喂来肥。

注：该首《凉州歌》七言四句，第一句和第二句为乐段一中的格式（1）。全词单调，二十八字，四句，三平韵。

第二

鸳鸯殿里笙歌起，翡翠楼前出舞人。唤上紫薇三五夕，圣明方寿一千春。

注：该首《凉州歌》七言四句，第一句和第二句为乐段一中的格式（2）。全词单调，二十八字，四句，两平韵。

伊 州 歌

《碧鸡漫志》注："《伊州》见于世者，凡七商曲，大石调、高大石调、双调、小石调、歇指调、林钟调、越调。"

《康熙词谱》收集了无名氏《伊州歌》十首，长短句结构或为七言四句，或为五言四句。七言四句类似首句平起入韵式七言绝句，个别词例未讲"粘对"规则；五言四句的基本格式同首句仄起不入韵式五言绝句，各自的基本格式分别如表所示。

七言四句《伊州歌》的基本格式

《伊州歌》七言四句，三平韵或两平韵	
乐段一（二句，十四字）	乐段二（二句，十四字）
＋ － ＋ ｜ ｜ － －（韵）＋ ｜ － － ＋ ｜ －（韵）	＋ － ＋ ｜ ＋ －｜（句）＋ ｜ － － ＋ ｜ －（韵） （1） ＋ ｜ ＋ － － ｜ ｜（句）＋ － ＋ ｜ ｜ － －（韵） （2） ＋ ｜ － － ｜ － ｜（句）＋ － ＋ ｜ ｜ － －（韵） （3）

五言四句《伊州歌》的基本格式

《伊州歌》五言四句，两平韵	
乐段一（二句，十字）	乐段二（二句，十字）
＋ ｜ － － ｜（句）－ － ＋ ｜ －（韵）	＋ － － ｜ ｜（句）＋ ｜ ｜ － －（韵） （1） － － ｜ ＋ ｜（句）＋ ｜ ｜ － －（韵） （2）

例　伊州歌十首
无名氏

第一

秋风明月独离居。荡子从戎十载余。征人去日殷勤嘱，归雁来时数寄书。

注：该首《伊州歌》七言四句，第三句和第四句为乐段二中的格式（1）。全词单调，二十八字，四句，三平韵。

第二

彤闱晓辟万鞍回。玉露春游薄晚开。渭北清光摇草树，州南嘉景入楼台。

注：该首《伊州歌》七言四句，第三句和第四句为乐段二中的格式（2）。全词单调，二十八字，四句，三平韵。

第三

闻道黄花戍，频年不解兵。可怜闺里月，偏照汉家营。

注：该首《伊州歌》五言四句，第三句和第四句为乐段二中的格式（1）。全词单调，二十字，四句，两平韵。

第四

千里东归客，无心忆旧游。挂帆游白水，高枕到青州。

注：该首《伊州歌》五言四句，第三句和第四句为乐段二中的格式（1）。全词单调，二十字，四句，两平韵。

第五

桂殿江乌对，雕屏海燕重。只应多酿酒，醉罢乐高锺。

注：该首《伊州歌》五言四句，第三句和第四句为乐段二中的格式（1）。全词单调，二十字，四句，两平韵。

入破第一

千门今夜晓初晴。万里天河彻帝京。璨璨繁星驾秋色,稜稜霜气韵钟声。

注:该首《伊州歌》七言四句,第三句和第四句为乐段二中的格式(3)。全词单调,二十八字,四句,三平韵。

第二

长安二月柳依依。西出流沙路渐微。阏氏山上春光少,相府庭边驿使稀。

注:该首《伊州歌》七言四句,第三句和第四句为乐段二中的格式(1)。全词单调,二十八字,四句,三平韵。

第三

三秋大漠冷溪山。八月严霜变草颜。卷斾风行宵渡碛,衔枚电埽晓应还。

注:该首《伊州歌》七言四句,第三句和第四句为乐段二中的格式(2)。全词单调,二十八字,四句,三平韵。

第四

行乐三阳草,芳菲二月春。闺中红粉态,陌上看花人。

注:该首《伊州歌》五言四句,第三句和第四句为乐段二中的格式(1)。全词单调,二十字,四句,两平韵。

第五

君住孤山下,烟深夜径长。辕门渡绿水,游苑绕垂杨。

注:该首《伊州歌》五言四句,第三句和第四句为乐段二中的格式(2)。全词单调,二十字,四句,两平韵。

陆 州 歌

《康熙词谱》收集了无名氏《陆州歌》七首,长短句结构为五言四句,基本格式为仄起不入韵式五言绝句(如表所示)。

《陆州歌》五言四句的基本格式

《陆州歌》五言四句,两平韵	
乐段一(二句,十字)	乐段二(二句,十字)
＋｜－－｜(句)－－＋｜－(韵)	＋－－｜｜(句)＋｜｜－－(韵)(1) －－｜－｜(句)＋｜｜－－(韵)(2)

例 陆州歌七首

无名氏

第一

分野中峰变,阴晴众壑殊。欲投人处宿,隔浦问樵夫。

注:该首《陆州歌》五言四句,第三句和第四句为乐段二中的格式(1)。全词单调,二十字,四句,两平韵。

第二

共得烟霞径,东归山水游。萧萧望林夜,寂寂坐中秋。

注:该首《陆州歌》五言四句,第三句和第四句为乐段二中的格式(2)。全词单调,二十字,四句,两平韵。

第三

香气传空满,妆花映薄红。歌声天仗外,舞态御楼中。

排遍第一

　　树发花如锦，莺啼柳若丝。更逢欢宴地，愁见别离时。

　　注：该首《陆州歌》五言四句，第三句和第四句为乐段二中的格式（1）。全词单调，二十字，四句，两平韵。

第二

　　明月照秋叶，西风响夜砧。强言徒自乱，往事不堪寻。

　　注：该首《陆州歌》五言四句，第三句和第四句为乐段二中的格式（1）。全词单调，二十字，四句，两平韵。

第三

　　坐对银釭晓，停留玉箸痕。君门常不见，无处谢前恩。

　　注：该首《陆州歌》五言四句，第三句和第四句为乐段二中的格式（1）。全词单调，二十字，四句，两平韵。

第四

　　曙月当窗满，征人出塞游。画楼终日闭，清管为谁调。

　　注：该首《陆州歌》五言四句，第三句和第四句为乐段二中的格式（1）。全词单调，二十字，四句，两平韵。

调 笑 令

　　《康熙词谱》在第四十卷（附编）收录了毛滂《调笑令》和《乐府雅词》无名氏的《调笑集句》，属"唐之大曲"，词人填词往往是重复多首。随着时代的变迁，后来也有的词人将此牌作为单调小令来填。

《调笑令》的长短句结构

一阕或多阕,三个乐段		
乐段一(十二字)	乐段二(十三字)	乐段三(十三字)
2　3　7	7　　6	7　　6

该调每首三十八字,七句,七仄韵,可分为三个乐段,其长短句结构和基本格式如表所示。比较《古调笑》的长短句结构,可以看出它与《调笑令》之间的差异。但是,大概是有的词书将《调笑令》等同于《古调笑》,所以,将《调笑令》作为单调小令来填的作品不少。

《调笑令》的基本格式(单调)

《调笑令》一阕或多阕,七句,七仄韵		
乐段一(三句,十二字)	乐段二(二句,十三字)	乐段三(二句,十三字)
＋｜(韵)＋＋｜(韵) ＋｜＋＋－｜｜(韵) (1) ＋｜(韵)＋＋｜(韵) ＋｜－－｜＋｜(韵) (2)	＋－＋｜－－｜(韵) ＋｜＋＋｜＋｜(韵)	＋－＋｜＋－｜ (韵)＋｜＋＋｜ (韵)

注:①乐段一中的格式"＋　＋　｜(句)",可平可仄两处,不可同时用仄;②除第十首(首句为"时节")的第一句至第三句为乐段一中的格式(2)外,其余均为格式(1)。

例一　调笑令十首(每首三十八字)

（宋）毛　滂

窃以绿云之音,不羞春燕;结风之袖,若翩秋鸿。勿谓花月之无情,长寄绮罗之遗恨。试为调笑,戏追风流。少延重客之余欢,聊发清尊之雅兴。

崔　徽

珠树阴中翡翠儿,莫论生小被鸡欺。鹳鹊楼高荡春思,秋瓶盼碧双琉璃。御酥写肌花作骨,燕钗横玉云堆发。使梁年少断肠人,凌波袜冷重城月。

城月。冷罗袜。郎睡不知鸾帐揭。香凄翠被灯明灭。花困钗横时节。河桥杨柳催行色。愁黛有人描得。

泰　娘

　　隼旗佩马昌门西，泰娘绀幰为追随。河桥春风弄鬖影，桃花髻暖黄蜂飞。
　　绣茵锦荐承回雪，水犀梳斜抱明月。铜驼梦断江水长，云中月堕寒香歇。

香歇。袂红靧。记立河桥花自折。隼旗绀幰城西阙。教妾惊鸿回雪。铜驼春梦空愁绝。云破碧江流月。

盼　盼

　　武宁节度客最贤，后车摛藻争春妍。曲眉丰颊亦能赋，惠中秀外谁取怜。
　　花娇叶困春相逼，燕子楼头作寒食。月明空照合欢床，霓裳罢舞犹无力。

无力。倚瑶瑟。罢舞霓裳今几日。楼空雨小春寒逼。钿晕罗衫烟色。帘前归燕看人立。却趁落花飞入。

美　人　赋

　　临邛重客蜀相如，被服容冶人闲都。上宫烟娥笑迎客，绣屏六曲红氍毹。
　　霰珠穿帘洞房晚，歌倚瑶琴半羞懒。天寒日暮可奈何，挂客冠缨玉钗冷。

钗冷。鬓云晚。罗袖拂人花气暖。风流公子来应远。半倚瑶琴羞懒。云寒日暮天微霰。无处不堪肠断。

灼　灼

　　寒云夜卷霜倒飞，一声水调凝秋悲。锦靴玉带舞回雪，丞相筵前看柘枝。
　　河东词客今何地，密寄软绡三尺泪。锦城春色隔瞿塘，故华灼灼今憔悴。

憔悴。何郎地。密寄软绡三尺泪。传心语眼郎应记。翠袖犹芳仙桂。愿郎学做蝴蝶子。去去来来花里。

莺　莺

　　春风户外花萧萧，绿窗绣屏阿母娇。白玉郎君恃恩力，尊前心醉双翠翘。
　　西厢月冷濛花雾，落霞零乱墙东树。此夜灵犀已暗通，玉环寄恨人何处。

何处。长安路。不记墙东花拂树。瑶琴理罢霓裳谱。依旧月窗风户。薄情年少如飞絮。梦逐玉环西去。

茗 子

白蘋溪边张水嬉，红莲上客心在谁。丹山鸾雏杂鸥鹭，暮云晚浪相逶迤。
十年东风未应老，斗量明珠结里媪。花房着子青春深，朱轮来时但芳草。

芳草。恨春老。自是寻春来不早。落花风起红多少。记得一枝春小。绿阴青子空相恼。此恨平生怀抱。

张 好 好

半天高阁倚晴江，使君燕客罗纨香。一声离凤破凝碧，洞房十三春未央。
沙暖鸳鸯堤下上，烟轻杨柳丝飘荡。佩瑶弃置洛城东，风流云散空相望。

相望。楚江上。萦水缭云闻妙唱。龙沙醉眼看花浪。正要风将月傍。云车瑶佩成惆怅。衰柳白须相向。

破 子

酒美。从酒贵。濯锦江边花满地。鹈鹕换得文君醉。暖和一团春意。怕将醒眼看浮世。不换云芽雪水。

又

花好。怕花老。暖日和风将养到。东君须愿长年少。图不看花草草。西园一点红犹小。早被蜂儿知道。

遣 队

歌长渐落杏梁尘，舞罢香风卷绣裀。更拟绿云弄清切，尊前恐有断肠人。

例二　调笑集句（八首）（每首三十八字）

《乐府雅词》无名氏

盖闻行乐须及良辰，钟情正在吾辈。飞觞举白，目断巫山之暮云；缀玉联珠，韵胜池塘之春草。集古人之妙句，助今日之余欢。
珠流璧合暗连文，月入千江体不分。此曲只应天上有，歌声岂合世间闻。

巫 山

巫山高高十二峰，云想衣裳花想容。欲往从之不惮远，丹峰碧嶂深重重。

楼阁玲珑五云起，美人娟娟隔秋水。江天一望楚天长，满怀明月人千里。

千里。楚江水。明月楼高愁独倚。井梧宫殿生秋意。望断巫山十二。雪肌花貌参差是。朱阁五云仙子。

桃 源

渔舟容易入春山。别有天地非人间。玉颜亭亭花下立，鬓乱钗横特地寒。
留君不住君须去，不知此地归何处。春来遍是桃花水，流水落花空相误。

相误。桃源路。万里沧沧烟水暮。留君不住君须去。秋月春风闲度。桃花零乱如红雨。人面不知何处。

洛 浦

艳阳灼灼河洛神，态浓意远淑且真。入眼平生未曾有，缓步伴羞行玉尘。
凌波不过横塘路，风吹仙袂飘飘举。来如春梦不多时，天非花艳轻非雾。

非雾。花无语。还似朝云何处去。凌波不过横塘路。燕燕莺莺飞舞。风吹仙袂飘飘举。拟倩游丝惹住。

明 妃

明妃初出汉宫时，青春绣服正相宜。无端又被东风误，故着寻常淡薄衣。
上马即知无返日，寒山一带伤心碧。人生憔悴生理难，好在毡城莫相忆。

相忆。无消息。目断遥天云自白。寒山一带伤心碧。风土萧疏胡国。长安不见浮云隔。纵使君来争得。

班 女

九重春色醉仙桃，春娇满眼睡红绡。同辇随君侍君侧，云鬓花冠金步摇。
一霎秋风惊画扇，庭院苍苔红叶遍。蕊珠宫里旧承恩，回首何时复来见。

来见。蕊宫殿。记得随班迎凤辇。余花落尽苍苔院。斜掩金铺一片。千金买笑无方便。和泪盈盈娇眼。

文 君

锦城丝管日纷纷，金钗半醉坐添春。相如正应居客右，当轩下马入锦裀。
斜倚绿窗鸳鉴女，琴弹秋思明心素。心有灵犀一点通，感君绸缪逐君去。

君去。逐鸳侣。斜倚绿窗鸳鉴女。琴弹秋思明心素。一寸还成千缕。锦城春色知何许。那似远山眉妩。

吴　娘

素枝琼树一枝春，丹青难写是精神。偷啼自揾残妆粉，不忍重看旧写真。
佩玉鸣鸾罢歌舞，锦瑟华年谁与度。暮雨潇潇郎不归，含情欲说独无处。

无处。难轻诉。锦瑟华年谁与度。黄昏更下潇潇雨。况是青春将暮。花虽无语莺能语。来道曾逢郎否。

琵　琶

十三学得琵琶成，翡翠帘开云母屏。暮去朝来颜色故，夜半月高弦索鸣。
江水江花岂终极，上下花间声转急。此恨绵绵无绝期，江州司马青衫湿。

衫湿。情何极。上下花间声转急。满船明月芦花白。秋水长天一色。芳年未老时难得。目断远空凝碧。

例三　调笑转踏十二首（每首三十八字）
（宋）郑　僅

良辰易失，信四者之难并；佳客相逢，实一时之盛事。用陈妙曲，上助清欢。女伴相将，调笑入队。

（一）

秦楼有女字罗敷，二十未满十五余。金环约腕携笼去，攀枝摘叶城南隅。
使君春思如飞絮，五马徘徊芳草路。东风吹鬓不可亲，日晚蚕饥欲归去。

归去。携笼女。南陌柔桑三月暮。使君春思如飞絮。五马徘徊频驻。蚕饥日晚空留顾。笑指秦楼归去。

（二）

石城女子名莫愁，家住石城西渡头。拾翠每寻芳草路，采莲时过绿蘋洲。
五陵豪客青楼上，醉倒金壶待清唱。风高江阔白浪飞，急催艇子操双桨。

双桨。小舟荡。唤取莫愁迎叠浪。五陵豪客青楼上。不道风高江广。千金难买倾城样。那听绕梁清唱。

（三）

　　绣户朱帘翠幕张，主人置酒宴华堂。相如年少多才调，消得文君暗断肠。
　　断肠初认琴心跳，幺弦暗写相思调。从来万曲不关心，此度伤心何草草。

　草草。最年少。绣户银屏人窈窕。瑶琴暗写相思调。一曲关心多少。临卬客舍成都道。苦恨相逢不早。

（四）

　　湲湲流水武陵溪，洞里春长日月迟。红英满地无人扫，此度刘郎去后迷。
　　行行渐入清流浅，香风引到神仙馆。琼浆一饮觉身轻，玉砌云房瑞烟暖。

　烟暖。武陵晚。洞里春长花烂漫。红英满地溪流浅。渐听云中鸡犬。刘郎迷路香风远。误到蓬莱仙馆。

（五）

　　少年锦带佩吴钩，铁马追风塞草秋。凭仗匣中三尺剑，扫平骑虏取封侯。
　　红颜少妇桃花脸，笑倚银屏施宝靥。明眸妙齿起相迎，青楼独占阳春艳。

　春艳。桃花脸。笑倚银屏施宝靥。良人少有平戎胆。归路光生弓剑。青楼春永香帏掩。独把韶华都占。

（六）

　　翠盖银鞍冯子都，寻芳调笑酒家徒。吴姬十五天桃色，巧笑春风当酒垆。
　　玉壶丝络临朱户，结就罗裙表情素。红裙不惜裂香罗，区区私爱徒相慕。

　相慕。酒家女。巧笑明眸年十五。当垆春永寻芳去。门外落花飞絮。银鞍白马金吾子。多谢结裙情素。

（七）

　　楼上青帘映绿杨，江波千里对微茫。潮平越贾催船发，酒熟吴姬唤客尝。
　　吴姬绰约开金盏，的的娇波流美盼。秋风一曲采菱歌，行云不度人肠断。

　肠断。浙江岸。楼上青帘新酒软。吴姬绰约开金盏。的的娇波流盼。采菱歌罢行云散。望断侬家心眼。

（八）

花阴转午漏频移，宝鸭飘帘绣幕垂。眉山敛黛云堆髻，醉倚春风不自持。
偷眼刘郎年最少，云情雨态知多少。花前月下恼人肠，不独钱塘有苏小。

苏小。最娇妙。几度尊前曾调笑。云情雨态知多少。悔恨相逢不早。刘郎襟韵正年少。风月今宵偏好。

（九）

金翘斜躲淡梳妆，绰约天葩自在芳。几番欲奏阳关曲，泪湿春风眼尾长。
落花飞絮青门道，浓愁不散连芳草。骖鸾乘鹤上蓬莱，应笑行云空梦悄。

梦悄。翠屏晓。帐里熏炉残蜡照。赏心乐事能多少。忍听阳关声调。明朝门外长安道。怅望王孙芳草。

（十）

绰约妍姿号太真，肌肤冰雪怯轻尘。霞衣乍举红摇影，按出霓裳曲最新。
舞斜钗躲乌云发，一点春心幽恨切。蓬莱虽说浪风轻，翻恨明皇此时节。

时节。白云阙。洞里春情百和爇。兰心底事多悲切。消尽一团冰雪。明皇恩爱云山绝。谁道蓬莱安悦。

（十一）

江上新晴暮霭飞，碧芦红蓼夕阳微。富贵不牵渔父目，尘劳难染钓人衣。
白鸟孤飞烟柳杪，采莲越女清歌妙。腕呈金钏棹鸣榔，惊起鸳鸯归调笑。

调笑。楚江渺。粉面修眉花斗好。擎荷折柳争相调。惊起鸳鸯多少。渔歌齐唱催残照。一叶归舟轻小。

（十二）

千里潮平小渡边，帘歌白纻絮飞天。苏苏不怕梅风软，空遣春心着意怜。
燕钗玉股横青发，怨托琵琶恨难说。拟将幽恨诉新愁，新愁未尽丝声切。

声切。恨难说。千里潮平春浪阔。梅风不解相思结。忍送落花飞雪。多才一去芳音绝。更对珠帘新月。

放 队

新词宛转递相传，振袖倾鬟风露前。月落乌啼云雨散，游童陌上拾花钿。

九 张 机

《康熙词谱》收集了《乐府雅词》无名氏《九张机》十一首。小序云："《醉留客》者，乐府之旧名；《九张机》者，才子之新调。凭戛玉之清歌，写掷梭之春怨。章章寄恨，句句言情。恭对华筵，敢陈口号。"

《九张机》的长短句结构

《九张机》单调，两个乐段	
乐段一（十字或九字）	乐段二（二十字）
3　7 2　7	7　4　4　5

无名氏《九张机》单调，三十字或二十九字，六句，三平韵一叶韵或三平韵，可分为两个乐段，其长短句结构和基本格式分别如表所示。

《九张机》的基本格式（单调）

《九张机》单调，三十字或二十九字，六句，三平韵一叶韵或三平韵	
乐段一（二句，十字或九字）	乐段二（四句，二十字）
＋－－（韵）＋－＋｜｜－ －（韵） （1） －－（韵）＋－＋｜｜－－（韵） （2）	＋－＋｜－－｜（叶）＋－＋ ｜（句）＋－＋｜（句）＋｜｜－ －（韵） （1） ＋－＋｜－－｜（句）＋－＋ ｜（句）＋－＋｜（句）＋｜｜－ －（韵） （2）

例一　九张机十一首

《乐府雅词》无名氏

一掷梭心一缕丝，连连织就九张机。从来巧思知多少，苦恨春风久不归。

（一）

一张机。织梭光景去如飞。兰芳夜永愁无寐。呕呕轧轧，织成春恨，留着待郎归。

（二）

两张机。月明人静漏声稀。千丝万缕相萦系。织成一段，回文锦字，将去寄呈伊。

（三）

三张机。中心有朵耍花儿。娇红嫩绿春明媚。君须早折，一枝浓艳，莫待过芳菲。

（四）

四张机。鸳鸯织就欲双飞。可怜未老头先白。春波碧草，晓寒深处，相对浴红衣。

（五）

五张机。芳心密与巧心期。合欢树上枝连理。双头花下，两同心处，一对化生儿。

（六）

六张机。雕花铺锦半离披。兰芳别有留春计。炉添小篆，日长一线，相对绣工迟。

（七）

七张机。春蚕吐尽一生丝。莫教容易裁罗绮。无端剪破，仙鸾彩凤，分作两般衣。

（八）

八张机。纤纤玉手住无时。蜀江濯尽春波媚。香遗囊麝，花房绣被，归去意迟迟。

（九）

九张机。一心长在百花枝。百花共作红堆被。都将春色，藏头里面，不怕睡多时。

注：上述九首，第一句和第二句为乐段一中的格式（1），第三句至第六句为乐段二中的格式（1）。全词单调，三十字，六句，三平韵一叶韵。

（十）

轻丝。象床玉手出新奇。千花万草光凝碧。裁缝衣著，春天歌舞，飞蝶语黄鹂。

（十一）

春衣。素丝染就已堪悲。尘昏汗污无颜色。应同秋扇，从兹永弃，无复奉君时。

注：上述两首，第一句和第二句为乐段一中的格式（2），第三句至第六句为乐段二中的格式（1）。全词单调，二十九字，六句，三平韵一叶韵。

歌声飞落画梁尘，舞罢香风卷绣茵。更欲缕陈机上恨，尊前恐有断肠人。敛袂而归，相将好去。

例二　九张机（无前后口号）
《乐府雅词》无名氏

（一）

一张机。采桑陌上试春衣。风晴日暖慵无力，桃花枝上，啼莺言语，不肯放人归。

(二)

两张机。行人立马意迟迟。深心未忍轻分付，回头一笑，花间归去，只恐被花知。

(三)

三张机。吴蚕已老燕雏飞。东风宴罢长洲苑，轻绡催趁，馆娃宫女，要换舞时衣。

(四)

四张机。咿哑声里暗颦眉。回梭织朵垂莲子，盘花易绾，愁心难整，脉脉乱如丝。

(五)

五张机。横纹织就沈郎诗。中心一句无人会，不言愁恨，不言憔悴，只恁寄相思。

(六)

六张机。行行都是耍花儿。花间更有双蝴蝶，停梭一晌，闲窗影里，独自看多时。

(七)

七张机。鸳鸯织就又迟疑。只恐被人轻裁剪，分飞两处，一场离恨，何计再相随。

(八)

八张机。回纹知是阿谁诗。织成一片凄凉意，行行读遍，厌厌无语，不忍更寻思。

(九)

九张机。双花双叶又双枝。薄情自古多离别，从头到底，将心萦系，穿过一条丝。

注：上述九首，第一句和第二句为乐段一中的格式（1），第三句至第六句为乐段二中的格式（2）。全词单调，三十字，六句，三平韵。

梅 花 曲

《康熙词谱》共收集刘几《梅花曲》三首，并注"以王安石三诗度曲"。

九十二字体《梅花曲》的长短句结构

九十二字体《梅花曲》上阕，四个乐段			
乐段一（十字）	乐段二（十三字）	乐段三（十字）	乐段四（十二字）
5　　5	6　　3　　4	5　　5	3　　5　　4

九十二字体《梅花曲》下阕，四个乐段			
乐段一（十四字）	乐段二（十二字）	乐段三（十三字）	乐段四（八字）
6　　3　　5	3　　3　　3　　3	7　　6	3　　5

一百字体《梅花曲》的长短句结构

一百字体《梅花曲》上阕，四个乐段			
乐段一（十三字）	乐段二（十二字）	乐段三（十四字）	乐段四（十一字）
4　　4　　5	4　　　35	7　　3　　4	6　　5

一百字体《梅花曲》下阕，四个乐段			
乐段一（十五字）	乐段二（十二字）	乐段三（十一字）	乐段四（十二字）
6　　5　　4	4　　3　　5	6　　5	7　　5

九十六字体《梅花曲》的长短句结构

九十六字体《梅花曲》上阕，四个乐段			
乐段一（十四字）	乐段二（十三字）	乐段三（十二字）	乐段四（十一字）
4　　4　　6	4　　5　　4	4　　4　　4	4　　3　　4

九十六字体《梅花曲》下阕，四个乐段							
乐段一（十三字）			乐段二（十一字）		乐段三（十三字）		乐段四（九字）
4	4	5	4	7	6	7	4	5

　　《梅花曲》双调，有九十二字、一百字和九十六字三种格式，上下阕分别可分为四个乐段，各自的长短句结构分别如表所示，从中可以看出它们之间的差异较大，实乃同名异体耳，故只好分别制谱。

　　九十二字体《梅花曲》，上阕十句，四平韵；下阕十一句，四平韵，其基本格式如表所示；一百字体《梅花曲》，上阕十句，四平韵；下阕十句，六平韵，其基本格式如表所示；九十六字体《梅花曲》，上阕十二句，五平韵；下阕九句，四平韵，其基本格式如表所示。

九十二字体《梅花曲》的基本格式（双调）

九十二字体《梅花曲》上阕，十句，四平韵	
乐段一（二句，十字）	乐段二（三句，十三字）
＋ － － ｜ ｜（句）＋ ｜ ｜ － －（韵）	＋ － ＋ ｜ － －（句）－ ｜ ＋（句）＋ ｜ ＋ －（韵）

九十二字体《梅花曲》上阕，十句，四平韵	
乐段三（二句，十字）	乐段四（三句，十二字）
＋ ｜ ｜ － －（句）－ － ＋ ｜ －（韵）	－ ｜ ＋（句）－ － ＋ ｜ ｜（句）＋ ｜ － －（韵）

九十二字体《梅花曲》下阕，十一句，四平韵	
乐段一（三句，十四字）	乐段二（四句，十二字）
＋ ｜ ＋ － ＋ ｜（句）－ ＋ ｜（句）＋ ｜ ｜ － －（韵）	＋ ＋ ｜（句）－ ＋ ｜（句）＋ －（句）｜ ＋ －（韵）

九十二字体《梅花曲》下阕，十一句，四平韵	
乐段三（二句，十三字）	乐段四（二句，八字）
＋ ＋ ＋ ｜ ｜ － －（句）＋ ｜ ＋	－（韵）	｜ ＋ －（句）＋ ｜ ｜ － －（韵）

例 梅花曲（九十二字）

（宋）刘 几

　　汉宫娇额半涂黄。粉色凌寒透薄妆。好借月魂来映烛，恐随春梦去飞扬。风亭把盏酬孤艳，雪径回舆认暗香。不为调羹应结子，直须留此占年芳。

　　汉宫中侍女，娇额半涂黄。盈盈粉色凌时，寒玉体，先透薄妆。好借月魂来，娉婷画烛旁。惟恐随，阳春好梦去，所思飞扬。　　宜向风亭把盏，酬孤艳，醉永夕何妨。雪径蕊，真凝密，降回舆，认暗香。不为藉我作和羹，肯放结子花狂。向上林，留此占年芳。

　　注：该词双调，九十二字，上阕十句，四平韵；下阕十一句，四平韵。

一百字体《梅花曲》的基本格式（双调）

一百字体《梅花曲》上阕，十句，四平韵	
乐段一（三句，十三字）	乐段二（二句，十二字）
＋｜－－（句）＋－＋｜（句）－－＋｜－（韵）	＋－＋｜（句）＋＋－（读）＋｜｜－－（韵）

一百字体《梅花曲》上阕，十句，四平韵	
乐段三（三句，十四字）	乐段四（二句，十一字）
＋－＋｜｜＋－（句）｜＋（句）＋｜－－（韵）	＋｜＋－＋｜（句）＋｜｜－（韵）

一百字体《梅花曲》下阕，十句，六平韵	
乐段一（三句，十五字）	乐段二（三句，十二字）
＋－＋｜－－（韵）－＋｜＋｜（句）＋＋－－（韵）	＋－＋｜（句）｜－＋（句）＋｜｜－－（韵）

一百字体《梅花曲》下阕，十句，六平韵	
乐段三（二句，十一字）	乐段四（二句，十二字）
＋－＋｜＋（句）＋｜｜－－（韵）	＋＋－＋｜－－（韵）－－＋｜－（韵）

注：下阕乐段中的格式"＋＋－＋｜－－（韵）"，为"上一下六"句式。

例　梅花曲（一百字）

（宋）刘　几

　　结子非食鼎鼐尝。偶先红杏占年芳。从教腊雪埋藏得，却怕春风漏泄香。不御铅华知国色，只裁云缕想仙妆。少陵为尔牵诗兴，可是无心赋海棠。

　　结子非贪，有香不俗，宜当鼎鼐尝。偶先红紫，度韶华、玉笛占年芳。众花杂色满上林，未能教，腊雪埋藏。却怕春风漏泄，一一尽天香。　　不须更御铅黄。知国色禀自，天真殊常。只裁云缕，奈芳滑，玉体想仙妆。少陵为尔东阁，美艳激诗肠。当已阴未雨春光。无心赋海棠。

　　注：该词双调，一百字，上阕十句，四平韵；下阕十句，六平韵。

九十六字体《梅花曲》的基本格式（双调）

九十六字体《梅花曲》上阕，十二句，五平韵	
乐段一（三句，十四字）	乐段二（三句，十三字）
＋｜－　－（韵）＋－＋｜（句） ＋｜＋｜－　－（韵）	＋－＋｜（韵）｜＋－＋｜（句） ＋｜－　－（韵）

九十六字体《梅花曲》上阕，十二句，五平韵	
乐段三（三句，十二字）	乐段四（三句，十一字）
＋－＋｜（句）＋｜－　－（句） ＋｜－　－（韵）	＋｜－　－（韵）－＋｜（句）＋｜ －　－（韵）

九十六字体《梅花曲》下阕，九句，四平韵	
乐段一（三句，十三字）	乐段二（二句，十一字）
＋－＋｜（句）＋－＋｜（句） ＋｜｜－　－（韵）	＋－＋｜＋－＋｜｜－ －（韵）

九十六字体《梅花曲》下阕，九句，四平韵	
乐段三（二句，十三字）	乐段四（二句，九字）
＋－＋｜－　－（句）＋｜－｜｜ ＋－（韵）	＋｜－＋（句）－－＋｜ －（韵）

例　梅花曲（九十六字）

浅浅池塘短短墙，年年为尔惜流芳。向人自有无言意，倾国天教抵死香。
须裛黄金危欲堕，带团红蜡巧能妆。婵娟一种如冰雪，依倚春风笑野棠。

浅浅池塘，深深庭院。复出短短垣墙。年年为尔，若九真巡会，宝惜流芳。向人自有，绵渺无言，深意深藏。倾国倾城，天教与，抵死芳香。　　裛须金色，轻危欲压，绰约冠中央。带团红蜡，兰肌粉艳巧能妆。婵娟一种风流，如雪如冰衣霓裳。永日依倚，春风笑野棠。

注：该词双调，九十六字，上阕十二句，五平韵；下阕九句，四平韵。

薄　　媚

唐教坊大曲名。《乐府雅词》注"道宫"。

《薄媚·排遍第八》的长短句结构

《薄媚·排遍第八》上阕，五个乐段				
乐段一 （十四字）	乐段二 （十六字）	乐段三 （八字）	乐段四 （十三字）	乐段五 （十二字）
4　4　6	4　4　3　5	3　5	4　4　5	7　5

《薄媚·排遍第八》下阕，五个乐段				
乐段一 （十一字）	乐段二 （十八字）	乐段三 （十一字）	乐段四 （十三字）	乐段五 （十二字）
3　3　5	6　4　4　4	4　7	4　4　5	7　5

《薄媚·排遍第九》的长短句结构

《薄媚·排遍第九》上阕，四个乐段			
乐段一（十四字）	乐段二（十四字）	乐段三（二十一字）	乐段四（十二字）
4　4　6	4　4　6	7　3　6　5	7　5

《薄媚·排遍第九》下阕，四个乐段			
乐段一（十二字）	乐段二（十九字）	乐段三（二十一字）	乐段四（十二字）
4　　3　5	6　4　4　5	8　4　4　5	7　　5

《薄媚·第十攧》的长短句结构

《薄媚·第十攧》上阕，四个乐段			
乐段一（十二字）	乐段二（十八字）	乐段三（十八字）	乐段四（十二字）
3　5　　4	3　3　5　4　3	5　4　4　5	7　　5

《薄媚·第十攧》下阕，四个乐段			
乐段一（八字）	乐段二（十四字）	乐段三（十四字）	乐段四（十六字）
4　　4	3　4　　7	6　4　4	3　5　4　4

《薄媚·入破第一》的长短句结构

《薄媚·入破第一》上阕，四个乐段			
乐段一（十一字）	乐段二（十二字）	乐段三（十字）	乐段四（十四字）
3　3　5	3　3　6	4　　6	3　4　4　3

《薄媚·入破第一》下阕，四个乐段			
乐段一（十一字）	乐段二（十三字）	乐段三（十三字）	乐段四（十一字）
6　　5	3　3　3　4	4　4　5	4　4　3

《薄媚·第二虚催》的长短句结构

《薄媚·第二虚催》上阕，四个乐段			
乐段一（十字）	乐段二（十字）	乐段三（十四字）	乐段四（十三字）
3　　7	4　　6	4　3　7	5　4　4

《薄媚·第二虚催》下阕，四个乐段			
乐段一（七字）	乐段二（十三字）	乐段三（十二字）	乐段四（八字）
7	3　4　　6	5　　3　4	4　　4

《薄媚·第三衮遍》的长短句结构

《薄媚·第三衮遍》上阕，四个乐段			
乐段一（十二字）	乐段二（十二字）	乐段三（十六字）	乐段四（八字）
3　3　3　3	3　3　3　3	3　4　4　5	4　4

《薄媚·第三衮遍》下阕，四个乐段			
乐段一（十二字）	乐段二（十三字）	乐段三（十四字）	乐段四（八字）
5　7	3　3　34	4　3　3　4	4　4

《薄媚·第四催拍》的长短句结构

《薄媚·第四催拍》上阕，三个乐段		
乐段一（十一字）	乐段二（十字）	乐段三（二十一字）
4　4　3	3　2　5	4　4　5　8

《薄媚·第四催拍》下阕，三个乐段		
乐段一（十二字）	乐段二（十三字）	乐段三（二十一字）
3　4　5	3　3　3　4	4　6　5　6

《薄媚·第五衮遍》的长短句结构

《薄媚·第五衮遍》上阕，四个乐段			
乐段一（十二字）	乐段二（十五字）	乐段三（十三字）	乐段四（八字）
3　4　5	3　3　3　3　3	4　4　5	4　4

《薄媚·第五衮遍》下阕，四个乐段			
乐段一（十二字）	乐段二（十三字）	乐段三（十三字）	乐段四（八字）
3　4　5	33　34	4　4　5	4　4

《薄媚·第六歇拍》的长短句结构

《薄媚·第六歇拍》上阕，四个乐段			
乐段一（八字）	乐段二（十三字）	乐段三（十三字）	乐段四（八字）
4　4	3　3　3　4	4　4　5	4　4

《薄媚·第六歇拍》下阕，四个乐段

乐段一（十二字）	乐段二（十三字）	乐段三（十三字）	乐段四（八字）
3　4　5	3　3　7	4　4　5	4　4

《薄媚·第七煞衮》的长短句结构

《薄媚·第七煞衮》上阕，四个乐段

乐段一（八字）	乐段二（十五字）	乐段三（十三字）	乐段四（八字）
3　5	5　4　6	4　4　5	4　4

《薄媚·第七煞衮》下阕，四个乐段

乐段一（十四字）	乐段二（十字）	乐段三（八字）	乐段四（六字）
3　4　7	5　5	4　4	3　3

《康熙词谱》共收集十首《薄媚》，双调，各自的长短句结构分别如表所示。从比较中可以看出，它们只是调名相同，而长短句结构却不尽相同，故只能是分别制谱。

《薄媚·排遍第八》的基本格式（双调）

《薄媚·排遍第八》上阕，十三句，六平韵三叶韵

乐段一（三句，十四字）	乐段二（四句，十六字）	乐段三（一句，八字）
＋ － ＋ ｜（句）＋ ｜ ＋ －（句）＋ － ＋ ｜ － －（韵）	＋ ｜ － －（句）＋ ｜ － －（韵）＋ ＋ ｜（叶） ＋ ｜ － －｜（叶）	＋ ＋ ＋（读）＋ ｜｜ － －（韵）

《薄媚·排遍第八》上阕，十三句，六平韵三叶韵

乐段四（三句，十三字）	乐段五（二句，十二字）
＋ ｜ － －（句）＋ ｜ － －（韵） ＋ ｜ － － ｜（叶）	＋ － ＋ ｜｜ － －（韵）＋ ｜｜ － －（韵）

《薄媚·排遍第八》下阕，十四句，六平韵三叶韵		
乐段一（三句，十一字）	乐段二（四句，十八字）	乐段三（二句，十一字）
＋ － ｜（叶）＋ － ｜（叶）＋ ｜ ｜ － －（韵）	＋ ｜ ＋ － ＋ ｜（句）＋ ｜ ＋ －（句）＋ ｜ － －（韵）＋ ｜ －（韵）	＋ － ＋ ｜（句）＋ － ＋ ｜ ｜ － －（韵）

《薄媚·排遍第八》下阕，十四句，六平韵三叶韵	
乐段四（三句，十三字）	乐段五（二句，十二字）
＋ ｜ － －（句）＋ ｜ － －（句）＋ ｜ － － ｜（叶）	＋ － ＋ ｜ ｜ － －（韵）＋ ｜ ｜ － －（韵）

例　薄媚·排遍第八（一百二十八字）

（宋）董　颖

怒潮卷雪，巍岫布云，越襟吴带如斯。有客经游，月伴风随。直盛世。观此江山美。合放怀、何事却兴悲。不为回头，旧谷天涯。为想前君事。越王嫁祸献西施。吴即中深机。　　阖庐死。有遗誓。勾践必诛夷。吴未干戈出境，仓卒越兵，投怒夫差。鼎沸鲸鲵。越遭勍敌，可怜无计脱重围。归路茫然，城郭丘墟，飘泊稽山里。旅魂暗逐战尘飞。天日惨无辉。

注：全词双调，一百二十八字，上阕十三句，六平韵三叶韵；下阕十四句，六平韵三叶韵。

《薄媚·排遍第九》的基本格式（双调）

《薄媚·排遍第九》上阕，十二句，四平韵四叶韵	
乐段一（三句，十四字）	乐段二（三句，十四字）
＋ ｜ － －（句）＋ ｜ － －（句）＋ － ＋ ｜ － －（韵）	＋ － ＋ ｜（叶）＋ ｜ － －（句）－ ｜ ＋ ｜ ＋ －（韵）

《薄媚·排遍第九》上阕，十二句，四平韵四叶韵	
乐段三（四句，二十一字）	乐段四（二句，十二字）
＋ － ＋ ｜ － ＋ ｜（句）－ ＋ ｜（叶）＋ ｜ ＋ ＋ ＋ ｜（叶）｜ ＋ － ＋ ｜（叶）	＋ － ＋ ｜ ｜ － －（韵）＋ ｜ ｜ － －（韵）

《薄媚·排遍第九》下阕，十二句，五平韵两叶韵

乐段一（二句，十二字）	乐段二（四句，十九字）
＋－＋｜（句）＋＋＋（读）＋｜｜－－（韵）	＋－＋｜＋－（句）＋｜－－（句）＋＋－｜（叶）＋＋｜－－（韵）

《薄媚·排遍第九》下阕，十二句，五平韵两叶韵

乐段三（四句，二十一字）	乐段四（二句，十二字）
｜＋－＋｜｜－－（韵）＋｜－－（句）＋｜－－（句）＋｜－｜（叶）	＋－＋｜｜－－（韵）＋｜｜－－（韵）

例　薄媚·排遍第九（一百二十五字）

（宋）董　颖

自念平生，英气凌云，凛然万里宣威。那知此际。熊虎途穷，来伴麋鹿早栖。既甘臣妾犹不许，何为计。争若都燔宝器。尽诛吾妻子。径将死战决雄雌。天意恐怜之。　　偶闻太宰，正擅权、贪赂市恩私。因将宝玩献诚，虽脱霜戈，石室囚系。忧嗟又经时。恨不如巢燕自由归。残月朦胧，寒雨萧萧，有血都成泪。备尝险厄返邦畿。冤愤刻肝脾。

注：全词双调，一百二十五字，上阕十二句，四平韵四叶韵；下阕十二句，五平韵两叶韵。

《薄媚·第十撷》的基本格式（双调）

《薄媚·第十撷》上阕，十三句，六平韵五叶韵	
乐段一（二句，十二字）	乐段二（五句，十八字）
＋＋＋（读）｜＋－＋｜（叶）＋｜－－（韵）	＋－｜（句）＋－－（韵）｜＋－＋｜（叶）＋＋－｜（叶）｜－－（韵）

《薄媚·第十撷》上阕，十三句，六平韵五叶韵	
乐段三（四句，十八字）	乐段四（二句，十二字）
｜＋－＋｜（叶）＋｜－－（韵）＋｜－－（句）＋｜－｜（叶）	＋－＋｜｜－－（韵）＋｜｜－－（韵）

《薄媚·第十攧》下阕，十句，六叶韵

乐段一（二句，八字）	乐段二（二句，十四字）
＋－＋｜（句）＋－＋｜（叶）	＋＋＋（读）＋｜＋－（句）＋－＋｜－－｜（叶）

《薄媚·第十攧》下阕，十句，六叶韵

乐段三（三句，十四字）	乐段四（三句，十六字）
＋－＋｜－－（句）＋－＋｜（叶）＋－＋｜（叶）	＋＋＋（读）＋＋｜－－（句）＋＋－｜（叶）＋－＋｜（叶）

例　薄媚·第十攧（一百十二字）

（宋）董　颖

种陈谋、谓吴兵正炽。越勇难施。破吴策，惟妖姬。有倾城妙丽。名字西子。岁方笄。算夫差惑此。须致颠危。范蠡微行，珠贝为香饵。苎萝不钓钓深闺。吞饵果殊姿。　　素肌纤弱，不胜罗绮。鸾镜畔、粉面淡匀，梨花一朵琼壶里。嫣然意态娇春，寸眸剪水。斜鬟松翠。人无双、宜名动君王，绣履容易。来登玉陛。

注：全词双调，一百十二字，上阕十三句，六平韵五叶韵；下阕十句，六叶韵。

《薄媚·入破第一》的基本格式（双调）

《薄媚·入破第一》上阕，十一句，七叶韵	
乐段一（三句，十一字）	乐段二（三句，十二字）
｜－－（句）－＋｜（叶）＋｜－－｜（叶）	｜－－（句）－＋｜（叶）＋｜－＋｜－｜（叶）

《薄媚·入破第一》上阕，十一句，七叶韵	
乐段三（二句，十字）	乐段四（三句，十四字）
＋－＋｜（句）＋｜＋｜＋｜（叶）	＋＋＋（读）＋｜＋－－｜（句）＋－＋｜（叶）＋－＋｜（叶）

《薄媚·入破第一》下阕，十一句，两仄韵一平韵三叶韵

乐段一（二句，十一字）	乐段二（三句，十三字）
＋｜＋－＋｜（换仄韵）＋｜－－｜（协仄韵）	－＋｜（句）｜－－（句）＋＋＋（读）＋＋－｜（叶）

《薄媚·入破第一》下阕，十一句，两仄韵一平韵三叶韵

乐段三（三句，十三字）	乐段四（三句，十一字）
＋－＋｜（句）＋｜－－（句）＋｜｜－－（平韵）	＋｜－－（句）＋－＋｜（叶）＋－｜（叶）

注：下阕起首两句，《康熙词谱》标为"句"，但比较上下阕长短句结构，似将这两句句脚"悦"与"说"，作为换仄韵标注为宜。

例　薄媚·入破第一（九十五字）

（宋）董　颖

窣湘裙，摇汉佩。步步香风起。敛双娥，论时事。兰心巧会君意。殊珍异宝，犹自朝臣未与。妾何人、被此隆恩，虽令效死。奉严旨。　　隐约龙姿欣悦。重把甘言说。辞俊雅，质娉婷，天教汝、众美兼备。闻吴重色，凭汝和亲，应为靖边陲。将别金门，俄挥粉泪。靓妆洗。

注：全词双调，九十五字，上阕十一句，七叶韵；下阕十一句，两仄韵一平韵三叶韵。

《薄媚·第二虚催》的基本格式（双调）

乐段一（二句，十字）	乐段二（二句，十字）
－－｜（叶）＋－＋｜－－｜（叶）	＋－｜＋（句）＋｜＋－＋｜（叶）

《薄媚·第二虚催》上阕，十句，七叶韵

乐段三（三句，十四字）	乐段四（三句，十三字）
＋－｜＋（句）＋－｜（句）＋－＋｜－－｜（叶）	＋｜－｜（叶）＋－＋｜（叶）＋－＋｜（叶）

《薄媚·第二虚催》的基本格式（双调）

《薄媚·第二虚催》下阕，七句，一平韵四叶韵	
乐段一（一句，七字）	乐段二（二句，十三字）
＋＋｜－－｜｜（叶）	＋＋＋（读）＋－－＋｜（句）＋－－＋｜－｜（叶）

《薄媚·第二虚催》下阕，七句，一平韵四叶韵	
乐段三（二句，十二字）	乐段四（二句，八字）
＋－－｜－（韵）＋＋＋（读）＋－－＋｜（叶）	＋｜－－（句）＋－－＋｜（叶）

例　薄媚·第二虚催（八十七字）

（宋）董　颖

飞云驶。香车故国难回睇。芳心渐摇，迤逦吴都繁丽。忠臣子胥，预知道，为邦崇谏言先启。愿勿容其至。周亡褒姒。商倾妲己。　　吴王却嫌胥逆耳。才经眼、便深恩爱，东风暗绽娇蕊。彩鸾翻妒伊。得取次、于飞共戏。金屋看承，他宫尽废。

注：全词双调，八十七字，上阕十句，七叶韵；下阕七句，一平韵四叶韵。

《薄媚·第三衮遍》的基本格式（双调）

《薄媚·第三衮遍》上阕，十四句，六叶韵	
乐段一（四句，十二字）	乐段二（四句，十二字）
－＋｜（句）－＋｜（叶）＋＋＋｜（句）－＋｜（叶）	－＋｜（句）－＋｜（句）＋＋＋｜（句）－＋｜（叶）

《薄媚·第三衮遍》上阕，十四句，六叶韵	
乐段三（四句，十六字）	乐段四（二句，八字）
－＋｜（叶）＋－－＋｜（句）＋－－（句）＋｜－＋｜（叶）	＋＋－｜（句）＋－－＋｜（叶）

《薄媚·第三衮遍》下阕，十一句，两平韵三叶韵

乐段一（二句，十二字）	乐段二（三句，十三字）
＋｜｜－－（句）＋－＋｜－｜（叶）	－＋｜（句）｜－－（句）＋＋＋（读）＋｜－－（韵）

《薄媚·第三衮遍》下阕，十一句，两平韵三叶韵

乐段三（四句，十四字）	乐段四（二句，八字）
＋－＋｜（句）｜－－（句）－＋｜（叶）｜＋－－（韵）	－＋＋｜（句）＋－＋｜（叶）

注：下阕乐段三中的格式"｜＋－－（韵）"，为"上一下三"句式。

例　薄媚·第三衮遍（九十五字）

（宋）董　颖

华宴夕，灯摇醉。粉菡萏，笼蟾桂。扬翠袖，含风舞，轻妙处，惊鸿态。分明是。瑶台琼榭，阆苑蓬壶，景尽移此地。花绕仙步，莺随管吹。　　宝帐暖留春，百和馥郁融鸳被。银漏永，楚云浓，三竿日、犹褪霞衣。宿酲轻浣，嗅宫花，双带系。合同心时。波下比目，深怜到底。

注：全词双调，九十五字，上阕十四句，六叶韵；十一句，两平韵三叶韵。

《薄媚·第四催拍》的基本格式（双调）

《薄媚·第四催拍》上阕，十句，三平韵三叶韵

乐段一（三句，十一字）	乐段二（三句，十字）	乐段三（四句，二十一字）
＋－＋｜（句）＋－＋｜（句）－＋｜（叶）	－＋｜（叶）－－（韵）｜＋｜－－（韵）	＋－＋｜（句）＋｜－－（句）＋｜｜＋＋（韵）－＋＋｜－＋｜（叶）

《薄媚·第四催拍》下阕，十一句，四叶韵

乐段一（三句，十二字）	乐段二（四句，十三字）	乐段三（四句，二十一字）
＋＋＋｜（叶）＋－＋｜（句）＋－－｜（叶）	－＋｜（句）－－（句）－＋｜（句）＋＋｜（叶）	＋－＋｜（句）＋｜－－（句）＋｜（句）｜＋－＋｜（句）＋｜｜＋－＋｜（叶）

例　薄媚·第四催拍（八十八字）

（宋）董　颖

耳盈丝竹，眼摇珠翠。迷乐事。宫闱内。争知。渐国势陵夷。奸臣献佞，转恣奢淫，天谴岁屡饥。从此万姓离心解体。　　越遣使。阴窥虚实，早夜营边备。兵未动，子胥存，虽堪伐，尚畏忠义。斯人既戮，又且严兵卷土，赴黄池观衅，种蠡方云可矣。

注：全词双调，八十八字，上阕十句，三平韵四叶韵；十一句，四叶韵。

《薄媚·第五衮遍》的基本格式（双调）

《薄媚·第五衮遍》上阕，十三句，一平韵三叶韵	
乐段一（三句，十二字）	乐段二（五句，十五字）
－ ｜ ＋（句）＋ － ＋ ｜（句）＋ ｜ － － ｜（叶）	－ ＋ ｜（句）－ ＋ ｜（句）－ ＋ ｜（句）｜ － －（句）－ ＋ ｜（叶）

《薄媚·第五衮遍》上阕，十三句，一平韵三叶韵	
乐段三（三句，十三字）	乐段四（二句，八字）
＋ － ＋ ｜（句）＋ ｜ － －（句）＋ ｜ ｜ － －（韵）	＋ ｜ － －（句）＋ － ＋ ｜（叶）

《薄媚·第五衮遍》下阕，十句，三平韵两叶韵	
乐段一（三句，十二字）	乐段二（二句，十三字）
＋ － ｜（句）＋ － ＋ ｜（句）＋ ｜ － － ｜（叶）	＋ ＋ ＋（读）－ ＋ ｜（叶）＋ ＋ ＋（读）＋ ｜ － －（韵）

《薄媚·第五衮遍》下阕，十句，三平韵两叶韵	
乐段三（三句，十三字）	乐段四（二句，八字）
＋ － ＋ ｜（句）＋ ｜ － －（句）＋ ｜ ｜ －（韵）	－ ＋ ＋ ｜（句）＋ － ｜ －（韵）

例　薄媚·第五衮遍（九十四字）

（宋）董　颖

机有神，征辔一鼓，万马襟喉地。庭喋血，诛留守，怜屈服，敛兵还，危如此。当除祸本，重结人心，争奈竟荒迷。战骨方埋，灵旗又指。　　势连败，柔荑携泣，不忍相抛弃。身在兮、心先死。宵奔兮、兵已前围。谋穷计尽，唳鹤啼猿，闻处分外悲。丹穴纵近，谁容再归。

注：全词双调，九十四字，上阕十三句，一平韵三叶韵；下阕十句，三平韵两叶韵。

《薄媚·第六歇拍》的基本格式（双调）

《薄媚·第六歇拍》上阕，十一句，一平韵四叶韵	
乐段一（二句，八字）	乐段二（四句，十三字）
＋ － ＋ ｜（句）＋ － ＋ ｜（叶）	－ ＋ ｜（句）｜ － －（句）－ ＋ ｜（叶）＋ ＋ － ｜（叶）

《薄媚·第六歇拍》上阕，十一句，一平韵四叶韵	
乐段三（三句，十三字）	乐段四（二句，八字）
＋ － ＋ ｜（句）＋ ｜ － －（句）＋ ｜ ｜ － －（韵）	＋ ｜ ＋ －（句）＋ － ＋ ｜（叶）

《薄媚·第六歇拍》下阕，十一句，两平韵三叶韵	
乐段一（三句，十二字）	乐段二（三句，十三字）
＋ ＋ ｜（句）＋ － ＋ ｜（句）＋ ｜ － ｜（叶）	－ ＋ ｜（句）｜ － －（韵）＋ － ＋ ｜＋ ｜（叶）

《薄媚·第六歇拍》下阕，十一句，两平韵三叶韵	
乐段三（三句，十三字）	乐段四（二句，八字）
＋ － ＋ ｜（句）＋ ｜ － －（句）＋ ｜ ｜ － －（韵）	＋ ｜ ＋ －（句）＋ － ＋ ｜（叶）

例　薄媚·第六歇拍（八十八字）

（宋）董　颖

哀诚屡吐，甬东分赐。垂暮日，置荒隅，心知愧。宝锷红委。鸾存凤去，辜负恩怜，情不似虞姬。尚望论功，荣还故里。　　降令曰，吴亡赦汝，越与吴何异。吴正怨，越方疑。从公论合去妖类。蛾眉宛转，竟殒鲛绡，香骨委尘泥。渺渺姑苏，荒芜鹿戏。

注：全词双调，八十八字，上阕十一句，一平韵四叶韵；下阕十一句，两平韵三叶韵。

《薄媚·第七煞衮》的基本格式（双调）

《薄媚·第七煞衮》上阕，十句，两平韵五叶韵	
乐段一（二句，八字）	乐段二（三句，十五字）
一十丨（叶）一一丨一丨（叶）	一一丨一丨（叶）十一十丨（句）十一十丨一一（韵）

《薄媚·第七煞衮》上阕，十句，两平韵五叶韵	
乐段三（三句，十三字）	乐段四（二句，八字）
十一十丨（句）十丨一一（句）丨丨一一（韵）	十十一丨（叶）十一十丨（叶）

《薄媚·第七煞衮》下阕，九句，一平韵五叶韵	
乐段一（三句，十四字）	乐段二（二句，十字）
一十丨（叶）十十一丨（句）十一十丨十一丨（叶）	丨十丨一一（句）十丨十一丨（叶）

《薄媚·第七煞衮》下阕，九句，一平韵五叶韵	
乐段三（二句，八字）	乐段四（二句，六字）
十十一丨（句）十一十丨（叶）	丨一一（韵）一十丨（叶）

例　薄媚·第七煞衮（八十二字）

（宋）董　颖

王公子。青春更才美。风流慕连理。耶溪一日，悠悠回首凝思。云鬟烟鬓，玉佩霞裙，依约露妍姿。送目惊喜。俄迁玉趾。　　同仙骑。洞府归去，帘栊窈窕戏鱼水。正一点犀通，遽别恨何已。媚魄千载，教人属意。况当时。金殿里。

注：全词双调，八十二字，上阕十句，两平韵五叶韵；下阕九句，一平韵五叶韵。

附录一

诗　谱

——四种定格与三种变格应用举例

　　五言和七言格律诗的诗句，其平仄格式有四种定格与三种变格（参见代前言表四和表五），根据粘对规则（即"相邻奇偶句相对，相邻偶奇句相粘"），熟知格律的诗人就可以据此赋诗了。然而，对于习作者来说，往往还觉得不太方便，于是，可以将格律诗看成是等长句、不分段的词，每一联作为一个乐段，比照词谱方式制作诗谱，供习作者使用。《五绝》、《七绝》、《五律》和《七律》可以看成是四个"词牌"，加上首句有平起与仄起之分，一共有八种格式。

五绝（首句平起）

　　首句平起入韵或不入韵式《五绝》的正格与变格如表所示，其中，乐段一中的格式（1）和（2）、乐段二中的格式（1）为正格句式，其余为变格句式。

《五绝》的正格与变格（首句平起）

《五绝》，四句，两平韵或三平韵	
乐段一（首联，十字）	乐段二（尾联，十字）
— — ＋ ｜ —（韵）＋ ｜ ｜ — —（韵） （1）	＋ ｜ ＋ —（句）— — ＋ ｜ —（韵） （1）
＋ — — ｜ ｜（句）＋ ｜ ｜ — —（韵） （2）	
｜ — — — —（韵）＋ ｜ ｜ — —（韵） （3）	＋ ｜ ＋ —（句）｜ — — ｜ —（韵） （2）
— — ｜ ＋ ｜（句）＋ ｜ ｜ — —（韵） （4）	＋ ｜ ＋ ｜ ｜（句）＋ — — ｜ —（韵） （3）

例一　闺人赠远（其一）
　　　　（唐）王　维

花明绮陌春。柳拂御沟新。
为报辽阳客，流芳不待人。

注：该首绝句为首句平起入韵式《五绝》，首联为乐段一中的格式（1），尾联为乐段二中的格式（1）。

例二　宜远桥
　　　　（宋）欧阳修

朱栏明绿水，古柳照斜阳。
何处偏宜望，清涟对女郎。

注：该首绝句为首句平起不入韵式《五绝》，首联为乐段一中的格式（2），尾联为乐段二中的格式（1）。

例三　汾上惊秋
　　　　（唐）苏　颋

北风吹白云。万里渡河汾。
心绪逢摇落，秋声不可闻。

注：该首绝句为首句平起入韵式《五绝》，首联为乐段一中的格式（3），尾联为乐段二中的格式（1）。

例四　送朱大入秦
　　　　（唐）孟浩然

游人五陵去，宝剑值千金。
分手脱相赠，平生一片心。

例五　重别周尚书
　　　　（唐）庾　信

阳关万里道，不见一人归。
惟有河边雁，秋来南向飞。

注：上述两首绝句为首句平起不入韵式《五绝》，首联为乐段一中的格式（4），尾联为乐段二中的格式（1）。

例六　夜宿山寺
（唐）李　白

危楼高百尺，手可摘星辰。
不敢高声语，恐惊天上人。

注：该首绝句为首句平起不入韵式《五绝》，首联为乐段一中的格式（2），尾联为乐段二中的格式（2）。

五绝（首句仄起）

首句仄起入韵式或不入韵式《五绝》的正格与变格如表所示，其中，乐段一中的格式（1）和（2）、乐段二中的格式（1）为正格句式，其余为变格句式。

《五绝》的正格与变格（首句仄起）

《五绝》，四句，两平韵或三平韵	
乐段一（首联，十字）	乐段二（尾联，十字）
＋｜｜－－（韵）－－＋｜－（韵） （1）	＋－－｜｜（句）＋｜｜－－（韵） （1）
＋｜＋－｜（句）－－＋｜－（韵） （2）	
＋｜｜－－（韵）｜－－｜－（韵） （3）	－－｜＋｜（句）＋｜｜－－（韵） （2）
＋｜＋－｜（句）｜－－｜－（韵） （4）	
＋｜＋｜｜（句）＋－－｜－（韵） （5）	

例一　塞下曲（其二）

（唐）卢　纶

月黑雁飞高。单于夜遁逃。
欲将轻骑逐，大雪满弓刀。

注：该首绝句为首句仄起入韵式《五绝》，首联为乐段一中的格式（1），尾联为乐段二中的格式（1）。

例二　登鹳雀楼

（唐）王之涣

白日依山尽，黄河入海流。
欲穷千里目，更上一层楼。

注：该首绝句为首句仄起不入韵式《五绝》，首联为乐段一中的格式（2），尾联为乐段二中的格式（1）。

例三　梅花

（宋）王安石

墙角数枝梅。凌寒独自开。
遥知不是雪，为有暗香来。

注：该首绝句为首句仄起入韵式《五绝》，首联为乐段一中的格式（1），尾联为乐段二中的格式（2）。

例四　越上闻子规

（宋）范仲淹

夜入翠烟啼。昼寻芳树飞。
春山无限好，犹道不如归。

注：该首绝句为首句仄起入韵式《五绝》，首联为乐段一中的格式（3），尾联为乐段二中的格式（1）。

例五　独坐敬亭山

（唐）李　白

众鸟高飞尽，孤云独去闲。
相看两不厌，只有敬亭山。

例六　行军九日思长安故园

（唐）岑　参

强欲登高去，无人送酒来。
遥怜故园菊，应傍战场开。

注：上述两首绝句为首句仄起不入韵式《五绝》，首联为乐段一中的格式（2），尾联为乐段二中的格式（2）。

例七　登乐游原

（唐）李商隐

向晚意不适，驱车登古原。
夕阳无限好，只是近黄昏。

例八　华山

（宋）寇　准

只有天在上，更无山与齐。
举头红日近，回首白云低。

注：上述两首绝句为首句仄起不入韵式《五绝》，首联为乐段一中的格式（5），尾联为乐段二中的格式（1）。

七绝（首句平起）

首句平起《七绝》的正格与变格如表所示，其中，乐段一中的格式（1）和（2）、乐段二中的格式（1）为正格句式，其余为变格句式。

《七绝》的正格与变格（首句平起）

《七绝》，四句，三平韵或两平韵	
乐段一（首联，十四字）	乐段二（尾联，十四字）
＋ － ＋ ｜ ｜ － －（韵）＋ ｜ － － ＋ ｜ －（韵） （1）	＋ ｜ ＋ － － ｜ ｜（句）＋ － ＋ ｜ ｜ － －（韵） （1）
＋ － ＋ ｜ ＋ － ｜（句）＋ ｜ － － ＋ ｜ －（韵） （2）	
＋ － ＋ ｜ ｜ － －（韵）＋ ｜ ｜ － － ｜ －（韵） （3）	＋ ｜ － － ｜ ＋ ｜（句）＋ － － ｜ ｜ － －（韵） （2）
＋ － ＋ ｜ ＋ － ｜（句）＋ ｜ ｜ － － ｜ －（韵） （4）	
＋ － ＋ ｜ ＋ ｜ ｜（句）＋ ｜ ＋ － － ｜ －（韵） （5）	

例一　望天门山

（唐）李　白

天门中断楚江开。碧水东流至此回。

两岸青山相对出，孤帆一片日边来。

注：该首绝句为首句平起入韵式《七绝》，首联为乐段一中的格式（1），尾联为乐段二中的格式（1）。

例二　忆江南

（唐）白居易

曾栽杨柳江南岸，一别江南两度春。

遥忆青青江岸上，不知攀折是何人。

注：该首绝句为首句平起不入韵式《七绝》，首联为乐段一中的格式（2），尾联为乐段二中的格式（1）。

例三　峨眉山月歌
（唐）李　白

峨眉山月半轮秋。影入平羌江水流。
夜发清溪向三峡，思君不见下渝州。

例四　送梁六自洞庭山
（唐）张　说

巴陵一望洞庭秋。日见孤峰水上浮。
闻道神仙不可接，心随湖水共悠悠。

注：上述两首绝句为首句平起入韵式《七绝》，首联为乐段一中的格式（1），尾联为乐段二中的格式（2）。

例五　秋夜
（宋）陈与义

中庭淡月照三更。白露洗空河汉明。
莫遣西风吹叶尽，却愁无处着秋声。

注：该首绝句为首句平起入韵式《七绝》，首联为乐段一中的格式（3），尾联为乐段二中的格式（1）。

例六　绝句（二首选一）
（宋）关子容

寺官官小未朝参。红日半竿春睡酣。
为报邻鸡莫惊起，且容残梦到江南。

注：该首绝句为首句平起入韵式《七绝》，首联为乐段一中的格式（3），尾联为乐段二中的格式（2）。

例七　饮湖上初晴后雨
（宋）苏　轼

水光潋滟晴方好，山色空濛雨亦奇。
欲把西湖比西子，淡妆浓抹总相宜。

注：该首绝句为首句平起不入韵式《七绝》，首联为乐段一中的格式（2），尾联为乐段二中的格式（2）。

例八　遣兴勉友人

（宋）张　咏

人生三万六千日，三万日中愁苦身。
惟有无心消遣得，有心到了是知人。

注：该首绝句为首句平起不入韵式《七绝》，首联为乐段一中的格式（4），尾联为乐段二中的格式（1）。

例九　绝句

（宋）张　耒

天高列岫出林外，霜落大江流动中。
晚日桥边数归牧，牛羊部分听儿童。

注：该首绝句为首句平起不入韵式《五绝》，首联为乐段一中的格式（4），尾联为乐段二中的格式（2）。

例十　绝句

（宋）陈师道

书当快意读易尽，客有可人期不来。
世事相违每如此，好怀百岁几回开。

注：该首绝句为首句平起不入韵式《七绝》，首联为乐段一中的格式（5），尾联为乐段二中的格式（2）。

七绝（首句仄起）

首句仄起入韵或不入韵式《七绝》的正格与变格如表所示，其中，乐段一中的格式（1）和（2）、乐段二中的格式（1）为正格句式，其余为变格句式。

《七绝》的正格与变格（首句仄起）

《七绝》，四句，三平韵或两平韵	
乐段一（首联，十四字）	乐段二（尾联，十四字）
＋｜－－＋｜－（韵）＋－ ＋｜｜－－（韵） （1）	＋－＋｜＋－｜（句）＋｜－ －＋｜－（韵） （1）
＋｜＋－－｜｜（句）＋－＋ ｜｜－－（韵） （2）	
＋｜｜－－｜－（韵）＋－＋ ｜｜－－（韵） （3）	＋－＋｜＋－｜（句）＋－＋ －｜－（韵） （2）
＋｜＋－－｜＋（句）＋－＋ ｜｜－－（韵） （4）	＋－＋｜＋｜｜（句）＋｜＋ －－｜－（韵） （3）

例一　渡浙江问舟中人

（唐）孟浩然

潮落江平未有风。扁舟共济与君同。

时时引领望天末，何处青山是越中。

注：该首绝句为首句仄起入韵式《七绝》，首联为乐段一中的格式（1），尾联为乐段二中的格式（1）。

例二　九月九日忆山东兄弟

（唐）王　维

独在异乡为异客，每逢佳节倍思亲。

遥知兄弟登高处，遍插茱萸少一人。

注：该首绝句为首句仄起不入韵式《七绝》，首联为乐段一中的格式（2），尾联为乐段二中的格式（1）。

例三　江南春

（唐）杜　牧

千里莺啼绿映红。水村山郭酒旗风。
南朝四百八十寺，多少楼台烟雨中。

例四　初晴游沧浪亭

（宋）苏舜钦

夜雨连明春水生。娇云浓暖弄微晴。
帘虚田薄花竹静，时有乳鸠相对鸣。

注：上述两首绝句为首句仄起入韵式《七绝》，首联为乐段一中的格式（1），尾联为乐段二中的格式（3）。

例五　回乡偶书

（唐）贺知章

少小离家老大回。乡音无改鬓毛衰。
儿童相见不相识，笑问客从何处来。

注：该首绝句为首句仄起入韵式《七绝》，首联为乐段一中的格式（1），尾联为乐段二中的格式（2）。

例六　扳子矶

（宋）张舜民

石上红花低照水，山头翠筱细含烟。
天生一本徐熙画，只欠鹧鸪相对眠。

注：该首绝句为首句仄起不入韵式《七绝》，首联为乐段一中的格式（2），尾联为乐段二中的格式（2）。

五律（首句平起）

首句平起《五律》的正格与变格如表所示，其中，乐段一中的格式（1）和（2）、其他乐段中的格式（1）为正格句式，其余为变格句式。

《五律》的正格与变格（首句平起）

《五律》，八句，四平韵或五平韵	
乐段一（首联，十字）	乐段二（颔联，十字）
— — + | —（韵） （1）	+ | + — |（句）— — + | —（韵） （1）
+ — — | |（句）+ | | — —（韵） （2)	
| — — | —（韵）+ | | — —（韵） （3）	+ | + — |（句）| — — | —（韵） （2）
— — | | + |（句）+ | | — —（韵） （4）	+ | + | |（句）+ — — | —（韵） （3）

《五律》，八句，五平韵或四平韵	
乐段三（颈联，十字）	乐段四（尾联，十字）
+ — — | |（句）+ | | — —（韵） （1）	+ | + — |（句）— — + | —（韵） （1）
| — — | —（韵）+ | | — —（韵） （2）	+ | + — |（句）| — — | —（韵） （2）
— — | + |（句）+ | | — —（韵） （3）	+ | + | |（句）+ — — | —（韵） （3）

例一　晚晴

（唐）李商隐

深居俯夹城。春去夏犹清。
天意怜幽草，人间重晚晴。
并添高阁迥，微注小窗明。
越鸟巢干后，归飞体更轻。

注：该首律诗为首句平起入韵式《五律》，首联为乐段一中的格式（1），颔联为乐段二中的格式（1），颈联为乐段三中的格式（1），尾联为乐段四中的格式（1）。

例二　秦州杂诗

（唐）杜　甫

凤林戈未息，鱼海路常难。
候火云峰峻，悬军幕井干。
风连西极动，月过北庭寒。
故老思飞将，何时议筑坛。

注：该首律诗为首句平起不入韵式《五律》，首联为乐段一中的格式（2），颔联为乐段二中的格式（1），颈联为乐段三中的格式（1），尾联为乐段四中的格式（1）。

例三　野望

（唐）王　绩

东皋薄暮望，徙倚欲何依。
树树皆秋色，山山唯落晖。
牧人驱犊返，猎马带禽归。
相顾无相识，长歌怀采薇。

注：该首律诗为首句平起不入韵式《五律》，首联为乐段一中的格式（4），颔联为乐段二中的格式（1），颈联为乐段三中的格式（1），尾联为乐段四中的格式（1）。

例四　宿洞霄宫

（宋）林　逋

秋山不可尽，秋思亦无垠。
碧涧流红叶，青林点白云。
凉阴一鸟下，落日乱蝉分。
此夜芭蕉雨，何人枕上闻。

注：该首律诗为首句平起不入韵式《五律》，首联为乐段一中的格式（4），颔联为乐段二中的格式（1），颈联为乐段三中的格式（3），尾联为乐段四中的格式（1）。

五律（首句仄起）

首句仄起《五律》的正格与变格如表所示，其中，乐段一中的格式（1）和（2），其他乐段中的格式（1）为正格句式，其余为变格句式。

《五律》的正格与变格（首句仄起）

《五律》，八句，四平韵或五平韵	
乐段一（首联，十字）	乐段二（颔联，十字）
＋｜｜ーー（韵）ーーー＋｜ー（韵） （1）	＋ーー｜｜（句）＋｜｜ーー（韵） （1）
＋｜＋ー｜（句）ーーー＋｜ー（韵） （2）	
＋｜｜ーー（韵）｜ーーー｜ー（韵） （3）	ーー｜＋｜（句）＋｜｜ーー（韵） （2）
＋｜＋ー｜（句）｜ーーー｜ー（韵） （4）	
＋｜＋｜｜（句）＋ーーー｜ー（韵） （5）	

《五律》，八句，五平韵或四平韵	
乐段三（颈联，十字）	乐段四（尾联，十字）
＋｜＋ー｜（句）ーーー＋｜ー（韵） （1）	＋ーー｜｜（句）＋｜｜ーー（韵） （1）
＋｜＋ー｜（句）｜ーーー｜ー（韵） （2）	
＋｜＋｜｜（句）＋ーーー｜ー（韵） （3）	ーー｜＋｜（句）＋｜｜ーー（韵） （2）

例一　终南山

（唐）王　维

太乙近天都。连山到海隅。
白云回望合，青霭入看无。
分野中峰变，阴晴众壑殊。
欲投人处宿，隔水问樵夫。

注：该首律诗为首句仄起入韵式《五律》，首联为乐段一中的格式（1），颔联为乐段二中

的格式（1），颈联为乐段三中的格式（1），尾联为乐段四中的格式（1）。

例二　宿五松山下荀媪家

（唐）李　白

我宿五松下，寂寥无所欢。
田家秋作苦，邻女夜舂寒。
跪进雕胡饭，月光明素盘。
令人惭漂母，三谢不能餐。

注：该首律诗为首句仄起不入韵式《五律》，首联为乐段一中的格式（4），颔联为乐段二中的格式（1），颈联为乐段三中的格式（2），尾联为乐段四中的格式（1）。

例三　送张子尉南海

（唐）岑　参

不择南州尉，高堂有老亲。
楼台重蜃气，邑里杂鲛人。
海暗三山雨，花明五岭春。
此乡多宝石，慎勿厌清贫。

注：该首律诗为首句仄起不入韵式《五律》，首联为乐段一中的格式（2），颔联为乐段二中的格式（1），颈联为乐段三中的格式（1），尾联为乐段四中的格式（1）。

例四　送杜少府之任蜀州

（唐）王　勃

城阙辅三秦。风烟望五津。
与君离别意，同是宦游人。
海内存知己，天涯若比邻。
无为在歧路，儿女共沾巾。

注：该首律诗为首句仄起入韵式《五律》，首联为乐段一中的格式（1），颔联为乐段二中的格式（1），颈联为乐段三中的格式（1），尾联为乐段四中的格式（2）。

例五 同王征君洞庭有怀

(唐)张 渭

八月洞庭秋。潇湘水北流。
还家万里梦,为客五更愁。
不用开书帙,偏宜上酒楼。
故人京洛满,何日复同游。

注:该首律诗为首句仄起入韵式《五律》,首联为乐段一中的格式(1),颔联为乐段二中的格式(2),颈联为乐段三中的格式(1),尾联为乐段四中的格式(1)。

例六 书边事

(唐)张 乔

调角断清秋。征人倚戍楼。
春风对青冢,白日落梁州。
大漠无兵阻,穷边有客游。
蕃情似此水,长愿向南流。

注:该首律诗为首句仄起入韵式《五律》,首联为乐段一中的格式(1),颔联为乐段二中的格式(2),颈联为乐段三中的格式(1),尾联为乐段四中的格式(2)。

例七 与诸子登岘山

(唐)孟浩然

人事有代谢,往来成古今。
江山留胜迹,我辈复登临。
水落鱼梁浅,天寒梦泽深。
羊公碑尚在,读罢泪沾襟。

注:该首律诗为首句仄起不入韵式《五律》,首联为乐段一中的格式(5),颔联为乐段二中的格式(1),颈联为乐段三中的格式(1),尾联为乐段四中的格式(1)。

例八 别崔潩因寄薛据孟云卿

(唐)杜 甫

志士惜妄动,知深难固辞。
如何久磨砺,但取不磷淄。

夙夜听忧主，飞腾急济时。
荆州过薛孟，为报欲论诗。

注：该首律诗为首句仄起不入韵式《五律》，首联为乐段一中的格式（5），颔联为乐段二中的格式（2），颈联为乐段三中的格式（1），尾联为乐段四中的格式（1）。

例九　怀锦水居止二首（其二）

（唐）杜　甫

万里桥西宅，百花潭北庄。
层轩皆面水，老树饱经霜。
雪岭界天白，锦城曛日黄。
异哉形胜地，回首一茫茫。

注：该首律诗为首句仄起不入韵式《五律》，首联为乐段一中的格式（4），颔联为乐段二中的格式（1），颈联为乐段三中的格式（2），尾联为乐段四中的格式（1）。

例十　落花

（唐）李商隐

高阁客竟去，小园花乱飞。
参差连曲陌，迢递送斜晖。
肠断未忍扫，眼穿仍欲归。
芳心向春尽，所得是沾衣。

注：该首律诗为首句仄起不入韵式《五律》，首联为乐段一中的格式（5），颔联为乐段二中的格式（1），颈联为乐段三中的格式（3），尾联为乐段四中的格式（2）。

例十一　日暮

（唐）杜　甫

日落风亦起，城头乌尾讹。
黄云高未动，白水已兴波。
羌妇语还笑，胡儿行且歌。
将军别换马，夜出拥雕戈。

注：该首律诗为首句仄起不入韵式《五律》，首联为乐段一中的格式（5），颔联为乐段二中的格式（1），颈联为乐段三中的格式（1），尾联为乐段四中的格式（2）。

例十二　望月怀远

（唐）张九龄

海上生明月，天涯共此时。
情人怨遥夜，竟夕起相思。
灭烛怜光满，披衣觉露滋。
不堪盈手赠，还寝梦佳期。

注：该首律诗为首句仄起不入韵式《五律》，首联为乐段一中的格式（2），颔联为乐段二中的格式（2），颈联为乐段三中的格式（1），尾联为乐段四中的格式（1）。

例十三　月夜

（唐）杜　甫

今夜鄜州月，闺中只独看。
遥怜小儿女，未解忆长安。
香雾云鬟湿，清辉玉臂寒。
何时倚虚幌，双照泪痕干。

注：该首律诗为首句仄起不入韵式《五律》，首联为乐段一中的格式（2），颔联为乐段二中的格式（2），颈联为乐段三中的格式（1），尾联为乐段四中的格式（2）。

例十四　白水明府舅宅喜雨（得过字）

（唐）杜　甫

吾舅政如此，古人谁复过。
碧山晴又湿，白水雨偏多。
精祷既不昧，欢如将谓何。
汤年旱颇甚，今日醉弦歌。

注：该首律诗为首句仄起不入韵式《五律》，首联为乐段一中的格式（4），颔联为乐段二中的格式（1），颈联为乐段三中的格式（3），尾联为乐段四中的格式（2）。

例十六　蝉

（唐）李商隐

本以高难饱，徒劳恨费声。
五更疏欲断，一树碧无情。

薄宦梗犹泛，故园芜已平。

烦君最相警，我亦举家清。

注：该首律诗为首句仄起不入韵式《五律》，首联为乐段一中的格式（2），颔联为乐段二中的格式（1），颈联为乐段三中的格式（2），尾联为乐段四中的格式（2）。

七律（首句平起）

首句平起《七律》的正格与变格如表所示，其中，乐段一中的格式（1）和（2）、其他乐段中的格式（1）为正格句式，其余为变格句式。

《七律》的正格与变格（首句平起）

《七律》，八句，五平韵或四平韵	
乐段一（首联，十四字）	乐段二（颔联，十四字）
＋ － ＋ ｜ ｜ － －（韵）＋ ｜ － － ＋ ｜ －（韵）（1）	＋ ｜ ＋ － ｜ ｜（句）＋ － ＋ ｜ ｜ － －（韵）（1）
＋ － ＋ ｜ ＋ － ｜（句）＋ ｜ － － ＋ ｜ －（韵）（2）	
＋ － ＋ ｜ ｜ － －（韵）＋ ｜ ｜ － － ｜ －（韵）（3）	＋ ｜ ＋ － ｜ ＋ ｜（句）＋ － ＋ ｜ ｜ － －（韵）（2）
＋ － ＋ ｜ ＋ － ｜（句）＋ ｜ － － ｜ ｜ －（韵）（4）	
＋ － ＋ ｜ ＋ ｜ ｜（句）＋ ｜ ＋ － － ｜ －（韵）（5）	

《七律》，八句，五平韵或四平韵	
乐段三（颈联，十四字）	乐段四（尾联，十四字）
＋－＋｜＋－｜（句）＋｜－－＋｜－（韵） （1）	＋｜＋－－｜｜（句）＋－＋｜｜－－（韵） （1）
＋－＋｜＋－｜（句）＋｜｜－－｜－（韵） （2）	＋｜－－＋｜｜（句）＋－＋｜｜－－（韵） （2）
＋－＋｜＋－｜｜（句）＋｜＋－－｜－（韵） （3）	

例一　望蓟门

（唐）祖　咏

燕台一去客心惊，笳鼓喧喧汉将营。
万里寒光生积雪，三边曙色动危旌。
沙场烽火连胡月，海畔云山拥蓟城。
少小虽非投笔吏，论功还欲请长缨。

注：该首律诗为首句平起入韵式《七律》，首联为乐段一中的格式（1），颔联为乐段二中的格式（1），颈联为乐段三中的格式（1），尾联为乐段四中的格式（1）。

例二　放言五首（其一）

（唐）白居易

朝真暮伪何人辩，古往今来底事无。
但爱臧生能诈圣，可知宁子解佯愚。
草萤有耀终非火，荷露虽团岂是珠。
不取燔柴兼照乘，可怜光彩亦何殊。

注：该首律诗为首句平起不入韵式《七律》，首联为乐段一中的格式（2），颔联为乐段二中的格式（1），颈联为乐段三中的格式（1），尾联为乐段四中的格式（1）。

例三　夜泊水村

（宋）陆　游

腰间羽箭久凋零。太息燕然未勒铭。
老子犹堪绝大漠，诸君何至泣新亭。
一身报国有万死，双鬓向人无再青。
记取江湖泊船处，卧闻新雁落寒汀。

注：该首律诗为首句平起入韵式《七律》，首联为乐段一中的格式（1），颔联为乐段二中的格式（2），颈联为乐段三中的格式（3），尾联为乐段四中的格式（2）。

例四　曲江二首（之二）

（唐）杜　甫

朝回日日典春衣。每日江头尽醉归。
酒债寻常行处有，人生七十古来稀。
穿花蛱蝶深深见，点水蜻蜓款款飞。
传语风光共流转，暂时相赏莫相违。

注：该首律诗为首句平起入韵式《七律》，首联为乐段一中的格式（1），颔联为乐段二中的格式（1），颈联为乐段三中的格式（1），尾联为乐段四中的格式（2）。

例五　寄题罗浮轩辕先生所居

（唐）皮日休

乱峰四百三十二，欲问征君何处寻。
红翠数声瑶室响，真檀一炷石楼深。
山都遣负沽来酒，樵客容看化后金。
从此谒师知不远，求官先有葛洪心。

注：该首律诗为首句平起不入韵式《七律》，首联为乐段一中的格式（5），颔联为乐段二中的格式（1），颈联为乐段三中的格式（1），尾联为乐段四中的格式（1）。

例六　恨别

（唐）杜　甫

洛城一别四千里，胡骑长驱五六年。
草木变衰行剑外，兵戈阻绝老江边。

思家步月清宵立，忆弟看云白日眠。
闻道河阳近乘胜，司徒急为破幽燕。

注：该首律诗为首句平起不入韵式《七律》，首联为乐段一中的格式（2），颔联为乐段二中的格式（1），颈联为乐段三中的格式（1），尾联为乐段四中的格式（2）。

例七　始闻秋风
（唐）刘禹锡

昔看黄菊与君别，今听玄蝉我却回。
五夜飕飗枕前觉，一年颜状镜中来。
马思边草拳毛动，雕眄青云睡眼开。
天地肃清堪四望，为君扶病上高台。

注：该首律诗为首句平起不入韵式《七律》，首联为乐段一中的格式（2），颔联为乐段二中的格式（2），颈联为乐段三中的格式（1），尾联为乐段四中的格式（1）。

例八　九日五首（其一）
（唐）杜　甫

重阳独酌杯中酒，抱病起登江上台。
竹叶于人既无分，菊花从此不须开。
殊方日落玄猿哭，旧国霜前白雁来。
弟妹萧条各何在，干戈衰谢两相催。

注：该首律诗为首句平起不入韵式《七律》，首联为乐段一中的格式（4），颔联为乐段二中的格式（2），颈联为乐段三中的格式（1），尾联为乐段四中的格式（2）。

七律（首句仄起）

首句仄起《七律》的正格与变格如表所示，其中，乐段一中的格式（1）和（2）、其他乐段中的格式（1）为正格句式，其余为变格句式。

《七律》的正格与变格（首句仄起）

《七律》，八句，五平韵或四平韵	
乐段一（首联，十四字）	乐段二（颔联，十四字）
＋│－－＋│－（韵）＋－－＋││－－（韵） （1）	＋－＋│＋－│（句）＋│－－＋│－（韵） （1）
＋│＋－－││（句）＋－＋││－－（韵） （2）	＋－＋│＋－│（句）＋│＋－－│－（韵） （2）
＋│＋－－│－（韵）＋－＋││－－（韵） （3）	＋－＋│＋－│（句）＋│＋－－│－（韵） （3）
＋│－－│＋│（句）＋－＋││－－（韵） （4）	

《七律》，八句，五平韵或四平韵	
乐段三（颈联，十四字）	乐段四（尾联，十四字）
＋│＋－－││（句）＋－＋││－－（韵） （1）	＋－＋│＋－│（句）＋│－－＋│－（韵） （1）
＋│－－│＋│（句）＋－＋││－－（韵） （2）	＋－＋│＋││（句）＋│＋－－│－（韵） （2）
	＋－＋│＋││（句）＋│＋－－│－（韵） （3）

例一　无题（其一）

（唐）李商隐

昨夜星辰昨夜风。画楼西畔桂堂东。
身无彩凤双飞翼，心有灵犀一点通。

隔座送钩春酒暖，分曹射覆蜡灯红。
嗟余听鼓应官去，走马兰台类转蓬。

注：该首律诗为首句仄起入韵式《七律》，首联为乐段一中的格式（1），颔联为乐段二中的格式（1），颈联为乐段三中的格式（1），尾联为乐段四中的格式（1）。

例二　再授连州至衡阳酬柳柳州赠别

（唐）刘禹锡

去国十年同赴召，渡湘千里又分歧。
重临事异黄丞相，三黜名惭柳士师。
归目并随回雁尽，愁肠正遇断猿时。
桂江东过连山下，相望长吟有所思。

注：该首律诗为首句仄起不入韵式《七律》，首联为乐段一中的格式（2），颔联为乐段二中的格式（1），颈联为乐段三中的格式（1），尾联为乐段四中的格式（1）。

例三　咸阳城东楼

（唐）许　浑

一上高楼万里愁。蒹葭杨柳似汀洲。
溪云初起日沉阁，山雨欲来风满楼。
鸟下绿芜秦苑夕，蝉鸣黄叶汉宫秋。
行人莫问当年事，故国东来渭水流。

注：该首律诗为首句仄起入韵式《七律》，首联为乐段一中的格式（1），颔联为乐段二中的格式（2），颈联为乐段三中的格式（1），尾联为乐段四中的格式（1）。

例四　过零丁洋

（宋）文天祥

辛苦遭逢起一经。干戈寥落四周星。
山河破碎风飘絮，身世浮沉雨打萍。
惶恐滩头说惶恐，零丁洋里叹零丁。
人生自古谁无死，留取丹心照汗青。

注：该首律诗为首句仄起入韵式《七律》，首联为乐段一中的格式（1），颔联为乐段二中的格式（1），颈联为乐段三中的格式（2），尾联为乐段四中的格式（1）。

例五　次韵裴仲谋同年

（宋）黄庭坚

交盖春风汝水边。客床相对卧僧毡。
舞阳去叶才百里，践子与公俱少年。
白发齐生如有种，青山好去坐无钱。
烟沙篁竹江南岸，输与鸬鹚取次眠。

注：该首律诗为首句仄起入韵式《七律》，首联为乐段一中的格式（1），颔联为乐段二中的格式（3），颈联为乐段三中的格式（1），尾联为乐段四中的格式（1）。

例六　南邻

（唐）杜　甫

锦里先生乌角巾。园收芋栗未全贫。
惯看宾客儿童喜，得食阶除鸟雀驯。
秋水才深四五尺，野航恰受两三人。
白沙翠竹江村暮，相送柴门月色新。

注：该首律诗为首句仄起入韵式《七律》，首联为乐段一中的格式（1），颔联为乐段二中的格式（1），颈联为乐段三中的格式（2），尾联为乐段四中的格式（1）。

例七　寒食书事

（宋）赵　鼎

寂寞柴门村落里，也教插柳纪年华。
禁烟不到粤人国，上冢亦携庞老家。
汉寝唐陵无麦饭，山溪野径有梨花。
一樽竟藉青苔卧，莫管城头奏暮笳。

注：该首律诗为首句仄起不入韵式《七律》，首联为乐段一中的格式（2），颔联为乐段二中的格式（2），颈联为乐段三中的格式（1），尾联为乐段四中的格式（1）。

例八　咏怀古迹

（唐）杜　甫

诸葛大名垂宇宙，宗臣遗像肃清高。
三分割据纡筹策，万古云霄一羽毛。

伯仲之间见伊吕，指挥若定失萧曹。
运移汉祚终难复，志决身歼军务劳。

注：该首律诗为首句仄起不入韵式《七律》，首联为乐段一中的格式（2），颔联为乐段二中的格式（1），颈联为乐段三中的格式（2），尾联为乐段四中的格式（1）。

排　　律

五言或七言排律，无论是首句平起或首句仄起，都是在对应的五言或七言律诗四联八句的基础上，再依次顺着乐段一至乐段四增加若干联。排律为多联时，可以反复依次选择。由于律诗除首联外，奇数句（即出句）均不用韵，所以，重复选择时，只使用乐段一中首句入韵格式以外的其他各种格式。现举例说明如下：

例一　省试湘灵鼓瑟
（唐）钱　起

善鼓云和瑟，常闻帝子灵。
冯夷空自舞，楚客不堪听。
苦调凄金石，清音入杳冥。
苍梧来怨慕，白芷动芳馨。
流水传湘浦，悲风过洞庭。
曲终人不见，江上数峰青。

注：该首五言排律一共六联，参照五律（首句仄起）格式，第一联为乐段一中的格式（2），第二联为乐段二中的格式（1），第三联为乐段三中的格式（1），第四联为乐段四中的格式（1）。第五联为乐段一中的格式（2），第六联为乐段二中的格式（1）。

例二　学诸进士作精卫衔石填海
（唐）韩　愈

鸟有偿冤者，终年抱寸诚。
口衔山石细，心望海波平。
渺渺功难见，区区命已轻。
人皆讥造次，我独赏专精。

岂计休无日，惟应尽此生。
何惭刺客传，不著报仇名。

注：该首五言排律一共六联，参照五律（首句仄起）格式，第一联为乐段一中的格式（2），第二联为乐段二中的格式（1），第三联为乐段三中的格式（1），第四联为乐段四中的格式（1）。第五联为乐段一中的格式（2），第六联为乐段二中的格式（2）。

例三　清明二首（其一）

（唐）杜　甫

朝来新火起新烟。湖色春光净客船。
绣羽衔花他自得，红颜骑竹我无缘。
胡童结束还难有，楚女腰肢亦可怜。
不见定王城旧处，长怀贾傅井依然。
虚沾周举为寒食，宝藉严君卖卜钱。
钟鼎山林各天性，浊醪粗饭任吾年。

注：该首七言排律一共六联，参照七律（首句平起）格式，第一联为乐段一中的格式（1），第二联为乐段二中的格式（1），第三联为乐段三中的格式（1），第四联为乐段四中的格式（1）。第五联为乐段一中的格式（2），第六联为乐段二中的格式（2）。

例四　和乐天重题别东楼

（唐）元　稹

山容水态使君知。楼上从容万状移。
日映文章霞细丽，风驱鳞甲浪参差。
鼓催潮户凌晨击，笛赛婆官彻夜吹。
唤客潜挥远红袖，卖垆高挂小青旗。
剩铺床席春眠处，乍卷帘帷月上时。
光景无因将得去，为郎抄在和郎诗。

注：该首七言排律一共六联，参照七律（首句平起）格式，第一联为乐段一中的格式（1），第二联为乐段二中的格式（1），第三联为乐段三中的格式（1），第四联为乐段四中的格式（2）。第五联为乐段一中的格式（2），第六联为乐段二中的格式（1）。

附录二

索 引

本《索引》首字按部首排列，次字按笔画多寡排列。

一画

一七令（卷十一）

一寸金（卷三十四）

一叶落（卷二）

一丛花（卷十八）

一丝风（卷五）即《诉衷情令》

一江春水（卷十二）即《虞美人》

一枝花（卷二十）即《促拍满路花》

一枝春（卷二十三）

一络索（卷五）即《一落索》

一捻红（卷三十一）即《瑞鹤仙》

一落索（卷五）

一箩金（卷十三）即《蝶恋花》

一斛夜明珠（卷十二）即《一斛珠》

一斛珠（卷十二）

一萼红（卷三十五）

一剪梅（卷十三）

二画

丁香结（卷二十七）

七娘子（卷十三）

九张机（卷四十）

二色宫桃（卷十二）

二色莲（卷二十三）

二郎神（卷三十二）

十二时（卷六）即《忆少年》

十二时慢（卷三十七）

十二郎（卷三十二）即《二郎神》

十八香（卷四）即《点绛唇》

十六字令（卷一）即《归字谣》

十月桃（卷二十七）

十月梅（卷二十七）即《十月桃》

十拍子（卷十四）即《破阵子》

十爱词（卷一）即《南歌子》

十样花（卷一）

卜算子（卷五）

卜算子慢（卷二十一）

人月圆（卷七）

人在楼上（卷二十七）即《声声慢》

入塞（卷九）

八六子（卷二十二）

八归（卷三十六）

八节长欢（卷二十六）

八拍蛮（卷一）

八声甘州（卷二十五）

八宝妆（卷二十七）即《新雁过妆楼》

八宝玉交枝（卷三十五）即《八宝妆》

八音谐（卷二十八）

三画

上升花（卷三十三）即《花心动》

上平西（卷十八）即《金人捧露盘》

上平南（卷十八）即《金人捧露盘》

上阳春（卷十九）即《蓦山溪》

上行杯（卷三）

上西平（卷十八）即《金人捧露盘》

上西楼（卷三）即《相见欢》

上林春令（卷十）

上林春慢（卷三十）

下水船（卷十七）

万年枝（卷六）即《喜迁莺》

万年欢（卷二十六）

万里春（卷五）

万斯年（卷二）即《天仙子》

兀令（卷二十一）

与团圆（卷七）即《喜团圆》

千年调（卷十七）

千秋节（卷十六）即《千秋岁》

千秋万岁（卷十九）即《千秋岁引》

千秋岁（卷十六）又即《念奴娇》（卷二十八）

千秋岁引（卷十九）

千秋岁令（卷十九）即《千秋岁引》

於中好（卷十）即《端正好》

于飞乐（卷十六）

三台（卷一）（卷三十九）

三台令（卷二）即《古调笑》

三犯渡江云（卷二十八）即《渡江云》

三犯锦园春（卷二十三）即《四犯剪梅花》

三字令（卷七）

三姝媚（卷二十七）

三段子（卷三十八）即《宝鼎现》

三部乐（卷二十六）

三奠子（卷十五）

三登乐（卷十六）

大圣乐（卷三十五）

大江西上曲（卷二十八）即《念奴娇》

大江东去（卷二十八）即《念奴娇》

大有（卷二十七）

大酺（卷三十七）

大椿（卷二十八）

小圣乐（卷二十四）

小冲山（卷十三）即《小重山》

小重山（卷十三）

小重山令（卷十三）即《小重山》

小庭花（卷四）即《浣溪沙》

小桃红（卷四）即《平湖乐》（卷十六）即《连理枝》

小梅花（卷十二）即《梅花引》

小楼连苑（卷三十）即《水龙吟》

小栏干（卷七）即《眼儿媚》（卷八）即《少年游》

小镇西（卷十六）即《小镇西犯》

山花子（卷七）

山亭柳（卷十八）

山亭宴（卷三十）

山鬼谣（卷三十六）即《摸鱼儿》

山渐青（卷二）即《长相思》

广寒枝（卷四）即《浣溪沙》

广寒秋（卷十二）即《鹊桥仙》

子夜歌（卷三十六）又即《菩萨蛮》（卷五）

女冠子（卷四）

女冠子慢（卷四）即《女冠子》

飞龙宴（卷二十七）

飞雪满堆山（卷三十四）即《飞雪满群山》

飞雪满群山（卷三十四）

马家春慢（卷二十九）

四画

开元乐（卷一）即《三台》

不见（卷二）即《如梦令》

不怕醉（卷五）即《谒金门》

五拍（卷十二）即《瑞鹧鸪》

五神速降中天（卷三十一）即《齐天乐》

五福降中天（卷二十一）

五福降中天慢（卷二十一）即《五福降中天》

五彩结同心（卷三十五）

中兴乐（卷四）

丰乐楼（卷三十九）即《莺啼序》

丰年瑞（卷三十）即《水龙吟》

丹凤吟（卷三十六）

丑奴儿（卷五）即《采桑子》

丑奴儿近（卷二十二）即《采桑子慢》

丑奴儿慢（卷二十二）即《采桑子慢》

元会曲（卷二十三）即《水调歌头》

无俗念（卷二十八）即《念奴娇》

无闷（卷二十七）

无梦令（卷二）即《如梦令》

无愁可解（卷三十五）

云仙引（卷二十六）

云淡秋空（卷七）即《柳梢青》

厅前柳（卷十二）

内家娇（卷三十四）

风入松（卷十七）

风入松慢（卷十七）即《风入松》

风中柳（卷十五）即《谢池春》

风中柳令（卷十五）即《谢池春》

风光子（卷二）即《归自谣》

风光好（卷三）

风流子（卷二）

风敲竹（卷三十六）即《贺新郎》

风蝶令（卷一）即《南歌子》

凤归云（卷二十九）

凤池吟（卷二十七）

凤来朝（卷九）

凤孤飞（卷七）

凤将雏（卷四）即《殿前欢》

凤栖梧（卷十三）即《蝶恋花》

凤衔杯（卷十二）

凤凰台上忆吹箫（卷二十五）

凤凰阁（卷十五）

凤楼春（卷十八）

凤箫吟（卷二十八）即《芳草》

凤鸾双舞（卷二十四）

六幺令（卷二十三）

六幺花十八（卷十五）即《梦行云》

六州（卷三十七）

六州歌头（卷三十八）

六花飞（卷二十九）

六丑（卷三十八）

劝金船（卷二十一）

双双燕（卷二十六）

双头莲（卷三十一）

双头莲令（卷七）

双声子（卷三十二）

双荷叶（卷五）即《忆秦娥》

双雁儿（卷十）

双韵子（卷七）

双瑞莲（卷二十四）

双燕子（卷十）即《双雁儿》
双蕖怨（卷三十六）即《摸鱼儿》
双鸂鶒（卷七）
天下乐（卷十）又即《瑞鹧鸪》（卷十二）
天下乐令（卷五）即《减字木兰花》
天门谣（卷五）
天仙子（卷二）
天净沙（卷一）
天香（卷二十四）
天香引（卷十）即《折桂令》
太平乐（卷十二）即《瑞鹧鸪》
太平年（卷五）
太平欢（卷二十八）即《念奴娇》
太平时（卷三）即《添声杨柳枝》
太常引（卷七）
太清引（卷七）即《太常引》
少年心（卷十三）
少年游（卷八）
少年游慢（卷二十一）
忆人人（卷十二）即《鹊桥仙》
忆少年（卷六）
忆王孙（卷二）
忆旧游（卷三十）
忆旧游慢（卷三十）即《忆旧游》
忆仙姿（卷二）即《如梦令》
忆东坡（卷二十六）
忆汉月（卷八）
忆江南（卷一）
忆余杭（卷七）
忆君王（卷二）即《忆王孙》
忆吹箫（卷二十五）即《凤凰台上忆吹箫》
忆闷令（卷五）
忆故人（卷七）即《烛影摇红》
忆帝京（卷十六）
忆柳曲（卷十二）即《虞美人》
忆真妃（卷三）即《相见欢》
忆秦娥（卷五）
忆萝月（卷五）即《清平乐》
忆黄梅（卷十八）
忆瑶姬（卷三十一）
引驾行（卷十）
王孙信（卷十）即《寻芳草》
木兰花令（卷十一）
木兰花慢（卷二十九）
木兰香（卷五）即《减字木兰花》
木笪（卷九）
水仙子（卷四）
水龙吟（卷三十）
水晶帘（卷二十六）又即《南歌子》（卷一）
水调歌（卷四十）
水调歌头（卷二十三）
长生乐（卷十七）
长寿仙（卷二十八）
长寿乐（卷二十）
长命女（卷三）
长亭怨（卷二十五）即《长亭怨慢》
长春（卷十）即《引驾行》
长相思（卷二）
长相思令（卷二）即《长相思》
长相思慢（卷三十一）
长桥月（卷四）即《霜天晓角》
月上瓜洲（卷三）即《相见欢》
月上海棠（卷十六）
月上海棠慢（卷十六）即《月上海棠》
月下笛（卷二十七）

月中仙（卷三十二）即《月中桂》
月中行（卷七）即《月宫春》
月中桂（卷三十二）
月边娇（卷二十五）
月华清（卷二十七）
月当厅（卷二十九）
月当窗（卷四）即《霜天晓角》
月底修箫谱（卷十八）即《祝英台近》
月城春（卷二十三）即《四犯剪梅花》
月宫春（卷七）
月照梨花（卷十一）即《河传》
爪茉莉（卷十九）
比梅（卷二）即《如梦令》
乌夜啼（卷六）又即《相见欢》（卷三）
斗百花（卷十九）
斗百草（卷三十）
斗婵娟（卷三十五）即《霜叶飞》

五画

平湖乐（卷四）
东风齐着力（卷二十二）
东风吹酒面（卷五）即《谒金门》
东风第一枝（卷二十八）
东风寒（卷四）即《浣溪沙》（卷七）即《眼儿媚》
东仙（卷三十六）即《沁园春》
东坡引（卷七）
归平遥（卷四）即《归国遥》
归去曲（卷七）即《烛影摇红》
归去来（卷七）
归去难（卷二十）即《促迫满路花》
归田乐（卷八）
归田乐引（卷八）即《归田乐》
归字谣（卷一）
归自谣（卷二）
归国遥（卷四）
归朝欢（卷三十二）
归朝欢令（卷十二）即《玉楼春》
归塞北（卷一）即《忆江南》
乐世（卷二十三）即《六幺令》
击梧桐（卷三十四）
占春芳（卷六）
出塞（卷五）即《谒金门》
冉冉云（卷十三）
市桥柳（卷十二）
兰陵王（卷三十七）
圣无忧（卷六）即《乌夜啼》
扑蝴蝶（卷十七）
扑蝴蝶近（卷十七）即《扑蝴蝶》
古香慢（卷二十三）
古祝英台（卷十六）即《甘露歌》
古记（卷二）即《如梦令》
古梅曲（卷二十八）即《念奴娇》
古阳关（卷十八）即《阳关引》
古倾杯（卷三十二）即《倾杯乐》
古调笑（卷二）
台城路（卷三十一）即《齐天乐》
四代好（卷三十）即《宴清都》
四犯令（卷八）
四犯剪梅花（卷二十三）
四字令（卷三）即《醉太平》
四和香（卷八）即《四犯令》
四笑江梅引（卷二十一）即《江城梅花引》

四换头（卷三）即《醉公子》
四园竹（卷十八）
四槛花（卷二十五）
且坐令（卷十六）
永遇乐（卷三十二）
氐州第一（卷三十一）
玉人歌（卷二十一）
玉女迎春慢（卷二十四）
玉女摇仙佩（卷三十八）
玉山枕（卷三十六）
玉水明沙（卷七）即《柳梢青》
玉交枝（卷六）即《相思引》
玉关遥（卷十六）即《月上海棠》
玉团儿（卷十）
玉连环（卷三十三）又即《一落索》（卷五）
玉京秋（卷二十四）
玉京谣（卷二十五）
玉抱肚（卷三十八）
玉树后庭花（卷五）即《后庭花》
玉珑璁（卷十）即《撷芳词》
玉壶冰（卷十二）即《虞美人》
玉烛新（卷二十九）
玉珥坠金环（卷七）即《烛影摇红》
玉莲花（卷十五）即《谢池春》
玉堂春（卷十三）
玉梅令（卷十五）
玉梅香慢（卷二十四）
玉阑干（卷十二）
玉腊梅枝（卷八）即《少年游》
玉楼人（卷十）
玉楼春（卷十二）
玉楼春令（卷十二）即《玉楼春》
玉漏迟（卷二十三）

玉蝴蝶（卷四）
玉蝴蝶慢（卷四）即《玉蝴蝶》
玉踯躅（卷十七）即《解踯躅》
玉簪秋（卷十三）即《一剪梅》
玉簪凉（卷二十五）
甘州（卷二十五）即《八声甘州》
甘州子（卷二）即《甘州曲》
甘州令（卷十八）
甘州曲（卷二）
甘州遍（卷十四）
甘草子（卷六）
甘露歌（卷十六）
甘露滴乔松（卷二十四）
石州引（卷三十）即《石州慢》
石湖仙（卷二十一）
龙山会（卷三十二）
龙吟曲（卷三十）即《水龙吟》
生查子（卷三）
白苎（卷三十六）
白雪（卷二十四）
白雪词（卷二十八）即《念奴娇》
白蘋香（卷八）即《西江月》

六画

买陂塘（卷三十六）即《摸鱼儿》
华胥引（卷二十一）
华清引（卷五）
庆金杯（卷十四）
有有令（卷十九）
阳台路（卷二十四）
阳台梦（卷七）
阳关引（卷十八）
阳关曲（卷一）
阳春（卷三十三）

◇ 附录二 ◇

阳春曲（卷二）即《喜春来》（卷三十三）即《阳春》
传言玉女（卷十七）
伤春怨（卷四）
伤情怨（卷四）即《清商怨》
伊川令（卷九）即《伊州令》
伊州三台（卷七）
伊州令（卷九）
伊州歌（卷四十）
似娘儿（卷十四）即《摊破南乡子》
师师令（卷十七）
关河令（卷四）即《清商怨》
冰玉风月（卷二十五）即《醉蓬莱》
并蒂芙蓉（卷二十六）
夺锦标（卷三十五）
扫市舞（卷十三）即《扫地舞》
扫地游（卷二十四）
扫地舞（卷十三）
扫花游（卷二十四）即《扫地游》
扬州慢（卷二十六）
寻芳草（卷十）
寻梅（卷十三）
寻瑶草（卷四）即《点绛唇》
导引（卷九）
合欢带（卷三十三）
吉了犯（卷三十）即《倒犯》
向湖边（卷三十三）
吊严陵（卷三十六）
回波乐（卷一）
多丽（卷三十七）
庄椿岁（卷三十）即《水龙吟》
庆千秋（卷二十四）
庆同天（卷十一）即《河传》
庆金枝（卷七）
庆金枝令（卷七）即《庆金枝》
庆长春（卷二十八）即《念奴娇》
庆灵椿（卷十四）即《摊破南乡子》
庆宣和（卷一）
庆春宫（卷三十）又即《高阳台》（卷二十八）
庆春时（卷七）
庆春泽（卷十四）
庆春泽慢（卷二十八）即《高阳台》
庆宫春（卷三十）即《庆春宫》
庆清朝（卷二十五）
庆清朝慢（卷二十五）即《庆清朝》
江月令（卷八）即《西江月》
江月晃重山（卷十）
江亭怨（卷六）
江南好（卷一）即《忆江南》（卷二十四）即《满庭芳》
江南春（卷二）即《秋风清》
江南春慢（卷三十五）
江城子（卷二）
江城子慢（卷三十五）
江城梅花引（卷二十一）
江神子（卷二）即《江城子》
江神子慢（卷三十五）即《江城子慢》
汉宫春（卷二十四）
汉宫春慢（卷二十四）即《汉宫春》
字字双（卷一）
安公子（卷十九）
安平乐慢（卷三十二）
安阳好（卷一）即《忆江南》
过龙门（卷十）即《浪淘沙令》
过秦楼（卷三十五）又即《选冠子》（卷三十五）
过涧歇（卷十九）

迈陂塘（卷三十六）即《摸鱼儿》
如此江山（卷三十一）即《齐天乐》
如鱼水（卷二十三）
如梦令（卷二）
如意令（卷二）即《如梦令》
好女儿（卷五）
好心动（卷三十三）即《花心动》
好时光（卷五）
好事近（卷五）
红芍药（卷二十二）
红林檎近（卷十八）
红罗袄（卷十）
红娘子（卷十六）即《连理枝》
红情（卷二十五）即《暗香》
红窗听（卷十）
红窗迥（卷十）
红窗睡（卷十）即《红窗听》
纥那曲（卷一）
早春怨（卷七）即《柳梢青》
早梅芳（卷十九）又即《喜迁莺》（卷六）
早梅芳近（卷十九）即《早梅芳》
早梅芳慢（卷三十三）
早梅香（卷二十五）
百尺楼（卷五）即《卜算子》
百字令（卷二十八）即《念奴娇》
百字谣（卷二十八）即《念奴娇》
百宝妆（卷二十七）即《新雁过妆楼》
百宜娇（卷三十二）又即《眉妩》（卷三十二）
百媚娘（卷十七）
曲入冥（卷十）即《浪淘沙令》
曲玉管（卷三十三）
曲江秋（卷二十九）

曲游春（卷三十一）
西子妆（卷二十五）
西子妆慢（卷二十五）即《西子妆》
西平乐（卷三十）
西平乐慢（卷三十）即《西平乐》
西平曲（卷十八）即《金人捧露盘》
西江月（卷八）
西江月慢（卷三十二）
西地锦（卷六）
西吴曲（卷三十四）
西河（卷三十四）
西河慢（卷三十四）即《西河》
西施（卷十六）
西湖（卷三十四）即《西河》
西湖月（卷三十三）
西湖曲（卷十二）即《玉楼春》
西湖明月引（卷二十一）即《江城梅花引》
西湖春（卷二十二）即《探芳信》
西湖路（卷十五）即《青玉案》
西溪子（卷二）
西楼子（卷三）即《相见欢》
西楼月（卷一）即《春晓曲》
竹枝（卷一）
竹马儿（卷三十一）
竹马子（卷三十一）即《竹马儿》
竹香子（卷八）
行香子（卷十四）
行香子慢（卷二十四）
羽仙歌（卷二十）即《洞仙歌》
齐天乐（卷三十一）

七画

两同心（卷十六）

别怨（卷十四）
别素质（卷三十一）即《忆瑶姬》
别瑶姬慢（卷三十一）即《忆瑶姬》
阮郎归（卷六）
陆州歌（卷四十）
陇头月（卷七）即《柳梢青》
陇头泉（卷三十七）即《多丽》
陇首山（卷六）即《忆少年》
陂塘柳（卷三十六）即《摸鱼儿》
何满子（卷三）即《河满子》
诉衷情（卷二）
诉衷情令（卷五）
诉衷情近（卷十七）
声声令（卷十五）即《胜胜令》
声声慢（卷二十七）
巫山一段云（卷六）
芙蓉月（卷二十三）
芙蓉曲（卷七）即《朝中措》
苤荷香（卷二十六）
花上月令（卷十三）
花心动（卷三十三）
花心动慢（卷三十三）即《花心动》
花犯（卷三十）
花自落（卷五）即《谒金门》
花发状元红慢（卷三十一）
花发沁园春（卷三十三）
花间意（卷五）即《菩萨蛮》
花非花（卷一）
花前饮（卷八）
花深深（卷五）即《忆秦娥》
花溪碧（卷五）即《菩萨蛮》
苍梧谣（卷一）即《归字谣》
芳草（卷二十八）
芳草渡（卷十一）（卷十三）即《系裙腰》
芭蕉雨（卷十四）
苏武慢（卷三十五）即《选冠子》
苏幕遮（卷十四）
弄花雨（卷十三）即《冉冉云》
寿山曲（卷十三）
寿阳曲（卷一）
寿延长破字令（卷十）
寿南枝（卷二十八）即《念奴娇》
寿星明（卷三十六）即《沁园春》
寿楼春（卷二十九）
纱窗恨（卷四）
折丹桂（卷八）又即《步蟾宫》（卷十三）
折花令（卷十）
折红英（卷十）即《撷芳词》
折红梅（卷三十四）
折桂令（卷十）
折新荷引（卷十九）即《新荷叶》
君来路（卷十）即《金错刀》
吴山青（卷二）即《长相思》
麦秀两岐（卷十四）
应天长（卷八）
应天长令（卷八）即《应天长》
应天长慢（卷八）即《应天长》
应景乐（卷十九）
快活年近拍（卷十八）
闲中好（卷一）
闲闲令（卷十四）即《摊破南乡子》
沁园春（卷三十六）
沙头雨（卷四）即《点绛唇》
沙碛子（卷四）即《沙塞子》
沙塞子（卷四）
泛兰舟（卷二十）又即《新荷叶》

（卷十九）
　　泛清波摘遍（卷三十四）
　　泛清苕（卷三十五）
　　远山横（卷十七）即《风入松》
　　远朝归（卷二十二）
　　还京乐（卷三十一）
　　连理枝（卷十六）
　　迎春乐（卷九）
　　迎新春（卷三十二）
　　尾犯（卷二十三）
　　杏花天（卷十）又即《念奴娇》（卷二十八）
　　杏花天慢（卷三十二）
　　杏花风（卷七）即《桃源忆故人》又即《杏花天》（卷十）
　　杏梁燕（卷三十四）即《解连环》
　　杏园芳（卷五）
　　村意远（卷二）即《江城子》
　　杜韦娘（卷三十五）
　　杨花落（卷五）即《谒金门》
　　杨柳枝（卷一）
　　步月（卷二十五）
　　步虚子令（卷十二）
　　步虚词（卷八）即《西江月》
　　步虚声（卷一）即《忆江南》
　　步蟾宫（卷十三）
　　更漏子（卷六）
　　饮马歌（卷二）又即《越江吟》（卷九）
　　灼灼花（卷十六）即《连理枝》
　　皂罗特髻（卷十九）
　　系裙腰（卷十三）
　　角招（卷三十四）
　　豆叶黄（卷二）即《忆王孙》
　　赤枣子（卷一）

赤壁词（卷二十八）即《念奴娇》

八画

画屏春（卷十）即《临江仙》
画屏秋色（卷三十六）即《秋思耗》
画堂春（卷六）
画娥眉（卷二）即《忆王孙》
垂丝钓（卷十五）
垂杨（卷二十八）
垂杨碧（卷五）即《谒金门》
乳燕飞（卷三十六）即《贺新郎》
卖花声（卷十）即《浪淘沙令》（卷十五）即《谢池春》
卓牌子（卷十二）
卓牌子令（卷十二）即《卓牌子》
卓牌子近（卷十六）
卓牌子慢（卷十二）即《卓牌子》
陌上花（卷二十六）
佳人醉（卷十六）
使牛子（卷八）
侍香金童（卷十四）
侧犯（卷十八）
夜飞鹊（卷三十四）即《夜飞鹊慢》
夜飞鹊慢（卷三十四）
夜半乐（卷三十八）
夜合花（卷二十五）
夜行船（卷十一）
夜游宫（卷十二）
凭栏人（卷一）
凯歌（卷二十三）即《水调歌头》
试香罗（卷四）即《浣溪沙》
话桐乡（卷二十四）即《满庭花》
卷珠帘（卷十三）即《蝶恋花》
受恩深（卷二十一）

茅山逢故人（卷七）
拨棹子（卷十三）
拂霓裳（卷十九）
抛球乐（卷二）
国香（卷二十七）
国香慢（卷二十七）即《国香》
征部乐（卷三十四）
河传（卷十一）
河渎神（卷七）
河满子（卷三）
法曲献仙音（卷二十二）
法驾导引（卷二）
泪珠弹（卷十）即《恋绣衾》
宝钗分（卷十八）即《祝英台近》
宝鼎现（卷三十八）
定西番（卷二）
定风波（卷十四）
定风波令（卷六）即《相思引》又即《定风波》（卷十四）
定风波慢（卷二十八）
定风流（卷十四）即《定风波》
宜男草（卷十三）
学士吟（卷十）即《鹦鹉曲》
孤雁儿（卷十八）即《御街行》
孤馆深沉（卷八）
孤鸾（卷二十六）
驻马听（卷二十三）
细雨吹池沼（卷十三）即《蝶恋花》
松梢月（卷二十五）
枕屏儿（卷十七）
极相思（卷七）
极相思令（卷七）即《极相思》
轮台子（卷三十六）
转应曲（卷二）即《古调笑》

转调二郎神（卷三十二）即《二郎神》
转调选冠子（卷三十五）即《选冠子》
转调满庭芳（卷二十四）即《满庭芳》
转调蝶恋花（卷十三）即《蝶恋花》
转调踏莎行（卷十三）即《踏莎行》
武林春（卷七）即《武陵春》
武陵春（卷七）
明月引（卷二十一）即《江城梅花引》
明月生南浦（卷十三）即《蝶恋花》
明月棹孤舟（卷十一）即《夜行船》
明月斜（卷一）即《梧桐影》
明月逐人来（卷十四）
昆明池（卷三十六）即《金明池》
升平乐（卷三十二）
贫也乐（卷十二）即《梅花引》
录要（卷二十三）即《六么令》
采明珠（卷二十五）
采桑子（卷五）
采桑子慢（卷二十二）
采莲令（卷二十二）
采莲词（卷四）即《平湖乐》
采莲子（卷一）
采绿吟（卷二十八）
念奴娇（卷二十八）
罗敷媚（卷五）即《采桑子》
罗敷媚歌（卷五）即《采桑子》
钓船笛（卷五）即《好事近》
钓台词（卷十三）即《步蟾宫》
钗头凤（卷十）即《撷芳词》

空相忆（卷五）即《谒金门》
青山相送迎（卷二）即《长相思》
青山远（卷五）即《彩鸾归令》
青门引（卷九）又即《青门饮》（卷三十四）
青门饮（卷三十四）
青玉案（卷十五）
青杏儿（卷十四）即《摊破南乡子》
青衫湿（卷七）即《人月圆》
雨中花令（卷九）
雨中花慢（卷二十六）
雨霖铃（卷三十一）
雨霖铃慢（卷三十一）即《雨霖铃》
金人捧露盘（卷十八）
金风玉露相逢曲（卷十二）即《鹊桥仙》
金凤钩（卷十一）
金字经（卷二）
金明池（卷三十六）
金浮图（卷二十四）
金盏子（卷三十二）
金盏子令（卷六）
金盏倒垂莲（卷二十二）
金莲绕凤楼（卷十一）
金菊对芙蓉（卷二十七）
金缕曲（卷三十六）即《贺新郎》
金缕歌（卷三十六）即《贺新郎》
金错刀（卷十）
金蕉叶（卷十四）
鱼水同欢（卷十三）即《蝶恋花》
鱼游春水（卷二十一）

九画

临江仙（卷十）

临江仙引（卷十七）
临江仙慢（卷二十三）
重叠金（卷五）即《菩萨蛮》
南乡一剪梅（卷十）
南乡子（卷一）
南州春色（卷十九）
南柯子（卷一）即《南歌子》
南唐浣溪沙（卷七）即《山花子》
南浦（卷三十三）
南浦月（卷四）即《点绛唇》
南楼令（卷十三）即《唐多令》
南歌子（卷一）
剑器近（卷二十四）
促拍采桑子（卷八）
促拍满路花（卷二十）
促拍丑奴儿（卷八）即《促拍采桑子》
保寿乐（卷二十三）
亭前柳（卷十二）即《厅前柳》
帝台春（卷二十五）
误桃源（卷三）
荔子丹（卷十）
荔枝香（卷十八）
荔枝香近（卷十八）即《荔枝香》
茶瓶儿（卷十二）
荆州亭（卷六）即《江亭怨》
拾菜娘（卷十二）即《瑞鹧鸪》
拾翠羽（卷十六）
品令（卷九）
后庭花（卷五）
后庭花破子（卷二）
后庭宴（卷十三）
独脚令（卷二）即《忆王孙》
恨欢迟（卷十）即《恨来迟》
恨来迟（卷十）

恨春迟（卷十三）
庭院深深（卷十）即《临江仙》
洛妃怨（卷三）即《昭君怨》
洛阳春（卷五）即《一落索》
洞中仙（卷二十）即《洞仙歌》
洞天春（卷七）
洞仙词（卷二十）即《洞仙歌》
洞仙歌（卷二十）
洞仙歌令（卷二十）即《洞仙歌》
洞仙歌慢（卷二十）即《洞仙歌》
洞庭春色（卷三十六）即《沁园春》
宣清（卷三十六）
宫中调笑（卷二）即《古调笑》
选官子（卷三十五）即《选冠子》
误佳期（卷八）即《竹香子》
选冠子（卷三十五）
迷仙引（卷二十）
迷神引（卷二十五）
送入我门来（卷三十三）
送征衣（卷三十六）
送将归（卷九）即《雨中花令》
绕池游（卷十六）
绕池游慢（卷三十三）
绕佛阁（卷二十八）
绛都春（卷二十八）
玲珑四犯（卷二十七）
玲珑玉（卷二十六）
珍珠令（卷十）
柘枝引（卷一）
柳长春（卷十三）即《踏莎行》
柳色新（卷十三）即《小重山》
柳色黄（卷三十）即《石州慢》
柳含烟（卷五）
柳初新（卷十九）

柳梢青（卷七）
柳摇金（卷十二）
柳腰轻（卷十九）
春云怨（卷三十二）
春从天上来（卷三十三）
春风袅娜（卷三十六）
春去也（卷一）即《忆江南》
春光好（卷三）又即《喜迁莺》（卷六）
春早湖山（卷五）即《谒金门》
春声碎（卷十八）
春草碧（卷二十六）又即《番枪子》（卷十七）
春夏两相期（卷二十八）
春宵曲（卷一）即《南歌子》
春晓曲（卷一）
春雪间早梅（卷三十六）
春霁（卷三十四）即《秋霁》
映山红慢（卷二十九）
昭君怨（卷三）
昼夜乐（卷二十六）
昼锦堂（卷三十一）
贺圣朝（卷六）
贺圣朝影（卷三）即《添声杨柳枝》
贺熙朝（卷十三）
贺新郎（卷三十六）
贺新凉（卷三十六）即《贺新郎》
胡捣练（卷七）又即《桃源忆故人》（卷七）
拜星月慢（卷三十三）
拜新月（卷一）又即《拜星月慢》（卷三十三）
胜州令（卷三十九）
胜胜令（卷十五）

胜胜慢（卷二十七）即《声声慢》
炼丹砂（卷十）即《浪淘沙令》
点绛唇（卷四）
点樱桃（卷四）即《点绛唇》
扁舟寻旧约（卷三十四）即《飞雪满群山》
思归乐（卷十二）
思远人（卷九）
思佳客（卷二）即《归自谣》又即《鹧鸪天》（卷十一）
思帝乡（卷二）
思越人（卷九）又即《朝天子》（卷六）、《鹧鸪天》（卷十一）
怨三三（卷八）
怨王孙（卷二）即《忆王孙》（卷十一）即《河传》
怨东风（卷十四）即《醉春风》
怨回纥（卷三）
怨春风（卷十二）即《一斛珠》
怨啼鹃（卷四）即《浣溪沙》
相见欢（卷三）
相思儿令（卷六）
相思引（卷六）
相思令（卷二）即《长相思》（卷六）即《相思儿令》
相思会（卷十七）即《千年调》
眉妩（卷三十二）
眉峰碧（卷五）即《卜算子》
看花回（卷十五）
秋兰香（卷二十四）
秋风引（卷二）即《秋风清》
秋风清（卷二）
秋风第一枝（卷十）即《折桂令》
秋光满目（卷十一）即《河传》

秋色横空（卷二十九）又即《烛影摇红》（卷七）
秋波媚（卷七）即《眼儿媚》
秋夜月（卷二十一）又即《相见欢》（卷三）
秋夜雨（卷九）
秋思耗（卷三十六）
秋宵吟（卷二十七）
秋蕊香（卷七）
秋蕊香引（卷十三）
秋霁（卷三十四）

十画

真珠髻（卷三十四）
真珠帘（卷二十九）
剔银灯（卷十七）
剔银灯引（卷十七）即《剔银灯》
倒犯（卷三十）
倒垂柳（卷十九）
倚西楼（卷十三）
倚阑人（卷三十五）
倚阑令（卷三）即《春光好》
倾杯（卷三十二）即《倾杯乐》
倾杯令（卷十）
倾杯近（卷二十一）
倦寻芳（卷二十四）
倦寻芳慢（卷二十四）即《倦寻芳》
离别难（卷二十一）
离亭宴（卷十八）
凌波曲（卷三）即《醉太平》
凉州令（卷八）即《梁州令》
凉州歌（卷四十）
凄凉犯（卷二十三）
郭郎儿近拍（卷十七）

家山好（卷十二）

壶山好（卷一）即《忆江南》

壶中天慢（卷二十八）即《念奴娇》

莫思归（卷二）即《抛球乐》

索酒（卷三十三）

荷叶杯（卷一）

荷叶铺水面（卷十二）

荷华媚（卷十三）

换巢鸾凤（卷二十八）

捣练子（卷一）

捣练子令（卷一）即《捣练子》

城头月（卷八）

哨遍（卷三十九）

夏云峰（卷二十二）又即《金明池》（卷三十六）

夏日燕黉堂（卷二十六）

夏州（卷十九）即《斗百花》

夏初临（卷二十六）即《燕春台》

唐多令（卷十三）

宴山亭（卷二十七）即《燕山亭》

宴西园（卷三）即《昭君怨》

宴琼林（卷三十三）

宴瑶池（卷九）即《越江吟》

宴桃源（卷二）即《如梦令》又即《阮郎归》（卷六）

宴清都（卷三十）

调笑令（卷四十）

阅金经（卷二）即《金字经》

酒泉子（卷三）

海棠花（卷七）即《海棠春》

海棠春（卷七）

海棠春令（卷七）即《海棠春》

消息（卷三十二）即《永遇乐》

浣溪沙（卷四）

浣溪沙慢（卷二十三）

浣溪纱慢（卷二十三）即《浣溪沙慢》

浪淘沙（卷一）

浪淘沙令（卷十）

浪淘沙慢（卷三十七）

逍遥乐（卷二十六）

透碧霄（卷三十五）

骊歌一叠（卷十一）即《鹧鸪天》

绣停针（卷二十六）

绣带儿（卷五）即《好女儿》

绣鸾凤花犯（卷三十）即《花犯》

珠帘卷（卷六）

桂华明（卷八）即《四犯令》

桂枝香（卷二十九）

桂殿秋（卷一）

桂飘香（卷三十三）即《花心动》

桃花曲（卷六）即《忆少年》

桃花落（卷十二）即《瑞鹧鸪》

桃园忆故人（卷七）即《桃源忆故人》

桃花水（卷二）即《诉衷情》

桃源忆故人（卷七）

爱月夜眠迟慢（卷三十三）

爱恩深（卷二十一）即《受恩深》

烘春桃李（卷六）即《喜迁莺》

烛影摇红（卷七）

祝英台近（卷十八）

恋芳春慢（卷三十一）

恋香衾（卷二十二）

恋情深（卷四）

恋绣衾（卷十）

破字令（卷八）

破阵子（卷十四）

破阵乐（卷三十七）
留客住（卷二十六）
留春令（卷八）
盐角儿（卷八）
秦楼月（卷五）即《忆秦娥》
钿带长中腔（卷十五）
高山流水（卷三十五）
莺啼序（卷三十九）
鸭头绿（卷三十七）即《多丽》
鸳鸯怨曲（卷十六）即《于飞乐》
被花恼（卷二十五）
倾杯乐（卷三十二）
缺月挂疏桐（卷五）即《卜算子》
粉蝶儿（卷十六）
粉蝶儿慢（卷二十六）
索酒（卷三十三）
高平探芳新（卷二十三）
高阳台（卷二十八）
高溪梅令（卷七）即《鬲溪梅令》
鬲溪梅令（卷七）

十一画

干荷叶（卷二）
偷声木兰花（卷八）
减兰（卷五）即《减字木兰花》
减字木兰花（卷五）
减字浣溪沙（卷四）即《浣溪沙》
谒金门（卷五）
菖蒲绿（卷三十二）即《归朝欢》
菊花新（卷九）
菩萨蛮（卷五）
菩萨蛮引（卷三十五）即《菩萨蛮慢》
菩萨鬘（卷五）即《菩萨蛮》
萧萧雨（卷二十五）即《八声甘州》

接贤宾（卷十三）
探芳信（卷二十二）
探春（卷三十二）即《探春慢》
探春令（卷九）
探春慢（卷三十二）
尉迟杯（卷三十三）
啰唝曲（卷一）
御带花（卷二十八）
御街行（卷十八）
彩云归（卷二十九）
彩凤飞（卷十九）
彩凤舞（卷十九）即《彩凤飞》
梦仙郎（卷九）
梦仙游（卷一）即《忆江南》
梦玉人引（卷二十一）
梦江口（卷一）即《忆江南》
梦江南（卷一）即《忆江南》
梦行云（卷十五）
梦还京（卷十八）
梦扬州（卷二十六）
梦芙蓉（卷二十五）
梦横塘（卷三十四）
情久长（卷三十二）
惜分飞（卷八）
惜分钗（卷十）即《撷芳词》
惜双双（卷八）即《惜分飞》
惜双双令（卷八）即《惜分飞》
惜奴娇（卷十六）
惜红衣（卷二十一）
惜花春起早慢（卷二十八）
惜芳菲（卷八）即《惜分飞》
惜春令（卷八）
惜春郎（卷七）
惜春容（卷十二）即《玉楼春》

惜秋华（卷二十三）
惜黄花（卷十六）
惜黄花慢（卷三十五）
惜寒梅（卷二十八）
惜琼花（卷十三）
惜余春慢（卷三十五）即《选冠子》
惜余欢（卷三十三）
清风八咏楼（卷三十四）
清风满桂楼（卷二十九）
清平乐（卷五）
清平乐令（卷五）即《清平乐》又即《江亭怨》（卷六）
清平调辞（卷四十）
清江曲（卷十二）
清波引（卷二十一）
清和风（卷四）即《浣溪沙》
清商怨（卷四）又即《撷芳词》（卷十）
清溪怨（卷三十五）即《夺锦标》
添字少年心（卷十三）即《少年心》
添字浣溪沙（卷七）即《山花子》
添声杨柳枝（卷三）
添春色（卷七）即《醉乡春》
淮甸春（卷二十八）即《念奴娇》
渔父（卷一）即《渔歌子》
渔父引（卷一）
渔父家风（卷五）即《诉衷情令》
渔父乐（卷一）即《渔歌子》
渔家傲（卷十四）
渔歌子（卷一）
淡黄柳（卷十四）
深院月（卷一）即《捣练子》
遥天奉翠华引（卷二十二）
婆罗门（卷十八）即《婆罗门引》

婆罗门引（卷十八）
婆罗门令（卷二十一）
绮罗香（卷三十三）
绮寮怨（卷三十三）
琐窗寒（卷二十七）
梁州令（卷八）
梁州令叠韵（卷八）即《梁州令》
梅子黄时雨（卷二十三）
梅月圆（卷七）即《朝中措》
梅花引（卷十二）即《江城梅花引》（卷二十一）
梅花句（卷五）即《菩萨蛮》
梅花曲（卷四十）
梅弄影（卷七）
梅和柳（卷三）即《生查子》
梅香慢（卷二十九）
梧叶儿（卷一）
梧桐影（卷一）
戚氏（卷三十九）
晚云烘日（卷五）即《菩萨蛮》
腊前梅（卷七）即《太常引》
腊梅香（卷二十八）又即《一剪梅》（卷十三）
望夫歌（卷一）即《啰唝曲》
望云间（卷二十五）
望云涯引（卷二十）
望月婆罗门引（卷十八）即《婆罗门引》
望仙门（卷六）
望仙楼（卷七）即《胡捣练》
望汉月（卷八）即《忆汉月》
望江东（卷九）
望江南（卷一）即《忆江南》
望江怨（卷二）

望江梅（卷一）即《忆江南》
望远行（卷十一）
望明河（卷三十四）
望春回（卷三十）
望南云慢（卷三十二）
望秦川（卷一）即《南歌子》
望海潮（卷三十四）
望梅（卷三十四）即《解连环》
望梅花（卷三）
望梅花令（卷三）即《望梅花》
望湘人（卷三十四）
望蓬莱（卷一）即《忆江南》
欸乃曲（卷一）
祭天神（卷二十一）
眼儿媚（卷七）
铜人捧玉盘（卷十八）即《金人捧露盘》
章台柳（卷一）
笛家（卷三十六）
笛家弄慢（卷三十六）即《笛家》
雪月交光（卷二十五）即《醉蓬莱》
雪花飞（卷四）
雪夜渔舟（卷二十八）
雪明鹁鸪夜（卷二十三）
雪梅香（卷二十三）
雪狮儿（卷二十一）
黄河清慢（卷二十六）
黄金缕（卷十三）即《蝶恋花》
黄莺儿（卷二十四）
黄鹂绕碧树（卷二十五）
黄鹤引（卷二十）
黄鹤洞仙（卷八）
黄钟乐（卷十四）
黑漆弩（卷十）即《鹦鹉曲》

十二画

隔浦莲（卷十七）即《隔浦莲近拍》
隔浦莲近（卷十七）即《隔浦莲近拍》
隔浦莲近拍（卷十七）
隔帘听（卷十七）
雁后归（卷十）即《临江仙》
谢池春（卷十五）
谢池春慢（卷二十二）
谢秋娘（卷一）即《忆江南》
谢新恩（卷十）即《临江仙》
喜长新（卷六）
喜团圆（卷七）
喜迁莺（卷六）
喜迁莺令（卷六）即《喜迁莺》
喜春来（卷二）
喜朝天（卷二十九）又即《踏莎行》（卷十三）
落梅（卷三十四）
落梅风（卷六）又即《寿阳曲》（卷一）
落梅慢（卷三十四）即《落梅》
握金钗（卷十四）
喝火令（卷十四）
喝马一枝花（卷二十）即《促拍满路花》
阑干万里心（卷二）即《忆王孙》
渡江云（卷二十八）
湘月（卷二十八）即《念奴娇》
湘江静（卷三十二）
湘春夜月（卷三十一）
湿罗衣（卷四）即《中兴乐》
遐方怨（卷二）
猴山月（卷十四）

寒食词（卷十八）即《祝英台近》
遍地锦（卷十二）
琴调相思引（卷六）即《相思引》
琵琶仙（卷二十八）
辊绣球（卷十四）
景龙灯（卷九）即《探春令》
晴色入青山（卷三）即《生查子》
晴偏好（卷一）
最高楼（卷十九）
赏松菊（卷二十三）
赏南枝（卷三十三）
散天花（卷十三）
散余霞（卷五）
舜韶新（卷二十九）
朝中措（卷七）
朝天子（卷六）
朝玉阶（卷十三）
期夜月（卷三十六）
胃马索（卷三十五）
稍遍（卷三十九）即《哨遍》
锁阳台（卷二十四）即《满庭芳》
锁寒窗（卷二十七）即《琐窗寒》
番枪子（卷十七）
疏帘淡月（卷二十九）即《桂枝香》
疏影（卷三十五）
聒龙谣（卷二十七）
紫玉箫（卷二十七）
紫萸香慢（卷三十六）
貂裘换酒（卷三十六）即《贺新郎》
越女镜心（卷二十二）即《法曲献仙音》
越溪春（卷十七）
雁过妆楼（卷二十七）即《新雁过妆楼》

集贤宾（卷十三）即《接贤宾》

十三画

催雪（卷二十七）
叠青钱（卷二十二）即《采桑子慢》
叠萝花（卷十五）即《感皇恩》
蓬莱阁（卷五）即《忆秦娥》
摸鱼儿（卷三十六）
摸鱼子（卷三十六）即《摸鱼儿》
摊破江城子（卷二十一）即《江城梅花引》
摊破采桑子（卷十三）即《采桑子令》
摊破南乡子（卷十四）
摊破浣溪沙（卷七）即《山花子》
糖多令（卷十三）即《唐多令》
满江红（卷二十二）
满园花（卷二十）即《促拍满路花》
满宫花（卷八）
满庭花（卷二十四）即《满庭芳》
满庭芳（卷二十四）
满庭霜（卷二十四）即《满庭芳》
满院春（卷四）即《浣溪沙》
满朝欢（卷二十九）
满路花（卷二十）即《促拍满路花》
塞上秋（卷一）即《天净沙》
塞姑（卷一）
塞孤（卷二十三）
塞垣春（卷二十五）
塞翁吟（卷二十二）
蓦山溪（卷十九）
瑞云浓（卷十七）
瑞云浓慢（卷三十三）
瑞龙吟（卷三十七）

瑞鹤仙（卷三十一）
瑞鹤仙影（卷二十三）即《凄凉犯》
瑞鹧鸪（卷十二）
楚天遥（卷五）即《卜算子》
楚云深（卷三）即《生查子》
楚宫春慢（卷三十四）
楼上曲（卷十二）
媂人娇（卷十五）
献天寿（卷六）
献天寿令（卷十）
献仙音（卷二十二）即《法曲献仙音》
献金杯（卷十四）即《厌金杯》
献衷心（卷十四）
暗香（卷二十五）
暗香疏影（卷三十四）
数花风（卷十五）即《凤凰阁》
新安路（卷二）即《秋风清》
新念别（卷十二）即《夜游宫》
新荷叶（卷十九）
新雁过妆楼（卷二十七）
殿前欢（卷四）
熙州慢（卷二十四）
熙州摘遍（卷三十一）即《氐州第一》
照江梅（卷七）即《朝中措》
感皇恩（卷十五）
感皇恩慢（卷三十五）即《泛清苕》
感庭秋（卷七）即《撼庭秋》
感恩多（卷三）
感恩多令（卷七）即《山花子》
感黄鹂（卷二十二）即《八六子》
愁春未醒（卷二十二）即《采桑子慢》
愁倚阑（卷三）即《春光好》
愁倚阑令（卷三）即《春光好》
意难忘（卷二十二）

戛金钗（卷十四）即《握金钗》
蜀溪春（卷二十七）
锦帐春（卷十三）
锦园春（卷五）又即《四犯剪梅花》（卷二十三）
锦堂春（卷六）即《乌夜啼》（卷二十九）即《锦堂春慢》
锦堂春慢（卷二十九）
锦缠绊（卷十四）即《锦缠道》
锦缠道（卷十四）
锦缠头（卷十四）即《锦缠道》
锯解令（卷十）
鹊踏枝（卷十三）即《蝶恋花》
鹊桥仙（卷十二）
鹊桥仙令（卷十二）即《鹊桥仙》
虞美人（卷十二）
虞美人令（卷十二）即《虞美人》
虞美人影（卷七）即《桃源忆故人》
韵令（卷十八）
解红（卷一）
解红慢（卷三十八）
解连环（卷三十四）
解佩令（卷十五）
解佩环（卷三十五）即《疏影》
解语花（卷二十八）
解蹀躞（卷十七）
鼓笛令（卷十一）
鼓笛慢（卷三十）即《水龙吟》

十四画

暮云碧（卷三十六）即《吊严陵》
摘得新（卷一）
慢卷绸（卷三十五）
潇湘夜雨（卷二十四）即《满庭芳》

潇湘神（卷一）
潇湘逢故人慢（卷三十三）
潇湘静（卷三十二）即《湘江静》
滴滴金（卷八）
绿意（卷三十五）即《疏影》
绿腰（卷二十三）即《六幺令》
绿盖舞风轻（卷二十五）
彩鸾归令（卷五）
瑶台月（卷三十六）
瑶台第一层（卷二十五）
瑶台聚八仙（卷二十七）即《新雁过妆楼》
瑶池月（卷三十六）即《瑶台月》
瑶池宴（卷九）即《越江吟》
瑶池宴令（卷九）即《越江吟》
瑶阶草（卷十九）
瑶华（卷三十一）
瑶华慢（卷三十一）即《瑶华》
歌头（卷三十七）
碧云深（卷五）即《忆秦娥》
碧牡丹（卷十七）
碧芙蓉（卷二十三）即《尾犯》
碧桃春（卷六）即《阮郎归》
碧窗梦（卷一）即《南歌子》
睿恩新（卷十一）
端正好（卷十）
福寿千春（卷二十六）
个侬（卷三十八）
箜篌曲（卷十三）即《唐多令》
舞春风（卷十二）即《瑞鹧鸪》
舞马词（卷一）
舞杨花（卷二十六）
翠羽吟（卷三十七）
翠华引（卷一）即《三台》
翠圆枝（卷五）即《好事近》
翠楼吟（卷二十九）
酷相思（卷十五）
酹月（卷二十八）即《念奴娇》
酹江月（卷二十八）即《念奴娇》

十五画

蕃女怨（卷二）
蕊珠闲（卷十七）
蕙兰芳（卷二十一）即《蕙兰芳引》
蕙兰芳引（卷二十一）
徵招（卷二十四）
徵招调中腔（卷十一）
撷芳词（卷十）
辘轳金井（卷二十三）即《四犯剪梅花》
镇西（卷十六）即《小镇西犯》
鹤冲天（卷二十一）又即《喜迁莺》（卷六）
蝶恋花（卷十三）
蝴蝶儿（卷三）
剪牡丹（卷二十九）
醉乡春（卷七）
醉公子（卷三）
醉太平（卷三）
醉木犀（卷四）即《浣溪沙》
醉东风（卷五）即《清平乐》
醉妆词（卷一）
醉红妆（卷九）
醉吟商（卷二）
醉花春（卷五）即《谒金门》
醉花阴（卷九）
醉花间（卷四）
醉垂鞭（卷四）

醉春风（卷十四）
醉思凡（卷三）即《醉太平》
醉思仙（卷二十一）
醉桃园（卷七）即《桃源忆故人》
醉桃源（卷六）即《阮郎归》
醉高歌（卷八）
醉梅花（卷十一）即《鹧鸪天》
醉翁操（卷二十二）
醉落拓（卷十二）即《一斛珠》
醉落魄（卷十二）即《一斛珠》
醉瑶瑟（卷十）即《金措刀》
醉蓬莱（卷二十五）
踏月（卷四）即《霜天晓角》
踏青游（卷二十一）
踏莎行（卷十三）
踏雪行（卷十三）即《踏莎行》
踏歌（卷二十）
踏歌词（卷二）

十六画

薄命女（卷三）即《长命女》
薄幸（卷三十五）
薄媚（卷四十）
薄媚摘遍（卷二十二）
撼庭竹（卷十六）
撼庭秋（卷七）
澡兰香（卷三十二）
寰海清（卷二十一）
赞成功（卷十四）
赞浦子（卷四）
赞普子（卷四）即《赞浦子》
燕山亭（卷二十七）
燕归来（卷六）即《喜迁莺》
燕归梁（卷九）
燕春台（卷二十六）

燕莺语（卷十八）即《祝英台近》
穆护砂（卷三十九）
镜中人（卷六）即仄韵《相思引》
鹧鸪天（卷十一）
鹧鸪词（卷十二）即《瑞鹧鸪》
鹦鹉曲（卷十）
霓裳中序第一（卷二十九）
鞓红（卷十三）

十七画

濯缨曲（卷六）即《阮郎归》
骤雨打新荷（卷二十四）即《小圣乐》
檐前铁（卷十六）
簇水（卷二十一）
霜天晓角（卷四）
霜花腴（卷三十三）
霜菊黄（卷四）即《浣溪沙》
霜叶飞（卷三十五）

十八画

宴瑶池（卷二十五）即《八声甘州》
翻香令（卷十二）

十九画

蟾宫曲（卷十）即《折桂令》

二十画

鬓云松令（卷十四）即《苏幕遮》
鬓边华（卷十）

二十一画

露华（卷二十二）
露华慢（卷二十二）即《露华》

附录三

词林正韵

——以《词林正韵》为基础的三韵书比较表

第一部平声：一东二冬通用

《诗韵新编》	《佩文诗韵》上平声：一东
十七庚·平声·阴平	风 枫 疯 丰［豐］（盛也）翁 嗡
十七庚·平声·阳平	冯 蒙（启蒙）曚 朦 蓬 篷
十七庚·仄声·上声	蒙（蒙古）
十八东·平声·阴平	充 冲［沖］（和也）忡 聪 骢 匆 葱 东 公 工 功 红（女红）攻 弓 躬 宫 烘 空（空虚）崆 菘 嵩［崧］通 中（中间）忠 衷 盅 终
十八东·平声·阳平	丛 崇 虫 虹 红（绛也）鸿 洪 隆 窿 聋 笼（名词，董韵同；又动词，独用）栊 珑 砻 胧 昽 茏 穷 穹 蚕 戎 绒 融 同 铜 峒 筒 桐 童 瞳 僮 曈 雄 熊 泷（泷泷，水声）
未列入的字	渶 樱 曹

《诗韵新编》	《佩文诗韵》上平声：二冬
十七庚·平声·阴平	峰 蜂 烽 锋 封 葑 丰（容色美好貌）
十七庚·平声·阳平	逢 缝（缝纫）
十八东·平声·阴平	冲［衝］（通道也）舂 从（服从）冬 咚［鼕］恭 供（供给）龚 蚣 松 鬆 淞 胸 汹 凶 兇 匈 雍（和也）佣 庸 慵 痈 邕 锺 钟 宗 踪 纵（纵横）
十八东·平声·阳平	重（重复）淙 龙 茏 农 浓 侬 秾 脓 笻 邛 蚕 筇（江韵同）容 蓉 溶 榕 茸 彤 喁
未列入的字	蚕 醲 惊

第一部仄声：上声一董二肿、去声一送二宋通用

《诗韵新编》	《佩文诗韵》仄声：上声·一董
十七庚·仄声·上声	蠓 蓊
十八东·仄声·上声	董 懂 浲 孔 拢 笼（名词，东韵同）桶 捅 总
十八东·仄声·去声	动 洞（澒洞）
未列入的字	澒

《诗韵新编》	《佩文诗韵》仄声：上声·二肿
十七庚·仄声·上声	捧
十七庚·仄声·去声	奉
十八东·平声·阴平	拥
十八东·仄声·上声	宠 拱 栱 巩 恐 陇 ［垄］冗 醲 ［氄］耸 怂 悚 竦 甬 勇 踊 ［踴］涌 蛹 俑 拥（旧读）种（种子）肿 踵 冢
十八东·仄声·去声	重（轻重）
未列入的字	

《诗韵新编》	《佩文诗韵》仄声：去声·一送
十七庚·仄声·上声	讽
十七庚·仄声·去声	凤 讽（旧读）梦 瓮
十八东·仄声·上声	哄
十八东·仄声·去声	冻 栋 洞（岩洞）贡 ［赣］空（空缺）控 鞚 弄 送 痛 恸 众 中（击中）仲 粽
未列入的字	閧

《诗韵新编》	《佩文诗韵》仄声：去声·二宋
十七庚·仄声·去声	俸 缝（隙也）
十八东·仄声·上声	统
十八东·仄声·去声	从（仆从）共 供（供品）颂 诵 宋 讼 用 重（再也）种（种植）纵（放纵）综（旧读）
未列入的字	

第二部平声：三江七阳通用

《诗韵新编》	《佩文诗韵》上平声：三江
十六唐·平声·阴平	邦 梆 窗 釭 缸 杠 江 豇 腔 双 舡 桩 泷（泷冈，山名）
十六唐·平声·阳平	扛（肩扛）龙 庞 降（降伏）撞（绛韵同）幢
十八东·平声·阳平	蹖（冬韵同）
未列入的字	

《诗韵新编》	《佩文诗韵》下平声：七阳
十六唐·平声·阴平	帮 [幫] 仓 苍 舱 沧 鸧 昌 猖 倀 阊 创（创伤）疮 当（应当）铛 珰 裆 笃 方 芳 坊 肪 枋 冈 [崗] 纲 钢 刚 光 荒 慌 肓 疆 僵 缰 薑 将（持也，送也）浆 螀 姜 亢 康 糠 [穅] 慷（养韵同）筐 匡 滂 枪 [鎗] 跄 抢（突也）锵 羌 蜣 桑 丧（丧葬）商 伤 殇 觞 霜 孀 骦 汤 汪 乡 芗 香 相（相互）箱 厢 湘 缃 襄 镶 骧 央 秧 鸯 泱 殃 鞅 赃 臧 张 章 彰 獐 漳 庄 装 妆
十六唐·平声·阳平	昂 藏（收藏）长（长短）肠 常 裳 尝 偿 场 床 防 妨 房 肪 行（行列）桁（械也，又浮桥也）航 杭 吭（养、漾韵同）颃 黄 煌 皇 凰 蝗 簧 篁 徨 遑 隍 惶 潢 璜 狂 郎 狼 廊 榔 [桹] 琅 浪（沧浪）良 跟 粮 量（衡量）凉 梁 粱 忙 芒 茫 邙 囊 娘 [孃] 旁 傍（通旁，侧也）强（坚强）墙 樯 嫱 蔷 攘 瓤 堂 棠 螳 唐 塘 糖 王（帝王）亡 忘（漾韵同）详 祥 翔 庠 羊 洋 徉 佯 阳 扬 杨 旸
十六唐·仄声·上声	岗（门岗）
十六唐·仄声·去声	倡 怆（漾韵同）望（观望，漾韵同）奘 炕
未列入的字	蜋 铛 纕 炀 飏（漾韵同）麔

第二部仄声：上声三讲二十二养、去声三绛二十三漾通用

《诗韵新编》	《佩文诗韵》上声：三讲
十六唐·仄声·上声	港 講 讲
十六唐·仄声·去声	蚌 棒 项
未列入的字	

《诗韵新编》	《佩文诗韵》上声：二十二养
十六唐·平声·阴平	肮［骯］慷（阳韵同）吭（阳、漾韵同）髒［髒］（肮髒）
十六唐·仄声·上声	榜 厂 敞 氅 党 谠 仿［倣］纺 昉 广 犷 谎 幌 恍［怳］奖 桨 蒋 朗 两 魉 袝 莽（虞韵同）蟒 漭 曩 抢 强（勉强）襁 锵 壤 颡 嗓 赏 上（上声）爽 倘 傥 帑（金库，虞韵同）往 枉 网 罔 魍 惘 想 享 响 鲞 养 痒 仰 掌 长（长幼）
十六唐·仄声·去声	盎 荡［盪］沆 向 象 像 橡 丈 杖 仗（漾韵同）
未列入的字	飨

《诗韵新编》	《佩文诗韵》去声：三绛
十六唐·仄声·去声	戆 降（升降）绛 巷 撞（江韵同）
未列入的字	

《诗韵新编》	《佩文诗韵》去声：二十三漾
十六唐·平声·阳平	防 吭（阳、养韵同）
十六唐·仄声·上声	挡 访 舫 饷 涨（涨水）
十六唐·仄声·去声	傍（依傍）谤 唱 畅 怅 鬯 创（开创）怆（阳韵同）当（适当）宕 砀 放 桁 桁（衣架）将（将帅）匠 酱 抗 炕 亢（高亢，又星名）伉 况 旷 纩 圹 贶 浪（波浪）阆 谅 亮 量（数量）酿 让 丧（丧失）上（上下）尚 望（观望，阳韵同；又名望，独用）忘（阳韵同）妄 王 王（王天下）旺 相（卿相）向 恙 样 漾 藏（库藏）脏［臟］（内脏）葬 障 瘴 嶂 涨 帐 胀 仗（养韵同）壮 状
未列入的字	榜 飏（阳韵同）

第三部平声：四支五微八齐十灰〔半〕通用

《诗韵新编》	《佩文诗韵》上平声：四支
一麻·平声·阳平	崖 涯（佳、麻韵同）
五支·平声·阴平	痴 蚩 嗤 媸 螭 鹂 絺 魑 笞 疵 差（参差）诗 师 狮 施 尸 酾 思 丝 私 司 斯 蛳 澌 知 脂 之 芝 支 肢 枝 衹 卮 栀 姿 资 赀 兹 滋 辎 缁 髭 粢

续表

《诗韵新编》	《佩文诗韵》上平声：四支
五支·平声·阳平	持 驰 池 迟 匙 墀 踟 词 辞 雌 慈 瓷 茨 祠 鹚 时 鲥 坻 苐（苐萝，草名）
五支·仄声·去声	治（治理，动词）
六儿·平声·阳平	而 儿
七齐·平声·阴平	基 羁 姬 箕 畸 肌 饥 ［飢］（饥饿）机（微韵同）披 丕 期 欺 崎 熙 嬉 禧 牺 ［犧］羲 曦 医 伊 噫 漪 猗
七齐·平声·阳平	离 篱 漓 褵 璃 鹂 骊 狸 厘 ［釐］嫠 縻 醿 麋 蘼 弥 尼 皮 疲 陂（陂池，旁颓貌；今又黄陂，地名）枇 蚍 毗 脾 罴 貔 琵 奇 骑（跨马）其 旗 棋 萁 琪 祺 麒 耆 芪 歧 岐 跂（足多指也）宜 仪 颐 夷 姨 痍 遗（遗失）怡 饴 贻 彝 移 簃 疑 嶷
八微·平声·阴平	悲 卑 碑 陂（阪也）吹（动词）炊 衰 规 龟 麾 亏 窥 岿 虽 绥 推（灰韵同）危 萎 追 锥 椎
八微·平声·阳平	垂 陲 锤 葵 夔 逵 赢 累 ［纍］（系累）眉 楣 嵋 湄 霉 蕤 谁 随 为（施为）帷 维 惟 唯（独也）
八微·仄声·上声	唯（应诺）
八微·仄声·去声	帔
九开·平声·阴平	筛
未列入的字	齹 歖

《诗韵新编》	《佩文诗韵》上平声：五微
七齐·平声·阴平	几 ［幾］（微也）饥 ［饑］（饥馑）机（支韵同）讥 矶 玑 畿 希 稀 晞 唏 ［欷］衣（衣服）依
七齐·平声·阳平	祈 圻 颀 沂 旗
八微·平声·阴平	飞 非 诽（未尾韵同）霏 菲（芳菲）绯 扉 妃 归 辉 晖 挥 徽 威 葳 微 巍
八微·平声·阳平	肥 违 围 帏 薇 韦 闱
未列入的字	韄

《诗韵新编》	《佩文诗韵》上平声：八齐
四皆·平声·阳平	携
五支·平声·阴平	嘶 撕
七齐·平声·阴平	低 堤〔隄〕 羝 鸡 齑 跻 嵇 稽 赍 批（屑韵同）砒 妻（夫妻）凄 栖〔棲〕 萋 悽 梯 西 犀 兮 奚 蹊 溪〔谿〕 鹥
七齐·平声·阳平	梨 犁 黎 鬎 藜 蠡（管蠡）迷 泥（泥土）鹥（屑韵同）倪 猊 鲵 鼙 齐 脐 崖 啼 蹄〔蹏〕提 题 醍 稊 鹈 黄
七齐·仄声·去声	篦
八微·平声·阴平	圭 闺
八微·平声·阳平	奎 睽
十四寒·平声·阴平	锗〔鐯〕
未列入的字	觿 酰

《诗韵新编》	《佩文诗韵》上平声：十灰〔半〕
八微·平声·阴平	杯 催 摧 崔 堆 瑰 傀 灰 恢 诙 盔 醅 胚 坏〔壞〕推（支韵同）隈 煨 偎 追
八微·平声·阳平	回 茴 魁 雷 罍 煤 媒 梅 莓 枚 玫 培 陪 裴 颓〔穨〕 嵬 桅
八微·仄声·上声	儡（贿韵同）
九开·平声·阳平	槐（佳韵同）徊 徘
未列入的字	

仄声：上声四纸五尾八荠十贿〔半〕、去声四寘五未八霁九泰〔半〕十一队〔半〕通用

《诗韵新编》	《佩文诗韵》上声：四纸
五支·仄声·上声	齿 耻 侈 此 泚 始 史 驶 使（使令）矢 豕 驰 死 指 纸 徵（角徵）止 祉 芷 址 趾 旨 只（语气词）咫 枳 子 仔 紫 姊 滓 梓
五支·仄声·去声	是 市 士 视 氏 恃 仕 似 耜 巳 祀 俟 兕 峙 豸 雉
六儿·仄声·上声	耳 尔 迩

续表

《诗韵新编》	《佩文诗韵》上声：四纸
七齐·平声·阳平	弥 毗
七齐·仄声·上声	比（比较）秕 彼 鄙 匕 己 几（几案） 麂 里 裹 理 鲤 李 逦 靡 弭 你 拟 旎 否（否泰）痞 已 圮 杞 起 企（寘韵同）跂（同企，望也）绮 喜 蟢 徙 屣 玺 倚 旖 矣 以 苡 迤 舣 蚁［螘］
七齐·仄声·去声	纪 技 婢 妓
八微·平声·阳平	捶 棰
八微·仄声·上声	轨 癸 晷 诡 毁 累（积累）垒 诔 美 蕊 水 髓 委 嘴［觜］
八微·仄声·去声	跪 被（寝衣）
九开·仄声·上声	揣
十一鱼·仄声·上声	履
未列入的字	熰 時

《诗韵新编》	《佩文诗韵》上声：五尾
七齐·仄声·上声	几［幾］（几多）虮［蟣］岂
八微·仄声·上声	菲（菲薄）斐 匪 诽（未微韵同）悱 榧 篚 鬼 虺 尾 娓 伟 苇 炜 玮 韪
八微·仄声·去声	卉（未韵同）
未列入的字	

《诗韵新编》	《佩文诗韵》上声：八荠
七齐·平声·阴平	眯
七齐·仄声·上声	抵 底 诋 柢 砥 邸 坻 济（水名）礼 醴 澧 蠡（范蠡）米 启 棨 体 洗
七齐·仄声·去声	陛 娣 递（霁韵同）弟 睨 荠 涕（霁韵同）悌（恺悌）
七齐·仄声·入声	昵
未列入的字	

《诗韵新编》	《佩文诗韵》上声：十贿〔半〕
八微·仄声·上声	璀 悔（悔吝）傀 儡（灰韵同）磊 蕾 每 馁 腿 猥
八微·仄声·去声	贿 汇［匯］（汇合）罪
九开·仄声·去声	块
未列入的字	琲

《诗韵新编》	《佩文诗韵》去声：四寘
二波·仄声·上声	跛
三歌·仄声·入声	厕
五支·仄声·上声	豉 使（使者）
五支·仄声·去声	翅 炽 啻 次 刺 赐 伺 事 示 试 嗜 侍 莳（移栽）豉（旧读）思（名词）寺 肆 四 嗣 饲 笥 驷 泗 志 识（音志，记也，又标识）帜 治（治安，太平）至 致 智 置 踬 稚 雉 挚 鸷 自 字 恣 眦 渍
五支·仄声·入声	值（职韵同）
六儿·仄声·上声	饵
六儿·仄声·去声	二 贰
七齐·仄声·去声	避 臂 比（近也）庇 诐 秘 泌 毖 地 记 忌 季 悸 冀 骥 寄 骑（车骑,名词）芰 觊 暨 利 莉 吏 莅 詈 腻 臂 器 弃 企（纸韵同）戏 意 懿（职韵同）乂 议 谊 易（容易）懿 异 肆
七齐·仄声·入声	鼻 积（陌韵同）
八微·仄声·去声	被（覆也）备 吹（鼓吹，名词）翠 粹 萃 悴 柜 恚 愧［媿］馈 篑 匮 泪 类 累（连累）媚 寐 魅 辔 瑞 睡 穗 祟 遂 隧 燧 位 为（因为）伪（旧读）遗（馈遗）坠 惴 醉
九开·仄声·去声	帅
未列入的字	屎 蒉 屣 寘

《诗韵新编》	《佩文诗韵》去声：五未
七齐·仄声·去声	费（地名）既 气 衣（动词）毅
八微·仄声·上声	翡 蜚 诽（微尾韵同）纬
八微·仄声·去声	沸 费（浪费）贵 卉（尾韵同）汇［彙］（类也。又聚集）讳 未 味 畏 尉 慰 蔚 魏 胃 渭 谓

续表

《诗韵新编》	《佩文诗韵》去声：五未
九开·仄声·上声	溉（队韵同）
未列入的字	

《诗韵新编》	《佩文诗韵》去声：八霁
三歌·仄声·入声	挈（屑韵同）
四皆·仄声·入声	锲
五支·仄声·去声	世 势 誓 逝 噬 筮 制 猘 劓 滞 贳（祃韵同）
七齐·平声·阳平	谜
七齐·仄声·上声	挤
七齐·仄声·去声	闭 毙 币 弊 蔽 敝 薜 壁 睥 弟 第 娣 递（荠韵同）睇 帝 蒂 谛 缔 棣 逮（安和）计 际 霁 济（渡也）继 髻 祭 剂 蓟 例 厉 励 砺 粝 隶 丽 俪 戾 唳 荔 泥（拘泥）睨 媲 契（契约，契合）憩 妻（以女妻人）替 嚏 屈 涕（荠韵同）悌（孝悌）剃 细 系 係 繫 裔 艺 呓 曳 翳 诣 瘗 羿
八微·仄声·去声	脆 毳 桂 鳜（月韵同）惠 蕙 蟪 彗 慧 篲 袂 妠 睿 锐 税 帨 说（游说）岁 卫 赘 缀（屑韵同）
未列入的字	髢 揆 薙 壻

《诗韵新编》	《佩文诗韵》去声：九泰〔半〕
八微·仄声·去声	贝 狈 兑 会 绘 桧 荟 酹（队韵同）沛 旆 蜕 最
九开·仄声·去声	侩 脍 外
未列入的字	霈

《诗韵新编》	《佩文诗韵》去声：十一队〔半〕
七齐·仄声·去声	刈
八微·仄声·上声	悔（悔恨）末
八微·仄声·去声	背 辈 焙 悖（月韵同）淬 对 队 碓 敦（鼎敦）废 肺 吠 秽 晦 海 喙 溃 酹（泰韵同）昧 妹 瑁（号韵同）内 佩［珮］配 碎 退

续表

《诗韵新编》	《佩文诗韵》去声：十一队〔半〕
九开·仄声·去声	块［塊］（卦韵同）
未列入的字	琲 倅 焠

第四部平声：六鱼七虞通用

《诗韵新编》	《佩文诗韵》上平声：六鱼
十姑·平声·阴平	初 樗 疽 书 纾 梳 蔬 疏［疎］（疏密）舒 猪 诸
十姑·平声·阳平	除 滁 蜍 锄 躇（蹰躇）储 庐 如 茹（茅茹）
十一鱼·平声·阴平	车（麻韵同）居 裾 琚 据（拮据）蒩 疽 狙（御韵同）苴 沮（水名）蛆 祛 虚 嘘［歔］墟 胥 淤（御韵同）
十一鱼·平声·阳平	驴 闾 橺 渠 蕖 蘧 徐 鱼 渔 於 欤 舆 余 馀 畲
十一鱼·仄声·去声	誉（动词）
未列入的字	耡 醵 鑢 予（我也）妤 齲 旟

《诗韵新编》	《佩文诗韵》上平声：七虞
二波·平声·阳平	谟
十姑·平声·阴平	逋 晡 粗［麤］都 夫 肤 麸 趺 敷 柎 姑 辜 沽 酤（麌、遇韵同）蛄 鸪 孤 呱 菰 觚 乎 呼 滹 枯 骷 刳 铺（陈也，布也）殊 姝 输 枢 摴 苏 酥 乌 呜 巫 诬 污（污秽）洿 朱 珠 株 诛 铢 蛛 侏 茱 硃 租
十姑·平声·阳平	雏 厨 蹰 耝 扶 蚨 芙 符 孚 俘 桴 郛 凫 胡 糊［餬］湖 猢 蝴 瑚 醐 葫 壶 狐 弧 瓠 庐 芦 炉 鲈 垆 颅 轳 泸 鸬 舻 模 奴 孥（虞韵同）帑（儿女）驽 蒲 匍 葡 酺（遇韵同）蒱 儒 濡 孺（遇韵同）襦 繻 图 徒 屠 涂 途 荼 酴 菟 无 芜 毋 吴 吾 梧
十一鱼·平声·阴平	驹 拘 俱 区 岖 驱 躯 趋 须 鬚 需 吁 迂 纡
十一鱼·平声·阳平	瞿 癯 衢 氍 劬 于 盂 竽 娱 臾 萸 谀 腴 虞 俞 愉 榆 渝 逾［踰］瑜 窬 觎 禺 愚 隅 嵎
十六唐·仄声·上声	帑（金库，养韵同）
未列入的字	蒟 氁

第四部仄声：上声六语七麌、去声六御七遇通用

《诗韵新编》	《佩文诗韵》上声：六语
二波·仄声·上声	所
十姑·平声·阴平	抒
十姑·仄声·上声	处（居住、处理）楚 杵 础 楮 褚 许（邪许）浒 汝 茹（食也）黍 鼠 暑 煮 渚 诅 阻 俎 贮
十姑·仄声·去声	墅 杼 伫［竚］
十一鱼·仄声·上声	举 沮（沮丧，又同阻）咀 旅 吕 侣 女 许（允许）醑 语（言语）与（给与）屿 圉 圄
十一鱼·仄声·去声	巨 钜 讵 炬 拒 距 苣 去（除也）序 叙 溆 绪 御［禦］
未列入的字	纻 苎 予（赐予）

《诗韵新编》	《佩文诗韵》上声：七麌
十姑·平声·阴平	估（估计）酤（虞、遇韵同）䇦（虞韵同）
十姑·仄声·上声	补 睹［覩］堵 赌 肚（牛肚）府 腐 俯［俛］腑 拊 抚 甫 辅 脯 父（梁父）斧 釜 古 牯 诂 罟 鼓 瞽 股 贾（商贾）蛊 虎 琥 苦 鲁 橹［艣］房 掳 卤 母*牡*亩*姥（老妇）弩 努 浦 圃 普 谱 乳 数（动词）土 吐（遇韵同）武 鹉 侮 午 仵 五 伍 舞 庑 妩 主 拄 麈 祖 组
十姑·仄声·去声	部 簿（账簿,主簿）杜 肚（腹）父（父亲）负*阜*雇 估（估衣）户 扈 沪 怙 祜 坞 怒（遇韵同）树（动词）竖 柱
十一鱼·仄声·上声	矩 踽 缕 褛 取（有韵同）煦（遇韵同）栩 诩 羽 雨 宇 禹 庾
十一鱼·仄声·去声	聚 娶 愈
十二候·仄声·上声	否*缶*某*篓（有韵同）
十六唐·仄声·上声	莽（养韵同）
未列入的字	羖 椇 偻 麌
注：有*的字，在《佩文诗韵》属有韵，《词林正韵》兼入麌韵。

《诗韵新编》	《佩文诗韵》去声：六御
十姑·仄声·上声	署 薯
十姑·仄声·去声	处（处所）曙 恕 庶 疏（书疏）助 著（显著）箸 翥
十一鱼·平声·阴平	狙（鱼韵同）淤（鱼韵同）
十一鱼·仄声·去声	遽 据（根据）锯 踞 倨 虑 去（来去）觑 絮 誉（名词）御 预 豫 与（参与）驭 语（告也）蓣
未列入的字	

《诗韵新编》	《佩文诗韵》去声：七遇
二波·仄声·去声	措 祚
十姑·平声·阴平	酤（卖也，虞、麌韵同；又略也）污（动词）
十姑·平声·阳平	酺（虞韵同）孺（虞韵同）
十姑·仄声·上声	捕 哺 谱
十姑·仄声·去声	布 佈 怖 步 铺 醋 度（制度）渡 镀 蠹 妒 妇 富* 赋 阜 副* 傅 付 附 赴 负 讣 赙 驸 固 故 锢 顾 雇 护 互 冱［沍］瓠 库 裤［袴］绔 路 露 赂 鹭 辂 璐 暮 慕 墓 募 怒（麌韵同）铺（店辅）树（树木）数（数量）戍 诉［愬］溯 塑 素 愫 兔 吐（麌韵同）务 雾 鹜 婺 悟 寤 晤 误 恶（憎恶）注 註 住 炷 驻 蛀 铸
十姑·仄声·入声	仆（偃也，僵也，屋韵同）
十一鱼·仄声·上声	娶
十一鱼·仄声·去声	具 惧 飓 句 屦 趣 煦（麌韵同）遇 寓 裕 喻 谕 芋 妪
未列入的字	迕
注：有*的字，在《佩文诗韵》属宥韵，《词林正韵》兼入遇韵。	

第五部平声：九佳〔半〕十灰〔半〕通用

《诗韵新编》	《佩文诗韵》上平声：九佳〔半〕
一麻·平声·阴平	佳
一麻·平声·阳平	崖 睚 涯（支、麻韵同）
四皆·平声·阴平	街 阶 皆 楷（黄连木）秸

续表

《诗韵新编》	《佩文诗韵》上平声：九佳〔半〕
四皆·平声·阳平	鞋〔鞵〕谐偕
七齐·仄声·去声	齐
九开·平声·阴平	挨（击也，又挨近）差（差使）钗 乖 揩 斋
九开·平声·阳平	挨（用同捱，如挨打）柴 侪 豺 骸 怀 淮 槐（灰韵同）埋 霾 排 俳 牌
九开·仄声·上声	崽
未列入的字	

《诗韵新编》	《佩文诗韵》上平声：十灰〔半〕
九开·平声·阴平	哀 埃 挨 唉 猜 呆〔獃〕该 垓 咳（叹词）开 腮〔顋〕胎 苔（舌苔）栽 哉 灾
九开·平声·阳平	皑 才 纔 材 裁 财 孩 咳（小儿笑也）来 莱 徕 臺 台 枱 抬 骀 苔（苔藓）
未列入的字	

第五部仄声：上声九蟹十贿〔半〕、
去声九泰〔半〕十卦〔半〕十一队〔半〕通用

《诗韵新编》	《佩文诗韵》上声：九蟹
一麻·仄声·上声	洒（马韵同）
四皆·仄声·上声	解（分解）
四皆·仄声·去声	蟹 解（姓也）
九开·仄声·上声	矮 摆 拐 楷（楷书）买 奶
九开·仄声·去声	骇
未列入的字	骏 罫

《诗韵新编》	《佩文诗韵》上声：十贿〔半〕
八微·仄声·去声	倍 蓓
九开·仄声·上声	采〔採〕彩 綵 改 海 醢 凯 铠 恺 闿 乃 载（岁也）宰
九开·仄声·去声	待 怠 殆 迨 亥 在（存在）
未列入的字	

《诗韵新编》	《佩文诗韵》去声：九泰〔半〕
九开·仄声·上声	蔼 霭
九开·仄声·去声	艾 蔡 大（个韵同）带 盖 丐 害 赖 籁 癞 濑 奈 柰 泰 太 汰 外
未列入的字	

《诗韵新编》	《佩文诗韵》去声：十卦〔半〕
四皆·仄声·去声	介 界 芥 疥 届 戒 诫 懈 械 薤 廨 邂 澥
八微·仄声·去声	恝 聩 箦 喟
九开·仄声·上声	蒯
九开·仄声·去声	隘 败 拜 稗 怪 坏 快 块〔塊〕（队韵同）卖 迈 派 湃 晒 债 寨 瘵
未列入的字	玠 薑

《诗韵新编》	《佩文诗韵》去声：十一队〔半〕
二歌·仄声·八声	咳〔欬〕（咳嗽）
九开·仄声·上声	慨
九开·仄声·去声	爱 嗳 嗳 碍〔礙〕菜 代 玳 黛 袋 贷 岱 戴 逮（及也，又逮捕）埭 溉（未韵同）概 忾 睐 赉 耐 鼐 塞（边塞）赛 态 在（所在）再 载（载运）
未列入的字	

第六部平声：十一真十二文十三元〔半〕通用

《诗韵新编》	《佩文诗韵》上平声：十一真
十五痕·平声·阴平	宾 傧 槟 缤 濒 彬 豳〔邠〕春 椿 皴 巾 津 均 钧 困 菌（轸韵同）抡 亲 逡 身 申 伸 绅 呻 娠 新 辛 薪 因 姻 茵 氤 湮 真 珍 臻 甄 榛 谆（震韵同）遵 肫
十五痕·平声·阳平	辰 宸 尘 晨 陈 臣 唇 纯 莼〔蓴〕淳 醇 鹑 邻 麟 鳞 嶙 辚 磷 伦 轮 沦 纶 民 珉 岷 贫 频〔蘋〕颦 嚬 嫔 秦 人 仁 神 旬 荀 询 峋 恂 循 巡 驯（旧读）银 垠 寅 匀 筠

续表

《诗韵新编》	《佩文诗韵》上平声：十一真
十五痕·仄声·上声	闽 泯（轸韵同）
十五痕·仄声·去声	纫
未列入的字	瞋 驎

《诗韵新编》	《佩文诗韵》上平声：十二文
十五痕·平声·阴平	贲（大也）分（分离）芬 纷 氛 荤 斤 筋 军 君 欣 昕 勋 熏 醺 曛 薰 殷（众也）氲
十五痕·平声·阳平	焚 坟 汾 勤 芹 群 裙 文 汶（黏唾，又姓）蚊 纹 雯 闻（动词）云 纭 耘 芸 雲
未列入的字	

《诗韵新编》	《佩文诗韵》上平声：十三元〔半〕
十五痕·平声·阴平	奔 村 敦（敦厚，敦促）蹲（蹲下）墩 恩 根 跟 昏 婚 阍 昆 崑 鲲 坤 髡 裈 喷（愿韵同）孙 狲 荪 飧 吞 暾 温 瘟 辊 尊（樽）〔罇〕
十五痕·平声·阳平	存 蹲（蹲蹲）痕 魂 浑 馄 论（动词）仑 门 扪 盆 屯 囤（囤积）饨 豚 臀
十五痕·仄声·去声	炖
未列入的字	绲

第六部仄声：上声十一轸十二吻十三阮〔半〕、去声十二震十三问十四愿〔半〕通用

《诗韵新编》	《佩文诗韵》上声：十一轸
十五痕·仄声·上声	蠢 紧 尽 敏 泯（真韵同）悯 悯 黾 忍 哂 楯 吮 笋〔筍〕隼 引 蚓 尹 允 陨 殒 诊 疹 轸 缜 准〔準〕
十五痕·仄声·去声	膑 盾（阮韵同）菌（真韵同）牝 肾 蜃 赈（赡也）朕（朕兆）
十八东·仄声·上声	窘
未列入的字	侭

《诗韵新编》	《佩文诗韵》上声：十二吻
十五痕·仄声·上声	粉 谨 瑾 槿 忿 吻 刎 隐
十五痕·仄声·去声	愤 忿（问韵同）近（远近）搵 悃 韫 蕴
未列入的字	扜（问韵同）

《诗韵新编》	《佩文诗韵》上声：十三阮〔半〕
十五痕·平声·阴平	焜
十五痕·平声·阳平	囵 龈
十五痕·仄声·上声	本 畚 忖 滚 衮 鲧 很 混 垦 恳 阃 梱 捆 悃 损 稳
十五痕·仄声·去声	笨 盾（轸韵同）遁（愿韵同）沌 棍 懑
未列入的字	

《诗韵新编》	《佩文诗韵》去声：十二震
十五痕·平声·阴平	谆（真韵同）
十五痕·仄声·上声	仅 馑
十五痕·仄声·去声	鬓 殡 摈 趁 衬〔䣓〕龀 疢 进 烬 晋 觐 俊 峻 浚〔濬〕骏 吝 蔺 躏 认 刃 仞 韧 闰 润 慎 顺 舜 瞬 信 衅〔釁〕迅 汛 讯 殉 印 镇 振 震 阵 赈（富也）
未列入的字	廑 焮 缙 寯

《诗韵新编》	《佩文诗韵》去声：十三问
十五痕·仄声·去声	奋 分（名分）忿（吻韵同）粪 近（动词）靳 郡 问 紊（旧读）抦〔拚〕闻（名誉）汶（水名）训 运 韵 晕 愠 酝 郓
未列入的字	捃 扜（吻韵同）

《诗韵新编》	《佩文诗韵》去声：十四愿〔半〕
十五痕·仄声·去声	寸 顿 钝 遁（阮韵同）艮 恨 浑 溷 困 论（名词）闷 嫩 喷（元韵同）褪 揾 逊 巽
未列入的字	潠

第七部平声：十三元〔半〕十四寒十五删一先通用

《诗韵新编》	《佩文诗韵》上平声：十三元〔半〕
十四寒·平声·阴平	番 翻 幡［旛］藩 蹇 圈（圆圈）蜿 掀 喧 轩 萱 暄 谖 冤 鸳 鹓
十四寒·平声·阳平	烦 繁 樊 矾［礬］蕃 燔 言 园 原 源 袁 辕 猿 元 沅 鼋 垣 爰 援 湲 媛（婵媛，牵引貌）
未列入的字	璠

《诗韵新编》	《佩文诗韵》上平声：十四寒
十姑·仄声·上声	㒟
十四寒·平声·阴平	安 鞍 般 瘢 餐 单（单复也，又大也）丹 殚 郸 箪 瘅 端 干 奸（奸犯）玕 竿 肝 杆 乾（干湿）观（观看）冠（衣冠）官 棺 倌 鼾 欢 獾 看（翰韵同）刊 宽 潘 拚［拌］（弃也，旱、翰韵同）珊 姗 跚 酸 痠 狻 摊 滩 湍 剜 钻［鑽］（翰韵同，今动词）
十四寒·平声·阳平	残 攒 韩 汗（可汗）邗 邯 寒 桓 兰 栏 拦 阑 澜 谰（旱、翰韵同）峦 鸾 銮 团 瞒 漫（水大貌，翰韵同）谩（欺也，翰韵同）鳗 馒 难（艰难）盘 蟠 磻 弹 磐 蹒 坛［壇］（天坛，文坛）檀 团 抟 洿 完 丸 纨
十四寒·仄声·去声	翰（羽翮）叹（翰韵同）
十五痕·平声·阴平	拚（弃也）
未列入的字	崞 槃 岏

《诗韵新编》	《佩文诗韵》上平声：十五删
十四寒·平声·阴平	班 斑［鳊］殷 颁 关 纶（纶巾）鳏 掼 间（中间）萠 艰 菅 翻 攀 悭 奸［姦］（奸诈）山 删 潸（潸韵同）弯 湾 殷(朱殷)
十四寒·平声·阳平	孱 潺 僝 还 环［圜］鬟 寰 镮 阛 斓 蛮 鬘 顽 闲 娴 鹇 颜
十四寒·仄声·去声	患（谏韵同）疝（谏韵同）讪（谏韵同）
未列入的字	

《诗韵新编》	《佩文诗韵》下平声：一先
十四寒·平声·阴平	边 鞭 编 蝙 穿 川 颠 巅 癫 滇 坚 肩 煎 笺 溅（溅溅，疾流貌）鞯 犍 鹃 涓 涓 娟 镌 蠲 篇 偏 翩 扁（扁舟）千 迁 跹 阡 芊 韂 牵 铅 愆 骞 搴 悛 膻〔羶〕扇（动词）拴 天 先 仙 鲜（新鲜）籼〔秈〕宣 儇 翾 烟 咽（咽喉）胭〔臙〕湮 嫣 焉 鄢 燕（地名）鸢 渊 嬛 毡 旃 鹯 鳣 邅（难行不进貌）专 砖 颛
十四寒·平声·阳平	单（单于）禅（参禅）蝉 缠 婵 廛 躔 船 传（传授）椽 联 连 莲 涟 怜 挛 孪（谏韵同）棉 绵 眠 年 便（安也）骈 胼 駢 钱 前 乾（乾坤）虔 全 权 泉 拳 痊 荃 筌 诠 颧 卷（曲也）鬈 然 燃 田 畋 钿（霰韵同）填 窴 贤 胘 弦〔絃〕舷 涎 旋（回旋）璇〔璿〕悬 延 筵 蜒 研 妍 沿 缘（边缘也，又因也）员 圆〔圜〕
十四寒·仄声·去声	佃（霰韵同，又猎也）狷（霰韵同）
未列入的字	琏 寋

第七部仄声：上声十三阮〔半〕十四旱十五潸
十六铣、去声十四愿〔半〕十五翰十六谏十七霰通用

《诗韵新编》	《佩文诗韵》上声：十三阮〔半〕
十四寒·平声·阴平	蜿
十四寒·平声·阳平	沅
十四寒·仄声·上声	反 返 寋（铣韵同）阮 晚 挽（愿韵同）婉 宛 菀 畹 巘（铣韵同）偃 远（远近）
十四寒·仄声·去声	饭（动词）绻 苑（愿韵同）堰（愿、霰韵同）
未列入的字	琬 踠 幰 匽

《诗韵新编》	《佩文诗韵》上声：十四旱
十四寒·平声·阳平	澜（寒、翰韵同）
十四寒·仄声·上声	疸（翰韵同）短 管 馆（翰韵同）罕 缓 侃（翰韵同）款〔欸〕懒 卵（哿韵同）满 暖 散（散布）伞 坦 袒 碗〔盌〕莞
十四寒·仄声·去声	伴（翰韵同）诞 缎 但 断（断绝）盥（翰韵同）旱 浣〔澣〕拌（弃也，寒、翰韵同）算（动词）
十五痕·仄声·去声	憻
未列入的字	琯 纂

《诗韵新编》	《佩文诗韵》上声：十五潸
十四寒·平声·阴平	潸（删韵同）
十四寒·仄声·上声	板 版 产 铲（谏韵同）刬（同铲，又副词）简 柬 拣 赧 皖 眼 盏 [琖]
十四寒·仄声·去声	羼（谏韵同）划（一划）汕 限 栈（谏韵同）撰 馔
未列入的字	阪 绾（谏韵同）醆

《诗韵新编》	《佩文诗韵》上声：十六铣
十四寒·平声·阴平	遃（移也，循也）
十四寒·仄声·上声	扁（不正圆，又匾额）匾 阐 喘 舛 典 茧 剪 [翦] 蹇（阮韵同）卷 [捲]（动词）脔 昛（霰韵同）免 勉 娩（分娩）冕 缅 撚 辇 浅 遣（遣送）缱 犬 畎 软 [輭] 玹 腆 显 鲜（少也）藓 癣 蚬 燹 跣 铣 选 獮（阮韵同）演 衍 兖 展 辗 转（自转）
十四寒·仄声·去声	变 辨 辩 辫 键（愿韵同）件 践 饯（霰韵同）隽 善（善恶）鳝 膳 蚬 泫 篆 颤
未列入的字	

《诗韵新编》	《佩文诗韵》去声：十四愿〔半〕
十四寒·仄声·上声	挽（阮韵同）侃（翰韵同）
十四寒·仄声·去声	饭（名词）贩 畈 建 健 键（铣韵同）曼 蔓 劝 券 圈（猪圈）万 献 [獻] 宪 苑（阮韵同）媛 怨 愿 远（动词）堰（霰、阮韵同）
未列入的字	瑗（霰韵同）

《诗韵新编》	《佩文诗韵》去声：十五翰
十四寒·平声·阳平	谰（寒、旱韵同）玩 [貦]
十四寒·仄声·上声	疸（旱韵同）馆（旱韵同）侃（旱韵同）婉
十四寒·平声·阳平	谰
十四寒·仄声·上声	疸 馆 侃（愿韵〔半〕同）婉

续表

《诗韵新编》	《佩文诗韵》去声：十五翰
十四寒·仄声·去声	案 岸 按 半 伴（旱韵同）绊 灿 粲 璨 窜 爨 旦 但 弹（名词）惮 断（决断）段 锻 缎 斡 干［幹］旰 冠（冠军）观（楼观）罐 灌 鹳 贯 盥（旱韵同）汗（流汗，泮汗）扞［捍］悍 汉 翰（翰墨）瀚 唤 换 焕 涣 逭 看（寒韵同）烂 乱 漫（寒韵同，又副词，独用）谩（寒韵同，又副词，独用）幔 缦 难（灾难）畔 叛 判 拌（寒、旱韵同，又通"判"，分也，割也，独用）散（解散）算（名词）蒜 叹（寒韵同）炭 玩［翫］（旧读）腕 惋 讃 赞 钻［鑽］（翰韵同，今名词）
未列入的字	

《诗韵新编》	《佩文诗韵》去声：十六谏
十四寒·平声·阳平	孱（先韵同）
十四寒·仄声·上声	铲（潸韵同）
十四寒·仄声·去声	办 瓣 扮 糤（潸韵同）串 篡 惯 丱 患（删韵同）幻 宦 豢 间（间隔）涧 裥 谏 慢 谩 盼 疝（删韵同）讪（删韵同）莧 雁 晏 绽（霰韵同）栈（潸韵同）
未列入的字	绾（潸韵同）

《诗韵新编》	《佩文诗韵》去声：十七霰
十四寒·平声·阴平	煽 煎
十四寒·平声·阳平	援 研（磨研）
十四寒·仄声·上声	眄（铣韵同）谴 选 啭
十四寒·仄声·去声	变 遍［徧］便（便利）卞 忭 汴 弁 颤 钏 电 殿 奠 甸 佃（治田也，先韵同）钿（先韵同）淀 靛 见 荐 箭 饯（铣韵同）贱 溅（激也）卷（书卷）倦 睠 眷 绢 狷（先韵同）胃 练 炼 恋 楝 面 麪 念 片 倩（美好也）蒨（茜）善（动词）扇（名词）膳 缮 单（单父，邑名）禅（封禅）擅 鄯 现 羡 线［綫］县 霰 炫 衒 眩 绚 旋（已而，副词）漩 燕 砚 彦 谚 咽［嚥］（吞也）宴 唁 堰（愿、阮韵同）院 媛（美女也）掾 缘（衣饰）战 绽（谏韵同）传（传记）转（以力转物）馔 撰

续表

《诗韵新编》	《佩文诗韵》去声：十七霰
未列入的字	瑱 碫 譴 瑷（愿韵同）

第八部平声：二萧三肴四豪通用

《诗韵新编》	《佩文诗韵》下平声：二萧
十三豪·平声·阴平	飚 标 骠（黄骠马）镳 超 雕［鵰］凋 刁 貂 焦 蕉 礁 噍 鹪 娇 骄 浇 椒 猫 漂（漂浮）飘 嫖 跷［蹺］烧（焚烧）挑（挑担）佻 宵 霄 萧 箫 潇 蟏 嚣 枭 消 销 逍 绡 硝 魈 骁 枵 鸮 翛 邀 徼（要也，求也）要（要求）腰 喓 夭（夭夭）妖 幺［么］朝（朝气）招 昭 钊
十三豪·平声·阳平	朝（王朝）潮 晁［鼂］鞉（啸韵同）聊 寥 辽 嘹（啸韵同）撩 寮 僚 缭（筱韵同）鹩（啸韵同）獠 苗 描 瓢 憔［顦］樵 谯 乔 侨 桥 翘 饶 桡 娆 韶 韶 条 调（调和）迢 苕 髫 岧 窑 摇 遥 谣 瑶 鹞（鸷鸟也）飖 姚 尧 侥 峣 轺
十三豪·仄声·去声	跳（音迢，蹶也，跃也）瞭
未列入的字	鹈 剽（钟名）燋 桃 蜩 虓

《诗韵新编》	《佩文诗韵》下平声：三肴
十三豪·平声·阴平	坳 凹 包 胞 苞 抄 钞（效韵同）教（使也）交 郊 茭 胶 咬（鸟声也）蛟 姣（淫也）鲛 鸡 抛 泡 敲（效韵同）梢 捎 艄 鞘（鞭鞘）哮 抓
十三豪·平声·阳平	巢 嘲 茅 牦（豪韵同）铙 跑（兽扒土）庖 匏 炮（炮制）咆 刨［鉋］（效韵同）爻 肴 淆 崤
未列入的字	勦（音抄，剿袭）螯 殽

《诗韵新编》	《佩文诗韵》下平声：四豪
十二侯·平声·阴平	艘
十三豪·平声·阴平	褒 操（操持）刀 舠 忉 叨 高 膏 皋 篙 蒿 羔 糕 尻 捞 骚 搔 缲 臊 掏 涛 滔 韬 弢 饕 绦 遭 糟

续表

《诗韵新编》	《佩文诗韵》下平声：四豪
十三豪·平声·阳平	翱 敖 遨 熬 鳌 嗷 鳌 獒 麈 曹 槽 漕 嘈 号（号呼）豪 毫 壕 濠 嗥 劳（劳苦）涝（音劳,水名）牢 痨 唠 醪 毛 牦［氂］（肴韵同）旄 髦 挠（巧韵同）猱 袍 逃 桃 咷［啕］洮 陶 淘 萄 绹
未列入的字	芼

第八部仄声：上声十七筱十八巧十九皓、
去声十八啸十九效二十号通用

《诗韵新编》	《佩文诗韵》上声：十七筱
十三豪·平声·阴平	硗
十三豪·平声·阳平	皛 缭（萧韵同）
十三豪·仄声·上声	表 皎 矫 侥 缴（缴纳,又缠也）剿（围剿）了 瞭（了解）蓼 眇 缈 渺 杪 秒 藐 淼 鸟 袅［嫋裊］茑 殍 缥 悄 扰［擾］娆 绕 邈 少（多少）挑（挑拨）窕 小 晓 筱［篠］夭（夭折,旧读）窈 杳 舀 沼
十三豪·仄声·去声	掉（啸韵同）瞭（瞭望）绍 赵 兆 肇
未列入的字	瞟 剽（末也）旐

《诗韵新编》	《佩文诗韵》上声：十八巧
十三豪·平声·阴平	姣（美也,媚也）
十三豪·平声·阳平	獠 挠
十三豪·仄声·上声	拗 饱 炒 吵 搅 狡 绞 佼 卯 昴 巧 咬（啮也）爪
十三豪·仄声·去声	鲍
未列入的字	茆

《诗韵新编》	《佩文诗韵》上声：十九皓
十三豪·仄声·上声	袄 媪 宝 保 堡 葆 褓 鸨 草 倒（跌倒）岛 捣［擣］祷 稿 槁 缟 镐 昊 好（好丑）考 拷 栲 老 潦（雨大貌,又路上流水也）脑 恼 瑙 扫 嫂 讨 早 蚤 澡 藻 枣

续表

《诗韵新编》	《佩文诗韵》上声：十九皓
十三豪·仄声·去声	懊 燠（号韵同）抱 道 稻 浩 皓 昊 涝（号韵同）套 造（造作）皂 燥
未列入的字	芼

《诗韵新编》	《佩文诗韵》去声：十八啸
十三豪·平声·阳平	疗 潦 嘹（萧韵同）鹩（萧韵同）
十三豪·仄声·上声	剿［勦］悄
十三豪·仄声·去声	调（音调）钓 掉（筱韵同）铫（萧韵同）吊 叫 轿 徼（循也，又边徼）爝 醮 峤 噭 料 燎 镣 廖 妙 庙 尿 票 漂 骠（骁勇也）剽［勦］（砭刺也）窍 俏 诮 峭 鞘（刀鞘）少（老少）哨 邵 跳（行貌）眺 粜 肖 笑 啸 要（重要）耀［燿］曜 鹞（五色雉）照 召 诏
未列入的字	

《诗韵新编》	《佩文诗韵》去声：十九效
十三豪·平声·阴平	钞（肴韵同）敲（肴韵同）稍
十三豪·仄声·去声	拗 豹 爆 刨［鉋］（肴韵同）教（教训）觉（寤也）较 窖 貌 闹 淖 炮［砲］（枪炮）泡 效［効］校 孝 乐（喜爱）棹［櫂］罩
未列入的字	

《诗韵新编》	《佩文诗韵》去声：二十号
十三豪·平声·阴平	糙
十三豪·仄声·上声	导 蹈
十三豪·仄声·去声	傲 奥 燠（皓韵同）懊 报 暴（强暴）瀑（疾雨也）操（操守）到 倒（颠倒）悼 盗 纛（沃韵同）告（告诉）诰 号（号令，名号）好（爱好）耗 靠 犒 劳（慰劳）涝 潦（皓韵同）冒 珺（队韵同）帽 芼 套 造（造就）灶［竈］燥 噪 躁
未列入的字	隩

第九部平声：五歌独用

《诗韵新编》	《佩文诗韵》下平声：五歌
一麻·平声·阴平	迦 他
二波·平声·阴平	波 搓 瑳 蹉 磋（个韵同）多 过（经过，个韵同）锅 呵 啰 坡 颇（偏颇）陂（陂陀，不平也）梭 唆 蓑 莎 娑 拖［扡］（哿韵同）窝 涡 倭
二波·平声·阳平	瘥 嵯 螺 罗 萝 箩 骡 锣 逻 摩 磨（琢磨）魔 么（哿韵同）那（音傩，何也，哿韵同；又朝那县）挪 婆 蟠 鄱 挼 跎 驼 陀 酡 沱 佗 驮 鼍
三歌·平声·阴平	阿 歌 哥 戈 科 柯 诃 窠 苛 轲（哿韵同）蝌 疴 珂 髁
三歌·平声·阳平	訛 鹅 蛾 娥 峨（哿韵同）俄 哦 禾 和（平和）河 荷（荷花）何 哪（哪吒）
四皆·平声·阴平	靴［鞾］
四皆·平声·阳平	茄（茄子）瘸
未列入的字	緺 痾

第九部仄声：上声二十哿、去声二十一个通用

《诗韵新编》	《佩文诗韵》上声：二十哿
一麻·平声·阴平	桠
一麻·仄声·上声	那（何也，歌韵同，后作哪）
二波·平声·阴平	哆 拖［扡］（歌韵同）
二波·平声·阳平	逻
二波·仄声·上声	跛 簸（扬簸）朵 埵 觶 果 裹 火 伙 裸 娜（婀娜，旧读）颇（稍微）叵 锁 琐 妥 我 左
二波·仄声·去声	舵 堕 惰 祸 坐（坐立）
三歌·平声·阴平	婀 颗 么（歌韵同）
三歌·平声·阳平	峨（歌韵同）
三歌·仄声·上声	哿 舸 可 坷 轲（歌韵同）
三歌·仄声·去声	荷（负荷）
四皆·平声·阴平	爹
十四寒·仄声·上声	卵（旱韵同）
未列入的字	硪

《诗韵新编》	《佩文诗韵》去声：二十一个
一麻·仄声·去声	大（泰韵同）
二波·平声·阴平	磋（歌韵同）播
二波·平声·阳平	挼 驮
二波·仄声·上声	佐
二波·仄声·去声	簸 挫 锉 剁 过（歌韵同。又过失，独用）货 和（唱和）磨（磨盘）懦 糯 破 些（语气词）唾 卧 涴 坐（行之对也。又同座）座 做
二波·仄声·入声	缚 作
三歌·平声·阴平	轲 髁
三歌·仄声·去声	饿 个 箇［個］贺 课
未列入的字	

第十部平声：九佳〔半〕六麻通用

《诗韵新编》	《佩文诗韵》下平声：九佳〔半〕
一麻·平声·阴平	佳 蛙 哇 娲
一麻·平声·阳平	娃 涯（支、麻韵同）
二波·平声·阴平	蜗
未列入的字	

《诗韵新编》	《佩文诗韵》下平声：六麻
一麻·平声·阴平	差（差错）巴 疤 笆 芭 叉 瓜 呱（呱呱）花 家 加 嘉 笳 痂 茄（荷茎）枷 珈 跏 迦 袈 葭 夸［誇］葩 沙 砂 纱 鲨 裟 洼 虾 丫 呀 鸦 桠 哑（呕哑）渣 楂 挝 抓
一麻·平声·阳平	茶 嵯 查 华（华丽，又通"花"）划（划船）哗［譁］骅 麻 蟆 拿［拏］耙 爬 杷 琶 霞 瑕 遐 牙 芽 枒 衙 涯（支、佳韵同）
一麻·仄声·去声	胯 咤（祃韵同）
三歌·平声·阴平	车（鱼韵同）奢 赊 畬 遮
三歌·平声·阳平	蛇
四皆·平声·阴平	爹 嗟 些（少也）

续表

《诗韵新编》	《佩文诗韵》下平声：六麻
四皆·平声·阳平	斜 邪 椰 耶 揶
未列入的字	蘧 椴 琊

第十部仄声：上声二十一马、去声十卦〔半〕二十二祃通用

《诗韵新编》	《佩文诗韵》上声：二十一马
一麻·仄声·上声	把 打（厮打）剐 寡 假（真假）瘦 贾（姓也）晖 马 玛 洒（蟹韵同）耍 瓦 雅 哑（不言也，瘖也）鲊
一麻·仄声·去声	下（上下）夏（华夏）那（远指）厦（厦门）
三歌·仄声·上声	惹 喏 舍〔捨〕（舍弃）者 赭
三歌·仄声·去声	社
四皆·仄声·上声	姐 且 写 野 也 冶
四皆·仄声·去声	泻 她〔炧〕
十姑·仄声·上声	碬
未列入的字	捨

《诗韵新编》	《佩文诗韵》去声：十卦〔半〕
一麻·仄声·去声	罣 卦 挂 画（图画）
未列入的字	

《诗韵新编》	《佩文诗韵》去声：二十二祃
一麻·仄声·上声	靶
一麻·仄声·去声	罢 坝 霸 灞 衩 诧 侘 嗄 化 华（华山，又姓也）桦 话 价 假（休假）稼 嫁 驾 架 跨 胯 骂 怕 帕（黠韵同）厦（广厦）夏（春夏）下（降也）暇（旧读）罅 亚 哑 娅 迓 讶 乍 诈 咤〔吒〕（麻韵同）
一麻·仄声·入声	吓（陌韵同）
三歌·仄声·去声	舍（庐舍）射（射箭；又音夜，仆射）麝 赦 炙（音蔗，旧读脍炙，名词）蔗 鹧 柘

续表

《诗韵新编》	《佩文诗韵》去声：二十二祃
四皆・仄声・去声	借 藉（凭藉）谢 榭 卸 夜
五支・仄声・去声	贳（霁韵同）
五支・仄声・入声	炙（脍炙，名词）
未列入的字	祃 稏

第十一部平声：八庚九青十蒸通用

《诗韵新编》	《佩文诗韵》下平声：八庚
十五痕・平声・阴平	贞 侦
十六唐・平声・阴平	浜 伧（荒伧）
十六唐・平声・阳平	盲 氓（流氓）
十七庚・平声・阴平	绷 兵 并（交并）撑 瞠 琤 赪 蛏 桱［樫］耕 庚 赓 更（更改）羹 亨 粳［秔］精 睛 菁 京 惊 鲸 旌 晶 荆 茎 铿 坑 烹 砰 怦 清 鲭 轻 卿 倾 生 牲 笙 甥 声 英 莺 婴 嘤 鹦 缨 樱 撄 璎 罂 正（正月）钲 征（征战）争 筝 峥 铮 狰（狰狞）
十七庚・平声・阳平	成 城 诚 盛（盛受）橙 呈 程 酲 伧（寒伧。旧读）横（纵横）衡 蘅 令（使令）氓（群氓）甍 萌 盟 明 名 鸣 宁 狞 棚 彭 膨 澎 平 评 枰 坪 苹 情 晴 擎 檠 黥 行（行走）饧 迎（逢也）营 盈 楹 茔 萦 莹（径韵同）赢 嬴 瀛
十七庚・仄声・去声	瞪（径韵同）
十八东・平声・阴平	觥 轰 兄
十八东・平声・阳平	宏 闳 泓 黉 琼 荥 嵘 荣
未列入的字	

《诗韵新编》	《佩文诗韵》下平声：九青
十七庚・平声・阴平	丁 钉（名词）叮 仃 町（迥韵同）疔 经 泾 俜 娉 青 蜻 听（聆也，径韵同）厅 馨（旧读）星 腥 醒（迥韵同）惺 猩
十七庚・平声・阳平	龄 零 聆 铃 伶 苓 蛉 玲 泠 舲 鸰 灵 翎 羚 囹 瓴 棂［櫺］醽 铭 冥 螟 瞑（幽也）溟 暝 宁 咛 萍 屏 瓶 廷 庭 霆 蜓 亭 停 婷 形 刑 型 硎 邢 陉 萤 荧

续表

《诗韵新编》	《佩文诗韵》下平声：九青
十八东·平声·阴平	肩
十八东·平声·阳平	荣
未列入的字	垌 斡 耕

《诗韵新编》	《佩文诗韵》下平声：十蒸
十五痕·平声·阴平	矜
十七庚·平声·阴平	崩 冰 称（称赞）登 灯［镫］簦 兢 薨 僧 升［昇］胜（胜任）兴（兴起）应［鹰］（应当）鹰 膺 曾（姓也）增 憎 罾 缯（丝缯）矰 蒸 烝 症［癥］（腹病）征［徵］（徵求）
十七庚·平声·阳平	曾（曾经）层 嶒 承 乘（驾乘，动词）澄［澂］惩 丞 塍 冯 姮 恒 崚 菱 绫 陵 凌 棱 楞 能 凝 朋 鹏 凭（径韵同）仍 绳 藤［籐］誊 腾 滕 蝇
十八东·平声·阴平	肱
未列入的字	薨 憑

第十一部仄声：上声二十三梗二十四迥、
去声二十四敬二十五径通用

《诗韵新编》	《佩文诗韵》上声：二十三梗
一麻·平声·阳平	打（十二个）
十六唐·仄声·上声	夼
十六唐·仄声·去声	矿
十七庚·平声·阴平	惺
十七庚·仄声·上声	丙 炳 饼 秉 逞 骋 耿 梗 鲠 绠 哽 景 警 井 阱（敬韵同）颈 憬 冷 领 岭 猛 蜢 艋 皿 请 顷 眚 省 影 颖 颍 郢 瘿 整
十七庚·仄声·去声	并［併］（合并，敬韵同）静 靖 婧 靓（敬韵同）境 杏 荇 幸 倖 悻
十八东·仄声·上声	永
未列入的字	儆 冏 狰（另见庚韵阴平）

《诗韵新编》	《佩文诗韵》上声：二十四迥
十五痕·仄声·上声	肯
十七庚·平声·阳平	溟
十七庚·仄声·上声	等 顶 鼎 酊 剄 茗（旧读）酪 町 挺 梃 艇 醒（青韵同）拯
十七庚·仄声·去声	并［竝並］（比也，偕也，敬韵同）
十八东·仄声·上声	迥 炯
未列入的字	謦

《诗韵新编》	《佩文诗韵》去声：二十四敬
十五痕·仄声·去声	聘
十七庚·平声·阳平	榮 迎（亲迎）
十七庚·仄声·上声	柄 炳 迸［迸］（梗韵同）
十七庚·仄声·去声	进 并［併］（兼并，梗韵同；又比并，一起，迥韵同）摒（旧读）病 更（更加）横（蛮横）敬 劲 净 竞 竟 镜 獍 靓（梗韵同）令（命令）孟 命 聘（旧读）庆 盛（茂盛）圣 性 姓 行（品行）映 硬 正（正直）证（谏也）政 郑 净
十八东·仄声·上声	咏［詠］泳
未列入的字	

《诗韵新编》	《佩文诗韵》去声：二十五径
十五痕·仄声·去声	亘（亙古）孕
十七庚·平声·阴平	泾
十七庚·平声·阳平	凭（蒸韵同）莹（庚韵同）
十七庚·仄声·去声	秤 称（同秤，又相称）蹭 蹬 磴 镫（鞍镫）瞪（庚韵同）凳 邓 定 锭 订 钉（动词）饤 径［逕］胫 暝（夜也）佞 宁（姓也）泞 馨 磬 倩（假倩也）胜（胜败）乘（名词）剩［賸］听（聆也，青韵同；又听从，独用）兴（兴趣）应［應］（答应）赠 甑 证［證］（验也）症（症候，通證）
未列入的字	隥 瀅

第十二部平声：十一尤独用

《诗韵新编》	《佩文诗韵》下平声：十一尤
十姑·平声·阳平	浮 蜉
十二侯·平声·阴平	抽 瘳 兜 不（未定之辞也，有韵同；又夫不，鸟名）勾 沟 钩 篝 纠 鸠 陬 湫 啾 楸 抠 搂 讴 瓯 鸥 欧 沤（水泡，名词）秋 丘 蚯 邱 鹙 揪 收 搜 [蒐] 飕 偷 修 [脩] 羞 休 咻 貅 庥 攸 悠 幽 优 忧 呦 州 洲 周 啁 舟 辀 诌 驺 邹 陬
十二侯·平声·阳平	愁 酬 绸 稠 筹 畴 俦 踌 惆 仇 雠 侯 喉 猴 篌 留 榴 骝 瘤 刘 浏 流 琉 硫 旒 楼 偻 蝼 髅 谋 缪（绸缪）眸 牟 侔 鍪 牛 抔 掊（把也）求 球 裘 囚 泅 虬 [虯] 酋 遒 柔 揉（有韵同）蹂（有韵同）头 投 骰 尤 游 [遊] 蝣 由 油 邮 犹 疣 猷
十三豪·平声·阴平	彪
十三豪·平声·阳平	矛
十三豪·仄声·去声	罞
未列入的字	甄 鞲 璆 婁

第十二部仄声：上声二十五有、去声二十六宥通用

《诗韵新编》	《佩文诗韵》上声：二十五有
十姑·仄声·上声	亩* 母* 姆 拇 牡*
十姑·仄声·去声	妇 负* 阜*
十一鱼·仄声·上声	取（麌韵同）
十二侯·平声·阴平	纠 殴
十二候·平声·阳平	揉（尤韵同）蹂（尤韵同）
十二侯·仄声·上声	丑 醜 斗 抖 蚪 陡 否*（是否）不（同"否"，尤韵同；又鸟上飞貌）缶* 苟 狗 耇 吼 久 玖 九 酒 纠（旧读）赳（旧读）韭 口 柳 绺 篓（麌韵同）嵝 [嶁] 嵍 某* 纽 钮 扭 偶 藕 呕 剖（旧读）瓿 掊（掊击）糗 手 守 首 叟 擞 擻 嗾 朽 有 友 酉 莠 牖 黝 帚 [箒] 肘 走
十二侯·仄声·去声	垢 后 後 厚 咎 臼 舅 叩 扣 受 寿（宥韵同）授 绶 右 诱 纣
未列入的字	耦

注：有*的字，在《词林正韵》兼入麌韵。

《诗韵新编》	《佩文诗韵》去声：二十六宥
十姑·仄声·去声	副＊ 富＊ 复（又也）覆（盖也）戊
十二侯·仄声·上声	灸
十二侯·仄声·去声	臭 凑 斗 豆 饾 逗 读（句读）窦 仆（否去声，前倒）构 购 彀 诟 逅 遘 候 堠 就 鹫 僦 救 旧 疚 究 廄 扣 寇 蔻 溜 漏 陋 镂 谬 沤（动词）寿（有韵同）瘦 兽 售 狩 漱 嗽 透 秀 绣 锈 袖 岫 宿（星宿）嗅 幼 右 又 佑［祐］宥 侑 囿 柚 鼬 宙 昼 骤 胄 绉 皱 咒 鳌 蔻 咪 酎 僽 奏
十三豪·仄声·去声	茂 懋 贸 袤
未列入的字	雷
注：有＊的字，在《词林正韵》兼入遇韵。	

第十三部平声：十二侵独用

《诗韵新编》	《佩文诗韵》下平声：十二侵
十四寒·平声·阴平	掺（掺掺，手美貌）篸（覃韵同）
十四寒·平声·阳平	黔（盐韵同）蟫（覃韵同）
十五痕·平声·阴平	郴 参（参差；又音森，星名）琛 今 金 禁（胜任）襟［衿］ 祲 侵 骎 钦 森 深 参（人参）心 歆 阴 音 喑（极啼无声）瘖 憯 针［鍼］砧［碪］斟 箴
十五痕·平声·阳平	岑 涔 沉［沈］忱 临 林 霖 琳 淋 琴 衾 禽 擒 嶔［崟］檎 任（负荷）壬 妊 寻 浔 吟 淫
十五痕·仄声·去声	甚［椹］
未列入的字	芩

第十三部仄声：上声二十六寝、去声二十七沁通用

《诗韵新编》	《佩文诗韵》去声：二十六寝
十五痕·平声·阳平	覃
十五痕·仄声·上声	禀 锦 凛 廪 懔 品 寝 稔 荏 审 婶 沈（姓也）谂 饮（饮食）怎 枕（衾枕）

续表

《诗韵新编》	《佩文诗韵》去声：二十六寝
十五痕·仄声·去声	喋（沁韵同）恁 饪 衽［袵］甚（沁韵同）葚 朕（我也）
十七庚·仄声·上声	禀（又读）
未列入的字	

《诗韵新编》	《佩文诗韵》去声：二十七沁
十五痕·仄声·去声	谶 禁（禁令,宫禁）喋（寝韵同）浸 赁 沁 任（信任）妊 甚（寝韵同）渗 荫 饮（使饮）喑（喑恶,恚怒声）窨 潜 鸩 酖（通鸩）枕（动词）
未列入的字	

第十四部平声：十三覃十四盐十五咸通用

《诗韵新编》	《佩文诗韵》下平声：十三覃
十四寒·平声·阴平	谙 庵［菴］参（参考）骖 担（动词）聃 耽 酖（嗜酒）眈 甘 柑 泔 酣 憨（勘韵同）蚶 堪 戡 龛 三（数名）毵 贪 探（勘韵同）簪（侵韵同）
十四寒·平声·阳平	蚕 惭 含 函（包函）涵 邯 岚 蓝 篮 褴 婪 男 南 楠 谈 痰 覃 谭 潭 蟫（侵韵同）坛［罎壜］（水坛）昙［曇］
十四寒·仄声·去声	颔（感韵同）
未列入的字	髟

《诗韵新编》	《佩文诗韵》下平声：十四盐
十四寒·平声·阴平	砭（艳韵同）尖 歼 兼 蒹 鹣 缣 渐（入也,又浸润）拈 金 签［籖］谦 添 纤 忺（同惏）淹 腌 阉 崦（琰韵同）占（占卜）沾［霑］觇 詹 瞻
十四寒·平声·阳平	蟾 廉 镰 奁 帘 簾 佥 黏［粘］潜 钳［箝］钤 黔（侵韵同）髯 恬 甜 嫌 炎 严 檐［簷］盐 阎
未列入的字	幨 襜 噡

《诗韵新编》	《佩文诗韵》下平声：十五咸
十四寒·平声·阴平	㧟 帆［颿］缄 监（监察）衫 杉 芟 掺 嵌（山深貌，感韵同）
十四寒·平声·阳平	谗 馋 镵 巉（豏韵同）凡 函（书函）喃 衔［啣］咸 鹹 岩［喦］
未列入的字	

第十四部仄声：上声二十七感二十八琰二十九豏、去声二十八勘二十九艳三十陷通用

《诗韵新编》	《佩文诗韵》上声：二十七感
十四寒·仄声·上声	惨 胆［膽］感 敢 橄 喊 坎 坅 揽 槛 罱 糁 毯
十四寒·仄声·去声	淡（勘韵同）澹（勘韵同）唅［嗿］（嗨唅也）莟 菡 撼 颔（覃韵同）嵌（咸韵同）湛 紞
未列入的字	憯 轗

《诗韵新编》	《佩文诗韵》上声：二十八琰
十四寒·平声·阴平	崦（盐韵同）
十四寒·仄声·上声	贬 谄 点 俭 检 捡 脸 染 冉 苒 闪 睒 陕 忝（艳韵同）险 奄 掩 罨 俨 剡（锋利）琰 贴 崭
十四寒·仄声·去声	玷 簟 渐（徐进）敛（艳韵同）歉 茨 堑 剡（地名）焰
未列入的字	崄 弇

《诗韵新编》	《佩文诗韵》上声：二十九豏
十四寒·平声·阳平	巉（咸韵同）
十四寒·仄声·上声	减 槛 斩
十四寒·仄声·去声	黯 范［範］犯 舰 湛
未列入的字	滟 豏

《诗韵新编》	《佩文诗韵》去声：二十八勘
十四寒·平声·阴平	憨（覃韵同）勘
十四寒·仄声·去声	暗［闇］淡（感韵同）澹（感韵同）啖［啗］（狂也）担（名词）绀 憾 勘（旧读）瞰 滥 缆（旧读）三（再三）探（覃韵同）暂
未列入的字	

《诗韵新编》	《佩文诗韵》去声：二十九艳
十四寒·平声·阴平	砭（盐韵同）
十四寒·仄声·上声	俺 忝（琰韵同）
十四寒·仄声·去声	店 垫 坫 僭 剑 敛（聚敛，琰韵同）潋 念 欠 椠 赡 艳［豔］滟 厌（足也）验 焰 酽 占（占据）
未列入的字	

《诗韵新编》	《佩文诗韵》去声：三十陷
十四寒·仄声·去声	忏 泛［汎］梵 鉴 监（同鉴，又中书监）嵌（嵌入）陷 馅 站 蘸 赚
未列入的字	

第十五部入声：一屋二沃通用

《诗韵新编》	《佩文诗韵》入声：一屋
二波·仄声·入声	卜（萝卜）国* 缩
十姑·仄声·入声	卜（占卜）畜（畜生）蓄 簇 蹙 蹴 独 读（读书）牍 犊 渎 椟 黩 髑 伏 茯 福 幅 蝠 辐 副（剖也，裂也）匐 覆（翻也）腹 馥 複（复杂）復（恢复）袱 服 鵩 谷 榖 縠 斛 槲 哭 六（六安）陆 戮 碌 禄 鹿 麓 簏 漉 辘 目 苜 木 沐 牧 睦 穆 仆（遇韵同）僕 瀑（群飞貌）瀑（瀑布）曝［暴］扑［撲］肉（书音）孰 塾 熟 叔 淑 菽 倏 速 宿（住宿）蓿 缩（又读）夙 簌 肃 骕 谡 秃 屋 粥（书音）逐 轴 舳 竹 竺 筑［築］祝 族 镞
十一鱼·仄声·入声	局 菊 掬 鞠 跼 曲 畜（畜牧）蓄 育 郁（文盛貌，又馥郁）鬻 鹆 煜（缉韵同）

续表

《诗韵新编》	《佩文诗韵》入声：一屋
十二侯·平声·阴平	粥（语音）
十二侯·仄声·上声	嗾
十二侯·仄声·去声	六 陆（"六"的大写）肉（语音）
未列入的字	蔌 菔
注：有*的字，在《佩文诗韵》属职韵，《词林正韵》兼入屋韵。		

《诗韵新编》	《佩文诗韵》入声：二沃
二波·仄声·入声	北*
十姑·仄声·入声	触 促 督 笃 毒 碡 纛（号韵同）鹄 酷 梏 录 绿（又读）渌 醁 仆［僕］（仆人，仆射）辱 缛 褥 溽 蜀 属 赎 束 俗 粟 沃 烛 躅（踯躅）足 嘱 瞩
十一鱼·仄声·入声	局 绿 曲 续 旭 勖［勗］浴 欲 慾 玉 狱
未列入的字	菉
注：有*的字，在《佩文诗韵》本属职韵，《词林正韵》兼入沃韵。		

第十六部入声：三觉十药通用

《诗韵新编》	《佩文诗韵》入声：三觉
二波·仄声·入声	龊 雹（书音）剥（书音）驳 荦 搦 朴（朴刀，又木皮）数（频数）朔 槊 握 渥 喔 龌 捉 浊 斫［斲］琢 啄 卓 镯 濯 擢 躅（足迹）
三歌·仄声·入声	壳
四皆·仄声·入声	角（书音）觉（知觉）桷 确 榷 学 岳［嶽］乐（音乐）
十姑·仄声·入声	璞 朴［樸］（朴素）
十三豪·平声·阴平	剥（语音）
十三豪·平声·阳平	雹（语音）角（语音）
十三豪·仄声·上声	邈
未列入的字	

《诗韵新编》	《佩文诗韵》入声：十药
二波・仄声・入声	博 膊 搏 薄 簿（蚕簿，通作薄，又迫也）箔 泊 踱（超邁也）绰 错（金涂也，又磨也）度（测度）踱 铎 郭 椁 获［穫］（收获）镬 濩 霍 藿 廓 扩 洛 落 络 酪 烙 骆 珞 陌（陌韵同）摸 膜 莫 漠 寞 诺 魄 粕 弱 若 箬 蒻 勺 芍 铄 烁 柝 索 拓 托［拕］讬 饦 橐 簰 着［著］灼 酌 缴（弓缴）凿 昨 作 怍 酢 柞
三歌・仄声・入声	恶（善恶）腭［顎］萼 鳄 锷 谔 鄂 噩 垩 各 格 阁 涸 貉 鹤 壑 郝（书音）乐（哀乐）
四皆・仄声・入声	脚 爵 嚼 皭 攫 略 掠 虐 疟 却［卻］雀 鹊 削 噱 谑 约 药［藥］（书音）跃 钥 钥［鑰］籥［龠］瀹
七齐・仄声・入声	轹（锡韵同）属
十姑・仄声・入声	缚 幕
十一鱼・仄声・去声	醵
十三豪・平声・阴平	杓
十三豪・仄声・上声	郝（语音）
未列入的字	崿

第十七部入声：四质十一陌十二锡十三职十四缉通用

《诗韵新编》	《佩文诗韵》入声：四质
二波・仄声・入声	茁（草芽也）捽（月韵同）
三歌・仄声・入声	瑟 愿
四皆・仄声・入声	耋 垤 诘 桔
五支・仄声・去声	踬
五支・仄声・入声	叱 日 失 虱 实 室 侄［姪］质 栉 秩 帙 窒
七齐・仄声・入声	笔 必 苾 弼 毕 跸 荜 觱 吉 唧（职韵同）疾 嫉 蒺 栗 慄 篥 溧 密 蜜 谧 泌 昵 匹 七 漆 膝 悉 蟋 一 壹 乙 逸 溢 佚 轶（屑韵同）
九开・仄声・去声	帅
十姑・仄声・入声	出 黜 怵 秫 术［術］述 卒（终也）
十一鱼・仄声・入声	橘 律 率 戌 恤［卹］鹬
未列入的字	筚 姞 崒 蓂 聿 崪

《诗韵新编》	《佩文诗韵》入声：十一陌
一麻·仄声·去声	蚱（祃韵同）
一麻·仄声·入声	画（动词）划［劃］（划分，计划）吓（祃韵同。语音）栅
二波·仄声·入声	白（书音）百（书音）柏 伯 帛 舶 擘 檗 帼 蝈 虢 获［獲］（猎获）陌 脉 麦（书音）貊 蓦 迫 魄 珀 硕 索
三歌·仄声·入声	策 册 坼（书音）拆（书音）额 厄［阨］扼 哑（笑声）革 隔 格 骼 膈 翮 核 吓（祃韵同。书音）赫 客 窄（书音）责 泽 择 帻 啧 簧 舴 摘（书音）谪 螫 宅（书音）磔
四皆·仄声·去声	掖 腋 液
五支·仄声·入声	尺 赤 斥 刺 石 释 螫 只［隻］（量词，又单数也）跖［蹠］摭 踯 掷 炙（动词）
七齐·仄声·入声	碧 璧 襞 积（寘韵同）屐 迹［跡］籍（典籍）藉（狼藉）脊 瘠 鹡 踖 戟 逆 辟 僻 癖 磧 适［適］昔 惜 席 夕 汐 穸 舄 隙 益 役 疫 易（变易）亦 奕 弈 译 绎 峄 蜴 射（音亦，厌弃；又无射，九月律）
十一鱼·仄声·入声	剧
未列入的字	陌 槅 劐［騞］崿 箈 喀 闃 帟

《诗韵新编》	《佩文诗韵》入声：十二锡
五支·仄声·入声	吃［喫］（食也）
七齐·仄声·入声	壁 滴 镝 嫡 敌 笛 迪 涤 的 荻 翟 狄 获 籴 觋 击 激 寂 绩 历 沥 枥 雳 栎 轹（药韵同）砾 汨 觅 幂 溺 霹 劈 甓 戚 踢 剔 惕 倜 逖 析 淅 蜥 晰 皙 锡 裼 檄 阋 鹝
十一鱼·仄声·入声	阒
未列入的字	勘 皪 蜺 摘

《诗韵新编》	《佩文诗韵》入声：十三职
二波·仄声·入声	北＊ 国＊ 或 惑 墨 默
三歌·仄声·入声	测 恻 侧 得 德 黑 劾 刻 克 勒 肋 色 塞（闭塞）啬 穑 特 忒 慝 仄 昃 则 贼
五支·仄声·入声	敕［勑］亟 殛 棘 食（饮食）识（知识）饰 式 拭 轼 蚀 直 值（寘韵同）植 殖 职 织 陟

续表

《诗韵新编》	《佩文诗韵》入声：十三职
七齐·仄声·去声	薏（寘韵同）
七齐·仄声·入声	逼 即 唧（质韵同）鲫 极 稷 力 匿 息 熄 抑 忆 亿 弋 翊 翼 臆
十姑·仄声·入声	幅 匐
十一鱼·仄声·入声	洫 域 蜮
未列入的字	
注：有*的字，在《词林正韵》中"北"兼入沃韵，"国"兼入屋韵。		

《诗韵新编》	《佩文诗韵》入声：十四缉
一麻·仄声·入声	靸
三歌·仄声·入声	圾（又读）涩 褶 蛰
五支·仄声·入声	湿 拾 十 什 汁 执 絷
七齐·平声·阴平	圾
七齐·仄声·入声	及 汲 级 岌 芨 笈（葉韵同）急 集 给 缉 楫（葉韵同）辑 戢 立 笠 粒 泣 茸 卅 吸 翕 歙（敛气也，葉韵同）习 袭 隰 揖 邑 浥 唈 挹 悒 熠
十姑·仄声·入声	入
十一鱼·仄声·入声	煜（屋韵同）
十四寒·仄声·去声	廿
未列入的字	潝 褻

第十八部入声：五物六月七曷八黠九屑十六葉通用

《诗韵新编》	《佩文诗韵》入声：五物
二波·仄声·入声	佛
四皆·仄声·入声	倔 掘（月韵同）崛 厥（突厥）
五支·仄声·入声	吃（口吃）
七齐·仄声·去声	契（默契）
七齐·仄声·入声	乞 讫 迄 屹
十姑·仄声·入声	不（副词）弗 佛 怫 绋 茀 绂 袚 黻 沸（沸沸，皆涌出貌）勿 物

续表

《诗韵新编》	《佩文诗韵》入声：五物
十一鱼·仄声·入声	屈 郁［鬱］（愁也）尉（尉迟，复姓）蔚（地名）熨（熨帖）
未列入的字	黼 黻

《诗韵新编》	《佩文诗韵》入声：六月
一麻·仄声·入声	發 罚 伐 阀 筏 髪 讷（呐）袜［襪］（足衣也）
二波·平声·阳平	脖
二波·平声·阴平	馞
二波·仄声·入声	孛 勃 渤 鹁 咄 没 殁
四皆·仄声·入声	揭（屑韵同）竭 碣（屑韵同）掘（物韵同）厥（其也）蕨 橛 蹶 阙 歇 蝎 谒 曰 月 粤 钺 越 樾
八微·仄声·去声	悖（队韵同）颣（霁韵同）
十姑·仄声·入声	猝 骨 忽 惚 笏 鹘（黠韵同）矻 窟 突 凸 兀 卒（士卒，又同猝）捽（质韵同）
未列入的字	羯 核（煤核心）

《诗韵新编》	《佩文诗韵》入声：七曷
一麻·仄声·入声	拔（拨起）跋 达（通达）怛 靼 鸹 剌 瘌 獭 挞 囚
二波·仄声·入声	拨 钹 钵 撮 夺 掇（屑韵同）活 豁 括 阔 末 袜（音末，袜肚也）沫 秣 抹 泼 脱 斡
三歌·仄声·入声	遏 割 葛 曷 喝 褐（屑韵同）渴 磕 拶
四皆·仄声·入声	蘖
未列入的字	

《诗韵新编》	《佩文诗韵》入声：八黠
一麻·平声·阴平	叭
一麻·仄声·去声	帕（祃韵同）
一麻·仄声·入声	八 捌 拔（拔擢）察 刹 刮 猾 滑 戛 捺 萨 杀 铩 刷 瞎 辖 黠 揠 轧 札 扎
二波·仄声·入声	苗（草初生貌）
十姑·仄声·入声	鹘（月韵同）
未列入的字	

《诗韵新编》	《佩文诗韵》入声：九屑
二波·仄声·入声	惙 辍 掇（曷韵同）啜 说（谈说也，又与悦通）拙
三歌·仄声·入声	彻 澈 撤 掣（霁韵同）褐（曷韵同）热 舌 设 折 哲 辙 浙
四皆·仄声·入声	别 蹩 鳖 跌 迭 垤 耋 桔 节 截 揭（月韵同）碣（月韵同）杰 桀 结 洁［潔］颉 拮 孑 决 诀 抉 玦 觖 鴂 绝 谲 列 烈 洌 裂 劣 灭 篾 捏 糱 蘖 涅 啮 臬 撇 切 窃 契（刻也，又音屑，商之祖也）锲 挈 阕 缺 铁 餮 绁 撷 屑 绁 泄 亵 楔 薛 穴 雪 血 噎 咽（呜咽）页 悦 阅
七齐·平声·阴平	批（齐韵同）
七齐·平声·阳平	霓（齐韵同）
七齐·仄声·去声	曳［拽］
七齐·仄声·入声	轶（质韵同）
八微·仄声·去声	缀（霁韵同）
未列入的字	蕊 蓺 吷

《诗韵新编》	《佩文诗韵》入声：十六叶
一麻·仄声·入声	浃 铗 荚 颊 霎（洽韵同）侠 厌（压也）靥
三歌·仄声·入声	涉 摄 慑 折 辄 褶
四皆·仄声·入声	谍 喋 堞 牒 碟 蝶 蹀 鲽 叠 接 捷 睫 猎 躐 鬣 聂 喋 镊 蹑 妾 惬 箧 歉（缉韵同。又县名）贴 帖 挟 爕 躞 屧 协 叶 葉 烨 晔 馑 靥 厣［擪］
七齐·仄声·入声	笈（缉韵同）楫（缉韵同）
十四寒·仄声·上声	捻
未列入的字	甄 婕 箑（扇也，洽韵同；又脯名）裵 蕈

第十九部入声：十五合十七洽通用

《诗韵新编》	《佩文诗韵》入声：十五合
一麻·平声·阴平	拉
一麻·仄声·入声	搭 褡 答 沓 遝 腊 蜡 纳 衲 趿 靸 卅 飒 塌 塔 搨 榻 遢 蹋 踏 匝 咂 杂

续表

《诗韵新编》	《佩文诗韵》入声：十五合
三歌·仄声·入声	鸽 蛤 合 盒 盍 阖 榼 磕 溘
未列入的字	阁

《诗韵新编》	《佩文诗韵》入声：十七洽
一麻·仄声·入声	插 锸 乏 法 夹 峡 甲 胛 掐 恰 洽 歃 霎（葉韵同）呷 匣 狎 峡 狭 硖 压 押 鸭 闸 札［剳］眨
四皆·仄声·入声	劫 怯 胁 业 邺
未列入的字	袷［裌］萐（葉韵同）

说明：

1. 本表中《诗韵新编》以上海古籍出版社编《诗韵新编》（上海古籍出版社，1989年第2版）为本。

2. 本表中《词林正韵》以赵京战编著的《中华新韵（十四韵）》附录五《词林正韵》（中华书局，2011年第1版）为本。

3. 本表《佩文诗韵》各韵部中的字，一字收入两韵以上时，在不同韵中注明其不同意义；如果意义相同时，则注明"某韵同"。《诗韵新编》中同义多音字则视情况注明"又读"、"旧读"、"语音"或"书音"。

4. 据王力主编《古代汉语（第四册）》附录二《诗韵常用字表》，某一字在《佩文诗韵》中属一部而在《词林正韵》兼属两部者，均加"*"标识，并附注说明。

5. 本表择要以［］标出繁体字或异形字，其他注解以（）标出；韵部取其半者用〔半〕标出。

后　　记

　　词，是一种萌生于南北朝、发展于隋唐五代、盛于两宋、延续至元、明、清而长久不衰的一种文学体裁。词在元代以前主要以音乐文学的形式呈现，与音乐密切相关，元代以后，词逐步与音乐分离，仅作为案头文学的形式存在。词调就是词的某种配乐格式，而词牌则是这种格式的名称，很多词调还有多种名称（即不同的词牌名称）。长期以来，人们"倚声填词"就是根据各种词牌的"声律谱"（即词谱）来填词。现存较早的词谱是明代张綖《诗余图谱》和徐师曾的《诗余》[①]，而使用范围最广、影响最大的词谱则莫过于清代王奕清、陈廷敬等编撰的《康熙词谱》。此外，今人在古人所撰词谱的基础上，还编撰出版了许多不同版本的词谱。这些词谱为历代词人填词、促进古代诗词文化的传承与发展发挥了不可磨灭的作用。

　　然而，迄今为止，以《康熙词谱》为代表的各类词谱，其共同特点都体现为"一词一谱"或"一体一谱"。在依照传统词谱填词的实践中，笔者深深体会到，这种传统的词谱格式远未揭示唐宋词人填词的自由度，而较大地加重了词律"镣铐"的重量，束缚了词人的手脚，增添了填词的难度。事实上，不同词调都是音乐文学的载体，它们都包含着音乐与文学两个方面的内容。尽管由于各个词调的音乐已大多失传，各类词谱也无法谈及词调的音乐属性，但由于同一词调的唐宋词，它们在字句、声韵上保持着高度的一致，所以，同一词调的各体唐宋词，本身就饱含着唐宋时期词乐配合的信息，探索其中所蕴含的规律，有利于揭示唐宋词人填词的自由空间。

　　笔者关于《坚持求正容变，"表"述唐宋词谱———运用统计分析方法还原唐宋词人填词的自由空间》一文（见本书代前言），就是运用统计分析方法研究诗词声律的理论总结。以该文作为理论指导，笔者对《康熙词谱》所列826调、2304体，另又增加416首词例（包括新的体式或某些乐段的平仄格式不同）进行了全面分析，用表格方式描述了各个词牌的词谱，并先期将常用词牌以《新修康熙词谱》（评审稿）的名义提供给专家评审。2013年11月30日至12月2日，在武汉东湖宾馆召开了专家评审会。来自海峡两岸的专家学者对该项工作给予了充分的肯定和高度的评价，并提出了许多有益的建议。在此，谨向主持这次评审会的主任委员、中华诗词研究院副院长（法人代表）蔡世平先生，向出席这次评审会的各位专家，特别是中华诗词学会会长郑欣淼先生，内蒙古自治区政协副主席、内蒙古师范大学副校长郑福田教授，中央文史馆馆员、中华诗词研究院顾问白少帆教授，中科院院士杨叔子教

---

　　① 田玉琪 著，《词调史研究》，人民出版社2012年版，第4页。

授、中华诗词学会顾问周笃文教授、中国韵文学会会长钟振振教授、中国社会科学院文学所所长、《文学评论》主编陆建德先生、湖南省作协名誉主席李元洛教授、台湾成功大学文学院院长王伟勇教授、广州中山大学张海鸥教授、《中华诗词》执行主编高昌先生、《诗刊》子曰诗社秘书长江岚先生、《中华诗词年鉴》副主编莫真宝先生、湖北文理学院王辉斌教授、武汉大学王兆鹏教授、《心潮诗词评论》执行主编李辉耀编审、《心潮诗词评论》副主编俞汝捷研究员等专家表示由衷的谢意!

  2010年10月,笔者兼任湖北省诗词学会会长以来,结合自身学习诗词格律知识与创作格律诗词的实践体会,从一名理工科出身的诗词爱好者的角度,发现诗词格律可以理解为一种统计规律,并着手运用统计分析方法重修《康熙词谱》。这项工作得到了中共湖北省委、省人民政府领导的亲切关怀与大力支持。五年来,中华诗词研究院、湖北省财政厅、湖北文理学院和湖北省诗词学会等单位的领导与专家以不同的方式推动该项工作的顺利开展。湖北文理学院院长李儒寿教授要求该校文学院全力配合,该校文学院院长李定清教授安排方成慧副教授、秦军荣副教授、唐明生副教授、胡小林副教授、田劲松副教授、高新伟副教授、周艳丽讲师带着他们的学生参与了部分初稿的资料查阅与整理工作。湖北省人大办公厅夏雄彪、孙丹、贺剑等同志也参与了相关工作。在湖北省诗词学会副会长、《心潮诗词评论》执行主编李辉耀编审的带领下,《中华诗词》和《心潮诗词评论》、《湖北诗词》、《诗苑》等诗词刊物编辑丁益喜、王崇庆、方世焜、姚泉名、潘泓、姜彬等同志对初稿进行了多次审校。在此,笔者谨向各位尊敬的领导与专家,向有关单位和各位同事表示衷心的感谢!

  长江出版集团湖北人民出版社领导对本书的出版给予了大力支持,特别是文史古籍分社祝祚钦社长和皮明责任编辑,对本书的编辑审校付出了大量心血。笔者谨向他们致以诚挚的谢意!

  在本书付梓之际,笔者想起了唐代诗人朱庆馀的著名诗作《近试上张水部》:"洞房昨夜停红烛,待晓堂前拜舅姑。妆罢低声问夫婿,画眉深浅入时无?"毕竟运用统计分析方法研究传统诗词格律是一项全新的工作,其中的不妥乃至错误之处在所难免,笔者诚恳地恭请广大读者不吝赐教(联系方式附后)。

  实践表明,弘扬传统诗词文化,只诵读不创作,那是静态的继承;只有既诵读又创作,才是动态的传承。如果说,这本《常用词牌新谱》能够对推进传统诗词的创作起到一点促进作用,那将是笔者最大的欣慰。

罗　辉

2015年9月于武昌水果湖

(作者联系方式:湖北省武汉市东湖路翠柳街一号省文联大院诗词学会;邮编:430077;电话:027—6880732;邮箱:xcscpl@163.com)